ЛЮДИ,
ГОДЫ,
ЖИЗНЬ

ЛЮДИ,
人,
ГОДЫ,
岁月,
〔苏联〕伊利亚·爱伦堡 /著
王金陵 冯南江 /译
生活
ЖИЗНЬ

人民文学出版社
PEOPLE'S LITERATURE PUBLISHING HOUSE

著作权合同登记号　图字 01-2013-2541

И. Г. ЭРЕНБУРГ
ЛЮДИ, ГОДЫ, ЖИЗНЬ
И. Г. ЭРЕНБУРГ, СОБРАНИЕ
СОЧИНЕНИЙ В ДЕВЯТИ ТОМАХ,
ИЗДАТЕЛЬСТВО 《ХУДОЖЕСТВЕННАЯ
ЛИТЕРАТУРА》, МОСКВА. 1966, 1967.
本作品经中华版权代理总公司获得专有版权

图书在版编目(CIP)数据

人，岁月，生活：全 2 册 /（苏）爱伦堡著；王金陵，冯南江，秦顺新译. —北京：人民文学出版社，2014（2023.8 重印）
　ISBN 978-7-02-010215-0

　Ⅰ.①人… Ⅱ.①爱…②王…③冯…④秦… Ⅲ.①回忆录—苏联—现代 Ⅳ.①I512.55

中国版本图书馆 CIP 数据核字（2013）第 315123 号

责任编辑　李丹丹
装帧设计　刘　静
责任印制　张　娜

出版发行　人民文学出版社
社　　址　北京市朝内大街 166 号
邮政编码　100705

印　　刷　三河市延风印装有限公司
经　　销　全国新华书店等
字　　数　1376 千字
开　　本　680 毫米×960 毫米　1/16
印　　张　89.75　插页 6
印　　数　5001—8000
版　　次　2016 年 10 月北京第 1 版
印　　次　2023 年 8 月第 2 次印刷
书　　号　978-7-02-010215-0
定　　价　138.00 元（上、下册）

如有印装质量问题，请与本社图书销售中心调换。电话：01065233595

前　　言

趁人民文学出版社决定重版此书之际,我们觉得有必要就内部发行的书籍当年的出版情况再做一些说明。

早在 50 年代中期,"内部书"已有零星出版,主要为当时在苏联引起争议,而我国认为国内不宜公开发行的作品。为了让有关方面了解情况,决定只印少量供文宣部门及文化界人士参阅。印刷装帧完全按公开出版书籍的样式,出书后由出版社通知有关方面购买。如 1957 年出版的《不是单靠面包》(杜金采夫著)。

1959 年底,中宣部在新侨饭店召开全国文化工作会议,提出了批判修正主义文艺思潮和资产阶级文艺思潮的问题。自此提供这类资料便成了人民文学出版社的固定任务,内部书的种类大增,编辑部也设有专人负责这方面的工作。1963 年年中以后,内部书的包封统一改为土黄色,封底上印有"供内部参考"字样,俗称"黄皮书"。此类书一般定为乙类,印数统一为九百册,有别于当时人民出版社出版的政治类灰皮内部书(甲类)。此工作一直持续到"文革"开始,出版社陷于瘫痪而停顿。

70 年代初,出版社工作逐步恢复,内部书也开始零星出版,但由于此时正值"文革"中最动荡时期,这类作品印数限制很严。70 年代中期,内部书的出版渐趋正常,改革开放后才逐渐停止。

内部书不只限于小说,还包括诗歌、戏剧、理论等方面。如中国科学院文学研究所编译的刊物《现代文艺理论译丛》就连续出版了十余期。

当时的文艺内部书刊虽然全由人民文学出版社出版,但所用的名称还有作家出版社和中国戏剧出版社。书籍的国别不只限于苏联、东欧和西方资本主义国家,还涵盖亚洲、非洲、拉丁美洲一些国家,其中日本较多,仅70年代就出版了十多种。

从50年代中期到80年代初结束,粗略统计先后共出版了七八十种。这也是特定时期的特殊措施吧!

根据出版社的要求,这次出版按爱伦堡在世时出版的九卷本文集的格式,删去了1999年中译本由海南出版社出版时策划人给每章前面添加的标题。

秦顺新
2013年9月

目　　录

第一部 …………………………………………………………………… 1

第二部 …………………………………………………………………… 225

第三部 …………………………………………………………………… 419

第四部 …………………………………………………………………… 653

第五部 …………………………………………………………………… 923

第六部 …………………………………………………………………… 1121

译后记 …………………………………………………………………… 1429

第 一 部

王金陵　冯南江　译

1

我早就想把我生平遇到过的一些人、我所参与或目睹的一些事写出来；但我一次又一次地把这个工作搁置下来：或为情势所阻，或因心中犹豫——我能否成功地再现那些因年深日久而逐渐暗淡了的人物形象呢？自己的记忆又是否可靠呢？如今再也不能因循拖延，我终于坐下来写这本书了。

三十五年前，我曾在一篇游记中写道："今年夏天，在阿布拉姆采沃，我眺望着园中的几棵槭树和几张安乐椅。想当年阿克萨科夫有足够的时间去思索一切。他和果戈理的往来书简对心灵和时代作了从容不迫的勾画。而我们将在身后留下什么呢？无非是一张张的收据：'今收到一百卢布'（签名）。我们既无槭树，又无安乐椅，只不过是经过在编辑部里和贵宾席上那一阵阵使人精神空虚的瞎忙之后，在火车单间里或甲板上休息一下罢了。这大概也有它的道理。如今时代宛若一辆高速汽车，对汽车不能大喝一声：'停下，我要仔细看看你！'只能谈谈它的前灯一闪而过的亮光。只能不知不觉地落在它的车轮底下，——这倒也是一条出路。"

我的许多同龄人都陷在时代的车轮下了。我所以能幸免，并非由于我比较坚强，或是较有远见，而是因为常有这种时候：人的命运并不像按照棋路下的一局象棋，而是像抽彩。

很久以前我就说过，我们的时代没有留下许多生动的记载，看来我说对了：很少有人写日记，书信也写得简短、讲求实际——"我活着，还健康"；回忆录也少。造成这种情况的原因很多。我只提出其中也许不是所有的人都了解的一点：我们为了要好好思索一下我们的过去，却过分频繁地和它发生争执。在半世纪内，多次变更对人对事的评价。完整的语句说了一半便戛然而止;思想和情感不由自主地屈服于环境的影响。人们得从荒野里走出一条路来;有的人从悬崖上跌落,向下滑去,挂在枯树多刺的枝丫上。健忘有时是出于自卫的本能,因为怀着对往昔的记忆是不能前进的,它捆住了双足。我儿时就听说过这么一句谚语:"谁记得一切,谁就感到沉重"——后来我又深信,这个世纪太艰辛了,所以不能背上回忆的包袱。甚至连两次世界大战这样震撼各民族的大事件,都很快变成了历史烟云。世界各国的出版家们如今都说:"谈论战争的书现在不吃香了……"对于过去的事,有些人已记不得了,另一些人又不想知道。大家都朝前看,这当然很好,但古罗马人崇拜雅努斯①并非毫无缘由。雅努斯有两副面孔,倒不是因为他是人们常说的那种两面派,不,他是睿智的:它的一副面孔回顾过去,另一副瞻望未来。雅努斯庙只有在和平的年代才关闭,而在一千年间只关过九次——和平在罗马是极为罕见的事。我这一辈人虽然不像罗马人,但我们所度过的多少还算得上平静的岁月也是屈指可数的啊。不过看来和罗马人不同,我们认为,只有在完全的和平年代才宜于缅怀过去……

当目击者沉默的时候,野史奇谈便应运而生。我们有时说:"攻打巴士底狱",虽然谁也没有去攻打巴士底狱——1789年7月14日只不过是法国大革命的许多事件中的一件而已;巴黎人轻而易举地进入了监狱,原来那儿只关了很少几名囚犯。然而正是攻打巴士底狱的那天成了共和国的国庆节。

流传到下一代人耳目中的作家的形象是真真假假的,有时和实际情况完全相反。直到不久以前,司汤达在读者的心目中还是一个利己主义者,也就是说,是一个全神贯注于自己的心境的人,虽然他是平易近人的,而且憎恨利己主义。人们通常认为,屠格涅夫喜爱法国,因为他在那儿度过了许多岁月,又和福楼拜相契;事实上,他并不了解,也不大喜欢法国人。有些人认为左拉是一个熟知各种诱惑的人,因为他是《娜娜》的作者;另一些人却回想起他在为德雷福斯②辩护时所起的作用,因而认为他是一个社会活动家、热情的政论家;但是这位肥胖的眷恋家室的人却是异乎寻常地贞洁,而且除

---

① 雅努斯是罗马神话中的门神。
② 德雷福斯是19世纪末法国总参谋部一名犹太血统的军官,曾被诬告为德国间谍。

了晚年之外,他一直置身于那震撼法兰西大地的内战风暴之外。

每逢我路过高尔基大街,总要看见一个十分傲慢的人的青铜铸像,而我每次都感到十分惊讶,这竟是马雅可夫斯基的纪念像,它跟我所认识的那个人是多么不同啊。

从前,传奇性的人物形象,往往需要几十年,有时甚至几个世纪才能形成;而现在,不仅飞机可以迅速地掠过大洋,人也能在瞬息之间脱离大地,忘却熙熙攘攘、陵谷错综的花花世界。我有时觉得,在我们这个世纪的下半叶几乎是普遍存在的文学上的某种衰退,跟昨天的现实迅速转变为社会习俗有关。作家很少描写实际存在的人——某某伊万诺夫、杜朗或史密斯;小说的主人公是合金,其中既有作家遇到的许多人,又有他自己的内心体验,还有他对世界的理解。也许,历史就是一位小说家?也许,活生生的人们对它来说便是原型,而它,把这些原型加以熔炼,然后写成一部部好的或是不好的小说?……

大家都知道,目击者们对某一事件的叙述,常常是极其矛盾的。无论证人有多么善良,归根结底,法官们在多数场合下,总还是应该信赖自己的洞察力。回忆录的作者们再三声称,他们是在不偏不倚地描述时代,但几乎总是在描述自己。幸亏司汤达留有日记,否则,如果我们相信司汤达的密友梅里美所塑造的司汤达的形象,那么我们就永远也不会理解,一个具有上流社会风度的、敏锐的、以自我为中心的人,怎能描绘出人的巨大激情。雨果、赫尔岑和屠格涅夫都描绘过1848年5月15日巴黎爆发的政治风暴;但当我阅读他们的札记时,我却觉得他们所写的是不同的事件。

这种记述的不一致,有时是思想感情的不同所致,有时却与那习以为常的健忘有关。契诃夫死后才十年,那些熟悉安东·帕夫洛维奇的人就在争论,他的眼睛到底是什么颜色——是褐色的、灰色的,还是天蓝色的。

记忆力通常是保存了一些东西,而放过了另一些东西。我对童年时代、少年时代某些场景的细节至今记忆犹新,虽然它们绝不是什么最重要的东西;我记得某些人,但把另一些人忘得干干净净。记忆力像是汽车的前灯,在黑夜里,它们忽而照亮一棵树,忽而照亮一个岗棚,忽而又照亮了一个人。人们,特别是作家们,在他们合乎逻辑地、详尽地叙述自己生平的时候,经常用臆度揣测来填补空白,使人难以辨别,他的真实回忆在哪儿结束,虚构的小说又从哪儿开始。

　　我不准备有条理地叙述过去——我厌恶把真实的往事和虚构搅和在一起;何况我已经写了许多部小说,在这些小说里,个人的回忆已成为各式各样臆测的素材。我将叙述一些个别的人,叙述各个不同的年代,杂以某些未能淡忘的对昔日的见解。看来,这将是一本写自己多于写时代的书。当然,我将谈到我认识的许多人,——政治活动家、作家、艺术家、幻想家、冒险家;他们之中某些人的名字是人所共知的,但我不是不偏不倚的编年史家,所以这只是绘制肖像的尝试。而且那些事件,不论是大事还是小事,我也试着不去按照历史的顺序叙述,而是结合着我渺小的一生,结合着我今天的想法来叙述。

　　我从不写日记。过去的生活很不安定,因而我也没能把朋友们的书束保存下来——法西斯占领巴黎的时候,我不得不焚烧了几百封信;后来毁掉的信也比保存下来的要多。1936年,我写了一部长篇小说《给成年人读的书》;它跟我的其他小说不同,其中有几章具有回忆录性质。我将从这本旧作里摘取某些材料。

　　某些章节,我认为发表得过早了些,因为它们谈的是尚在人世的人,或是还未成为历史财富的事件;我将尽力不做任何有意识的歪曲——忘却小说家的手艺。

　　石头总是冷的,按其本质来说,与人体是不同的,可是自远古时代起,雕塑家就用大理石、花岗岩甚至是金属——青铜——来表现人。只有在他们眼前浮现了美丽的构思时,他们才采用木头,虽然木头更接近于肉体。石头之所以具有吸引力,因为它更难于雕琢,而且它能长期保存。在各种博物馆里,竖立着一行行石像;其中有许多精美绝伦,但却都是冰冷的。不过有的时候,雕像在参观博物馆的人们眼中变得温暖起来,充满生机了。我但愿能用满含挚爱的双目使往昔的某些化石充满生机,同时使自己贴近读者:任何一本书都是自白,而写回忆的书籍——这更是一种不愿以虚构人物的影子来掩盖自己的自白。

2

1891年1月14日,我诞生在基辅。1891年——这是俄国人和法国造酒商难以忘却的一年。当时的俄国正是哀鸿遍野,灾荒毁掉了二十九个省份。列夫·托尔斯泰、契诃夫、柯罗连科募集捐款,开设粥厂,企图赈济灾民;然而这一切都不过是杯水车薪,很久以后,人们还把这一年称作"荒年"。法国造酒商却在这一年大发酒财:酷旱毁灭了庄稼,却提高了葡萄的质量;伏尔加河流域农民的凶年必定跟勃艮第和加斯科涅的造酒商的丰年联袂而来;还在我们这个世纪的20年代,鉴赏家们就到处搜罗标有"1891"字样的陈酒。1943年从列宁格勒由"冰道"运到莫斯科一车厢1891年的老牌"圣爱米里昂"酒。酒业公司要求阿·尼·托尔斯泰和我检验一下抢救出来的酒的质地。结果发现瓶子里满盛着微微发酸的水——酒消失了(跟流行的传说恰好相反,酒,哪怕是最上等的,过了四五十年也会消失)。

1891年……现在看来这是多么遥远的年代啊!当时统治俄国的是亚历山大三世。高踞大不列颠王座的是维多利亚女王,她清楚地记得塞瓦斯托波尔的被围、格莱斯顿①的演说以及对印度的镇压。那时在维也纳顺利执政的是弗兰茨-约瑟夫,他正是在值得纪念的1848年登基的。上一世纪的正剧和闹剧的主人公——俾斯麦、加利费将军、沙皇俄国的著名外交家伊格纳季耶夫、麦克-马洪元帅、由于卡尔·马克思的抨击性小册子而知名于我们大学生中间的福格特尚在人间。当时恩格斯也还活着。巴斯德和谢切

---

① 格莱斯顿(1809—1898),英国自由党领袖,数度任首相。

诺夫、莫泊桑和魏尔兰、柴可夫斯基和威尔第、易卜生和惠特曼、诺贝尔和路易丝·米歇尔①都还在工作。1891年兰波和冈察洛夫逝世了。

如果现在想象一下1891年的话,从外表上看,世界的变化如此之大,仿佛逝去的不是人的一生,而是几百年的时光。当时巴黎还没有灯光广告,也没有汽车。人们还把莫斯科叫作"大村庄"。在德国,迷恋菩提树和舒伯特的浪漫派,还在度着自己的风烛残年。而美洲却是那样的遥远。

当时约里奥-居里、费密②、马雅可夫斯基、布莱希特、艾吕雅都还没有诞生。希特勒才两岁,世界上一片升平气象:没有任何人挑动战争;意大利只不过在端详着埃塞俄比亚,法国在准备攫取马达加斯加。报刊议论着法国舰队访问喀琅施塔得;显然,法俄同盟是针对三国同盟的;爱好议论深奥政治问题的人说,"欧洲的均势拯救了世界"。

俄国仍处于停滞状态。亚历山大三世在粉碎民意党之后,有点放心了。不错,5月1日在彼得堡举行了一次小小的工人游行。不错,列宁在萨马拉阅读马克思的著作。但这些琐事能使全能的沙皇不安吗?当法国军舰来访,军乐队奏起《马赛曲》的时候,他毫不介意地举手行礼。他扬扬自得地说:西伯利亚大铁道已经铺成,不久火车就能由伊尔库茨克直抵莫斯科了……

5月1日是新鲜的。1891年,在法国北部的富尔米工人区,警察开枪射击五一游行队伍。报上写道:"公社社员不祥的影子复活了。"

在德国隆重地建立了"泛日耳曼主义联盟"。那里的人们都在谈论生存空间、德国的使命、日后的远征,未来的党卫军分子的父辈们叫嚷着"万岁"。

饶勒斯③写道,必将取得胜利的不是富尔米的刽子手,而是工人们、国际主义者和人权保卫者。

不,1891年并不是那么遥远:当年种下的祸殃,为我们这一代人留下了无穷的后患。每一个人的生活历程都是曲折而复杂的,但是,当你站在高处俯瞰它的时候,你就能发现,它本身也有着一条潜在的直线。凡是诞生在最

---

① 米歇尔(1830—1905),法国女革命家,积极参加了巴黎公社,写过一些诗歌和长篇小说。
② 费密(1901—1954),著名的意大利物理学家。
③ 饶勒斯(1859—1914),法国社会党领导人。

平静的1891年——是年俄国闹饥荒,而法国的美味葡萄酒则大丰产——的人们,命中注定要看到许多革命、许多战争、十月革命、地球卫星、凡尔登、斯大林格勒、奥斯维辛、广岛、爱因斯坦、毕加索、卓别林。

1891年1月14日,在基辅的一条从克列夏季克直上里普基的陡峭的学院街上,我来到了人间,就在这一天安东·帕夫洛维奇在由彼得堡寄给他妹妹的信上写道:"我被一种极不明确、我不理解的浓重的恶意气氛所包围。他们飨我以午餐,对我唱一些俗气的颂歌,而同时却准备一口吞了我。为了什么?鬼才知道他们是怎么一回事。如果我举枪自杀的话,那将会使十分之九的朋友和崇拜者们大为满意。他们是如何浅薄地表达着自己浅薄的感情啊!布列宁用小品文咒骂我,虽然无论什么报纸都不容许咒骂自己的同事……"而那位布列宁正是这样来议论契诃夫的:"上述平庸的天才们忘记了正视他们周围的生活,一味随波逐流……"安东·帕夫洛维奇是1891年1月开始写中篇小说《决斗》的。我经常重读契诃夫的作品,不久前又把《决斗》读了一遍。当然,这部作品带有时代的烙印。主人公拉耶夫斯基为边远地区的生活所苦,老是幻想着他回彼得堡时的情景:"火车里的乘客在谈着生意啦、新的歌女啦、法俄的修好啦;四处都能感到活跃的、有文化的、有知识的、朝气蓬勃的生活……"可是,不论是法俄亲善还是贸易发展,我不读《决斗》也都知道。我重读这部作品的时候,心里想的是另一件事,那就是自己的一生。

拉耶夫斯基——这是一个软弱的人,一个迷惘到绝望地步的人:"他已经把自己那颗昏暗的星星从天空中推了下来;它掉下去,它的踪迹消失在夜晚的黑暗里;它再也不会回到天空,因为生命只有一次,绝不会来第二回。要是他能够挽回过去的岁月,他一定要用真理代替谎言,用工作代替懒惰,用快乐代替烦闷……"一个有着真实的知识,而心地却极不真实的人冯·科连,揭露了自暴自弃的拉耶夫斯基。"他既然改不过来,那就只有一个法子可以使他不能为害……为了人类的利益,为了自己的利益,应当消灭这种人才对。真应当这样……我并不坚持采用死刑。如果这样做证明是有害的,那就想别的法子也行。要是不能消灭拉耶夫斯基,那么为何不孤立他,使他失去个性,打发他去参加社会工作……如果他骄傲,打算反抗,那就给他套上镣铐!……我们应当亲自关心如何消灭腐化的、没出息的人才对,要不然,拉耶夫斯基这类人繁殖起来,文明就要灭亡。"而拉耶夫斯基这个可怜虫,却对这位进化和自然淘汰论的无情的拥护者抱着这种看法:"他的理想也是专制的。如果普通人为群众的福利工作,那么他们心里所想的是他们的邻人——我,你,一句话,人。在冯·科连看来,人是狗仔,是废物,太渺小了,不配做他的生活目的。他工作也好,去探险也好,在那边送了命也好,并不是出于对他邻人的爱,而是出于这样一些抽象的概念,如人类啦、未来的子孙啦、理想的人种啦……那么人种又是什么呢?幻想、海市蜃楼……专制暴君素来是幻想家。"

在小说的结尾,拉耶夫斯基,也可以说还有契诃夫本人,眺望着汹涌澎湃的大海思忖着:"海浪把船抛回来了,它进两步,退一步,可是桨手们很倔强,他们不停地划桨,不怕高浪。船一步步地往前走。现在,船看不见了,再过半个钟头,桨手们就会看见轮船上的灯光。一个钟头之后他们就可以靠拢轮船的梯子了。生活里也是这样……寻求真理的人们也是进两步,退一步。痛苦啦、错误啦、对生活的厌倦啦,把他们抛回来,可是寻求真理的热情和顽强的意志会促使他们不断前进。谁知道呢?也许他们终于会达到真理吧。"

我已经说过,契诃夫是在 1891 年 1 月开始写《决斗》的。回顾自己的一生,我发现我的思想、希望、怀疑跟我还没有降生时就已激动着安东·帕夫洛维奇的一切是有联系的。我生平遇见过许多冯·科连,我经常迷失方向、犯错误,而且和拉耶夫斯基一样,哀悼过那颗从天上推下来的昏暗的星星,而且也和那个拉耶夫斯基一样,赞叹着跟惊涛骇浪搏斗的桨手们。现在,远方的大陆已成为近郊。月亮也不那么遥远了。但是过去并不因此而失去自己的力量,如果人在一生中几乎像更换衣服似的无数次蜕掉自己的皮,然而心却是无法更换的——心还是那一颗。

3

俗话说,苹果落地,离树不会太远。有时确是如此,有时却恰恰相反。我生活在经常是按照履历表去判断一个人的时代;报纸上写着:"儿子不对父亲负责",但有时却不得不对爷爷负责。

也未必能依据孙子们的行为来判断爷爷的是非。前几年,我在《世界报》上读到过一篇谈列·尼·托尔斯泰的孙子们和曾孙们的文章;他们大约有八十个,散居在全世界:一个是美国军官,另一个是意大利男高音歌唱家,第三个是法国航空公司的经理人。

诗人费特,即阿法纳西·阿法纳西耶维奇·申欣,除了写过不少好诗而外,还在卡特科夫的杂志上发表过一些不好的文章。他揭发虚无主义者和犹太人,说这些人是邪恶的始因。费特的外甥普津告诉我,诗人在去世前不久,从一封信——自己亡母的遗嘱——中得知,他的父亲是汉堡的犹太人。有人告诉我,仿佛费特曾留有遗言,要求把这封信和他葬在一起,大概他想对后代人掩盖有关自己那棵苹果树的真实情况。革命以后,有人开棺找到了这封信。

伊万·谢尔盖耶维奇·屠格涅夫回忆道:"我诞生并成长在这样一种氛围内,那儿主宰一切的是打后脑勺、脚踢、吃拳头、挨耳光等等,但是,说老实话,我周围的环境并没有使我养成用拳头打人的嗜好。我从没有打过人。"屠格涅夫把自己的女儿彼拉格雅改名为波林娜,并把她嫁给了玻璃厂厂主加斯通·布留艾尔,他在给安年科夫的信中说:"麻烦事多得数不清,但我得到了酬劳,我完全相信,我的女儿会幸福的。"(随后,伊万·谢尔盖耶维奇就动笔写《烟》,其中表现了一个已婚妇女的痛苦。)

我现在怀着热爱回忆起我的双亲；但是，回首过去，我不禁发现，苹果滚得离苹果树竟那么远。

我出身于一个资产阶级的犹太人家庭。我母亲珍视许多传统的东西：她在一个笃信宗教的家庭里长大，在这个家庭里，人们都敬畏上帝，不敢直呼其名，他们也敬畏那些只有收到丰盛的祭品才不会索取带血的供物的"神灵"。她时刻不忘上天的最后审判日，也不忘人间蹂躏犹太人的暴行。我的父亲属于力图脱离犹太区的第一代俄国犹太人。祖父因为他进了俄罗斯学校而诅咒他。不过，祖父的脾气一般来说是很暴躁的，所有的儿女都被他一一诅咒过；然而快到暮年时，他明白了时代是反对他的，于是和被诅咒的子女言归于好了。

如果说祖父是苹果树，那么这棵树上所结的苹果却飞向了各个不同的方向。我的一个伯伯发了大财；他叫拉扎尔·格里戈里耶维奇，住在哈尔科夫。他的儿子，我的堂兄伊利亚，是社会民主党人，曾长期被监禁在卢基扬诺夫监狱，后来迁居巴黎，在那儿从事绘画，国内战争时期加入了红军，被白军打死了。拉扎尔的弟弟鲍里斯·格里戈里耶维奇，住在伊尔库茨克，是基辅巨贾布罗茨基某一企业的雇员。鲍里斯·格里戈里耶维奇是个轻佻的人，他盗用了布罗茨基的钱财，潜逃到美国，给主人写了一封信，信的口气挑衅多于求恕。布罗茨基勃然大怒，在许多报纸上登载了悬赏缉拿的告示。我当时正在巴黎，那些幻想借追捕在逃的爱伦堡而发一笔横财的人们，不止一次找上我的门来。有一次，拉扎尔·格里戈里耶维奇和布罗茨基玩牌，赢了一笔大数目，他请求布罗茨基不再向自己伊尔库茨克的雇员提出任何要求，以此来顶替这笔赌债。叔伯们中最小的一位是列夫，他写诗，并有一个作巡回演出的马戏班。维·什克洛夫斯基认为，继承者不是儿子，而是侄辈，倘若不把这种理论用于文学体裁，而是用于人的话，那么我可以说，我是走上了我叔叔列夫的道路。我还记得，他曾自费出版了一本书，书名也不算怪诞——《幻想和声音》；这本书里收集了他自己的诗和译自海涅的诗。当时我对诗歌并没有什么兴趣，但是我喜欢列夫叔叔，因为他不像个体面的亲戚。有一次他给我看几张半裸体姑娘的照片，——他正在为马戏班挑选演员；我的母亲非常生气：怎么能让小娃娃看这些东西？——有一天，在哈尔科夫出现了"爱伦堡马戏班"的海报，拉扎尔·格里戈里耶维奇为了要马戏班立刻离开这个城市，不得不给了自己弟弟一笔赔偿金。

当我五岁的时候，我的双亲由基辅迁居莫斯科。哈莫夫啤酒酿造厂名义上属于股分公司，实际上归基辅的布罗茨基所有，所以我的父亲谋得了这个厂的厂长职位。

这是1896年的事，到了1903年，布罗茨基决定赶走父亲。母亲噙着眼泪站在办公室紧闭着的门旁倾听，办公室内正开着理事会的年会，父亲坚持要求解除他的职务。我也在那里偷听，可是什么也没听明白——我知道，他们要赶走父亲，现在事情很不妙，而且布罗茨基很固执，可是我突然听见父亲坚决地说，他再也不能在工厂里工作了。这是外交手腕的第一课……

父亲白天工作，晚上也很少在家。间或也有朋友来，我只记得一个——快活的工程师利哈乔夫。有一次在父亲的书房里，我看见了吉利亚罗夫斯基的一本小书，上面的题词写着："给亲爱的格里·格里留念"。我觉得我父亲过着一种不愿让我知道的有趣的生活。他常到"猎人俱乐部"去，这个名字在我看来很神秘：猎人啦、鹿群啦、猎犬啦。后来我才明白，他们在俱乐部玩"文特"牌，于是我就怀疑父亲的生活是否真的有趣。我十岁上下的时候，他领我到涅格林大街的饭店去；我们坐在单间里，但我不时地跑出去看看大厅里的情况；那儿坐着的全是些普通人，正在大口嚼着肉饼。于是父亲的生活再也引不起我的好奇心了。

母亲是一个善良、多病而又迷信的人；她受着肺病的折磨，衣服老是穿得很多，深居简出，成天忙着照料姐妹们和我，用犹太文给许多亲戚写长信。在最后审判日那天，她一定持斋。母亲在她婆婆周年忌辰的早上燃点的蜡烛，大得使我害怕。卧室里总是弥漫着药味；经常有医生来。母亲要求他们也给我听听——我的肺弱，但是我总是躲起来，跑开了。有时，穿戴华丽的法米利安特太太带着她的儿子彼佳和米沙来看母亲；他们彬彬有礼地吃着点心，有时应大人的请求，朗读几段普希金的诗。我认为他们都是傻瓜，可是母亲说："你瞧，彼佳和米沙是好孩子。可是你呢？……"

我被宠坏了，看来，只是由于偶然的机会，我才没有成为少年犯。我九岁那年，母亲去埃姆斯易地治疗，把我和姐妹们送往基辅，交给她的父亲照管。

外公是一个笃信宗教的老头儿，蓄着一部银色的大胡子。他家里严格

13

遵守一切教规。礼拜六应当休息,在这个休息日既不准大人抽烟,也不许孩子们恶作剧。(犹太人的礼拜六和英国清教徒的礼拜日一样,冷落凄清。)在外公家里,我老是感到无聊,于是我就尽可能地调皮捣蛋。这年夏天,我们住在博亚尔卡的别墅里。我使得所有的人都烦恼不堪;有一次他们决定要惩罚我,把我锁在堆煤的储藏室里。我脱得精光,在地上打滚。当他们把门打开的时候,厨娘吓得大声尖叫:"哎哟,鬼来了!……"我决定报复,夜里拿了一瓶煤油,打算去烧别墅。

第二年夏天,母亲把我带到埃姆斯去了。在那里疗养的人也被我闹得神魂不安:我模仿老迈的奥尔洛夫-达维多夫伯爵,称他"大舌头",因为他整天唠唠叨叨,口齿不清;我搅扰英国女人钓鱼——用小石头把鱼赶走;偷走德国人放在"老恺撒"纪念像旁的毋忘侬花。疗养地当局要求我母亲离开,如果她没有能力管教我的话。

我进预备班和一年级的入学考试,成绩都非常出色;我知道有"录取比例",只有当我全考了五分的时候,才能被录取。算术题我全答对了,听写没有一个错误,满有感情地背诵了"深秋。白嘴鸦飞走了……"

有一个朋友曾告诉我——这是30年代初的事了,——他的小儿子从刚考上的学校里回来以后,问父亲道:"犹太人是什么?"父亲答道:"我就是犹太人,妈妈是犹太女人。"这个回答是那样突然,小家伙居然不相信:"你们是犹太人?"我们当时却有较充分的思想准备;八岁时我就清楚地知道,有犹太人居住区、居住权、录取比例和蹂躏犹太人的暴行。

我小时住在莫斯科,和俄罗斯孩子们一起玩耍。父母有什么事要瞒着我的时候,他们彼此总是讲犹太话。我不向任何上帝祈祷——不论是犹太人的上帝,还是俄罗斯人的上帝。对"犹太人"这个词,我是按照特殊的方式来领会的:我属于那类应该受人欺负的人;这使我感到不公平,而同时又很自然。我父亲是个不信神的人,他指责那些为了缓和自己的处境而信奉东正教的犹太人,而我也自幼就明白不能为自己的出身而羞惭。我在什么地方读到过,说是犹太人把耶稣钉上十字架的;列夫叔叔说,耶稣就是犹太人;保姆薇拉·普拉托诺夫娜对我说,耶稣教导说:有人打你左脸,你把右脸也伸给他。这些都不合我的口味。我头一次进中学的时候,一个预备班的学生便唱道:"犹太人坐在小铺里,我们把犹太佬放在大头针上。"我毫不犹豫地冲着他的脸就是一拳。不久我跟他成了好朋友。再也没有人敢欺负我了。

我们班上一共有三个犹太人——泽利多维奇、楚克尔曼和我;我们从未感到自己跟别人不一样。同学们只是羡慕我们,因为上神学课的时候,我们三个人可以在院子里玩……

我的童年时代和少年时代是在莫斯科度过的,我从未碰到过反犹太人的暴行。大概,在教员和我同学的父母当中,有人受到了种族偏见的感染,但是他们不肯暴露自己:在那个时代,知识分子羞于承认自己有反犹主义思想,正如羞于承认得了脏病一样。我还记得关于基希尼奥夫市蹂躏犹太人暴行的议论——我当时才十二岁;我只懂得发生了某种可怕的事,但我知道,这事应归罪于沙皇、省长、市长们;我知道,正派人全都反对专制;我也知道,托尔斯泰、契诃夫、柯罗连科对蹂躏犹太人的暴行非常愤慨。我到基辅时听说,《基辅人报》在号召镇压,因为波多尔很不安定,存在着所谓的"该死的犹太人问题"。

这是个奇怪的时代:大量的丑行和大量的空想!一个无辜被判罪的法国军官德雷福斯的命运,使欧洲的一些优秀人物大为激动……"如果你没有受到高等教育,你就无法在莫斯科生活,"父亲看着分数单上的二分,对我这么说。我笑了一下:到我中学毕业的时候,人世间的一切准会起大变化!我觉得,不论是《基辅人报》或是《莫斯科新闻》上的反犹太人的文章,都是中世纪暴行的最后回声;我当时万万不曾料到,如今在这本追述往昔生活的书中,我竟不得不对我在本世纪初就认为是注定要灭亡的遗毒的那个问题写下这么多痛苦的篇章。

可是分数单上的二分深深惹恼了父亲。头两年我学习得还不错,后来我实在腻烦去解答那些关于蓄水池的算术题了。我偷偷地把家藏的古典作家的精装本选集拿出来,卖给沃尔洪卡的旧书商,用得来的钱在桌布胡同的"新发明"商店买了些使人打喷嚏的药面、令人发痒的粉末,或是一些会跳出橡皮制的耗子、蛇和小丑的小匣子,——用这些东西来跟中学老师们调皮捣蛋。

没进预备班之前,我就能背诵《恶魔》。诗人的荣誉并不使我钦羡,我并不想成为莱蒙托夫,只一心一意想做个飞旋在哈莫夫工厂上空的恶魔;我自称"放逐的精灵",自然,我并不懂得这是什么意思。不久以后,诗又使我厌烦了,我开始醉心于化学、植物学、动物学,我坐在显微镜旁边,用臭烘烘的粉末做实验,饲养青蛙、蜥蜴、北螈。有时这些爬虫爬得满屋子都是;有一次,不知打哪儿散发出一股臭气——原来是一只老北螈死在母亲衣橱下面了。

我听见人们对布尔人①的英雄行为的议论之后,就给大胡子总统克留格尔②写信,后来,我偷了母亲十个卢布,准备前往战区。可是夜里我就给抓住了,我也不愿回想这件倒霉的事。

日历年度的更换一向使人激动不安,何况改变的不是简单的年度,而是一个世纪。(实际上,19世纪比应有的时间更长——它始于1789年,而终于1914年。)人们议论着"世纪末",猜测着将要到来的新世纪的面貌。我还记得迎接1901年的情况。一群化了装戴着假面的人来到我家。其中有一个人穿着中国衣服,我认出他是那位快活的工程师吉尔;我揪着他的辫子不放。他们装扮成欧洲不同国度的人,匈牙利人跳起恰尔达什民间舞,西班牙姑娘敲响跳舞用的响板,大家都围着中国人转——这年冬天北京有战事。大家"为新世纪"干杯;我不认为,他们之中有什么人能猜测到这个世纪的情景,以及他们究竟为什么在莫斯科的雪堆中举杯痛饮。

我当时是第一中学两部制的二年级学生。还记得,我组织了一小队"义和团"——人们都这样称呼中国的起义者。我们用皮带搏斗,甚至还用皮带上的铜扣环打人,虽然按照君子协定是不准许这么做的:20世纪开始了。

我一点也不听话:我的顽劣行为已令人无法容忍了。父亲常不在家,母亲和姊妹们又全对付不了我;她们只得请看门人来帮忙,这个人跟我同名,也叫伊利亚,他常来替我们生炉子。有一次,我拿着小刀朝伊利亚扑了过去,于是他也怕起我来了。

可是居然出现了一个能制服我的人,这是法学系大学生米哈伊尔·雅科夫列维奇·伊姆哈尼茨基。大家都感到惊讶:他从来不惩罚我,为什么我

---

① 布尔人是南非荷兰移民的后裔。
② 南非德兰士瓦的总统,布尔战争期间,领导布尔人抗击英军。

会听他的话？他们让米哈伊尔·雅科夫列维奇搬到我们家来。我在他跟前预备功课,当我答对了算题的时候,他就给我牛奶软糖——我最爱吃甜食。我常把糖纸扔在地上；他有时就问："糖纸呢？"我看看地上,糖纸不见了。米哈伊尔·雅科夫列维奇只是微微一笑。我从未对人提起过牛奶软糖的秘密。我惧怕米哈伊尔·雅科夫列维奇的眼睛；当他注视我的时候,我迅速地扭开脸去。我的父母认为,他是一位优秀教师。

夏天,我们住在索科利尼基的别墅里,我一个姐姐的女友,廖利娅·戈洛温斯卡娅常来拜访我们。米哈伊尔·雅科夫列维奇看上了她。当时谈论催眠术是一种时髦。这位大学生声称他会催眠术；他对廖利娅施用了催眠术,并对她说,她应该在三天后的夜里到别墅来找他。家里的人都很气愤。而米哈伊尔·雅科夫列维奇却心平气和地把自己的东西放进皮箱,还说,他对我施用了催眠术,才使大家过了一年半的安生日子。

家里人把我带到雷巴科夫教授那儿去看病,因为有人对母亲说,我可能会永远失去毅力。几年以后,我在普列奇斯坚斯克大街看见了米哈伊尔·雅科夫列维奇,我拔腿就跑。岁月荏苒。1917年,我自巴黎归国,在斯德哥尔摩的俄国领事馆里看见一个矮胖子,他对我说："认不出了吗？伊姆哈尼茨基。"我吃了一惊：他那双眼睛竟是最最平凡的,目光也相当呆滞。

可是我时常想起那些虚构的牛奶软糖。我认为,后来人们不止一次地迫使我去解决难题,并且用实际上并不存在的牛奶软糖来给我作报酬。只不过后来再也没有人给我喝那种苦咸的溴剂,再也没有人担心我会失去毅力。毅力,好像已经成为一种令人感到负担的特性了。

家里的生活使我感到无聊。客人来来往往,谈论着克雷茨曼姊妹有一副惊人的花腔嗓子,说什么拉博里律师发表了一次替无罪的德雷福斯辩护的激烈演说,莫斯科开设了一家设有雅座的摩尔式建筑的饭店,有一位马丽勃兰施夫人从巴黎带来了新式女帽。他们还谈论苏德尔曼①的喜剧的初次上演,通俗艺术剧院的开幕,蹂躏犹太人的暴行,托尔斯泰的信,以及能为残酷的杀人犯开脱罪责的弄舌如簧的律师普列瓦科,他们还议论着嘲讽"城市父老"的多罗舍维奇的小品文,以及要人相信有什么"苍白的双足"的疯

---

① 苏德尔曼(1857—1928),德国作家。

狂的颓废派。

在我看来,工厂的庭院远比客厅有趣,客厅里有挺立在木桶里的布满尘埃的棕榈,墙上悬挂着一幅油画复制品,画的是赴莫斯科求学的罗蒙诺索夫。但在庭院里我可以到马厩去玩,那里散发出一股奇妙的气息,而且我又谙熟每一匹马的癖性。我还可以在容量为四十维德罗的巨桶内藏身。厂里有一个车间专管检验酒瓶,工人们用一根金属棒敲击每一个瓶子,我觉得这种音乐远比客人中那些著名钢琴家有时款待我们的音乐动听得多。

工人们睡在闷热阴暗的棚舍里,许多人挤在一个长长的铺板上,盖着皮袄;他们喝的是发酸的坏啤酒,有时也玩玩牌,唱唱歌,说些下流话。他们里面识字的人不多,识字的人一个字一个字生硬地读着《莫斯科小报》上的重要新闻的标题。我还记得一种游戏:工人们把煤油浇在一只老鼠身上,这只火老鼠疼得到处乱跑。我看到了穷困、黑暗、可怕的生活,两个世界不协调的景象使我大为震惊:一面是臭气扑鼻的棚舍,另一面是那些聪明人畅谈花腔女高音的客厅。

谢肉节的时候,在离工厂不远的圣母广场上,举行了有各种演出的游园会。我还记得有个上了年纪的人,抹上一脸白粉,挤眉弄眼地做着怪相,大声嚷嚷着:"我是美国佬,会跳各种舞蹈!……"

我替工人们写信,信是寄回农村的,信里写的是有关伙食、疾病、婚礼和殡葬的事。

工厂有一堵墙与疯人院毗邻。我曾爬上这堵墙向另一面眺望:虚弱衰竭的人们穿着长罩衫,在堆满了破烂垃圾的窄小院落里蹒跚踱步;有时工作人员突然朝一个病人扑过去,那病人就拼命喊叫。

工厂里有一些专家——捷克酿酒师。工人们叫他们"德国人"——这是因为他们,譬如说,吃鸽子,而这件事是大家都看不惯的。酿酒师卡拉的儿子用劈柴的斧头砍死了自己的母亲和两个妹妹,因为他要送给莫斯科的一个交际花一串贵重的宝石项链,可是父母不给他钱。我还记得片言只语:"漂在血泊中……他想要五百卢布……爱得发了狂……"当然,大家都痛骂凶手,可是每逢我想起酿酒师的那个年轻孱弱的儿子,便不由得暗自思忖,成年人对生活也毫不理解。

工厂旁边是列·尼·托尔斯泰的家。我常看见列夫·尼古拉耶维奇在织匠胡同、圣像胡同里散步。有人送给我一本《童年和少年》；我觉得这本书挺枯燥。后来我把连载《复活》的各期《田地》杂志从小贮藏室里搬了出来；母亲说："你看这个还太早。"可是我一口气把这部小说读完了，心里想，托尔斯泰懂得全部真理。父亲让我抄写一份被书报检查机关查禁的托尔斯泰的呼吁书；我很自豪，规规矩矩地用印刷体抄写了一遍。

　　有一次，列夫·尼古拉耶维奇到工厂来了，要求父亲领他看看啤酒的酿造过程。他们走遍各个车间，我也寸步不离。我感到一种莫名的屈辱，因为这位伟大的作家比我父亲矮一些。有人递给托尔斯泰一杯热啤酒，使我感到惊讶的是他竟然说："真香"，然后用手擦擦大胡子。他对父亲说，啤酒有助于禁戒伏特加的斗争。我后来把托尔斯泰的话想了很久，开始疑惑起来：也许，托尔斯泰并不是所有的事都懂得吧？我一直深信，他要用真理来替代谎言，可他却说什么啤酒可以替代伏特加。（我只是从工人们的谈话中了解伏特加的，他们谈起它的时候总是十分迷恋，可是他们给我喝啤酒，我不爱喝。）

　　有时工厂里骚动起来：人们说，好像大学生们要来见托尔斯泰。厂门紧闭，警卫森严。我悄悄地溜到外面，指望遇见那些神秘的大学生，可是什么人也没有。平日常有些大学生来拜访我的姐姐们，照我看来，这都是些冒牌大学生，因为他们安详地喝着茶，谈谈易卜生的戏剧，跳跳舞；而真正的大学生应该把哥萨克从马上拉下来，然后把沙皇从宝座上推翻。

　　真正的大学生始终没有来。童年时代，我常常失眠；有一天我把墙上的挂钟拉了下来；它那响亮的嘀嗒声真要我的命。我记忆中还残存着各式各样不眠之夜的形象：托尔斯泰用手擦擦大胡子，年轻的卡拉拿着劈柴的斧子，还有他的情人"拉克美"，疯子们，演艺场和围着我打转的满身是火的大老鼠。

4

一切都变了,可是变化最大的是莫斯科。每当我回想起我童年时代的街道,我觉得仿佛是在电影里看到的。

铁轨马车也许是我眼前的一幅最令人纳闷的图画。(我还记得第一辆电车首次通行的情景——那是从萨维奥洛沃车站到受难周广场;我们呆若木鸡地站在技术的奇迹面前,电车的弓形滑接器上闪耀的电光使我们感到的震惊,并不亚于如今的人造地球卫星。)

我读书的那所中学在沃尔洪卡的救世基督教堂对面。从学校去织匠胡同,我有时搭乘铁轨马车。拉这种马车的都是驽马;快到普列奇斯坚斯克大街的陡坡的地方,便有一个小男孩跳进马车;他拉着第二匹马,即辅马的缰绳,死命地大声喊叫催马前进。乘铁轨马车可以游遍花园区,这条路程很长。铁轨马车在错车站要停留一下;乘客们走出车厢,顺从地向前张望——看看对面来的车出现了没有。

我经常在普列奇斯坚斯克大街上步行。在一条胡同,好像是什塔特内胡同的拐角,有一座小教堂。教堂门前的台阶上,神像画匠画了一幅最后审判图:魔鬼熬煎着罪人。老太婆们诚惶诚恐地画着十字,而我却一心想当魔鬼。

现在,当我在克鲁泡特金大街上看见一个老眼昏花、老态龙钟的妇人,手提网袋摇摇晃晃地走过的时候,我就不由得想到:也许,她正是当年在普列奇斯坚斯克大街上快活地叽叽喳喳说个不停的那些中学女生当中的一个吧,当时她们在我眼中,岂止是漂亮姑娘,简直就是女性的化身,仿佛她们就是弥洛斯岛的维纳斯,或是在本世纪初以美貌著称的女演员莉娜·卡瓦列里或奥特罗。

莫斯科的夏天绿意盎然,而冬季却是白雪皑皑。积雪满街,从不打扫,在谢肉节前便积成一个个大雪堆。雪橇无声地溜来滑去。5月,坑坑洼洼的狭窄的人行道上,铺满一层雪白的丁香落英:因为房屋前面就是花圃。教堂的圆顶,有的金光灿烂,有的翠蓝映目。一些奇怪的建筑昂然高耸——这是消防队的瞭望塔;塔顶的标球标示城市的哪一区发生了火灾。从拖曳救火车的各种马匹的不同毛色——枣红、白、乌黑——也能辨别城内各区。当气温降到列氏零下二十五度的时候,中学就要停课;一到傍晚,我总是去呵开窗上的冰花,瞧瞧外面的温度计——说不定天气会变得更冷呢;但是到了早上,瞭望塔上没有升起旗子——学校停课不停课也可以从瞭望塔上看出来。

夏天,斯摩棱斯克市场出售蔬菜、水果;西瓜堆积如山,切成一块块零卖。卖什么的都有,人人都漫天要价。现在是"莫斯科宾馆"所在地的当年的野味市场,挤得水泄不通:人们在小铺里选购活物。大鱼在鱼盆里游来游去。猎人们走过来踱过去,身上挂着一串串松鸡——他们在兜售自己的猎物。铁匠桥当时是优雅的莫斯科的中心;豪华商店的招牌上标着外国姓氏:经营特种手工艺的是意大利人阿方佐、达齐阿洛,经营时装的是英国人桑克斯,经营化妆品的是法国人,开眼镜铺的是德国人。郊区有许多"无权出售烈酒"的茶馆。现在是狄纳莫运动场的地方,从前是一些带有花园的小别墅:莫斯科很快就到了尽头。春天,在红场上总要举办复活节集市;那儿出售玩具"美洲客"和"姑妈的舌头"。在伊韦尔小教堂旁边跪着成群的妇女。

出现了电话;当时只有大公馆和大商行的事务处才装电话,而且使用起来相当复杂——要用摇把,讲完话还要摇回铃。也有了电灯,可是我很久还生活在冒黑烟的煤油灯的烟雾中。荷兰式炉灶的瓷砖闪闪放光。它的火力很强。严寒在玻璃窗上画出一幅幅抽象的绘画,塞在窗缝里的棉花变成了灰色;有时窗台上放上几个插着纸玫瑰的杯子。夏天,苍蝇嗡嗡。油漆地板闪闪放光。小狗的尖叫声间或划破寂静——当时长毛狮子狗和现在已经绝种的哈巴狗是最时髦的。五斗橱上放着摇头晃脑近乎痴呆的中国瓷人。漆绘着沙皇纹章的珐琅杯(尼古拉二世登基纪念杯)里插着皱纸做的红玫瑰。人们就着蜜饯喝茶,蜜饯品种繁多,有醋栗、草莓、石枣、海棠和黑醋栗。

我初次上剧院看的是《睡美人》。芭蕾舞女演员们扮成迷人的仙女屏息凝神地用足尖站着。占据包厢前座的是一群穿着缀有亮晃晃铜扣的制服的中学生和穿着褐色或蓝色的漂亮连衣裙的中学女生。坐在后面的则是面有倦容的成年人。父亲递给我一盒巧克力糖,上面有一片菠萝和一副银夹钳;我把银夹钳收起来了。衣着华丽的验票员在剧院的走廊里发愣。披着绒线围巾的侍女们保管着观众的皮大衣,那些大衣真像野兽;仿佛紧挨着大剧院的天鹅绒帷幕和青铜饰物就是西伯利亚森林,森林里满是水獭、浣熊、狐狸、貂。

在街上,剧院门前,等候着老爷太太的马车夫们打着盹儿。他们那穿着棉袄的前胸显得特别宽大,大胡子上遍染寒霜。马匹也在严寒里披上银装。有时,车夫们为了暖和暖和,便用那双冻僵了的手捶击自己穿着棉袄的胸脯。

出租马车的车夫们在胡同的拐角打盹儿;间或醒来,就扯着喑哑的嗓门招徕顾客:"老爷,我拉您去?……"他们为了"五十戈比"嘟哝不休,讲了半天价钱之后,还追在顾客身后嚷嚷"加二十戈比吧……"于是开始了横穿莫斯科的沉闷旅程。守门人躺在大门里面睡觉。教堂花园里的雪堆越积越大。一个醉汉突然叫喊起来,但是戴着长耳风帽的警士马上把他喝住。乘客、车夫、马、莫斯科,这一切仿佛都已进入梦乡。

车夫们把乘客载往鲍洛托、特鲁巴,送到梅尔特维胡同、什塔特内胡同,送到尼科洛-佩斯科夫胡同,或是尼科洛-瓦洛宾斯基胡同,载往扎采帕、日沃杰尔卡、拉兹古梁。奇奇怪怪的名称,仿佛这些地方并不是一座大城市的街道,而是某些有封邑的公爵的世袭领地。

当马车自肉商大街穿过克里姆林,走向织匠胡同的时候,车夫和乘客都要在救主门旁摘下帽子。耳朵冻得生疼。然后车夫转向乘客絮絮叨叨地讲个没完。

莫斯科的马车夫们爱叨叨些什么呢?当然,谈到的东西很多:贫困、严寒、老爷们的开心事、自己的黑屋子,还谈到老婆病了,儿子被抓去当兵。契诃夫写过一个令人心碎的短篇——《苦恼》,其中描述了马车夫跟乘客的谈话。但是乘客们不听,只得不时地流露出一个词:"燕麦"。自然,车夫们谈的是"燕麦",他们的痛苦使得他们只好低声嘟囔:"加十戈比吧——燕麦涨价了。"无论他们是在抱怨,在叹息,还是在说下流话,从这所有的话语中,无论是温柔的,还是粗鲁的,只有一个简单的、隐秘的词——"燕麦"——送到了乘客的耳边,这是从列福尔托沃到多洛戈米洛沃的漫长路途上的主调。

春天来了，人们卸下了窗户上第二层防寒框，于是莫斯科顿时令人难以容忍地喧闹起来：一辆辆轻便马车辘辘驶过。某些带有圆柱的私邸旁边的马路是用沥青铺的，车轮滚在上面，仿佛能分辨文武官员的品级似的，立刻压低喧响，悄声絮语地流露出无限敬意。

5月中旬，人们开始纷纷迁居别墅。街道上奔驰着一辆辆满载餐具、软座凳子、梳妆台、茶炊的大车。厨娘捧着金丝鸟的笼子，狗在一旁奔跑。

别墅里有绳床、熄灭烛火用的铜盖子、煮果酱的铜盆和镶在花坛中央的闪光的玻璃球。成年人玩纸牌，饮用酸果蔓汁，看《俄罗斯言论报》。大学生和高年级的中学生们到"小场地"去——他们是这样称呼舞池的。孩子们等待卖冰淇淋的女人到来。有时全体出发到森林里去"欣赏大自然"，铺上单子，躺在草地上。清晨，小贩或是镀锡匠吆喝着："老母鸡——童子鸡！""黑醋栗！""焊铁镀锡，补壶修锅！"星期天不少客人登门造访，他们吃着烤饼，谈谈乡村生活的美，然后酣睡一觉。

索科利尼基是一片森林；林边开辟了一个"圆座"——音乐会、戏剧便在这里演出。男中音歌手舍韦廖夫使小姐们神魂颠倒："爱不爱你——我不知道……"当嗓子哑了的以往的名角接替舍韦廖夫上场的时候，大学生们便把激动不安的小姐们领进旁边的林荫小道，在那里才弄清楚，原来大家都十分明白，究竟谁爱上了谁。然后去睡觉。然后醒来。中学生们啃着拉丁文"乌特　芬那列"，或是玩槌球戏；主妇们扇旺了茶炊的火，跟小贩们讨价还价，撇去果酱上面的一层粉红色的泡沫。

20世纪来了。德国已加紧备战，英国人跟法国人谈判缔结军事同盟，法国人是俄国的盟友，同时英国人又和准备进攻旅顺口的日本人结为同盟。在彼得堡和罗斯托夫，工人举行了罢工。列宁在布鲁塞尔和孟什维克展开了论争。但是在我生活的那个世界里，仍然是一片无法忍受的沉寂。在沃尔洪卡的旧书商那里，我读到了成年人当着我的面绝口不提的书籍，它们是高尔基、列昂尼德·安德烈耶夫和库普林的作品。

每天我都到图书馆去换书。一本书我往往一口气读完，因为我渴望理解生活。我读过陀思妥耶夫斯基和布雷姆[①]，儒勒·凡尔纳和屠格涅夫，狄

[①] 布雷姆(1829—1884)，德国动物学家、旅行家、启蒙思想家。

更斯和《色彩画评论》，我看的书越多，对一切就越加怀疑。谎言把我从四面八方团团围住，我忽而想溜进印度的莽丛，忽而想对准特维尔大街上省长大人的官邸投掷炸弹，一会儿又想上吊自尽。

我也经常向母亲强索些钱上剧院去。艺术剧院上演契诃夫、易卜生、霍普特曼①的戏，科尔沙剧院演出《瓦纽申的孩子们》，小剧院演出《黑暗的势力》，登台献艺的是有名的萨多夫斯基家族。男低音歌手夏里亚宾歌声远扬。我记得，有一位客人说，马上就要有电影院了，那里要放映活动相片。

后来，我们集合在中学的大礼堂里，校长隆重地宣读圣谕："朕，尼古拉二世，全俄国的至上君主……"对日战争爆发了。我们在中学里做完祈祷以后，经久不息地喊着"乌拉"，把嗓子都喊哑了，校方向我们宣布停课。事实上战争对我们来说还非常遥远，所以当我看见我的表兄沃洛佳·斯克洛夫斯基穿上军装——他从基辅开拔到满洲去——的时候，感到十分惊讶。

那年夏天，我跟母亲和姐妹们到了国外——又是在埃姆斯；我在那儿得了伤寒。但是，我还记得两件使我大为惊讶的大事：俄军溃败后旅顺口的被围和契诃夫的死。父亲在这一年丢掉了职业，因此也就失去了住宅。他住在沃尔洪卡的"公爵府"旅馆。我的拉丁文和数学得补考；新学年开始之前，家里人让我独自先回莫斯科。路过柏林时，我到母亲住过的茵尼卡夫人开设的家庭公寓去住。茵尼卡夫人家的四壁上挂着各种不同的格言绣片。我感到无聊，就在傍晚时分到腓特烈大街去，我想吃点心，信步走进一家咖啡馆，这原来是一家夜间营业的小酒店。堂倌们斜着眼睛看我，不过点心还是卖给了我，只是索价奇昂，害得我不得不打电报给母亲，求她再给我补充点回莫斯科的路费。

"公爵府"的房间狭小，里面有黑漆漆的壁龛，可是无拘无束的旅馆生活倒使我挺高兴。父亲一早就出门，说是去找工作。下课后，我就领同学们到旅馆来玩，向他们吹牛，说我一个人过着独立自主的生活，我还叫侍者送来茶炊、甜面包，于是我们大家尽情欢乐。

（1920年冬，我曾住在外交人民委员部的宿舍里——就是过去的"公爵府"旅馆。在楼下还要出示通行证。值班员对着电话大声叫嚷："喂，哪儿？……"

---

① 霍普特曼（1862—1946），德国作家。

"公爵府"仍和我童年时代一样令人神往。)

我们集合在"公爵府"的小房间里,并不仅仅是吃吃甜面包、开开心而已;这年秋天,政治第一次敲击我的生活之门。我开始阅读报纸。日本人打败了我国军队,这是令人痛苦的,但我们明白,整个不幸在于专制制度。我一个同学的叔叔和社会革命党人有联系;这位叔叔说,革命很快就要爆发了,必须解除哥萨克和警察的武装,然后宣布共和国的成立……

我读了《罪与罚》,索尼娅的遭遇使我痛苦。我又一次想到哈莫夫工厂的棚舍。得把一切都翻个个儿,一切的一切!……

诚然,在我面前还有别的诱惑,例如,中学女生穆夏;她能弹奏《无言歌》,后来我又在穿堂里吻了她。不过这时的我已经全神贯注在行将发生某种重大而又神秘的事变的预感上了。不久前在柏林的时候,我还是一个迷恋奶油蛋糕的小娃娃,而在两三个月之后,我一下子就长大了。

在我的处女作《胡利奥·胡列尼托及其门生历险记》里,有一个学生与我同名。这是一个虚构的人物;我从未当过库里先生的妓院出纳,也没替罗马教皇运过机关枪。但是,名为伊利亚·爱伦堡的主人公,有时却也道出我真正的思想。小说里有一场争论:什么更高——是肯定,还是否定,胡列尼托的学生伊利亚·爱伦堡想起了《传道书》中的话:有扔石头的时候,也有堆石头的时候;他说,他只有一副面孔,而不是两副,他不会建设,他宁愿扔石头。

《胡列尼托》是我三十岁时写的,可是我现在讲的却是十三岁那年秋天的事。当时我并没有听说过《传道书》,只是焦灼地渴望扔更多的石头。童年时代结束了——1905 年莅临人间。

5

在最近一次调查户口的时候,一位年轻的女调查员来找我,她惊讶地瞧瞧墙壁:毕加索使她大为恼火。

"难道您喜欢这个?"

"很喜欢。"

"可我不相信,您这么说是因为他是您的好朋友。"

然后,我开始回答问题。

"文化程度?"

"中学没毕业。"

姑娘恼了:

"我是在认真地问您。"

"我也是认真地回答您。"

"您在取笑我,我读过您的著作……调查户口——这是国家的一项重要工作。为什么您不愿意认真地回答我?"

她委屈地走了。其实我对她说的是真话:1907年10月,当我还在读六年级的时候,被学校开除了。

许多人描写过中学,例如加林-米哈伊洛夫斯基、魏列萨耶夫、帕乌斯托夫斯基、卡维林。但我觉得,所有的中学都彼此相像。当然,我在学校里也学到点东西——不仅从某些教师那儿,也从某些同学那儿,但学到手的并不是很多:书籍和我在中学以外遇到的人们,却比学校好许多倍。

中学生们穿过胡同走进中学;宽敞的前厅里挂着几百件大衣。那儿经常是"希腊人"跟"波斯人"打架的地方,年纪小的学生们,彼此紧挤在墙根上"挤油渣"。我做预备班学生的时候,曾看见学生们揍一个小孩子,把大衣罩在他头上,齐心协力地揍了他一大顿,还一边唱着:"打小报告的人在涅瓦大街上拖着肚肠……"从那一天起,我就牢记在心,而且一生都憎恶打小报告的人,或是照成年人的说法——告密者。中学培养了我的同志爱;我们从不考虑,受责者是对还是不对,我们总是用异口同声的答复来掩护他:"我们大家!我们大家!"

(1938年,一个收留西班牙儿童的保育院的女教师对我发牢骚:"这些孩子真难对付,他们是无政府主义者。"原来,孩子们在玩耍的时候,打碎了一只高脚盘子,问他们是谁打碎的,他们回答:"我们大家。"我长久地向这位女教员解释,说恰恰相反,这里没有任何无政府主义。我说了半天,可是没能说服她。)

每逢节庆,中学生集合在大礼堂里,墙上悬挂着四位皇帝的肖像和一些刻有荣获奖章的学生的名字的大理石牌。当时的中学校长是捷克人约瑟夫·奥斯瓦尔多维奇·戈布札;他指着石牌对我们说,第一中学曾培养出以后成为国民教育部部长的博戈列波夫。我们很少见到戈布札,叫人害怕的是学监科罗布金。

我总是怀着眷恋之情回想起中学的更衣室:这是我们的俱乐部。督学常出其不意地去瞧瞧四个低年级的更衣室,把藏在里面的懒学生轰出来,可是当我升到五年级的时候,我们的更衣室得到了宪法保障,里面甚至允许吸烟。墙上涂满了猥亵的图画和打油诗:"你们快走开,黑夜尚未来……"在低年级的更衣室里,孩子们相互交换着钢笔头或邮票,留班生们(大家叫他们堪察加人)赌咒发誓说,他们能随意出入妓院。在高年级学生的更衣室里,大家谈论着列昂尼德·安德烈耶夫的短篇《在雾中》,谈论着阿姆菲捷阿特罗夫的揭露报道、颓废派、"奥蒙"剧院的歌女们和许多别的事。

不过,我在高班的时间并不长,而且我的回忆主要是跟三、四年级有关。在午间休息的时候,我们飞快地跑进食堂;一个人仓促地念过祈祷文后,就开始了市场交易:用胡萝卜馅饼去换煎白菜肉卷,或是用肉丸子调换大米馅饼。我们把食堂服务员叫做"阿尔乔姆——拖鼻涕的火鸡"。

约有两年时间,赌博广为流行:学生们押五戈比的赌注,看哪一位教员先从休息室里走出来。两个"堪察加人"负责管理赌金。有些老师经常走在前面，不过很难靠他们赢到十戈比以上，我还记得，有人下了德国老师谢金格逊的赌注，结果赢了差不多两卢布，他常常是最后一个站起来，可是这次却突然走在前面。（我曾在勃留索夫的回忆录中读到，早在1889年，克赖曼的中学里就有这种赌博。）

在课程中，我最喜欢的是俄语和历史；我跟数学总是缺少缘分，而对拉丁文，不知为什么那样憎恨。语言课由爱好逗笑的弗拉基米尔·亚历山德罗维奇·索科洛夫任教；每逢他叫我上黑板答写的时候，总要说："喂，骗马爱伦……"我当时并不知道骗马是什么意思，也就不感到生气。大约到四年级的时候，我们由复述老师讲的课文转为自己做作文了，虽说我是个懒家伙，可是我偏偏爱上了作文。弗拉基米尔·亚历山德罗维奇又是夸我，又是骂我："在课堂上不听讲，只顾写自己的，你会由于这种谬论而被赶出校门的，那时你就只好去当鞋匠了。"

遗憾的是，我现在已经无法查考，当时弗拉基米尔·亚历山德罗维奇为什么骂我，我学生时代的作文里究竟有些什么违禁的地方。可是当我成为作家之后的连续五十年中，批评家们总是一再重复弗拉基米尔·亚历山德罗维奇的话："不听教训，只顾写自己的……"

当我把填有坏分数的分数册带回家的时候，父亲骂我是二流子，说我总有一天会被学校赶出来，那么只有进克赖曼的中学了，这个学校是以收留被开除的学生著称的。后来，父亲已经不再用克赖曼这个名字来威胁我了，而是跟弗拉基米尔·亚历山德罗维奇一样，简简单单地作出预言："你只好去当鞋匠。"我一生从事过多种工作，其中不愉快的居多，可是修理皮鞋的手艺，我却始终没有学过。

在低年级的时候，我十分喜爱希腊神话。后来，博物学教师科鲁伯，一个有见地的生气勃勃的人，认为我是一个好学生。我对历史的兴趣一直没有冷淡下来，只不过到四年级的时候，使我感兴趣的已不是希腊女神，而是更为接近现代的过去。我曾写过一篇作文，谈到农民的解放不应该自上而下，而应从下面发动起来，于是校长就把父亲请了去。

三年级时，我当了手抄刊物《新光》的编辑。这个刊物是瞒着教员创办的，虽然刊物上并没有什么可怕的东西，只不过是一些议论自由的诗歌和一些描写学校生活的短篇小说而已。

我每天上学都要经过普列奇斯坚斯克大街。有两座房子很早就引起了我的兴趣:阿尔谢尼耶娃的女子中学和"荣获圣叶卡捷琳娜勋章的切尔科娃夫人贵族女子学院"。我升到四年级之后,觉得自己是一个大人了,于是就爱上了各种类型的中学女生,每天最后一堂课还没下课,我就溜走了,在大门口等着一个小姑娘,替她拿着整齐地包在漆布里的书。我还熟悉其他的女子中学,例如坐落在阿尔巴特街上的阿尔费罗娃女子中学和基斯洛夫卡的布留霍年科女子中学。

中学对面的大教堂近旁,有一座绝妙的小花园,我们就在那儿散步,跟女学生们决定约会的时间,争风吃醋和装扮成一副毕巧林①的模样。

当我升到五年级的时候,我撕下了帽徽上标志着我们中学的数字"I",——当时所有"有觉悟的"人都是这么做的。我们穿短上衣像穿制服上衣一样,套在斜领衬衫外面。我们尽量模仿大学生:漫不经心的衣着,玩世不恭的神情,指手画脚地议论读过的书籍。

某些中学生是唯美主义者,他们蔑视纳德松和阿普赫金的诗,当时这些诗使小姑娘爱得入迷,而这些中学生竟使自己的对象吃惊地在纪念册上写着:"啊,是的,女人们,我来号召你们。"也有一些纨绔子弟、过早地过着放荡生活的公子哥儿、世纪初的"阿飞",他们头戴硕大无比的天蓝色制帽,谈论赛马、歌女、舞会,吹嘘他们昨天在舞会上喝了法国甜酒,后来就……至于后来究竟怎么样,只有吹牛大王的密友才听得到。

在圆柱大厅里,我往往回忆起我第一次前去的情景。当时人们称它为"贵族俱乐部大厅"。我是去参加"为莫斯科第一中学贫苦学生募捐"的晚会的。一开头,夏里亚宾唱了《跳蚤之歌》。高年级的中学生们对此无动于衷,他们说,夏里亚宾老唱《跳蚤之歌》,可我当时还是二年级学生,因此异常兴奋地不断模仿着:"哈哈,跳蚤!"随后舞会开始了。我也试着学跳舞,我知道,有几十种最复杂的舞式:溜冰舞、西班牙舞、匈牙利舞、玛祖卡舞、蜜依舞、沙康舞等等;但我总是搞乱了步法,而且最主要的是老踩舞伴的脚。我不想在"贵族俱乐部"里丢丑,便走上大厅上的敞廊。在那里,我突然看见级任教员的助手,我习惯地站了起来,高声向他问好。级任教员的助手正

---

① 莱蒙托夫的小说《当代英雄》的主人公。

在向一位胖小姐大献殷勤,因此对我颇为生气。

我在四年级的时候,曾和同学们一同去邀请演员来参加慈善音乐会。我们去过著名女歌唱家涅日丹诺娃的家。我紧握着白手套,由于不善交际而窘困万状。我的同学们比我勇敢得多。

我们班上有一位"大社交家"——德鲁茨科伊公爵,他是跳舞能手,善于与姑娘们交谈。我在十三岁的时候十分嫉妒他,可是一年以后就对他失去了兴趣。我阅读车尔尼雪夫斯基的作品、政治经济学的小册子、《萌芽》,尽力用低音说话,而且在普列奇斯坚斯克大街上向声乐教员的女儿娜佳·佐里娜证明,爱情能鼓舞为自由献身的英雄。

在从学校到家这一段路途中,我所伴送的姑娘经常更换,因为在十四岁的年纪上,我并没有受忠贞不渝的约束。有时我也邀请她们上奥斯托任卡的佩列温糖果店去,那儿的点心三戈比一块。在我眼中,这些女孩子都不是人间的生灵,可是她们的胃口却不坏,于是有一次我不得不把制帽留给老板做抵押。

我们当时住在奥斯托任卡的萨维奥洛夫胡同。寓所相当宽敞,我独自一间房。我要求父母亲到我房间来的时候必须敲敲门。母亲听从了我的话,可是父亲却嘲笑我的鬼把戏。

我在奥斯托任卡的文具店里买了一些印有几乎是裸体的歌女照片的美术明信片:我虽然认为应该少想些女人,但是我仍不免过多地想到她们。我还记得著名美人娜塔莎·特鲁哈诺娃的照片,她使我爱得发狂。二十五年以后,我在巴黎认识了过去驻法国的武官,我国商务代表处的职员阿·阿·伊格纳季耶夫;恰巧他的妻子就是那个我在少年时代曾为之倾倒的娜塔莎。我把那张旧明信片的故事讲给她听,我的话使她哈哈大笑起来。

我的初恋发生在不久以后——1907年的秋天,那时我已被中学赶出来了。这个女学生的名字叫娜佳。她的哥哥谢尔盖·别洛博罗多夫是布尔什维克。娜佳的父亲正在读《莫斯科新闻》,他恶意地瞟了我一眼,因为在他看来,我是个革命者,又是犹太人,对天真无知的娜佳肯定没安好心。我很少去找她,通常我们只在街上,在扎恰季耶夫胡同见面。几乎每天我们都相互写着长长的情书,信里有对我们的关系所做的心理分析,有责备,有海誓山盟,这些情书既带醋意,又有激情,还含有哲学情调。我们当时只有十六岁左右,所以很明显,双方都不仅仅是被对方所吸引,更重要的还是被那正在展开的生活的模糊预感吸引住了。

我回到中学。结识了几个高班生。从他们那儿,我初次听见历史唯物主义、剩余价值和许多对我非常重要而且急剧地破坏了我的生活的东西。

暴风雨般的1905年来临了。大学的神学讲堂变成了集会场所。我常到那儿去。在教室里,工人们和学生们并排坐着。我们高唱《马赛曲》和《华沙革命歌》。高等女校的学生散发传单。人们传递着大帽子,帽子里放着"捐助武器"的字条。

我走在苔藓大街上。大学生的制帽突然像秋天落叶一般在空中飞舞起来。有人高叫了一声:"志愿者来啊!"所有的人都朝大学的院子奔去,开始筑起防御街垒。我们十个人一组,我用粉笔把组号写在制服大衣上。我们把石头搬上去,放在讲堂里:如果敌人冲进来的话,我们就把石头朝他们扔过去。我们烧起了篝火;吃着香肠三明治,一直唱到天明:"朋友们,要勇敢,在力量悬殊的战斗中不要气馁!……"我当年还不满十五岁,所以不难理解,我始终是朝气勃勃的。

我还记得鲍曼的葬礼。我们从墓地回来的时候,响起了阵阵枪声。我还记得戴着一只耳环、手执马鞭的哥萨克。我还记得12月:那是我有生以来第一次看见鲜血映着白雪的日子。我帮助人们在库德林广场旁筑起街垒。我永不会忘却那个圣诞节——歌声、叫喊声和射击声消逝以后沉闷而可怕的寂静。普列斯尼亚已成为黑压压的一片废墟。谢苗诺夫军团的士兵的靴子践踏着白雪,白雪哀怨地发出沙沙声。度过圣诞节假期回到中学以后,我漫不经心地打量着一切,想着自己的心事:必须找到地下组织——重大的战斗还在前面。

我在中学度过的这一年,仿佛不知道还有作业、听讲、分数的存在:我所做的只有一件事——比较社会民主党和社会革命党的纲领。社会革命党是浪漫主义的:武装起义的工人战斗队,恐怖手段,个人的作用。但是我觉得他们过于浪漫了,因为我想起了哈莫夫啤酒酿造厂的工人们,于是我倾向于布尔什维克,倾向于不浪漫的浪漫主义。我已阅读过列宁的文章,了解孟什维克的温和中庸近似我的父亲。我经常默默重复一个词:"正义"。这是一个非常生硬的词,有时冷得像数九寒天的金属,但当时我觉得它热烈、可爱而亲切。

有一天,我跟父亲争执起来;原来,他也不听孟什维克的言论,他喜欢立宪民主党。我对他解释了好半天,说革命是不可避免的。他说:"也许你是对的……可是最要紧的是容忍。"对于一个头上有着一撮粗硬的额发、心中怀着抛掷掉那沉重死板的巨石的夙愿的十五岁男孩子,是很难用容忍去打动的。"全或无!"——这是易卜生的剧本中的一个人物说的话,我把它当作座右铭记在自己的札记本上,虽然我一向藐视诗歌,但我仍不时重复阿·康·托尔斯泰的诗句:

要爱,就得不顾一切地爱,
要威胁,就得认真地威胁……

1906年确定了我的命运。这是喧嚣而又艰苦的一年:革命的浪潮依然汹涌澎湃,但是落潮也开始了。有些人满怀忧伤,有些人带着欢乐,他们都说暴风雨已经过去;喀琅施塔得和斯韦亚堡的水兵起义只不过是惊雷的最后几声轰响。中学生平静下来,回到教科书前:再也没有大学里的集会、游行和街垒。这一年我参加了布尔什维克组织,不久便和中学永别了。

1958年,我的同窗瓦夏·克拉舍宁尼科夫医生找到了我。人到老年就会怀念那早已淡忘了的童年时代和少年时代的朋友们。克拉舍宁尼科夫决定召集我们所有尚在人世、散居在莫斯科的同学们聚会一次。我们在"布拉格"饭店晚餐,五个现在称之为"年已迟暮"的公民,聚在一起追忆当年在学校里的恶作剧、教员和姑娘们。

饭店的大厅里渐渐拥挤起来;我背着大厅,所以看不见进来的人;突然我回过头去,吃了一惊——四周全是浓妆艳抹、披头散发的姑娘和穿着格子上衣、烫着头发的小伙子,他们都是从前那些头戴天蓝制帽的中学生和"阔少派头"的大学生的直接继承人。他们翩翩起舞,当乐声停止,大厅暂呈寂静的时候,只有坐在最边上的桌旁的五个老头儿尚在开怀畅谈。

我不明白,为什么命运要跟我们开这么一个残酷的玩笑:我们竟在"阿飞"聚集的地方会面。这种人,真的,并不很多。而我们是世纪初最平凡的中学生,我们,正和所有偶然幸存的人们一样,而且并不像老头子般喃喃抱怨,而是怀着柔情和信任,在这个夜晚谈起我们时代的青年们。

"为什么你当时不喜欢瓦利亚·科兹林斯卡娅?"克拉舍宁尼科夫问我,"大家都爱她……"不知道为什么——我已经不记得了。也许由于我当时倾心于娜佳·别洛博罗多娃?也许因为我专心致志于未来:那时有一个当了工人战斗队员的大学生德米特里来找我,他教给我和我的伙伴们使用手枪,这件事使母亲胆战心惊。

6

过去的事正在被遗忘;有些尚能追忆,有些已永远消逝。

在《文学遗产》的马雅可夫斯基专集里,我找到莫斯科暗探局局长冯·科登中校的一份报告,这份报告专门谈到莫斯科中等学校里社会民主党的地下组织情况。某些姓名使我想了好久,我想不起这指的是谁了;但是,暗探局局长的报告使我想起许多往事。冯·科登汇报说:

"布里利扬特、法伊迪什、爱伦堡和安娜·维德林娜起着突出的作用……党从学生层中获得了新的工作人员:法伊迪什——军事技术局委员;爱伦堡、索科洛夫、萨哈罗娃、布哈林和布里利扬特——区宣传员;罗克沙宁——莫斯科河南区的技术员,安东诺夫——城区的技术员。"

暗探局局长把某些东西混淆了。就说我吧,起初我是在一般党的机构里,后来才和其他人一起搞学校工作。还是在1906年的时候,我就结识了布尔什维克叶戈罗娃;她长着一头浅发,有一个向前突出的额头。起初我递送"文件",后来在莫斯科河南区担任"组织者"。我最担心的是同志们会猜到我的年龄,那么一来他们就会说,不能把重要的任务委托给一个十五岁的小孩子……

(许多年以后我才知道,马雅可夫斯基做党的工作的时候连十五岁也不到;可见这是时代的风尚。)

还不到谈论冯·科登在报告中提到的全体同志的时候。我现在要谈谈"年长的"同学中的谢尼亚·奇列诺夫。他酷似驯良的小猫:一张宽脸,时常眯着眼睛,情绪萎靡,嘴角老挂着一丝冷笑。他给我们讲解外国资本的作用、英德之间无法调和的矛盾、俄国资产阶级的贪婪和落后,但是在严肃的学术报告之后,他马上兴高采烈地谈起颓废派、艺术剧院、安纳托尔·法朗士的讽刺小说来了。多年以后,我与他在巴黎重逢——他是苏联大使馆的法律顾问。奇怪的是他的变化居然很小;显然,他在十八岁的年纪上就已经把棱角完全磨光刨平了。

侨居巴黎时,我们来往相当密切。他是一个既复杂又爱奢侈享乐的人,但同时又是一个革命者。他看到了缺点,但仍然忠实于自己生死以赴的事业。大概在3世纪的知识渊博、信仰基督教的罗马人中间,也有一些像谢苗·鲍里索维奇·奇列诺夫(我们叫他艾斯别)这样的人,——他们看出善良的牧羊人①的雕像较之于阿波罗还是颇不完善的,但他们仍然和其他的基督徒一起挺身迎接拷打和死刑。我还记得我从莫斯科去巴黎时的情景;在边境车站涅戈列洛耶停着从巴黎开来的列车;艾斯别在餐车里慵懒地微笑着——他是被召回莫斯科去的。从此以后,我再也没能见到他——这件事发生在1935年年底……

在我看来,笨拙、近视、羞涩的男孩子瓦利亚·奈马克是谦逊和忠诚的典范。逮捕我的那个夜晚,他也被捕了,后来获得释放,不久又为另一案件而再度被捕,流放到西伯利亚。他潜逃国外。我曾到一个位于瑞士边境的法国小城莫尔托去找他。那时瓦利亚正在一家钟表厂里做工。1909年我已开始写诗;当时我正处于心灵上的分裂状态——时而幻想返回俄罗斯,献身于秘密工作,时而又在巴黎街头游荡,迷醉于这个城市,默默读着关于美妇人的诗篇②。可是瓦利亚依然如故,他参加了当地的社会主义组织,照管党的文件;夜深人静时,他怀着一种稳重的热情对我证明说,一两年后,俄国将爆发革命。他后来的生活是很艰苦的,但直到临终仍保持着少年时代的热情和纯真。

---

① 指耶稣。
② 指勃洛克的诗。

7

利沃夫是邮政局的小职员,他住在肉商街上一座公家的寓所里;他希望他的女儿们能安分守己地嫁出去,可是女儿们却选择了地下工作。当娜佳·利沃娃被捕的时候,她还未满十七岁,在审理前依法由她父亲保释。可是她回答宪兵上校说:"如果你们释放我,我还是要继续我的事业。"娜佳爱好诗歌,试着对我朗读勃洛克、巴尔蒙特、勃留索夫的诗篇。但是我怕所有使人分裂的东西:我爱好艺术,因此也憎恨它。我讥讽娜佳的爱好,我说诗歌是胡说八道,"必须控制自己"。尽管她热爱诗歌,但仍然出色地完成了地下组织交给她的一切任务。这是一个可爱的姑娘,非常谦逊,长着一双天真无邪的眼睛,淡褐色的头发光滑地向后梳着。姐姐玛鲁夏对她颇为尊敬。娜佳在伊莉莎白中学学习,十六岁升入八年级,中学毕业的时候获得了金质奖章。我常想:这个人的性格多么坚强!……

我们是在1908年末分手的(我在去国外之前见过她)。两年以后她开始写诗。我不知道她是在什么情况下认识瓦·雅·勃留索夫的。1911年瓦列里·雅科夫列维奇献了一首诗给娜·利沃娃;他写道:

> 我要亲切地递给你
> 我那浸透树脂的火炬,
> 它一度被闪电点燃,
> 烈焰在迎风搏斗中腾起。

翌年2月,娜佳写道:"对我反正一样,对我反正一样。如今比不定何时更多……欢迎你,我的失败。"

1913年秋,出版了两本诗集,一本是娜·利沃娃的《古老的童话》,另一本是《涅丽的诗》,是献给娜·利沃娃的,没有署作者名,却有一篇勃留索夫写的代序诗,他就是这本诗集的匿名作者。

勃留索夫写道:

> 应该承认:我不年轻了,转眼就到四十……

娜佳比他小十八岁。她写道:

> 但是,正当我想独自回家,
> 我蓦地发现,您已不年轻了,
> 您的右鬓几乎斑白,——
> 我因后悔而心灰意冷。

这些诗句写于1913年秋,同年11月24日娜佳就自杀了。她翻译过儒勒·拉弗格的诗作,此人描写过星期日的无限寂寥;还有一首诗描写一个女学生不知何故从堤岸上投身波心。勃留索夫时常谈到自杀,用丘特切夫的诗句作为他自己一首诗的题词:

> 当热血沸腾和冷却的时候,
> 有谁在多愁善感之中,
> 不曾体验到你们——
> 自杀和爱情的诱惑。

而娜佳却饮弹自尽了……在她死后增补出版的《古老的童话》的序言中,我读到这么一句话:"利沃娃的一生中没有什么看上去特别重大的事件。"我的天哪,人的一生中应该有多少重大事件呢?娜佳十五岁的时候成为地下工作者,十六岁被捕,十八岁开始写诗,二十二岁时开枪自杀。看来这也够了……

在她的坟头(她被葬在马利亚小树林里)刻着但丁的一行诗:

> 爱情引导我们走向死亡。

但我现在所想的并不是勃留索夫,而是娜佳:她的命运中有一种东西使我至今仍激动不已,一种亲密关系迫使我如今单用一章来写她的故事。当然,她开枪自杀了,她认为是爱情引导她走向死亡的,——她死后发表的诗作也都谈到这一点。不过,说不定正是诗歌引导她走向死亡的吧?

人是很难适应从一个世界到另一个世界的急剧转变的。娜佳喜爱勃洛克的诗,但她却以车尔尼雪夫斯基、列宁、普列汉诺夫的书,以秘密接头处、"失败"、革命地下工作的严酷气候为生。她突然被迁移到十四行诗、只押母音的韵和同音法的不稳定的气候中。她死前曾两次写道:

请相信,我不过是个女诗人。

啊,莫非我是女人?我不过是个女诗人……

死去的兴许并不是一个碰上了复杂的爱情纠葛的女人,而"不过是个女诗人"?

人们曾谈到从待惯了的、空气窒闷的欧洲迁往遥远的西方地区的移民碰到的种种困难。如今人们在谈论宇航员感到失重时的艰辛。还有一种不幸:被迁移到一个由形象、词汇和音响构成的无形世界。看来娜佳·利沃娃认识到了这一点,而我在回忆自己青春时期的时候,也非常理解她的失败。她受不住了……

我接到了瓦列里·雅科夫列维奇的一封信,他在信中叙述了娜佳自杀后他心情,当时我还不认识他。她曾向勃留索夫谈到我,这并不使我感到奇怪;然而一位被我视为导师的著名诗人,为什么竟想到要向我作解释——这对我仍是一个谜。

我还记得能干而博学的阿尼娅·维德林娜、我钟情过的阿霞·雅科夫列娃、利沃娃姊妹。

我在地下组织时,别人做的工作我全做:写传单,在烤盘里熬胶——我们是用胶印机印传单的,——寻找"关系",把地址写在烟卷纸上,准备被捕的时候能一口吞下肚去,在工人小组里转述列宁的文章,跟孟什维克声嘶力竭地辩论,而且尽一切努力遵守地下工作的规则。

我被捕时被没收去的笔记簿有助于我再现当年的性格。在一本笔记簿里,按照起诉书的话来说,记录了一些"各种有关俄国财政、国民教育、企业、农业以及关于德国的罢工和同盟歇业的统计材料";另一本上写着——"跟鲍里斯交换意见"、"寓所"、"买书"、"关于合法报纸"、"转交印刷物"、

"把关系转给季莫费和跟他交换关于讲演的意见"、"把铅字转交哈莫夫工厂"、"打电话给特卡奇"。

冬天,我们经常在茶馆相见,我们往自动留声机的钱币控制器里掷下几个铜板,好让音乐来淹没我们的谈话声。茶馆里出售切成方块的灌肠。他们的叉子缺了齿;灌肠变了味,连芥末也压不住它的臭味。人们用肮脏的糖钳把糖块夹碎,然后咬着糖块就茶喝。茶馆里熙熙攘攘,但气氛并不愉快,人们进来取取暖,可是自己家里那种严酷的苦闷并没有远离他们。

有一次,我走进一家为马车夫开设的夜间营业的茶馆。在这之前,我刚刚在马利亚小树林里参加全城会议;我们被密探发觉了,可是所有的人都逃跑了。我溜到茶馆去躲避密探。在我四周全是沉睡的马车夫。尽管我用碟子喝着茶,甚至还装出呼哧呼哧的声音,但是,想必我是太像一个典型的"煽动者",像那种为警察分局的局长们梦寐以求的人物了,所以马车夫们虽然并没有注意我,却有一个人突然推开桌椅站了起来,用一双狡黠的眼睛盯着我说:"难道这也算是人过的日子?"吓得我马上跑了出去。

一般地说,我总算是走运的。有一天傍晚,我在布季科夫纺织厂附近的堤岸上被他们捉住了。我身上正带着传单。他们把我带到分局去。警察分局分局长就走到我旁边。当我们走过奥斯托任卡的时候,他停住脚步,为一辆漂亮的马车让路,我就乘机往前跑去,居然被我把传单扔掉了。我在分局里待了几个钟头,后来警官来了,骂了几句,就释放了我。有一次,我们在一个工人的家里集会,这位工人的妻子告发了我们。她对丈夫的行径吃醋,因而决定借此来报复他;但是想必她对警察说了些什么荒唐无稽的话:警察钻到床铺底下,撬开一块地板,搜查了所有人的口袋——寻找武器,可是什么也没找到,便扬长而去,甚至连我们是什么人也不想打听一下。

不久以前,在馅饼大街的国家档案馆里,我忽然发现了一张褪色的纸;它使我忆起"1907年11月1日凌晨三时,在居住在萨韦洛夫胡同瓦尔瓦拉公司的住宅里的中学生伊利亚·格里戈里耶维奇·爱伦堡的房间里进行了一次搜查",但是"并未找到任何违禁品","没收了《俄国马赛曲》的乐谱和各式各样的明信片"。

在我负责的那个分区里有一家斯拉德科夫壁纸工厂。我跟技师季莫费·伊万诺维奇·伊柳欣交上了朋友,这是一个精力充沛、绝顶坚定的人。

工厂里举行了罢工;我在会上演说,为罢工委员会去向大学生们募集捐款。

我还喜欢一个细木工匠,那个永远快快活活的瓦西里·伊万诺维奇·恰杜什金。不论是他还是伊柳欣,都丝毫不像我童年时代所认识的哈莫夫工厂忧郁的工人们。1905年并没有无声无息地消逝,工人阶级的先锋队开始形成了。从我的新朋友那儿,我学会了如何使心情愉快。他们生活贫困,工作繁重,但他们仍然诙谐达观。对于我来说,参加革命工作是为了摆脱谎言,而对于他们便是生死与共的事业,虽然复杂,却很自然。

我还能清晰地记得一些场景。沙博洛夫卡旁边是一片大荒地,有几块地方生着一些衰草;赤脚的工人们躺在草上。我们在那儿集会,谈论着《前进报》上的文章,也谈到斯拉德科夫壁纸工厂的工人们要求厂主发肥皂的事。在这种场合,我们必定派人放哨,因为那个绰号叫做"锥子"的凶残的警察很可能溜过来。我们也时常在鞑靼公墓的残碑丛中开会;春天里,那儿盛开着蒲公英和毛茛。我们最喜爱的集会地点是麻雀山。山顶上,茶棚的老板娘们殷勤邀请可敬的顾客喝茶。茶炊冒着烟,伏特加汩汩作响。手风琴如泣如诉:"啊,为什么夜色这样美丽……"我们在半山腰的小树林里开会,谈论着"关系"和用胶印机印出来的传单,谈论着昨天一个身上带着许多地址的做组织工作的人被捕了……

我还记得选举出席斯德哥尔摩代表大会的代表的事。布尔什维克应当邀请一个孟什维克参加选举前的大会,而孟什维克也应当邀请一个布尔什维克参加同样的会议。人总是憎恨比较近的人们,所以在我眼中,立宪民主党人比孟什维克似乎还要可爱些。我参加了印刷工人中的孟什维克会议,我那副能言善辩的口才在那里变得软弱无力。后来又举行了砖瓦厂十人或十五人的会议,在这个砖瓦厂里有孟什维克组织。一个姑娘代表孟什维克出来讲话,她非常严肃,但对所有的事情和所有的人都感到拘束,我却毫无礼貌地挖苦孟什维克,结果我得到了胜利:工人们选举了布尔什维克的代表。这位姑娘几乎哭了出来,我和她一起离开,心里非常可怜她,但我暗自在微笑——我毕竟驳倒了机会主义者!

据说,人对着镜子看,有时倒认不出自己来。要想从往昔的模糊的镜子里认出自己,那就更为困难。每当有人问起我文学活动的起点时,我总是把1909年春天写的诗告诉他们。其实,我的写作生涯开始于1907年,这与其说是诗,毋宁说是更近似有独特风格的政论。馅饼大街的档案馆里还保存着《环节》杂志的社论,它是我写的。这篇社论充满了一个十六岁的新信徒的热情。"我们在艰苦的时代出版我们的杂志。万恶的反动势力统治着整个俄国。革命的先进队伍无产阶级失败后尚未恢复元气,创伤还没痊愈。它的敌人兴高采烈地叫嚣着'失败者的悲哀',猛烈地攻击革命队伍,首先是它的领袖——俄国社会民主党。被迫转入地下的无产阶级坚定地认识到新的力量,对最终目的怀着光明的信心,正在磨炼着自己的武器,建设着自己的工人的党。我们与它有着共同的信仰,深深憎恨那个荒淫无度、贪婪腐化、制造贫困的制度,憎恨那个金钱与皮鞭的政权。我们坚定地相信它的崩溃是必不可免的,我们坚定地相信那自由、平等、博爱的光明王国必然来临。以社会民主党为前列的无产阶级的伟大国际主义的斗争便是胜利的保障。它号召所有被欺凌与被侮辱的人,所有真正渴望振兴人类的人走到红旗下面。它将沿着遍布荆棘、然而是正确的道路走向自己的目的地——社会主义。在这场历史性的决斗中,没有,也不应该有旁观者:谁不和它站在一起,谁就是反对它。我们的话是针对这场斗争的参加者当中决心为劳动解放事业献身的人们而说的。我们要求他们担负起艰巨的任务,要求他们成为伟大阶级的鼓手和号手,要求他们学会斗争的科学,要求他们和未来的救世主——无产阶级紧密地联成一环。"我引用了我第一篇文学习作的全文,当然,这并非因为我认为它写得很成功;我只是想证明词汇的通货膨胀是怎么出现的,证明词汇如何变换了自己的原义。1907年,我渴望成为一个鼓手和号手,其目的是为了能在1957年写出"在乐队里,不仅仅有喇叭和鼓……"这样的句子来。

我的另一篇名为《统一的党的两年》的文章没有保存下来。我根据一个暗探的报告,说明党不应该轻视合法斗争的一切形式,但同时也应该加强秘密活动。党的策略问题、党内的派别争论,在那个时候对我都有吸引力。我喜欢谈论和解,但态度却是不和解的。

我经常在秘密接头地点遇到瓦里娅、季莫费、塔尼娅、叶戈尔-莫尔贡。叶戈尔是大学生,塔尼娅是女子高等学院学生。有时傍晚我和尼古拉·伊万诺维奇一同到塔尼娅或利季娅·涅多科涅娃家去玩;她们住在弗拉基米洛-多尔戈鲁科夫大街上;我们谈论着党的工作,但也吵吵闹闹,说说笑笑。

不久前我遇见了五十年没有来往的塔尼娅;她已是弗·帕·诺根的遗孀了。我们回忆起遥远的过去:我们这些初出茅庐的宣传员,如何聚集在彼·格·斯米多维奇家附近的发电站上,尼古拉·伊万诺维奇又如何善于戏谑,我们早年的青春时代是多么热情、多么光明啊。

我跟马卡尔见过许多次面,但是多年以后我才知道大家把弗·帕·诺根叫做"马卡尔"。

有一天,一个长着一双疲惫而善良的眼睛的人来参加市的会议。我怀着敬意望着他:我知道他是中央委员。因诺肯季(约·费·杜勃洛文斯基)关切地跟我们每一个人谈话;他对一个同志说:"您的气色不好,您该休息休息……"我还记得,这句话使我深受感动,它跟我当时对革命的概念不相符合;说得更确切些,我非常渴望平常的人的爱抚,但我认为这是软弱、遗毒、"知识分子习气"。

1907年秋,我受委托去调整和士兵间的联系,并在兵营里建立组织。我为这个任务的艰巨和重要所鼓舞。他们将由于屡次失败而剩下的唯一一个印章交给我保管;我在两本捐册上盖好了印,由于愚蠢,我把印章带在身上,而自以为收藏得很好。(起诉书上说,在从我身上搜出的物件中,有"俄国社会民主党莫斯科市委会军事组织"的"胶印章"。)我设法结识了涅斯维斯基团的一个非战列连的文书,他引来了机枪连的三个士兵,后来又来了一个自愿入伍的人,随后又有一个士兵参加,一共有六个人,——这个组织后来成为赤卫军的前身之一……

我还是不断地阅读小说,上剧院,有时去探望远离政治的熟人。历史学家们把那个时期称为"反动的开始"。在光辉夺目的1905年以后出现了混乱时代:所有的人都在探索着什么,热烈地展开争论,激动不安,而在这一切的后面可以感觉到一种倦怠、失望和空虚。

小姐们不再跳我童年时代广为流行的蜜侬舞、沙康舞,而在自己受惊的母亲面前学会了跳步态舞和玛特奇什舞:文明的人类已经转向狐步舞了。大学生争论着阿志拔舍夫的萨宁是否是现代人的典范:这里有适合于要求不严的人们的尼采学说,有比王尔德有过之而无不及的色情,也有新世纪的直言不讳。阿纳托利·卡缅斯基详细描写某军官如何在一日之间诱骗了四个女人的短篇也出现了。艺术剧院上演列昂尼德·安德烈耶夫的《一个人的一生》,这是一个概括生活的天真尝试,这出戏里的旁白就对此作了说明。莫斯科的知识分子成天不是用口哨吹奏着这出戏里的波尔卡舞曲,便是哼着它的调子。这个剧院还上演了梅特林克的《盲人》,由于象征性的哀号,多愁善感的太太们得了神经衰弱症。她们之中的任何一个也没预见到,十年以后会出现大麦粥和调查表;生活显得过分平静,人们像找寻稀有原料似的在艺术中寻求不幸。寻神说、斯堪的纳维亚文选、《鬼魂的诱惑》风靡一时的世纪开始了①。

也许,由于自己不妥协的性格,我没有受到它们的侵蚀吧;然而不是这样,艺术也深入到我的地下生活里来了。我一夜夜地读着汉姆生的《牧羊神》《维多利亚》《神秘剧》,我一边责骂着自己的软弱,但仍禁不住要赞赏,因为我感觉到,还有另一个世界存在——自然、形象、音响、色彩。契河夫的无可辩驳的真实使我大为震惊,其实,我当时还不理解它;我曾喃喃自语:"米修斯,你在哪里?"②我也曾迷恋上了"带小狗的女人"。我看见过伊莎多拉·邓肯③;她穿着古代的白色短袖长衣,跳的舞跟格利采尔的毫无共同之处。我照旧对自己说,这一切都是胡说八道,但经常不能抵御这种"胡说八道"的蛊惑。当我还是一个中学生的时候,我就曾对一个我爱恋的姑娘说:"柯罗连科说过,人是为了幸福而创造出来的,犹如鸟之为了翱翔……"我常常陷入情网,也非常渴望幸福,但是我把自己的全部精力和所有时间都贡献给另一件工作。我们常常把"磐石般的"这样一个形容语用来赞扬人;而磐石不过是一块大石头。可是人却多么复杂啊。即使是在十六岁的年纪上……

报纸都是既热闹而又沉闷。社会革命党人热衷于恐怖行为。人们被绞死。暗探们夜晚到处扯开褥垫,抖乱八十卷的布罗克豪斯和叶夫龙的百科全书。

勃洛克当时写道:

我认识你,生活!我接受你!

---

① 斯堪的纳维亚作家的作品20世纪初在俄国十分流行;《鬼魂的诱惑》是索洛古勃的一部长篇小说。
② 指契河夫的《带阁楼的房子》。
③ 邓肯(1878—1927),美国女舞蹈家。

我敲响盾牌欢迎你！

但我并不知道勃洛克。生活里有许许多多东西还不为我所知,因为我过去是一块带有一条大裂痕的小石头。我常去看望中学女生阿霞·雅科夫列娃;她比我大两岁,想必比我善于解开人类情感上的乱结吧。我把伦敦代表大会的结果告诉她,而且尽量抑制住郁积在自己内心深处的许多东西。简短的爱的自白打断了关于合作组织的利弊的谈话。我们争吵了,又和解了。圣诞节假期中,阿霞到博布罗夫去了,她答应我说,首先要粉碎当地的社会革命党,其次要仔细考虑一下我们的关系。她寄给我的一封信,在我被捕时被没收了,这封信的开头是:"伊利亚,我非常希望能平心静气地跟您谈谈……"而结尾是对几个问题的答复:"我没有读什么报告,因为几乎所有的社会革命党人都溜走了,也许,是战斗的热情消逝了……"

一面争论着普列汉诺夫的文章,同时又幻想着幸福,这不是一件容易做到的事。我所以谈起这个,是因为我跟许多同辈作家不同,很早就看到了我往后在其中生活了整整五十年的内心世界的小模型。如果不是根据日历,而是就生活方式而论的话,那个拥有赫尔岑和奥加廖夫的誓言,拥有"心灵的迷惘"、波林娜·维亚尔多、《海鸥》和纳德松的诗篇的19世纪依然屹立不动,然而,我却在秘密接头处和汉姆生的小说之间,已经预感到了另一时代的气候。

我现在用轻微的嘲笑来对待那种男孩子的自信心;但恰恰是那几年对我起了决定性的作用。当然,我走过的是一条紊乱的路程:生活不是阳关大道,而艺术又使人激动,还时常把人领入歧途。但我仍然觉得,那个抄写着幼稚的传单的十六岁青年,现在对我仍非常亲切。如果有什么东西帮助了我度过怀疑、失望的岁月的话,那只能说是我意识到五十多年前为之献身的事业是为时代的理性和我的良心所指使的。

我被捕时正当深夜两点;我在埋头酣睡,突然被警察分局分局长和暗探们的声音所惊醒。我什么也没有来得及毁掉。搜查一直持续到早晨。母亲啼哭不休,从基辅来玩的婶娘穿着华丽的衬裙吓得在房间里跑来跑去。我记得,当时有一个念头使我得到慰藉,甚至感到欣喜:多么好,我在两星期以前刚满十七岁!这么一来,没有人再会因为我年幼而怀疑我是否能负起全部责任了……

8

我在狱中一共只待了五个月,但我毕竟是个小孩子,所以我觉得仿佛待了几年似的:监狱中度过的时间跟在自由的时候不同,日子显得特别漫长。有时感到非常郁闷,尤其是在傍晚,当市声传来的时候,不过我总是尽力克制自己——在我的概念里,监狱是一个人成熟的毕业证书。

半年里,我熟悉了形形色色的监狱:肉商大街分所、苏谢夫斯克监狱、巴斯曼监狱,最后还有布特尔基监狱。它们的风气各自不同。

当时的监狱到处都人满为患,为了等待空额,我在普列奇斯坚斯克大街的区分所里被关了一周。那里嘈杂不堪。每逢夜晚就抓来许多醉汉,把他们无情地鞭笞以后再关进醉牢——人们这样称呼那个像动物园里的笼子似的大牢笼。看守我的是警察,他们常常坐着就睡着了,一醒过来就高声地擤鼻涕,抱怨这种麻烦的职业。我却只顾想着自己的事:我多蠢,没把军事组织的印章藏好;我也想到阿霞:多遗憾,我们竟没能把一切谈妥!……后来他们把我押到暗探局,一个垂头丧气的大脖子摄影师不停地说:"头抬高点……现在看镜头……"我自幼醉心摄影,喜欢照相,可是不喜欢别人替我照相,而在暗探局却感到特别高兴——这就是说,他们对待我是很认真的。

他们把我押到肉商大街分所。那儿的制度还算过得去。每一间极小的囚房里摆着两张床。有些好心肠的狱卒,准许犯人在走廊里散散步,而另一些却成天骂人。我还记得其中的一个——每逢我要求放我去上厕所的时候,他总是回答说:"没关系,等一会儿……"狱吏是个文化程度很低的人;当外面给犯人送些书来的时候,他就生气,因为他不能分辨哪些是造反的书。在国家档案馆里,我看见过他给暗探局写的报告,说没收了送给我的书籍——《大地》文选和易卜生文集。有一次,他气呼呼地喊叫着:"天知道这是怎么回事!给您送来了谈鞭笞的书。不准看!不给您!"(后来我才知道,那本吓得他惊慌失措的书原来是克努特·汉姆生的小说。①)

肉商大街分所里监禁了一个布尔什维克,B.拉杜斯-津科维奇;我觉得他是一位老战士——已经有三十岁啦;他曾经流亡国外,这不是第一次蹲监狱。我的邻居也是个"老头子"——一个头发斑白的人。我跟他谈话的时候,总是小心翼翼,唯恐他认出我才十七岁。有一天,狱吏给我送来一本文艺创作选;我把它拿给这位邻居,一小时后,这位邻居对我说:"这儿有你一封信。"原来书是阿霞送来的,她在某些字母下面注上了隐隐约约的记号。由于幸福,也由于害羞,我脸红了;一连几天,我都不敢正眼瞧我的邻居——这种情感,我认为是不可容忍的软弱。

我们在一个极小的院子里许多雪堆中间散步。后来,白雪突然变成灰色,雪堆坍陷——春天快到了。

有时,他们带我们去洗澡,这就算是最好的日子了。我们走在大马路上,来往行人瞧着囚徒——有的惊讶,有的怜悯。一个老太婆画着十字,塞给我一个五戈比的辅币:因为我走在最边上。我们在澡堂子里拼命地洗啊,用水冲啊,好像已经重获自由似的。

外面的警卫任务是由宪兵署的宪兵担任的;他们常和我们聊天,说他们很尊敬我们,因为我们不是小偷,而是"政治家"。有一些宪兵答应替我们把信送到外面去。3月13日我给阿霞写了一封信。在这以前,我大概从她那儿接到了一封使我伤心的便柬,所以我才写道:"由于意识到为了事业的利益,我必须得到外面的消息,我不能落后于运动,所以我才不得不请求您给我写信。"这封信是在阿霞那儿搜查时发现的,并且归入了卷宗。我从这封信看出,在狱里我所念念不忘的,仍然和我在自由的时刻一样。"愉快地得悉,我们的事业虽然有重重阻难,但仍旧在前进。不过您在这封信中说到我的计划,认为俱乐部的新成员可能都是些非常可爱的小伙子,但是我非常怀疑他们的社会民主党的党性,他们的组织工作可能会变成一场儿戏。"(当我重读这几行时,我不禁哑然失笑——十七岁的孩子居然揭露起学生

---

① "鞭笞"一词的读音即"克努特",狱吏文化程度低,弄混了。

组织中新成员的儿戏来了!)接着我写到某些一般性的政治问题:"莫斯科河南区社无法解决自修问题,'劳动同盟'已被查封;很明显,政府决定封锁通向地下活动的大门。我们应该冲破它。但是有一点不应忘记——这只是辅助手段,而不应该是地下工作的中心。"

这封信在阿霞那里搜查出来之后,我就从肉商大街分所被转押到苏谢夫斯克监狱去了。这个监狱,在我看来,真是个天堂。在一个大房间的大板床上睡着许多人;翻身的时候不能不弄醒邻居。所有的人都吵着、喊着、唱着"光荣的湖,神圣的贝加尔……"狱吏是一个酒鬼,他喜欢钱、白兰地、巧克力糖和布罗卡尔的花露水;也爱和知识分子搞在一起,他说:"你们是政治家,是聪明人……"他反对探望,但只要在请求书上放上三个卢布,事情就好办了。什么东西都可以送进来,只不过凡是他特别喜爱的东西,都扣下了。有时他喝多了,就走进监房,微笑着倾听社会民主党人跟社会革命党人的争吵,插嘴说:"瞧你们还吵架呢,我却爱你们所有的人——不论是社会革命党,还是布尔什维克、孟什维克。你们是聪明人,可是俄国将来究竟怎么样,这只有上帝一个人知道……"他脸上长满了粉刺,还有一个酒糟鼻子,浑身是酒精气味。

某些犯人经常发怒:成天叫喊,吵得人不能读书。后来选了一个室长,这是一个戴着眼镜的孟什维克,他郑重地宣布:从早上九点到中午十二点严禁喧哗。就在整九点的时候,三个无政府主义者扯开喉咙,放声大唱:"让黑旗标志着工人的胜利……"他们反对任何规则,甚至狱吏在他们面前也有些胆怯地说:"你们这是干吗……太过分了。"(当1936年我在阿拉贡前线和无政府主义者相处的半年中,我每每回忆起苏谢夫斯克监狱的这间牢房。)

其实,不仅我们的牢房毫无秩序,整个暗探局也是如此:在一间牢房里,有一些偶然被捕的人,他们日复一日地期待着释放,另有一些则是被指控为进行武装袭击的恐怖分子,——他们面临着绞刑的威胁。有一位教堂执事也坐了一个礼拜的牢,他被抓错了——搜捕的是另一个和他同姓的人;他对我们每一个人解释自己的遭遇,说他是偶然的牺牲品,还说甚至他的念头都是绝对忠实可靠的,他丝毫不能理解,为什么我们听了他的话只是哈哈大笑。当看守进来对他说你可以回家了的时候,他反倒不知所措了,说什么现在他一定会被再抓回来的——因为他在这一个礼拜之中,听到了多少违禁的话啊。有一个参与了武装抢劫的社会革命党人,在狱里等着处死。他叫伊万诺夫(不知道这是不是他的真姓)。他佯装疯癫,开头他只是短暂地突然发作,后来,或者是他改变了策略,或者是他真的有点神经失常了,他整日整夜地用鸳鸣般的啸叫、没有理由的大笑和语无伦次的话来打扰我们。

审理我这案子的是宪兵上校瓦西里耶夫。他尽力博取我的好感,跟我攀谈现存制度的祸根,说什么他心里是拥护进步的。他有时恭维我,有时用一个上了年纪的、并不愚蠢的犬儒主义者的讥讽来取笑我。他非常想弄清楚,究竟谁是《统一的党的两年》一文的作者,会不会很快又出现新的分裂,列宁的立场又是什么。对这些问题,我回答得非常简短:不同的人给了我不同的文件,我拒绝说出他们的名字。他把话题转向一般的题目——关于高尔基、关于青年的作用、关于俄国的未来;他对我说:"我有一个跟您同岁的儿子,是个糊涂虫,对什么都不感兴趣——不论是跳舞、姑娘还是酒。可是跟您谈话却很愉快,您是一个独特的青年,而且博学多识。"有一次,在审讯的时候,他高声读着阿霞给我的信,这封信是在我被捕的时候给他们搜去的。我大为愤慨,叫嚷着说,这跟审讯无关,我绝不能容忍别人的侮辱。他非常满意,称我为"热血青年",请我喝茶吃点心,可是我拒绝了。有一天,他对我说,有一个自称是我的表姐的姑娘来找他,要求和我见面。"我问她,您的母亲叫什么名字,可是她甚至连父名也不知道。你们为什么吸收这种蠢货参加你们的组织呢?我没有逮捕她。您当然猜得出我所说的是谁吧?雅科夫列娃,阿霞。"我勉强抑制着自己的情感,满不在乎地回答说,这与案子毫无关系。

上校对我说了谎。阿霞来找他请求接见之后不久,就对她家进行了搜查;不幸的是,我从狱中寄出的信还放在她桌上,尚未启封——她没有来得及看信,也没来得及销毁它。4月8日,由于追究到学生组织一案,阿霞被捕了,两周之后,交了二百卢布保证金才获释放。

当然,我憎恨瓦西里耶夫上校,但是我觉得他是一个有趣的人物,是小说里的狡猾的侦察员——我以前总以为所有的宪兵都是愚蠢的、不学无术的粗人。

宪兵署坐落在库德林广场上。每次我去的时候都乘坐马车;旁边坐着一个宪兵。我贪婪地打量着行人——会不会突然出现一个熟人？……街上走着工人、阔少、中学女生、军人。屋前花圃里丁香盛开。一个熟人也没有……

在最后一次审讯的时候,他们对我说,因参加俄国社会民主工党的学生组织一案而依法律 126 条第 1 款受审的有爱伦堡、奥斯科尔科夫、奈马克、利沃娃、伊文松、索科洛夫和雅科夫列娃。除此之外,依照法律第 102 条第 1 款我还将以参加军事组织的罪名受审。瓦西里耶夫笑着对我解释说:"您个人将被判处六年苦役,但由于尚未成年,可以减刑三分之一。然后——终身迁居外地。不论您打哪儿溜进来,我都能认出您来……"

某些犯人利用苏谢夫斯克监狱当局的疏忽大意,组织了一次越狱;就我记忆所及,只有四个人逃了出去。我第一次看见狱吏脸上阴云密布。我不知道他后来有没有保住自己的饭碗,但是我们却为此付出了代价:我们即刻以"越狱同谋犯"的罪名被分头押解到不同的地方。

巴斯曼区的狱吏一看见我,就厉声喝道:"脱裤子!"开始了人身搜查。我从天堂落到地狱。一记有力的耳光使我马上认识了新的制度。在巴斯曼狱中,我们曾宣布绝食,要求转到别的监狱去。还记得,我曾要求一位同志往面包上吐唾沫,——因为我怕我克制不住,会去掐下一块……

我后来被转押到布特尔斯克监狱的单人囚室;对我来说,这是惩罚——问题自然在于年龄;如果现在让我在苏谢夫斯克的公共狱房和单人囚室之间做个选择的话,那我绝不会有一分一秒的迟疑;可是在十七岁的年纪上,独自消磨时光已经不是一件容易的事,何况还不许接见、不许通信、不许读书呢。

我曾试着敲叩墙壁,但是毫无回应。他们也不让我出去放风。夏日的强光侵入小窗。便桶散发着臭气。我开始大声朗读诗篇——狱卒威吓着要把我押进禁闭囚房。我要了张纸,给暗探局写了一个申请,说"监禁在莫斯科解送犯监狱中的伊利亚·爱伦堡"不愿再过铁窗生活:"请求立刻将我释放。如果你们希望在审判前将我折磨死或是使我发狂,那么应当事先对我说明。"我现在抄着这几行字,不禁觉得好笑,但在我写申请的当时,却丝毫不觉得荒唐。这份申请后来也编号归档了。

狱医发现我患了极其严重的神经衰弱症。但是有许多事他并不知道:

我仍在思索着党的各项工作、思索着如何为了党的工作而利用合作组织、考虑应该怎么推动古容工厂的某些工人；我默写了一封《答普列汉诺夫书》。我还想到，阿霞通过了考试，要进高等女子学院——我们的生活旅程未必能结合在一起了。我在狱中所想的不止于这些：我还开始考虑到生活，考虑到那些在自由的日子里未曾完全想通的大问题。一般来说，监狱是个好学校，只要没有鞭笞，没有拷问，只要你知道监禁你的是敌人，而志同道合者正满怀友情地怀念着你。

"带着东西！……"我原以为我又要被转押到别的监狱去了，可是他们递给我一纸公文："签字吧。"他们在审讯前将我释放了，交给警察监视；我必须立刻离开莫斯科迁往基辅。

我一出狱门走到长臂街上，立刻愣住了。一切都能遗忘，这一刹那却永记在心上！一个在平静的时代、平静的国度里生长、学习、结婚、工作、患病、衰老的人，他可以度完自己的一生，而永远不会了解什么是自由；大概，他一直觉得自己是自由的，这就是一个拥有中等想象力的规矩的公民所应有的那种自由。我跨出监狱的大门，立刻呆住了。马车夫、拉着手风琴的青年、小摊贩、奇奇金奶品店、萨沃斯季亚诺夫面包房、姑娘、狗、十条小胡同、一百个庭院。你可以一直向前走，也可以向右或向左……这时我才了解什么是自由，而且终生难忘。

（我始终没有领会普希金这几行诗："人世间没有幸福，只有平静和自由……"我曾屡次思索这些字句，但是不得要领：生活变了。1949年，我和萨·雅·马尔夏克同坐在大剧院的池座里；台上在做关于普希金的报告——这是个纪念会。后来我们拐进铁匠桥拐角的咖啡店。我问萨穆伊尔·雅科夫列维奇，除了平静和自由之外，普希金幻想得到什么幸福；马尔夏克一言未发。）

我久久地伫立在长臂街头，面带微笑；后来我朝奥斯托任卡的家中走去，经过受难周广场的时候，我向普希金的铜像致意，我沿着绿意葱茏的大街走去，脸上一直带着笑意。

9

到基辅以后不久,我又被送走了,而且不知为什么不准我在基辅、沃伦、卡缅涅茨-波多利斯基等省居住。我得到一张前往波尔塔瓦的通行证,因为我的舅舅,一位自由派的律师住在那里。

我觉得这个城市相当可爱,这儿有幽静的街道、绿色的庭院、白色的小屋;但是"警察的公开监视"也会毒害田园式的波尔塔瓦省的生活。当然,舅舅殷勤周到地接待了我,但是我也明白,我在他家逗留的时间越短,他也就更加安心。所以我开始寻找住处;我不得不事先告诉房东,说我是受警察监视的人。但只要我说出这件事,就必定遭到拒绝——有的人态度粗暴,有的面带歉意,提出许多困难来婉言谢绝。最后,我才碰到一个专门缝制男服的裁缝布拉韦,他跟妻子商议了一会儿,决定租给我一个小房间。我拿出书籍、笔记,准备长期定居在波尔塔瓦。我自然盼望能继续从事地下工作;我手头保存着一个工人的地址——是在基辅时得到的。整整一个星期,我从城市的这端走到那端,希望能够证实没有密探盯梢。

1908年11月11日,波尔塔瓦宪兵署长官涅斯捷罗夫上校写道:"有关俄国社会民主工党组织活动的情况,今作如下汇报:10月份被列入监视范围的有下列诸人,"——下面是名单,其中有"伊利亚·格里戈里耶夫·爱伦堡——大学生"。遗憾的是,他的报告我过了半个世纪才有缘看到,不然的话,他把我错认为是大学生这件事一定会大大地满足我的自尊心。

我在波尔塔瓦的生活细节,已经很难追忆,所以只得再次向警务档案求援:"通过侦探情报,我们得到了被监视的伊利亚·格里戈里耶夫·爱伦堡的信件副本。1908年9月21日发自波尔塔瓦,寄给基辅的西玛。'敬爱的同志！现向您报告有关波尔塔瓦组织的现状的若干情报。此地还存在两三个小组，但是软弱无力。一般地说，情况相当凄惨。在这种情况下谈什么代表会议，至少是可笑的……他们因为我是"布尔什维克"，很久不许我参加活动，而现在我还处于"特殊地位"。迫切恳求您给我寄几十本《南方无产者》来，同时请告诉我，您那儿有什么新闻。'"

我不记得西玛了，但是我还记得，波尔塔瓦有一个孟什维克组织，我作为一个布尔什维克，何况又是非常年轻而激进，所以把那位留着契诃夫式胡子的瘦弱可爱的孟什维克吓了一跳，他老是说："不能这样，不能什么都答应，真的不行……"不过我还是想到办法同在机车库工作的三个布尔什维克接上了关系，而且写了两份传单。

每周我应该到段里去两次，但是"公开的监视"并不止于此：警察常来找我，黎明时把我从睡梦中惊醒，深夜里敲打我的窗户。有一次，我回到家里，看见我的床上坐着一个戴长耳风帽的警察；他责备地说了一声："您老不在家。"然后拿起桌上的一本笔记簿——库诺·菲舍尔的《哲学史》的摘要，——又用绳子把我的书整整齐齐地捆起来，拿走了。

后来，布拉韦裁缝呜咽着请求我搬家，段里对他说，如果他不把我撵走的话，他就会碰到很不愉快的事情。于是那种有伤自尊的寻找寓所的差事又开始了。在第三天或是第四天，我找到一间舒适的房间，主人以哈哈大笑来回答我的警告："我自己也是受监视的……"他同情社会革命党人，每到夜晚，我们就争论着个人在历史上的作用；有时，我们的辩论被警察的例行访问所打断。

舅舅建议我到省法院去看看——他正在替一个被诬为盗贼的可怜人辩护。于是我就开始每天出席审讯——在我看来，这些审讯比小说还有趣味。我知道人们过着贫困的生活，我记得哈莫夫啤酒酿造厂的工人棚舍，我看见过小客栈、夜间营业的茶馆、醉汉、残忍而又愚昧的人们，我也见识过监狱。但这一切只是表面现象，而在法院里，人们的心灵却展现在我眼前。为什么一个沉静、谦逊的农妇会凶残地杀害自己的邻居？为什么老头子会害死跟他生活在一起的继女？为什么人们相信满脸麻子的丑巫师？为什么他们充满了愚昧、偏见，充满一些狂暴的、他们自己也难以理解的激情？虽然我在那以前已经知道有"基础"和"上层建筑"，但是在波尔塔瓦，我才第一次严肃地思索着"上层建筑"的畸形和牢固性。以前我总觉得,人可以在二十四小时之内改变——只要无产阶级掌握政权就行了。听到了被告的口供、证人的证词,我才明白一切都不是那么简单。我从图书馆里借来了契诃夫的小说。

我在波尔塔瓦一共只住了一个半月。警察局长把我叫了去,通知我必须离开这个城市。他问我:"您打算到哪儿去呢?"我顺口说出了在我脑中闪现出来的头一个城市的名字:斯摩棱斯克。

我不知道,我给斯摩棱斯克当局带来了麻烦。不久以前,斯摩棱斯克档案馆的科学研究员奥斯特罗夫斯卡娅寄给我一份查询结果的说明。原来涅斯捷罗夫上校通知了他在斯摩棱斯克的同事葛罗米柯将军:"前大学生伊利亚·格里戈里耶夫·爱伦堡于11月10日声称同意迁居斯摩棱斯克城,波尔塔瓦警察局局长已发给他通行证。"与此同时,涅斯捷罗夫上校还提醒葛罗米柯将军说:"该爱伦堡居住波尔塔瓦期间,已与俄国社会民主工党地方组织的某些人物建立了联系。"11月24日斯摩棱斯克宪兵署长官下令立刻把我到达斯摩棱斯克的消息通知他。他们长期地搜寻我。

我从波尔塔瓦来到了基辅,在基辅逗留了一周,并没有去登记户口。每晚都得更换一个寄宿处。有一次,我在傍晚找到了预定的地址,按过电铃,敲过门,但始终不见有人出来开门。也许,我当时把地址写错了,我不知道。我只得漫步在比比科夫大街上。天气很冷,飘着湿漉漉的雪花。迎面走来一位年轻姑娘,脚上还穿着单鞋。她招呼我说:"咱们走吧?"我拒绝了。一小时以后,我们又重逢了;她明白我无家可归,便把我领到她温暖的房间——"暖和暖和吧。"——她给了我一盒香烟(我并不吸烟,但从不拒绝别人给我香烟),自己却又上街去寻找顾主。

(在妓女当中有不少女人尚未耗尽自己的温情。意大利电影导演费利尼摄制《卡比里亚之夜》就是出于这种体会。我看过他最近的一部影片《甜蜜的生活》,这是一部非常冷酷的片子,看来这部影片里唯一具有温暖的人性的地方便是那位罗马妓女,她善意地接待了一对富有的、失去常态的恋人。)

在莫斯科等待我的也是同样的困难。我既不能回家,又不知何处能容我栖身。只得去访求那些与地下工作没有关系的、所谓"同情者"的熟人。

我的一个中学老同学看见我来了,吓得魂飞魄散,说什么他要参加毕业考试了,我会毁掉他的一生,他愿意付给我一笔钱,然后把我推到过道里。我曾在一个助产妇家里过夜;她吓得一夜没能阖眼,而且也不让我睡,因为她时刻觉得有人上楼来了,她一边哭着,一边急急忙忙地咽着缬草酊镇静剂。不久我就没有地方可以寄宿了。我只好在街头过夜。我边走边想:这是我不远千里而来的故乡,我的家园,可是却没有我的栖身之地!……愚蠢的想法,只有年轻人才觉得这些想法是对的。

以后的行径更加愚蠢:我竟跑到宪兵署去声明,我宁愿再进监牢,而不能忍受这种"公开的监视"。瓦西里耶夫上校把我嘲笑了半天,然后才说:"您的父亲递了申请书,要求准许您出国短期疗养。"我以为上校又在跟我开玩笑,可是他把那张法律语言称之为"变更强制措施"的公文拿给我看。公文上说,警察的监视仍有不足之处,所以"为保证准时出庭受审"起见,我父亲应该为我交出五百卢布作为保证金。(科拉·伊文松——四百,奈马克——三百,雅科夫列娃——二百,奥斯科尔科夫——一百。不知道是谁规定的价钱,根据的又是什么。)

一年半以后——1910年5月31日,起诉书才分送给被告。我当时寓居巴黎,正在写描述中世纪骑士的诗。我得到官方的通知,说我的出国是不合法的,因为"法律不允许被告出国,即越出法律所及的有效范围"。他们对我父亲宣称,他所交纳的保证金将"依刑法第四百二十七条拨作修建囚禁地的用项"。

(高等法院于1911年9月审理了学生组织一案;有关已潜逃在外的爱伦堡和奈马克的部分案件特予保留,直到把逃犯逮捕归案后再作审理。法院审判的只是那些并没有搜寻出任何罪证的人。辩护律师不无根据地指出,主犯业已潜逃。奥斯科尔科夫判处八个月监禁,其余的人无罪释放。)

我并不愿意出国:我梦寐以求的一切都在俄国。我找到一位同志,他说:"您去吧。您应该提高一下政治修养。列宁目前不在日内瓦,而是在巴黎。您到巴黎去吧,您可以到那儿去找萨夫琴科、柳德米拉……"

我决定在巴黎先住上一年,然后再秘密地回俄国。"我只去巴黎。"我对双亲说。母亲哭了:她希望我去德国留学;巴黎有许多诱惑、能把人毁掉的女人,小伙子在那儿会误入歧途……

我怀着一颗沉重的心和一只更为沉重的皮箱走了：我把心爱的书籍放进了皮箱。身上穿戴着厚呢大衣、皮帽和皮靴。

1908年12月7日，葛罗米柯将军通知波尔塔瓦的涅斯捷罗夫上校说："伊利亚·格里戈里耶夫·爱伦堡至今未到斯摩棱斯克。"就在这同一天，伊利亚·格里戈里耶夫从三等车的车窗里探出头来，困惑地打量着巴黎近郊的绿草和小屋。

10

　　我清楚地记得12月里的那一天,我走出北站,来到肮脏而热闹的广场上。那送来了海的气息的和风使我惊讶,我感到欢欣和激动。我把行李寄放在存物处,顿时觉得轻松和自由。的确,我的衣着相当古怪,但谁也没有注意我,从跨进这个城市的最初一刻起,我便懂得了,一个人可以在这儿无声无息地度过许多岁月——谁也不会对你感到兴趣。

　　我信步走进酒吧间。紫红脸膛的马车夫们戴着大礼帽,站在柜台旁边;他们喝着一些深红色和绿色的神秘饮料。我不由得想起莫斯科的马车夫,心中顿时感到辛酸——这些人是绝不会讲什么燕麦的……我要了一杯咖啡。老板娘问了我些什么,我没有听懂。(我本来满以为自己能操法语——因为在中学学过,此外还请私人教过;此刻我才领悟到,我所知道的不过是拉辛悲剧里的几百个词汇罢了,而日常生活中所必需的词汇我却一无所知。)侍者给我端来一高脚杯黑咖啡和一小杯烈性甘蔗酒。我吓了一跳,但还是喝了。

　　我知道俄国侨民的住所离拉丁区不远,便向一个警察问路。他让我去乘公共马车:巴黎原来也有和我们那种铁轨马车一样的交通工具,只不过没有轨道,而且是上下两层的。我登上车顶座位,挨着车夫坐下;他握着一根长长的鞭子。他不时地打着盹儿;嘴里叼着一个快要熄灭的烟头,烟头不住地在颤抖;他一醒来,就哼上几句歌;因为他时睡时醒,所以我终于听懂了这支曲子的头几句歌词:"茨冈的心——是火山……"他大概快到六十岁了。但我觉得他并不是老,而是跟巴黎的浅灰房屋一样显得古色古香。

　　路途遥远,要从城市的这一端走向那一端。我们横穿大林荫道;那时候大林荫道还是市中心。我突然领悟到,巴黎不仅风俗不同,而且历法也不一样:今天是12月20日,圣诞节快到了,所以到处都是广告——礼物、节日的晚餐。大林荫道上全是货亭:有些货亭里卖的是些乱七八糟的东西,有些是我所不懂的玩意儿——轮盘赌。

街角上站立着手执乐谱的歌手;他们唱着忧郁的曲子;看热闹的人围成一圈跟着唱。人行道上堆着床、餐具橱、衣柜——这是木器店。总之,所有的货物全放在街上——肉、干酪、橙子、帽子、皮鞋、锅。公共厕所多得使我吃惊;厕所墙上还写着"精美可口的明纽牌巧克力",下面画着穿红裤子的兵士。风相当冷,但路上行人并不匆忙:他们不急于到哪儿去,只是在街头溜达。

咖啡店全有凉台,许多凉台都有冒着黑烟的烤炉;一些年高德劭的老人围着烤炉闲坐。我真想给阿霞、姊妹们、娜佳·利沃娃写封信,告诉她们,巴黎人在街头取暖。她们绝不会相信!……

在谢巴斯托波尔大街上,我瞧见蒸汽电车,它凄恻地鸣着汽笛。马车夫们高声喊叫,把鞭子在空中抽得噼啪作响。这里没有拉散座的四轮马车,马车夫们赶的都是轿式马车,跟莫斯科的省长大人坐的一模一样。我看见一对情人坐在马车里接吻;我不愿打扰他们,便急忙扭过头去。有时一辆辆不用马拉的轿车横贯街道——这是小汽车;它们呜呜地吼叫着,马匹惊慌失措地退避一旁。

我递给售票员一枚银币;他用牙咬咬,试试真假,看见我很惊讶,便愉快地微微一笑。我从没有见过街上有那么多人。这时我觉得莫斯科像童年一般可爱而恬静。

报童们声嘶力竭地叫喊着:"《新闻日报》!《祖国日报》!"我以为一定是出了什么大事。也许是德国宣战了?或者是社会革命党人向斯托雷平扔了炸弹?当然,个人的恐怖行为什么问题也解决不了,但总还是令人愉快的……报童跳上行驶着的公共马车。我买了一份报。第一版上刊登了一幅我不熟悉的人的照片。我把标题研究了好半天,最后才弄明白,原来这个人杀死了自己的情妇,把尸体放在一口大箱子里,作为慢件寄往南锡。

我不知道到拉丁区去该在哪儿下车,最后只得向车夫打听。他笑着说:"下车吧。"这是登菲尔—洛歇洛广场。广场中央有一座纪念碑:一只怒气

57

冲冲的狮子瞪着我;我读了基座上的碑文,才知道这是为纪念抵抗普鲁士人、保卫贝尔福而建立的纪念碑。我满心欢喜地想到,我就要瞻仰公社社员墙了。在莫斯科我曾邀请弗·彼·波将金来为大学生和中学生作了一次报告;他讲得很精彩,并且用这样的话作结束:"公社是失败了,但是公社永垂不朽!"在我想象中,路上的行人跟无裤党,跟贝尔福的雄狮般英勇的保卫者们,跟我从利萨加雷的小册子上所读到的公社社员们融为一体了。①

　　但是必须找个住处……旅馆多得不可胜数;我挑了一家招牌最小的,大概这里的价钱会便宜些。女主人给了我一个上面滴满烛油的铜烛台,一把大钥匙,一块小得像餐巾似的手巾。我把护照递给她,她回答说她对这不感兴趣。房间里有一张非常高大的卧床,几乎占满了整个房间。石头地板。我把窗子当作阳台的门,但是实际上并没有阳台;我发现所有房子的窗户全是这样的——落地的窗子。房间里根本没有桌子,真怪,连布拉韦裁缝的那个小房间里都有一张桌子……房间里很冷。我问女主人能不能烧壁炉。她回答说,这非常贵,答应到了晚上在我床上放块热砖。(到了第二天,我还是下了破产的决心,服务员给我送来一袋煤。我不会生壁炉,——煤又是石炭;我放上了报纸、劈柴,这些东西一下子就烧尽了,可是该死的煤还是点不着;我的脸抹得漆黑,不得不仍然睡在冰冷的房间里。)

　　独自坐在屋子里是愚蠢的。我把找寻萨夫琴科和柳德米拉的事推到第二天,便径自到巴黎街头漫步。男人们戴着圆顶礼帽,女人们戴的是插着羽毛的大帽子。恋人们在咖啡馆的凉台上毫无顾忌地亲吻;我现在连头也不回了。在圣米歇尔大街上,大学生们沿着马路徜徉,阻碍交通,可是谁也不去干涉他们。我起初以为是游行,然而不是,他们只不过是消遣而已。街上卖着热栗子。疏疏落落地下起小雨来了。卢森堡公园里,小草已现嫩绿。这是在12月啊!……我穿着棉大衣感到非常热。(皮靴和皮帽,我留在旅馆里了。)到处闪耀着五光十色的广告。我一直觉得恍若置身剧院。

　　我在巴黎住了很久;形形色色的事件、人物、片言只语,全都在我的记忆里混成一团;但是那初到巴黎的头一天的印象,却深深留在我心中:这个城

---

① 无裤党是指1789年法国大革命时的贫民;利萨加雷(1838—1901),法国新闻记者,著有《巴黎公社史》。

市使我颇为惊异。最使我感到奇怪的是,它还是过去的老样子;莫斯科变得无法辨认,而巴黎的风貌却依然如故。我现在到巴黎的时候,总感到一股难言的悒郁——城市依稀当年,而我却变了;在我青年时代走过的那些街道上,我已感到步履艰难。当然,出租马车、公共马车、蒸汽电车早已绝迹;但霓虹灯比往日更为鲜艳明亮;备有红丝绒沙发或是皮制沙发的咖啡店已经不多;公共厕所也大为减少,它们已隐身地下。但这些不过是细枝末节而已。人们依然生活在户外,恋人们愿意在哪里接吻就在哪里接吻,谁也不会去注意他们。古老的房屋没有改变——对它们的年纪来说,多半个世纪简直算不得什么。

当然,世界变了——因而巴黎人也应该思考一下过去丝毫未曾料到的许多东西:原子弹、快速生产法、共产主义。但是即使有许多新思想,他们也终归是巴黎人,我深信,如果现在有一个十八岁的苏联青年到了巴黎,他也会像1908年的我一样,摊开双手说:"这简直是剧院……"

第二天,我到拉丁区去。在圣米歇尔大街上,我一直注意地倾听着过路行人的谈话;只要听到有人说俄语,马上就去问他,此地的侨民图书馆在哪儿;我大概在那儿能打听到萨夫琴科和柳德米拉的地址。我整整找了半天。图书馆坐落在郭伯廉大街上一座肮脏的庭院深处。我登上螺旋梯,走进这所酷似长长的贮藏室的房屋。屋里排列着不少书架,有俄文报纸,我和图书馆管理员米龙(因格贝尔)同志认识了。他是一个孟什维克,这使我感到不快;但是不久以后我就明白了,他所关心的只有一件事:希望读者不要借了图书馆的书不还。他对我长篇大论地说着,应该怎样爱护书籍,我向他保证绝不折角,也不做任何记号。(他一直在说刻薄话——说什么某些布尔什维克就是爱在图书馆的书籍上乱涂乱写。)这是一位近视、安详、善良的人。他每晚都是布罗克街上一家小啤酒店的座上客,在那里,他一边吃着热灌肠,一边编纂着外国出版物的目录。他并不知道萨夫琴科和柳德米拉住在哪儿,但他说,一会儿就会有布尔什维克组织的一个人来。果然,两小时以后,我就坐在萨夫琴科和柳德米拉的寓所里了。她们有两个小房间,有一个设有煤气的厨房;房间里铺着行军床。所有的布置都令人想起科济希地方的大学生宿舍。只有煤气炉引起了我的好奇心……萨夫琴科是个热心的女人,三十左右(当时我觉得她已经是个老太婆了)。她立刻对我表示关切,说住在旅馆里费用太贵,说明天她跟我一同去找一个带家具出租的房间,这并不难——大门口挂着黄色招贴的就是。今夜她们要带我去参加布尔什维克组织的会议——列宁要出席……

我们吃了午饭,我坐立不安,不时地瞧瞧表,——千万别迟到!当然,萨夫琴科和柳德米拉还对我谈了一些巴黎的怪事。但是,既然我到这儿来,那只有一个目的——看见列宁。

11

布尔什维克们在奥尔良大街的一个咖啡店里集会,此地离贝尔福的雄狮不远。二楼上有一间不算很大的会议厅;按照巴黎的习惯,可以免费借用这间屋子——主顾们只需付咖啡和啤酒的费用就行了。我们是头一批到的。我问萨夫琴科,我应该要什么饮料;她回答说:"石榴糖浆,我们全都喝石榴糖浆……"果然,侍者送给大家的全是那种甜得腻人的红糖浆,还往里面加了些矿泉水。只有列宁要了一小杯啤酒。(后来我不止一次地听说,侍者们大为惊讶:这些人是革命家,却偏喝石榴糖浆!……法国人总是把糖浆掺在过分苦的烈酒里喝;而星期天,当主顾们把全家大小都带到咖啡馆里来的时候,老板就免费招待小孩子们喝石榴糖浆。)

出席会议的共约三十个人;我只瞧着列宁。他穿了一身有着一条浆过的硬领的暗色服装,看起来非常端正。我已经不记得他当时讲了些什么,但我当时是一个相当鲁莽的毛孩子,我要求发言,而且还对什么表示不同意。他温和地回答了我,不是责备,而是解释——我有些地方没有听懂……柳德米拉当场就对我说,我的举止是愚蠢的。会议结束以后,弗拉基米尔·伊里奇走到我跟前:"您是从莫斯科来的?……"我告诉他,我在莫斯科组织里一直工作到1月,后来被捕了,曾试图在波尔塔瓦接上关系,在那儿到处寻找同志们。列宁对我说,要我去找他。

我在蒙苏里公园附近的一条小街(现在我才搞清楚,那是博尼埃大街)上遍寻那幢屋子。我在门口站了很久——不敢贸然按铃;不久以前的那股莽撞劲儿已毫无影踪。出来开门的是娜杰日达·康斯坦丁诺夫娜。列宁正在工作;他坐着,思索着什么,面前放着一张长长的纸;微微地眯缝着眼睛。

61

我对他谈到学生组织的瓦解,谈到《统一的党的两年》那篇文章,谈到波尔塔瓦的情况。他注意地倾听着,脸上有时泛出隐约的微笑;我觉得,他猜到我还是个孩子,这个念头搅乱了我的思路。我说,我还记得分送报纸的地址。娜杰日达·康斯坦丁诺夫娜记下了这些地址。我想走了,可是弗拉基米尔·伊里奇挽留了我;他开始问:青年们的情绪怎样,他们最爱读哪些作家的作品,《知识》丛刊流传得是否广泛,我在莫斯科看过科尔沙剧院和艺术剧院的哪些戏。他在房间里走来走去,我却坐在一张凳子上。娜杰日达·康斯坦丁诺夫娜说,该吃饭了;我觉得我坐得过久,决定告辞,可是他们留住我,请我吃饭。这里的井井有条使我颇为惊讶:书籍都放在书架上,弗拉基米尔·伊里奇的书桌上有条不紊——一点也不像我的莫斯科同志们的房间,也不像萨夫琴科和柳德米拉住的寓所。弗拉基米尔·伊里奇好几次对娜杰日达·康斯坦丁诺夫娜说:"他直接从那里来……知道青年人的心愿……"

他的头使我惊讶。十五年后,当我看见躺在灵柩里的列宁时,我又追忆起当时的印象。我久久地注视着这副令人惊叹的颅骨:它使人想到的不是解剖学,而是建筑学。

(列宁逝世多年以后,我读了娜·康·克鲁普斯卡娅的回忆录。娜杰日达·康斯坦丁诺夫娜谈到列宁阅读我的处女作的情形。列宁高兴地说:"这个,你要知道,就是蓬头鬼伊利亚〔爱伦堡的绰号〕。他写得不错。"我到弗拉基米尔·伊里奇家里去的时候正是1909年年初;我竟没有料到,在他逝世前不久——1922年或1923年,当他阅读我的作品《胡利奥·胡列尼托》的时候,我又跟他作了思想上的交谈。)

我好几次听到列宁在会议上的发言;他说得很平静,一点也不激昂慷慨,一点也不过分讲究辞令;"Р"和"Л"的发音稍有些不清楚;有时微微一笑。他的发言很像螺旋线:由于怕别人没听懂他的话,他经常又回到刚刚说过的问题上去,但从不重复,而是补充一些新的东西。(某些后来模仿他的说话方式的人忘记了螺旋线既像圆圈却又不像圆圈——螺旋线是一直向前的。)

列宁密切地注视着法国的政治生活,研究它的历史,它的经济,他熟悉巴黎工人的生活。他不仅能讲法语,还能用这种语言写文章。

1909年5月,我参加了在公社社员墙附近举行的示威。队伍的前列是公社的参加者;他们的人数还很多,精神饱满地向前行进。在我的眼中,他们已是年迈的老人了;我每逢想到公社,就仿佛翻开了古代史的一页,——要知道,这已是三十八年前的事啦!在公社社员墙旁我看见了列宁;他站在一群布尔什维克中间,瞧着那堵墙壁——似乎公社社员要从石头里走出来了。

我在圣热涅维约夫图书馆,在蒙苏里公园的椅子上,在老太婆和孩子们中间看见过列宁,还在歌唱家蒙泰居斯演唱革命歌曲的盖泰街工人剧院观众席上看见过列宁。

在和轻视社会发展规律的社会革命党人进行激烈论战时,自然,我是否认个人在历史上的一切作用的。几年前,我深深地思索过恩格斯书信中的这么一句话:"青年们有时过分看重经济方面,这有一部分是马克思和我自己难辞其咎的。我们在反驳我们的论敌时,常常不得不强调那些被他们否认的原则,并且不是始终都能有充分时间、地点和机会也给予其他参预交互作用的因素以应有的重视。"列宁的例子就可以说明许多问题。

我去看弗拉基米尔·伊里奇的时候,看门的女人严厉地对我说:"把脚擦干净。"难道她能知道,她的房客是个什么样的人?难道奥尔良大街咖啡馆的侍者们又能知道,八年以后,全世界都在谈论着那位要一小杯啤酒的先生?难道到图书馆去借书的人们又能猜想到,那个仔细地摘录着书中的数字、姓氏的人将会变更历史的进程?难道他们会猜想到,将有数以万计的作者用世界上的各种语言来写各种有关他的作品?而且,难道我,一个当时怀着景仰之心注视着弗拉基米尔·伊里奇的人,能够想象到:人类新纪元的诞生会和我眼前的这个人联系在一起?

弗拉基米尔·伊里奇在生活上很纯朴,作风民主,对同志体贴入微。他甚至对一个脸皮很厚的毛孩子也不会加以丝毫嘲笑……这种纯朴之情只能为大人物所独具;想到列宁时,我经常自问:也许,对一个真正的伟人来说,个人崇拜不仅跟他格格不入,甚至会是不愉快的事吧?

列宁是一个伟大而复杂的人。在国内战争的暴风骤雨年代里,列宁听完了伊赛·多布罗韦因演奏的贝多芬的奏鸣曲后,对高尔基说:"我不知道还有比《热情奏鸣曲》更好的东西,我愿每天都听一听。这是绝妙的、人间所没有的音乐。我总怀着也许是天真的自豪想：人们能够创造怎样的奇迹啊！"接着他眯起眼睛，不大快乐地补充道，"但是我不能常常听音乐，它会刺激神经，使我想说一些漂亮的蠢话，抚摸人们的脑袋，因为他们住在肮脏的地狱里，却能创造出这样美丽的东西来。但是现在，谁的脑袋也不能抚摸一下，——自己的手会被咬掉的，一定要打脑袋，毫不留情地打，虽然我们在理想上是反对用暴力对待人的。哦——哦，——这是非常艰巨的任务！"

我从高尔基的回忆录里摘下这么一长段引文，是因为它和我的生活、我的思想，不，不是这个代词，应该说，它和我们的时代、我们的命运有着极其密切的联系。

12

我遇见过各式各样的侨民——"左"倾的和右倾的,有钱的和贫穷的,自信的和茫然的;我见过俄国人、德国人、西班牙人和法国人。有些侨民缅怀以往,有些侨民瞩望未来。但各个派别、各个民族和各个时代的侨民之间却有一些共同点:对他们被迫流落的异乡抱有反感,非常想念祖国,要求生活在同胞们的亲密圈子里,以及由此产生的不可避免的纠纷。

1905年革命后,老布尔什维克沙波瓦洛夫侨居国外;他说他的同志们对比利时的风俗非常反感:"见它的鬼,这个比利时跟它所夸耀的自由!……这里晚上十点以后,你竟不敢在自己房间里穿皮靴走路、唱歌和叫喊。"许久以前,赫尔岑在描写伦敦的侨民生活时曾说:"饭店在星期天一律歇业,这种'奴隶制'是法国人不能容忍的。"

成熟了的植物很难移植,它们会生病,常常会死亡。我们现在实行冬季移植:当树木昏睡的时候把它挖掘出来。春天它就会在新的地方复苏。好办法,特别是因为树木没有记性……

我记得居住在巴黎的米盖尔·乌纳穆诺①——他是普里莫·德·里维拉时期的侨民;他坐在"洛东达"咖啡馆里,用纸剪一些龙和牛;后来几个西班牙人在他的桌旁坐了下来,于是乌纳穆诺对他们说,在法国现在没有、过去没有、就是将来也永远不会有愁容骑士。(他自己就像堂吉诃德。)我还记得在伦敦因为雾和伪善而喘不过气来的德国作家恩斯特·托勒尔;他因

---

① 乌纳穆诺(1864—1936),西班牙作家、哲学家、存在主义的代表。

受不了流亡生活而自杀了。让-里沙尔·布洛克①在莫斯科度过了战争年代；他是一个意志坚强的人，极力不流露自己的苦闷，可是当他谈到法国的时候，他那双忧郁的眼睛就变得更加忧郁了；在"民族"饭店的一个房间的墙上贴着一张蓝色的纸——早就抽完了的法国香烟的包装纸。巴勃罗·聂鲁达坐在布拉格旅馆的房间里，高大的个儿，一动也不动，就像古代阿兹台克人的一尊神像；但是只要一跟他谈起太平洋沿岸的贝壳，他就神采焕发了；他愤怒地谈到智利的一个独裁者所干的勾当——愤怒的同时又带着温柔：不管怎样，独裁者总是智利人。1946年我在巴黎的时候，曾去看过病入膏肓、伛腰偻背的阿·米·列米佐夫。他孤苦伶仃，在贫困与痛苦中生活着。他为什么侨居国外呢？恐怕连他自己也不能解释。他说他常常梦见俄国，梦见老朋友和大学时代的彼得堡。房间里挂着俄国的图画、俄国的小兽，当然还有俄国的鬼怪。

我在1932年曾对白俄作过这样的描写："他们周围的生活和他们实在没有什么关系。他们住在巴黎，就像住在豪华旅馆里的一间阁楼上。他们忘记了俄语，可是也没有学会法语。在一家小小的俄国剧院里看《瓦纽申的孩子们》的时候，他们流泪了。他们常哼哼韦尔京斯基的歌曲。他们常去参加各种'同乡'的晚会。他们甚至不能丢掉旧历，而要在1月13日迎接新年。我在一所俄国人的住宅里还看见过用煤气炉烧水的茶炊。"

革命前的侨民生活和后来白俄的生活是截然不同的。革命后跑到巴黎去的俄国流亡者都居住在资产阶级的住宅区——帕西街、奥泰街；而革命的侨民却住在城市的另一端，在郭伯廉、伊塔利、蒙鲁日等工人区。白俄开了几个饭馆，如"贵族之阁"或"三马车"；有的人当老板，有的人端菜送饭，有的人跳着列兹金卡舞和喀马林舞供法国人娱乐。而侨居国外的革命者却去参加法国工人的集会；社会革命党人和社会民主党人在争论，召回派和列宁的支持者在争论。各式各样的人就有各式各样的生活……

我谈到所有被迫居住国外的人们共有的某些感情，只是为了说明我在1909年1月终于租下了登菲尔—洛歇洛大街上一间带家具的房间，摆出了随身带来的书籍，买了一盏酒精灯、一把茶壶，并且明白了我在这个城市将

---

① 让-里沙尔·布洛克(1884—1947)，法国作家、社会活动家。

要长期居住下去时的心情。当然,巴黎使我神往,但我却恼我自己:有什么可使我神往呢!……我已经不是孩子了,一小块泥土也不带地把我移植过来,我生病了。旅行者可以欣赏他没见到过的自然景色、异乡的风土人情,他原是为了观光而来的;可是侨民却情愿转过身去。我烦恼时心里想,这里没有春天。难道法国人能够懂得冰怎样流动,双层的窗框怎样拆除,初春的一些花儿怎样穿透冰层生长出来?在巴黎,冬天的草也是绿的。根本就没有冬天,于是我悲哀地回忆起扎恰季耶夫胡同里的雪堆,想起了娜佳和她说话时唇边的雾气,以及她放在暖手筒里的手的暖气。我的上帝,法国的花真多啊!芬芳的紫藤爬满了墙壁,每一个庭前花圃里都有娇艳欲滴的玫瑰。但是一看见默顿或克拉马尔的小草地我就感叹起来:花都到哪儿去了?我像背诵祈祷词一样反复念道:母亲和后母、伊万和马利亚、金梅草、狮子的嘴巴……

我觉得法国人过分讲究礼貌,虚伪,谨慎。在这里谁也不会心血来潮地对一个萍水相逢的路人倾诉衷肠,谁也不会在晚上顺便到别人家去玩玩;大家都喝酒,但谁也不会因为苦闷整个星期地喝酒,谁也不会喝掉最后一件衬衫。大概,谁也不会上吊……

维塔利·约尔金上吊了。据说他为大宗债务所逼,把别人的诗冒充作自己的;他常对我说,在巴黎他觉得"厌烦"。我常去塔马拉·纳多尔斯卡娅那里,她是一个瘦瘦的姑娘,有一双梦游症患者的眼睛。我们谈论俄国、谈论强烈的感情、谈论生活的目的。她住在顶楼上;从窗子里望出去,看得见这座庞大的、陌生的城市。她一再地说生活中的一切都不是她所想象的那样。她从窗子跳楼自杀了。还在莫斯科我就认识了丹娘·拉舍夫斯卡娅,她是我的中学同学瓦夏的姊姊;她蹲过监狱,跑到巴黎来进了医学系,嫁给了一个漂亮的罗马尼亚人,后来服毒自杀了。她的母亲从莫斯科赶来参加葬仪;好不容易说服了牧师,把蜡烛给了大家,助祭唱道:"受尽了苦难……"

有时候我出去听报告——人们把这叫"学术报告"。我们聚集在舒阿吉大街上的一个大厅里;大厅很像一个板棚;冬天得生火取暖。阿·瓦·卢那察尔斯基在这里介绍过雕刻家罗丹,亚·米·柯仑泰在这里揭露过资产阶级的道德。有时候无政府主义者冲进来,一场争吵就开始了。

(我开始写诗的时候,阿·瓦·卢那察尔斯基鼓励我,对我说一个革命者也可以爱诗。阿纳托利·瓦西里耶维奇对我来说是一座桥梁——他把我的少年时代和新的理想联系起来了。在关于他的回忆录中可以看到这样的评论:如"学识渊博","具有多方面的修养"。但使我惊奇的倒是另一方面:他不是诗人,他醉心于政治活动,但对艺术却有一种异乎寻常的爱好。他似乎总是喜欢捕捉那些常从许多人耳边溜过的捉摸不定的声浪。后来我间或遇见他的时候曾打算和他辩论:他的议论对我来说是不可理解的。但他一点不想把自己的观点强加于人。十月革命指派他担任了教育人民委员的职务,他无疑是一个善良的牧师。"我曾经几十次地表示:教育人民委员部应该公平地对待艺术生活中的各种流派。至于形式的问题——人民委员和政权的所有代表人物的爱好是不必考虑的。让一切艺术工作者和艺术团体自由发展,不允许一种派别以既有的光荣传统或风靡一时的成功排斥别的派别。"可惜各种从事艺术、爱好艺术的人们很少记起这段至理名言。1933年卢那察尔斯基被任命为驻马德里的大使。他一到巴黎就病倒了。我到旅馆去看他,他明白死期已近,并谈到了这一点。他的妻子想把话题岔开,但他却平静地回答说:"死是一件严肃的事,这也是生活的一部分。应该死得有价值……"沉默了一会儿,他又说,"艺术也可以教导人们怎样去死……")

我的钱很少,我觉得花钱上馆子去吃午饭不上算:我可以在小酒馆的白铁柜台旁边喝一杯牛奶咖啡,吃五个三角形的小面包。但有时我还是跑到俄国饭馆去:不是饥饿,而是怀乡病驱使着我。我记得两个小饭馆:格拉西叶尔街上的社会革命党饭馆(它之所以被称为社会革命党饭馆,是因为"维索茨基"茶叶商行老板的一些亲属们是社会革命党人,他们为赈济侨民捐过款)和帕斯卡尔街上的无党派饭馆。两个饭馆里价钱都很便宜、很脏、没有味道而且很挤。服务员对厨师喊道:"一份红甜菜汤外加炸肉饼带稀饭。"一个红头发的女社会革命党党员歇斯底里地再三表示,如果不给她战斗任务她就要自杀。布尔什维克格里沙非常愤怒:他经过"达尔库尔"咖啡馆的时候,看见马尔托夫也在那里——瞧机会主义者腐化到什么地步!……

有时候举行舞会;收入用来在俄国进行宣传。请来了法国演员;小卖部的生意非常兴隆;许多人很快就喝醉了,怪腔怪调地合唱起来:"像叛徒的行径,像暴君的良心,秋天的夜晚漆黑一团……"在这里旧账都一笔勾销:

侨居国外仿佛置身在一个小小的孤岛上,大家都在拥挤和委屈中生活。

还在监狱里我就知道自己什么都不懂。我去社会科学高等学校报名做旁听生。我觉得课讲得很平淡,内容贫乏,但还是把一切都工整地记录在练习簿里。不久我发现,从书本里得到的要比听讲得到的多得多;于是又开始了埋头读书的年代。

书是我从屠格涅夫图书馆借来的。这个图书馆的命运很悲惨。1875年巴黎举行过一个"文学音乐晨会",参加的人有屠格涅夫、格列布·乌斯宾斯基、波林娜·维亚尔多和诗人库罗奇金。伊·谢·屠格涅夫发请帖的时候说:"收入将用作为穷苦学生开办俄国阅览室的基金。"作家捐献了一批书给图书馆,有些书里还有他的亲笔批注。两代革命的侨民使用了"屠格涅夫图书馆"的藏书并增添了一些珍本。革命后图书馆还在;只是读者换了。第二次世界大战初期,有一些俄国侨民作家把自己的文献交给屠格涅夫图书馆保管。希特勒最亲密的战友之一,被公认为俄国通的波罗的海的德国人罗森堡把屠格涅夫图书馆搬到德国去了。1945年,就在战争结束的前夕,一位陌生的军官带来一封我在1913年寄给采特林(诗人阿马里)的信。这位军官说他在德国的某车站看见了一些被打开的箱子:俄文书籍、手稿和信件撒了一地;他拾了几封高尔基的信,偶然在一张烧毁了的小纸片上发现了我签的字,于是就决定带给我。这就是屠格涅夫图书馆的下场。

我有时也到郭伯廉大街党的图书馆去看看——那里能碰到熟人。晦暗的板棚里净是蜘蛛网、报纸和揉皱了的帽子,人们在这里长久地争论着,也不管米龙已经生气了:"同志们,这里是图书馆!……"有时从彼得堡或莫斯科来了新人;大家就向他提出许多问题。消息是不愉快的:俄国的反动势力增强了;暗探局活动很厉害——一个"失败"接着一个"失败"。关于阿泽夫大家谈论得很多。当然,我从来没有赞同过社会革命党人;但却受过浪漫主义行为——卡利亚耶夫、萨佐诺夫——的迷惑,后来忽然弄明白了,一个可恶的胖家伙[①]既决定着革命者的命运,也决定着沙皇的大臣们的命运……

在党的会议上继续着永无休止的辩论。不久前我在谢·戈普涅尔的回

[①] 指阿泽夫(1869—1918),他是沙皇政府的暗探和社会革命党的首脑之一;卡利亚耶夫(1877—1905)和萨佐诺夫都是社会革命党人。

忆录里读到这一段,据说,列宁曾说侨民们的辩论是没有结果的,人们在那里争辩着,其实他们都早已选定了自己的立场。我对自己很生气:为什么在莫斯科的时候辩论总是吸引着我,而在这里,虽然有这么多有经验的党的工作者,但我却坐在一旁发愁?我不大去参加会议了。

我试着去参加了一次法国社会党人的群众大会。饶勒斯发表了演说;他讲得非常好,我觉得听到了一些新的东西(后来我明白了,问题在于演说者的口才)。他说,劳动、兄弟般的团结、人道主义比统治阶级的贪欲更强;接着他挥动着双手,愤怒地解开了浆硬的衣领。大厅里酷热难耐。饶勒斯讲话之后,儿童合唱团演唱了一支歌,它描写一个看不见日出的结核病青年的苦恼。后来一个汗流满面的胖女人唱了几段讲她遗忘在部长办公室里的紧身衣的淫秽的讽刺歌。大伙开心地笑了一阵。乐队登台了;人们急忙挪开板凳,舞会就开始了。一个十八岁的俄国青年没参加跳舞,他在巴黎古老的街道上忧郁地徘徊着、思考着:人道主义、无产阶级——可是忽然飞来一件紧身衣!……

我喜欢巴黎,但不知该怎样对待它。我去看了一个展览会,感到非常吃惊。我对于绘画是一窍不通的;在莫斯科我住的房间里,墙上挂了几张美术明信片,有《多么辽阔!》,还有《死人岛》。我认为绘画都应该有复杂的题材,而这里的画家画的净是一座房子、一棵树,甚至更糟的是——画些苹果。

著名的演员穆内-絮利在法国喜剧院里扮演俄狄浦斯王。我只承认艺术剧院:我觉得舞台上的一切都应该和生活中的一样。穆内-絮利一动不动地站着,后来走了几步,又站住了,像受伤的狮子一般吼道:"啊!我们的生活多么黑暗!……"过了几年之后我才知道他是位大演员,但当时我却不懂这是什么艺术,忍不住大笑起来。我坐在楼座上,旁边都是真正的戏剧爱好者,我还没来得及弄清楚是怎么回事,就被他们揍了一顿,赶到街上去了。

每夜我都往莫斯科写几封长信;收到的回信却很简短:我退出了舞台,变成外人了。稍后,当我自命为诗人的时候,曾经用小学生一般苍白无力的诗句倾诉过自己的感情:

  我多么怀念俄国的冬天,
  我觉得那初雪,
  和雪橇的飞奔,

> 永远完美无比!……
> 祖国的春天多么快乐,
> 多雾的天空飘着云朵,
> 还有那水势上涨、
> 冲破枷锁的大河!……
> 阿尔巴特、多罗戈米洛沃这些字眼
> 包含着这么多亲切可爱的内容……

谈到俄国的时候,我说:

> 倘若什么时候我再次看到
> 两棵松树和"韦尔日博洛沃"站牌,
> 看到阴暗、温和的春日,
> 融化的冰雪和农村的痛苦……
> 我就会明白,在你面前我多么微不足道,
> 这几年来我把自己都遗失了……

诗写得不好,我不好意思把这些诗句再抄写下来,但它们却恰如其分地表达了我那几年的心情。

我回想起 1949 年曾有人把我叫做"世界主义者"。确实,很难找到比我更好的靶子了:除了其他原因之外,还因为我在巴黎住了很久——既出于必要,也出于自愿。当时许多人很喜欢谈论"没有护照的流浪汉",户籍证几乎是决定性的。置身异邦的人对祖国的感情总是特别强烈;而且你还可以更清楚地看见许多东西。海涅在巴黎创作了《一个冬天的童话》;屠格涅夫也在那里写了《父与子》;果戈理在罗马写了《死魂灵》;丘特切夫在慕尼黑描写俄国;罗曼·罗兰在瑞士描写法国;易卜生在德国描写挪威;斯特林堡在巴黎描写瑞典;《阿尔塔莫诺夫家的事业》是在意大利写成的;不胜枚举……

我还记得有人曾在无意中说了这么一句话:爱伦堡应该明白,他吃的是俄国面包,而不是巴黎的板栗……在巴黎,当我手头吃紧的时候,我确曾在大街上一个满身烟味的奥弗涅人那里买过热板栗;总共只花了两个苏,板栗就温暖了麻木的手并虚假地填饱了肚子。我吃着板栗却想着俄国——但不是想它的白面包……

13

我出乎自己的意料开始写诗了:我仍旧去听政治性的学术报告,并在社会科学高等学校听课。

我在俄国社会民主工党促进小组的一次会议上认识了丽莎。她是从彼得堡来的,在巴黎大学学医。丽莎酷爱诗歌;她常给我读巴尔蒙特、勃留索夫和勃洛克的诗。当娜佳·利沃娃说勃洛克是一位大诗人的时候,我奚落过她。对丽莎我却不敢反驳。从她那儿回家的路上,我低声吟咏着诗句:"快乐的风平息了,灰蒙蒙的夜降临大地……"为什么风是快乐的呢?我自己也不能解释,但我觉得风的确是快乐的。我开始到"屠格涅夫图书馆"去借阅当代诗人的诗集,我忽然懂得了,诗可以表达散文所不能表达的东西。而我正有千言万语必须告诉丽莎……

我日以继夜地写第一首诗;原来这是一桩很困难的事。我知道我所掌握的法语词汇是很贫乏的;但我写的是俄文诗,却仍然时刻感到我的词汇是多么少啊!最后我终于决定把我的诗拿去给丽莎看;我怕受到严厉的判决,便说这是我一个朋友的作品,丽莎是一个严格的批评家,她说我的朋友不会写诗,写的诗都是模仿别人的,一首模仿巴尔蒙特,另一首模仿莱蒙托夫,第三首模仿纳德松;总而言之,我的朋友还得多加努力……

我把写好的诗全部撕毁,决定此后再不写诗了——我要当一个革命家,也可能当一名新闻记者,或者选择另一个职业,诗歌同我无缘。下个决心倒很容易,但要履行这个决定我却办不到。我突然感到,诗已在我的身上生根,想撵也撵不走了,于是我又继续写诗。过了不到两个月,我又把我的诗拿去给丽莎看。她说:"你的朋友有进步……"我们谈起了别的事,不料她似乎无意中突然说道,"你要知道,你有一首诗我很喜欢……"原来她一下子就识破了伪装。

我住在动物园附近。海象夜夜嘶叫。我在黎明之前写拙劣的、模仿性的诗,但是我很幸福——我觉得我已找到了自己的道路。

丽莎到彼得堡度假去了。她出乎我意外地给我拍来一份电报:《北方曙光》杂志发表了我的一首诗。我得意忘形了:这就是说,我真是一个诗人了!

我胆子大了起来,寄了几首诗给《阿波罗》杂志。不久就得到了该刊编辑、艺术批评家马科夫斯基的回信。他公正地把我的诗骂了一通,但在信的末尾已经不谈那些坏诗而是谈到人——他建议我选择另一种职业,譬如说,做生意。《阿波罗》对于我就是最高法庭。我有一个月只字未写:要是马科夫斯基劝我去当一个杂货铺的老板,那必定是有道理的——就是说,我是一个冒牌货。

丽莎给了我安慰和鼓励,于是我又写起诗来。

我一直没有抛开回俄国去献身地下工作的念头。我把这件事告诉了列宁最亲近的一位战友,他回答我说,他了解我的感情,但是,如果我能在巴黎学到一些知识的话,那倒更好——党也需要文学家(不知他是否读过我的歪诗,但他无疑曾听说我醉心于诗歌)。

最后有一位同志建议我去维也纳——日后需要把文件转送到俄国去的时候说不定用得着我。

在维也纳时,我住在著名的社会民主党人X的家里——我不提他的名字,是因为我担心幼稚的青年时代的那些浮光掠影的印象,可能会像日后被阐明的那些事件。我的工作并不复杂:我把党报粘进一个个硬板纸筒,裹以复制的艺术品,再把纸包寄往俄国。X和妻子住在一所很简朴的小房子里。一天晚上,X的妻子说,不会有茶喝了:小厨房里的煤气向一个得往里扔硬币的自动装置让步了。我急忙跑去,朝怪物嘴里扔了一个克朗。X对我很亲切,他知道我在写诗,便每晚议论诗歌和艺术。这并不是什么有争论余地的意见,而是不容反驳的判决。过了四分之一世纪,我在第一次苏联作家代表大会上的某些发言中又听到了同样的判决。不过1934年时我已四十三岁,我已多少有了点见识,多少明白了一点道理;然而1909年时我才十八岁,我既弄不清各种历史事件,也不会在被告席上坐得舒服一些,虽说我不得不正是在被告席上几乎度过一生。在 X 看来,我崇拜的那些诗人都是"颓废派",都是"政治反动的产物"。他谈到艺术的时候犹如谈到什么次要的、附属的东西似的。

一天,我明白我该走了,我没有决心把这一点告诉 X,便留下一张愚蠢幼稚的便条去巴黎了。

我和丽莎一同坐在街心花园的椅子上,我向她谈起维也纳之行,谈到我不知道第二天怎么过,——我不再有目的了。

丽莎谈着别的事。这是一次十分痛苦的会见。丽莎送给我一本书,她在第一页上写道,心儿须要像一只小桶那样用铁箍箍起来。我想,我从哪里去弄这些箍子呢?我回家后把书打开:这是勃留索夫的诗。

> 我觉得一切幻想都甜蜜,
> 一切语言都珍贵,
> 我把诗献给一切上帝。

我心中的一切都在反抗这几句话:我还记得鞑靼公墓上的集会、狱中的黑夜、自白、誓言。幻想和幻想不同。而且,如果有很多上帝,一个人的上帝又能是什么样的呢?主要的是,当一个人不再相信任何东西的时候,该怎样活下去呢?……

我写自己的绝望,写我先前曾经有过生活,而如今没有了,写没有喇叭的号手,写陌生而冷酷的巴黎,写爱情。这是拙劣的抒情诗。(现在我们所说的"抒情诗"一词也和许多别的词汇一样,有了新的意义:编辑、批评家、诗歌部门的领导者,总之不是作诗的,而是管诗的和吃诗的,他们都把爱情诗称为"抒情诗",似乎"当喧嚣的一天为死者消逝……"或"别作声,去躲起来……"——这都不是抒情作品。)

一位读者给我寄来了发表在各种刊物上的我早期的一些诗作。这些诗(它们非常平庸)帮助我回忆起遥远的往昔的痛苦。我"造反了":

> 我离开了你们响亮果敢的歌曲,
> 离开了举向天空的叛旗,
> 因为我觉得营垒过于狭小……

有时我尽情嘲笑自己的诗:

够啦！我知道高傲的姿态，
也知道这些纸糊的铠甲。
卧倒！卧倒！跟敌人战斗！
我又成了满身灰尘的军人。
你们要接受我站到红旗底下！
我配得上你们的铠甲……

我感到我已误入歧途，在我一生的春天一再提到秋季：

满身灰尘的穷人们，
忧愁而可怜，
秋天的道路啊，
你们通向哪里？

我在私生活中也忽冷忽热。1909年末，我在侨民们的一次晚会上认识了卡佳，她是医学系一年级的大学生。我立刻坠入了情网，开始了漫长岁月的心理分析、爱情表白和嫉妒的爆发。

1910年夏我和卡佳到了布吕赫。这个城市使我吃惊——它真是一座死城。矗立着高大的教堂、市政管理局大厦、高塔、私邸，住在城里的都是修女和沦为乞丐的幻想家。布吕赫现已改观：它拥有一帮帮的游览者，宛如一所塞得满满的博物馆。而在我初次看到它的时候，却没有任何东西打搅沉睡的天鹅、运河中白杨的倒影、一伙伙的修女（如今连修女们也不安分守己了——她们强邀游览者参观寺院，出售自己编织的花边）。我第一次看见的绘画，就使我对画的题材不满：梅姆林①的圣母像使我感到惊讶，她们个个都是苍白的面容、没有血色的嘴唇，给人一种圣洁和不问世事的感觉。我感到画家的世界是与世隔绝的，深沉并充满着人类的秘密。当时我既不知道古代诗歌，也不知道沙特尔的建筑；但我觉得遥远的过去是令人神往的；我在布吕赫写了五十多首诗，有的描写已消失的世界的美，有的描写骑士和美女，有的描写玛丽·斯图亚特②，有的描写奥兰的伊萨伯拉，有的描写梅姆林的圣母像，有的描写布吕赫的修女。一个曾经殷切地幻想着未来、现在

---

① 梅姆林（约1440—1494），尼德兰画家。
② 玛丽·斯图亚特（1542—1587），指苏格兰的玛丽女王。

则和他过去的生活完全隔绝的十九岁的俄国青年,断言诗歌是一场化装舞会:

> 我身着高傲的领主服,
> 等候着登上舞台,
> 但由于导演的错误
> 我迟到了五百年。

我当时的确觉得,与其说我是为社会科学的高等学校而生,不如说是为十字军远征而生。诗写得很精致;我现在已不好意思重读它们,但我写它们的时候却很真诚。

有一位喜欢我的诗的朋友说:"在俄国它们不见得能够发表——那里的每一个编辑部都有自己的诗人,可你为什么不在巴黎出一本书呢?这花不了多少钱……"我到弗兰-布尔茹亚街的一家俄国印刷厂去了。使我感到惊讶的是,印刷厂的老板对书的内容毫不关心;虽然他是一个崩得①分子,但我那些关于罗马教皇英诺森六世的诗行并没有使他不安;他算了算诗的行数,就说印两百部要花一百五十法郎。我赶紧反驳道:干吗要印两百部?我是一个初学写作的作者,印一百部就够了。印刷厂老板解释说,最贵的是排版,但他同意减去二十五法郎。

每月父母寄给我五十卢布——合一百三十三法郎。诗集的出版计划不幸正碰上我生活中的一些重大事件。我只得彻底取消了午餐,并削减了在柜台旁吞咽的小面包的数目——我几乎每次去找卡佳都要带一小束鲜花。但我还是把钱储蓄起来以便付印刷费。《诗集》在1910年末问世了。我托一家俄国商店代售五十部;我把其余的逐渐寄给俄国各种各样的诗人——邮资的开支很大。总之,支出浩大,收入菲薄——总共只卖掉十六部。

1911年3月25日,我的女儿伊琳娜在尼斯出生。

我在1911年夏收到第一笔稿酬——一份彼得堡的杂志发表了我的两首诗,稿酬是六卢布。这是空前的成功,我和卡佳美美地吃了一顿午餐。

我等待着俄国诗人对我的作品的评论。母亲为我十分激动:我没学习

---

① 崩得是"立陶宛、波兰、俄罗斯犹太人总同盟"的简称,主张民族文化自治,在一切问题上支持孟什维克的立场。

过,也没给自己选择任何一种正经的职业,可突然写起诗来了。而且这些诗也很奇怪:为什么她的儿子要写圣母、写十字军远征、写古代的大教堂呢?但是不消说,她希望有人把我夸奖一番。她在读了《俄罗斯新闻》上的勃留索夫的文章以后,立刻打电报把这事告诉了我。勃留索夫在分析初学写作的诗人们的诗集的时候,特别注意马林娜·茨韦塔耶娃的《黄昏纪念册》和我的诗集,他写道:"伊·爱伦堡有希望成为一个优秀诗人。"我很高兴,同时又感到苦恼——我已不再喜爱诗集中所收的那些诗了。

不久,我在回忆起自己第一部书的时候已不能不发出轻蔑的一笑了。我想成为一个冷静的、明白事理的人,于是开始模仿勃留索夫。但是这些诗使我自己感到苦恼,我开始幻想抒情的情调,缅怀自己不久前的过去。

> 谁也不会在课堂上叫我"听着",
> 谁也不会在进餐时叫我"吃吧",
> 谁也不会叫我伊柳沙,
> 谁也不会疼爱我,
> 像母亲疼爱孩子那样。

或者:

> 独自一人多无聊,
> 漫长的晚上,
> 又无书可读。
> 但我是个男子汉
> 我已十七岁了。

书名叫《蒲公英》。它一落到我的莫斯科朋友们的手中,我就恍然大悟,我模仿别人风格的毛病并没有治好,我只不过是在剧院的服装部租了一件中学生制服来代替过去租的那一副纸糊的铠甲罢了。

我初次看到魏尔兰[①]的一本小书;他那歌手的才能,他那悲惨而荒唐的遭遇使我深受感动。在圣米歇尔林荫道上的一家咖啡馆里,一个侍者曾虔敬地把一张被压坏了的沙发指给我看:"魏尔兰先生总是坐在这里……"我写了

---

① 魏尔兰(1844—1896),法国象征派诗人。

一首关于"可怜的勒利安"(这是人们对老年时代的魏尔兰的称呼)的诗:

> 黑夜里默默啜着苦艾酒,
> 他一直坐到晨星初现,
> 乱蓬蓬的脏胡子
> 一绺绺七横八竖……

又是一些别人的诗句:我自己也听不见其中有我的声音。

我读了诗人弗朗西斯·雅姆①的一本书。他描写乡村生活、树木、比利牛斯山的小毛驴、人体的温度。他的天主教既没有禁欲主义,也没有假仁假义:例如,他想和驴子一同上天堂。我译了他几首诗,并开始模仿他:我觉得泛神论倒是一条出路。我是在城市里长大的,但是我从少年时代开始就一直在街道的迷宫里受罪,只有当我同大自然单独相处的时候才感到自己是一个自由人。我对雅姆的哲学迷恋了一个短时期——他同时为鸽子和鸢辩护。(我现在所说的是鸟类,而非社会的阶级。)我很久以来就为一个思想所苦:恶是从哪里来的?我觉得二元论是讨厌的;我依然和先前一样憎恶资产阶级,但我已经知道,并非所有的问题都能用生产资料的公有化来解决。我抓住了树木和驴子的上帝。弗朗西斯·雅姆允许我去找他;他住在奥泰兹,靠着西班牙的边境。他有一部美髯和一副柔和的嗓子;他像慈父般接待了我,请我用俄文朗读几首诗,用家酿的甜酒款待我,并劝我在巴黎见见一个初出茅庐的作家——他名叫弗朗索瓦·莫里亚克。我恭聆教诲,但雅姆却表现出自己是一个温厚而亲切的人。我很喜欢他,但我明白,他不是方济各②,也不是索西穆斯神父③,而只不过是一个诗人和一个好人;我怀着一颗空虚的心离开了他。

我把一本小诗集《童心》献给了雅姆;我这样回忆在奥泰兹度过的一天:

> 冬天的太阳照进窗户,
> 您的孩子们在地板上游戏。

---

① 雅姆(1868—1938),法国诗人。
② 13世纪意大利的传教士。
③ 公元5世纪的希腊籍主教。

> 一条老狗在壁炉旁取暖,在梦中大声喘气。
> 云杉球果在壁炉里噼啪作响。
> 您在说话,而我边听边想——
> 您从哪里得到这样的宁静,
> 我想,等待着我的是令人难堪的旅途,
> 是车站和烟气腾腾的火车……

这通常不是对一位生活导师的回忆,而是回忆一位住在乡下的亲爱的舅舅……

我不久就厌倦了孩子气的东西。我开始模仿纪尧姆·阿波利奈尔[①]。(当然,每当我模仿某人的时候,我自己是不觉得的,我总是感到我去年的确在模仿某人,但现在却找到了自己的声音。)

《普及新杂志》《俄国财富》《众人生活》《俄国思想》间或发表我的诗作。我曾收到弗·加·柯罗连科给我的一封虽然简短但很亲切的信。我的全部文稿都遗失了。我在柯罗连科的书信集里找到了一封给戈恩菲尔德的信。弗拉基米尔·加拉克季翁诺维奇在1913年春曾就我的两首诗写道:"我觉得开头的几行十分出色而又合乎时宜:

> 这就是说,对俄国的想望
> 又不过是一场春梦,
> 这就是说,又将是异乡的道路……
> 我注定要沿着它们行走。"

里拉霍夫斯基的印刷厂在巴黎开张了,他是个长了一部蓬松而漂亮的黑胡子的犹太人。印刷厂设在圣雅克林荫道上的一个小铺子里。在排字盘旁边站着里拉霍夫斯基和两个排字工人;一个是布尔什维克,另一个是孟什维克;他们一面排着侨民学术报告会的广告,一面争论着:在党分裂之后,谁更有资格被称为社会民主党党员?里拉霍夫斯基是一个具有幽默感又很大方的人。谁会卖给我赊账的东西呢?我穿的是一双破皮鞋,裤腿口破得成了一条条的布穗;我苍白、消瘦,眼中常常闪烁着饥饿之火。里拉霍夫斯基

[①] 阿波利奈尔(1880—1918),法国诗人。

心地善良,他印行了我的诗作并耐心地等着我给他送去二十或三十法郎。他说我的诗写得不好,比《诗歌朗诵者》上的诗要差得多,但是印在直纹纸上即使是坏诗看上去也很漂亮。我同意他的话,于是我几乎每年都要用直纹纸印一百本按时出版的小诗集。《日常生活》一书在莫斯科沃尔夫书店里出售,我记得卖了将近四十本。

我现在丝毫没有为我的过去辩护或涂脂抹粉之意。老实说,我并不奢望荣誉。当然,我希望我的诗能得到我所喜爱的一个诗人的夸奖;但更重要的是把刚刚写成的诗向什么人朗读一遍。巴黎有一个侨民的文学小组,其中并没有日后成为名流的人物;我记得有诗人格拉西莫夫(后来他参加了"锻冶场")、奥斯卡尔·列辛斯基(他在内战时期立了功,后来在达吉斯坦英勇牺牲;在巴黎的时候他是唯美派,出了《银灰》一书,其中有这样几行诗:"所有的人都把我们当作葡萄牙人,我们说的是俄语,有一天,在这个下流的酒馆里,我看到了一个妓女的五根玲珑剔透的纤指。");在散文作家当中有阿·伊·奥库洛夫,他是一个才思横溢而又放荡不羁的人,那几年里狂饮无度(他也是在内战时期出名的,他参加了战斗,在西伯利亚当过革命军事委员会的委员,写过一些短篇小说,他和米·格拉西莫夫都是在1937年牺牲的),还有希里亚耶夫、希姆克维奇。阿·瓦·卢那察尔斯基有时来参加小组的集会。雕塑家阿尔希宾科、扎德坎,画家什捷连别尔格、列别杰夫、费德尔、拉里奥诺夫、贡恰罗娃。(达维德·彼得罗维奇·什捷连别尔格是一个政治侨民。我一度曾在巴黎郊区的默顿租了一个房间;什捷连别尔格就住在旁边。他过着穷苦日子,但我每天都看见他拿着画架,提着箱子——他是去画风景画的。这个十分朴实而又文静的人在最重要的时候曾被委以重任:卢那察尔斯基委托他组织造型艺术部。达维德·彼得罗维奇没欺侮和得罪过任何人。马雅可夫斯基曾在送给他的一本书上题道:"马雅可夫斯基谨以此书赠给亲爱的、不带引号的同志达维德·彼得罗维奇·什捷连别尔格。"什捷连别尔格只有一桩过失:他是一个优秀的画家并喜爱写生画;但在30年代他却被认为是"未来派"。记得一位批评家曾写过一篇论文,他对什捷连别尔格挑选一条鲱鱼作为一幅静物画的题材感到愤慨;批评家认为这有诬蔑现代精神之意……达维德·彼得罗维奇于1948年去世,1960年人们为他的作品举办了一个小型展览会——所有的人都看到了,他是一个抒情的、细腻的、真正的写生画家。但在我的记忆里,他却依然是默顿的那个腼腆而可怜的青年:向往革命、饥饿、写生画……)

我已开始研究艺术了,我谈论的不仅是"自由诗",而且也谈"野兽派"(这是人们给马蒂斯、马尔凯、鲁奥的称号)的画或马约尔的雕塑纪念像。

我到康·德·巴尔蒙特那里去过几次,往后我要谈到他;我还要谈到那些久居巴黎的作家,——阿·尼·托尔斯泰、马·亚·沃洛申。现在我只谈谈费·库·索洛古勃来到巴黎时的情形。举行了一个文学晚会。索洛古勃向与会者(主要是大学生)大谈杜尔西内娅①不同于阿尔东沙②。与其说他像一个诗人,不如说像一个中学校长。有时他的眼里闪动着愉快的微笑。我明白,站在我面前的是《小鬼》的作者。但他是从哪里得到音乐、得到那些朴素的但能刺痛人心的词汇,以及那些使他与魏尔兰近似的歌曲的呢?他朗读诗歌时声调很独特——就像在把词汇分类放进一个大匣子的格子里去:

　　敌方军官的
　　一匹马
　　正踩在他心窝上,
　　他心窝上……

我最后一次见到他是1920年在莫斯科出版界之家。有些发言者说,个人主义已经过时了。费奥多尔·库兹米奇频频点头——显然表示同意。在结语中他只补充了一点:集体是由个人组成的,而不是由零构成的,因为零加零还是零,不会得出一个集体。索洛古勃在巴黎时曾亲切地接待过我一次,他倾听我朗读自己的诗作,谈到音乐、秘密,并重又谈起了杜尔西内娅。但我当时所写的却并非杜尔西内娅,而是拾破烂的人、巴黎街道的肮脏和恶臭。在这次访问之后我写了几行诗:

　　……我读着书,天就亮了,在清晰的光线中
　　奇怪地看到在旁边的墙上
　　(画像上)那已是活的索洛古勃——
　　一个蓄着胡子、戴夹鼻眼镜的中年人……

---

① 《堂吉诃德》的女主人公。
② 杜尔西内娅的原名。

我曾和奥斯卡尔·列辛斯基共同出版文学艺术杂志《赫利俄斯》。但我们不久就破产了。后来,诗人瓦利亚·涅米罗夫从罗斯托夫来了,他很有钱。他贪图安逸、目光如豆,说他喜欢瑞士的一个小地方(不记得是什么地方了),那里永远可以不必用手遮住火柴而在街上点着香烟。我们出了两期诗刊《傍晚》,使我得以发表了几首赞美日益临近的暴风雨的诗。

这时我已不能经常收到家中的汇款,我的日子过得又乱又糟。埃米利奥·塞伦尼告诉我,他的俄国出生的亡妻曾说:"爱伦堡年轻的时候盖着报纸睡觉。"在第一村路我租的那间小工作室里,除了一张床和一条褥子之外,我就再没有别的家具了,连炉子都没有。一次,一个瑞典画家把窗上的玻璃敲了下来:他跳了出去。我在一条薄被和一件破大衣上盖了几张报纸。我一早就钻进咖啡馆去,在那儿看书、写诗,一直坐到晚上,咖啡馆里很暖和。每当我从餐厅旁走过,美味佳肴的香气使我馋涎欲滴:我经常一连三四天不吃一点东西。而当从莫斯科汇来支票的时候,我就很快同我那些也在挨饿的朋友们把钱吃得一干二净。

我还记得战前不久的一个绝妙的夜晚。从俄国寄来的挂号信总是傍晚才到;钱是用一张"里昂信贷公司"的支票汇来的。我为某刊物翻译了亨利·德·雷尼耶的一个短篇小说;我得了十卢布的稿费。银行已经关门。但我急不可耐地想吃东西。我和朋友们走进了蒙帕纳斯火车站对面的一家名叫"马车夫的会见"的小饭馆:它昼夜营业。我邀了两个朋友同去。菜单是用粉笔写在一块黑板上的,我们把所有的菜都尝遍了——因为必须一直坐到天亮,我才能到银行去把钱取出来(我的朋友们就像人质那样坐在饭馆里)。我们早已吃罢晚饭,打了一会儿盹,吃了早点,又吃了正餐;到了早晨六点,我们重新开始吃早点,因为我们认为新的一天已经来到。这真是妙不可言的一夜!

我翻译了大量作品,不过都是诗,而诗是很少有发表机会的。我既译当代法国诗人的作品,也译13世纪的短篇故事诗、弗朗索瓦·维永的叙事诗、龙萨的十四行诗、欧比涅的咒语;我学会了读西班牙文作品,译过"罗曼采洛"的一些片断,以及伊塔的东正教大司祭、豪尔赫·曼里克、圣徒胡安和克维多等人的作品。这是一种癖好,而不是一种职业。

我当了一个游览向导。帕宁娜伯爵夫人(也许像一位读者所说,是博布林斯卡娅伯爵夫人)组织了一个乡村小学教师的出国游览团;由于旅费不贵而使那些正如当时所说的在"穷乡僻壤"工作的小学教师得以观赏意大利或法国的风光。那个夏季我曾因担任小学教师们游览凡尔赛的向导而挣了一笔外快。干这份差事必须准确地知道几百个雕塑家或画家、巨幅的战争油画的作者们的名字,必须记得神话故事,解释各种各样的喷泉的寓意。一般来说,这并不难。最难的还是侍候这一帮初次出国的乌合之众。有些女人总想跑到时装店去看衣服。在男人当中也可以碰到一些想找妓女、搜购春宫画的角色。我在地下铁道入口处数了人数,在出口处再查一遍时,往往要少一个两个。一个来自科别利亚基的教师求我夜里把他锁在旅馆里:他结识了一个法国女人,如果他再见到她一次,那他就回不去家了,但他却是一个有妻儿老小有职业的人。我把他锁了起来。

我也为单个的游览者效劳;这是非常讨厌的事:几乎所有的人都曾要求我晚上带他们去找妓女。我拒绝了,他们就骂我是傻瓜、伪君子,甚至还骂我是暗探,克扣我的酬金。我还记得一个商人,他在里加开了一个医药器材商店。我和他谈价钱的时候,他轻蔑地问我是否熟悉所有的建筑样式;他掏出一个梳着高发髻的女人的小相片,用指头弹了它一下:"长得不坏吧?"原来这个女人是他的未婚妻,她在里加有一幢出租的房子,同时她又热爱艺术,知道所有的建筑样式,经常嘲笑不学无术的未婚夫。他答应每天给我五个法郎,我就当了他的向导。但是医药器材商店的老板却使我苦恼不堪;在一所上个世纪末盖的普通房子旁边,他问道:"这是什么样式?"起初我老老实实回答说:"什么都不是。"可是他生气了,说维也纳的向导拿的钱比我少,却知道所有的建筑样式。我怕失去那五个法郎,就瞎编起来:"巴洛克式……帝国式……纯粹的哥特式……"他把我的话全都记在一个小本子上。在餐厅里我得为他翻译菜单,他久久地考虑什么菜好吃,订了菜之后,再为我挑一种最便宜的:马铃薯或通心粉。

我年复一年地流浪在巴黎街头,衣衫褴褛,饥肠辘辘,从南郊跑到北郊;一面走一面颤动着嘴唇——我在作诗。我觉得我是偶然变成诗人的,这是由于我遇到了年轻的姑娘丽莎,她日后成了一个女诗人,"谢拉皮翁姊妹"[1]——波隆

---

[1] 由"谢拉皮翁兄弟"一词变来,这是1921年在彼得格勒成立的一个文学团体。

斯卡娅。起初看上去确是如此;但日后看来却并无任何偶然之处,——诗变成了我的生命。

1916年在莫斯科出版了我的诗集《前夜集》;这本书被书报检查机关弄得丑陋不堪——几乎每一页都有用删节点代替的诗行。这是我用自己的声音写成的第一本书。我对战争作了这样的描写:

> 枕头上方挂了一幅图画,
> 吊着一名凶恶的士兵,
> 这是为了让一个孩子高兴,
> 让他一大早起来,
> 看到洗脸池里的水不会哭泣。
> 那哥萨克正在狞笑,
> 头戴一顶羊皮高帽。
> 哥萨克用自己的长矛
> 袭击另一个外国士兵。
> 殷红的颜料淌了一地……

我描写处决普加乔夫:

> 你被折断的双臂将发芽滋长,发芽滋长,
> 能燃烧的牧草将覆盖大地……

我还描写了自己和被称为"暴风雨般的前夜"的1916年。

勃留索夫曾在《俄罗斯新闻》上谈到这本书:"……显然,诗对于伊·爱伦堡不是一种游戏,当然也不是一种手艺,而是一桩毕生的事业……因此,伊·爱伦堡就没有那些用很久以来被认定为'富于诗意的'题材写成的流畅的诗作,没有陈腐的公认的诗歌形象,也没有如今已轻而易举地成为一种被广泛采用的作诗法所推崇的那种矫揉造作的美和廉价的技巧(说得更准确些,所有这一切在伊·爱伦堡最初的几本书里都能见到,但渐渐地他已能战胜表面上的成功的诱惑)……伊·爱伦堡全部创作的主要缺点在于他对理论的屈从。他很少直接献身艺术;他常常由于自己对诗歌的理解而破坏灵感。在有意识地回避公式化的美的同时,伊·爱伦堡却又陷入了一个相反的极端,因而他的诗便缺乏嘹亮的声响和铿锵的音韵,由于诗人宁弃韵脚

而采用很不相同的半谐音,也使它们毫无夸张……伊·爱伦堡最注意现代文化顶峰的脓疮。把隐藏在现代欧洲的精美纤巧的光辉之下的一切卑鄙而下贱的东西都挖掘出来,——这就是年轻诗人(自觉或不自觉地)给自己提出的任务。同时他又以一个割开恶性脓疮的外科医生的果断,在自己并不动听的诗中,也揭露了自己心灵中的那些并非每一个人都能下决心承认的隐秘的激情,以及掩蔽在我们的温文尔雅和文化修养的表面光彩之下的一切可鄙可耻的东西。"

我得到了勃留索夫在那个时期写给我的一封信的副本。瓦列里·雅科夫列维奇在谈到他已给报刊寄去了一篇评论的时候补充道:"……我真诚地喜欢您,即作为一个诗人的您,因为对于作为一个人的您我还不了解。但这并不是说我喜欢您的诗。正好相反。我说这句话就像我说我喜欢作为诗人的您的时候同样坦率……我的结论也就是那适用于一切'出类拔萃的人物',即那些天生的诗人的结论:'努力吧!'不经过努力不会产生普希金、歌德,甚至也不会产生魏尔兰(因为未来的 pauvre Lelian① 在他的前半生是非常努力、非常努力的),而您又不愿做一个次于魏尔兰的诗人,同时也不值得。类似保罗·福尔那样的 prince de poêtes② 的桂冠是绝不会使您动心的!……我还有一个个人的请求:不要忽视诗的音乐性。您别去理会未来派。诗歌的全部实质就在于音响的结合……"信的末尾写了几句亲切的话,"我因此在数千里之外拥抱您……"

我给勃留索夫写了一封回信(这是在1916年夏天):"您那亲切的来信使我深为感动。谢谢!一般来说,我是不会因对我的诗作的评论而飘飘然的,但您的教诲对于我却特别珍贵。我全神贯注地拜读了您的大作和来信。我有千言万语想在回信中向您倾吐,但我却不会写信……我并没有使自己的诗歌屈从任何'理论',恰好相反,我是很缺乏自制力的。我的诗作的缺陷和拙劣都是我自己的。您认为是丑恶可憎的东西,——我觉得是自己的真实的东西,这就是说,它既不美也不丑,只不过是应有的样子。我写的诗之所以没有韵脚和'诗格',并非由于'对诗歌的理解',而仅仅因为丰富的

---

① 法语,意为"可怜的勒利安"。
② 法语,意为"诗坛宗主"。

韵脚或古典主义的诗使我的听觉感到难受……我并不倾心于抒情和写景的诗歌,我最感兴趣的是一般的、'宏伟的'事物,我总想揭示事物,表现出……其中的主要东西。在现代艺术中我之所以最喜欢立体主义,其故即在于此。你向我谈到'甜蜜悦耳的声音和祈祷'。然而并非一切甜蜜悦耳的声音都是祈祷,说得确切些,所有的祈祷都是向上帝而发的,但并非所有的一切都是为了上帝……这也许很狭隘,但并不是因为我对诗歌的理解狭隘,而是因为我是一个狭隘的人。这就是我想对您说的最主要之点。我们之间横隔着一堵墙——不仅仅只是几千俄里路程!……我把诗集命名为《前夜集》,除了一般的意义之外,我还指我个人的东西而言。这仅仅是我的前夜……"

勃留索夫说我想揭示社会的溃疡,这是对的。五年后我写了讽刺性长篇小说《胡利奥·胡列尼托》。但我过去和现在都不能和诗分手。不错,我曾有很长一段时间没写过诗(从1924年到1937年),但是我一直像念咒似的反复吟咏着我喜爱的诗人们的作品,没有诗我一天也活不下去。我在《给成年人读的书》里曾说:"有时候我仍旧羡慕诗人。我们是勉强从泥塘里拔出脚来的。他们的步伐就像减速放映的影片在银幕上映现出来的跳跃,——在空气中浮动着。我发现他们在朗读诗的时候两手总是痉挛地一伸一缩:这是一个游泳者的姿势。他们的人行道不比二层楼低。肉、欲望、深度对于我们都是逗点,但他们甚至不要句点也过得去。诗的节拍转变为时代的节拍,于是诗人们要理解未来的语言也就容易得多了。"这是1936年春的想法。不久西班牙内战爆发。我写论文、传单、简讯,甚至还写了一部中篇小说,但是又像从前一样,突然颤动着嘴唇作起诗来了——这并非因为我想预见未来,而是因为需要谈谈现在。

如今我觉得我过去的许多看法都是错误的、愚蠢的、可笑的。不过对于促使我开始写诗的原因,我现在觉得依然是正确的。当年一个十八岁的青年懂得,诗可以表达散文所不能表达的东西。一个如今正在写一本回忆录的老文人赞同这个看法。

14

曾有一位批评家写道,在我的长篇小说《巴黎的陷落》里有很多人物,但是没有主人公;我认为长篇小说的主人公就是巴黎。这本书是我五十岁的时候写成的;我已经不再是一个指责者,也不再是一个说教者了;我在给瓦·雅·勃留索夫的信中谈到过的那种狭隘已随岁月逐渐消失——一个五十岁的人的评价犹如一双已经穿得合脚的鞋子。

但在我成长的年代,我却难以评价巴黎;我既热烈地爱它,又同样热烈地恨它:

巴黎啊,我夜夜等着你,
你却像妓女的情夫一般光临……

我不再去听报告:巴黎就是一所学校,一所优秀然而严厉的学校;我常诅咒它——不是因为我的生活很苦,而是因为巴黎迫使我懂得了人生的一切艰辛。

在经历了平静的革命前的莫斯科、它那木制的小房子、马车夫、茶炊以及商人贪婪的梦想之后,巴黎似乎就应该以其现代化、粗鲁和新发明而使我惊愕。当然,那里有许多汽车,它们吃力地驶过一条条狭窄的中世纪街道。报刊常把巴黎称作"不夜城"。宽阔的林荫道在夜间的确要比特维尔大街或铁匠桥明亮得多;但在屋子里还不常看到电灯,也许电灯还不如莫斯科多。我觉得"地带"(从前的城防工事旁边的长形地区)上的茅舍简直不像是真的。夜间我常在穆弗塔尔街上徘徊,又肥又大的耗子就在路面上跑来跑去。埃菲尔铁塔还在引起争论——那些认为它丑化了城市的莫泊桑的同时代人和志同道合者还在人世。年轻的艺术家却喜欢它。铁塔本身已到了待嫁少女的年龄；谁也没有料到它会有利于无线电和电视。电话机还很少，但气压传送装置却很发达。先前我从来也没见过这么多布满皱纹和斑点的浅灰色的古老房子！我还不知道，在巴黎，一座房子只要能保持三十到四十年的寿命，它就会获得古迹的外貌：我觉得所有的房子都是古色古香的，在我眼前展现的古代风貌很像一个新奇而陌生的世界。

我每走进一条黑魆魆的街道，就像走进了一座热带丛林。在莫斯科的时候，我望着克里姆林宫的大教堂，从来没有注意过它的美：它们处于我的生活之外，无论是和"秘密接头处"还是和高尔基的海燕的翅膀都毫不相干。我在中学里曾勉强地死背过许多有封邑的公爵的名字，我以为这是一些和定理或拉丁文课程一样的抽象概念："许多名字的结尾都是 is—masculini generis①。"但到了巴黎以后，以往就像是现在；甚至街道的名称都是神秘莫测的——"布兰什女王街""捕鱼猫街""德贝街"；卡佳住在"木剑街"。我常去马拉②藏过身的一所房子。一群山羊挤进了汽车群中，牧羊人就在那里给一只倔强的山羊挤奶。

我常在塞纳河岸的街道上徜徉，在装着古书的箱子里翻寻。旧书商似乎比那些用皮革或羊皮纸做封面的多卷集还要古老。我有时在那里遇见一个上了年纪的人，他就像一个旧书商；他拿起一本书犹如一个园艺家拿起一只梨——既贪婪又很内行；这是安纳托尔·法朗士。（后来我就再也没有见到过他；我在 1924 年参加了他的葬仪，为这位年老的伊壁鸠鲁主义者和共产党员送殡的既有参议员也有工人，既有院士也有少年。1946 年，安纳托尔·法朗士的孙子曾引导我参观了位于图尔附近利亚·巴舍里耶尔街的作家故居——我发现这位伊壁鸠鲁主义者既不是一个藏书家，也不是一个唯美主义者，而是一个有血有肉的人：堆满在屋子里的不是收藏品，而是人生的岁月、游历、热情、会见所留下来的残迹。书架上大概也摆着安纳托尔·法朗士在塞纳河岸的街道上当着我的面购买的那些书。）

有一次，我在一堆古代的赞美诗集和田园诗意的作品中间发现了一部

---

① 拉丁文，意为"阳性"。
② 马拉(1743—1793)，法国大革命时期雅各宾派领袖之一。

巴拉滕斯基的《埃达》。内封上写着"赠给我们伟大的普希金的翻译者普罗斯珀·梅里美。叶夫根尼·巴拉滕斯基"。我花了六个苏把书买下,就立刻开始阅读。塞纳河忧郁地泛着微波;一只喂得肥肥的猫儿睡在一艘驳船上。对面是一所停尸室,每天早晨都有一些酒足饭饱的巴黎人前去辨认自杀者的尸体。笼罩在紫青色晨雾中的巴黎圣母院宛如一座石头的小树林。巴拉滕斯基写道:

  一个外地人满腹狐疑:
  躺在他面前的莫不是
  古代世界阴森森的废墟?

  顺便说说,废墟有时候寿命很长:雅典的卫城不仅在精神上,而且在物质上也比二十五个世纪以来拼命破坏过它的各种人的住宅寿命更长。

  在巴黎,往昔和现在是融为一体的。这是一座奇妙的城市——它不是按照计划兴建起来的,而是像树林那样生长起来的。一所供不幸者栖身的应急房子的一面墙壁,尽管已被淫秽下流的题词、爱情的自白和竞选时的咒骂弄得肮脏不堪,但依然有充分权利享受过路人的尊敬和国家的庇护。

  我很难分辨,何处是昨日,何处是明天:巴黎有自己的日历。饶勒斯在谈到社会革命的时候援引古代的神话,他高喊着,做着手势,就像扮演俄狄浦斯王的穆内-絮利。我常在教堂里看见大学生——医学院学生,物理系学生,——他们用圣水湿湿前额,听到钟声便一齐跪下。诗人夏尔·贝玑写了一首关于贞德的诗便被认为是一个天主教徒。我喜欢他的诗:他能把一件事重复一百次,同时每一次都和前一次不同,他的节奏犹如一头猎犬的奔跑,这头猎犬也朝它主人奔赴的地点跑去,但总是绕着圈子跑。我曾在《半月丛刊》编辑部里和他谈过一次话。我以为他要谈宗教、柏格森、救世主降灵说,不料他却谈起俄国来了:"我对贵国的作家了解不多。俄国人也许会首先推翻金钱的权力……"

  我读了索朗索瓦·维永的诗;他生活在15世纪,当过小偷和强盗:

  我即将渴死在溪畔。
  我含泪微笑,游戏般劳动。
  不论我走到哪里,到处都是我家。

异乡对于我就是我故乡。

我无所不知,我一无所知。

此前,我译过马拉梅的诗,他曾被认为是新诗歌的创始者之一。我明白,索朗索瓦·维永对于我要比《牧神的午休》的作者亲近得多。我曾一读再读《红与黑》;难以想象这部长篇小说已经八十岁了。我周围的人都说,揭示现代生活的作家是安德烈·纪德;我很不容易才弄到了他的长篇小说《窄门》。我觉得这是一本在18世纪写成的书,由于我想到它的作者还活着,——我在"老鸽子"剧院见过他,就不禁笑了。

一切都仿佛是不可预料的,而一切又都是可能的。一天,正当我在克利什广场上漫步、作诗的当儿,广场上突然挤满了人。人们喊叫着,他们想突破警察们的散兵线冲到西班牙大使馆去:抗议处死无政府主义者费雷罗。枪声响了,立刻筑起了街垒;公共马车被掀翻了,路灯被推倒了。炽热的瓦斯像泉水一样喷射出来。我不大清楚费雷罗是何许人以及他为什么被判处死刑;但我却和大家一同喊叫。这似乎就是革命。几小时以后,人们重又在克利什广场上神色自若地喝起咖啡或啤酒来了。

巴黎在当时有"世界首都"之称,它的确拥有许许多多不同的国家的代表人物。戴缠头的印度人揭露英国的自由主义者的虚伪。马其顿人经常举行喧闹的群众大会。中国的大学生庆祝民国成立。出版的报纸有波兰文的和葡萄牙文的,有芬兰文的和阿拉伯文的,有犹太文的和捷克文的。巴黎人为斯特拉文斯基①的《春之祭》鼓掌,为意大利的未来派马里内蒂鼓掌,也为上演邓南遮②的神秘剧的伊达·鲁宾施泰因鼓掌。"世界首都"同时又是一个边远的省份。巴黎分为许多区;每一区都有一条开设着商店、小剧院和舞厅的主要街道。所有的人都彼此相识,在街道上聊天,说面包铺老板娘的坏话,议论机械师雅克的情妇,说红头发的让的老婆给让戴了一顶绿帽子。

你爱怎么打扮就可以怎么打扮,爱干什么就可以干什么。艺术学院的学生每年春天举行舞会:裸体的大学生和女模特儿在大街上昂首阔步地游行;最害臊的人穿着小裤衩。有一天,一个西班牙画家在"洛东达"咖啡馆

---

① 斯特拉文斯基(1882—1971),俄罗斯作曲家、指挥家。
② 邓南遮(1863—1938),意大利作家。

旁边脱得一丝不挂；一名警察懒洋洋地问他："老头儿，你不冷吗？……"一年举行两次狂欢节——一次在谢肉节，一次在大斋期中间；载着穿化装服的人们的大型马车在街上驶过；人们戴着荒谬可笑的假面具，往遇到的人的脸上扔彩纸屑；还把得过锦标的白犍牛也拉了出来，餐厅里贴着广告："明天我们尊敬的顾客将能尝到用获奖者的肉烧制的煎牛排。"在栗子树或法国梧桐下，所有的椅子都坐满了情侣，全神贯注地在接吻；没有任何人打搅他们。有一次，奥库洛夫在十二杯白兰地下肚以后，爬到一辆轿式马车顶上，开始向行人解释说，所有的政府部长很快就要被吊死在路灯上；有些人听他讲，但是，当然谁也不会相信。我不仅没有护照，就连身份证也没有。有一次，银行职员要看我的证件，我就到省政府去了，他们叫我找两个法国人作保。我急于取钱，就找了我常去买面包的那家面包铺的老板和一个一早就坐在咖啡馆里喝罗姆酒、同我有一面之交的画家和我同去。不用说，他们对我是毫不了解的，但他们同意签字作证。一个官员发给我一份证件，上面堂而皇之地写着某事有某人作证云云的官样文章；这不仅足以应付银行职员，就是应付经常缉拿盗匪的警察也绰绰有余了。咖啡馆里唱着讽刺歌：共和国的总统是一个戴绿帽子的，司法部长手脚不干净，国民教育部长正在追几个小姑娘，给她们写的情书文理不通。居斯塔夫·爱尔威①在《社会战争报》上号召消灭资产阶级；歌唱家蒙泰居斯赞美十七团的士兵，因为他们拒绝向示威群众开枪。每天早晨五点钟，一捆捆报纸就送到了小店铺里；报纸都放得很整齐；街道上也放着报纸；行人把铜币放在一个小盘子里就可以拿一份。各种派别的报纸不下二十种之多。新闻记者互相诬蔑；事后他们又在克鲁阿桑街上的一家咖啡馆里见面，举杯共饮开胃酒。

人们到咖啡馆去是为了同熟人见面、谈谈政治、聊聊天、搬弄一阵是非。各行各业的人都有自己的咖啡馆：律师、牲口贩、艺术家、马夫、演员、珠宝商、诉讼代理人、参议员、靠妓女生活的人、作家、毛皮匠。对于饶勒斯的拥护者常去的咖啡馆，盖得②的拥护者是不屑一顾的。还有一些象棋手聚集的咖啡馆，拉斯克和卡帕布兰卡曾在那里下过几盘具有历史意义的象棋。

---

① 爱尔威(1871—1944)，法国社会党左翼领导人之一。
② 盖得(1845—1922)，法国工人党创始人之一。

我常去"克洛赛利·德·利里亚"咖啡馆——俄文的意思是"丁香田庄";那里根本没有什么丁香;不过可以叫一杯咖啡,要几张纸,写上五六个钟头(纸张免费供应)。法国作家(主要是诗人)每星期二都去"丁香田庄";他们争论着雷纳·纪尔发明的"科学诗"的利弊,赞扬圣保罗·鲁的幻想,咒骂《法兰西水星》杂志的出版者。有一次举行选举:保罗·福尔登上了"诗歌之王"的宝座,他是一个漂亮的、黑头发的人,写过几千首半愉快、半忧伤的叙事诗。

或许有人认为,在巴黎所有的人都两脚朝天走路,但巴黎人却过着一种世代相传的秩序井然的生活。每逢一个人租到一所住宅以后,守门的女人都要问,新房客有没有镶着镜面的衣橱;床和桌椅是无法查封的;要是不按期缴纳房租,镶着镜面的衣橱就要被查封。出殡的时候男人在前,女人随后。坟地就像一座城市的模型:那里有自己的街道。富人的坟上写有"恒产"的字样,这不是讽刺——穷人的坟过了二十年就要被挖掉。葬仪结束后,所有的人都要到坟地附近的一家小饭店里去喝白葡萄酒,吃一点干酪。人们晚上不喝咖啡,而喝各种各样的浸液——菩提花浸液、甘菊浸液、薄荷浸液、马鞭草浸液。情侣们兴致勃勃地讨论着哪一种浸液最有益健康:他要喝利尿的,而她要喝帮助消化的。老太婆们坐在街上的长凳上做针线活。住宅的房门在晚上十点钟上锁:每当房客揿铃,睡意蒙眬的守门女人把一根细绳一拉,门就开了,叫门时得高声通报自己的名字,以免生人潜入;外出的时候就高声把守门女人喊醒:"劳驾,绳子!"钓鱼的人坐在塞纳河畔枉费心机地等待想象中的鲍鱼上钩。报纸有时报道,翌日凌晨有一名死刑犯将被斩首;爱看热闹的人麇集在狱门附近看刽子手、看死刑犯,事后还要看被砍下的人头。

我读过雷翁·布鲁阿的作品;他自称是天主教徒,但憎恨有钱的伪君子和头戴法冠的伪善者;他的作品是那种应该在地狱里出版以推翻天堂的宣言。我也读蒙田和兰波、陀思妥耶夫斯基和纪尧姆·阿波利奈尔的作品。我时而盼望革命,时而盼望世界的末日。但什么都没有发生。(后来人们肯定地说,不曾在战前生活过的人,都没领略过生活的甜蜜。我可没尝到什么甜蜜。)我问法国人,今后到底会发生什么事,他们回答说——有的怀着满意的神情,有的叹了一口气,——法国经历过四次革命,它已经有免疫力了。

艺术日益使我倾心。诗不仅代替了煎牛排,也代替了《没有意思的故事》的主人公和契诃夫一同苦恼过的那种"总的思想"。不,苦恼依然存在:我在艺术中寻找的不是慰藉,而是非常激烈的情感。我和艺术家们交朋友,开始参观展览会。诗人们和艺术家们每月都要宣读各种各样的艺术宣言,推翻一切事和一切人,但一切事和一切人却依然如故。

我们儿时常玩这种游戏:不准说"是"和"不是",不准说"白的"和"黑的";谁要是说了不准说的字眼,他就要挨罚。我有时候觉得,巴黎正是在玩这种游戏。如今我认为,把巴黎时而痛骂一顿,时而赞扬一番,可能是不公正的。年轻人有一种要求严格、不肯安静的天性。莱蒙托夫写道:"而不安定的他却在寻找风暴,仿佛在风暴中才有安宁!"当时他才十八岁。谁知道,如果我在斯摩棱斯克,是否也会感到同样的不安呢?这可能会迟个两三年;也可能不会具有如此尖锐的形式……至于不准说"是"和"不是"的游戏,那它与艺术的天性有关。而在巴黎是不可能不碰到艺术的……

巴黎教会了我许多东西,它推开了我的世界的墙壁。人们常把这个城市说成寻欢作乐之地;我以为,巴黎善于苦笑——它的房舍如此,它的诗人如此,它的姑娘们的眼睛也是如此;这种善于在苦中作乐、在乐中痛苦的才能有时给它安上一对翅膀,有时又把它的翅膀剪了下来。但是,当我写到此后数十年间所发生的一些重大事件的时候,我还要不止一次地谈到这个问题;那时候我就不会做这样的结论了。

巴黎教育过我、丰富了我的知识和阅历、使我穷困、使我自立、又打倒了我。所有这一切都是理所当然的:每当一个人有所得的时候,他同时也必有所失——你往前走,就得同昨天还是你生活中的那些欢乐与不幸诀别。

15

我没有拜倒在巴尔蒙特足下的福气。在我开始写诗的时候,他的作品对于我是一种启示;我曾希望见到那个写下了"我来到这个世上,为了看看太阳"的人。两年以后,我认识了康斯坦丁·德米特里耶维奇;那时候我已经觉得他的诗里有许多东西是可笑的了——我非常崇拜勃洛克,读安年斯基、索洛古勃、古米廖夫、曼德尔施塔姆的作品。巴尔蒙特准时看见了太阳,而我看到巴尔蒙特的时间却迟了。

我是在1911年认识康斯坦丁·德米特里耶维奇的;当时他四十四岁。我知道他住在巴黎,不用说,我把我的第一部作品给他寄去了。巴尔蒙特是一个富有感情的人,他的一生充满了许多偶然的事件,有时候是戏剧性的事件。譬如,他曾两次沦为侨民;如果采用一般的称呼,第一次他是红色侨民,第二次则是白色侨民。在1905年的革命失败后,巴尔蒙特被血腥的镇压、马鞭的呼啸和绞刑架激怒了;他在国外出版了《复仇者的歌》——这是一本拥有极为高尚的感情和非常拙劣的诗句的书。他把尼古拉二世称为"血腥的刽子手"。尽管作品非常拙劣,沙皇依然动了圣怒,于是巴尔蒙特就不得不侨居国外了。直到1913年,康斯坦丁公爵(一个署名K.P.的平庸的诗人)才呈请尼古拉特赦巴尔蒙特。

康斯坦丁·德米特里耶维奇住在帕西街(后来这个地区成了白俄的定居处)。他的住处常有客人来访——其中有定居巴黎的俄国人,有从俄国来的人,有法国人。他邀我前去。那天晚上我是唯一的客人。康斯坦丁·德米特里耶维奇的妻子是一个身材修长的漂亮女人,她热情地招待我,使我顿时摆脱了拘束,忘掉了我面前是一个出名的诗人。我向来不到别人家里去做客,经常待在咖啡馆里或画家们没有炉火的、肮脏的工作室里,而现在我却置身在一个温暖而明亮的俄国人的家里了;主人请我喝茶;康斯坦丁·德米特里耶维奇的小女儿尼宁卡在淘气。一切都那么奇妙而家常。只有主人的外貌例外:巴尔蒙特是很特别的。

要叫巴黎人感到惊奇是不大容易的,但是我却不止一次看见,当巴尔蒙特走过圣日耳曼林荫道的时候,行人却频频向他注目。1918年在莫斯科,人们提着小篮子愁眉苦脸地在街上奔走,有些人拉着雪橇;又冷又饿,但是行人依然感到惊讶:在马路中央有一个火红色头发的怪人正在昂首阔步地行走,向灰蒙蒙的天空仰起他的头颅。

巴尔蒙特在年轻的时候曾想自杀——他从窗口跳了下去;他摔伤了一条腿,于是一辈子都有点儿瘸;他走得很快,就像一只习惯了飞翔而不习惯行走的鸟儿在跳跃。

他的脸色有时非常苍白,有时又作青铜色,绿色的眼睛,火红色的胡须,火红色的头发,一绺绺的发卷披散在背上。在我经常接待的那些前来巴黎观光的人们之中有一位神甫:他一发现有人在看到他的时候发笑,就害臊地把自己的头发用发簪别住,藏在帽子里。而巴尔蒙特却以他的发卷自豪。他宛如一只偶然飞到异域的热带的鸟儿。

他客客气气地请我朗读我的诗作,不住地说"很好……很好……"——大概是想鼓励一个年轻的作者。后来他站了起来,开始读自己的作品。他的诗没有给我留下什么印象——他的诗才已开始衰退,——但是那有鼓舞力的、高傲的声音却使我颇为惊奇:他读诗的时候就像一个萨满教的巫师,这种巫师知道,他的话如果在恶魔身上不发生效力,在可怜的游牧人身上也总会发生效力的。他会说许多种语言,但说任何一种语言都带一种口音——不是俄罗斯口音,而是巴尔蒙特的口音;"H"这个音他发得特别独特——不知道是法语还是波兰语。在他的诗里有许多带有长"H"的韵脚——"神圣的""鼓舞人心的""卑鄙的",——他在读到这些字的时候声音拖得很长,显然颇为得意。

他有时叫我上他那里去;我在他家里见到过莫斯科一些以学术和文艺的庇护者自居的财主、法国的翻译家、他的狂热崇拜者。

青年诗人马克·塔洛夫从敖德萨来到了巴黎,他说他是被迫离开祖国

的,他在那里有一个未婚妻;他过着穷苦的生活;他朗读了自己的诗作:

> 我在此尝到了孤独的全部苦楚,
> 我的苦难在这儿开始。
> 我既无名字,又无祖国,
> 既无故乡,又无幸福和家庭。

每当他一再地对我们说,未婚妻等着他回去的时候,我们就暗自发笑。(他在十年后回到敖德萨,未婚妻果真等着他。)塔洛夫渴望向巴尔蒙特朗读自己的诗作;我把他带去了,但是他窘得不知所措,竟把一只通红的炉子当成椅子坐了下去。大家哄堂大笑,而巴尔蒙特却已经夸奖起他还没有听到的诗作来了。

巴尔蒙特时而沉默不语、心不在焉地东张西望,时而兴致勃勃地大谈埃及、墨西哥、西班牙。所有的国家都被他描述得十分神奇;他仿佛走遍了全世界,但是他所看到的却只有一个国家,这个国家是地图上所没有的,我把它称作巴尔蒙特王国。

关于他,契诃夫曾写道:"他说起话来很动听,很有表情,但只限于他喝醉酒的时候。"我常在咖啡馆里遇见康斯坦丁·德米特里耶维奇。两三杯白兰地一下肚,他果然变成了一个出色的说故事的能手;我看到的有时是牛津的那些供给膳食的小旅馆的古板的老板娘,有时是爪哇的魔术师,有时是醉心于巫术的瓦列里·雅科夫列维奇·勃留索夫。当谈话涉及黑颜色的时候,巴尔蒙特总要重复一句古老的格鲁吉亚咒语。阻止巴尔蒙特是办不到的。他常向自己的女伴喊叫:"我想逃到黑夜里去!叶连娜,你别反对!"他的性格里有一种既庄严又可怜、既高傲又稚气的东西。

人们常把他和魏尔兰相比:酒精,音乐,天真。但是巴尔蒙特和"可怜的勒利安"不同,他是一个受过高等教育的人;他读了许多书。他翻译各个时代、各个国家的诗歌:雪莱和卡尔德隆,卢斯塔维里和惠特曼,莱奥帕尔迪和斯洛伐茨基,布莱克和海涅,埃德加·坡和王尔德。埃及的古歌和保罗·福尔的诗经过巴尔蒙特的翻译变成了同样的情调。他在情诗里所赞美的是自己的感情,不是接受他的诗作的女人,他在翻译别人的诗作时所陶醉的也是自己的声音。

他喜爱雄伟的东西：山巅，深渊，海洋。画家布拉克曾说，要善于用直尺去丈量灵感；巴尔蒙特大概会认为这话是一种市侩习气——他是靠批发为生的。他写起诗来就和女速记员那么快。他总是把同一本书献给一连串的人：从"我的幻想的兄弟，诗人和术士，瓦列里·勃留索夫"直到"具有一颗像林中的小溪那样自由而清澈的心灵的柳夏·萨维茨卡娅"。《我们将同太阳一样》一书中的情诗就是如此；一首接着一首，每首都有名有姓地注明献给某人："献给贝拉"，"献给奈蒂小姐"，"献给马辛格"，"献给克莱茨伯爵夫人"，"献给乌鲁索娃郡主"，"献给 H……"，"献给 P……"，"献给一个西班牙妓女"，"献给玛丽亚·芬"，"献给米特凯维奇"，"献给达格尼·克利斯坚逊"，"献给柳夏"……

在 1917 至 1918 年间，我在莫斯科见过他几次。他依然相信自己。革命的坚决性把他惹恼了：他不愿意让历史干预他的生活。他不止一次地深深陷入情网，然后又冷淡下来，他把这都写进了诗里。他以为时代也能像这样轻而易举地抛开："这个夏天我不再把俄罗斯喜爱……"有一次我向他朗读了我的几首关于处死普加乔夫、关于报复的诗。康斯坦丁·德米特里耶维奇起初不满意地皱着眉头，后来在我的笔记本上写道：

我听到过野蛮的语言，
听到过祈祷时的喊叫和嘈杂的合唱。
但我不想给你警告。
你想破坏吗？斜面的力量真美妙。
你去做野蛮人吧。一旦遍地大火
只有野蛮人才年轻无畏，
只有老年人才不正确。

下面写的日期是：1917 年 12 月 28 日。三四年后，他就到巴黎去了，在那里他断定只有自己是正确的。他的那些诅咒革命的政治诗就像《复仇者之歌》一样软弱无力。他再度成为一个侨民，但已不是短短的几年，而是一直到死；他过着穷苦的生活；狂饮症发作得益发频繁了。

1934 年我在蒙帕纳斯林荫道上遇见过他。他独自一人走着，老态龙钟，穿一件破旧的外衣；他和先前一样披散着满头长发，但头发已经不是火红色,而是白色的了。他认出了我,向我问好。"我听说您在俄国……"我回答说,我不久以前才从莫斯科来。他活跃起来:"请问,那里还有人记得我,还有人读我的诗吗?"我不禁可怜起他来,撒谎说:"当然记得。"他微微一笑,然后昂首阔步地向前走去,这个可怜的、被贬黜了的帝王。

  苏联大百科全书为这位"颓废派诗人"写了二十行——和写别内迪克托夫的行数相等,但是肯定了后者若干优点,而对巴尔蒙特却没有作任何肯定。年轻的苏联读者未必知道世上曾经有过这么一个诗人;但在20世纪初却没有一个大学生不知道他,即使不熟悉他的诗作,至少也知道他的名气。沃伦斯基在1902年写道:"虽然附带这种或那种保留条件,巴尔蒙特还是受到了普遍的赞扬;尽管颓废派的诗歌在俄国并不流行,公众却依然从他的诗的音乐中捕捉并重复那柔和而轻盈的音响。"对于象征派来说,他是一个导师、一个巨匠:勃洛克和安德烈·别雷在中学时代就手不释卷地读他的作品。勃留索夫在总结巴尔蒙特的成败时说:"巴尔蒙特向我们揭示了抒情诗能多么深刻地揭示人类心灵的秘密。"就连和象征派毫无关系的作家也对巴尔蒙特的诗作了很高的评价,例如布宁。和巴尔蒙特的那些锋芒毕露的、有时华美壮丽、有时又矫揉造作的诗歌最为格格不入的,恐怕莫过于契诃夫了,但是安东·帕夫洛维奇却在给这位"颓废派诗人"的一封信中写道:"您可知道,我喜爱您的天才,您的每一本书都给了我不少喜悦和激动。也许,这是因为我是一个保守派。"高尔基曾给予巴尔蒙特以热烈的评价,并建议杂志的编辑发表他的诗作。我还记得,阿·瓦·卢那察尔斯基曾满怀赞赏地朗读巴尔蒙特的诗。人们写了上百篇文章来评述巴尔蒙特,他的作品每年都要再版;他举办讲座的时候很难弄到门票。只要诗人在剧院里,甚至在街上一露面,就立刻被发了狂的崇拜者团团围住。难道所有这一切都是一种变态心理和自我欺骗,难道高尔基或勃留索夫之所以赞扬巴尔蒙特的天才,是因为俄国的读者们赞同大百科全书的条文所说的他那"逃避现实的意图"和他对"野蛮行为"的狂热?

  我之所以想到了别内迪克托夫,不仅是因为他名气很大而又很快被大家遗忘。可以说,从巴尔蒙特的那些失败的作品来看,他和别内迪克托夫是相似的——大喊大叫,趣味低劣。例如,巴尔蒙特竟能写出这样的诗句:

    我要做个粗鲁的人,我要做个勇敢的人,

……

我要扒下你的衣服！……

(马·亚·沃洛申曾肯定地说,有一个助产妇曾给他寄了一首《答巴尔蒙特》的诗,其中有这样几句:

我要做坚强的女人,

我要做高傲的女人,

我不让男人近身！……)

自然,巴尔蒙特写了许多坏诗;他的创作非常丰富,他的全部作品都出版过。但是从他的三十本书里是可以选编出一本好书来的——这毕竟不是别内迪克托夫。谁又喜欢别内迪克托夫呢？只有那些不爱挑剔的市长夫人。但巴尔蒙特在俄罗斯的诗歌中却改变了许多东西;这只要把他的这样一些诗篇重复一遍即可得到证实:"我是俄罗斯的迟钝的语言的精髓……"或"在俄罗斯的大自然中有一种慵倦的柔情……"命运待他极不公道:他曾得到人们的称赞,但日后人们却又因他称赞的东西而向他报复。他断言自己是一个叛逆,是现代精神的表现者,巴尔蒙特不仅是一个自我中心主义者,还是一个令人震惊的旧时代的残余。他和20世纪一同登上文坛。当街道上已有汽车来往奔驰、工厂的厂房已巍然耸立、大规模的社会斗争已在进行的时候,巴尔蒙特却依然是一个14世纪的抒情诗人,他穿的那件时髦的外衣是可笑的。

当未来派闯进了文学晚会并开始攻击年迈的巴尔蒙特的时候,康斯坦丁·德米特里耶维奇便昂首朗读了他的一首旧作:

悄悄地、悄悄地扒下古代偶像的衣衫,

你们祈祷得太久,别忘却过去的世界……

一场空前的风暴逼近了,但一个落伍的抒情诗人却向刮来的第一阵风提出了天真的请求——但愿是一阵微风。他读了那么多书,却依然不理解,古代偶像的衣衫不仅要被很快扒掉,它们还要被人们毫不痛惜地焚毁。跟委拉斯开兹[①]笔下的西班牙贵族的鬈发和姿态相比,这恐怕是更大的一个

---

① 委拉斯开兹(1599—1660),西班牙画家。

时代错乱现象。

他度过了一个漫长而凄凉的晚年——无所事事,孤独,贫穷,精神病。他死于1942年。

16

　　我年轻的时候去过两次意大利。我的钱很少;我在小客店和可疑的地方过夜;在小饭馆吃通心粉——两个索利多买一大碗,吃了能勉强维持几个钟头;钱不够坐火车,就步行上路;现在我回想起在意大利度过的那几个月是最幸福的了。我在那里明白了,艺术不是奇思异想,不是装饰,不是月份牌上的节日,而是可以像同一个亲近的人那样同它共居一室。每一个小伙子在初次堕入情网的时候都以为他发现了一个直到那时还没被人发现过的世界。意大利对于我正是这样:很久以来,外国作家在来到这个国度以后,都有一种新颖的幸福之感,都对艺术的亲切有一种新的感受——从司汤达到勃洛克,从歌德到我们的同时代人涅克拉索夫,都是如此。(不错,海明威正是在意大利了解了人类痛苦的程度,但这是在战争时期,而战争——到处都是战争。)

　　意大利对于我既是一座天堂,又是一所课堂。1909年我曾满怀疑虑地看着凡·高、高更和马蒂斯的油画,甚至心中还有些害怕,就像一头小牛看着火车那样。五年以后我和画家们交上了朋友——毕加索、莱热、莫迪利亚尼、里维拉;他们的作品帮助我把一团纠缠不清的希望和怀疑分辨清楚了。我在过去找到了理解现代艺术的钥匙。没有文艺复兴时代的写生画就不能理解莫迪利亚尼,正如没有普希金就不能理解勃洛克一样。(我对勃洛克的了解早于对莫迪利亚尼的了解:我从小就知道普希金,但却没有人教过我写生画入门;我只听说拉斐尔是世界上最伟大的画家,《不期而至》这幅画同革命斗争有关。)

　　我初次进罗浮宫的时候,我还是一个野人;我无论如何也要看一看乔康达①

---

① 即达·芬奇的名画《蒙娜丽莎》。

神秘的微笑,而当我看了以后,我便开始猜测这是怎么回事;后来我想起了弥洛斯的维纳斯——她是非看看不可的,因为人人都说她是美的典范,海涅和格列布·乌斯宾斯基都曾在她面前感动得落泪……罗浮宫是一个大城市里的一所大博物馆;我站了一会儿,休息了一下,然后离开了。昏昏欲睡的布吕赫的几个小博物馆对于我只是一所初级小学;而我真正爱上了艺术则是在意大利。

我现在所写的并不是一本谈绘画的书,同时我也并不打算毫厘不爽地描述自己久远之前的印象:在一生的薄暮时分是很难想起和理解它的清晨的——光线不断变化,对所见的事物的理解也在不断变化;现在我对我曾一度喜爱过的许多事物都无动于衷了,而我在年轻的时候所忽略了的某些东西却开始一年年地在我眼前显现出来。艺术不同于精密科学,它不屈从于无可争论的评价。

18世纪渊博的艺术鉴赏家曾把哥特式建筑视为一种变态的野蛮艺术。普希金曾对弗朗索瓦·维永的诗歌作过轻蔑的评价。司汤达尽管承认乔托是达到拉斐尔所必经的一个小阶梯,但依然认为他的画是苍白无力和丑陋的。后来评价改变了:我们感到亲切的是18世纪末和19世纪初优秀的思想家所注意到的东西。但是,也许现在不值得去重复他们的错误并给予那些同我们格格不入的艺术作品以轻蔑的评价了吧?我之所以要在下面谈到一个人的意见的改变,只是为了指出我们的评价的局限性有多么大。

我在1911年所醉心的是15世纪①的画家,首先是波提切利。我的天啊,在《维纳斯的诞生》和《春》的前面我曾伫立了多久啊!我觉得拉斐尔的壁画枯燥乏味;乔托的作品犹如圣像。波提切利笔下的女人不像威尼斯派画家作品中的女人那样粗俗、肥胖和呈粉红色;也不像梅姆林或凡-爱克画的那些女人那样不注重形体和过分崇高。维纳斯羞答答地、微含忧戚地注视着世界;我大约也是这样注视着维纳斯。我醉心于《意大利的圣像》一书。穆拉托夫仿佛窥见了我的灵魂:他写道,《维纳斯的诞生》是世界上最伟大的一幅画。现在我想弄清楚,波提切利用什么东西博得了我的好感。大概是生活的欢乐和痛苦的结合,是不信神的时代的开端,是那善于使惊恐

---

① 指意大利文艺复兴初期。

不安变得和谐的才能。

过了两年,我来到佛罗伦萨,第一件事就是去瞻仰波提切利的绘画,但是却感到茫然:这些绘画当然是很出色的,但是我却以旁观者的心情去欣赏它们;它们不再同我的精神状态吻合了。我已经不愿去美化那种骚乱了;我晕船了,因而就想看到静止的海岸。我怀着敬意想到了那些充满信仰的人们,——既想到了瓦利亚·奈马克,也想到了弗朗西斯·雅姆。我爱上了贝阿托法师:他的绘画就是行动,他不仅画了圣母,他还在自己的油画前面祈祷。乔托和锡耶纳画派的大师们吸引了我。我曾写道:

> 锡耶纳画派画家们的凝视,
> 教堂里的蜂蜡味
> 以及大教堂的正面
> 嵌着带条纹的大理石。

我的眼前矗立着"初期佛罗伦萨画派大师们严峻的、若有所思的壁画"。我重又试图理解,拉斐尔何以那么出名,丁托列托引人入胜的力量究竟在哪里,但这对我依然是一个无法探知的秘密。

此后不久我就把贝阿托法师淡忘了。我看到了格雷科的修长的人体、米开朗基罗的巨人、普桑的凄惨的风景画。我参观了数十个各种各样的博物馆。命运一再把我送到意大利去。发生了许多惊天动地的重大事件,这些事件可以写成几百本书,但即使这样也不能把它们全都说完。我在1924年看到了一个备受凌辱的、愤怒的意大利:我滞留罗马期间,法西斯分子劫走了马泰奥蒂①。耶利米②在西斯廷教堂里伤心落泪,企图维护自己的先知称号。

过了四分之一世纪,我重又来到了意大利。我觉得波提切利的《春》是矫揉造作的、腻人的。我尊敬地看着乔托的帕多瓦壁画,但心里已没有先前那种激动了。然而,我在老年却第一次"发现了"拉斐尔(我说的是梵蒂冈的画厅,至于《西斯廷圣母》,我至今依然对它无动于衷)。《雅典学院》和《关于圣餐礼的辩论》的明朗与和谐使我震惊;它们出自一个年轻人之手,

---

① 马泰奥蒂(1885—1924),意大利社会主义者,被法西斯分子杀害。
② 耶利米是《圣经·旧约》中四大先知之一,曾因耶路撒冷被攻陷而哭泣。

真令人难以想象。通常画家的成长就像树木那么迟缓,而且画家的寿命很长——提香活到九十九岁高龄,安佐尔活到八十九岁,安格儿和鲁奥活到八十七岁,米开朗基罗、克洛德·洛伦、夏尔丹、戈雅、莫奈、德加和马蒂斯,都活了八十岁以上。但拉斐尔却和诗人们一样,三十七岁就去世了,而且他似乎是最成熟的。他对题材既不入迷也不反感;例如,他画过教会举办的关于圣餐礼的辩论;他是一个极其世俗的人,因此这种宗教题材是不能鼓舞他的。我们对16世纪的神学辩论毫无兴趣,但我们依然入迷地站在那里——拉斐尔的构图使我们吃惊。司汤达说:"只有那即使在历史作了判决之后也依然富于情趣的事物才是适宜于描写的。"对于我们来说,在《关于圣餐礼的辩论》中有什么是"富于情趣"的呢?当然,不是辩论的题目,也不是辩论会的参加者。四百年以后,当历史不仅对各种各样参加聚餐礼的信徒作出了判决,而且也对产生这些仪式的宗教观念作出了判决的时候,画的构图、轮廓和色调却仍使我们激动不已。

在威尼斯的一所陈列着丁托列托的油画的桑-罗科画派的长形大厅里,我曾流连徘徊、不忍离去。问题仍然不在于题材——它们的题材和许多别的画家的作品的题材完全相同。但是对世界抱着悲观的看法、感觉和理解的丁托列托却善于把它表现出来;为了把莎士比亚在不久之后开始描写的东西告诉世人,他只要几个足趾、一幅向下滑落的天鹅绒上的皱襞、一朵浮云和一堵墙壁就足够了。丁托列托的画具有现代艺术的一切因素;同时在桑-罗科画派中你还能特别鲜明地了解抽象派绘画的辩护者的天真,对于绘画方面的许多问题,他们竭力寻找一种比丁托列托、苏巴朗或在很久以后才出现的塞尚曾经提供过的更为自由,或者也可以说是更为深刻的解决方法。丁托列托不得不考虑到天主教教会的教义、威尼斯首领们的虚情假意和口是心非,以及许许多多看来是不必要的障碍,一个伟大的画家是需要障碍的——这是一个出发点,是克服无法克服的事物的一个开端。

我之所以复述一个青年、一个四十岁的人和现在我这个老年人的极容易引起争论的见解,当然不是由于这些见解本身具有什么趣味,更何况我又不是一个艺术史家。我认为,耐人寻味的不是这些评价,而是这些评价在一个人的一生中的变化。诗人巴尔蒙特曾天真地请求别急于揭露昨天的偶像。真正的大师并不需要怜悯;但是一种平凡而合理的见解却暗示了某种谨慎的态度:失去了桂冠的偶像可以重新成为神灵。科学领域的发现推翻了前人的理论:如今无论如何是不能根据托勒密或毕达哥拉斯的理论去研究天文学了;但古代希腊人的雕塑在我们今天看来却依然是精美的。波提切利现在不合我的口味;我在青年时代曾爱过他,这无关紧要,重要的是大概不是我们的孙子就是我们的曾孙将来会喜欢他。对于波伦亚画派的画家我现在很难说他们一句好话——我跟他们还有一笔旧账没算,当然,尽管这并不是他们的过失:波伦亚画派的绘画在三百年间决定了那种相对的、折中主义的艺术的标准,许多人出于误解或习惯,至今犹把这种艺术称为现实主义的艺术。(勃留索夫在1922年写道:"现实主义,——不是把它当作一个哲学术语,而是就它在艺术领域的应用而言,——向画家们提出了一个课题:真实地再现现实。但是,在什么地方、什么时候、什么国度、什么时代有哪一个国家曾抱定过另一种目的呢? 全部差别仅仅在于对'现实'的理解……对于文艺复兴时期意大利派的画家,甚至他们的前辈'拉斐尔前派'的画家,人们总爱用佛拉芒人和荷兰人的风俗画来和他们对比,但是,难道他们希望描绘和现实绝缘的东西吗? ……印象派当时曾受到批评家的指责,说他们创作的只不过是一些斑点,与现实生活完全无关,他们所追求的是什么呢? 他们所追求的正是这样的目的:用这些斑点把现实更真实、更精确地表现出来,使它一如我们外部的感官和视觉所感受的那样。")只要一个画家不去描绘古代的神话或福音书上的故事,而去描绘能使他的同时代人为之激动的重大事件,并在手法上遵循波伦亚画派特定的标准,他就会得到这样的祝贺:他是一个现实主义者。但是,二十年或四十年之后,学院派最后一批模仿者在世界上绝迹了,到了那时,我们的孙子或曾孙就会恢复卡拉齐兄弟及其他波伦亚画派画家的作品的名誉。以往的艺术不仅打开了我们的眼界,它也由于我们热情的眼光而得以重见天日。后代子孙的珍爱宛如一个孜孜不倦的修复家,他把有点褪色的油画加以整理,使它们恢复原先的光彩。

我还得补充一点,1959年秋,在我滞留意大利期间,伊特鲁里亚人[①]的石椁给了我最深刻的印象,那是在石棺上凸现出来的一些疯狂的男女。我在离罗马不远的塔基尼埃的一所小博物馆的庭院里久久地看着它们。现

---

① 古代意大利的一个民族。

在，当我写这本书并打算重现我的过去和朋友们（他们大多数都已先我故世）的时候，我看见自己面前的这些男男女女就是生活在我诞生的二十五个世纪前的人。我觉得，我对他们的了解就像对我的同时代人的了解一样清楚。

我年轻的时候特别眷恋佛罗伦萨；我爱它那乡村的气息，多那太罗的雕刻和戴宽边草帽的农民，德拉·罗比亚的陶器和城市四周的丘陵、花园、菜畦、一株株昂然直立的柏树，旧桥上的小店铺，集市，浑浊的河流，晴朗的天空和但丁曾在那里遇见自己的贝雅特丽齐的遗迹。佛罗伦萨同所有那些在一个时代里建立起来因而十分谐调的城市一样，是一目了然和可爱的。随着年龄的增长，我渐渐爱上了罗马。罗马是几个不同时代的混合物；古希腊罗马的遗迹和新兴的市区并列，巴洛克式的弯弯曲曲的雕像和最早的基督教的柱廊形大厅共存，伟大的文艺复兴时代和19世纪末叶富丽堂皇的古迹同在；这种杂乱无章的现象起初会使来客感到拘束，但后来你却看到不同的时代在罗马是和平共处的。罗马的美不仅仅是在成群结队的游览者前往观光的地方，——任何一条街道，一所丝毫不值得注意的房屋的任何一堵墙壁，都有赏心悦目之美。它的配置十分复杂：其中含有一种只有伟大的艺术家和伟大的民族才能达到的严整。

有一些旅行家（其中也有像歌德这样的大人物）在意大利看到的只是博物馆和大自然不朽的美色，他们是大错特错了！过去和现在都使我目醉心迷的意大利的一切，都和人有密切联系，——当然，人们是在不断变化，但是，如果说有可能概括时代，有可能把往昔从被遗忘和不被了解中拯救出来，那么这是和人民的天才，和人民所固有的某些特点分不开的。

我在法国住了多年，学会了怎样了解法国人，我对他们的爱是不言而喻的——这种爱是众所周知的。正是由于这个缘故，我决定重复司汤达的话，他曾肯定地说，意大利人比法国人朴实、直爽。这怎能不博得这样一个年轻人的好感，这个年轻人还记得在科济希、奥斯托任卡或阿尔巴特某处的那些倾心的谈话的温暖？当然，意大利人也和所有的人一样是良莠不齐的；我既没有忘记阶级斗争，也没有忘记法西斯主义的年代；但我依然认为，意大利人的性格充满了善良。

我常常自问，为什么操各种不同语言的人那么喜爱近十年来的意大利影片——《偷自行车的人》《米兰的奇迹》《两分钱的希望》《罗马十一点钟》《卡比里亚之夜》。毫无疑问,它们是电影发展中的重要现象;但是普通观众对新现实主义是不大感兴趣的;老实说,由于对现实所作的现实主义的、真实的反映,他们所看到的乃是真正的、活生生的意大利人,使观众为之倾倒的是一种民族性格的特征:银幕上展现了一种艰苦的、有时是没有出路的生活,但是应对人们的苦难负责的不是坏蛋,而是环境,不是这个或那个人物心灵上的丑恶,而是社会制度的丑恶。

我的千百万同胞对战争的景象是记忆犹新的。世界的政治地图已经改变了;理智提醒我们,有的东西应该忘却,有的东西应该学会;但是人心有自己的规律。1949年在柏林曾有一个德国人对我说,他喜欢我的长篇小说《暴风雨》,特别是勒热夫城下的战斗场面。"描写得生动极了,"他补充道,"也许您当时就在那里?"当我作了肯定的答复以后,他很高兴地叫道:"当时我也在那里!"——然后向我伸出手来。说实话,这个握手对我并不是轻松的。我常常见到一些意大利人,他们忧郁地说,在战争时期他们到过顿巴斯;我倒能友好地和他们谈话。曾在敌占区待过的人们向我谈到意大利人的时候并无仇恨之心;一个集体农庄女庄员曾回忆道:"他想抓走一只母鸡,可是又觉得不好意思,他等着我走开,后来我自动地走开了——我可怜他……"

在这本书里我还要不止一次地谈到意大利和意大利人。我有时不顾事件发生的前后顺序,一下子就跑到前面去了——因为我不愿使自己的思路和要说的话中断;这与其说是我一生中的经历,不如说是由回忆而产生的思考。现在我要回到第一次世界大战前的那几年。

我力求不戴粉红色的眼镜来回顾以往。意大利的生活绝不是什么田园诗;每走一步我都可以看见贫穷。意大利的资产阶级要比法国的资产阶级更为妄自尊大和愚蠢无知。在科尔索的咖啡馆里可以看到一些议员;他们在聊天、商量、谈判;那里有一种议会里肮脏的、不体面的勾当所散发出来的恶臭。我还常常遇到一些外省的唯美派,他们竭力模仿巴黎的假绅士;和往常一样,学生比老师走得更远。

我在巴黎经人介绍认识了诗人马里内蒂;他非常自信而且同样爱沽名钓誉;他给了我一本他的长诗《我那用红糖制成的心脏》:"如果您把它翻译

出来,您就会使俄国发现一个明天的诗人……"我译出了一个片断并附上一个小小的序言:"要喜爱马里内蒂的诗是困难的。内心的空虚特别是对朗诵艺术的低级趣味和嗜好使人对他颇为反感。"后来我出席了一个文学晚会——马里内蒂在会上赞扬未来派、技术的奇迹、征服世界。他日后追随法西斯分子是合乎逻辑的:他并不掩饰自己的真面目,他早先就幻想暴力;随着红色的水果糖而来的是鲜血……

一天,我在佛罗伦萨遇见了三十岁的乔瓦尼·帕皮尼;他那轰动一时的自传《一个毫无出息的人》是在这之前不久问世的。我们坐在一个小饭店里;年轻的作家们在争论有关未来派、"猫头鹰"(这是一个文学团体的名称)和柯罗齐的哲学等问题。我觉得帕皮尼是一个痛苦的、苛刻的人。突然,他惘然若失地微微一笑,说道:"不管您怎么说,主要的是一个人应该幸福,而且是能使别人也幸福的那么一种幸福……"

在卢卡附近某地,我曾疲倦而饥饿地在一株树下睡着了。几个孩子把我唤醒。孩子们的母亲,一个肥胖的、黑皮肤的妇女,把我叫到家里,在桌上放了一大碗通心粉、一瓶葡萄酒,瓶的周围缠着稻草。我狼吞虎咽地把通心粉吃个精光,而女主人则在缝一件孩子穿的衣服,她瞧瞧我,叹了口气。"你有妈妈吗?"她突然问道。我说我的母亲在很远的地方——在莫斯科。这时候她没有放下手中的针线活,就唱起一首忧伤的小调。我离开了她的家;那是一个黢黑的南国之夜,萤火虫宛如晴空的繁星,不停地盘旋飞舞。

在意大利,我相信艺术是可以发展的,幸福是可以取得的。但是,一个艺术将要遭到灭亡、幸福是不可想象的时代却已经来到了。

17

我坐在"丁香田庄"咖啡馆里翻译法国诗人的诗——我想编一本诗选。沃洛申把我介绍给亚历山大·梅尔赛罗,他是一个不大受人注意的诗人,但为人却很和气;他常给我带来一些书籍,并把他的一些较有名气的同志介绍给我。

1906年,俄国大企业家里亚布申斯基决定出版一个名叫《金羊毛》的艺术杂志;杂志要同时用俄文和法文出版。需要一个能修改译文的修辞家。里亚布申斯基不惜重金聘请了一位真正的法国诗人。这件事能够办到可颇不容易,因为诗人都不愿长期离开巴黎。

在巴黎郊区克列泰的一个前天主教修道院的屋子里住着几个诗人;他们写诗,自己烧饭,亲自用油印机印自己的作品。文学团体"修道院"就这样诞生了;它的成员有很多在日后成了名人:杜亚美、儒勒·罗曼、维德拉克。所有这些诗人都力求摆脱狭隘的个人主义,从人人固有的思想感情中汲取灵感,这使他们结合在一起。在"修道院"中也有几个没有多大希望的诗人,梅尔赛罗就是其中之一;他沉湎在《金羊毛》的工作中了:在诗人的法朗吉①里,生活是很单调的。

梅尔赛罗常说他喜欢莫斯科,但是却不爱提到他特别喜爱的是一个莫斯科女人,一位官太太。他的生平的这一页是沃洛申告诉我的。法国诗人和莫斯科的官太太十分幸福,但是分别的时刻临近了。梅尔赛罗不愧是一个诗人,他制订了一个浪漫主义的计划:"你跟我跑到巴黎去。"这个莫斯科

---

① 法朗吉是法国傅立叶空想社会的基层组织。

女人提醒陷入情网的幻想家说，没有出国护照是不能离开俄国的。这个情妇有一个很不漂亮的妹妹，梅尔赛罗一向对她都不大注意；但在紧要关头她竟成了幸福的保证："你和我的妹妹结婚吧，她会得到出国护照的，并宣称跟你同赴巴黎。我去给你们送行，到了最后一分钟，我就走进车厢，让妹妹留在月台上。护照，当然带在我身上。"梅尔赛罗很欣赏这个计划；举行了一个豪华的婚礼。这个情妇按照预定计划来到车站，但是在第三遍铃声响了以后，她却一动不动，只是挥动着一方小手绢：车厢里坐着合法的夫人。

梅尔赛罗把强加于他的妻子带到"修道院"去了，她一看到与众不同的法朗吉就吓了一跳：她哪儿想得到，法国诗人的日子竟过得比莫斯科的店员还要糟！口角、责难、吵架开始了；"修道院"的诗人们再也写不出诗来。他们恳求沃洛申去解劝梅尔赛罗夫人（她还没学会说法语）。诗人之妻终于明白，更好的生活她是盼不到的，于是就回莫斯科去了。最使人感动的是这样的一件小事：梅尔赛罗每逢谈到他那狡猾的情妇的家，总要叹口气说："他们经常有红鱼子吃！黑鱼子在俄国是人人都吃得到的，他们却吃红鱼子，他们是非常阔气的……"

当时法国人还不大了解俄国。我曾在进步的"老鸽子"剧院看过由《卡拉马佐夫兄弟》改编的剧。舞台上挂着一幅沙皇的肖像，路过的人都向他转过身去画十字。我还记得我把阿·尼·托尔斯泰介绍给一个常去"丁香田庄"的年轻诗人的情形；诗人毕恭毕敬地和阿列克谢·尼古拉耶维奇谈话，但后来却信口雌黄地说："您可知道，这里有人曾为您的去世写过文章，原来这是谣言……"阿列克谢·尼古拉耶维奇不禁发出了一种特别的、他所独有的雷鸣般的笑声，把桌上的高脚玻璃杯都震动了，这位可怜的诗人好不容易才嘟嘟囔囔地说："对不起，我没想到您是伟大的托尔斯泰的儿子，我知道他的儿子也是一个大作家……"阿列克谢·尼古拉耶维奇曾经写道，在他1916年到了英国以后，有一个英国人曾热情地欢迎《战争与和平》的作者。

《高鲁亚》报的一个批评家有一次去找马·亚·沃洛申，立刻就提出了一个使他大吃一惊的问题："您当然参加过陀思妥耶夫斯基的葬仪，当时哥萨克把大学生们揍了一顿。我们对详细情形很感兴趣……"马克西米利安·亚历山德罗维奇非常喜欢愚弄人，于是就开始描述"详细情形"了；批评家欣喜若狂地写满了整整一本笔记簿;末了沃洛申说道:"这就是我所记得的一切,——当时我才四岁……"

二十年后,我在巴黎买了一张欧洲大地图;在苏联北部印的不是省市的名称而是"萨莫耶德人"。1946年出版的拉鲁斯的《小辞典》提供了有关涅谢尔罗德、卡特科夫、旅行家奇哈乔夫的知识,但是对于像格里鲍耶陀夫、涅克拉索夫、车尔尼雪夫斯基、赫尔岑、谢切诺夫、巴甫洛夫这样一些不大引人注目的人物却无片言只字……

不过只谈法国人是欠公道的。既然我现在所回忆的都是一些十分有趣的事件,那我就不妨也谈谈英国笔会为我举行的一次欢迎会。那是在1930年。我收到一纸请帖,把我尊为笔会的一次例行午宴的贵宾,还附了一段很长的文字,说是希望我最好能穿晚礼服,但是也允许穿黑色衣服。午宴由名作家高尔斯华绥主持;他向我表示热烈欢迎,并说英国作家很高兴能在自己的小圈子里看到摄制了《然娜·奈伊的爱情》这样一部出色影片的奥地利大电影导演。(奥地利导演帕布斯特确曾根据我的长篇小说拍摄过一部影片。)午宴又不是辩论会,于是我就和高尔斯华绥握手致谢。陪伴我的女客原来是一个上了年纪、袒肩露颈的英国女人;她为了给我解闷,就不停地谈论古代维也纳的风流韵事。我觉得自己是冒名顶替的,便说我不是奥地利人,而是俄国人。她顿时变得悲伤起来,满腔怜悯地说,她很爱俄国,和我一同感到痛苦,她问:"布尔什维克把你们那位可怜的将军怎么样了?……"(在我现在所描写的这次午宴之前不久,库捷波夫将军在巴黎神秘地失踪了。)我平静地回答说:"难道您不知道?他们把他吃了。"这位夫人手中的刀叉掉了下来:"真可怕!他们什么事都干得出来……"

法国人总爱说一个英国人的笑话:这个英国人在加来看到了一个棕色皮肤的女人,事后写道,所有的法国女人都是棕黄色的。我想起了我曾引导他们参观凡尔赛的那些俄国旅行者的谈话。一个教师艳羡法国人的富有——他在圣拉萨尔车站附近看见了一个喝红葡萄酒的流浪汉。"要是我回家去说——谁都不会相信:连流氓、乞丐都满不在乎地喝葡萄酒……"这个教师来自萨马拉省;所以他不相信葡萄酒在法国比矿泉水还便宜。另一个旅行者是实科中学的副校长,正好相反,他得到的结论是法国人都在要饭;他会说法语,在凡尔赛公园里认识了一个当地的中学教师;副校长一再地说：'这就是他们的文化，这就是他们的富有！一个中学教师，却没有一个女仆，妻子亲手做饭……'有一个过去是师范学校学生、后来是社会革命党人的侨民，曾把他的一部中篇小说拿给我看：它写的是爱上了一个淫荡的法国女人的俄国唯心主义者的痛苦；作者用了一百页左右的篇幅去议论法国人的淫荡生活；其主要的论据是法国人甚至在餐厅里也要接吻。我企图向他解释，这种接吻和一句亲切的话或多情的一瞥是完全相等的，它们并不妨碍情侣们沉着地尽情享受羊角或猪肉烧豆，但是我白费了一番口舌；他顽固地答道：'我在妻子面前感到很不自在——要知道那是在众目睽睽之下啊……这是一个下贱的民族！……'

一个人是难以了解异邦的风俗习惯的，即使他对这种风俗习惯仔细观察过一个时期；至于一个旅行者那就更不用说了。我在报刊（有俄国的，也有法国的）上读到过多少根据大仲马曾在下面坐过的枝繁叶茂的酸果蔓①制造出来的胡说八道啊！

不必去嘲笑梅尔赛罗：他的错误是极富于人情味的。那个先前的师范学校学生，即曾对法国人的淫乱表示愤慨的人，在同自己的夫人分别时，肯定在车站上吻过她；而这在一个日本人看来却是一种不要脸的、不道德的行径。一切的不幸均在于人们把自己的习俗，或如现在所说，自己的'生活方式'，视为唯一正确的东西，并公开指责一切违反这种习俗的现象，至少也要暗自加以非难。

对于一个民族的性格的认识，总是根据一些偶然的、浮光掠影的观察形成的。在第一次世界大战前夕，即使是那些博学多识的法国人对俄国人又有什么了解呢？他们看见了一些富翁，这些富翁挥金如土，在蒙马特的销金窟里鬼混，一夜之间就在蒙特卡洛把面积与法国的一个省相等的地产全部输掉。在法语里出现了'大贵族'这个名词，这就是对富有的俄国人的称呼。知识渊博的法国人醉心于陀思妥耶夫斯基的作品，他们从中得知，俄国人喜欢一掷千金、鄙视债务、迷信上帝和鬼魂、对他所信奉的事物以及他自己都横加污辱、在公共场所吻着土地忏悔自己的罪孽。报刊上报道着俄国

---

① 酸果蔓是一种矮小的灌木，大仲马曾把它错误地描写为一种枝繁叶茂的大树，这里是指错误可笑的观念。

112

的秩序混乱、恐怖行动、革命者的英勇。法国人把俄国的革命者称为"虚无主义者";1946年(即在十月革命后的三十年)出版的详解字典对"虚无主义"一词作了如下解释:"一种在俄国拥有信徒的学说,力求彻底破坏社会制度,同时却没有提出以另一种制度取而代之的明确目标。"从一个法国人的观点来看,这种学说只能吸引神秘主义者。碰巧法国人又知道了甚至在"大贵族"中间也有"虚无主义者";这终于使他们确信存在着一种特殊的"斯拉夫精神",并用这种"精神"来解释以后的一切历史事件。

我小时候读过几部描写德国人的俄国长篇小说;小说中的德国人有的是幻想家,就像屠格涅夫的伦蒙①,另一些是精力充沛、眼光短浅的实干家,就像冈察洛夫的斯托尔茨②。在革命前的俄国,德国人被看成是温和而正派的人。不久以前我偶然看到瓦·罗扎诺夫的一本书,他描绘了1912年至第一次世界大战前夜的德国:"诚心诚意地和这些正直的人,这些诚挚的劳动者握一握手,就意味着猛然长高了几俄尺……同德国人发生战争一事看来是不会使我感到震惊的。显然,这不是一个暴躁而又爱记仇的民族,不会在取胜以后就置对手于死地……德国人'en masse'③或者是政治上头脑简单的人,或者是没有把周围的一切吃光的胃口。我不会害怕同德国作战,其故即在于此。但是同这些正派的人攀攀交情、做个朋友,倒是一件极其令人愉快的事……我会花光多余的钱,而且仅仅是为了善良的性格。我深信,这一切日后会得到数百倍的报答。我知道,这在目前是不符合俄国的国际地位的,而我现在之所以几乎是偷偷地、'旁白'式地说出自己的想法,则是为了未来……你瞧,为了赢得四千万如此正派的人们的欢心,可能使其他民族感到难过,甚至还会使某些人稍微感到痛苦。"从那时以后,我们已经历了两次大战。罗扎诺夫的话并不比梅尔赛罗关于红鱼子的谈话聪明,但是也不会使任何人发笑。

而俄国人也有这样的无稽之谈:提起法国人,就说他"迅速如目光,空虚如胡扯",说他轻佻冒失、爱好虚荣而又放荡淫乱;谈到巴黎,就称之为"新巴比伦",说它之所以出名不仅是因为它是时装的倡导者,还因为它是

---

① 长篇小说《贵族之家》中的人物。
② 长篇小说《奥布洛莫夫》中的人物。
③ 法语,意为大多数。

放荡淫逸的渊薮!(我的母亲生怕我去巴黎并非出于无因,——这是有家喻户晓的传说作为根据的。)这个国家和上述这一类描写是多么不同啊,我在那里住过,那里的家庭观念要比俄国强烈得多;那里的人们珍视世代相传的习惯,有时也珍视偏见;那里的资产阶级的住宅连百叶窗都要关上,以免壁纸褪色;那里的人畏惧过堂风有如畏惧鼠疫;那里十时就寝、鸡鸣而起;那里的夜酒店里不大听得见法语;那里在国外居住过的熟人屈指可数!

如今一架飞机在数小时之内即可横贯欧洲;一夜之间即可由巴黎飞抵美国或印度;但是人们却和先前一样互相缺乏了解。把他们隔离开来的不是思想,而是语言,不是感情,而是表达这些感情的方式:风尚习俗,生活细节。互不了解是繁殖民族主义、种族主义和仇恨的微生物的培养液:"你瞧,他的生活和你不同,他不如你可又不愿承认;他说他过得比你强,他比你好;要是你不干掉他,他就要逼着你照他那样过日子。"可以就很久以前即被外交家们称之为"modus vivendi",即暂时的休战达成协议;但是我觉得,缺乏相互了解,真正的和平共处是不可思议的。有人说,我们这个行星早已考察清楚了,如今轮到火星或金星了。不错,制图家对所有的高原、岛屿和沙漠都了若指掌;但是一个普通人却还很少知道,在一个早已发现的岛上,在那些远古时代即已被人发现的国度,以及在那些认为自己就是发现者的国度里,他的同辈人是怎样生活的。我之所以说这一番话,是因为我走遍了欧洲,到过亚洲和美洲,最后终于明白,要想了解别人的生活有多么困难。

18

马克西米利安·亚历山德罗维奇·沃洛申每次来到巴黎,总在女画家科鲁格利科娃拨给他的一间工作室里安身,这间工作室坐落在艺术家们选中的蒙帕纳斯区中心的巴松纳德街上。工作室里悬挂着埃及女王塔娅赫的一幅画像,画像下面有一张狭窄的沙发,马克斯(所有的人在认识他之后的第二天或第三天就这样称呼他)常在沙发上盘腿而坐,在一只手提香炉里点起一种东方的松香,用酒精灯煮土耳其咖啡,阅读关于亚述艺术的书籍,以及有关共济会或立体主义的书,还要给莫斯科的报刊写些诗歌和关于展览会以及主要演员的通讯。他在工作室的门上写道:"叩门时请高声通报叩门者姓名";不过他是一个容易接近的人,只有一个罗马尼亚哲学家叩门的时候他才不去开门,因为这位哲学家总是要求他的著作尽快在彼得堡出版,还要求沃洛申预支给他一百法郎的稿费。

安德烈·别雷在他的回忆录中写道,他觉得沃洛申是一个标准的巴黎人——这是根据他对法国文化的精通和他的外表得出的结论:一撮修剪得整齐别致的胡子,一顶大礼帽,还有他的风度,由于我是在巴黎认识马克斯的,因此我无论如何也不会把他当作一个巴黎人;我觉得他倒像一个俄国的马车夫,而且与其说他有一部激进社会党人的胡子,还不如说他有一部马车夫的胡子(在第一次世界大战前夕,巴黎人的胡子开始匿迹,但是一些上了年纪的激进社会党人出于对高尚的 19 世纪传统的敬意,仍留着大胡子)。不错,俄国的马车夫不戴大礼帽,这是法国马车夫戴的,但是大礼帽戴在马克斯又长又密的头发上的确很像马戏团的道具。

沃洛申在巴黎不仅以一个俄国人闻名,还以一个头等俄国人闻名;他爱向法国人描述纵火自焚的分裂派教徒、莫罗佐夫或里亚布申斯基的怪癖、恐怖分子、彼得堡的白夜、"红方块王子派"的画家、古罗斯假托神命的先知。据安德烈·别雷说,在莫斯科马克斯曾因他所描述的下列事件而名噪一时:无政府主义者向法约餐厅投掷的一枚炸弹,饶勒斯的能言善辩,列米·德·古尔蒙①的渎神罪,著名的数学家彭加勒,同年轻的里什宾共进早餐。沃洛申的听众到处都有,而他又善于并喜欢谈天说地。

孩子们玩的游戏不下数百种,有的颇费脑筋,有的非常简单,这不会使任何人感到惊奇;但是有些成年人,特别是作家和艺术家,直到暮年还保留着对游戏的喜爱。高尔基说,契诃夫常坐在椅子上用帽子捕捉太阳的"光点"。毕加索酷爱描绘马戏团的小丑,常常以一个业余的斗牛士的身份参加斗牛。诗人奈兹瓦尔编了一辈子的星占表。巴别尔总是躲着大家,这并不是因为别人会妨碍他的工作,而是因为他爱捉迷藏。马克斯常常想出一些令人难以置信的故事;故弄玄虚;把普希金的某些不大为人所知的诗作寄给编辑部,并断言它们的作者是药剂师西沃拉波夫;他送给一个大叫大嚷地说要服毒自杀的姑娘一包泻盐,并对她说这是一包印度尼西亚的毒药;他甚至在工作的时候也做游戏;他有一篇名叫《阿波罗和耗子》的论文,这篇东西除了称之为游戏之外就无以名之。他的博学多识是世所罕见的;他能在国立图书馆里从早晨一直坐到晚上,他所选的书也很出人意料:有时候是克里特岛上的出土文物,有时候是中国的古代诗词,有时候是朗之万对气体的电离作用的研究著作,有时候是圣茹斯特的作品。他是一个大块头,体重一百公斤;他可以像一尊活佛那样坐在那里传经布道;但是他却像一个小孩子似的在做游戏。他走路的时候微微跳动;甚至他的步态也可说明他的为人——他在言谈中、诗作中和生活中都是一跳一跳的。

他曾把疑虑重重的彼得堡文学界狠狠地愚弄了一番,或者如现在所说,取笑了一场。不知道从哪里突然来了一个名叫切鲁比娜·德·加布莉亚克的有才能的年轻女诗人。《阿波罗》开始发表她的诗作。谁都没看见过她,她只不过常常给杂志的编辑马科夫斯基写信,他背地里爱上了她。切鲁比娜说,她的祖籍是西班牙,曾在一所天主教修道院受过教育。切鲁比娜的诗

---

① 古尔蒙(1858—1915),法国作家、评论家。

博得了勃留索夫的称赞。所有的高峰派诗人都希望见到她。她有时候给马科夫斯基打电话,她有一副悦耳的嗓音。谁也不曾怀疑到,根本就没有什么切鲁比娜·德·加布莉亚克,有的只是一个谁也不知道的、有才能的女诗人伊·伊·季米特里耶娃,她写诗,而沃洛申则帮助她愚弄彼得堡的诗人们。古米廖夫也爱上了切鲁比娜,而马克斯却不过是逢场作戏。气愤的古米廖夫要跟马克斯决斗。马克斯叙述道:"我朝空中开了一枪,可我不走运——我在雪地里丢了一只胶皮套鞋……"(伊·伊·季米特里耶娃日后继续写了一些好诗。萨·雅·马尔夏克在临终前不久曾要我去看他。他向我谈起伊·伊·季米特里耶娃的遭遇,据他说,在20年代,他曾和伊莉莎白·伊万诺夫娜一起为儿童剧院写过几个剧本——《猫屋》《公山羊》《懒汉》等。这些剧作均由两位作者共同署名发表。后来伊·伊·季米特里耶娃被流放到塔什干,1928年在那里去世。剧作再版时,她的名字不见了。萨穆伊尔·雅科夫列维奇感到苦恼,因为苏联读者不知道伊·伊·季米特里耶娃,即过去的切鲁比娜·德·加布莉亚克的命运和创作。他跟我商量,他该如何是好,于是我便在此插入这几行话,聊以尽到我对萨·雅·马尔夏克和我年轻时曾醉心于其诗作的切鲁比娜·德·加布莉亚克二人应尽的双重职责。)

沃洛申真是什么都想得出来!他每次前来都要说一个新的故事。他非常厌恶香蕉,因为——这是某一位澳大利亚的研究家考证出来的——害了亚当和夏娃的那只苹果根本不是苹果,而是香蕉。他曾在塞恩街上的一家古玩店里发现了犹大所得到的三十个银币之中的一个。18世纪的作家卡佐特在1778年曾预言,孔多塞①将在狱中服毒自杀,以免上断头台,而沙姆福尔②则因害怕被捕而割破自己的血管。他并不需要别人相信他的话,——他只不过在做有趣的游戏罢了。

他遇到过各种各样的人物,并寻找他们的共同点;他向阿·瓦·卢那察尔斯基证明,立体主义同工业城市的兴起有关,这不仅是一种艺术现象,也是一种社会现象;他拥护那些最极端的流派——未来派、光线派、立体派、至上主义派,和考古学家交朋友,他可以一连几个钟头大谈其弥诺斯时代的花

---

① 孔多塞(1743—1794),法国启蒙哲学家、数学家、社会学家。
② 沙姆福尔(1741—1794),18世纪的法国作家。

瓶、古代俄罗斯的咒语、普希金的一行诗句。我从来没有看到过他喝醉酒，也没见到过他堕入情网或当真动了肝火（他很少生气，生气的时候总是尖声大叫）。他不断地把新人引入文坛，帮助别人举办展览会，向俄国刊物的编辑部推荐年轻的法国作者，向法国人证明，他们必须看看新涌现的俄国诗人们的作品的译文。阿列克谢·尼古拉耶维奇·托尔斯泰曾告诉我说，他年轻的时候曾受到马克斯的鼓舞。沃洛申一下子就肯定并爱上了年纪轻轻的马林娜·茨韦塔耶娃的诗，他对她很亲切。在艰苦的内战时期他收容过迈娅·库达绍娃，她用法文写诗，后来成了罗曼·罗兰的妻子。

他的衣着很特别（大礼帽与其说是一顶帽子，不如说是一块装装门面的招牌）——一条丝绒裤，而在考特贝尔时还穿一件小褂子，他一本正经地称它为"长袍"。大家都暗暗地笑他；萨沙·乔尔内写了一首关于《瓦克斯·卡洛申》的诗，但是马克斯并不见怪。有一个一跳一跳的马克斯，他说埃菲尔铁塔是按照古代阿拉伯的一个几何学家的图样建成的。还有另一个马克斯——他和母亲（她名叫普拉）一同住在考特贝尔；这第二个马克斯曾在艰苦岁月里喝过稀粥。熟人和半生不熟的人都能在他家里找到一个栖身之处；他一生中帮助过许多人。

马克斯的眼睛是和蔼可亲的，但是有一种心不在焉的神情。许多人认为他是一个无动于衷的、冷冰冰的人：他对生活感兴趣，但却是个旁观者。也许曾经有过一些真正激动过他的事件和人物，但他却不愿谈起；他把所有的人都看成自己的朋友，其实他没有一个朋友。

他还是一个画家：画水彩画——他画的考特贝尔四周的群山都具有"艺术世界"的一种特定的风格；他能在一天之内画五幅水彩画。但他喜爱与他所作的水彩画不相似的绘画。在他的诗里有许多绘声绘影、活灵活现的描写；他正确地看出了：

　　巴黎在雨中盛开，
　　宛若一株灰色的玫瑰……

他对巴黎还作了这样的描写：

　　褪了色的镀金层上铁锈色的斑点，
　　灰色的天空，还有树枝编成的篱笆——

像一条条晦暗的静脉呈蓝黑色。

对考特贝尔的描写是：

烧焦了的、赤褐色的野草。
碘酒色的田亩和胆汁色的斑点。

起初我很尊敬沃洛申，就像一个小学生对一个有经验的大师。后来我对他的诗冷淡下来；我开始觉得他的那些谈美学问题的论文就像教堂里的把戏：我在寻找真理，可他却在做孩子的游戏，这使我生气。

在他的游戏之中有一种人智学游戏。安德烈·别雷曾长期相信施泰纳①，就像一个信奉天主教的老太婆相信罗马教皇一样。而马克斯却总是一跳一跳的。他到巴塞尔市附近的多尔纳去了，几个人智学学者在当地修建了一座庙宇似的东西。战争开始了；多尔纳在中立的瑞士境内，靠近阿尔萨斯的边界。"庙"（我还记得，我在和马克斯谈话的时候总是说"你的神庙"）的修建者天天夜里听见炮声，安德烈·别雷和沃洛申也在其中。不久沃洛申便带着一本在多尔纳写成的诗集来到巴黎；诗集名叫《Anno mundi ardenti》②。这些诗和别的诗人在当时所写的诗迥然不同：巴尔蒙特挥舞着武器；勃留索夫幻想着帝都③；伊戈尔·谢韦里亚宁叫喊道："我要把你们带往柏林！"而沃洛申则忘掉了他那些孩子的游戏，写道：

不知道，不记得也看不见，
像盐那样凝结，
向雪地走去！
不许不爱敌人
也不许不恨兄弟。
……
这些天既无敌人，又无兄弟：
人人在我心中，我在人人心中……

---

① 施泰纳(1861—1925)，德国神秘主义哲学家、人智学的创始人。
② 拉丁文，意为《沸腾世界的一年》。
③ 古代俄罗斯对拜占庭帝国国都君士坦丁堡的称呼。

119

当时我正在写《前夜集》：我不能像沃洛申那样做一个英明的旁观者，我诅咒、揭露、发狂。马克斯很喜欢我的新作；他决定帮助我，便把我带到采特林家中去了。

采特林一家是维索茨基茶叶商行所属的家庭之一。正如我前面所写，这个茶叶王朝的许多成员都是社会革命党人或同情社会革命党（其中有著名的戈茨）。米哈伊尔·奥西波维奇·采特林没有参加地下工作，他用笔名阿马里写作革命诗，这个笔名译为俄文即"玛丽亚"——他妻子的名字。这是一个孱弱的、瘸腿的人，不断的金钱上的要求使他厌倦了。他的妻子比较能干。除了沃洛申之外，常到采特林家中去的还有画家迪埃戈·里维拉、拉里奥诺夫、贡恰罗娃；常去的还有鲍·维·萨温科夫——一个灰心失望的恐怖主义者，他是曾在报刊上引起一场风波的长篇小说《灰色马》的作者；关于他的事我以后还要谈到。现在我只谈采特林一家。他们有时邀我去做客；他们有一个装满古代瓷器的玻璃橱、许多版画；而我所想的却是，虚伪的世界到底什么时候崩溃。我曾在一首长诗里描写了采特林家的一次晚会，但是慎重地把他们称为米赫耶夫一家，而把米哈伊尔·奥西波维奇称为伊戈尔·谢尔盖耶维奇，我用火柴来代替茶叶：

  他爱在晚上发愁。
  瞧，夜幕重又……
  正如莱蒙托夫的诗："你也将得到休息……"
  当一个园丁可真不坏，
  无忧无虑地把花草灌溉。
  清晨倾听鸟儿的歌唱，
  池畔青草的喧哗……
  伊戈尔·谢尔盖耶维奇有两家火柴工场，
  还有百万证券。
  伊戈尔·谢尔盖耶维奇有妻子和女儿涅莉，
  他搜集版画，他是诗人。
  有时他感到奇怪：
  我是果真活着吗？
  晚上米赫耶夫家宾客盈门：

神智学者,立体派画家,说笑话的清客,
还有某团体的一位女主席,
仿佛是"失明军人赈济会"。
伊戈尔·谢尔盖耶维奇很得体地向大家微笑。
"好,紧握您的手。""再来一杯?"
"高更也不难看,可我见过小塞尚……"
"请原谅我的冒失,他要多少?"
"十法郎的东西卖八法郎……"
"啊,立体派,真宏伟!"
"不过,您知道,这令人厌烦……"
"我倒喜欢这些小玩意儿,却不爱眼睛……"
"您可知道黄道带的意义?施泰纳叫我神魂颠倒……"
"我要结识老爷们,我要去巴塞尔……"
"但愿您知道我们的社会多贫困!"
我们要举办音乐会。
永远失明——这真可怕……
"新闻吗?没有。不过洛夫琴被捕了……"
"真无聊。我不看报……"
"喂,喂,你们可听到一桩奇闻?……"
客人们谈的就更多啦——
谈凡·高的一只耳朵,谈寻神,
谈失明的士兵,
谈救生犬,
谈墨西哥的舞蹈,
还谈元音重复……

我对米哈伊尔·奥西波维奇也许不够公道,但这是处境使然:他是一个富有的、好客的、稍稍有些苦闷的庇护文艺的财主,而我却是一个食不果腹的诗人。

马克斯说服了采特林向昙花一现的"谷粒"出版社投资,这个出版社出版过沃洛申的选集、我的《前夜集》和我翻译的索朗索瓦·维永的作品。

采特林写过一首关于十二月党人的长诗，写了很多年。1917至1918年的那个冬天，采特林一家在莫斯科常邀请诗人们前去吃饭喝茶；那是一个艰苦的年代，所有的人都常常前去——从维雅切斯拉夫·伊万诺夫直到马雅可夫斯基。当我写到马雅可夫斯基的时候，我要详细描述一次值得纪念的晚会（几乎所有的马雅可夫斯基的传记作者都提到过这次晚会）——马雅可夫斯基朗读了长诗《人》。米哈伊尔·奥西波维奇喜欢所有的人：有经常即兴赋诗、写十四行贯顶诗的巴尔蒙特；有头号学者维雅切斯拉夫·伊万诺夫；有断言维索茨基商行的末日已到的马雅可夫斯基；有生着一张苍白的、史前猿人脸庞的半疯狂、半天才的韦列米尔·赫列布尼科夫，他时而谈论一个冻死了的士兵，时而一再地说，他，韦列米尔，如今是地球的主席，而当他对文学方面的话题感到厌烦的时候，就躲到一旁，在地毯上坐下来；有当时经常发表拥护索菲娅公主反对彼得大帝的演说的马林娜·茨韦塔耶娃。只有奥西普·埃米利耶维奇·曼德尔施塔姆使主人感到有点难于应付，他一来就说："对不起，我把钱包忘在家里了，可马车夫正在门口等着……"

采特林不信维索茨基商行末日将至，虽然他同情社会革命党人并赞赏马雅可夫斯基的诗。厨师街上的采特林的房子被一伙以列夫·乔尔内为首的无政府主义者占据了。采特林一家希望布尔什维克能把无政府主义者赶走，把房子归还原主。无政府主义者真被赶跑了，但是采特林一家却没得到房子，于是决定到巴黎去。他们在1918年夏天和托尔斯泰一同前往（阿列克谢·尼古拉耶维奇是采特林家的常客）。

采特林一家在巴黎曾向《现代论丛》杂志投资，一度接济过布宁和其他流亡作家。后来他们到美国去了；他们的家存文献和屠格涅夫图书馆一起下落不明。

马克斯在考特贝尔住了一个时期。他对革命既不赞美也不诅咒。他想多了解一些情况。他不再援引维利耶·德·利里·亚当的话和卡佐特的预言，而沉湎于俄国历史和自己的遐想中了。他不能理解革命，但是在他向自己提出的问题之中却有一种不是他所固有的严肃。我在考特贝尔时他表现得很勇敢：1920年5月，他把参加秘密会议的布尔什维克赫梅利尼茨基-赫梅利科藏在自己家中的阁楼上。夜里一些弗兰格尔分子来找沃洛申，要求交出赫梅利尼茨基:原来在会议的参加者中有奸细。马克西米利安·亚历山德罗维奇说,他没藏任何人。赫梅利尼茨基因举止不慎而暴露了自己。

白党逮捕了诗人曼德尔施塔姆,——有一个女人说,似乎他曾在敖德萨拷问过她。沃洛申到费奥多西亚去了,他找到了白党侦察机关的首脑,对后者说:"按照您的工作性质来说,您不必对俄罗斯诗歌有多么深刻的了解。我来此是为了声明,你们所逮捕的奥西普·曼德尔施塔姆是一个大诗人。"他帮助了曼德尔施塔姆,后来又帮助我逃出被弗兰格尔分子占领的克里米亚。他做这种事不是因为他有革命的思想,不是的,但他是一个勇敢的人,热爱诗歌,热爱俄罗斯——不管采特林一家和其他作家在国外怎样召唤他,他始终留在考特贝尔。他于1932年去世。

考特贝尔附近有一座名叫雅内恰尔的山,山的轮廓很像马克斯的侧影。沃洛申就葬在那里。1932年秋,马林娜·茨韦塔耶娃写道:

> 他来到这样的时代:"按我们的心愿唱吧,
> ——否则我们就把你消灭",
> 他来到五光十色的时代——却只有孤独:
> "我想独自躺下"……
> ……
> 亘古的寂静,
> 十字架是一株孤寂的苦艾……
> 诗人被葬在
> 最高的地方。

他的诗如今已鲜为人知,但是作家以及和文坛多少有些联系的人们都知道他的名字:马克斯的别墅和新建的厢房如今是作家基金会的创作室。可能,曾有一个诗人在这座别墅里得到了灵感,马克斯在死后又再一次把一个初学写作的人引上了文坛。

我有时自问,玩孩子的(有时是荒谬的)游戏玩了半辈子的沃洛申,为什么会在艰苦考验的年代表现得比他的许多同辈的作家更为聪明、更为成熟,而且也更人道?可能是因为他天生不是一个活动家,而是一个旁观者,——这种天性是屡见不鲜的。在歌舞升平的年代,马克斯表演神秘剧和滑稽剧与其说是为了别人,不如说是为了自己。而当 1914 年夏,一出时代悲剧的序幕揭开之后,沃洛申既不愿登台,又不愿在别人的台词中插进一句自己的尾白。他不再插科打诨,而企图理解他先前没见到过和不知道的事物。对他的回忆有时使知道他的人们发笑,有时使他们感动,但从来不会使他们感到屈辱,而这就够了……

19

倘若我说,我在1911年认识了一位诗人,他有一张温和的、若有所思的脸,一头波状的柔发,潇洒的举止表现出他好幻想的天性,他的片刻的欢乐常被深深的苦闷所打断,当时的文学界正在议论颓废派的"格里夫"出版社出版的他那本小书,勃留索夫在百般赞扬这个"几乎是初次登台的人"的同时,也说出了他的担心,"他能否保持一蹴而就的高度并找到继续前进的道路呢",那么未必会有人猜得到是谁。如果我引用我记得烂熟的一些诗句,例如:

> 青草,你为什么喧哗?
> 是弓弦把你吓坏了吗?
> 是因为鹌鹑的鲜血太烫,
> 才使你的锦缎动荡?——

那么,也许少数诗歌爱好者或非常细心的文学研究家会明白,我说的是阿·尼·托尔斯泰。这个托尔斯泰我是记得很清楚的……

阿列克谢·尼古拉耶维奇在他后来写的一篇自传里谈到诗集《在蓝色的小河对面》时说:"我至今也不否定它。"不仅1911年的诗出自《彼得大帝》作者之手,这个年轻的诗人当时就已经是那个阿列克谢·尼古拉耶维奇本人;许多人都记得他很胖、秃头,主要的是他学会了掩饰自己的某些特征,又故意强调另一些特征。要想了解我现在所说的是什么,只需去看看在30年代见到过托尔斯泰的人们所写的那些业已发表的回忆录。这些回忆录在对事件和托尔斯泰所说的故事或笑话的描述上,其鲜明的程度虽各有不同,但是它们所写的却始终是那个阿列克谢·尼古拉耶维奇,他津津有味地吃着,津津有味地说着,津津有味地笑着,而在两次雷鸣般的笑声之间说一段意味深长的故事,他使人看不出他是一个艺术家。

尤里·奥列沙在谈到1918年秋他同托尔斯泰的第一次会见时说:"既为了自娱,也为了使朋友们开心,他扮演着一个角色。扮的是谁呢?不是皮埃尔·别祖霍夫①吗?可能是!他这不是在告诉我们,他写的那些古怪的地主之中的一个该是一副什么模样吗?"不,阿列克谢·尼古拉耶维奇常常扮演(应该承认——扮得很出色!)阿列克谢·尼古拉耶维奇本人——一个由艺术家创造出来的形象。

我认识他的时候,这位"几乎是初次登台的人"已经出了名:他写的那些关于伏尔加河左岸的"怪人"的短篇小说立刻引起了人们的注意。他已具有成熟的托尔斯泰的一切特点,但这些特点还未定形;那张在日后仿佛专为素描画家创造出来的脸在年轻的时候还需要一块写生画家的调色板。这不是一个固定不移的自然法则:有些人到了晚年变得比较温和,最初的锋芒、耿直和棱角一年年被磨掉了。阿列克谢·尼古拉耶维奇则正好相反,他在年轻的时候倒温和得多,也可以说是更为阴郁,而最根本的是,他不善于(或不愿意)保护自己的内心世界使不受他所接触的人们的干扰。

我不记得是谁把我带到托尔斯泰那里去的,似乎是沃洛申,但也可能是画家多谢金。1911年阿列克谢·尼古拉耶维奇住在巴黎,后来在1913年春又来到巴黎;在这两次之中有一次,他和他的妻子,女画家索菲娅·伊萨科夫娜住在达萨斯街上的一所公寓里。公寓的旁边就是"丁香田庄"咖啡馆,我经常整天坐在那里写作。我给托尔斯泰介绍了形形色色的名流:"诗人之王"保罗·福尔、意大利的未来主义者、挪威画家季里克斯。第一次世界大战期间,阿列克谢·尼古拉耶维奇在莫斯科曾写过一篇关于巴黎的特写,在文中回忆起"丁香田庄":"在左岸的栗子树下、奈伊元帅的纪念碑旁的一个古老的小酒馆里,诗人、散文作家和新闻记者满怀着法国式的热情、勇敢和富丽堂皇的赤贫捍卫着创作自由和独立,把桂冠加在新道路的开拓者的头上……就在这个栗子树下的小酒馆里,您总能在黄昏时分见到窗口

---

① 列夫·托尔斯泰的长篇小说《战争与和平》的主人公。

有一个身材像斯堪的纳维亚人的高大、白发苍苍的人和一位风韵犹存的白发夫人。这就是挪威画家和他的妻子。他们在巴黎住了二十年,每天都要到栗子树下来。"

他喜爱巴黎,而且不知为什么一下子就认识了它。"永远笼罩在透明的淡蓝色烟雾里的巴黎,以及它那彼此雷同的房屋、顶楼、教堂的圆顶和凯旋门显出一片单调的灰色,它被花环似的绿色林荫道切断和包围……""庞大的城市整天不倦地生活着、轰鸣着、微微摇动着,入夜灯火辉煌,但是当您在城里漫无目的地走了一整天之后,您所感到的不是疲倦,而是一种平静的、淡淡的哀愁。您能感觉到,这里的人都已理解了死亡,并喜爱一种忧郁的生活之美……""巴黎已很古老,老得令人可怕。半圆形的铅灰色屋顶鳞次栉比,顶楼上的窗户窥视着阴暗的天空。上面是烟囱,烟囱,烟囱,烟雾。云雾是透明的,全城密林广布,仿佛是用淡蓝色的阴影砌成的……"

阿列克谢·尼古拉耶维奇在他去世前数月曾对我说,战争结束后,他要到巴黎去住上一年,在塞纳河岸的大街上找一个住处,写一部长篇小说;我还记得他的话:"巴黎能使人对艺术产生好感……"尤·康·奥列沙所说的那个扮演过"伏尔加河左岸"的一个可笑角色的怪人,从来不觉得自己在巴黎是一个游览者:他不观察,不赞叹,不唾弃,而是立即开始在这个城市里生活,他在这个城市里有时是很忧郁的,但即使在这种忧郁里他也依然是幸福的。(我说的不是他被迫迁居巴黎的那些年,当时他对他所离开的俄国是念念不忘的。我已说过,侨民们具有自己的气候。托尔斯泰在十四岁的时候曾给母亲写过一封信,信中引了一首古老的民歌:"唉,唉,唉,离开了亲娘住在异乡,阿福纽什卡闷得发慌。"他在侨居巴黎的时候写了一个短篇小说《布罗夫的心情》,并加了一行题词:"唉,唉,唉,住在异乡,阿福纽什卡闷得发慌。"要表达一个被迫离开故乡的人的心情,恐怕不能比这表达得更好了。)

我十分了解彼·彼·孔恰洛夫斯基给他画过像的那位托尔斯泰,——脸孔和一幅静物画融为一体,人和日常生活合而为一。但我现在要谈的是另一位托尔斯泰——忠实于艺术的托尔斯泰。他所说的那句话"巴黎能使人对艺术产生好感"并非出于偶然。他像一个真正的艺术家那样永远不相信自己,永远感到不满足,苦心孤诣地寻找着用以表现他所想表现的事物的形式。他在成年的时候也常常谈到这一点。他在同青年作家谈话的时候总是竭力劝导他们热爱工作；他认为没有必要把自己的许多不幸、不满以及当他惊异而不安地翻阅他在前一天写成的作品的时候所经历的那几小时痛苦的时刻告诉别人。他曾多次对我说："伊利亚，你明白吗，——写的时候还觉得不坏，可事后一看却使人恶心，你明白吗——使人恶心！……"1941年初，他的中篇小说《侨民们》的新版问世（初版名叫《黑金》）；我觉得这部作品并不成功，但我从来没有同托尔斯泰谈到过这一点；他在书上写道："赠伊利亚·爱伦堡，这是一部极不完善、极不成熟的中篇小说。但是，我的朋友，重要的是对一个艺术家所作的盖棺之论。你是懂得这个道理的。"他常常把"不成熟"一词当作贬词使用：每当他谈到他由于某种原因而不喜欢的一幅油画或一行拙劣的诗句时，他总是说："这不成熟……"

他曾想学习绘画，但很快就把这事搁下了。在我们认识以后，他常常满怀热情地谈起绘画；这可能是索菲娅·伊萨科夫娜的影响，因为她是画家；但托尔斯泰也具有欣赏大自然、面容和作品的天赋。他常和许多工匠来往，其中有细木工、翻砂工、装订工，这些工匠不仅都熟知自己的手艺，而且也热爱它，同时还具有创造性的想象力。他在自传里写道，沃洛申所译的亨利·德·雷尼耶的诗在他年轻的时候曾给了他什么样的印象："用铜模压制出来的形象使我震惊。"亨利·德·雷尼耶并不是多么了不起的诗人，但是他擅长于描写，他正是以技巧使托尔斯泰为之震惊。

阿列克谢·尼古拉耶维奇还写道，在寻找语言的人民性方面，他曾向阿·米·列米佐夫、维雅切斯拉夫·伊万诺夫、沃洛申请教。早在这个时期之前——在少年时代——他曾偶然撞进了维雅切斯拉夫·伊万诺夫的那个著名的"塔"里。沃洛申曾告诉我一段可笑的故事，这故事发生在托尔斯泰企图掌握象征派的思想和词汇的那个时期。他在柏林遇见了曾向他说了许多有关人智学问题的安德烈·别雷。别雷一般来说是个难于了解的人，尤其是当他解释自己那混乱的信仰的时候。此后不久，在"塔"里进行了一场关于布拉瓦茨卡娅、施泰纳的谈话。托尔斯泰为了要表示他也不是门外汉，突然说道："我在柏林曾听人说，似乎埃及人的形象现在正在改变……"大家都笑了起来，托尔斯泰吓得打了个寒颤。过了许多年，我曾问阿列克谢·尼古拉耶维奇，马克斯所说的那个关于埃及人的故事是不是他杜撰出来的。

托尔斯泰大笑起来:"你知道,我上了一次当……"

关于形象的改变的谈话、神秘的无政府主义、寻神说、劫数——所有这一切无论如何也不符合托尔斯泰的天性。当他掌握了若干技巧、找到了自己的题材之后,便和象征派告别了(他和沃洛申的友谊仍继续保持);他在短篇小说里,后来又在三部曲里嘲笑"颓废派"。1943年12月,我和他一同从哈尔科夫回莫斯科。当时火车走得很慢;我同阿·尼·托尔斯泰占了一个单间;在其他几个单间里有康·西蒙诺夫和一群外国记者。托尔斯泰几乎一路上都在回忆往事;似乎他想在这两天之内做完我现在打算做的事情:回顾一下自己的过去。他突然出我意料地怀着喜爱和敬意回忆起象征派诗人来,他说,他曾向他们学到许多东西;他也回忆起"塔"来;后来他突然大动肝火,说如今的年轻诗人既不尊重过去,也不了解艺术的全部艰辛;他说应该把康·西蒙诺夫叫来,好好劝导他一番:应该怀着虔敬的心情跨入艺术之宫,就像他当年登"塔"时那样。

后来他谈到了勃洛克。在长篇小说《两姊妹》里有一个名叫别索诺夫的颓废派诗人;许多人正确地在他身上看见了一幅勃洛克的漫画像。托尔斯泰解释说,他想嘲笑"勃洛克的模仿者"。但是不用说,连他自己也没有意识到,他赋予了别索诺夫若干勃洛克的特点;他向我承认了这一点;我相信,他这是出于无意。创作的心理状态和各种各样的作家碰到过的那些可悲的故事(只要回忆一下契诃夫写了《跳来跳去的女人》之后同列维坦发生的争执就足够了)表明,一个活人的个别特征、举止、谈吐,往往会不知不觉地被融进我们称之为"小说中的人物"的那种融合物之中;同时一个艺术家也并非永远都看得清楚,回忆是在何处结束,创作又从何处开始。在别索诺夫身上人们看到了勃洛克的某些特点,这个看法是阿列克谢·尼古拉耶维奇难以忍受的。他对我谈起了他和勃洛克在战争时期的一次见面,谈到勃洛克是一个很仁慈的人;后来他就不再作声,在黄昏时分又吟诵起勃洛克的个别诗句来了。

(还有一个证据——布宁的《回忆录》。布宁在八十二岁的时候企图诬蔑所有的作家,不管他是右派还是"左"派,是苏维埃作家还是侨民:高尔基和阿·尼·托尔斯泰,勃洛克和马雅可夫斯基,列昂尼德·安德烈耶夫和索洛古勃,巴尔蒙特和勃留索夫,赫列布尼科夫和帕斯捷尔纳克,安德烈·别雷和茨韦塔耶娃,叶赛宁和巴别尔,沃洛申和库兹明。布宁回忆道:"莫斯科的作家们为了朗诵和分析《十二个》而举行了一次会议,我也参加了这个会议。朗读者坐在伊利亚·爱伦堡和托尔斯泰的旁边,我记不清他究竟是谁了。由于这部作品——它不知何故竟被称为叙事诗——的声誉很快就变成根本不容置疑的,因而当朗读结束之后,起初笼罩着一片虔敬的沉默,接着可以听见不很响亮的赞扬声:'了不起!好极了!'"布宁接下去叙述了自己的发言——他把《十二个》痛骂了一顿,把这篇叙事诗称为"廉价的、平淡无奇的把戏"。"托尔斯泰当时又给了我一个难堪;我说完以后,只听见他像一只公鸡似的向我叫喊起来……"我还记得那次晚会。阿列克谢·尼古拉耶维奇当时对许多事物都抱着怀疑态度,但却把布宁对勃洛克的诗所说的话称之为"亵渎行为"。)

他常常回忆自己的诗作,而且总是出人意外——有时在漫步街头的当儿,有时在外交招待会上,有时在谈论一件非常实际的事情的时候,这使得他的对谈者为之愕然。1917 至 1918 年冬,我们常到作家们忠实而又大公无私的朋友谢·格·卡拉-穆尔扎家去;我们在那里用晚餐、朗诵诗、谈论艺术的命运。我们总是成群结伙地在深夜回家。卡拉-穆尔扎住在清水塘大街,而我们有的住在厨师街,有的住在普列奇斯坚斯克大街,有的住在阿尔巴特的小胡同里。阿列克谢·尼古拉耶维奇总是讲一些荒诞无稽的趣闻逸事叫我们开心,有时又突然在雪堆中间停住脚步——他想起了一些诗句:有叶赛宁的,有克兰季耶夫斯卡娅的,有薇拉·英贝尔的。

1940 年夏,我从巴黎回到莫斯科。托尔斯泰给我打了一个电话:"伊利亚,到我的别墅里来吧。"——他的别墅在巴尔维赫。(在此以前,我们闹了好多年别扭,甚至互不理睬。有一次,他在列宁格勒的一家烟草店里看见我站在柜台旁边,便悄悄地对我的妻子说:"您告诉他,这种烟草是次品。应该买这一种……"我怎么也想不起来我们是为了什么闹的别扭。我问过阿列克谢·尼古拉耶维奇的妻子——也许他对她说过我们闹别扭的原因。柳德米拉·伊利尼奇娜回答说,托尔斯泰自己也未必记得是怎么回事。这恐怕是对我们之间关系的性质的一个最好的说明了。)托尔斯泰在别墅里请我喝布尔冈红酒:"你可知道你喝的是什么吗?这是罗马涅酒!"他详细地探问法国的情况;我的描述自然是不大愉快的。后来我朗读了德国人侵入

以后我在巴黎写成的几首诗。有一句引起了他的注意,他一再地重复道:

……和人一样愁眉不展的艺术……

他是一个出色的说故事的能手;成千上万的人至今还记得他说了一辈子的那些形形色色的故事:在他童年时代,一个厨娘曾用一个尿盆盛菜汤;一个教堂执事把一个个台球赶进自己的嘴里。听他讲故事的时候,可能会认为他写作的时候是很轻松的,其实他写作的时候很痛苦,有时一连工作几天也不休息,修改,重写,常常要把开了个头的作品丢掉:"你知道,写得不好……废品!……"

他在青年时代曾醉心于出乎读者意料的情节和事件。他有时把他从某人那里听来的一个故事记录下来,有时只凭脑子去记:这些故事往往变成了短篇小说的基础。下面就是短篇小说《传教士》(初次发表时名叫《老太婆也会犯错误》)的来源。巴黎有很多偶然前来的侨民;其中有一个在1905年参加过兵变的鞋匠。他名叫奥西波夫,娶了一个法国女人,勉勉强强地过着日子,但他就是那个在异乡闷得发慌的阿福纽什卡;他开始酗酒。他感到不大痛快:为什么他的儿子是一个天主教徒?他跑到达留街上的一所俄国教堂里去忏悔,恳求神甫用东正教的仪式给孩子举行洗礼。神甫心软了,他不仅举行了仪式,还送给奥西波夫二十个法郎。奥西波夫既不信天主教的上帝,也不信东正教的上帝,他把二十个法郎喝光了。过了一个月,当他感到烦闷的时候,喝伏特加的钱却没有了,他决定去找天主教神甫,对他说,东正教徒把他骗了,但他可以"叫儿子重又改信天主教"。这个故事是我从吉洪·伊万诺维奇·索罗金那儿听来的。

我告诉过阿列克谢·尼古拉耶维奇一个鞋匠的故事;他笑了好久;在一个小本子上记了些什么。被他一下子看中了的"改信"一词在短篇小说中保留下来了,但托尔斯泰却"更进一步"——短篇小说的主人公已不单单只是一个狂饮无度的倒霉鬼,还是一个让孩子们全都"改信"并敲了说这个故事的人一笔竹杠的机灵鬼。

阿列克谢·尼古拉耶维奇曾不止一次对我说,有时候他的短篇小说"鬼知道是从哪里产生的":有的是从十年前某人所说的一个故事,有的是从一个可笑的字眼。我想起了革命后第一个冬天我们在夜间的散步。托尔斯泰肯定地说,我应该把他送到家里——他家在莫尔恰诺夫卡,因为我的模样会把强盗吓跑。(我已记不得我当时的衣着了,只记得一顶很像高筒僧帽的高帽子曾使阿列克谢·尼古拉耶维奇发笑。数年前我曾收到一张照片:上面是阿列克谢·尼古拉耶维奇和我,还有托尔斯泰的一行题字:"特维尔大街,1918年6月。"阿列克谢·尼古拉耶维奇戴一顶草帽,而我却戴着一顶墨西哥骑马牧人的高帽子。)托尔斯泰给我取了一个"臭烘烘的魔鬼"的绰号。不久他就写了一篇关于一个神秘主义作家和一头公山羊的短篇小说《臭烘烘的魔鬼》。那个作家并不像我,而且他戴的还是一顶低低的圆帽子,但臭烘烘的魔鬼并不是作家,而是那头公山羊;然而这个短篇小说毕竟是在那一分钟之内诞生的:当时托尔斯泰把我打量了一番,接着说:"你可知道,伊利亚,你是什么?一个臭烘烘的魔鬼。任何强盗都会被你吓跑……"

他工作的时候不像一个建筑师,而是像一个雕塑家:他很早就把长篇或短篇小说的提纲丢在一边;他常常写了开头,却不知道接下去该写什么;他多次对我说,他还不知道主人公的命运如何,甚至也不知道下一页将写些什么,——主人公渐渐地活跃起来,形成起来,并把情节线索告诉给作者。(这是托尔斯泰成熟时期的情况。)

有一种作家兼思想家的人物;阿列克谢·尼古拉耶维奇是一个作家兼美术家。一个人苦苦想做的事往往正是他力不胜任的。我记得,阿列克谢·尼古拉耶维奇在青年时代曾长久地坐在一本书前——他想为它题一句箴言,但是一个字也没写出来。

他能通过形象、叙述、画面非常精确地把他所想表现的东西表现出来,但他不会作抽象思维:每当他试图把某种一般性的、宣言性的东西插入短篇或中篇小说里去的时候,结果总是失败。他之离不开艺术,正如鱼儿离不开水。他最完美的作品——《伏尔加河左岸》《尼基塔的童年》,当然还有《彼得大帝》——都具有一种内在的自由,作家的叙述并不屈从其中有趣的情节;他在写那些取材于他自己的童年或俄国历史的短篇小说的时候,他的才能发挥得特别充分,因为他在俄国就像在一所住惯了的房子里那样感到轻松愉快、信心百倍。

从他的思想来看,他是优秀的俄国知识分子的代表。(这不是职业的定义,而是一种历史现象;无怪乎俄语"知识分子"一词在西方的语言中与过去"脑力劳动者"一词的概念不同。)

现在我要谈谈托尔斯泰同种族主义的第一次冲突——这是第二次世界大战之前很久的事。在"丁香田庄"对面就是大跳舞场"巴尔·比利耶"(这个建筑物现已拆除)。托尔斯泰夫妇有时也去跳舞。有一次,一个黑人邀请索菲娅·伊萨科夫娜跳舞;她把他介绍给丈夫。阿列克谢·尼古拉耶维奇很喜欢这位黑人,并邀请他到公寓里去吃午饭。在寓公之中有一个美国人;他看见托尔斯泰把一个黑人带到餐厅里来,就勃然大怒。阿列克谢·尼古拉耶维奇便天真地向美国人解释,说这个黑人是一个非常有教养的人,他甚至还想提请赐给他公爵的爵位呢。美国人什么都不愿听:"这样的公爵在我们那里都擦皮鞋。"于是托尔斯泰大发雷霆,把美国人从二楼上顺着楼梯扔到楼下去了——女主人号啕大哭,但寄居在公寓里的法国人却发出了赞许的喊声。

在1917至1918年间,他是茫然的、伤心的,有时还很沮丧:他不能理解发生的事变;他常常坐在作家的"钟声"咖啡馆里;按时到住宅委员会去值班;他骂一切人又怜悯一切人,而主要的是感到困惑。伊·阿·布宁常到他那里去,布宁聪明而厉害,他说话也聪明而厉害,但是并不公道;我记得,他说有一个庄稼汉曾到他那里去预先警告他说,农民们决定烧毁他的房屋,把财产运走。伊万·阿列克谢耶维奇对他说:"不好。"那人回答说:"哪会有什么好事……我要走了,我不在,他们就会把所有的东西都拿走。我想我是不会落人后的!"托尔斯泰不愉快地笑了。

彼得堡的女诗人丽莎·库兹明娜-卡拉瓦耶娃常到他那儿去;她谈论着正义、博爱、上帝。此后她的遭遇颇不寻常。她到巴黎之后生了一个女儿,后来便削发为尼;她的法名叫玛丽亚。女儿长大以后成了共产党员。当托尔斯泰来到巴黎时,姑娘请求他帮助她到苏联去。在战争时期,女尼玛丽亚成了抵抗运动的一位女英雄。德国人把她送往拉文斯布吕克。有一次,又轮到一批囚犯被送进毒气室,母亲玛丽亚挺身替代了一个年轻的苏联姑娘。在我现在所叙述的那个冬天,丽莎深深的不安传给了托尔斯泰。

他看见小市民的懦怯和无谓的计较,他嘲笑他们,但自己不知道该怎么办。有一次他把门上的一个小铜牌指给我看——"阿·尼·托尔斯泰伯爵"——接着大笑起来:"对于一些人是伯爵,对于另一些人是公民。"他这是在奚落自己。

"夫人给印度王子端来一盘菜,她对科什卡说道:'这是野味。'"这是他在吃午饭的时候笑着说的。后来他和一个年轻的"左"派社会革命党人谈了一会儿,就难过起来了。短篇小说《慈悲!》就是这样诞生的;托尔斯泰在事后写道,这是讥笑自由主义的知识分子的第一次尝试;他没有补充说明,他也嘲笑了自己的张皇失措。

1921年春我来到了巴黎。托尔斯泰为我邀请了几位客人,有布宁、泰菲、扎依采夫。托尔斯泰和他的妻子克兰季耶夫斯卡娅见了我都很高兴。布宁是毫不妥协的,他打断了我对莫斯科的描述,声称他如今只能和身份相同的人谈话,接着便扬长而去。泰菲想说说笑话。扎依采夫默不作声。阿列克谢·尼古拉耶维奇感到迷惘:"你看,简直无法理解……"此后不久,我就被法国警察当局从巴黎驱逐出境了。

后来我在柏林见到了阿列克谢·尼古拉耶维奇:他已经知道,他不久即可回俄国去了。别人在谈论他的那些文章中都提到路标转换派,提到"逐步接近"革命思想。我觉得事情既简单而又复杂。在这个人身上存在着两种热情:对自己民族的爱和对艺术的爱。与其说他从理论上理解了,不如说他感觉到了:他在俄国之外是不能写作的。而他对民族的爱则更使他不仅同自己的许多朋友反目,也同他自己身上的许多东西决裂了——他相信人民,也相信一切都应该照过去那样进行。

二十年后,在一个十分艰苦的时期,我们常常见面,在当时,只有认识是不够的,还需要爱和信仰。有人说,他那天生的乐观主义使他永远不会陷入苦闷;这话不对,我在1913年和1918年都看到阿列克谢·尼古拉耶维奇不仅苦闷,而且有时还悲观失望(当然,这并不妨碍他开玩笑、嘻嘻哈哈、编造可笑的故事)。但在可怕的1942年夏,他保持着精神上的朝气:他稳稳地站在自己的土地上,摆脱了他的天性所深恶痛绝的一切——怀疑、被迫寻找出路、孤独感。

1943年12月,我和他同在哈尔科夫旁听审讯战犯。我没有到那个绞杀死刑犯的广场上去。托尔斯泰说,应该去看看,这是不能逃避的。他从刑场上回来的时候脸色阴沉到了极点;他沉默了很久,然后才开口说话。他说了什么？说的是一个作家所能说的话；说的是在他之前屠格涅夫、雨果、俄国诗人康·斯卢切夫斯基都曾说过的那些话⋯⋯

他晚年很倾心于过去的朋友。他常同阿列克谢·阿列克谢耶维奇·伊格纳季耶夫和他的妻子纳塔利娅·弗拉基米罗夫娜见面。在谈到第一次世界大战的时候我要谈到伊格纳季耶夫。托尔斯泰很喜欢他；他们在某一点上有着相同的道路——他俩都是从先前的另一个俄国走向革命的。常到托尔斯泰家去的还有弗·格·利金、彼·彼·孔恰洛夫斯基、医生加尔金、所·米·米霍埃尔斯。托尔斯泰顽强地写作《彼得大帝》的第三部。1944年秋天他已病了；有一次我去看他，他皱着眉头，竭力想开玩笑，突然像是精神恢复过来——他谈起自己的作品来了："第五章写完了⋯⋯我的彼得大帝还活着呢⋯⋯"他勇敢地和死神搏斗，支持着他的与其说是他的生命力，不如说是艺术家的热情。

在斯皮里多诺夫卡的一次庆祝红军节的招待会上，大家的情绪都很好：战争快结束了。突然在各个大厅里传开了一个噩耗："托尔斯泰逝世了⋯⋯"我们知道他的病很重，但这依然显得那么荒谬——不公正、不可思议、可怕。

他有一次对我说："伊利亚，你至死都得感谢我——我教你学会了抽烟斗⋯⋯"我现在的确是满怀着深挚的谢意在想念他。除了抽烟斗之外，他没教会我任何东西⋯⋯他比我年长九岁，但是我从来不觉得他是一位长者。他没有教过我，但用他的艺术，用他那常常戴着一副愉快的假面具的细致入微的心灵，用他对生活的酷爱，用他对朋友、人民、艺术的忠诚使我高兴过。他在革命以前即已成熟，并在自己身上找到了跨向另一个世纪的力量，1941年他和俄罗斯站在一起。每当我看见他那巨大的、沉重的头颅，我总觉得：这个人是什么都记得的，但记忆并没有压倒他。我之所以感谢他，是因为我们曾在1911年那个沉闷而平静的年代见过面，是因为1945年1月10日——在他去世前的六个礼拜，当他在病中过自己的生日的时候，我去过他的别墅；我感谢他还因为，在三十五年期间，我知道他活着、骂人是鬼、哈哈大笑并在写作——夜以继日地写作，而且他写的东西令人一读之下就会因其尽善尽美的句子而喘不过气来。

20

有一种人人皆知的象牙之塔的形象,凡是企图逃避现实的诗人和美术家都看中了这种塔。我从来不曾在这种塔里住过,也不知道它是否存在。我也不曾在诗人维·伊·伊万诺夫曾经住过、年轻的阿列克谢·托尔斯泰也常光顾的那个"塔"(确切地说,是一个阁楼)里住过。我们总共有百把人,都是憎恨现存社会的诗人和美术家;其中有法国人、俄国人、西班牙人、意大利人以及其他民族的人,大家都是囊空如洗、衣衫褴褛、饥肠辘辘,但对于自己要创造一种新颖的、真正的艺术的心愿却十分执着。我们住在一个沉闷、幽暗的咖啡馆里,它和象牙之塔毫无相似之处。

马雅可夫斯基在1924年末曾写道:

> 紫色的
>
>   巴黎,
>
>   阿尼林中的巴黎,
>
> 在"洛东达"的窗外,
>
>   站起。

马雅可夫斯基看到了被旅行者视若名胜古迹的"洛东达";这已不是那个乱糟糟、臭烘烘的咖啡馆了,而是一座业经修缮、扩建并重新粉刷过了的古迹。外国人前来倾听向导的解说:"纪尧姆·阿波利奈尔和毕加索经常坐在这张小桌旁边……莫迪利亚尼常在那个角落里给来咖啡馆的人画像,一幅画换一杯白兰地……"

现在连可以让旅行者参观的地方也没有了:在"洛东达"的旧址已盖起

一座影院。仅仅在电影制片厂里有时重建一座"洛东达"的道具，以便摄制描绘"末代名士"那种狂热而神秘的生活的影片。影片的荒唐甚至不在于主人公们不像人物的原型，而在于导演们未能觅得足以启迪那些能使"洛东达"的参观者为之振奋的思想和感情的锁钥。

这个咖啡馆同其他成千上万的咖啡馆没有什么不同。马车夫、出租汽车司机和职员都在锌皮柜台旁边喝着咖啡或开胃酒。后面是一个黑黢黢的房间，一抽起烟来就烟气弥漫，永不消散，里面摆着十张到二十张桌子。这个房间一到晚上就挤得满满的；一片喧嚷声：就绘画问题进行争论，朗诵诗歌，讨论在哪里能挣到五个法郎，互相争吵，又和好如初；有谁喝醉了，大家就把他拖出去。"洛东达"在深夜两点钟关门一小时；掌柜的有时对老主顾特别通融，只要他们安分守己，就允许他们在黑黢黢的空屋子里坐上个把钟头——这是违犯警规的；咖啡馆在三点钟开门，就可以继续不愉快的谈话了。

咖啡馆的老板利比昂从未想到他的大名竟能载入绘画史中。这是一个购置了一家不大的咖啡馆的忠厚的、发福的老板；"洛东达"偶然地变成了一群来自天南海北的怪杰们的大本营，或者如马克斯·沃洛申所说，一群"废物"诗人和画家（其中有些人日后成了名流）的大本营。利比昂是一个平庸的中等资产者，他起初很瞧不起这一帮稀奇古怪的顾客；看来他把我们当作无政府主义者了。后来他对我们习惯了，甚至对我们产生了好感。有人告诉他说，有些人靠绘画发了财：花很低的价钱从默默无闻的画家那里买来几幅画，二十年后赚了一大笔钱。这种生意经对于利比昂并没有很大诱惑力；有一次他对我说，他不喜欢赌博，而收买绘画——这是抽彩：要是在一千个画家中将来有一个能出名，就算很好了。他情愿沽酒为生。当然，他有时也花十个法郎向莫迪利亚尼买一幅画——因为酒菜堆积如山，而穷光蛋却身无分文……利比昂有时还送给一个诗人或一个画家五法郎，生气地说："拿去找一个女人吧，瞧你那对疯狂的眼睛……"他的下唇上无时无刻不叼着一小截熄灭了的香烟头。他外出的时候大都不穿上衣，只穿一件小坎肩。

一天，我正在"洛东达"里坐着，女画家米亚姆林娜求我替她抱抱她那个吃奶的孩子——她要到对面去买香烟。过了半个钟头，又过了一个钟头——米亚姆林娜还不回来。孩子嚷起来了。利比昂走了过来，他听了我的话显然不相信:"我可知道你们这些人——养了娃娃,可后来又竭力想摆脱他们。好吧,把他送到我那里去吧——我有一个老太太,她会帮你的忙的。真是一位好爸爸!……"利比昂住在"洛东达"的旁边;那是一所小市民的住宅:红色的厚窗帘,墙壁上挂着一幅美丽的风景画。上帝保佑!他从来不把莫迪利亚尼或苏京的作品挂在自己家里。他眷恋自己的主顾,但不眷恋他们的作品……

二月革命以后,被沙皇政府调往西线的一个旅的士兵来到了"洛东达":他们听说能在这里找到俄国的侨民。士兵们要求把他们遣返俄国。警察开始找利比昂的麻烦:他们说什么"洛东达"是革命者的总部;他们禁止军人到这个咖啡馆里来;利比昂亏了大本;他什么都怕:这是一个凶险的年头,克列孟梭决定对国内进行更加严密的控制,警吏恣意横行。利比昂叹叹气、发发牢骚,然后就把"洛东达"卖给了另一个老板,而自己则在一个离艺术家们较远的安静的地方买了一家不大的咖啡馆。但是当时他明白了,他对一般的顾客是不感兴趣的。他有时到"洛东达"来,坐在一个黑暗的角落里,叫一杯啤酒,忧郁地四下里打量。几年以后,他去世了;画家们和诗人们(其中有一些当时业已出名)参加了他的葬礼,于是利比昂也和他的许多主顾一样,享受了身后的哀荣。

在我的第一部长篇小说的开头清清楚楚地写道:"我像往常那样,坐在蒙帕纳斯林荫道上的一家咖啡馆里,面前放着一只空杯,等待着有人付给有耐性的堂倌六个苏,把我解放出来。"接着我叙述了被我看成是一个鬼怪的胡利奥·胡列尼托走进了咖啡馆;这当然是一种虚构。我在"洛东达"里遇到了一些曾在我的一生中起过重要作用的人们,但是我未曾把他们当中任何一个看成鬼怪——当时我们大家都是鬼怪,也都是被鬼怪放在小锅里煎熬的受难者。我们很少去看戏,这不仅因为我们腰无分文,还因为我们自己也得在一出冗长而又杂乱的戏里扮演角色;我不知道这出戏的名称该是什么——滑稽戏呢,悲剧呢,还是马戏团的活报剧;也许最恰当的名称还是马雅可夫斯基想出来的"宗教滑稽剧"。

当然,"洛东达"的外观是够美的了:有种族的大混合,有饥饿,有争吵,再就是毫无社会地位(同时代人的承认一向来得很迟)。吸引电影导演的正是这种光怪陆离的景象。当一个偶然的来客、汽车司机或银行职员在咖啡馆的柜台旁边喝了一杯之后,瞧瞧这个阴暗的房间,他就会愕然一笑或愤然离去;即使在对一切都习以为常的巴黎人眼里,这一帮人也是那么怪诞不经。

令人惊异的首先是五花八门的人物和语言——不知是国际博览会的陈列馆呢,还是未来的和平代表大会的预演。有很多人的名字已被我忘了,但还记得一些;其中有的已显身扬名,还有一些则已黯然失色。下面是一份极不完备的名单。法国诗人纪尧姆·阿波利奈尔、马克斯·雅科布、柏列兹·桑德拉、科克托、萨尔孟、画家莱热、弗拉明克、安德烈·洛特、麦尚杰、格雷兹、卡诺、拉迈、尚塔尔,批评家埃利·福尔;西班牙人毕加索、胡安·格里斯、玛丽亚·布兰沙尔,新闻记者考尔普斯·巴尔加;意大利人莫迪利亚尼、赛弗里尼;墨西哥人迪埃戈·里维拉、萨拉加;俄国画家沙加尔、苏京、拉里奥诺夫、贡恰罗娃、什捷连别尔格、克列缅、费得尔、福京斯基、马列夫娜、伊兹德布斯基、吉列夫斯基,雕塑家阿尔希宾科、察特金、梅夏尼诺夫、因德利包姆、奥尔洛娃;波兰人基斯林、马尔库西、戈特利布、扎克,雕塑家杜尼科夫斯基、利普希茨;日本人藤田和川岛;挪威画家佩尔·克罗格;丹麦雕塑家雅各布森和费希尔;保加利亚人帕斯金。不容易想起来了——大概我漏掉了许多人的名字。

这一伙客人的外表也同样能使不熟悉情况的人惊异不止。例如,谁也不能对莫迪利亚尼的衣着作一番确切的描述;景况好的时候他穿一件浅色丝绒的短外套,系一方红色绸围巾;而在他长期酗酒、手头拮据,或有病在身的时候,他就缠上一身花花绿绿的破布。日本画家藤田穿一件家常的长衫四处溜达。迪埃戈·里维拉挥舞着一条雕花的墨西哥手杖。他的女友,画家马列夫娜(沃罗比约娃-斯捷别利斯卡娅),喜欢穿得花花绿绿的,她的声音响亮、刺耳。诗人马克斯·雅科布住在巴黎的另一端——蒙马特;他白天来的时候总穿一件夜礼服,雪白的胸衣耀眼刺目;一只眼上总是戴着一个单眼镜。一个头上插着羽毛的印第安人向所有的人炫耀自己的粉画。女黑人艾莎仰起她那覆以蓝黑色的粗硬发卷的大脑袋,纵声狂笑,一口白牙在薄暮中闪闪发光。雕塑家察特金穿一件工作服,一条以脾气暴烈出名的丹麦种短毛的彪形猛犬陪伴着他。女模特儿玛尔戈照例一来就脱衣服;有一天她对我说,她的理想是当女王;我很惊奇,她解释说:"你这个小傻瓜!女王是每一个人都想强奸的呀！……"克列缅和苏京总是坐在最黑暗的角落里。苏京有一副心惊胆战而又萎靡不振的样子；他仿佛刚被人唤醒，还没来得及洗漱、刮脸；他的两眼像是一头被捕获的野兽，也许这是出于饥饿。谁也不注意他。谁能想到，这个出生于白俄罗斯的一个名叫斯米洛维奇的小地方的孱弱少年的作品，将成为全世界的博物馆梦寐以求的珍藏呢？……

我还记得达维德·彼得罗维奇·什捷连别尔格把阿·瓦·卢那察尔斯基带到"洛东达"来的情形。我和他们同坐在一张小桌旁。卢那察尔斯基称赞斯坦朗的绘画，他还说弗朗茨·施图克是一个颓废的、然而却很有趣的画家。我不同意，依我看来，斯坦朗是不足道的，而施图克是一个低劣而又缺乏审美感的颓废派，但我同阿纳托利·瓦西里耶维奇在一起却很惬意：我感到自己像是在莫斯科。他走后，利比昂对我说："我没想到你还会有正经朋友。这位先生是你的同乡吗？他能帮助你翻身出头的……"

在描述"洛东达"的顾客们色彩缤纷的景象的时候，我应该承认，我也不亚于其他的人。早在"丁香田庄"时期我就是奇形怪状的。托尔斯塔娅回忆说，阿列克谢·尼古拉耶维奇曾寄过一张明信片到咖啡馆来，明信片上未写我的姓名，而是写着："Au monsieur mal coiffe"——"一位不梳头的先生"，——而他们也就把明信片恰好给了我。在"洛东达"里我完全成了一个流浪汉。1916年沃洛申曾在报上的一篇文章中描写了"一个病态的、胡楂满腮的人，一头刚硬的长发，奇形怪状的发绺四下披散，戴一顶向上撅着的、宛如中世纪的尖顶帽的宽边细毡帽，腰弯背曲，两肩和双足都向里拧着"。马克斯断言，每当我"在巴黎其他各区出现，就引起行人的骚动。只有古代雅典街道上的昔尼克派哲学家和亚历山大街道上的基督教苦行僧才能引起这种情绪"。

"洛东达"的常客在它那个圈子之外是默默无闻的。但毕加索却已经有了名气，报上有时候刊载关于他的文章；有人对利比昂说，"俄国的苏堪公爵"（休金）正在收购帕勃洛的绘画，他十分尊敬地向他问好："日安，毕加索先生！"

帕勃洛住在蒙马特，后迁居蒙帕纳斯，在离"洛东达"不远的地方租了一间工作室。我从未见他醉过酒。他看上去像一个年轻小伙子；爱恶作剧。有一次他和迪埃戈同来，说他们在纪尧姆·阿波利奈尔的窗下演奏了一支小夜曲:《Mère de Guillaume Apollinaire》。译为俄文意为《阿波利奈尔的母亲》,但用法语说起来却并不十分悦耳。

"洛东达"的生活是极其单调的;有时发生了什么事故,大家就议论好些天。基斯林和戈特利布举行了一次决斗,迪埃戈是他们的副手之一;记者们打听到了决斗的消息,于是所有的报在同一天都登满了"洛东达"的新闻。在咖啡馆的顾客中有许多斯堪的纳维亚人;利比昂为他们订了几份外国报纸。瑞典人的酒量比所有的人都大,这是理想的主顾。我记得,和我并排坐着一位瑞典画家;他经常叫双份白兰地;小桌上的小菜盘堆积如山。白兰地并不妨碍瑞典人专心阅读《瑞典日报》;报纸遮着他的脸。突然报纸掉了下来——原来瑞典人已经死了。警察来了;我们悄悄地各自回家。一天,有个西班牙人,一个壮实的小伙子,他勃然大怒,抓起一张大理石小桌的一条桌腿,把它挥舞起来,大叫大嚷地说,他现在要把所有的东西都砸个稀烂——因为他对生活厌倦了。我们向柜台退去。利比昂有一个坚定的原则:从来不叫警察。西班牙人出人意外地微微一笑,把小桌放回原处,说道:"现在可以为第二号生命干杯了……"

尽管如此,"洛东达"却并非盗穴贼窟,而是一家咖啡馆;绘画陈列馆的主人们约画家在这里见面,爱尔兰人在这里讨论,怎样才能赶走英格兰人,棋手们在这里鏖战。记得安东诺夫-奥夫谢延科就是棋迷之一;他每走一步棋都要说一句:"不,你们不懂我这一步的用意,我是一个老手……"

1914年末,莫迪利亚尼的兄弟从意大利前来巴黎,他是社会党人,国会议员。朱赛佩·莫迪利亚尼反对意大利参战;他约尤·奥·马尔托夫和拉宾斯基在"洛东达"见面。据说他看到自己兄弟那种疯疯癫癫的样子十分伤心,并把这归咎于那些不三不四的朋友,归咎于"洛东达"。

但是"洛东达"并不能剥夺任何人精神上的安宁,它只不过把失去安宁的人们招引来了。记者们不知道我们谈些什么;他们有时候就描写斗殴、酗酒、自杀。"洛东达"臭名远扬了。在大战期间,我曾在旁边的一张小桌上看见一个年轻而朴素的女人,从她的外表看来,她显然是偶然来到蒙帕纳斯的。她怯生生地找我谈话;原来她是一个缝时装的女工,从普瓦捷到巴黎来住一天,想瞧瞧画家们的生活。我对她解释说,我不是画家,而是一个俄国诗人。这在她看来更富于浪漫色彩。她跟着我到旅馆去,并央求我允许她瞧瞧我的生活情况。那时我的心全在女画家尚塔尔的身上,于是就冷冰冰地说,我要工作。"您忙您的,我静静地坐一会儿……"她被我房间里那种乱七八糟的样子吓了一跳,便把一切都收拾整齐;她从衣柜里取出破了的袜子,把它们补好,把衬衫上的扣子钉上,然后心满意足地走了——她已亲眼目睹了名士的生活情况。我却还坐在冰冷的房间里写诗:

> 猪头在腊肠铺里打盹,
> 跟太太们一样苍白,
> 一动不动的眼睛沮丧地
> 盯着泪痕斑斑的大理石。
> 如果您需要,我就给您一头填馅儿的骟猪,
> 或者一个宛如兰斯大教堂的精美糖果盒……

谈起"洛东达",我就不由得会想起那些奇闻趣事;但是这一切都比奇闻趣事要悲惨得多、严肃得多。莫迪利亚尼每晚都在咖啡馆里画肖像,画在信纸上,有时一连画二十张。但这并不是他之所以成为莫迪利亚尼的原因。我们不是在"洛东达"里工作,而是在一些没有生火的工作室里,在阁楼上,在名叫旅馆的肮脏的、带家具出租的公寓里工作。我们到"洛东达"来是由于我们彼此互相吸引。引诱我们的不是那些丑闻;甚至大胆的美学理论也不会使我们激动;我们只是互相倾心:一种共同的不走运的感觉使我们亲近起来了。

我将要写一些关于毕加索、莫迪利亚尼、莱热和里维拉的事。但现在我暂时不谈他们,而先来探究一下我们以及我们全神贯注的那种艺术在当时的遭遇。

意大利的未来派建议焚毁博物馆。莫迪利亚尼拒绝在他们的宣言上签名,他并不掩饰他对托斯卡纳的艺术大师们的热爱。毕加索时而称赞格雷科,时而称赞戈雅,时而称赞委拉斯开兹。马克斯·雅科布为我朗读留特别夫的诗。我们之中没有一个人否定古代艺术;但是我们常常痛苦地想,艺术在目前是否需要,尽管没有它我们连一天也活不下去。

汇聚在"洛东达"里的人既不是一个固定的流派的信徒,也不是什么时髦的"主义"的宣传家;无论在里维拉当时所醉心的干巴巴、灰溜溜的立体

主义与莫迪利亚尼的抒情画之间,还是在莱热和苏京之间,都没有任何共同之处。后来艺术研究家们想出了一个"巴黎学派"的头衔;也许说得更确切些,——是一个可怕的生活学派,而它是我们在巴黎认识的。

印象派和塞尚先后发动的革命仅以绘画为限。马奈在生活中并不是一个叛逆,而是一个文质彬彬的人。塞尚只看见大自然、画布、颜料。在德雷福斯案件期间,法国沸腾了,他对他的老友左拉居然会对这种小事发生兴趣感到困惑莫解。画家们同与他们有联系的诗人们在第一次世界大战前的几年间发动的叛乱具有另一种性质,这种叛乱不仅反对审美标准,也反对他们生活在其中的社会。"洛东达"不像一个藏污纳垢之所,而像一个地震探测站,这里的人能察觉到他人所不能察觉的震动。一般来说,法国警察把"洛东达"看成一个有危害社会治安之虞的去处,已经并不是毫无道理的了……

和通常一样,在暴动的参加者之中,一部分日后离开了,或在情况发生变化以后逐渐消沉,并终于隐退了;另一些人——莫迪利亚尼、纪尧姆·阿波利奈尔——早夭了;第三类人终生保持着那些年间的狂态,他们一生的经历和一个世纪的历史是齐步并进的。

对于一个作家来说,最困难的事莫过于决定书名了;书名通常不是矫揉造作就是千篇一律。但是我对《前夜集》这个书名却比书中的那些诗要满意得多。我现在所叙述的那些年代确系前夜。许多人都把这几年看成一个尾声。当白夜来临的时候,是难以确定那引起激动和不安、妨碍睡眠、造福恋人的光线的起源的,——这是晚霞,还是朝霞?这种自然界中的光线的混合持续不久——半小时或一小时。但历史却不这样匆促。我在双重光线的结合中长大,并在其中度过了一生,一直到老……

21

  我不知道,何以在那个时期我结交的画家多于诗人。也许是因为绘画语言具有国际性,但也许只是因为画家们在"洛东达"咖啡馆里待的时间长些。

  1914年初,一位画家把我叫到"洛东达"黑暗角落里的一张小桌前:"我把阿波利奈尔介绍给你。"当时我迷上了这位诗人,试图翻译他的若干诗作。一首诗的开头是:

> 秋天的山谷郁郁葱葱,然而有毒,
> 乳牛在山谷里缓缓行走,
> 吸吮着黑色的、黏滞的毒汁。
> 那淡紫色山谷里的番红花,
> 使你的眼神像番红花那样茂盛淡紫,
> 从你的眼里也溢出同样可怕的毒汁,
> 缓缓淌进我的生命……

  不难料到,我有多么激动。我一句话也说不出来,甚至并未注意谈话,只顾瞧着阿波利奈尔,想必都瞧得入神了,他只得笑着说:"我又不是漂亮姑娘,而是个中年男子。"他并不像"洛东达"那些老主顾,衣着和举止都毫不奇特,说话响亮,笑容可掬,虽说他本是在罗马出生的波兰人威利盖姆·科斯特罗维茨基,却宛如一个好心的佛来米人①。他热情洋溢,日后我也许

---

① 比利时两大民族之一。

仅仅在捷克诗人奈兹瓦尔身上看到过这样的热情。

我在"洛东达"里见过他几次。他爱开玩笑,有一次建议我们写一出关于蛇、苹果和毕加索的神秘剧。帕勃洛是个迷信的西班牙人,听到"蛇"这个词就感到不安,便在桌子底下做了几个奇异的手势以祛邪避灾。

我认为阿波利奈尔的诗过分和谐,便把他列入古典派,并向迪埃戈·里维拉抱怨道:"阿波利奈尔——这是雨果、普希金。他写道:'迷人的潘①、爱情和耶稣都死了。猫儿忧郁地在喵喵叫。我也止不住自己的眼泪。'"迪埃戈答道:"这是因为阿波利奈尔是法国人,也就是说,他虽是波兰人,但用法文写作……"(我不止一次下决心不用法文写一行诗,而且的确不曾写过。)可我对待阿波利奈尔的诗是不公道的:他不仅是一位大诗人,也是一位新时代的人,只不过稍稍沾上了一些古代欧洲道路上的银灰而已。

战争初期他自愿走上前线;起初他颂扬战争,后来看到战地生活的可怖便把它写了下来。1916年春,一枚炮弹在掩体旁爆炸,一个弹片击穿了头盔,阿波利奈尔头部受了重伤。剧烈的头疼和左半身瘫痪,要求做颅骨环锯术。阿波利奈尔的健康遭到损害,到1918年11月,在战争结束前两天,他死于"西班牙流行性感冒"——一种危险的流行性感冒。

当我开始写回忆录的时候,有人从图书馆给我送来一捆有关本世纪第一个二十五年的诗人们的书,其中有一本诗人马克斯·雅科布的书信集。1915年他在给炮兵旅准尉纪尧姆·阿波利奈尔的一封信中写道:"相当著名的俄国诗人伊利亚·爱伦堡在我们这儿;他向我翻译了自己的诗作。他认为自己是雅姆的学生,但他更像你或海涅。他的诗里有一种类似最后审判的气氛:人们去找坐在咖啡馆里的一个老头,'莫非您不知道,最后审判来临啦?该走啦!'但老头答道:'出什么事啦?最后审判?我不能去——等我回家吃晚饭哩……'他的诗并非全都如此出色,不过但愿像此人这样有才能的诗人能多一些……"当时马克斯·雅科布觉得我是有才能的,但这是一种否定的才能,我自己却常常想到自己的短处。

马克斯·雅科布曾说,他想把我的一些诗译成法语。我们俩曾在他家一起工作;他住在蒙马特的一个小房间里。他去"洛东达"时照旧穿得非常

---

① 希腊神话中阿耳卡狄亚的森林和丛林之神。

考究,可回到家里就脱下出门穿的服装,小心翼翼地把它放进箱子,再穿上一件又脏又破的上衣。

(1917年末,我在莫斯科收到马克斯·雅科布一封信;他告诉我,有人在"秋季沙龙"的当代诗歌晚会上朗诵了我的诗作的译文。我没有回信——我们生活在不同的世界里……)

马克斯·雅科布有一些使他近似另一个马克斯——沃洛申的特点:二人除了写诗之外还兼作画,二人都非常喜欢游戏、胡闹、愚弄别人。当马克斯·雅科布被汽车撞伤,急救车把他送进医院的时候,他恳求大夫们通知他的女儿,虽说他根本就没有女儿。他信奉天主教:他常要别人相信,基督和马利亚向他显过灵。我不知道,什么是出于信仰,什么是出于游戏。他曾一本正经地告诉我,圣母向他显灵时曾(用暗语)对他说:"马克斯,你不要脸……"毕加索是他的教父。

真正使马克斯·雅科布着迷的是艺术;他写过一些柔情脉脉并含讥笑意味的诗,时而揭露沾沾自喜的资产者,时而天真地忏悔,他预见到了物理学、天文学的腾飞,具有非凡的想象力和敏感,这种敏感使他预见到许多事情;他曾描写几位部长和几个唯美派正就纯艺术、就法兰西的伟大在作空泛的谈话,而他们的上空则是被闪电划破的锡色的苍穹。

他在卢瓦尔省的天主教修道院里住了多年;他在那里碰上了第二次世界大战。不久马克斯就不得不戴上一枚黄星——他是犹太人。他给友人们写了些令人伤感的信:他知道他面临着什么。一天,抵抗运动参加者保罗·艾吕雅前去找他:他想告诉雅科布,年轻的法国诗歌要感谢他的是什么。

1945年1月,巴黎广播电台广播,德国人杀害了马克斯·雅科布。后来我获悉了他的死的详情。1944年初,德国人把马克斯送往德朗西的羁押点。那里的犹太人又被送往奥斯维辛(雅科布的亲人全都死在那里)。马克斯当时六十八岁;他是因病在德朗西去世的;死里逃生的人们说,他临终时还竭力鼓舞并安慰别人,真是死而无愧啊。

22

每当我和莫迪利亚尼谈天的时候,他几乎总要向我朗读《神曲》中的几行三韵句诗:但丁是他喜爱的诗人。在《前夜集》中有一首注明1915年4月所作的诗:

你生在低矮的阶梯上,
莫迪利亚尼,
你的喊叫是海燕的呼唤……
一盏略低的油灯射出油腻的光线,
热气腾腾的头发泛出一片幽蓝!
突然我听见可怕的但丁——
在呜呜声中,忧郁的词句四向迸溅……

但丁不仅是可怕的;我记得《炼狱篇》中的几行诗:诗人同他的旅伴登上了一座山,坐下来静静地回顾走过的旅程。我现在也想同活着的莫迪利亚尼(他的朋友们都叫他莫迪)在一起坐一会儿。他曾被人当作一部风靡一时的影片的主人公,有几部庸俗的长篇小说也对他作了描写。难道影片的导演能安安静静地在小小的石头台阶上坐一会儿,并考察他十分陌生的一条道路上杂乱的足迹吗?……

一个传说就这样产生了:一个饥饿的、放荡的、整天醉醺醺的画家,一个名士派的末裔,他总是在两次酗酒之间短短的几小时内画一些独特的肖像画,他死于贫困,而死后却成了名人。

这一切既真实,又不真实。说真实,是因为莫迪利亚尼的确常常挨饿、喝酒、吃印度大麻酚的子儿；但这并非出于对放荡生活或"艺术的天堂"的热爱。他丝毫也不想挨饿，他的胃口总是很好，他也不是故意自讨苦吃。也许他比别人更是专为幸福而生的。他迷恋甜蜜的意大利语、托斯卡纳旖旎的景色及其古代大师们的艺术。他并非是从大麻酚开始……当然，他可以绘制一些能使批评家和订购者皆大欢喜的肖像画；那他就能得到金钱，得到一所优越的工作室，得到人们的赞誉。但莫迪利亚尼既不会撒谎，又不会随波逐流；凡是见过他的人都知道他是一个十分直率和高傲的人。

我在艰苦的日子里见过他，在有一线希望的日子里也见过他；我见到过泰然自若、文质彬彬的他，脸剃得光光的，面色苍白而微微有点粗野，眼睛温柔多情；我也见到过狂乱的、黑色刚毛满脸丛生的他——这个莫迪利亚尼尖声喊叫，像一只鸟；也许像一只信天翁；我在诗里提到海燕并非有所借喻。

（莫迪利亚尼很喜欢波德莱尔的一首关于一只被水手们取笑的信天翁的诗——《一位长了翅膀的旅客被困在地上……》。）

我曾说过，他是一位美男子；女人们总是盯着他瞧；在我看来，他的美永远是意大利式的。但是他是一个谢法德——人们这样称呼那些被逐出西班牙后迁往普罗旺斯、意大利和巴尔干半岛各国的犹太人后裔。

有一次我和莫迪利亚尼一同来到巴士德大街的一家咖啡馆里；他面向大街进行创作，神色安详。在旁边的一张小桌上，有几位可敬的人物在打牌。我在抄莫迪向我推荐的几首诗，什么也没听见。突然莫迪利亚尼跳了起来叫道："住嘴！我是犹太人，我可以同你谈谈。懂吗？……"玩牌的人都不响了。莫迪利亚尼付了咖啡钱后又大声说："真倒霉，咱们怎么钻到这个只有猪猡才光顾的咖啡馆来了……"我们出来以后，我问他邻座的人到底说了些什么。莫迪答道："他们说拿一把刷子涂来涂去是最丢人的事，还得打他们三百年的耳光……"

他曾告诉我，他的祖父是罗马人，为了想种柳树而买了一小块地；但根据法律是禁止犹太人占有土地的；祖父大发雷霆，便搬到里窝那去了，有许多犹太人家族自古就定居在那里。莫迪曾向我朗读16世纪犹太诗人伊曼努伊尔·里姆斯基的意大利十四行诗，——它们是一些讥刺的、悲痛的，同时又充满了对生活的讴歌的诗。莫迪利亚尼告诉我罗马人从前怎样庆祝狂欢节：犹太人协会必须提供一名充当走马的犹太人，这人浑身赤裸，在欢腾的人群与主教、使节和太太们的哄笑中,以比大步前进的马快上三倍的速度跑遍全城。(我当时曾写过一首有关此事的长诗。)

我是在1912年认识莫迪利亚尼的;当时他已是一位老巴黎了。在我们相识之后不久,他为我画了一幅肖像;大家都说画得很像。此后他便常常为我画像;我曾有一夹子他作的画。(1917年夏,我随一群政治侨民一同回俄国去。经过英国的时候,当局宣布禁止携带任何手稿、绘画、图片甚至书籍出口。我把我当时所有最珍贵的东西挑了出来——一幅毕加索的静物画,巴拉丁斯基的一部题有他的签名的《埃达》,莫迪利亚尼的画——然后把皮箱暂存在临时政府的大使馆里。这个政府的确是临时的,而那口皮箱也就永远不知下落了。)

安娜·安德烈耶夫娜·阿赫马托娃现在所住的房间(在列宁格勒一所古老的住宅里),是一个狭小、森严、未加装饰的房间;仅仅在一面墙上挂着一帧年轻的阿赫马托娃的肖像——那是莫迪利亚尼的作品。安娜·安德烈耶夫娜告诉我,她怎样在巴黎结识了一位非常谦逊的意大利青年,这个青年恳求为她画一幅肖像。这是1911年的事。那时,阿赫马托娃还不是阿赫马托娃,而莫迪利亚尼也还不是莫迪利亚尼。但是这幅画(虽然其手法同莫迪利亚尼后来的作品有所不同)线条的准确、熟练和艺术的感染力却已是显而易见的了。

影片和小说中的主人公——那是处于绝望和疯狂状态中的莫迪利亚尼。但莫迪利亚尼并不是一个只会在"洛东达"喝酒,只会在被咖啡溅污的纸上画画的人,他在画架前打发了不少岁月,用油彩画裸体画和肖像画。

他读书之多总是令我惊异不止。我似乎还没有见到过第二个像他这样喜爱诗歌的画家。无论但丁、维永、莱奥帕尔迪、波德莱尔还是兰波,他都要背诵。他的油画不是偶然的幻想——这是为画家所洞悉的一个由天真和智慧的特殊结合所构成的世界。当我说"天真"这个词的时候,我并没有想到幼稚、天生的平庸或故作粗俗;我把天真理解为一种新颖的感受能力,一种直感,一种内在的纯洁。他所作的肖像画全都和模特儿惟妙惟肖——我是就我所认识的人作此判断的,——如兹博罗夫斯基、毕加索、迪埃戈·里维拉、马克斯·雅科布、英国女作家比阿特丽斯·赫斯金格斯、苏京、诗人弗朗斯·埃伦斯、季列夫斯基,最后还有莫迪的妻子然娜。他从不迷恋背景或任何外在之物；他的油画展示了一个人的天性。例如，迪埃戈·里维拉肥胖笨重得几乎有些古怪；苏京经常保持一种悲戚的困惑表情，一种固定不变的厌世的苦闷。但奇怪的是，莫迪利亚尼的形形色色的模特儿都有一个共同的特点；把他们统一起来的不是老一套的手法，不是外在的表现方法，而是画家的处世态度。兹博罗夫斯基和他的那副宛如一头驯顺的毛发蓬松的牧羊犬的尊容，茫然若失的苏京，穿着衬衫的温柔的然娜，一个小姑娘，一个老头子，一个女模特儿，某位大胡子先生——所有这些人都像被人欺负的孩子，虽然有些孩子长着满脸胡髭或一头苍苍白发。我想，莫迪利亚尼所想象的生活可能是由十分凶恶的成年人所布置的一座巨大的儿童花园。

当然，传说有一部分是真实的，因而也就不难理解，何以莫迪利亚尼的生平能使编剧的人着迷了。不久以前我在报上看到一则消息，说莫迪利亚尼作的一幅小小的肖像画在美国的一次拍卖中以十万美元售出。莫迪利亚尼一辈子所花的钱也不足这笔巨款的四分之一。我曾多次目睹，罗扎利老婆子，第一村路上一家微不足道的意大利小饭店的老板娘，是怎样用一小块肉或一份通心粉就从莫迪利亚尼手中换到了一幅画；她不愿要，但他坚持要给——他又不是要饭的；于是罗扎利便瞧瞧那些涂满了细细的、支离破碎的线条的小纸片，悲哀地叹口气道："我的上帝……"还有一点也是实情，那就是一些博识多闻的绘画鉴赏家也不理解他的作品。对于喜欢印象派的人们来说，莫迪利亚尼对光线的冷淡、构图的清晰、对模特儿的任意改变，都是不能接受的。大家都在谈论立体派；有一些被破坏的观念所控制的艺术家，同时又是工程师、建筑师和设计师。对于立体派油画的爱好者来说，莫迪利亚尼是一个旧时代的残余。

传记作家指出，1914年是莫迪利亚尼得意之年：他找到了一下子就理解并爱上了他的作品的画商兹博罗夫斯基。但兹博罗夫斯基自己却是一个倒霉鬼：这位年轻的波兰诗人来到巴黎，希望作一次前往神话般的基西拉岛的航行，却在"洛东达"里面对着一杯咖啡一筹莫展。他身无分文，和妻子同住在一所小住宅里，莫迪利亚尼常在那里工作。而兹博罗夫斯基却把他的油画夹在腋下，从早到晚在巴黎城里四处奔走，妄想用一个意大利画家的作品去引诱真正的画商。

说它真实，最后还在于莫迪利亚尼有时确被不安、惊恐、愤怒所支配。

我记得在一间堆满废物的工作室里的一个夜晚;屋里的人很多——有迪埃戈·里维拉,有沃洛申,还有几个女模特儿。莫迪利亚尼非常激动。他的女友比阿特丽斯·赫斯金格斯用很重的英国口音说:"莫迪利亚尼,您别忘了您是一位绅士,您的母亲是一位上流社会的太太……"这些话在莫迪身上就像符咒一样灵验;他一言不发地坐了很久;后来忍不住了,便动手毁坏墙壁,剥去灰泥,想把砖头抽出来。他的手指血淋淋的,眼神是那么绝望,我受不了,便走到堆满雕刻品的碎屑、打碎的碗碟和空箱子的肮脏的院子里去。

在战争时期,他晚间常到画家们进晚餐的一家饭馆去;他坐在室内楼梯的梯阶上;有时朗诵但丁的诗,有时谈大屠杀,谈文明的毁灭,谈诗,除了绘画以外,无所不谈。他一度迷上了16世纪的法国医学家诺斯特拉达穆斯的预言。他要我相信,诺斯特拉达穆斯准确地预测到了法国大革命、拿破仑的兴亡、教皇国的完结、意大利的统一;他还援引那些尚未应验的预言:"在意大利建立一个共和国——这无关紧要……比较重要的是——人们被流放到岛上去,一位暴君将要执政,一切没有学会沉默的人都要被关进监狱,人们将开始遭到屠杀……"他从衣袋里掏出一本破烂不堪的小册子,开始叫喊起来:"诺斯特拉达穆斯预见到了空军的诞生。所有胆敢不按时微笑或啼哭的人,很快就要被送到极地去——一部分送到北极,另一部分送到南极……"

关于俄国革命的第一批消息传来后,莫迪向我奔来,拥抱我,并兴奋地尖叫起来(有时候我简直不懂他在说些什么)。

年轻的姑娘然娜开始常到"洛东达"来,她很像一个小学生;她有一双明亮的眼睛,一头浅色的头发,她怯生生地打量着画家们。听说她正在学画。我在回俄国之前不久,曾在沃瑞拉尔大街看见莫迪利亚尼和然娜一起散步。他们挽手而行,面带笑容。我想:莫迪终于找到了自己的幸福……

1921年5月,我又来到巴黎。人们迫不及待地把一切新闻都告诉我。"怎么,你不知道莫迪利亚尼已经死了吗?……"对"洛东达"的朋友们的情况我毫无所知。莫迪总是咳嗽、受冻;肺病由此引起;肺都烂完了。他于1920年初死在医院里;然娜没有去坟地;当朋友们在葬仪结束后回到"洛东达"时,才知道一小时以前然娜跳楼自杀了。莫迪留下一个小女儿——她也叫然娜。

一切就是如此。莫迪利亚尼是朋友们集资安葬的。一年后他的作品的展览会在巴黎揭幕。人们著书谈论他；他的绘画成了人们发财的工具。不过这种事是那么平淡无奇，简直不值得多说……

在全世界形形色色的博物馆里——在纽约或斯德哥尔摩，在巴黎或伦敦——我都见到过莫迪利亚尼的作品。他有时也画裸体画，但他的大部分作品是肖像画。他创造了许多人物，他们的忧伤、麻木，他们那备受迫害的柔弱和在劫难逃的噩运，使博物馆的观众为之震惊。

也许某一位现实主义的拥护者会说，莫迪利亚尼轻视自然，他的肖像画上的女人，不是脖子太长就是手臂太长。似乎一幅画就是一册解剖学图表！难道思想、感情和激情不能使比例改变吗？莫迪利亚尼不是一个冷眼旁观者；他不是从一旁去观察人们，他是和他们生活在一起。这是那些怀着爱情、痛苦和忧伤的人的肖像；同时画上的日期也不只是一个画家的路标，而且也是一个时代的路标：1910年至1920年。如果说莫迪利亚尼不知道脖子上的颈椎骨有多少，那是十分可笑的，——他在里窝那、佛罗伦萨、威尼斯的美术学校学这些学了许多年。他还懂得一些别的事：例如，在像1914年这样的一年内包含了多少年。如果连貌似永恒的关于人的价值的概念都会发生变化，那么一个画家又怎会看不到自己的模特儿那业已发生变化的面孔呢？

莫迪利亚尼的画将告诉子孙后代许多事情。我现在看见，我那遥远的青年时代的朋友就在我的眼前。在他的心中蕴藏着多少对人们的热爱和对他们的担心啊！人们写啊，写啊——写"他喝酒，胡闹，最后死了"……问题不在于此。甚至也不在于他那像古老的寓言一般富有教益的一生遭遇。他的命运同别人的命运是紧紧连在一起的；如果有人想了解莫迪利亚尼的悲剧，那就让他别去回忆印度大麻酚，而去回忆一下窒息性瓦斯，让他去想想茫然若失的、麻木的欧洲，想想这个世纪所经历的曲折蜿蜒的道路，想想莫迪利亚尼的被铁环紧紧扼住的任何一个模特儿的遭遇吧。

23

1914年的夏天对我来说开始得很好。我写了一些模仿痕迹要比早先少一点的诗(后来我把它们收进《前夜集》)。

这是一个异常晴朗、炎热、暴雨稀少的夏季。万物欣欣向荣。我意外地收到从两个编辑部寄来的钱,并决定到荷兰去——因为用不着考虑冬大衣!无论是伦勃朗的绘画,或是关于那里独特的风土人情的描写,还是戴白色包发帽的和蔼可亲的荷兰女人("旅行社"里挂有她们的照片),都在引诱着我。

(现在我想象当时的情况不禁感到惊奇,不填调查表,不用一连几个星期地苦等当局是否准许入境,竟可以到另一个国家去;而"签证"这个字眼我是在战争期间才第一次听见的;早先连护照也不检查——列车驶抵国境时,只有海关职员到车厢里来。)

荷兰是一个宁静的景色如画的国家。女人的包发帽果真都是白的;果真有许多风车的巨翼在旋转;庄稼汉慢条斯理地吸着长长的陶制烟斗;精心照料的乳牛忧郁地嚼着柔嫩的青草,每顿早餐都备有干酪。总而言之,我在巴黎弄到的那本旅行指南没有骗我。

博物馆触目皆是,一天早晨,我多吃了一些夹干酪的面包片,以便不用再吃午饭,然后就动身到一座博物馆去。荷兰的绘画通常被认为是特别现实主义的,据说它们多从日常生活中挑选素材。图画的题材似乎证实了这种见解:肖像画,风俗画的场景,描绘平坦的土地、水和天三者在这个国家里的必然结合的风景画以及静物画。但是在意大利,博物馆是和它所在的街道分不开的,在那里,艺术已和周围的生活融为一体。而在荷兰,往日的艺术和现实之间的不协调却使我惊异。农民都是道地的实干家;阿姆斯特丹的交易所像一所国立专科学校,平日大家都阅读交易所公报,礼拜天又都去做祷告;海牙附近的海滨浴场挤满了肥胖的太太。博物馆的大厦就矗立在所有这一切之中,伦勃朗的油画挂在那里,一如挂在罗浮宫和埃尔米塔日博物馆里。

我自问这种不协调的原因何在。看来,荷兰的画家们早在三个世纪以前即生活在远比意大利的画家与世隔绝的状态中;为了履行订货合同,为了给所有的人描绘浅易的风俗画,他们便乞灵于绘画技巧。在 1914 年,"形式主义"一词只适用于"套中人";但是,按照现在的说法,我却要说,老一辈的荷兰人依我看来就是形式主义者。我钦佩他们,但在离开博物馆的时候,我想的却是自己的事。

所有这一切都与伦勃朗无关:我离不开他,他的不安感染了我。看来他并不和人们隔绝;他的热情使同时代的人感到不安,有时也会把他们惹恼。其他一些 17 世纪的画家未必喜欢巨商和主教;但是财运亨通的硕腹巨贾却很喜欢画家们的油画,高价收购绘画,用它们来点缀家宅。现在无论是街道、旅馆还是雪茄烟的商标,都竞相以伦勃朗的名字命名。而在他生前却并非如此——画家的财产曾被查封,被拍卖,曾有好些年没有一个人用小槌去敲他家的大门。

我沿着运河,在整齐的房舍旁边徘徊,思索着画家的命运,毫不注意来往行人。也许这是由于荷兰的气候所致?不久以前,我读了笛卡儿①给盖兹·德·巴尔扎克的信。笛卡儿描述了他在荷兰如何打发时光(他在这个国家住了二十年):"我每天都在人丛中徘徊,我所感到的那种自由和享受到的那种休息,和您漫步在您的林荫道上的时候所感到和享受到的一样,而我所遇到的人们对于我也正像您在您的树林里见到的树木一样……"我之所以想到笛卡儿,是因为当时我刚开始读他的作品,思索着怀疑的本质:"我思,故我在。"

这是酷热的一天;我像往常一样在阿姆斯特丹的街道上走着,连行人的面孔也不看一眼;突然发生了一件使我不知所措的事;所有的人都在激动地

---

① 笛卡儿(1596—1650),法国哲学家、数学家、物理学家和生理学家。

读着报纸,嗓门比平时要高,在张贴最新消息的烟草铺旁边,聚集了许多人。出了什么事啦? 我想知道报上的消息;到处都在反复地说一个字"oorlog"——它既不像德语,又不像法语。起初我决定回旅馆去读笛卡儿,但是我已被一种不安的感觉所支配。我买了一份法文报纸,一看便愣住了;我久未看报,不知世界大事。《晨报》报道,奥匈帝国向塞尔维亚宣战了,法国和俄国准备在今天宣布全国总动员。英国保持沉默。我感到万物都在崩溃——白色的舒适的小房子、风车、交易所……

我想兑换一些俄国货币——我有二十个卢布;但银行的职员回答我说,从昨天开始只兑换金币了。住旅馆的钱不够用了,我把行李留在那里便向车站跑去。

8月2日的夜里,我抵达最后的一个比利时车站——前面是法国,列车不再前进了。比利时人说,他们的国家在任何情况下都恪守中立(德国人翌日侵入了比利时)。只得徒步越过边境。天亮了。我们在金黄色的沉甸甸的麦穗间走着,后来进入一片绿色的草原;云雀在歌唱。我的旅伴们都沉默不语。在空荡荡的道路上走过了牛群,乳牛颈上系的小铃铛叮叮当当地响着。最后,远处出现了一个人——这是一名法国哨兵;他不知何故向空中开了一枪,在乡间清晨的宁静中响起的这一枪把我吓了一跳:我恍然大悟,我的一生已裂成了两半。几个士兵不合调地唱着《马赛曲》。迎面走来一群德国的男男女女,带着孩子和沉重的包袱——他们是偷偷溜回德国去的。哨兵有点含糊其词地——既不是责难,又不是表示冷淡——对我说:"这就是战争!……"

我向身后投去最后的一瞥——看看那一条泛白的空荡荡的路,那一群牛,那个比利时的小村落。我不知道,村子在几天之后将被焚毁,德国的师团将通过这条道路向南方开去,我不知道,这场战争竟会拖得这么长久(大家都说"一个月,或两个月"),但是我却已有一种天翻地覆之感了。现在我才知道:正如钟声意味着新的一年的开始,埃尔克林附近的一名哨兵漫无目标的一枪意味着一个新的世纪的开始。

我永远记得这个夏日。人们常常谈到初恋在一个人一生中的意义。但这却是第一场真正的战争——无论对于我还是我周围的人们,都是如此。四十四年——这不是一个短时期;普法战争的参加者当时不是死了,就是老了;年轻人对他们讲的故事付之一笑。我们之中没有一个人见识过战争。

第二次世界大战酝酿了很久,人们对它的难以避免已有了精神准备;法国人在慕尼黑协定的前夜曾看到一次总演习:送别后备队,灯火管制。而第一次世界大战却爆发得很突然——脚下的大地在战栗。过了许多星期,我才回想起《巴黎回声报》曾呼吁归还阿尔萨斯和洛林,回想起当我还在俄国的时候,就曾在许多次集会上痛斥法国和沙皇的联盟——"沙皇预支了炮灰",回想起一个面包铺的老板曾多次对我说:"我们需要一场漂亮的、真正的战争,那时一切就会井然有序了。"而当我经过德国的时候,我看到了傲慢的德国军官。一切都早有准备,只不过是在一旁准备的,而爆发得却很突然。

一群法国殖民地部队中的士兵把我叫到他们那节加温车里去。(首先我看见一些车厢上写着这样的字:在俄国——"四十人,八匹马",在法国——"三十六人",我从来没有去想这指的是什么样的"人"。)车厢里又挤又热。列车走得很慢,常常在会让站停下,等候迎面开来的军用列车。妇女们在车站上送别被征入伍的士兵;许多人在啼哭。有人往车厢里给我们塞进来一些装着一公升红葡萄酒的酒瓶。士兵们抱着瓶子喝,也让我喝。一切都在旋转、打圈圈。士兵们气概轩昂。许多节车厢上都用粉笔写着:"柏林观光团"。

法国士兵都穿着可笑的旧军装:蓝制服,鲜红的军裤。战争在人们看来仍像从前战争画画家所描绘的那样:前足高举的战马,山岗上的旗手,一位将军挥动着一只戴白手套的手。人们叙述着大量的故事——有的夸张,有的滑稽。在战争爆发的最初几周产生的流言蜚语之多,真是前所未有;当时我不理解这一点,对什么都深信不疑。有的说,法国人占领了梅斯,杀死了一千名德国人,俄国的哥萨克正向柏林疾驰;另一些人断言,似乎德国人侵入了法国,逼近南锡,英国宣布中立,一艘法国巡洋舰被击沉了;沙皇在最后关头同威廉达成了协议。谁都一无所知。法国殖民地部队中的士兵高声谈笑、唱歌,他们有时心慈面善,有时又惹是生非。

巴黎北站像一个屯宿地。人们在月台上吃东西、睡觉、啼哭。

我去找俄国朋友。所有的人都在叫嚷,谁也不听谁的。有一个人反复地说:"法兰西——这是自由,我要为自由而战斗……"另一个沮丧地嘟囔着说:"问题不在沙皇,而在俄国……如果允许——我就去,如果不允许——我就在这里参加志愿军……"

那些日子里发生的事是难以描述的。看来,所有的人都张皇失措。商店关了门。人们在马路上边走边叫:"打到柏林去!打到柏林去!"他们并不是一群小伙子,也不是一帮民族主义者,都不是,而是所有的人——老太婆、大学生、工人、有产者,他们举着旗帜和花束,声嘶力竭地高唱着《马赛曲》。巴黎全城的居民都走出了家门,在街上乱转;有的送行,有的话别,有的尖叫,有的高喊。仿佛人类的大河冲破了堤岸,淹没了世界。当我晚上精疲力竭地倒在床上以后,同样的叫声仍不停地从窗口传来:"打到柏林去!打到柏林去!"

我手不释卷地守着一堆报纸;我什么消息都看,尽管所有的报道都是千篇一律的:政治色彩消失了。饶勒斯被暗杀了,但他的同志们却写道,必须为反对德国军国主义而战。儒勒·盖得号召战至最后胜利。《社会战争报》号召士兵不从将令,它写道:"这是正义的战争,我们将战斗到最后一粒子弹。"这家报纸的老板艾尔维因此出了名。德国社会民主党人投票拥护军事拨款。贝特曼-霍尔韦格①把比利时恪守中立的协议称作"一张废纸"。比利时国王号召保卫祖国;他有一张和蔼可亲的脸,于是所有的报纸都刊登他的照片。列日市英勇御敌。安纳托尔·法朗士要求上前线——他已七十高龄;当然,他留在后方了,但给了他一件士兵的军大衣。托马斯·曼颂扬德军的战绩,他回忆腓特烈大帝:"这是一场全德国的战争。"报纸报道,彼得堡群情激昂。一群社会民主党人和社会革命党人号召侨民报名参加法军当志愿兵:"我们要重现加里波第的雄姿……如果威廉倒台,我们所憎恶的专制制度便将在俄国崩溃……"

我翻阅着《祖国报》,急不可耐地寻找答复。但周围一片喊声、哭声、歌唱声:"前进,祖国的儿子们!……"

我住在蒙帕纳斯林荫道上一所名叫"尼斯"的便宜的小旅馆里。在战争爆发前不久,旅馆老板娶了一个温柔的阿尔萨斯女人;她几乎还是个小姑娘。他在婚后第四天或第五天就被征入伍。他把老房客都找了来(都是俄

---

① 贝特曼-霍尔韦格(1856—1921),当时任德意志首相兼普鲁士首相。

国侨民):拉宾斯基、尤·奥·马尔托夫和我——恳求我们帮助他年轻的妻子,如果有人因为她过去曾是德国臣民而侮辱她(尤其使他不安的是他的一个小舅子前来探望他的妻子,他是一个十五岁左右的孩子,不懂法语,当时困在巴黎);老板吩咐,在战争结束以前不收我们的房钱。

我遇见画家莱热,他说他已被征入伍,派到一个工兵团里,明天就动身。我无心地问了他一句,画展的情况如何。他笑了一下,摆了摆手。

我的朋友吉洪·伊万诺维奇·索罗金给我带来了最新的消息:明天在荣军院开始登记外国志愿兵。他天一亮就要去。

坐在那里目送朋友们一个个走掉,是最令人难过的了。我对吉洪说:"我也要去……"他向我谈了很久这场战争对俄国的意义。谈的话我记不得了,只记得他在临走时说了一句:"老弟,你简直是疯了……"

我不会思想,因此,如果笛卡儿的话是对的,我就已经不存在了。

24

荣军院前面的大广场上挤满了人；一队队的意大利人、波兰人、希腊人、西班牙人、罗马尼亚人举着旗帜和标语牌；还有许多俄国人——有的拿着三色旗，有的拿着红旗。第一支军队组成了；如果思索一下志愿兵的命运，可以说，这是一支送死队；但大家都兴高采烈地唱着歌，激昂慷慨地高呼："打到柏林去！"那几天炎热异常；人们喝着柠檬水，擦擦汗涔涔的脸，重又唱了起来。

我站在报名者行列的末尾，直到傍晚时分才走到一张桌子跟前，桌旁坐着一位大胡子陆军少校。这位军医阴森森地瞧了我一眼，用听筒听了听我的心脏，便叫道："下一个！"我以为我马上就可以领到一条红色军裤了，但一位中士却骂了我一句："你怎么啦……不懂法语吗？"原来我已被当成废品了。我不知道军医在我身上到底发现了什么缺陷；可能我在他看来是过于虚弱了——一连三四年用诗歌代替牛肉，那是不可能不受惩罚的。我确信，如果我迟几个月去检查，一定会被认为完全合格：任何商品，包括炮灰在内，一旦供不应求，人们就不再对它吹毛求疵了。

我在人丛中看到许多熟人——有在郭伯廉图书馆碰到过的俄国侨民，也有"洛东达"的老主顾。当时我还不认识维·格·芬克，而他当时准是和我站在同一个队里。

戎装的基斯林晚上到"洛东达"来了。利比昂拥抱了他，并用香槟酒款待大家；我们为胜利干了杯。

吉洪告诉我，他被调往布卢瓦——志愿兵将在那里受训。我很羡慕他：在这样的日子里袖手旁观是再糟不过的事了。我们送别志愿兵，唱着《马赛曲》,"英勇前进,同志们",还唱一些伤感的小调。

当时无论是在车站、街道还是在咖啡馆,到处一片歌声。战争显然有自己的规律:在最初的几个星期,大家都唱歌、喝酒、啼哭、诅咒,还有搜捕间谍。由于我的姓氏,我曾被警察局数次传讯;每一次都得设法证明,虽然我的确是爱伦堡,但绝不是德国人。流传着许多令人难以置信的故事——有的说,有一名穿了一件女人连衣裙的德国暗探在把一份秘密计划带出国境时被抓住了;有的说在爱丽舍宫里发现了一名携带照相机的间谍。触目皆是这样的标语:"别乱说!要当心!敌人的耳朵在偷听。"

乳白色的"海市蜃楼"已经幻灭。卡洛尔伯爵被捕了,虽然他反对哈布斯堡王朝。许多人染上了疟疾。人人渴望胜利,并互相保证说,再过几天就能拿下斯特拉斯堡。

城里突然传播开一个不祥的谣言:打败仗了,军队正在溃退,德国人正向巴黎挺进。

傍晚飞来了一架德国飞机——与其说是来进行轰炸,不如说是来吓人的。德国人把它叫作"Taube"——"鸽子";这个名称比什么都使我感到奇怪——须知和平鸽并不是毕加索想出来的,这是一个极为古老的故事,它谈到大洪水,谈到一只小方舟,还谈到有一只鸽子衔着一枝橄榄枝带给陷入绝境的人们。巴黎人愉快地欢呼:"'托布'在飞呢!"他们跑到街上,贪婪地仰望着天空——一切都很新鲜……

富人们的住宅区正在作逃难的准备;一口口大箱子从屋子里抬了出来;女仆们和听差们匆匆忙忙地说:"去尼斯……""去图卢兹……""去波……"后来百叶窗关上了,又重归寂静。政府搬往波尔多去了。

"他们漂漂亮亮地把咱们出卖了!"——到处都能听见这句话。有的骂彭加勒,有的骂盖奥,有的骂将军们。战报宛如一首"尚待诠释的古诗"——只有获得了学位的人才能把它们译解出来;但是在战报之外,还有许多情报来源——运回来了伤员,出现了第一批逃兵;他们都说德国人的大炮比咱们多许多,人们张皇失措,阵容大乱。喜欢研究战略的人说,总参谋部干了蠢事——不知为什么把部队全都调往阿尔萨斯,于是左翼就空虚了……

一个暮夏之夜,炎热而漆黑。我站在"丁香田庄"附近。所有的人都拥到街上来了:士兵们在行进——从南方开往北方,从奥尔良港开往东站。妇女们拥抱他们,哭着,喊着:"上帝保佑!……"刺刀上插着大丽花、翠菊。歌声,眼泪,小小的纸灯笼。我站了一整夜,一整夜都有士兵从我身边走过。不,人们不该惊慌不安,法国人还有许多后备队!……但他们为什么撤退呢?一切都不可理解——无论是战报、歌声,还是眼泪……

出租汽车不见了——加利耶尼将军把它们征集去,用以往马恩增派援兵;这也是一桩新奇的事儿——当时还没有一个人想到摩托化步兵。技术装备虽然不多,但并非空想:一切都被描绘得那么宏伟、神秘。

一天早晨,女房东的弟弟爱米尔来收拾房间。他虽然是阿尔萨斯人,但并不掩饰自己对法国皇帝的爱。他恨俄国人;他对我说,我什么也不会做,所有的俄国人都是如此,俄国的秩序需要整顿。我笑他年幼无知(他还不满十五岁)。这次他差一点举起擦地板的刷子打我,并且幸灾乐祸地说:"德国人已到了莫城!他们明天就要进巴黎了……"我虽然不信他的话,但还是跑出去买了一份报;战报和往常一样暧昧不明,我到"洛东达"去了。利比昂阴沉地坐着,甚至没向我问好。一个熟识的波兰人跑了进来,气喘吁吁地低声说:"他们到了莫城……"

我还记得莫城,我曾同卡佳到那里去过一次,它距巴黎三十公里……真见鬼,为什么军医要在我的心脏上挑剔呢?我既能走又能跑。

往后才知道:反攻开始了;诗人夏尔·贝玑在马恩河战役中阵亡;德国人退却了,筑起了防御工事。(后来我见到一个题有"陆军中尉夏尔·贝玑"字样的木十字架,旁边有一个小木桩,上面写着"34"——距巴黎三十四公里。)

巴黎圣母院常举行隆重的祈祷式。祈祷者呼喊道:"上帝万岁!霞飞万岁!"但在当时有谁会为此发笑呢?也许只有教堂屋顶上那些怪物的雕像,但它们都是石制的,因而只能像它们所应分地那样坐在那里沉思默想。

德国人退得并不远;报纸为打消危险的乐观情绪写道:"要记住,德国人还在努瓦荣。"努瓦荣距巴黎九十公里。"德国人在努瓦荣"已成了谈话时的一句开场白,但它渐渐失去了力量——生活占了上风。

我同先前一样阅读着几十份报纸:也许,世界上还有什么人正在思想,因而他就存在着吧?我在寻找作家们的言论。吉卜林、霍普特曼和洛蒂之流的好战言论并不使我惊奇。我嘲笑邓南遮那些要求流血牺牲的矫揉造作的演说。但是连其他的一些人——维尔哈伦、安纳托尔·法朗士、米尔博、威尔斯、托马斯·曼——也都在重复彭加勒或冯·比洛的话。有些报纸开了天窗——被书报检查机关抽去了文章或消息（法国人不知为什么要用一个女人的名字——安娜斯塔霞来称呼书报检查机关）。这些天窗给了我一线希望——还有人知道真情实况，但不能把它说出来。

从那时以来过去了许多年，发生了许多事：法西斯主义，第二次世界大战，奥斯维辛，广岛；我在1914年秋的惊慌失措也许显得太幼稚了。但是对于一个直到那时尚未闻到火药味的人来说，第一个被杀死的人给予他的震动，比嗣后战场上的恐怖景象给予他的震动要强烈得多。勃洛克在1911年就写道：

> 对人生的极端厌恶，
> 对它的疯狂的爱，
> 对祖国的激情和憎恨……
> 使静脉膨胀、
> 冲破一切国界的
> 地上的黑血，
> 向我们预示前所未闻的激变，
> 前所未见的动乱……

我一连几个钟头守在一堆报纸跟前；一切都被谎言、残暴和愚蠢的迷雾蒙蔽起来了。

当然，第一次世界大战只是一个草稿。形形色色的政府竞相出版文件汇编——"白皮书""黄皮书""蓝皮书"，——企图证明战争不是他们发动的。德国人一面破坏兰斯市大教堂、阿拉斯市政管理局和伊珀尔的中世纪市场，一面却断言他们不能对这种破坏文物的暴行负责。过了四分之一世纪，轰炸机对艺术史都不屑一顾了。德国人、法国人和俄国人都被虐待战俘的现象所激怒；然而谁也想象不到，在下一次大战期间，法西斯分子竟会心安理得地把一切没有工作能力的人全部杀害。德国人在美国的报纸上表示愤慨：尼古拉·尼古拉耶维奇大公的军队强迫波兰的犹太人迁移。希姆莱当时只有十四岁,他还在撵狗玩,还没有想到组织奥斯维辛或马伊达内克的集中营。1915年4月22日,德国人第一次使用窒息性瓦斯。这对于所有的人都是前所未闻的;而这也确系暴行。但是难道当时我们能够想象什么是原子弹吗?……

(不过,德国的沙文主义者当时即已表示,未来将更令人毛骨悚然。1950年,著名的丹麦细菌学家马德逊教授——当时他已八十高龄,——告诉了我一桩发生在第一次世界大战期间的值得注意的事。马德逊在丹麦红十字会工作,负责检查从德国寄给在俄国的德国战俘的食品包裹。他在一件包裹中发现了用来传染带角牲畜的杆菌。马德逊补充说,他确信德国最高统帅部和这一细菌战的尝试无关——根据他的意见,这个包裹是一种个人行动。)

我记得,《晨报》曾因报道俄国人距柏林只有五昼夜的行程而遭到人们的讪笑;但大家在这同一张报上读到"歌德的天才同窒息性瓦斯是亲戚"的字句时却不以为怪。一位同志从前线带来一份德文报纸,我在报上读到,俄国人都是"佩彻涅格人"①;俄国的全部文化都是德国人创造的,它的基本居民只能从事笨重的体力劳动。

有人给了我一本法国男爵夫人米绍写的小册子。她发明了一个新名词"瑞特—波什"②;用她的话来说,主要的"瑞特—波什"就是法兰西的死敌,诗人海涅。男爵夫人还揭发了罗曼·罗兰和格奥尔·布兰代斯。以后不久,这位前线的战士又给我带来一期慕尼黑的报纸,一位记者在报上证明说,同情法国的亚尔马·布兰廷和布拉斯科·伊巴涅斯③都是"半犹太人"。

我恍然大悟,尽管笛卡儿说出了一些十分聪明的思想,但是决定亿万人精神生活的却并不是这些思想。在19世纪的思想中长大的我,夸大了哲学家和诗人的作用;那种在我看来与社会血肉相连的东西,只不过是一件衣服罢了。弗伦奇式军上衣代替了西服上衣,嗜血成性代替了人道主义,自愿拒绝某种思维代替了笛卡儿的怀疑。

---

① 东南欧突厥系的古民族。
② "瑞特"是对犹太人的蔑称;"波什"是法国人对德国人的蔑称。
③ 布兰廷(1860—1925),瑞典社会民主工人党创始人之一;伊巴涅斯(1867—1928),西班牙现实主义作家。

我的邻居,波兰的社会主义者帕维尔·柳德维戈维奇·拉宾斯基,有一次到我那里来,托我把意大利报上的一则简讯翻译出来。(意大利当时还保守中立,因而在意大利的报刊上可以找到许多在法国所不知道的事。)简讯中说,法国总参谋部根据洛林各矿主的请求,已禁止炮轰被德国人占领的矿井。帕维尔·柳德维戈维奇说:"他们不怜惜人,却爱护自己的财物……"他向我解释说,这个消息对于反对战争的俄国社会主义报纸《我们的言论》是有用的。后来他就按期给我送这份报;报上文章的调子使我联想起侨民的集会。帕维尔·柳德维戈维奇说,一切都是欺骗,而资本家是不能长期欺骗人民的。我有时同意他的话,有时也同他争论。战争在我看来是可憎的;矿主,彭加勒,向士兵们分赠香囊的敬神的太太们,后方的一切虚伪和懦怯,我都一概憎恶;但我同时也反复吟咏夏尔·贝玑的诗:

在一场大战中阵亡的人们无比幸福,
他们曾为捍卫故土的四隅而战斗……

这个"四隅"不允许我始终同意帕维尔·柳德维戈维奇的意见。我很喜欢他;我们成了知己,常在夜间谈心。有时我在他那里遇见著名的孟什维克尤利·奥西波维奇·马尔托夫,他是一个颇有吸引力的、温柔的、极其正直的人。他的脱离现实和书呆子气使我惊讶。第二国际的瓦解使他一蹶不振,他不停地咳嗽,穿一件破大衣,经常挨冻,而且也和拉宾斯基一样,与其说想极力使我,不如说想使自己相信"报应是不可避免的"(他未必猜得到这将是什么样的报应)。我同弗·亚·安东诺夫-奥夫谢延科谈过几次;他很激动地说:"欺骗、舞弊、丑行、屠杀——这是他们避免不了的!"——于是摘下眼镜;他的一双近视眼非常和蔼可亲。常到《我们的言论》编辑部去的还有德·扎·马努伊尔斯基和所·阿·洛佐夫斯基。

我不了解所发生的事件,也不了解别的人,甚至连自己也不了解。

让-里沙尔·布洛克是我一生中所遇到的最纯洁的人之一;我同他结识的时间较迟——在20年代,——我在后面还要叙述同他的几次会见;现在我只想援引他的话作证。不久前发表了他和罗曼·罗兰在第一次世界大战期间的通信。让-里沙尔在1914年是三十岁,他立刻被征入伍,三次负伤。罗曼·罗兰比他大十八岁,当时正在日内瓦写论文《超越混战之上》。

在战争爆发的最初几个月里，罗曼·罗兰写信给自己这个年轻的朋友说，他不愿不分青红皂白地骂所有的德国人，他珍视欧洲在精神上的统一，如果战争以不分胜负告终，那是再好也没有了。让-里沙尔在自己的信中谈到德国人的兽行，谈到他们的野蛮，坚信这是最后一场战争，——一旦战胜了德意志帝国，和平、自由和幸福便将高奏凯歌。大概罗曼·罗兰对所发生的事看得清楚得多，因为他如果不是站在山巅，也是站在大动乱的一边；但是让-里沙尔·布洛克的慌乱不安对我来说却更容易理解。有次我弄到了一份《日内瓦日报》，上面有罗曼·罗兰的一篇文章，我读了以后便高兴起来——好极啦，某地还保存了一位优秀的聪明人，他能把他所想的一切都说出来！但是我也感到，如果巴黎距努瓦荣果真只有九十公里，那么中立的瑞士就在另一个行星上了。

（巴比塞在战争开始时所想的和所经历的事件，一如让-里沙尔·布洛克。罗曼·罗兰的作品遭到沙文主义者的攻讦，引起了没有张皇失措的人的同情，但是却没有使任何人动摇。指使巴比塞写作《炮火》的不是孤零零的一个人的沉思默想，而是人们的不幸，他们的愤怒——这种愤怒是在血泊中，在战壕的污秽中产生的；因此这本书对于唤醒千百万人起了巨大的作用。）

25

战争变成了阵地战。冷得打颤的士兵们在战壕里搜寻衬衣上的虱子。伤寒开始流行。著名的"摆渡手之家"的争夺战在持续。工兵在阿拉贡森林里布雷。战报总是很简短，但每天都有成千上万的人死去。

吉洪常有信来。我们获悉俄国志愿兵都编入了外籍军团；下级军官很粗暴，把志愿兵叫做"外邦人"（对外国人表示蔑视的绰号），他们说，"外邦人吃的是法国面包。"（仿佛前线是一座餐厅！）

举着旗帜、唱着战歌前去保卫法兰西的志愿兵的历史是悲惨的。在战前，外籍军团是由许多不同民族的罪犯组成的，他们更姓换名，在服满兵役之后，重又取得充分的公民资格。外籍军团的士兵常被派到殖民地去镇压叛乱者。军团里的风气如何是显而易见的。俄国人（多半是政治侨民、遭到残暴的蹂躏后离开"犹太人居住区"的犹太人、大学生）坚决要求把他们编入普通的法国师团，但谁也不理睬他们。他们继续被人侮辱。1915 年 6 月 22 日，志愿兵暴动了，他们痛打了几个特别粗暴的下级军官。战地军事法庭判处九个俄国人枪决。被不公正的判决激怒了的俄国大使馆武官阿·阿·伊格纳季耶夫费了九牛二虎之力才使这个判决撤销，但太迟了。俄国人高呼着"法兰西万岁！"就义了。

这件事是"洛东达"里的一名志愿兵（他因在前线失去了一条腿而免役）告诉我的。说良心话，我第一次毫无遗憾地想到那位把我的心脏当成废品的军医……

巴黎（虽然距努瓦荣只有九十公里）的生活看上去已完全上了正轨。克列孟梭在揭发彭加勒，出色的演说家白里安发表动听的演说。剧院又开始营业;最初为伤兵演出一些爱国主义的戏;后来就改演普通的喜剧和歌剧了。太太们在战前举办"探戈茶会"。战争开始以后便举办"打毛衣茶会"——太太们凑在一起,东家长西家短地议论一番,一面编织士兵们穿的毛衣。糖果商制造炮弹式巧克力糖;珠宝商出售的胸针是金子做的大炮;就连写情书用的信笺也用三色旗做装饰。

我所住旅馆的老板的年轻妻子开始允许带着客人的妓女在旅馆里过夜;她不好意思地(她才二十岁)微笑着说:"没有办法,这是战争……"士兵们有时可以得到六天的休假。成千上万的妓女在东站附近徘徊,等待休假的士兵。报上登着广告,宣传有一种绝对可靠的避弹铠甲。凶悍的妇女四处搜寻"躲在后方的男人";有一次一个被两个女人紧紧追赶的人(她们不相信他是残废)当着我的面从眼窝里掏出一只假眼。独脚的残废者在人行道上一跳一跳地走过。酒吧间里唱着小调,歌颂一个杀死了一百名德国人并和一百个漂亮女人睡过觉的英雄。

被动员入伍的画家们被派去伪装载重汽车;看来要进行伪装就必须打破平面感,于是街道上便出现了很像立体派画家的油画的载重汽车。

我没有钱了;禁止私人从俄国汇款。我夜间在蒙帕纳斯的货运站干活——帮助卸炮弹。(那里的医生不检查雇工的身体。)起初工人们都嘲笑我;我戴着一顶高帽子,他们便送给我一个"帽子"的绰号——不过这个绰号在法语中并没有羞辱之意。老头子、病人也都在那里干活;我和他们交上了朋友;我们在半夜时的休息时间吃东西——这叫做"早点",还讲些笑话。早晨我回旅馆去睡上半天,然后就去"洛东达"。

"洛东达"的许多老主顾都在前线:莱热、基斯林、纪尧姆·阿波利奈尔、柏列兹·桑德拉、格雷兹。迪埃戈·里维拉想去当志愿兵,但和我一样落选了,理由是他的一双腿毫不中用。"洛东达"在战前也是个一面喝咖啡一面可以听到使人不安的消息的地方;自然,当朦胧的预感已变成欧洲的日常生活以后,毕加索对这件事已不像他常去买面包的那个面包房的女主人那么吃惊了。这个女主人是个寡妇,没有孩子;她对战争已经适应了,但突然又啜泣起来:"不行,你们说,这是谁想出来的?……他们都发了疯,你们听我说,谁要是能把他们杀人的原因给我讲清楚,我马上送给他二十法郎!你们知道现在一公斤奶油卖多少钱吗?……"毕加索仿佛预先就知道必将发生的这一切。他工作很勤;晚上就到"洛东达"来。我常遇见他,也常遇见迪埃戈·里维拉和莫迪利亚尼。我被夜间的工作弄得精疲力竭,我读着陀思妥耶夫斯基的作品和一些荒诞不经的书,写一些愈来愈激烈的诗。一个偶然前来的顾客可能会认为"洛东达"是在一个中立国里,实际上,早在1914年8月2日以前"洛东达"就已经有了大难临头的预感。1913年我们大家都在读柏列兹·桑德拉的长诗《平凡的西伯利亚大铁道和小姑娘然娜》。桑德拉写道:"我看见静悄悄的兵车,黑魆魆的兵车,它们像幽灵一样从远东开回。我用一只眼为它们送行——盯着最末一节车厢上的提灯。在泰加车站上有十万名奄奄一息的伤兵。我在克拉斯诺亚尔斯克看见了医院。我看见一列失去理智的兵车。烈火映在所有人的脸上,烈火燃烧在所有人的心上……"

(柏列兹·桑德拉真是一个怪人!真可以把他叫做浪漫主义的冒险家,如果"冒险家"这个词儿还没有失去它真正的涵义的话。他是一个苏格兰人和一个瑞典女人的儿子,一位对纪尧姆·阿波利奈尔起过影响的优秀法国诗人,他干过各种各样的行业,走遍了全世界,他是他那一代人的酵母。他十六岁到俄国,然后去中国、印度,折回俄国以后,又去美国、加拿大;他在外籍军团里当过志愿兵,在战争中失去了右臂;他到过阿根廷、巴西、巴拉圭;在北京当过烧炉工,在法国当过走江湖的杂技演员,和阿贝尔·冈斯合拍过一部名叫《车轮》的影片,在波斯采购过蓝宝石,养过蜂,当过拖拉机手,写过一本关于里姆斯基-科萨科夫的书;我从来没有看见过他颓唐、胆怯、绝望。)

齐柏林式飞艇的空袭开始了。月夜里一艘巨型飞艇高悬在城市上空;它遭到射击,但只微微晃动了一下——空防太薄弱了。我们一面欣赏一面咒骂。后来我们被赶到地下铁道里去。我第一次听到了警报器的叫声;然而"警报器"这个名称又使我大吃一惊①:埃拉多斯的塞壬的歌声是非常温柔的,她们正是用歌声使航海者神魂颠倒,机智的奥德修斯用蜂蜡堵住了伙伴们的耳朵;但是20世纪的塞壬的歌声却极其令人厌恶,后来我在西班牙、巴黎和莫斯科都不止一次听到过它们的歌声。战争和战争是互不相同的,

---

① "警报器"在法文和欧洲其他文字中与海妖"塞壬"是同一个词。

但是警报器的哀号声在1941年却和在1915年一模一样。地下铁道和市集一样喧嚣嘈杂;小贩们兜售着花生米和霞飞的照片。情人们在接吻——由于什么"齐柏林"而坐失良机那可太傻了……早上我们去瞧那些被炸毁的房子;在一堆垃圾中乱扔着一些家庭的照片、杯盘的碎片、一张被砸扁了的儿童床。邻居们站在那里谈论遇难者,啼哭不已。死神开始成为老相识了。

在"洛东达"的老主顾中有一位名叫瓦西里耶娃的女画家;她从事绘画,此外还制作洋娃娃,卖给那些爱好者。她是一个精力充沛、喜欢交际的女人;她在战争期间办了一个食堂,画家们可以在那里吃到便宜的午餐。有时,人们晚间在食堂里聚会,大家唱歌、朗诵诗、预言未来,再不就干脆大喊大叫。我有时也去那里,而且也和所有的人一样预言未来或乱骂一通。

我几乎每夜都还要去货运站卸弹药。彭加勒在同萨佐诺夫谈判君士坦丁堡的归属问题。帕维尔·柳德维戈维奇把齐美尔瓦尔德代表会议的消息告诉了我。报纸仍和早先一样满纸谎言,但是我已不再读它们了。我如饥似渴地聆听休假士兵们的叙述,读克维多、阿瓦库姆大司祭、维永和勃洛克等人的作品。我憔悴不堪,穿一件鬼才知道是什么的衣服。克列孟梭继续揭发彭加勒。战报上翻来覆去总是那几个村庄的名字。妇女们在啼哭。我感到有一股尸臭味——战争开始腐烂了。

26

费尔南·莱热获得了通常六天的休假,从前线回来,他把他坐在战壕里创作的绘画拿给我看。我不是艺术评论家,而且我现在写的也不是一本论艺术的书;我只是想在回顾以往时瞻望未来。现在我要援引我在1916年对莱热创作的战争画写下的一段话;这不是一个绘画史家的评价,而是一个同时代人的见证:"莱热从前线带来了许多绘画。他休息时在窑洞里,有时还在战壕里作画。有些画沾上了雨水,有些被撕破了;几乎所有的画都是用粗糙的包装纸画的。这是一些奇特的、神秘的画。是的,我从来没有看见过这样的画,但是在我看来,我看到的正是这个,也只是这个。莱热是立体派画家,他的作品有时候是图解式的,有时候又因砸碎我们所看见的一切而令人生畏,但是摆在我面前的却正是战争的真面目。在他的画里没有任何个人的东西,甚至也没有德国人或法国人——有的只是人。也许连人也没有,人是从属于机器的。头戴钢盔的士兵;马的臀部;行军炉灶的烟囱;大炮的轮子;所有这一切都是机器上的零件。没有色彩:无论是大炮还是士兵的脸,在战争中都失去了色彩。笔直的线条、平面、酷似图纸的绘画,没有任意的、引人注目的错误。幻想在战争中是没有立锥之地的。这是一座装备完善的旨在消灭人类的工厂。这些纸片是各种创作计划的片断,它们出自好心肠的诺曼底人费尔南·莱热之手……"

我记得一天晚上,我们坐在"洛东达"里,莱热想谈谈天,但在战时咖啡馆十点钟就要打烊。我们买了一些葡萄酒就到费尔南的工作室去了。他的第一个妻子,和蔼、爱笑的然娜,兴致勃勃地唠叨不休;她拿来了酒杯、罐头。莱热突然忧郁起来:他回忆起用一把被血污损了的刺刀开罐头时的情形来了。喝了红葡萄酒,他才活跃起来,打开了话匣子:"我在那里遇到了真正的人。在战前,我认识的是些什么人呢?阿波利奈尔、阿尔希宾科、桑德拉、毕加索、莫迪、马克斯、你。而我在那里却看见了许多普通人。他们就连说话都是另一个样子。你要知道,当我告诉他们我是画家的时候,他们断定我是彩画匠。这是值得骄傲的,这不是在'洛东达'里!……"

莱热后来常说,战争在他的一生中是一桩有决定意义的事件,它帮助他找到了自己;他甚至还说,他是在战争开始以后才独立工作的。

我在战争开始前早已和莱热相识;当时他还住在"利亚·刘什",同沙加尔和阿尔希宾科为邻。当时正是立体主义的黄金时代,它的影响之大,甚至使沙加尔在一个短时期内也曾举棋不定;沙加尔出生于白俄罗斯的一个小地方,他曾从那些为理发馆或水果铺画招牌的彩画匠那里学到不少手艺。

莱热当时同雕刻家阿尔希宾科很要好,阿尔希宾科也成了一个立体派。格雷兹和麦尚杰阐释立体主义的哲学意义和美学意义,谈论塞尚的深度,谈论使形式解体的必要。我问阿尔希宾科,为什么他画的女人的脸是四四方方的,他笑着回答说:"嗯……就是因为……"有一天我在他的工作室里过夜——我们喝苹果酒喝得太多了。我被阳光照醒。阿尔希宾科还睡得正酣。我不想叫醒他,便躺在地板上仔细看那些雕像。我觉得它们都是杂种:鬼娶了缝纫机做老婆。我悄悄地跑到街上,当我看见一个收买旧货的商人正在垃圾箱里刨来刨去的时候,我简直高兴极了。立体主义既吸引我,又使我害怕。

莱热在那个时期已是坚定的立体派画家。我比较了解他1913年和1918年的作品——在我看来,其中没有不协调的现象。一般来说,在莱热的创作中不曾有过急剧的转变。他是一个十分忠实的人;他从不放弃自己的过去;很重视老朋友。1913年他在圣母院-德-尚大街上租了一间工作室,在那里工作了近四十年。

他说他在战争中看见了真正的人,他同他们交上了朋友,但是这些人在他的绘画中却像一台巨大而奇怪的机器上的零件。

莱热并不像他自己的绘画;他也不像是"洛东达"的老主顾;在他的性格中有一种接近大自然的成分;这大概是他的出身和童年的影响——绿茵茵的诺曼底,苹果树,乳牛,一个农民的家庭。莱热有一双大手;他身材高大,骨骼宽阔,动作缓慢。我觉得他像一尊雕像,不过不是用石头雕的,而是用一块温暖的、有生命的木头雕的。

对虚伪、粉饰和古老而霉气扑鼻的房间里悬挂的帷幔的厌恶，使他和经常光顾"洛东达"的画家们亲近起来了；但是在他身上却没有可以从年轻的毕加索飞速的一瞥中感觉出来的那种激烈的、歼灭性的火焰。莱热在青年时代所企望的是建设，而不是破坏。他活到七十五岁，在他的一生中没有发生过破坏性的剧变，只有季节的交替和工作，孜孜不倦的、热情洋溢的工作。

"洛东达"的一部分顾客是把十月革命当作一种自发的破坏势力而对它表示向往的。后来，在得悉俄国不仅继续在教孩子们背九九表，同时还在鼓励学院派的艺术家的时候，昨天的"布尔什维赞"（报刊对十月革命的同情者的称呼）们就摇身一变成为共产主义的敌人了。莱热不仅具有另一种气质，而且也属于另一种类型。他把十月革命当作建设一个新社会的开端而表示欢迎，他从来没有放弃自己的见解，并作为一个共产主义者而死去。

他死得很突然。在他去世的前一年，我去过他那儿；他向我出示他的新作，看上去十分健康，神采奕奕。他一直工作到最后一天，接着就像一株巨大的、枝叶犹青的树木似的轰隆一声倒下了。

1922年见到过他的马雅可夫斯基曾写道："莱热——一位曾被法国艺术的某些著名鉴赏家目为不屑一顾的画家，——给了我极为深刻、极为愉快的印象。他身材不高却很结实，具有一副真正的工人画家的外貌，这种工人画家不是把自己的劳动看作上帝赋予的一种行业，而是看作和生活中的其他手艺相同的一种有趣而且必要的手艺。"

这是"列夫"、构成主义以及用诗来消灭诗的企图十分活跃的时期。在本书的下一部里我将要叙述马雅可夫斯基和艺术所做的一场悲剧性的决斗。但莱热却巍然屹立——他有一双极为结实的腿和一副清醒而健全的头脑。我每逢"山穷水尽"的时候便去向莱热求助，如果他不在巴黎，我就想着他：他的生命力能帮助其他人活下去。

我不知道马雅可夫斯基从哪些"著名的鉴赏家"口里听到了他们对莱热的作品的轻蔑。和"洛东达"其他的顾客不同，莱热很早就获得了赏识；1912年他就已经同一个画商签订了一份合同。当然，他也有一个画家所难以避免的悲剧，但比起莫迪利亚尼或苏京来，这是另一种悲剧。写生画的爱好者购买莱热的作品，而他的理想却是壁画、陶器、和一位建筑师合作、一种大众化的艺术。早在科尔布泽的"新神灵"之先,早在我们的那些"列夫"的成员们之先,他就已经谈起与工业化相联系的艺术了。

但是,与"列夫"的成员们不同,莱热承认艺术的独立作用:1922 年,他在回答《作品》杂志的调查时写道:"低劣的画家抄袭作品而处于相似的境界。优秀的画家描绘作品而处于等同的境界……我是写生画家,毫无意义地力图把立体的形状搬到平面上去。我抛开了作品。我拿起铅笔……"

1921 年我写了《它毕竟在旋转》一书,赞美机器、工业的建筑、构成主义。这本书的封面是莱热画的。如今我再去翻阅它的时候,其中的许多东西在我看来即使不是愚蠢的,那也是可笑的:我在一生中走了弯路。而莱热的道路却是笔直的,他在 1921 年画的画不仅和他早期的画有联系,而且也和他后来的创作有联系。

他的悲剧在于他的面前是鉴赏家们挂满了他的画的客厅的墙壁,因此他就看不见新的社会建筑的墙壁了。

莱热认为,现代美学是和机器联系在一起的。他说,线条现在比色彩重要。他爱好工业的风景画。他不止一次地说,艺术——从莎士比亚直到卓别林——是以对立为生命的。我觉得,在莱热的温文尔雅、抒情风格、人道主义和他的艺术信念之间存在着一种尖锐的对立。他的油画上的人物看上去往往都是机器人,而他本来就憎恨把人变成机器的社会。

远在第一次世界大战之前,莱热就感到奇怪:"你干吗要去博物馆?你是一个年轻诗人,你不如看看飞机、运动员、工厂、杂技团的技巧运动员……"他是当时一个非常激烈的爱国主义者;许多批评家称他为 20 世纪中叶最现代化的画家。我不知道这话是否正确——也许我已老朽了;也许恰恰相反,我们这个世纪的后一半并不像莱热成长的那个时代;但是如今我在艺术中所喜爱的却不是机器,而是那种使一株树木有别于另一株的独特的、唯一的、活生生的东西。

不错,我所说的不是我们今天,而是第一次世界大战时期。即使在当时莱热也想建设,但是他却用他的勇气和艺术帮助破坏了许多虚伪的、欺骗性的东西。他从事这件工作时神色自若,信心十足,没有浪漫主义的开场白,没有内心的分裂,他像一个接受委托设计城市的重新改建并拆除霉气冲天的贫民窟的建筑师。

27

我曾谈过我是怎样成为诗人的,——那是出于必然。但我成为一个记者却出于偶然——只不过因为我发了一次火。

战争期间,寄到巴黎来的俄国报刊总是迟到,一下子来十份。别人给我寄来一份《俄国晨报》。有一次我收到一束报纸;我先读完俄国的消息;然后我看到一篇出自一位"本报记者"之手的关于巴黎的文章。读了这篇文章我大为生气。这篇文章的一般化并不使我惊奇:我已经知道,真实情况是必须隐瞒的军事机密,而诸如"直到最后胜利""神圣的同盟""再也没有贫富之分""后方靠前线为生"之类的字句也早已司空见惯,不再会引起注意了。使我生气的是另一点:文章的作者不知道,现在军装的式样已经变了;克列孟梭并没有在《埃弗尔》报上发表文章;被这位记者描写得活灵活现的一家咖啡馆也早已关门。为什么他们要说"本报记者"呢?须知这篇文章是在莫斯科写的!(我很天真,还不知道一份报纸是怎么制造出来的。)

我到"洛东达"去要了几张纸,便动手描写巴黎的生活。我一连写了几天,牺牲了睡眠时间。(我夜里仍继续在货运站推手推车。)写一篇文章原来并不那么简单;我常常误入歧途;文章写得冗长、伤感,还有点傻气。我动手删改,又变成干巴巴的了。我又重新写过。我好像匆匆忙忙地写了一个星期。最后我终于认为我的特写并不比刊登在报上的那些逊色,于是我就附了一封客客气气的信把它寄到《俄国晨报》去了。没有回音。我断定那位"本报记者"是编者的一个朋友。我自幼就很固执;我并不幻想记者的职业,我只想向《俄国晨报》的编者证明,他的"本报记者"不在法国,我的写作能力也并不亚于这家报纸的撰稿者。看来需要把文章寄往另一家报馆。第一篇特写的主题我觉得已经过时;我尽了最大的努力另写了一篇,我把它拿去给马克斯·沃洛申看了;他劝我把它寄给《交易所公报》的晚刊,因为那上面的文章写得即使不是比较自由,至少也比较活泼。这份报的名称在我心目中是不光彩的:一个诗人——突然又是《交易所公报》! 马克斯开导我说,这并没有什么不体面。有一份最出色的文学刊物叫《法兰西水星》。而水星却是爱嚼舌的人、商人、招摇撞骗者和小偷们的神灵①。不管他怎么苦口婆心地解释,"交易所"这个词始终使我感到恶心;但我还是把文章寄去了。同时马克斯也给《交易所公报》的编者写了一封介绍信。

不久我便收到一份很长的电报:编辑部通知我说,我的特写刊出了,要我再寄去一些别的,如果可能的话,就以特派记者的身份到前线去一趟;稿费也汇来了。

我邀请了马克斯、里维拉、马列夫娜、尚塔尔;我们在巴吉餐厅吃了一顿丰盛的晚餐,然后就去找瓦西里耶娃。

我写了一些新的特写,我觉得它们比最初写的一些要好。登着我的文章的那份报纸寄来了。我很恼火,气得马上把它撕了:文章被"修改"了——删去了一些,补充了一些;讽刺的意味消失了,只剩下一堆蜜糖。不论什么样的欺侮,只要是初次经受,它给一个人的影响总是非常奇怪的!后来对它习惯了。他对一切的一切也都习惯了:贫困、监狱、战争。但是在第一次,即使一个微不足道的侮辱在他看来也是前所未闻的。我一面走一面不停地想:彼得格勒的诗人们大概要瞧不起我了——因为我写了一些关于前夜的诗并在《交易所公报》上发表了一些甜甜蜜蜜的故事……马克斯企图安慰我:报纸又不是一本诗选,而军事书报检查官也根本不必去研究浪漫的讽刺。

我的模样十分难看:夜间的工作,"洛东达",阅读报纸、陀思妥耶夫斯基和布鲁阿的长篇小说,诗歌,使我成了神经衰弱症患者。不料这时又发生了一桩糊涂透顶的事。

我得了感冒:打喷嚏,出汗;利比昂劝我喝两三杯潘趣酒,对罗木酒他也毫不吝惜。我跑回家去取手帕。一打开柜子,我愣住了——里面都是别人

---

① 在法文和欧洲其他文字中,"水星"和罗马神话中的商人的庇护神"墨丘利"是同一个词。

的东西！我细看了一下——也许我跑到别人的房间里去了吧？不是的，桌上放着我的水彩画（我醉心于绘画，在空闲的时候常描绘维永的生活、绞架、士兵、龙、"洛东达"）。我依然决定要取一方手帕，不料手帕里却掉出来一块不熟的煎肉排。一条毛皮围脖也掉到我身上来了。我直奔女主人而去，对她喊道，我疯了：我发生了幻觉。女主人却毫不奇怪，对她的弟弟说（他当时已经学会用法语说话）："爱米尔，你到警察局去一趟！叫他们马上就来……"

我没有质问女主人为什么要去叫警察，却上楼回到自己的房间去，我也不点灯，开始等待这件事了结。我觉得浑身发冷，脑子里乱成一团。我知道，他们马上就要来捉我并把我送进疯人院去了。

警察开始登记柜子里的东西；我试着问他们，这一切是怎么一回事，但他们只冷冷一笑。在我的一堆破衬衫中出现了一件带花边的女人内衣，一双跳舞用的便鞋，几条领带，几瓶香水，一瓶白兰地和各种各样的小东西。他们登记了很久，讨论着这是什么花边，那是什么毛皮……然后叫我在记录上签字，并说翌日早晨我得到警察局去。我跑去找女主人，但已迟了——她已就寝。我明白，明天我要被捕了——但并不是送进疯人院，而是送去坐牢。要是你在被人搜出了秘密的政治传单之后被送去坐牢，那倒也不坏！但是在我这里搜到的却是不干不净的肉排……我大概毕竟还是疯了——莫迪有一次用印度大麻酚款待我，这大概就是结果！我糊里糊涂地躺着；体温准已猛烈上升。房间里有一股尸臭味。我点上了灯——并没有尸体。臭气更加厉害了。我已决定坐在楼梯上度过这个残夜，不料突然看见一整块圆形的卡梅贝尔干酪——它没有被警察发现，从柜子里掉了出来，滚到床下去了。虽然天气很冷，我还是把窗子敞开了。这就是说，明天就是结局：因偷窃而坐牢。但这或许也还是一个幻觉？……

女主人一大早就来找我，她一进门就说："我嘱咐您多少次，叫您别把钥匙留在门上……"在我所住的那一层楼上住着一个俄国人，似乎是个提琴手；他有个女朋友，是个年轻的法国女人，正当她在一家百货商店里把商品塞进自己的手提包的时候，被当场擒获。她把这事通知了她的情人。提琴手想尽快转移先前偷来的赃物，他知道我的房门总是洞开着的，便把一切都塞到我的柜子里去了……

我在警察局里受了很久的审问和侮辱,他们说,我至少也是一名同谋犯。旅馆女主人救了我——她说她曾看见提琴手走出我的房间。他们把我放了,我就到"洛东达"去把这件事告诉了莫迪利亚尼。他微笑着说:"不久就会把你送到桑特去坐牢的——你想炸毁法国,这是人人皆知的……"

一个星期后我接到警察局的传唤。我开始申诉说,无论是围脖还是肉排,都和我毫无关系。那位官员打断了我的话,他说,他可不喜欢被人愚弄;他对肉排不感兴趣;但是,我和几个支持齐美尔瓦尔德代表会议的先生有往来。有趣的是,一家俄国大报的记者为什么穿着一件破烂的西装,而且还在货运站上工作?顺便问问,阿尔弗列德·克兰茨现在何处?……我不认识什么克兰茨,便问道:"他是画家吗?"官员冷冷一笑:"你们所有的人都是画家……"我明白了,我的事不妙。也许诺斯特拉达穆斯并没有预卜到空军的产生,但是莫迪却是一个真正的诺斯特拉达穆斯,因为他说过,我不久就会因破坏活动而被捕……

审讯拖了整整一个上午,而结束得却很突然:官员突然看了看表说,到吃午饭的时候啦;最近几天我还要被传讯。

直到后来我才知道警察局传讯我的原因。在《交易所公报》上刊登了我的一篇描写乐善好施的太太们的特写:我叙述她们在马德伦教堂为一个塞内加尔士兵举行洗礼的情形,那个士兵害怕地问教母:"这不痛吧?……"军事当局生气了,认为文中含有对法国陆军的侮辱。无论《交易所公报》把我的文章修饰得多么委婉,但仍然可以感觉出来,我是憎恨战争的。已决定将我从法国驱逐出去。虽然我是一个侨民,他们还是把这件事通知了俄国大使馆。大使馆参赞谢瓦斯托普洛把这件事告诉了武官。阿列克谢·阿列克谢耶维奇·伊格纳季耶夫被激怒了;他对我一无所知,但是在法国当局的这一举动中看到了对俄国威望的轻视:因为文章是经俄国的战时书报检查机关检查通过并在彼得格勒发表的。出版方面的问题不在伊格纳季耶夫职责范围之内;他正在就协调军事行动和俄国的军火供应等问题同彭加勒、基奇纳谈判;经过他的力争,法国当局终于撤销了驱逐出境的决定。

一两个月以后,当我决定参加外国报刊协会的时候,我才知道这件事;关于法国当局打算把我驱逐出境的事,是《语言》的记者德米特里耶夫和《新时代》的记者帕夫洛夫斯基(就是那个见过契诃夫并和他通过信的人)

告诉我的。

我和阿列克谢·阿列克谢耶维奇·伊格纳季耶夫是在十二年以后的一个文学晚会上认识的：前沙皇政府的外交官伊格纳季耶夫伯爵已成为驻巴黎的商务代表处的一名谦逊的职员——他爱人民，而且相信他们。分派给他的工作并不是他的专长——他协助布置展览馆里的陈列台；他常常被那些比他外行得多的人吆喝。他是一个非常可爱的人，也是一个出色的讲故事的能手；阿列克谢·尼古拉耶维奇·托尔斯泰每次听他讲故事都对他的才能感到惊讶。阿列克谢·阿列克谢耶维奇为了招待客人，便束上厨师的围裙，用各种各样的小锅烧制美妙的法国小块焖肉。他和从前的女演员娜塔莎·特鲁哈诺娃心心相印地在一起生活了几乎半个世纪（在沙皇时代，这个婚姻被认为是有失身份的，伯爵为了此事曾受到不少责难）。纳塔利娅·弗拉基米罗夫娜比他多活了几年。尽管是贵族出身，尽管他是在先前的俄国长大成人的，伊格纳季耶夫却是一个真正的民主主义者：他之接受革命并不是因为它预示了一个强大的俄国的诞生，而是因为它消除了阶层的和阶级的隔阂。

在1945年到1946年间，年轻的军官们常常请求阿列克谢·阿列克谢耶维奇给他们讲讲沙皇俄国的军官是怎样消遣的：有些人认为，可以仿效的不仅是肩章……伊格纳季耶夫为答复他们的请求，便描述了森严的等级、对士兵的鞭笞、粗鲁无礼和酗酒滋事等等。我记得有一位陆军大尉曾扫兴地说："他的话像是鼓动员的报告……"而伊格纳季耶夫谈的却是1916年和1946年曾使他激动的那些事。

幸好，他写出了一本回忆录：在历史的长途上布满了峡谷和深渊，因而人们需要那能把一个时代同另一个时代衔接起来的桥梁，即使是一些脆弱的小桥也好。

警察局没有再传讯我。德米特里耶夫把我派到新闻大厦去了；战时书刊检查机关就设在那里；那里还向外国记者供应文件，并组织去前线旅行。在新闻大厦里有一位工作人员，他立刻引起了我的注意，——这就是奥·米洛什。他有一张北方人的脸，说话略带一点外国口音；他生在立陶宛，却用法文写诗。马克斯·雅科布曾对我谈起过他。奥·米洛什是在他去世以后才出名的——他死于1939年，过了不几年，他的全部著作就首次出版了。

有时我和米洛什不谈报刊方面的事务,而是谈诗歌,谈未来。他用一双苍白的、仿佛褪了色的眼睛瞧着我,轻声地、平静地说,大概很快就会发明写诗的机器,那时候,会有一个穿着小小短裤的天才男孩子,由于意识到自己永远不能用文字打动任何人,便用他父亲的一条领带上吊了。听到一个有资格教导我的人说出这样的话来,我感到很奇怪:奥·米洛什可以安安稳稳地从新闻大厦搬到"洛东达"去。

经过三番五次的申请,法国人才让我和一群记者上前线去。特地为我们挑选了一个最安全的地段,引导我们匆匆地穿过战壕,让我们参观大炮;后来我们来到了指挥所,古罗将军在这里招待我们进午餐。所有这一切像是一次游览。(后来我不止一次到前线去,但那些旅行却和第一次不一样。)

索姆河上正在进行激烈的战斗,那里驻着英国军队。我开始张罗通行证。英国人迟迟不作答复。后来他们终于把我叫到英国军事代表团去,并让我在一份很长的申请书上签字,申请书上说,我答应如不预先送交英国书刊检查机关审查,决不发表任何作品,如果我牺牲了,我的继承人不得向英王陛下政府提出任何要求,我得遵守英国的法律,如有违犯,由英国法院裁决。他们给了我一套英国军装,就把我带到亚眠的郊区去了;在距大本营不远的一所舒适的房子里,住着一群战地记者——有英国人、法国人,还有一位被认为是大记者的意大利人巴尔辛尼。大家每天晚上都喝威士忌;英国人不是说一些幼稚的笑话就是变戏法。没有任何人来打搅我们:我们可以乘顺路的汽车去前沿阵地。我看见了战争。

蹲在巴黎看报,我毕竟想象不出前线的景象——这是一台巨大的机器,正在有计划地杀人。功勋、美德、痛苦,都解决不了什么问题;死亡是机械式的。

我在加来目睹这种死亡的准备工作进行得多么认真。两千三百种汽车零件。数字,到处都是数字。"重型坦克617号零件""摩托车1301号驾驶盘"……从澳大利亚运来了公羊,从加拿大运来了面粉,从锡兰运来了茶叶。同样也运来了一队士兵;他们茫然四顾。一座巨大的面包房一昼夜烤二十万个面包。士兵们嚼着面包。战争在狼吞虎咽地吃着士兵。

前沿阵地上一无所有——既没有瓦砾堆,也没有树木,即使是被折断了的也没有。光秃秃的褐色土地，一排排整整齐齐的铁丝网；人们在战壕里蠕动着。

在接近前线的公路上，行驶着一些巨型的载重汽车；我第一次看到它们；它们用来往战壕里运送士兵、炮弹、整块的肉，在往回开来的载重汽车上躺着伤兵。调度员挥动着小旗。我所以要描写这些景象，是因为现在有许多人认为第一次世界大战是充满浪漫色彩的……

我曾这样描述我在1916年看到的第一辆坦克："在它的身上有一种雄伟而又令人极端厌恶的东西。从前可能存在过一种巨型甲虫，坦克和它们很相像。为了伪装，它被涂得花花绿绿的，它的两侧宛如未来派画家的图画。它像一条毛毛虫那样慢慢地爬着；无论战壕、灌木丛还是铁丝网，都拦它不住。它微微晃动着触须：那是炮和机枪。在它的身上融汇着一种古老的东西和最美国化的东西，一种诺亚方舟和21世纪汽车的结合。里面有人，是十二个侏儒，他们天真地认为他们是坦克的主人……"从那时以来，过了不到半个世纪，而我觉得坦克差不多是和火药同时发明的了。现在有一些外交家在谈论裁军的时候常使用"传统武器"这个名词，以区别于核武器，毫无疑问，坦克已变成传统武器了。

战争看来比我想象的要可怕得多：一切都是经过安排和计算的。当然，人蹲在战壕里，他们冲锋陷阵，在战斗中死亡，在战地医院的病床上痉挛，在铁丝网前作临死前的挣扎；这些人大部分是好人，真诚地相信他们正在保卫祖国、自由、人类的尊严；然而他们却不过是一台巨型机器上极小的零件罢了。人们不久就学会了拦阻坦克的方法；而战争仍在慢吞吞地前进，蠕动着耳朵——大炮、机枪，——谁都不知道怎样才能把它拦住。

我明白了，我不仅诞生在19世纪，而且在1916年也还像一个远古的人似的生活着、思考着、感觉着。我也明白了，一个新的世纪正在走来，它是不会闹着玩的。

28

我回到了巴黎；起初我感到自己很幸福：在从前线回来以后，有着咖啡馆的凉台、绿色的法国梧桐和无忧无虑的姑娘们的蒙帕纳斯大街宛如一座天堂。我在咖啡馆的桌旁坐下——那里有许多画家、诗人；他们在谈佳吉列夫订购毕加索画的布景，谈保罗·克洛代尔的新作，还谈别的什么事。于是我突然感到烦恼起来：这不是生活，而是低劣的仿制品。真正的生活留在我从那里前来的那个地方了，——它在躲避排炮的射击，在该死的铁丝网间溜达，隐藏在地下，但这毕竟是生活……

我试图研究自己的感情，了解自己——莫非我喝了一口曾使许多人晕头转向的那种酒精吗？好像不是……我觉得战争是一种罪行；同时我的全部精神又贯注在战争上。这一切都是千头万绪、难以理解的；我不去想它了。我陷入绝望之中。我突然开始想到上帝——不是宗教的上帝，而是我自己的上帝，他时而凶残，时而疯癫。我写了一些诗，在给勃留索夫的一封信中，我称这些诗描写的是"卑鄙行为"。现在，每当我想到我的以往，我总觉得从1914年到1919年的那几年是最艰苦的：我想获得契诃夫所写的那种"总的思想"，而我连对明天该怎么过都还没有一个明确的想法。后来我终于摆脱了迷惘，即使不是走上了大路，也是走到了树林的边缘；而且我也不像过去那样过于敏感了——一个人会随着岁月的流逝而长上一层厚甲；许多人在青年时代写诗、打算自杀，这并不是偶然的。

女画家尚塔尔企图帮助我。她是一个工人的女儿，在一所师范专科学校读过书，醉心于绘画。她也不知道该怎么生活，但是她牢牢地站在地面上。她看见我那副灰心绝望的样子，便谈起黑豆幼芽的芳香，谈起绷在木框上的画布,谈起外面已是春天,而我们俩都很年轻。我回答说"是啊";然后我就回到自己住的地方去写那些关于世界末日的诗。

夏天卡佳邀我到法国南部的艾兹去休息,她同她的丈夫吉·伊·索罗金和我的女儿伊琳娜一同住在那里。吉洪·伊万诺维奇从前线回来成了一个残废人;他在读弗拉基米尔·索洛维约夫的作品,神情十分忧郁。即使在家务方面,我也竭力想做一个有用的人,我学会了煮通心粉。有一次卡佳到尼斯去了,她求我安排小姑娘躺下睡觉。伊琳娜当时只有五岁。当我开始解她的小连衣裙上纽扣的时候,她很严厉地说:"不是这样……你啥也不会。"这是实情:我真是啥也不会干——既不会工作,又不会写诗,甚至连休息也不会。我回到巴黎后更加心灰意懒了。

马克斯·沃洛申介绍我认识了鲍·维·萨温科夫。我直到那时为止从来没有看见一个像他那样神秘可怕的人。他脸上那一对蒙古人的颧骨和时而忧郁、时而又非常严厉的眼睛令人吃惊,他常常闭上两眼,眼皮沉重地耷拉着。他开始光顾"洛东达";喝一种名叫"马尔"的葡萄烧酒;和其他的"洛东达人"不同,他穿得很端正,看上去像一个法国的中产阶级;他从不摘下头上那顶圆顶礼帽。我还记得他常常喜欢吟诵的诗句:

　　一个灰溜溜的人戴着圆顶礼帽
　　一个小狗崽子蹲在拐角……

鲍里斯·维克托罗维奇是一个出色的讲故事能手;在第一次听他说话的时候,可能会认为他依然是一个进行恐怖活动的战斗队员,明天他就要化妆成一个马车夫去跟踪一个沙皇大臣。实际上萨温科夫已万念俱灰。有一次他对我说,阿泽夫案件把他毁了。直到最后一刻他还把一名奸细误认作英雄。社会革命党人被布尔采夫的揭发所震惊,他们坚决要求进行审查。萨温科夫被激怒了:他不允许诽谤一个无比高尚的人!最后终于举行了会议。阿泽夫眼看自己的事不妙,便说他的家里有足以驳斥诽谤的文件,只需一个钟头他就能把文件拿来。大家一致抗议:不能把他放走;但是萨温科夫坚持说,对于战斗组织最老的成员之一,应该给他一个证实自己清白的机会。阿泽夫走了,不用说,他是一去不回了。

萨温科夫对一切都不再抱什么希望,他开始写一些平庸的长篇小说,这些作品表明了一个对自己事业已丧失信心的恐怖分子心灵的空虚。鲍里斯·维克托罗维奇认为自己首先是一名战斗队员，即恐怖分子，其次才是一个革命者，这一点始终使我震惊。在战争时期他担任《白日报》的战地记者，撰文论述防御的必要性，赞扬居斯塔夫·爱尔威。但他本人对这一切却感到索然寡味：他依然是一个失业的恐怖分子。

（我曾和一位左翼社会革命党人，暗杀了米尔巴赫伯爵的恐怖分子布柳姆金作过一次奇怪的谈话。他在1921年年初开始拥护苏维埃政权。萨温科夫当时待在巴黎，支持对苏联的武装干涉。布柳姆金在获悉我要去巴黎之后，便问我是否会见到萨温科夫。我给了他一个否定的回答——我们已分道扬镳了。布柳姆金对我说："也许您终究会偶然碰到他的，请您问问他，他是怎么看待退出行动的……"我不明白他的意思。布柳姆金解释说：他对这样一个问题感到兴趣，即一个曾暗杀了他的政敌的恐怖分子是应该躲藏起来呢，抑或最好是为这个暗杀行动付出自己的鲜血？毫无疑问，要是他碰到了萨温科夫，他会把他当作一个敌人干掉；同时他又把他看作一个老资格的恐怖分子而尊敬他。对于这种人来说，恐怖手段并不是一种政治斗争的武器，而是他生活在其中的世界。）

萨温科夫曾叙述他在塞瓦斯托波尔要塞等待处死时的情形。往事被失望心情的一线幽光照亮了：他说，死和生一样，也是索然寡味而又平淡无奇的。一名哨兵，后备军士官生西尔伯贝格救了他。

西尔伯贝格被绞死了。鲍里斯·维克托罗维奇娶了他的妹妹。他很喜欢他的小儿子廖瓦，一谈到他，他就会在片刻之间显出一点勃勃的生气。在回忆起很久很久以前的往事——童年、俄罗斯的大自然、他在年纪很轻时曾同卢那察尔斯基和作家阿·马·列米佐夫一起待过的那个流放地——的时候，他也显得比较开朗。

（我在西班牙内战时期认识了萨温科夫的儿子廖瓦。他在法国当载重汽车的司机，用俄文写一些诗，用法文写一些以工人生活为题材的短篇小说。阿拉贡曾在《公社》杂志上发表过他的一个短篇小说。廖瓦为参加国际纵队来到西班牙。人们知道他就是"那个萨温科夫"的儿子，并且坚信苹果不会掉在离苹果树很远的地方，便常常派他去佛朗哥军队的后方。廖瓦和他的父亲不同，是一个和蔼可亲的人。他执行战斗任务十分勇敢，受了重伤并得了结核病。他回到法国后一贫如洗。战争开始后,他参加了游击队,和那些从集中营逃出来的俄国人一同工作。1946年我在巴黎遇见过他;他希望到苏联去。他以后的遭遇我就不得而知了。)

鲍里斯·维克托罗维奇写的那些关于索姆河战役或凡尔登战役的文章,也和他的长篇小说一样,署的是笔名"弗·罗普申"。在长篇小说中他曾说过,他不再相信自我牺牲了;在战地通讯里却正好相反,他谈到士兵们的赫赫战功,谈到战争使人复活。有一次我问他是否相信他所写的,他微微一笑,说我还太年轻。我生气了,说:"那么就应当像狗那样嗥叫……"他垂下了他那双生铁般的眼皮:"不对,不必嗥叫。可以再写一篇文章,这您已经学会了。可以喝一杯或两杯马尔酒,只是不要多喝……"

萨温科夫常到马列夫娜(大家都这么称呼女画家沃罗比约娃-斯捷别利斯卡娅)所坐的那张小桌子旁边去坐。她生在高加索,到"洛东达"来的时候还是一个小姑娘;她的模样有点异国情调,但是她很天真、追求真理、正直、诚实。萨温科夫喜欢她,但马列夫娜对他却很严厉,叫他"老不要脸的"。

鲍里斯·维克托罗维奇在我看来是战地风景画的一部分,他就像一条狭长的"中间地带",上面连一根小草也没有,而在铁丝网中间隐约可见一些折断了的步枪、钢盔和没能爬到敌人战壕跟前就阵亡了的士兵的尸体。

我把报纸扔开了:既然全是谎话,还有什么可看的呢?"洛东达"里正在讨论最新消息。杜布瓦截除了一条腿,马尔戈正在集资为他装一条假腿。卢西发疯了,人们在夜里发现她一丝不挂地站在火车头上。生活在继续。

莫迪利亚尼终于来了!他马上要说,所有这一切老早以前就写在诺斯特拉达穆斯的书上了……

29

　　我坐在迪埃戈·里维拉冰冷的工作室里;我们谈论着坦克的装甲和"战争的目的"现在伪装得多么巧妙。迪埃戈突然闭上眼睛,他像是睡着了;但过了不一会儿,他站了起来,开始谈到他所痛恨的一个蜘蛛。他再三地说,他马上就要找到这个蜘蛛并把它踩死。他径直朝我走来,我明白了,那个蜘蛛就是我。我跑到工作室的另一个角落里。迪埃戈站住了,转过身重又向我走来。在这以前我也曾看到过梦游症发作时的迪埃戈,他总要寻人搏斗,但是这一次他却要杀死我了。把他唤醒是残忍的:他一醒来就会感到难以忍受的头痛。我在工作室里团团乱转,不是像一只蜘蛛,而是像一只苍蝇。尽管他的两眼都闭着,但他依然在找我。我好不容易才跑到了楼梯上。

　　迪埃戈的皮肤是黄色的;他有时卷起一只衬衫袖子,让一个朋友用火柴头在他的手臂上写点什么或画点什么;字母或线条马上就显现出来了。(我曾在加尔各答植物园里看到一株热带树木,在它的叶片上也可以用火柴头写字,字迹渐渐显现出来。)迪埃戈曾告诉我,梦游症、黄皮肤、显现出来的字母——这一切都是他在墨西哥染上的那种热带疟疾的后果。我叙述这件事是因为我正在想迪埃戈·里维拉的一生和他的艺术:他常常闭着双眼向敌人走去。

　　迪埃戈喜欢谈墨西哥和自己的童年。他在巴黎生活了十年,成为"巴黎画派"的代表人物之一;他和毕加索、莫迪利亚尼及一些法国人都很友好;但是他的眼前总是出现布满了多刺的仙人掌的火红色山峦、戴着宽边草帽的农民、瓜那华托的金矿、不断的革命——马德罗推翻迪亚斯,维尔塔推翻马德罗,萨帕塔和维利亚的游击队员推翻维尔塔……

听了迪埃戈的叙述,我开始爱上了神秘的墨西哥;阿兹特克人古老的雕塑仿佛和萨帕塔的游击队员融为一体了。胡利奥·胡列尼托是墨西哥人;当我写我的长篇小说的时候,我想起了迪埃戈的叙述。我曾看到有人评论说,胡列尼托就是里维拉的肖像;他俩的某些经历被糅合在一起了——我的主人公和迪埃戈都诞生在瓜那华托;胡列尼托在童年的时候为了解生和死的区别,曾把一只活生生的小猫的脑袋砸烂,而迪埃戈在六岁的时候为了想知道小孩是怎么生出来的,也曾解剖过一只活生生的大耗子。胡列尼托童年时代许多其他细节也是由里维拉的故事引起的。但是,迪埃戈当然不像我的主人公:胡列尼托更多的是思考,而不是感受,他之所以接受他所憎恨的那个社会原则,并把它导致荒谬绝伦的地步,是为了想表现出它的不道德。迪埃戈是一个感性的人,如果他有时曾把他自己所珍重的那些原则导致荒谬绝伦的地步,那仅仅是因为发动机马力很大,然而却没有制动器。

我是在1913年初认识迪埃戈的;那时候他已开始画立体派的静物画。他的工作室的四壁悬挂着以往那些年所画的油画;可以分辨出他的创作所经历的几个重要阶段——格雷科时期、塞尚时期。既可以看出他的天才,也可以看出他所固有的一种走极端的倾向。在我们这个世纪之初,西班牙画家祖拉加在巴黎曾风靡一时;他是以那些描绘西班牙的茨冈、斗牛士——总而言之,即所有那些被西班牙人称作"espanolada",即"西班牙情调"的东西——的绘画,以及模拟民间口头创作而成名的。迪埃戈在一个短时期里迷恋过祖拉加;艺术史家们甚至还把里维拉的若干作品定为"祖拉加时期"。在1913年前后他终于抛弃了祖拉加。

在这之前不久,他和女画家安格林娜·彼得罗夫娜·别洛娃结婚了,她是彼得堡人,蔚蓝色的眼睛,明亮的头发,具有北方人的矜持。在我看来,她很像我在莫斯科的"秘密接头站"所见到的那些姑娘,而不大像"洛东达"的女客。安格林娜意志坚强,脾气很好,这使她能够以一种真正天使般的耐性去忍受狂暴的迪埃戈突如其来的愤怒和喜悦;他说:"她受过良好的洗礼……"

不同的画家通过不同的道路达到立体主义。对于毕加索,立体主义不是一件外衣,而是皮肤,甚至是肉体,不是绘画的手法,而是一种观点和世界观;从1910年开始直到我们今天,毕加索在创作其他作品的同时,似乎没有一年不在画一些显然是他的立体主义时期继续下来的油画:这种创作方法虽然过时了,但是画家却难于改变自己的天性。对于莱热,立体主义是和他对现代建筑、城市、劳动、机器的热爱联系在一起的。布拉克曾说,立体主义使他得以"在绘画里把自己最充分地表现出来"。迪埃戈·里维拉在1913年是二十六岁;但是我认为,他还没有看见自己的道路,因为在走向立体主义的前一年他还在赞美祖拉加呢。而旁边就是帕勃洛·毕加索……迪埃戈有一次曾说:"毕加索不仅能把一个魔鬼变成一个正人君子,他还能使上帝到地狱里去当烧锅炉的工人。"毕加索从来没有宣传过立体主义;他通常是不喜欢艺术理论的,而且在被人模仿的时候他还感到烦恼。他甚至也没有叫里维拉接受什么信念;他只不过把自己的作品拿给他看而已。毕加索画了一幅有一只西班牙茴香酒酒瓶的静物画;过了不久,我就在迪埃戈的油画上看到同样一只酒瓶……当然,里维拉并不了解他正在模仿毕加索;若干年以后,当他意识到这一点的时候,便开始痛骂"洛东达"——清算自己的过去。

立体主义教会了他很多东西;他的巴黎时期的作品我现在也认为是很出色的。他有时也画肖像画;他曾为西班牙作家拉蒙·戈麦斯·德·里亚·塞尔诺画了一幅肖像,把模特儿五光十色的形象和稀奇古怪的举动都表现得淋漓尽致(拉蒙在巴黎时曾站在一头马戏团的大象背上作过一次关于现代艺术的报告)。迪埃戈还给马克斯·沃洛申、雕刻家英登包姆和建筑师阿塞维多画过肖像。马克斯·沃洛申的肖像画表现出一个体重七普特的人和一只飞来飞去的小鸟的灵巧、轻浮的结合;天蓝和橘黄的色调;《阿波罗》杂志的一位唯美主义者的粉红色面具和完全是自然主义的牧神的一撮卷须。

我也当过里维拉的模特儿。他叫我摆出一副正在看书或写作的姿势,但要求我戴着帽子坐着。这幅肖像画虽然是立体派的,但依然惟妙惟肖(它被美国的一位外交官买去;此后里维拉对这幅画的命运就不得而知了)。我还保存着这幅肖像画的一张石印品。1916年迪埃戈为我的两本小书作了插图:一部依然由那个从不发愁的里拉霍夫斯基印行,另一部是石印的——我写,里维拉作画。迪埃戈最喜爱静物画。

里维拉是我认识的第一个美洲人。我认识巴勃罗·聂鲁达的时间很晚——是在西班牙内战时期。他们之间有一种共同点：二人都是在古老的欧洲艺术的熏陶下成长起来的，后来都想创造自己的民族艺术并赋予它若干新大陆的特点——力量、鲜明性、对分寸感的蔑视（在美洲，普通的雨都像是洪水）。迪埃戈和奥罗斯科共同创造了墨西哥画派；里维拉的壁画既表现出了他的性格特点，也表现出了美洲的性格特点——自发性、技巧的多样化、朴素。

我们过从甚密；我们是"洛东达"的极端派——我们知道，在古老、忧郁而审慎的巴黎之外，还有一些别的世界，也有别的一些现象的组合。迪埃戈向我谈墨西哥，我向他谈俄国。尽管他说在战前曾读过马克思的著作，他却依然赞美萨帕塔的信徒们；他醉心于墨西哥牧人幼稚的无政府主义。而当时我的头脑却是一片混乱——布尔什维克的集会和莫克雷的米佳·卡拉马佐夫，莱昂·布鲁阿这位晚生了几个世纪的萨伏那洛拉①的长篇小说和毕加索的那些被支解了的小提琴，对法国井然有序的资产阶级生活方式的憎恶和对法兰西性格的喜爱，对俄国的特殊使命的信念和对一场浩劫的渴望。我和迪埃戈彼此相知甚深。整个"洛东达"都是置身世外者的天下，而我们俩又像是置身世外者之中的置身世外者。

里维拉和萨温科夫常常见面；他的天性、他对生活的爱使他不可能接受犬儒主义的影响，但他对这位头戴圆顶礼帽的彬彬有礼的人如何刺杀大公和大臣的故事却感到津津有味。我记得1917年年初的一个夜晚，里维拉在"洛东达"里同萨温科夫和马克斯坐在一起，我同莫迪利亚尼和女模特儿玛尔戈坐在一起；在旁边的几张小桌后面，拉宾斯基和莱热正在兴致勃勃地谈着什么。当"洛东达"在十点钟打烊以后，莫迪说服我们到他那里去了。

我不知何故清清楚楚地记住了那场关于战争、未来和艺术的冗长而杂乱的谈话。我将尽可能地把它归纳起来；也许会有个别语句不是当时说的，但是我所叙述的每一个人的思想是不会有错误的。

莱热：战争很快就要结束了。士兵们不愿意再打下去。德国人同样会明白这是毫无意义的。德国人对事物的理解总是比较迟钝，但是他们一定

---

① 萨伏那洛拉（1452—1498），佛罗伦萨多明我会隐修院院长。

会明白的。被毁灭的省份、国家需要重建。我想,政治家将被赶走:他们已经垮台了。他们的职务将要由工程师、技师,也许还有工人来担任……当然,雷诺阿是一个优秀的画家,但是难以想象他是生活在我们这个时代。坦克——却来了个雷诺阿!……应该鼓励什么?科学、技术、工作,还有体育运动……

沃洛申:依我看,这对一个人是不够的。欧洲能变成美国吗?战争不仅使皮卡尔迪成为畸形,也使人的内心变成畸形。霍布斯把国家称作"利维坦"①。人会变成机械老虎:他们有经验,他们也有鉴别力。我认为莱热的油画比机器好。我对做没有灵性的东西的奴隶不感兴趣。

莫迪利亚尼:你们大家都太天真了!你们以为会有什么人来对你们说"亲爱的,你们选择吧"这样的话吗?这使我觉得好笑。现在只有那些故意枪伤自己的士兵在选择,但是他们却为此遭到枪决。而当战争结束的时候,所有的人都要被送去坐牢。诺斯特拉达穆斯没有错……他们让所有的人都穿上苦役犯的号衣,充其量也只有院士们会得到不穿条纹裤而穿方格裤的特权。

莱热:不对。人们已经变了,他们会觉醒的。

拉宾斯基:这是真话。当然,资本主义再不能创造更多的东西了,它现在只是在破坏。但是人民正在觉悟。也许我们正处在结局的前夜。谁也不知道这是在哪里开始的——是在巴黎,在战壕里,还是在彼得堡……

萨温科夫:"觉悟"——无稽之谈。德国有很多社会主义者,但只要一喊"一、二",他们就开步走了。最糟的还在前头。

拉宾斯基:不,最坏的已经过去了。社会主义者能……

莫迪利亚尼:可你们知道,社会主义者像什么吗?像一群秃头鹦鹉。我曾对我的兄弟这么说过。请你们别见怪,社会主义者毕竟比别的人要好些。但是你们一窍不通。托马是一个部长!墨索里尼和卡多尔纳有什么区别?无稽之谈!苏京画了一幅出色的肖像画。他是伦勃朗,信不信由你。但是他也一样要去坐牢。你听着(这是对莱热说的),你想把世界整顿好。但世界是不能用尺去量的。有人……

① 《圣经》中的巨兽名,也是英国政治哲学家霍布斯(1588—1679)的著作名称。

莱热:早先也有一些优秀的画家。要有新的态度。艺术如能理解现代的语言,就会继续生存下去。

里维拉:在巴黎任何人都不需要艺术。巴黎在死亡,艺术在死亡。萨帕塔的庄稼汉们没见过任何机器,但是他们要比彭加勒更现代化一百倍。我坚信,如果把我们的画拿给他们看,他们一定理解。哥特式大教堂或阿兹特克人的庙宇是谁修建的呢?是大家。而且也是为大家修建的。伊利亚,你是个悲观主义者,因为你过于文明了。艺术必须喝一大口野蛮的烈酒。黑人的雕塑拯救了毕加索。你们大家不久就要到刚果或秘鲁去了。需要有野蛮的流派……

我:这里的野蛮已经够多了。我不喜欢异国情调。谁会到刚果去呢?采特林一家,也许是马克斯,他还要再写一组十四行回文诗。我憎恶机器。需要善良。每逢看见"卡杜姆"牌肥皂的广告,我就感到肥皂泡里的那个小娃娃是纯洁而善良的。兴登堡或彭加勒也曾经是小娃娃,这太可怕了!……

里维拉:你是欧洲人,这就是你的不幸。欧洲正在死亡。美洲人、亚洲人、非洲人都要来了……

萨温科夫:美国人马上就要宣战和登陆了。您是指什么样的亚洲人?是日本人吗?……

里维拉:即使是……

迪埃戈突然闭上了眼睛。只有莫迪利亚尼和我知道即将发生什么事。拉宾斯基平静地和莱热谈天。马克斯没有注意到里维拉发生的变化,还在向他叙述尤利·克鲁丹涅尔的幻象。莫迪和我移动到门边去了。迪埃戈站起来叫道:"你们好!掘墓的先生们!你们大概是来找我的吧?可是不成了。我将要埋葬……"他走到沃洛申身边并把他举了起来;这是不可思议的——马克斯体重在一百公斤以上。里维拉凶恶地重复说:"马上!……用头往门上撞……我要把你们作为上等人厚葬……"

1917年里维拉出人意料地迷上了他早已熟识的马列夫娜。他们的性格很相似——暴躁、稚气、敏感。两年以后马列夫娜生了个女儿马里卡。(不久前我在伦敦遇见了马列夫娜,她在作画、塑像、写回忆录。马里卡很像迪埃戈;她是个演员,秉承了一副墨西哥人的外貌,说的是法语,她嫁给了一个英国人,并且老是爱说她有一半俄国血统。)

1921年春我来到巴黎后,当然,我马上就找到了里维拉;他还住在那间工作室里。在那以前,他曾去过意大利,他很赞赏乔托和乌切洛的壁画;他还在作画;那是他创作中一个新时期的第一批速写画。他对十月革命和有关"无产阶级文化协会"的谈话很感兴趣;他打算回自己的祖国去。

不久他就开始用巨幅壁画把墨西哥政府大厦的墙壁装潢起来。我常在报刊上看到他的消息,有时也看到他的壁画的复制品,但是却没有同他见过面。1928年他到了莫斯科;我没能见到他——那时我在巴黎。他的前妻之一,一个漂亮的墨西哥女人瓜德鲁帕·玛琳曾来找我;她在巴黎搜集迪埃戈早期的作品。

里维拉已成为名人了;有人写了一些论述他的专著。他被邀请去了一次美国;他为一个汽车大王——艾斯德尔·福特画过一幅肖像画;洛克菲勒向他订购了一些壁画。里维拉在这些壁画中描绘了社会斗争的场面,描绘了列宁。经过长期谈判,这些壁画终被销毁了。

1951年我在斯德哥尔摩参观过一个盛大的墨西哥艺术展览会。阿兹特克人的古代雕塑使我大为震惊;它宛如印度、中国的古代雕塑。文化发展的道路令人惊讶:从古代艺术,从阿兹特克人的宏伟一下子过渡到精致奇巧的巴洛克式建筑。后来我登上二楼,看到了里维拉的作品。画架画表现出写生画的力量。也有一些彩色壁画的复制品。它没有引起我的美感,想必是我对它还不理解。哥特式大教堂的正门就像时代的一部石头百科全书,但是当时人们还不会阅读。里维拉的壁画就是许许多多的故事:有的是墨西哥的革命史,有的是种牛痘的情形,有的是新大陆的经济。他没有忘记意大利的课程,他画的墨西哥女人有的低着头,有的在跳舞,有的在睡觉,就像15世纪佛罗伦萨的女人。他像许多印度或日本的画家尝试过的那样,想把民族传统和现代绘画熔为一炉。我突然明白了他对苏联画家的指责:为什么他们藐视"民间艺术——油漆的小盒子"。如果他是一个俄国人,他大概要试着去把早期的里维拉和帕列赫小型精细画熔为一炉……

不过我现在扯到我的艺术趣味上去了,这不妥当。不如说,里维拉曾试图解决我们这个时代最困难的任务之一:创造写生壁画。他毕生都相信人民;他曾和墨西哥的共产党员多次争论,事后又和解了,而从1917年开始直到他去世,他始终把列宁当作自己的导师。

  他曾去维也纳出席保卫和平代表大会;那是在1952年。我对他说,我很喜欢我在墨西哥展览会上看到的画家塔马约的作品。迪埃戈大为生气,责备我是形式主义;两个老朋友在分别了三十年后的一次重逢,结果却变成了一场关于画架写生画和写生壁画的枯燥乏味的学术辩论。后来他去莫斯科就医;他来找我。我们在回忆中度过了一个晚上——当人们装好了自己的皮箱即将开始一次长途旅行的时候,他们照例要静坐片刻;我们的谈话就正像这种情形。他身上的那些感动过我的稚气、坦率和诚挚,在这最末的一个晚上都显现出来了。此后我们没有再见过面。

  他属于那样一种人,这种人即使不进门,不知何故也会一下子把房间占满。时代迫使许多人后退,他却没有让步,于是时代就只好后退了。

30

我给《交易所公报》寄去了几封充满愤怒的信:为什么我的战地通讯发表时被改得面目全非?信是无济于事的。我继续撰写通讯报道,而对别人把我的文章的棱角磨光,甚至有时填进去一些同我格格不入的思想也逐渐习以为常了。战争已进入第三个年头,大家对一切都习惯了;这是最可怕的。

在皮卡尔迪一个名叫阿尔贝的小城里,有一所被破坏了一半的房子,里面住着一个酒馆的老板娘和她的四个孩子。她对炮弹已不再注意,而对葡萄酒涨价却抱怨不已——一百升要卖一百六十法郎。她很会做买卖——涨了价的葡萄酒士兵们也要喝。她的孩子们还以为,人们从来就是在枪林弹雨中生活的。

在英国炮兵连旁边有一座磨房;当然,它已停工了,但是磨房的主人——一个老头子却还留在他的小房子里。德国人时常射击炮兵连,但老头子却只惦记着一件事:他担心士兵们会把面粉袋偷光或把它们弄脏。

在兰斯市的地下室里,日常的生活还在进行:在一个地下室里印行着《东方信使报》,在另一个地下室里有一所学校,在第三个地下室里有一家理发馆。

战前在法国的小城里必定都有一个公告员——市政管理局的一个职员,他敲着鼓跑遍全城街道,吆喝着:谁家走失了一条狗,某人丢失了一只皮包。当时还没有无线电收音机,关于总动员的消息法国人就是从这些"传令官"口中听到的。我曾在贡比涅看到一个敲鼓的老头子;尽管城里落下了炮弹,他依然嘶声哑气地喊着说,一位太太丢了一枚胸针,拾得者定有酬谢。

战壕里的生活尽管恶劣已极,但依然是生活:等待信件、捉虱子、骂军官、说些猥亵下流的笑话,然后就是死。

英国士兵每天必得刮脸:死归死,不刮脸可不成。

有一次我在兰斯附近向一名正在一幢奇迹般被保存下来的小房子旁边从容不迫地干活的法国士兵打听,能不能继续往前走——德国人会不会射击路上的行人。他回答说他不知道,——他又不是在前线上,他是来这里同他的妻子在这幢房子里度六天假期的。

一群殖民地部队的士兵在一个村子里找到了一个远远超过了四十岁的女人;他们非常兴奋地喊叫着;小屋子旁边排上了一条长长的队。司令部为士兵们开办妓院。在马利亚的军营里有所谓"法兰西日""比利时日"。

这个冬天空前寒冷,塞纳河冰封了。没有煤。人们都冻坏了。政府强调节约;决定一个星期有两天禁止吃甜点心;先前在高价餐厅里可以吃到冷盘、白菜汤、鱼,但在这以后就只有一盘肉食了——或者是煎牛排,或者是鸭块——有什么办法,这是战争的第三个年头啊!……专做妇女时装的裁缝仍同往常一样操纵着新的时装样式:短裙子,像士兵帽似的小帽,浅蓝的保护色的衣服。报纸上登着香水、安眠药和为残废者装配假肢假眼的广告。报上说,禁欲主义对法国人是不适用的,它是软弱的象征,但法兰西坚信能够胜利。影院场场客满;每周都要放映一套新的《纽约时代》。

一天我同迪埃戈·里维拉在一家小影院的银幕上看见一个我不熟悉的男演员。他摔盘打碗,还把油漆往漂亮女人身上乱涂。我们和别人一同大笑不止;但当我们走出影院大厅以后,我却对迪埃戈说,我感到可怕:这个戴着圆顶礼帽的逗人发笑的小人物把生活中的一切荒谬怪诞都暴露无遗了。迪埃戈回答说:"是啊,这是个悲剧演员……"我们叫毕加索务必去看看沙尔洛(这是人们对当时还没有出名的查尔斯·卓别林的称呼)的影片。

画家们还在"洛东达"里继续议论立体主义。在陆军参谋部里一个忧郁的大尉坐在一堆照片前面。我第一次看见从空中拍摄的地面照片:这太像麦尚杰或格雷兹的画了。(1948年,毕加索飞到弗罗茨瓦夫来,他笑着对我说:"从上面看,世界就像我的某些油画……")

在英军前线"基督教青年会"的营房里可以领到夹肉面包;那里每个星

期天早晨都要做礼拜,晚上放电影。墙上挂着有教训意义的标语:叫人们热爱上帝,宣传戒酒的好处,提醒人们别染上花柳病。

人人都变得迷信起来;很少有人敢用一根火柴给三个人点烟。慈悲为怀的太太们绝不错失良机:他们把绣有卢尔德圣母像的护身香囊塞给即将开赴前沿阵地的士兵们。士兵们乐意地收下了,但有谁知道它们灵不灵呢?……

(一个塞内加尔人送给我一个护身符,并说它比任何护身香囊都好;这是几颗牙齿——我不知道它们是一个德国人的还是一个法国人的。)

下级军官惩治塞内加尔人是为了吓唬他们。黑人被派去送死。塞内加尔人咳嗽、生病,他们不知道自己将在哪里和为什么被人杀死。印度支那的居民,那些被运到战争工厂里来的神秘而矮小的人们,忧郁地沉默着。在那些年代里,一纸早已要求支付的账单是用鲜血来偿还的。

1916年似乎是流血最多的一年:索姆,凡尔登。巴黎城内每走一步都能看到满面泪痕的女人。士兵们死守阵地。在第二次世界大战前夕,我曾读过彭加勒的日记。下面就是有关凡尔登保卫战期间的一段记载:"克列孟梭认为今后发生内阁危机的可能性大概已经很小了,便向我展开猛烈攻击……资产阶级发现白里安过于屈从反对霞飞的势力……努兰斯野心勃勃,为反对托马的极端派造成了有利的局面……白里安一句话就宽容了克列孟梭……"

外国记者渴望得到能轰动一时的新闻,他们千方百计地设法结识加利耶尼的勤务兵、霞飞的汽车司机、白里安的女仆;在空闲的时候,他们追法国女人,企图用美国糖果赢得她们的欢心。大家都骂书刊检查机关。巴尔吉尼喜气洋洋:他观看了一个间谍被处死的情形;他激动而又赞赏地说:"这个恶棍镇静极了!"在巴黎的时候我常去新闻大厦。米洛什漫不经心地向我解释说,进攻由于气候恶劣而暂时停止了;他大概在想,人是注定要死的。

我就在这个新闻大厦里领取公报;公报上老是谈论着"正在增长的物资"。人在逐渐减少,大炮和飞机却愈来愈多。坦克的密集冲锋开始了。社会党议员布拉克告诉我说,议会委员会正在审理一桩同军火供应有瓜葛的丢脸的案件。人们从来没有像在那些日子里那样快地暴富起来。战争是一个巨大的企业。当时我就开始构思《胡利奥·胡列尼托》——要是能写一部描写一家规模巨大、专司杀人的企业的小说,那倒不坏。在长篇小说里,我把它称为"库利先生的企业"。

(在我的这本书里,胡利奥·胡列尼托发明了一种能成批杀人的工具。对于这个发明本身,我写得很不清楚,我承认,"由于我天生对物理和数学脑筋迟钝,因而一窍不通。"胡列尼托建议库利先生采用大规模杀人武器,但是库利先生回答说:"我请求您,亲爱的朋友,暂时不要对任何人谈起您的发明。要知道,如果能够这么轻而易举地把人杀死,战争再过两个星期就会结束,而我整个复杂的企业也就要毁灭了。但我的祖国才刚开始准备打仗呢。"

接下去我写道,库利先生向我解释说:"用法国人的刺刀就能彻底击溃德国人,胡列尼托的把戏最好是留下来对付日本人。"日本人常常问我,为什么在1921年,当日本还是美国的盟国时,我就写道美国人将在日本人身上试验新式杀人武器。我不知道该怎么回答他们。为什么在1919年,当时距卢瑟福、约里奥-居里和费密的发现还有很长一段时间,而安德烈·别雷就已写道:

  世界在居里的试验中爆炸
  一枚原子弹破裂为
  一束束电子
  一场无形的大屠杀……

也许这种失言和作家的天性有关?)

我曾说过,第一次世界大战是一个草稿;但是任何人都不会把这个草稿称为孩子的咿呀学语。毒瓦斯的袭击正在进行(莱热就是它的牺牲者之一)。面部被火焰喷射器烧灼得丑陋不堪的残废者被禁止走出医院:他们太叫人害怕了。下面是我写的一段关于1916年的记事:

"德国人在皮卡尔迪后退了四十至五十公里。到处都是一种景象——被焚毁的城市、乡村以及孤零零的房舍。这不是士兵们的暴行;原来曾下过一道命令,于是工兵们便骑着自行车走遍了撤出的地区。这是一片荒漠。巴波姆、绍尼、讷尔和阿姆四个城市被焚毁了。据说德军司令部曾决定长期毁灭法国。皮卡尔迪以产梨和李子出名。所有的果园都被砍伐一空。我在绍恩镇最初还很高兴:种在道路两旁的梨树未被砍倒。但当我走到树木跟前,我才看见,它们的根部都已被锯断,总数在二百株以上。法国士兵骂不绝口,有一个眼里还噙着眼泪。"

只有一个细节表现了这个时代的特征:骑自行车的工兵……

1943年秋天,在处于被我军解放前夕的格卢霍夫市附近,我看见一座果园,园里尽是根部被整整齐齐锯断的苹果树;枝叶犹绿,硕果盈枝。我国士兵也像法国人在绍恩时那样骂不绝口。

这不是作家的一篇小说,也不是一篇关于德国军国主义本性的文章,它只不过是一生中的两天而已。

在战争初期,德国士兵焚毁了他们短期占领的小城热尔别维列(在南锡市附近)。我来到该城的时候,居民们都在地窖、窑洞里栖身。据他们说:五百所房子剩下了二十所;一百人被枪决。为什么?这谁也不清楚。为什么在显利斯或亚眠,士兵们一进城就动手屠杀居民?1916年我曾看到一张德国人处决人质的告示;过了四分之一世纪,这种告示重又出现在法国城市里的墙壁上……

据说希特勒有许多新发明;不对,他只不过学会了许多东西,大规模加以运用。我曾在一篇特写里援引了圣昆廷区奥林镇德军卫戍司令部的一纸命令的全文:为了收割庄稼,郊区十五个村子的全体居民(包括十五岁以上的儿童)必须从清晨四点钟一直工作到晚八点。卫戍司令部预先警告说,"不出工的男女老幼一律打二十棍以示惩罚"。

1910年我从静静的布吕赫城来到静静的伊珀尔城;那里有一个由一些精美的塑像装饰起来的中世纪市场,它是硕果仅存的少数世俗的哥特式建筑之一。1916年我又来到了这个城市;它遭受了德国人的炮击。在市场的旧址我看见了一片瓦砾;只有一个偶然保全下来的石头女人还在微笑。居民早已撤退,而士兵们则住在地窖里或窑洞里。在市场的废墟前我看见两名英国兵;他们谈论着哥特式建筑,其中一个在小本子上写着什么。

出现了一个叫做"伊珀里特"的新名词——这是人们给德国人在伊珀尔保卫战中首次使用的糜烂性毒气取的外号。

1921年我重又看到了伊珀尔的废墟。窑洞里住着回到城里来的居民。精明能干的人营造了一些简单的木房,上面挂着这样一些招牌:"胜利旅馆""同盟者咖啡馆""和平餐厅"。成千上万的旅客前来参观废墟。没有腿的、瞎了眼的残废者兜售着印有这座被摧毁的城市的外观的明信片。

后来伊珀尔城又重建了,然而一次新的大战却开始了。

法国最古老的城市之一的阿拉斯一连被炮火轰击了两年。市政管理局的塔楼上有一头金狮,它是自由的捍卫者。塔楼倒塌了;士兵们拾起金狮,把它送到巴黎。阿拉斯后来又重建了,但不久第二次世界大战的第一颗炸弹就落到城中。这很像白色小公牛的故事或地狱里的西绪福斯的神话①。

少尉让-里沙尔·布洛克写信对他的妻子说,这次战争该是最后的一次了。他在信中不断向妻子探询孩子们的情况,他的幼女弗朗索瓦莎当时只有三岁。1945年德国人在汉堡杀害了弗朗索瓦莎("弗朗斯")。

在我现在所叙述的1916年,没有一个士兵能够想象下一天该怎么过;而且所有的人都认为战争是永恒的。在意大利前线的战壕里蹲着年轻的海明威;我们可以从长篇小说《永别了,武器!》中知道他当时的思想。在对面奥匈帝国的战壕里蹲着马特·扎尔卡。海明威和卢卡奇将军(西班牙人对马特·扎尔卡的称呼)于1937年在马德里附近第十二国际纵队的指挥所里相见了。"战争永远是一桩无比龌龊的勾当。"卢卡奇将军看着地图温厚地说;海明威仔细向他探问帕拉西奥·伊巴拉的战斗情况。

旅馆老板回来休假了;我们热烈地接吻。他说,士兵们已精疲力竭,痛恨政治家和投机商人,不相信报纸。"但这有什么办法呢?"他一再地说,"我们距德国佬只有二百米。当然,他们的士兵过得也很糟,但是将军在发号施令。我看见他们把皮隆那毁了……"

我读着拉宾斯基给我拿来的报纸;报上说,战争仅仅对资本家们有利。这一点就是没有报纸我也知道:周围的谎言、虚伪和暴行实在太多了。我记得在内容纯正的《画报》杂志上刊登过一幅漫画——一个戴着圆顶礼帽的胖子在听到"和平"这个字眼的时候哭哭啼啼地说:"我一天提供四千颗炮弹,你们想叫我破产……"是的,在1916年所有的人都知道这一点。但是背后不仅有戴圆顶礼帽的胖子,而且还有法兰西,还有那拥有爬满了淡紫色紫

---

① 西绪福斯是希腊神话中科林斯城的国王,因生前犯罪,死后受到惩罚。在地狱里,他被迫把一块巨石推上山,刚到山顶,巨石就坠下来,坠而复推,推而复坠,永无止息。

藤的墙壁的宁静城市。而德国人却在努瓦荣……谁也不知道该怎么办。

经历过第一次世界大战的人每年都在死去；连第二次世界大战都未曾见过的一代人正在踏入人生。我们正在结束自己的一生——我指的是年岁和我相同的人们；我们是什么都不会忘却的。近十五年来，我为一件事几乎付出了我的全部精力和时间：保卫和平。我写这部书的时间总是在两次旅行之间，常常把尚未写完的一章搁置下来。朋友们有时候说我干的是蠢事，说我本可以坐下来再写一部长篇小说。不过世界上的长篇小说已经很多了……我回忆起1916年——回忆起我们的软弱和绝望。我渴望能做一点有助于保卫和平的工作，哪怕这个工作是极其微不足道的！……我要把笛卡儿的话颠倒过来：对于生活的目的、对于生活的理解，可以作各种各样的思索，但是为了思索，就必须存在。我看见窗外有一个男孩子；他的脸异常严肃；他穿着一双硕大的毡靴；尽管雪已变成灰色的了，他却还在用这最后的4月的雪塑造着什么。这个笛卡儿不过只有八岁，但是他正在思索着什么。他想的大概是我们还不曾认真思索过的。只是不要让他被人杀掉！

31

我问我自己,为什么我在写到毕加索的时候感到难于下笔。也许是因为他的名气很大,因为关于他已写了成百本书,因为已经有了一些鸿篇巨制,它们不仅评论他的每一件作品,也描述了他的工作室、他的鸽子或狗、他的绒毛衫和鸭舌帽?当然,描述过毕加索的人是很多的——既有他的密友,也有偶然见过他一面的人,他们的描述有的机智,有的笨拙,有的才华横溢,有的味同嚼蜡。但我在写到毕加索的时候之所以感到难于下笔,其原因却并不在此;要知道我也如同任何一个作家一样,有过无数次这样的经验:虽然明知我要写的东西是早已有人写过了的,但依然在桌子面前坐了下来。不用说,描写一场普通的秋雨要比描写一架喷气式飞机的起飞困难得多;但是我在这本书中却常常要叙述那些在我之前曾不止一次被描写过,而且也比我描写得出色得多的东西。

一位大画家有次对我说:"毕加索是个天才,但是他不爱生活,然而绘画却是肯定生活的。"这是真实的,而且也像毕加索极其热爱人、大自然、艺术和生活,也像他那永不消失的少年人的好奇心一样真实;他的许多油画不仅表现了生活的美,同时也表现了它那可以感触得到的温暖、风格和气味。评述毕加索的人们指出,他渴望解剖有形的世界,剥下它的皮,掏出它的五脏六腑,既要分割大自然、肢解道德,还要破坏一切现存事物;有些人在其中看到了他的力量、革命性,也有些人惋惜地或愤慨地说他有一种"破坏精神"。(40年代末,当我读到我国一些批评家评论毕加索的文章时,我曾为他们的判决——自然,这并非出于他们的本意——竟同丘吉尔和杜鲁门的口吻不谋而合而大为惊奇,这二人一个是业余美术家,一个是业余音乐家,他们竟大骂毕加索是暴徒。)我一生中曾不止一次感受到毕加索的破坏力量,在若干时期中,我的这种感受还非常强烈,它曾使我喜悦,它曾给我鼓舞。但这是我的生平的一个事实,而不是毕加索的。(现在我觉得毕加索的某些油画是难以忍受的,我不理解他何以竟能憎恶一个漂亮女人的面孔。)把一个满怀建设热望的人,一位从未间断地从事了六十年以上的建设而且至今犹在建设的艺术家,一位宁愿舍弃对于一个艺术家来说要轻松得多的无政府主义、漠不关心或怀疑姿态而去参加共产党的艺术家称为一个破坏者,这是否公正呢?毕加索在自己的工作室里是活跃的,他被形形色色的"鉴赏家"在审美上的无知激怒了,他宁肯选择孤独而摒弃各种会议,可以说这种说法也是真实的。但是与此同时却又怎能忘却他在西班牙内战时期的热情、他的鸽子、他的参加保卫和平运动、党证、标语、为《人道报》作的宣传画以及其他许多事情呢?

在我来到巴黎前已结束了的蒙马特时代,在我曾试图加以描述的"洛东达"时代,我们这些人都还是青年,爱恶作剧,爱"装疯卖傻"。但是毕加索却把对开玩笑、对抽签分奖的热情一直保留到八十岁。他现在也还常常赤身露体地在照相机前搔首弄姿、愚弄尊贵的客人、参加斗牛。他有一大套《画家和他的模特儿》的石印画。那位画家有时像鲁本斯,有时像年老的马蒂斯;模特儿则是裸体的女模特儿或委拉斯开兹及其他古代大师们作品中的人物;在这些人物中常常有一个年轻的小丑,而这个小丑很像毕加索(他嘲笑自己,同时大概也很自豪)。在听他说话的时候,谁也不能准确地知道,他开的玩笑在什么地方结束;他善于严肃非凡地插科打诨,而他谈正经事的时候也很容易令人视为笑谈。

有时有人问我,"毕加索"这个字该怎么念才算正确——重音是在最后一个音节还是在倒数第二个音节,也就是说,他是西班牙人还是法国人?当然是西班牙人——这有他的外貌和性格、严峻的现实主义、高度的热情以及深刻而危险的讽刺为证。西班牙内战使他大为震惊;《格尔尼卡》①也许将成为我们这个时代最出色的一幅图画。在圣奥古斯丁街毕加索的工作室

---

① 《格尔尼卡》是毕加索的一幅油画作品。1937年4月28日,报载格尔尼卡的巴斯克市被德国轰炸机炸毁,毕加索见报后即作此画。

里,我总能遇见一些西班牙侨民。帕勃洛对于西班牙人提出的任何要求是从不拒绝的。一切就是如此,但是还有一些别的事也值得思索一番。为什么他自愿在法国度其终生?为什么他始终把塞尚视为一个伟大的画家?为什么他最亲密的朋友是三个法国诗人——纪尧姆·阿波利奈尔、马克斯·雅科布、保罗·艾吕雅?是的,要使毕加索离开法国是办不到的。

有些人会发生明显的变化,而这些变化也会使别人在记述他们的生平时感到轻松愉快:生活中总是存在着一些能使初学写作的剧作家们入迷的那种推动"情节发展"的要素。传记作家一旦被那些出人意料的行径所陶醉,便往往会把一个人的性格置诸脑后。某些关于诗人或艺术家的研究性论著也常有这种情形:马雅可夫斯基的未来派时期,勃洛克的涅克拉索夫时期,马奈的西班牙时期,塞尚的印象派时期。人们也试图划分毕加索的创作阶段。但这似乎并不是轻而易举的:他每两三年都要用一些绘画上的创造发明把批评家们难住,至今依然如此。研究者们规定了许许多多的"时期"——蓝色时期、玫瑰红时期、黑人时期、立体派时期、安格儿时期、庞培时期等等。不幸的是,毕加索突然把一切时期的划分都一股脑儿给推翻了。马雅可夫斯基在1922年参观过毕加索的工作室以后,曾安慰他的朋友们说:传闻是不真实的,毕加索并没有回到古典主义。但是年轻的马雅可夫斯基却因为没有在毕加索那里发现任何"时期"而感到惊奇:"他的工作室充满了五花八门的作品,从用淡蓝色和玫瑰红绘制的极为真实的布景、从纯粹的古希腊罗马的风格开始,直到洋铁皮和铁丝网的结构。请看一幅画:一个地地道道的谢罗夫派的小姑娘。一个粗俗的女人肖像和一把破旧的、被支解了的小提琴。而所有这些作品又都是在一年之内创作出来的。"马雅可夫斯基认为,一个写"阶梯"诗的诗人是不可能醉心于十四行诗的。但毕加索对形形色色的美学观念却无动于衷。我还没有见过一个转变得如此迅速、同时又那么坚定而忠于自己的人。1958年在戛纳时我曾去找他,——当时我发觉自己一直有这样的想法:全世界已发生了令人难以辨认的变化,现在连我自己也对自己的以往困惑莫解,但毕加索却依然同四十五年以前一模一样,这真令人不可思议!在我这样想的同时,我也明白了,没有一个人比他前进得更快。

写毕加索之所以这么难于下笔,其原因就在于:无论你写些什么,它们都是既真实而又不真实。证人在法庭上宣誓的形式在各国都一样。最初要求他们"只说实话",而后来就向他们提出一个任务(这个任务有时是他们力不胜任的),——说出"全部实情"。不用说,如果问题在于被告是否犯了罪,那么目击者是不难说出全部真相的;但是当检查官或辩护人开始追问,为什么被告会成为被告,那他们对证人提出的要求就太多了——须知他既不是莎士比亚,又不是司汤达,也不是托尔斯泰。有些作者写道,毕加索的生活与创作充满了矛盾。这是官样文章。如果编写一本荷兰的旅行指南,要说明这个国家的景色和气候是很容易的:葱绿的田畦、运河、和煦而多雨的夏天、柔和的冬天。但是对于苏联的景色如何、气候如何的问题,却不能用三言两语来回答。把高加索山地和冻土带、把克里米亚的桃和北方的云梅一概称之为"矛盾",这也未必妥当。世界上有一些大国,也有一些大人物。在那些用惯了普通比例尺的人们看来,复杂的事物总是充满矛盾的。

认识了毕加索以后,我一下子就明白了,不,更确切地说是感觉到了,站在我面前的是一个大人物。这是在战争开始之前不久——即1914年的初春。我和马克斯·雅科布一同坐在"洛东达"里;毕加索走了进来,在我们的小桌旁边坐下。马克斯·雅科布开始向他谈起我的情况。毕加索默不作声,但后来说,他喜欢诗人,也喜欢俄国人。我猜不透他这话到底是正经话还是含有讽刺意味的客套。(我已注意到毕加索的挚友都是诗人;而且他也的确喜欢俄国人,他常对我说,俄国人很像西班牙人。)在这个春天,新画家们的一些绘画拍卖掉了,毕加索"玫瑰红时期"的一幅巨幅油画卖了一笔巨款;如果我没有记错的话——卖了一万法郎,毕加索成了名人。

(早在这时之前很久,已有一些爱好者"发现了"毕加索,莫斯科的收藏家休金也是其中的一个。毕加索和马蒂斯曾告诉我,休金一走进工作室就立刻认出了精品。马蒂斯试图诓他买下几幅并不十分成功的作品,而对于自己舍不得出手的那些作品则说:"这画得不成功……次品……"诡计未能得逞,结果休金还是挑选了"不成功的次品"。休金走后不久,莫罗佐夫也走进工作室:他信任对方的识别力,所以让画家们自己挑选油画。由于有了这两位莫斯科人的收藏品,埃尔米塔日和普希金博物馆才得以拥有19世纪下半叶和20世纪初法国绘画最杰出的珍品。别的国家也有毕加索的爱好者。1950年捷克诗人奈兹瓦尔曾把我带到布拉格郊区,那里住着一位名叫克拉马尔什的靠养老金生活的老人。我在他那里看见了毕加索的立体派初期的一些绝妙的油画。克拉马尔什说,他在年轻的时候到巴黎去拜访过毕加索,他腰中的钱只勉强够用;毕加索当时还很少有人知道,他以低价售给捷克人十幅油画。克拉马尔什非常敬佩年轻的画家;在买下了毕加索刚刚脱稿的一幅绘有苹果的静物画以后,他还请求把充当模特儿的一只苹果送给他。他把这只苹果的木乃伊拿给我看了。我们共同给毕加索写了一封信。)

在1915年初的一个严寒的冬日,毕加索把我带到他那个坐落在舍利舍尔街上距"洛东达"不远的工作室里。窗户面向蒙帕纳斯公墓。巴黎的公墓缺乏俄国或英国的公墓所具有的那种诗意,它们只是一座座拥有笔直的街道、墓穴和墓石的抽象的城市。工作室里简直无法转身;遍地皆是画好了的油画、纸板的碎片、洋铁皮、铁丝、木块。屋角堆满了盛颜料的软管;就是在商店里我也没见到过这么多的软管。毕加索向我解释说,先前他常常没钱购买颜料,而这次由于刚刚卖掉了几幅油画,所以便决定买下足够"用一辈子"的颜料。在墙上、在一张破凳子上、在一些雪茄烟的盒子上,我都看到了他的画;毕加索承认,有时候他竟找不到一个没有画上画的平面。他以一种空前的狂热从事创作。别人常常在进行了几个月的创作后就无所事事地闲了起来,用普希金的话来说,诗人或画家在这个时候"享受着一场冰冷的梦";但毕加索却工作了一生,而且至今依然怀着同样的狂热继续工作着。吸引记者和摄影师的各种各样的古怪行为不能构成毕加索的一生,它们不过是抽口烟的几分钟。

我曾问他为什么在他那里有一块洋铁皮;他说他想利用它,不过还不知道该怎么利用。似乎没有任何一种材料他不曾用来作画。他终生学而不倦:他热爱技巧。他在四十岁的时候曾向一个名叫胡利奥·冈萨雷斯的西班牙手艺人学过怎样压制薄铁片;六十岁的时候学过石印;七十岁的时候当了陶工。

他的工作室里有一个黑人雕塑家塑的塑像和海关职员卢梭的一幅巨大的油画,卢梭是一位业余画家,现在全世界的博物馆都收藏着他的作品。卢梭描绘的是一次和平会议。毕加索向我解释说,黑人雕塑家们之所以改变头部、躯体和手臂的比例,根本不是因为他们没有见过人,也不是因为不会画;他们对比例有不同的理解,正像日本的画家对于透视有不同的概念一样。"你是不是以为海关职员卢梭从来也没有看见过一幅古典绘画?他常去罗浮宫。但是他想别创一格……"毕加索第一个理解到,我们这个时代需要正直、坦率和力量。

当时他已三十四岁,但看上去比这年轻:一对十分活泼、锐利而又漆黑的眼睛,黑油油的头发,一双小巧的、简直像是女人的手。他常常郁郁寡欢地在"洛东达"里枯坐,几乎一言不发;有时候他高兴起来,便开玩笑、愚弄朋友。他的身上有一股焦急不安的东西,但这却使我感到慰藉;每当我看见他的时候,我就明白我所碰到的事既不是一桩意外事件,也不是一种病态,而是时代的特征。我已说过,毕加索的破坏性力量有时候对于我是很珍贵的;正是由于这种原因,我在第一次世界大战期间才认识并爱上了他。

通常认为,毕加索在这个时期对一切被称为"政治"的东西都十分冷淡。如果把这个词理解为内阁的更换和报刊的论战,那么毕加索在《晨报》上的确宁肯寻找奇闻逸事,而不爱去读那些宣言。但是我记得,二月革命的消息曾使他欢欣鼓舞。当时他把自己的一幅绘画赠给了我;我和他分别了多年。

据说友谊也和爱情一样,需要朝夕共处,久别会使它凋萎。我曾和毕加索分别过八九年之久;但是每当我见到他的时候,他始终都是那个我所熟识的、毫无变化的人。(正是由于这个原因,才使我记不住他对我说的某件事的准确时间——可能是在1940年,也可能是在1954年……)我还记得他那些各式各样的工作室:一个在利亚·波耶西街一所资本家住宅的大门里,他在那里像是一个不速之客,几乎是一个撬门而入的贼;另一个在圣奥古斯丁街的一所非常古老的房子里,这个工作室很大,里面有西班牙人,有鸽子,有巨幅油画,还有毕加索到处制造的那种故意的、人为的杂乱;在瓦洛里斯的板棚里,洋铁片、黏土、图画、玻璃珠子、标语牌的碎片、铁柱子和他过夜的一个简陋的小屋子,一张堆满了报纸、书信和照片的床;在戛纳的一所名叫"加利福尼亚"的宽敞而明亮的房屋里——小孩、狗,又是一堆堆的信函和电报、巨幅油画,而院子里还有毕加索雕刻的一只青铜山羊。

我早就开玩笑地给他取了一个"鬼"的外号。这个俄语词要叫法国人读出来是很吃力的,但是在西班牙语里倒有"ч"这个音,于是帕勃洛就微笑着说:"我是一个鬼。"

如果他真是一个鬼,那也是一个特殊的鬼——这个鬼曾和上帝争论过关于宇宙的问题,它造反了,而且没有低过头。一般的鬼不仅狡猾,而且凶恶。而毕加索却是一个心地善良的鬼。

有些人曾把他伟大而艰辛的创作道路视为标新立异,旨在"使资产者吃惊",热衷于形形色色时髦的"主义",这些人是多么幼稚、外行或不诚实!他曾不止一次地对我说,每当他看到批评家写文章说他"寻找新形式"的时候,他总是觉得可笑。"我寻找的只有一件东西——把我想表现的表现出来。我不是寻找新形式,而是发现它们……"有一次他对我说,有时当他坐下来动手作画的时候,他还不知道这幅画将是立体主义的还是彻底现实主义的——这既取决于模特儿,也取决于画家的精神状态。

毕加索曾在瓦洛里斯给一个年轻美貌的美国女人画过几十张油画。在第一幅肖像画上,这个美国女人看上去和她周围的人所看见的她没有什么区别;任何一个现实主义(就这个词的最狭隘的意义而言)的拥护者都找不到可资非议之处。毕加索渐渐开始分解面部。看来模特儿向他显示出来的不仅仅是她那天使般的外貌;他发现了表现她的性格的一些特征,便开始研究这些特征。"但这是一头立方体的猪。"——一个站在我身旁的参观者在看到展览室里这个美国女人的第十幅肖像画时说了这么一句俏皮话,同时他也毫不怀疑,这幅使他心醉的美女肖像画是"立体主义的猪"的第一幅肖像画。

1948年,在弗罗兹瓦夫代表大会结束后,我们到了华沙。毕加索用铅笔为我作了一幅肖像画;这幅画作于古老的"布里斯托尔"旅馆的一个房间里。当毕加索结束他的画稿的时候,我问他:"完了吗?……"我觉得这一次用的时间很短。毕加索笑了起来,说:"但是我认识你可有四十年了……"我觉得毕加索的这幅肖像画不仅非常像我(还不如说我像这幅画),而且还具有深刻的心理刻画。毕加索所有的肖像画都揭示(有时是揭露)了模特儿的内心世界。很久以前,当我把我对印象派的喜爱告诉了毕加索的时候,他曾指出:"他们想把世界描绘成他们所看到的那个样子。我对此不感兴趣。我想把世界描绘成它在我的想象中的那个样子……"

当然,毕加索的许多油画是难以理解的:思想感情复杂,形式罕见。在弗罗兹瓦夫,我曾充当毕加索同亚·亚·法捷耶夫第一次交谈时的翻译。

法捷耶夫:我不理解您的某些作品,我还是立刻把这一点告诉您的好。为什么您有时候要采用人们所不理解的形式呢?

毕加索:请问,法捷耶夫同志,您在小学里学过拼音吗?

法捷耶夫:当然学过。

毕加索:那您是怎么学的呢?

法捷耶夫:(带着他那尖细响亮的笑声)贝—阿—巴……

毕加索:我也是这么学的——"巴"……很好,可是您学过怎样理解绘画吗?

法捷耶夫重又笑了起来,接着就谈到别的事上去了。

如果能对毕加索的全部创作进行一番研究,那就能清楚地了解他怎样改变了写生画。在印象派销声匿迹以后,人们重又看见了大自然——摘除了波伦亚画派的眼镜。画家们一律从事写生:肖像画、风景画、静物画。构图被学院派画家所垄断。画家们最怕的是题材,他们把题材称作"咬文嚼字"。在法国,出自名匠之手的最后一幅构图也许就是库贝的《奥南的葬礼》了;这个作品作于1850年。差不多过了一百年,在1937年毕加索完成了《格尔尼卡》。

我从被围的马德里来到巴黎以后,马上就去世界博览会的西班牙馆;我一进去就愣住了:我看见了《格尔尼卡》。后来我又看见过它两次——一次是1946年在纽约博物馆,一次是1956年在罗浮宫的毕加索创作回顾展览会上,——每次我都感到同样的激动。毕加索怎能展望到未来呢?须知西班牙的内战是按照古老的形式进行的。不错,对于德国空军来说它是一次演习,但是对格尔尼卡的空袭却是一次规模不大的军事行动,是第一次试笔。后来发生了第二次世界大战。再后来还有广岛。毕加索的这幅画表现了未来许许多多格尔尼卡和原子弹惨剧的可怕景象。我们看见了被炸碎的世界的碎片,看见了疯狂、仇恨、绝望。

(如果有一个画家打算描绘广岛的悲剧,于是他就一笔一画地去画一个或十个受害者身上的溃疡,那么这是一种什么样的现实主义,这个画家又是否是现实的呢?另外还有一种真实性,它采取一种比较概括的手法,它所揭示的不是个别的细节,而是悲剧的实质,我们所需要的不正是这种真实性吗?)

毕加索的力量在于他能用艺术的语言把最深奥的思想、最复杂的感情表达出来。他早在少年时代就是绘画的能手;他的线条可以表达他想表达的一切——它们对他是俯首听命的;他献身于写生画,如果他没有一下子找到他所需要的颜色,他会气愤和苦恼的。

在我们这里有过这样一个时期,当时盛行一种宛如巨幅五彩照片的写生画。我还记得毕加索在这个时期同一位年轻的列宁格勒画家所作的一次可笑的谈话。

毕加索:你们那里出售颜料吗?

画家:当然,应有尽有……

毕加索:哪一种样式?

画家(莫名其妙地):软管装的……

毕加索:软管上写的是什么?

画家(更加莫名其妙了):颜料的名称有:"赭石""棕褐""绀青""铬黄"……

毕加索:你们应该使颜料的生产合理化。制造厂应该生产混合颜料,而软管上也应该标明"染脸用""染发用""染制服用"的字样。这就合理得多了。

有些评述毕加索的作者企图把他对政治的兴趣描写成一种偶然现象、一种异想天开的怪癖:一个热衷于斗牛的怪人不知何故竟变成了一名共产党员。毕加索对他的政治选择始终十分严肃。我还记得在巴黎召开的世界保卫和平代表大会开幕那天我们在他的工作室里用午餐的情形。当天帕勃洛添了一个女儿,他叫她帕洛玛("帕洛玛"在西班牙语中意为小鸽子)。同桌用餐的有三个人:毕加索、保罗·艾吕雅和我。起初我们谈论着鸽子。帕勃洛说,他的父亲是一个常画鸽子的画家,但鸽子的脚爪他却总让他的男孩子去画——脚爪已经使这位父亲厌烦了。后来我们就泛泛地谈起鸽子来;毕加索很喜欢它们,家里始终养着鸽子;他笑着说,鸽子是一种贪婪而好斗的鸟儿,不知道为什么要把它们当作和平的象征。后来毕加索把话题转到自己的那些鸽子上来,他拿出上百张宣传画给我们看——他知道他的小鸟将飞遍全球。他谈到代表大会,谈到战争,谈到政治。我记住了他的一句话:"共产主义对于我是同作为画家的我的一生紧密地联系在一起的……"共产主义的敌人不去研究这种联系。对于某些共产党员来说,这种联系有时也颇为神秘。

后来毕加索又画了几只鸽子:献给华沙代表大会,献给维也纳代表大会。千千万万的人仅仅是由于这些鸽子才认识并爱上了毕加索的。冒牌绅士嘲笑它们。不怀好意的人们非难毕加索,说他投机取巧。然而他的鸽子是同他的全部创作紧密联系在一起的——无论是牛头人身的怪物还是山羊,无论是老头子还是少女。当然,鸽子在画家所创造的财富中只是沧海一粟;但是要知道,千千万万的人之所以知道并尊敬拉斐尔,只不过是由于他的《西斯廷圣母》一画的复制品,千千万万的人之所以知道并尊敬肖邦,也仅仅是因为他写了一支他们在出殡的时候常常听到的乐曲!冒牌绅士们的讪笑是枉费心机的。自然,仅仅由于一只鸽子是不可能认识毕加索的,但是要想画出一只这样的鸽子,却必须成为毕加索。

普通人对毕加索的鸽子和他本人的热爱不仅没有使他感到羞辱,而且还使他极为感动。1949年秋我曾和他同赴罗马出席一次和平委员会的会议。当一个大广场上举行的一次群众大会结束后,我们走过一条工人区的街道;行人认出了他,便把他拉到一家小饭馆里,请他喝葡萄酒,拥抱他;妇女们让他抱抱她们的孩子。这是那种无法做作的爱的流露。当然,这些人并没有看到过毕加索的画,即使看到了也会有许多东西不理解,但是他们都知道他是一个支持他们并和他们在一起的大画家,因此他们便拥抱他。

在弗罗兹瓦夫和巴黎的代表大会上,他一直戴着耳机坐在那里全神贯注地倾听发言。我有好些次都不得不去向他提出请求:几乎每到最后关头,如果不向毕加索索取一幅图画,似乎就不足以表现出代表大会或某个保卫和平的运动所取得的成就。而他也不论有多忙,总是欣然允诺。

他的作品有时遭到他的一些政治上的同志的非难或否定。在这种时候他是颇为苦恼的,但是却心平气和地说:"一家人总是会发生口角的……"

他知道他的画在美国的博物馆里特别惹人注目,他也知道,当他打算随世界和平理事会的代表团到美国去的时候没有发给他入境签证。他还知道另一件事:在一个他所喜爱和信任的国家里,人们长期称他为"形式主义者",还把他的油画储藏起来。

1956年秋在莫斯科举办的他的作品展览会对于我是一桩极大的喜事。开幕的那天真是人山人海：展览会的筹备者因担心观众不会很多而分发了大大超过预定数额的请柬；人群突破了障碍物，个个都担心不放他进去。博物馆馆长面色苍白地向我跑来，说："请您劝劝他们吧，我担心会把门给挤坏……"我便用扩音机说："同志们，你们等这个展览会已等了二十五年，现在只请你们安安静静地再等二十五分钟……"三千观众大笑起来，而秩序也随之恢复了。我代表"法国文化之友小组"为展览会剪彩。平时我总觉得仪式典礼之类都是枯燥乏味而又滑稽可笑的，但是这一天我却激动得像个小学生。我接过剪刀，这当儿我觉得我现在要剪的不是一条缎带，而是一幅帷幔，帷幔后面站着帕勃洛……

当然，人们在展览会上是有争论的；在世界各地举办的毕加索画展都是如此——它令人神往，或使人愤慨，它惹人发噱，或使人喜悦，但它使任何人都不能无动于衷。

"矛盾"……很好，就让它这样吧："在毕加索的创作中存在许许多多矛盾……"但是让我们记住日期：他最早的作品是于1901年展出的，而现在却是1966年。这六十五年间的矛盾难道还少吗？毕加索表现了他那个时代的复杂、动荡、绝望和希望。他既破坏又建设，既爱也恨。

我毕竟走运！我此生见到过一些决定了一个世纪面貌的人物。我不仅见过迷雾和风暴，也见过舰桥上的人影。我把我第一次遇见毕加索的那个久远的春日视为我生平的一大幸事，因为这是我一生中的一个里程碑啊。

32

一天早晨,我和往常一样,坐在空荡荡的"洛东达"里,吃力地在翻译杜倍雷的十四行诗,诗人从罗马向法兰西大声呼吁:

我呼唤,我叫喊,但是没有用:
我只能听见回声的答复。
……
我就是那只离群的羊羔。

十分激动的福京斯基紧紧地抓住了我的一只手——我没留心他是怎么走进咖啡馆来的。

(画家谢尔日,或谢尔盖·福京斯基,早在我之前很久就到巴黎来了。他和大家一样食不果腹,和大家一样画风景画并对艺术抱着神圣的信仰。他娶了一个法国女人,但老是爱说"在我们俄国";他得到了一张苏联护照。这是一个十分善良而又热情洋溢的人。1935年他决定到莫斯科去住两周;但在莫斯科住了两年;他怀着兴奋而惊惧的心情观察一切。1941年德国人把他送进了贡比涅集中营,他侥幸保全了性命。他在巴黎住了六十年,但是他依然总是说:"在我们苏维埃俄罗斯……"他的俄语说得很特别。他过马路的样子更加特别——举起一只手,像是在警告汽车司机们说,汽车应该尊重步行者,这时候他的模样就像制止海涛的摩西。)

"你知道吗?"福京斯基喊叫道。"沙皇垮了!"

我一点儿也摸不着头脑,但是却很高兴,便拥抱了福京斯基。在报纸的第一版上登着:"彼得格勒发生政变。尼古拉二世让位于其弟米哈伊尔。"

"这又怎么样?"我对福京斯基说,"米哈伊尔哪一点比尼古拉要好?"但是要扫福京斯基的兴可并不容易:他跑去找来了另一份报纸,于是我们发现了一则短短的电文:"彼得格勒发生罢工、示威。""这是真正的革命!"福京斯基叫道;我又拥抱了他。

"洛东达"的老主顾陆续来到;他们向我们祝贺;大家争论着新沙皇是否站得住,会不会出现一个共和政体。(我们不知道法国的书报检查机关把电讯扣压下来了,在彼得格勒已不再有人想到米哈伊尔,而工人代表苏维埃正在讨论对临时政府该采取什么态度。)利比昂起初说,俄国人干什么都不是时候——只要瞧瞧爱伦堡就够了;但当他看到我们都十分高兴时,便取出一瓶汽酒,和我们一起为共和政体干杯。

要了解俄国发生的事变是很困难的。内容最丰富的《时报》报道,妇女们因粮食供应经常中断而闹事,而粮食供应中断是由于雪堆堵塞交通,尼古拉和亲德集团有联系,而米哈伊尔却支持同盟国。既然哈巴洛夫将军宣称彼得格勒将得到大量的面粉供应,可以认为混乱业已结束。

过了两三天我和帕维尔·柳德维戈维奇一同到俄国大使馆去。我这是第一次看见格列涅尔街上这所古老的房子。大门敞开着,院子里挤满了心情激动的侨民。人们喊叫着,互相祝贺,唱着歌。有人告诉我说,沙皇的大使伊兹沃利斯基接见了代表团,并答应帮助全体政治侨民返回祖国;但是他预先声明,此事甚为复杂:德国人加强了潜水战,运输舰队必须有英国驱逐舰的护航;英国人是不喜欢仓促行事的。人们仍不散去。大家不知为什么都向参赞谢瓦斯托普洛跑去;他说:"先生们,请你们谅解……"

我在走廊的地板上看见了一帧沙皇的肖像——它是被人从墙上取下来的。我不得不再重复一遍:第一次的印象总是要比以后的几次强烈得多。尼古拉二世登基的时候我才四岁,我知道他的父亲"升天"了,而他却还"健在";我还知道在德国有一个蓄着小胡子的威廉,在奥匈帝国有一个老态龙钟的弗兰茨-约瑟夫,在英国有一个很像我们的尼古拉的乔治五世。不料我突然在沙皇大使馆的地板上看见了尼古拉的肖像!而我,伊利亚·格里戈里耶夫·爱伦堡,曾因法律第102条受到审讯,现在却站在那里和同志们高唱着"我们和敌人决一死战……"沙皇陛下若有所求似的瞧着我们。这是很不寻常的,于是我便气势汹汹地对谢瓦斯托普洛说:"您得尽快把我们送回俄国。"参赞颔首承诺,而且再一次请求大家放心。

"你一去就回不来了,"尚塔尔对我说。我们在冷清而黑暗的街道上徘徊了很久;温暖的春雨点点滴滴地下起来了。

不久就听到了分组遣返的消息;第一批动身的都是和政党有联系的有威望的侨民。我在夏天之前是走不成了……我又回到巴黎的生活中去:跑"洛东达",和迪埃戈争论艺术问题,为马克斯·雅科布翻译我的诗作。但是我无时无刻不想着俄国;我无论怎样也想象不出目前在那里发生的事件。我知道报纸在撒谎。但在报纸前面却出现了一幅幅古老的、死气沉沉的莫斯科的画面——庭前种着丁香的花圃、塔尼娅家中的晚会、秘密接头处、茶馆……

我去出席侨民的一次集会。我想,在那里人们也将互相祝贺;不料大家却破口大骂。社会革命党人切尔诺夫娓娓动听地说:"要捍卫社会主义和俄国。"他的姿态使我很生气,但我还是向他鼓掌。安东诺夫-奥夫谢延科和往常一样慷慨激昂、语无伦次,但是一再地说,主要的任务是结束战争;我也向他鼓了掌。我知道我在政治生活中已经落伍,难于辨明是非:一眼看去,个个有理。我没有出席下一次会议。

后来"人权同盟"又为俄国革命组织了一次群众大会。一个巨大的大厅挤得满满的。历史学家奥拉尔致辞;他说,俄国革命是一次社会革命,现在应该推翻法国皇帝。有些人叫道:"打倒战争!"谢韦琳发表演说;我是从她的几篇微微有些感伤、但却写得很真诚的特写知道她的;她是儒勒·瓦莱斯的女友和遗嘱执行人。谢韦琳谈到俄国妇女的功勋、十二月党人的妻子们、薇拉·查苏利奇、菲格纳以及彼得格勒的女工。我向她鼓了掌;坐得离我不远的格里沙吹了一声口哨。有些人唱起《马赛曲》来,另一些人却唱《国际歌》。这次集会以大打出手结束。

报上登满了关于美国的热情洋溢的文章;第一批美国部队最近一两天就要在勒阿弗尔登陆了。文章颂扬一切——威尔逊总统、李利安·吉什、美国罐头、美元,——这是一个蜜月。但是报纸在谈到俄国的时候,却像谈论一个年老而不贞的妻子;工人代表苏维埃尤其使他们气愤;他们编派着齐赫泽的逸闻——这是第一个靶子。齐赫泽被描绘成一个狂热之徒,他准备把法国出卖给法国皇帝。法国人念不出他的姓;利比昂忧心忡忡地问我认不认识这个"什比泽",问我他是不是真的仇视法国人。(尼·谢·齐赫泽在1921年侨居巴黎。我不知道法国人是怎样接待他的,但是过了不几年他就自杀了。)《晨报》在反俄运动中是急先锋——它在4月间就刊登了一些小品文,断言俄国人一直崇拜普鲁士人,他们为人轻浮并有背叛自己朋友的倾向。

最为痛苦的是沙皇政府在1916年派往法国的俄国旅团。俄国士兵的处境一开始就很悲惨。洛赫维茨基将军及其属下常常鞭笞有过失的"下级军官"。法国人得悉此事便开始对俄国人抱着一种怜悯而又鄙视的态度。当俄国人被调往乡间休整的时候,公告员便按照俄军司令部的命令敲着鼓郑重宣告说,严禁向俄国士兵出售葡萄酒。在法国连小孩也喝葡萄酒;这样一来农民们就连朝屋子外面看一眼都不敢了:让野蛮人到这儿来宿营,而这些野蛮人是葡萄酒都喝不得的,他们没喝葡萄酒就已经醉了……

1916年6月马赛爆发了俄国士兵的第一次暴动:他们杀死了一个特别残酷的军官。九名"主谋"被枪决了。

俄国人和法国人互相察看了一年。我记下了俄国人对法国人的一些评论——有褒有贬。

"他说'卡马拉德'。可他是一个什么样的同志呢?他们是没有同志的,他们每一个人都只顾自己。"

"他们骂我们肮脏,可您瞧瞧他们。他们头上抹着发蜡,但一年也不进一次澡堂。他们不是把脏东西洗掉,而是把它们赶到身体里面去。"

"他们是很有礼貌的,一走进商店就是'先生'和'谢谢'。"

"这正是我们现在所努力争取的。我常看见,他就像在同一个朋友谈话似的站在那里向一位将军作报告。我在一家咖啡馆里看见——一个法国兵坐在那里,一个上校走了进来,但他连耳朵也没动一动。"

"难道这是小木房吗?在我们那里也不是任何一个老爷都能够住这种房子的。"

我还记得一次我们的人占了上风的可笑的争吵。法国人不吃荞麦米饭;我们的人有一次试着把荞麦米饭拿给几个"诺曼底"飞行大队的飞行员吃——他们不吃。这么一来,法国人便开始嘲笑俄国士兵了:"在我们那里只有猪才吃这玩意儿。"俄国人不让步:"可你们吃蜗牛,吃青蛙。在咱们这里这些东西连猪也不吃……"

但是在1917年夏天以前,俄国士兵和法国居民之间的关系毕竟还是很融洽的。

1917年4月,法军司令部企图在兰斯地区发动攻势;俄军有两个旅参加了战斗。在这之前不久,尼维尔将军接见了一次外国记者,他夸耀了法国人的战斗精神,但随后却以露骨的讽刺口吻对我补充了一句:"但愿法国的空气能保护贵国同胞不至于受到那些恶意挑拨者的蛊惑……"俄军的几个旅打得很出色,曾夺取了兰斯的命运所系的一个要塞,但是由于未取得别的部队的支援,结果被迫把这个要塞破坏了。

5月1日,俄国士兵开始休整。举行了一次盛大的集会。乐队奏完了《马赛曲》,接着又奏《国际歌》。乡下佬都瞠目结舌,非常惊奇;有一个对我说:"我晓得他们造反了,大伙儿都对打仗感到厌烦了,咱们的人也在造反……可是为啥当官的也和他们在一块呢?他们又为啥要奏《马赛曲》呢?你们俄国人可真怪!"

俄国士兵要求的只有一件事:回俄国去。往后情况更加悲惨:在我离开法国的前夕,我获悉俄军的这几个旅都被作为俘虏囚禁在利亚·库尔金集中营里,并打算把他们送往非洲。

我意外地接到英军司令部的一张请柬,邀我前往"安扎克人"(澳大利亚和新西兰的士兵)驻守的地段去。原来澳大利亚士兵根据法律须参加议会选举;投票箱设在距前沿阵地不远的地方。指挥官向我解释说,让俄国人见识见识在火线上进行选举的办法想必是大有好处的。

形形色色的人都对我发生了兴趣,当然,这并不是因为我是《前夜集》的作者,而是因为我是一家彼得格勒报纸的记者。马克思的外孙,社会主义者让·龙格向我谈了很久关于反对帝国主义和拯救法兰西的必要性这二者之间的矛盾,但随后却突然苦笑起来:"记不得这是谁说的了,仿佛是尼采,他说要想训诫地震是愚蠢的。"国防部长潘勒韦向我谈起他喜欢托尔斯泰、契诃夫和高尔基的作品;他有一双机智而漂亮的眼睛。他是一个天才的数学家,我不知道他为什么热衷于国务活动。

我在新闻大厦听到人们愤然告诉我:驻圣拉斐尔的塞内加尔士兵发动了兵变,并要求为他们建立"苏维埃"。不久查明,塞内加尔人要求的是休假;但报纸依然断言什么"俄国人企图瓦解骁勇的殖民地军队的士气"。

巴黎开始了罢工。首倡者是"时装女工"——这是人们对裁制时装的女成衣匠、缝衬衫的女裁缝以及制帽女工的称呼。许多年轻姑娘唱着一支激昂慷慨的小调在街上游行;小调的内容毫无恶意——女工们要求"英国周",即要求在星期六有短短的一天休假,还要求增加工资。正在休假期间的士兵们也加入了时装女工的游行队伍:他们喜欢这些姑娘,此外,他们还借此机会让巴黎市民欣赏欣赏另一支比较严肃的小调:他们不时高呼"打倒战争!"

兵变开始了。一名休假的士兵来到了"洛东达",他说他的战友,一个年轻的雕刻家被枪毙了。

我收到了一捆德文报纸。德国人歌颂俄国革命,并向对战争提出抗议的法国士兵致敬。然而在德国国内,却听不见任何人的任何呼声。德军的师团照旧盘踞着香槟、阿图瓦和皮卡尔迪。

一切都令人不安和莫名其妙。我记得只有一桩愉快的事。佳吉列夫演出了芭蕾舞剧《检阅》;艾里克·萨蒂作曲,毕加索设计布景和服装。这是一出非常独特的芭蕾舞剧:演出地点在集市上的一家民间游艺场里,参加演出的有跌打滚翻的武术家,有玩球弄碟的杂技演员,还有变戏法的魔术师和一匹受过特殊训练的马。芭蕾舞剧是以一种呆板的机械化动作演出的,这是讽刺日后被称为"美国主义"的那种现象的第一部作品。音乐是现代化的,布景是半立体主义的。观众都是高雅的人物,正如法国人所说——这是"整个巴黎",即那些切盼跻身艺术鉴赏家之列的富翁。音乐、舞蹈,特别是布景和服装,激怒了观众。战前我曾看过佳吉列夫演的一出引起过争吵的芭蕾舞剧,——那是斯特拉文斯基的《春之祭》。但是我还没有看到过任何类似《检阅》演出时所发生的骚乱。池座里的观众都向台上拥去,狂怒地叫喊着:"闭幕!"这时,一匹戴着立体派面具的马走到了前台,开始表演马戏节目——跪下,跳舞,向观众鞠躬。看来观众认定舞蹈演员在嘲弄他们的抗议,便更加气愤地狂叫道:"该死的俄国人!""毕加索——德国佬!""俄国人——德国佬!"《晨报》次日建议俄国人别去研究蹩脚的舞蹈艺术,而应该去研究加利西亚某地的一次漂亮的攻势。

我每天都要跑一个机关:有时去俄国领事馆,有时去英国领事馆,有时去法国警察厅:要出国可真不简单。最后我得到了一张以临时政府名义发给的护照;只缺签证了。"签证"这个名词我是第一次听到——战前根本没有任何签证。有一天,我终于得到了三个签证——英国的、挪威的和瑞典的。

后天我就要起程了!利比昂认为在每一座体面的城市里都有咖啡馆,而画家和诗人也都在那里消磨晚上的时间。他用妙不可言的阿尔马尼亚克酒为我饯行,并说:"当你在莫斯科的'洛东达'喝伏特加的时候,你还会想起利比昂老头子的……"迪埃戈·里维拉替我高兴——因为我要去参加革命了,他在墨西哥看到过革命,这是一桩再没有比它更为可喜的喜事。莫迪利亚尼对我说:"我们也许还会见面,但也可能见不到了。我觉得我们将来都要坐牢或被杀害……"

我记得我在巴黎度过的最后一晚。我和尚塔尔在塞纳河岸的一条大街上漫步,我举目四顾,但一无所见。我已经不在巴黎,但也不在莫斯科;我似乎不在任何地方。我向她吐露了真情:我既幸福而又不幸。虽然我在巴黎生活得很苦,但我依然喜爱这个城市。我来到这里的时候是一个孩子,但那时我知道我该做什么,该往哪里去。如今我已二十六岁了,虽学到了很多东西,但此外对什么都不了解。莫非我已误入歧途?……

她安慰我说:"再见!"但我却想回答她:"别了!"

33

法国人在墙壁上写道:"要当心,敌人的耳朵在偷听!"大家谈的都是要提高警惕的事。一天,我从巴黎前往埃佩尔内;我的通行证上盖了五个不同部门的五个印鉴:外交部、国防部、总参谋部、战区交通局、"外国人检察处";我花了五天的时间跑了五个机关;我很珍惜这个得来如此不易的文件;但是它却未被任何人检查过一次。

英国人没在墙上写过一个字,而且在我的护照上也总共只有一个英国当局的签证;但是我却看到了警惕性到底是怎么回事。我在一生中曾多次被人搜查,但是在这件事上任何人都没有英国人那么高明。他们要我把皮鞋脱下来,又把它们拿到一个什么地方去检查;衣服上和裤子上的每一条褶缝都查看到了;他们没收了笔记本、马克斯·雅科布的诗集和尚塔尔的一张照片,经过好久的交涉,才把尚塔尔的照片还给了我。英国人在干这一切的时候始终是笑眯眯的,甚至叫你无法向他发火。

到了伦敦以后,他们对我们说,我们何时才能起程尚不得而知:这是军事秘密。和我同行的有我的朋友,爱沙尼亚人鲁基,我和他在"洛东达"里经常见面。我们游遍了这个很长的陌生城市。这里的一切都比巴黎安静得多;这也许是因为它距离战争较远,也许是因为英国人不喜欢激动。我觉得这是一座优美、宏伟而阴郁的城市。我想:如果莫迪利亚尼在这里,也许会被关进疯人院的……

我们在伦敦待了两三天。后来我们被带到火车站去;我们要去何处,依然是个秘密。我们的人数很多——既有政治侨民,也有从德国的俘虏营中逃出来的俄国士兵。全部车厢都挤满了。不用说,侨民们马上就争吵起来:

一方是"护国派",另一方是列宁的支持者。在一个车厢里险些儿酿成一场斗殴。

火车把我们运往苏格兰的北部。我走到月台上,对鲁基说,我想呼吸一下新鲜空气。其实我明白我是想呼吸一下宁静的空气。这里感觉不出历史的存在。一幢幢孤零零的房子,一个个覆盖着紫色帚石南的丘岗,一群群的绵羊,北方白夜里的蔷薇色幽光。大自然能够告诉一个人许许多多东西,但是我在那个夏季里却还不够聪明。我站了一会儿,呼吸了一会儿新鲜空气,便又回到烟气弥漫的车厢里去了,车厢里有一个人嘶声哑气地叫道:"你的普列汉诺夫同古奇科夫有什么不同?"

我们在奥贝尔丁被装上了一艘运输船。又是那么拥挤;我们一个贴着一个坐在甲板上。船上的人对我们说,如果发生警报,每一个人都必须到舺板上去;但是乘客的人数超过了预定的人数,因而舺板上也就没有我的位置了。夜里争论停止了;人们都坐着打盹;但大海却还在叙说着它那暴风雨般的、永恒不变的故事。两艘英国的驱逐舰在我们这艘运输船的四周转来转去。翌日凌晨我们得到通知说,发现了一艘潜水艇。在这以前我一直在打盹。但当我见到鲁基的时候,我却大笑起来,以致惹恼了坐在旁边的一位俄国太太:"在这种时候应该严肃一点……"不成,只要一看见鲁基,要保持严肃是办不到的!

他的妻子是一个被我们叫做"鸭嘴兽"的可爱的法国女人。他的岳母悲痛地说:鲁基是个疯子,他要到那个如今万事都底儿朝天的国家去!但更使她害怕的是横渡北海。她哭诉着说:"你们不知道那些德国佬,他们准会把鲁基淹死!"她曾在报上看到一张广告:一家商行大吹大擂地宣传一种奇妙的救生衣,说是穿上了这种救生衣在水上随便浮多久都没有危险。丈母娘给鲁基买了一件救生衣。而他也就穿上了……这叫人怎能不笑呢?我好不容易才说出这么一句话——因为我笑得都快断气了:"你知道你像谁吗?像毕加索的一匹立体派的马……"鲁基辩解着说:他答应了岳母一定穿上。但是我依旧狂笑不止。那位太太忍不住了,便到舺板上去了。我怎能不笑呢?当时生比死更使我害怕,而鲁基也的确是再妙也没有了。

一名英国水手给了我一条救生带并微微一笑。我也微微一笑,但没有套上救生带。我皱了皱眉头——水一定很冷;后来我想起我在奥贝尔丁忘了买英国烟丝。士兵们在运输船启碇以前早就钻进货舱去了：那里又暖和又舒服。在发现潜水艇的时候，有人叫他们到甲板上来，但是他们没有离开货舱——他们正在打牌，而且也不相信救生带。

我觉得卑尔根的小木板房就像莫斯科的胡同。但在这里也没有和平：不久以前一场大火把大半个城市都焚毁了。我觉得克立斯坦尼亚（当时奥斯陆叫这个名字）倒很安闲恬适。汉姆生的约翰大概就坐在这条长凳上梦见了维多利亚。而在那里，在一个狭长的海湾旁边的一所筑在四条鸡爪似的木柱上的小房子里，布兰德①曾说："或者得到一切，或者一无所有！"斯坦尼斯拉夫斯基扮演被称为"人民公敌"的斯多克芒医生②，扮演得十分出色。其原因何在？因为他认定了真理。但真理又是什么呢？斯多克芒医生知道，延年益寿的矿泉根本不能延年益寿，这在化验室里很容易化验出来。然而思想却怎么化验呢？……

我们在斯德哥尔摩滞留了好些天：等候从彼得格勒拍来的一封什么电报。斯德哥尔摩使我十分惊讶。我站在王宫对面的一条滨河街上，看看石头，看看河水，看看苍天，我的诗兴油然而生。（当时我不知道，四十年后这座城市将因斯德哥尔摩宣言、经常的访问和一群新结识的朋友而成为我十分熟悉的地方。）我问我自己：莫非我被这个中立国的平静吸引住了？（在这个国家里，任何人都不必为亲人的生命担忧，不必提防空袭警报，这儿的商店里堆满了货物。）不是的，这反而使我生气。使我惊异的是另一件事：在一片房屋中间矗立着许多山岩峭壁。在这里盖一座房子就像攻克一座要塞那么艰难。大海也令人吃惊——它涌进了城内，水面耀动着金属般的闪光，海鸥的叫声干扰着行人的谈话。这里没有伦敦的郁闷，没有它的豪华和狄更斯所描写的赤贫，也没有它的宏伟和沮丧。这里凝聚着一种就像诗人的一行诗句那样经过一番苦思而突然涌现出来的死气沉沉的忧伤；我觉得斯德哥尔摩人并不像靠他国的战争而发了财的那些中立国，而是像自杀者的候补人。

鲁基碰见了几个熟识的画家；他们邀请我们到一家餐厅去用晚餐。我环顾了一下房间里特意布置的美丽如画的陈设：几只古老的大桶，铜制的烛

---

① 易卜生诗剧《布兰德》的主人公。
② 易卜生《人民公敌》一剧的主人公。

台,挂在墙上的几幅立体派的绘画——毕加索已经跑到欧洲这个北方的边陲来了。几个戴着白色包发帽的姑娘笑盈盈地捧来了小吃和伏特加。我想:这毕竟不是"洛东达"……我们一面认真地说着"谢谢",一面喝着伏特加。后来我们桌上来了一个瑞典人,他个子很高,长着一对鼓出的虾眼;画家们介绍说,他是一个诗人,我没记住他的名字。他说他会说几句法语,但是却没有说下去——只顾闷声不响地喝伏特加。直到将近午夜,他已喝了不少杯,才对我说,欧洲是衰落时期的罗马。使徒保罗砸碎了希腊女神们的塑像,没有考虑它们有没有艺术价值。他是对的,但塑像却很可惜。他问我:"您打算在俄国干什么呢?"我回答说不知道;也许会叫我到军队里去,也许我要写一些新的诗或一部长篇小说。他说现在应该买一根铁棍,还应该买一方手帕来擦眼泪。"我个人既爱打碎东西又爱哭,就像一个站在打碎了的花瓶前面的老处女……"我觉得他的议论都是可以理解的;我们又干了一杯,还热烈地亲吻了一阵。

　　次日早晨我想起我正在去俄国的途中;我将要去访问那些我仅仅从书本上才知道他们名字的诗人;但彼得格勒或莫斯科却不是"洛东达"……譬如说,我没有浆硬的领子,而刮脸刀也在轮船上遗失了。幸而我多少还剩几个钱;我买了一把刮脸刀和几个领子。

　　列车沿着波的尼亚湾行驶。在沿途静悄悄的小站上,几个淡黄色头发的姑娘陪着情人散步。饭店里的冰块上放着鲱鱼。一切都异常寂静和神秘。这里的夜都是白夜:太阳刚刚落下就又马上升起来了。

　　旅途是漫长的;最后我们终于到达瑞典境内的最后一个车站——哈帕兰达。我们徒步走过了一座桥梁。在边境上的托尔尼奥车站我们看见了几名俄国军官。会见是冷淡的。一名中尉看了看我的护照,然后气势汹汹地说:"你们迟了!你们的帝国寿终正寝了。你们白来了……"这一天是7月5日。我们不知道彼得格勒发生了什么事,一个个都垂头丧气。列车现在正向南方前进。沿途车站上的芬兰人都一声不吭。到赫尔辛基后有人告诉我们,彼得格勒的布尔什维克企图夺取政权,但被镇压下去了。车厢里的空气顿时紧张异常。一名"护国派分子"叫嚷着"打上铅印的车厢"①,叫嚷着

---

① 指列宁路过德国时所乘的沿途不受任何检查的特别车厢,后泛指一切革命家。

"背叛",又突然说道:"咱们要帮着把事情搞清楚……你们想干什么——造反吗?办不到,亲爱的!自由归自由,可是对于你们,只有监狱里才有你们的容身之地……"车厢里有几个侨民是在伦敦和我们会合的,其中有一个瘦弱的犹太人,他一路上老是遗失他的眼镜,还不停地吞服一种什么丸药;这时候,他突然跳了起来,也同样喊叫道:"办不到!无产阶级会夺取政权的。到底是谁把谁关进牢里——眼前这还是用叉子在水上写字……"

我有点不寒而栗:在巴黎人人都高谈"不流血的革命"、自由、兄弟情谊,而我们还没到彼得格勒就在以监狱互相威吓了。我想起了布特尔基的囚室、囚室中的马桶、小窗户……在赫尔辛基,一个军官乐得上气不接下气地叙述道:"哥萨克把他们给收拾了……怎么下令去和他们谈谈呢?可这是一群流氓!多么出色的机枪点射!别的语言他们是听不懂的……"

我站在过道上的一扇车窗旁边。周围躺着士兵,妇女们把一个个巨大的包袱紧紧地搂在自己的身边。回去是办不到了。我向窗外看去。那么多的士兵!……他们都是奇形怪状——疲惫不堪、衣衫褴褛、破口大骂……

为什么所有的人都在骂呢?……

又是国境——别洛奥斯特罗夫到了。又是检查护照、检查行李,又是破口大骂。一名军官下令搜我的身。在大衣口袋里发现了几个翻领和一把剃刀;军官把它们拿到另一个房间里去,说是现在有人把秘密指示写在浆硬的领子上;他没有提到剃刀,但拒绝把它归还给我。他们把我们带到一个肮脏的屋子里,并说我们将要像抓来的壮丁那样被押往彼得格勒:把我们交给一位军事首脑。所有这些话都是夹杂着咒骂说出来的。

果然派来了押解我们的士兵。列车走了不久便在一个小站上停住了。一群士兵冲向塞得满满的车厢。一个人说列车运的是沙皇的卫队。士兵们一致起哄,有一个向我喊道:"要把你拉去枪毙,这可不是香槟酒……"一名军官指着我对一个女人说:"你瞧——那个戴帽子的——又是一个'打上铅印的'……好哇,一下子就抓住了……"

列车刚刚开动就立刻在一幢扳道员的小屋旁边停住了。一个小姑娘赶着一群鹅。她扎着一条细细的小辫子,上面系着一条缎带。她看了我一眼:我微微一笑,并看见她报以羞涩的微笑。我立刻感到轻松了一些。

一个老太婆站在一个小平台上拼命地叫:有人偷了她的一袋糖。"该把他们全都打死。"——一个穿着帆布短上衣的老头子说。我没去猜测他要打死的是谁——是小偷还是奸商;我突然高兴起来:周围的人说的都是俄语!

  工厂的烟囱。一片长着被踏坏了的青草和黄花的荒地——简直就像在沙波洛夫卡。被烟熏黑了的房屋。我又回家了……

第 二 部

冯南江　秦顺新　译

1

我宛如杜倍雷①所描写的一只离群的羔羊:我离开俄国的时候还不足十八岁呢。我就像一个预备班的学生,准备从头学起;我见人就问,出了什么事,但回答只有一句:"谁也弄不清……"我曾试图和别人促膝长谈——谈俄国的使命,谈西方的腐朽,谈陀思妥耶夫斯基,但人们却忙于别的事:他们不是在谈话,而是在谩骂、诅咒——有的骂布尔什维克,有的骂克伦斯基,有的骂革命。

在芬兰车站,一个戴夹鼻眼镜、上了年纪的女孟什维克来迎接我们;她对我说:"跟我来吧。"我回答说,有士兵在押送我。她就开始骂那个士兵,士兵也回骂她。她对他说,他是一个"背袋贩子"(他的确背着一个小包),但他回敬说,她大概只晓得"吃水果软糖"。我站在那里颇为惊讶。女孟什维克把我们带到一个宿舍里:那里又挤又黑。一个小伙子对他旁边的一个人叫道:"你算什么革命家?你是加利费②,该把你拉去枪毙!……"

我和所有的政治侨民一样,被批准缓期服兵役;当地的一名中尉说,军队里即使没有我,饶舌鬼已经够多的了。

我在《交易所新闻》编辑部领了我应得的一笔稿费,就移居莫伊卡的一所带家具出租的公寓。我一大早就在街上闲逛和观望。城市的建筑和马路在我看来都异常清晰而宏伟,但要了解一点什么却不可能。

我到奇尼泽利马戏院去参加一个大会。那里人山人海,但我立刻感觉

---

① 杜倍雷(1522—1560),法国诗人。
② 加利费(1830—1909),法国将军,以残酷镇压巴黎公社闻名。

到大家对演说都厌倦了:最初几个月的热情显然已经枯竭,甚至空谈家们也言尽辞穷了。各种各样的人都登台演说。一位白发苍苍的太太在论证世界语能拯救革命,大家不听她的。后来一个无政府主义者发表演说,他说必须立即取消国家;大家一齐向他喊叫,这时他就绝望地吹起口哨来了,于是人们便把他从戏台上拖下来。一位服饰优雅的年轻人哀求不要把俄国送给德国皇帝。两个士兵逼着他回答:"你这狗崽子蹲过战壕吗?……"

我试图寻找和我通信的那些诗人,但是他们没有一个待在城里,人们回答我说,他们不是"在郊外避暑",就是"在克里米亚"。吉·伊·索罗金有一次打发人来请我:"来吧,勃洛克在此。"我立刻向冬宫奔去,但到得太迟了——勃洛克已经走了。我就这样错过了看见那写下了我最喜爱诗句的诗人的机会……

《交易所新闻》的人劝我到"维也纳"饭店去——诗人们和画家们每晚都在那里聚会。我断定"维也纳"是一个类似"洛东达"的地方。但坐在小桌旁边的却是一些市侩、军官、投机商人。有一个人叫道:"要是没有这件事,你们在卡片上还有什么可写的呢?你们还得去安置尼古拉!"一位太太尖声叫道:"他们为什么放过了列宁?……"

大街上在抓逃兵,那些检查人们证件的巡逻员自己也像是逃兵。一天我目睹两名军官从一个女人那里抢走了一小袋砂糖。她哭诉着说:"恶棍!……"她走后,一个军官对着她的背影喊叫着说,她很快要被枪毙的,——克伦斯基纵容"背袋贩子",但是也会有治他的办法。后来军官们就恬不知耻地当着行人把赃物瓜分了。

商店里可以买到哈瓦那的雪茄、塞夫勒花瓶、德·诺亚伯爵夫人的诗集。糖果铺出售加蜜的咖啡(糖已经没有了),薄薄的白面包片夹果泥代替了甜点心。马车夫不再议论燕麦,而只是垂头丧气地诅咒。我在《交易所新闻》编辑部认识的一个诗人说:"唯一的希望寄托在科尔尼洛夫将军身上。他名叫拉夫尔——这是有象征意义的①……"

士兵们谈论着"停战"。逃兵们沉默不语,忧郁地打量着行人。一些穿

---

① 科尔尼洛夫是克伦斯基政府的军队总司令,因被怀疑企图发动政变而被解职,后在1918年的内战中被击毙。俄语"拉夫尔"一词有荣誉、名望等意思。

军装的姑娘在涅瓦大街上散步,她们英姿飒爽、胸脯高耸;她们正在花园街的拐角上"开大会",吵吵嚷嚷地说,应该找到列宁,目前先把切尔诺夫看管起来。

我听过切尔诺夫的演说。他像在巴黎那样讲得十分高尚。但是在3月里曾感动过我的他,到了8月却变成了一个可笑的人物。他擅长辞令,而且一般来说,很像一个法国激进社会党党员,这种人常向选民起誓:一旦他被选上,他一定要在河上修建一座桥梁。切尔诺夫发誓说,他要把土地分给农民,还要把俄罗斯从德国人的魔掌中拯救出来。他有一双狡猾的眼睛,我觉得凡是听过他的演说的人没有一个相信他。我也听过克伦斯基的演说,那就像演戏——临时政府的首脑似乎马上就要啼哭起来或从台上逃跑。克伦斯基的声誉当时已经低落,但依然有几十个妇女拼命号叫,其中的一个还向他掷了一束半枯的翠菊表示敬意,他拾起了花,不知何故还嗅了一嗅。

我遇见了两三个我在巴黎认识的侨民。其中有一位布尔什维克(名叫萨舒尼亚),他说,安东诺夫-奥夫谢延科被关在"十字架"狱里,孟什维克是叛徒,争论的时期已经过去了。我问他是否担心德国人会趁内战之机侵占彼得格勒。他嚷了起来,说我的论断和孟什维克如出一辙,说我"从头到脚"都是知识分子,"知识界步调混乱",现在可怕的不是德国人,而是"护国派"。

我同萨温科夫聊了一两个钟头。他当了陆军部副部长,我简直认不出那个在"洛东达"里阴郁地微笑的鲍里斯·维克托罗维奇来了。萨温科夫大谈严厉措施、专政、秩序。他说克伦斯基是一个被自己的嗓音所陶醉的空谈家,谈到临时政府的时候,他轻蔑地说:"那是一帮六神无主的人,他们开会的时候不是坐着,而是站着……"

我在冬宫看见了沙皇的生活情况,他的生活是索然寡味的;房间里陈设着单调乏味的家具、庸俗的小摆设。(后来我又在北京的皇宫和中国末代皇帝的内室里看到过这些东西。)在一些软座凳子中间摆着一些行军床,步枪到处皆是,——萨温科夫想过早埋葬掉的革命正在冬宫的大厅里徘徊。在楼梯上有一位女士抓住了陆军部副部长的衣襟:"您得告诉我,为什么要把乔治关进牢里?他还在贵族学校里读赫尔岑的著作哪……"

萨温科夫向我介绍了弗·阿·斯捷蓬。我知道斯捷蓬是哲学家,他写

229

过一本名叫《一个准尉的书信》的有趣的书,在书中对战争作了赤裸裸的描写,而没有给它镀上一层必不可少的黄金。我简直不能想象他正在担任陆军部政治部主任的职务。他的脸非常像一个幻想家或牧师。我便像对萨舒尼亚那样开始糊里糊涂而又十分热烈地断言,德国人会侵占俄国并把革命镇压下去。他问我是否想当军事委员。我莞尔一笑——委员必须了解形势并向别人解释,而我却忙着另一件事:向所有的人打听。

我还去过斯莫尔尼。在那里人们向奇赫伊泽展开猛烈攻击,他们嚷着说,萨温科夫正在和将军们协商,而工人们却被关进监狱。走廊上睡着许多士兵。

一个巴黎侨民十分严厉地对我说:"这里可不是你的'洛东达'——到前线去吧……"我回答说,军队不要我。他恶狠狠地笑了起来:"这就是说,你是布尔什维克?我要检举你……"一个老太婆把我推到一堵墙上,哭着说:"你去告诉他们,安德留沙有一个女儿在音乐学院,而这块呢子是米舒金弄到的……"

吉洪·伊万诺维奇·索罗金和卡佳带着我的女儿伊琳娜当时在彼得格勒。他们住在卡佳的父亲家里,卡佳的父亲听不得我的名字:除了其他的罪孽以外,首先因为我是犹太人。卡佳瞒着父亲把伊琳娜给我带来了,小姑娘当时是六岁。我把她带到"安庇尔"咖啡馆里,请她吃抹着果酱的白面包。后来我们就在涅瓦大街上散步。伊琳娜一度有一位意大利保姆,她教会了她祷告上帝。小姑娘要求我带她去喀山大教堂,一进教堂她马上跪下,并命令我也学她的样子。我不答应。伊琳娜嚷了起来,哭个不停;教堂里祈祷的妇女们生气了:在圣地欺负一个孩子是可耻的! 幸而伊琳娜对祈祷厌倦了,她问我,是不是不能再去糖果点心铺啦。

吉洪告诉我说,斯捷蓬派他去高加索前线,还想让我当吉洪的助手。我笑了好久:吉洪对形势的了解还不如我。他很熟悉弗拉基米尔·索洛维约夫的著作和早期哥特式建筑。真有意思,他将对士兵们谈些什么呢:是谈"永恒的女性特征",还是谈沙特尔大教堂的门窗彩花玻璃呢?

(我曾在档案馆发现1917年9月陆军部签署的一份委任状,上面写道,"根据士兵和工人代表苏维埃全俄代表大会中央执行委员会前线委员会的决定",我被任命为高加索军区军事委员的助理。当我知道这项任命的时候,陆军部部长和高加索前线都已不复存在了。)

所有的人都断言,某某不久就会"上台";一部分人认为科尔尼洛夫将军要上台,另一部分人认为布尔什维克要上台。我明白我什么也弄不清,就到莫斯科去了。

这就是奥斯托任卡……我认识这里所有的胡同、所有的招牌。起初我觉得这个城市还比较平静,但这只是外貌——这里的人也同样是什么都不明白。我试图寻找老相识。八年过去了,这不是一个短暂的时期。一个在1907年曾经常出席我们的集会的中学生已成为一名时髦的律师,当我向他通报了我的姓名以后,他向我嚷了起来:"您太轻率了!待在巴黎有多好,至少不会在街上吃流弹……"那个酷爱莱蒙托夫的诗的中学女生柳夏成了一个长小胡子的胖太太,她请我喝茶,但她的埋怨却把我折磨得痛苦不堪;她不停地叨咕买不到糖,仆人顶嘴,夜里不敢上街。

特维尔大街上有一家设有红丝绒沙发的"钟声"咖啡馆,那里供应咖啡和甜点心。作家们常去光顾。我在那里结识了弗·盖·利金,他面色红润、衣着十分整洁,他谈到马,谈到马厩,谈到布宁的创作技巧。鲍·康·扎伊采夫亲切地描述东正教仪式的优美,还谈到了小说。弗·法·霍达谢维奇无论谈到什么人都那么尖酸刻薄,他还写一些情诗,诗中说他就像姑娘们到了晚上想睡觉那样想死;他的脸很像一个颅骨。阿·尼·托尔斯泰闷闷不乐地叨着烟斗对我说:"糟透了!什么也弄不明白。所有的人都疯了……"

阿列克谢·尼古拉耶维奇一口咬定,我像一个墨西哥的苦役犯。有一次,我到阿尔巴特街上的一家咖啡馆里去写作;一个姑娘走到我跟前,生气地收起了空杯,说:"这里不是您的大学……"我对俄国的风俗人情已很生疏,常常出乖露丑。我觉得,我之所以不能理解目前所发生的许多事件的意义,其故即在于此。但是阿列克谢·尼古拉耶维奇的迷惘也不亚于我。不久以前我重读了勃洛克的日记、柯罗连科的书信、高尔基的论文;当时他们都有所接受,也有所否定,有所赞同,也有所抗议。显然,"墨西哥的苦役犯"一经检验原来是一个平凡的俄国知识分子……我提起此事不是为了忏悔或申辩,我只是想说明我在1917至1918年间的处境。当然,现在我看得清楚多了,但是这里并没有任何值得骄傲的东西——事后的聪明是人人皆有的。

2

有人说,从树木后面看不见森林;这同从森林的后面看不见树木是一样正确。在阅读1793年的法国历史的时候,我们看到了国民公会、正直不阿的罗伯斯比尔、革命广场上的断头台、供长裤党人高谈阔论的俱乐部、抨击政敌的小册子、阴谋、战斗。就在这一年,菲利普·勒邦正在实验室里研究煤气,塔尔玛正在排演伪古典主义的悲剧,追求时髦的女人正在试戴饰有缎带的新帽,而家庭主妇们正在城里东跑西颠地寻找不知去向的食品。

阿·尼·托尔斯泰曾对1917年夏天人们的谈话作了如下描述:"我们是不是要完蛋?俄罗斯是不是还存在?知识分子是将被宰杀或者我们还能保全性命?"另一个人说:"去你的吧,老兄,干吗要宰杀咱们,胡说八道,我不信,可是食品店是要被毁掉的。"第三个人根据可靠的消息宣称,"下月1号以前全城的人都将开始死于饥馑"。

我的莫斯科的朋友们偶然地把我在1917至1918年间所写的一本笔记保存下来。笔记写得非常简要,以致我有时弄不清它们的意思;但是有一些字句却帮助我回忆起许多往事。我也记下了同瓦·雅·勃留索夫的第一次会见。

这正是托尔斯泰所描写的那个夏天。我在瓦列里·雅科夫列维奇家里待了几个钟头。他向我朗读了他在不久以前写成的一首关于阿里阿德涅①的诗,我们还争论了一番。如果把这一部分的谈话用适当的字句表达出来,

---

① 希腊神话中克里特国王弥诺斯之女。她给杀死弥诺陶罗斯的雅典英雄忒修斯一个线团,以此帮助他走出迷宫。

那它对于1917年的8月将显得相当出乎意外：

1. 当忒修斯把阿里阿德涅遗弃在一个荒无人烟的岛上以后，他果真受到了良心的谴责吗？

2. 怎么写比较正确——"忒修斯"还是"费修斯"？（瓦列里·雅科夫列维奇坚持后一种译音。）

3. 一个现代诗人是否有必要去写忒修斯的故事？（我说不必要。）

可以认为，勃留索夫是唯美主义者、形式主义者、一个坚决把自己的天地和现实对立起来的顽固的颓废派。这是不正确的，在十月革命以后不久，当他的同辈和比较年轻的一代诗人（包括我在内）都还在莫名其妙，辗转不安，为许多事物悲悼、愤慨的时候，勃留索夫就已经在最早建立的苏维埃机关里供职了。他跟我谈到忒修斯，那是因为他相信诗歌的生命力并尊重自己的工作。他一辈子都以书——别人的书和自己的书为生。他在青年时代有一次曾承认，他"对小说有一种愚蠢的敏感，但对生活中的事件却完全麻木"。

我去找他的时候怀着一种双重感情：我记得他写的信，他曾不止一次地鼓励我，我尊敬他，但他的诗我却早就不再喜爱，同时我又担心我会沉不住气，会在无意之中得罪我非常感激的一个人。

瓦列里·雅科夫列维奇住在第一小市民街，要去找他就必须穿过著名的苏哈列夫卡广场。如果梵蒂冈在罗马是一个独立国，那么苏哈列夫卡广场在1917年的莫斯科也是这样的一个独立国；它既不听命于临时政府，也不服从工人代表苏维埃，又不受民警局管辖。在宏伟的市场上空矗立着一座美丽的高塔，那个拥有唱悲歌的盲人、乞丐和疯修士的古罗斯仿佛还生活在这里。粗野的咒骂常被哭诉声打断，在人们按照古习指着上帝发誓的时候也常常插进去一些关于"克伦票子"①、资产者、布尔什维克的谈话。这里有各式各样的人物：逃兵，来自郊区农村的肥胖的农妇，失业的家庭女教师，女管家，寄人篱下的食客，举止端庄的官太太，惯贼，卖零支烟卷的小家伙，夹着咯嗒直叫的母鸡的牧师。一片喧嚣声、咒骂声、吆喝声、跺脚声——这是人的海洋……

---

① 俄国1917年克伦斯基临时政府发行的二十卢布及四十卢布的纸币。

"阿达米哭诉起来:我的天哪我的天!"一个瞎子用难听的鼻音唱道,我走到勃留索夫家门口的时候,他的歌声依然在我的耳朵里响着。苏哈列夫卡广场是一篇必不可少的前言,是一把识破那被称为"瓦列里·勃留索夫"的复杂现象的钥匙;要知道,虽然那些描写忒修斯、阿萨尔哈东①和库库尔坎的诗作的价值还值得争论,但是任何人都不会否定勃留索夫在俄国文化发展中的意义。(瓦列里·雅科夫列维奇有一次写道:"但愿我不是'瓦列里·勃留索夫'。"然而勃留索夫是勃留索夫,这毕竟是一件好事。)

当然,有权充当前言的不仅只是苏哈列夫卡广场,我所以提到它是因为勃留索夫住在它的附近;想得起来的也许还有扎里亚吉耶②和那儿的粮店、"自由美学协会"、中国城、收购默默无闻的毕加索油画的商人休金、大德米特罗夫卡的"文学艺术小组"。(当小组里的那些既不懂科学又不懂诗却也怡然自得的成员还在玩文特牌的时候,瓦列里·雅科夫列维奇在那里鼓吹过"科学诗"。)勃留索夫穿着欧式的衣服,懂得几种外语,写信的时候常常使用一些法语词汇,墙上挂的不是马科夫斯基的作品,而是罗普斯的作品,但他却是既稳重又淘气、既冒失又机灵的古老的莫斯科的产物。

他对劳动的热爱和充沛的精力使所有的人都感到吃惊。在我现在所叙述的这第一次见面的时候,他曾愤激地反驳我对诗歌创作的那种如他所说的"不负责任的"态度:"灵感有什么关系?我每天早晨都写诗。不管我是否愿意,我都要在桌子前面坐下来写。即使没有写出诗来,我也要寻找新的韵脚,练习艰深的诗格。这就是我的草稿。"——于是他就把大写字台的那些盛满了手稿的抽屉一个个拉出来。他责怪我轻浮,不认真钻研;他说需要为诗人们创办一所高等学校:这是一种手艺,虽说是"神圣的",它也需要训练。

他是一个极为出色的组织家。他的父亲做过软木买卖,因而我深信,如果勃留索夫上中学的时候没有偶然碰到魏尔兰和马拉梅的诗作,那么在我们这里就会像在埃斯特雷马杜拉③那里一样长出一片木栓栎树林。工作能力和虚荣心他兼而有之。他二十岁的时候曾在日记上写道:"才能,甚至天

---

① 阿萨尔哈东是古亚述国王。
② 扎里亚吉耶和下面提到的"中国城",均为莫斯科历史上的地区。
③ 西班牙西部的历史地区。

才,即使能使人成功,那也是很慢的。这太不够了!我是不满足的。应该选择另一条途径……要在迷雾中找到指路星。我看见了这颗星:这就是颓废文学。不错!不管你说它虚伪也罢,可笑也罢,它依然在前进、在发展,而且未来也将是属于它的,特别是当它找到了一个当之无愧的领袖以后。而这个领袖将是**我**!是的,**我**!"

他办出版社,办杂志,撰写论诗的著作,翻译古罗马作家的作品,跟公认的权威争论,教导年轻人;他只担心一点——落后于自己的时代。

他常常描写混乱——这是从丘特切夫那里学来的,但是勃留索夫想把他所歌颂的混乱拿过来进行一番整顿。我还记得1920年年末我到一所小宅邸——教育人民委员部所属的一个管理文学事业的部门——去找他的情形。瓦列里·雅科夫列维奇以部门首长的身份和我谈话,表示愿意给我一个工作;他指了指墙壁,那里挂着一幅古怪的图表:有正方形、斜方形、角锥体——文学事业的图表。它很朴素,同时也很雄伟:他是一个把诗歌变成办公机关、又把办公机关变成诗歌的白发魔术师。

他常常被人称作纯理性主义者、一个只有干巴巴的理性的人,许多人断言,他从来不是诗人。依我看,这不对:对于勃留索夫来说,理性不是一种常理,而是一种迷信,他对理性的信仰已陷于极端。他作为一个诗人,那是就这个词的最平常、最庸俗的意义而说的:他生活在由许多疯狂的图案构成的一个假想的世界中。弗鲁别利给他画了一幅出色的肖像画:一双冷漠无情的灼人的眼睛,一颗仿佛被人从后面砍了下来的脑袋。

我想起了1918年莫斯科的"诗人咖啡馆"。常到那里去的都是一些和诗歌没有什么关系的人——投机商人,太太们,自称为"未来派"的年轻人。瓦列里·雅科夫列维奇宣称,他要以这个咖啡馆的顾客所提供的题材即兴写作一些三韵句诗。他收到了一些荒谬可笑的短简。他仿佛既没有看到那些喊叫着"两杯咖啡,两杯!"的侍者,也没有听到略有醉意的水手们的笑声。他严肃地、庄重地读着诗,他朗诵诗时声音很奇特,——一种刺耳的、断断续续的声音,而且总是仰着头。他宛如一个驯兽者,只不过在他面前的不是马戏团的狮子,而是词句。他的三韵句诗有的描写克娄巴特拉[①],有的描

[①] 公元前埃及末代女王。

写一个坐在小桌旁的小姐,有的描写未来透明的城市。

他对所有的人都很严肃,他的情诗有点像阿弗洛狄忒①王国的旅行指南。由于诗人们的包围,由于被神秘的情绪所支配,他开始研究"通灵术",他知道求神问卜和测字算命的一切特点,知道许多咒语和中世纪的占卜术。

当未来派出现以后,巴尔蒙特天真地请求他们把推翻他的时间再推迟一些。勃留索夫试图亲自出马来推翻他,他写了一首名叫《一个未来派的晚会》的诗。马雅可夫斯基写道:

……在街道上的一些太阳背后,一轮谁也不需要的、
萎靡不振的月亮在某处一瘸一拐地行走。

勃留索夫有这样一句诗:

挂在烟囱上空的月亮,
宛若一枚铸得蹩脚的硬币。

但是未来派并不承认他是他们的人,而且在他们的口号中还有这么一条:"从勃留索夫的黑色燕尾服上剥下纸糊的铠甲。"

瓦列里·雅科夫列维奇在法国发现了鲜为人知的诗人、"科学诗"的发明者雷纳·纪尔。勃留索夫很欣赏雷纳·纪尔的论断:瓦列里·雅科夫列维奇早就想当一个受过高等教育的巫师,一个术士兼院士。

他研究普希金,论述析字法、重复谓语省略法、预期叙述法、异质凑合法,他作了一个统计,在《奥涅金》的第三章里有百分之七十三的韵脚都具有一致的前重音,而在第四章里总共只有百分之五十四。勃留索夫试图完成《埃及之夜》②,创作一篇新的《铜骑士》;但是他的这些作品我是不想再读一遍的。

有些人非难勃留索夫缺乏审美感,这是不公允的:这个特点是一切象征派所固有的——他们的审美感显然就是如此。他们几乎全都赞赏那些在我们看来简直是庸俗作品的典范的伊戈尔·谢韦里亚宁的诗作,这岂不是很奇怪吗?勃留索夫在他去世前不久能够写道:

---

① 希腊神话中司爱与美的女神。
② 普希金的一部未完成的作品。

> 我是一个中间派。我和上面那些人相同。
> 在贵族的集会上我就是贵族,
> 我用每一口呼吸、每一根神经
> 来响应上流社会的精神。

我现在想到了象征派的诗。这是一种引人注目的现象,伟大的诗人亚历山大·勃洛克诞生了,俄罗斯的诗歌仿佛获得了解放。但是我觉得,比起勃留索夫的日记、巴尔蒙特的旅途随笔或勃洛克和安德烈·别雷的通信来,契诃夫的书信乃至他的那些没有光彩的追随者们的书信要容易理解得多!

理性引导勃留索夫接受了革命:他看见了明天。他已近五十岁了。他从事保护图书馆、普及诗歌的工作,做了许多重要的好事。有一个非常古怪的德文名词叫做"文化传播者",它的涵义完全适合勃留索夫在革命前和革命后的活动。我更喜欢使用一个比较陈旧的定义:勃留索夫是一个启蒙者。

他相信,革命将从根本上改造一切;他对我说,社会主义文化和资本主义文化的区别,犹如基督教的罗马和奥古斯都①的罗马的区别那样显著。他也想以诗人的身份接受新的事物,但是他和旧世界的联系太紧密了。他的描写革命的诗作充满了神话中的形象,其中有我们所熟识的象征派词汇。十月革命期间他在莫斯科曾看见埃拉多斯②的命运三女神。当格·瓦·契切林和德意志共和国签订了一项协定以后,勃留索夫写道:

> 从阴魂的会议到拉帕洛会议……

他揭露资本主义的卫士们:

> 从塞米拉米达③直到彭加勒④,
> 都打着形形色色的旗号……
> 某人一旦登上财富统治者的宝座,
> 便紧紧地压缩致命的方阵。

(我想起了一个衣冠楚楚的中年法国人——彭加勒先生,如果有人把

---

① 古罗马皇帝。
② 希腊语对希腊的称谓。
③ 公元前9世纪末的亚述女王。
④ 彭加勒(1860—1934),曾任法国总统,并三次任总理,多次任部长。

他和神话传说中的塞米拉米达相提并论,他无疑会十分得意的。)勃留索夫有时也有满腔苦恼,那时他就会像年轻的时候那样抱怨:

>所有的人无论现在、过去还是未来,
>朝围墙外瞧上一眼,
>反复吟唱的依然是那些琶音,
>老一套的和声……

他死于1924年秋,享年五十一岁。当时我在巴黎,我们举行了一个悼念勃留索夫的晚会。每当一个人去世以后,人们就突然改用新的眼光来看他——给他一个充分的评价。勃留索夫写过一些优秀的诗篇,这些诗篇即使现在看来也依然具有生命力。在他的摇篮上空可能不曾出现过传统的菲亚①,然而即使他生来并不是诗人,但后来成了一个诗人。他帮助过几十个年轻诗人,但他们日后却非难他、反对他、推翻他。但是对于年轻的苏维埃俄罗斯来说,这个疯狂的设计师、孜孜不倦的选择器,却要比许多甜言蜜语的人有用得多。

我不能不再一次回忆起我在巴黎度过的岁月。瓦列里·雅科夫列维奇帮助了我,甚至他的责难对我也有教益。

在我们第一次见面的时候,勃留索夫曾谈到娜佳·利沃娃——看来这是一个尚未痊愈的创伤。也许我在这里想起了娜佳临死前写的一首关于勃留索夫花白鬓角的诗,但是我觉得只有瓦列里·雅科夫列维奇才是一位年迈苍苍的老人,我还在一个小本子上记道:"白发苍苍,十分衰老。"(他当时四十四岁。)我还记道:"他的生活处于次要地位。"——我这时想到的也许是娜佳,也许是革命,但是我肯定已经想起了他的这句话:"生活中的一切仅仅是用来创作嘹亮诗行的工具。"

他曾赠送我一本小书留作纪念,并在书上题道:"为了表示在一个问题上的接近,在另一个问题上的分歧。"这是指我们关于诗歌的争论。我们不曾谈到那个多雷雨的夏季发生的大事,直到临别的时候我忍不住了,便问他:今后将会发生什么事?瓦列里·雅科夫列维奇用诗回答说:

---

① 菲亚是西欧神话中的仙女。

洪水正在泛滥……
但自由却像彩虹一般
遮没了尘埃，
从天上预示着光明的岁月。

我不知不觉地重又来到苏哈列夫卡广场。那个瞎子和他的"阿达米"不见了。在斯列坚卡的拐角上麇集着一群人——有个人被刺了一刀。我站了一会儿便向前走去，而我所想的已不是忒修斯——而是洪水了。

3

我认识马林娜·伊万诺夫娜·茨韦塔耶娃的时候,她是二十五岁。她那桀骜不驯而又惘然若失的神态令人惊奇,她的仪表倨傲——仰着头,前额很高;而双眸却泄露了她的迷惘:大大的、软弱无力的眼睛似乎看不见东西——马林娜是近视眼。她的头发剪成短短的童化头。她不知是像一位娇小姐呢,还是像一个乡下小伙子。

茨韦塔耶娃曾在一首诗里谈到自己的祖母和外婆:一个是纯朴的俄罗斯妇女,乡村牧师之妻,另一个是波兰的贵妇人。旧式的谦恭和叛逆性格,狂妄自大和羞涩腼腆,书本上的浪漫主义和纯朴的心灵,马林娜都兼而有之。

我第一次往访茨韦塔耶娃的时候,已读过她的诗;有些诗我很喜爱,特别是在革命前一年所写的一首,马林娜在那首诗里描写了自己未来的葬仪:

> 我将乘车穿过一条条街道,
> 把莫斯科留在后面。
> 您也将步履蹒跚地跟在后头,
> 但在路上却不止一人落后。
> 第一块土块将敲响棺材盖,——
> 一场自私的、孤独的梦
> 终将获得解答……
> 刚死的贵妇马林娜
> 从今以后什么也不需要啦……

我刚跨入一所不大的住宅便愣住了:一派令人难以想象的荒凉景象。当时人人都忧心忡忡,但日常生活的外表却依然维持着;马林娜则仿佛故意破坏了自己的巢穴。所有的东西都被扔掉,蒙上了一层尘埃和烟灰。一个十分瘦削而苍白的小姑娘走到我跟前,信任地紧靠着我低声说:

> 多么苍白的衣衫!
> 多么奇异的宁静!
> 你怀中堆满百合,
> 毫无所思地瞧着……

我吓得浑身冰凉:茨韦塔耶娃的女儿阿丽娅当时才五岁,可她却朗诵起勃洛克的诗来了。一切都是不自然的、杜撰出来的:无论是住宅、阿丽娅还是马林娜本人的谈话——原来她被政治吸引住了,她说她正在为立宪民主党做宣传工作。

茨韦塔耶娃在早年的诗作中歌颂过自由民拉辛①。就她的天性而论,与其说她是为1917年夏天那些被吓坏了的市民所思念的那种优良秩序而生,不如说是为叛乱而生。茨韦塔耶娃同他们毫无共同之处,但是她离开了革命,在自己的想象中创造了一个浪漫主义的旺代②;她同情沙皇,虽然也指责他:

> 后代子孙还将不止一次
> 回忆起
> 您明亮的眼睛
> 那拜占庭的背信弃义。

她反复吟诵:

> 啊,你是我那贵族的、沙皇的苦恼……

为什么她的丈夫谢廖扎·埃夫龙要去参加白军呢?我在巴黎见到过谢廖扎的哥哥——演员彼得·雅科夫列维奇·埃夫龙,他有肺病,死得很早。谢廖扎长得像他——十分温柔、谦逊、喜欢沉思。我无论如何也想象不到他居然想当一个朱安党人③。

---

① 拉辛(约1630—1671),俄国农民战争的领袖。
② 旺代原为法国西部的省份,18世纪末法国大革命时期,那里曾经是王党的根据地。
③ 朱安党人是18世纪法国大革命时期参加旺代反革命队伍的分子。

他走后,马林娜便写了一些激烈的诗:"拥护索菲娅①推翻彼得!"她写道:

安德烈·谢尼耶②上了断头台,
可我活着,这是天大的罪恶。

她在文学晚会上朗读这些诗,没有任何人迫害她。一切都是书本上的虚构,都是马林娜为之付出了自己被毁掉了的、极端艰辛的一生的一种荒诞不稽的浪漫情调。

1920年秋天,当我从考特贝尔经历了千辛万苦来到莫斯科以后,我发现马林娜依然处于那种极端的孤独中。她完成了一本颂扬白党的诗集——《天鹅营》。当时我已经见了不少世面,其中也包括"俄罗斯的旺代",思考了不少问题。我打算把白卫分子的真面目告诉她——她不信,我试图和她争论几句——马林娜生气了。她的性格倔强,她自己为此吃的苦头比所有的人都多。我保存着她的一本名叫《别离》的书,她在书上题道:"您的友谊对于我比任何仇恨都珍贵,您的仇恨对于我也比任何友谊都珍贵。赠爱伦堡。马林娜·茨韦塔耶娃。柏林,1922年5月29日。"(虽然她当时所保留的先前的坚定立场已寥寥无几,但在这一行文字中却用了几个旧字母ъ,甚至还用了几个硬音符号。)

1921年春,当我以第一批苏联公民的身份出国的时候,茨韦塔耶娃恳求我设法找到她的丈夫。我获悉了谢·雅·埃夫龙还活在人世并住在布拉格的消息,我便写了一封信,把这件事告诉了马林娜。她打起精神着手张罗出国护照。她说她立刻就得到了护照,在外交人民委员部,米尔金对她说:"您对您的离开还会感到惋惜的……"茨韦塔耶娃带走了《天鹅营》一书的手稿。

她和丈夫的会见是富于戏剧性的。谢尔盖·雅科夫列维奇是个有敏锐良知的人。他向马林娜叙述了白卫的残暴,谈到了他们的大屠杀和心灵的空虚。天鹅在他的叙述里变成了乌鸦。马林娜迷惘了。我在柏林和她作过

---

① 索菲娅(1657—1704),俄国公主,1682至1689年执政,后被彼得一世推翻,幽禁于新圣母修道院。
② 谢尼耶(1762—1794),法国诗人、政论家,后被处死。

一次通宵长谈,在我们谈话结束的时候,她说她不出她的书了。

(诗集《天鹅营》于1958年在慕尼黑出版。第二次世界大战前夕,茨韦塔耶娃在去苏联之前把她的一部分档案资料留在巴塞尔市〔"中立国"〕的图书馆里。我不知道出版家是怎样弄到这部手稿的,他们追求的当然是政治目的,违反了茨韦塔耶娃的意志,——在她侨居国外的十七年间,出版家们曾多次要求她出版《天鹅营》,但她始终拒绝。)

我打算把被马林娜·茨韦塔耶娃美化了的关于旺代的话题深入下去,并加以发挥,谈谈艺术有时候是怎样变成装腔作势、摆样子的赝品和衣衫这个问题。(我在回忆自己早期的诗作时已提到过这个问题。)这不仅与《天鹅营》有关,而且与许多诗人的许多诗集有关,同时这个话题兴许还多多少少有助于读者理解我这部书以下的章节。

正如我曾说过的,我没有保存已往的信件。茨韦塔耶娃把她的一部分档案资料带到莫斯科来了。其中有一些写给我的书信的草稿。马林娜在一份草稿上写道:"在1918年,当时您批驳过我的唐璜式人物(一件既不掩饰又不暴露的"外套"),而在1922年的今天,您又批驳我的少女之王和叶戈鲁什卡们(罗斯在我心中是次要的)。无论在当时还是在现在,您要求于我的只有一点——那就是我,亦即一个既没有外套又没有长衫的骨头架子,最好是被剥得精光的我。构思、修辞、借喻——所有这一切对于您来说或多或少都是摆样子的赝品。您所要求于我的是最重要的东西——没有它我就不成其为我了……我一次也没有使您困惑(我经常使自己困惑,将来亦是如此),您比我敏锐。无论在1918年还是在1922年的现在,您都是很严峻的——没有任何奇怪的念头!……您是对的。诗中的放荡(任性)绝不比生活中的放荡(任性,为所欲为)要好。另一些人可以分为两类:一类是警官,他们说:'在诗歌中写些什么悉听尊便,不过在生活中却得举止正派。'另一类是唯美主义者,他们说:'在生活中可以为所欲为——但是必须写出好诗。'只有您一个人说:'无论在诗中还是在生活中都不可放荡。您不需要这个。'您是对的,因为我现在正默默地朝着这个目标前进。"

她向她为自己提出的那个目标走去,而且到达了这个目标,她是通过一条痛苦、孤独和被社会遗弃的道路到达这个目标的。

她和诗歌的关系是复杂而痛苦的。她对瓦·雅·勃留索夫作了许多不

公正的描写:她只看到了表面现象,但无意作比较深入的观察并思考一番,然而这几行诗句无疑曾引起了她的愤怒:

> 也许,生活中的一切只不过是
> 音响嘹亮的诗行的素材,
> 你要从无忧无虑的童年开始
> 寻找词的结合。

茨韦塔耶娃回答道:"词能代替思想,韵律能代替感情吗?词产生词,韵律产生韵律,诗行产生诗行……"但同时她又是诗歌的俘虏。茨韦塔耶娃想起了卡罗利娜·帕夫洛娃的诗句,便把自己的一本书称作《手艺》。她在书中写道:

> 去给你自己寻找那些轻信的女友吧,
> 她们没能把奇迹改为数字。
> 我知道维纳斯是手的产物,
> 我是手艺人,——我懂手艺。

马林娜把生活中的许多东西都称为自己的朋友,友谊突然中断,于是马林娜也就同又一次的幻想分手了。但是她也有一个始终不渝地忠实于她的朋友:

> 是的,有个人已被爱上!
> 此人就是——桌子……

她的写字台就是诗。

我生平见过许多诗人,我知道,一个艺术家要为自己对艺术的酷爱付出多大的代价;但是在我的记忆中似乎还没有一个比马林娜更为悲惨的形象。她生平的一切:政治思想、批评意见、个人的悲剧——除了诗歌以外,一切都是模糊的、虚妄的。认识茨韦塔耶娃的人已所存无几,但是她的诗作现在才刚刚开始为许多人所知晓。

她从少年时代直到去世始终是孤独的,她的这种被人遗弃同她经常脱离周围的事物有关:"我爱上了自己生活中的一切事物,然而是以分别,而不是以相会,是以决裂,而不是以结合去爱的。"茨韦塔耶娃侨居国外以后,重又陷于孤独,侨民办的刊物不愿刊载她的作品,而当她热情洋溢地写了一篇关于马雅可夫斯基的作品以后,竟被目为有"背叛"嫌疑。茨韦塔耶娃在一封信中写道:"在侨居国外期间,他们起初(凭一时的热情!)还刊登我的作品,后来头脑冷静下来,便不再理会我,他们嗅到了异己的气味:那里的气味。内容似乎是'我们的','而声音却是他们的'。"

对于通常被称为政治的那种东西,茨韦塔耶娃是天真的、固执的、真诚的。1922年我同画家埃·利西茨基共同出版《作品》杂志——用俄语、法语和德语出版。马林娜自动为这个刊物把马雅可夫斯基的一首揭露性的诗《下流坯,你们听着!》译成了法文。到了30年代,当她对俄罗斯的旺代的热情早已冷却下来以后,她依然不能适应新的历法。(我想起了苏维埃政权建立头一年间的几个故事,勃洛克曾在彼得格勒的一次会议上激烈地捍卫古老的缀字法——他什么都接受,但"森林"这个词如不加ъ在他看来就不成其为"森林"。)

在第一次世界大战时期,茨韦塔耶娃写道:

　　德意志,我的疯狂!
　　德意志,我的爱!

(她不是孤独的——勃洛克也曾谈到他对德国文化的爱好。)过了四分之一世纪,德国的师团开进被出卖的布拉格,于是马林娜便诅咒他们了:

　　啊,狂妄!
　　啊,伟大之木乃伊!
　　燃烧吧,德意志!
　　疯狂,
　　你创造
　　疯狂。

在30年代,我们的见面次数很少、很偶然、很空洞。我不知道她是怎样生活、靠什么生活的,我也不知道她写了哪些新的诗作。这些年对于茨韦塔耶娃是一个严峻考验和认真工作的时期:现在我看见了她在诗歌上的成长,摆脱最后的几件"外套",寻找朴实的锐利词句。

她生活得很不好:"丈夫有病,不能工作。女儿编织帽子一天赚五个法郎,我们四个人(我有一个八岁的儿子,名叫格奥尔吉)就靠这五个法郎糊口,这就是说,简直是在慢慢地饿死。"

谢·雅·埃夫龙成了"返回祖国协会"的组织者之一。他表现得很勇敢。马林娜对自己的儿子、对那些在父母侨居国外时诞生的年轻人写道:

别再去设宴悼念
你们没去过的伊甸园……

阿丽娅到莫斯科去了,谢·雅·埃夫龙不久也跟着她前去。

但是连茨韦塔耶娃自己也不曾到过那座假想的伊甸园。过去的世界从来不是她失去的乐园。

在不能笑的时候
我自己却太爱笑了!

正是因为"不能",她才爱得很多,她不在她的邻人们鼓掌的时候鼓掌,而是独自望着落下的帷幕,在演出正在进行的时候离开观众大厅,跑到幽暗无人的走廊上去哭泣。

马林娜在幼年时代很迷恋罗斯丹①的《雏鹰》和他那千篇一律的浪漫主义色彩。她的迷恋逐年加深:歌德、《哈姆雷特》《菲德拉》②。她有时用法文和德文写诗。但是除了在俄罗斯,她在任何地方都感到自己是外国人。她的一切——从青年时代的"火热的山梨树"直到最后一株血红的接骨木,都同祖国的景色有关。她的诗作的基本题材是爱情、死亡、艺术,而且她是按俄国的方式来处理这些题材的。对于她来说,爱情就是丘特切夫所说的那个"致命的决斗"。关于普希金的塔季扬娜,茨韦塔耶娃写道:"哪一个民族有这样可爱的女人:大胆而可敬,钟情而坚贞,有先见之明而又热爱人们?"马林娜最憎恶爱情的代用品:

有多少人,有多少人
用雪白的和发紫的手吃喝!
整整几个王国都在你的嘴巴周围

---

① 罗斯丹(1868—1918),法国诗人、剧作家。
② 法国17世纪剧作家拉辛的悲剧。

柔声细语。卑鄙!

她自己就是一个"钟情而坚贞的女人"。

1939 年,茨韦塔耶娃带着十四岁的儿子回到了祖国。在她晚年所写的诗中,有一首仿佛是在法西斯分子攫取了西班牙并侵入捷克斯洛伐克之后写成的:

我拒绝——存在。
在恶人的疯人院里
我拒绝——生活。
和广场上的恶狼在一起
我拒绝——哀号……

谢·雅·埃夫龙死了。阿丽娅在远方。马林娜就是在莫斯科也是孤独的。

1941 年 8 月她找过我,我们在阔别多年之后重逢,但由于我的过错,这次会见却并不成功。那是一天清晨,无线电广播说:"我军放弃了……"这时我的思想正在远方。马林娜马上察觉到这一点,便把谈话转移到事务性的话题上:她说她是来商量翻译作品的问题。她临走的时候,我说:"马林娜,咱们还要再见面谈谈……"不,此后我们没有再见过面:茨韦塔耶娃在撤退到叶拉布加市以后便自杀了。

马林娜的儿子在前线牺牲了。我现在有时见到阿丽娅,她把马林娜未出版的诗都收集起来了。

茨韦塔耶娃的许多诗句我至今难忘——它们已铭刻在我的记忆中,终生不会磨灭。这不仅仅由于诗人的高度才能。我们的道路是不同的,在人生的长途上存在着许多十字路口,一个人每行至此都要实在地或仅仅在自己的幻想中为自己选择一条道路;我同茨韦塔耶娃似乎从来不曾在这种十字路口碰过面。但是在茨韦塔耶娃的诗人的命运中却有一种对于我是十分亲切的东西——对艺术的权力始终表示怀疑,而同时又离不开艺术。马林娜·伊万诺夫娜常常自问,诗和现实生活的创造,哪一样更重要,并回答说:"除了形形色色的寄生虫以外,所有的人都比我们(诗人们)重要。"在马雅可夫斯基死后,她写道:"作为一个人而活,作为一个诗人而死……"茨韦塔

247

耶娃从来没有逃避生活的意思,恰恰相反,她愿同人们在一起生活:孤独对于她而言不是纲领,而是该诅咒的东西;它同她所说的马林娜那个唯一的朋友有密切联系:"此人就是桌子……"她从未去过"洛东达",也不认识莫迪利亚尼,但她写道:

> 注定负有特殊使命的犹太人区。
> 围墙和壕沟。
> 别期待宽恕。
> 在这个最忠于基督教的圈子里
> 诗人都是犹太佬。

"注定负有特殊使命"一词可能会使人莫名其妙,但是茨韦塔耶娃认为"犹太人区"并不是一种傲慢的孤立,而是命运的安排:"古往今来的诗人哪一个不是黑人?"

每当我重读茨韦塔耶娃的诗作的时候,我都会突然忘记诗歌而陷入回忆,想起我的许多友人的命运,想起我自己的命运——人,岁月,生活……

4

我的面前有一张发黄的、褪了色的报纸,这是1917年9月24日的《交易所新闻》。报上有一些戏剧新闻:"米哈伊洛夫斯基剧院正在排演《伊凡雷帝之死》,但该剧的排演工作颇有陷于停顿之可能,其原因在于剧团人力不足,同时该剧本身的政治倾向也与我们今天的现实和情绪不相适应。""工人和士兵代表苏维埃所属的一个委员会在10月份将举办一系列交响乐音乐会。第171后备步兵团的独奏演员和乐队将参加演出。音乐会的指挥将由亚·格拉祖诺夫、亚·济洛季和阿·科茨担任。"旁边刊载着我的一篇寄自莫斯科的特写:

"在六号住宅的一位象征派作家的家中有一群颇为风雅的人物:埃列奥诺拉夫人——一位女神智学者,一位佩戴勋章的军官,还有一位比较年轻的作家,几个普通的知识分子。

"'谁都不愿听,'一个知识分子哼哼唧唧地说,'我们的人民不配享受自由——都是一帮下流坯、暴徒、窃贼。我在电车上被扒走两把钥匙。要用棍子来管束他们。先前给了他们自由,但没有开导他们。有人说"开导他们吧"。开导这些乡下佬吗?不——成!让他们去试试,去显显身手吧。他们会互相残杀,尔后就会有一位将军骑着白马跑来——把他们制服了。将来最好是……'

"'您呀,'女神智学者忧郁地叹着气说,'您说的是骑马的将军,可我想的是米留可夫……'

"'正是如此,棍子是必不可少的,'军官彬彬有礼地向她解释,'举个例子来说吧,在这种"自由"没有来到之前,一个军官是很受大兵们尊敬的,可以说是他们所爱戴的,尽管他常常(请原谅)打他们的耳光。可现在却有了委员会和别的一些岂有此理的东西。要让咱们的"老乡们"来作出决议吗?……我不干!他们曾想授予我一枚乔治勋章以表彰我的英勇。我拒绝了——多滑头!正是如此,棍子是必不可少的,纪律……'

"象征派作家莫名其妙地环顾着客人,滚动着眼珠,一本正经地说:

"'去你们的!收起来吧!去把我们的文化、智慧和信仰从这些野蛮人手中拯救出来!去把图书馆、博物馆和你们头脑中的全部财富都拯救出来。保护博物馆!堵上你们的耳朵,以免听见街市上的喧嚣!我不看这些万恶不赦的报纸,我几乎足不离户。我的耳朵里总是响着四音节韵脚……'

"'我是一个教师,'年轻的作家宣称,'我的立场略有不同。我虽然清心寡欲,却关心谈情说爱。我比她高,但是对于我未来的长篇小说来说,这里却蕴藏着多么丰富的素材啊!……'

"大家开始谈论四音节韵脚和抑扬格、象征派和未来派。直到一刻钟以后,一块用来代替甜食、价值七个卢布的水果软糕才使大家回到地面上来。那个知识分子重又哼哼唧唧地说:

"'下流坯!棍子!将军!……'"

我既轻视别人,又轻视自己:我既不幻想棍子,也不幻想将军,又不幻想廉价的水果软糕,但是我不能理解当时发生的事情。

莫斯科的生活就像在火车站上,正在等候第三遍铃声。常常搜捕逃兵。到处都有人在咒骂,特别是在挤满了人又开得很慢的电车上。在大都会饭店里,绝望的自由主义者饮着法国的香槟酒,用一大张一大张还没有裁开的"克伦票子"付账;他们照旧喃喃地说,必须拯救俄罗斯,也许他们还想拯救自己,但是他们什么都不再相信了。在"钟声"咖啡馆里,一群新的出版商说,他们将出版《加弗里利阿达》①、拉斯普京②的回忆录和我国任何一个作家的全集;一部分出版商很快就对出版事业冷淡下来,改行经营手工业或制糖业。在沙波洛夫卡的茶馆里,人们愁眉苦脸地等待着结局。

我的母亲当时住在雅尔塔,在久别之后我想去探望她老人家。我好不

---

① 普希金的一部长诗。
② 拉斯普京(1872—1916),沙皇尼古拉二世及其妻子的宠臣。

容易才买到一张车票挤进了车厢。我发现母亲已十分苍老,她咳嗽,包着一条奥伦堡的头巾,害怕枪声(那里常常打枪,也不知道是为什么)。

我顺便去考特贝尔看看沃洛申。他谈起了四大元素、阿瓦库姆大司祭、三个带着蛇的复仇女神,而他的眼睛却像两扇关上了百叶窗的窗户。

乘客在列车上抓住一个小偷,他是一个十二岁左右的男孩子;人们都扑上去揍他。直到现在我还清晰地记得那个孩子鲜血淋淋的脸……列车在一个车站停了三小时左右,大家都到市场上去买些面包和苹果;后来开始举行大会。一位小姐把一块面包贴在胸前,歇斯底里地号叫着说,现在残废人也必须上前线。一个士兵狠狠地骂她,但她仍不肯罢休。"背袋贩子"们照看着自己的口袋,神秘地微笑着。

我抵达莫斯科的时候,正在进行巷战。我在红门附近看见马路上有一个老头子——他被一颗流弹打死了。

《胡利奥·胡列尼托》的作者在1921年曾对这部长篇小说中的一个名叫"伊利亚·爱伦堡"的人物的感受作了如下的描述:"我诅咒我这台平庸无能的机器,不是给它另镶一对眼睛,就是得卸下这一双毫无用处的手——二者必取其一。如今正在窗外创造历史的不是大脑,不是虚构,不是小诗,而是手……看来别无良策——当手下是一块黏土而不是一块花岗石的时候,当历史可以用子弹来写而不必去翻阅一个有学问的德国人的六卷集的时候,请跑下台阶并尽快地去创造历史吧。但是不成,我现在正坐在斗室中,嚼着一块冷肉饼,还在援引丘特切夫的诗。该死的斜眼、近视眼或远视眼,它们在任何情况下都不是好东西!如果在目睹了三十三个真理之后,却连其中的一个也把握不住(即使是残缺不全的,但却是自己的、切身的、结实的一个),那又有什么用呢?周围的人至少都在呻吟、欣喜并根据各种不同的情况赞美着上帝:'感谢上帝,阿列克谢耶夫来了,这些强盗都已被赶走!'——列利亚叫道。'感谢你,上帝,'她的女仆马特廖莎平静下来了,'当家的占上风。'我甚至连这种能力也没有……所谓'下一代'的先生们,请你们记着俄罗斯诗人伊利亚·爱伦堡在这些绝无仅有的日子里的所作所为吧。"

在这部《胡列尼托》里我还写道:"家家都在祭祷亡魂,还有许多人在哀悼早先所没有注意到的,或虽然注意到了但未加赞许的事物:列利亚哀悼大国主义,谢廖扎(即和米哈伊洛夫斯基在一起的那个人)哀悼教会,中学生费佳哀悼工业和金融。这毕竟是一桩正经事儿,我背着人痛哭悲悼……我回忆、吟唱、写诗,并在顾客众多的'诗人咖啡馆'朗诵,颇为成功。"

《胡列尼托》的作者这一次谈到的不是那个虚构的主人公,而是自己,他说得很坦率,绝无为自己辩护或涂脂抹粉之意。但是我轻视自己并不仅仅是在三年之后,当我困惑莫解、寻找三十三个真理并哀悼那个从来不曾属于我的世界的时候,我也同样轻视自己。当时我写了一些非常低劣的诗:艺术不能容忍谎言,而我却竭力欺骗我自己——向我不相信的上帝祈祷,穿上别人的外衣。

在勃洛克的日记中有一段 1918 年 1 月 31 日的记事:一个名叫斯滕格的年轻人把青年们对诗歌的态度告诉勃洛克:"起初是三 Б(巴尔蒙特、勃留索夫、勃洛克),他们都很乏味;来了马雅可夫斯基,他也没有什么才气;最后一个是爱伦堡(他比谁都更会嘲笑自己,因此爱伦堡很快就成为我们大家所喜爱的唯一的诗人)。"

"斯滕格"即年轻的诗人弗·奥·斯捷尼奇。我后来才认识他。他轮流地朗读勃洛克、马雅可夫斯基、赫列布尼科夫和自己的诗作,他有爱讥消人的恶习;我不知为什么记住了他写的一首挖苦安年斯基的打油诗:

  常有这样的瞬间,
  那时连小小的绵羊也不可怜。
  屠妇叶连娜在烹饪书里
  写下了这一点。

他是在 30 年代牺牲的。如果当时我从斯捷尼奇口中听到我的诗还会有人喜欢,我准会十分惊愕:连我自己也不喜欢它们;我曾在笔记本里劝告自己:"应该停止写诗,去种菜,或者在事态平静以后买一架带三脚架的照相机到市集上去给人照相。"

  在生死攸关的时刻来到这个世上,
  这种人是幸福的。

这两行诗出自一个二十七岁的诗人,驻慕尼黑的俄国大使馆二等秘书之手。年轻的丘特切夫在报上见到有关 1830 年法国革命的消息,虽然他当

时住在宁静的、死气沉沉的巴伐利亚,但很羡慕暴风雨的目击者:

他是风暴的宏伟景象的目击者……

但事实上当历史从教科书的篇页上转移到附近街道上的时候,再也没有比目击者的角色更愚蠢、更丢脸的了。冒牌聪明人企图了解正在发生的事件的意义,然而枉费心机:如果你走到一幢大厦的紧跟前,那么尽管它非常漂亮、非常宏伟,但是你所能看见的却只是它的一小部分。一个事件的参加者所了解的东西要比一个冷眼旁观者多得多,盲目无知并不会使一个爱憎分明的人惊讶,却会使一个坐在电影院里企图理解一闪而过的镜头的人惊讶。

有一次我遇见了阿列克谢·伊万诺维奇·奥库洛夫。在巴黎的时候我知道他闷闷不乐,大量饮酒,不知道自己该干什么;他常在一个拍纸簿上记些什么,然后把纸片摊在床上拼凑一篇小说;有一次他甚至还得到了奖金。他已被认为是一个作家,但当他喝醉了酒,他就喊叫着说:"我算什么作家?要是说我还有点用处,那也只会打打枪……"他的一生充满不平凡的事件:武装起义时的工人战斗队,监狱,侨居国外,地下工作,然后又是监狱,又是侨居国外。他在革命的莫斯科充满了信心,他告诉我说,再过几天他就要上前线。这种精神上的愉快是重大事件的积极参加者所特有的。袖手旁观者的命运却要痛苦得多。阿·马·高尔基写道:"……1917 至 1918 年间,我和列宁的关系远非我所愿意看见的那样,但是又不能不如此。他是一位政治家。他完全具有巨大而沉重的海船的舵手所必需的那种英明果断,这里所谓的海船,就是灾难深重的农民的俄国。我对于政治有着一种生理上的厌恶,我一般不相信群众的理性,特别是农民群众的理性。"高尔基成了一个旁观者,并在十三年后写道:"就让读者知道我的这个错误吧。如果它可以作为那些爱凭自己的观察匆忙下结论的人的一个教训,那就很好了。"

(我觉得高尔基有一点是不正确的:人们都是从自己的错误中吸取教训,而不是从别人的错误中吸取教训——在历史上,同样的错误一犯再犯的现象是屡见不鲜的。)

我不能说我一贯逃避政治,更确切地说,逃避行动:我开始是搞地下工作,后来,在我的成年时期,我曾不止一次成为重大事件的参加者;在我这部回忆录以下的许多章节里,重大的政治事件将不止一次排挤掉书本或画布。但在1917年我却成了一个旁观者,而且我还需要两年的时间才能认清十月革命的意义。两年的时间在历史上是微不足道的一段时期,但在一个人的一生中这却是许许多多忐忑不安的日子、复杂的思索和普通人的痛苦。

从那时以后,几乎过去了半个世纪……现在我想使读者回忆一下法国在1789年革命的半个世纪之后的面貌。以下就是那些令人眼花缭乱的事件——热月政变,塔利安夫人,一个年轻的科西嘉人①,几次拿破仑战争,哥萨克人进入巴黎,波旁王朝复辟,白色恐怖,小革命,——结局是路易-菲利普,他的民主主义表现在他常常拿着一柄雨伞散步,并对忠臣们的致敬颔首答礼。1789年的革命对于1839年的巴黎人来说已是早已逝去的那个神秘时代的事了。在我昨天曾与之谈过话的一百个人之中,未必会有一个人还记得革命前的俄罗斯:对于五十岁的人们来说(比这更年轻的人就不用说了),苏维埃制度既不是一种可以争论的观念,也不是一个政党的纲领,而是一种自然的社会形式。

当然,在西方是有争论、有怀疑、有否定的,但是如今却可以拿一个大国的复杂生活来比较和论证了。俄国知识界在1917至1918年间的处境要艰难得多……

我既不悲悼地产,也不悲悼工厂,又不悲悼股票:我是一个穷光蛋,而且自幼就轻视财富。使我不安的是另一件事。我是和我们从19世纪得来的那种自由的概念一同成长起来的,我从小学时代开始就尊重对权威的蔑视,倾听桀骜不驯的人们的声音。我还不懂经常发生变化的不仅仅只是制度,而且还有概念;新的世纪带来了许多东西,也带走了许多东西,而我却还想用昨天的尺度来衡量明天的事物。

然而这也不是主要之点。老实说,虽然我已二十六岁,但我还不知道什么是生活。失言、笔误和错误妨碍我对正文的理解。我发现许多畸形现象,看见了仇恨、粗野,但是没有看见主要之点:我少年时代曾梦想过、我在监狱里也依稀看到过的东西正在实现。生活在任何时候都不同于幻想。算命的女人常说"命线",这种线的确存在——不是在手掌上,而是在一个人的命

---

① 指拿破仑一世。

运中,而且你发现它、认清它的时间愈早,你的疑虑就愈容易冰释。这种线的组成成分不仅有崇高的思想,也还有真实的事件,不仅有吸引力,也还有排斥力,不仅有激情,也还有理智。常言道,目的会证明手段的正确,但是这句话我却最不爱说,因为我非常清楚,手段可以改变任何目的。我现在所想的只是个人、人民和时代的命线的准确性。

此后我也同所有我的同时代人一样,不得不经受了许多考验;对于这些考验,我早有精神准备:在我看来,一个四十六岁的人的命线要比一个二十六岁的人的命线清晰得多……我知道应该咬紧牙关、善于生活;我知道对待重大事件不能像对待默写那样专门吹毛求疵;我知道通向未来的道路并不是一条阳关大道。正如诗人特瓦尔多夫斯基所说,"这里既无可减,也无可增"——在历史中也和在个别人的一生中一样,有着许多痛苦的篇页,翻阅起来并不是篇篇都那么称心如意……现在每一个人都清清楚楚地知道,当我国人民在1917年秋沿着一条新辟的蹊径前进的时候,他们在一个贫穷、愚昧、饥饿的国度里创建了什么样的丰功伟绩。然而当时不仅我自己,而且还有许多老一辈的作家和我的同辈都没有了解事件的规模。但是也就在那个时候,被认为是沙龙式的、伪古典主义的、远离生活的一个年轻的彼得格勒诗人,孱弱而又神经过敏的奥西普·埃米利维奇·曼德尔施塔姆却写下了一些出色的诗句:

> 好吧,咱们就来试试:
> 把舵来一个笨重的、轧轧响的大转弯。
> 鼓起勇气来,男子汉,
> 像犁铧那样把海洋劈开,
> 即使在忘川的严寒里我们也会记得,
> 国土对于我们抵得上十个青天。

不过,我在下面还要谈到这一切——谈到曼德尔施塔姆,谈到舵的一个大转弯,而最主要的是谈对于我们抵得上十个青天的那个国土。

5

不记得是谁介绍我认识马雅可夫斯基的,起先我们坐在一个咖啡馆里谈论电影,后来他把我带到自己的住处去了,——他住在彼得罗夫卡附近萨尔蒂科夫胡同"圣雷莫"公寓的一个小房间里。在此之前不久,我读了他的《像牛叫一样平凡》一书;他正是我所想象的那样,——身材魁梧,沉甸甸的下颌,一双时而忧郁、时而严峻的眼睛,他高大、笨拙,好像时刻都在准备同人格斗——他像是大力士和幻想家的混合物,又像是一面祈祷、一面拿大顶的中世纪杂技演员和毫不妥协的圣像破坏运动的拥护者的混合物。

在我们去旅馆的一路上,他喃喃地背诵着弗朗索瓦·维永在等候绞架时写的墓志铭:

我是弗朗索瓦,心里很悲伤,
呜呼,死亡在等待恶棍,
脖子马上就会知道,
这下半截身子的重量。

我们一走进房间,他就说:"我马上读给您……"我坐在椅子上,他站着。他向我朗读了不久前脱稿的长诗《人》。房间很小,除了我并无别人,但他却像面对着剧院广场上的群众似的朗读着。我瞧瞧破破烂烂的糊墙纸,不禁微笑起来:皮靴筒果然变成了竖琴。

马雅可夫斯基使我感到惊奇:诗歌和革命,莫斯科喧嚣的街道和"洛东达"的老主顾所幻想的新艺术居然能在他的身上融洽无间。我甚至以为他能帮助我找到一条正确的道路。实际情况却不是这样:对我来说,马雅可夫斯基在诗歌和一个世纪的生活中都是一种引人注目的现象;但是他绝没有直接影响过我,他和我既很亲近,同时又无限疏远。

也许这就是天才的特点,也许这就是马雅可夫斯基性格的特点——他曾说,诗人应该是"各种各样的",他是"列夫""新列夫""莱夫"的鼓舞者,他想吸引并团结许多人,但围绕在他身旁的却仅仅是他的信徒,有时还有几个模仿者。他曾说过他在莫斯科郊外的一个别墅里和太阳谈天的故事,他本人就是一个有许多卫星围绕着的太阳。

我常常遇见他,1918年、1920年在莫斯科,1922年在柏林,在巴黎,后来又在莫斯科和巴黎。(我们最后一次见面是在1929年春,也就是他去世的前一年。)见面有时是仓促的,有时是耐人寻味的。我很想谈谈我对马雅可夫斯基的了解,我知道,这个叙述将是片面的、主观的,但是一个同时代人的见证又能是别的什么呢?根据许多不同的、有时是互相矛盾的叙述来勾勒一个人的面貌是比较容易的。遗憾的是马雅可夫斯基虽然是各种神话的狂热的破坏者,但同时又以空前的速度变成了神话般的英雄。他似乎注定了要成为一个和他的真实面貌不符的人物。有着那些只记得几个粗野笑话的见证人的回忆。也有小学课本的篇页。最后,还有一尊雕像。一个少年叨念着《好!》的片断。一个家庭主妇在电车上关切地问道:"您在马雅可夫斯基站下车吗?……"要描述一个人是困难的……

在30年代中叶以前,马雅可夫斯基曾引起热烈争论。在苏联作家第一次代表大会上,当有人提到他的名字的时候,有些人热烈鼓掌,有些人则默不作声;当时我曾在《消息报》上写道:"我们鼓掌并不是因为有人想把马雅可夫斯基尊为圣人,——我们鼓掌是因为马雅可夫斯基的名字对我们来说意味着抛弃文学中的一切清规戒律。"我怎么也想不到,一年以后马雅可夫斯基竟果然被尊为圣人。我没有参加他的葬礼。朋友们都说棺材太短了。我觉得,对于马雅可夫斯基来说,他身后的荣誉才是太短了,主要是太窄了。

首先我想谈谈马雅可夫斯基这个人,他绝不是一块"巨石",而是一个伟大、复杂的人物,他有坚强的意志,有时也怀着一团纠缠不清、相互矛盾的感情。

《死者青春常在》——安娜·西格斯[①]给自己的一部长篇小说取了这样

[①] 西格斯(1900—1983),德国女作家。

的名字,后来的印象几乎总是要把最初的印象遮盖起来。我曾在这本书里试图谈谈年轻的阿·尼·托尔斯泰,他是我最早遇到的作家之一。但是每当我想到他的时候,我的眼前就常常出现他那笨重胖大、受到赞扬的身影,他那响亮的笑声和疲倦的眼神——就是我在他的晚年所见到的那副模样。现在我正在看一张照片。马雅可夫斯基旁边是亚·亚·法捷耶夫,他年轻、充满幻想,有一双柔和可亲的眼睛。我很难回想起亚历山大·亚历山德罗维奇曾是这副模样:因为我经常看见的是一双坚毅的、有时是严峻的眼睛……而马雅可夫斯基在我的记忆里却永远是年轻的。

他终生都保留着某些特点,也许确切地说,是保留着自己少年时代的某些习惯。批评家们不喜欢多谈马雅可夫斯基的所谓"未来主义时期",但是如果不谈他早期的诗作,他后来的长诗就不可理解了。但我现在所谈的不是诗,而是人。当然,马雅可夫斯基不仅很快就脱掉了黄色短外衣①,而且很快就抛弃了早期未来派宣言中的口号。但他身上仍保留着那种《给社会趣味一记耳光》②的精神,——在他的举止、谈笑和给别人的回信中都保留了这种精神。

我还记得1917至1918年冬天的"诗人咖啡馆"。它坐落在纳斯塔辛斯基胡同里。那是一个很别致的去处。墙上贴满了令顾客莫名其妙的图画和题词。

   我爱看孩子们怎样死亡——

这是马雅可夫斯基革命前的早期诗作中的一句,它赫然出现在墙上,旨在使来宾大吃一惊。"诗人咖啡馆"和"洛东达"截然不同——在这里谁都不谈论艺术,不争论,也不苦恼,这里既有演员,也有观众。咖啡馆的顾客,用当时的话来说,都是"没有杀尽的资产者"——投机商人、文学家、寻欢作乐的市侩。马雅可夫斯基未必能使这些人消愁解闷:尽管在马雅可夫斯基的诗中有许多是他们所不懂的,但他们觉得这些奇怪的诗句同那些在特维尔大街上游荡的水手之间有着密切联系。马雅可夫斯基写的那首关于在末日来到时吃凤梨的资本家的短歌是大家都懂的,纳斯塔辛斯基胡同里没有凤梨,

---

 ① 黄色短外衣是未来派穿的一种奇装异服。
 ② 《给社会趣味一记耳光》是有马雅可夫斯基参加的未来派出版的第一部诗集。

但是一小块坏猪肉却卡住了许多人的喉咙。给顾客们解闷取乐的是别的东西。例如,满脸脂粉、手持带柄眼镜的大卫·布尔柳克登台朗读:

我喜欢怀孕的男人……

戈尔茨施密特也能使观众开心,在海报上他被称为"生活的未来派",他不写诗,却用药粉把头上的两绺鬈发涂成金色,他力气特别大,常把木板折断用来把肇事者从咖啡馆里打出去。有一次,"生活的未来派"决定在剧院广场上给自己立一座纪念像,雕像是石膏做的,不很大,而且绝不是未来派的——戈尔茨施密特赤条条地站在那里。过往行人虽然气愤,但是并没有毁坏这座神秘莫测的纪念像。后来这座雕像终于被砸碎了。

这一切都是遥远的往事了。两年前美国旅客大卫·布尔柳克夫妇来到了莫斯科。布尔柳克在美国作画,收入很多,已成为一个受人尊敬的、仪表优雅的人物;带柄眼镜和"怀孕的男人"都没有了。我现在觉得未来主义比古希腊还要古老,但对于去世过早的马雅可夫斯基来说,未来主义却依然是栩栩如生的,至少也是十分亲近的。

我经常去"诗人咖啡馆",甚至还在那里发表过一次演说,并因此从戈尔茨施密特那里得到一笔酬金。

我记得阿·瓦·卢那察尔斯基去咖啡馆的那个晚上。他谦逊地坐在远处一张小桌旁谛听。马雅可夫斯基要他讲话。阿纳托利·瓦西里耶维奇谢绝了。马雅可夫斯基坚持要他讲话:"请您把您曾对我说过的关于我的诗歌的那些话再说一遍……"卢那察尔斯基只得讲了:他谈到马雅可夫斯基的才能,但是批评了未来主义,并提到没有必要自我吹嘘。当时马雅可夫斯基曾说,人们不久就要在"诗人咖啡馆"所在地为他立一座纪念像……弗拉基米尔·弗拉基米罗维奇只错了几百米——他的纪念像立在离纳斯塔辛斯基胡同不远的地方。

是不够谦虚吗?是自信吗?马雅可夫斯基的许多同时代人常常提出这类问题。譬如,他庆祝过自己从事诗歌创作十二周年。他不止一次地自诩为最大的诗人。他要求在他活着的时候就得到承认,这一点和时代有关,和巴尔蒙特所抱怨的推翻"偶像"有关,和那种千方百计使人注意艺术的愿望有关。

> 我爱看孩子们怎样死亡……

马雅可夫斯基连一匹马挨打都不忍心看。有一次我的一个朋友在咖啡馆里用小刀割破了自己的手指——弗拉基米尔·弗拉基米罗维奇急忙扭过头去。他自信吗？是的，他对于批评的回击当然很尖锐，常常得罪自己文学上的对手。我还记得这样一段对话。一张字条上写着："您的诗不能给人温暖，不能使人激动，不能感染人。"马雅可夫斯基回答道："我不是炉子，不是大海，也不是鼠疫。"他常在自己的书里给读者写下这样一行题词："供内服用"。这一切都是众所周知的。但另外一些事就不是大家都知道的了。

我记得马雅可夫斯基在巴黎"伏尔泰"咖啡馆里举行的一次晚会。利·尼·谢芙琳娜出席了那个晚会。那是在1927年春。大厅里有一个人喊道："请您现在读读自己的旧作吧！"马雅可夫斯基和平常一样一笑置之。晚会结束以后，我们走进圣米歇尔林荫道旁一个夜间咖啡馆：有马雅可夫斯基、利·尼·谢芙琳娜、埃·尤·特里奥莱等人。奏着音乐，有人在跳舞。弗拉基米尔·弗拉基米罗维奇一会儿开玩笑，模仿出席晚会的诗人格奥尔吉·伊万诺夫的模样，一会儿又沉默良久，像笼中的狮子那样阴郁地四面张望。我和他约定，翌日上午我去找他，越早越好。在他经常留宿的"伊斯特里亚"旅馆的一间小屋里，被褥没有铺开——他没睡觉。他见到我的时候神色忧郁，没有请安就立刻问道："你也认为我从前写得要好一些吗？……"他从来都不是一个自信的人，是他那令人难忘的姿态让人们形成了一种成见。我以为，他那种姿态与其说是由性格形成，不如说是由理智形成。他有一种浪漫气质，但又为自己这种气质感到羞涩，他突然打断自己的话说道："谁在海上能不作玄想？"（在对自己的生活作了痛苦的思索之后。）又立刻讥讽地说，"废话。"在《怎样作诗》一文里，看上去每一句话都合乎逻辑、简单明了。事实上马雅可夫斯基很了解与创作有着必然联系的那种痛苦。他曾详细地谈到如何储备韵律；他还有另一种他不爱谈起的"储备"，那就是心灵上的痛苦。他在去世前写的一首诗里说道："爱情的小舟被生活碰得粉碎"，——这是顺应他多次嘲笑的浪漫气质的表现。事实上是他的生活被诗歌碰得粉碎了。他对后代说出了他对同时代人所不愿说的话：

>　　但是我
>
>　　掐着
>
>　　　　自己的歌的
>
>　　　　　　　喉咙，
>
>　　　克制着
>
>　　　　　自己

　　他看上去非常结实、健康、朝气勃勃。可是他有时却忧郁得叫人难受，他的神经过敏到了病态的程度：口袋里总装着肥皂盒，如果他不得已跟一个不知何故使他生理上感到厌恶的人握了手，他就立刻走开，仔细地把手洗净。在巴黎的咖啡馆里，他用喝冷饮的麦管喝热咖啡，以免嘴唇碰着玻璃杯。他嘲笑迷信，却总在猜测着什么，他非常喜欢赌博——是鹰还是字，是奇数还是偶数。巴黎的咖啡馆里都有自动轮盘赌，可以在红的、绿的或黄的颜色上放五个苏，赢了就会掉出一个筹码，凭筹码可以得到一杯咖啡或一瓶啤酒。马雅可夫斯基在这些自动轮盘旁边常常一站就是几个钟头，临走的时候给埃尔扎·尤里耶夫娜留下几百个筹码；他并不需要筹码，他只想猜到结果是什么颜色。他在手枪的滚筒里也留了一颗子弹——偶数或奇数……

　　弗拉基米尔·弗拉基米罗维奇和女人们谈话的时候，他的嗓音就变了，平时那种尖锐、坚定的声音变得柔和起来。我曾在维克托·什克洛夫斯基的一本书里读到过这么一段："弗拉基米尔·弗拉基米罗维奇出国去了。国外有一个女人，可能是他的情人。我听说他俩彼此那么相像、那么般配，以致咖啡馆里的人在看见他们的时候都不禁露出感激的微笑……"不久前出版了马雅可夫斯基献给塔·阿·雅科夫列娃的一本诗集，她就是什克洛夫斯基所说的那个女人。我还保存着马雅可夫斯基送给塔塔（塔·阿·雅科夫列娃）的《臭虫》的手稿，这部手稿是塔塔觉得毫无用处而扔掉的。她并不像马雅可夫斯基，尽管她和他一样个子很高、很漂亮。我不想说那些被马雅可夫斯基公正地斥之为"谣言"的事，我之所以提到这一件事（它在诗人的一生中绝不是最重要的事），只是为了再一次表明，活着的马雅可夫斯基并不像那尊青铜雕像或红太阳弗拉基米尔勇士。

　　马雅可夫斯基在十八岁的时候进了绘画学校——他想当画家。他在诗歌里依然保持着从绘画的角度去观察世界的能力：他的人物形象不是凭空虚构的,而是他看见过的。他喜欢绘画,懂得绘画;他也喜欢美术界。与其说他听见了世界,不如说他看见了世界。(他曾开玩笑地说,大象堵住了他的耳朵。)

我提到过在采特林家里举行的一次晚会,马雅可夫斯基在晚会上朗诵了《人》。维亚切斯拉夫·伊万诺夫有时好意地点点头。巴尔蒙特显然是疲倦了。巴尔特鲁沙伊季斯和平常一样不可捉摸。马林娜·茨韦塔耶娃微笑着,而帕斯捷尔纳克则不时倾心地看看弗拉基米尔·弗拉基米罗维奇。安德烈·别雷却与众不同,他如痴如狂地听着,当马雅可夫斯基结束了自己的朗诵,他竟跳了起来,激动得几乎说不出话了。他的兴奋几乎感染了所有在场的人。但是马雅可夫斯基却被某人的一句冷淡而又客气的话激怒了。他常常这样:他似乎看不见桂冠,总在寻找荆棘。他在诗歌里不断地同新诗歌真实的和假想的敌人战斗。在这些指责的背后隐藏着什么呢?也许是同他自己的争论吧?

我曾有机会读过国外写的几篇关于马雅可夫斯基的文章,文章的作者们企图证明革命把诗人毁了。很难想得出有比这更荒唐的事了:没有革命可能就没有马雅可夫斯基。1918年他曾正确地骂我是"惊慌失措的知识分子",为了理解当时发生的事件,我费了两年时间。而马雅可夫斯基立刻就理解并接受了革命。他不仅是热爱,而且是全身心地投入了社会主义社会的建设。他对任何事都不肯随声附和,有人想要说服他,他反驳道:

面向农村——
　　　　　任务已经提出,
弹起古斯里琴吧,
　　　　　诗人朋友们!
可你们要明白——
　　　　　我只有
一张面孔——
　　　　　一张面孔,
而不是风信标……
思想
　　可不能

　　　　　在水里搅拌。
　　能被水浇湿的
　　　　　　是火鸡。
　　诗人活在世上
　　　　　从来
　　　　　　　不能没有思想。
　　我是什么——
　　　　　　是鹦鹉？
　　　　　　还是火鸡？

　　他同革命从未发生过冲突,这是那些不择手段反对共产主义的人的捏造。马雅可夫斯基的悲剧并不在于革命同诗歌的不协调,而在于"列夫"的成员们对艺术的态度：

　　让诗人们,
　　　　　　唾沫四溅,
　　嘴唇上
　　　　　浮现轻蔑的微笑。
　　我,
　　　　　即使去掉心灵,
　　　　　　　　　也要呼唤,
　　社会主义所必需的事物。

　　(当时报纸改了几个字,"我即使去掉心灵"被改成"我理直气壮地"。)这首诗证明了马雅可夫斯基作为一位诗人和一个人的功绩。

　　马雅可夫斯基喜爱莱热,对于艺术在现代社会中的作用,他们的看法有某些共同之处。莱热醉心于机器,醉心于大都市主义,他追求日常生活中的艺术,不大去博物馆。他画油画,曾创作了一幅出色的写生画,依我看,是供装饰用的,尽管它无论如何破坏不了我们对凡·高或毕加索的爱戴,但是它无疑和新的时代有联系。马雅可夫斯基不仅在宣言或论文中曾多年反对诗歌,他还想用诗来消灭诗。《列夫》刊登过一篇对艺术——对"所谓诗人""所谓画家""所谓导演"的死刑判决书。它劝画家们放弃画架画去研究机

263

器美学,去搞纺织品和器具;劝导演们离开舞台去组织人民群众的庆祝和示威;劝诗人们抛弃抒情诗去给报刊撰稿、写启事、拟广告。

放弃诗歌是不容易的。马雅可夫斯基是一个坚强而勇敢的人。可是他有时也会离开自己的纲领。1923年,当《列夫》还在否定抒情诗的时候,马雅可夫斯基写了长诗《关于这个》。甚至他的朋友也不能理解这部作品,无论是马雅可夫斯基的同盟者还是他文学上的对手,都一致痛骂它,但马雅可夫斯基却正是以这部作品丰富了俄罗斯诗歌。

他对过去的艺术的否定逐年减弱。《新列夫》在1928年末报道,马雅可夫斯基公开声明:"我赦免伦勃朗。"我再一次提醒读者,马雅可夫斯基英年早夭。他的生活、思考、感受和写作都不是按计划进行的,他首先是一个诗人。我记得,在那遥远的往昔,当我国的电气化还只是一个蓝图的时候,当覆盖着冰雪的黑魆魆的剧院广场上还点着昏暗的路灯的时候,马雅可夫斯基曾那么神往地谈到美国新的工业美:"孩子是生活的花朵。"他从美国回来以后,我见到了他。是的,布鲁克林大桥的确很好,是的,那里有许多机器。但是那里又有多少野蛮和惨无人道的暴行啊!他咒骂着,并且说,他在看到诺曼底的小花园以后有多么高兴。《列夫》的纲领既流露了对巴黎的否定(那里的每一幢房子都是旧时代的残余),也流露了对崭新的工业化的美国的赞美。但是马雅可夫斯基一方面咒骂美国,一方面又表示他爱巴黎,并不以流露了自己的温情而感到羞涩。这种矛盾是从哪儿来的呢?是的,《列夫》是一个只存在了几年的杂志,而马雅可夫斯基是一个大诗人。他在宣言式的诗作里嘲笑过普希金的崇拜者,嘲笑过罗浮宫的参观者,但无论是《奥涅金》的诗节还是古代的绘画,都曾使他为之倾倒。

他立刻明白了十月革命改变了历史的进程,但他对未来的详情细节的了解是有限的:他所看到的不是一幅油画上的未来,而是一幅宣传画上的未来。《臭虫》最后一幕所描写的那种清洁卫生的田园生活现在已难于使我们神往了。过去的艺术在马雅可夫斯基看来与其说是陌生的,不如说是注定要灭亡的。他的圣像破坏运动是誓言,是功绩。他不仅同这个或那个批评家斗争,同多愁善感的抒情诗的作者斗争,而且也同自己斗争。他曾写道:

我想让我的祖国了解我,

如果我不被了解——

　　　　　　那会怎样？！

　　那我只得

　　　　像斜雨一样，

　　从祖国的一旁

　　　　走过。

由于觉得这几行过于感伤,他把它删掉了。但祖国是了解他的,也了解他所抛弃的那些美妙诗篇……

我回想起他在1928年秋的情形——当时他在巴黎住了一个多月。我们常常见面。我常见他神色阴郁地坐在"库波尔"小酒吧里。他叫一杯"怀特·豪斯"（"白马"）牌的威士忌,他很少喝酒,却写了一首短歌：

　　"怀特·豪斯"

　　　是一匹好马，

　　　白色的鬃毛，

　　　白色的尾巴……

有一次他说："您以为这容易吗？……我可以写出比他们所有的人写得都好的诗……"对于自己的思想他是始终不渝的。

关于他自杀的原因一向众说纷纭,——一会儿说因为他的文学作品展览会的失败,一会儿说因为拉普派的攻击,一会儿说因为爱情纠纷。我不想猜谜：我不能像对待一部长篇小说的布局那样去对待一个我熟识的人的生活……我只想说一点：人们常常忘记,诗人是特别敏感的,而他正是一个诗人。弗拉基米尔·弗拉基米罗维奇把自己叫做"犍牛",甚至叫做"大犍牛",把自己的诗叫做"河马",在一次会上他曾说,他有一张任何枪弹也射不穿的"象皮"。其实他连普通的人皮也没有。

根据基督教的传说,异教徒在信奉基督以后,就动手破坏男女众神的塑像。塑像被破坏了,但是这位新信徒也把自己美好的感情压抑下去了。马雅可夫斯基不仅摧毁了过去的美,也摧毁了自己；他的功绩的伟大在于此,他的悲剧的关键亦在于此。

文学家安德烈·莱温松到过彼得堡,他被认为是一个舞蹈艺术的行家。

265

1918年他在《艺术生活》杂志上发表了一篇诬蔑马雅可夫斯基的文章。当时许多艺术家和阿·瓦·卢那察尔斯基都对他进行了反击。后来安德烈·莱温松到巴黎去了。当马雅可夫斯基悲惨的死讯传到巴黎以后,他在《新文学》报上发表了一篇极端恶劣的造谣中伤的短文。我曾同几个法国作家联名给该报编辑部写了一封信,以表示我们的愤慨。在这封信上签名的都是法国的正派作家,他们有着极不相同的观点;我不记得有谁曾拒绝签名。我把信送给了编辑莫里斯·马丁·杜·加尔。(这是一个不甚出名的文学家,和大诗人罗歇·马丁·杜·加尔迥然不同。)这位编辑心平气和地读完了这封十分激烈的信以后,便说:"我请您作一个小小的改动。"我回答说,措辞是不能缓和的。"我并不要求这样做。但是,也许您可以在'我们感到愤慨的是,文学报……'这一句里加上几个字——改成'最大的文学报'。"他愿挨这一记耳光,可是要求指出他的脸颊是很大的。如果马雅可夫斯基知道了这件事,想必会写出一首好诗……

马雅可夫斯基在世上的遭遇是不寻常的。不久前黑非洲的作家们还同我谈起过他——他的影响竟到了那儿。他在周游世界。当然,诗是很难翻译的,何况在马雅可夫斯基所断言的作为未来的形式的那种形式中已有许多东西变成了过去的形式。但是他作为一个人和一个诗人,却依然是年轻的。阿拉贡、巴勃罗·聂鲁达、艾吕雅、杜维姆和奈兹瓦尔都从来没有写过"仿马雅可夫斯基"的诗,但他们却都得到过马雅可夫斯基的许多教益——他教给他们的不是作诗的新形式,而是选材的勇气。

应该善于把现代生活同轰动一时的新闻区别开来,把革新精神同过了四分之一世纪就会显得陈腐的这种或那种新东西区别开来。几个月以前曾有一位诗人对我说,在有了马雅可夫斯基的复杂韵律之后不能再使用动词韵了。这当然是幼稚的看法。写诗既可以用动词韵,也可以根本不用韵。在1940年,初学写作的诗人十之八九都用"小楼梯"的形式写诗,现在他们又在模仿别的样式了:流行的样式是常常变换的。当时人们曾用普希金、涅克拉索夫和勃洛克的著作敲马雅可夫斯基的脑袋。难道现在又非得用马雅可夫斯基的多卷集把年轻人狠狠地揍一顿吗?

我说过,马雅可夫斯基也许能帮助我认清许多事情。我还记得一次夜间的谈话,这是在1918年的2月或3月。我们一同从"诗人咖啡馆"里出来。马雅可夫斯基仔细询问有关巴黎、毕加索和阿波利奈尔的情况。后来他对我说,他喜欢我写的那首关于处决普加乔夫的诗。"您应该高兴,可您老是发牢骚……这可不好!"我欣然同意:"当然不好。"在政治上,他是正确的,我不久就明白了这一点;但我们的思想和感受却始终不同。1922年他曾对我说,他喜欢《胡列尼托》:"您对许多事的理解都比别人清楚……"我笑着说:"可是我觉得,我依然什么都不明白……"我们常常见面,但又没有见过一次面。

  无论过去还是现在,我一直念念不忘马雅可夫斯基;有时我和他争论,但我始终钦佩他在诗歌上的功绩。我不愿看他的塑像——塑像总是站在原地,而马雅可夫斯基却在走着——在莫斯科新建的住宅区走着,在古老的巴黎走着,在我们整个星球上走着;他带着"储备"走着——不是新韵律的"储备",而是新的思想和感情的"储备"……

6

我来到莫斯科不久就遇见了鲍·列·帕斯捷尔纳克,他把我带到他家里去了(他当时住在普列奇斯坚斯克大街附近)。我的笔记本上有一行简短的字句:"帕斯捷尔纳克。诗作。怪脾气。楼梯。"

我拿起另一个笔记本,翻到1941年7月5日。在"德国人说,他们已渡过别尔津纳河"这一行文字之后和"五点钟,罗佐夫斯基"之前记道:"帕斯捷尔纳克。疯狂。"

1917至1941年……在这二十四年间,我有时很少同帕斯捷尔纳克见面,有时几乎每天相见。这个期限对于了解一个哪怕是十分复杂的人似乎也是很充裕的,但是我却往往觉得鲍里斯·列昂尼多维奇依然同我们初次见面的时候那么神秘;这也说明了1941年的摘记。我喜欢他,无论过去和现在我都喜欢他的诗;在我遇到过的所有诗人当中,他口齿最笨,又最接近音乐的要素,最富有吸引力,又最使人难以忍受。我现在打算按照我所见到的和我所理解的那样把他描绘出来。这将主要是1917至1924年的帕斯捷尔纳克,当时我们经常长谈、通信。1926年、1932年、1934年在莫斯科,1935年在巴黎,后来又在莫斯科——在战争的前夜和战争爆发后最初的几周,我们都经常见面。我们没有发生什么龃龉,却不知为什么就默默地分手了;偶然相逢时,也只是互相握握手,说必须再见见面,然后就分手了,直到下一次的偶然相逢。自然,我并没有全面描述帕斯捷尔纳克的奢望,甚至也不想写他的青年时代,——他身上有许多东西是我不理解的,也有许多东西是我不知道的;但是我将要描绘的既不是一尊圣像,也不是一幅漫画,而是肖像的习作。

让我从头说起。我们认识的时候,鲍里斯·列昂尼多维奇是二十七岁,这是在那一年的夏天,用帕斯捷尔纳克的话来说,在那一年里

　　人人都在干旱和半饥半饱中生活,
　　在斗争中变得冷酷无情,
　　生活中时刻出现的奇迹,
　　已不能使任何人感动。

我迷惘而阴郁,帕斯捷尔纳克愉快而兴奋。那一年对于他来说是特别值得纪念的一年:

　　它之所以被人永志不忘,
　　还因为尘埃使它微微肿胀,
　　因为风儿嗑着葵花子儿,
　　把壳儿乱抛在牛蒡上,
　　因为它用一株陌生的锦葵引导我,
　　像引导一个瞎子一样,
　　为的是让我乞求你
　　在每一道篱笆旁。

帕斯捷尔纳克在这一年深有所感,写了《生活是我的姊妹》一书。我曾对我们的第一次见面作了如下的描述:"他向我朗读诗。我不知道使我最为吃惊的是他的诗,是他的脸孔,是他的声音,还是他说的话。我告辞了,但耳朵里充满了声音,而且头痛。楼下的门锁上了——我在他那里一直坐到两点钟。我去找看门人,他不在。我折了回去,但却找不到帕斯捷尔纳克住的屋子。这是一幢带有过道、走廊和亭子间的房子。我明白在天明以前是出不去了,便俯首听命地在楼梯上坐下。楼梯是生铁做的,黑夜在我的脚下蠕动。门突然打开。我看见了帕斯捷尔纳克。他睡不着,出来散步。我在他住的那套住宅旁边坐了足足一个钟头。他看到我毫不惊奇,我也不惊奇。"

鲍里斯·列昂尼多维奇常用感叹词说话。他有一首叫做《初访乌拉尔》的诗,这首诗就像兴高采烈的牛叫。他的早期诗歌的力量就是最初的生活经验。当时绝没有人认为他是隐士,他渴望同人们来往,心情愉快,连

他在那几年所写的诗也是愉快的。我之所以觉得他很幸福,不仅是由于他具有天赋的巨大诗才,还因为他善于以日常生活琐事为题材创作崇高的诗歌。当时我们大家都被象征派所滥用的那些过于响亮的词汇弄得作呕不止:"永恒""无穷""无际""易朽的""脆弱的""边缘""命运""劫数"。帕斯捷尔纳克曾写道:

> 万能的爱情之神,万能的细节之神。

对于他爱过的一个女人,他曾这样说:

> 认为你不贞洁——那可是罪过:
> 你带着一把椅子进来,
> 从书架上取得了我的生命,
> 还吹去了尘埃。

他给自己的一本书取了《生活是我的姊妹》这个名字,并不是没有道理的:他不仅有别于老一辈的象征派诗人,也不同于他的大多数同辈,他跟生活相处得很和睦。他的诗作的现实主义同文学的纲领无关(帕斯捷尔纳克说过多次,各种各样的流派他都不懂),而是诗人的天性使然。帕斯捷尔纳克曾在1922年写道:"活生生的现实世界,这是获得了一次成功便永远成功的唯一构思。它每时每刻都在顺利地发展,它依然是真实的、深邃的、不断地吸引着人们。它在翌日清晨也不会使你失望。对于一个诗人来说,它不仅是模特儿和模型,在更大的程度上它还是一个榜样。"

不久以前有个青年曾对我说,帕斯捷尔纳克大概是一个阴郁的、孤僻的、而且十分不幸的人。但我在1921年却对帕斯捷尔纳克作过这样的描写:"他生气勃勃,身体健康,而且具有现代人气质。在他身上没有任何秋天、日落及其他赏心悦目却不能令人宽慰的东西。"一年以后,维·鲍·什克洛夫斯基在柏林遇到帕斯捷尔纳克后写道:"幸福的人。他在任何时候都不会愤世嫉俗。他应该作为一个可爱的、被人溺爱的、伟大的人度过自己的一生。"

马雅可夫斯基和奥·布里克在1923年表达了(用时代的行话)艺术家们的探索:"马雅可夫斯基。将复调音乐节拍的经验运用到囊括广泛的社会生活与日常生活的长诗中去。""帕斯捷尔纳克。把多动作的句法运用到革命的课题上。"

凡此种种都会使那些直到1958年才知道帕斯捷尔纳克的外国读者感到惊奇。他们所想象的是一个同历史决斗的倒霉的人。实际上帕斯捷尔纳克是幸福的,他之所以生活在社会之外,不是因为现实社会不合他的口味,而是因为尽管他很容易和人接近,甚至和别人在一起还很愉快,但他只知道一个交谈者:他自己。

1918年末,他赞颂克里姆林宫:

威严的它,通过尚未过去的一年,
拼命地向1919年疾驰。
……
我在海外预测到这些坏天气,
这尚未来临的一年
将把筋疲力竭的我
重新培育。

(当时帕斯捷尔纳克不了解,世界上任何人都不会认真地把他"重新培育"。)

后来,在1930年,当马雅可夫斯基自杀以后,他写道:"……我们的国家,我们那正在往时代里冲闯、并永远为时代所接受的史无前例、令人难以想象的国家。"他谈到了这个国家和马雅可夫斯基的血肉联系。他在1944年也写过一些关于这个"正在往时代里冲闯的"国家的热情洋溢的诗句。他站在一旁赞扬:每一个诗人,甚至最大的诗人,都不仅有一块天花板,而且还有四堵墙壁;社会处于帕斯捷尔纳克所生活的那个世界的四壁之外。

什克洛夫斯基有一点是错了,他曾写道:"这个幸福的大人物在身穿大衣、站在'出版界之家'小吃部的柜台旁边嚼着夹肉面包的人们中间感到了历史的重量。"帕斯捷尔纳克能理解大自然、爱情、歌德、莎士比亚、音乐、德国古典哲学、威尼斯的秀丽景色,能理解自己,有时也能理解某些接近他的人,但无论如何也不理解历史;他听得见别人听不见的声音,他听得见心脏的跳动、青草的生长,却听不见时代的脚步声。

"自我中心主义"一词由于经常被人们使用而变得陈腐了,其中还含有

271

一种轻蔑之意,别的涵义我是找不到的。鲍里斯·列昂尼多维奇不是为自己而生活——他从来不是利己主义者,但是他生活在自我之中,和自己一同生活,并依靠自己生活。我回忆起我们很久以前的会见——正像两列疾驰的火车,各有自己的轨道。我知道帕斯捷尔纳克正在听我说话,但是并未听进去;他不能摆脱自己的思想、感情和联想。跟他交谈,甚至倾心之谈,都像是两个人的独白。

我想起了一段有趣的故事。帕斯捷尔纳克在1935年夏赴巴黎出席保卫文化代表大会。苏联作家小组已先期到达,帕斯捷尔纳克和巴别尔应法国作家的请求作为增派的成员后来才到。帕斯捷尔纳克曾气恼地说他不想去,他不会演说。他在一个简短的演说中说,诗歌无须乎到天上去寻找,要善于弯腰,诗歌在草地上。也许是这几句话,但多半是帕斯捷尔纳克的外貌,使听众为之惊倒;他受到了热烈欢迎。过了几天,他对我说,他想见见几个法国作家;我们决定邀请他们午餐。我的妻子打电话通知鲍里斯·列昂尼多维奇:请于下午一时前往某某餐厅。他生气了:"干吗这么早?最好是三点钟。"柳芭向他解释说,巴黎人在十二点到两点之间吃午饭,在七点和九点之间吃晚饭,所有的餐厅在三点钟都关门了。当时鲍里斯·列昂尼多维奇就说:"不成,一点钟我还不想吃饭呢……"

精神集中在自己身上(这种精神集中的程度与年俱增)不曾妨碍,也不会妨碍帕斯捷尔纳克成为一个大诗人。我们时常出于习惯说作家应该善于观察。在不久前发表的亚·尼·阿菲诺格诺夫的日记中有一段有趣的话:"如果作家的本领在于善于观察人,那么医生和侦察员、教师和列车员、党委书记和统帅就是最优秀的作家了。但是并非如此。因为作家的本领在于善于观察自己!"阿菲诺格诺夫正确地否定了"观察力"的陈腐概念:在创造一部长篇小说或一出悲剧的主人公的过程中,作者的感受和理解起着巨大作用——要知道一个作家所能理解的别人的内心世界,仅仅以他所熟悉的、因而也是他所了解的某些激情为限。

然而艺术是多种多样的。抒情诗是作者的自我表白,无论他多么与众不同,但他的感情——对春日的赞美或对人生不免一死的感喟,爱情的欢乐或失望心情——依然能为千百万人所理解。为了写下"啊,我们已将近老年,但我们却爱得更加入迷、更加缠绵……"丘特切夫不必去观察那些被爱情俘虏的上岁数的人,他只需在临近老年的时候遇见年轻的杰尼西耶娃。年轻的安·帕·契诃夫为了在《乏味的故事》里描写一个老教授和他的一个年轻女学生之间的友谊,就得对人们、对他们的感情、习惯、性格、说话的神态,甚至穿衣的姿势都了若指掌。鲍里斯·帕斯捷尔纳克,当代最优秀的抒情诗人之一,也和任何一个艺术家一样,受到自己天性的制约;当他试图在一部长篇小说中描绘几十个其他人物和时代,表现内战时期的气氛,再现一列火车上的谈话的时候,他遭到了失败——他看到和听见的只有他自己。

他曾被别人的命运之谜所吸引,尤其是在他的晚年。在他所写的一篇自传中,他试图了解马雅可夫斯基、马林娜·茨韦塔耶娃和法捷耶夫死前的心情。当我读到这些推测的时候,我不知何故感到很不自在:鲍里斯·列昂尼多维奇有一颗十分丰富的心灵,但是他却没有开启别人心灵的钥匙。

我不打算臆测他自己晚年的心境,我没有见到他;是的,也许即使见到了,我也不会知道——别人的心是无法知道的。我不知道他为什么要在这篇自传里否认他和马雅可夫斯基悠久的友谊,但我却想谈谈这种友谊:我是它的见证人。

我们曾开玩笑地说,马雅可夫斯基有一副专为女人们预备的第二嗓音。他当着我的面只同一个男人用这种极为柔和、温存的第二嗓音谈过话——那就是帕斯捷尔纳克。我记得,1921年3月在出版界之家举行过一次鲍里斯·列昂尼多维奇的文学晚会,他亲自朗诵,后来年轻的女演员阿列克谢耶娃-梅斯希耶娃也朗读了他的诗作。在讨论的时候,有一个人竟敢于像我们现在所说的那样"指出缺点"。当时马雅可夫斯基便挺身而出,开始振振有词地称赞帕斯捷尔纳克的诗;他用狂热的爱来保护他。

帕斯捷尔纳克在《通行许可证》(1930年)里谈到战争前夜、战争期间以及革命后最初几年里他对马雅可夫斯基的态度:"我已被马雅可夫斯基弄得神魂颠倒","我盲目崇拜他","马雅可夫斯基是诗的命运的顶峰","当我第一次像同一个陌生人那样同我爱戴的人谈话的时候,我感到十分高兴"(在一次小小的争执之后),"我以加倍的力量感觉到马雅可夫斯基的存在。他一如我们第一次见面时那样生气蓬勃地出现在我的面前"。

小小的争执经常发生,而且十分激烈。鲍里斯·列昂尼多维奇有时也对我谈起那些争执。我保存了一部《现代人》的汇编(1922年),上面有帕斯捷尔纳克如下一行题字："谨以感激和喜悦之情赠给我的朋友和战友,因为对《胡列尼托》的赞美把罕能取得一致并经常分道扬镳的马雅可夫斯基、阿谢耶夫及其他朋友和战友都团结在一起了。"

在一次小小的争执之后,马雅可夫斯基和帕斯捷尔纳克在柏林相遇了;二人的和解就同决裂一样激烈。我同他们一起盘桓了一整天:我们去咖啡馆,后来去进午餐,完了又去咖啡馆。鲍里斯·列昂尼多维奇朗读自己的诗作。晚上马雅可夫斯基去艺术宫演说,回到帕斯捷尔纳克那里以后,他朗读了《脊柱横笛》。

此后他们就各奔前程了。但是到1926年,马雅可夫斯基在援引帕斯捷尔纳克的四行诗"那一天把你从头到脚……"的时候也还称他是"天才诗人"。帕斯捷尔纳克在谈到马雅可夫斯基的死的时候曾写道:"我就像我久已盼望的那样号啕痛哭起来。"

为什么帕斯捷尔纳克在回顾自己的已往的时候,企图把许多东西都一笔勾销呢?也许这是一种对自己不满的表现?我不得而知。我认为,他晚年的诗同《生活是我的姊妹》有密切联系,而他却想必感觉到了二者之间的差异。不久以前我在《神灵报》上读到鲍里斯·列昂尼多维奇给他的作品的法国译者之一写的一封信。鲍里斯·列昂尼多维奇企图阻止这位译者发表他的某些旧作的译文。据说别人跟他谈起他的旧作时,他总是要对方相信,他先前所写的一切都只不过是他在不久之前脱稿的那部唯一站得住脚的作品的练习和准备,那部作品就是长篇小说《日瓦戈医生》。

读了《日瓦戈医生》的手稿以后,我感到伤心。帕斯捷尔纳克曾经写道:"不善于发现并道出真理,这是用任何善于撒谎的本领也掩饰不住的一个缺陷。"小说中有一些极为出色的篇页——描写自然景色和爱情的篇页,但是作者却用了过多的篇幅去描绘他不曾目睹、不曾耳闻的事物。书中还附了一些绝妙的诗,它们似乎着重指出了散文精神上的错误。

先前我从来也没能说服国外的诗歌评论家相信帕斯捷尔纳克是一位大诗人。(当然,这不包括某些懂俄文的大诗人:里尔克[①]早在1926年就曾热情洋溢地谈到过帕斯捷尔纳克的诗)。他所获得的声誉来自另一个途径。

---

① 里尔克(1875—1926),奥地利诗人。

他曾写道：

> 在任何人都未去过的城郊，
> 巡逻兵，你曾不无目的地向我耳语……
> 我也有点儿像……我迷路了：
> ——此城非彼城，此夜亦非彼夜。

围绕诺贝尔奖金风暴爆发的时候，我正在斯德哥尔摩。我走到了街上，看见报上的广告，上面只有一个名字；我想了解一点情况，便打开收音机——我听到的也只有一个名字："帕斯捷尔纳克"……这是"冷战"的一个插曲。此城非彼城，此夜非彼夜。而且这种声誉也不是帕斯捷尔纳克所应该得到的……

让我再回来谈谈他的诗。诗集的编者们曾一度喜欢采用按题材分类的办法。如果用这个尺度来衡量帕斯捷尔纳克，那么他的大部分诗作都是写大自然和爱情的；但是我以为他的基本的、固定的主题是艺术，也就是产生过果戈理的《肖像》、巴尔扎克的《不知名的杰作》、契诃夫的《海鸥》的那个主题。

> 啊，但愿我知道，
> 一旦我决心尝试便往往如此，
> 人们在扼杀呕心沥血的诗行，
> 众口一词地把它们杀死！

他还用这样的看法结束这些谈诗的诗：

> 这时艺术便奄奄一息，
> 只有土地和命运还在呼吸。

他没有用枪自杀，不是死于青年时期，但是他充分了解艺术要求付出的代价——亦即正被人慢慢地、坚决地加以消灭的诗行的力量。

保罗·艾吕雅有一次曾说："诗人应该是一个孩子，即使他已白发苍苍、血管硬化。"帕斯捷尔纳克身上就有一种稚气。他那看来天真幼稚的见解正是一个诗人的见解。他曾这样谈到一个作者："当他是坏人的时候，他怎么可能是优秀诗人……"他初次看到巴黎时曾感叹道："这不像一座城市,这完全是一幅风景画……"他曾说:"描写春天的早晨很容易,谁也不需要它,但是要做一个像春天的早晨那么朴实、明朗而又意外的人,——这却太难了……"

在我现在所叙述的那个时期,当我惘然若失、不知所措的时候,鲍里斯·列昂尼多维奇对于我既是艺术生命力的保证,又是通往生气勃勃的生活的一座桥梁。年轻、愉快、漂亮,宛如一个充满灵感的阿拉伯人——他在我的记忆中永远是这个模样,虽然我也看见过老态龙钟、白发苍苍的他。

半个世纪以来,我常常突然喃喃自语地吟咏起帕斯捷尔纳克的诗。他的诗是不会从世界上被清除掉的:它们依然活着……

7

居民们每天清晨都要认真地研究贴在墙上的那些还是潮湿的、胀鼓鼓的法令：他们想知道什么是被准许的，什么是被禁止的。一天我在一张名叫《关于使艺术民主化的第一号命令》的公告旁边看见一群人。有一个人朗读道："随着沙皇制度的消灭，今后艺术将迁出储藏室，迁出人类天才的板棚——宫殿、美术馆、沙龙、图书馆、剧院。"一个老大娘尖叫了一声："天哪，要没收板棚啦！……"那个朗读"命令"的戴眼镜的人解释说："根本没提到板棚，说的是图书馆要关门了，当然，还有剧院……"这张小报是未来派的作品，下面还有一排签名：马雅可夫斯基、卡缅斯基、布尔柳克。这些名字没有告诉行人任何东西，但是所有的人都明白"命令"这个具有魔力的词。

我想起了1918年的5月1日。莫斯科全城都用未来派和至上派的油画装饰起来了。在被风雨剥蚀了的房屋和带圆柱的帝国式别墅的正面，乱七八糟的正方形正在和斜方形交战；触目皆是以三角形代替眼睛的面孔。（现在通称作"抽象派"并在我国和西方引起了不少争论的那种艺术，在当时对于全体苏联公民却是司空见惯的东西。）那一年的5月1日适逢受难节。祈祷者群集在伊维尔小教堂旁边。从他们身旁驶过一辆辆蒙着无物体油画的载重汽车（从前的斯图平公司出品），演员们在车上表演各种各样的折子戏：《斯捷潘·哈尔图林的功勋》或《巴黎公社》。一个老太婆盯着一幅绘有一只巨大的鱼眼的立体派油画哭哭啼啼地说："他们想叫咱们崇拜恶魔……"

我笑了，但这是不愉快的笑。

现在我又重读了1918年夏载于《星期一》报的我的一篇题为《在立体

277

派中间》的文章,我在文中谈到毕加索、莱热、里维拉。我说可以把这些画家的作品看成是"一幢即将倒塌的房屋的荒唐的装饰图案,或另一幢即使在创造性的梦境中也未见到过的建筑物的基础"。

当然,毕加索、莱热和里维拉成为共产主义者并非出于偶然。1918年在红场上出现的不是学院派的画家,而是未来主义者、立体主义者、至上主义者。在那些跟我青年时代的挚友相似(即使只是外表的相似)的画家和诗人的庆祝活动中,究竟是什么东西使我感到不安呢?

首先是对过去的艺术的态度。众所周知,马雅可夫斯基是逐渐成长、变化的,但当时他是圣像破坏运动狂热的拥护者:

> 你们找到一个白卫,
> 就会把他枪毙。
> 可你们忘记了拉斐尔?
> 忘记了拉斯特雷利①?
> 是时候了
> 该让那些博物馆
> 在弹雨中倒毙。
> 用口径一百英寸的大炮向老古董轰击!
> ……你们在林边把大炮排列整齐,
> 对白卫的秋波置之不理。
> 然而为什么
> 普希金未遭到攻击?

这是我不能理解的。当我在莫斯科的胡同里徘徊的时候,我常常反复吟咏普希金的诗句;我常满怀柔情地回忆起古代意大利大师们的绘画。一到莫斯科,我几乎立刻就向克里姆林宫跑去。15世纪的绘画使我震惊,因为在此以前我对俄罗斯早期文艺复兴时代一无所知。

关于遗产的价值的争论很快就平息了。马雅可夫斯基写了关于普希金的诗,而有关马雅可夫斯基的材料目前也编入科学院出版的《文学遗

---

① 拉斯特雷利(1700—1771),俄国建筑师,巴洛克式建筑的代表人物。

产》中。

（我已提到过《作品》杂志，在它的撰稿人中有我们"左翼艺术"的许多代表人物：马雅可夫斯基、马列维奇、梅耶霍德、塔特林、罗琴科。我在一篇阐述该刊宗旨的文章中写道："如今'把普希金从轮船上扔出去'是可笑而幼稚的。在形式的变动中存在着联系，因而古典主义的典范对于现代的大师们而言并不可怕。可以向普希金和普桑①学习……《作品》不否定过去的遗产，它号召在现代创作现代的作品……"）

马雅可夫斯基是不难了解的：他的诗常常引起哈哈大笑。那些和未来派（马列维奇、塔特林、罗琴科、普尼、乌达利佐娃、波波娃、阿尔特曼）同路的画家们的绘画在革命前是备受挪揄的。十月革命以后，古典诗歌的模仿者们把作品装进了皮箱。布宁和列宾都到国外去了。留下来的是未来主义者、立体主义者、至上主义者。就像他们西方的同道者——战前"洛东达"的老主顾那样，他们憎恶资产阶级社会，并在革命中看见了出路。

未来派断言，人们的审美感可以像改变社会的经济结构那样迅速地予以改变。《公社艺术》杂志曾写道："我们确实希望我们可以运用国家权力来实现自己的艺术思想，如果允许我们这样做，我们绝不会拒绝。"当然，这与其说是一种威胁，不如说是一个心愿。莫斯科的街道上之所以有至上主义者和立体主义者的签名，首先是因为学院派的艺术家站在反对派的立场上（不是艺术上的反对派立场，而是政治上的反对派立场）。结果依然是可悲的。问题不在那个把立体派油画当成魔鬼的老大娘，而在于继"左翼艺术"短期地走上街头之后到来的是那种艺术上的反动。

精密科学领域的发现是可以证明的，能解决爱因斯坦是否正确这个问题的是数学家，而不是只懂得九九表的千百万人们。新的艺术形式总是通过曲折蜿蜒的道路缓慢地进入人们的意识，而在最初也只有少数人能够理解和接受。并且一般来说，爱好是不能规定、灌输或强加于人的。古希腊的神祇饮用一种被诗人们称为仙酒的琼浆玉液，但是如果把这种琼浆玉液通过导管注入雅典公民的胃中，其结局恐将是全雅典的呕吐。

但是，如今这一切（不仅关于莫斯科的广场将由谁来装饰的争论，而且

---

① 普桑（1594—1665），法国画家，古典主义代表人物。

还有"左翼艺术")都是古老的历史了。我将再一次破坏回忆录必须按时间的先后来写的规则。现在我想了解我以及和我同辈的许多诗人和艺术家曾经有过什么样的遭遇。我不知道是谁把线弄乱了——是我们的艺术上的敌人还是我们自己,但是我企图把这个线团解开理清。

先谈我自己。我很快就被当时称作"结构主义"的那种东西迷住了,但是,老实说,那种把艺术溶解在生活中的观念使我既兴奋而又反感。我在1921年写了《它毕竟在旋转!》一书,这是一本大喊大叫和幼稚可笑的书,就像"列夫"的成员们的一篇宣言(《列夫》杂志写道,"伊·爱伦堡一伙在许多问题上得到的结论跟我们不谋而合")。我曾肯定地说什么"新的艺术将不再是艺术"。同时我又嘲弄自己的观念,在1921年这同一年里,我写了《胡利奥·胡列尼托》;我的主人公把《它毕竟在旋转!》一书的论点导向荒谬绝伦的地步。胡列尼托说:"艺术是无政府状态的发源地,艺术家都是异教徒、宗派主义者、危险的暴徒。因此,艺术应该像酿造酒类和进口鸦片一样坚决予以禁止……立体主义者或至上主义者的绘画可以用于各种各样的目的——林荫道上售货亭的设计图,印花布上的装饰图案,新式皮鞋的样品,等等。诗歌正在向报刊、电文、事务性谈话的语言过渡……"我不是要两面手腕——因为两面手腕总是和提心吊胆或别有用心有联系。我只不过是不太相信包括我自己在内的许多人所大事宣扬的艺术的消亡罢了。

未来主义是我们这个世纪之初在技术落后的意大利诞生的,在那里,令人惊叹的古迹触目皆是;而商店里则出售德国的小刀、法国的锅、英国的衣料——工厂的烟囱尚无混入古塔的高雅社会之意。(目前意大利北部已足以与工业最发达的国家匹敌,但如今在意大利却找不到一个要把所有博物馆都付之一炬的未来主义者了,而先前的未来主义者卡拉或赛弗里尼也从乔托的壁画或拉韦纳的镶嵌艺术中汲取灵感了。)马雅可夫斯基、塔特林以及俄罗斯"左翼艺术"的其他代表在革命后最初几年里对工业美学的迷恋是完全可以理解的:当时在苏哈列夫卡广场上不仅糖块论块出售,就连火柴也是一根根卖的。马雅可夫斯基在《宗教滑稽剧》里对未来曾作过这样的幻想:"窗户敞开的、透明的工厂和住宅的高楼大厦耸入云端。闪着霓虹灯的火车、电车、汽车停着……"(一个表现大自然或人类感情的艺术家的作品是不会衰老的。谁也不会说20世纪的女人要比二十五个世纪以前创造的雅典卫城的胜利女神更漂亮、更完美,谁也不会嘲笑哈姆雷特的苦恼或罗密欧与朱丽叶的爱情。但是一个艺术家一旦迷上了机器,他的乌托邦就会被时代所超越或推翻。威尔斯①是一个文化教养很高的人,他自以为看到了未来,但是现代物理学的发现使他的那些幻想小说成为可笑的了。马雅可夫斯基怎能预见到不久有轨电车即将遭到铁轨马车的命运,而火车也将成为古老的交通工具呢?……)

毕加索的立体主义油画的产生不是出于对机器的怀念,而是出于一个写生画家在摆脱了不重要的细节之后意欲描绘人、大自然和世界的愿望。如今对麦尚杰、格雷兹及其他立体主义理论家的著作感到兴趣的人已寥寥无几,而毕加索、布拉克、莱热的油画却依然生机盎然,使我们喜悦、痛苦、激动。毕加索以委拉斯开兹、普桑、德拉克洛瓦、塞尚的继承者自诩,而且他从来不认为电气列车或喷气式飞机是写生画的继承者。

当然,艺术总是逐渐渗入日常生活之中,使房屋、衣服、语汇、姿态、用具发生变化。描写对钟爱的女人的崇拜的中世纪诗歌,曾帮助人们觅得了抒发自己感情的形式。华托和弗拉戈纳尔②的油画已转移到日常生活中,改变了公园的布局、服装、舞蹈,影响到沙发或鼻烟壶。立体主义帮助现代的大都市主义者从那些被多余的装饰品玷污了的房屋中解放出来,它影响了家具,甚至香烟盒。艺术的讲究实惠的运用和它在装饰方面的运用不可能成为艺术家的创作目的,这种运用来自艺术的创作高潮。逆向的过程说明了创作衰退。无物体的装饰图案在布匹或陶器上是完全适用的,但如果它想得到画架画的称号,那么这就不是高潮,而是衰退了。

不久以前我曾在布鲁塞尔参观了马列维奇的创作回顾展览会。他的早期作品("红方块王子派"时期)十分生动。1913年他曾在白色的底子上画了一个黑色的四方块。四十年后使成千上万的西方艺术家为之倾倒的抽象派艺术就这样诞生了。我觉得它首先是一种装饰艺术。毕加索的油画却是一个蕴藏着那么丰富的思想和感情的世界,因而它们能引起人们的喜悦或真正的憎恨;而抽象派画家的油画却始终是布匹或糊墙纸的一部分。一个

---

① 威尔斯(1866—1946),英国科学幻想小说的经典作家。
② 华托(1684—1721)和弗拉戈纳尔(1732—1806)均为法国画家。

女人可以戴一方印着无物体的装饰图案的头巾,这方头巾可以是漂亮的或不漂亮的,可以和这个女人相称或不相称,但是它不能使任何人想到大自然、人、生活。

技术的神速发展要求一个艺术家对人的内心世界有更深刻的理解。捍卫工业美学的"左翼艺术"的拥护者很快就懂得了这个道理。马雅可夫斯基在看了美国之后宣称,必须对技术加以控制。当然,他在这里想到的是艺术家的作用,并不是否定技术进步的必要性(当时——那是在 1925 年——在莫斯科,机器还非常罕见);马雅可夫斯基明白,如果不给技术套上一副人道主义的笼头,它就会把人咬得遍体鳞伤。梅耶霍德在忘掉了生物力学以后,便醉心于《森林》和《钦差大臣》,渴望排演《哈姆雷特》。塔特林画起了画架画,阿尔特曼画起了肖像画,普尼成了小幅风景画的能手。至于输送琼浆玉液的导管,则已落在更适宜于做这类外科手术的其他人的手中了。

我国的博物馆藏有革命后最初几年"左翼艺术"的许多杰作。遗憾的是这些收藏品没有公开展出。链条上的一环是不能抛弃的。我认识几位在 1960 年才发现新大陆的年轻的苏联画家:他们正在做(说得确切一些,是想做)马列维奇、塔特林、波波娃、罗扎诺娃当时所做的事。如果他们能够一窥上述画家们的发展历史,也许他们就会取消回到 1920 年去的打算,而试图找到一种符合我们时代的新东西?年轻的诗人们都知道赫列布尼科夫的诗作,珍惜他的技巧,但并不想盲目地模仿他。究竟为什么塔特林比赫列布尼科夫"更危险"呢?也许这是由于在造型艺术领域内一个流派独霸艺坛的思想特别根深蒂固?……

当然,我国"左翼艺术"的代表者们在革命后的最初几年间很多方面都是错误的。画家、作家、作曲家的错误常常是人们津津乐道的话题,这未必是由于只有他们才犯错误……但是,当我如今回顾已往的时候,我甚至对曾把伊维尔小教堂旁边的老大娘吓了一跳的那幅油画也怀着感激之情。做了许多事,但精华却总是被稀释。在那以后的数十年间,在许多作家、美术家、导演、电影导演、作曲家的作品中都能看到"左翼艺术"有益的痕迹。

我毕生从未做过某一艺术流派的狂热信徒。使徒保罗在他转向新的信仰之前名叫扫罗。1922 年,当我捍卫结构主义并出版《作品》杂志的时候,维·鲍·什克洛夫斯基在《搓》这本书中把我称作保罗·扫罗维奇——这很厉害,但却是公正的。我毕生爱过从前的许多艺术作品——司汤达的长篇小说,契诃夫的短篇小说,丘特切夫、波德莱尔、勃洛克的诗。这并不妨碍我憎恶伪造的古物并喜爱毕加索或梅耶霍德。一般来说,保罗应该有一个父名,而塑造一尊新的雕像总比哪怕是出于最崇高的动机去砸碎一尊很久以前塑就的雕像要好。对于一个为埃洛尔的印度男女诸神雕刻石像的雕刻家来说,梵天、毗湿奴或湿婆就是神祇;对于我们来说这只是由人类的天才创造出来、具有我们感到亲切的激情和我们能够理解的和谐的一些凡人。

偶像时代不仅在宗教中已成过去,在艺术中也是如此。圣像破坏运动已和圣像崇拜一同消灭了。但是用新的方式表达新的事物的心愿难道会因此而消失吗?前不久我曾在一本杂志上看到"谦逊的革新"这几个字,它起初使我觉得好笑,继而使我黯然。一个艺术家的举止自应谦逊,但在敢想敢干的创造性方面却万不可庸庸碌碌、投机取巧、鼠目寸光。老实说,按照自己的意思潦草地写出自己的意见,要比一笔一画地临摹前人的碑帖可敬。我认为,用学院派(波伦亚画派)手法描绘出来的集体农庄庄员很少有人喜欢,用列·尼·托尔斯泰运用得极为出色的大量副句也无法表达20世纪下半叶的节奏。

8

我不得不在普列奇斯坚斯克大街的委员会里填写了第一份履历表,这是一桩新鲜事儿,我对每一个问题都得思索一番。例如,我的职业是什么?新闻工作者?翻译工作者?诗人?我填了"诗人"——这听起来最为优雅——后便笑了起来:我完全不觉得自己是一个职业作家。

除了几首歪诗以外,我还为报纸写过几篇随笔;我曾和阿·尼·托尔斯泰合作为"蝙蝠"剧院写了一个剧本,名叫《布兰什衬衫》,是以我在巴黎的时候即已译出的一篇13世纪法国韵文故事为基础写成的。我写诗体的正文,而阿列克谢·尼古拉耶维奇则煞费苦心地用有趣的尾白把它润色一番。

表面上我好歹安顿下来,在列夫申斯基胡同一位教授的住宅里租了一个房间,房租一百卢布,我有时在素菜馆吃午饭——它的招牌好像是"请包涵",可我什么都不能包涵。

有时我回忆起"洛东达"、毕加索、莫迪利亚尼、我们关于艺术问题的争论。天啊,这是多么遥远的事啊!……我试图给尚塔尔写信,但立刻又把信撕了:不能往另一个世界写信。即使信送到了,她也永远无法理解我目前的处境……

出现了许多新词:"委任状","肃反委员会","艺术工作者","共产主义未来派","住宅委员会","压缩","剩余","小米饭","专家","无产阶级文化协会","立方俄尺","扫盲","工农监察机构","分配"。我仍不断向所有的人提出幼稚的问题,谁都不给我解答。

我无意中掉进作家的圈子,甚至还成为其中最典型的代表之一:要知道别人都有家庭、亲友、有条不紊的生活,而我却只带了三套换洗的衣服就闯进了革命的莫斯科,既没有职业,也不知道少年时代的朋友们的下落。

我曾提到特维尔大街上那所常有作家光顾的"钟声"咖啡馆,我们在那里喝咖啡并交换新闻。此外还有一些供我们工作用的咖啡馆,——为了赚三十或五十卢布而在闹哄哄的顾客面前朗读自己的作品,那些顾客并不专心地听,但却好奇地瞅着我们,就像动物园的游客看猴子。那些咖啡馆都是短命的——它们的招牌经常改变:"诗人咖啡馆","三叶","音乐鼻烟壶","多米诺","皮托列克斯","第十个缪斯","飞马栏","红公鸡"。

采特林一家以茶叶王朝的最后代表所应当做的那样用极丰盛的佳肴款待我们。我们常常在卡拉-穆尔扎那里聚会,在那里我们也要饱餐一顿,同时那里的气氛也随便得多、亲切得多。我们有时也去托尔斯泰那儿,有时在阿法纳西耶夫胡同女演员柳德米拉·贾拉洛娃那里碰面。

有些无聊的"星期三"集会仍照旧举行,在那里,专以日常生活为题材的作家朗读短篇小说,文学家们则千篇一律地呼吁各种各样的"自由";"星期三"的领导者是布宁的兄弟,极其可亲的尤利·阿列克谢耶维奇。

全俄作家联盟的主席尤尔吉斯·卡济米罗维奇·巴尔特鲁沙伊季斯是一个十分善良而又十分忧郁的人。他有一副毫无表情的面孔,一对苍白的眼睛,一张悲伤地紧闭着的嘴。当马雅可夫斯基攻击巴尔蒙特或当托尔斯泰讲笑话的时候,身穿一件全部扣子都扣得严严实实的黑色常礼服的尤尔吉斯·卡济米罗维奇始终保持着不可动摇的沉默。他的房间一如他本人——空空如也的四壁和一个带有耶稣受难像的十字架。他的诗也是这么忧郁、痛苦、抽象:

   相同的标记,神示的预兆,
   使大家都一般高低,
   一种伟大的孤寂,
   一种伟大的空虚!

我还记得我们到基姆雷去参加文学晚会的情景。巴尔特鲁沙伊季斯朗读诗作。然后利金读了一篇关于马厩和赛马的短篇小说。大厅里人声鼎沸,有一个人被带了出去。一个小伙子爬到台上唱了起来:

   我生来就是逃兵,

到死也是逃兵，
　　您要是高兴，就把我枪毙，
　　共产党我可不进……

　　我们喝着伏特加，后来被带进一个空房间——火车要到清晨才开；我们只好睡在地板上。尤尔吉斯·卡济米罗维奇同往常一样不作声，直到我们抵达莫斯科以后，他才出其不意地说道："总而言之，这有点蠢……但我们到了，毕竟是好事……"我觉得这几年是尤尔吉斯·卡济米罗维奇一生中最好的年辰。（1921年他当了立陶宛驻莫斯科大使。他想和先前一样同作家们来往，但他被认为是一名外交官，于是人们也用外交手腕回避他。他继续写作忧郁的诗，他也用立陶宛语写作。他的生活有些反常，但他不以为奇——他从小就知道冷落是怎么回事。）

　　我还记得祖博夫大街上的一扇透射出灯光的窗户——那里住着诗人维亚切斯拉夫·伊万诺维奇·伊万诺夫。我觉得他是一位明哲的老人（他当时五十二岁），很像易卜生的牧师①，他的衣着很古板，眼镜的金边闪闪发光。他有渊博的文化知识，他艰辛而又充满激情地从事写作；他被称为"杰出的维亚切斯拉夫"。我听到过他像即兴创作那样激昂慷慨地朗读精心琢磨的十四行诗，那时我的心中有两种感情在斗争：景仰和怜悯；时代在突飞猛进，而在祖博夫大街上的某处却还残留着一个穿常礼服的怪杰，与他为伴的是酒神的女祭司、绮瑟②、苏里斯坦的玫瑰花、颂歌集。当许多人家购置了外号叫做"女资本家"的炉子煮黍米饭的时候，维亚切斯拉夫·伊万诺维奇却写道：

　　　　不错，这一堆篝火是我们点燃的，
　　　　虽然预感并没有撒谎，
　　　　可良心说的也是实情：
　　　　我们的心将在火中化为灰烬。

我觉得维亚切斯拉夫·伊万诺夫的心在那些年里并没有燃烧，而是冻僵了……（几年以后他到了意大利，在一所天主教大学里讲授斯拉夫学，依旧

---

① 指易卜生的剧本《白兰德》的主人公白兰德牧师。
② 指中世纪传奇《特里斯丹与绮瑟》的女主人公。

和先前那样写作十四行诗,死于高龄。)

有一个时期,在文学晚会结束以后,我总是和米·奥·格尔申宗一同回家,他住在阿尔巴特街的一条胡同里。我读过他写的关于十二月党人和恰达耶夫的书,同时我认为,对于米哈伊尔·奥西波维奇来说,最重要的就是把维亚切斯拉夫·伊万诺夫谈到过的那些精神财富保存起来。但是格尔申宗突然笑了起来,在一个比他还高的雪堆旁边停住脚步,开始教训我:最重要的是内心的自由,腐烂的袈裟丝毫不值得痛惜。他笑着,但他的眼神却温柔而忧郁:"您为什么苦恼?您还年轻……感到自己已摆脱了曾被我们视为永恒而牢固的一切,难道这不是幸福?我感到高兴……"米哈伊尔·奥西波维奇还不满五十,但我却很自然地觉得他已是一位老人。当时我不明白他高兴的是什么,而现在我想起了他的话却深为钦佩;如果说他的视力有缺陷,那他也与许多作家(其中也包括青年作家)不同,他不是近视,而是远视。他对我国的文学事业的功勋是伟大的,他之所以很快被人遗忘,只能用时代病——遗忘症来解释:因为他并不是一个专发怪论的昙花一现的作者,而是19世纪俄国知识界一位严肃而深刻的历史学家。他的那些关于奥加辽夫、恰达耶夫、十二月党人克利夫佐夫以及格里鲍耶陀夫时代的莫斯科的著作,是以编年史家的精确和诗人的灵感写成的。他于1925年去世。

我在后面将谈到安德烈·别雷——1922年在德国时我们经常见面。在我现在谈到的那些年里,我觉得他是一个幽灵。他不像一般人那样坐在椅子上,而是抬起身子,仿佛一分钟以后他就要化为一朵浮云而去;他不和人交谈,而是和想象的行星上的想象的居民交谈。"太空"一词早已成为无线电工作者的技术术语,他们常说"我们向太空发射",甚至在谈到怎样预防胃病之类的问题时也使用这个词。但在当时"太空"一词听起来却很神秘:"我,太空的自由之子,将把你送往天国……"这使我觉得安德烈·别雷所说的纯粹是莱蒙托夫的太空:俄罗斯——救世主,破坏——创造,深渊——飞扬……他称赞我,但是我想:你倒惬意,你又不是坐在椅子上,你在腾云驾雾,可我既不会隐身,又不会土遁,也不会预卜未来……

一切都使巴尔蒙特暴跳如雷。有一天我们要乘车从波克罗夫门前往阿尔巴特。要挤上电车颇不容易,我跳上踏板就往里挤,但康斯坦丁·德米特里耶维奇却叫了起来:"下流坯,闪开!太阳之子驾到……"这没有起任何作用,于是巴尔蒙特就说,既然他和我都没钱坐马车,咱们就步行吧:"我不能用我的躯体去碰这些麻木不仁的两栖动物。"

伊·阿·布宁要别人相信,"颓废派"是罪魁祸首——他的庄园被破坏和买不到糖,都是他们的过错。有一天我在托尔斯泰那里朗读了关于处死普加乔夫的诗作,那还是1915年在巴黎写成的;其中有这样两行:

俄罗斯帝国将剩下一粒虾卵
很高的桩子上还有普加乔夫的一颗脑袋……

布宁站了起来,对纳塔利娅·瓦西里耶夫娜说道:"请原谅,这种诗我听不下去。"——然后就走了。当时有人吟了一首诗,我把它抄进了我的笔记本:

您是强盗和魔鬼,是巴黎的假绅士,
您和我结下了友谊,
您戴的那顶大帽子,
高得像雪堆,
您没带手枪,却用诗句
吓跑了伊万·布宁。
但愿您从今往后
拥有无卵的上等大虾。

尽管阿列克谢·尼古拉耶维奇精神上惶惶不安,但托尔斯泰家中的生活却依然很安适:托尔斯泰不仅善于意兴盎然地欢乐,而且善于饶有风趣地伤感。他老说笑话,而且总是第一个发笑。有一次,他看完他的一个剧本的排演回到家里,谈起了这么一件事:在革命的最初几天里,有几个士兵在小剧院发现了王尔德的剧中供莎乐美取乐的约翰的头颅[①];他们对这颗头颅发生了兴趣,便把它拿来当足球踢。另一次托尔斯泰又说了这么一件事:在立宪会议的选举期间,在莫斯科近郊的一个农村里,一个老大娘从桌上拿了一张不是她想拿的选票。一个鼓动员对她说:"这个选票的号码不是你的。"她却回答他说:"我怕把它弄脏……要是上帝帮忙,这事咱们也能对

---

① 莎乐美和约翰都是英国作家王尔德的剧本《莎乐美》中的人物。

付……"——"哈哈哈!"阿列克谢·尼古拉耶维奇哈哈大笑起来,但是正如我曾说过的那样,其实他一点也不快活。

在老一辈的作家中我常见到有病在身、困惑莫解的鲍·康·扎伊采夫,他爱回忆意大利,而对于周围正在发生的一切却直言不讳地说:"我不了解……"我们有时前去看望住在斯摩棱斯克大街上的诗人格·伊·丘尔科夫。格奥尔吉·伊万诺维奇在青年时代参加过革命运动,蹲过监狱,遭到过流放。大约在1907到1908年间,他在文学生活的中心出现,勃洛克和安德烈·别雷曾为他发生过争论。我看出了他的衰老和忧郁,他就像一只生病的大鸟,既不再鼓吹"共同性",也不再宣传"神秘的无政府主义"了,有时他在片刻的沉默之后,便反复吟咏丘特切夫的诗句。伊万·阿列克谢耶维奇·诺维科夫很喜欢援引普希金的作品,他是一位殷勤的主人,没得罪过任何人;他的眼光温和、平静,家里保留着古老的生活习惯——在复活节烤圆柱形大甜面包,染彩蛋。

在卡拉-穆尔扎家里聚会的主要是些年轻人——阿列克谢·尼古拉耶维奇在那里就是经典作家了。诗人利普斯克罗夫拖长声调朗读描绘东方美的诗作。薇·米·英贝尔常去那里。(我在巴黎的时候就认识她了,她要到瑞士的一个山区疗养院去休养,便托我料理她的第一本书《苦酒》的出版事宜。我的朋友,雕刻家察德金为这本书作了插图。)薇拉·米哈伊洛夫娜朗读她写的谐谑诗:

　　威利,亲爱的威利,

　　请您马上回答我:

　　您可曾爱过什么人吗,

　　跟班威利?

当时我和弗·格·利金很要好。他年轻的时候很天真,如饥似渴地读浪漫主义作品。柳德米拉·贾拉洛娃称呼他为"桃色的秃鹳",这个绰号竟长久保留下来。

我在马雅可夫斯基给莉·尤·布里克的一封信里发现有这样一段话:"咖啡馆已令我深恶痛绝。一个小牢房。爱伦堡和薇拉·英贝尔还多少有点诗人的味道,但是凯兰斯基也正确地指出了他俩的活动:

爱伦堡在狂吠，

英贝尔在赞许他的胡言乱语……"

《文学遗产》没有引用这首讽刺短诗末尾的一句：

对他们来说,无论莫斯科还是彼得堡

都代替不了别尔季切夫①。

这首小诗是批评家亚·亚·凯兰斯基在卡拉-穆尔扎家的一次晚会上写的。当时我对许多事还没有先见之明，因而也就没有生气。

我们尽可能地寻开心。斯芬克斯叫人们猜谜②，如果猜不中，斯芬克斯就把他们吞了。奥狄浦斯知道，如果他猜不出难猜的谜，等待着他的就只有死路一条；虽然如此，我还是认为，当斯芬克斯给俄狄浦斯片刻安静的时候，奥狄浦斯就寻开心……

只有安德烈·米哈伊洛维奇·索博利不常笑，他的笑容也很阴郁。他在少年时代跟社会革命党的地下工作有联系，十八岁的时候被判处苦役，流放到气候恶劣的泽联图依，后来从流放地跑到国外。我是在意大利的一个名叫卡维·基·拉瓦尼亚的小村庄里和他认识的，俄国侨民不知道为什么要在那个村子里定居，更确切地说，是在那里挨冻受饿。索博利在大战期间拿了一张别人的护照回到俄国。我不知道他当时为什么那么忧郁，也许是因为在生活中吃尽了苦头，也许现实并不像一个少年所幻想的那样：农民焚烧庄园里的图书，水兵们醉心于私刑，而在肉商街上来来往往的也不是斯捷普尼亚克-克拉夫钦斯基③笔下的主人公们，而是"背袋贩子"。1923 年在《真理报》上发表过安德烈·索博利的《一封公开信》……"在我们经历过的那些暴风骤雨的年代里，在我们上空并通过我们，整个俄罗斯都犯过错误、栽过跟头，并衰落下去了。是的，我错了，现在我知道我在什么地方、什么时候和什么问题上犯了错误，但是这些错误乃是极其错综复杂的生活的有机的产物。只有无可救药的傻瓜或恬不知耻的贱货才会认为自己是无可非议

---

① 乌克兰的城市，从前这里的居民大部分是犹太人。

② 斯芬克斯是希腊神话中人面狮身女怪，专叫过路人猜谜，猜不中就被她杀死。后因谜底被俄狄浦斯道破，跳岩身亡。

③ 斯捷普尼亚克-克拉夫钦斯基(1851—1895)，俄国民粹派作家。

的。我既不愚蠢,也不下贱,因而我在自己身上找不到什么应当忏悔的理由。有的人认识自己的错误较早,有的人则较迟。我认识到自己的错误要比许多人为迟,这也许因为我自始至终都是社会主义者,而且永远相信这样的一天终将到来,那时加尔各答的一个人力车夫将越过重重海洋(不仅是水的海洋,而且还有泪和血的海洋)向涅多耶洛夫卡的费季卡·别斯普亚特伸出手来……"安德烈·米哈伊洛维奇是一个病态的、良心过于敏感的、善良而温和的人。1926年他在特维尔大街的一条长凳上自杀了。

报上登着许多重要新闻:德国人的进攻,布列斯特和约,政府迁往莫斯科,左翼社会革命党人的暴动,顿河地区内战爆发。在莫斯科常常可以听到枪声。厨师街上的每一所单独住宅几乎都是无政府主义者的大本营。在诗人咖啡馆里我常看见一支毛瑟枪和甜点心并排放在小桌上。匪徒在夜里袭击行人。在集会上人们一再地说:"社会主义祖国处在危险中!"贴出了布告:"肃清反革命及怠工非常委员会"宣布成立。

但生活在继续着……我遇到了诗人米哈伊尔·格拉西莫夫,他带我去参加无产阶级文化派的一次集会;未来主义者在会上遭到奚落。马雅可夫斯基把无产阶级文化派的诗作称为"腐烂了的商品"。托尔斯泰说,应该到巴黎去。布宁把托尔斯泰称作"半布尔什维克"。

斯芬克斯要求回答。而我们依然去找卡拉-穆尔扎,逗笑取乐,写打油诗,去苏哈列夫卡广场买烟草,互相争吵,谈情说爱……

我曾去参观"红方块王子派"的展览会,那里既有"红方块王子派"的油画,也有至上主义派和模拟沙龙派的油画——招牌是骗人的。但我很喜爱那些确系"红方块王子派"这一团体过去的组织者的画家们的写生画。我不知道为什么会认为(至今也还有许多人这样想)"红方块王子派"盲目模仿法国人。当然,他们喜欢塞尚,了解马蒂斯,但是他们却为法国大师们的经验增添了一些自己的东西。在连图洛夫、马什科夫、孔恰洛夫斯基、拉里奥诺夫、沙加尔以及马列维奇(至上主义之前)的早期油画中,存在着一种来自理发馆、水果铺或烟草铺的招牌上的东西,这些招牌在革命前外省的城市中是真正的民间创作。

我也迷上了戏剧,根据笔记本判断,在一个月内我曾到艺术剧院看过《三姊妹》和《斯捷潘奇科沃村》,在莫斯科室内剧院看过因诺肯季·阿年斯基的《法米鲁·喀塔洛多斯》,在话剧院看过梅列日科夫斯基的历史剧《保罗一世》。在艺术剧院的分院看了《洪水》。舞台上是一家咖啡馆,人们要白兰地,呼唤侍者。我的旁边坐着不久前从巴黎回来的美术批评家雅·亚·图根霍尔德。帷幕落下以后,雅科夫·亚历山德罗维奇把手伸进口袋去掏钱:他觉得他是在咖啡馆里,应该把钱付给侍者。尽管剧情非常忧郁,但我却不时发笑:使我发笑的是演出的自然主义——演员们真的喝着什么东西,一切都像"实际上"那样。1909年我在巴黎曾感到悲剧演员穆内-絮利扮演的俄狄浦斯王不够真实,而现在引我发笑的却是过于真实的不真实……

艺术诱惑着我,但我仍在思索斯芬克斯的问题。从表面上看,日子愈来愈难过了:所有的人都是半饥半饱的。人们谈论着枪声、口粮、斑疹伤寒。我比我的许多新朋友能够吃苦:我是在巴黎的饥饿学校毕业的。

尚塔尔遇到一个机会托人给我捎来一封信,她说她在等我。顷刻之间巴黎就在我眼前出现了。塞纳河、栗树、朋友们,以及尚塔尔所住的那条库尔·德·洛安小巷。回信我写了很久——我想向她解释,说战争还在继续,说我没有钱,而主要的是我不能离开俄国,我不理解目前这里发生的事……信写得很蠢,我就把它撕了。

9

我的母亲于1918年秋在波尔塔瓦去世。我得知她的病情沉重时,便急忙动身。我走到叔叔的家门口,正碰见父亲弯着腰坐在前厅里,他刚从墓地回来。我迟来了两天,没能和母亲告别。几乎在每个人的一生中,母亲的死会在他的内心引起很多变化。我从十七岁起就远离双亲,但这时仍然感到自己成了孤儿。下着寒冷的雨,坟墓上的花朵由于过早降临的霜冻,很快就变黑了。我不知道该对父亲说些什么,两个人都默默不语地坐着。我和他一起度过了两三个星期,关于这些日子的事可以谈很多,也可以什么都不谈。

有一天,我在街上看见弗·加·柯罗连科。他拱着背,脸上流露出善良和悲哀的神情。看来这是上个世纪知识界的最后一位代表了。(乌沙科夫辞典对"知识分子"这个词作了如下的解释:"其社会行为具有优柔寡断、动摇、怀疑等特点的人。"然而,19世纪俄国的知识界却并不优柔寡断,他们由于自己的思想而在生活上吃了不少苦头,遭到监禁和服苦役。知识分子的怀疑往往不是由于畏惧,而是由于诚实。柯罗连科就是诚实的。)我记得,他是怎样亲切地关怀一个身在异乡、刚刚开始写诗的人。那个陪伴他的大学生说:"您可愿意我把您介绍给……"我知道弗拉基米尔·加拉克季奥诺维奇感到自己身体不行了,他饱经忧患,同时还为被德国人逮捕的女婿担心。我决定什么都不问他……我简直都不好意思走上前去感谢他活在世上,于是我就没有走到他面前……

我在一个很糟的时期来到了基辅。我要谈谈我在那儿的生活情况和种种见闻,但是首先我想谈谈基辅本身。我小的时候常常到这个城市里来看望祖父,出狱后我也到过基辅,那次我简直是无家可归。我的一生是在两个城市——莫斯科和巴黎——度过的。但是我永远也不会忘记:基辅是我的故乡。显然,语言的权力、想象的力量就是如此。我不知道,我的祖先什么时候来到乌克兰,历史的风暴从什么地方将他们赶到了这儿;也许是从科尔多瓦或格林纳达。我的外祖父从切尔尼戈夫省一个古老的县城诺夫哥罗德-谢韦尔斯克来到了基辅,自然,这不是在伊戈尔大公时代,而是相当晚的时候——亚历山大二世统治的初年。老爷在什么地方揪过他的长鬈发,是在诺夫哥罗德-谢韦尔斯克,还是在基辅,或者是在那有着成百上千的奇闻并促使凯兰斯基写了那首讽刺短诗的别尔季切夫?我不知道。我并不想证明我是个优秀的、世代相传的基辅人。不过心灵有自己的规律,我总是把基辅当作我的故乡。1941年秋天,我们的城市一个接一个地失守了,但我不能忘怀9月20日这一天,当时我从《红星报》上读到,德国的师团正沿着克列夏季克公路前进。

　　"基辅,基辅!"——电话线一再呼叫。——

　　痛苦在呼喊。灾难在说话。

　　"基辅,基辅!"——鹤群在拼命喊叫……

　　我记得小时候坐火车来基辅的情形。火车每站都停,一点也不着急(着急的是我),各站的站名也颇为奇特:博布里克、博布罗维查、布罗瓦雷。接着是一片沙地,在我看来这就像撒哈拉大沙漠。我从窗口伸出头去。基辅突然出现了:大寺院的圆屋顶、花园、极其宽阔的第聂伯河及其树木葱茏的小岛。火车上了铁桥,轰隆轰隆地响了好一阵……

　　基辅有不少巨大的果园,那儿生长着栗树;对于一个莫斯科的孩子来说,它们如同棕榈树一样,有一种异国情调。春天,树木像枝形烛台那样闪闪发光,而到了秋天,我就拣磨光了似的、亮晶晶的栗子。到处都是果园,学院街、向圣母报喜街、日托米尔街、亚历山德罗夫街等地都有;至于玛莎姑姑和梨树与母鸡居住的卢基扬诺夫卡,在我看来简直是地上的天堂。在克列夏季克大街上的"黑种草"文具店里出售有华丽的彩色封面的练习本,在这种本子上甚至做算术题也叫人开心。有一个巴拉布哈糖果食品店出售干蜜饯(名叫"巴拉布哈"),盒子里装的糖果很像玫瑰花,散发着香水味。我在基辅吃过樱桃馅的甜饺子和带蒜的小饼。街上行人的脸上流露着微笑。夏天,克列夏季克大街的咖啡馆中坐满了人,他们一直坐到大街上,喝咖啡或吃冰淇淋。我以嫉妒和神往的心情瞧着他们。

后来,每当我来到基辅,人们的随和、亲切与活泼都使我震惊。看来,每个国家都有自己的南方和自己的北方。意大利人把都灵的居民看作北方人,他们严肃、沉着、精干。加斯科涅人和都灵人居住在同一纬度上,但是加斯科涅在法国的南部,"加斯科涅人"在法语中就是指幻想家、嘲笑者和爱打诨的人。对于西班牙人来说,巴塞罗那人是北方人,但是如果从巴塞罗那出发往北越过边境,那就可以抵达达达兰①所居住的塔拉斯孔城……

在北方,人们有时也露出笑容,那是在他们想起什么开心事的时候。可是南方人又为什么微笑呢?也许是因为他们喜欢笑。乌克兰的幻想、乌克兰的幽默使古老的俄国的严峻外貌生色不少。果戈理是个病态的人,有着一种难以与之相处的性格,但是他用自己的作品医治了多少人啊!我知道,果戈理是"伟大的现实主义者",任何一本教科书上都是这么说的,我在中学里就背诵"第聂伯河在风和日丽时优美无比"这样的诗句。诗中有一句话:"鸟儿很少能飞到第聂伯河的中央。"鸟群能飞越海洋,但果戈理是对的:第聂伯河是辽阔的,艺术也是辽阔的。

革命后,俄国文坛上增加了一些卓越的南方人,他们不会克制自己、好嘲弄别人并有浪漫主义气质;他们使我们目眩,使我们发笑,使我们受到鼓舞——巴别尔、巴格里茨基、帕乌斯托夫斯基、卡达耶夫、斯韦特洛夫、左琴科、伊利夫、彼得罗夫、奥列沙……

在玛莎姑姑家做客时,我还是个孩子;她在鲍里斯波尔附近租了一个田庄,我在那儿的市集上听过盲歌手唱古老的歌曲。许多年以后,我听马·法·雷利斯基朗诵自己的诗时,感到其中有些颇为熟悉的东西——乌克兰语俏皮而温柔的音调。

我曾在基辅的索非亚大教堂里消磨了不少时辰。拜占庭艺术和古希腊艺术交相辉映,自然,要求严格的、严肃的基督祝福像②和希腊的蓝天及伟

---

① 法国作家都德的小说《塔拉斯孔城的达达兰》的主人公。
② 基督的半身像,右手行祝福礼,左手执福音书。

大帝国狂热的警察制度有联系,但是他对半人半马怪和自然女神的世界不感兴趣。尽管如此,拜占庭还是保存了古希腊的和谐;它的反光影响到古代的基辅。我在索非亚大教堂中不仅感觉到许多世纪的负荷,还感觉到艺术的轻松和奔放。

我喜爱基辅的巴洛克式建筑,它的精致奇巧被一种天然的温厚所冲淡;这不是挤眉弄眼,而是微笑。我很留恋米哈伊洛夫修道院,它完好无损,是个可爱的小庭院。当然,安德烈耶夫教堂更好些,但却平白无故给拆毁了……(人们指责未来派不尊重过去的艺术,但是未来派手中拿的是笔杆,而不是铁棍。在30年代,有时就像砍伐森林一样拆毁建筑物,飞溅的不是木屑,而是古老的石块。1934年,我在阿尔汉格尔斯克看见人们在炸毁彼得大帝时代的海关大楼,我问为什么要这样做,给我的回答是:"妨碍交通。"可当时阿尔汉格尔斯克的汽车却寥寥无几。)

战争给基辅带来许多创伤。德国人炸毁了大寺院大教堂。克列夏季克大街也没有了。后来人们铺设了人行道,摆上一盆盆花木,布置了民警。随后重建了街道。昔日的克列夏季克大街已没有古代文物,只有回忆还能使我感到它的可爱。在莫斯科,我住在高尔基大街上,看惯了如今被称作"装饰性的"那种建筑物,虽然它并不能装饰任何东西。但是当我看见第聂伯河上那条新的大马路时,却赞叹不已:现在基辅人可以坐在长凳子上(自然是在风和日丽的时候)来检验第聂伯河究竟优美到什么程度……绿油油的里普基比过去好看多了,波多尔那备受歧视的印记已被抹去。

不,基辅对我来说并不陌生!我最初的回忆是一个大庭院、鸡群、一只有着火红斑点的白猫、房屋(在亚历山德罗夫街)对面漂亮的小灯笼——那是夏季的娱乐场所"沙托·德·弗列尔"。

在我的一生中,不少事件是和基辅有联系的。在1918到1919年间,那儿有一所艺术学校,主办人是亚历山德拉·亚历山德罗夫娜·埃克斯特,她是"左翼"画家,和红方块王子派一起在莫斯科举办过展览会,并为莫斯科室内剧院设计过布景。在学校里学习的有十几个年轻姑娘和几个小伙子。在亚·亚·埃克斯特的女学生中间有一个十八岁的姑娘叫柳芭·科津采娃。她得知我认识毕加索之后,便对我发生了兴趣。至于我,我也对她发生了兴趣,虽然她只认识亚历山德拉·亚历山德罗夫娜。我开始在科津采夫医生居住的向圣母报喜街上徘徊。当然,我的名声是不稳定的,但当时一切都不稳定。彼得留拉取代了盖特曼,红军又赶跑了彼得留拉。柳芭和同学们给宣传轮船绘花饰。"作家演员俱乐部"的看门人议论道:"今天这样,明天那样。"我继续写诗,但是在许多履历表上的职业栏里,我已经不填"诗人",而填"职员"了,——我当时在好几个苏维埃机关工作。不过这一切与我现在所谈的事无关。柳芭经常偷偷来找我——那时我在赖托尔大街上租了一间屋子。过了几个月,我们没跟任何人打招呼,就从睡着了的红军战士和被粮食委员会没收的一包包粮食中间挤到户籍登记处去登记结婚了。

1943年10月,我和《红星报》的其他几个记者住在杰斯纳河畔被焚毁的列特基村里。我们在等待部队解放基辅。四周芦苇发出喧哗声。有时我们乘车去达尔尼查,从那儿可以望见城市。有时我们也渡过第聂伯河去右岸。等待是艰苦的。诗人谢苗·古德坚柯后来写道:

不论在莫斯科近郊的雪堆中,
还是在白俄罗斯河流的泥塘里,
基辅都是初恋,
永远不能忘怀。

我看见了娘子谷的沙地,希特勒匪徒在那里杀害了七万犹太人。人们拿给我一张布告,上面写着:"基辅城内和郊区的犹太人注意:你们应于9月29日星期一早晨七时前携带行李、文件和棉衣在犹太人公墓旁的多罗戈日茨基大街集合。不到者处以死刑。"在很长的利沃夫斯基公路上走着在劫难逃的人们,母亲抱着吃奶的婴儿,大车拉着瘫痪病人。后来,这些人被扒去衣服遭到了杀害。在被害者中间没有我的亲人,但是我站在娘子谷的沙地上却觉得自己从来没有这样难过、这样孤独。地上有时可以看见黑色的灰烬和烧焦的尸骨(德国人在撤退前不久,命令战俘挖出受害者的尸体加以焚烧)。不知为什么,我总觉得在这儿遇害的人中有我的亲人、朋友和与我同岁的人,我在四十年前见过他们——他们在波多尔或捷米耶夫卡熙熙攘攘的街道上玩儿童的游戏。

基辅曾住着许多犹太人。当我还是个孩子的时候,我的一个在大学读书的堂兄弟曾在克列夏季克街上指给我看一个戴眼镜、蓄长发的人,他满怀敬意地说:"他就是肖洛姆·阿莱赫姆①。"我当时不了解这位作家,我觉得他是个古怪的学者,一面坐着看书,一面富于表情地叹气。过了很久,我读了肖洛姆·阿莱赫姆的作品,我也一面叹气一面发笑,想回忆起曾在克列夏季克街上一闪而过的那位古怪学者的面孔。肖洛姆·阿莱赫姆把基辅叫作"叶古别茨",这个城市里的人塞满了他的作品。他们的子孙在娘子谷和叶古别茨诀别了……

我在基辅经历过蹂躏犹太人的暴行。乌克兰作家科秋宾斯基写的那个短篇小说②对我来说是加倍珍贵,这既因为我理解埃斯捷尔卡的痛苦,也因为短篇小说的作者不是屠户阿布鲁姆,而是米哈伊尔·米哈伊洛维奇,是米哈伊尔·马特维耶维奇和格利克里娅·马克西莫夫娜的儿子。

我在基辅经历了许多事情,但问题不在这里。人们常说,一个人可能偶然降生在某地——在一个枢纽站或某个遥远的国度里;由于命运的安排,父母必须在那儿度过一个月或一年的时光。但是在这种情况下,枢纽站就不再是地图上的一个小圆点,遥远的国度也变得很近了。

基辅,基辅,我的故乡……

每一次来到基辅,我一定要独自走上一条陡峭的街道;小的时候很快就能跑上去,上了岁数之后却喘不上气来;我在攀登的时候觉得,只有从利普基或佩切尔斯克才能回顾过去的岁月,回顾我度过的一生。

这一切也可以说是开场白吧。从1918年秋到1919年11月的这一年,我是在基辅度过的。政府、制度、旗帜都曾数度更迭,甚至商店的招牌也是如此。这座城市是国内战争的战场:抢劫、杀人、枪毙。下面我就要讲讲这个不幸的故事。如果我先讲了一段抒情插话,那是因为几乎所有的谚语都在说谎(更确切些说,说的是真理的反面),正统的罗马人的古典谚语也是如此,他们说:"Ubi bene, ibi patria."——"哪里好,哪里便是故乡。"事实上那里就是很不好,那里也是故乡……

---

① 肖洛姆·阿莱赫姆(1859—1916),犹太作家。
② 指科秋宾斯基的短篇小说《他在行走》。

10

在巴黎的时候,我们一再忧郁地说:"德国人在努瓦荣。"我在克列夏季克街上也见到了德国人。一个蓄着威廉式小胡子的高高的军官迎面朝我走来。杜马的旁边站着德国岗哨,他们穿着长筒皮靴,用木靴底敲击着切乔特卡舞的节拍。在通往基辅的一个车站上,我发现饭店的一半打扫得非常干净,上面写着:"德国军官先生专席"。

报纸证实,现在统治乌克兰的是盖特曼斯科罗拔德斯基。他的姓氏听起来颇不吉利①——当时的政府经常垮台。我从未见过他,也许他的外貌还不错。当彼得留拉分子打到城边时,盖特曼逃到德国去了;但他住的房子旁边仍有年轻的志愿兵在站岗,他们深信自己是在保卫国家首脑。基辅人笑着说,盖特曼走得太匆忙了。也好,他并不急于为国捐躯。他几乎过了三十年侨民生活,赞美过希特勒,并且再一次目睹了德国的战败。一个德国人对我说,斯科罗拔德斯基直到临死还被称作"盖特曼先生",他多年来大概已经习惯于这个称呼了,不过在 1918 年他表演得并不出色,简直像一个初次登台的人。他本来应该保卫乌克兰的独立,但是作为沙皇军队的军官,他显然认为彼得堡的近卫军比基辅的盖达马克②好。德国人让他当上了盖特曼,他自然要向他们表示爱情,然而当盟国在法国大举反攻之后,斯科罗拔德斯基便派自己的心腹去敖德萨求见盟国的代表法国领事艾诺先生。

在旧货市场上,穿着破军大衣的复员士兵在出售水晶玻璃的枝形吊灯

---

① 斯科罗拔德斯基的读音和"快垮台"的读音相近。
② 1918 年苏联国内战争时期乌克兰军队的士兵。

架和步枪。歌手们在旧货市场上唱道：

> 乌克兰是我的粮仓，
>
> 它给德国人粮食，
>
> 自己却饿着肚肠。

德国人不能再抱怨胃口不好了，他们走到哪里就吃到哪里——饭馆里、咖啡馆里、市场上；他们吃着维也纳的煎肉排和油腻的炸包子、烤羊肉串和酸奶油。

德国人过得愉快而满足，在基辅的小饭馆里要比在什缅-德-达姆或凡尔登舒服得多。他们就像是在德国为庆祝军事胜利而立的纪念碑上的英雄。他们相信他们将使全世界臣服于自己。（二十二年后，我看见这些曾在克列夏季克街上逍遥过的德国人的儿子走在巴黎的林荫道上，儿子们酷似自己的父辈：大吃大喝，虔诚地相信自己的优越性。）

基辅像一个人满为患的破旧疗养地。基辅人消失在来自北方的难民中间。克列夏季克是俄国人迁居国外的第一站，随后他们就去敖德萨堤岸，去土耳其诸岛，去柏林的公寓和巴黎的顶楼。多少当时曾徘徊在克列夏季克街头的人们日后有多少成了巴黎出租汽车的司机！这里还有彼得堡的达官显贵、善于钻营的新闻记者、咖啡馆的歌女、出租房屋的房东、一般的居民——北风驱赶着他们，犹如驱赶秋天的落叶。

每天都有新的饭馆、小吃店、烤羊肉馆开张，北方人在经历了"干旱和饥饿"的生活之后，眼看着都发胖了。赌场、小型剧院、卡巴莱酒吧间也相继出现。在彼得堡人熟悉的一个小剧院里，演员们蹦蹦跳跳地唱着阿格尼夫采夫写的讽刺小调：

> 换了十届政府，
>
> 也没把咱们吊死……

涌现了大批寄卖行，这既新鲜又令人惊讶；出售毛皮、贴身十字架、带金属衣饰的圣像、银餐具、耳环、苏格兰的厚毛围巾、花边——总之，凡是能从莫斯科和彼得格勒带出来的东西应有尽有。流通各式各样的钞票：沙皇的、克伦斯基的、乌克兰的，谁也不知道哪一种更不值钱。在杜马旁边，投机商人在兑换德国马克、奥地利克郎、英镑、美元。德国人在法国吃了败仗的消息传来,马克跌价,英镑上涨。美元的买主特别招人喜欢,投机商人不知是为了发挥某种想象力,还是为了赚更多的钱,将美元分成好几等,价格最高的是"有牛群"的那一种。

军官也分为好几类:有邓尼金的支持者、克拉斯诺夫分子、库班的哥萨克,甚至还有"阿斯特拉罕军团"的代表。他们似乎全都加入了"俄国特种兵团",但他们之间却争吵不休。不过,他们都骂布尔什维克、主张乌克兰独立的人和犹太人。我在克列夏季克第一次听见好战的叫嚣:"打倒犹太人,拯救俄罗斯!"他们杀害了许多犹太人,然而并没有因此而拯救他们古老的俄罗斯。

有谣言在流传:盟国打败了德国人;德国国内不太平:新政府的首脑是一个德国的克伦斯基,名叫"马克斯·巴登亲王"。白卫军官不知道这对他们是好消息还是坏消息,一方面,他们宣誓忠于盟国,抨击布列斯特和约,另一方面,他们很清楚,德国人一旦撤走,城市将落入他们称之为"土匪"的彼得留拉分子之手。

德国人不慌不忙地在认真收拾行装。德皇从柏林逃往荷兰。西线的军事行动停止了。报纸上说,基辅成立了德国的"士兵代表苏维埃"。我不知道它是干什么的。至于德国的军官和士兵,他们尽可能地多带些战利品回国:脂油、奶油、糖。

社会革命党人和立宪民主党人在市杜马举行了会议,本想宣布他们是通过民主选举取得政权的;但是从敖德萨来了艾诺先生的一位特使,他宣布,盟国指示"基辅的民主力量"支持盖特曼斯科罗拔德斯基。

革命前由于嘲笑过象征派诗人而出名的彼得·皮利斯基,在基辅出版了幽默杂志《魔鬼的胡椒瓶》。本来可以嘲笑这样一些事:德国人委派的盖特曼匆匆忙忙学习《马赛曲》,艾诺先生说他支持盖特曼,又表示愿意向执政内阁提供武器;新德意志共和国政府自称是社会主义政府,却跟法国将军们商量对苏维埃俄国进行远征。但《魔鬼的胡椒瓶》对这一切却只字不提:磨胡椒的不是魔鬼,而是彼得堡的一位文学家,他知道,不久他将不得不申请法国或德国的签证。

一列列的火车向敖德萨开去:人们都说,盟国的军队将要在那里登陆;他们登陆为时太晚,已经不能拒彼得留拉分子或布尔什维克于基辅之外了。

然而敖德萨却是天堂,是堡垒,是平静的生活。持怀疑态度的人还说,即使法国的"远征军"不从马赛开来,难民也能从敖德萨乘船去马赛:海毕竟是海。

我曾说过,从来没有像在战争初期那样出现过那么多的谣言。国内战争持续了很久,但苏维埃政权的敌人却常常变更,他们全都凭空杜撰,正如人们在战争初期所做的那样。形形色色"消息灵通的"难民发誓说,盟国拥有紫外线,能在几小时内消灭"赤色分子"和"主张乌克兰独立的人"。

也有一些关于"匪帮"的议论。暴动的队伍很多,表面上看来它们彼此相似,但在暴动者当中却有一些抱着不同想法的人:一些人相信执政内阁,另一些人认为应该消灭资产者,不过暂时还得扒农民的衣服;还有一些是热衷于抢劫的家伙,是怙恶不悛的奥帕纳斯,在历次蹂躏犹太人的暴行中都大显身手。我不记得这个或那个"头目"是什么时候上台的,——是1918年还是1919年,但在这一年里我听够了这样一些人物的故事,如斯特鲁克、秋琼尼克、安格儿、泽利内、扎博洛特内,自然,还有他们中间最有名气的马赫诺。

执政内阁的军队兵临城下。最后,白卫军官把酒窖洗劫一空,喝着、唱着、骂着、哭着、枪毙"可疑分子"。

士兵们占据城市时,他们情绪高涨;但当他们不得不撤离城市时,他们却满腔怨恨,最好别碰上他们。那一年我常常听到三个定语:"去杜鹤宁①司令部""破坏社会秩序""关上门"。

彼得留拉分子满面春风地走过克列夏季克大街,不触犯任何人。来不及逃往敖德萨的莫斯科贵妇人赞美地说:"他们多么可爱啊!"白卫军官被集中起来,关进教育陈列馆(显然,问题不在教育,而在于那儿容纳得下)。我记得,有一次大家给吓了一跳:突然轰隆一声,许多屋子的窗户玻璃都不翼而飞。市民们急忙往澡盆里装水——说不定会断水——并烧毁彼得留拉的报纸。原来是某人向教育陈列馆扔了一颗炸弹。

报纸的名称变了。挂起了黄蓝两色的旗子。钞票上有一个三叉戟。下令改写商店的招牌,于是到处都架起梯子,彩画工拿着刷子在梯子上把字母

---

① 杜鹤宁(1876—1917),当时为克伦斯基政府的军队首脑。

"и"改成"і"。

在利普基，有两座房子挂上了英国和法国的国徽。报上说，艾诺先生答应保卫乌克兰的独立，抵御"赤色分子"和"白卫分子"。

有时我觉得我是在看电影，分不清是谁在追赶谁；镜头变换得那样快，不仅来不及思考，甚至叫人看不清楚。彼得留拉分子和布尔什维克谈判，也和邓尼金分子谈判，和德国人谈判，也和艾诺先生谈判。执政内阁的军队是12月开进基辅的，待的时间不长——六周。

谁也不知道，明天谁将逮捕谁，将挂起谁的相片，收起谁的相片，哪种钞票应该收下，哪种钞票应该千方百计塞给傻瓜。然而，生活在继续。我很久没有居室，睡在堂兄弟家的沙发上，他就是性病学家卢里耶教授。有时一大早街道上还响着枪声，候诊室已经坐着一些脸色阴沉的患者了；他们总是彼此回避，有时企图用报纸遮住面孔。报纸的名称变了，报上的消息和昨天登的消息截然不同，但这并未使患者困惑不解。

利普基有一座通常审讯被捕者的房子，撤退时，文件给烧了，玻璃给打碎了。新政权到来后，又重新安上玻璃，运来一摞摞文件，又开始审讯被捕者。

我前面提到过"作家演员俱乐部"，它坐落在尼古拉大街上，它的简称很不好听："克拉克"（"基辅作家演员俱乐部"）。在苏维埃政权执政的那几个月，它改名为"赫拉姆"，这不是由于轻视艺术，而是因为当时一切都改了名称；"赫拉姆"的意思是："艺术家、文学家、演员、音乐家"。我经常去那儿。每经过一次变动，就有一些老主顾销声匿迹：不是跟军队撤走，就是如那位哲学家似的看门人所说：给"抓住后脖领"了。留下来的人在唱歌或听歌，朗诵诗，吃着炸肉饼。

2月里，红军从左岸来到基辅，几乎所有的人都喜欢他们。我记得一个常来俱乐部的秃顶莫斯科律师激动地嚷道："我反对他们的思想，但是他们到底还有思想，而我们过去在这儿鬼晓得是怎么生活的！……"

自然，也有顽固分子，他们认为，一个月后市立公园将重新成为商界公园，他们心爱的《基辅人报》也将重新问世。艾诺先生不是答应过，盟国将在敖德萨、塞瓦斯托波尔、新罗西斯克登陆，首要的任务是从布尔什维克手中解放"俄罗斯城市之母"吗？……

善于交际的艾诺先生和谁没有打过交道啊！在基辅周围,形形色色匪帮的"死亡团"和小分队在东奔西窜。房屋在燃烧,羽毛褥子的细毛到处飞扬。人们每天都在谈论新的大屠杀,谈论被强奸的幼女和惨遭剖腹的老人。盟国在巴黎开会,它们受到威尼斯元首们的浪漫主义精神的鼓舞,组织了一个"十人委员会";这个"委员会"跟邓尼金勾勾搭搭。艾诺先生答应给泽利内神父一批步枪。人们死于饥饿、流弹、大屠杀、传染伤寒的虱子。

在彼得留拉分子占据基辅期间,有人拿了一份法国的《晨报》来到"克拉克"。我从报上得知,巴黎出现了一种新的服装样式——男人穿着腰身非常窄小的上衣,打败德皇的人们就像优美的女士。在服装样式的消息下面登着一篇文章,说盟国正在俄国保卫自由、公民权和人类的崇高价值。

我说过,斯科罗拔德斯基依靠德国人的面包活到了高龄。彼得留拉是在巴黎被钟表匠施瓦茨巴尔德用手枪打死的。我不知道艾诺先生的下场如何,他是个小人物,历史学家是不会注意他的。但是,如今我读了有关在危地马拉或刚果、伊朗或伊拉克发生的事情的消息,放下报纸,1919年受尽折磨的基辅和神秘的艾诺先生的影子便往往出现在我的眼前。

11

红军是1919年2月来到的,同年8月,城市又被白卫军占领。这六个月是光明而热闹的。对于基辅来说,这是充满希望、激情、窘迫和惊慌的时期,是春天的风暴时期。

从我自己谈起。我已经说过,那时我成了苏维埃的职员。我在巴黎时当过向导,后来又在货运站卸货,还为《交易所新闻》写随笔。所有这些,包括记者工作在内,都不需要高超的技能。然而我的劳动手册的下一页却实在难以猜测。我被任命为基辅社会保障处所属的"莫菲克季甫儿童美学教育部"的主任。读者一定会发笑,我也在笑。在这之前,我从来没有听说过"莫菲克季甫儿童"是怎么回事。读者们大概也不知道。在革命初期,神秘的术语非常流行。"莫菲克季甫"就是精神上不健全的意思,这个概念也适用于未成年的罪犯和难以教育的儿童。(当一个干瘦的女教养员向我作了解释后,我明白了,我在童年时代是最莫菲克季甫的。)为什么委托我担任儿童的美学教育工作,而且还是教育学坏了的儿童呢?我不知道。我对教育工作是十足的门外汉,在巴黎的时候,我的女儿开始耍脾气的当儿,我只知道一种方法可以使她听话,但这绝不是教育:用两个苏买一块碧绿或鲜红的水果糖。

不过在那个时候,许多人都不是干自己的本行。马·谢·沙吉尼扬是讲美学的,却开始教公民学养羊业和纺织业,伊·利·谢尔文斯基在法律系毕业并听完了给教授们开的马克思列宁主义课程以后,变成了收购毛皮的指导员。

在"莫菲克季甫教育部"有一个青年工作了两三个月,他平时贩卖美元、阿司匹林和糖,出于偶然才未被刑事侦查处发现。此外,他还写些文理不通的诗。(他曾说:"对不起,那是些十分淫猥的诗。")我在1924年写的长篇小说《贪图私利者》的主人公的许多特点,就是取自我这位同事的经历。他在教育工作上比我更外行,但他自信、放肆,经常在教师或医生们谈话时插嘴。记得在一个会议上,大家谈论蛋白质、脂肪、碳水化合物对儿童神经系统的影响。这位"十分淫猥的"诗的年轻作者突然打断一位白发苍苍的教授的话,说道:"丢开您这些废话吧!我从小就神经质。如果对骨头进行分析,那么脂肪也是有用的,不过主要的是蛋白质……"

我预先告诉教师和精神病医生,说我是个十足的外行,但他们却说我干得很好。竟然有了这样的声誉:爱伦堡是儿童美学教育专家,我在1920年秋回到莫斯科后,弗·埃·梅耶霍德建议我领导共和国的所有儿童剧院。

我们为制定"实验示范教养院"的计划花了很多时间,该院是为少年罪犯受"创造性劳动"和"全面发展"教育而设的。那是个计划的时代。看来,在基辅所有机关中都有白发苍苍的怪人和年轻的热心家在制定地上的天堂生活计划。我们讨论过分鲜艳的色彩对极端神经质的儿童有什么作用,多声部朗诵是否影响集体意识,韵律体操是否有助于制止少年卖淫。

我们的各种讨论同现实生活极不协调。我对改造机关、孤儿院和栖息着流离失所者的小客栈作过一次调查。我不得不写一些报告,报告中谈的不是韵律体操,而是谈粮食和印花布。男孩子们投奔形形色色的"头目",女孩子们硬拉从德国回来的战俘过夜。

在美学教育部工作的年轻画家帕尼亚·帕斯图霍夫,为人极其腼腆。有一次我派他去一个1915年为无家可归的小女孩设立的孤儿院。帕斯图霍夫回来时大为震惊。原来那些小女孩已经长大,由于各种政府不断变换,没有人理睬她们,她们只得各自谋生,有的已有吃奶的孩子了。当帕斯图霍夫对她们讲起学问就是光明时,一个姑娘顽皮地对他说:"喂,男人,不如请我们抽支香烟……"

我们的机关设在利普基的一座别墅内。我记得在大厅里有一个帝国式活面写字台,上面贴着一张查封时匆匆写成的大标签。有一天,我发现活面写字台上放着一个吃奶的婴儿——是夜里偷偷放在那儿的。旁边的另一座别墅是省肃反委员会所在地,不时有汽车开往那儿。转眼间,花园里的草木全发绿了;我一边听着关于达里克洛士①方法的争论,一边望着窗外:金合欢已经开放。

那时人们往往同时在几个机关工作。除了去"莫菲克季甫教育部"之外,我还做其他许多工作,例如,参加"实用艺术部"的会议。看来那个时期对艺术是不利的:街上常常打枪;艾诺先生是不浪费时间的,基辅受到各种各样匪徒的包围;"战略家们"在争论,谁先攻进城内——彼得留拉分子还是邓尼金分子。但是"实用艺术部"做了很多工作。我说的不是自己,在这件事上我虽说不是门外汉,却也只是个略识门径者,在部内工作的有一些优秀的专家,基辅的美术家——梅勒、普里贝利斯卡娅、玛加丽塔·亨凯、斯帕斯卡娅。我们举办民间艺术展览,创办刺绣与制陶的作坊。我认识了很有才能的农村妇女加帕·索巴奇卡,她有惊人的色彩感。在克列夏季克出现了一些有乌克兰装饰图案的巨幅装饰覆墙画。

我见过贡恰尔塑造的黏土动物。伊万·塔拉索维奇是代表传统民间创作的最后几位艺术家之一。在那个年代,他的动物不是绵羊,不是狗,也不是狮子,而是动物学家所不知道的一种动物,每一个都独具特色。(民间创作的灵感来自大自然,但大自然是无法复制的;如果说沃洛格达的花边女工研究窗户上的霜花,那正是因为霜的花纹像莽丛,像星空,像不存在的字母表上的字母。)

我在基辅认识了女作家费多尔琴科。她写了一本有趣的书《战争中的人民》,战争时期她在军医院当护士,记下了士兵间的谈话。我抄录了当时一个士兵对艺术的看法:"我们有一个后备军士官生,他画的东西都跟真的一模一样,一点也不好看……"各种各样的文学宣言、形形色色艺术的"主义"都成了历史的陈迹,但现在我觉得这个士兵在1915年无意中说出的话不仅生动,而且是当前大家关心的。

我还在文学专科学校工作:教初学的人写诗。(虽然我当时写的是不规则的"自由诗",但我还能区别抑扬格和扬抑格。)勃留索夫久久地向我证明,可以教会任何一个稍具能力的人写出好诗;古米廖夫同意这个看法,他说,他甚至把奥楚普也培养成了诗人。但是我过去和现在都不相信可以教

---

① 达里克洛士(1865—1950),瑞士音乐教育家,韵律教育体系的奠基人。

会别人写诗。在学校(无论它的名称是专科学校、训练班、研究所或科学院)里只能教人读诗,也就是提高学生的美学素养。

在专科学校的学生中间,有一个谦虚而腼腆的青年尼·尼·乌沙科夫。我感到高兴的是,我在基辅的专科学校担任的短期教学工作并未妨碍他成为优秀诗人。我后来常和他见面,并且相信他没有生我的气。

作家协会、美术家协会、文学专科学校以及其他许多机关都设在尼古拉大街的一座楼房里。那里争论着未来主义,给画家分派装饰街道的任务,作关于马克思主义的报告,颁发护照和各种证件。

下面的地下室里是"赫拉姆",即从前的"克拉克"。我常在那儿遇见基辅的诗人弗拉基米尔·马卡韦斯基。在这之前不久,他出版了十四行诗集《亚历山大城的斯蒂洛斯》。他非常熟悉希腊神话,爱引证卢奇安和艾斯库累普[①]、马拉梅和里尔克的话,总之,他是当地的维亚切斯拉夫·伊万诺夫。最近我翻阅了一下他的书,我只找到两行可以看懂的诗句,那就是:

躺在亚历山大城的石棺中,

埃拉多斯成了一具木乃伊。

马卡韦斯基很想做亚历山大城的居民,然而这种想法不合时宜。

另一位基辅诗人是贝内迪克特·利夫希茨,诚然,他不是不爱出门的人。我记得发表在早期未来派集子中的他那些非常激烈的言论。使我惊讶的是,我看见了一个极有修养的、稳重的人;他没有骂过任何人,显然,他对自己年轻时的追求已经冷淡了。他喜欢绘画,懂得绘画,我跟他多半谈论画家。他写得少,想得多:大概像我和其他许多人一样,想了解正在发生的事情的意义。

在"赫拉姆"里的"北方人"中间,奥·埃·曼德尔施塔姆是佼佼者,他已经因《石头》一书出了名。我记得奥西普·埃米利耶维奇朗诵过美妙的诗篇《我研究了离别的科学……》。

维·鲍·什克洛夫斯基像流星般一闪就不见了,他在埃克斯特艺术学校作过报告,他很漂亮,但头脑不清,他调皮地微笑,温和地责骂一切人。

---

① 均系古希腊讽刺作家。

在"赫拉姆"我还认识了好幻想的、有着一头鬈发的列·韦·尼库林，有一次他向我们朗诵了一首十分伤感的诗，——关于棺材。

纳坦·文格洛夫写儿童诗。他举办了一个"儿童读物节"，于是在克列夏季克便出现了巨大的覆墙画，街上到处是小熊、大象、鳄鱼。文格洛夫曾多次向我证明，我是个儿童诗人，不巧没有干上自己的本行。（我一生尝试过许多职业，但从来没有给孩子写过什么。）

常去"赫拉姆"的还有著名的女演员薇拉·尤列涅娃，有个年轻人时常陪着她，他几乎是个少年，脸上总是带着嘲笑的表情，当别人介绍我们互相认识的时候，他嘟嘟囔囔地说了声："米沙·科利佐夫。"

在乌克兰诗人中间，当时最有名气的是未来派谢缅科；他个子不高，但声音洪亮，他否认一切权威，只推崇马雅可夫斯基。我遇见过帕·格·狄青纳，他沉默寡言，好幻想，他仿佛时刻都在倾听什么；他有一种近乎腼腆的柔和性格。我一瞧见他，不知为什么立刻相信他是真正的诗人。

犹太作家们狂热地工作着：要在彼得留拉分子和邓尼金分子之间的短暂时期内考虑成熟、脱稿和发表。当时在基辅的有贝格尔森、马尔基什、克维特科、多布鲁申。别列茨·马尔基什看上去是个漂亮的小伙子，长着一头总是竖起的蓬松浓密的头发，有一对嘲弄人的、伤感的眼睛。大家都叫他"反抗分子"，据说他想谋害古典作家，推翻偶像，但是我刚认识他就觉得他像一个在别人的婚礼上演奏哀歌的流浪的犹太琴师。

我在基辅结识了许多艺术家。亚历山德拉·亚历山德罗夫娜·埃克斯特在巴黎度过了相当长的时间，她与莱热相好，也算是个立体派画家。但是她的作品却与莱热的大都市派的幻景全然不同，埃克斯特最喜爱的还是戏剧（她在基辅的几个剧院工作过）。我不知道这是什么原因：亚历山德拉·亚历山德罗夫娜的学生以及同她往来的年轻美术家，都酷爱戏剧和演出。我当时在基辅遇见过的所有画家几乎都成了舞台美术家：特士列尔、拉比诺维奇、希夫林、梅勒、彼得里茨基。

"酷爱戏剧"……我写完这几个字以后，不禁想起了埃克斯特的一个学生，二十岁的萨沙·特士列尔。他后来的命运最好不过地证实了当时基辅的画家们对戏剧所特有的那种热情是正确的。当然，问题不在于某人是否为剧院工作过：在那个时期，鲜艳的色调、想象力和技巧登上舞台要比进入展览厅还容易,当时几乎所有的苏维埃画家都从事过这个工作。莫斯科人正是通过戏剧演出认识亚·格·特士列尔的。他为《李尔王》绘制的布景跟莎士比亚的诗一样,既是象征性的,又是真实的,但令人惊异的是另一点:特士列尔甚至在画架画中也保存了戏剧对世界的理解。我记得他那幅表现士兵们射击信鸽的画,那幅画作于毕加索的和平鸽之前约二十年。只有能够将丘特切夫所描绘的众神的酒宴理解为惊人的悲剧的艺术家,才能在20世纪的30年代采用这类题材。

革命的最初几年不仅是舞台艺术蓬勃发展的年代,也是戏剧受到普遍喜爱的年代。在乌克兰的一些小城市中,那些幻想总有一天能吃饱饭的流浪艺人使剧院大厅为之震惊,使观众忘却了那不足的口粮、寒冷的住房和夜里的枪声。但是基辅很幸运:它得到了康斯坦丁·亚历山德罗维奇·马尔贾诺夫。这是个很兴奋的人,脑子里充满大胆的计划,性格温和但又十分固执。我记得有一次他激动地说(我们坐在小吃部里喝着劣等茶,我向他介绍西班牙的情况——他准备排演洛贝·台·维加①的剧本):"戏剧就是戏剧!我在市执委会里说过,市执委会就是市执委会。他们却想让演员在舞台上当真喝茶。如果人们在市执委会的小吃部里喝茶时突然朗诵起独白来,还用力使双臂弯向背后,用六音步扬抑抑格高谈如何恢复城市的经济,不知他们会说什么……"基辅看到了《羊泉村》,一股清新的风吹进了古老的索洛夫佐夫剧院大厅。我们站着,鼓着掌,久久没有离去。

马尔贾诺夫喜欢我和阿·尼·托尔斯泰合写的剧本《布兰什衬衫》,他决定把它搬上舞台。由尼·阿·希夫林绘制布景。大概排演了两三次以后,邓尼金分子打进城来了。

我常常碰见马尔贾诺夫的两个崇拜者,柳芭的弟弟格里沙·科津采夫和谢廖扎·尤特克维奇,这是两个形影不离的小朋友(但不是"莫菲克季甫")。他们请我去"独眼龙吉米"的旧址:那儿正在上演"民间滑稽草台戏",这是一种在饥寒交迫的年代给观众带来欢乐的怪诞演出。

在索非亚大街杜马广场旁边有一个肮脏的小咖啡馆,掌柜的是个有着

---

① 维加(1562—1635),西班牙戏剧家、作家。主要剧作有《羊泉村》等。

艾尔·格列柯①的肖像画那样一副热情的长脸的瘦削的希腊人。咖啡馆的窗子上有一个招牌："真正新鲜的酸牛奶"。希腊人煮好了香喷喷的土耳其咖啡，我们这些诗人、画家、演员常去光顾。对于我来说，这个咖啡馆和我未来的命运有关。有时我在那儿向柳芭、师范学院的年轻女学生亚德维加和娜佳·哈津娜（后来成为奥·埃·曼德尔施塔姆的妻子）讲我在国外的奇遇。我想：一个善良的法国有产者或一个罗马的叫花子，一旦来到革命的俄国，会做些什么？我两年后写的长篇小说《胡利奥·胡列尼托》的一些人物就是这样产生的。

我继续写诗，好诗没有写出来，但是口气有了变化。我还不了解种种事件的全部意义，但我的心情是愉快的，尽管那个时期有各种各样的灾难。

  我们的子孙在翻阅课本的时候

  会感到惊讶：

  "一四年……一七年，一九年……

  他们是怎么活的？……真可怜！……真可怜！……"

  新世纪的儿童将阅读战史，

  背熟领袖们和发言人的名字，

  背熟死亡的人数

  和各种日期。

  他们嗅不到战场上的玫瑰发出的甜香，

  听不到雨燕在炮声暂停时响亮的鸣叫，

  也不会知道那几年的生活

  有多么美好。

只要思考一下遥远的过去，就会明白许多事情。从表面上看来，一切都是那么奇特。匪帮在城市四周流窜，人们每天都在议论大屠杀和杀人。汽车不时发出令人惊慌的叫声。邓尼金分子和彼得留拉分子在竞赛，看谁先打进基辅。我曾多次听到恶狠狠的低语声："他们的统治长不了……"然而我们仍然坐着写计划，讨论着契诃夫或科秋宾斯基的文集第三卷何时付印，

---

① 格列柯（1541—1614），西班牙画家。

最好在什么地方建造革命纪念碑……我们朗诵诗歌,看图画,我说过的那种内心的欢乐,不仅闪耀在十四岁的格里沙·科津采夫的眼里,而且闪耀在快五十岁的康斯坦丁·亚历山德罗维奇·马尔贾诺夫的眼里。问题不在年龄,或者可以说是在于革命的年龄:照莫斯科的算法,革命才两岁,照当地的算法,只有几个月……

12

有些回忆使你快乐,使你精神振奋,使你看到激情、善良和勇气。也有另一种回忆……有人说,时间能医治一切,这种说法不对;当然,伤口正在结疤,但是这些旧伤会突然疼起来,它们只有随着人的死亡才会消失。

我下面要谈到一些不良现象。公元前2世纪时,普拉图斯曾以自己的喜剧使罗马人开心;这些喜剧中有一句话留在后代人的记忆中:"Homo homini lupus est."①我们也常常形容那个建筑在贪婪、建筑在为了一小块面包而你争我夺的基础上的社会的道德是:"人对人是狼。"普拉图斯用狼做例子是不对的。曼泰菲尔研究过这种动物的生活,他对我说,狼和狼彼此很少咬架,而且只有到饿极了的时候才袭击人。然而在我的一生中,我曾多次看见人毫无缘由地伤害、折磨、杀害别人。假如这种野兽有思考能力并会创作格言,那么,一只灰狼在它的邻居撕下它的一小撮毛时,大概会吠道:"狼对狼是人。"

关于基辅大屠杀我能说些什么呢?如今没有人会对此感到惊讶。在那一幢幢漆黑的房屋中,通宵可以听见女人、老人、孩子的哭喊声;似乎是房屋、街道、城市在哭喊。

佩列茨·马尔基什在那几年里写过一首描写戈罗季谢大屠杀的长诗,那里有五百人遭到杀害。在娘子谷有七万多犹太人遭到杀害,在欧洲有六百万……我现在发觉自己在作这种比较。前不久,我听说有一种能自动作曲的机器。所以我觉得,这种有思维能力的机器会代替心灵打出数字。是

---

① 拉丁文,即"人对人是狼"。

的,刽子手在1919年还想不出毒气室,暴行是原始的:在额头上刻一个五角星,强奸幼女,把吃奶的婴儿扔出窗外。

一个老人仰卧在院子里,目光呆滞的眼睛望着秋天空旷的天宇。也许这是卖牛奶的老人捷维耶①或者他的女婿,在劫难逃的叶古佩茨的老住户?旁边不是一汪牛奶,而是一摊血。风不安地揪着老人的胡须。

在任何一出悲剧中,都有一些闹剧的场面。在我的岳父科津采夫医生的家中,有一次闯进一个穿着军官制服的身材高大的小伙子,他高声喊道:"耶稣给钉上了十字架,俄罗斯被出卖了!……"后来他瞧见桌子上放着一只烟盒,于是镇静而认真地问道:"银的吗?……"

我决定溜到考特贝尔去找沃洛申,他的家成了我的避难所。我们乘火车去哈尔科夫,路上走了一个星期。在沿途的车站上,不时有军官或哥萨克冲进车厢,喊道:"犹太人、共产党员、政委,出来!……"在一个车站上,画家伊·拉比诺维奇就从我们的加温车中被赶了出去。

哈尔科夫,随后是罗斯托夫,再其次是马里乌波尔、刻赤、费奥多西亚……我们走了足足一个月,藏身于加温车的黑暗角落里,胡乱地躺在轮船的大舱内,在说着胡话、奄奄一息的斑疹伤寒患者中间,身上长满了虱子。一再响起单调的喊声:"这儿有谁长癞子?……"虱子和血迹,血迹和虱子……

破旧的围墙上赫然悬挂着邓尼金、高尔察克、库捷波夫、迈马耶夫斯基、什库罗的画像。略有醉意的库班哥萨克在街上检查行人的证件。不知谁高喊了一声:"抓住政委!……"哈尔科夫的"帕拉斯"旅馆当时由反间谍机关占用,行人总要绕过这座房子。在咖啡馆里,一张桌子旁坐着法国军官,另一张桌子旁坐着投机商人;他们喝着华沙式煮咖啡。到处挂着五颜六色的"奥斯瓦格"招贴画:"前进,向莫斯科进军!"——上面画着常胜将军乔治的骏马用蹄子践踏着一个大鼻子的犹太人。

莫斯科的律师、彼得堡的文学家、包着五六条头巾携带着装满食物的帽盒的贵妇人、演员、家庭女教师以及无家可归的人,都在从一个城市跑到另一个城市。在一个又破又脏的旅馆里,一位爱开玩笑的人有腔有调地问道:

---

① 肖洛姆·阿莱赫姆的长篇小说《卖牛奶的捷维耶》的主人公。

逃难？可往哪里逃？如果是暂时的——不上算，
如果是永久的，又办不到……

一个疯疯癫癫的老太婆披着一件士兵的军大衣，戴着一顶饰有紫翎毛的帽子，嘟嘟囔囔地说："不，克列孟梭不会丢开我们不管……"一群醉醺醺的军官从夜酒馆中出来，口中唱着：

咱们有将军什库罗，
欧洲在我们眼里算个啥，
咱们要给它一根羽毛……

以下的话就不能见诸笔墨了。

(1925年，我在巴黎的墙上看到一张海报："布法洛"马戏团向观众表演新的精彩节目——由"著名的什库罗将军"领导哥萨克表演特等骑术。从前的虐杀者在马戏团的演技场上延长了自己的职业。）

市民们早晨去市场以前，先要听一听有没有枪声。大家都成了惊弓之鸟，对什么都不相信。在明白自己为什么进行斗争的勇敢的人们身上，国内战争引起了仇恨、坚定和勇气。而在那些空气窒闷、坐暖了的小屋里，却蠕动着一些饱受惊吓的小人物，他们既不想拯救革命，也不想拯救古老的俄国，他们只想救自己。他们由于恐惧，不是向肃反委员会就是向反间谍机关报告，说自己女邻居的侄子在征粮队工作，或是说邻居把自己女儿嫁给了白卫军官。他们害怕楼梯上的脚步声、门的吱吱声、门口的低语声。最机灵的人将"五戈比钞票"和马克思的相片藏在一块地板底下，也准备在一周或一个月之后将迈马耶夫斯基的相片、沙皇的钞票，甚至圣像藏在同一块地板底下。

在火车站上，不得不从人身上跳过去：这儿到处躺着伤寒病人、难民、背袋贩子。

瞧这个鬈发的小伙子，昨天他还在唱：

为了捍卫苏维埃政权
我们要英勇地去战斗……

现在他又大声唱道：

> 为了捍卫神圣的罗斯
> 我们要英勇地去战斗
> 还要把一切犹太佬
> 狠狠地揍他一通。

他什么战斗也不想参加,过去如此,现在还是如此;他在出卖从仓库里偷的毡靴。

哥萨克是残暴的,这里表现出传统,表现出由于生活遭到破坏而产生的仇恨,也表现出慌张不安。

白军中有黑帮分子、从前的密探、宪兵、刽子手。他们在行政机关、反间谍机关、"奥斯瓦格"中担任要职。他们要使别人相信(也许他们自己相信),俄国人民受了共产党员、犹太人、拉脱维亚人的欺骗;应当将俄国人民好好地抽打一顿,然后用链子拴住。

许多年之后,我在巴黎买了一个叫做波萨日内的人出的一本诗集,他自称是"黑色骠骑兵",在雷诺工厂工作。他咒骂"捉青蛙的法国人",他回忆起自己的战马时,却为辉煌的过去悲痛不已:

> 珀伽索斯①走进了餐厅
> 喝足了卡赫齐亚葡萄酒,
> 吃了一束白玫瑰,
> 一本正经地把屎拉在托盘上。
> 这不是粗野的时代,
> 人群喊着"乌拉",
> 乐师大声吹奏着唢呐,
> 回忆,你住嘴吧!

他是这样表达自己理想的:

> 现在是红色的东西都将消亡。
> 它们早该见鬼去喽!
> 过去的士官生们手中的酒杯

---

① 希腊神话中能激发诗人灵感的飞马。

将重新泛起泡沫。

我在1929年读这些诅咒时笑了,但在1919年,这位波萨日内曾冲进加温车,挥臂猛打别人的脸,甚至开枪杀人。

然而白军的大多数都是失魂落魄的人,由于虱子而被搔得遍体鳞伤,由于真正的和想象中的委屈,由于屠杀、逮捕、枪毙,由于多次易手的一座城市的哭泣,由于意识到他们明天将会被枪毙,就像他们今天枪毙"可疑分子"那样,他们的心也被搔伤了。

德国作家列昂哈德·弗兰克给自己的一本书取名为"人是善良的"。人既不善良,也不凶恶:他可能是善良的,也可能非常凶恶。当然,在白军当中不仅有暴徒,也有许多平凡的人,就其天性来说他们都十分温厚,早先也没欺负过任何人;但是他们却不得不将善良随同舒适的生活与家务事一起留在家中。绝望触发了仇恨。甚至当1919年秋白军占领了奥廖尔时,他们也未感到自己是胜利者。他们就像在外国的土地上一样往前飞跑,到处看见敌人。在小酒馆里,白卫军官要求值班歌手为他们唱流行的抒情歌曲:

你将是第一名。
可别陷入困境!
神经越是坚强,
目标也就越近。

狂饮的结果往往是开枪打人、击碎镜子,或者往空中放枪——军官们仿佛看到了游击队、地下工作者、布尔什维克。他们越是高喊自己有坚强的神经,就越是说明他们神经脆弱;目标淹没在酒精、仇恨、恐惧和血的迷雾中了。

在"志愿军"中间有形形色色天真的浪漫主义者或意志薄弱的人,他们经不住同伴们的规劝,被有关"忠心""正直""誓言"的言论给迷住了。

我也遇见过一个不知所措的人,他是陆军准尉,喜爱勃洛克的诗。天晓得他是给什么风吹到白军里的。他救过我的命,老实说,我没记住他的姓名,这使我很难过。这件事发生在从马里乌波尔去费奥多西亚的途中。我们坐轮船走了很久:起先是失火,后来小船又在亚速海遭到冰封。粮食吃光了。伤寒病人在冰上爬行。在最后几天的一个夜里,一个戴毛皮高帽的魁伟年轻人将我拖到结了一层冰的甲板上。大家都睡了。这位军官比我力气大得多,但他喝多了酒。我们搏斗起来。他口齿不清地反复说道:"现在让我给你举行洗礼……"他把我向船舷推去。我记得我当时想道:好吧,让我们一起滚到水里去吧……亚德维加和我们同行,她听到喊声后,急忙跑到底舱去喊那位我忘记了姓名的陆军准尉。他登上甲板,喊道:"住手,我开枪啦!……"我的"教父"看见手枪才松手。

在费奥多西亚悬挂着同样的画像,什库罗将军剽悍的脸上露出微笑。我在这里看见了穿戴整齐、面孔刮得干干净净的英国人。在他们的行军灶旁挤着一群饥饿的孩子:白军强迫铁路员工撤退(不记得是从奥廖尔还是从库尔斯克)。撤退的人们栖身在卡兰季纳镇上那些可怜的陋室中。英国人沮丧地望着这一群饥饿的、衣衫褴褛的人们——他们置身于这场角逐之外,他们被派到这儿来,正如他们可能被派往内罗毕或卡拉奇一样,只是在执行命令罢了。当然,对于石油股票,对于被剖腹者,对于贪婪地嗅着空气中肉味的孩子们的命运,他们都毫无所知……

沃洛申热情地接待了我,我颠三倒四地向他叙述旅途中的奇遇。马克斯的目光和往常一样亲切而深邃。他谈起了俄国的命运,谈到先知以西结的预言。沃洛申的母亲普拉来了,她打断儿子的谈话:"马克斯,够啦!他们饿着肚子,现在对你的故事不感兴趣……"她端来一锅土豆。

13

我的女儿有时去考特贝尔度假,在有许多美丽的小石子的海滨浴场洗澡、晒太阳,还可以爬爬山。当她对我谈到这一点时,我就想起了遥远的过去:我很难想象,在考特贝尔可以休息。我也曾在那儿的海边漫步,但我收集的不是小石子,而是海水抛到岸上来的小木片;我用它烧火盆。有一次我在岸上拣到一只死海鸥,我把它开了膛,用水煮了;它有一股臭鱼的腥味,但我们吃了它。

我们来到后不久,我就用那件穿破的巴黎上衣换了些劈柴;冬天特别冷,刺骨的东北风刮个不停。我生起炉子,我们才没有在屋子里挨冻。但是我觉得,我从来不曾像在考特贝尔那样不断忍受无法排遣的饥饿。我常用辣椒煮汤。

我们在那儿度过了九个月,但现在我觉得那好像是漫长的几年。起初非常寒冷,后来又很热。柳芭的母亲送给柳芭几枚戒指和胸针。我们把它们卖了。后来没什么可卖了。幻想靠写作得到点收入是愚蠢的。春天,我决定为农民的孩子们办一个儿童游戏场,很明显,基辅的那几位女教养员使我相信了自己的教育才能。

农村里住着一些保加利亚人,其中大部分是富农。他们不大拥护白军,因为白军征用粮食,而且有时不写借条就拿走一头猪或整桶酒,但他们最害怕的还是布尔什维克前来。不错,我找到了一家保加利亚人,他们帮助过地下工作者,并且憎恨白卫军,这就是斯塔莫夫一家。他们受到其他农民的尊敬,大家公认他们是诚实的、爱劳动的农民,然而一谈起政治,别的农民就不听他们了。村子里还住着一个裁缝,是俄罗斯人,他也在等待红军到来,有时冷嘲热讽地评论白军的战报："在乌曼附近'占据了更有利的阵地'，这就是说他们开始撤退，不可能是别的……"但裁缝是外地人，自然害怕别人告发他。

农民们希望我将城里人待人接物之道教给他们的孩子，但是我却读楚科夫斯基的《鳄鱼》给孩子们听；他们在家里念道："一个小男孩向他做了个轻蔑的手势。"父母对此很不乐意。我想给孩子们介绍一些艺术知识，发挥他们的想象力，所以对他们讲了安徒生关于夜莺的童话；我们决定排一场戏，剧中人没有固定的台词。扮演夜莺的男孩子应当自己想出取悦中国皇帝的办法。在剧的末尾，即将死去的老皇帝躺在病榻上，包围着他的是种种回忆——好的和坏的行为。有些孩子说的是从家里听来的话："你记不记得，你怎样偷了老太婆的鹅？"或者："你记不记得，你给你的大臣的结婚礼物是二十个金卢布？……"另一些孩子编的故事要复杂一些，我记下了其中的几个故事；一个小姑娘很严肃地问："老皇帝，你说你记不记得召请过一个女演员去中国？她唱歌的声音简直和夜莺差不多，你送给她一枚很大的奖章，你用金鱼款待她。后来她唱了一支歌，你生气了。老皇帝，你为什么生气？她爱上了一名外国士兵。难道这不好吗？你们搜查了士兵，找到一本小书，你说这不是好书，你将她关起来，从早到晚审问她，不给她一点东西吃，还用中国的木棍打她，她死了，那时她很年轻。现在你想让夜莺回到你身边来吗？不，老皇帝，它永远不会回来的，它有翅膀，你关不住它，它一旦飞走，就别再想捉住它……"这个剧我们排演了很久，最后确定了演出日期，请来了家长们。在这之后，村里就出现了一些谣言，说我是"赤党"。有几个农民禁止孩子再去游戏场。

然而，惹出乱子的倒是泥工课程。我在这方面也不愿压制孩子们的想象力，他们将泥捏的一些莫名其妙的野兽、脑袋特别大的人带回家去，有一个孩子还塑了一个头上有角的魔鬼。这下子牧师来干涉了，他挨门挨户地对每个家长说："他是犹太人和布尔什维克，想驱使孩子们去信仰魔鬼……"游戏场不得不停办，它一共存在了三四个月。我不知道它是否给了孩子们一些什么，不过我有时倒能往家带回一瓶牛奶或几个鸡蛋。预先商定报酬用实物支付，但报酬的数量和支付办法却没有规定。有些父母什么也不给。孩子们来游戏场时都带着食物，他们进食的时候我简直不敢看一眼,——生怕露出饿相。有一个小孩子一面狼吞虎咽地吃着脂油面包和奶渣饼,一面对我说:"爸爸对我说,让我一点也别给你……"

天气暖和了。我穿着从巴黎带来的睡衣,赤着脚。有一次,我到村里去想买些牛奶或酸凝乳。我走进一个富农的院子。他们把狗放出来咬我,狗咬住了我的小腿肚子。问题并不在于我给狗咬了,而是它把我的裤腿撕成了碎片。我只得把另一只裤腿也剪掉。现在我穿起短裤来了。或许,这使我变得年轻了,我不知道(从相片上看,我的模样有点可怕——我瘦得厉害)。我穿着连喜爱古希腊的朴素的莱蒙德·邓肯也会嫉妒的衣服和孩子们一起蹦跳。不过一般来说,一个人又有什么不能做呢?何况是在所谓具有历史意义的时代!……

有时我花一两个小时到山区去。考特贝尔周围的景色有一种令人感到痛苦的美,就像阿拉贡或旧卡斯蒂利亚,山坡一忽儿是淡紫色,一忽儿又成了火红色,没有房屋,没有树木,很像曾经给艾尔·格雷科带来灵感的那个冷酷世界的模型。不过考特贝尔之所以留给我这样的印象,也许是周围发生的一切事件所致。

第一次踏进沃洛申的工作室,我就想起了巴黎:还是那个塔娅赫女王、上面绝大部分是法文书的书架。马克斯很忧郁,早先的轻佻不见了;但他还是常开玩笑,故弄玄虚愚弄人;有时很好笑,但我没有笑过。有时我们长谈——这仿佛是里维拉的画室里或"洛东达"里的谈话的延长,然而我们谈话并不是因为五年前曾使我们激动的话题现在仍然具有生命力,而是因为我们想在几小时内回到过去。

迈娅·库达舍娃和她的法国母亲住在沃洛申家中。迈娅的父亲是俄国人,她也生在俄国,但她的口音却像巴黎女人,还用法文写诗。沃洛申对她的外貌作了这样的描绘:

> 又直又亮的头发像波浪一样
> 覆盖着你的前额。
> 头上的光轮像旋风般卷起。
> 微笑使你孩子般的目光收缩,
> 成人的忧伤使嘴变小,
> 眉梢渗出的汗

像一串细小的珍珠。

迈娅来自莫斯科,她在那儿常与文学界往来,认识伊万诺夫、安德烈·别雷,跟马林娜·茨韦塔耶娃很友好。她的母亲因看到跟她的正统观念和罗斯丹的戏剧毫不相容的种种事件而感到压抑。而迈娅却能经受住寒冷、饥饿和其他灾难……她后来的命运是这样的:先是与罗曼·罗兰通信,随后去瑞士找他,成了他的妻子。几年前我们在巴黎见过面。玛丽亚·帕夫洛夫娜正忙于筹建罗曼·罗兰陈列馆,她请我帮她弄一些俄国陈列品。我们没有谈起考特贝尔,虽然往事也曾涌上心头……

维·维·魏列萨耶夫是这样描写他在考特贝尔度过的那三年的:"在这段时期,克里米亚数次易手,我遇到了许多困难;六次被洗劫一空;病中体温高达四十度,在一个两天后被枪毙的醉醺醺的红军士兵的手枪下躺了半小时;遭到白军的监禁;害过坏血病。"1920年初,维肯季·维肯季耶维奇处境困难,他的医术稍稍帮了他的忙。他笑着对我谈起,农民最初不相信他是医生,因为有人告诉他们,他是作家。附近村子里伤寒病猖獗。魏列萨耶夫有一次检查了一个病人,算出了病情好转的时间;到了预定的日期,体温下降了,从此农民才相信魏列萨耶夫的确是医生。他们给他的报酬是鸡蛋或脂油。他有一辆自行车,但衣服完全破了。我有一件古怪的东西——科津采夫医生的睡衣,是在基辅时送给我的。我们把它送给维肯季·维肯季耶维奇,他就穿着那件睡衣骑着自行车去看病人。

柳芭得了伤寒后,魏列萨耶夫常来看我们,所以有时谈得很久。我从前读过他的几本书,认为他是个偏重理性的、直爽的人;其实他酷爱艺术,翻译过古希腊诗人的作品,为粗鲁和粗糙而感到苦恼。当然,在反对白卫军的斗争中,他的全部同情在莫斯科方面,然而对许多事他不明白,也没有接受。后来,我读了他那部描写革命初年俄国知识分子生活的长篇小说《无路可走》。我从那个民主派学者和他的布尔什维克女儿的口中发现了维肯季·维肯季耶维奇的思想。魏列萨耶夫比契诃夫小七岁,但是他应当属于那一代人;而且他生性也有些像安东·帕夫洛维奇:对别人缺点的宽容,崇拜善,那种与其说是由于环境,不如说是由于对人的深刻了解而产生的平静持久的忧伤。在魏列萨耶夫的长篇小说中,卡佳苦恼地对自己年老的俄国知识分子的父亲说:"亲爱的,我亲爱的!……你的正直、你的高尚、你对人民的爱,是谁也不需要的……"1920年许多年轻人就是这样议论的。但是在1960年,他们的子孙们明白了,他们迫切需要曾经鼓舞过安东·帕夫洛维奇和他精神上的朋友们的正直、高尚和对人民的爱。

关于奥西普·埃米利耶维奇·曼德尔施塔姆,我将在下一章中叙述。和他同来的有他的兄弟亚历山大·埃米利耶维奇,这是个善良的人,十分实际,曾多次帮助他的兄弟和我们。文学研究家德·德·勃拉戈伊和他的妻子(一位医生)也住在考特贝尔。作家安德烈·索博利的妻子拉希尔·绍洛夫娜也是医生,她在照看一岁的儿子马尔克。(1949年,诗人马尔克·索博利将一本有安德烈·索博利题词的我的小书送给了我,并在上面写了几行诗,最末一句是:"二十五年后,在父亲的签名下面,儿子写下了爱的话语。")

斑疹伤寒一向是讨厌的疾病,在当时的条件下护理病人是很困难的。亚德维加帮我照料柳芭,但她是个脆弱的二十岁姑娘。病情严重了。医生想给病人注射樟脑,但没有注射器。亚历山大·埃米利耶维奇为此骑马去费奥多西亚,好不容易弄到了注射器,但因急于赶路,途中把注射器碰碎了;他只得再次进城。后来需要酒精。我遍访我的学生的家长们的家,想要点烧酒;但对我的回答是,全被白军喝了。有一家正在举行婚礼,我瞧见桌上摆着几只大瓶子,便高兴起来,但主人们说:"愿意喝,就请坐,我们给你斟,但不外销……"

魏列萨耶夫吩咐我不断注意柳芭的脉搏。一天夜里,脉搏突然停止。不巧的是,魏列萨耶夫到另一个村子去了。我跑去找勃拉戈伊和索博利,他们也很着急,说既然已没有希望,就不必再折磨病人;但我还是央求他们给病人注射了士的宁。

柳芭的体温下降后,又出现了并发症——她深信自己已经死了,我们出于某种目的正在为她安排死后的生活。我好不容易为她弄了些食品并烧熟了,我馋涎欲滴,而她却说:"我为什么要吃?我已经死了。"不难想象,这对我有多大的影响,而这时我还得去游戏场和孩子们一起跳环舞哩。

后来我们弄到一个剪羊毛的机器,魏列萨耶夫用它把柳芭的头发剪短了。幸运的是,沃洛申开始光临我们的小厢房,他非常喜欢不可理解的谈话。柳芭说,她透过墙壁看到了一切,这使马克斯很高兴。奥西普·埃米利耶维奇爱模仿象征派诗人的谈话:"您好,伊万·伊万诺维奇?"——"没什么,彼得·彼得罗维奇,我死前还活着。"尽管处境悲惨,马克斯还是不能摆脱对彼世的迷恋。他真诚地醉心于和柳芭的谈话,而我却在猜测,我还会出什么事:发疯,得伤寒病还是与这一切相反,活下去? 清秀黝黑的亚德维加很像意大利新现实主义影片的女主人公,从早到晚洗衣服。

我说过,魏列萨耶夫、沃洛申、曼德尔施塔姆都曾是我谈话的伴侣。但是,从我来到考特贝尔的第一天起就有一位主要的谈伴等待着我——在莫斯科给我出了谜却没有得到回答的斯芬克斯。冬夜是漫长的。柳芭睡了。气愤的大海在窗外咆哮。而我坐着沉思。我开始理解许多事物,这是不容易的,因为在这之前,我写过诗,有过信仰,也失去过信仰,我得把佛罗伦萨的玫瑰色反光、雷翁·布鲁阿疯狂的说教、莫迪利亚尼的预言同我所看到的一切联系起来。

最主要的是明白人们的激情与痛苦在我们所谓的"历史"中的意义,确信所发生的一切不是可怕的、血腥的暴动,不是规模巨大的普加乔夫起义,而是对人的价值持有不同理解的新世界的诞生,也就是从我自己还没有意识到我继续生活在其中的 19 世纪,跨进另一个时代晦暗的门斗。我明白了,我在《前夜集》里所揭露的那个旧世界,是既不能用古老的咒语,也不能用崭新的艺术加以改变的。当然,我还是我自己:无谓的牺牲、残暴的镇压、把复杂的情感世界简单化,这一切都使我恐惧;然而我明白了,我的评价是有争议的:

>我诞生在昨天,我爱昨天的智慧……

我写过一本小册子《沉思》,现在我想摘引 1920 年 1 月写的一篇诗中的几行;诗写得不好,但它不只反映了我那个冬天的思想,还反映了以后几年的思想:

>饥饿使你浮肿,张开的伤口流出血和脓。
>你哭号抽搐,趴在大地母亲的怀中。
>他们聪明、肥胖、衣冠楚楚,但嫌弃你,
>把你产后的梦呓当作垂死的谵语。
>他们不会怀胎,没有乳汁的乳房正在变硬。

谁会继承古代的遗产？

谁会使普罗米修斯快要熄灭的火炬

重又燃旺，并举着它继续向前？

分娩是艰难的。这是个崇高而又可怕的时刻。

另一个伟大的世纪正在诞生，

但不是生在海涛的泡沫中或蔚蓝的天宇，

而是生在我们的鲜血洗涤过的污黑的垃圾堆里。

……

在一个短时期里，人民总得

用自己的鲜血浇灌地上的垄沟——

祖国啊，压迫者将吻着雪地上的血迹，

朝你走来。

诸如"垃圾堆""怀胎""垄沟"之类明显的书面语言，如今使我讨厌。奇怪的是，当我写了《前夜集》并赞美了立体主义之后，却突然转向了象征派的语汇！不过新的语汇并不更为动听：当我运用它时，我得宣布自己是站在苏维埃的立场上。其实我又能有什么"立场"呢？儿童游戏场不久也给封了……

我们在考特贝尔过得一点也不安宁：常有军人和密探从费奥多西亚前来寻找地下工作者、游击队员和"煽动者"。曼德尔施塔姆被捕了。他不久获释，不过这是运气，他有可能被枪毙。我提心吊胆地不时看看道路。我一生曾多次感到自己是一只野兽，谛听着楼梯上的脚步声或电梯声；这是一种非常讨厌的感觉，有损尊严的感觉；但是我聊以自慰的是，我天生不是猎人，我没有跟踪也没有逮捕过任何人。

有时我夜里仿佛看见《胡列尼托》的主人公：他们好像在敲一本尚未写出的书的大门；然而我没有想到要坐下来写长篇小说（说句笑话，当时连纸都没有，我的诗写在旧账单的背面）。我当时想的是另一件事：怎样去莫斯科？战争似乎是不会结束的，打垮了高尔察克，波兰人又要前来。有一次我在费奥多西亚找到几张巴黎的报纸。我得知右派在法国的大选中取胜，盟国绝不会交出俄国领土上的进攻基地，它们在保卫"自由世界"。（提法要比政府的寿命长久得多。）的确，我在费奥多西亚看见了许多外国军官。港口一片繁忙景象:人们在卸大炮、弹药。

我很少去费奥多西亚:愿以低价用自己的大车(轮子是四个原木做的,随时有散架的可能)载人的农民不大好找,何况也不值得去冒险和引诱密探。城市是美丽的,也许是由于山上那些房屋的拱廊或楼层,它使我想起意大利;但是城里的生活却不妙:没有一个人随便地在街上走,——一些人耀武扬威,另一些人则战战兢兢。

奥西普·埃米利耶维奇在费奥多西亚有许多熟人:自由派的律师、犹太商人、文学爱好者、初学写诗的人、港口职员。他给我介绍了几个,其中有些人是讨人喜欢的,但我觉得,他们都有点怕和我们见面。

曼德尔施塔姆一家走了:我记得是港口的一个负责人帮了他们的忙。我不断地央求沃洛申和我在费奥多西亚的熟人帮助我们离开那儿。终于有一天,马克斯对我说:"看来没问题。"……拖得很长的一章结束了:不是书的一章,而是生活的一章。

14

我说过,当奥西普·埃米利耶维奇·曼德尔施塔姆被弗兰格尔的军队抓走之后,沃洛申立刻动身去费奥多西亚。他回来时脸色阴沉,他说,白军认为曼德尔施塔姆是危险的罪犯,他们断定他在装疯卖傻,因为他被关进单人囚室后,便开始敲门,狱吏问他需要什么,他回答说:"你们得放我出去,我生来不是蹲监狱的⋯⋯"在审问时,奥西普·埃米利耶维奇打断侦察员的话:"您最好是说,您放不放无辜的人?⋯⋯"我明白,1919年在反间谍机关中说这种话是荒唐的,白军军官会把这看作是伪装精神病;但是如果思考一番,忘掉策略甚至战略,那么在曼德尔施塔姆的行为中难道没有深厚的人类真理吗?他不打算向刽子手证明自己无罪,而是坦然地问——他值得不停地说吗?他对狱吏说,他"生来不是蹲监狱的",这话有点孩子气,但同时也是聪明的。普拉难过地说道:"不合时宜。"当然是这样。曼德尔施塔姆写过几行关于时代的诗:

> 时代像一只捕狼的大猎犬扑向我的肩头,
> 但就血统而论我并不是狼。
> 倒不如把我当作一顶帽子
> 塞进西伯利亚草原热乎乎的皮大衣的袖筒⋯⋯

我是在莫斯科认识奥西普·埃米利耶维奇的,后来我们常在基辅索非亚大街上那个希腊咖啡馆中见面,他在那儿向我朗诵了描写革命的诗:

> 啊,执法如山的人民,你是太阳,
> 在沉闷的岁月冉冉升起。

红军撤离基辅的那一天,我看见了他。后来他谈起撤离时的情况:

  茨冈女人不再给美女们算命,
  商界公园里不再演奏提琴,
  在克列夏季克马儿纷纷倒毙,
  老爷们住的利普基有股死亡的气息。

  红军战士乘上最后一辆电车
  径直朝城外驶去,
  一件潮湿的军大衣大声叫道:
  "放聪明点,咱们还要回来的!……"

我们在基辅一起度过了大屠杀之夜,一起在考特贝尔饱尝了人世的灾难。后来我们又一起从第比利斯逃到莫斯科。1934年夏,我在沃罗涅日找过他。

  (放开我,交给我,沃罗涅日,
  你会撞倒我,或者错过我,
  你会丢掉我,或者遣返我,——
  沃罗涅日是胡闹,沃罗涅日是乌鸦,是刀。)

我最后一次见到他是1938年春在莫斯科。

我们俩都生在1891年,奥西普·埃米利耶维奇比我大两周。我听他读诗的时候常想,他比我聪明,比我年长得多。但是在生活里,他在我的眼中却是个任性的、心胸狭窄的、忙忙碌碌的孩子。他多么讨厌啊,我考虑了几分钟之后又立刻补充说:又是多么可爱啊!在他模糊的外貌下面,隐藏着善良、人道精神和灵感。

他身材矮小,体质虚弱,长着一撮毛的头总是向后仰着。他喜爱雅典卫城墙边那只以歌声打破静夜的公鸡的形象,而他自己在用男低音唱自己庄严的颂歌时,也像一只年轻的公鸡。

他总是坐在椅子边上,有时突然跑开,幻想一顿精美的午餐,定一些稀奇古怪的计划,滔滔不绝地说得出版商厌烦不堪。有一次他在费奥多西亚召集了一批富有的"自由派人士",严厉地对他们说:"在最后审判时,问到你们是否了解诗人曼德尔施塔姆,你们就回答说:'不了解。'问到你们供养过他没有,如果你们回答说'供养过',你们的许多罪行就会得到宽恕。"在最悲惨的时刻,他用嘎泽拉诗体①引我们发笑:

年轻人,为什么你老是吹喇叭?
年轻人,你不如进棺材躺下。

凡是第一次在出版社的会客室或咖啡馆里遇见曼德尔施塔姆的人,都会觉得他面前是一个最轻浮的,甚至不会思考的人。实际上曼德尔施塔姆很会工作。他不是在桌子上写诗,而是在莫斯科或列宁格勒的大街上,在草原上,在克里米亚、格鲁吉亚、亚美尼亚的群山中写。他谈到但丁时说:"阿利吉耶里写诗时踏遍了意大利的羊肠小道,磨破了多少鞋掌、多少牛皮鞋和多少平底鞋啊。"这番话首先适用于曼德尔施塔姆。他的诗是一字字一行行写成的,他成百上千次地修改;有时一首诗起初意思很清楚,但经他一改就复杂化了,几乎让你看不懂,但有时相反地倒变得清晰了。他酝酿一首八行诗往往用几个月,一首诗的诞生也往往使他惊讶不已。

革命初年,很多人认为他的语汇、他的精彩诗句是一种古老的东西:

在没戴头巾的妇女夜间的埋怨中
我学到了离别的知识。

现在,我觉得这些诗行完全是当代的,只有布尔柳克的诗才顺应早已过时的时髦。曼德尔施塔姆说:"完美的英勇精神的典范是我们时代的风格和实际需要所创造的。一切都变得更有分量也更庞大了。"这不是准则,也不是流派:"不值得去创立什么流派。不值得去臆造自己的诗学。"曼德尔施塔姆的诗后来摆脱了桎梏,变得更轻快、更简洁了。

一些诗人是以听觉感受世界的,另一些诗人是以视觉感受世界的。勃洛克是前者,马雅可夫斯基是后者。曼德尔施塔姆却是凭各种不同的本能生活的。他回忆自己的童年时写道:"这个时期,我以病态的、神经质的紧张心情爱上了柴可夫斯基,我的心情很像陀思妥耶夫斯基笔下的涅托奇卡·涅兹瓦诺娃②,她是那样殷切地盼望能听听丝绒帷幔的红焰后面的小

---

① 流行于中亚民族间的一种源出于阿拉伯诗艺的抒情诗体。
② 陀思妥耶夫斯基同名小说的女主人公。

提琴演奏。我偷偷地爬过铁丝网,不止一次撕破衣服、划破手臂,没有花钱便到了露天音乐厅,终于听到了柴可夫斯基的乐曲中由小提琴演奏的几个奔放、平稳的片断……"至于他对绘画的感情,可以从他谈静物画的诗中看到(指的是孔恰洛夫斯基的油画):

  画家给我们画了一幅
  昏迷不醒的丁香
  画布上斑斓的色彩
  犹如一个个疮痂……
  ……
  使人感到摇摇晃晃,
  又像信笔涂鸦的面纱,
  在这晦暗的混沌中
  熊蜂已在称王称霸。

  我常跟他谈论绘画,20年代,他最喜爱古代威尼斯画派——丁托列托和提香。

  他十分熟悉法国、意大利、德国的诗歌,了解他待过不久的那些国家。

  我像需要怜悯与宽恕那样,
  需要你的土地与金银花,法国啊,

  需要您斑鸠的真理和微不足道的谎言
  还有用纱布围起来的葡萄园。

  在轻松的十二月里,你那剪过毛的空气
  渐渐变白,那么富有,那么委屈……

  我虽在法国住了多年,却不能讲得比这一番话更好、更确切……我曾向一些意大利人翻译《谈谈但丁》中的若干句子,那些对意大利语语音绝妙的"稚气"的思考使他们大吃一惊。

  然而奥西普·埃米利耶维奇最热爱的还是俄语和俄国诗。"由于整整一系列的历史原因,希腊文化生气勃勃的力量把西方让给了拉丁文化的影响,它在不育的拜占庭稍事逗留,便一头扎进俄语的怀抱,把希腊化时代的世界观独特的奥秘和自由表现的秘密传给了俄语,因此俄语就成了发音发光的实体……"他抛弃了象征主义,认为它和俄罗斯诗歌格格不入。"巴尔蒙特是最不像俄国诗人的诗人,他是外国的翻译家……是一个并不存在的语音大国的外国代表……"安德烈·别雷是"俄语生活中一个病态的反面现象……"

不过曼德尔施塔姆尊敬并喜爱安德烈·别雷,别雷死后,他写了几首绝妙的好诗。

> 人们给你戴上皇冠,戴上疯子的尖顶帽,
> 你成了绿松石的导师,折磨者,主宰,傻瓜。
>
> 你像鹊鸭那样把莫斯科街头的雪弄得乱七八糟,
> 你费解,易懂,模糊,混乱,精巧。
>
> 你是空间的搜集家,考试及格的娃娃,
> 你是作家,红额金翅雀,大学生,小铃铛……

他怀着柔情描写普希金一代的诗人们、勃洛克、自己的同时代人、卡马河、草原、干燥炎热的亚美尼亚和故乡列宁格勒。我记得他的许多诗行,我要像念咒似的反复吟诵它们,当我回首往昔,我会因同他一起生活过而感到快乐……

我曾谈到生活上的轻率和艺术上的严肃之间的矛盾。但也许根本就没有什么矛盾?奥西普·埃米利耶维奇十九岁时写过一篇谈弗朗索瓦·维永的文章,他寻找理由替残酷时代的这位诗人动乱的一生辩护:"可怜的小学生"以自己的形式捍卫诗人的尊严。曼德尔施塔姆是这样描写但丁的:"对我们来说是无可指责的风帽和所谓鹰形侧面的那种东西,从里面来看则是难以压制的窘困,是为争取诗人的社会尊严和地位而进行的纯普希金式的、低级侍从的斗争。"这些话又适用于曼德尔施塔姆自己:许多荒唐的、有时是可笑的行为就是来自"难以压制的窘困"。

有些批评家认为他是个旧式的、博物馆中的人物。还有一些更坏的责

难,我的面前摆着 1932 年出版的一卷《文学百科全书》,上面写着:"曼德尔施塔姆的创作是两次革命之间大资产阶级意识的艺术表现……曼德尔施塔姆的世界观的特点是极端的宿命论和内心对发生的一切冷若冰霜……这只是在意识形态上使资本主义及其文化永世长存的一种经过高度'升华'的故弄玄虚的手法……"(这段文字是一个年轻批评家写的,他曾数次跑来找我,兴高采烈地拿出曼德尔施塔姆未发表的诗作给我看,还抄下他的诗,装订成册,送给朋友们。)对曼德尔施塔姆的诗很难说有比这更荒谬的评论了。居然确有完全不表现资产阶级意识的人,无论是大资产阶级的,中资产阶级的,还是小资产阶级的!我已经说过,1918 年他对各种事件的宏伟规模的那种深刻了解曾使我大吃一惊,我指的是那首描写正在改变航向的时代大船的诗。他从来不曾回避自己的时代,甚至当捕狼的猎犬把他视为异端时他也是如此。

> 现在您该知道,我也是同时代人,
> 我是莫斯科缝纫托拉斯时代的人。
> 瞧我的上衣翘得多高,
> 瞧我多会走路,多会说话!
> 您若想让我脱离时代,那就试试吧!——
> 我向您保证,您会拧伤自己的脖子。
> ……
> 为了未来若干世纪轰隆作响的豪迈,
> 为了崇高的一代……

关于列宁格勒,他写道:

> 我回到了我的城市,无论是它的眼泪,
> 它的矿脉,还是孩子微肿的腺,我都熟悉。
>
> 你回到了这里,那就赶快去吞一口
> 列宁格勒河上点灯的鱼油……
>
> 彼得堡啊,我还不想死——

> 你有我的电话号码。
>
> 彼得堡啊，我还有一些地址，
> 根据它们，我找得到死者的声音。

这首诗发表在1932年的《文学报》上。1945年，我听见一个回到故乡的列宁格勒女人在吟诵这首诗。

曼德尔施塔姆没有什么可指责的。难道可以指责任何一个人的弱点和力量都在于他对生活的热爱吗？

> 我要为生活献出一切——
> 我是那么需要关怀——
> 一根硫磺火柴就能把我点燃。
>
> 睫毛扎人，胸中的泪水已干。
> 我无畏地预感到，将有一场风暴。
> 有人不知为什么，急于忘掉极好的我。
> 真闷啊，可还是想活到死去才拉倒。

这个身体孱弱而又演奏着住进黑夜的诗的音乐的诗人又能妨碍谁呢？1952年初，布良斯克的农学家梅尔库洛夫来找我，他说，1938年，奥西普·埃米利耶维奇死在远离故乡一万公里的地方，他有病，躺在篝火旁边读彼特拉克[①]的十四行诗。是的，奥西普·埃米利耶维奇怕喝一杯未开的水，但是他身上却有真正的勇气，这股勇气陪伴了他一生，直到野营篝火旁的十四行诗……

他在1936年写道：

> 我不愿做一只白粉蝶
> 把借来的身躯还给尘土——
> 我但愿，有头脑的躯体
> 变成街衢和国土——

---

① 彼特拉克(1304—1374)，意大利诗人。

这躯体虽被烧焦,但有脊柱,
　　还知道自己的长度。

他的诗留传下来了,我听见它们,别人也听见它们;我们走在孩子们正在游戏的街上。大概,这也是我们在庄严的时刻称之为"不朽"的那种东西吧。

在我的记忆里,活着的奥西普·埃米利耶维奇是个可爱的、不安静的忙人。当他跑来告别时,我们拥抱了三次:他终于离开了考特贝尔!我暗自想道:

　　谁知道"离别"一词的含义,
　　我们又将如何别离……

15

从克里米亚北部的一些咸水湖中可以提取食盐,开采工作早在革命前就已进行。我在中学三年级或四年级时大概就知道这件事,不过,学校里获得的知识很快就忘记了。而且我对摆在桌子上的盐的来历也从来不感兴趣。但是盐,而且还是克里米亚的盐,却在我的生活里起过重要作用。

从费奥多西亚去莫斯科,当时要经过孟什维克的格鲁吉亚,格鲁吉亚和白军的克里米亚有贸易关系,同时那儿又有苏联的大使馆。从费奥多西亚运往格鲁吉亚的贵重货物是食盐。我说它贵重绝不是开玩笑:那个时候,盐在市场上是论杯出售的,正如后来的糖一样。

一个精明强干的费奥多西亚人决定往波季运送一批盐,这批盐装在一个破旧的大驳船上。盐的主人要乘拖船出发。经过长久复杂的谈判(谈判时我的靠山既谈到了诗歌,也谈到了卢布),拖船的船长和盐主人终于同意让我、柳芭和亚德维加乘坐驳船。自然,白军要对离开的船只进行检查,所以我们必须在开船的前一天晚上登上驳船,而在进入公海之前,必须静静地坐在装满贵重的盐的不通风的底舱里。那可不是个最舒服的地方,但我们却有面包和西红柿吃,至于盐,愿吃多少有多少,所以我们没有抱怨。

那不愉快的几分钟是必须忍受的:在我们头顶上,几个军官的靴子咯咯作响,他们在检查驳船上有没有乘客。我记得沃洛申有一句诗:"像盐一样凝固了",我觉得我凝固了。脚步声像渐渐远去的暴风雨那样减弱了。

拖船向南驶去,我们好像在向土耳其的海岸驶去。原来在新罗西斯克建立了苏维埃政权,盐主人怕布尔什维克抢走他的货物。但是驳船只能在海岸作短途运输,而且我已说过,它的年岁也很不适合干冒险的事业。

时间是9月底,正是黑海上常起风暴的时期。我们安宁闲适地漂流了几小时:阳光灿烂,浪花闪闪,驳船懒洋洋地晃动着。我们一面庆贺逃出克里米亚,一面吃着面包和盐。风暴突然降临;当巨浪打在甲板上时,我们还不明白发生了什么事。我们躺在最安全的地方,上面盖着防水布。风暴越来越猛,南方之夜迅速降临。

驳船上有三四名水手。他们对我们说,情况有些不妙:我们离海岸很远,海水灌进底舱,船身太重了。他们咒骂拖船的船长、盐主人、白军、红军、格鲁吉亚人以及世界上的一切。

我们试图睡觉,但不可能,尽管盖着防水布,我们还是成了落汤鸡;虽然照水手们的话说驳船已经超载,但它仍像小游艇似的上下颠簸。海浪更大了。我竭力回想各种可笑的故事,我们并不泄气。

但是,最不愉快的事还在后头。拖船的船长决定抛弃驳船:他担心后者可能撞碎拖船。他们用话筒招呼我们,要我们攀住粗绳到拖船上去。但我们不是运动员,而是几个喝辣椒汤喝得骨瘦如柴的人(柳芭在离开前不久还害了一场伤寒);自然,我们不可能在大风浪中爬到拖船上去,便决定留下来——听天由命。

我一生中不止一次发现,恐惧是一种变化无常的感觉,它和理智往往没有关系。我的一位朋友——作家萨维奇在西班牙时,能在难以忍受的轰炸中镇静自若地大谈诗歌,但是我记得,我和他从比利时去法国的途中,他对海关的检查却怕得要死,虽然没带任何走私货物。我在托莱多时曾和西班牙画家费尔南多·海拉西在一起,当时他是军官,他的大胆曾不止一次使同志们感到惊讶。蹲在托莱多城堡式宫殿里的法西斯分子为了装样子,间或懒洋洋地向无政府主义者打上几枪。费尔南多向我承认,他不愿意和我爬到屋顶上去,他害怕:前线,这是前线,他是和我结伴去托莱多的,但他害怕。至于我,我感到恐惧不是在前线,不是在西班牙,不是在轰炸中,而是在和平环境里,在等待铃声或敲门声的时候,不过这一点我已经写过了。无论是我或是我的两位年轻旅伴,都没有由于想到我们会留在狂怒的海上,留在破旧的驳船上,并同宝贵的盐一起沉进海底而惊慌失措。我们又说又笑,如果说我们也在颤抖,那不是由于恐惧,而是由于寒冷:我们全身都湿透了。

船长到底没有抛弃驳船。当我们平安地在苏呼米靠岸后,他对柳芭说,他可怜她。据我看,这是东方式的恭维话。拖船上有盐主人,他保护着自己的货物。

我们觉得,苏呼米是个美得难以形容的城市;的确是这样,但问题不仅在于它风景如画——我们在那个晴朗的、充满阳光的早晨赞美死里逃生。我们觉得,一切困难,不只是去莫斯科途中的困难,而且还有我们人生道路上的一切困难,都已过去了。一个格鲁吉亚人跟我们兑换了钱,我们就坐在大街上的咖啡馆中,悠然自得地喝起了土耳其咖啡。一些吵吵嚷嚷的蓄小胡子的人对我们微笑。他们在卖金黄色的、芳香扑鼻的葡萄。天气很热,像夏天一般;我们既不想盐的价值,也不想人的生命的价值。我们只顾寻开心——那时我们三个人的岁数加在一起也没有我现在的岁数大。

后来我们又睡在驳船上,但这是一个平常的、安静的夜,我们沿着海岸驶向波季,从那儿坐火车到了第比利斯。去哪儿?大使馆在什么地方?莫斯科又在哪儿?……我们在陌生的城市里有点茫然,没有证件,没有钱。

生活中总会有一些幸运的巧遇,作家在给一个走投无路的故事添上圆满的结局时,有时就乞灵于这种巧遇。在戈洛温斯基大街上,奥西普·埃米利耶维奇·曼德尔施塔姆迎着我们走来。我们双方都非常高兴。他已经感到自己有了立脚点,便认真地说:"咱们现在去找季齐安·塔比泽,他会带我们去一个妙不可言的小饭馆……"

16

曼德尔施塔姆对我谈起他遭到的一些厄运。巴统发生了鼠疫,由于害怕鼠疫流行,奥西普·埃米利耶维奇和他的兄弟居住的地区被封锁了。曼德尔施塔姆猜测他将怎样死去:是死于浪漫主义的鼠疫呢,还是死于庸俗的饥饿?他的思索不久就被孟什维克的密探打断了,他们把奥西普·埃米利耶维奇抓进了监狱。他再次解释,说自己不是生来蹲监狱的,但是毫无作用。他说他是奥西普·曼德尔施塔姆,是《石头》一书的作者,然而他们回答他说,他是弗兰格尔将军和布尔什维克的奸细。奥西普·埃米利耶维奇哪儿像个奸细呢?你只要瞧他一眼就可以明白,别说是双重身份的奸细,就是一个普通的奸细也跟他毫无共同之处。但密探却没有时间考虑这些:他们完成了计划,也许是超额完成了计划。(甚至最荒诞不经的惊险小说的作者多少也要考虑考虑是否合乎情理,但是警察们却不愿伤脑筋,他们宁肯打破别人的脑袋。)有几位格鲁吉亚诗人偶尔来到了巴统,在报上读到"双重身份的奸细奥西普·曼德尔施塔姆"冒充诗人。他们终于使奥西普·埃米利耶维奇获得释放。

曼德尔施塔姆谈完这段遭遇后,并没有大谈时代的特点,而是带领我们去找季齐安·塔比泽。塔比泽兴高采烈地叫喊着拥抱了我们大家,读了几段诗,随后他跑去找自己的朋友帕奥洛·亚士维利。当我们瞧见小饭馆的桌上摆着我们早就忘其存在的各种佳肴时,大家都惊呆了。

我是在巴黎的"洛东达"咖啡馆里认识帕奥洛·亚士维利的,那是在1914年。帕奥洛当时是个好冲动的干瘦的年轻人(他当时二十岁)。他向我打听:"魏尔兰在哪个咖啡馆坐过?毕加索什么时候来这儿?您当真在咖啡馆里写作？我可不能……瞧，他们在接吻！真可恶！这太刺激我……"在第比利斯遇见帕奥洛使我仿佛见到了同团的战友那么高兴，虽然我们在巴黎的相逢只是偶然而短促的。

我们还没有来得及入座，帕奥洛和季齐安就向我们解释，说他们是诗人团体"天蓝色之角"的创办人。我想这同吃饭毫无关系：有个杂志叫《天蓝色的骑士》，有些展览会叫"天蓝色的玫瑰"。但是小饭馆的主人拿来几只巨大的角（不过不是天蓝色的）。帕奥洛给了我一只，他往里面斟了一升多葡萄酒。角不是杯子，不能放在桌子上。我在手里举了几分钟，最后无可奈何地一口气喝光了。只要想想我在考特贝尔瘦成了什么样子，那就不难猜到这顿饭对我会有什么结果。格鲁吉亚朋友们不知为什么拖我去参加一个著名艺人的音乐会。我模模糊糊地记得，我怎样躺在音乐学院一间房子里的竖琴和花圈带子中间。

第二天上午，我和曼德尔施塔姆同去苏联大使馆。我们受到亲切接待，答应送我们去俄罗斯；不过得等一两个星期。

帕奥洛把我们安顿在一个肮脏破旧的旅馆里。市内找不到空房间，我们不得不挤在一间屋子里：曼德尔施塔姆兄弟二人、柳芭、亚德维加和我。奥西普·埃米利耶维奇怕臭虫和微生物，拒绝上床，便睡在一张高桌上。黎明时分，我在自己上方瞧见他的侧影；他仰面躺着，睡态庄严。

我们在第比利斯住了两周，这段时间在我看来是一段抒情插话。

我们每天吃午饭，——不仅如此，每晚还吃晚饭。帕奥洛和季齐安都没有钱，却以中世纪大公的阔绰款待我们，挑选最有名的饭馆，请我们吃极精致的菜肴。有时我们从一个饭馆去另一个饭馆，吃完午饭又去吃晚饭。格鲁吉亚那些珍馐美馔的名称念起来简直和诗一样：苏尔古尼、索茨哈里、沙季维、罗比。我们吃鲑鱼、胡椒汤、热奶酪、核桃和伏牛果制的调味汁，烤鸡胗肝和猪杂碎，更不用说各式各样的烤羊肉串了。我们在波斯小酒馆里吃到了羊肉饭和砂锅羊肉。我们还品评了切里阿尼和克瓦列里这两种美酒的优劣。

在这之前，我从未到过东方，因此，古老的第比利斯在我看来犹如《一千零一夜》里的城市。我们在漫长的迈丹大街上散步，那儿出售裹在松香里的绿松石和热面饼、英国式上衣和短剑、水烟袋和留声机、香草和步枪、塔玛拉女王①的相片和美元、古老的手稿和长衬裤。商人们用各种方法招徕顾客,为了交易成功,他们滥用词藻华丽的恭维话,甚至以全家老少的生命起誓。

我们光顾了硫磺泉澡堂,一个身材高大的搓澡工人趴在我身上,给我浑身粘满有特效的污泥,以便去掉汗毛;帕奥洛极其认真地对我说,我像那尔吉索斯②。

我们在维里亚花园里喝过酒,库拉河在下面缓缓流过,泛着红色和黄色的浪花;桌子上甜酒和果子酒香气四溢。

在古老的寺院里,我们参观了一些石刻的女王像,女王身边都偎着豹子。我们在一些小酒馆里赞赏皮罗斯马纳什维利③的图画,这位格鲁吉亚的卢梭④,自学成功的画家,曾为得到一些烤羊肉串和酒而在小酒馆的墙上绘画。他朴素、热情,常以巧妙的构图和丰满的色彩使人吃惊。

第比利斯是时代列车偶尔停留了片刻的一个小站。过去曾是各种马克思主义刊物撰稿者的孟什维克政府首脑诺伊·饶尔丹尼亚既引证考茨基,又引证塔玛拉女王。考茨基曾写道,孟什维克的格鲁吉亚是一个有前途的国家,然而,滞留在这个小站上的彼得堡人和莫斯科人,却在匆忙收拾行装;一些人急于北上,另一些人则等候出国。我遇见过其中的几个人。演员尼·尼·霍多托夫打算回彼得堡。诗人阿格尼夫采夫和拉法洛维奇在等候法国的签证。第比利斯的居民大骂孟什维克,说他们的好日子快完了。

在这个奇异的城市中,并存着几个不同世纪的生活。我看到了什叶派穆斯林的节日——"阿术拉节"。在用花地毯装饰起来的一乘乘轿子上,坐着蒙面的波斯女人。一群年轻人在周围跑来跑去,化装的骑士们无情地用鞭子抽打他们。后面跟随着几百名半裸体的男人,他们用铁链抽打自己的背脊。乐声大作。主要演员都穿着白色的长袍,他们摇摇晃晃地喊着:"沙赫,瓦赫!"同时用马刀打自己的脸。在灿烂的阳光下,脸上的血很像涂上的油彩。这种自我折磨是为了追悼一千四百年前战死的哈里发之子侯赛因……

---

① 十二世纪格鲁吉亚女王。
② 希腊神话中的美少年。
③ 皮罗斯马纳什维利(1862?—1918),格鲁吉亚画家。
④ 指法国画家卢梭(1844—1910),他自学绘画成名。

在毗邻的一条街上，工人们在读一张传单："苏维埃政权的红旗在巴库上空飘扬。不久它将在梯弗里斯的上空升起……"

有人送了我一本梯弗里斯诗人协会的诗集。我偶然地把这本小书保存了下来。作者中间有许多女诗人富于诗意的名字：尼娜·格拉齐安斯卡娅、贝尔-孔-柳博米尔斯卡娅、玛格达林娜·德-卡普莱列维奇。"梯弗里斯协会"的诗人们所写的十四行诗，都是关于斯瓦罗格、厄罗斯、苏拉米特、萨纳瓦拉特、蒙佛尔以及其他同样亲近的人物的。

不过我当时没有翻阅一下这本小书：我一直和我立刻爱上的新朋友——帕奥洛·亚士维利与季齐安·塔比泽在一起。

把他们联系在一起的不只是对诗歌的共同看法，而且还有比文学流派更为久长的牢固友谊；他们也是一起遇害的。可是，他们彼此之间又多么不同啊！帕奥洛是个高个子，热情，精力非常充沛，有组织才能，——从"天蓝色之角"的宣言到小饭馆的午餐都是他安排的。他的诗生动、机智、有力。而季齐安则以温柔和好幻想使人惊讶。他很漂亮，衣襟上总是别着一朵红色石竹花；朗诵诗的时候总是拖长声调，他的眼睛也是蓝色的，就像山间的湖水。诗一经翻译，就变得难懂了。我听的诗都是用格鲁吉亚语朗诵的。我记得季齐安曾对我说，诗歌犹如雪崩。许多年以后，我读了他的诗歌的译文，其中有这样几行：

> 不是我在写诗。而是诗像写小说那样
> 在写我。生活的进程也伴随着诗歌。
> 诗是什么？是雪崩。一阵风吹来——叫你就地倒下，
> 再把你活埋。这就是诗。

看来这几句话就是季齐安的写照，也是他纯洁昂扬的精神的表露；他首先是个诗人。

亚士维利和塔比泽非常熟悉和爱好俄国和法国的诗歌、普希金和波德莱尔、勃洛克和魏尔兰、涅克拉索夫和兰波、马雅可夫斯基和阿波利奈尔。他们破坏了格鲁吉亚诗律的旧形式。但是，看来很难找到像他们那样热爱自己祖国的诗人。要是有人对他们说，格鲁吉亚文的某一个字涵义深刻，说在山上看见了一朵花，在卢斯塔维里大街上看见了一个小姑娘的微笑，他们

都会非常高兴。如今任何一本手册都说他们是杰出的诗人。我还想补充说,他们是真正的人。我在1926年又来到了第比利斯,访问了季齐安和帕奥洛。后来我和他们在莫斯科见过面:友谊经受住了时间的考验。

1937年底,我直接从西班牙的特鲁埃尔城郊来到第比利斯参加卢斯塔维里的纪念会。帕奥洛和季齐安已不在人世了。他们遭到了什么呢?我现在引用季齐安·塔比泽的传记作者古拉姆·阿萨季阿尼的话来说:"塔比泽以及他的杰出的同辈人,著名的苏维埃作家帕·亚士维利、米·贾瓦希士维利、米齐士维利等,都成了人民死敌的罪恶之手的牺牲品。"季齐安被捕了,帕奥洛在被捕前用猎枪自尽。我在第比利斯只找到了我在1926年认识的"天蓝色之角"诗人格·列昂尼泽。他请我除夕去他家。祝酒词突然中断了:我们举起酒杯,却什么也没说——季齐安和帕奥洛出现在我们面前……我时常想起亚士维利在他悲惨的结局到来之前几年写的几行诗:

> 别怕造谣中伤。沉寂比它还糟,
> 它从街上悄悄地溜进来,
> 就像临近的战争叫人害怕,
> 又像注定射向我的子弹即将飞到。

许多俄罗斯诗人,例如叶赛宁、帕斯捷尔纳克、吉洪诺夫、扎博洛茨基、安托科尔斯基都喜欢季齐安和帕奥洛。而我们是第一批来到第比利斯的苏维埃诗人,我们在那儿不仅得到了心灵上的休息,还对浪漫主义情调、对高原和稀薄的氧气有了深切的体会,——我之所以说到山又说到人,是因为不能把帕奥洛和季齐安跟他们周围的景色分开。我在1926年的格鲁吉亚之行后写道:"让我们说定:山不只是登山运动员的气喘,不只是假日野游者私下的赞叹。它还是自然界的一种不安,是深深符合人类本性的自然界的严格要求……阿纳努尔修道院的野兽和柳树在嬉戏,在成熟,在生活。牧人和星星爱抚地望着它们。维里亚花园中的唢呐吹出了哀乐,它像你心爱的女人,即使千载离别,也能认出她的声音。愿'天蓝色之角'的诗人们喜爱兰波和洛特雷亚蒙①吧,在格里鲍耶陀夫墓旁,幼稚的心灵向轻信的姑娘们

---

① 洛特雷亚蒙(1846—1870),法国诗人。

吟诵他们的诗句,天文学家们的星座、索洛拉克的灯火和那激动的眸子融合在一起。在小酒馆的墙上,尼科·皮罗斯马纳士维利画的西瓜在流血……"

法国的阿尔卑斯山意味着运动、旅行、疗养院、滑板、旅馆、背囊、美术明信片。而没有高加索俄罗斯诗歌也是难以想象的:它的心灵在那儿苏醒,那儿是它的起点。

但是,我现在写的只是1920年秋短短的两周,格鲁吉亚的朋友们收留了我们,给了我们温暖。如今这些朋友已不在人世,我只有向格鲁吉亚的群山致意。亚士维利和塔比泽沿着格鲁吉亚军路将我们送到第一个休息地,现在,我的耳中还回响着季齐安那洪亮刺耳的声音:

夜幕笼罩着格鲁吉亚的山岗,
阿拉格瓦河在我面前淙淙作响。
我既忧愁又轻松,我的忧愁很明朗;
我的忧愁中充满你……

17

我已经说过,我一生干过不少各式各样带有偶然性质的职业;现在我要谈的是一个最离奇的职业;它为时短暂,却充满不平凡事件——大使对我说,要我以外交信使的身份从第比利斯去莫斯科。这既不是光荣的肥缺,也不是为了越过边境而作的伪装,不,我得携带一包信件和三大捆印刷品。

我常去国外,过去如此,现在亦然;如果还有别的同志和我一同出国,他们中间必定有一个是"代表团团长"。然而这次却是我和七个人一起从第比利斯出发,其中几个人在文件上写的是"随从人员"(柳芭、亚德维加、曼德尔施塔姆兄弟和一位仿佛是从英国回来的非常严肃的同志);其他二人则是我的"警卫"——一名红海军战士和艺术剧院的一个年轻演员。这样一来,在新的舞台上我立刻成了信使。

现在我常常在飞机上碰见一些外交信使,他们都是些熟悉自己工作而又稳重可靠的人;只要路途遥远,他们总是两人同行,一个人睡觉,另一个照看信件。我一瞧见他们,就想起遥远的过去:他们恐怕不会猜到,我也送过这样的包裹,只不过不是在有女乘务员用糖果招待乘客的飞机上,而是在一节挂在装甲机车上的破旧车厢里……

1920年秋,苏维埃的外交人员都是些新手。当时有外交关系的只有阿富汗和波罗的海沿岸那几个新建立的国家,再就是孟什维克的格鲁吉亚。一切都是新的、不可靠的。布尔什维克清楚地记得在秘密会议上同孟什维克的热烈争论,有时警察一来,把大家全带走了。现在却是另一种情景:孟什维克的政论家科斯特罗夫——即诺伊·饶尔丹尼亚,当上了格鲁吉亚政府的首脑,他的警察开始将不久前的论敌一个个抓进梅捷赫监狱。当然,外交信使享有不受侵犯权,谁也没有权力染指他携带的东西。大使对此很清楚,但是他不知道孟什维克是否懂得这一点,便严厉地嘱咐我说,到边境时无论如何不允许他们打开那包在棕色包装纸里、外面盖着十几个火漆印的公文袋。我把这个公文袋拿在手里,整整八昼夜没有松开它,直到交给莫斯科的外交人民委员部为止。

旅途起初是平静的。我们在小饭馆吃晚饭,在途中过夜;我的所有旅伴,无论是"随从人员"还是"警卫",都睡得很香,我却不睡,紧紧抱着那个宝贵的公文袋。早晨我们继续前进,白雪皑皑,从下面传来山间溪流的喧闹声,羊群在安详地吃草。

我们渐渐接近边境,这时我想,如果格鲁吉亚的边防军突然想打开公文袋,我该怎么办。那位红海军战士带着一支转轮手枪,当我向他谈起面临的威胁时,他毫不在乎地回答说,公文袋是我带的,他带的只是水果。从英国来的那位同志脸孔刮得干干净净,身上散发着薰衣草的香味,他无忧无虑地用望远镜望着终年的积雪。奥西普·埃米利耶维奇向我们的两位女伴朗诵诗。

边防军的指挥员——一位格鲁吉亚军官,是个非常可爱的人。当他知道我的妻子是画家时,便向她打听俄罗斯的画家们现在做些什么。他想进莫斯科高等美工实习学校。也许柳芭会替他说情?……

我们带着几捆印刷品在"中间地带"走了很久。苏维埃的边防军很忙:他们抓住了三个走私贩,答应到晚上给我们派车。我提出抗议说:"公文很紧急。一小时也不能耽误……"(大使正是这样对我说的。)

夜间,我们来到弗拉季高加索;我们被带到半年前邓尼金分子住过的旅馆里;一切都被弄得肮脏不堪、残缺不全;窗上没有玻璃,我们让冷风吹了一夜。城市犹如前线。市民们上班时的神情是忧虑而警惕的,他们不明白国内战争已近尾声,仍凭习惯猜测,明天谁又会打进城来。

我开始同市苏维埃的代表和军事指挥员商量,我们怎样去矿水城:火车不通,沿途又有小股白军骚扰。我们在领导同志的食堂里喝了红甜菜汤,每人还领到三个大面包。傍晚时分,决定往矿水城派出一列装甲火车。然而装甲火车没有来,而是给一个装甲火车头挂了两节普通车厢。这次警卫工作比较认真:红军战士带着机枪。

我在车厢里遇见一位新乘客,他微笑着对大家说,他是格鲁吉亚的外交官。一个肃反委员会的工作人员向我解释说,在这位外交官员的箱子里查出了上千只胸针、手镯和镶有钻石与宝石的戒指。莫斯科指示把被拘留者送往外交人民委员部。大家对这位格鲁吉亚人很有礼貌,像对待一个真正的外交家一般;我感到自己一半是外交官,但是我却目不转睛地盯着我携带的行李。

我们走了四十或五十公里,火车停了下来。我们听到了射击声。机枪在嗒嗒作响。军人们说,白军破坏了铁路,准备袭击火车;我们必须拿起步枪射击。这一切使奥西普·埃米利耶维奇失去了自制力,他对任何武器都有一种难以克服的厌恶。他的脑袋里酝酿了一个想入非非的计划:他和柳芭逃到山里去……柳芭没有听从他的开导,白军很快被赶跑了。

在矿水城车站,人们等火车一等就是几周。几个红军战士帮我挤进了车厢。有人喊道:"让开,这是外交信使!"但毫不起作用。在那种情况下,即使喊"罗马教皇"或"夏里亚宾"也无济于事……我不记得我们大家是怎样挤进那挤满了人的车厢的。我碰到的主要麻烦就是在这儿开始的:几大捆行李占了很大一片地方,所有的人都想坐在上面;而我知道,这样一来火漆印就一个也不会剩下,便拼命叫喊:"别碰外交邮件!……"起作用的与其说是我的话,不如说是我充满绝望的声音。

起初,红海军战士还帮我抵挡进攻,但不久便碰到一件倒霉的事:他在一个车站上买了两大麻袋的盐。该死的盐又一次闯进了我的生活。红海军战士现在关心的已不是外交邮件,而是他的盐,他恬不知耻地将人们从麻袋旁赶开,说道:"这是外交邮件。"我倒像个冒名者。

在第四天或是第五天,又有新的麻烦在等着我们:在罗斯托夫和哈尔科夫之间的什么地方,马赫诺分子要袭击火车。我凭经验知道,这是怎么一回事。但是如今我带着邮件,还有宝贵的公文袋……我怎么办呢?从英国回来的同志的暖水瓶里装着热茶,旅行水壶里装着白兰地;他对我说:"喝吧,一切都会过去的……"

的确,一切困难都过去了。我们来到了莫斯科。我将公文袋紧紧地抱在怀里,就像抱着婴儿似的。乘客们渐渐散去,而我却站在行李旁边。傍晚时分,亚历山大·埃米利耶维奇和红海军战士终于雇到一辆大车,我们把行李放在车上(公文袋我始终拿在手里)。我们跟在大车后面,跟农村里的送葬行列一模一样。

奥西普·埃米利耶维奇已和什么人通了电话,为自己和兄弟找到了过夜的地方,他对我们说,晚上我们一定得去尼基塔林荫道上的出版界之家,那里可以领到面包片。

外交人民委员部在"大都会饭店"里,出入一律走后门,那儿有一个不大的广场。值班员收下了我带去的邮件。他非常看重那个小小的公文袋,我再次觉得我完成了一件重要使命;但是他却毫不在意地把那几捆印刷品拖到仓库去了。我企图向他解释,说一个讨厌的小媳妇弄坏了一个火漆印,我多次提醒她也无济于事;他却冷淡地说:"那只是一些报纸……"

出现了奇迹:要知道,这是革命最初的几年,到处都有浪漫主义……值班员知道我无处可去,便对我产生了怜悯心,他用电话通知什么人说,从第比利斯来了一位外交信使,接着开始给好几处宿舍打电话。我拿到了一张小纸条,上面写着外交人民委员部的第三宿舍应当为爱伦堡夫妇安排一个住处。第三宿舍过去是"公爵府",有带家具出租的房间,我和父亲在那里住过。那儿很暖和,我明白我进了天堂……

晚上,我们来到了出版界之家,我在那儿看到许多熟人。在茶点部的确可以领到夹红鱼子的黑面包片和里海拟鲤,此外还有茶水,这种茶的味道有点像苹果,又有点像薄荷,自然,没有放糖。所有这一切都令人神往,于是我立刻陷入了文学问题的争论中:谁更符合现实生活,——是未来派还是意象派?

曼德尔施塔姆碰到的一件事使我们有些不快。他坐在屋子的另一个角落里。突然间布柳姆金跳起来喊道:"我现在就枪毙你!"他拿手枪对准曼德尔施塔姆。奥西普·埃米利耶维奇大叫一声。布柳姆金手中的手枪被打掉了,没有发生不幸。

我们走在阿尔巴特广场上,经过鲍里斯小教堂和格列布小教堂。一片漆黑,只有一些窗户里闪动着微弱的灯光。这就是莫斯科,这就是全世界所瞩目的那个城市! 这儿没有面包,没有煤,人们处境困难,但是他们却很顽强,他们已赢得了战争的胜利,打开了通向历史的道路……

我在去第三宿舍的路上这样想着。我想做点什么,写点什么,而主要的是,破坏过去的一切,从内心里破坏它们:现在我知道,它们散发着什么气味。

18

外交人民委员部第三宿舍的舍监叫亚当同志,然而坦率地说,我倒感到自己是亚当:我置身天堂,但我很容易被赶出天堂。我得提交工作单位的证件,虽然我完整无损地将信件送到,我也休想当上外交信使。亚当同志把我们安顿在一间没有生火的屋子里,虽然如此,"公爵府"终归是天堂。早晨发给我们的口粮是二百厘米面包,一小块黄油和两块糖。中午我们领到的是大麦粥或小麦粥。当然,古代公爵吃的比这好些,但是在1920年的莫斯科,这份口粮却真是公爵的口粮了。

我碰见了一些老朋友,结识了一些年轻诗人,写了几首诗。柳芭找到了埃克斯特,进了莫斯科高等美工实习学校。有人突然通知我说,弗·埃·梅耶霍德想同我谈谈,并给我介绍一个有趣的工作。我不知道他说的是什么工作,但是我感到欢欣鼓舞。

出版界之家决定举办我的诗歌晚会。我朗诵了我在考特贝尔和莫斯科写的诗。我的衣着很不像样,但在当时人们并不注意这一点,而我的诗却动人心弦。例如,我这样描写未来在图书馆里偶然发现我的书的人:

　　在往昔的浮华和贫乏的词汇中间,
　　在记载昔日骚乱的史籍中间,
　　他将看见一个垂死者
　　正在门槛上朝他转过脸去。

我朗诵完毕,大家急忙朝小吃部奔去。在那儿,理事会的值班委员,诗人文格罗夫走过来低声对我说,肃反委员会的代表找我;他们在楼下的存衣室里。"你别慌,"他友好地补充说,"这显然是一个误会。"

存衣室里有两个年轻人在等我,他们向我出示了传票。我们向广场走去,在那儿,一辆汽车把我们载到卢比扬卡大街,从前的"俄罗斯保险公司"现在是肃反委员会所在地:这座房子已载入史册了。如今很少有人记得基洛夫大街过去叫肉商街,克鲁泡特金大街叫普列奇斯坚卡大街,高尔基大街叫特维尔大街,但是"卢比扬卡"这个名字保存下来了。

他们搜查了我,找到了柳芭的相片和她的绘画作品的副本。年轻人开始问我,什么是立体派。但这时占据我脑袋的是另一个问题:我的被捕是怎么回事?我没有心思去解释绘画方面的问题。年轻人说,他们要预先通知我的妻子。(他们果真去找了她,还安慰她说:"他大概很快就会获释。"并且请她向他们解释当代绘画。)

我被带进一间囚室,那儿关着八个人,他们是海军指挥员,都是些勇敢可爱的人;他们挤了一下,我就躺下睡了。第二天早晨,他们对我说,囚室里不许谈论人们遇到的不愉快事情。每个人都在讲他自己是哪方面的专家。第一个人作了关于纳寥托夫设计的潜水艇的报告,第二个人谈的是印度洋上的航行。轮到我,我就谈起巴黎、弗朗索瓦·维永的诗和意大利的绘画。(几个月之后,我在莫斯科室内剧院观看《布拉姆比拉公主》的首场演出时,碰见了我那几位遭到短期拘禁的同伴。我们彼此都很高兴,立刻谈起谁的戏更好——是泰罗夫的还是梅耶霍德的。)

晚上,我被带去审问,我们走过一条很长的、弯弯曲曲的走廊。侦查员友好地向我致意,他说在"洛东达"咖啡馆遇见过我。我不记得他,但我们谈起了巴黎;后来他说:"知道吗,我们接到报告,说您是弗兰格尔的间谍。请您拿出反证来。"我的不幸是我一辈子没有能够摆脱笛卡儿的某些论据,我明白,不能靠逻辑生活,但每一次我总是发现自己要求于别人的正是逻辑。我回答说,告密的人应当提出证据证明我是弗兰格尔的间谍;如果告诉我,他的指控有什么根据,我就能够驳倒它。侦查员请我谈谈我是怎样来到莫斯科的,他对我们在路上碰到的麻烦甚表同情,狠狠地骂了一顿盐的主人,最后说:"我们以后还要谈谈……"我向同室的狱友们作了关于西班牙诗歌的报告,也听了航空事业的发展对海军的影响的报告。两天后,侦查员又把我喊去。"请您谈谈,为什么要委托您往莫斯科送外交邮件?"我回答说,这个问题应当去问我们驻第比利斯的大使;至于我,我只是请求大使馆把我送到莫斯科。我们又回忆起巴黎,随后我被带回囚室。我作了关于凡尔赛的建筑的报告,并且听了对1917至1918年间的潜水战的分析。第三次审问一开始就是我熟悉的那句话:"请您证明您不是弗兰格尔的间谍……"这天侦查员的情绪不好,他说,我很顽固,这样会毁掉自己,反革命不想解除武装,但是无产阶级不会重犯公社的错误。

我想,我准会被枪毙;但是第二天早晨我作了关于毕加索的绘画的报告,而且是那样入迷,甚至忘了侦查员可怕的暗示。

又过了一天,我突然被释放了。

这是多么美好的时候啊!仍在和弗兰格尔分子进行战斗,形形色色的匪徒尚未停止骚扰,恐怖分子还不时在打枪。斗争正在暗中进行。被捕的人有时被枪毙了,没有被枪毙的就被释放了。

我是晚上被释放的。我来到了"公爵府",但不让我进去:亚当同志像上帝一般拥有无限的权力,他将夏娃(我指的是柳芭)赶出了天堂。我不知道她在什么地方,也不知道我该去什么地方。街上很冷,突然间我难过地想起那间狭窄的囚室:那儿起码是暖和的……

我去出版界之家。已经很晚了,我只遇见值班管理员。他久久地向我解释,谁也无权在楼内过夜;但是他瞧了瞧我,心有些动了。"好吧!咱们到楼上去吧……"楼上是形形色色文学团体的房间。他将我安顿在无产阶级作家的房间里,那儿放着一个大沙发。遗憾的是上层没有生火。我那件巴黎大衣经过三年的动乱,已经变成阿卡基·阿卡基耶维奇①的那件破烂不堪的外套了。我躺着,心想这回要给冻僵了。在黑暗中,我从墙上撕下一幅布裹在身上;这并未使我感到暖和,但幸好我睡着了。

我是给哄笑声吵醒的:我的旁边站着几位无产阶级作家,其中有我巴黎的朋友米沙·格拉西莫夫。大家站在周围笑着……原来裹在我身上的那块布料上有一句口号:"一切文化属于无产阶级!"我自己也笑了起来。

我读了上面所写的这些之后,心里在想:为什么在我的书的这一部分中有这么多使人开心的、几乎是肤浅的篇页呢?要知道我所谈的这些事件绝

---

① 果戈理的《外套》的主人公。

不是田园诗;运盐的驳船可能沉没;土匪可以不费吹灰之力干掉幼稚的外交信使;我和侦查员的谈话也完全可能是另一种结局。一切都是如此,但是一个人能够在遇到最艰苦的考验时保持内心的快乐,正如他个人在没有遇到任何威胁的情况下会感到苦闷甚至绝望。我怀着柔情,但也怀着痛苦,描写了我的青年时代。在我这本书的以下各章里,我也将叙述许多绝不能说是令人愉快的事。使人感到压抑的不是危险,而是内心的委屈,是失望心情,是无能为力之感。

哈谢克和卡夫卡都是1883年生在布拉格的;但他们却用不同的声音说话,倘把雄赳赳的帅克的思想放进卡夫卡的小说里,那是极不协调的。然而生活不是作家,它不关心风格的一致;它微笑着写下这一章,但在另一章里却搅得主人公心神不安。

现在回头叙述我的故事。格拉西莫夫领到一块面包和茶,我们吃了早饭。在出版界之家的走廊里,年轻的诗人已在争论艺术的命运,而我则去寻找柳芭。

19

我儿时曾在"通俗艺术剧院"的舞台上见过弗·埃·梅耶霍德,我还记得他扮演的伊凡雷帝那个疯老头和《海鸥》里那个激动而愤怒的年轻人的形象。

我坐在"洛东达"咖啡馆里,曾多次想起契诃夫的主人公的话:"帷幕升起,在晚上的灯光下,一间有三面墙的屋子里,这些伟大的天才,献身于神圣艺术者表演着人们怎么吃、怎么喝、怎么爱、怎么走路、怎么穿衣服;当人们竭力从那些庸俗的情景和句子中寻找道德,——易于理解而又便于日常应用的渺小道德时;当人们用千变万化的方式给我送来同样的货色时,我就只得逃跑,正如莫泊桑逃离以其庸俗压迫他的脑子的埃菲尔铁塔……需要新的形式,如果没有,那还不如一无所有。"(契诃夫于1896年写了《海鸥》,莫泊桑死于1893年,埃菲尔铁塔建于1889年。1913年我们接受了这座铁塔却没有接受莫泊桑,但是我觉得关于"新形式"的话却是生动而亲切的。)

我在1913年错过了结识梅耶霍德的机会:他应伊达·鲁宾斯坦之邀来到巴黎,以便和福金一起演出邓南遮①的《皮萨内洛》。我当时不甚了解梅耶霍德的演出,但是我知道邓南遮是个好说漂亮话的人,伊达·鲁宾斯坦是个有钱的夫人,她渴望戏剧上的成就;1911年我看过这位邓南遮为这位伊达·鲁宾斯坦写的剧本《神圣的塞巴斯蒂安》,对颓废派的美貌和浮华的淫欲的这种混合物感到气愤。(弗·埃·梅耶霍德在巴黎结识了纪尧姆·阿波利奈尔,后者显然立刻明白,问题不在邓南遮,不在伊达·鲁宾斯坦,也不

---

① 邓南遮(1863—1938),意大利作家。

在巴克斯特的布景,而是在于这位年轻的彼得堡导演的心慌意乱。)

1920年秋我认识梅耶霍德的时候,他已四十六岁,是个白发斑斑的人了;面庞已经尖削,有一对毛烘烘的眉毛和一个鸟嘴似的特别长的鹰钩鼻子。

教育人民委员部戏剧处设在亚历山德罗夫花园对面的一座别墅里。梅耶霍德在一个大房间内跑来跑去,也许是因为感到寒冷,也许是因为他不善于坐在堆着"待批"公文夹的桌子旁边的首长圈椅上。看来他很兴奋,他说,他喜欢我的《前夜集》;随后他突然走到我面前,仰起他那不知是像苍鹭还是像兀鹰的脑袋说:"您的位子在这儿。用艺术来表现十月革命吧!您来领导共和国所有的儿童剧院……"我试图提出异议:我不是教师,那些莫菲克季甫化的基辅儿童和考特贝尔的儿童游戏场已经使我吃够了苦头;而且我对舞台艺术又一窍不通。弗谢沃洛德·埃米利耶维奇打断了我的话:"您是诗人,孩子们需要诗歌。诗歌和革命!……去他的舞台艺术!……我还要跟您谈谈……我已签署了录用您的命令。明天请准时来……"

梅耶霍德当时(和马雅可夫斯基一样)迷上了圣像破坏运动。他没有领导戏剧处,而是在同《海鸥》的主人公所说的那种美学和容易理解的道德进行战斗。

不久前我去日内瓦的电视台发表演说。一个年轻姑娘挡住我说,她要先给我化妆。我提出抗议:我要讲的是经济落后国家的饥饿问题,这不需要美容,何况我也不宜到了老年首次抹胭脂。姑娘说,这是规矩,所有人都得化妆;她在我的脸上涂了一层薄薄的淡黄色油膏。我方才想了一下,回忆之光和电视台的光一样强烈,在这本书里谈到某些人时,我不由得给他们涂上了一层油彩,好让他们的面目不至于过分刺眼。但是对于弗谢沃洛德·埃米利耶维奇我却不愿这样做,我要以生硬的笔触详细地刻画他,而不是轻描淡写一番。

他的性格倔强:善良而又暴躁,复杂的内心世界和狂热交织在一起。他和我生平遇到的几个大人物一样,有一种病态的多疑,毫无根据的嫉妒,往往在根本不存在阴谋诡计的地方看见阴谋诡计。

我们之间的第一次争吵很激烈,但时间很短。一位海军军人给我送来一个为孩子写的剧本,所有的剧中人都是鱼(孟什维克是鲫鱼),最后一幕是"鱼的人民委员会"获得胜利。我认为这个剧本是失败的,所以否定了它。突然,梅耶霍德把我喊去。他的桌子上放着那部手稿。他激动地问我为什么否定了剧本,没有等我说完,就高喊着说我反对革命的宣传,反对用戏剧表现十月革命。我也生气了,便说这是"蛊惑煽动"。弗谢沃洛德·埃米利耶维奇失去了自制力,他喊来了警卫长:"爱伦堡怠工,将他逮捕起来!"警卫长拒绝执行他的命令,建议梅耶霍德去找肃反委员会。我气愤地走了,决定此后再不进戏剧处的门。第二天上午,弗谢沃洛德·埃米利耶维奇打电话找我:他必须同我商谈木偶戏的问题。我去了,昨天那场戏仿佛根本没有发生过似的……

弗谢沃洛德·埃米利耶维奇病了。我到医院探望过他几次,他头上缠着绷带躺着。他向我谈起自己的计划,问戏剧处现在干些什么,问我看过新的演出没有。大概在我的回答和叙述中流露出讥笑口吻,因为梅耶霍德有时责备我没有信仰,甚至责备我玩世不恭。有一次,当我谈起许多规划和现实生活脱节时,他抬起身子哈哈大笑起来,说:"您扮演着共和国所有儿童剧院的领导人的角色,不,狄更斯也未必想得出来!……"他头上的绷带宛若伊斯兰教徒的缠头,而弗谢沃洛德·埃米利耶维奇尖削的面孔和大鼻子也颇像东方的魔法师。我也笑了,说签署对我的任命的不是狄更斯,而是梅耶霍德。

我看过《黎明》①的几次演出。这个剧本写得不好,演出时还加了许多偶然性的细节。梅耶霍德竭力反对特列普列夫所说的"三面墙",反对舞台,反对绘制的布景。他想使舞台接近观众。剧场并不雅致,那儿过去是著名的"奥蒙"咖啡馆,莫斯科人从前在那里可以看到半裸体的"名坤伶";不过大厅的陈设毫不引人注目。剧院没有生火,所有观众都穿着军大衣、短皮袄和皮袄。从演员们的口中吐出威严的话语和淡淡的雾气。一部分演员坐在池座里,他们往往突然跑上放着一些灰色的立方体和不知为什么还挂着绳子的舞台。观众有时也登上舞台:他们是红军的管乐队和工人。(梅耶霍德想让几个演员坐在包厢里,由他们扮演社会革命党人和孟什维克,并说出有关的尾白。弗谢沃洛德·埃米利耶维奇遗憾地对我说,他不得不放弃

---

① 比利时诗人维尔哈伦的剧本。

这个主张,因为观众会把他们当作真正的反革命分子,从而打起架来。)我还出席过另一次演出,那次一个演员突然郑重地宣读刚刚收到的占领彼列科普地峡的战报。大厅里的情景实难描述……

在辩论会上,有人骂这个演出;马雅可夫斯基为梅耶霍德辩护。我不知道,对演出本身该说些什么:你不能将它同时代割裂开,它和马雅可夫斯基的宣传画、和"左翼"艺术家举行的化装游行、和那些年的气氛紧密地联系在一起。在《宗教滑稽剧》的排演中,我感到也是这样表现时代的。爱这些演出是困难的,但是我愿意保卫它们,甚至推崇它们。我在1921年写道:"梅耶霍德的戏,就其演出来说是失败的,但构思是杰出的:它不仅收集戏剧性,而且迅速地将它溶解,消灭舞台,把演员和观众混合在一起。"马雅可夫斯基在讨论《黎明》的会上结束自己的发言时说道:"梅耶霍德的戏剧万岁!即使他最初排演得不好,那也没有什么。"年轻的巴格里茨基写道:

  梅耶霍德,如今代替了
  头发蓬松的莫里哀。
  他在探索新道路
  他的举止——粗鲁……
  老古董剧院,你就在不安中发抖吧:
  他会让你暴跳如雷!

1923年夏我在柏林时,梅耶霍德到了那里。我们见了面。弗谢沃洛德·埃米利耶维奇建议我把我的长篇小说《Д. Е. 托拉斯》改编成剧本让他的剧院上演,他说剧本应该是杂技表演和鼓动性的颂扬的混合物。我不愿改编长篇小说,对杂技表演和结构主义也渐渐冷淡了,我迷上了狄更斯,正在写一本情节复杂的感伤主义的长篇小说《然娜·奈的爱情》。但是我知道,梅耶霍德是难于违拗的,所以就回答说,我考虑一下。

不久,在梅耶霍德的同伙出版的一本戏剧杂志上出现了一篇文章,文中以幻想小说的形式谈到我被泰罗夫抢去,正在他的雇用下把我的长篇小说改编成反革命的剧本。

(梅耶霍德一生中曾多次怀疑最善良、最高尚的亚历山大·雅科夫列维奇·泰罗夫千方百计地企图消灭他。这就是我前面所说的那种多疑。泰

355

罗夫从来没有上演《Д.Е.托拉斯》之意。)

回到苏联后,我从报上读到,梅耶霍德正在排演由某个波德加列茨基"根据爱伦堡和凯勒曼的两部长篇小说"改编的剧本《Д.Е.托拉斯》。我明白,能够阻止梅耶霍德的唯一理由就是对他说,我想亲自将小说改编成剧本或电影脚本。1924年3月,我给他写了一封信,开头是"亲爱的弗谢沃洛德·埃米利耶维奇",结尾是"致以衷心的敬礼":"我们去年夏天的会面,特别是关于改编我的《托拉斯》的谈话,使我认为您是以友好爱护的态度对待我的作品的。因此如果报上的简讯没有错,我决定首先请您接受我的要求,放弃这个演出……我不是经典作家,而是活着的人……"

回信是可怕的,信中表现出梅耶霍德的暴躁性格,假如不是我爱弗谢沃洛德·埃米利耶维奇和他的各种极端表现的话,我是绝不会重提此事的。"伊·爱伦堡公民!我不懂您根据什么请求我'放弃演出'波德加列茨基同志的剧本?根据我们在柏林的谈话吗?但是要知道,那次谈话充分表明,如果由您自己着手改编您的长篇小说,您会使剧本可以在协约国的任何一个城市里上演……"

我没有去看演出,根据朋友们的反应和对梅耶霍德有好感的批评家们的文章判断,波德加列茨基写的这个剧本失败了。弗谢沃洛德·埃米利耶维奇将它演得颇为有趣:欧洲在喧闹声中毁灭,布景的挡板跑掉了,演员们上气不接下气地重新化装,爵士乐大作。马雅可夫斯基突然支持起我来,在《Д.Е.托拉斯》演出后的讨论会上,他是这样谈到改编的:"剧本《Д.Е.托拉斯》是绝对的零分……把文学作品改编成剧本只能由比原作者,也就是比爱伦堡和凯勒曼更高明的人来担任……"然而演出还是有成就的,"爪哇"烟草公司推出了"Д.Е."牌香烟。而我则由于这个愚蠢的事件,在整整七年里没有和弗谢沃洛德·埃米利耶维奇见过面……

来到莫斯科后,我看了梅耶霍德排演的几出戏:《宽宏大量的戴绿帽子者》《塔列尔金之死》《森林》。我买了票,但我害怕在剧院里碰见弗谢沃洛德·埃米利耶维奇。(在这几出戏里难于找到鼓动性的颂扬,它们可以在"协约国的城市"里上演。弗谢沃洛德·埃米利耶维奇从来不停滞不前。)

梅耶霍德没有走过平坦的直路,他是在爬山,道路是蜿蜒曲折的。当他的追随者公开叫嚷消灭戏剧的时候,弗谢沃洛德·埃米利耶维奇却已经在准备上演《森林》了。很多人不了解,这个狂热的圣像破坏运动的拥护者究竟是怎么回事:为什么奥斯特洛夫斯基、艺术的悲剧、爱情使他那样入迷?(马雅可夫斯基的追随者也不了解,为什么他在他们面前指责了抒情诗之后,却在1923年又写了《关于这个》。有趣的是,《森林》是在《关于这个》这篇诗发表后不久上演的。作为诗人的马雅可夫斯基已经回到诗歌方面来了,但是作为"列夫"成员的马雅可夫斯基却严厉地责备弗谢沃洛德·埃米利耶维奇回到戏剧方面去:"《森林》的上演使我深为厌恶……")

图画挂在博物馆里,书籍收藏在图书馆里,而我们没有看过的演出,对于我们来说将始终是一些枯燥的评论。确定《关于这个》同马雅可夫斯基早期诗作间的联系,确定毕加索的《格尔尼卡》同他"天蓝色时期"的一组油画之间的联系,都不是什么困难的事。然而,我却很难评判贯穿梅耶霍德革命前的演出同《森林》和《钦差大臣》的是什么。贯穿其间的显然有许多东西:他走的路是蜿蜒曲折的,但是,这毕竟是一条路……

《森林》是一出绝妙的戏,它的演出激动了观众。梅耶霍德在其中揭示了许多东西,他以新的方式表达了艺术的悲剧。然而,在这个演出中也有一个细节使梅耶霍德的反对者大为恼火(也可能使他们高兴):一个演员戴着绿色的假发。剧本一连演了好几年。在列宁格勒的一次演出后举行了讨论。参加讨论的人向弗谢沃洛德·埃米利耶维奇递了很多条子:他时而高兴,时而生气,时而说句笑话。有一个条子上写着:"请您谈谈,绿色的假发是什么意思?"他转身向着演员,困惑不解地说道:"真的,这是什么意思?是谁想出来的?……"自那天晚上以后,绿色的假发不见了。我不知道,是梅耶霍德故作惊讶呢,还是他当真感到惊讶:忘记了这个当然是他想出来的细节。(在生活中我常常听到这种困惑莫解的问话:"这真的是谁想出来的?"有时它出自干了比这个倒霉的假发要严重得多的各种荒唐事的作者之口。)

梅耶霍德使那些非常憎恶新事物的人感到害怕,他的名字已经成了普通名词;有些批评家没有发现(或者是不愿发现),梅耶霍德仍在往前走;他们在一个小车站上骂他,而他却早已把那个小车站忘在脑后了。

弗谢沃洛德·埃米利耶维奇并不怕放弃前一天还被他认为是正确的那些审美观念。1920年,当他上演《黎明》的时候,他就放弃了《比亚特里斯的妹妹》①和《小戏台》。后来,他嘲笑了自己想出来的"生物力学"。

特列普列夫在第一幕中说,主要的是新形式,然而在最后一幕中,他在自杀前承认:"我越来越相信,问题并不在于新形式和旧形式,而在于一个人写作时并不考虑什么形式,他写作,因为这是从他的心灵里自然而然流露出来的。"1938年弗谢沃洛德·埃米利耶维奇对我说,争论的不是艺术中的新形式和旧形式问题,而是艺术和艺术的赝品问题。

他从来没有抛弃他认为是本质的东西,他抛弃的是各种主义、手法、审美标准,而不是自己对艺术的理解;他不停地在造反、在汲取灵感、在燃烧。

契诃夫的独幕轻松喜剧中究竟有什么可怕的东西呢?那时大家都已忘记了"左翼艺术"。马雅可夫斯基已被公认为天才诗人。然而人们对梅耶霍德的演出却仍然议论纷纷。他能够说出最平凡的事物,但是在他的声音、眼睛和微笑里有一种东西能使对这位艺术家的创作激情感到不满的人发火。

1930年春,我在巴黎看了梅耶霍德的《钦差大臣》。那是在海特街的一个不大的剧院里,那儿通常为郊区居民演一些荒诞不经的独幕轻松喜剧或惊心动魄的传奇剧,舞台既小又不方便,没有休息室(幕间休息时,观众只得上街),总之,是个小得可怜的地方。《钦差大臣》使我震惊。我对自己青年时代的审美追求早就冷淡了,我很怕去看这次演出,因为我太爱果戈理了。不料我却在舞台上看到了果戈理用以吸引我的一切——艺术家的惆怅和那难于摆脱的庸俗不堪的景象。

我知道,有人指责梅耶霍德歪曲了果戈理的原作,说他对果戈理持轻慢的态度。当然,他的《钦差大臣》不像我在童年和青年时代看过的那些演出,我觉得,原作被扩展了,但其中并没有随意添加的东西,一切都来自果戈理。难道可以相信(哪怕只有一分钟)果戈理这个剧本的唯一内容就是揭露尼古拉一世时代的地方官员吗?毫无疑问,对于果戈理的同代人来说,《钦差大臣》首先是对社会制度、对风尚的辛辣讽刺;但是,正如任何一部天才的作品一样,它经历了轰动一时的阶段,而在一百年之后,在尼古拉时代的市长们和邮政局长们从地面上消失以后,它仍然使人激动。梅耶霍德扩

---

① 比利时剧作家梅特林克的剧本。

大了《钦差大臣》的范围。难道这就是轻慢吗？要知道,把托尔斯泰或陀思妥耶夫斯基的长篇小说改编成各种各样的剧本,被看作是一种高尚举动,虽然它们缩小了原作的范围……

安德烈·别雷不仅爱果戈理,他的病也是由果戈理引起的,《银色的鸽子》和《彼得堡》的作者的许多艺术上的败笔可能也应当归之于他未能克服果戈理的影响。安德烈·别雷在梅耶霍德剧院看了《钦差大臣》后,热烈地称赞这个演出。

而在巴黎观看演出的绝大多数都是法国人,有导演、演员、戏剧爱好者、作家、艺术家;这很像一次名人的大检阅。有路易·儒韦、毕加索、迪兰、科克托、德朗、巴蒂……演出一结束,这些似乎都饱尝过艺术的魅力并习惯了规定称赞的剂量的人们,都站起来发出了我在巴黎从未见过的欢呼。

我溜进了后台。十分激动的弗谢沃洛德·埃米利耶维奇站在窄小的演员化装室里。他的头发更加苍白,鼻子也更长了。七年过去了……我说,我忍不住,便前来祝贺。他紧紧地拥抱了我。

从那时以后,我们之间再没有疏远或冷淡过。我们没有提起那次荒谬的争吵。后来我们无论在巴黎或莫斯科,见面时总要畅谈一番;有时也相对无言,但这是那种真正亲密无间的相对无言。

梅耶霍德决定上演《钦差大臣》后,对演员们说:"你们瞧瞧鱼缸,那里面的水很久没有换了,浅绿色的水,鱼在水中游来游去,吐出水泡。"他对我说,在排演《钦差大臣》时,他常常想起中学时代的奔萨。

(1948年,我和亚·亚·法捷耶夫在奔萨的一条街上散步。法捷耶夫突然停住脚步说:"这是梅耶霍德的房子……"我们默默地站了片刻,随后亚历山大·亚历山德罗维奇难过地叹了口气,摆了一下手便快步向旅馆走去。)

梅耶霍德憎恨死气沉沉、打哈欠和空虚,他常常采用假面具,正是因为假面具使他感到可怕,——不是由于假面具有一种冥冥之物的神秘的恐怖气氛,而是由于它浸透了日常生活中那种变得麻木不仁的庸俗气息。《钦差大臣》的最后一场,《聪明误》中的长桌子,《委任状》中的几个人物,甚至契诃夫的几出独幕轻松喜剧,所有这些都是艺术家同庸俗的决斗。

他成为共产党员并非出于偶然:他坚信世界必须加以改造。他根据的不是别人的论据,而是自己的经验。在我们中间,他是个老年人。马雅可夫斯基是和革命一起诞生的,而梅耶霍德的阅历却极其错综复杂:斯坦尼斯拉夫斯基、科米萨尔热夫斯卡娅、彼得堡的象征派、《小戏台》、被雪暴扑打的勃洛克、《对三个橙子的爱情》①和许多别的东西。先前我们坐在"洛东达"里,曾猜测那位神秘的达彼尔图托博士(梅耶霍德的笔名)该是什么模样。

在所有我有权称之为我的朋友的人们中间,弗谢沃洛德·埃米利耶维奇就年岁而论是最大的。我只是出生在19世纪,而他在19世纪生活过,常去契诃夫家做客,和薇·费·科米萨尔热夫斯卡娅一起演过戏,认识斯克里亚宾、叶尔莫洛娃……最令人惊讶的是,他永远朝气勃勃;他总要发明点什么,总像5月的风暴那样大发雷霆。

非难陪伴着他的一生。1911年,《新时代报》的缅希科夫对《波利斯·戈东诺夫》的演出大为不满,他写道:"我认为,梅耶霍德先生是从他犹太人的心灵里,而不是从普希金的作品里取来警察官的,普希金的剧中既没有警察官,也没有鞭子……"说实在的,四分之一世纪以后发表的一些文章,还不如上面这段话干净、公正……

他不像一个苦行者:他热爱生活——爱儿童和热闹的大会,爱滑稽草台戏和雷诺阿②的油画,爱诗歌和楼房的脚手架。他爱自己的工作。我出席过几次排演:弗谢沃洛德·埃米利耶维奇不仅解释,还亲自表演。我记得排演契诃夫的独幕轻松喜剧时的情况。梅耶霍德已是六十多岁的人了,但他的孜孜不倦、出色的才华和心灵的巨大快乐都使年轻的演员们震惊。

我说过,戏剧演出正在消亡,这是无法复活的。我们知道,安德烈·谢尼耶是个杰出的诗人,但是我们只能相信他的同时代人塔尔玛是个杰出的演员。虽然如此,创造性劳动是不会消逝的,它像一条流入地下的河流,可能暂时看不见。现在我在巴黎看戏,周围的人赞扬道:"多么新颖啊!"而我想的是梅耶霍德的演出。当我坐在莫斯科的许多剧院里时,我也想着他的演出。瓦赫坦戈夫写道:"梅耶霍德给未来的戏剧打下了根基,未来将报答他。"崇拜梅耶霍德的不只是瓦赫坦戈夫,而且还有克雷、儒韦③和其他许多

---

① 十八世纪意大利剧作家哥兹的童话剧,梅耶霍德曾用这个名字出版了一个杂志。
② 雷诺阿(1841—1919),法国画家、雕塑家。
③ 克雷(1872—1966),英国导演、戏剧理论家。儒韦(1887—1951),法国导演、演员、戏剧教师。

最著名的导演。爱森斯坦有一次对我说,如果没有梅耶霍德,也就不会有他。

还在1930年8月,他在写给我的信中说:"……剧院可能毁灭。敌人没有打盹。莫斯科有许多人把梅耶霍德剧院视为眼中钉。唉,一言难尽啊!"

我们最后的几次见面是不愉快的。1937年12月,我从西班牙回来。梅耶霍德剧院已经关闭。他的妻子季娜伊达·尼古拉耶夫娜·赖赫由于不幸的遭遇得了精神病。康·谢·斯坦尼斯拉夫斯基鼓励梅耶霍德,他常给他打电话,企图使他振作起来。

这时,彼·彼·孔恰洛夫斯基为梅耶霍德画了一幅出色的肖像。孔恰洛夫斯基的许多肖像画都具有装饰艺术的特点,但是彼得·彼得罗维奇热爱梅耶霍德,所以在这幅肖像中表现了他的灵感、不安和心灵的美。

弗谢沃洛德·埃米利耶维奇在家里住了很久,他阅读和浏览了许多艺术专著。他还是那样敢作敢为:他觉得在排演《哈姆雷特》;他说:"看来我现在能够胜任。从前我没有决心。即使世界上所有的剧本都消失了,只要《哈姆雷特》存在,戏剧也就能存在……"

我还想说明,在这个困难时期,季娜伊达·尼古拉耶夫娜支持了梅耶霍德。我的面前摆着1938年10月弗谢沃洛德·埃米利耶维奇从戈连基别墅区写给妻子的一封信的副本:"……我13日来到戈连基,望着白桦树叹了口气……瞧,树上的叶子随风飘零。落叶一动不动,仿佛冻僵了……一动不动的落叶仿佛在等待什么。它们仿佛被发现了!我数了它们生命的最后几秒钟,宛如在数垂死的人的脉搏。当我过了一天、一小时之后重新来到戈连基时,它们还会活着吗?13号这一天,当我望着这金色秋天的神话般世界,望着这一切奇异景象,我心里在悄悄地说:季娜,季诺奇卡,看在这些奇异景象的面上不要丢下我,不要丢下爱你的那个人吧,你是他的妻子、姐姐、妈妈、朋友、情人、心爱的人,你就是创造奇异景象的大自然!……季娜,不要丢下我!世界上没有比孤独更可怕的了!"

我们是1938年春分手的,我要去西班牙。我们拥抱了。这次离别是令人难受的。此后我再没有见过他:1939年6月,梅耶霍德在列宁格勒被捕,1940年2月1日被判处剥夺十年通信权。死亡证明书注明的日期是2月2日。

1955年，一个先前从未听到过梅耶霍德这个名字的年轻检察员向我叙述了弗谢沃洛德·埃米利耶维奇遭到诽谤的情形，他向我读了他在军事法庭的秘密会议上的申诉书："……我已六十六岁。我希望我的女儿和朋友们有朝一日会知道，我至死仍是一个诚实的共产党员。"读这些话时，检察员站了起来。我也站了起来。

20

不久我回到了失乐园:亚当同志读了副外交人民委员列·卡拉汉的条子后,给我们腾了一间房子,这个条子写得抽象而高尚:"仍供爱伦堡居住。"我继续领取口粮,从2月份起,发给我一张在"大都会"饭店进餐的卡片;那儿供给清汤、黍米饭或冻土豆。出门时要交回匙子和叉子,否则不让出去。

有人告诉我,我生来有福。然而我不仅生来有福,还穿着一件衬衫①;而冬天的莫斯科却不是巴西……

很久以前我就在《探照灯》杂志上写过一篇文章,描写我在1920年底怎样为自己弄到了一套衣服。这不是什么了不得的大事,但它却使我们看出那几年的生活的一斑,同时也表明,生活上的困难并没有使我们失去信心。

我已提到过我那件巴黎大衣,随着岁月的流逝,它已经成了一件破外套。我没有谈到过最主要的——衣服,上衣还勉强过得去,但是裤子却已破烂不堪。

那时我才明白,对于一个必须生活在文明社会中的三十岁的男人来说,裤子意味着什么;没有裤子是万万不行的。在办公室里我一直穿着大衣,唯恐由于动作不慎而使裤缝完全裂开:因为和我一起工作的有女诗人阿达·丘马琴科和几个年轻的女教养员。

那位红海军的剧作家有一次请我去他家做客,他住在"布头街"。我在

---

① 俄文 родиться в рубашке(生来有福)这个成语中的 рубашка 一词意为衬衫。

他那儿受了不少罪,他请我吃美妙的油炸饼,但是做油炸饼的是一个年轻女人。屋子里很热,他们三番五次劝我脱掉大衣,我坚决不肯,真是有苦难言啊。

有一次,我被拒之于莫斯科室内剧院的门外;我出示请帖、委任状和各种证件;但是验票员非常固执,他说:"同志,穿外衣禁止入场……"

虽然我领导共和国的所有儿童剧院,还领一份半口粮,但我总觉得自己有缺陷:少一条裤子。

严冬来临了。我的大衣丝毫不比一条花边披巾更保暖。我感冒了,又打喷嚏又咳嗽。大概我有点发烧,但当时没有人理会这些。我偶尔碰见了地下学生组织的一位同志,他望着我生气地说道:"为什么不早点告诉我?……"他给莫斯科市苏维埃主席写了一张条子,并开玩笑地补充说,"莫斯科市长会给您衣服穿的。"

受到"市长"的接见可不容易,接待室里挤满了形形色色求见的人。我终于走进了一间宽敞的屋子,那位可敬的人坐在书桌后面,有一副修剪得很整齐的胡子,我在巴黎就熟识此人。我知道他的事非常多,便觉得不好意思。他十分客气,同我谈起了文学界的事,问我有些什么创作计划。在这儿怎么能提起裤子的事呢?最后,我鼓起勇气,利用谈话的间歇用绝望的口气突然说道:"顺便提一件事,我非常需要一条裤子……"

"市长"窘住了,他关切地望着我说:"你不仅需要一套衣服,还得有一件冬大衣……"他给我写了一个条子,让我去找莫斯科消费合作社的一位主任;条子简单明了:"供给爱伦堡同志衣服。"

第二天早晨,我比往常起得都早,我要去莫斯科消费合作社(专门供应居民食物和衣服的部门)。到了那儿以后,我以幸运儿的轻率态度问:"哪儿发领衣证?"一个人指给我看肉商街上那条排得长长的队。

天气很冷,我站在队里没有心思去想裤子,而是幻想着能有一件暖和的冬大衣。傍晚时分,我才接近了那个渴望已久的门。但是就在这个时候发生了一桩意外的事。一个包着毛头巾的年轻女人走到我跟前,气愤地尖叫起来:"真不要脸!我从早晨五点钟就站在这儿,可他刚来就占了我的位置……"她拼命地挤我,她的分量真不轻;我进行抵抗,但没有成功,她把我挤了出去。我向站在后面的人们说:"同志们,你们都看见我站了整整一天……"人们又饿又累,对一切都很淡漠;没有一个人替我说话。我明白,这里找不到公道,于是后退了几步,再向前一冲,把这位冒名的家伙顶了出去。人们继续漠不关心地沉默着;显然,他们想保持中立。那个女人毫不介意地走开了,开始在这条很长的队伍中寻找脆弱环节。

我终于走进了主任的办公室,他读了条子后说:"同志,我们的衣服不多。您选择一种吧,或者一件大衣,或者一套衣服。"选择是很困难的,我全身都冻僵了,打算要一件大衣,但是突然想起前几个月受的委屈,于是喊道:"裤子!衣服!……"我领到了一张领衣证。

我来到了指定的凭证供应商店,那儿没有男人的衣服,他们建议我领一套女人的衣服或者一件雨衣。自然,我拒绝了,我又被介绍去另一个凭证供应商店,在那里人们给了我一套衣服,但是看来是给矮子缝的,所以从沙皇时代一直保存到今天而无人问津。最后,我在彼得罗夫卡和铁匠街拐角的一个凭证供应商店里找到了一套合身的衣服,我穿上了裤子,感到自己是个人了。我在教育人民委员部戏剧处的儿童组一口气起草了十份计划。

但是天气冷得要命,我咳嗽依旧很厉害。我意识到自己有了裤子,因而增加不少勇气,便开始张罗一件冬大衣。

我的烟瘾很大,每月总有一次要拿面包去苏哈列夫卡换烟叶。苏哈列夫卡旧货市场上的东西真是五花八门、名目繁多,有中国花瓶、糖块、零支纸烟、打火机的火石、布哈拉地毯、已经发霉的革命前的巧克力糖、上等羊皮封面的布尔热①的长篇小说。在苏哈列夫卡还可以买到破旧短皮袄,价钱在五万以上。我身无分文,新上衣的口袋里装着委任状、计划、诗、烧穿了的旧烟斗、烟末,有时还装着从造型艺术部主任施特恩贝格好客的家里带来的糖块。

不久前,我得到了一份"作家书店"出售的手抄本书籍的目录;作者有:安德烈·别雷、弗·利金、米·格拉西莫夫、舍尔舍涅维奇、马林娜·茨韦塔耶娃、伊·诺维科夫等许多人。我的一本小书《西班牙之歌》也在上面,价钱是三千卢布。这本小书是舍尔舍涅维奇抄写的,并附有如下说明:"四块糖的成本是二千卢布,一杯牛奶是一千八百,五十支纸烟是六千。"钱是那

---

① 布尔热(1852—1935),法国作家。

么不值钱,很少有人去想它;我们是靠口粮和希望生活的。

虽然如此,我还是决定弄些钱来买大衣,我开始在"多米诺"咖啡馆朗诵诗。那儿冷得要命,顾客可以买到放有糖精的茶或一杯淡得要命的、微呈蓝色的酸牛奶。我不明白为什么有人要去那儿。在那寒冷而阴暗的房间里,响起了舍尔舍涅维奇、波普拉夫斯卡娅或季尔·图曼内不祥的哀号声。"多米诺"咖啡馆的顾客有投机商人、刑事调查局的侦探、好奇的外省人和郁郁寡欢的怪人。

我脱下那件阿卡基·阿卡基耶维奇的外套,打了个喷嚏,便哀号起来,——当时所有的诗人都是这样朗诵的,甚至在朗诵轻松诗句时也要哀号。一个投机商人深表同情地擤了一下鼻子,另外两个受不住便走了。我得到了三千卢布。

我很走运:过了几天,我碰见一个异常可疑的公民,他说有一件短皮袄只要七千卢布。这几乎等于奉送。我卖掉了两星期的口粮,把那件短皮袄带回了"公爵府"。

短皮袄非常窄小,臭味扑鼻,但对我来说,这就像委拉斯开兹①的画中那件银鼠皮礼服。我刚穿上它要去出版界之家的当儿,柳芭从莫斯科高等美工实习学校回来了,她要我脱下这件新衣。短皮袄的胸上赫然有一个极大的印记。难怪我觉得这位公民神态可疑,原来他卖的是偷来的军用皮袄。

我只得听天由命:打喷嚏、咳嗽也总比落个不干净的名声好些。但是柳芭不愧是个结构主义者,她受业于罗琴科,整天谈论结构、手法、实用美学——她想出了办法。

当时在莫斯科有一些"非定额物品商店",那里出售冻苹果、"沙莫"牌化学茶、糖精、拖把、筛子。我卖掉了两磅黍米的口粮,在一家"非定额物品商店"买了染皮革的颜料。柳芭用熟练的手拿起刷子。短皮袄一分钟比一分钟变得好看,成了一件司机穿的黑夹克。然而不幸的是,皮子吸收了大量颜料,最后剩下一只袖子没有刷,颜料已用完了,钱和黄米也没有了。

当然,我本也可以穿上这件有一只黄袖子的黑皮外套,谁也不会去注意它。当时人们的穿戴都别出心裁。一些时髦的人喜欢穿褪色的军大衣,戴

---

① 委拉斯开兹(1599—1660),西班牙画家。

绿色呢帽。有的人用深红色的窗帘做衣服,上面缝着至上主义派的正方形或三角形,图形是用破圈椅的罩布剪成的。画家伊·莫·拉比诺维奇时常穿一件翠绿的短皮袄跑来跑去。叶赛宁有时戴一顶闪闪发光的大礼帽。但是我害怕别人把这只黄袖子看作一种怪癖,看作一种美学纲领,而不是看作一种不幸。

新年前夕,教育人民委员部戏剧处的所有工作人员都领到了一盒皮鞋油。大家把这当作是一件倒霉的事,尤其是因为音乐处的人员在除夕领到的是鸡。然而柳芭找到了使用鞋油的地方:她用鞋油染了黄袖子。

我们在拉比诺维奇家中欢度新年。有人说,那儿备有晚饭,甚至还有伏特加;但是实际上什么也没有。我们吃的是稀粥,用来碰杯的是茶,然而大家都很快乐,仿佛喝的是香槟酒。

可是该死的鞋油却一直未干,一碰上下雪天,袖子就脏了。我已经染污了几个人的大衣,大家开始有点怕我,而我也不时地提醒说:"请从我左边走,别碰我右边的袖子……"

现在,我夜间终于能在莫斯科的街上散步而不挨冻了。当时大家都在马路上行走,因为既没有汽车,也没有马;而人行道却像溜冰场。白天许多人用小雪橇在人行道上运劈柴、煤油和黄米。人们"报上名"或者"被除名"——这与配给证有关。记得有这么两句诗:

公民,今日午餐吃什么?
公民,你可报上了名?

一到夜里,幻想家们就游荡起来。我永远不会忘记那些闲逛!我们在雪堆中间慢慢地走着,有时一个拉着一个,就像沙漠中的商队。我们谈着诗歌,谈着革命,谈着新世纪;我们是向未来迈进的商队。也许正是由于这个原因,我们才如此容易忍受饥饿、寒冷和许多其他困难。这样的商队在所有俄罗斯的城市里都有,二十五岁的尼·谢·吉洪诺夫(当时我还不认识他)大概向什么人读过自己的诗句:

要是用这些人打成钉子,
世上就不会有更硬的钉子。

我们鱼贯而行,星星在头顶上闪烁——街上一片黑暗,谁也不妨碍闪烁的星星。在我生日的那天,亚德维加失望地说,她没有办法弄到礼物,既没有花,又没有水果糖;她望着星空,开玩笑地补充说:"我将仙后星座送给你……"我们都不怀疑我们能够活到联合国组织讨论如何防止其他星球遭到强占,活到所有的姑娘都能将丝制的、毛制的或化学物质制成的合适的领带送给自己男朋友的那一天……

21

我继续在教育人民委员部戏剧处的儿童组工作。当然,可以对我们的工作采取怀疑态度,因为我们大部分时间都是在制定建立儿童剧院的计划,再就是为演员们张罗口粮。这是个艰苦时期,我想起弗·伊·列宁1921年2月就教育人民委员部的工作所讲的话,很可以说明这个时期的特点,列宁说:"我们很穷。没有纸张。工人们受冻挨饿,无衣无鞋。机器陈旧不堪。建筑物被毁坏了。"我们尽力支持各种创举。当时有一个由女演员亨利埃塔·帕斯卡尔领导的儿童剧院。雕刻家叶菲莫夫和他的妻子很早就从事木偶戏的工作。有一个很年轻的女人,名叫娜塔莎·萨茨,她后来为儿童的艺术教育做了不少事。各种工人俱乐部也为儿童组织了一些节目。最后,著名的丑角和动物训练专家弗·列·杜罗夫还打算让孩子们看看四脚演员们的表演。

当时,普遍的现象是计划定得很多,付诸实施的却很少:幻想多,资金缺乏。但我仍然觉得,我们那初看起来毫无意义的工作取得了某些结果:我们帮助了未来的剧作家、导演、演员在五年或十年以后建立了一些非常有趣的儿童剧院。

从外表上看来有许多有趣的事。我们的旁边是马戏组。这个组的领导人是女演员鲁卡维什尼科娃,她是一个诗人的妻子。她有时坐雪橇回家。有一次在马涅日附近,马突然用后蹄站了起来,好像一只鬈毛狗,或者是跳起了华尔兹舞,把行人吓了一跳。这是一匹马戏团的马,却被迫担任拉车的角色,显然还不能克服对艺术的热爱。但是,我们儿童组并未向马戏演员示弱:杜罗夫有时派一匹瘦小的、清心寡欲的骆驼拖着雪橇到戏剧处接我。

来找鲁卡维什尼科娃的都是些神气十足的人物。能举几普特重哑铃的杂技演员跑来请求领取院士级口粮。外国的技巧运动员抗议住房过于拥挤。一个丑角演员拼命地哭诉："干吗对什么都用马克思主义来解释？我不能让人把我开的玩笑当成真的！我们干革命不是为了这个！……"来找我的人却乏味得多，都是到处碰壁的剧作家。报纸上登过一篇文章，说没有为孩子写的剧本；于是从事各种职业的人们开始从坦波夫、车里雅宾斯克、特维尔来到莫斯科；他们带来的一捆捆手稿堆满了一个小房间。剧本是用绿墨水写的，有的写在公证书背面，有的写在从练习本上撕下的纸片上，有的甚至写在包装纸上。有一个作者描写了年幼的拉萨尔的英勇奇遇，另一个作者证明人鱼公主是资产阶级思想的产物，第三个揭露协约国的阴谋（我不知为什么想起了一句诗："牢牢记住，我们是怎样教训克列孟梭的"）。有的甚至当场大声朗诵自己的作品。有一个在儿童组坐了好几天：要求发给他一张领取住房和院士级口粮的护照。

有一次我来到塔甘广场旁的一个俱乐部里，一个杂凑的剧团正在那儿上演一个不知名的剧作家为孩子们写的剧本《帕沙的遭遇》。演员们在舞台上十分自然地发出咯咯声，喝着茶，不停地谈论着学习的好处。扮演小姑娘帕沙的是个上了年纪的女演员，她带着心理上的停顿反复地说："那么，这就是说，我懂得了生活的节拍，合上了书本……"

帕斯卡尔剧院把吉卜林①的《丛林故事》改编成剧本。豹子在舞台上肉感地伸懒腰，还扭扭捏捏的，似乎它不是野兽，而是王尔德剧中的莎乐美。我觉得这有些颓废派味道，所以很生气。（现在许多概念都混淆了。苏联大百科全书把塞尚、高更、兰波、汉姆生、德彪西、拉威尔都列入颓废派，总而言之，19世纪末和20世纪初的所有大作家和大艺术家都不例外。实际上，颓废派文艺的确存在，上面所说的剧本《莎乐美》、普日贝谢夫斯基②的长篇小说或施图克③的绘画就是。）亨·帕斯卡尔听了我的批评后，沉着地回答说，我可以上演我认为合适的其他剧本或者做任何其他的事。我考虑了一下，断定他是对的，于是我将制定计划以外的时间用来和弗·列·杜罗夫一同工作，——他的野兽既不是自然主义的，也不是颓废主义的。

---

① 吉卜林（1865—1936），英国作家。
② 普日贝谢夫斯基（1868—1927），波兰作家。
③ 施图克（1863—1928），德国画家与雕塑家。

我还担任了另一件工作。在普列奇斯坚卡有一座楼房,我在中学读书时,它曾使我激动不安(那时是贵族女子学校),现在这儿是军事化学学院,学员们邀请我去给他们讲写诗法。他们想写抑扬格、扬抑格甚至自由体的诗。他们勤奋地数着音节并寻找韵脚。从他们中间未必能培养出诗人,但是我确信,他们终生都不会忘记自己对诗的向往,正如人们不会忘记自己的初恋一样。

至于写散文作品,当时既没有时间,也没有纸张;此外,散文要求内心的体验、观察、批判态度和善于思考所发生的事件;散文在几年之后才开始出现。可是写散文比写诗自由得多。现在我们有时举行诗歌节,诗人们在书店里朗诵自己的诗;用自己的墨迹来诱惑诗歌爱好者。然而在那个时候,到处都有人朗诵诗,——在林荫道上、在火车站内、在工厂寒冷的车间里;这不是诗歌节,而是整整一个诗歌的时代。

我记得,有一次诗人协会收到一封信:一支红军部队要出发去南方消灭弗兰格尔分子,他们请求派马雅可夫斯基、叶赛宁、帕斯捷尔纳克或者别的诗人到他们营房去,好让战士们在临行前听听诗朗诵。

举行过"当代诗歌讨论会",后来又有"形象派讨论会"以及其他各种诗歌辩会。文学流派之多不胜枚举,有:共产主义未来派、形象派、无产阶级文化派、表现派、费斯特派、无物体派、现在派、阿克秦派,甚至还有无所谓派。当然,在"多米诺"咖啡馆或出版界之家发表演说的一些理论家也说过不少蠢话,在无数生僻的词汇后面,除了渴望荣誉或胡闹外,往往毫无内容。但是我却愿意为那个遥远的时代辩护。现在翻开那些名声远播国外的诗人的诗集,我们就可以发现,多少美妙的诗篇都是在军事共产主义年代写成的。人们的生活从来没有像那个时期那样艰苦,看来人们的创作激情也从来不曾那样强烈。

屋子里又冷又黑,丑陋不堪,一到晚上,人们都拥向剧院。舞台上净是霍夫曼、哥齐、卡尔德隆和莎士比亚的剧本中的人物。画家韦斯宁、亚库洛夫、埃克斯特设计的华丽服装和布景使观众为之目眩。

浪漫主义是 19 世纪上半期的文学流派,至于浪漫主义精神,那是艺术中一直就有的:即艺术家所看到的在现实生活中已不复存在或尚未出现的东西。梅耶霍德在革命剧院上演了《柳尔湖》,泰罗夫上演了《成了星期四的人》,舞台上高耸着升降机,而当时在莫斯科升降机都闲置着。莫斯科高等美工实习学校的学生们在设计电话机的新的构造形式,但当时城市里的大部分电话都拆掉了。我记得有一次在俄罗斯联邦第一剧院排演《宗教滑稽剧》时,马雅可夫斯基微笑着对我说:"您等着瞧吧,最后一幕是未来的世界:摩天楼、电动拖拉机和大块大块的糖……"

柳芭的老师是亚·米·罗琴科。他为售报亭设计了一些立体主义的图案。四十年后,我在许多国家看到的售报亭、展览馆以至住宅,都很像罗琴科的旧设计图,自然,样子比较柔和平整。利西茨基在设计未来书籍的样本。最使我震惊的是塔特林。在工会大厦里展出了他设计的第三国际纪念碑。两个圆柱体和一个角锥体在旋转,玻璃大厅的周围缠着一圈圈钢制的螺旋线。结构派喜欢谈论逻辑,谈论艺术的实用价值。根据塔特林的设计,人民委员会开会的大厅是转动的。从实用观点来看,这是毫无意义的,但这毕竟是时代的真正浪漫主义精神。我在巨大的模型前面站了很久,满怀激动地走到街上:我感到我从一条缝隙中看见了 21 世纪。现在我的想法变了:使我惊讶的是那模型的独特的美,是那超出有关未来的都市建设和工业化建筑优点的种种问题之外的艺术。

艺术的道路十分复杂。塞万提斯本想嘲笑骑士小说,但他却创造了一个活得远比自己时代长久并且骑着可怜的罗西南特闯进了我们时代的骑士。巴尔扎克认为他在赞扬贵族阶级,实际上他却埋葬了它。

当然,我和我遇到的所有朋友一样,都殷切地向往着未来。什么售报亭也没有,无论是立体主义的还是普通的;我们看报纸也不是在吃早饭的时候,而是在大街上,——报纸贴在墙上。弗兰格尔分子被打垮了,国内战争胜利地结束了。人们怀着想战胜饥饿、破坏和贫穷的无比英勇的精神参加星期六义务劳动。世界上发生了各式各样的、有时是相互矛盾的事件。反动势力胜利了,但是时而在萨克森爆发了起义,时而英国矿工开始罢工;印度要求独立。世界革命在我们看来已不是朦胧的理想,而是明天的事了。但是,有时我心中又充满了怀疑:我无法理解,为什么在我十分熟悉的法国,经过了可怖的战争岁月,经过了初期的士兵暴动,却什么也没有发生……

有时人们在谈到人的时候说:"他不安于现状。"这指的是空间。但我现在说的是时间:我们急不可待地想跨进下一个世纪。所有的概念都被推翻了:欧洲最落后的国家之一突然跑到了其他国家的前面。它倡导的那些思想、那些文学与艺术的概念,几十年后震动了西方。然而生活(我指的是日常生活)却是史前时期的,是穴居时代的。

人人都有一种强烈的求知欲望。描写冲击堡垒和要塞的书籍很多。然而这个时期,人民却在向知识冲击。老太婆们坐在课堂里念识字读本。教科书像初版的新书一样成了稀有之物。高等学校里尽是热情洋溢的年轻人。听一次讲演或报告十分困难:要想走进综合技术博物馆的讲堂,丝毫不比挤进破旧的电车容易。听众向讲演人递上的条子真是五花八门、无所不包:有的问威斯特法伦的罢工,有的问巴甫洛夫的条件反射学说是怎么回事,有的问什么是至上主义,有的问争夺石油的情况,有的要求解释优生学,有的要求讲解马雅可夫斯基的韵脚,有的要求讲解相对论,有的要求谈谈福特汽车工厂,有的问如何战胜死亡,还有其他许许多多问题。

亚当同志弄到了一些煤,"公爵府"生起了火。每到晚上,常常有朋友来找我们。鲍·列·帕斯捷尔纳克住在旁边的一幢房子里,他几乎每天晚上都来。我们谈论国际形势,谈论未来派与形象派之间的论战,谈论罗扎诺娃与阿尔特曼的绘画,谈论梅耶霍德的演出:我们想翻过历史的一页。

我常常迷失方向、自相矛盾。我非常向往像塔特林的设计图那样的未来城市,但是我作为保罗·扫罗维奇,却写道:

  我预见到一座可怕的城市————一座蜂箱,
  不知有几许玻璃与钢,
  喧闹的街道中的狂欢,
  跟军事检阅一样。
  空地上映现着
  未来时代螺状线的阴影,
  经过考虑的看齐的桎梏
  还有新天堂的混凝土。

当我穿着那件袖子上涂着黑鞋油的短皮袄,在莫斯科小胡同的雪堆中走过时,我毫不怀疑,各种各样的设计图定将实现,一座新的、前所未有的城市将要代替我从小就十分熟悉的那些东歪西倒的小木房。如果我年轻十岁,我就会热情地微笑;但是,我生于1891年,作为革命前俄国知识分子的一个普通代表,我从小就记得柯罗连科的这句话:人生来是为了幸福,正如鸟生来是为了飞翔;我常常痛苦地猜想,这个未来城市的人们将怎样生活。

热情与嘲笑、信仰与逻辑在我的心中斗争。在外交人民委员部的第三宿舍里,我有一次遇见一个比利时客人。他谈起我们交通状况如何令人失望,又谈到宪法保障的种种好处。我毫不客气地反驳他,我说,资本主义世界的灭亡是不可避免的,饥饿的洗礼远比最豪华的葬仪更有吸引力。他把我称作"狂热分子"。然而如果坦白地说,我一点也不像那个曾经讥笑娜佳·利沃娃喜爱勃洛克诗歌的十六岁的男孩子。许多现象使我不安,甚至使我愤怒,譬如简单化、偏执、轻视过去的文化以及我常常听到的那种话:"没有那么复杂,一切很清楚……"但是现在我知道,历史的发展不会随心所欲,不会依照自己的愿望,也不会像19世纪的杰出小说所描写的那样。我知道,我的命运和新俄罗斯的命运紧密相连。

这年冬天,我已满三十周岁。这个数字使我不安,我悲哀地想到,我仍然一事无成:一切都不过是试笔和练习。令人惊讶的是:生活的节奏加快了,出现了航空事业和电影,历史事件一个超过一个,然而,和我年龄相仿的一辈人的成长,却远比那个平静而从容的19世纪的人缓慢得多。巴别尔正式开始写作时是三十岁,谢芙琳娜是三十二岁,帕乌斯托夫斯基是三十四岁。然而要知道,果戈理写《钦差大臣》时只有二十七岁。俄罗斯文学最优秀的作品之一——《当代英雄》,是一个二十六岁的年轻人写的。我不知道,这是不是由于千变万化的事件使得我们没有时间去思考、去理解所发生的一切,去认识自己和其他的人。

无须为那些岁月惋惜。即使我们是被投入篝火的枯枝,那也不必遗憾:燃旺的篝火远比人的生命长久。

我想描写很多东西:战前的巴黎、索姆河畔的战壕、革命、内战、模型、计划、雪堆,然而主要的是向前奔跑。我明白我不能用诗歌表达这些。一部长篇小说的构思渐渐成熟。有一次,我想起了迪埃戈·里维拉讲的那些故事,于是决定我的讽刺小说的主人公将是一个墨西哥人。

我搁下了木偶剧院的计划,开始考虑《胡利奥·胡列尼托》各章的内容,自己也感到很突然。

22

虽然弗·列·杜罗夫不赞成未来派,但他自己却是个怪人,他的儿童剧院开张时演出的第一出戏叫《全世界的野兔,联合起来!》,我清楚地记得戏的内容。开始时,一只野兔拿着一本上面写着《资本论》的木质书皮的大书,一页一页地翻着,随后又招来其他一些野兔;它们足有二十多只。下一幕的舞台上是一个宫殿的模型,守卫宫殿的是几只拿枪的家兔。从后台跑出一群野兔,推着一门玩具大炮;野兔用大炮向家兔射击,并获得了胜利,它们还将一面红旗插在宫殿上。

拉幕的是一个穿着蓝短衫的小狗熊。

孩子们的喜悦是无法形容的,他们一个个面色苍白,身体瘦弱,但笑得快要倒下了。闭幕之后,野兔和家兔都跑到了台口,接着就发生了《黎明》的导演所徒然幻想的那种观众和演员的交流。(孩子们进场时先领一根胡萝卜,他们要用这东西来驯服演员。)

这场戏只演了半小时,但是排演和准备工作却花了很多时间。弗拉基米尔·列昂尼多维奇·杜罗夫从一开始就对我说,他想推翻对动物的一些错误看法。譬如,一般人认为兔子胆小,又是斜眼;因此应当让人们看看兔子开大炮开得多棒。

弗拉基米尔·列昂尼多维奇当时已经五十七岁,他是俄罗斯最著名的丑角演员;我还是个孩子的时候就在马戏院看见过他,记住了这个可笑的人物,那时他穿着鲜艳的衣服,上面挂着许许多多稀奇古怪的奖章。而且在我出生前很久,杜罗夫兄弟就已经是俄罗斯所喜爱的人物了。安·帕·契诃夫在看弗·列·杜罗夫的狗"扎别塔伊卡"表演戏法时,也不禁哈哈大笑。

也许,我童年时期看见的不是弗拉基米尔·列昂尼多维奇,而是他的弟弟阿纳托利?这个阿纳托利有一个时期比他哥哥还红。两兄弟起初在一起演出,后来闹翻了。弗拉基米尔·列昂尼多维奇便在戏报上用"大杜罗夫"这个名字,阿纳托利·列昂尼多维奇称呼自己为"真杜罗夫"。(他死在革命以前,遗嘱上吩咐在他的坟上也写"真杜罗夫"。)

无论怎么说,在我认识弗拉基米尔·列昂尼多维奇的时候,他已经是"唯一的杜罗夫"了。教育人民委员部戏剧处马戏组的同事们再三邀请他去,但他迷上了野兽。我记得他第一次来找我是要求我帮助他在博热多姆卡他的别墅里修建一座儿童剧院。他谈起了巴甫洛夫的著作,谈起了条件反射和无条件反射;我觉得他不像著名的丑角演员,而是一位可敬的教授。

我被邀请去参观一次排演。弗拉基米尔·列昂尼多维奇竭力消除兔子的恐惧,这很不容易。虽然照杜罗夫的说法,动物是服从不同的反射作用,而人,如果笛卡儿的话没有错,则是由于有了思维能力才有其存在,人的行为和动物的行为之间有许多共同点,譬如,吓倒一个最胆大的人,比将一个胆小鬼锻炼成英雄容易。杜罗夫说,蠕虫从小鸡身边跑开,小鸡就会吃掉它,但是当蠕虫向小鸡爬去时,小鸡就急忙躲开了。(顺便说一句,有这样一句谚语:"绵羊面前是好汉,好汉面前是绵羊。"这不是小鸡也不是兔子想出来的。)排演是在夜间进行的。弗拉基米尔·列昂尼多维奇耐心地用胡萝卜喂担任主角的一个十分可爱的兔子,而且训练动物者的手还怯生生地一次一次向回缩。至于大炮,它干脆一见兔子就躲开。过了两三个星期,兔子明白了,它们是最强大的。杜罗夫把这种训练动物的方法称作"胆怯的错觉"。

胡萝卜在导演工作中起了最大的作用:胡萝卜放在书页之间,兔子为了得到胡萝卜,就拉动联结着大炮的一根细绳子,于是大炮就响了。

在排演过程中发现,家兔一点也不抗拒戴帽子,但是野兔却不行,刚给它们戴上帽子,就阵容大乱。弗拉基米尔·列昂尼多维奇让步了,所以野兔在进攻皇宫时都没戴帽盔。

胡萝卜是别人替杜罗夫弄到的,但是小狗熊却碰到了困难。我去找莫斯科消费合作社,请求发给参加演出的小熊一份供应品。尽管口粮少得可怜,小狗熊还是长大了,那件短衫已经套不上了。杜罗夫再三请我去领些印花布,给小熊做件新衫。我说这非常困难,为了给自己弄条裤子,我曾花了许多时间,小熊不穿衣服也可以演出。虽然我一再解释,但也没有用处。最后,我们还是弄到了印花布。

小象"贝贝"的死,使杜罗夫异常难过,这头象是他暂时寄放在动物园里的。由于没有煤,贝贝着了凉,患感冒死了。它的体重近三千公斤,象肉分给了动物园的职工。弗拉基米尔·列昂尼多维奇一再悲戚地说:"您没见过它……它的天分是少有的……"五年之后,他写道:"我的忠实的、始终不渝的好同伴死了,我的孩子贝贝死了,我养育了它,为它付出了自己的一部分心血。"

第二个戏杜罗夫在本世纪初上演过,首次演出时名叫《海牙和平会议》。现在名字改了。桌子旁边坐着一对对不共戴天的仇人:狼和山羊、猫和老鼠、狐狸和公鸡、熊和猪。

弗拉基米尔·列昂尼多维奇对我详细地解释了他是怎样排练这场戏的。老鼠笼的周围挂着一些铃铛,笼底有小轮子,把笼子放在铺有小轨道的桌子上,使其滑向装着猫的篮子。滑动声、铃铛声吓住了猫,它慢慢地害怕老鼠了。而老鼠却渐渐胆大起来。杜罗夫也这样训练演出的其他参加者。强者不再相信自己可以不受惩罚,而弱者则消除了恐惧;这样就形成了"和平共处"的局面。

在我现在所说的这年冬天,我和弗拉基米尔·列昂尼多维奇常常见面,我尽力帮助他,而且迷上了他。后来我们见面的机会少了,但是每一次见面,杜罗夫都使我开心、钦佩并得到鼓舞。他是我一生中所遇到的最奇特的人物之一。他想在马戏场上从事宣传教育工作,他提出科学的解释,喜欢谈论反射作用,出门时却穿着自己那件闪闪发光的衣服坐在六只狗拉的车子上或骑在猪身上。在鲍热多姆卡他的家中,常有一些学者访问,如切尔帕诺夫、别赫捷列夫等,他有时突然中断严肃的谈话,说一段丑角的笑话。他是天生的诗人,并在四只脚演员的世界中发现了诗意。

他和人们谈话时常常语无伦次。他把唯物主义和托尔斯泰主义、把马克思主义和基督教混为一谈。他的学术著作署名是"自学成功的杜罗夫"。他和动物在一起时才真正感到轻松愉快。他常这样请求别人:"希望您感觉出动物也是能理解、思考、快乐、痛苦的个体。"

在弗拉基米尔·列昂尼多维奇的脑子里产生过一些离奇的计划。

杜罗夫在自己的一部著作中,援引了他于1917年8月收到的一封信中的几句话:"海军总参谋部审查了杜罗夫先生提出的关于由他来训练海狮和海豹从事海战的建议,认为这个建议是非常有趣的……"信是由参谋长,一位海军少将签署的。不难猜出,如果那些将领当真希望用受过训练的海豹来对付德国潜艇,那时他们会处于什么境地……

后来一切如故。谁也不再对动员海豹的想法感兴趣了。1923年,弗拉基米尔·列昂尼多维奇获得了到德国出差的机会,他从那儿弄到了几只海狮。他非常爱惜它们,把它们看得比狗还高贵。我记得他曾带我到水池旁边介绍说:"这位是伊利亚·格里戈里耶维奇,诗人和动物的朋友。"这时海狮从水中钻了出来,开始用它们的鳍脚鼓掌,并且用冰冷的水浇了我一身。然而杜罗夫说:"假若您能看见它们大脑上的回纹那才好呢……"

杜罗夫深信,人不了解动物。人们常说"瞎母鸡",这是为什么?实际上在人看见鹞鹰之前,母鸡早就发现了。驴子固执吗?一点也不:人无情地役使它,它有时只是表示一下消极的抵抗罢了。猪是最爱干净的动物,它在污水里打滚,不过是为了去掉身上的寄生虫,不信你就给它一个干净的猪圈,它会嫌恶地躲开许多人的。

用海狮同潜艇作战的建议究竟为什么没有被采纳呢?为什么没有人审查一下借助驯鹰来烧毁轰炸机的方案呢?不,人是最难办的!

很久以前,有一次杜罗夫病了,他立下遗嘱,上面说,如果他死了,一定得有动物为他送葬。但是宗教界认为这个愿望亵渎神明。唉,人们不了解,动物也有灵魂!过了十年或者十五年,"灵魂"这个字眼也消失了,"反射作用"代替了灵魂。但人们照旧报以怀疑的冷笑。譬如,生理学家认为狗不能分辨物体的颜色。弗拉基米尔·列昂尼多维奇生气了,他说:"我的狗都能分辨出绿球和红球,甚至刚出生的小狗也是如此……"

杜罗夫的妻子安娜·伊格纳季耶夫娜也很爱动物。但是弗拉基米尔·列昂尼多维奇有一次伤心地对我说,卧室只许猴子、狗、猫和鹦鹉进入,獾或鹅禁止入内。"不对……不公平……"

有一次,他有例行公事去找卢那察尔斯基,请他签一个文件。阿纳托利·瓦西里耶维奇回答说,需要审查和考虑。这时,从杜罗夫的口袋里跳出一只老鼠——他最心爱的芬卡,它用两只后腿站在人民委员面前。卢那察尔斯基怕老鼠,叫了起来:"快拿开!"杜罗夫叹了口气说:"我没办法,阿纳托利·瓦西里耶维奇,它是替自己的同伴说情。这是团结友爱……"

十年后他在巴黎去"库波尔"咖啡馆时也带着一只老鼠,女士们发出歇斯底里的叫喊时,他觉得十分奇怪;他解释说,这只老鼠是个女演员,可是没人听他的。

他去朋友家做客时谈论科研工作,谈论进步,但有时掏手绢时会突然从衣袋里带出一块肉或一条生鱼来:他的衣袋里装满了款待野兽的食物。

他瞧着人,心里则想着动物。他说他养的那群玩狸高兴时总是微笑着摆动屁股,他补充道:"表达感觉的本性在许多场合都是相同的。摆动屁股就是一例。我常常发现,特别是在舞会上,一个年轻人走到一位女士跟前请舞时,总要相当明显地摆动自己的屁股……"

他和安娜·伊格纳季耶夫娜来到巴黎后,我们请他们去布洛梅大街上的一个舞厅看看,去那儿跳舞的有黑人大学生、画家、女模特儿。弗拉基米尔·列昂尼多维奇专心地望着一对对舞伴,突然快活地叫道:"妈呀,您瞧,他们的肚子一动一动的,和鹦鹉的反射作用一样……"

安娜·伊格纳季耶夫娜对我妻子说:"我原想在巴黎买几件像样的衣服,但是沃洛佳却买了一只长颈鹿。长颈鹿很贵,还得用专门的车厢运输……"

弗拉基米尔·列昂尼多维奇非常喜欢黑猩猩米穆斯,他向我详细地叙述了它的成就:"米穆斯学会了发音,会说几个字。它开始学写字,暂时只学会写字母'o',我现在教它写'ш'。"

不幸的事发生了。杜罗夫要去明斯克演出。他爱护米穆斯,没有让它出场,却带着它,以免出事。猴子在此之前就常常闹病,它患了感冒,得了肺炎。弗拉基米尔·列昂尼多维奇向我谈起它临死时的情形:"在旅馆里它睡在我的床上……培养猴子保持室内清洁的习惯是最困难的。小猫倒不错,但猴子却总是漫不经心。它知道自己该出去大小便了,可是只要什么玩意一吸引住它,末了总是拉了一地……然而米穆斯却从不这样……我看见它站了起来,拿了手纸向便盆走去,但没有走到就死了……"杜罗夫的眼里渗出了泪花。

我说过,他的世界观有时很难了解,但是他强烈地憎恶战争,无论在马戏场或是在学术会议上,他都要谈论这一点。他在1924年写道:"苏维埃俄罗斯已在裁军问题上勇敢地带了个头,直到如今它还公开号召学习它的榜样……"(从那时以来,几乎已过了四十年,发生了一场史无前例的战争,而杜罗夫的话就像从刚出的报纸上摘录下来的一样,这叫人想起来就感到难过……)

弗拉基米尔·列昂尼多维奇的一生是怪诞的,但也充满了诗意。在莫斯科军事学校三年级的一次神学考试上,贵族子弟杜罗夫·弗拉基米尔拿大顶进入考场。主考人不了解中世纪虔诚的杂技演员,便把这个放肆的孩子赶出了考场。杜罗夫到了老年,他的周围经常有一些学者;科热夫尼科夫和列昂尼多维奇两位教授为他的书写了序。看来弗拉基米尔·列昂尼多维奇和"丑角"并没有什么共同之处。然而不,他直到临终还是马戏演员,他诅咒演技场,但没有它又不能生活。

1934年夏,弗拉基米尔·列昂尼多维奇逝世了,送葬的行列从鲍热多姆卡向马戏院移动。柩车上坐着杜罗夫心爱的动物,一只名叫雷日卡的苏格兰牧羊犬。成千上万的人都来向曾使好几代人发笑的丑角演员告别。

他养的那些狗听着,嗅着,——它们在等待;海狮在等待;乌鸦也在等待,而且毫无目的地反复唱着自己的名字:"沃罗诺克……沃罗诺莎"……杜罗夫没有来。再不会有这样的人了……

1921年初,有一次我和他一起从教育人民委员部戏剧处乘车去鲍热多姆卡。拉我们的是一匹很瘦但不知愁的骆驼。杜罗夫突然对我说:"为什么人们总是说'丑角……丑角'……您知道吗,我告诉你一个秘密,丑角是最严肃的人……"

23

在一个很冷的冬日,我在特维尔大街上碰见了谢·亚·叶赛宁,他邀我去一个叫"基斯洛夫卡"的秘密地方喝真正的咖啡。

给我们开门的女人快活地叫道:"啊,谢尔盖·亚历山德罗维奇!我等您好久了……"从抽屉柜上的摆设和那些古老的英国版画来判断,她从前是个相当有钱的女人,现在开设了一个"地下"餐馆,对象是演员、作家和投机商。叶赛宁悄悄对她说了些什么,过了不大一会儿,桌子上就摆出了咖啡壶、糖罐、甜点心,甚至还有一小瓶蜜酒。我过着修道士式的生活,没有料到会有这样的地方。叶赛宁发现我十分惊讶,便孩子般高兴地说:"喂,哪一点比不上巴黎的咖啡馆?……"

女主人称赞了他的领带,他又高兴起来。他穿一件浅色的外衣和一双黑漆皮鞋。他和乡下小伙子一样爱打扮,路上有人认出他时,他总要报以微笑。

我们喝得不多,酒瓶实在太小了,但是却不愿离开这个温暖舒适的屋子。叶赛宁使我感到奇怪:他谈起了绘画;不久前他看了休金的藏画,他对毕加索感兴趣。他还读了魏尔兰以至兰波的作品的译文。接着他朗诵起普希金的诗来:

　　……我痛苦地抱怨,
　　还痛苦地流泪,
　　但洗不掉悲痛的诗行。

突然间,他猛烈地攻击马雅可夫斯基:"狄度和弗拉斯……他对这有什么了解呢？即使他了解，这又算什么诗歌？……"对他的话我并不觉得奇怪：在这之前不久，我出席了综合技术博物馆的一次晚会，会上马雅可夫斯基和叶赛宁互相对骂了一阵。可我还是问叶赛宁，为什么马雅可夫斯基使他那样生气。他说："他是个为了什么而写诗的诗人，我是个由于什么而写诗的诗人。我自己不知道是由于什么……他会活到八十岁的，人们会给他立纪念碑……（叶赛宁一直非常渴望荣誉，对于他，纪念碑不是铜像，而是不朽的化身。）可是我将要在贴着他的诗的篱笆下死去。反正我和他是不会相互代替的。"我提出了不同的看法。当时叶赛宁情绪很好，他勉强承认马雅可夫斯基是个诗人，不过是个"乏味的"诗人。他同未来派争论起来。艺术鼓舞生活，它不可溶化在生活中。当然，他叶赛宁在受难周修道院的墙壁上写过一些猥亵的诗，但这只不过是恶作剧，而不是纲领。人民吗？莎士比亚多么富有人民性，他不鄙视民间戏剧，却创造了哈姆雷特。这不是狄度也不是弗拉斯（他引了马雅可夫斯基提到狄度和弗拉斯的宣传画中的诗句）。他又朗诵普希金的诗，他说："要是能写出这样一篇四行诗，——死也不可怕了……我肯定很快就会死的……"

我们在街上告别时，叶赛宁说："诗不是甜点心，用卢布是买不来的……"这句话我牢记在心，它使我震惊：这一天我第一次看清了叶赛宁。我们早就认识，我很早就喜欢他的诗。

1917年秋在彼得格勒时，我在巴黎结识的年轻女诗人玛·米·什卡普斯卡娅请我去她家做客。桌旁坐着尼·阿·克柳耶夫，他穿着一件农民的衬衫，正在大声地喝着茶。我立刻觉得他是个无数次地扮演同一角色的演员。谈话突然中断，进来一位新客人，是个年轻漂亮的小伙子，很像歌剧中的爱神列利；他微笑着自我介绍道："叶赛宁。谢尔盖。谢廖扎……"他有一对明亮天真的眼睛。玛丽亚·米哈伊洛夫娜请他读诗。我明白了，站在我面前的是一位大诗人；我很想同他谈谈，但他微笑了一下就走了。

后来，我们在莫斯科遇见过几次；他谈到诗，谈到当时发生的一些事件。他和克柳耶夫不同，常常变换角色；有时谈印多克拉芙，有时谈形象的生动性，有时又谈愚昧落后；但他不可能（或者是不愿意）不扮演一定的角色。我常常听见，他用那对蔚蓝的眼睛瞧着自己的交谈者，微带挖苦地说："我不知道你们那儿怎么样，可是在我们梁赞……"1918年5月，他对我说，一切都应当推翻,应当改变宇宙的构造,只要农民放一把火,世界就会燃烧起来。他把自己的一本书送给了我,上面写着:"送给在对罗斯和风暴持对立看法的亲爱的伊·爱伦堡留念,衷心爱你的谢·叶赛宁赠"。

在基斯洛夫卡的长谈之后,我看见了真正的叶赛宁。他捉弄过多少人啊!伊万诺夫-拉祖姆尼克听了他的《伊诺尼亚》后称赞道:"这才是真正的革命主观主义……"形形色色的"西徐亚人"认为叶赛宁是自己思想的表达者,我还记得,施罗德在柏林曾说,叶赛宁的呼吁《上帝啊,快产犊吧》曾使欧洲资产阶级为之震惊。而年轻的诗人们则把叶赛宁看作新诗的创造者,"形象主义"不是许多文学流派之一,而是一种不可动摇的诫条。

认为叶赛宁总是欺骗或者愚弄别人,那是不对的,他也常常愚弄自己;使他激动的各种感情需要表达的形式,于是他向自己让步了:把苦闷当成纲领,把心慌意乱当作文学流派。

马雅可夫斯基使自己的情绪服从于思想。叶赛宁却能(正如他有一次对我承认的那样)在"多米诺"或"飞马之家"咖啡馆中什么也不干,一旦他想写作,又毫不犹豫地拿起笔来。

最后他承认了自己精神上的失败,他说:

  我接受一切。
  一切我都接受。
  我要踏着踩出来的足迹行走。
  我要把整个心灵献给十月和五月,
  只是不交出心爱的竖琴。

他是幸福的。

马雅可夫斯基不得不同一部分人的不了解和嘲笑及另一部分人心灵的冷漠进行斗争,而叶赛宁在世时却为人们所了解和爱戴。他诗中的那种真诚、那种不平常的音韵,甚至使那些听到他荒唐的酒馆生活而内心对他不满的人也为之倾倒。他幻想荣誉,但对荣誉也感到厌倦。二十五岁的时候,他在诗中对双亲说:

  啊,但愿你们明白,
  你们的儿子在俄国

是最优秀的诗人!

著名的女舞蹈演员伊莎多拉·邓肯爱上了他,我在中学时代就对她的舞蹈赞美不已。她比他大十七岁,但他喜欢她那享有世界声誉的温柔。他想看一看世界,于是成了最早跑遍整个欧洲的人之一,还看见了美国。女人们都很爱他。年老的黑人和巴黎的顽童也都赞许地向他使眼色。高尔基听了叶赛宁向他读的诗之后哭了。他想做什么就做什么,甚至苏维埃道德的严格维护者对他那些狂妄行为也只得睁一只眼闭一只眼。

很难想象有比他更不幸的人了。他在任何地方都找不到自己的位置,爱情使他万分苦恼,他怀疑朋友们对他耍阴谋;他非常多疑,老是认为自己快要死了。我知道那些无聊的庸人的解释:"他变成了酒鬼。"但是要明白,不能把后果当作前因。为什么他成了酒鬼?为什么他刚刚踏上生活和诗歌的道路就受伤了?为什么在他早期的诗篇中也有那么多真诚的悲伤,而当时他既没有酗酒,也没有胡闹?有人说,在新经济政策时期,从缝隙里爬出一些败类,于是产生了《莫斯科的酒馆》;但是《一个无赖汉的忏悔》是在新经济政策时期之前写的,那个冬天的莫斯科很像傅立叶空想社会的法朗吉或者有严格教规的修道院。为什么叶赛宁在三十岁的时候,在名望极盛时,甚至还没有听见暮年遥远的脚步声就自缢了?

我读到过这样的说法,叶赛宁的悲剧在于他脱离了时代。可是在我看来,问题不在时代。当然,叶赛宁生活在十分艰苦的岁月,他曾多次责怪那个时代;但是他也多次表示热爱这个时代。他是以自己的方式接受革命的:1921年,暴动的自发势力仍然使他入迷,他幻想写一部长诗《游动的田野》。在我动身去巴黎前不久,我们见过一次面;他将自己的《特里梁甲》一书送给了我,并在上面题了这样一段话:"您知道我们土地的气息和我们气候的画意。请您转告巴黎,我不怕它,在我们祖国茫茫的雪原上,我们还会掀起使他们和这些人感到同样可怕的暴风雪。"这是1921年春天的事,但是叶赛宁依然仿佛看到那些骑着快马在我们整个星球上飞奔的胡作非为的自由民。

四十年过去了。叶赛宁的作品在我国为人们所阅读、所喜爱,谁也不去考虑他那乱作一团的政治思想。他在1920年写道:

我想成为一张黄帆

漂向我们驶往的国度。

五年之后,在他死前不久,他承认自己不是海船上的帆,而是一名乘客:

在巨大的甲板上,
我们有谁不曾跌倒,不曾呕吐,不曾诅咒?
这样的人不多,他们有一颗老练的心,
能在颠簸中岿然屹立。
……
如今岁月流逝。
我也到了这把年纪。
我的思想感情已不同过去。
在节日的酒宴上我要祝贺:
光荣啊,舵手,值得赞扬的是你!

他十分匆忙地周游了欧洲和美国,什么也没察觉。他在信中写道:"……我的高筒帽和柏林裁缝做的那件女大衣使所有的人发了狂……如此卑鄙单调,精神如此空虚,使我感到恶心……""除了狐步舞之外,这里几乎一无所有,只有大吃大喝,再又是狐步舞……"当然,当时在西方并非只有狐步舞,也还有流血的示威,有饥饿,有毕加索,有罗曼·罗兰,有卓别林,还有许多别的东西。但是我了解叶赛宁的心境。问题不仅在于对人们多次描写过的白桦树的爱,还在于他从远方看见了挺起身子冲向未来的人民。

回到俄罗斯后,他试图作出结论:"我不喜欢我们那刚刚变冷的游牧区,我喜欢文明。然而我很不喜欢美国。美国,这是一个不仅使艺术,而且也使人类所有的高尚激情都给臭气淹没的地方。"他给报纸写了一篇特写,这篇文章天真无力,但是他给美国取的绰号却非常准确:"钢铁的米尔戈罗德"。应该指出,这是在1923年,当时"列夫"还在赞扬纽约摩天大楼的美,"科学化的劳动组织"正风靡一时——这是在马雅可夫斯基动身去美国的两年之前。

叶赛宁首先是一个诗人,历史事件、爱情、友谊,——所有这些都要向诗让步。他具有罕见的歌唱才能。对于动物学家来说,夜莺只是雀形目鸟类的一种;但是,对鸟的喉头所作的任何记载都不能解释,为什么夜莺的歌声自古以来就使世界各地的人入迷。谁也不能解释,为什么叶赛宁的许多诗能打动我们的心弦。有一些诗人,他们具有高尚的思想、杰出的观察能力、热烈的情感,他们用几十年的时间去掌握如何将自己的精神财富传达给别人的艺术。然而叶赛宁写诗,只因为他生来就是诗人:

> 不是每一个人都会唱歌。
> 不是每一个人都会成为
> 掉在别人脚边的苹果。
> ……
> 这就是无赖正在吐露的
> 最伟大的自白。

叶赛宁的诗歌的特点是那深沉的忧伤:这不应归咎于时代,即便这种忧伤曾将许多事说成是时代造成的:

> 他们乐意站在那儿观望,
> 用白铁的吻涂抹嘴巴,——
> 只有我像个诵经士
> 把祖国尽情赞扬。

他自己明白,任何人对他的苦恼和孤独都不负责任:

> 我召唤谁呢?谁能和我分享
> 使我依然活着的忧郁的欢乐?
> 就连风车也站在这儿长眠
> ——像一只原木制的单翅雀。
> 这儿没人认识我。
> 那些记得的人也早已忘却……

这种感情在任何时代都会产生。
这也许就是叶赛宁的诗不会衰老的原因。

> 唉,我头上的草木已经枯萎,
> 对诗歌的迷恋磨尽了我的锐气。
> 我被判服感情的苦役

去转动诗的磨盘。

或者：

　　我已不再对妈妈说，
　　而是对一群陌生的、哈哈大笑的恶棍说：
　　"没关系！我被石头绊了一下，
　　明天伤口就会长好。"

这些诗句写于何时？四十年前？一百年前？昨天？我不知道。这无关紧要。

在战争年代，我常常听见一些刚离开课堂凳子就直接上了前线的年轻尉官说："我喜欢叶赛宁。"现在的年轻人也对我这么说。这一点我是理解的。年轻的人们，如果他们不是诗人，也不特别爱好诗歌，当他们心情轻松愉快的时候，很少从书架上拿出一本诗集来读；他们去看足球赛，跳舞，和姑娘们玩，大声地诉说自己的理想或者进行激烈的争论。在悲哀的时候，他们才需要诗歌，这时，早已不在人世的叶赛宁就来搭救他们，他们对他是一无所知的，除了那最重要的一点：他为他们写，写的也是他们。

他没有写过有关如何写诗的文章，也从来没有把诗人的劳动和生产相提并论，然而，断言他是个天真的歌手也是可笑的。难道过去有过这样的歌手？五个世纪以来，一直流传着"老实的诗人"弗朗索瓦·维永——一个酒鬼和罪犯的故事，说他写诗一向是随随便便的。不久前特里斯坦·查拉[①]发现：维永的抒情叙事诗的结尾几行是用密码写的，诗人在这些密码里谈到自己失恋和犯罪的真情。要使每个诗行的第五或第七个字母成为密码，而且显得很自然，让谁也猜不透诗人的一番苦心，这需要特别高超的技巧。叶赛宁有好多次对我说，他写一行诗要花很多时间，一涂再涂，有时就干脆撕掉。马雅可夫斯基说他是"响亮的放荡者和手艺人的帮手"。叶赛宁写道："我生来就是严格的手艺人……"（叶赛宁是对的：他是由于悲哀才成为"放荡者"的，他从来也没有"响亮"过，至于是"手艺人"还是"手艺人的帮手"这个称号问题已经由时间作了答复。）叶赛宁不止一次自称是"无赖"，但是

[①] 查拉(1896—1963)，法国诗人。

有一点他倒是恭恭敬敬的:他重视技巧。虽然他和勃留索夫的性格迥然不同,但是在得知瓦列里·雅科夫列维奇的死讯后,叶赛宁写道:"这是个令人沉痛的消息,对诗人们来说尤其如此。我们大家都向他学习过。我们都知道,他在俄罗斯诗歌的发展上起了什么作用……"

叶赛宁的诗是柔和的、有人情味的,其中既没有冷酷,也没有心灵上的淡漠。他有一篇诗,描写一只大狗生的小狗全给人溺死了,这篇诗是战争年代写的,当时人们已渐渐习惯于对一切都无动于衷了。他在自杀前不久写了一篇名叫《黑人》的诗。主人公的形象看来是受了普希金的启发:"黑人"使莫扎特不得安宁。但是莫扎特的"黑人"是死神。而叶赛宁还认识了良心的谴责,"黑人"是冷酷的,然而诗人记得伊莎多拉·邓肯:

> 他曾是风度翩翩,
> 还是一位诗人,
> 虽然力气不大
> 却倒也麻利,
> 有这么一个女人
> 四十出头的年纪,
> 被他称为坏妞
> 和他的亲爱的……
> "你听,你听!"
> 他瞧着我的脸,
> 用嘶哑的声音说,
> 身子离我越来越近,——
> 我没见过
> 有哪一个无赖
> 曾如此愚蠢地
> 白白遭受失眠的折磨。

他在生活中是温柔的、令人感动的,但精神破产引起的暴躁也是令人难以忍受的。我见过温柔、安详、专注的他,也见过近似癫狂的他。我不愿意说,那主要是由于病态,而不是由于诗人的心灵结构。

在柏林的时候,有好几次我碰见他和伊莎多拉·邓肯在一起。她知道他很痛苦,想帮助他,却无能为力。她不仅才华出众,也富有人情味、柔情和分寸感;但他却是一个流浪的茨冈人,爱情的约束使他最为恐惧。

经常和他在一起的同伴是形象派诗人、拿吉他的库西科夫或"农民诗人",这些"农民诗人"很像帕列赫油漆盒上的那些画中人。诗人们受到酒鬼们的排挤,后者只满足于能和名人一起喝喝酒。

虽然未来主义有黄色短上衣和布尔柳克的带柄眼镜,但如果说它是一个艺术现象和社会现象,那么形象派在我看来只不过是给一群文人匆匆挂上的招牌而已。叶赛宁爱吵架,正如中学里的"希腊人"和"波斯人"打架一样,他很乐意去找形象派,让他们和未来派吵一架。所有这些,甚至都不能算作他传记的一页,而是只有文学研究家才感兴趣的几个脚注。

最使人遗憾的是看见叶赛宁周围的人简直无奇不有,他们是爱(直到现在也爱)喝别人的酒,爱分享别人的荣誉,仗别人的威信来抬高自己的一群接近文学界的匪徒。然而叶赛宁的死,并不是由于他受到了这群居心叵测的蚊蚋的包围,——是他把他们招来的。他知道他们的价值,但在他当时那种心情下,处在自己瞧不起的一群人中间倒使他觉得轻松些。

1924年,我在我们的一些共同的朋友家里最后一次看见叶赛宁。他喝了很多酒,神色很难看,总想出去胡闹。我劝了他好几个钟头,强行阻止他;但他沮丧地一再说道:"放了我吧!……我又不反对你……我本来……"

在叶赛宁最后的几首诗中,有一首诗里有这样几行:

花儿啊,我怎能不爱你们?
让咱们以你我相称,干掉此杯。
紫罗兰和木樨草,你们喧哗吧。
大祸随我的心一起降临。
大祸随我的心一起降临,
紫罗兰和木樨草,你们喧哗吧。

谁都知道,紫罗兰不是橡树,木樨草也不是椴树,它们是不会喧哗的。虽然如此,诗毕竟写得很好,为什么很好,却不能解释:诗就是如此。每当我想起叶赛宁时,我总是觉得:他是个诗人……

24

每当我想起亚历山大·雅科夫列维奇·泰罗夫时,普希金的诗句便出现在我的脑海中:

> 曾有一个可怜的骑士,
> 他沉默寡言,为人老实,
> 面色阴沉又苍白,
> 性情勇敢又爽直。

泰罗夫的一生像一篇寓言似的简单。年轻时,他爱上了戏剧,在一个外省剧团当演员;后来来到彼得堡,结识了进步的诗人和艺术家。梅耶霍德上演勃洛克的《小戏台》,泰罗夫扮演那个戴天蓝色面具的角色。但这时的泰罗夫还没有一点名气。

1914年,他组织了莫斯科室内剧院,这个剧院后来就成了他生活的目的、内容和全部寄托。同他一起的有著名的女演员阿利莎·格奥尔吉耶夫娜·科宁。泰罗夫当时将近三十岁。他为建立他认为是最先进的剧院而奋斗。

他对在俄国发生的巨大变革并非漠不关心。他很乐意放弃错误的认识,他不停地进行探索,孜孜不倦地从清晨工作到深夜。莫斯科室内剧院有许多朋友,但也有许多敌人;如果再用普希金的诗来形容,那么可以说,数十年来,敌人不停地说:

> 他不祷告上帝,
> 也不懂斋戒……

1949年,敌人胜利了:莫斯科室内剧院关闭了。这时亚历山大·雅科夫列维奇六十四岁。一年后他死了。在我现在所写的那个遥远的冬天,泰罗夫演出了《布拉姆比拉公主》①,获得极大的成功。他开始排演《菲德拉》②,出版了《导演笔记》,坚持自己的观点,他的观点既不同于自然主义戏剧的拥护者,也有别于梅耶霍德。他欢欣鼓舞。40年代末的几次凄凉的会面,在我记忆中遮盖不住革命初年那个快活而幸福的泰罗夫。

莫斯科人赞扬舞台上那个快乐的嘉年华会。亚库洛夫的布景是神奇的、光彩夺目的。演员们不停地在蹦跳、逗笑、跳舞、说俏皮话。莫斯科人也十分了解亚德琳娜·列库略尔③的痛苦。泰罗夫将斯克里布感伤的传奇剧变成了悲剧。阿利莎·科宁的演技震动了观众。这也许使人感到奇怪,因为当时要引起人们的怜悯感是不容易的:大家对死亡已习以为常了。亚德琳娜之死能打动人,大概是因为这种死不是像斯克里布的剧中那种自然的死,而是经过了艺术加工——不是死在斯克利福索夫斯基的医院中,而是像欧律狄刻④或奥菲丽雅⑤那样死的。

泰罗夫很清楚戏剧概念的两种形式:丑角戏和悲剧。在我现在所说的那些年,人们的生活是没有中间状态的;不是快乐就是绝望,不是史前穴居时代的生活方式,就是21世纪的模型。

泰罗夫不仅生活上是朴素的,他在艺术上也使自己的理想服从极严格的纪律。有人说分寸感会砍断浪漫主义精神的翅膀,如果这指的是日常生活中的小算盘和小市民的慎重,那是正确的。但我们记得,甚至浪漫主义极盛期的艺术家也很了解什么是分寸感,——艺术丧失了分寸感就会变成装腔作势、虚情假意和歇斯底里。

亚历山大·雅科夫列维奇曾多次对我谈起自己对戏剧的理解。他抛弃了日常生活的描写,不在舞台上表现演员怎样喝茶或打哈欠。他喜欢引用上个世纪著名的法国演员科克兰所说的一段故事。一个流浪艺人在集市上

---

① 德国浪漫主义作家霍夫曼的剧本。
② 法国剧作家拉辛(1639—1699)的剧作。
③ 法国喜剧作家斯克里布(1791—1861)的同名剧本的女主人公。
④ 希腊神话中俄耳甫斯的妻子。
⑤ 《哈姆雷特》的女主人公。

表演小猪叫。观众兴高采烈地鼓掌。但是有一个诺曼底农民却打赌说,他表演得不比这位演员差。狡猾的诺曼底人在自己衣服下面藏了一只活小猪,他捏了它一把。小猪叫了,然而在场的人都给他喝倒彩——他们发现这个农民不会学小猪叫。泰罗夫知道什么是艺术,所以他不承认那种极力模仿生活的戏剧。他常说:"戏剧应该有戏剧性。"乍看上去这是荒谬的,正如说"水应该是液体"一样。但是要知道,当时许多剧院都不承认"演出"的概念。而泰罗夫既不相信记述性的诗歌,也不相信文学式的绘画,更不相信那很像一间不知何故给拆去第四面墙的屋子的剧院。

泰罗夫不否认剧作家的作用,也不否认美术家的作用;但他希望舞台上一切因素都服从于戏剧这个唯一的目标。

起初他很尊重颓废派:上演了《莎乐美》。这个剧本吸引了不止一个人。泰罗夫上演它是在1917年,马尔贾诺夫上演它是在1919年。后来没有人再责备马尔贾诺夫,但是对泰罗夫的《莎乐美》却不愿宽恕。那时许多人都染上颓废派的毛病。我听说,阿·瓦·卢那察尔斯基在1909年曾怀着赞美的心情朗诵过巴尔蒙特最颓废的诗。勃留索夫年轻时不仅写过颓废的色情诗,不仅将罗普斯①的作品挂在墙上,而且十分赞赏伊戈尔·谢韦利亚宁的诗,谢韦利亚宁虽然自称是"自我未来派",但是对于理发师和要求不高、虚有其表的人则是颓废派。艺术剧院的舞台上站着一个颓废派的"灰衣人"②,他像集市上能腹语者那样闷声宣布:"一个人诞生了。"小剧院也上演过倒霉的《莎乐美》。所有这一切很快都被遗忘了。但是有这么一种人,他们显然生不逢时。泰罗夫走过了漫长而复杂的道路,而在他躺进棺材之后,追悼会上还有一位导演在一篇短短的悼词中提起他以往的错误……

当别人请求他谈谈或者写写自己的生平时,他便开始历数演出过的剧目:他是只有一种爱好的人。要谈他而不谈莫斯科室内剧院是不可能的。这是个极好的剧院,但它也生不逢时。先谈谈人们给它取的一些不妥当的绰号。(我遇到过许多人,他们为父母给自己取了个装腔作势的或者不好

---

① 罗普斯(1833—1898),比利时画家。
② 颓废派作家安德烈耶夫的剧本《人的一生》中的人物。

听的名字感到痛苦,例如,一个温柔的小伙子名叫季特,一个熟练的工程师名叫该隐,一个娇媚的姑娘名叫康斯吉图齐雅①。)而在1914年,"室内"("камерный")这个字就有"戏曲学校"的意思,它说明这是个敢作敢为的年轻剧院,它不指望取得商业上的成功。名字保留下来了,在三十年的过程中,不怀好意的人就拿它来做文章。"камерный 这个词的意思是'私人的''家里的',剧院是为行家、为美食家办的……"(剧院的名字对于许多人来说简直是弄不懂的。亚历山大·雅科夫列维奇曾对我说,有一次剧院在西伯利亚某城市巡回演出,演出前有人问他:"你们的演员是清一色的犯人,还是也有雇来的?"②他们以为这是一个监狱的业余剧团。)

泰罗夫受到许多人的尊敬和保护,其中有卢那察尔斯基、小剧院的老演员、《真理报》的米·科利佐夫以及普通观众。阿·瓦·卢那察尔斯基为赞赏《菲德拉》的演出而写道,莫斯科室内剧院在许多方面都近似19世纪中叶的古老剧院和"杰出的卡拉特金③"。我说过,法国老演员穆内-絮利曾逗得我大笑,从前卡拉特金的表演大概也是这样。当我哈哈大笑地看穆内-絮利的表演时,我还是个不懂艺术的孩子。过了许多年,我在《菲德拉》里看见了阿利莎·科宁。我没有笑。我认识了艺术的巨大魔力,它使你感到轻松,也使你感到恐惧。(第一次飞出地球引力圈的人也许有类似的感觉。)

在巴黎和柏林时,我都出席过莫斯科室内剧院的巡回演出,看到了观众的喝彩。泰罗夫敢于将拉辛的《菲德拉》带到法国来,而且取得了成功。安托万和毕加索、莱热和热米埃、科克托和让-里沙尔·布洛克都热烈赞扬莫斯科室内剧院的演出。在日本,"歌舞伎"剧团的演员们直到现在还记得泰罗夫。一些艺术家在这方面做了那么多的工作,大概就是为了报纸上所说的"开展文化交流"吧。

莫斯科室内剧院如果没有阿利莎·科宁,那是难以想象的。这位善良、诚恳的女人在舞台上折磨着观众的心,谁只要见过她一次,就会记得她的眼

---

① "季特"与希腊神话中巨大的提坦神的读音相近,"该隐"是《圣经》中杀死亲兄弟者,"康斯吉图齐雅"的意思是宪法。
② "камерный"一词也有"囚室的"意思,故引起观众的误会。
③ 卡拉特金(1802—1853),俄国演员。

睛、手和声音。她仿佛是从另一个世纪来到剧院的,她不知道过去或未来。人是伟大的,事业也是伟大的,但是在成千上万的剧院中,开演后在舞台上手忙脚乱的净是些天真的少女、初恋的情人、滑稽的老太婆和好发议论的角色。突然间,一个悲剧女演员来到了,而她来到的那个时代,谁也不能称之为道德喜剧或家庭正剧的时代。

亚历山大·雅科夫列维奇平时一点也不像个演员,他说话简单而含蓄,一向能克制自己。在他遭到巨大不幸的那些日子里,我看见他仍然衣着整齐地走进后台;站在演员面前的是沉着、脸刮得干干净净、不动声色的泰罗夫。

我承认自己并不是一个常看戏的人,但是我不能忘记莫斯科室内剧院的许多演出——从最早的《布拉姆比拉公主》到在没落时期的1940年上演的《包法利夫人》。对此我应当感谢泰罗夫和科宁:他们常常以自己的技巧支持了我。他们也用自己的友谊支持我,我熟悉莫斯科室内剧院的后门,那儿是他们的寓所;他们的同情和关怀,使任何委屈都得到缓解。

1949年,泰罗夫被派往另一个剧院工作。他是个严格遵守纪律的人,他等待着工作,但是没有等到。

泰罗夫在他早年写的一本回忆自己早期戏剧活动的书中写道:"当莫斯科的街头终于贴出了莫斯科室内剧院的第一批戏报时,我们就请路过的行人出声读给我们听,这样我们才能够坚信这是事实,而不是幻景。"在一生的最后几个星期里,病中的亚历山大·雅科夫列维奇曾几次悄悄走出家门。亲人们为他感到不安,便跟在他后面。他走到通常贴戏报的墙边,久久地、仔细地瞧着。莫斯科室内剧院的戏报没有了……

25

冬天里有一次我弄到几张纸,想坐下来写我早就想写的那部长篇小说;我只写了几行就撕掉了。那个时代不适合写长篇小说。问题不在寒冷和饥饿(老实说,虽然我常常幻想弄到一块肉吃)。问题甚至也不在我们往往要开上好几天的各式各样的会议。当时许多事件太近了,规模也太大。长篇小说家不是速记员,他需要冷静下来,思考一番,从他想描写的对象前面后退几步(或者几年)。

在 1920 年,俄罗斯似乎没有人写出一部长篇小说。那时是诗和文学宣言的时代。现在我想的是我这一代的作家,想的是谢芙琳娜、富尔曼诺夫、拉夫列尼约夫、帕乌斯托夫斯基、马雷什金、费定、巴别尔、特尼扬诺夫、皮利尼亚克。他们打过仗,复员回来,担任不同的职务,时常跑来跑去,修改别人的文章,开会,作报告,写小品文,几乎所有的人都是稍后才坐下来写大部头作品的。

有感受,又经过充分的思考,但没有写出来,这样的长篇小说就可能消失。我觉得,要是我能够坐在巴黎某个咖啡馆里,向侍者要一杯咖啡、几片面包和一些纸,书就可能写成了。

我想写一部长篇讽刺小说,描写战前的岁月、战争和革命;但是最后一章是模糊不清的。无论我怎样努力也想象不出,当俄罗斯人推翻专制制度、焚烧、制定计划、在十条战线上打仗、挨饿受冻、患斑疹伤寒并醉心于未来的时候,西方人在做些什么。我对自己说,圆形不应该有缺口,必须瞧一瞧战后的巴黎。

(关于这本书我想得很多。我想的不只是它。我的青年时代是在巴黎度过的,我爱上了这个城市,那儿有我的许多朋友。有时我怀念巴黎,对此也不愿隐瞒。)

有一次,我对从前学校中的布尔什维克组织的一个朋友谈起了这件事,我与其说是表示了一张真实的愿望,不如说是道出了一个幻想,但是使我非常惊讶的是,过了不久,我就被外交人民委员部叫去,并要我填一张履历表。

虽然我住在外交人民委员部的第三宿舍里,我却从来没有去瞧一瞧秋天我送去几捆报刊的那个地方。我不知道,这个委员部的许多工作人员在干什么(有几个人我在宿舍的走廊里见过)。大概是在开会吧。要知道,那时几乎还没有和外国建立外交关系。西方列强的政府在企图推翻苏维埃政权而遭到失败后,故意无视俄罗斯的存在。(直到1922年德意志共和国才承认苏维埃俄罗斯的存在,英国和法国是1924年,而美国则是在1933年。)

在外交人民委员部的接待室里,一个已不年轻、但火气很旺的女人正在大发脾气。她先折磨了一阵人民委员部的秘书,随后不知为什么又向我叫了起来:"他们没有任何权力! 您随便问哪个律师。我有瑞士护照,我不允许这样对待我! ……我不是资本家,我是个家庭教师,我应该受到保护。当然,我储存了一些黄金,可是我又没有发疯,干吗拿它去换那些每天都在贬值的纸币。我要往伯尔尼写信,我对此不能置之不理……"我好不容易才摆脱了她,坐下填履历表。

在填出国的目的时,我写道:"想写一部长篇小说。"秘书微笑了一下,吩咐我把这全部涂掉;要我填写"艺术出差"。

又过了几周,宿舍主任亚当同志对我说,肃反委员会请我去一趟;他发现我有些紧张,于是补充道:"从正门进去,找明仁斯基同志。"

维·鲁·明仁斯基有病,他躺在一个非常短小的沙发床上。我想,他大概要问我是不是和弗兰格尔分子有来往;但他却说,他在巴黎见过我,问我现在是不是还写诗。我说,我想写一部长篇讽刺小说。既然话题转向了文学,我便将自己的疑虑告诉了他:矫揉造作的诗发表得太多了,瞧,勃洛克也沉默了……明仁斯基有时微笑一下,点点头,有时皱起了眉头。突然我想起此人工作很忙,还有病在身,可我却像在出版界之家那样大发议论……明仁斯基说:"我们让您出国。但是法国人会对你说些什么,我可不知道……"

我领到了出国护照和拉脱维亚的签证,我的妻子也领到同样的一份。

这是个明媚的春日。雪堆正在融化、塌陷。从屋顶上流下水滴。孩子们在街上高声叫喊。

莫斯科的春天是非同寻常的，气候温暖的南方居民不会理解这个；这不是简单的季节更换，而是人们生活中的一个不平常的事件；虽然今天的莫斯科同1921年4月我走过的莫斯科很少有相似之处，但春天却总是一样的，一个春天像另一个春天，每一个春天又各不相同。要给解冻的天气、流冰期和喧闹的新生活以真实的评价，就得领略一下那漫长的冬季，在12月里，早晨醒来得先点灯，浑身冻得发僵，而窗外是一片白茫茫的雪景，在3月天，那连绵不断的暴风雪又使你睁不开眼睛。

正是在这样一个阳光灿烂的日子，我拿着出国护照回到了"公爵府"，我突然陷入了沉思：现在我要离开了……

脱离莫斯科的生活是困难的，也许这是因为这种生活本身就很困难。在梅耶霍德离开教育人民委员部戏剧处之后，儿童组的各种会议对我已经毫无意义了，当然，在儿童组有一种惯性的力量推动着我们继续制定各种计划。试图写长篇小说要明智得多。虽然如此，我仍然感到很难离开：我明白，真正的生活在这里，在莫斯科……

就在那一天，也许是在后来的哪一天，我记不清了，反正是在动身前不久，我久久地、坚决地使自己相信：到了作总结的时候了！

"作总结"——这是我早已逝去的青年时代最后几个幼稚念头之一。我不知道，为了认识那些岁月的全部意义，不是一两个钟头就够用的，那时，我在莫斯科凄凉的街头，在支离破碎的俄罗斯东奔西跑，我教育过"莫菲克季甫"儿童，对"左翼艺术"进行过争论，失望过，开过玩笑，挨过饿，曾设法去弄面包或烟叶。当时我们大家在诗和散文中谈论"有历史意义的时代"。然而日子一天天地过去了，时代还是看不见：树木遮住了树林，而树林也不让你看清个别的树木。

现在我想回顾往昔，思考一番那早已逝去的交织着希望和怀疑的岁月。

我说过，历史的发展既不取决于主观愿望，也不取决于科学所赖以生存的那个完美无缺的逻辑。当我是个孩子的时候，在彼·盖·斯米多维奇的小组里，我常听人说，通向社会主义的道路是由先进工业国家的无产阶级开辟的。

1946年,"钢铁的米尔戈罗德"(说得准确些是底特律)的一个工人对我说:"为什么您总是讲什么美国资本家、什么垄断集团、什么剥削?您以为我们不懂这个?我们懂。不过我们有资本家却比你们没有资本家过得好……"没有阶级觉悟吗?当然。但不仅如此,这是对生活的另一种态度,是崇拜幸福,是对丰功伟绩、对牺牲、对未知数的恐惧。

无论怎么说,第一个取得社会主义革命胜利的国家是工业落后的俄国。年轻的苏维埃共和国的每三个公民中就有两个人认为国家是没有希望的。1918年,我在莫斯科省和图拉省的农村中住过。在一间间的茅屋里,可以看见包着长毛绒的安乐椅、留声机,甚至钢琴,这些东西都是从庄园里运来的,或者是用一袋马铃薯向城里人换来的。而人们还过着契诃夫和布宁所描写的那种革命前的农村生活。残酷、无知和愚昧触目皆是。图书馆被烧掉了。他们憎恨城里人("寄生虫"),有的人看见城市正在饥饿中死去,感到十分高兴。也许,这可以部分地说明有时使左翼知识分子感到慌乱并在高尔基的文章中也有所流露的那种情绪。

青年人从农村来到城市,被急剧变化的形势所吸引,很容易接受极端的"无产阶级文化派"和后来的"岗位派"的简单化思想。我常听见有人说:"有什么复杂的?……旧知识分子习气,腐朽不堪……读了报纸吗?可见,很清楚。至于'为什么','有什么目的'——全是资产阶级那一套……干吗伤这个脑筋……"

1920年秋,列宁对共青团员讲过这样一段话:"如果一个共产主义者不用一番极认真、极艰苦而浩繁的工夫,不理解他必须用批判的态度来对待的事物,便想根据自己学到的共产主义的现成结论来炫耀一番,这样的共产主义者是很可怜的。这样的不求甚解的态度是极端有害的。"

我曾谈到当时千百万青年男女怎样渴望知识。人们翻开了识字读本。也应该谈一谈是谁在教人民识字,谁在讲历史或地质学,谁拯救书籍免于火灾,保护博物馆的建筑,而且,也许比所有其他人更加忍饥挨饿地保卫了文化,这些人就是俄罗斯的知识分子。当然,我指的不是那一群逃到国外并对自己人民进行诬蔑的知识分子,而是那些接受了十月革命,但同时又充满怀疑的知识分子。如果重新读一读弗谢沃洛德·伊万诺夫、马雷什金、皮利尼亚克、尼·奥格涅夫等人早期的短篇小说和吉洪诺夫早期的诗歌,就会明白这些怀疑来自渴望以批判的态度对待列宁所说的那些事实。

在受难周广场上挂着一张宣传画:《电气化万岁!》。叶赛宁有一次在这张宣传画下面向我读了普加乔夫的独白:

亚洲啊,亚洲! 天蓝色的国度,
铺满了盐、沙和石灰浆。
那儿的月亮在天上走得那么缓慢,
就像吉尔吉斯人赶的板车,轮子嘎嘎作响。
可是谁又知道,那儿毛黄色的山溪
如何高傲地翻腾跳跃?
蒙古铁骑不是正从那里呼啸而来
把人的野蛮和凶恶都暴露无遗?

我早就苦苦地渴望迁往那里,
迁往他们的宿营地,
以便把他们惊涛骇浪般的亮晶晶的颧骨,
挡在俄国门外,犹如挡住塔梅兰①的阴影。

诗写得不错。但我现在想的倒不是诗。一群群匪徒在国内四处流窜。在农村征粮队遭到袭击。田园荒芜。火车站附近徘徊着流离失所的儿童。城市中一片饥饿景象,死亡率迅速上升。

所有这些,现在看来都是遥远的历史了。"蔚蓝的亚洲"正全力以赴地实行工业化,而苏联正在帮助它。如果在30年代末,有些西方的政治家还称呼我国是"泥足巨人",那么过了不久,他们就断定"巨人"的脚是高质量的。

今年夏天,我的花园里奇妙的金光菊开花了,花朵又大又鲜艳,好像古代镶嵌艺术品上的星星;种子是我去巴黎时向著名的育种家维尔莫兰买来的,他们用一个俄国词"斯普特尼克"("卫星")称呼这些种子。

当我望着莫斯科的时候,我简直不敢相信这就是我度过童年的那个城

---

① 塔梅兰即察合台汗国的帖木儿。

市。每次去弗努科沃机场，沿途的景象都使你惊讶，修建起来的不是一座座的楼房，而是一条条大街和一个个街区。

当然，我国制造喷气式飞机的技术要比制造普通铝锅的技术高一些，制造锅的技术我们也能学会的。但是现在西方的政治家谈论的只是"巨人"的弹道的脚了。

就我的天性来说，我属于人们称之为"不轻信的多玛"那一类人。（这个形容词也许使人莫名其妙：使徒多玛是非常信神的，根据基督教的传说，他顽强地接受了许多考验；但是他不相信别人对他说的话，他想检验别人的话是否正确，换句话说，就是以批判的态度对待事实。）在我现在所思考的那两年里（1920—1921），我有不少的怀疑，但是这些怀疑不像有些人说的那样，他们认为俄罗斯正在瓦解，瓦兰人①将要以秩序维护者的身份君临我国，其结局将是温和的自由资产阶级制度。有一点我从不怀疑，那就是新的社会制度必将胜利。

日常生活是十分可怕的：黍米粥或里海拟鲤、破裂的下水道管、寒冷、传染病。但是我（以及我所有的朋友们）知道，战胜了外国干涉者的人民，也能够战胜经济崩溃。几个月之后，我便动笔写起自己的第一部长篇小说了。胡利奥·胡列尼托在谈到未来的一个不平常的城市，一个由钢和玻璃建成的有组织的城市时，高声地说："一定会有的！我这样说是因为在这儿，在这贫穷的、支离破碎的俄罗斯，建设者不是那些有着充足的石头的人，而是那些决心以自己的血来联结这些令人难以忍受的石头的人……"

我的怀疑与对这座房子的看法无关，而是与对将要住在这座房子里的人的看法有关。在尤·奥列沙的一个剧本中，女主人公编了两个统计表：一个统计表上填写革命的"善行"，另一个上面填写革命的"罪行"。后来，她意识到自己的错误，剧名也就改成了《善行统计表》。这样的统计表我既没有编写过，也没有想过：生活比初级逻辑复杂，许多罪行可能导致善行，而有的善行却孕育着罪行。

（谈起我们生活中的阴暗面时，人们有时补充说："这是资本主义的残余。"这话有时是对的，有时却不对。强烈的光会加强阴影，好事也可能有

---

① 古俄罗斯对北欧诺尔曼人的称呼。

某些不良的后果伴随着。举一个大家都非常熟悉的例子：官僚主义，列宁写到过它，而四十年之后我们的报纸还在继续谈它。难道文牍主义和烦琐的登记、讨论、检查、签字等只是一些残余？难道这毛病不是和生产的组织、核算、监督等的发展，亦即和进步的、正确的事物联系在一起的吗？）

我记得军事化学学校一个女清洁工，一个年轻的农村姑娘唱的一首流行歌谣：

我给自己找麻烦——
上厕所没带通行证。
我倒乐意带通行证，
只不过没人要看。

我笑了，接着陷入了沉思。

工人们很清楚，甚至最复杂的机器也是人制造的，也是为人服务的。1932年，我来到库兹涅茨克联合企业的工地。农村来的人怀着憎恨或虔敬的恐惧心理瞧着机器，有的人由于机器出了毛病，便将车床弄坏了，他们在气头上使劲压杠杆，就像在农村用鞭子抽打受尽折磨的马；另一些人则尊敬地把高炉称作"伊万诺夫高炉"，把马丁炉称为"马丁叔叔"。

当然，我首先考虑的是艺术的命运。瓦·雅·勃留索夫的书房里挂的一张图表不仅使我惊讶，而且使我恐惧。文学成了方块、圆圈和菱形，——成了一个庞大机器上的一些螺丝钉。

有一次，我向卢那察尔斯基谈起我的怀疑。他回答说，共产主义不应当导致千篇一律，而应当有多样性，因此，艺术家的创作不应当迁就一种形式。阿纳托利·瓦西里耶维奇说，有一种"杰尔日摩尔达"①式的人物，他们不懂艺术的本质。一年之后，他在《报刊与革命》杂志上发表了一篇文章，阐述了同样的论点；在谈到过渡时期书报审查制度的必要性时说："一个人如果说：'打倒一切关于言论自由的偏见，国家对书刊的领导是符合我们共产主义制度的，审查制度不是过渡时期的可怕特点，而是有条理的、社会化的社会主义生活所固有的一种东西。'他就会由此得出结论，认为批评本身应当

---

① 系《钦差大臣》中的警察，此处指行为粗暴、好强迫命令的人。

成为一种类似告密的行为,或者成为给文学作品戴上简陋的革命枷锁的工作;这样的人,只要他那共产党员的外衣稍微磨破一点,就会暴露出杰尔日摩尔达的本质,而且如果他有了一丁点权力,除了颐指气使、恣意妄为,特别是抓住不放的乐趣之外,他不会从中取得任何别的东西……"当时《在岗位上》这个杂志还没有出版。各种不同流派的画家——从布罗茨基到马列维奇——的展览还在同时举行。梅耶霍德还在离艺术剧院不远的地方狂呼乱叫。但是我仍然觉得看见了那个有方块和菱形的图表……

我们像吃鱼一样小心地吃着那八分之一磅扎人的面包。波隆斯卡娅写道:

但叫我难过的是,我们会使

温顺、忠诚、无言的朋友们失去价值:

这些朋友无非是几块桦木劈柴、一撮盐、

一罐牛奶,还有那贫瘠而寒冷的土地

提供的微薄收成……

那些年里,我们都是浪漫主义者,虽然也以这个字眼为耻。

我不是和时代争论,而是和自己争论。我的思想中有很多模糊不清的东西。我本来赞成工业美学,赞成计划经济,憎恶资本主义的混乱、伪善和表面上的繁荣(我不是从书本上认识它的)。但是我不止一次地问自己,在新的、更合理也更公正的社会中,人的丰富多彩的性格将会怎样,我所热烈颂扬的那些设备完善的机器会不会代替艺术,技术会不会压制虽然模糊不清但对人们来说却是可贵的感情?

四十年后,我在《共青团真理报》上发表了一个列宁格勒姑娘写的一封信。她说,有一个非常有能力的工程师,他瞧不起艺术,对格列佐斯[①]的悲剧无动于衷,对母亲和同志很冷淡,他认为,在原子世纪里爱情是一种落后于时代的现象。在同一张报纸上,我读到一位控制论专家写的信;他嘲笑姑娘只会"抱着枕头哭",还嘲笑我们这个时代那些赞美巴赫的音乐或勃洛克的诗的人。

---

① 格列佐斯(1922—?),40年代初希腊抵抗运动的参加者,曾撕下雅典卫城上的法西斯旗帜,多次遭到迫害。

我1921年的许多怀疑都是幼稚的,后来都为生活所推翻;许多许多,但不是全部……

我最怕淡漠,最怕机械化(不是生产上的,而是感情上的机械化),最怕艺术的衰落。我知道,树林会长大,所以我想的是那有生命的、温暖的树的命运,以及它那复杂的根系、那奇异的树枝和内部的年轮。

我有这样的思想也许是因为我打算在三十岁的时候博得被称为作家的权利。当然,我不知道有哪些困难在等待着我,但是我很清楚,问题不只是在于怎样创作长篇小说或者怎样提炼一个句子。契诃夫在一封信中说,作家的责任是维护人。这话听起来很简单,但做起来却很难……

26

当时时间过得很快,但火车走得很慢。我们要很久才能到达里加,可以思考许多事情。

隔壁的单间里是我国的几名外交信使。我瞧了一眼那些盖着火漆印的包裹不禁莞尔一笑。我们只有一只破箱子,里面装着《乌诺维斯》《公社艺术》《艺术讲话》等杂志,还有马雅可夫斯基、叶赛宁、帕斯捷尔纳克的诗集。

当我们终于到达了谢别日的时候,一名外交信使对我们说:"同志们,马上就到拉脱维亚边界了。那儿有小吃部,要维护苏维埃政权的体面,别大吃大喝……"我决定不走出车厢。

我们晚上到达里加,把箱子放在一个小客店里之后,我就对柳芭说:"现在去饭馆吧……"我一路上左顾右盼,仿佛去一个秘密接头处似的:我有些不好意思,怕有人会说,苏维埃公民一下车就急忙跑去吃饭……

我不知道,是这份饭太多了呢,还是我们已经丧失了吃饭的习惯,反正一盘煎牛排我连一半都没吃完。我难过起来了:摆在我面前的就是我朝思暮想的那块肉,可我却再也吃不下了……

抑制心理上的饥饿颇不容易。吃完饭后,我在面包铺或香肠铺门口总要站上片刻,瞧瞧各色各样的小面包、小灌肠和小馅饼。只有喜爱古玩的人才会这样站在古玩商的橱窗前瞧上一阵子。我研究了挂在许多饭馆门口的那些菜单,菜名简直像诗一般美妙动听。

我随身带着1917年临时政府代表给我的护照,以便向法国人证明我在巴黎住过。这张护照已经破旧了,很像博物馆里的陈列品。当我将苏联护照递给法国领事时,他急忙缩回了手,似乎我给他的是一个烧得通红的熨斗。他看了这张残破的护照后,用厌烦的口气说:"您曾经是政治侨民吧?这不是介绍信……"他问我在莫斯科干什么工作,为什么想去巴黎?我心平气和地回答说,最近几个月我帮助杜罗夫训练兔子,我打算在巴黎写一本厚书。领事面色阴沉地说:"我不认为您会在巴黎写它。"

我给住在巴黎的朋友们写信:请求他们设法帮我们办理签证。我已经吃胖了,不再去瞧那些香肠了。我在里加没有熟人。寒冷的雨下个不停。有一天,一个面色忧郁、身材矮小的人来找我,他说,他开了一个出版社,想印一些苏维埃作家的作品,他给我看了各种各样的手稿,并将我的诗集《沉思》买去了。有时我去我们的大使馆,读读《真理报》,和一位喜欢形象派诗人的秘书进行争论。法国领事对我的回答总是千篇一律:"无论我怎样考虑,对你也不会有什么……"

当我开始失去希望时,签证寄来了。领事断然拒绝将它们贴在苏联护照上,他给了我们两张特别通行证。我到德国领事馆去领取过境签证。领事非常惊讶,因为我作为一个苏联公民,居然领到了法国签证。这一点使他感到怀疑,所以他说,他不能让我们经过德国。不得不选择一条很复杂的路线:坐轮船到但泽自由市,再从那儿经海路去哥本哈根,然后去伦敦转巴黎。

在但泽市,我们进城游览了一番。在狭窄的中世纪街道上,挤满了做外汇生意的投机商人。

丹麦人扣留了我们,把我们关进一辆汽车。我断定,我们会被送进监狱,但是却将我们送到澡堂去了,我们洗澡的时候,衣服也被拿去消了毒。这是可以解释的:在俄国,伤寒仍然很猖獗。到了伦敦,警察把我当成疯子,这仅仅是因为当他们问我们怎样逃出俄国时,我回答说我们是带着出国护照出来的。

我在本书的以下篇章里,要谈谈第一次世界大战后那些年里西欧的生活;在我从莫斯科去巴黎的途中,我顾不上观察。虽然我很熟悉西方,但一切都使我十分惊愕。景象万千。但人们都显得无精打采与漠不关心。

我们在哥本哈根正赶上五一节。秩序井然的游行队伍从大街上走过,人们唱着歌,吃着面包片。市政厅前一群吃得过饱的鸽子看上去都飞不动了。皇宫旁站着戴有极高的帽子的卫兵。在工人区,人们成堆地挤在小店铺门口,看来他们所关心的不是消灭资本主义,而是购买时髦的人造黄油。

伦敦也有同样的宫殿,也有戴着大帽子的卫兵。在海德公园里,一个空谈家正在向行人解释,人权在阜姆和维尔诺遭到破坏,不列颠人应该去保卫自由。我想起了费奥多西亚大街上的英国士兵,便走开了。

我终于来到了"洛东达"。一切还是老样子。一个画家向我问过好之后说:"好久没有看见您。去别的地方了吗?"没有等我回答,他就讲起了当地的一些谣言。

"尼斯"饭店是我住过多年的地方,店老板安然无恙地从前方回来了。我们亲热地拥抱。

是的,一切都和过去一样。但是我变了……我发生的变化只是在我来到"洛东达"之后才明白的。从前在我看来是合情合理的东西,现在却使我惊讶,有时使我生气。巴黎是美丽的,我怀着欣喜的心情在塞纳河畔漫步,走遍了我青年时代去过的一切地方。习惯于这个城市的生活对我并不困难,但和人们相处却困难得多。我不知道该怎样向他们解释在我们俄国发生的一切。

我在战斗激烈的夏天离开巴黎,我很难理解,巴黎人仿佛已经忘了战争岁月;只有旅行社的广告还能使人想起不久前的往事:"游览凡尔登所费无几。可以观光历次会战的战场。"

一家报纸就"哪一位元帅最受法国人敬爱?"这个问题举行民意测验。大街上,男人们穿着奇装异服:细腰身的上装,胸部鼓起;品行端正的家长打扮得像好男色的人。我第一次看见了狐步舞,一对对的舞伴摇摇晃晃,就像带发条的玩偶。

我所谈的这一切,与其说能说明1921年的巴黎,倒不如说更能说明我的心情。我写了一首诗(用的是古词语,虽然我热衷于"左翼艺术",但这种古词语仍使我着迷。):

　　……不错,我的祖国,你不知分寸,
　　竟把几百年的家具什物都拉去生火。
　　即将冷却的暗淡灰烬
　　烤不暖黑暗的洞穴。
　　当然,不如用暖气……
　　也好,爱伦堡,你既然来到巴黎,

那就把这过分的幸福

变成精湛的颂歌。

但是俄语粗野而伤感,

俄国人如今也不会颂扬

坐在"福特"轿车里疾驰的胜利者,

他嚼着地菇,好解去死亡的苦味……

不过,在那些准备赞扬"宽宏大量的主人"的俄国人身上是没有缺点的。侨民们还不明白,他们在异乡将面临什么样的命运。内战的激情尚未冷却。布尔采夫在巴黎出版了《共同事业》报,该报把俄国称作苏维埃代表的国家。我记得这个报纸上有一条消息:莫斯科动物园里幸存下来的野兽,现在是用被枪毙者的尸体喂养的。季娜伊达·吉皮乌斯责备所有留在俄国的人将自己"出卖给布尔什维克"了,——勃洛克出卖了自己,别雷也出卖了自己,甚至阿·费·科尼也是如此……我曾在托尔斯泰家里见过一面的布宁,不愿和我说话。而最讨人喜欢的阿列克谢·尼古拉耶维奇也茫然而亲切地埋怨我说:"伊利亚,你在那儿学会了胡说八道……"每当我说我是带着苏联护照出来的时候,侨民们就把脸扭开,有的人怒形于色,有的人则提心吊胆。

从前的"洛东达"的成员们友好地接待了我:我说"从前的"那是因为旧的"洛东达"已不复存在,我是在来到巴黎两三天后才明白这个的。问题不只是咖啡馆换了主人。时代变了。外国的游览者排挤了画家或诗人。往年那种落拓不羁的生活,成了以名士派自诩的人们的时髦风气。在"洛东达"周围还有另外一些咖啡馆,有旧的,也有新开的,除了老顾客外,也常常有新人前去光顾。在"多姆"咖啡馆里,我找到了一些老朋友——福京斯基、迪埃戈·里维拉、马列夫娜、察特金。莱热有时到"洛东达"去瞧瞧。"谢列克特"咖啡馆里常常有一些年轻的美国人,我不认识他们,许多年后我认识了海明威时,才知道他就是在"谢列克特"咖啡馆中构思自己第一部长篇小说的。

我谈了谈莫斯科的展览会、梅耶霍德的演出,凭记忆朗诵了马雅可夫斯基、叶赛宁、帕斯捷尔纳克的诗。

407

毕加索抱住我,立刻说:"你知道,我的地方在那儿。我在米勒兰①先生的法国能有些什么作为呢?"阿勒贝尔·格雷兹说,不久前他展出过一个大幅覆墙画《莫斯科一车站的壁画草图》。莱热盼望能在莫斯科的剧院工作。迪埃戈·里维拉问我,他怎样才能去俄国。诗人安德烈·萨尔蒙对我读了他的一篇以俄文字"命令"为题的长诗,他在这篇长诗中颂扬了俄罗斯人民的功勋。

看来,资产阶级的法国可以渐渐安心了:危险的年代已经过去。复员归来的人已经忘了士兵的哗变。罢工的浪潮也已衰落。但是墙壁上还可以看见一些宣传画,上面画着一个咬着刀子的面目狰狞的人:这是统治集团用来吓唬普通法国人的那种可怕的怪物。宣传手法不很复杂:共产党人被描绘成野蛮人,他们对妇女实行国有化,并强迫所有的人操练步法。有一个比"妇女国有化"更有力的论据——那些在银行里购买了有利可图的证券的普通法国人手中的俄国公债和存款。食利者气愤而绝望地哭诉说:"咱们的钱完蛋啦!"

说法国的资产阶级已喘过气来也并不正确。的确,法国是平静的,但是仅仅半年以前,在邻邦意大利就发生过工人夺取一个个工厂的事。仅仅两个月以前,报纸上还在谈论萨克森地方的暴动。巴黎的墙上可以看见用油彩、木炭和粉笔写的标语:"苏维埃万岁!"

1946年春天我来到法国。那时资产阶级也是神经紧张。他们不喜欢巴黎工人区的自治市政府委员用斯大林的名字命名街道。但是"冷战"刚刚开始,苏联还被认为是正式的盟国,所以在街道的命名典礼上,右翼党派的代表也只得怀着憎恨、恐惧和尊敬的复杂心情向"伟大的元帅"致敬。

1921年,法国没有列宁街,但是列宁仿佛住在工人区里。他不是元帅,而是一个人,一个在巴黎度过许多岁月并为一部分法国人熟悉的人。在巴黎的工人区里,人们惊奇地谈论着这个头戴工人帽的人居然成了一个神秘大国的首脑,谈论着俄罗斯的工人,他们居然能忍饥挨饿、不畏风寒,拿起破旧的步枪打退了外国干涉者的进攻,这使那些胜利者睡不着觉。

我开始明白,我最初的那些肤浅印象是靠不住的。西方有许多新东西。

---

① 米勒兰(1859—1943),法国社会党人、改良主义者,20年代初曾任法国总统。

我买了一本解释相对论的通俗读本。由莱热绘制插图的柏列兹·桑德拉的新作《世界末日》使我入迷,这本书用讽刺手法描写了资本主义世界的末日,很像一个电影剧本。

我看了已成为名人的查理·卓别林的几部影片。在毕加索的展览会上,三十幅油画相互争吵,但是它们全都迫切地要求以优美生动的形式表现新时代。我明白了,我需要读许多书,观察许多现象,思考许多问题。

迪埃戈听说我的长篇小说的主人公将是个墨西哥人,非常高兴。他打算去意大利,但说要和我谈谈胡利奥·胡列尼托童年时代和少年时代的生活环境。

我买了一个本子,决定坐下来写长篇小说。然而,我的创作计划突然遭到法国当局的干涉。明仁斯基同志是对的……

我并不十分清楚我被驱逐出境的原因。当我问为什么要赶走我时,省政府的官员回答说:"法国是世界上最自由的国家。如果强制你离境,那就是说其中必有缘故……"他们对替我奔走以便改变驱逐出境决定的一位朋友说:"您不知道,他在搞布尔什维克宣传。"大概,我在咖啡馆的凉台上和朋友们谈话时,旁边坐着告密者,法国人把这种人叫作"苍蝇";他们的确像秋天的苍蝇一样缠人,但是苍蝇活不久,而告密者却不同;有时不仅换了部长,甚至制度也都变了,告密者却依然健在。

一清早,一个其貌不扬的人来找我,他有一双呆板的眼睛和一小撮稀疏的胡子,他向我指了指他的证章——省政府的密探。另一个密探拘留了我的妻子。旅店的主人气愤地说:"我替法国害羞!……"这话对密探不起丝毫作用。他们把我带到省政府,那儿的官员对我说,我们必须在当天离开法国。

"可是没有签证,我们又能去哪儿呢?"我天真地问道。

"去最近的边境,比利时。"

"我们没有比利时的签证。"

"你们也不会领到签证的。比利时人会让你们向后转,转回法国境内。"

"那时怎么办?……"

"那时我们就以非法越境罪而拘留你们。你们将要受到处罚,那就是将你们驱逐出境,而不再是强迫离境了。"

我不明白"强迫离境"与"驱逐出境"这两个概念有什么不同。官员解释说:

"这次你们乘坐普通车厢前往边境,车票也由你们买。我们派一个穿便衣的工作人员陪同你们。但是当你们被驱逐出境的时候,你们就不用担心车票了,你们将被押解到边境。现在你们是自由的。只不过有我们的一名工作人员陪同你们……"

"如果比利时人让我们回来,我在监狱里又坐满了应坐的期限,那时我们又要被送到什么地方去呢?"

"还是比利时。"

我明白了,他们想把我们当成足球,让法国人和比利时人踢来踢去。这对我没有什么诱惑力。反正这顿午饭得吃。于是我们就到"洛东达"对面的一个饭馆去,在那儿碰见了一位熟识的雕刻家。我们对他说,我们被驱逐出境了。他跑进"洛东达",又跑进"多姆",过了不久,有十几个朋友跑来看我们。他们都很愤慨。密探们就坐在旁边的桌子旁狼吞虎咽:他们早就习惯于人们说他们是"肮脏的鞋后掌"(法国人这样称呼警察),因为每天都能听见这种称呼,而巴梯饭馆的酒菜很出色,"鞋后掌"在这类用项上是可以报账的。

我想起了签署强迫我出境命令的是胖子白里安,他是一个最出色的演说家,议会的夜莺,我不禁快活起来。在战争年代,我曾以《交易所新闻》记者的身份被介绍给他。他对我唱了一支简短而温柔的咏叹调……现在我使白里安非常害怕。我像杜罗夫的兔子一样,开始懂得我是可怕的野兽。

火车是晚上开走的。在车站上,一个密探对我说,他要代我们买票:"当然,坐三等车厢?……"我们来法国时就坐三等车厢,但密探的口气使我很生气,所以就回答说:"当然,坐头等车厢……"也许正是这一点才使我们得救的。

在头等车厢的单间里有三个人:柳芭、我和密探,这个密探到了法国边境就下车了。我劝柳芭躺下来,假装睡觉。一个比利时宪兵走了进来,我指着柳芭向他做了个手势:别把她吵醒。比利时人温和地点了点头:警察对头等车厢的乘客是尊敬的。我拿出了那张残破不堪的1917年的护照,宪兵仔细地寻找比利时的签证。他小心地折起那张纸,耳语般地说:"您的签证太旧了,该换一个。"我也低声答道:"您说得不错,我打算在布鲁塞尔换一个……"

足球赛没能举行,我们平平安安地继续前进。

27

在布鲁塞尔南站的对面，我们看见两个旅馆：一个叫"天意"，另一个叫"希望"。我们不想失去希望，所以就去"希望"旅馆；但是旅馆里让我们填写卡片，其中有一个关于入境签证的包藏祸心的问题。

我的青年时期是在没有民用航空、没有无线电广播、没有签证的古代度过的。飞机是一个卓越的发明，收音机也很有用，而且不一定非听不可——高兴时才打开；但是签证这个玩意却怎么也不能说是减轻人的生活重担的发明。我不想计算我在一生里为签证耗费了多少时间、精力和神经。何况签证和细菌一样品种繁多，它们可以分成级、分成类：有入境签证和出境签证，有过境停留签证和不停留签证，有一次签证和多次签证，有指名过境站签证和不指名过境站签证；要熟悉它们并非易事，领取它们更为困难。

我们匆匆走出旅馆前厅，我在入境签证这一栏画了个模棱两可的短线。我们在夜间碰到的好运气可能在大白天以倒大霉告终：我们是在没有入境签证的情况下混进比利时的。

我曾说过，战前我和罗斯托夫同乡涅米罗夫在巴黎出版过一个小型的诗刊《黄昏》。他有一个十分可爱的妻子，是个愉快的、有点吊眼梢的歌手，名叫玛鲁夏。不久她和涅米罗夫离婚了，战争期间，我常在法国南部遇见她。在我返回俄国之前，有人对我说，玛鲁夏嫁给了比利时诗人埃伦斯。

走出旅馆的时候，我想的只是一件事：怎样找到埃伦斯？西欧各国没有住址查询处——人们想过安生日子，至于谁住在哪儿，只有上帝和警察知道。电话簿里也没有埃伦斯的名字（我不知道埃伦斯是笔名）。我走进一家书店，人们对我说，这儿卖的都是严肃的书籍，不卖诗。我开始研究书店的橱窗,终于找到了一个十分醒目地摆着埃伦斯著作的书店;我高兴地跑了进去,但是毫无收获:他们建议我按出版社的地址写封信。我不能解释说,等信到达埃伦斯的手中时,我早就进了监狱,而不是在"希望"旅馆里了。

我很幸运:在第五家或第十家书店里,我碰见了一个诗歌爱好者,这是个富于同情心的人。他对我说,我可以在众议院找到弗兰斯·埃伦斯;他的姓是范埃尔孟亨,负责国会图书馆。我立刻喜出望外:国会可不是"洛东达"!

埃伦斯和玛鲁夏像对待老朋友似的接待我们。我唠叨着签证的事。玛鲁夏回忆起往事。埃伦斯沉默不语,不时温和地微笑一下。他四十岁了,在北方人严峻的面孔上生着一对幻想家和孩子般的明亮眼睛。

埃伦斯告诉一位部长说,我是诗人,不知为什么在法国被强迫离境,想在比利时住几个月,写一本书。办手续花了两个星期。我漫步在布鲁塞尔街头,交易所附近非常热闹,但是老区却非常安静,那儿有许多装饰过的灰黑色楼房,有许多衣着整洁的老太婆和慢吞吞的幻想家,他们在一天工作完毕后抽着烟斗,用苍白的眼睛望着苍白的天空。

我跟埃伦斯成了好朋友。他是个异常纯真而忧郁的人。他首先是一个诗人,这不只是因为他写诗,也是因为他的散文以及他的一生都充溢着诗的精华。

我认识他的这年春天,他在写长篇小说《龙尾裸体的女神》,他用这个名字称呼摆在他房间里的一尊黑人的神。在小说中,这个英明而又幼稚、全能而又软弱的神,从非洲的密林中来到了欧洲,他用忧伤的讥讽口吻述说了周围发生的一切。我读过高尔基分析这本书的信,写这封信并不是出于一般的礼貌,而是出于爱。(他们相识的时间晚一些,是1925年在索伦多的时候;在另一封信里,高尔基回忆起埃伦斯的眼睛,这对眼睛尽管神情严峻,你还是能够发现一种孩子的忧伤和温柔。)斯梯芬·茨威格很喜欢《龙尾裸体的女神》,他给这本书的德文译本写了序。

我将莫斯科的情况详细地讲给埃伦斯听。他十分欣赏叶赛宁的诗,依靠玛鲁夏的帮助开始将它们译成法文。

后来,我在巴黎和布鲁塞尔也遇见过埃伦斯。年复一年地过去了,生活也随之消逝。现在一切都起了变化,然而埃伦斯却依然如故:儿童不会衰老,幻想家你是改变不了的——也就是说他们自己也不会改变……

埃伦斯有一次介绍我认识了画家佩尔梅克,现在所有写生画的爱好者都知道他,但是当时他只能算作是"小字辈"(这年他三十五岁,他碰上了战争,在保卫安特卫普的战斗中受了重伤,但出人意料地活了下来)。我不知道是什么缘故——是由于有根深蒂固的传统呢,还是由于佛兰德平原的风光(确切些说是光线)特别绮丽,反正比利时人都是出色的写生画家。不用说梅姆林或者凡·爱克,只要看一眼安佐尔的油画就可以一目了然。不知何故佩尔梅克被划为表现主义者,虽然他的作品并没有因强调文学的表达力而忽视写生画的倾向。他喜欢画那受到风吹日晒的面色阴沉的渔民、海滨耕地的农夫、母亲和老太婆。他的长幅风景画表现平坦的田地,远处隐约有一个干草堆或一棵孤独的、而且必定是矮小的、被风吹断的树;浅绿色或铅灰色的天空起着重要作用。他的天性中就有一种不安和悲剧的成分。我很久没有见到佩尔梅克,二十五年后我们又见了面,那是在他死前不久。我去看他的时候他住在奥斯坦德附近,高大、病弱而孤独:他失去了相依为命的妻子。画室的墙上挂着一幅我难以忘怀的油画:佩尔梅克画了妻子死后躺在床上的情景,他用色彩表达了自己的心境。

我一直在等待部长的答复。"希望"旅馆的窗下直到深夜都有旋转木马在转动,手摇风琴的声音一个比一个更响。

我终于获准在比利时居住。这时正值6月,我们便去滨海的一个小镇里亚潘,这儿离法国边境不远。旅馆里很空,离暑假还有几个星期。海边上还能碰到一些废墟:在战时遭到毁坏的房屋尚未修复。大海辽阔而暴躁,在落潮的时候,它退得远远的,收敛了怒气,可是随后又狂暴地向旅馆直扑过来。

每次落潮之后,沙地上总要留下水草、海星和许多木片。我无意识地捡起了它们——这时我回忆起了在考特贝尔时为了生火盆在海滨寻找木片的情形……

周围尽是风吹积的沙丘,有些地方长着多刺的灰色野草。这些沙丘经常移动:风把它们吹来吹去。我登上沙丘,望见了法国。

我住在一间窗户面向大海的小屋子里,从早直到深夜不停地工作。我在一个月内写成了《胡利奥·胡列尼托》,就像有人口授由我笔录似的。有时手写累了,我就到海滨散步。狂风吹翻了咖啡馆空台上的椅子。海似乎是毫不妥协的。这种景色很适合我的心境:我觉得我不是拿着笔在纸上写字,而是端着刺刀去冲锋。

我不擅长写作。书中有许多多余的情节,没有经过剪裁,有时还可以碰到一些拙劣的语句。但是我爱这本书。

据说,似乎所有作者都喜欢自己的第一本书。这不对。我知道有一些作家,谁要是当面提起他们早期的作品,他们就受不了。用不着说别人:我就对自己第一本诗集感到可笑和厌恶。我是怀着柔情在回忆我写关于侯爵们的诗的那个时代,甚至还在回忆印刷厂主;但诗是低劣的,主要的是它们不是我自己的。我爱《胡利奥·胡列尼托》,因为它是我写的,是我亲身体验过的,这的的确确是我的书,虽然它有许多缺点。

我有许多次都像一个盲目模仿的作家。我曾谈起自己的早期诗歌是怎样模仿别人的。然而到后来,在写成《胡利奥·胡列尼托》之后不久,我成了当时大为泛滥的那种文学形式的牺牲品。我和我的一些文学事业的同龄人一样,迷上了安德烈·别雷有节律的散文和列米佐夫别出心裁的句法。但是这两位作家本性所固有的东西,搬到我的作品中就成了拙劣的模仿。我不愿再翻阅那个时期自己写的其他作品:一直想使那些形容词和名词有自知之明。《胡利奥·胡列尼托》虽然有时写得笨拙,但它是朴素的,没有文字上的矫揉造作。

一些批评文章说,我的这个长篇是模仿《老实人》①的。十分惭愧,我应当承认,我只是在看了这些批评文章后才拜读《老实人》的;年轻时我读过不少书,但是读得很杂,而且直到现在,我的文学知识仍残缺不全。不过批评家的猜测我是理解的。《胡列尼托》描写的是我在法国度过的青年时代。当然,沃日拉尔货运站上的工人和我一样没有读过《老实人》,但是在他们的说笑中却有着伏尔泰的作品中使我们为之倾倒的那些法国讽刺的特点。而且《老实人》的作者对法兰西民族天才的形成可能也有影响。

我爱《胡列尼托》,因为它是出于我内心的要求写成的:要知道,那时我还不认为自己是个作家。这部书我构思了很久。也许其中的文学气味很淡

---

① 法国作家伏尔泰的作品。

（没有经验、没有技巧），但是其中毫无咬文嚼字的毛病。

我写过许多作品，但自己远非都喜欢。有些我很少想起，也不重读它们。对于年轻的读者来说，我是一个在第二次世界大战年代出现的作家。在我国，大概只有领养老金的人才记得《胡列尼托》，然而它对我却是宝贵的：我在这本书中说出了许多不仅决定了我的文学道路，而且决定了我的生活的东西。自然，这本书中有不少荒谬的议论和天真的奇谈，我一直想看清未来；有的看出来了，有的是我错了。但是总的来说，这是一本我不能否定的书。

在《胡列尼托》里，我抨击了形形色色的种族主义和民族主义，揭露了战争，揭露了那些发动战争以及不愿放弃战争的人的残酷、贪婪和伪善，揭露了那些为军队祝福的牧师的假仁假义，那些讨论"人道的杀人方法"的和平主义者，以及那些为骇人听闻的流血辩护的冒牌社会主义者。我至今仍赞同这些思想，如果说我憎恨种族主义和法西斯主义，如果说我有力量参加保卫和平的斗争，那是因为一个人虽然在半个世纪里穿破了许多件衣服，但是他在这方面还和过去一样。

我在《胡列尼托》中描写了金钱世界的假仁假义，描写了由库尔先生的支票簿和戴勒先生的社会等级制度操纵的虚伪的自由，后者甚至把葬礼也分为十六个等级。在希特勒掌权之前十二年，我刻画了一个"可以同时是民族主义者和社会主义者"、而对法国人和俄国人说了这样一段话的施密特先生："我们必须把你们组织起来"，"使俄国成为殖民地，尽可能地彻底摧毁英国和法国……我们要让大地荒芜……为了人类的福利，杀死一个疯子或一千万人——只不过是个数量上的差别。然而非杀不可……"假如我在1921年没有写这本书，那么1940年我也不可能写成《巴黎的陷落》。

我有时是错误的，有时看得十分清楚。在奥斯维辛的焚尸炉和娘子谷出现以前很久，我在这本书中就写了这样一段话："不久的将来，将要有一场消灭犹太民族的大表演……节目单中除了可敬的人们所惯用的传统的大屠杀外，还有一些按照时代精神恢复的节目：火烧犹太人、活埋、用犹太人的血灌溉田地，以及'疏散''清除可疑分子'等等新方法。"

我知道，《胡利奥·胡列尼托》一定会使警官恼火："如今哪一个领事还会给我的护照贴上签证？哪一家的母亲还会让我走进有着正派的小伙子和贞洁的姑娘的家门?"白党的侨民气愤地对待我的长篇小说,这并不使我感到奇怪。但是我碰到的是交叉火力:"岗位派"把《胡列尼托》称之为"对革命的诽谤"。他们的每一期杂志几乎都要在我的名字前冠以"诽谤者"的头衔。

在上一节里,我曾谈到自己很害怕情感的僵化和创作的公式化。这些思想在《胡列尼托》里也有反映。我当时夸大了一些危险,但没有看到另一些危险。批评家说我是"犬儒主义者""虚无主义者",如果我确有应该受到指责之处,那么倒不如指责我过于浪漫。

读者读《胡利奥·胡列尼托》,批评家骂它,骂得很凶,也骂得很久,每当他们谈起我后来写的作品时,总要举出我的第一部长篇小说作为主要罪证。我偶尔弄到一期三十五年前出版的《新世界》,其中有一篇文章谈到我,文章的作者先引了《胡利奥·胡列尼托》中的一大段文字,然后得出结论说:"在公开的战斗中被击溃的俄国资产阶级,正在精神领域内顽抗……爱伦堡确实在为自己的阶级效劳……爱伦堡是资产阶级文化的余孽……假若爱伦堡'不想'成为一个作家,俄罗斯文学史也不会有丝毫损失……"我摘引的这篇文章,也许是最温和的一篇。

1924年在基辅的时候,我去看《胡利奥·胡列尼托》改编成话剧后的排演。舞台上出现了伊利亚·爱伦堡,坐在他肩上的美国人库尔先生喊道:"快点,快点,我的资产阶级的驽马……"我的岳父科津采夫医生十分恼火,我只觉得可笑。

当然,我也有伤心的时刻:向我射来的炮弹不是敌人的,而是自己人的。然而,幸运的是那个时期的炮弹是纸作的。渐渐地我对各种各样的指责都习惯了,产生了部分的免疫力,这种免疫力后来不止一次使我免于彻底绝望。

我的第一部长篇小说的形式也受到过攻击。我觉得,不是语言上的毛病,而是异乎寻常的形式激怒了一些人。从那时以来,批判家一直说我是个记者,说我写长篇小说如同写小品文;照他们的说法,我是非法闯进文学界的。然而对我来说,报纸对长篇小说的干预是和探索当代的叙述形式有关。有些人认为,详细地描写主人公或风景的外貌可以使枯燥的论题变得有血有肉,使社论变为小说。但是,坦白地说,这是搭配出售的商品,是用剧院的聚光灯来照亮拖得很久的会议。如果真是如此,《往事与随想》要比《前夜》①更有权利被称为"纯艺术"了……

1922年,《胡列尼托》在柏林由"赫利孔"出版社出版,在莫斯科由国家出版社出版。我很高兴,马雅可夫斯基喜欢我的书,我很尊敬的几位彼得格勒作家也对这本书表示赞许。(1942年,阿·尼·托尔斯泰在一篇文章中提起我的几部讽刺小说,对《胡利奥·胡列尼托》说了好话。)后来,我从娜·康·克鲁普斯卡娅的回忆录中得知,弗·伊·列宁是怎样对待我的第一部长篇小说的,这对我是很大的精神支持。

不久,《胡利奥·胡列尼托》由一家共产党人办的出版社出版了德文译本,法文译本是由皮埃尔·马克-奥尔兰写的序,这本书还用别的文字出版过。

我成了职业作家。

但是我又把后来发生的事提前说了。我写完了《胡列尼托》的最后一页,我在这一页上写道:"斑斑白丝、衰竭的心脏和日益不支的体力使我感到宽慰——我已经越过了一个困难的关口……"

我向大海走去。惊涛拍岸。黑夜,远处闪动着点点渔火。我迎风走去,我感到不安和愉快。

人和作家可以猜测到许多事物,但远非所有的事物。你可以在对着镜子刮脸时看见斑白的头发,但是要想预见未来却比较困难。当时我不知道,前面还有许多困难无比的关口,也不知道只要心脏还在跳动,风是不会停的……

---

① 《往事与随想》是俄国作家赫尔岑的自传体作品,《前夜》是屠格涅夫的一部长篇小说。

第 三 部

秦顺新 冯南江 译

1

1921年晚秋,我离开了无忧无虑的布鲁塞尔,来到了柏林。德国人的生活就像在火车站上一样,谁也不知道明天会发生什么。报童们喊着:"《柏林日报》!最新消息!萨克森发生了共产党暴动!慕尼黑有人蓄谋叛乱!"人们一面默默地读着报纸,一面走去上班。商店老板每天都要更换标明货物价格的货签:马克不断贬值。在库尔福斯特大街上走着一群群外国人:他们用低价收购古董。穷人住宅区的几个面包房被捣毁。看样子,一切都要土崩瓦解,但是工厂的烟囱在冒烟,银行职员工整地抄写着巨额数字,妓女拼命地涂脂抹粉,新闻记者在报导俄国的饥馑或鲁登道夫[1]高尚的德国人胸怀,小学生背诵着帝国往昔的辉煌业绩。到处都可以看见小型舞厅,一对对瘦弱的舞伴机械地摇晃着身子。爵士音乐震耳欲聋。我记得当时的两支流行歌曲:《你喜欢香蕉吗?》和《我的黑皮肤的索尼娅》。在一个舞厅里,一位声音嘎哑的男高音歌手凄惨地唱着:"明天就是世界末日……"然而,世界末日却迟迟未来。

凯勒曼[2]发表了描写德国革命的长篇小说《11月9日》。我不知道,这个日子是否能告诉年轻读者一些什么。1918年11月9日,德皇匆匆逃往荷兰,社会民主党人宣布成立共和国。然而,在政府的各部里,却坐着过去的高官显贵,守门人毕恭毕敬地问候道:"您好,三等文官老爷。"我住在布拉格广场的一个公寓中,旁边就是宽阔的恺撒林荫道,我在城内走了一遭,

---

[1] 鲁登道夫(1865—1937),德国将军,法西斯总体战理论的创造者,第一次世界大战期间任德军参谋长。
[2] 凯勒曼(1879—1951),德国反军国主义作家。

参观了巨大的霍亨索伦广场。公寓的房间里依然挂着有小胡子的威廉的肖像。

我和诗人卡尔·爱因斯坦成了朋友。这是个快活的浪漫主义者,生着一个光秃秃的大脑袋,上面有个引人注目的小瘤子。他说,他在西线当过兵,患了精神失调症。他对黑人雕像的爱好,他那些亵渎神圣的诗以及那已成为过去时代的烟云的失望与希望的混合情绪,使我回想起自己旧日的朋友们——"洛东达"的老顾客。卡尔·爱因斯坦写了一个关于耶稣的剧本,被控犯了渎神罪。我出席了法院的审理。那是在一间昏暗的大厅里进行的。通常,宗教狂热症的概念是和天主教、罗马教皇的训谕以及宗教裁判所连在一起的。但是烧死塞尔韦特医生①的不是天主教徒,而是被天主教徒视为自由主义派的加尔文宗信徒,他被判处火刑是因为没能将生物体的机能和上帝联系起来。在卡尔·爱因斯坦案件的审理过程中,法院鉴定人引证了20世纪许多知识渊博的神学家的著作。

(1945年,我看见了饱经战火的柏林。曾用来审讯卡尔·爱因斯坦的那座建筑物,只留下一段残壁,上面有俄国工兵写的几个字:此处地雷已清除。)

在1921年,柏林的一切都使人有一种虚幻感。房屋正面胸脯丰满的瓦尔基里②照旧毫无表情地耸立着。电梯仍在开动,但室内却是一片寒冷和饥饿。电车售票员殷勤地扶着三等文官夫人下车,电车的路线也还像过去一样,但是没有人知道历史的路线。灾难伪装成幸福。使我吃惊的是陈列在商店橱窗内的许多玫瑰色和天蓝色的胸衣,它们是用来代替价钱昂贵的衬衣的,胸衣本身就是一种招牌,即使它不能说明生活的幸福,也可以权充体面的证据。在我有时光顾的"约斯蒂"咖啡馆中,一种名为"莫可"的劣等饮料盛在金属咖啡壶中,壶把上还套了个小手套,以免烫伤顾客的指头。点心是用冻土豆做的。柏林人还像过去一样吸着雪茄烟,这些烟被称作"哈瓦那雪茄"或"巴西雪茄",其实不过是用浸透尼古丁的白菜叶做的。说得动听一些,一切都几乎像帝国时代那样有条不紊。

---

① 塞尔韦特(1509/1511—1553),西班牙思想家、医生。
② 斯堪的纳维亚神话中的战争女神。

一天晚上,我和刚从莫斯科来的弗·格·利金一起出外散步。咖啡馆很早上了门:"宵禁"是战争年代的残余。有一个人走到我们跟前,建议我们去一个夜间营业的咖啡馆。我们坐上地下电车,随后又在昏暗的街道上走了很久,终于来到一座蛮不错的住宅。室内的墙壁上挂着一些穿军服的家人的照片和一幅表现日落景色的图画。主人给我们端来了香槟酒——柠檬水和酒精的混合物。过了不一会儿,主人的两个小姑娘来了,她们赤身露体地开始跳舞。其中一个和弗拉基米尔·格尔曼诺维奇攀谈起来,她说她很喜欢陀思妥耶夫斯基的小说。母亲用满怀期望的目光望着外国客人:也许,他们会喜欢自己的女儿,并且用美元付钞,如果付马克那就太糟了,明天早晨它又会贬值。这位可敬的妈妈叹了口气说:"这难道是生活?这是世界末日……"

我来到柏林前不久,一群疯狂的民族主义分子杀害了首都党的领导人之一埃茨贝格尔。"俾斯麦帝制协会"的拥护者毫不知耻地称赞杀人行为。法律家装出一副研究法律条文的样子,社会民主党人腼腆地叹了口气,而未来的党卫军分子却在练习活靶射击。

所有这一切都不妨碍把灾难当成天经地义的、秩序井然的生活。残废者尽量不使自己的假腿发出响声,没有胳膊的空袖筒也用扣针卡住。面部被喷火器烧伤的人戴上了大墨镜。在首都的街道上,失败的战争也没有忘记使用迷彩伪装。

报纸上说,送入育婴堂的婴儿百分之三十在最初几天内死亡。(那些侥幸活下来的也成了1941年的新兵和希特勒的炮灰……)

"乌发"影片公司正在匆忙地拍摄影片,除了不描写刚刚结束的战争以外,影片的题材可说是五花八门、无所不有了。然而,观众需要的却是装模作样的痛苦状、疯狂的暴行和悲惨的结局。我偶尔参观了一次电影的拍摄。父亲企图把女主角藏起来,情夫用鞭子打她,逼得她从七层楼上跳下去,男主角随后也上吊自杀了。导演对我说,为了适应出口的要求,他们还要给影片拍摄另一个幸福的结局。我多次看见,那些面色苍白、身体孱弱的少年多么兴高采烈地欣赏着银幕上一群耗子吃一个人或者一条毒蛇咬伤了一个美人的镜头。

我参观了"突击"派的画展,我面前不是油画,也不是写生画,而是一些用画笔和颜料代替枪炮和炸弹的人的歇斯底里的发作。我在自己笔记本中记下了几幅画的名字:《血的交响乐》《无线电的混乱》《世界末日的色调》。精神上的郁闷要求发泄,甚至批评家们称之为"新表现派"或"达达派"的东西,跟绘画其实并没有多少关系,而是同索姆河大会战的回忆、同暴动和叛乱、同贴身穿的胸衣有着密切得多的联系。"突击"派画展的发起人瓦尔登有着一副尖削的面孔和长长的头发。他喜欢谈孪生子、直觉和文明的没落。他在草草布置的画廊里就像在舒适的新居中一样感到特别自在,他用邻近一个咖啡馆送来的咖啡和奶油蛋糕款待了我。

我来到了马格德堡,房屋的正面、电车、售报亭都被慷慨地画上了同样歇斯底里的彩画。领导市政建设总局的是天才的建筑师布鲁诺·陶特①。科尔布捷②是从几何学获得灵感的。是啊,他住在法国……然而布鲁诺·陶特却生活在一个动乱的国家里,这儿有饥饿和投机,有昨天对巴格达的幻想和明日对印度的远征,有"啤酒馆叛乱"和工人暴动。(希特勒掌权后,布鲁诺·陶特逃到日本,他很高兴能在那儿看见现代化建筑——传统的日本房子是明亮而宽敞的。)

我记得莫斯科街头的至上主义派的绘画,但马格德堡的见闻却使我异常惊讶。不论塔特林、马列维奇、波波娃、罗琴科的语言使人感到多么生疏,有时甚至枯燥无味,然而终归是艺术的语言。在德国的绘画中,那矫揉造作的风气和根本没有分寸感使我感到压抑,我觉得画在啼哭。

我记得哈森克勒韦尔③的诗集的封面:一个满脸失望神情的人在叫喊。当时的诗歌里充满着五花八门的预言,韦尔弗④和温鲁都在预言世界的毁灭。然而街上的行人对诗歌却漠不关心,他们疑心重重,沉默不语。

我常遇见列昂哈尔德·弗兰克⑤。这时他已满四十岁,成了有名的作家,但仍然像个好幻想的年轻人,他以为只要人们彼此看上一眼,微笑一下,恶的魔力立刻就会消失。而且他后来也很少变化,无论什么东西都不能使

---

① 陶特(1880—1938),德国建筑师。
② 勒·科尔布捷(1887年生),法国著名建筑师。
③ 哈森克勒韦尔(1890—1940),德国表现派作家。
④ 韦尔弗(1890—1945),奥地利作家。
⑤ 弗兰克(1882—1961),德国作家。

他变得冷酷无情。我在法西斯占领巴黎时见过他,战后他住在西德,常去柏林和德意志民主共和国的作家们进行友好的谈话。他的一本书的名字叫《人是善良的》,这是十分片面的评价——弗兰克知道什么是党卫军,不过他本人倒真是个善良的人。

阿尔图尔·霍里切尔摇晃着灰色的鬈发说:"你瞧吧,不出一年,柏林的工人准会向莫斯科伸出手去……"

在外国商人和新式富翁(人们称他们为大投机商)看中的一个街区里,有一个"洛马尼谢斯咖啡馆",这儿是作家、画家、小投机商和妓女的聚集地。这儿也可以碰见躲避墨索里尼的蓖麻油①的意大利人和逃出霍尔蒂②的监狱的匈牙利人。在这儿,匈牙利画家莫果利·纳吉同利西茨基就结构主义进行争论;马雅可夫斯基向皮斯卡托尔③介绍梅耶霍德的戏剧;意大利的幻想家幻想着工人对罗马进行国际性的远征;然而,机灵的人却在搞小面额外币的投机生意。每逢礼拜日,举止端庄的市民去赫德特尼斯教堂做礼拜,总要怯生生地瞧瞧"洛马尼谢斯咖啡馆",仿佛教堂的对面就是世界革命的大本营。

西柏林在当时也不愧是"西方的":这不仅和历史的风云,而且也和自然界的风向有关:在柏林、伦敦和巴黎,有钱人都选中了西部地区,因为风通常是从大西洋吹来的,工厂普遍设在东部郊区。

西柏林的人指望西方,但同时也憎恨西方:防御共产党人的愿望和复仇的愿望交织在一起。在一些商店的橱窗中可以看见这样的话:"此处不卖法国货",但实际情况并非如此,大投机商的妻子根本不必为何处能买到赫尔林香水的问题而伤脑筋:爱国主义是会在发财致富的欲望面前让步的。但是莫斯科室内剧院来柏林巡回演出时,却不得不把法国小歌剧《日罗弗莱—日罗弗里亚》④改为《孪生子》,把《亚德琳娜·勒库弗勒》改为《萨克逊的王子》。

在东柏林和北柏林有时可以听见唱《国际歌》的声音。那儿既没有人

---

① 墨索里尼对被逮捕的人常常采用灌蓖麻油的刑罚。
② 霍尔蒂(1868—1957),当时匈牙利的独裁者。
③ 皮斯卡托尔(1893—1966),德国导演。
④ 法国作曲家勒科克(1832—1918)的作品。

买卖外币,也没有人因皇帝的出走而啼哭。那儿的人们过着半饥半饱的生活,一面工作,一面等待革命的爆发。他们很有耐心地等待着,也许太有耐心了……我看见过几次游行。人们板着面孔列队走过,不时地举起拳头。但是游行定要在两点钟结束,因为这是吃午饭的时间……我记得自己同一个工人谈话的情形。他企图向我证明,工会会员数目的增加就意味着无产阶级的胜利。对组织的热爱,是一种值得称道的情感,然而在德国,我觉得未免太过分了。(1940年,我看见了没有汽车的柏林,柏林的汽车正在欧洲的公路上疾驰:第三帝国正在征服世界。然而,街上的行人一见红灯立刻木然不动,谁也不敢穿越街心。)我的交谈者在1922年还只懂初级数学,而外面已经是列宁和爱因斯坦的时代……

在亚历山大广场上的一个啤酒馆里,我第一次听到希特勒这个名字。一个顾客热情地谈论着巴伐利亚人:瞧,这才是真正的好汉!他们马上就要出动了。这都是自己人,是工人和真正的德国人。他们要让所有的人——法国人、犹太人、投机商人、俄国人都受自己的支配。邻座有人表示反对,但是希特勒的拥护者却固执地反复说:"我是以一个德国人和一个工人的身份说这话的……"

马克继续贬值,我来的时候,报纸只卖一个马克,不久,买一份报纸就得付三十马克。一条新的地下铁道建成了。"小型舞场"里,一对对男女拼命蹦跳着,仿佛在执行一项艰巨任务。劳合·乔治①宣布,德国必须分文不差地拿出全部赔款。由于长期营养不良,死亡率不断上升。大家都在谈论斯梯涅斯和施本格勒。斯梯涅斯是大家十分熟悉的人物:他是无冕皇帝,是鲁尔的统治者,是新的奥林波斯山上的赫菲斯托斯②。读过施本格勒③的著作的人不多,但是大家都知道他的一本书的名字:《西方的没落》(俄译名为《欧洲的没落》),他在这本书中痛悼他所熟悉的文化的毁灭。肆无忌惮的投机商、杀人凶手、不怀好意的记者都在援引施本格勒的话:既然死亡的时刻已经来临,又何必客气呢?甚至"西方没落"牌的香水也上市了。

常常发生罢工。有一次在"约斯蒂"咖啡馆里,一个穿戴考究的顾客突

---

① 劳合·乔治(1863—1945),当时的英国首相。
② 希腊神话中的火神。
③ 施本格勒(1880—1936),德国哲学家。

然倒在地上。邻桌的一位医生在诊断后高声说:"给他一杯真正的咖啡吧……这是长期营养不良引起的虚脱……"生活越来越困难,但是人们继续认真而努力地工作着。

在拥挤不堪的电车里,有人骂我是"波兰狗"。在一幢考究的资产阶级住宅的正门旁边的墙上,挂着一个牌子:"专供老爷出入",就在这面墙上我看见有人用粉笔写了这样几个字:"杀死犹太人!"

包括价格、谩骂和失望在内的一切,都无比庞大。

《行动》杂志的诗人们写道,实行新经济政策之后,他们再也不相信俄罗斯了,德国人将要向世界表明,什么才是真正的革命。一个诗人说:"首先应当在各国同时杀掉一千万人,这是最低数字……"(赫尔岑曾著文评论过"德国革命的梭巴开维支"海因岑①,后者曾幻想道:"只要从地球上消灭二百万人,革命事业就会一帆风顺。")《红旗报》的一个撰稿人对我说:"你的《胡列尼托》是一本不成体统的书!我不明白,它怎么能在莫斯科出版。一旦我们掌握了政权,我们是不会要这种书的……"

当时的总理是魏尔特。他打算拯救德意志共和国,所以在拉巴洛同苏维埃俄罗斯签订了协议。英国人和法国人愤怒了。至于德国人民,他们继续在等待,一部分人在等待革命,另一部分人则等待法西斯的暴动。

1952年,我在维也纳的世界保卫和平大会上遇见了魏尔特总理。那时他七十五岁。在一次拖得很长的会议之后,我们进行了交谈。魏尔特说:"作家在写完一部长篇小说时,定会有一种满足感——即使这部作品只有薄薄的数十页。一个政治活动家的晚年却是另一回事,对他来说,重要的不是个别的成就,而是结局。我可以说,我的一生被一笔勾销了。起初来了希特勒。我知道,将要爆发战争。我不得不到国外去。战争结束了,又来了阿登纳。我和他在一个党内,他比我大三岁。我对他说,他在重复自己前任的错误。他是个聪明人,却不能理解这一点……我不愿活到第三次世界大战。可是我能做些什么呢?难道在你们的大会上发表演说吗?但是请原谅,这是孩子气。"他闭上了自己那双呆板而疲惫的眼睛……

---

① 海因岑(1809—1880),德国共和主义者,政论家,巴登起义的参加者;梭巴开维支是果戈理《死魂灵》中的人物。

夏季的一天里,"执政官"社①的一个法西斯分子在格鲁涅瓦尔德大街上刺杀了外交部部长拉特瑙。当警察查出了凶手们的线索后,他们全体自杀了。法西斯分子的葬礼是按照军队仪式举行的。

店主们来不及改变货物的价格,他们想出了一个办法:价格的基数不变,只增加其系数。昨天系数是四百,今天就成了六百。郊区影院的银幕上总是那个癫狂的卡利加里医生。柏林一天内要发生九起自杀案件。专门研究同性恋的理论与实践的杂志《友谊》开始出版。

德国在那几年里发现了自己的肖像画家——格奥尔格·格罗斯。他笔下的投机商的手指很像一根根小灌肠。他所画的过去和未来的战争的英雄们,都是一些身上挂满铁十字勋章的仇恨人类的家伙。批评家说他是表现派,其实他的画是冷酷的现实主义和预见的结合,但人们却不知为什么把这种预见叫作幻想。是的,他敢于描绘赤身露体坐在办公桌旁边的三等文官,描绘正在解剖尸体的穿得花枝招展的胖太太,以及正在盆里拼命洗去手上血迹的凶手。在1922年,这看来只是一种离奇的想象,但是在1942年却是司空见惯的了。格罗斯的绘画的严峻是富有诗意的,它们和希尔德斯汉姆市木雕的勒达②像、哥特字母的印刷体格言、市政厅下面的酒馆和堆在狭窄的中世纪街道上的酒曲的气味具有相同的性质。

格罗斯生着一对孩子般的明亮的眼睛,脸上时常流露着羞涩的微笑。他是个温和、善良的人,憎恨暴虐,幻想着人类的幸福;也许正是这个原因使得他毫不留情地画出了未来的党卫军、战利品的爱好者、奥斯维辛的砌炉工得以滋生的肥沃的温床。

当时,全世界都注视着柏林。一些人感到不安,另一些人抱着希望:欧洲未来数十年的命运取决于这座城市。这里的一切——房屋、风俗、道德以及对数字、螺丝钉和图表的信仰,都跟我格格不入。虽然如此,我那时依然写道:"我用那么枯燥的描写来补充我对柏林的评述,大概会使你庆幸你没有住在柏林……我请求你相信我对你说的话:爱柏林吧,这是个有着令人生厌的纪念碑和不安的眼睛的城市。"我怀着不安与希望在这个城市里住了

---

① 1920 至 1933 年德国秘密恐怖组织。
② 希腊神话中的女神。

两年:我觉得我生活在前线上,只是那短暂的炮火沉寂的时刻拖长了。但是我也常常问自己:我在等待什么? 我希望相信,但是又不能相信……

马雅可夫斯基在1922年秋天初次来到柏林后,便表示了自己的爱情:

德意志啊,今天我在你的土地上漫步,

我对你的爱情也越来越深。

有时诗人看见的东西是批评家所没有看见的,于是就责备诗人犯了错误。有时诗人和其他人一起错了,于是批评家就像善良的主考人一样赞许地点点头。马雅可夫斯基说到德国时,他重复了1922年千百万人的想法。不错,巴伐利亚苏维埃共和国的灭亡,卡尔·李卜克内西和罗莎·卢森堡的遇害已是过去的事了,但是日后又燃起了汉堡起义的烈火。对于当代人来说,一切都尚未定局,1922年秋天,我和其他人一起在等待革命。

不能说德国人性情温和,不走极端。不仅表现派的艺术,就连德国历史的很多篇章都过于夸张了。

马雅可夫斯基写道,赢得胜利的德国工人将要"穿过勃兰登堡门的威廉拱门"。然而历史作出了另一种决定:十一年后,穿过大门的是疯狂的希特勒分子,而在1945年5月则是苏联士兵……

2

我不知道那几年里柏林有多少俄国人,大概为数很多——街上到处可以听见说俄语的声音。俄国饭馆有几十个,里面有巴拉莱卡琴、祖尔纳琴、茨冈歌手、发面煎饼、串烤羊肉,自然还得拼命干活。这儿有一座小型剧场,有三种日报、五种周刊。一年之内出现了十七个俄国出版社,出版了冯维辛和皮利尼亚克的作品、烹饪术、神父的著作、技术手册、回忆录、诋毁文。

在塞尔维亚的什么地方,弗兰格尔的将军们还在签署战斗命令。《双头鹰》报登载了"皇帝陛下"的诏书。苏沃林的儿子在《新时代》报上拟定了未来政府成员的名单,外交部交给马尔科夫第二,内政部交给了布尔采夫。一些骗子手在招募饥饿的人组织荒诞的"敢死队"。然而,昨天的步兵中尉们和骑兵少尉们已经不再幻想突击俄罗斯的城市,而是在为取得法国或德国的签证奔忙了。哥萨克的首领克拉斯诺夫放下手杖,专心写作长篇巨著《从双头鹰到红旗》。

有些亡命之徒并不甘心立刻去当出租汽车的司机或工人,他们还想过往日的生活。布尔什维克远得很,所以只好对自己流亡外国的同伴们进行报复。在米留可夫的报告会上,保皇党人枪杀了立宪民主党的纳博科夫。黑帮分子猛烈攻击克伦斯基,认为他是著名女革命家格夏·格利夫曼的儿子。"黑色骠骑兵"波萨日诺伊写道:

> 米留可夫的舌头没上镣铐,
> 整天胡说八道,
> 他忘记了,
> 耐心在逐渐消失,

报仇的怒火

将燃成熊熊烈焰。

他将死在我的手里，

黑色的骠骑兵们！

我记得一个名叫博斯图尼奇的人写的一本书《共济会与俄国革命》，书中说，社会革命党人切尔诺夫实际上就是李卜曼，十月党人古奇科夫是共济会员和犹太人，名叫瓦基耶；俄国是被标着魔鬼的五角星的瓦特曼自来水笔和库普费尔贝格香槟酒所毁灭的。

革命前的著名记者瓦西列夫斯基——涅-布克瓦写道："布尔什维克使索洛古布堕落。"他以革命前写的长篇小说《恶毒的巫婆》为证。布尔采夫说叶赛宁是"苏维埃的拉斯普京"，科·楚科夫斯基由于写了《阿赫马托娃和马雅可夫斯基》这篇文章便被说成是"苏维埃的走狗"；那位写了一些骂我的充满排犹情绪小诗的凯兰斯基说了句俏皮话："马雅可夫斯基的乐器是排水管。"有名望的作家也不甘落后于新闻记者。季娜伊达·吉皮乌斯诋毁安德烈·别雷。小说家叶·奇里科夫本应十分感激高尔基，但却写了一篇诽谤文章《俄国革命的斯梅尔贾科夫①》。布宁咒骂所有的人。白党的报纸每天都讲布尔什维克的末日即将来临。

所有这些只不过是一杯水中的风暴，是被推翻的庞巴杜尔们②的歇斯底里，是几十个外国情报机关的活动或个别幻想家的梦呓。侨民中有许多人根本不懂自己为什么成了侨民。一种人跑出来是由于恐惧，另一种人是由于饥饿，第三种人是因为他的邻居跑了。有的人留了下来，有的人走了，一个兄弟去科斯特罗马参加星期六义务劳动，另一个兄弟却在柏林的"熊"饭店洗碗碟，他们的观点是相同的，性格也很近似。千百万人的命运都是由平常的机遇决定的。

似乎一切都上了轨道，大地和深渊分开了，实际上过渡时期依然是一片混乱。出版家拉德日尼科夫出版了高尔基和梅列日科夫斯基的著作。另一位出版家格热宾在自己的出版物上印着："莫斯科—彼得堡—柏林"，而他

---

① 陀思妥耶夫斯基的《卡拉马佐夫兄弟》中的人物。
② 庞巴杜尔是谢德林作品《庞巴杜尔及其情妇》中的人物，通常指昏聩的官僚。

印行的作品的作者却是各种各样的,有勃留索夫和皮利尼亚克、高尔基和维克托·切尔诺夫。

出版《胡利奥·胡列尼托》的出版社有一个富有诗意的名字"赫利孔"①。这儿没有缪斯居住过的山,只是在亚科布大街上有个小小的办事处,一个名叫阿·格·韦什尼亚克的年轻人坐在那儿,他有一副可爱的外貌。他对艺术的爱好立刻博取了我的同情。阿布拉姆·格里戈里耶维奇出版帕斯捷尔纳克和茨韦塔耶娃的诗,安德烈·别雷、什克洛夫斯基、列米佐夫的作品。侨民批评家称他为"半布尔什维克"。而我们则给他取了个绰号叫"穆尔祖克"。他把莫斯科幼稚的名士派风气带进了柏林的日常生活。马林娜·茨韦塔耶娃在《手艺》一书中献给他一组诗,她这样描写阿布拉姆·格里戈里耶维奇的眼睛:

> 眼中有一只只雄鹰和岁月,还有月色溶溶的一年,
> 你那整个眼神忧郁的异族……

我跟他和他的妻子薇拉·拉扎列夫娜成了好友。后来韦什尼亚克夫妇搬到巴黎去了。希特勒分子侵占这个城市的时候,我们常去老朋友家进餐。我忐忑不安地和他们分手了,日后获悉,这一对和蔼可亲的好人在奥斯维辛遇害了。

柏林有一块地方很像诺亚的方舟,上流人士和手脚不干净的人和平共处,这个地方叫"艺术之家"。俄罗斯作家每逢星期五都在一个普通的德国咖啡馆中聚会。托尔斯泰、列米佐夫、利金、皮利尼亚克、索科洛夫-米基托夫读短篇小说。马雅可夫斯基发表演说。叶赛宁、马林娜·茨韦塔耶娃、安德烈·别雷、帕斯捷尔纳克、霍达谢维奇朗诵诗。有一次,我瞧见从爱沙尼亚来的伊戈尔·谢韦里亚宁也在这里,他还是像过去那样赞美自己,也还是朗诵那些"诗"。在画家普尼的报告会上发生了一场风波,阿尔希宾柯、阿尔特曼、什克洛夫斯基、马雅可夫斯基、什捷连别尔格、加博、利西茨基和我相互间激烈地争吵起来。但在庆祝高尔基文学活动三十周年的晚会上,相反却平静得多。意象派组织了自己的晚会,就像在莫斯科的"飞马之家"里

---

① 赫利孔是希腊神话中缪斯们居住的一座山,转义为诗人得到灵感之处。

一样,乱哄哄地闹了一阵子。有一次,叶·奇里科夫来了,他在马雅可夫斯基的旁边坐下,侧耳静听。

现在,我自己也觉得这一切不像是真的。如果在两三年之后,诗人霍达谢维奇(更不必说奇里科夫)无论如何也不会来到有马雅可夫斯基的地方。看来,此刻一切都在变化中。有些人把高尔基叫作"半侨民"。后来成了保皇党刊物《复兴》撰稿人的霍达谢维奇,这时正同高尔基编辑一个文学刊物,他说他打算回苏维埃俄国。阿·尼·托尔斯泰的周围是一批路标转换派,他有时把布尔什维克赞扬一阵子,说他们是"俄罗斯土地的搜集者",有时又生气地骂上一阵。雾气仍在弥漫。

"艺术之家"的成就主要是由它的第一任主席、象征派诗人尼古拉·马克西莫维奇·明斯基促成的。他当时六十七岁,个子矮小而粗壮,脸上露着笑容,像只听话的猫似的打呼噜。现在他的名字已被大家遗忘,但是在我还是个年轻人的时候,许多人都在谈论他;维雅切斯拉夫·伊万诺夫和他争论,勃洛克为他写诗;姑娘们熟读登在《朗诵者》上的他的诗歌:"梦是短暂的,梦是无忧无虑的,梦境只有一次……"

1905年,明斯基和其他许多象征派诗人一样,经历了对革命的迷恋。他获得了出版报纸的许可,由于命运的戏弄,"绝对的个人"迷信的宣扬者变成了第一个合法的布尔什维克报纸《新生活报》的正式编者。他不参与编辑工作,但却在报纸上发表诗:

全世界无产者,联合起来!
我们的力量,我们的意志,我们的权力。
要像迎接节日一样投入最后的战斗。
谁不和我们一起,就是我们的敌人,应该灭亡。

他是个平庸的诗人,但是对上个世纪末的审美教育的发展,他的作用是不容争辩的。

《新生活报》不久就被沙皇政府查封,尼古拉·马克西莫维奇被送交法院。后来他到了国外,一直居住到去世(他死时八十三岁)。

也许,正是因为他没有亲眼看见革命和国内战争,所以无论对苏维埃作家或是对最顽固的白侨都一律宽厚相待。我觉得,他并不十分了解他们之间的区别，因此常常陷入窘境。例如，他向列·舍斯托夫证明集体是有权利的，他要求马雅可夫斯基承认有言论自由，为此他还引证了柯罗连科的传统，但是在和阿·尼·托尔斯泰谈话时，他却总要夸奖一番未来派、意象派和其他新的流派。不过他说这些话时完全出于善意，所以谁也不怪罪他。他对谁都以笑脸相待，对待女人尤其亲切温柔。

他三番五次向我说："体力劳动者很少会取得成就，必须把脑力劳动者团结起来。必须对儿童进行教育，未来决定于他们。教育工作是青年人应担负的任务之一。"他对生活，尤其是对俄罗斯的生活非常陌生。有一次，我差点笑出声来，因为他将自己设计的孤儿院叫作"阿尔玛"，"阿尔玛"是拉丁文，意思是乳娘，俄语中是不用这个词的，恰巧我的朋友的一只狼狗也叫阿尔玛。事后，尼古拉·马克西莫维奇哼哼唧唧地笑了。在"艺术之家"迎接新年时，他读了一首祝酒诗：

让我们像孩子一般，
快活地迎接1923年……
结束那些荒谬的纠纷，
安德烈·别雷将和萨沙·乔尔内友好……
什克洛夫斯基将容忍莎士比亚作品的内容。
帕斯捷尔纳克将获得莱蒙托夫的诗才。
为奖赏明斯基主席的日夜操劳
将响起暴风雨般的掌声……

柏林还有一小块"不属任何人"的土地，苏维埃作家和侨民作家在那儿碰面，这个地方就是《新俄书》杂志。出版者是亚历山大·谢苗诺维奇·亚先科教授，一位法学家和文学爱好者，他带着苏维埃的护照从俄罗斯来到这里，和明斯基一样，努力团结一切人。简直找不出一个没有给他的杂志写过稿的人！我赞扬了塔特林的工作，反驳了那些诽谤苏维埃诗歌的侨民。亚历山大·谢苗诺维奇叹了口气说："太尖锐了，太尖锐了！"不过我的文章还是发表了。我的文章旁边就是过去的托尔斯泰主义者、保皇党人伊·纳日温的咒语："古老的俄罗斯转眼间变成了下流人的王国……而年轻人在毁灭，将军们在酗酒、偷窃、干非法勾当，后方拿鲜血做投机生意并胡作非为……我侨居国外,继续努力进行民族的和皇室的工作,但是我心中渐渐产生了怀疑……所有的人都变得下流,胆怯害怕。我们的未来是令人痛苦和阴暗的……"而在下一期的杂志上,就有马雅可夫斯基的文章:"我开始在《消息报》上发表作品。正在筹建'马甫'出版社。正在组织未来派的公社……"

周围是柏林和它那漫长的毫无生气的街道,这儿有低劣的艺术品和漂亮的汽车,有对革命的期待和第一批法西斯分子的枪声。诗人霍达谢维奇用俄国人的眼光描绘了柏林的夜景:

  一对对粘在一起的情侣犹如雕像。
  还有沉重的叹息。以及雪茄烟浓重的烟气……
  等着吧:将刮来凛冽的寒风
  钻进庞大柏林的一个个孔隙……
  粗野的日子将从一幢幢房屋后面
  朝俄国城市的后娘上空升起。

"俄国城市的后娘"这几个字颇不易懂。坐在俄国学校里的那些规规矩矩的孩子们,二十年后在俄国城市的母亲的身上抽打出一条条伤痕。不过,霍达谢维奇和许多俄罗斯作家一样,都厌恶德国的生活。

阿·米·列米佐夫弓着背坐在家里,用古怪的连体字编写《俄罗斯古代文字》。安德烈·别雷说,他正在研究勃洛克。阿·尼·托尔斯泰正同画家普尼一起编写论俄罗斯艺术的书。马林娜·茨韦塔耶娃在柏林完成了自己的优秀作品之一《手艺》。

我做了许多事,两年里,我写了《尼古拉·库尔博夫的生与死》《Д. Е. 托拉斯》《十三个烟斗》《六个结局轻松的故事》和《冉娜·涅伊的爱情》。在完成了《胡利奥·胡列尼托》之后,我感到自己走上了正路,找到了自己的题材、自己的语言,实际上,我是在徘徊,我的每一本新书几乎都否定了前一本书。关于这一点我以后再谈。现在我要讲一讲另一件事:我和结构派画家埃尔·利西茨基出版了一个杂志《作品》。

利西茨基坚定地信仰结构主义。他为人温和,极其善良,有时还很天真,他体弱多病,有过一段情史,他的爱情就像19世纪那样盲目并充满自我牺牲精神。然而在艺术中他却是个倔强的数学家,他的灵感准确,特别喜欢清醒状态。他是个不平常的有心计的人,展览会的陈列架上的展品本来不多,但经他一布置,往往显得很充实,一本书的装帧他也可以弄得十分别致。他的画既表现了色彩感,也表现了构图的技巧。

《作品》是由"西徐亚人"出版社出版的。不难猜到,革命的斯拉夫派和顽固的民粹派同我们所宣扬的结构主义有着多大的距离。第一期出版后,他们就忍受不了,拒绝继续印我们的刊物。

至于我自己,我是在每一本书中都和自己"绝交"。所以当时维·鲍·什克洛夫斯基称呼我"保罗·扫罗维奇"。这个称呼出自他的口中是没有恶意的。他一生所做的差不多也是他的同辈人所做的,换句话说,他多次改变自己的观点和评价,但他这样做时并不感到痛苦,相反,还带着几分寻衅的样子,只有他的眼睛是忧郁的,想必他生来就是如此。我觉得这个热情的人常常变得很冷淡。在柏林这段时期他也是冷淡的。他在那儿完成了依我看来是他的优秀作品《感伤的游历》。它的结构特点是从一个情节到另一个情节的突然转变("菜园里是接骨木,基辅城内是男仆")、相近的联想、迅速闪动的画面和突出的个人语调,所有这些都是由内容决定的:什克洛夫斯基描写的是俄罗斯的动乱年代和他自己内心的不安。

什克洛夫斯基那对忧郁的眼睛在柏林时显得加倍忧郁,他怎么也无法适应国外的生活,他当时在写《搓》。

这本书在生活中有一个没有预料到的续篇:它促成了一个女作家的诞生,现在有些年轻读者误认为这位女作家是法国人。埃尔扎·尤里耶夫娜·特里奥莱当时住在柏林,我们经常见面。她是莫斯科人,莉里雅·尤里耶夫娜·布里克的姊妹。革命初期,她嫁给法国人安德烈·特里奥莱,即安德烈·彼得罗维奇(我们也像埃尔扎一样,只称呼他彼得罗维奇),并和他一起前往塔希提岛。(彼得罗维奇是个特别的人,他酷爱马。在巴黎时有一次他对我说,他打算去丹麦度假:那儿的牧场极佳,他的马匹可以得到很好的休息。)安德烈·特里奥莱从塔希提岛回来后便留居巴黎,但埃尔扎·尤里耶夫娜却来到了柏林。她非常年轻,很招人喜欢,她绯红的面颊好像雷诺阿的某些油画,但神情是忧郁的。维·鲍·什克洛夫斯基将埃尔扎的四五封信收进自己的《搓》里。书出版后,高尔基便对维克托·鲍里索维奇说,他喜欢那几封女人的信。过了两年,莫斯科的"同人"出版社出版了埃尔扎·特里奥莱的第一本书《在塔希提岛上》。埃尔扎·尤里耶夫娜后来移居巴黎,我几乎每天晚上都在蒙帕纳斯遇见她。1928年,她在那儿认识了阿拉贡,不久便用法文写作了。

什克洛夫斯基在《搓》中责备自己的女主人公,说她太爱"全欧文化"了,因此她才能脱离俄罗斯而生活。维克托·鲍里索维奇的感情是容易理解的:他是偶然来到柏林的,非常怀念祖国,急切地盼望着回去。

鲍里斯·安德烈耶维奇·皮利尼亚克来到了柏林,好奇地打量着陌生的生活。他是个有才华的人,但有时头脑不清。他很熟悉自己描写的东西,他笔下的生活的冷酷细节以及他那不平常的表现方式使国内外读者为之震惊。20年代皮利尼亚克的作品正如他的许多同辈人的作品一样,有着时代烙印:这就是粗糙和奇特的结合、饥饿与崇拜艺术的结合,以及醉心于列斯科夫和热中于市场上听来的吵骂声的结合。他是1937年初的第一批遇害者之一,如果他活着,很难说他的创作道路将是怎样的。1922年在柏林的时候,他说革命是"农民的""民族的",他骂"将俄罗斯从俄罗斯割裂开来"的彼得大帝。他的纯朴有点滑头:他崇拜古代俄罗斯的一种自卫形式——装疯卖傻(看来这个词在任何一种欧洲语言里都是找不到的)。

叶赛宁在柏林住了几个月,他苦恼不堪,当然,又胡闹了一阵。意象派的库西科夫形影不离地追随在他的周围,手里拿着吉他唱道:

> 人们说我是坏蛋,
> 是个狡猾凶狠的切尔克斯人。

他们一面喝酒一面唱歌。伊莎多拉·邓肯曾想劝导叶赛宁安静一些,但毫无用处;他一次又一次地酗酒。皮利尼亚克喝醉了酒就要对俄罗斯的混乱发一通议论,而叶赛宁绝望时却摔碟子扔碗。

《前夜报》开始出版了。我曾同它的思想家们交谈过两三次。路标转换派公开承认,共产主义不合他们的心意,但是对于布尔什维克建立了军队,赶跑了外国干涉者并反击了波兰,他们是赞成的。他们说:"我们拥护强有力的政权,其余的就走着瞧吧。"我在给女诗人什卡普斯卡娅的信中写道:"'前夜派'是不会原谅我拒绝为他们写文章这件事的,可是又有什么办法呢,我在他们看来是太'左'了……"新闻记者瓦西列夫斯基——涅-布克瓦在《前夜报》上写了一篇极其尖锐的文章,把我大骂一顿,他提起《胡列尼托》里有一个女混血儿曾把一块块烤肉饼摔在爱伦堡这部长篇小说的主人公脸上,便说该用一只带硬骨头的火腿打我的耳光。

阿列克谢·尼古拉耶维奇·托尔斯泰忧郁地坐着,他沉默不语,只顾吸他的烟斗,间或神态自若地微微一笑。有一次他对我说:"你瞧着吧,侨民生活是不会产生任何文学的。任何一个作家在这个圈子里生活两三年就会给毁掉的……"他知道自己很快要回家了。

"西徐亚人派"赞扬拉辛和普加乔夫,他们有时引用《十二个》,有时引用叶赛宁关于"铁客"的诗。路标转换派说,布尔什维克是伊凡雷帝和彼得大帝的继承人。他们全都发誓忠于俄罗斯,全都强调"根基""传统"和"民族精神"。然而普通的侨民在"三马车"餐厅喝上几杯,听见有人唱"驶出一艘艘彩船……"后,就痛哭流涕地咒骂起来,就像他们坐上最后一列俄国加温车逃离祖国时那样啼哭咒骂。

托尔斯泰是对的:对于大多数俄国作家来说,侨民生活就是死亡。问题在哪儿?难道任何一种侨民生活果真都会毁掉作家吗?我不认为是这样。伏尔泰的侨民生活是四十二年,海涅是二十五年,赫尔岑是二十三年,雨果是十九年,密茨凯维奇是二十六年;在侨居外国期间写成的作品有《老实人》《德国,一个冬天的童话》《往事与随想》《悲惨世界》《塔杜施先生》。问题不在于和祖国分离,无论这种分离有多么痛苦。在侨民生活中是可以出现各种类型作家的——有的是侦察兵,有的是辎重兵。丹东说过,祖国是不能放进自己的鞋底带走的,这话不错,但是你可以将祖国保存在自己的心中,保存在自己的意识里。可以怀着巨大的思想而不是浅薄的仇恨离开故国到遥远的异乡。这就是赫尔岑的命运不同于布宁的地方。

"西徐亚人派""欧亚派""路标转换派"在这一点上是相同的:他们拿俄罗斯来对抗腐朽的、垂死的西方。对欧洲的这种揭露,是斯拉夫派昔日见解的独特的余音。

(在我现在所叙述的这些岁月之后过了四分之一世纪,某些思想和文字突然复活了。毫无疑问,卑躬屈膝不是吸引人的场面,它贬低了崇拜者,也贬低了被崇拜者。18世纪的讽刺作家就曾嘲笑过那些拼命"法国化"的俄国贵族。我讨厌苏维埃社会里的一种市侩,他们看了一部庸俗的美国影片后就对自己的太太〔这种人不说妻子,一定要说太太〕说:"我们还差得远呢!"然而,我却不仅要拜倒在莎士比亚或塞万提斯面前,还要拜倒在毕加索、卓别林、海明威面前,我不认为这样会贬低自己。不断吹嘘自己的优越性是和对外国的卑躬屈膝连在一起的,——这是片面性的不同表现;我也讨厌另一种市侩,他们有的出于真心,有的是用伪善的口吻,对一切好东西嗤之以鼻,只要这些好东西是外国的。)

在伦德贝格的《作家札记》中有一段关于1922年年初的记载:"一群俄国作家聚集在维利饭店楼上一个漂亮的咖啡馆里,有的喝茶,有的喝酒。他们开始碰杯。有的提议为文学干杯,有的提议为智慧干杯,有的提议为自由干杯。一个脱离了祖国的哲学家举起酒杯,由于内心痛苦咬紧嘴唇说道:'反对暴力!'大家都默不作声。这举杯反对谁是很明显的。沉默了片刻后,他们又继续互相拥抱和碰杯。只有伊·爱伦堡和我待在一旁。爱伦堡在想些什么,我不知道。我想的是,在文明人的心里感到亲切的这个欧洲的墓地上,一个半穷困的中年人过着奴隶般的生活。"当然,我不记得当时我在维利咖啡馆中想些什么,这次会见我记不清了。然而我很清楚自己那些年里的思想。

"西徐亚人"这个词来自勃洛克的著名诗篇。无论勃洛克的语言有多大魔力,这篇诗的某些诗句对我仍然是陌生的:

> 我们要在密林和树林里
> 为漂亮的欧洲
> 让出一条宽阔的路!
> 我们要把自己亚洲人的面孔
> 转向你们!
>
> 来吧,到乌拉尔来吧!
> 我们在开辟一个战场,
> 让散发出积分气息的钢铁机器
> 跟蒙古的野蛮队伍较量!

不，我不愿接受"亚洲人的面孔"！这几个字从历史上看是不公正的，当然，印度的哲学家和诗人并不比英国少。伦德贝格当时觉得欧洲是个使他心里感到亲切的墓地。然而我没有给欧洲唱安魂曲。我的长篇小说《Д.Е.托拉斯》是在那几年里写的，这是一部描写美国托拉斯的活动使欧洲毁灭的故事。这也是一部讽刺作品，如果我现在写它，我就要加上一个副标题："第三次世界大战的若干片断"。欧洲对我不是墓地，而是战场，它有时可爱，有时不可爱：我年轻时在巴黎看见它就是这样，1922年我在动荡不安的柏林发现它也是这样。（现在我看它也是这样。自然，可以用不同的方式去对待欧洲——"打开窗子"堵住门，也可以回忆一番我们整个文化——从基辅罗斯到列宁——同欧洲文化不可分割的联系。）

那时我还想些什么呢？我想的是怎样使"积分"顺应人性，使正义屈从艺术。我知道，可以对第一个决心走未经勘测的道路的民族的功绩感到自豪，然而，这条道路在我看来远比一个国家的传统或一个民族的灵魂更为宽阔。

我不记得究竟谁在维利咖啡馆中喝过茶和酒。也许，有一个曾经喝过茶和酒的人后来又跑进"三马车"餐厅，一杯伏特加下肚后，又滔滔不绝地谈论起俄国的使命来了。契诃夫记录过一段独白："爱国者：'您知道吗，我们俄国的通心粉比意大利的好得多！我可以向您证明！有一次在尼斯，侍者给我端来一盘闪光鲟，我差点哭出声来①……'"

自从在维利咖啡馆举杯祝酒以后，过去了四十年。老一代的侨民消失了：人们在衰老、在死亡，他们的子孙成了勤恳的法国人、德国人、英国人。曾被极端保皇党分子刺杀的立宪民主党人纳博科夫的儿子，现在是美国最有声誉的作家之一，他起初用俄文写作，后来用法文，现在用英文。

报纸曾多次指出我们渔业的缺点。但契诃夫写的那种闪光鲟仍然是……

---

① 俄国的闪光鲟在世界上最有名，这里是嘲笑法国的闪光鲟不好吃。

3

    1922年,在特罗顿诺大街上我住的一个简朴的市民公寓里,来了一个素不相识的人,他用腼腆而高傲的声音说道:"我叫杜维姆。"当时我还没有读过他的诗,但是内心里立刻感到一阵惶恐:站在我面前的是个诗人。大家都知道,世界上写诗的人很多,但诗人却很少,同诗人的会见使你震惊。普希金说过,在灵感没有到来的时刻,诗人的心灵只是在"领略冰冷的睡梦的滋味"。不正是这个虚幻的冰冷在燃烧着周围的人们吗?杜维姆的"冰冷的睡梦"是激烈、痛苦和狂暴的。

    他向我打听俄罗斯诗人们和莫斯科的情形。他的全部精神寄托在两种激情上:对人的爱和对艺术的艰苦追求。我们立刻找到了共同语言。

    几乎整整一生我们都是在不同的世界里度过的,很少见面,见面也很偶然(从前人们爱说"同海中的航船一样",我现在要说,如同热闹的航空站里的旅客,扩音器刺耳地尖叫着:"请登机……")。我对尤里安·杜维姆的爱是那样温柔、虔诚和自然,这在我是少有的……

    第一次见面,他的美就打动了我。他当时二十八岁。然而,他直到生命告终时也一直保持着自己的美。他腮上的一颗大痣赋予他严整的脸型一种悲剧的性质,他的微笑是忧伤的,差不多带着歉意,骤然的动作和深深的羞涩融合在一起。

    诗人不应长久地滞留在地面上,年轻的文学家们都称呼杜维姆"老头儿",然而他并没有活到六十岁。

    不仅手上的寿纹是弯曲的。有些书呆子责备杜维姆,说他某些时候对什么不了解、回避过、摔过跤、跑得太远、退到了一旁等等。杜维姆在第二次世界大战的年代里曾写道:"政治不是我的职业。它是我的良心和热情的功能。"当然,他走过的道路不是一条笔直的大道,但是,何时何地又有诗人从混凝土公路上正步走过呢?……杜维姆患有广场恐怖症:他很难穿过一个大广场。然而他又不得不多次越过荒地和沙漠,从一个时代走进另一个时代。

马雅可夫斯基说他是"激动的、心神不宁的",并指出了他的矛盾,并把这归之于1927年波兰的环境:"显而易见,他乐意写《穿裤子的云》那类作品,然而,正式的诗歌在波兰尚存在不了多久,哪儿还会出现《云》之类的作品。"但是,马雅可夫斯基是在沙皇俄国写了《穿裤子的云》的,杜维姆也是在反动的波兰翻译了这篇诗的。如果他没有写出《穿裤子的云》,那仅仅是因为诗人和诗人彼此不同罢了。

1939年,一位苏联的波兰文学专家断言杜维姆的创作特点是"没有思想性和逃避生活"。在杜维姆逝世前数月,我从"保卫自由和文化大会"(这是由美国人资助的一个机构)的广播中听见评论员说,杜维姆出卖了波兰,背叛了诗歌,丧失了天良。

如果只看见一个人走过的一步路,要了解他的整个道路是不可能的,生活的道路只有站在山顶上才能看清楚,从门下空隙里往外瞧是看不到的。岁月改变着国家的面貌,也改变着人们的思想,但是诗人将某种最重要的东西倾注在自己的全部创作中。马雅可夫斯基说得对,杜维姆是"激动的、心神不宁的",他一生都是如此,当他和自己的朋友"斯卡曼德尔们"——斯洛尼姆斯基、伊瓦什凯维奇、列洪(一群希望革新波兰诗歌的诗人给自己取了"斯卡曼德尔"这个绰号)走进"小泽米扬斯卡亚"咖啡馆时是如此,而当他和许多旧日的朋友绝交,决心返回新波兰时也是如此;当他年轻时咒骂古典的条规,说些无理取闹的话时是如此,而当他死前不久感喟地说:"我充满了这么多陈词滥调,诸如信仰、希望、爱好人、恨坏人……"时也是如此。

1950年11月在华沙举行的第二届保卫和平大会上,一个学识非常渊博、并且当时非常有权威的人物对我指着谦虚地坐在大厅深处的杜维姆说:"瞧,这就是改造的作用!一个情绪多变的诗人现在也参加了保卫和平的斗争……"我用微笑代替了回答:这时我想起了杜维姆早年的一首诗,由于这首诗,到处有人骂他。他在诗中写到石油,写到流血,并号召士兵们扔掉步枪。这是在第一届保卫和平大会的四分之一世纪以前。然而有些现在坐汽车的人早已忘记了马车,他们只记得那迷人的马蹄铁的形象①,这类人的特点是手长记性短。

马林娜·茨韦塔耶娃写道:"每一个诗人——进犹太人区。"杜维姆喜欢这些诗句,他向我朗诵过多次。当他还不到三十岁的时候,他就描写那些强迫诗人迁居犹太人区的家伙,他也描写了那些身居犹太人区却并未屈服的诗人:

不,无论是凭借职务或依靠奉承
你们都弄不到我自由的诗人称号。
上帝不会把那些星座
别在你们的制服和肩章上。

波兰对杜维姆并不总是那么亲昵,但他始终爱着波兰。波兰人的爱国主义天性是和三部悲剧性的历史联系在一起的,我听了杜维姆的自白,对此将终生不忘。(不错,自白里有着由于羞愧而带来的嘲笑。)他非常眷恋自己的故乡罗兹,但是这个城市没有一点地方可以引起你的游兴。1928年我来到了华沙,后来又到了罗兹——朗读我的作品的片断。杜维姆再三恳求我到了罗兹一定要看看彼得罗科夫大街,看看市场和"萨沃伊"旅馆,看看工厂和穷人居住区巴鲁特。我那次去罗兹就住"萨沃伊"旅馆,参观了工厂、巴鲁特区和一座大型监狱,会见了文学家、工人、宪兵、中学生、波兹南的一个工厂主和地下工作者。我当时在笔记本中写道:"'罗兹'是个短名字。还有一些短句子:'五个箱子''三节车厢''一盘鹅肉''医生''警察''殡仪馆',思想更短,'一美元——八兹罗提''我要死啦!''我能挣扎过去!''见鬼!''逮捕!'。好城市,爽直的城市!全欧洲也找不到这样的愤恨,这种生活毅力,这么强烈的苦闷。"我碰见杜维姆时便对他说:"美妙的城市!"他笑了一下,罗兹在他的眼睛里想必是另一副样子:我在那儿只住了一个星期,而他是在那儿长大的,他的爱是那么强烈,许多东西都会因此变样。前不久,我读了杜维姆的诗:

---

① 俄国从前有一种迷信说法,马蹄铁会给人带来幸福,所以凡捡到马蹄铁的人都将它钉在家里的墙上。

让那些最美的人去赞美
索伦托和克里米亚。
我是罗兹人。哪怕是黑烟
也使我感到心情舒畅。

大概,杜维姆远比许多书呆子甚至朋友们所认为的要复杂得多。不过,我在后面还要谈起这一点。现在我继续谈谈他对波兰的爱。

1940年,杜维姆经过长途跋涉来到巴黎。那是个非常奇怪的冬天,或者像法国人所说的,"奇怪的战争"!入夜以后,城市一片漆黑,但是在百叶窗紧闭着的饭馆和咖啡馆中,却是灯火辉煌,人声喧哗——军人们在寻欢作乐。前线上的士兵无事可做,巴黎的警察却忙得不可开交:没有人能确切地知道,法国在同谁作战——是同德国人还是同共产党人?巴黎人在窗子的玻璃上贴了许多薄薄的纸条,以免空袭时震坏了玻璃,然而一切是那样平静,一种令人难以忍受的平静,未必有谁能猜到,几个月后,不是谨慎的守门人的窗玻璃,而是整个法兰西变成了碎片。那年冬天我病了,我没有见到谁——许多朋友不愿和我见面:有的出于畏惧,有的由于恼怒——友谊是友谊,政治是政治。但是,杜维姆却来看望我。他心中只怀念着波兰,巴黎在那个冬天对他来说是陌生的。我们的友谊经历了艰苦的磨难,我们拥抱了,彼此也了解了。

我们分别了六年。不用说,谁都知道这是些什么年头。1941年秋,当苏联情报局的战报每天都在报道"我军撤离……"的消息,而在莫斯科街头走过一队队步伐不整齐的上了年纪的后备军人时,当西方正在为我们唱安魂曲时,我接到了一封来自纽约的电报——杜维姆谈到了友谊、爱和信心。(除了几本笔记本外,我什么也没有保存下来,因此想不起电报的文字了。)杜维姆后来写道:"当希特勒在东线取得辉煌'胜利'的时期,我给爱伦堡拍了一封电报,对红军未来的胜利满怀信心。"

1946年春天,我坐在纽约杜维姆的房间里的一堆箱子中间:再过一个星期,他便要动身去法国,然后转赴华沙。他异常快活和激动。当时住在纽约的许多波兰人都试图劝阻他:他们说返回华沙是"背叛行为"。当然,对于杜维姆来说,和自己从前的朋友决裂并不容易,但是他的整个心灵都寄托在即将同波兰的会见上,他快乐,激动,像一个初次赴约的少年。

1947年秋天我在波兰的时候,杜维姆一连好多天不分昼夜地带着我在华沙的废墟中间散步。"不,你瞧,多么美!……"城市的外貌令人寒心。古城的废墟总是美丽的:时间是一位天才的建筑师,它善于使荒芜变得和谐,然而,刚刚被战争毁灭的城市使你不忍卒睹——那一片片瓦砾的景象,那残破的房屋和壁纸的碎片,以及那笔直的螺旋形楼梯,人们有的住在地下室里,有的住在防空洞内。然而,杜维姆却在这满目疮痍的华沙看到了美:因为他是波兰人,也因为他是个诗人。

我想谈谈杜维姆对俄罗斯人民和俄罗斯诗歌的爱。看来,往事可能遮住许多东西:对于沙皇的制度和罗兹大街上的俄国警察他记忆犹新。波兰统治集团在二十年的过程中只是加深了仇恨:俄罗斯的一切都遭到唾弃。杜维姆没有理会这些。许多年来,他都埋头翻译俄罗斯诗人的作品。当他向我朗诵他翻译的《铜骑士》时,我听出了那复杂的普希金韵律。在最后几次会面中,有一次他对我说:"俄罗斯语言仿佛是特意为诗歌创造的……"

还在20年代的时候,他就盼望去苏联旅行。1948年春天,他来到了莫斯科。在他来到的当天,我们一同去饭店吃饭。他告诉我他想看些什么,实际上他什么都想看。但是当天晚上他就病倒了,被送往博特金医院。医生们怀疑他是癌症。

患病的杜维姆被一名医生送往已请到波兰医生的布列斯特。苏联医生用拉丁语把诊断意见告诉了同行。杜维姆的拉丁语水平比那些年轻医生都高。他只求早死。不料波兰的医生们断定杜维姆患的是胃溃疡,给他做了手术,他便像是复活了。五年后他死于心肌梗死。这样一来,他就没有能够参观莫斯科,他所看到的也就只有医院的病室和他居住的"民族"旅馆的那个房间,后来他说他觉得这个房间跟罗兹的"萨沃伊"旅馆的房间一模一样。

我有一些亲密的外国朋友,每当同他们谈话时,我立刻会感到有一条界限……我们的生活无论过去或现在都完全不同。但是我和杜维姆在一起时却从来没有这种感觉,我们之间不仅没有"铁幕",哪怕一层薄薄的窗纱也不存在。

海涅写道:"只要我一死,他们就会把我的舌头从尸体上割下来。"诗人的作品给德国带来荣誉,丰富了德国的抒情诗,但是一百年之后,在他的故乡杜塞尔多尔夫,有人把他的书放在火堆上烧掉了:种族主义者不会宽恕《一个冬天的童话》的作者,因为他是犹太人。当我1928年在波兰的时候,排犹主义者大肆诽谤杜维姆,他拿一份报纸给我看,上面说,他的诗"有一股蒜味"①。

杜维姆有一篇诗,描写一个穷苦的犹太孩子站在窗下唱着悲哀的歌曲,他希望哪位老爷会扔给他一个铜币。杜维姆想将自己的心抛给孩子,跟他一起到别人的窗外去唱悲歌。

> 在人的世界上唯独没有一个地方
> 收容唱疯人歌曲的犹太流浪汉。

1944年,杜维姆写了一份呼吁书,标题是"我们是波兰的犹太人"。现在我摘录其中一段:"我立刻听到这样的发问:'这个"我们"指的是谁?'问题是有一定根据的。向我提问的是些犹太人,因为我经常对他们说我是波兰人。现在,将要向我提出这个问题的波兰人,绝大多数认为我依然是个犹太人。下面是我的回答,它对两者都适用……我是波兰人,因为我乐意做一个波兰人。这是我的私事,我没有义务向任何人做解释。我没有把波兰人分成纯种的和杂种的,我把这件事交给外国和祖国的种族主义者去做。波兰人如同犹太人以及其他任何一个民族一样,我将他们分成聪明的和愚蠢的、诚实的和虚伪的、有趣的和枯燥的、欺人的和受欺的、可敬的和不配受到尊敬的。我还要将波兰人分成法西斯主义者和反法西斯主义者……我可以补充一句,在政治上我将波兰人分成排犹主义者和反法西斯主义者,因为排犹主义是法西斯主义者的国际语言……我是波兰人,因为我生在波兰,在波兰长大,受教育,因为我在波兰领略了幸福和痛苦,因为在流亡期间我曾千方百计地设法返回波兰,即使有人在异乡为我安排了天堂般的生活……我是波兰人,因为我用波兰话倾吐了初恋的激情,因为我用波兰话道出了爱情带给我的幸福和不安。我是波兰人,也因为白桦和白柳较之棕榈或柏树对我更亲切,而密茨凯维奇和肖邦比起莎士比亚和贝多芬对我更可贵,为什么?对此我也不能给予合理的解释……我听见有人问:'好吧。既然您是

---

① 犹太人爱吃蒜,这里有嘲弄、侮辱的意思。

波兰人,为什么您要写'我们是犹太人'?'我要回答他说:'由于血统。''这岂不是种族主义吗?''不,绝不是种族主义。恰恰相反,血有两种:一种是在血管中流动的血,一种是从血管中流出来的血。第一种血,是人体内的汁液,研究它是生理学家的事。那些认为这种血除生理学特性之外还具有某种特性的人,现在我们看到,正把一座座城市化为废墟,正杀害着千百万的人,而最后,我们也看到,给自己人民带来了死亡。另一种血,这是国际法西斯主义首脑从人类身上榨取的血,以便证明自己的血比我的血、比千百万受苦受难的人的血更优越……犹太人的血像一条条又深又宽的溪水在流,深黑色的血流汇成一条汹涌澎湃的大河,在这条新的约旦河中,我接受了神圣的洗礼——这个洗礼就是同犹太人的流血的、强烈的、苦难的兄弟情谊……我们是什洛伊姆、斯鲁勒、莫依什克①,全身长癞,还有一股大蒜的臭味,我们有许多使人难堪的绰号,我们使自己的行为配得上阿喀琉斯②、狮心理查③和其他英雄。我们在华沙的地道和仓库里,在难闻的下水道里惊扰了我们的邻居——老鼠。我们拿着武器在街垒中间战斗,我们挺身站在轰炸我们陋室的飞机下面,我们是自由和正义的战士。'阿隆契克④,你不是没有上过前线吗?'他上过前线,仁慈的先生,他在保卫华沙的战斗中牺牲了……"

这些话是用"血管中流出来的那种血"写成的,成千上万的人传抄它。我在1944年读了它之后,久久不能同任何人说话:杜维姆的话是活在许多人心中的誓言和诅咒。他有力地披露了它们。

一年年过去了。希特勒自杀了。波兰排犹运动的首领们纷纷逃往英国和美国。但是杜维姆心中的创伤并未痊愈。我记得同他的最后一次见面,这是个相当艰难的年头——1952年……我们回忆了很多往事,也谈了许多正在发生的事。尤列克(我要在这里这样称呼他)突然站起身走到我的跟前,他拥抱了我,但为了掩饰自己的激动马上又说:"咱们上'佐鲁什卡'咖啡馆去吧,那儿有意大利咖啡……"

---

① 全是犹太人常用的名字。
② 《伊里亚特》中的英雄。
③ 狮心理查即英国国王理查一世。
④ 犹太小孩的名字。

我想起了海涅:除去研究人类品种的专家所感兴趣的那个东西外①,杜维姆和他还有一个共同点,——这就是强烈的敏感所产生的讽刺。杜维姆有时显得高傲些,他的许多诗伤害了那些尊重官级的人们,他说过一些挖苦人的话。有一次他对我说:"你知道吗,刺猬的心肠大概是最软的了。"他受到感动时总想说句笑话。1950年保卫和平大会开会期间,一个年轻姑娘走来兴奋地对杜维姆说,她非常喜欢他的作品《第七个秋天》。杜维姆有点不好意思,他突然转身对我说:"你记得不记得,有个密探原来是我的崇拜者……"这是1928年的事,当时我在华沙,有两个密探监视着我;一个身材高大,面孔和神气很像一名拳击手,另一个身体孱弱,黑头发,眼睛高度近视:在街上他常常丢掉我。我对此已习以为常,有时还请他们给我买张报纸或一盒纸烟,总之,已经搞熟了。有一次,我和杜维姆在街上散步,我们谈论着诗歌,突然我发现那个黑头发的密探并没有胆怯地跟在后面,而是和杜维姆并排走着。我生气了,提醒密探要懂得礼貌,但是他回答说:"我这样做不是由于职务的缘故……杜维姆的谈话我怎能不听呢?……"这个出人意外的回答使得我们哈哈大笑起来。

杜维姆写了很多描写小市民的辛辣的诗。我想起了1928年冬天"小泽米扬斯卡亚"咖啡馆里的情形。去那儿的不仅有"斯卡曼德尔"诗人,不仅有毕苏斯基的漂亮的副官、崇拜艺术界的德乌戈绍夫斯基-维尼亚瓦,而且还有在午饭前一小时喝咖啡、吃奶油点心的那些附庸风雅的华沙人。杜维姆是这样挖苦他们的:

  一个笨头笨脑的小伙子在下午一时,
  毕恭毕敬地走进一家咖啡馆,
  他大模大样、神气活现地坐下,
  几乎跟外国人没有什么两样。
  可怜虫拼命地大摆架子,
  装扮成拳击家或瓦蓝人,
  也许还想装扮成勋爵大人……
  谁也没有注意他,

---

① 这里指法西斯的种族歧视,因为海涅和杜维姆都是犹太人。

于是他强作欢颜，
决定做一个西班牙人，
名叫德·门多斯-伊-奥利瓦。
他既是潘普那的生意人，
又是阿利坎特的歌唱家，
还是西班牙的侨民兼保皇党。
但这一切都枉费心机，
即使他来自托莱多，
也不过像一个有抽水马桶的厕所。
他回到了小科希科沃街上
门牌十七号的家中，
还得向一个糊涂的老太婆
倾诉满腔痛苦。

有时许多人觉得，杜维姆情愿愤怒地重复普希金的诗句："走开吧，和平的诗人与你们有何相干！"实际上杜维姆喜欢那些他称之为"普通人"的人，而当时"普通人"这几个字尚未成为报纸上的名词。他将自己的一部优秀诗作《理发匠》献给了查理·卓别林，绝非出于偶然；——卓别林是一位能打动人心的嘲笑者，他在我们这冷酷的时代努力保卫可笑的小人物。诗里这样写道：

在冷清的理发馆里，几个理发匠在墙边打盹，
等了几小时也不见顾客，只得懒洋洋地消磨时间，
自己给自己刮脸、理发——老是自己给自己效劳，
有时交谈几句，打个盹，睡一觉，然后又醒来……
暴风雨即将来临，天昏地暗，公鸡放声高唱，
理发匠们心惊肉跳，跑出去一看——雷声隆隆！
理发匠们啼哭、埋怨，理发匠们都傻了眼，
有时呆若木鸡地站着，有时几乎要抱头鼠窜。

1926年，坐在理发馆或议会大厅里的波兰政治家们未必听见最初的雷鸣。但诗人听见了。

1928年，我在一篇谈杜维姆的文章中说："同他争论是不可能的。他是用联想来思想，用半谐音来陈述理由的……"是的，杜维姆首先是抒情诗人，但这并不妨碍他比那些用固定方式思想并喜欢引经据典来说明问题的意识清醒者更能清楚地认识时代。杜维姆用诗表现自己，也许，正因为如此，读过他的诗的人都认为他的诗表达了他们的思想与感情，也表达了某种共通的东西。一个波兰人对我说，他在战争年代打游击时像念咒似的一再诵念杜维姆的诗：

　　我在那儿也许只住了一天，
　　但也许住了一辈子……
　　我只记得清晨和白茫茫的雪景。

杜维姆年轻时非常喜爱阿瑟·兰波——一个喜欢恶作剧和有预见的人，叛逆者和生着一副失望的天使面孔的少年。在我们最后一次见面的时候，他突然说："看来，没有谁比勃洛克更会诉说最困难的东西……"他对诗人们的爱是不偏不倚的，他以相同的热情翻译了《穿裤子的云》和《伊戈尔远征记》，没有求助于任何人。然而，勃洛克对他毕竟更亲切些……我很喜欢杜维姆的诗《在圆桌周围》和它那采自舒伯特歌曲的题词"噢，崇高的艺术，在悲痛的时刻多少次……"：

　　亲爱的，让我们再次
　　到托马舒夫去消磨一天。
　　那儿依然有金色的暴风雪
　　还有那宁静的九月……
　　在别人的家具已被搬走的
　　那白色的房屋和房间里，
　　我们得结束我们早先那场
　　尚未结束的争论，亲爱的。

也许，这就是"最困难的东西"了，诗是坦率的，看来它产生于空虚，如同勃洛克的《夜晚》和魏尔兰的短歌一样。

有人说，朋友们有时也不了解杜维姆，我也这样想：我想的是非凡的复杂往往变得很平易，一个博学多识的聪明人同时又有一股孩子气，一些可笑的滑稽戏和一篇艰深的抒情诗竟出自同一作者的手笔。他给孩子们写诗,在一篇诗里描写了只做相反的事的怪人亚涅克。孩子们一面听诗一面笑,但杜维姆却惭愧地微笑着:他自己很像他所嘲笑的亚涅克。

当我最后一次去他家时,他正在跟八岁的夏娃逗着玩。不知何故我们两人心中一阵难过,但我没有想到,我再也见不到他了。

他爱树木。我记得他的一首诗:他想在树林里认出人们将来为他做棺材的那棵树,这首诗里有一股清醒的忧伤感,类似"我在热闹的大街上徘徊……"

在华沙的公园中,在郊外,在诗人伊瓦什凯维奇的花园里,我瞧见树木时,心中便想起尤里安·杜维姆的那棵树。他比我小三岁,却已去世多年。我早已习惯于各种各样的损失,但仍然摆脱不了沉重的心情。

然而我认识他,这是多么好啊!

4

在"普拉格尔-迪尔"咖啡馆里,有时可以碰见一些俄国作家。他们之间的谈话总是吵吵闹闹,纠缠不清;侍者们对这些神秘的老主顾一直不习惯。有一天,安德烈·别雷和舍斯托夫争吵起来,他们谈论的题目是人格的毁灭,而所用的语言只有职业哲学家才能听懂。后来,不祥的"宵禁"来临,咖啡馆该熄灯了,但是这场哲学争论并未结束。

怎能忘记那最后的场面呢?安德烈·别雷和舍斯托夫在旋转的门扇中间叫喊着。他们都想推门出去,但谁也没有注意到这样哪能出得去。舍斯托夫戴着大礼帽,蓄着胡子,拿着一根大手杖,很像流浪的犹太人。而别雷则发狂似的叫喊,不停地挥舞双手,蓬松的头发高耸在头上。一个饱经世故的年老侍者对我说:"这个俄国人大概是个大人物……"

1902年,安德烈·别雷,说得更确切些,鲍里斯·尼古拉耶维奇·布加耶夫,是莫斯科物理数学系的学生,年纪二十二岁。当时他曾将自己写的一些蹩脚的象征主义诗歌送给公认为新诗的导师瓦·雅·勃留索夫去看。瓦列里·雅科夫列维奇在日记中这样写道:"布加耶夫来访,他朗诵自己的诗,谈到化学。他恐怕是俄国最有趣的人了。在奇怪的青年时代,智力已完全成熟并衰老了。"亚·亚·勃洛克和安德烈·别雷有多年的友谊,但在他们的相互关系中,有亲近,有严重的分歧,也有妥协。看来,勃洛克是可以和别雷处熟的,然而并非如此,和鲍里斯·尼古拉耶维奇处熟简直不可能。勃洛克在1920年和别雷见面后写道:"他和从前一样,有天才,但很古怪。"

天才?怪杰?预言家?丑角?……安德烈·别雷给所有同他见过面的人留下了强烈的印象。1934年1月,曼德尔施塔姆得知鲍里斯·尼古拉耶

维奇的死讯后,写了一组诗。他看出了别雷的伟大:

> 向他呼喊的有高加索的山峦
>
> 还有挤成一团的、温存的阿尔卑斯山,
>
> 他的一只看得见东西的脚掌
>
> 踏在能发声的庞然大物凸起的幼芽上。

同时他也表示了其他人所共有的不安:

> 请告诉我,据说有一位果戈理死了?
>
> 不是果戈理,是个平庸的作家,一只小鹊鸦①。
>
> 就是那个曾在当时制造混乱,
>
> 为人机灵,相当轻浮,
>
> 不记教训,不求甚解,
>
> 蓄意搅浑水、滚雪球的家伙……

我在1919年对安德烈·别雷作了如下的描写:"大而圆的眼睛是苍白、疲惫的脸上两堆熊熊的篝火。他那高大的前额上,耸起一丛丛鬃毛似的头发。他朗诵诗时的姿态,很像女巫在作预言,一面朗诵,一面挥动着双手:他在加强节奏——但不是诗的节奏,而是自己隐秘念头的节奏。这有点滑稽,但别雷有时候很像一个出色的丑角。只要他在旁边,不安、苦恼以及对某种自发危险的预感立刻笼罩了周围的人……别雷比他自己的作品高大得多。他是一个没有找到肉体的流浪的幽灵,是股越出堤岸的洪流……为什么在谈到别雷时甚至'天才'这个光辉的字眼听起来也只像个封号?别雷可以成为一个预言家——他那假托神命的先知的狂妄闪耀着神的智慧。但是降临在他身边的'六翼天使'并未完成使命:他打开了诗人的眼界,让他倾听天界的韵律,赠给他'智慧的蛇的舌头',但却无法触及他的心灵……"

我写这段话的时候,我对安德烈·别雷的了解只限于他的作品和几次仓促的会面。在柏林和滨海小镇斯维涅蒙德的时候,我常常见到鲍里斯·尼古拉耶维奇,这时我才明白,我所说的六翼天使和心灵的话是错了:我把不幸、折断的翅膀、支离破碎的个人生活和语汇的过多闪光当成了内心的

---

① 这是个双关语。小鹊鸦和果戈理的小称是同一个词。

冰冷。

现在,当我想着这个确实非凡的人物的命运时,我找不到谜底。大概,伟大的(而且不只是伟大的)艺术家的道路是不可知的。拉斐尔死时很年轻,没有来得及表现出自己的一切。然而,莱奥纳多·达·芬奇度过了漫长的一生,他有过发现,有过发明,而他的科学著作是在他的全部发现和发明仅仅具有历史价值时才出版的,他用自己调制的颜料作画,颜料很快褪色了、暗淡了、脱落了,千百万人知道的不是绘画天才莱奥纳多,而是关于佐贡多的"神秘的微笑"的臆造的传说。有的作家比自己的作品渺小:每当你想起这个人时,便会感到奇怪,他怎能写出这样的作品?……也有另一类作家。我和四十年前一样,现在仍然认为安德烈·别雷比他自己的全部作品伟大得多。

我不愿说他的作品是渺小的或枯燥的。我觉得,他的诗集《灰》里面的一些诗就很优美,长篇小说《彼得堡》是俄国散文史上一桩大事;安德烈·别雷的回忆录更是令人神往。但是这些书没有再版,也没有人翻译,无论国内或国外也都没有人知道它们。

苏联大百科全书对别雷的父亲,数学家布加耶夫使用了一些好听的字眼,但鲍里斯·尼古拉耶维奇却不走运——照1950年的说法,他被称作"诽谤者"。(我又想起了精密科学的优越性:对数学家的工作,"诽谤者"这个标签是贴不上的……)

现代读者很难看懂安德烈·别雷的作品:他自己创造词组,任意变换词的位置,故意加强散文的节奏,这些都给阅读造成了困难。甚至在他去世前不久写的著名的回忆录中,安德烈·别雷也不断"搓雪球":"巴尔特鲁沙伊季斯像峭壁一样高大忧郁,人们称呼他尤尔吉斯,和波利亚科夫相好……他没有脱衣服就坐下来,双手扶在手杖上,如同在云雾包围中的悬崖,他被卷烟的烟雾紧紧围住,他做了一副怪相,顺手弹掉了卷烟上的烟灰,一面弯起胳膊肘,眨了眨眼睛,在他那明显地露出红筋的鼻子上面,有几条深深的横的皱纹……"这些话好像是用古代语言写成的,像《伊戈尔远征记》一样需要加注。并非任何一个年轻的苏联散文作家都读过安德烈·别雷的作品。然而,如果没有他(正如没有列米佐夫一样),俄罗斯散文的历史很难想象会是个什么样子。安德烈·别雷的贡献在当代某些作家的作品中也可以感觉出来,而这些作家也许从来没有读过《彼得堡》和《列塔耶夫的小猫》。

文学发展的道路比作家个人的道路更令人难以捉摸。从来没有人使用从鸢尾根或夷兰花中提炼出的纯香精油,但全世界的化妆品制造商都离不开它。各种食用香精也一定得加水冲淡后再食用。很少有人能从头到尾读完韦列米尔·赫列布尼科夫的全集。然而这个大诗人却继续对现代诗歌发生影响——通过隐秘的、曲折的途径:由受到过赫列布尼科夫影响的人发挥影响。对于安德烈·别雷的散文也可以如此说。

他的道路如同他的句法结构一样,复杂而难以理解。1932 年,在离库兹涅茨克市不远的一个邵尔人居住的小村子里,我看见了最后一个萨满教的巫师。他知道自己的日子已屈指可数,开始念咒时,他显出一股懒洋洋的神气,这也许是由于饥饿或习惯吧,但是过了几分钟,他就陷入神魂颠倒的状态,激动地喊出没有人能懂的语言。每当我回想起安德烈·别雷的某些发言时,便立刻联想到这个巫师。我觉得鲍里斯·尼古拉耶维奇在说话和写诗时,常常处于疯狂状态,就像萨满教的巫师在念咒,——匆匆忙忙,总好像看见和预见到了什么,但又无法为自己所看见的东西找到适当的词句。

他受到了施泰纳①和人智学的鼓舞,在多尔纳赫建立了庙堂,他不像沃洛申那样,而是严肃和疯狂的。1922 年,柏林有很多小型舞场,那些半饥半饱、茫然无措的德国男女一连几个钟头跳时髦的狐步舞。当安德烈·别雷第一次听到爵士音乐时,他梦见了什么呢?为什么他开始疯狂地跳舞时,要用自己先知的眼睛吓唬年轻的舞伴呢?他早已白发苍苍,面孔由于日晒而发黑,而眼睛越来越厉害地脱离着面孔,它们有自己的生命。

他身上充满了不幸:爱情的悲剧、和勃洛克的友谊、经常的失望情绪、文学事业上的孤独。还在 1907 年的时候,他便给自己写了一个墓志铭:

> 他相信金色的光辉,
> 却死于太阳的利箭;
> 他用思考衡量时代,
> 却不善于生活。

他死时五十四岁,不是死于太阳的利箭,而是死于疲劳:他想和时代的

---

① 施泰纳(1861—1925),德国神秘主义哲学家,人智学的创始人。

步伐一致,但往往不是超越时代,便是落后于时代——"不善于生活"。看来,他什么都尝试过:神秘主义、化学、康德、索洛维约夫、马克思。在离开多尔纳赫后,他担任了无产阶级文化协会文学讲习班的领导人,他给苏联报纸撰写论述社会主义经济发展的文章,编了一本令人莫名其妙的《疯人语》,他多次埋葬了自己,但又重新"制造混乱"。

顽固的侨民憎恨他:他们认为他是变节分子,——他和舍斯托夫、别尔嘉耶夫用谈天消磨夜晚,和梅列日科夫斯基交了朋友,但突然于1922年在柏林发表声明说,真正的文化在苏俄,逃避革命的人都是些垂死的、散发着臭味的家伙。

"西徐亚人"派认为他是自己人,很难说这出于什么原因,大概是因为他赞美过勃洛克的正气。安德烈·别雷身上没有一点"西徐亚人"派的精神,而且他害怕索洛维约夫论述过并鼓舞了勃洛克的"泛蒙古主义"。安德烈·别雷揭露了西欧资产阶级生活的无意识性,但他不是站在幻想古代游牧生活的"西徐亚人"派的立场,而是站在文艺复兴时期的人文主义者的立场揭露的。

我记得他的两次自白。鲍里斯·尼古拉耶维奇在柏林同马雅可夫斯基谈话时(我曾说过,别雷对长诗《人》的评价很高)曾说:"您的一切我都接受,无论是未来主义或革命性,但有一点我不喜欢,那就是您对机器的热衷。功利主义的危险性不在于年轻人迷恋科学的实用方面——我对此只能表示祝贺。危险性在另一方面——在于为美国作强词夺理的辩护。惠特曼的美国再也不存在了,青草的嫩芽枯萎了。现在的美国是人遭到蔑视的美国……"另一次是在别雷和接近路标转换派的一位大作家争论时说的。鲍里斯·尼古拉耶维奇喊道:"革命不合您的心意,您信仰新经济政策,您赞美秩序和强者。然而我拥护十月革命!明白吗?如果有什么不合我的心意,那就是您所喜欢的……"

我在本书中说过,安德烈·别雷在1919年就预言了原子弹的出现。他和我谈话时,常说数学家、工程师和化学家放弃了自己为人类服务的天职,却在努力改进导致毁灭、灾难和死亡的工具。(他在自己1915—1916年的日记《在转折时期》里谈到了这点。)

天才吗?毫无疑问。软弱的天才。他死前不久曾想弄明白这个矛盾。

"三十年来,这样的评语一直伴随着我:'他背叛了信念。抛弃了文学……他毁掉了自己身上的艺术家,变成像果戈理那样的病人!……他是个最轻浮的人物,一个抒情诗人!……死气沉沉的纯理性主义者!……神秘主义者!……后来成了唯物主义者!……'我提供了许多证据来评判自己:那就是自作聪明(由于过早使主题复杂化),那就是在我所认为的多声部交响乐的世界观的改编工作中过分强调了对位法的技巧,正如一个没有乐器的作曲家是不能用自己可怜的、伤了风的喉咙唱出圆号、长笛、小提琴、定音鼓的合奏的。"大概,这就是最正确的解释了:绝顶复杂的总谱和微弱的人声。

孤独感就是由此而来。在海边的时候,他身体健壮,看上去精神饱满,他对我说:"最困难的莫过于寻找同人、同人民的联系了。"他送给我一本《彼得堡》,上面写着:"……出于经久的联系感。"我说的不是词的偶然组合,而是固执的念头。他多么希望和人们建立活生生的联系啊!然而命运却不理睬他。个人的悲哀像一团冰冷的东西,又像是"蔚蓝天空中的一轮金色的太阳"。曼德尔施塔姆在献给安德烈·别雷的诗中写道:

在你和国家之间

只有冰冷的联系。

这诗句是在鲍里斯·尼古拉耶维奇去世后第二天写的。

5

我在前面说过,安德烈·别雷和阿·米·列米佐夫对我国散文的发展有过影响,虽然他们的作品现在几乎被人遗忘了。这两个作家毫不相同。安德烈·别雷完全耽溺于幻想世界中,不发表哲学议论一天也活不下去;他跑遍了世界,兴奋,激动,而且喜欢争辩。阿列克谢·米哈伊洛维奇·列米佐夫是个足不离户的人,他生活在地面上,甚至可以说是生活在地面下,像一个巫师,又像一只鼹鼠,他的灵感来自词根,不像别雷那样卖弄聪明,却举止古怪。

在1921到1922年间,年轻的苏联散文作家鲍里斯·皮利尼亚克、弗谢沃洛德·伊万诺夫、左琴科等许多人踏上了文坛,他们几乎都迷恋过安德烈·别雷或列米佐夫。我翻阅过我那个时期写的作品(《不足信的历史》《尼古拉·库尔博夫的生与死》《六个结局轻松的故事》),那些支离破碎的句子,那些别出心裁的词汇使我大吃一惊;而我当时对这种写法还以为很自然呢。皮利尼亚克的《赤裸裸的一年》和"谢拉皮翁兄弟"派的青年作家的许多作品都是如此。如果这算是一种病的话,那么,照报纸的说法,它是成长中的病。

别雷和列米佐夫对青年作家的影响是那么明显,使得阿·马·高尔基在写给康·亚·费定的信中说:"可是,您不要以为我推荐您尊别雷或列米佐夫为导师,绝不是这个意思!不错,他们的词汇非常丰富,这当然值得注意,正如另一位掌握了纯俄罗斯语言宝藏的大师——尼·谢·列斯科夫值得注意一样。但是,您得发现自己。这也是有趣的、重要的,而且也许非常有意义。"

关于安德烈·别雷前面已经谈过了。现在我想回忆一下1922年我在柏林认识的阿·米·列米佐夫。在一座德国小市民的住宅里，一个驼背的矮子坐在一间摆满了奇奇怪怪物品的屋子里面，他生着一只大而有趣的鼻子，一对活泼而狡猾的眼睛。他的妻子谢拉菲玛·帕夫洛夫娜正在为客人张罗茶水。我看见书桌上放着一份手稿，是这位书法大师的手迹。在一些小绳上面挂着各种各样纸剪的魔鬼：有善良的和凶恶的、狡猾的和温厚的，它们很像一群刚刚出生的小羊羔。阿列克谢·米哈伊洛维奇微笑着：在那一天，除了这些熟悉的玩意外，他还有一个新的客人——皮利尼亚克，后者正在向列米佐夫讲科洛姆纳地方的一些稀奇古怪的故事。

列米佐夫在柏林时和在莫斯科或彼得格勒一样，写同样的故事，玩同样的把戏，剪同样的小鬼。我这样说是因为我现在正在读他出国前同他有来往的一些人写的札记。费·格·利金在1921年写道："一些土生土长的俄罗斯人目前依然健在，猿猴的帝王阿列克谢·米哈伊洛维奇·列米佐夫就是这样的人，愿上帝保佑这个俄罗斯人长寿，他在饥饿和寒冷中，彻夜地用笔写个不停。"1944年，康·亚·费定在《高尔基在我们中间》一书中回忆革命初年的情景时说："一个驼背的人，样子有些像海马，腿有点弯曲，在涅瓦大街上跑着，他穿一件大衣，戴一顶便帽，眼镜赋予他一副喜爱挖苦人的外形……他那大而聪明的后脑勺隐藏在高耸的大衣领里，下巴和嘴唇则向前方鼓出，他那只大鹰钩鼻子下端正在敏感地翕动，大概想嗅一嗅从那鼓出的嘴唇间呼出的气息。"（我上面引用的利金的那段文字是在普遍模仿列米佐夫的年代写的，然而费定在二十年后谈到阿列克谢·米哈伊洛维奇的时候，竟情不自禁地使用了早被忘却的列米佐夫语言……）

除了上述那些玩意外，列米佐夫还创建了一个秘密团体——"伟大和自由的猿猴院"，这也是他的玩意之一。他将自己的作家朋友叶·伊·扎米亚京、帕·叶·晓戈列夫和一些"谢拉皮翁分子"分别封为骑士、公爵和主教。我的封号是"生有步行虫的喙的骑士"。

1946年来到巴黎后，我去找阿列克谢·米哈伊洛维奇。我们将近二十年没有见面了。用不着再提这是些什么年头。阿列克谢·米哈伊洛维奇也遭受了很多不幸。在德国人占领的年代，他挨饿受冻，日子过得极其艰苦。1943年，谢拉菲玛·帕夫洛夫娜去世了。我这次看见的是个背比先前驼得更加厉害的老头子。他孑然一身,生活在永恒的贫困中,没有人关怀他,他已被人遗忘。但是那俏皮的火花,依然在他的眼中闪耀,房间里照旧摆着那些小鬼,同时,他继续用古代的花体字书写,记录自己的梦境,给亡妻写信,还写一些谁也不愿印刷的作品。

不久前,科德良斯卡娅给我寄来一本记述阿列克谢·米哈伊洛维奇晚年生活的书。我瞧见他的照片。他已双目失明,勉强能写几个字,自称是"盲作家",但是奇怪得很,眼睛仍然保持着先前那种奇特的表情,他一直工作到生命的最后一天,他写的仍是那类东西:《耗子的笛子》《孔雀翎》《两个野兽的故事》。他死于1957年,活了八十岁。他死前不久在日记中写道:"多么想玩一玩,但是做不到——眼睛啊! ……今天一整天我的脑子都在写作,然而没法记录下来。"他一直到死也没有停止过逗笑——在最后几年出版的几本书上,印着这样几个字:"猿猴院最高委员会审定"。

这样的坚定、自信和内心力量似乎令人羡慕。然而有什么可羡慕的呢?列米佐夫只不过领略了人类的一切不幸罢了。他常常遭到指责,说他的作品中堆满了毫不足信的东西,其实他的命运远比他所能想象的东西更为荒诞。

作家总是想给自己主人公的行为提出根据,即使他们的行为违反常情。诗人用逻辑来为自己不合逻辑的诗句辩护。我们了解,为什么拉斯柯尼科夫①要杀害老太婆,而于连·索勒尔要向雷娜夫人②开枪。然而生活不是作家,生活可以不作任何解释地把一切搅乱,或者就像阿列克谢·米哈伊洛维奇所说的那样,把一切翻转过来。列米佐夫是所有俄罗斯作家中最俄罗斯化的作家,然而却在国外度过了三十六年,他说:"我不知道,为什么会是这种结果……"

列米佐夫年轻时对政治十分热衷,那时他在大学读书,参加了社会民主党,后来被捕,在流放中和卢那察尔斯基、萨温科夫以及未来的普希金专家帕·叶·晓戈列夫一起度过了六年的光阴。他在流放中遇见了自己未来的妻子谢拉菲玛·帕夫洛夫娜这个天真的社会革命党人。列米佐夫在谈话中

---

① 陀思妥耶夫斯基的《罪与罚》的主人公。
② 司汤达的《红与黑》的主人公。

总要强调一番自己之所以脱离革命工作,是因为他认为自己是一个无能的组织者,也因为自己太热爱写作了。他在去世前不久写的日记中谈到他参加革命工作的经过:"俄罗斯爆发了革命。对生活要进行改造。我开始感觉到了教堂门前台阶上的穷人和工厂里肮脏的小屋。"三个月后他继续写道:"在我看来,历史是血腥的,不是战争便是镇压,人受到了各式各样的折磨和摧残。一个人希望能吃得饱,能安稳地睡觉,能自由地思考。然而食不果腹的人是想不到这个的。吃不饱饭也就睡不足觉。为生活奔波摧残和窒息了思考。革命是由面包引起的。"

列米佐夫在最后几本作品中的一本里谈到屠格涅夫时,又回到这个问题上来:"所有想革命的人都扑向陀思妥耶夫斯基的《群魔》,想从中探索革命的道路……谁也没有想一想《处女地》里那个热情而活泼的玛丽安娜,我知道她是从来也不安静的,也没有谁去想一想她那位公开向往大地上人类自由的妹妹以及《前夜》中的叶琳娜,顺便说说,在《群魔》里寻找'恶魔'完全没有找对,——人的生活是困难的,人依靠幻想来减轻这种生活困难,这哪儿是'群魔'!不,不是地方,如果要说起群魔,那就请瞧瞧屠格涅夫、托尔斯泰、皮谢姆斯基和列斯科夫所描写的世界吧——那儿有一大帮恶魔,它们的名字就是闲散和任意的闲散。"

在《水塘》和《结义姊妹》两书中,列米佐夫描写了革命前的俄罗斯的真正群魔。罗曼·罗兰在《结义姊妹》的法译本序言里写道,这本书揭示了旧社会的虚伪,说明和证实了暴风雨何以来临。

布宁知道自己为什么要过流亡生活一直到死,但列米佐夫在谈到白色侨民的时候却总是用一种不友好的口吻——"他们",他常说:"无论他们怎么说,朝气勃勃的生活是在俄罗斯。"科德良斯卡娅举出了阿列克谢·米哈伊洛维奇这样一段话:"1947年使我牢牢地记住了三个有力的评语:'顽固分子''下流东西''苏维埃的恶棍'。"当我1946年夏天拜访他时,他说:"我有苏联的护照。"——他想以此来安慰自己并伤心地微笑起来。

他在国外的生活也是飘忽不定的,不是被迫搬家,就是被驱逐出境。在柏林时,托马斯·曼曾为他辩护。在巴黎时,人们责备他在家中繁殖老鼠。他一直借债度日,不知道怎样才能付清窄小住宅的房租。

康·亚·费定写道:"列米佐夫可以算作,而且实际上也是文学的'右翼战线上'最奇特的人物。"当然,"右翼"这个词指的不是政治,而是美学:费定是拿列米佐夫和"列夫派"作对比的。然而我觉得喜爱古代民间的句法结构和字根的并非只是列米佐夫一人,赫列布尼科夫也是如此,但是如果没有赫列布尼科夫,"列夫派"就不可思议了。

列米佐夫说,在同时代人中间,安德烈·别雷、赫列布尼科夫、马雅可夫斯基和帕斯捷尔纳克比别的人对他更亲近些。阿列克谢·米哈伊洛维奇的趣味并非十分"右"。在绘画方面他喜欢毕加索和马蒂斯。喜爱古代的语言并非出于保守思想,而是希冀探索新的语言。

列米佐夫常常以眷恋之情回忆米·米·普里什文。他在去世前不久写的一封信中对莫斯科隆重纪念米哈伊尔·米哈伊洛维奇一事感到异常欢喜。普里什文在自传中试图解释艺术的本质时说:"作家列米佐夫当时也有革命的思想,并且和卡利亚耶夫①很要好。列米佐夫不是一个逃到艺术里避难的轻率的逃兵。当他开始写自己那种精确而华丽的特殊文字时,卡利亚耶夫继续尊敬他。有一次,卡利亚耶夫在自己生命快终结时偶尔在车站上遇见了列米佐夫,他以微笑向他表示问候,接着在走动中天真而浑厚地问道:'莫非还在画那些小昆虫吗?'"

当然,读雷马克作品的人要比读霍夫曼作品的人多,阿普赫金②远比丘特切夫通俗。然而,统计学并不能解决问题:不同的飞行高度需要不同尺寸的翅膀。

列米佐夫是个诗人和童话家。他在送给我的一本书上写道:"这里的一切全是为圣诞树写的。"圣诞树有一个时期在我国不受尊敬,后来恢复了它的权利。阿列克谢·米哈伊洛维奇在书本中和在生活中一样:开玩笑,胡思乱想,有时兴高采烈地搞一些荒谬的把戏,有时又显得挺悲伤。不只孩子们喜爱圣诞树,一生里根本不需要童话的人也着实不多。大作家阿列克谢·米哈伊洛维奇·列米佐夫长年的劳动结晶——"小昆虫"的功劳就在这里。

---

① 卡利亚耶夫(1877—1905),社会革命党人,因参加恐怖活动被沙皇政府绞死。
② 阿普赫金(1840—1893),俄罗斯抒情诗人。

6

阿·米·列米佐夫将我封为"猿猴院"的骑士,而且还定名为"生有步行虫的喙",这绝非偶然:步行虫在自卫时分泌一种刺激性的液体。批评家称我是怀疑派,是凶恶的犬儒主义者。

在这本书的开头,我曾说我想写出自己的自白,大概,我的诺言并非全能实现。在天主教堂的忏悔室里有一张帷幕,以便不让神甫看见向他诉说自己隐私的人。有人说,作家的生平就在他的书中,这不错,作家在把自己的特点放在虚构的主人公身上时,他是伪装了自己,并掩饰了一切痕迹,然而实际上除了书本以外,他还有私生活、爱情、欢乐和牺牲。在我描写自己的童年和青年时代时,曾不止一次掀开忏悔室的帷幕。但写到成年时期,我便对许多事情保持沉默,越往下写,我越发经常地闭口不谈自己生活中那些甚至向密友也难以启齿的事情。

虽然如此,这本书仍是一个自白。我说过,我常常被称作怀疑派。1925年,列宁格勒出版了伊·捷列先科的一本书《现代虚无主义者——伊·爱伦堡》。(采用了"虚无主义者"这个词的屠格涅夫后来写道:"我采用这个词不是出于责备,也不是为了侮辱,而是准确和恰当地表现了一个显露出来的历史事实,它变成了告密和不断责难的武器,——几乎成了耻辱的标记。")我现在想弄清楚人们常常贴在我身上的这个标签是否正确。

自幼以来我就对自己从父母、老师、成年人那儿听来的那些真理的绝对性抱怀疑态度。后来也是如此,盲目的信仰我有时觉得很美,有时觉得讨厌,但它始终不是自己的。年轻时,我有时曾试图克制自己,然而在我达到但丁称之为"人生道路的中程"的年岁时,我明白了,见解可以改变,禀性是无法改变的。直到老年我才写下了自己对盲目信仰的态度,我拿来与之作对比的是批判的思考和对思想、人们以及自己的忠实。

> 我没当过模范学生,
> 也不曾随着岁月的流逝成为完人。
> 我觉得在使徒们中间,
> 不轻信的多玛最通人情。
> 听到什么他从不轻信——
> 无稽之谈难道还少?
> 看来不止一位使徒
> 说他极其危险。
> 多玛可能是脑筋迟钝,
> 可他一旦想好了便动手去干,
> 他只说他想的事情,
> 而且不违背自己的诺言。
> 他用自己的尺度衡量生活,
> 他有自己不可动摇的原则。
> 不正是因此他才从不"轻信",
> 受到拷问他也默默无言?

我在这本书中曾多次谈到我的怀疑的性质。如果我是个社会学家或物理学家、天文学家或职业政治家,那我也许比较容易越过生活的原野。我不愿因此就说,政治活动家或学者的道路上铺满了玫瑰花,然而,他们在遭受了暂时的挫折和失败的当儿,他们也看见理智正在取得胜利。但我是个作家,就作家的工作性质来说,他不仅应该关心社会制度,还要关心个人的内心世界,不仅关心人类的命运,还要关心个别人的命运。

我们现在常常说起文学和艺术的衰退,说"物理学家"胜过"抒情诗人"。安·帕·契诃夫在1892年写道:"难道柯罗连科、纳德松和现代一切剧作家不是柠檬水吗?难道列宾或者希什金①的画看得您脑袋发昏吗?它

---

① 希什金(1832—1898),俄国杰出的风景画家。

们可爱,有才气。您挺欣赏,不过同时您无论如何也忘不了您想抽烟。如今,科学和技术在经历一个伟大的时代,可是对我们这班人来说,这却是一个疲沓的、发酸的、枯燥的时代,我们本身就发酸,枯燥,只会生出些杜仲胶孩子①,这一点只有斯塔索夫②看不见——上天赐给他一种难得的本领,就是喝了泔水也会醉。"回顾往事,有时也使你感到宽慰:当安东·帕夫洛维奇写我上面引用的那封信的时候,他不知道,他的道路正通向顶峰,不知道在梯弗里斯的一家报纸上登载着马克西姆·高尔基的第一个短篇,不知道十二岁的小男孩萨沙·勃洛克将会成为一个伟大的诗人,而俄国的诗歌正处在蓬勃发展的前夕。涨潮和落潮总是相互交替的。有时涨潮拖延了一些时间。法国的印象派出现在上个世纪的70年代。当他们中间许多人还在精力最充沛的时期,塞尚、高更、凡·高、图卢兹-洛特雷克就来接替他们;本世纪初,博纳尔、马蒂斯、马尔凯、毕加索、布拉克、莱热第一次展出了自己的作品,仅仅过了四分之一世纪,退潮便开始了。现代美国文学是那些生于1900年前后的作家们创造的,他们是海明威、福克纳、斯坦贝克、考德威尔,人们称他们是"迷惘的一代",然而不是他们,而是后一代迷失了道路,陷入了泥潭。在涅克拉索夫去世和亚历山大·勃洛克的第一部诗集问世之间,相隔差不多有三十年。

  我看见了不少大作家和大艺术家的出现,因此我不能抱怨说自己生在艺术衰退的时代。不,我感到沉重的是另一方面:我生活在人类的异常飞腾和异常堕落的时代,生活在自然科学迅速进步、技术不断发展、公正的社会主义思想节节胜利同千百万人的内心空虚极不协调的时代。我经常看见异常复杂的机器和充满了偏见与史前穴居时代的粗鲁感情的异常无知的人。

  我前面说过,我童年时代的莫斯科是一种什么情景:漆黑的夜晚、《莫斯科小报》、眼睛只盯着巴黎的假绅士、不识字的工人、外国商品。当时西方很少谈起俄国:那是个皮鞭子的国家,那儿有凶悍的哥萨克,有小麦和毛皮、炸弹和绞架。现在只要翻一翻无论哪个大陆的无论什么报纸,你就会发现他们是多么频繁地在谈论我们;所有的人都望着莫斯科——有的怀着希

---

① 格里戈罗维奇的一个中篇小说叫《杜仲胶孩子》。
② 斯塔索夫(1824—1906),俄罗斯艺术史家兼批评家。

望,有的怀着戒心,我童年时代那个沉闷的绿色城市成了真正的首都。新中国诞生了。印度获得了独立,到处掀起了风暴:许多亚洲和非洲的国家一个接一个地推翻"白人"的统治。是的,一切都变了样。当我是个孩子的时候,我能否想象飞渡大洋只需几个小时,能否想象无线电和电视的出现以及人能飞往宇宙呢?奇迹,一日千里的变化啊!

但是,难道在那个少年时代我能想象将来会有奥斯维辛和广岛吗?我们受的是19世纪的教育,我只知道有两个极端:进步与野蛮、文明与愚昧。但是在20世纪,许多现象都令人困惑莫解。我记得1943年有人在前线上拿给我看一名德国军官的日记。作者是个大学生,他喜欢引用黑格尔和尼采、歌德和斯蒂芬·格奥尔格①的话,对现代物理学的发展有浓厚兴趣,可是瞧他写了些什么:"今天我们在凯尔采消灭了四个犹太狗崽子,他们藏在地板下面,后来我们笑着说,我们已经学会了消灭耗子……"不久以前,我们看见帕特里斯·卢蒙巴在遭受怎样的折磨。摄影记者拍摄了拷打的场面,他们的照相机是最出色的。

野蛮如果来自愚昧无知,那倒不难理解,但是在有知识的人,有时还是有才能的人中间表现出来的野蛮行为,却令人难以理解。未来的党卫军分子都在我所熟悉的那个德国的学校中学习过,从童年时代起,教师就告诉他们说,康德写过《纯粹理性批判》,歌德在去世时高喊过:"多一些光明!"然而,所有这些并不妨碍他们十年后将俄罗斯的婴儿扔进井里。有人会对我说:"这是狂人的残暴思想。"当然不错。但是使我震惊的不是希特勒登上历史舞台,而是德国社会面貌改变得如此迅速:受过高等教育的人竟成了吃人的野兽,文明这个制动器是脆弱的,碰到第一次考验便出了故障。

但是对法西斯分子又有什么可说的呢。我发现,在先进社会里,某些似乎具有崇高思想的人的行为也异常卑下,他们为了追求个人的幸福安宁竟不惜出卖同志和朋友;妻子宣布与丈夫脱离关系;滑头的儿子在遭到不幸的父亲的脸上抹黑。

我不知道,是不是由于在建设新社会的斗争中,有时甚至是残酷的斗争中,敌人是不择手段的,是不是由于必须要在几年内弥补上几百年的疏忽,

---

① 格奥尔格(1868—1933),德国象征派诗人。

总之,许多人的发展是片面的。前面我提到的那本《现代虚无主义者》的作者指责我"迷信爱情",他说这是市侩习气:"在有些情况下,对于软弱的或缺乏知识的人,性爱尚可起推动作用,然而一旦爱情有了恰当位置……"我想起了彼特拉克、莱蒙托夫、海涅,我觉得指责我的人就是一个"软弱的或缺乏知识的人",虽然他以共产主义者自诩,但对"有了恰当位置的"爱情的理解,却是在替市侩习气辩护。

我果真是个怀疑派、犬儒主义者和虚无主义者吗？我现在正在回顾自己的过去。我想亲自理解和验证许多东西,也不止一次犯错误。但是我十分清楚,无论我受到怎样的委屈,无论我对某些现象感到多么愤慨,我绝不会背离自己的人民,因为他们是最先决定要彻底消灭我所憎恨的那个贪婪、伪善、种族或民族的妄自尊大的世界的人民。我认为,怀疑派宁愿面带苦笑在某个中立的角落里度过自己的一生,而犬儒主义者要写的也许正是一些能迎合最吹毛求疵的批评家的东西。

萨特有一次对我说,决定论是一个错误,因为我们永远有选择的自由。现在当我回想他走过的道路时,我再一次发现,在自己的选择中,我们在那么大的程度上受到历史情况、环境、对别人的责任感以及这么一种社会气氛的约束,这种社会气氛不自然地提高人的声音,或者相反地去窒息它,改变着一切比例。

在有些时代,只要你选中"超越战斗之上"的位置,就可以保持对人的爱和人道精神；但也有另一些时代,那时精神上独立的昔尼克学派变成了犬儒主义者,而第欧根尼的桶①变成了事不关己高高挂起的那类人的藏身之所。然而时代不是由人来选择的。

批评家在哪些方面说对了呢？那就是,由于自己的气质我不仅看到了好的东西,也看到了不好的东西。说我喜欢讽刺,这也没有错；我越是焦急和激动,针和刺就越是厉害；这个现象相当普遍；当时甚至还有一个文学术语叫"浪漫主义的讽刺"。

在我的早期作品中,讽刺占了重要的地位；常常有一些贪图私利者、伪

---

① 第欧根尼(约公元前400—前325),古希腊昔尼克学派的哲学家,传说他住在一个桶里,以表示自己对文化的轻视和希求返归自然状态。

善者、凶恶的市侩突然出现在舞台上。后来我发现,在一个人的身上往往同时存在着善和恶。我写了《第二天》。然而标签仍保留下来了。亚·尼·阿菲诺格诺夫和我是在 30 年代认识的,他在日记中写道:"爱伦堡对所发生的一切全抱怀疑观点……"这段文字出自朋友之手,但是在意见中却流露出已固定了的名声的惯性作用。我何必重提四分之一世纪以前的事呢?1953 年我写了《解冻》,书名本身似乎就表明了作者对时代和人的信任,然而批评家对此书却大为不满,因为我描写了一个毫无感情的坏厂长。

在有些作家的眼中,周围的一切仿佛都是好的、善的。这与作者个人的好心肠没有关系。我觉得,契诃夫在生活中比托尔斯泰更温和、宽厚、善良。然而契诃夫说得很公正:"我每天晚上醒来,就读《战争与和平》。我带着好奇心情,带着天真的惊讶心情读着,倒好像以前没有读过似的。这部小说好极了。只是我不喜欢拿破仑出现的地方。拿破仑一出现,立刻就来了紧张,来了种种花招,为的是证明拿破仑比实际情形更愚蠢。皮埃尔、安德烈公爵,或者十分渺小的尼古拉·罗斯托夫所做和所说的一切,都好,都合情理,自然而动人……"托尔斯泰把尼古拉·罗斯托夫描写成一个非常有魅力的人物,然而他却不会描写拿破仑。至于契诃夫,他十分出色地描写了欺侮人的人,而受欺侮的人在他的笔下也绝非天使。

人更需要什么——是对恶习、对心灵的缺陷和社会的症结的揭露呢,还是对高尚、美与和谐的肯定呢?我觉得,这个问题是无聊的:人两者都需要。杰尔查文和冯维辛生活在同一个时代,一个留下了《时代的语言!钢铁的语言!》,另一个留下了《纨绔少年》。过去从来没有,现在也没有,将来也未必会有一个没有恶习的社会。一个作家只要感到自己有些志向,他的责任就是指出它们,而不用害怕那些幸运儿会给自己扣上怀疑派或犬儒主义者的帽子。

我爱别林斯基,因为他有公民的热情,有对艺术的强烈的爱,有强烈的正义感。我常常想起他的话:"……当我们发现小说里写得成功的只是坏蛋的典型,而正派人的典型却写糟了,这就清楚地表明,或者是作者担负不了自己的责任,超出了自己能力和自己才能的范围,从而损害了艺术的基本规律,换句话说,用杜撰和修辞上的雕琢来代替创造;或者是他毫无必要地违反自己作品的内在意义,只是由于外部的道德要求而将这些人物放进自己的作品中,从而又破坏了艺术的基本规律。"

有时我是违反了艺术的规律,有时只是对事件和人做了错误的估计。只有一点我是无罪的:我从不漠不关心。

我的见解可能会引起文学上的争论。须知我谈的都是自白,而又不时地引证别林斯基、托尔斯泰、屠格涅夫、契诃夫的话。不过我应该谈到眼睛和心灵,谈到对时代的忠实,因为我曾为后者付出了无数不眠之夜和不少失败的篇页。不写这一章,我是无法继续写下去的。

7

我说过,我这一代人一生里遇到的比较平静的年代是屈指可数的,现在我要开始叙述的时期应该说是这样的年代。

1923年秋天,大家都觉得德国正处于内战的前夕。汉堡、柏林、德累斯顿、爱尔福特响着枪声。人们在谈论共产党的"无产阶级百人队",谈论法西斯分子的"黑色国防军"。斯特莱斯曼总理呼吁爱国主义。塞克特将军在检查炮兵的炮弹是否充足。外国记者守在电话机旁。一场风暴看来是不可避免的了。远处已经响起微弱的雷声。然而,什么也没有发生。工人们意志沮丧,疲惫不堪。小市民的头脑中一片混乱,他们再也不相信任何人了,憎恨斯梯涅斯和法国人,害怕警官,但同时又幻想着稳定而持久的秩序。社会民主党夸耀自己有模范的组织。工会在认真征收会费。然而缺乏决心……总理下令解散萨克森和图林根的工人政府。我看见了号召罢工的传单,人们看了看它,又沉默不语地走去上工。

慕尼黑被看作是法西斯分子的大本营。老幼皆知的鲁登道夫将军和尚不出名的希特勒正企图夺取政权。悲剧的初次排演以一个很像滑稽戏的名字——"啤酒馆的叛乱"登上了历史舞台。柏林人冷淡地对待来自慕尼黑的电讯:又一起叛乱,勒姆大尉,一个叫希特勒的人……"道威斯计划"①、斯特莱斯曼的精明外交、经过十年毫无希望的贫困后的突然富足等等这样一个新时期即将来临。报纸开始大量登载耸人听闻的凶杀案或电影明星的奇遇。

---

① 国际专家委员会在美国银行家道威斯主持下制定的德国赔款计划。

工厂已经来不及完成订货。不久前无人问津的商店里如今挤满了顾客。画家格罗斯笔下的主人公们在库尔福斯特大街上的饭店里喝着法国香槟,"为新时代"干杯。

论述战时经济转入和平时期经济的著作比比皆是。对于一个普通人来说,从充满历史事件的生活转入平时的生活也并不容易。我在柏林度过了两年多的岁月,时时刻刻感到一场风暴日益迫近,但我突然发现,外面的风倒是停了。老实说,这时我感到不知如何是好:我对和平生活没有精神准备。

"艺术之家"早已寿终正寝。那些短命的出版社也相继垮台。俄罗斯作家们各奔前程:高尔基到了索伦多,托尔斯泰和安德烈·别雷回到了苏维埃俄国,茨韦塔耶娃移居布拉格,列米佐夫和霍达谢维奇前往巴黎。

外国的投机商人也相继离开柏林:马克稳定了。报纸上有消息说,美国的新总统正力促法国人退出鲁尔,德国的复兴开始了。德国人有的正在坦然享受平静的生活,有的则已谈论起复仇的准备工作了——被占领者并没有放弃重新成为占领者的念头。然而,气压表的箭头不断上升,人们心里想的不是未来的战争,而是即将开始的休假了。

我写了许多东西,看来,在那些年月里,职业拯救了我,日后这种情况也曾多次出现。我不知道,这种职业是"神圣的"呢,或者只不过是十分困难的;现在我不谈虚构,也不谈想象力,只谈我流的汗。我说过,我写了多少本书(随之还举出书名),但在这后面隐藏着的首先是劳动,是撕碎的稿纸,是修改了十次的词句,是无数不眠之夜——总之,隐藏着任何一个作家所熟悉的一切。有些时候,我对自己生气极了,甚至准备放弃写作;但后来我还是伏在稿纸上,将全副身心投入这一工作。推测自己有没有写作才能已为时太晚。

我写完了一部感伤的长篇小说《冉娜·涅伊的爱情》,并寄往彼得格勒。我在这本书中表现了革命年代的浪漫主义热情和对狄更斯以及对长篇小说情节的喜爱,也表现了自己不仅有描写从事毁灭欧洲的托拉斯的愿望,而且有描写爱情的愿望。

当我走在漫长单调的柏林大街上时,偶尔也吟诵一些诗句,但这些诗我日后没有拿去发表。下面就是那时写的那些诗中的一篇:

> 要这样去死,为了让火光发颤,
> 为了使两颊有股烟味,为了让信使
> 像妈妈那样对风的心脏喃喃说道——
> "你平息吧,停止吧,别吭声",
> 为了没有你,为了不用双手去握
> 窗户的皮带,为了不再说"你留下吧",
> 为了在临死前根据满天繁星
> 和车站上的动荡不安来给你算命,
> 要这样去死,须知喧哗和茶水,
> 小吃店的店主,肉饼上永恒的蔷薇,
> 这就是死亡,对于你的"别了!"
> 我已注定决不回答。

形式好像是取自帕斯捷尔纳克,但内容是我的:我继续工作、吵闹,自然,也还嘲弄别人,但我的心里却像一团乱麻。

(莫里亚克[①]在一部旧的长篇小说中说:"甚至苦难也成了奢侈。"是的,我们常常碰上这样的年头,那时甚至悲伤,甚至由心灵的委屈、单恋或孤独带来的苦痛也成了奢侈品。)

迎面走来彬彬有礼的市民、雍容华贵的贵妇人、官员以及小学生。拴在香肠铺门口的小猎犬不耐烦地打着哈欠,等待着女主人。

我毫无留恋地告别了柏林。如果抱有"虚无主义者"心中的某些幻想,分别就要困难得多……

我们嘲笑浪漫主义,其实我们自己就是浪漫主义者。我们抱怨事件发展得太快,使我们来不及思考和仔细认识所发生的一切;但是当历史刚一停住脚步,我们又马上感到惶恐——不能适应另一种节奏。我写了几部讽刺性的长篇小说,便被视为悲观主义者,但在我的心灵深处,却盼望整个欧洲的面貌会在十年内改观。我在自己的思想中已埋葬了旧世界,但它突然复活了,甚至体重有了增加,露出了微笑。

我们历史学家称之为"资本主义的暂时稳定"的时期来临了。读者在

---

① 莫里亚克(1885—1970),法国作家。

读本书的这一部时,可能会想:前两部有趣得多,这一部倒退了……有什么办法,幕间休息毕竟不是戏剧演出,1924年不是1914年,也不是1919年。

作家们明白,在暂息的年代他们可以写作;正是在那个时期,出现了海明威的几部出色的长篇小说、巴别尔的《骑兵军》、马雅可夫斯基的《关于这个》、马丁·杜·加尔①的《谛波父子》、茨韦塔耶娃的诗篇、托马斯·曼的《魔山》、阿拉贡的《巴黎的农民》、法捷耶夫的《毁灭》以及其他许多杰作。然而,要描写没有动员令、没有战争、没有集中营的年代,描写人们寿终正寝的年代,而且还要描写得生动有趣,却很不容易。福楼拜曾幻想写一部没有情节的长篇小说,但没有写成:显然,甚至平静的叙述也需要某些事件。不过,可以告慰读者的是:暂息的时间并不长。

---

① 马丁·杜·加尔(1881—1958),法国作家。

8

记得是1923年9月,马雅可夫斯基和埃·尤·特里奥莱的共同朋友,红头发的罗姆卡——语言学家罗曼·奥西波维奇·雅可布逊从布拉格来到柏林,他在苏联代表团工作。在后来被编入文选的一篇马雅可夫斯基的诗中,作者这样回忆外交信使奈特:"他一只眼睛斜睨着打了火漆印的信件,喋喋不休地议论着罗姆卡·雅可布逊,他那聚精会神学诗的神气,使你感到可笑万分。"罗曼的面色红润,生着一对淡蓝色的眼睛,一只眼睛有点歪斜,他酒量很大,但从不醉酒,只是有时十杯酒下肚后,往往扣错衣服扣子。他的博学使我惊讶——赫列布尼科夫的诗的结构、捷克古代文学、兰波的诗歌、寇松①或麦克唐纳②的阴谋等他无不知晓。有时他也捏造点什么,但如果有人揭穿了他,他便微笑着回答说:"这是我工作上的假说。"

罗曼·雅可布逊开始怂恿我去布拉格,他说那儿有巴洛克式的建筑,有年轻的诗人,甚至还有摩拉维亚香肠(罗曼很讲究吃,虽然他还十分年轻,但已渐渐发胖)。

年底,我来到了布拉格。年轻的诗人们热忱地欢迎了我,他们问起马雅可夫斯基、梅耶霍德、帕斯捷尔纳克和塔特林的情况——我是他们遇见的第一个苏维埃作家。(奈兹瓦尔在死后出版的回忆录中提到了这件事。)

弗朗齐歇克·库布卡在谈起自己同苏联作家和艺术家的会面时写道,他常常在布拉格看见我,已经不记得某次谈话到底是在哪次见面时谈的。

---

① 寇松(1859—1925),20年代初的英国外交大臣。
② 麦克唐纳(1866—1937),20年代曾任英国首相。

我也记不得我第一次遇见我那许多布拉格的朋友是在什么时候——是在1923年还是更晚一些,但我清楚地记得自己初到布拉格时的一个夜晚,当时罗曼·雅可布逊带我去"旋覆花社"(捷克左翼艺术拥护者这样称呼自己)的参加者所选中的"人民咖啡馆"。在一个长桌旁的沙发上,坐着诗人维捷斯拉夫·奈兹瓦尔、雅罗斯拉夫·塞费尔特,散文家弗拉基斯拉夫·万丘拉和"旋覆花社"的理论家卡雷尔·泰格。另外还有几个年轻的艺术家,可惜已经不记得他们的名字了。奈兹瓦尔一面喝李子酒,一面兴高采烈地叫喊。后来万丘拉回家了,而我们就从一个酒馆转到另一个酒馆,破晓时分,我们来到一个冷冷清清的小吃店,按照当地的习惯,这儿是喝内脏汤的地方。

只要有奈兹瓦尔在场,其他的人就很难引起注意:他不仅占满了整个屋子,而且我觉得,整个布拉格也给他占据了。他热情洋溢地发表议论,朗诵诗,一会儿又跳起来依次拥抱我们每一个人,并且不时地挥舞着他那鳍脚般短而宽大的手臂。他很像一只海狮。他的外貌十分奇特,画家阿道尔夫·霍夫迈斯特为他画像时就像小孩画一棵树或一座房屋一样,一眼也不看他,但不到一分钟便用寥寥数笔画出一幅惟妙惟肖的画像。有一天夜里,奈兹瓦尔在静静的小国街上高声朗诵诗。警察请他不要妨碍别人睡觉。奈兹瓦尔继续叫喊。他没有带身份证,但信手从口袋里掏出一小张揉皱的报纸——上面印着一幅霍夫迈斯特为他画的漫画像,故作大度地拿给警察看:"奈兹瓦尔。诗人。"

奈兹瓦尔的诗的力量首先在于它的直率和天真。人们通常说"像孩子一样天真"。我曾说过,被称作巴拉达诗体和回环体诗的诚实的作者弗朗索瓦·维永,实际上是一位最有才能的大师。奈兹瓦尔具有高度的诗歌修养,他喜爱捷克的浪漫主义者,喜爱诺瓦利斯①、波德莱尔、兰波、纪尧姆·阿波利奈尔、马雅可夫斯基、帕斯捷尔纳克、艾吕雅、勃勒东②、杜维姆。他不放过任何一种诗歌形式——从十四行诗到只有内在韵律的诗,从古典主义到超现实主义,——他喜欢素材带来的困难,而且总是以胜利者的姿态克

---

① 诺瓦利斯(1772—1801),德国诗人。
② 勃勒东(1896—1966),法国作家,超现实主义创始人之一。

服了困难。他的天真不是小孩子的那样,而是像夜莺,像银莲花,像夏季的雨。每时每刻他都在发现世界,他观察自然界,观察人的情感,甚至还观察日用品,仿佛在他之前人类数千年的文明根本不存在似的。他的新奇感不是因为他想成为革新者,而是因为他对一切都是以新的态度去观察和感受:

> 在开阔的天空下,在平原中央,
> 展出了一幅幅玫瑰色的油画。
> 那儿的屋顶用的是烧制的黏土——
> 这是从高处看到的米兰的模样。
> 朝霞突然碎裂——
> 成为许多小片。
> 太阳哟,太阳哟,请把小馅饼品尝!

诗歌对他来说是一种自然现象,正如水对鱼一样,他一天也离不开诗。他爱诗人,感到同他们有一种亲属关系,有一种相通的东西——从早年同勃勒东和艾吕雅的友谊直至晚年和纳齐姆·希克梅特的交往都是如此;他发现了新的诗人,便兴奋异常。有一次他请我高声给他朗诵列昂尼德·马丁诺夫的诗,他一面赞美,一面用他那对鳍脚向空中拥抱。他有一张十分善良的面孔,这个面孔是不会说谎的。在自己生命的晚年,他写了一本回忆录,他对我说,写回忆录真不容易:他知道世界上发生了许多变化,但是他不愿背叛自己青年时代的朋友;他没有出卖任何人,写得勇敢而多情。我觉得,他敢于这样做正因为他是个诗人。(我想起了帕斯捷尔纳克的一段平凡而英明的话,意思是说,一个坏人不可能成为优秀诗人。)

奈兹瓦尔常常用诗议论诗:

> 愿您严厉而优美! 祝您一帆风顺!
> 流星雨般的眼泪,女人眼睛的誓言,
> 还有群山中的爱情,那儿有几百颗星星
> 从家里直接掉到手中。
> 再见! 再见! 就这样吧!
> 我要重新上好闹钟。
> 这一带住着那么多人,

只有它,诗歌,才是我的朋友。

我认识奈兹瓦尔的时候,他才二十三岁。过去了许多年。批评家们也正像他们应该做的那样责备奈兹瓦尔:他逃避革命,成了形式主义者,更糟的是他爱上了超现实主义,他脱离了诗歌,他完全投身于政治中,他太复杂了,他太简单了,他没有掌握技巧,他的文思枯竭了。然而,奈兹瓦尔还是像从前那个样子。我从未见过一个人像他这样顽强地抵御着刨子和锥子的进攻以及岁月的校正。

他年轻时写道,他将自己献给了革命。他认为公正和美是姊妹。无论是诗人或是教条主义者往往都不愿了解这一点。然而奈兹瓦尔却始终坚持自己的意见。他的天真令人吃惊:1934年,他写信给捷克斯洛伐克共产党中央委员会,企图证明他当时所醉心的超现实主义完全和历史唯物主义并行不悖。但是多年以后,在他生命临近终结的时候,他也没有嘲笑过去,没有抛弃旧日的朋友,即使他们走了不同的道路。1929年,有人建议奈兹瓦尔同共产主义断绝关系,他拒绝了。二十年后,他也不愿放弃他认为是艺术的东西。

革命对他来说不是抽象的政治概念,而是生活的实质。他在艺术中也热爱所有同过去的教规割断了关系的一切。我知道他的朋友是些什么人——有大胆的戏剧导演爱弥尔·布里安,他当年受过梅耶霍德的鼓舞,有画家西玛、菲拉、年轻的斯拉维切克、什梯尔斯基、托阿延。40年代末,他们全被看作"形式主义者"。奈兹瓦尔不能容忍这种状况。有一次他对我说:"为什么一个人没有脑袋,另一个人没有心,而第三个人既有脑袋又有心,却没有眼睛——他看不见绘画,却一定要品评画家……"时代不止一次地对他说:"选择吧——或此或彼……"他没有同意:对于任何一种框框,他都太大了。他的诗有如泛滥的河流,根本拒绝任何渠岸,而他的善良却使所有的人不知所措。

40年代末,他在电影部门工作,但他在工作中也发现了诗:特尔恩卡[①]的影片。我们一起观看了根据安徒生童话改编的《夜莺》。画中鸟的机械动作是不能代替活鸟的。然而奈兹瓦尔却很高兴,他说:"目前绘画方面的

[①] 特尔恩卡(1912—1969),捷克斯洛伐克电影导演,动画片艺术家。

情况很糟……可是你瞧特尔恩卡……你将艺术关进门内,可它终究会从窗口逃出……"

他喜欢摩拉维亚的树木和布拉格的新式建筑,喜欢印象派画家斯拉维切克的风景画并写过一本论述他的书,喜欢卓别林的影片、巴黎的顶楼和倾心的谈话。他写了《和平之歌》以后,最严厉的批评家也深为感动。然而奈兹瓦尔一向是写和平的……

很久以前,那是在20年代,当我们在布拉格街头散步时,我对他说,这座古老城市的深深的庭院向我揭示了许多东西,在这个城市里,孩子们在游戏,老太婆们在谈天,这儿还有一些阴暗的小饭馆,帅克坐在里面讲他那些独出心裁的故事。奈兹瓦尔回忆起我们在1951年的一次谈话时写道,我不单是通过赫拉德查尼宫或瓦茨拉夫郊区认识布拉格的,他说我还爱它的庭院。他本人非常熟悉布拉格的每个庭院和每条胡同。我们在巴黎和莫斯科都见过面,但是每当我回忆他的时候,我总是看见他站在伏尔塔瓦河畔或老城旁边令人窒息的小胡同中的形象。他用许多美丽的诗篇歌颂他心爱的这个城市,他的一本诗集名叫《布拉格和雨的手指》。

他看见一个跳伏尔塔瓦河自尽的女人,后来想起曾在巴黎见过的石膏面像,便写了一篇长诗《塞纳河中的无名女尸》。投河自尽的女人临死时的笑容使他震惊。

> 死去的无名女郎!我们都是命运的弃儿。
> 难道死神会向我们打开星星的花园?……

一种模糊的幻想贯穿奈兹瓦尔的一生,但这种幻想同时又是牢固的、真实的。我读过一篇文章,里面说他是最后一个浪漫主义者;不,"最后的"一词对他不合适——他在各方面一向都是开拓者。

我现在想起《一个多数的女人》一书中他的一篇旧诗。诗人在陌生城市里的一座大厦旁边走过,这座大厦大概是陈列鸟类标本的博物馆;街上行人寥寥,他在拐弯的地方碰见一个女人,她在夏天里穿着冬装,帽子遮掩着上半边面庞,女人觉得自己认识奈兹瓦尔,奈兹瓦尔也觉得自己知道她,然而城市是陌生的,虽然他熟悉这个城市,但不爱它,他们走到了家,登上三层楼,她没有脱帽便坐了下来,奈兹瓦尔对她说:"到处找不到您。原来您在这里。我写了整整一生,都是为了您。"但女人又不见了。他重新走上街头去寻找。他觉得她……"我感到她近了,正如我们感到死神临近一般……"

这不是一本谈论诗歌的书,而是我一生的经历,正因为如此,我应当谈一谈奈兹瓦尔的诗——它进入了我的生活。

不久以前,我和霍夫迈斯特谈起了往事,我们共同的朋友们——布拉格的"梅特洛""斯拉维亚"等咖啡馆的老顾客尚在人世的已寥寥无几。温和而倔强的万丘拉被德国人枪杀了。在诗人中间,加拉斯首先于1949年去世。比布拉和泰格的结局也很悲惨。曾经为奈兹瓦尔的剧做过布景的建筑师费耶尔施登早在30年代就自杀了。画家菲拉也死了。

奈兹瓦尔很早以前就想到死。他在1935年写的一首诗中说,那些打算同死亡隔绝的人,"面孔是淡紫色的,指甲深深扎入手掌"。死亡对他是禁忌。

> 宁愿弯着腰活着,也不直着腰去死。
> 宁愿挑起生活的全部重担,也不一死了之。

他一生都在编制占星图。对于死亡,他曾严肃地想过。1955年他在法国南部写的诗中一再说道:

> 大海,水在上涨,
> 大海,不计较岁月,
> 你为何悲伤?
> 草在长,水在流,
> 人想活着,
> 人在死亡。
> 这与你何干? 你——大海……

我看他就是大海:他的身上有着多么坚定和生气勃勃的活力啊。战争结束不久,奈兹瓦尔带着加拉斯和我去酒窖里亲手挖出背着德国人埋藏起来的几瓶陈酒。过去了许多年,每个人都增加了十岁。加拉斯十分忧伤。但是奈兹瓦尔却快活而激动:我不由得想起——正是这个人不计较岁月……

有一次来到布拉格后,我发现奈兹瓦尔不大爱说话。朋友们说,他的心脏不好,医生禁止他喝酒、吸烟。然而过了两三天,我又看见了热情奔放的奈兹瓦尔,他挥动着手,赞美女人,喝酒,朗诵诗,当然,也像过去那样编制占星图。有一次他对我说,占星图向他预示了灾难:他宁愿根据玄妙的星座图去死,也不愿根据心电图的数据而死。

我们最后一次见面是1958年春天在布拉格的机场上。我坐在小吃部里等候飞往德里的飞机。我突然看见了奈兹瓦尔——他刚从意大利来。他像往常那样十分赞赏地对我说:"意大利太美了!"随后他抱住我,用手指着心脏轻声地说:"我的情况不妙。"

此后不久,他去世了。

在他的优秀作品之一、写于1931年的长诗《爱迪生》里面,有一些关于激情、死亡和永生的诗句:

>但愿宝藏不会失去踪影。
>死神不公正地在跟我们搏斗。
>我们被迫躺在床上,
>为了喝下大海般的药水。
>你匆匆走向未来的时代,
>你将千秋万世忠贞不贰。
>对于那比比皆是的咄咄怪事,
>我怎能漠不关心。
>我面前是一条河的渡口,
>磨坊湿漉漉的轮子已经腐朽。
>你们,后代子孙,原谅我吧。
>时代的齿轮让我们跟着它旋转,
>战争的狂热使我们不得安宁,
>离别向我们挥动手绢。
>也许我在梦呓中给心灵
>戴上了艺术的笼头,
>也许我摆脱了沮丧,
>从精神病医院把你们救出?
>人们啊,人们啊,你们道出了痛苦和激情,

岂能没有活路！

我不认为,一个未来的历史学家要了解我们经历过的这个时代,仅靠报纸、会议记录、研究院或法庭的档案就够了;他还得求助于诗歌,而他要看的第一批书中,就会有充满活力的奈兹瓦尔的诗歌。

9

我再次看见莫斯科时,不禁大吃一惊:我出国的时候正是军事共产主义的最后几个星期。现在一切全是另一副样子。卡片消失了,人们不用再去指定的地方购买东西。各个机关的编制大大缩减,谁也不去编制庞大的计划了。无产阶级文化派的诗人也不再写以宇宙为主题的诗歌。诗人米·格拉西莫夫对我说:"正确,但有点闷……"

教育人民委员部戏剧处的女打字员,一个火红色头发的姑娘(不知为什么我们叫她克娄巴特拉),早已忘记"戏剧中的十月"和弗谢沃洛德·埃米利耶维奇的叫喊了。她站在彼得罗夫卡的商场旁边卖乳罩。

老工人和工程师经历了千辛万苦,终于使工厂恢复了生产。商品出现了。农民开始把鸡鸭拿到市场上出售。莫斯科人吃胖了,脸上露出了笑容。我是又高兴又伤心。报纸上谈论着"新经济政策时期的丑恶现象"。从政治家或生产者的观点来看,新路线是正确的,现在我们知道,它提供的东西正是它应当提供的。但是心灵有自己的论据:我常常觉得新经济政策是一种令人不安的丑恶现象。

我记得刚刚回到莫斯科后,我在食品商店门口怔住了。那儿真是琳琅满目,应有尽有!最有说服力的就是那个招牌"艾斯托马克"①(胃)。肚子不仅恢复了自己的权利,而且还受到推崇。在彼得罗夫卡和斯托列什尼科夫拐角的一个咖啡店里,一张标语曾使我笑出了声:"孩子们请光临,这儿可以吃到凝乳。"我倒没有发现孩子,然而顾客却很多,我觉得,他们眼看着

---

① "艾斯托马克"是胃的法语读音。

都胖起来了。

许多餐厅都开门营业了:这里有"布拉格",那里有"埃尔米塔日",再远一些是"里斯本""巴尔"。侍者们全穿着燕尾服(我一直没弄清楚,这些燕尾服是新缝的呢,还是革命前就藏在箱子里的)。每条街的拐角处,都有喧闹的啤酒店——有的是狐步舞曲,有的是俄罗斯的合唱,有的是茨冈舞曲,有的是巴拉莱卡琴的演奏,有的干脆就打耳光。人们喝着啤酒和波尔图葡萄酒,希望快点醉倒;有的人吃豌豆或里海拟鲤,他们叫喊着,挥舞着拳头。

餐厅的旁边,马车夫们在等候顾客,同我久远的童年时代一样,他们低声说道:"老爷,我送……"

这里也可以看见乞丐和无人照管的流浪儿,他们央求道:"给一个戈比吧。"戈比是没有的:有的是百万巨钞("柠檬")①和新发行的十卢布纸币。在赌场里,一夜之间可以输掉数百万:这些钱都是经纪人、投机商或普通小偷用不正当手段弄来的。

我在苏哈廖夫卡广场上听过各种各样的小调,也许它们比许多其他的描写更能清楚地告诉读者什么是"新经济政策时期的丑恶现象"。有一个颇有哲学意味的小调:

> 红烧小鸡,红烧小鸡,
> 小鸡也想活下去……
> 我不是苏维埃的,我不是立宪民主党的,
> 我不过是禽类的政委。
> 我没骗过人,我没枪毙人,
> 我只啄食过小小的谷粒……

一个卖小面包圈的女人唱着这样一个小调:

> 我的爸爸是酒鬼,
> 他嗜酒如命,
> 他撒谎,还妄自尊大,
> 我哥哥是小偷,

---

① 十月革命初期,由于货币贬值,旧卢布的面额高达百万,人们谑称一百万为一个"柠檬"。"柠檬"的读音与"百万"的读音相近。

> 姐姐是妓女，
> 已完全堕落，
> 妈妈又是烟鬼——
> 多么可耻！

还有一个土匪的小调，好像是从敖德萨传来的：

> 同志，同志，我的伤口很痛……
> 同志，同志，我们干吗战斗，
> 我们干吗流血——
> 资本家大吃大喝，资本家兴高采烈……

我遇见了一个革命前在餐厅卖唱的茨冈女人。1920年，她几乎每天都去找梅耶霍德，要求批给她一份口粮。后来弗谢沃洛德·埃米利耶维奇将她介绍给音乐部。她笑着对我说："我过了四年的流浪生活，现在终于定居下来了，现在我在'里斯本'演唱。"

一个熟识的女演员请我去她家做客。我不知道她怎么能在克鲁泡特金大街附近的一座别墅里保有一所单独的住宅。客人很多，大家跳着狐步舞——隆重异常，仿佛在举行什么典礼似的。午夜时分，来了一个穿浅棕色窄上衣的年轻人，他故作宽容地说：莫斯科的人分辨不出一种狐步舞跟另一种狐步舞有何不同，他不久前出差去国外，看见莱比锡的人怎样跳狐步舞。所有的人都在静听他的议论。留声机开动了，还是巴黎和柏林的舞厅里的那些小调：《你喜欢香蕉吗》《我寻找我的梯丁娜》。一个女演员对我说，这个去过莱比锡的年轻人和她一起在戏剧学校学习过，如今在外贸部工作。"恐怕快要蹲监狱了，他受了不少贿赂……"

有产者从小就过着富裕的生活，胡乱花钱已经成为他们的一种习惯。旧的资产阶级跑到了世界各地，许多人在国外的遭遇相当凄惨，从富足和游手好闲沦为贫困和干粗活，使许多人陷于绝望，或者自杀，或者犯罪。耐普曼①的社会出身是极其复杂的。从前的一位律师助手，曾在司法人民委员部工作过两年，这时突然干起贩卖卧铺车厢车票的生意。我认识一个诗人，

---

① 耐普曼是苏联新经济政策时期出现的资本主义分子。

1921年他在"多米诺"咖啡馆朗诵半未来派的诗,如今却在贩卖法国化妆品和爱沙尼亚的白兰地了。古容工厂从前的一个工人、国内战争的参加者,受到了审判——他偷了一车厢布匹,偶然落网了:他在饭馆喝醉了酒,打碎了镜子;人们在他身上搜出了八百万。当然,他不像一个传统的有产者,正如过去是富有的房主的儿子,如今迫于贫困而进了巴黎的工厂的一个中尉不像无产者一样。百万巨钞冲昏了耐普曼的脑袋,他们胡作非为,吵嘴打架,很快就毁灭了。很少有人想到困难的日子:大家既不相信新经济政策能实行很久,也不相信纸币。在合法的暴利和非法的投机之间只隔着一层薄薄的纸。国家政治保安局工作人员有时一次就逮捕成十上百精明的投机商,这种行动称之为"撇去新经济政策的浮沫"。一个厨师知道,什么时候该撇去鱼汤上的浮沫,但是耐普曼未必都懂得他们自己是什么——是鱼,还是浮沫。对于明天缺乏信心使得新资产阶级的娱乐具有一种特殊性质。叶赛宁称之为"酒馆的"莫斯科正在以一种病态的冲动胡闹,这像是上个世纪加利福尼亚的淘金狂和贬值的陀思妥耶夫斯基气质的一种混合物。

旁边是另一个莫斯科。从前的"大都会饭店"成了苏维埃第二大厦,一些负责的工作人员住在里面,他们在食堂里吃着薄薄的炸肉饼,继续一天工作十四小时。工程师和医生、教员和农艺师,如果不是抱着先前的浪漫主义热情,那也是抱着先前那样的决心来恢复被国内战争、封锁和连年干旱弄得支离破碎的国家。技术博物馆讲座的门票仍像过去那样难于弄到,商店里的书籍卖得很快——对知识的冲击仍在继续。

我在1924年写道:"我不知道,这一代的青年将来会成为什么样的人——是共产主义的建设者呢,还是美国化的专家,但是我喜欢这新的一代,他们勇敢而莽撞,能够冷静地学习和愉快地挨饿,不是像列昂尼德·安德烈耶夫剧本中的大学生那样挨饿,而是严肃认真地挨饿,他们能扔下机关枪捡起自修课本,也能扔下自修课本再去捡起机关枪,他们在马戏院中哄笑,在悲伤时严峻,没有眼泪,对柔情蜜意和艺术格格不入,献身于精密科学、体育和电影艺术。他们的浪漫主义不是表现在创造来世的神话,而是表现在勇敢地试图将神话变为现实,建造出成批的工厂,这样的浪漫主义已为十月革命所证明,已被七个革命的年头的鲜血巩固下来。"(当然,这种措词流露出我过去对结构主义的迷恋,但是我觉得,我正确地指出了那些年的青年人的一些特点。)我补充道:"他们能够批判地对待事实,这很好。如果有人对任何一个报告人都唯唯称是,他们就取笑他,叫他'是是先生'——这个词是从单音节的'是啊,是啊'变来的……"

我所说的这些工农速成中学的学生,都是本世纪初出生的。我比他们大十岁到十二岁,但是两代人的差别却非常显著。我的同辈人有马雅可夫斯基、帕斯捷尔纳克、茨韦塔耶娃、费定、曼德尔施塔姆、帕乌斯托夫斯基、巴别尔、特尼扬诺夫。我们的青年时代是在革命前度过的,我们记得很多东西,这有时妨碍了我们,有时也帮助了我们。而1924年的大学生是以少年人的眼光看革命的,他们是在国内战争和新经济政策时期成熟的。这一代人有法捷耶夫和斯韦特洛夫、卡维林和扎博洛茨基、叶夫根尼·彼得罗夫和卢戈夫斯科依。这一代人也为数不多了。那些活着的人也都已退休,他们有充分时间研究雨果所说的"做祖父的艺术"的那种东西;而且我发现,年轻人同他们较之同自己的父辈更能找到共同的语言。

一片白雪怜悯地覆盖着一切。当解冻的天气刚一来到,地面就暴露出来了。新经济政策时期,市侩习气使我们大为震惊,有时甚至令人感到绝望,那时我们也太天真,不明白改造人远比改变管理国家的制度困难得多。

我在莫斯科没有住宅,我被安顿在克鲁泡特金大街上的改良学者生活中央委员会里。在那儿常常可以碰见一些年老的学者,他们不是谈谈天就是一言不发地叹着气,——他们太难理解所发生的一切了。

在那些年代,许多诗人也在唉声叹气,但由于他们唉声叹气不是在改良学者生活委员会的餐厅里,而是在杂志上,所以招来了责骂:笑容被认为是政治坚定性的证明。一种名叫《在岗位上》的杂志出版了,名称颇有浪漫主义气息,但实际上与其说它像战斗岗位,不如说像民警的岗位。岗位派对所有的人都骂——阿·托尔斯泰和马雅可夫斯基、弗谢沃洛德·伊万诺夫和叶赛宁、阿赫马托娃和魏列萨耶夫都挨过骂。然而,诗人继续在唉声叹气。阿谢耶夫写了一篇关于爱情的感伤的长诗《抒情的插笔》,于是岗位派便兴高采烈地从中摘引出片断的诗句:

> 共产主义的一代,
> 既然时代被涂成棕色,
> 而没有被涂成红色,

我又怎能当你的诗人？

我去找马雅可夫斯基。在布里克的家里和往常一样，客人很多，他们喝着茶，吃着凉肉饼。马雅可夫斯基面色阴沉，他正在这里完成一幅招贴画。过了几天，我在俱乐部里碰见了他，他说，应该帮助国家同私人商业进行斗争，他写了一些标语：

凡是肠胃、身体或头脑
　　　　　　需要的一切，——
国营百货商店向人提供
　　　　　　一切。

或者：

世界上的一切问题都正在解决，——
生活中最好的是大使牌香烟。

夜里，他突然读起长诗《关于这个》里面一些出色的诗行，他企图用诗说服自己，他绝不会自愿地和生命告别……

散文的时代开始了：该对过去经历的一切作一番回顾了。法捷耶夫写了《毁灭》，巴别尔写了《骑兵军》，特尼扬诺夫写了《丘赫利亚》，左琴科写了《西涅布留霍夫的故事》，费定写了《城与年》，列昂诺夫写了《獾》。

我想在国内旅行一趟，我没有钱，但是一个文学晚会的组织者（这种人当时很多）的建议诱惑了我。他建议我去彼得格勒、哈尔科夫、基辅和敖德萨，作一些关于西欧生活的报告。这位巡回报告的组织者想跟上时代的步伐，以便增加一些收入，他是个年纪不轻的人，一向不走运。他考虑得非常周到：报告会由红十字会主办，一定可以弄到一笔收入，他还向其他城市派出了几个侦察员；其中之一就是这位组织者的儿子廖尼亚，这是个年轻的大学生，腼腆的无赖汉，他决心抓紧时间写一本关于我的书，便不住地拿各种问题来纠缠我："请您谈谈您的初恋""您认为谁更伟大，是伏尔泰还是安纳托尔·法朗士""照您的看法，爱神是生着翅膀，还是没有翅膀"。另一位组织者则是个十分干练的人，他津津有味地吃着鹅肉，在小车站上寻找一些苦闷的姑娘，将她们引诱到卧铺车厢的单间里，和一些出租大厅的机关办交涉,他对我说:"我今天一定要赚二百卢布,您瞧着吧,一定可以赚到……"

应当给报告会取个名字。马雅可夫斯基使观众养成了看海报的习惯,这些海报任何一个美国人看了都会感到羡慕:"诗歌即加工工业""无限小的分析""三个美洲的指挥""里济斯特拉特①的白色小灌肠""爱伦堡毕竟在旋转""烟鬼魏列萨耶夫""庆祝年轻女皇的舞会""勃留索夫和腹带"。组织者恳求道:"选一个令人费解的名字吧……"我挑了我头一次想到的——"醉汉演说家"。

组织者在哈尔科夫租了"密苏里"马戏院。当时根本没有扩音器。我竭尽全力高声地讲着卓别林的影片,然而听众还是不断地尖叫:"听不见。"我想走开,组织者却拦住我说:"这样他们会要求退票的。我有一大家人……加把劲吧!……我的妻子正在给你搅和拌糖的生蛋黄呢……"

我第一次看见了敖德萨,过去我是从一些笑话中知道敖德萨的,"敖德萨—妈妈"使我惊讶:它蒙着一片忧郁的气氛。港口异常冷清。有的地方残留着一片片废墟。显然,昔日的轻佻早已无影无踪,生活还没有走上轨道。我在一个广场上看见一个满脸大胡子的有封邑的公爵的头像,下面写着"卡尔·马克思"。我作报告的那个剧院的一个年轻女验票员使大学生廖尼亚大吃一惊,因为她突然对他说:"干吗您老向我送秋波?……这早已不时兴了。您可以请我去'伦敦饭店'吃一顿晚饭,那时我们好好谈一谈,因为我现在实行经济核算……"

"伦敦饭店"是非常漂亮的地方。其中一部分房间像过去一样住着负责干部,妻子们用煤油炉烧饭,照顾孩子,晚上谈话的题目不外是《真理报》的新社论和第十三次党代表大会的议程。另一部分房间里则住着投机商人、新闻记者、小型文艺节目的演员、"红色商人",他们通常是喝酒,有时也吵吵闹闹。我在市场上听见这样一支小调:"在什内尔松的家里非常吵闹……"实际上什内尔松家里十分清静,新改名的街道——国际主义街、无产阶级街、拉萨尔街、公社街也都相当清静。在佩切斯基咖啡馆中,投机商人要了一杯茶之后,就相互捣腾起一些破旧的绿色或橘黄色的美钞来。经纪人有时也神经质地打打哈欠,——偶尔也进行搜捕,抓走所有的人。

---

① 里济斯特拉特(公元前3世纪),古希腊雕塑家。

在当地报纸的编辑部里,秘书将一个敖德萨青年写的诗拿给我看,他写的是关于大海、鸟和鸟笼,这些诗我很喜欢,我问这个诗人叫什么名字,秘书回答说:"爱德华·巴格里茨基。"

我的手表的玻璃蒙子碎了,去找钟表匠修理。这位钟表匠磨蹭了好半天,我一言不发地坐在一旁等着,但他却滔滔不绝地说了起来:"今天的报纸上对寇松大加责骂。可我对您说,寇松不怕他们。不过,我倒有些怕他们。第一,我怕财务检查员,第二,我怕国家政治保安局,第三,我怕您——我怎么知道您是什么人,您又为什么想叫我把心里话都对您掏出来……"

讨饭的女人们哀求道:"同志,给一点什么吧""仁慈的公民,请看在上帝的面上""老爷,给个戈比吧"……用语是混乱的,时代也是如此。

在基辅的时候,有一次我坐雪橇经过克列夏奇克,突然,雪橇滑脱了,马和车夫向前奔去,我和雪橇的垫子陷进雪堆里。雪橇不坚固,但是市场上却出售许多革命前的名贵物品:茶炊、辛格牌缝纫机、摩瑟尔牌手表和商人用的大肚茶杯。

人的意识中的旧东西是最牢固的。在一个车站上,一个背着口袋的农妇误入了软席车厢。列车员大声对她吼道:"往哪儿钻?下来!现在可不是1917年!……"

在戈梅利市的车站餐厅里挂着一句格言:"不劳动者不得食"。坐在桌旁吃饭的都是卧铺车厢的乘客。一些无人照管的流浪儿也在这儿徘徊,希望得到一点残羹剩饭。有个乘客将碟子里剩的一小块酱肉递给一个小姑娘:"吃了吧!"一个侍者(或者如当时人们所称呼的"服务员公民")跑过来,从小姑娘手里夺过了碟子,把那块肉和一片土豆抖在小姑娘那件破烂不堪的衣衫上。我大为愤怒,但是没有一个人支持我。小姑娘一面哭着一面赶忙吃掉了。我在戈梅利市参观了一个火柴工厂,厂长从前是个工人,在和邓尼金打仗时负了伤,现在他抱病工作,从早到晚忙个不停:张罗糊火柴盒的糨糊,他一再地说:"国家需要火柴……"戈梅利的青年们谈论着汉堡的战斗,谈论着马雅可夫斯基的诗,谈论着未来。然而我的眼前却是车站餐厅里那一个个愚钝的、毫无表情的面孔和遭到侮辱的孩子……

组织者能干的助手十分满意:他超额完成了计划。廖尼亚要写的那本关于我的书没有写成,他对所有的人说:"干吗写他?我对他太了解了……"廖尼亚的父亲失败了,虽然收入不错:从敖德萨到列宁格勒的途中,由于受到风雪的阻挠,我们在一个小站上耽搁了两天,我的巡回报告的组织者不得不付场地的违约金。有什么办法——他一辈子都不走运。至于我,我是很满意的:我大开了眼界。

每次报告会后,听众就向我提出一大堆问题,我记录了其中的一些:"为什么德国没有发生革命""现在巴黎的时髦衣服是些什么样式""您对您的《胡列尼托》作何评价,肯定还是否定""谁更坏——是社会主义的叛徒还是法西斯分子""请简单地解释一下相对论""为什么小学又开始收费""为什么你们这些作家总要引起姑娘们对形形色色的解释发生兴趣""印度争取独立的斗争要不要外国战士参加""你是王德威尔德①的朋友,对不对""有的报刊说,你是腐朽的产物,因此请告诉我,您作一次报告拿多少钱""马雅可夫斯基说,诗歌是一种产品,但普希金不这么说;您认为谁对""共产主义是否会开辟战胜死亡的可能性""你赞成足球还是赞成橄榄球""请你谈谈卢瑟福②在原子变性方面的工作""二步舞和狐步舞有何不同,在柏林人们通常跳什么舞""为什么我们有人在翻译《泰山历险记》,而马赛尔·普鲁斯特③的长篇小说却没有译本""依你看来,币制改革对缩小剪刀差有影响吗?""你认识毕加索吗?他现在做什么""性爱是资产阶级的残余,为什么不直接说明这点""不久以前在这里讲演的一个人说,在过渡时期,艺术还需要保留下来,但到了共产主义时代,艺术便消失了,我不同意这种说法,请帮助解释一下"。

我摘引的这些问题是按照原先抄录的顺序(确切地说是杂乱无章),我觉得,它们可以帮助读者了解那些遥远的年代。

我经常同青年人谈话,他们是各种各样的:有的聪明,有的愚蠢,有的诚实,有的喜欢钻营。新经济政策促进了经济的复苏,但是对于青年来说,它未必是一所好学校。所有的人都还清清楚楚记得国内战争年代的情景:功勋、荣誉、暴行、英雄行为、掠夺。青年人从前线、从乡村来到大学里,他们热情、坚强。大学生学习很卖力,而且很懂规矩,他们摇摆于朴素的功利主义

---

① 王德威尔德(1866—1938),比利时社会党人,改良主义者。
② 卢瑟福(1871—1937),英国物理学家。
③ 马赛尔·普鲁斯特(1871—1922),法国作家。

和他们那个年龄所特有的浪漫主义之间。然而也有不少的人头脑发热,渐渐变成了沽名钓誉的人、没有起码道德观念的幻想家和在不良环境的影响下胡作非为的意志薄弱者。一些人过着俭朴的大学生生活,另一些人则花天酒地。叶赛宁在其中作过垂死挣扎的"酒馆的莫斯科"酒气熏天,使许多人误入歧途。

一个年轻人对我谈起了一段很长的、糊里糊涂的但也并不十分复杂的故事:不久以前,他是个诚实的共青团员,学习也很好。后来一个同学引诱他去干一桩恶劣的勾当,从表面上看,一切都冠冕堂皇,——他接受委托去募捐,以便发展航空事业,实际上这是一群骗子在骗钱。这个大学生很愤慨,想去报告国家安全局,但是当他分到一沓钞票后,浮华的生活使他迷了心窍。这时他爱上了一个姑娘,她向他索取礼物,于是他干起投机活动来了,他被共青团开除了,正在等候逮捕。他有一双富有表情的手,这双手常常举起,做出威吓的姿态,或者表示哀求。

我想对他这样的人作一番描写。我走访法院,获得同被拘留的犯人谈话的许可。吸引我的东西,当然,不是那形形色色的人物,不是刑事案件,而是那些严酷的、动荡不安的年月盛衰沉浮的故事。

当时生活中出现了一个新词"贪图私利者",于是我便称呼我的主人公——一个基辅侍者的儿子为贪图私利者。我描写了他的童年、他对荣誉的渴望、他的自私自利,描写了他在革命初年的热情,如何参加国内战争,进学校,最后描写了他的堕落。米哈伊尔·雷科夫(我的主人公的姓名)有一个兄弟阿尔乔姆,他为人诚实,不大懂得爱情,但很善良,他竭力想使米哈伊尔避免堕落。我的主人公不是拉斯季尼亚克,他的心中交织着复杂的、有时是对立的感情。他爱上了一个贪财而且头脑空虚的女人,他同她在一起的时候简直像个孩子。但是他却相信自己与众不同,比同志们优越得多。也可以说,他有点像一百年后出生在进行社会主义革命的国家里的于连·索勒尔。他受到了审判,在监狱里自杀了。

我在一封信中写道:"我的《贪图私利者》即将脱稿。我甚至舍不得和我的主人公分手,虽然他是个坏蛋,是个有点浪漫主义情调的败类和热情奔放的投机分子……"现在我也认为,作家在表现批评家称之为"反面人物"的那些主人公的内心世界时,是对他们怀有恋恋不舍的感情的:因为他看见那个堕落的人的心灵里也有一些好的素质。我从来也不打算替贪图私利者辩护。我选了一段谴责个人主义的古代祈祷文作为此书的卷首题词："愿你发挥你的神力，使今年风调雨顺，愿那途中遇雨的旅人的祈祷不会为你接受，雨是旅人的障碍，却是世人的甘露。"

我知道，我又会遭到指责：干吗去写一个可怜的贪图私利者，周围不是有那么多崇高的、有鼓舞力的英雄吗？我想，医生的责任是诊断病情，恐怕只有疯子才会认为医生在判明流行病情况的同时也传播了流行病。我在长篇小说《贪图私利者》里面打算描写误入歧途的米哈伊尔·雷科夫的精神世界，附带以讽刺的手法描写一下那几年的生活。甚至岗位派分子也在理论上承认讽刺是必要的，然而，每当有人试图描写我们生活中的某一丑恶现象时，他们就立刻宣布这是诽谤。"我们需要我们的谢德林和果戈理"——这话我是很久以后才听到的。讽刺在理论上依然被认为是必要的，但在实践中却好像是一种破坏行为；有个诗人写了这样一首小诗：

> 我们需要
> 慈悲些的谢德林
> 和这样一些果戈理，
> 以免我们被打扰……

我在1924年写道："如果在我的书中所谓的'反面典型'具有更大的表现力，那应该把这看作是缺乏多样性和人类的天性有局限性，而不应看作是狡猾的诡计。我多么希望能看到一部描写健康的、朝气勃勃的新人的史诗般的卓越作品来代替我那些揭露性的作品啊！唉，好心的批评家们并不急于它快点写出来，他们更喜欢责备我。而我也更喜欢献身于我生来就酷爱的工作。我并不等候那部描写阿尔乔姆的鼓舞人心的书问世之日，我只想把他的兄弟的故事告诉同时代的人们……"

我在1925年1月26日写道："波波夫拒绝了《贪图私利者》，因此它未必能够出版……"（我不记得我说的是哪一个波波夫了。）

一个相当著名的岗位派分子称呼我是"革命的公开敌人"，他写道："《贪图私利者》的感染力就在于作者欣赏新经济政策时期那群贪婪的家伙，肯定资产阶级豺狼对我国整个经济机构的掠夺。这就是俄国的施本格勒之流昨天的候补人的最终覆灭……"

爱德华·巴格里茨基在忧伤的时刻写道：

> 稍微刮起一点北风，
> 我们便四向凋零。
> 我们用自己的躯体为谁铺幽径？
> 谁的脚掌将在我们腐烂的躯体上走过？
> 年轻的号手会践踏我们吗？
> 我们的上空是否会出现陌生的星座？
> 我们是老朽的橡树上的凋落的叶子……

我在铁匠街上一家书店的橱窗中看见了"苏维埃文学的大树"。树枝上挂着解说性的标签："无产阶级作家""列夫派""农民诗人""左派同路人""中间派同路人""右派同路人""新资产阶级文学"等等。树下有几片落叶，其中的一片叶子上写着："爱伦堡"。

接着而来的是十足强劲的北风。我没有凋落真是个奇迹。

10

不久以前,我在图书馆中找到一张已经发黄的报纸,这是在弗拉基米尔·伊里奇安葬的那天出版的《列宁专号》。上面也有我的一篇文章,文章是匆匆写成的,那时的心情使你无法考虑它的文体。我想从这篇拙劣的文章中摘录几小段,它们可以说明我这部作品后面的一些章节。

我在回忆战前的巴黎时写道:

"我们在战争前夕的那几年里又知道些什么呢?忐忑不安和四处漂泊、炸弹和诗歌。

"……难道这些敏锐的、令人敬佩的话不是他说的:'我们错了,我们错了许多次。'是的,这儿可能有挫折,有错误,因为这正是生活。而在那些空谈自由、空谈个人的伟大的饶舌者所居住的国度里,在那些忧郁灰暗的房屋中间,是没有英雄、建设者和领袖的。那儿也不可能有错误,因为那儿没有生活。

"……在经历了四年可怕的战争后,欧洲得到了凡尔赛和约,俄罗斯得到了十月革命……

"……为了明了列宁的创造性力量,我们只需瞧一瞧彭加勒每个礼拜天在废墟和十字架中间祈祷时的神气,他慷慨激昂地叫着:'我们?……不,我们从来没有犯过错误!'

"……他知道。我们不知道。我们不知道半开化的、农民的俄罗斯的民族革命会开辟世界的新纪元。我们不知道2月的口号'交出一小块土地来'会在10月里变成'交出土地来!'他知道这个。他在日内瓦时就知道这个。他在一个小房间里的煤油灯下彻夜工作时就知道了。

"几个月前在汉堡,当起义遭到镇压后,我听到这样一段谈话。两个亲兄弟,两个工人在争论。他们是兄弟,也是敌人。一个参加了起义,另一个镇压了起义。参加起义的那一个受了伤。别人偷偷将他从'绿林豪杰'那里送回家。参加镇压的那一个说:'干吗要起义?社会党人在参议院不是已经答应发给每人半磅人造黄油吗?……你听说过吗?……'那个参加起义的回答说:'可我们要得到他。'他说这句话时,指着挂在他屋里的一张相片,在所有国家所有城市的成千上万工人的家庭里都挂着这张相片。

"……我们常常感到困惑。我们有我们的新艺术,有我们的不安,有我们在世界各地的漂泊生涯。我们也觉得,所有这些对他都是格格不入的。我们不知道,如果没有他的工作,我们既不会有进步,也不会有生活。就让房子尚未建成吧。就让其中有着无数的困难和无法忍受的寒冷吧。但是墙壁正在日渐增高。而在那有着完整的灰色屋子的城市里——十年前作家们暴动和受苦的地方——又是个什么样子呢?那儿没有我们的立足之地。杯水风暴已结束了。剩下的就是为祝贺福煦①院士和有三道菜的精美午餐唱唱赞歌了。伟大的欧洲之夜的绝望——这一点他也知道。他是一个执着一种思想的人,他只考虑一件事,那就是如何使其他人幸福,使他们能够思考许多事……"

每当一个伟人去世,人们不由得要回顾一下我们称之为历史的东西,也要回顾一下自己渺小的生活。当我写到列宁的逝世时,我自己也是如此:我想起了大战的前夜、"洛东达"、作家和画家的暴动,而我在心里却把这一切称作"杯水风暴",不过这也许并不公正。妄自菲薄是重大损失带来的悲哀造成的,是由于意识到死神从人类手中夺去的那个人的一切作为具有决定性的和真正普遍的意义造成的。

我在很久以前所说的关于十月革命的意义的话,以及将俄国的艰苦道路和西方精神上的贫乏所作的对比,至今我也觉得是正确的。

"就让房子尚未建成吧……"是的,在1924年,我们还不知道列宁在世时已经砌上墙的那座房子,我们日后还要为它付出多少汗水、眼泪和鲜血。我们还不知道我们在30年代和40年代不会听见以友好的、同志式的态度

---

① 福煦(1851—1929),法国元帅。

道出错误的话语。然而房子是建成了,我国人民的精神力量表现在他们建造这座房子是不惜任何代价的。

那年1月的寒冷天气在莫斯科是十分罕见的。要想说服孩子待在家里是徒劳的。大人们让孩子坐在肩上。红军战士泣不成声。夜间,在野味市场,在德米特罗夫卡、彼得罗夫卡——到处都燃起了篝火,愁眉苦脸的人们穿着皮袄默默地站在火堆旁边。许多蓄着长胡子的农民代表也来到了莫斯科:当时俄国农民还留胡子。

我不能留在家里。我看见送葬的行列从巴尔丘格街上走过。我来到圆柱大厅,这里的哭声压倒了哀乐。莫斯科在痛哭,虽说有"莫斯科不相信眼泪"这么一句俗话。我去找尼古拉·伊万诺维奇,他是我过去在中学里一同搞地下工作的同志,住在第二苏维埃大厦内。通常他总是笑容满面,这时他一句话也没有说,蓦地我发现他的眼眶里有泪珠在滚动。改善学者生活中央委员会的扫院子的老妪也在哭泣。人民的悲伤是巨大的、真诚的。

在那些严寒的1月的夜晚,我仿佛从远处——越过几个世纪——看见了我国人民所实现的一切,无论在以后艰苦得多的数十年里我有着多少怀疑,列宁的意图始终摆在我的面前,它鼓舞着我,制止我去干坏事。我是个年轻的非党作家,对于一些人,我是"同路人",对于另一些人,我是"敌人",而实际上我不过是在革命前成长起来的一个普通的苏维埃知识分子。无论怎样辱骂我们,无论怎样睥睨我们这些早已白发苍苍的头颅,但我们明白,苏联人民的道路就是我们的道路。

在巴黎时,我曾有机会和列宁谈过几次话,我知道,他喜欢普希金,喜欢古典音乐,他是个复杂的、有着广阔胸怀的人。但是他将自己的全部热情、全部创造才能都用在一件事上,这就是为了将工人从剥削制度下解放出来并建立一个新的社会主义社会而斗争。所以我在1924年写道:"他只考虑一件事,那就是如何使其他人幸福,使他们能够思考许多事。"

"幸福"这个字也许有些刺耳。当年那些骑在大人肩上走进圆柱大厅的孩子,他们在30年代是孤儿,在卫国战争年代是战士,现在是读过第二十次党代表大会报告的白发斑斑的人⋯⋯虽然如此,我所说的幸福是真实的。现在每当我参加我国青年的会议时,我便发现青年男女在思考许多问题,他们喜欢许多东西,也了解许多事物。

我还想回忆一下弗拉基米尔·伊里奇,谈谈几件日常琐事。当我和他在巴黎谈话时,他突然打断了我:"找到房子了吗?这儿的旅馆很贵……"接着便对娜杰日达·康斯坦丁诺夫娜说:"这儿有谁在帮助他?柳德米拉吗?噢,她知道……"纳·伊·阿尔特曼在弗拉基米尔·伊里奇的书房里为他塑一个头像。有一次,阿尔特曼必须立刻走开,因为有几位同志来找列宁。弗拉基米尔·伊里奇很关心那堆黏土,没忘记给它洒上些水。阿·瓦·卢那察尔斯基曾对我说,有一次他问列宁可不可以让"左派"艺术家们来装饰五一节的红场,弗拉基米尔·伊里奇回答说:"我不是这方面的专家,我不愿将自己的爱好强加于人……"

斯大林写过一篇论列宁的政治风格的文章。文章是早在二十年代写的,大概谈的都很正确。然而列宁的人的风格却是无与伦比的:在创造性意图上的果断和罕见的谦虚、力量以及决心,而这种决心既不排除温和,也不否定对精神财富、对理性、对艺术深深的尊敬,——这才是人道精神,真正的人道精神。

11

1924年5月,我和柳芭动身去意大利。那里有许多操各种语言的游览者,其中有些是德国人,他们带着硬马克来到这儿,深信他们幸免一次地震,现在可以欣赏欣赏这个盛产柠檬的国度了。

(法国人常说,挨了开水烫的猫见了冷水也害怕。人比猫要轻率些。堪称为新庞贝的几个小镇的一万居民把维苏威火山看作养育他们的父亲,因为他们是依靠游览者的好奇心维持生活的。1944年,维苏威火山只苏醒了片刻,小镇圣塞瓦斯蒂扬诺便化为灰烬。然而邻近几个小镇的居民却哪儿也没去。)

威尼斯正在举行一个国际展览会,苏联艺术家是初次参加这个展览会。我们几个人坐在圣马尔科广场上的弗罗里安咖啡馆里,我记得有女画家亚·亚·埃克斯特和鲍·尼·捷尔诺韦茨。弗罗里安咖啡馆当时已有一百六十三年的历史,现在它已满二百岁——可以筹备二百周年的大庆了。隆吉、卡纳列托、哥尔多尼、戈齐①大概都在这儿喝过可可。我不记得那时我们谈了些什么,也许谈的是梅耶霍德的最新剧目或当时正在威尼斯展出的萨里扬的油画,也许谈的是假面喜剧。

几个骨瘦如柴的英国女人正在用食物喂几只呆头呆脑的鸽子。擦皮鞋匠和卖珊瑚饰品的小贩做出种种曲意奉承的姿态,很像古典喜剧中的丑角。游览者交口称赞这儿的风光,不仅口头称赞,还在成打的风景明信片上签名,以便寄赠亲友。所有这些很像莫斯科室内剧院的一场演出。

---

① 四人为意大利的画家或剧作家。

周围是城市,这儿有成百上千条恶臭的神秘河渠,有成群结队喵喵直叫的猫,有17世纪的房屋,住在里面的人们和住在最普通的房屋里的人一样在幻想、嫉妒、吵嘴、看晚报、患流行性感冒或阑尾炎。平凡的生活的周围是绝妙的风景、灰绿色的天空、蔷薇色的水、小桥、圆柱、喷泉。瞧,这儿是多么引人注目啊!而我却看见了黑衫党徒,他们正在广场上散步或在吃冰激凌。

我们去了穆拉诺,在那儿看见了手艺极其精巧的玻璃吹制工。工厂的墙上写着:"列宁万岁!"头戴黑帽的士兵摆出一副凶狠的样子,从一个衣袋里掏出崭新的手枪,接着又放进另一个衣袋里。

我已经说过,对于我这一代人来说,间隙是短暂的,而且我们也难得忘却报纸上所谓的"历史事件"。为什么我不能静静地欣赏丁托列托的油画或沟渠里的水呢?有一种东西使我不安,这大概是一种新现象:我第一次看见的真正的、活生生的法西斯分子。

年轻的时候,我非常赞赏卡姆波-桑托的壁画,所以我对柳芭说,一定得去比萨瞧瞧。柳芭在欣赏贝诺佐·哥佐利①用人世间的甜蜜生活装饰陵墓墙壁的那些明朗的图画,而我却瞧着黑衫党徒。第二次大战期间,德国的炸弹毁坏了比萨市的一部分壁画。前不久,我又到比萨去了一趟,往昔的景物已经残破不全,我不禁感到遗憾,从前没有抓紧机会把那些壁画看个够,但是有什么办法呢:生活不能像你所希望的那样,它有自己的规律。

在1924年,未必可以预见法西斯主义会从半宗法制的贫困的意大利迁居到秩序井然的德国,杀害五千万人,破坏几代人的生活。但我为意大利难过,既难过又不安。这些高声叫喊、列队齐步行进并高举手臂的都是些什么人呢?大概都是些不走运的人、破产小商人的儿子、外省的公证人或律师、热衷于响亮词句的沽名钓誉者。可以把他们看作可笑的狂欢节上戴假面具的人们,但是我已经明白,人不是按照笛卡儿的说法生活的……

不知何故我们来到了意大利中部的小城比比亚诺,这儿没有名胜古迹,游览者也很少光临。然而这却是一个美妙的小城!晚上,我们走进一家阴暗的饭店,店里摆着许多大而圆的红葡萄酒瓶。一个老人对饭店主人和两个顾客谈起从美国回来的泥瓦匠朱利奥的一段很长的故事。他积蓄了很多

---

① 哥佐利(1420—1497),意大利画家。

钱，打算结婚。然而法西斯组织的一个书记从阿雷佐坐汽车来到这里。他们分别在两个桌子上喝酒，突然，这个书记开始嘲弄朱利奥，他要泥瓦匠喊"墨索里尼万岁！"朱利奥回答说："让驴子去喊吧。"法西斯分子立刻用枪打死了他。为了做样子，凶手被逮捕了，但过了一个星期便被释放。这就是全部故事……老人一面喝酒，一面用几根钩形的手指捻碎干酪。我走了出去，山岗好像星空一般，成千上万的萤火虫在飞舞。青蛙发出柔和的叫声。黑暗中，情人们在山盟海誓、拥抱接吻。但我却在想着我不认识的朱利奥的命运。

我们返回罗马后，一切都显得很平静。我们去大使馆。大使说，同意大利的贸易关系正在安排，他还说，诗人维·伊·伊万诺夫来到了罗马，他常到使馆来。游客都赶忙去参观梵蒂冈或科洛西姆斗兽场。在考尔索大街的"阿拉尼亚"咖啡馆里，政治家们在讨论，对科孚岛的远征使意大利耗资多少。我常去博物馆，梵蒂冈的镶嵌艺术使我惊叹不已，使我好几天忘记了政治。突然我们看见激动的人群聚集在蒙特齐托里奥广场上，他们高喊着口号，焚烧报纸。在其他广场上也发生了同样的事，我听见了"打倒法西斯！打倒凶手！"的喊声。愤怒的人群焚烧着一捆捆法西斯的报纸——《意大利邮报》《意大利人民报》《帝国报》。过了几分钟我才弄清楚，原来是法西斯分子绑架了年轻的社会党议员贾科莫·马泰奥蒂。

人们对事件的反应是很难预料的，有时成千上万人遭到杀害的事件几乎没有人注意，有时一个人的遇难却震动了世界。对马泰奥蒂的迫害就其简单和明显性来说，很像古代的寓言。我到处都听见死者的名字。

（我在《十马力》一书中谈到了马泰奥蒂的死，虽然这同雪铁龙工厂或争夺石油并无直接关系。我不能沉默：1924年6月10日在罗马发生的事件也进入了我的生活。）

意大利在当时还存在议会，春天举行了选举。法西斯分子依靠酒和蓖麻油、贿赂和木棒取得了多数，然而反对党也获得了近百分之四十的选票。5月30日，年轻的议员马泰奥蒂在议会发表了一次勇敢的演说，他谈到了暴力，谈到了暗杀。法西斯分子大吼大叫地打断他的讲话，有一个喊道："滚到俄国去！"

当马泰奥蒂走下讲台的时候，左派议员向他祝贺，他微笑着对其中的一个人说:"现在请准备悼词吧……"十一天后,他出去买香烟,从此没有回来。

墨索里尼对批评已经不能忍受了,但是他还没有逮捕议员的勇气,他指派自己的朋友切扎里·罗西去干掉马泰奥蒂。罗西领导内政部的新闻局,这是个招牌,实际上"新闻局"专干暗杀政敌的勾当。罗西召来《意大利邮报》的编者菲利佩利。这位编者又找了一个名叫杜米尼的人。

在距马泰奥蒂家不远的台伯河畔,一群陌生人包围了他,将他推进汽车。汽车飞速驶往城外。凶手们堵住马泰奥蒂的嘴。杜米尼是个内行(后来他承认自己杀害了十二个反法西斯主义者)。马泰奥蒂有肺病,挣扎不久:当他企图推开车门逃跑时,杜米尼猛扎了他一刀。

在库阿塔列洛附近一个荒无人烟的地方,法西斯分子匆忙地掩埋了马泰奥蒂的尸体。墨索里尼满意地获悉,事情干得干净利落,他以为不会透露风声——人不过是失踪罢了……然而,有几个女人却看见一个人被一伙人硬塞进一辆红色汽车。反对党的报纸还在继续出版。调查开始了。找到了菲利佩利的汽车,发现坐垫上有血迹。不得不逮捕杜米尼。罗西也受到传讯,但案件很快就被压下了。可是过了不久,罗西和墨索里尼闹翻了,他逃到巴黎,在那儿开始揭露自己从前的朋友。

罗马沸腾了,看样子马上就要爆发革命。反对党议员发誓要惩办这一伙杀人犯。世界各国的人也都为法西斯分子的无耻行径所激怒。墨索里尼也胆怯了:他宣布,暗杀议员的事件使他非常震惊,凶手一定要严加惩办,他甚至辞去了法西斯党总书记的职务。看样子,他也觉得大火烧起来了……

意大利人的性格不同于德国人的性格,但结局却一样。议员们发表了一些义愤填膺的演说。罗马人烧掉了一捆捆法西斯的报纸,也就四散回家了。过了不久,墨索里尼放心了。我还在意大利期间,有人就拿给我一份《帝国报》,法西斯分子在报上嘲笑抗议的人:"让疯子们去神气吧。最后笑的人才笑得痛快……谁也阻挡不住法西斯主义者在意大利的所有广场上枪毙罪犯。"后来我读了墨索里尼的一篇演说,他在谈到马泰奥蒂的被害事件时说:"寻找罪犯是无益的、愚蠢的。我们有自己的语言,这就是革命的语言……"

是的,意大利人不像德国人,意大利人的特点是:热爱自由、永恒的叛逆精神、富有想象力和不顺从的态度。然而,墨索里尼统治意大利却达二十三年之久,他只是在希特勒自杀前几天才被游击队处死的。我读过一个法国作者的见解,他说,人民能够忍受一个独裁者的任何罪行,如果独裁者引导他们去的地方正是他们想去的地方。我不认为一个普通的意大利人渴望征服阿比西尼亚,镇压西班牙人,占领沃罗涅日……难道给世界带来了堂吉诃德的人民是为法西斯主义而生的吗?难道克维多和戈雅的人民命中注定要接受愚蠢落后的专制制度吗?然而,一个身材矮小、才智低下的将军统治西班牙已近四分之一世纪。不,用民族性格是什么也解释不了的,关于意大利人只有一点可说:他们扮演"罗马军团兵士"的角色很不成功,这是值得赞扬的。

起初,法西斯分子打算认真地证明,他们的领袖正在引导意大利走向繁荣、社会正义并摆脱国际资本。后来他们渐渐地不大说话,而是使用口头语:"领袖是不会错的",再后来只是简单地喊:"领袖万岁!"1934年,我在米兰看见一个庞大的游廊上贴满了海报,但所有的海报上只有一个字:"领袖"。

谢·谢·切霍京教授是伊·彼·巴甫洛夫的学生,他企图根据条件反射法来分析社会生活的某些现象,特别是宣传的作用。伊·彼·巴甫洛夫用狗进行过多次试验。谢·谢·切霍京正在研究法西斯主义的书刊。他对我说,在接受试验的狗中间,有一些狗对刺激物的作用没有反应,或者不如说反应微弱。切霍京教授认为,极少数的人能够抵抗极简单的宣传方法(各种标志、千篇一律的祝贺、简练的口号、制服等)。我不是生理学家,不能判断谢·谢·切霍京的见解正确到何种程度。但是,在我这一生里,我却频频见到机械式的愚蠢和无意识的虚张声势获得胜利……

我再一次欣赏了罗马的松果松、掉着泪的大理石的自然女神、特兰斯特维尔的苦命人的善良微笑,随后我们便到了巴黎。

我继续写作,逛咖啡馆,从事一些不同的娱乐和消遣,情绪有时高昂,有时郁闷——生活在继续着,有着恰如其分的平静和愉快,然而总的来说,20年代的生活是凄凉的。我常常想起黑衫党徒的模糊影子、马泰奥蒂的被害以及我不得不度过的那几十年的第一次考验。

突然我又拿起了帕斯卡的集子,从中找到了慰藉。我头一次对这样的话加以思考:"人只是一根芦苇,是所有生物中最脆弱的,但这是会思想的芦苇。一滴水可致他死命。但是即使整个宇宙都来反对他,他仍将高于自己的凶手,因为他能够认识死亡,而盲目的力量是没有意识的。所以,我们的全部长处就在于我们能够思想……"看来,许多事件一定会使我对帕斯卡的话的正确性发生怀疑,因为我看到了,人是多么迅速地失去了思想的能力。然而,革命的初年并非没有留下一点痕迹:我已经不会受到盲目信仰和盲目绝望的摆布了。

帕斯卡也未必认为,无论什么人在任何条件下都有思考能力。墨索里尼使许多意大利人变成了机器人,他们见面时举起手臂,并且认为这是对他们的赞扬。但是也有另外一些人,他们在思索,在嘲笑,说一些恶意的笑话,读禁书,——芦苇没有屈服。在图里监狱的一个单人囚房里,安东尼奥·葛兰西度过了十年的时光。他在监禁期间写了许多论文,有的论述贝纳特托·柯罗齐的哲学,有的论述皮兰德娄的作品,有的论述但丁、马基雅弗里以及其他许多人;他给自己的俄罗斯妻子尤利娅和她的姊妹塔季扬娜写了不少信,这些信非常诚恳、热情、高深而且很有人情味。我常常翻阅它们,每次都感到自豪——他正是一个有思想的芦苇!……

时间从容地迈着步伐,但死亡却匆匆来到。葛兰西死于 1937 年。时间从来不慌不忙,但它迟早要使万物各归其位。不久前,我从佛罗伦萨的一条街上走过。那是一个蔚蓝色的 4 月的傍晚。孩子们在游戏。一个老人牵着一条小狗在街上漫步,情人们在喃喃低语。我无意中瞧了一眼路牌:"马泰奥蒂街"……

12

1924年春天,"左翼联盟"在法国选举中获胜。新政府由激进党的爱德华·赫里欧领导,他是一个有高度文化修养的人,爱国主义者,厌恶沙文主义,为人善良,胸怀开阔;他非常喜欢里昂的饭菜,写过一本关于雷卡米耶夫人①的私生活的书,但同时没有忘记雅各宾派的传统——他是19世纪法国知识分子的典型代表。1924年,英国人和美国人希望法国尽快和德国人达成协议。赫里欧谴责对鲁尔的占领和彭加勒的愚钝,但是作为一个法国人,他希望法国的安全能预先得到保障:"在你们议论和平的时候,还是让我们拿开经常对准我们的匕首吧!……"我的天哪,政治家们是多么容易改变自己的话以至原则啊!1924年,英国人回答说:"先裁军,然后安全才有保障。"

白里安被认为是欧洲第一名政治夜莺,当他发表演说时,那些老朽们感动得泪涕俱下。白里安的话题自然不外乎是和平、欧洲的团结和宽宏大量的胸怀。赫里欧企图说服英国人和美国人:"当心点!德国国防军正在复活。德国军队装备了新式武器。我们不能忘记两次侵略。我们又听见了熟悉的威吓声。我和所有的人一样希望和平,但是,忽视法国的安全,难道可以保住和平吗?……"赫里欧被推翻了,白里安代替了他的位置。在瑞士的疗养地洛迦诺签订了著名的协议。晚上,焰火划破了夜空。施特莱斯曼②给从前的德国太子写道:"……其次,我的目的是保护国外的德国人,换

---

① 雷卡米耶夫人(1777—1849),法国大革命年代、拿破仑一世和复辟时期巴黎一贵族夫人,她的沙龙名噪一时。
② 施特莱斯曼(1878—1929),当时的德国总理。

句话说,保护那一千万到一千二百万迄今住在国外并受到外国压迫的同胞。第三个重大任务是修改东部边界,使但泽和波兰走廊重归德国,并修改上西里西亚的边界。远景是德属奥地利的合并……"

(遗憾的是,在这本叙述我的生平的书中,我不仅应该回忆诗人、艺术家,不仅回忆我所喜欢的人,而且还得回忆施特莱斯曼。有什么办法——我们处在这样一个时代,历史就像波尔塔瓦的警察,不分白天与黑夜,毫不客气地干预着我们的生活。)

十五年后,当巴黎的天空被染红并响起第一颗炸弹的轰隆声的时候,我想起了洛迦诺的焰火。

"左翼联盟"的胜利改变了某些情况,但对我来说,巴黎仍然是禁地。在罗马时,我让柳芭去法国领事馆:我的相貌一向使官员们感到害怕,而柳芭却使他们放心。我的估计是正确的:领事不知道我们曾被法国驱逐出境过,给了我们签证。去巴黎是毫无问题了,但是我们不能在那儿居留,因为有驱逐出境的命令。

朋友们让我去找"伟大的东方"共济会分会的书记。我来到了那个曾使保皇党分子博斯图尼奇神魂颠倒的巢穴里。所谓巢穴只是一间普通的办公室,分会书记是个上了年纪的激进分子,他知道巴黎所有小饭馆的精美食品的秘密。巴黎有许多共济会,但是完全出乎博斯图尼奇的想象,它们既不祭祀魔鬼巴法梅特,也不膜拜犹太教的上帝耶和华,又不崇拜卡尔·马克思;分会是一些独特的互助团体。书记说,他办事要困难些,不过警察局长是共济会会员,也是他的朋友。

我只得去找警察局长。他一点也不像那位心地善良的激进派书记,而是个盛气凌人的家伙。"您打算在巴黎做什么?"我回答说打算写书。局长冷笑了一下说:"先生,书有各种各样的。请您注意,法国警察并不是吃闲饭的。"(他说的是实话。1940年,德孟西部长对警方为我立的"卷宗"发生了兴趣,他对我说:"您大概写了二十本书吧,但我可以使您确信,警察为您写的要多得多……")

我在德曼林荫道上的一家旅馆里下榻,这里的房间很脏,走廊上有一股难闻的气味,楼梯是螺旋形的,很暗。窗下有一个老式的圆形小便池和一条相当破旧的长凳,情人们晚上就坐在那儿接吻。

秋天,法国政府决定承认苏联。我又踏进了格列涅尔大街上那座楼房的门槛,我第一次去那儿是在二月革命后。大使馆门口围着一群警察和密探。他们显然很激动:在巴黎高贵的住宅区里,俄国疯子们居然在光天化日下升起红旗并高唱《国际歌》!这可不是闹着玩的!列·鲍·克拉辛①安详地微笑着。马雅可夫斯基在院子里走来走去,他说他讨厌巴黎,但美国人却迟迟不发签证。

马雅可夫斯基每天都去"洛东达"。他写道,他在同魏尔兰和塞尚的影子交谈,"洛东达"就像食利者一样靠利息生活。曾和我一同消磨过一个个不安夜晚的人们都已经离开这儿:阿波利奈尔和莫迪利亚尼死了,毕加索搬到了塞纳河右岸,对蒙帕纳斯失去了先前的热情,里维拉回到了墨西哥。寥寥几个老主顾掺杂在操着各种语言的游览者中间。没有人再争论怎样炸毁社会或怎样使正义屈从美了。

很难说,我为什么每天都去蒙帕纳斯——不是去"洛东达"便是去"多姆",看来这是习惯势力。有时我会见老朋友,例如莱热、尚塔尔、查特金、桑德拉尔、利普希茨、佩尔·克罗格、费得尔、福京斯基。当然,我们的话题是艺术、俄国革命、毕加索、国际展览会、卓别林,但所有这一切都丝毫不像战前的"洛东达"。我们远远不是老年人(我们中间最年长的是莱热,他当时四十四岁),但原先的热情消失了。我们倒有点像穿着褪尽了色的破旧军装的转入预备役的士兵。

我在给女诗人什卡普斯卡娅的信中写道:"我坐在'洛东达'里,吸着一个立体派的新烟斗……今天的阳光异常美好。一只猫走过,甚至它那斜耸着的尾巴也在证实这是个不平常的日子。然而爱伦堡却像一个心灵空虚的人一样继续吸着烟斗……我感到忧郁。有时我对到处都是艺术感到不满,渴望有一些平凡的谈话或吃一些肥肥的蜗牛(我吃了蜗牛肚子总要痛);有时又像屠格涅夫笔下的'父辈'那样,用挑剔和怜悯的目光斜睨新的一代,寻求不复存在的灵感……大家都骂《冉娜·涅伊》,称我是韦尔比茨卡娅②。我该怎么办呢?定做一条裙子吗?在海涅的墓旁服毒自杀?……法国人写

---

① 克拉辛(1870—1926),苏联外交家,1924年任苏联驻法国的全权代表。
② 韦尔比茨卡娅(1861—1928),俄国女作家,她的作品大部分都以爱情和家庭生活为主题。

的散文都很好,但他们的诗却很拙劣。可是谁又需要这个呢?作家弟兄们,为什么我们要拼命工作?……"

蒙帕纳斯的几个咖啡馆时常客满:战前"洛东达"的灯火吸引了一些幻想家、冒险家和沽名钓誉的人。年轻的瑞典人、希腊人、波兰人、巴西人都匆匆前往巴黎,他们想改变世界;但世界却牢牢地站着不动。

时装店和贵重物品商店的老板突然对立体主义发生了兴趣,年轻的画家们为了挣得几文钱,或者给披肩画花饰,或者给前来巴黎游览的美国女人做些稀奇古怪的小饰物。涌现了大批画商,他们全都幻想发现一个新的莫迪利亚尼。他们同一些大有前途的画家签订合同,拿走全部油画,但出价很低,显然他们认为,饥饿会促使灵感迸发。图画成了交易所的股票,成了投机的对象,它的价格人为地被抬高或贬低。

一个阿根廷画家和一个塞尔维亚诗人写信告诉自己的双亲说,超现实主义很快将赢得世界声誉,他们将成为大名鼎鼎的人物,但目前还希望老人家再努一把力,给他们寄几百法郎来。

成批的游览者把蒙帕纳斯变成了夜间娱乐区。"席加尔"和"若卡"舞厅通宵营业,生着一对猫头鹰眼睛的美人吉吉凄婉地唱着淫秽的小调。

1925年夏季,国际装饰艺术展览会在巴黎开幕。意大利的法西斯分子显示了他们的傲慢与愚钝(他们把这称作新古典主义)。在极其单调和平凡的法国建筑物中间,科尔布捷为《新神灵》杂志设计的那座不大的陈列馆特别惹人注目。苏联陈列馆是展览会中最精彩的部分,他是年轻的结构派建筑师康·斯·梅利尼科夫建造的。陈列馆如同我国结构派及列夫派的许多作品一样,根本不能说它是功利主义的:攀登楼梯非常吃力,下雨时如果有风,雨点便飘进了屋子。这座建筑物是革命初期浪漫主义精神的表现。陈列品绝大部分出自"左派"艺术家之手:梅耶霍德和泰罗夫的戏剧演出模型、罗琴科设计的舞台布景、波波娃的纺织品、利西茨基的宣传画。

许多莫斯科人陆续来到巴黎:马雅可夫斯基、亚库洛夫、梅利尼科夫、什捷连别尔格、罗琴科、拉比诺维奇、捷尔诺韦茨。当我们一起谈天时,我有时觉得我是在1921年的莫斯科。

巴黎人认为苏联艺术是最先进的,除了展览会外,他们还看了《战舰波将金号》、泰罗夫的《菲德拉》、瓦赫坦戈夫的《图兰朵公主》。而展览会上的

507

陈列馆同其他许多东西一样,只不过是尾声罢了。革命俄罗斯美术家协会的展览会在莫斯科开幕了,自然主义、风俗画派、学院派以及循规蹈矩、简单化和那种以细节的准确性为借口,企图冒充对生活的真实反映的摄影式的表现手法开始了反攻。

我在1925年写道:"头脑简单的人认为,真实地描写重大事件就是伟大的艺术。他们想不到,用感光乳剂是区分不出太阳和铜纽扣的。有英雄的人,但是不可能有英雄的自然主义。拍摄外省婚礼和十月革命的摄影师终归是摄影师……庸俗的自然主义如今正在得势。它唯一感兴趣的是人类的弱点,要知道,如果脚生来就是为了跳跃或行走,那么身体一定有一个部分是生来坐软垫子的……有人想坐在绳索上舒舒服服地饮茶……"

这时我已经抛弃了结构主义:"工业美的胜利意味着'工业'艺术的死亡……描摹一台机器比描摹一朵玫瑰花更为庸俗,因为对后者来说,只不过是对匿名作者的剽窃……创造过真正杰作的'左翼'艺术迅速衰退了。它企图使人相信,世界上只存在吊车、几何图形和赤裸裸的思想……'艺术到生活中去'的这个战斗性口号尚未沉寂,而艺术本身已进了……博物馆。"

我再也没有美学纲领了。我辗转不安。从美国回来的马雅可夫斯基说,那里的机器好,人却不好。我问他是否怀疑"列夫"的纲领。他回答说:"不。但是许多东西需要重新考虑。特别是对技术的态度……"

我希望了解法国作家和艺术家赖以生存的是什么。我认识了麦克-奥兰、杜亚梅、儒勒·曼罗、建筑师科尔布捷;常去巴比塞的《光明报》编辑部;我对电影发生了很大兴趣,和导演雷纳·克莱尔、冈斯、雷诺阿、费德、爱泼斯坦谈过话。

说那几年毫无成就是不应该的,既然谈到电影,我可以举出我在1925年看过的卓别林的《淘金记》和《朝圣者》。喧哗声也丝毫没有减弱,时常出现各种各样的流派,其中喊得最响的是超现实主义。但是总缺少点什么,也许是缺少希望,也许是缺少不安。(我现在想起了当年在蒙帕纳斯经常见面的那许多人的命运。雷纳·克莱维尔和帕斯金自杀了,画家费德被希特勒分子杀害了,苏金在占领期间牺牲了,备受折磨的德斯诺斯死在"死亡营"里。那些年代也是前夜,但人们却以为外面是单调平凡的早晨。)

我再也不是"洛东达"的隐士,也不是艺术的膜拜者了。我从早到晚在巴黎徘徊，有时闯进那坐满了交易所经纪人、律师、肉畜商贩、店员和工人的咖啡馆，或者同什么人谈谈话。生活的机械化、交通的繁忙、灯光广告和川流不息的汽车使我震惊。当然，汽车只有现在的百分之一，还没有电视，收音机也刚刚出现，每天晚上街上还听不见各家窗户里传出的嘈杂声波。但是我感到生活的节奏和情调在改变。一到夜间，埃菲尔铁塔上闪耀着雪铁龙"汽车大王"的名字。电流的精灵爬上浅灰色楼房的正面，甚至想用杜勃耐牌的开胃酒或"青春秘"雪花膏去诱惑月亮。

巴黎的郊区起了变化——要塞的围墙、空地和茅屋消失了。正在兴建第一批新的工业型楼房。我在现实生活中，而不是在罗琴科的纸板上看见了结构主义。画家奥藏方请我去他家做客，他住在科尔布捷设计的楼房里：这儿光线充足，宽敞，并且有着病房或实验室才有的那种洁白的色调。我想起了塔特林和热情洋溢的莫斯科高等美工实习学校学生的设计图。这不是那个……我们在发现美洲，当然，那是想象中的美洲。而那早已被发现并完全真实的美洲也同时来到了欧洲——不是带着"列夫"派的浪漫主义的宣言，而是带着美元、无情的盘算、真空吸尘器和机械化了的人类感情来到的。

人们对政治毫无兴趣：巴黎人既不读白里安的演说，也不读有关重建德国军队的消息。据说不受沙文主义宣传影响的人们应该坚定地相信和平，这使所有的人都感到满意：人们都想安享太平生活。他们打开报纸，有的人读交易所公报，有的人读足球赛的报道，有的人读天气预报。启示录中的灰色马和其他野兽让位给"雷诺"和"雪铁龙"小汽车了。什缅德达姆的战壕、士兵的哗变和示威游行早已是遥远的往事。直到深夜，爵士音乐仍在狂叫，冒牌绅士喜欢省略词汇中间音节。女人们穿着很短的外衣，据说她们热爱运动。舞厅、拳击比赛、游览汽车、真空吸尘器、纵横字谜以及其他许多新玩意纷纷涌现。

重新安排的生活需要异国情调来点缀。百货公司的女店员和公证人的妻子迷上了皮埃尔·伯努瓦①的《大西洲》。比较文雅的太太们读的则是作家兼外交家的保罗·穆兰的作品。他每年出版一本短篇小说集，诸如《秘密的夜晚》《公开的夜晚》《风流欧洲》等。他叙述他怎样和各种民族的女人

---

① 伯努瓦（1886—1962），法国作家。

过夜或不过夜。对于不愿落后于时代的巴黎女人来说,爱情已经有点土气了,如今保罗·穆兰笔下的情人们把它现代化了,他们在床上的谈话也像无可指责的生意人一样:"您现在就像一张没有盖章的支票""不要靠您的神经的资本过活"……

《红辣椒》仍在不断刊登的那种心宽体胖、无忧无虑、生活懒散、眷恋家室、靠剪息票生活的旧式资产者,或者整天在林荫道上闲逛的光知享乐的人,现在越来越少见了。代替他们的是精明强干的生意人,他们喜爱汽车竞赛胜于喜爱姑娘和紫罗兰,热衷于冒险事业或任何狡猾的投机,就其所受的教育来说,他们不是工程师便是经济学家,十分熟悉新的生产方法和世界市场的价格,熟悉托拉斯之间的竞争,善于贿赂部长,精通政界的一切诡计。他们的儿子们瞧不起旧式大学生的浪漫精神——魏尔兰酒醉后的眼泪、安纳托尔·法朗士的怀疑论以及无政府主义的词句;他们做体操,崇拜强者;在九年后法西斯分子叛乱的一个夜晚,他们中有许多人用剃刀割破了警察的马的马腿。

虽然美国士兵早已回家,但所有来自新大陆的人仍然受到尊敬。爵士乐队代替了患肺病的小提琴手和潇洒的手风琴手。舞厅里出现了职业舞女。不久前还在佳吉列夫芭蕾舞团的首演式或"独立派美术展览会"的预展中打过架的假绅士们,现在又在比赛场上疯狂地叫喊:"加油,约翰!……"作家们着手写作运动题材的长篇小说:主人公都是拳击家、足球队员和自行车运动员。

夏天,外国游览者云集巴黎,被列为必须参观的名胜古迹有:爱丽舍田园大街、弥洛斯岛的维纳斯、埃菲尔铁塔、拿破仑墓、蒙马特、"洛东达"和沙班耐大街上的妓院"各民族之家"——那儿有西班牙式、日本式、俄罗斯式以及其他形式的房间;一个上了年纪的古板的女管事引导游览者参观,煞有介事地解释着各种淫秽的细节。

战前法国人很少出国,现在许多人纷纷到瑞士、意大利、奥地利、英国等地度假。德科布拉的一部长篇小说在普通读者中间受到热烈欢迎,这本书描写一个名叫"卧铺车厢里的圣母"的女主人公的艳遇。

街上的狂欢节、彩纸屑、圆顶礼帽、阴暗的咖啡馆中的丝绒沙发——上个世纪的最后一批标志消失了,男人们刮掉了长胡子,女人们剪短了头发。

所有这一切与其说指的是巴黎,不如说指的是1925年。如今我回想起那个时代,我觉得巴黎就像乌特里罗①的油画那样安闲和偏僻。时代变了,也许巴黎比柏林、布鲁塞尔或米兰顶得久些。但我当时住在巴黎,我在那儿观察了古老的欧洲在美洲的影响下发生的最初一些变化。

所有的人都明白,秩序占了上风——一部分人难过,另一部分人高兴。政治是在幕后进行的,它不大能引起大厅里观众的兴趣。还在不久以前,布尔什维克被描绘成嘴里衔着刀子的人。现在布尔什维克就住在格列涅尔街上,希望得到订货的工业巨头纷纷去访问他们。11月7日,去我国大使馆的有各种各样的议员、名记者、生意人、社交界的女士。他们全对马赛尔·加香②施以白眼,但是瞧见桌子上摆着鱼子酱后也就为之释然了。

在上流社会的一些沙龙里,赞美"斯拉夫的神秘主义"和"俄罗斯的实验"成了一种时髦。对苏维埃的一切都加以赞美的冒牌绅士获得了"布尔什维赞"的绰号。一个头脑简单的网球运动员对我说:"听说你们已经废除了钞票。这好极啦!我痛恨计算开支……"另一个人问柳芭:"难道波将金的演技比莫茹辛还好?"他偶尔听说爱森斯坦的一部影片获得了成功,就以为有一个演员名叫波将金。

间或有些可悲的事件打破城市虚幻的平静。法国西北部的布列塔尼人居住的杜瓦尔讷内兹城的罐头厂女工遭到枪杀的消息便是这种事件之一。当时在巴黎举行了一次大型群众集会,演说者号召采取行动;工人们鼓掌、吹口哨。后来一切又归于沉寂。摩洛哥、叙利亚等地不知不觉地爆发了战争。枪声很远,巴黎照旧像过去那样生活。

皮埃尔·阿姆普③的著作那些年里在我国享有盛誉。他描写生产活动,他的长篇小说很像特写,这使许多人为之入迷。皮埃尔·阿姆普年轻时当过工人。但我遇见他时,他已是一位五十岁左右受人尊敬的文学家了。他对"列夫"派的情况毫无所知,但是当话题一接触到对新车床的赞美时,他便高喊着说:"机器的动作比人体的动作优美得多!"

我同作家皮埃尔·麦克-奥兰成了朋友。他生着一副愁眉苦脸的巴儿

---

① 乌特里罗(1883—1955),法国画家。
② 马赛尔·加香(1869—1958),法国和国际工人运动的著名活动家。
③ 皮埃尔·阿姆普(1876—1962),法国作家、工程师。

狗样的面孔。他记得战争的景象,这不是一个胜利者的回忆,而是一个被战胜者的回忆:"皮加尔街上的一家小酒馆在每一个窗口陈列一个玩偶。这表达了一种隐秘的愿望,即在战争可怕的四周中间再次庆祝死亡。如果说我在记忆中保留着如此可怖的战争形象,那么这是因为我不能忘记所有那些被人以公正裁判的名义枪毙的士兵疯狂的垂死挣扎。我恐惧到了极点——这是生活在如此古怪的生灵中间的一个人所感到的恐惧。我觉得自己要比那些用塞满麻絮的毛料做成的小丑软弱得多。小丑们的摇晃使我想起在传统的柱子旁被枪杀的那些散了架的躯体……"

麦克-奥兰曾多次谈到"社会幻想作品"——这几个字可以解释一切。他有一部长篇小说写的是女骑手艾尔莎,她是一名德国的女共产党员,把红军引入了法国。阅读此书时我不时微笑,——火星人大概也会这样阅读《艾莉塔》的,不过我喜欢麦克-奥兰的其他作品,尤其是《圣女抹大拉医院》,这是一部描写一个开始流血的人的离奇遭遇的作品;一个从未见过的特殊病例使医学院学生们大吃一惊;所有的报纸纷纷报道这位罕见的患者。为了赚钱,病人被弄出去让爱看热闹的人一饱眼福。血越流越多——从几桶增至几吨。为了开采鲜血,建立了一个托拉斯;政府出面干涉——它想得到最大的一份收入。而病人却躺在那里静听他的热血淙淙直流。通常认为"黑色文学"是在第二次世界大战以后繁荣起来的,而我现在所说的这本书却写于20年代初。当时我们还不知道布拉格的大耳朵犹太人弗朗茨·卡夫卡,我们有许多事情还不知道,同时把一切都看成是变幻不定的、莫名其妙的。

皮埃尔·麦克-奥兰(他的姓氏平凡得多——叫迪马赛)是个诗人,他预感到了什么,心里琢磨着什么。他住在距马恩河不远的一个具有田园诗情调的小房子里,有时拉拉键盘式手风琴,几乎总是在写作,写作。他为1924年出版的《胡利奥·胡列尼托》的第一个法译本写了篇序言。当时我们刚刚相识,他谈起我的时候,犹如在描绘一个几乎跟女骑手艾尔莎同样古怪的人物。用他的话来说,我在1921年末一下子遭受了许许多多灾难:我繁殖了一群狗和一群家兔,一名白军军官想把我抛进大海,我被肃反委员会逮捕,而法国政府又把我逐出法国。他喜欢《胡列尼托》,便劝法国人领略一下"偶然的、不可预料的事件的浪漫情调"。

他曾对我说:"我写作仅仅为了避免发生一般的罪行——不要杀害老太婆,也不要放火去烧农场。"

有一次我和他在一家巴黎的餐厅里共进午餐。麦克-奥兰突然对我说:"您可知道,倘若人类再生存几千年,会出现什么局面?家兔将开始咬人,胡萝卜将跳出菜畦抓住人的小腿肚子……"

麦克-奥兰把他几本回忆录中的一本《圣万塞纳街》献给了我。这是一个故事,它说的是一个年轻人的惊慌和在上一次大战期间被毁掉的旧鲁昂市那些阴暗的小巷。我把他看作一个不安分的人,而他却是一位优秀的作家和好心人。

我明白,十月革命改变了许多东西。我谈到自己对新时代的忠诚时说:"我们对它的热爱并不亚于我们的先辈对'祖国'的那种'奇怪的爱'。这种感情也需要鲜血和沉默……"我对什么想得最多呢?我认为是对人的命运,作家不应当满足于描写种种事件,他们应当表现同时代人的内心世界。

1925年,恰佩克[①]的剧本《鲁尔》在巴黎上演,出现了一个新词:"机器人"。当时我们常常谈到"有思想的"机器,我觉得,对于帕斯卡的"芦苇"来说,心灵的蜕化比任何风暴更为可怕。我怕的不是"有思想的"机器将变得特别复杂,而是这些机器渐渐使人抛弃思想,排挤掉复杂的情感。

《1925年夏天》这本书在我的所有作品中也许是最忧伤的一本,它不是最痛苦的,也不是最绝望的,而是最忧伤的。书的内容并不复杂。是用第一人称叙述的。小说的主人公来到巴黎后,内心十分空虚,便在阳光灿烂的大街上徘徊,拾烟蒂,后来受雇于屠宰场——替他们赶羊。一个意大利的冒险家怂恿这位意志薄弱、茫然无措的主人公去杀死资本家皮凯。这件事没有干成,但主人公却对一个陌生的、被遗弃的小女孩发生了感情,并照顾她;但小女孩后来死了。我对错综复杂的情节并不感兴趣,我是想表现大城市里的人的孤独,表现我所遇到的许多人的失望情绪,以及参加过凡尔登战役的一代人的命运。"我们相信许多东西,长久而坚定地相信,譬如相信那能使水变为酒,使血变为水的牧人和宗教裁判官的上帝;我们相信进步、艺术,相信任何眼镜、任何试管以及陈列馆中的任何一个小石块。我们相信社会正

[①] 恰佩克(1890—1938),捷克作家。

义,也相信各种颜色的象征意义。摩天楼的美、新的血清的发现,都使我们深受感动。我们相信一切都将变得更好。我们声嘶力竭地争论、通过决议、朗诵诗和比较各种各样的宪法。当时我们有硬领和坚定的心灵。可是后来呢?后来我们躺在战壕的泥污中间,抛开狂欢节戴的假面具而戴上了防毒面具。我们用刺刀宰猪,寻找黄米,由于'斑疹伤寒'或'西班牙流行性感冒'而颤抖……我们知道,战争散发着大粪和印报油墨的气味,而和平散发着石碳酸和监狱的气味……"

在那些年里,出现了许多忧伤的书:显然,许多演员在幕间休息时要比在舞台上更为痛苦……

有人从莫斯科寄给我一篇报纸上的文章《在生活的途中》。文章的作者是位批评家,他写道:"伊·爱伦堡在这本书里谈到他'忍受不了自由与饥饿',便'报上名',从事了一种职业:'我担任了将羊群从维莱特牲畜场驱往邻近屠宰场的工作……'伊·爱伦堡为暂时取得一些外快而选择的这个方法,我认为应该引起重视……伊·爱伦堡的例子值得加以广泛而仔细的研究。爱伦堡本人认为自己在屠宰场担任的临时工作中有一种英勇色彩,仿佛是一顶缠在由于思虑重重而有着许多皱纹的作家前额上的殉道者的荆冠:'我认真地数着羊的屁股。有时羊群挤在一起发出凄惨的咩声,我便吆喝道:嘚,嘚!我同姑娘们谈话或者当众朗诵几段《冉娜·涅伊》时,声音向来异常温柔,这次我居然能吓唬这些垂死挣扎的畜生……'作家是多么可悲地同活生生的生活断绝了关系,因为像寻找一个临时性工作这样简单的事在他看来都类似一种不平常的、几乎是世界性的悲剧……这是正确的、健康的道路!"

我觉得,人们在我的作品中发现了某些值得称赞的地方,这在那些年还是唯一的一次,而这种称赞却是我受之有愧的:我从未在屠宰场工作过,也没有赶过羊。但是我看见过索姆河畔的战壕、暂息时期严重的痴呆、比尔维尔①的贫穷、意大利的黑衫党徒和其他许多东西。

---

① 巴黎的一个工人区。

13

我从"洛东达"旁边走过,看见凉台上有一张熟悉的面孔:这是诗人佩列茨·马尔基什,我们是在基辅认识的。他十分容易引起注意:他那张漂亮的、充满灵感的面孔在任何场合都显得分外突出。鲍·安·拉夫列尼约夫断言马尔基什很像拜伦的肖像。也许是这样。但也许只是由于数百张油画或铅笔画,由于无数的诗行,由于另一个时代的空气而留在我们印象里的那种浪漫主义诗人的外貌。马尔基什不仅在诗歌上是个浪漫主义者;他那鬈曲的头发是浪漫主义的,他那端正的脖子上的头是浪漫主义的(他不喜欢系领带,所以领口总敞开着),甚至他那一直到死都保持着的年轻人的外貌也是浪漫主义的。

他的旁边坐着波兰籍的犹太作家瓦尔沙夫斯基和一位画家,后者的姓氏我忘了。我读过瓦尔沙夫斯基那部译成了许多种文字的长篇小说《走私贩子》,他十分腼腆,很少说话。那位画家却相反,滔滔不绝地议论着各种展览和评论家,还谈到在巴黎生活如何困难——他是比萨拉比亚人,不久前才来到法国,他干着彩画工的工作,空闲时间画点风景画。不知是瓦尔沙夫斯基还是画家谈起了笛子的故事。这是哈西德教派的一个传说(哈西德教派是18世纪一个具有反抗精神的神秘教派,曾奋起反抗拉比[①]和假仁假义的富翁)。我记住了这个传说,日后把它放进我的小说《拉济克·罗伊特什万涅茨暴风雨般的一生》里;这本书很少有人知道,所以我就把这个故事略述一遍。

[①] 拉比是犹太教内负责执行教规、教律和主持宗教仪式的人。

在沃伦的一个小县城里，住着一个有名望的查吉克——哈西德派教徒对真正遵守教规者的称呼。这个小县城和别的地方一样，住着一些放高利贷的富翁、房产主、商人，也住着一些千方百计想发财的人；换句话说，到处都是罪恶。审判日到了，根据信教的犹太人的宗教观念，上帝要在这一天审判世人并决定他们以后的命运。在审判日这一天，他们不吃不喝，而且在金星出现以前，拉比不许他们走出教堂。那一天教堂里静得叫人难受。人们从查吉克的面孔上发现，上帝对这个小城居民的罪孽大为震怒；金星没有出现；大家都在等待严厉的判决。查吉克请求上帝宽恕人们的罪过，但上帝装作没有听见。突然间，一支小笛子打破了沉寂。一个裁缝带着自己五岁的小儿子站在后排的穷人们中间。小孩对祷告厌倦了，想起口袋里还装着爸爸昨天晚上给他买的一支小笛子。大家纷纷攻击裁缝：瞧，上帝就是因为这类亵渎行为才惩罚这个小县城的！……但查吉克却看见严厉的上帝忍不住微笑起来。

这就是整个传说。它使马尔基什十分激动，他喊道："这指的是艺术啊！……"随后我们站了起来，各自回家了。马尔基什陪我走了一程，在一个拐弯的地方他突然停住脚步（我们正在谈别的什么）说道："但是现在光笛子是不够的，现在需要马雅可夫斯基的喇叭……"

我觉得，这句话可以说明他一生中的许多艰难岁月。他生来不是写响亮的口号也不是写长篇史诗的，他是个有着一支能发出纯正、尖细音调的小笛子的诗人。但是那位能够微笑的想象中的上帝却没有出现，时代是喧嚣的，人的耳朵有时分辨不出音乐声。

诗人一向是存在的，而当诗的生产成为一种职业后，他们就繁殖得特别多。马尔基什是个诗人。当然，根据译文来判断诗作的优劣是困难的——我不懂犹太语，但是当我每次同马尔基什谈话时，他的天赋都使我震惊：无论对轰轰烈烈的大事还是对生活细节，他都能像一个诗人那样加以领会。这不仅是我的印象，像阿·尼·托尔斯泰、杜维姆、让-里沙尔·布洛克、扎博洛茨基、奈兹瓦尔这些气质极不相同的人也对我这样说过。

他不怕陈旧的主题；常常去写那些看上去世上所有诗人都写过的东西。他写秋天的树林：

> 那儿的树叶并未在神秘的不安中沙沙作响，

> 而是蜷缩起来在风中躺下打盹,
> 然而你瞧有一片树叶醒来后在路上蹒跚,
> 犹如一只金鼠在寻找自己的洞穴。

他这样描写心爱的女人的眼泪:

> 它并未从你的睫毛上落下,
> 却停留在颤动的眼睑之间,
> 世界在它里面超出了自己的疆界,
> 而深处正生长着一个晶莹的眼珠……

他是个行家,他在孜孜不倦地进行创作;可以用他描写老裁缝的那段话来描写他:

> 对于这儿的黑暗市镇
> 他还能带来什么?
> 密密缝就的岁月,
> 惹人注目的针。

马尔基什没有脱离生活,他不仅接受了时代,并且热爱它;他写过描写建设和战争的长篇史诗。作为一个人,他的纯朴是罕见的,他甚至以嫉妒的心情保护着他心爱的东西,使其不被蒙上怀疑的阴影;他从头至脚都是苏维埃诗人;虽然我们是同辈人(他比我小四岁),我对他完整的人格十分钦佩。他曾目睹蹂躏犹太人的暴行,他居住波兰期间正是排犹运动十分猖獗的时期,但是他的身上没有一点民族主义的痕迹,甚至像知道地板上有猫在等候着的老鼠的那种民族主义也一点没有。如果需要举出国际主义的楷模,那倒可以毫无困难地推荐马尔基什。

有些批评家说,他的作品中有时流露出感伤、痛苦和不安。然而又能是别的什么呢?他的长诗《一堆》便是描写在戈罗季谢蹂躏犹太人事件的,不久以前我读了他遇害前不久完成的一部未发表的长篇小说的译文——这是一部描写华沙犹太人区的苦难、斗争与毁灭的编年史。

可是,我不愿意只用时代来做解释,应该谈谈诗人的气质。我想起很久以前两个西班牙诗人的一段对话,他们是桑蒂连侯爵和拉毕·谢姆·托勃。

犹太人和阿拉伯人将格言诗——富有哲理的短格言——带进了西班牙诗歌。拉毕·谢姆·托勃是格言诗诗人之一。暴君彼得罗患失眠症,他委托拉毕·谢姆·托勃为他写诗。诗人给自己的这本诗集取名《忠言》,开头便是一段安慰诗:

> 世上没有任何东西,
> 能够长生不老。
> 月亮变圆时,
> 正是月亏的开始。

宫廷诗人桑蒂连侯爵在几十年后写了一首讽刺短诗:

> 破桶有时盛好酒,
> 真理有时出自犹太人之口。

拉毕·谢姆·托勃似乎早有预见:

> 世界刚诞生,
> 等级就形成;
> 有人饮美酒,
> 有的渴难忍。

马尔基什属于那类没有美酒喝只好干着嘴唇的诗人,在他充满了生之欢乐的诗篇中,有时流露出淡淡的感伤情调,其故就在于此。

我们很少见面——我们生活在不同的世界中,但是每当我遇见马尔基什,我总觉得我面前是一个杰出的人,一个诗人和革命家,他从不无缘无故地欺负别人,从不出卖朋友,从不对遭到不幸的人扭过脸去。

我还记得1941年8月在莫斯科举行的一次群众大会,大会的实况还用无线电转播到美国。在会上发言的有佩列茨·马尔基什、谢·米·爱森斯坦、索·米·米霍埃尔斯、彼·列·卡皮察和我。马尔基什热情地呼吁美国犹太人敦促美国对法西斯主义进行斗争(美国当时还保持中立)。

我最后一次遇见马尔基什是1949年1月23日在作家协会为诗人米哈伊尔·戈洛德内举行的葬礼上。马尔基什难过地握了握我的手,我们彼此凝视良久,猜想着谁会中签。

四天后,即 1949 年 1 月 27 日马尔基什被捕,他死于 1952 年 8 月 12 日。

我同所有遇见过马尔基什的人一样,怀着近乎迷信的柔情回忆他。我想起了他的诗:

> 两只死鸟躺在地上。
> 射得很准……有什么比大地更好?
> 在这阳光普照的乐土上,
> 就这样倒下!我仿佛觉得……
> 我迈了一步,咱们走吧,你听见了吗?
> 就这样倒下,什么也别惋惜。
> 就这样飞吧。阳光多么灿烂!
> 天地多辽阔,真是无边无际。

我很难习惯于这样的想法:诗人已被杀害。

在那些遥远的日子里,我常在蒙帕纳斯遇见年轻的、满怀灵感的马尔基什,当他谈到一个孩子的小笛子和马雅可夫斯基响亮的声音时,他是在比较命运。对于我来说,他是时代和诗歌不可分的保证:

> 时代啊,我把你担在双肩!
> 我把你当作一条石头的宽腰带系在腰间。
> 道路像一个巨大的陡坡崛起,我应当爬上去,
> 我穿过朔风的怒号、冰雪覆盖的峭壁攀登。
> 将有许多人在雪堆中间捐躯。

不,他既不是一个天真的幻想家,也不是一个盲目的狂热分子,小笛子接触的是一个勇敢的成年人的干燥嘴唇。

14

1926年春天我回到莫斯科后,住进了巴尔丘格街的一家旅馆;房价很高,我手头却很拮据。后来卡佳和吉洪·伊万诺维奇收留了我,他们住在斯摩棱斯克市场和莫斯科河之间的活水胡同里一座古老的、半坍塌的楼房里。(战争初期,这座楼房上落了一颗德国"燃烧弹",被烧光了。)

不知为什么,活水胡同当时被小偷、小投机商人、市场小贩看中了。骗子们聚集在"伊万诺夫卡"客栈里。在那些挂着私商招牌的粉红色、杏黄色、褐色的房子里面,过的是新经济政策最后几年窒闷的、野兽般的生活,屋里有被扯下的铃铛,有无花果和动刀子的打架。人人都在谈交易,一切都是交易对象,人们在咒骂,在祈祷,狂饮伏特加,醉倒的人像一具具尸体躺在大门口。院子脏得要命。地窖里住着流浪儿。警察和刑事侦缉处的侦探到这条胡同来时也显得分外小心。

我目睹了时代的一个后门,所以决定描写它。我当然知道,描写高尚的人物比较愉快,风险也较小,但是作者并不总能自由选择自己的人物;不是他寻找主人公,而是主人公寻找他。画家们有一个惯用语"写生",这同自然主义毫无关系:譬如,印象派画风景画时总是在写生,而通常以现实主义者自居的自然主义者却满不在乎地照着照片画人像。活水胡同和它的冷漠与冲动、它对重大事件的短浅目光、它的冷酷和忏悔、它的黑暗和忧伤,都使我获得灵感。我第一次产生了用"写生"的方法写一部中篇小说的念头。

情节的基础是一桩真实事件:一座房屋(杏黄色或褐色)的主人是个贪婪的、冷酷的小商人,几个流浪儿拿了他的一只火腿,他怀恨在心,夜里竟把孩子们避寒的那个地窖的出口给堵死了。

景色的改变不仅取决于明暗色彩如何配置,也取决于画家的精神状态。我再也不能单靠否定过活,讽刺的冷笑把我冻坏了。在长篇小说《贪图私利者》里面,我企图对种种事件做一次社会分析;那里面有许多一般性的描写。《在活水胡同里》讥讽很少:我希望在我的主人公们的心灵里找到那有可能使他们同肮脏、庸俗以及内心的空虚等决裂的善良因素。我在那几年里没有写诗,我的中篇小说倒很像抒情的自白。

我不仅爱上了我那些不漂亮的主人公,我还将我自己融入他们之中。我只将那个企图杀害流浪儿的房主和他的住房、一个令人讨厌的游手好闲的家伙摆在一旁,后者在革命前娶了一个男爵的女儿,就依靠她的财产过活。所有其他的人物都在辗转不安,在探索,在受苦。我那几年的思想和感情可以在一个普通的苏维埃姑娘塔尼娅身上找到,也可以在四处碰壁的诗人普拉霍夫身上,在驼背音乐家尤济克和老捷克人身上找到。塔尼娅曾和几个萍水相逢的男人同居,她渴望伟大的爱情,醉心于书籍和工作。普拉霍夫是一个报社的敷衍了事的编辑,他有强烈的虚荣心,但意志薄弱,而且渐渐趋于庸俗和下流,但同时他也开始认识到自己理想的空幻和浅薄。尤济克是"厄勒克特拉"电影院的小提琴师,一个老朽的哲学家,对生活怀着绝望的爱恋。老捷克人从前是拉丁文教员,后来沦为乞丐,但他精神振奋、头脑清醒,流浪儿爱上了他。

驼背尤济克问老乞丐道:

"为什么您这位拉丁文教员被赶到了街上?不是您对,就是他们对,两者必居其一。"

"我曾经是对的。这是过去时。他们是对的——这是现在时。而那些如今在玩铃铛的孩子将会是对的,这是未来时……我满意地望着他们的旗帜,他们的游行队伍,他们的热情奋发。年轻人,涌到面颊上的血和眼睛里无比激动的火花是美丽的!……"

看来,无论我的哪本书也没有像长篇小说《在活水胡同里》受到过那样凶狠的责骂。我不记得所有的文章了,但现在就有一篇摆在我的面前,标题是"没有共产党员的苏维埃俄罗斯",它刊登在列宁格勒的《红色报》上:"透过活水胡同的污水看到和展示的苏维埃俄罗斯,不是我们国家的现实,而是帕·尼·米留可夫心中的理想,那就是没有共产党员的苏维埃俄罗斯……

爱伦堡为了满足侨民知识分子的社会需要,专门描绘了苏维埃莫斯科的一个角落,他闭口不谈社会主义建设,不谈建设新生活的澎湃热情……爱伦堡就像垃圾堆里一只满身鬃毛的常客,偶然闯进了蔷薇花圃,它看不见那茂盛而芳香的蔷薇,只看见刺,还迷上了作为花坛的肥料的粪水。"

司汤达在《红与黑》中写道:"长篇小说,这是大路上的一面镜子。它有时反映出蔚蓝天空,有时却反映出泥泞、水洼和坑洼。您责怪带镜子的那个人不道德。镜子照出了泥泞,您又责怪镜子。您最好去责备那有坑洼的道路或道路的检查机构……"

1926年,当我描写活水胡同时,康·亚·费定正在写《德兰士瓦》,列·马·列昂诺夫在写《贼》,瓦·彼·卡达耶夫在写《盗用公款者》,弗·维·伊万诺夫在写《秘中之秘》。旧的文学百科全书中把这些作品统统称作"对苏维埃现实的歪曲""赞扬小市民""诽谤"。

看来,问题并不在于帕·尼·米留可夫的政治幻想……革命初年,我们这一代作家曾企图看见革命的全貌,认识发生的事件的意义;后来比较平静的年代来到了,也可以说是比较平淡的年代来到了;这时作家开始注意个别人的命运。在爱德华七世时代,由于王子的恶作剧,穷人的孩子遭到鞭打;我国作家无论过去或现在却因大路上的坑洼而受到批评家的鞭打……

活水胡同根本不像蔷薇花坛。而我,虽然是个满身鬃毛的人,但绝不是猪,我对肮脏感到苦恼。我在世上常常感到寒冷,我寻找温暖和友情。夏天,莫斯科河畔有一些遭到践踏和被垃圾掩埋的薄命的花朵,它们原本是生长在空地上的毛茛和蒲公英。我也想描写这些花。

不值得同过去进行争论,但是值得对它进行一番思考——检查一下,为什么写下的篇页比起作者在不眠之夜仿佛看到的景象更为苍白和微不足道。

我毕生忘我地热爱着果戈理。现在我正在罗马一家旅馆晦暗的房间里写这些文字,——两次会议之间有几天空闲时间,所以我决定继续写已开了个头的这一章。昨天我又去尼古拉·瓦西里耶维奇当年消磨过许多时光的那个古老的"格列科"咖啡馆,坐在他的肖像下面的桌旁沉思:这个抑郁的、衰弱的、一生又是那么不幸的人以多么耀眼的光芒照亮了俄罗斯和世界啊!

在描写活水胡同的那部小说里,驼背尤济克翻来覆去读着一本小书;小书前面的几页被撕掉了,他既不知书名,也不知道作者的名字。他对塔尼娅说:"啊,塔季扬娜·阿列克谢耶夫娜,您听我给你念昨天我读过的一段:'对心灵的深度的要求是很多的,为的是照亮那取自可鄙的生活的画面并把它看作创作的珍珠①……'"塔尼娅笑着说:"你读的书是蠢书,尤济克。谁现在还说'珍珠'?这是珠宝商,不是作家。您应该掌握方法论……"

上面引的这段话是果戈理写的。心灵的深度使他能够打动同时代人,也打动了我们。我坐在他的桌旁,心里想,无论是我还是我的许多同时代人都缺少足够的心灵深度,我们常被打败——当然,不是被批评家,而是被时代打败,正是由于我们不善于以真正的深度、大胆的构思和《死魂灵》《外套》的作者的那种勇气来描写平凡的、不大被人注意的、"可鄙的"东西。

我不打算议论别人,但是我有权评判自己。我这部中篇小说的缺点不在于构思,也不在于我描写了活水胡同里那些丑陋的居民而没有将他们同建设未来的人们作一番对比,而是在于艺术的光辉对书中描写的世界的照耀太胆怯,太吝啬也太稀少了。问题不在于我有多高的天赋,而是在于内心的匆忙,在于我们生活在令人眼花缭乱的种种巨大事件和震耳欲聋的枪炮声、叫喊声和极其响亮的音乐声中,有时便感觉不出那细微的差别,听不见内心的悸动,忘掉了那些构成艺术的血肉的心灵上的细节。

所有这些我不是在1926年懂得的,而是在很久以后:人是活到老学到老的。

---

① "把……看作创作的珍珠"是一句成语,意为"精雕细刻,精益求精",尤济克和塔尼娅都不懂这个成语。

15

莫斯科的夏天十分炎热，我的许多朋友都在郊外避暑或外出了。我在被晒得极热的城里闲逛。一个异常闷热的暴风雨前的日子，给我带来了意外的喜悦：我结识了后来成为我最亲近、最忠实的朋友的一个人。他是一位作家，我就像徒弟对师傅一样地崇敬他，这个人就是伊萨克·埃马努伊洛维奇·巴别尔。

他来找我是很突然的，我记得他说的第一句话："您原来是这个样子……"而我则抱着更大的好奇心打量他——这就是那个写了《骑兵军》《敖德萨的故事》《我的鸽子窝的历史》的人！我一生有好几次被介绍给我曾以虔敬心情读过其作品的作家们：马克西姆·高尔基、托马斯·曼、布宁、安德烈·别雷、亨利希·曼、马查多、乔伊斯；他们都比我年长许多；所有的人都读他们的作品，而我看他们就像看远山的峰顶一样。但是对于巴别尔以及十年后对于海明威却是另一种情况，这两次我激动得就像一个在通信过程中萌发了爱情的情人终于见到了自己的对象一样。

巴别尔立刻带我去啤酒馆。刚一踏进那黑暗的、挤满了人的房间，我便愣住了。聚集在这儿的有小投机商、惯犯、马车夫、郊区的菜园主、旧知识界那些变得不修边幅的代表。有一个人喊道，发明"长生不老药酒"的人太混账，因为这种东西贵得不可思议，这样一来，只有那些坏蛋比大家活得久。起初谁也不去理会这个叫喊的家伙，后来邻座有个人拿酒瓶朝他脑袋打了一下。在另一个角落里，由于一个姑娘而引起了一场殴斗。一个鬈发小伙子的脸上流着血。姑娘喊道："不用拼命了，哈利·皮尔才是我喜欢的人！……"两个醉得不省人事的酒鬼被人们抓住两条腿拖走了。一个特别客气的小老头在我们桌旁坐了下来,他对巴别尔说,昨天他的女婿想杀死妻子,"您可知道,韦罗奇卡连眼也不眨,只是说:'再去碰碰钉子吧!'我这个女儿,您可知道,温柔到家啦……"我受不了,便说:"我们走吧?"巴别尔感到惊讶:"这儿不是很有趣吗……"

他的外表一点也不像个作家。他在特写《开端》里谈到自己初来彼得堡时(他那时二十二岁)在一个工程师的家里租了一间屋子。工程师仔细打量了一眼这位新房客,吩咐把巴别尔房间通餐厅的门锁上,并从前厅里拿走了大衣和胶皮套鞋。二十年后,巴别尔住在巴黎郊区涅亚一个法国老太太的住宅里,女主人一到夜里便把他锁起来,她怕他谋害她。然而伊萨克·埃马努伊洛维奇的外貌并没有一点可怕的地方,他只不过使许多人猜不透:天晓得他是个什么人,干的什么差事……

迈克·高尔德①是1935年在巴黎和巴别尔认识的,他写道:"他不像一个文学家或过去的骑兵,而是像一个乡村学校的校长。"造成这种印象的主要原因大概是眼镜,在《骑兵军》里,眼镜被当作危险东西("他们不问情由派您去,可是那儿的人会因您的眼镜而宰掉您","戴眼镜的,您怜悯我们就像猫怜悯耗子","四只眼,放弃你的马吧"……)。他有一副矮壮的身材。他在《骑兵军》的一个短篇中谈到加里西亚的犹太人时,曾拿敖德萨人和他们作比较,"敖德萨人个个都是乐天派和大肚子,而且像廉价葡萄酒一样冒着泡沫",——这是些装卸工人、赌徒和强盗,仿佛是别尼·克里克②的原型,著名的米什卡·亚朋奇克。伊萨克·埃马努伊洛维奇尽管戴着眼镜,但他更像一个饱尝人世苦难的快活的敖德萨人,而不像一个乡村教师。眼镜遮不住他那对有时调皮有时悲哀的极其富于表情的眼睛。他的鼻子也起了重大作用,这是个不倦地寻根究底的鼻子。巴别尔对什么都感兴趣:他同团的一个战友、库班的哥萨克在一连喝了两天酒后悲伤地烧掉自己的农舍时,怀着什么样的心情呢?为什么"土地和工厂"出版社的玛申卡给丈夫戴上绿头巾后却研究起生物力学来呢?那个刺杀了法国总统的凶手、白卫分子戈尔古洛夫写了些什么诗?他在《真理报》出版社的小窗口见过一面的那

---

① 高尔德(1894—1967),美国作家和政论家。
② 巴别尔的短篇小说《国王》中的人物。

个老会计是怎么死的？坐在咖啡馆里邻桌旁边的那个巴黎女人的皮包里装的是些什么？墨索里尼还在单独对齐亚诺①吹牛吗？——总之，生活中的细枝末节他都想知道。

他对什么都感兴趣，他不能理解，作家怎么会对生活失去兴趣。他对我谈起普鲁斯特的长篇小说时说："这是个大作家。然而却很枯燥……也许，他自己对描写这一切也感到枯燥吧？……"巴别尔看出了刚开始写作的侨民作家纳博科夫-西林是有才能的，但是又说："写是会写，只是他没有什么可写。"

他喜欢诗歌，并且跟一些和他极不相同的诗人十分友好，如巴格里茨基、叶赛宁、马雅可夫斯基。但是他不能忍受文艺界的生活，他说："每当要去参加作家们的会议时，我便感到仿佛马上要尝加了蓖麻油的蜂蜜……"他有从事各种不同职业的朋友——工程师、骑马师、骑兵、建筑师、养蜂家、扬琴师。他能一连几个小时听别人的爱情故事，无论是幸福的爱情还是不幸的爱情。他有时还能使交谈者道出自己内心的隐秘；人们也许感觉到巴别尔不只是在听，而且在分享对方的喜怒哀乐。他的一些作品虽然描写的是别人的生活，但却用第一人称叙述（譬如《我的第一笔稿酬》），另一些作品则相反，其中叙述的是一些虚构的人物，但实际上是作者本人的经历（《石油》）。

巴别尔在简短的自传中写道，1916年阿·马·高尔基将他"送到人间去"。伊萨克·埃马努伊洛维奇继续写道："我在人间度过了整整七年的时光——从1917年到1924年。在这段时间里，我在罗马尼亚前线当过兵，后来在肃反委员会、教育人民委员部工作，1918年又在武装征粮队工作，在北方军里同尤登尼奇打过仗，后来又调到第一骑兵军，我还在敖德萨省委会工作过，在敖德萨第七苏维埃印刷厂担任过负责印刷出版的编辑，在彼得堡和梯弗里斯等地当过记者。"

巴别尔提到的那七年的确给了他许多东西，但是他在1916年以前就已经"在人间"了，当他成了名作家后，他仍然留"在人间"：他无法生活在人群之外。《我的鸽子窝的历史》描写一个孩子的感受，但这种感受却是许多年

---

① 齐亚诺(1903—1944)，法西斯意大利的外相。

后由一位成熟的大师说出来的。巴别尔在青少年时代遇见过自己在《敖德萨的故事》中描写的那些主人公——强盗和小投机商、眼光短浅的幻想家和浪漫的骗子。

他无论到了哪儿,都立刻觉得像在自己家里一样,并介入别人的生活。他在马赛住的时间并不久,但是当他谈起马赛的生活时,这却不是一个游览者的印象,——他谈到了暴徒、市政府委员会的选举、港口的罢工,还谈到一个老迈的女人(大概是个洗衣妇)在突然收到一笔巨大遗产后用煤气自杀了。

然而,甚至当他住在他喜爱的法国时,他也怀念祖国。他在 1927 年 10 月从马赛寄来的一封信中写道:"俄罗斯的精神生活更高贵些。俄罗斯毒化了我,我怀念它,我只想念俄罗斯。"他在另一封从巴黎写给自己的老朋友伊·列·利夫希茨的信中说道:"如果就个人的自由来说,住在这儿倒是十分惬意的,但是我们这些从俄罗斯来的人,总是怀念着那刮着伟大思想和伟大热情的风。"

在 20 年代,在我国报纸上常常可以看到这样一个术语:"剪刀差",这不是指裁缝用的工具,而是指面包价格和布匹或皮鞋的价格之间日益增大的差距。我现在想的是另一些"剪刀差",即生活与艺术的作用之间的差距,我和这些"剪刀差"打了一辈子交道。我和巴别尔常常谈到它们。伊萨克·埃马努伊洛维奇热爱生活,无时无刻不置身其中,他从幼年起便献身于艺术了。

往往有这样的情况:一个人经历了某一重大事件,产生了描写它的愿望,自己又有这种才能,于是一个新的作家便诞生了。法捷耶夫曾对我说,他在国内战争年代并没有想到自己会爱上文学,《毁灭》对于他是经历过的事件的最出乎意料的结果。然而巴别尔在打仗的时候就知道自己应该将现实生活变为艺术作品。

巴别尔未发表的作品的手稿散失了。格赫特的笔记使我想起了伊萨克·埃马努伊洛维奇的那个出色的短篇小说《在三位一体旁边》。巴别尔在 1938 年春天曾将这篇小说读给我听,这是许多幻想破灭的历史,是一部辛酸和艰难的历史。许多短篇小说的手稿散失了,刚动笔的一部长篇小说的开头几章也散失了。伊萨克·埃马努伊洛维奇的遗孀安东宁娜·尼古拉耶夫娜找了很久也没有结果。巴别尔1920年在第一骑兵军中写的日记却意外地保存下来:一个基辅女人收藏了这本字迹潦草的厚练习簿。这本日记十分有趣,它不仅说明了巴别尔怎样工作,而且还有助于了解创作的心理活动。

从日记中可以看出,巴别尔的全部精神都集中在自己战友们的身上——他关心他们的胜利和失败、关心战士们对居民以及居民对战士们的态度,宽宏大量、暴力、战斗救援、暴行、死亡都使他产生深刻印象。不过贯穿整个日记的是许多坚定的提示:"描写马佳什和米沙","描写人、空气","今天主要的是描写红军战士和空气","记住:阿帕纳先科的体形、面孔和快乐心情,他对马匹的爱,他怎样牵马,怎样为巴赫图罗夫选马","一定要描写瘸子古巴诺夫、团队的风暴、绝望的刀术高强的人","别忘记洛什科沃的那个牧师,不爱修饰、善良、有教养,也许贪财,在那里所谓贪财无非是为了一只鸡、一只鸭","描写空袭、远方慢吞吞的机枪声","描写树林——克里维哈、破产的捷克人、虚胖的农妇……"

巴别尔是个诗人,无论他在描写日常生活细节上采用的那种自然主义手法还是他那圆脸上的圆眼镜,都不能遮盖住他的诗人的心境。一行诗、一幅画、天空的颜色以及人体美都会使他无比激动。他的日记一点不像那种打算发表的日记,——巴别尔是在同自己谈心。所以在谈到巴别尔的诗才时,我要先从他的日记本中的札记谈起。

"被砍伐的树林边缘,战争的遗迹,电线,战壕。雄伟、苍翠的橡树,榆树,许多松树,杨树——高大的和矮小的树木,林中的雨,雨水冲洗过的道路,白蜡树。"

"博拉京——一个在灿烂阳光照耀下的坚固的村子。丸花蜂,一个满脸笑容的小女孩,一个沉默的富裕农民,黄油煎鸡蛋,牛奶,白面包,贪食,太阳,干净。"

"辉煌的意大利绘画,摇动婴儿耶稣的摇篮的面孔红润的神甫,庄严而闷闷不乐的耶稣,伦勃朗,牟利罗[①]的圣母像的仿制品,也许是牟利罗的真迹,虔诚而肥胖的耶稣会会员,留胡子的犹太人,小店铺,破裂的圣骨匣,圣

---

① 牟利罗(1618—1682),西班牙画家。

瓦林斯的外貌。"

"我想起了毁坏的框子,成千上万的蜜蜂在被毁的蜂箱旁嗡嗡乱飞。"

"一座古老的波兰伯爵的宅邸,约有一百多年的历史,绿帽子,古代浅色的天花板彩画,管家住的小房间,厨炉,走廊,地板上的粪便,犹太小孩,斯坦维钢琴,露出弹簧的沙发,回想一下那轻巧的白色橡木门,1820年的法国信件。"

巴别尔在短篇小说《迪·格拉索》里谈到自己对艺术的态度。西西里的一个演员来到敖德萨。他的表演是程式化的,也许太过分了,但是艺术的力量是如此伟大,以致坏人变得善良了。一个小投机商的妻子从剧院出来时责备感到羞愧的丈夫说:"无业游民,你现在看见什么是爱情……"

我记得《骑兵军》出版后的情形。作者的想象力使大家为之震惊,有的人甚至说这是幻想作品。其实巴别尔描写的是他看见过的事。这个曾伴随作者行军作战并比作者的寿命更长的笔记本就足以证明这点。

请看短篇小说《马匹补给处主任》。"季亚科夫骑着一匹火红色的英国阿拉伯种马飞奔到台阶前,他从前是马戏团的大力士,现在当了马匹补给处的主任,他生着一副红脸膛,灰白的胡子,身上披着黑斗篷,肥大的红色灯笼裤的裤缝上有银白色镶条。"接着季亚科夫对一个农民说,一匹马他可以付一万五,如果马挺精神,他可以付两万:"马如果摔倒后能站起来,这才是马;反之,如果它站不起来,那就不是马。"

再请看1920年7月13日的日记:"马匹补给处主任季亚科夫——神奇美妙的景色,带银白镶条的红裤子,镶有雕花的腰带,一个斯塔夫罗波尔人,阿波罗的体态,灰白色的短胡子,四十五岁……从前是大力士……谈的是马。"7月16日:"季亚科夫来了。谈话很简短:这样的马我可以付一万五,那样的马可以付两万。摔倒了能站起来的才算是马。"

在短篇小说《盖达里》中,作者遇见一个老犹太人,他是个古玩商,正在悲凄地陈述自己的哲学:"但是波兰人开枪了,我的亲切的老爷,因为他是反革命。您开枪因为您是革命。革命,这是一种快乐。快乐是不喜欢屋子里有孤儿的。好人干好事……我希望有一个好人的国际,我希望每个人都受到注意,并发给每人一份最上等的口粮。"对盖达里的小店作了如下描写:"狄更斯,那个夜晚你的影子在哪儿?不然你会看见这个古玩店里有镀金的便鞋和船索,有古老的罗盘和鹰的标本,有一支刻着'1810年'字样的猎枪和一口破锅。"

1920年7月3日的日记里有这样一段记载:"一个矮小的犹太人——哲学家。一个不可思议的小店——狄更斯,扫帚和金便鞋。他的哲学是:大家都说自己在为真理战斗,其实都是在抢劫。"

日记中有普里谢普①,有别列斯捷奇科小城,有在那儿发现的一封法文信,有对俘虏的杀害,有列什纽夫保卫战中的"小卒",有师长关于共产国际第二次代表大会的讲话,有"疯狂的奴才列夫卡",有波兰天主教教士图津凯维奇的屋子以及后来写进《骑兵军》的许多其他人物、情节和画面。但是短篇小说不像日记。巴别尔在笔记本中描写了所看到的一切。这是各种事件的记录:进攻,退却,数易其手的城市和乡村中破产的、吓破了胆的居民,枪杀,遭到践踏的田野,战争的残酷。巴别尔在日记中问自己:"为什么我的烦恼无比沉重?"他回答说,"生活被粉碎了,我在参加一个盛大的、永无休止的追悼会。"

然而作品却不是这样:其中尽管描写了战争的恐怖和那些年的险恶气候,但是里面却充满着对革命和人的信心。不错,有人说巴别尔是在诽谤红色骑兵。但高尔基出面为《骑兵军》辩护,他写道,巴别尔"美化了"第一骑兵军中的哥萨克,比"果戈理对扎波罗热-谢恰的哥萨克美化得更好、更真实"。我从高尔基的文章中挑出的"美化"一词以及拿《骑兵军》同《塔拉斯·布尔巴》相比,可能使读者感到莫名其妙。况且《骑兵军》的语言是竞尚词藻的、过分夸张的。(早在1915年,巴别尔在刚开始写作时便说,他在文学中寻求太阳,寻求艳丽的色彩,他赞赏果戈理描写乌克兰的短篇小说,并对"彼得堡战胜了波尔塔瓦风格、阿卡基·阿卡基耶维奇温文尔雅地以惊心动魄的威风压倒了格利茨柯②……"而感到惋惜。)

其实,巴别尔并没有"美化"《骑兵军》的主人公,他只是揭示了他们的内心世界。他不仅没有理睬军队的日常生活,而且对当时许多使他感到失望的行为也未加以描写,他似乎是用聚光灯照亮了一个人展示自己的那一

---

① 巴别尔的短篇小说集《骑兵军》中的短篇《普里谢普》中的人物。
② 阿卡基·阿卡基耶维奇是果戈理的短篇小说《外套》的主人公,格利茨柯是果戈理《狄康卡近乡夜话》中《索罗庆采市集》里的人物。

小时、一分钟。正因为如此,我始终认为伊萨克·埃马努伊洛维奇是个诗人。

许多极不相同的作家都喜欢《骑兵军》:高尔基和托马斯·曼、巴比塞和马丁·杜·加尔、马雅可夫斯基和叶赛宁、安德烈·别雷和富尔曼诺夫、罗曼·罗兰和布莱希特都喜欢它。

1930年,《新世界》杂志发表了许多外国作家(主要是德国作家)的来信,这些信是对征询关于苏联文学的意见的答复。在大多数信中巴别尔都名列第一。

然而,伊萨克·埃马努伊洛维奇却以一个大艺术家严格要求自己的态度作了自我批评。他常常对我说,他的作品词藻过于华丽,他现在正寻求朴素的语言,并希望能摆脱形象的堆砌。30年代初,有一次他向我承认,现在他觉得写《外套》的果戈理比写早期短篇小说的果戈理更亲近些。他爱上了契诃夫。这个时期他写了《吉·德·莫泊桑》《审判》《迪·格拉索》《石油》。

他写作很慢、很痛苦,总是不满意自己。我们初次相识时,他对我说:"人活着就是为了快乐,为了同女人睡觉,为了在热天吃杯冰激凌。"有一次我去看他,他赤身露体地坐着:这一天很热。他没有吃冰激凌,而是在写作。他到巴黎后,也是从早晨一直工作到夜晚:"我像头充满灵感的犍牛似的在这儿劳动,我看不见世界(然而在这个世界上的是巴黎,不是克烈缅丘格)……"后来,他迁往离莫斯科不远的乡村,在农村木房里租了一个房间,在里面写作。无论在什么地方,他都能为工作找到无人知晓的洞穴。这个罕见的"乐天派"像个苦行僧似的劳动着。

在1932年底到1933年初我写《第二天》的这段时间里,巴别尔几乎每天都来看我。我将写成的章节读给他听,他有时赞同,有时反对——他对我的书感到兴趣,他是我忠实的朋友。

他喜欢隐藏起来,不把自己的去向告诉别人,他像鼹鼠一样几乎天天搬家。我在1936年是这样描写伊萨克·埃马努伊洛维奇的:"他个人的命运很像他所写的一部书:自己无法把它理出个头绪。有一次他正要来找我。他的小女儿问他:'你去哪儿?'他不得不回答她,于是他考虑再三,决定不来找我了……章鱼在逃生时总要放出墨水,但还是要被捉住吃掉——西班牙人爱吃的一道菜便是'墨汁章鱼'。"(这段文字是 1936 年初我在巴黎写的,现在重抄这几行时我感到不寒而栗:难道我当时能够想象到,这些话在几年之后会给人以什么印象吗?……)

遵照高尔基的忠告,巴别尔在从 1916 到 1923 年的七年内没有发表自己的作品。后来,《骑兵军》《敖德萨的故事》《我的鸽子窝的历史》、剧本《日落》陆续问世。此后巴别尔几乎又沉默了,只是偶尔发表一两个小小的短篇小说(不错,都是十分出色的短篇小说)。"巴别尔的沉默"成了批评家们最喜爱的题目之一。在第一次苏联作家代表大会上,我在发言中反对了这种攻击,我说,母象怀孕的时间要比母兔长,我把自己比作母兔,把巴别尔比作母象。作家们笑了。然而伊萨克·埃马努伊洛维奇在发言中说了几句嘲弄自己的话,他说,他在新的体裁——沉默上大有成绩。

其实他并不愉快。他对自己的要求日益严格。"我已经第三次着手改写我写好的那些短篇小说,我不无恐惧地发现,我还得改写一次——第四次……"他在一封信中承认道,"我生平的主要不幸是我那极其低劣的工作能力……"

我在谈到母兔和母象时并非昧着良心说话:我高度评价巴别尔的才华,也知道他要求自己十分严格。我为他的友谊感到骄傲。虽然他比我年轻三岁,我还是常常向他请教,并开玩笑地称他作"聪明的拉比"。

我同阿·马·高尔基只谈过两次文学问题,每次他都以温柔和信任的口吻说起巴别尔的工作,这使我感到高兴,仿佛他夸奖的是我……罗曼·罗兰在一封评论《第二天》的信中热烈地赞扬了《骑兵军》,这也使我高兴。我爱伊萨克·埃马努伊洛维奇,我过去爱、现在也爱巴别尔的作品……

我还要谈谈巴别尔这个人。他不仅外表上不像一个作家,他的生活方式也和别人不同:既没有红木家具,又没有书橱,也没有秘书。甚至没有书桌他也能对付,他可以在饭桌上写作,在莫洛坚诺沃时,他在农村的一个鞋匠伊万·卡尔波维奇的家里租了一间屋子,那儿没有桌子,他便伏在工作台上写作。

巴别尔的第一个妻子叶夫根尼娅·鲍里索夫娜是在资产阶级家庭中长大的,她对伊萨克·埃马努伊洛维奇的怪癖很不习惯。譬如,他把从前同一个团的战友带进自己的屋子后便说:"叶尼娅,他们将在我们这儿过夜……"

他和各种类型的人都能和睦相处,在这方面,艺术家的风度和修养帮助了他。我见过他和巴黎那些假绅士谈话时如何使对方有自知之明,见过他和俄罗斯农民交谈,也见过他和亨利希·曼或巴比塞谈话。

1935年在巴黎召开了作家保卫文化代表大会。苏联代表团来到了,团里没有巴别尔。大会的发起人——几个法国作家向我国大使馆提出请求:让《骑兵军》的作者和帕斯捷尔纳克加入苏联代表团。巴别尔来迟了,仿佛是第二天还是第三天才到。他得立刻发言。这时他微笑着安慰我说:"我随便说点什么吧。"《消息报》刊载了我的一篇文章,其中对伊萨克·埃马努伊洛维奇发言时的情形是这样描写的:"巴别尔没有读自己的发言稿,他愉快而流利地讲着法语,在总共十五分钟的发言里,他用自己尚未完成的几个短篇小说不断引起听众的笑声。人们在笑的同时也明白,发言人通过轻松的故事说明了我国人民和我国文化的实质:'这个集体农庄庄员已经有了面包,有了房子,甚至还戴上了勋章。但是这对他是不够的。他现在还希望有描写他的诗……'"

他多次对我说,人的幸福是主要的。他爱动物,特别爱马,他在写到自己的战友赫列布尼科夫时说:"相同的激情震撼了我们的心灵。世界在我们两人的眼中犹如5月的草地,犹如上面走着女人和马匹的草地。"

生活对他却不是5月的草地……不过他至死都忠于正义、国际主义、人道主义的理想。他了解革命,把革命看作是未来幸福的保证。他在30年代写的一个优秀短篇小说《卡尔-扬凯勒》的结尾有这样一段话:"我是在这些街道上长大的,现在轮到卡尔-扬凯勒了,但是那时人们却不像现在为他奋斗那样为我奋斗,那时有谁想到我呢。我低声对自己说:'你不可能不幸福,卡尔-扬凯勒……你不可能不比我幸福……'"

巴别尔是这样一个人,他的斗争、他的幻想、他的作品以及后来他的死,都是为了后代人的幸福而付出的代价。

1937年末,我从西班牙回来,直接从特鲁埃尔来到莫斯科。在我开始叙述那些日子的情况之前,读者准会猜到,我是多么盼望立刻同巴别尔会面。我发现"聪明的拉比"十分忧郁,但是他并没有丧失原先的勇气、幽默和讲故事的才能。有一次他向我谈起他在一个工厂里看见正在用没收的书籍造纸,这是一个十分可笑又十分可怕的故事。另一次他向我谈起保育院的情形,父母还活着的孤儿一个个被送了进去。1938年5月,我们怀着难以形容的沉重心情分别了……

巴别尔在谈到故乡敖德萨时总是情意绵绵。1936年巴格里茨基去世后,伊萨克·埃马努伊洛维奇写道:"我想起我们最后一次谈话的情景。我们商定一起离开陌生的城市,回到故乡敖德萨,在布里日尼-梅里尼齐租一座小房子,在那里编纂历史和养老……我们曾把自己看作老年人,看作在敖德萨的阳光下取暖的滑头而又肥胖的老年人,我们站在海滨的林荫道上,久久地目送女人们远去……我们的愿望没有实现。巴格里茨基三十八岁便死去了,他连自己才能的一小部分也未能发挥。我们国家已经建立了实验医学研究所。但愿它能使自然界的这些毫无意义的罪行不再重演。"

我们有时在气头上说自然界是盲目的。人也往往是盲目的……

他在被捕前不久,曾给替他在敖德萨租了一个小房子的一位女友写了一封信,信中说:"这间算是我的厢房使我精神大振。陀思妥耶夫斯基曾说:'任何人不论他可能去向何方,都应该有栖身之处。'——由于意识到我已有了这样的栖身之处,我感到自己在这个众所周知正在旋转的地球上安稳多了。"

巴别尔是1939年春被捕的。我知道得很晚,——当时我在法国。街上走过一队队被动员入伍的士兵,女人们戴着防毒面具在散步,玻璃窗上贴满纸条。而我心中在想,我失去了一个朋友,他帮助我走过的不是5月的草地,而是十分艰苦的人生旅途。

对作家的责任的理解和对时代的认识使我们接近:我们希望某些十分古老的事物——爱情、美和艺术在新的世界也能得到栖身之处。

1954年底,也许就在那个有着可笑的名字的卡尔-扬凯勒和跟他同年的伙伴——伊万、彼得、尼古拉、奥瓦涅斯、阿卜杜拉一起,兴高采烈地跨出大学讲堂的时候,检察员将伊萨克·埃马努伊洛维奇死后恢复名誉的事通知了我。回想起巴别尔的那个短篇小说,我模糊地觉得:他们不可能不比我们幸福!……

16

一位女读者曾对我说,她在阅读《暴风雨》的时候感到很吃力:瓦利娅刚刚还在朗诵《哈姆雷特》——不料有一个吉尔达却已在德国的一个小城里和一个意大利人私通了,后来谢尔盖到了第聂伯河,后来米基又在利穆赞山区唱一支游击队的小调,——一切都乱成一团。这位女读者也许是对的:长篇小说是一座公园,即使其中的浓密的树丛也都是精心设计的。而生活却是一座森林,因而在一部回溯往事的书里是难以保持叙述的逻辑性的。

我方才写的是活水胡同,可我现在却突然掉转笔头来写法国菲尼斯泰尔省的庞马尔角了。(在离开莫斯科之后和来到庞马尔角之前,我曾到过列宁格勒、基辅、第聂伯罗彼得罗夫斯克、罗斯托夫、第比里斯、巴统、伊斯坦布尔、雅典、马赛、巴黎、柏林,我现在把所有这一切都略去了。)毫无办法——我从十七岁就开始了漂泊生涯,年复一年地在肮脏的客栈形形色色的房间里过夜,经常变换住址,在被煤烟熏黑了的绿色车厢里冻得打战,在甲板上休息,在机舱中打盹,步行了数百公里,而且从来不曾感到自己是一个旅行者,同时又不是抱着为自己的下一部作品搜集资料的目的而周游世界;我的旅行或出于自愿,或出于别人的派遣,有时带着钱,有时不带钱;起初面前闪动着里程标,继之是云堆;我的皮鞋穿得特别费,我不买衣橱,只买手提箱——这已成为一种固定的生活方式了。或许这是一种天性:既有不爱出门的人,也有"终身漂泊流浪的人",在这个问题上没有什么值得骄傲的,也没有什么可为自己辩护。

我于1927年来到庞马尔角,我现在之所以写它,并不是因为我想描绘被海洋冲击的山岩抑郁的美,或古代的布列塔尼人独特的雕塑;老实说,雅典的卫城要比它优美,而海洋也具有难以描述的壮丽。但是我曾答应描述我的旅途见闻,而生活也不仅仅是由重大的历史事件组成的;一桩微不足道的事件、日常生活中的一个细节、一次偶然的会见,有时也会深深地印入脑海,并预先决定许多事情。

庞马尔角是位于欧洲西部的一个海角上的小城,它的居民都从事渔业——捕沙丁鱼,妇女们在罐头厂工作。庞马尔角沾染上一股鱼腥气,人的身上、衣服上、床上、枕头上,处处都可嗅到。

我初次看到这个小城,曾十分惊异:无论是自然界还是人们,都那么动荡不宁。我在任何地方都不曾听到过这么猛烈的海浪声,它冲击着大地的石门。风能把人吹倒,而且也没有一株树木来使景色变得柔和一些——到处都是石块,石块,而在石块中间则是白色小立方块状的罐头厂。广场上站着穿红帆布衣的渔民。港内矗立着光秃秃的桅樯,宛若一座冬季里的森林。妇女们穿黑色长连衣裙,高高的白色包发帽犹如主教的法冠;远远看去就像一座座小型灯塔。工厂的大门紧闭。渔民们罢工已非一日。他们的要求会使一个不熟悉捞捕沙丁鱼情况的人感到惊奇:他们要求厂主收购捕获的全部沙丁鱼,即使以低价收购亦可。沙丁鱼只能在夏季捕到,那时候它们成群地浮到水上来,在离海岸不远的地方漂游。渔民们必须在夏季积蓄下过冬的钱。罐头厂的厂主们都结成了同盟,不接受渔民们的要求,他们以设备不足为借口,实际上他们是担心罐头跌价。

渔民的罢工失败了——他们已无钱防范艰难的日子:每一天都艰难。我仔细地观察人们的生活,这是很艰苦的生活。大鱼常常冲破脆弱的、淡蓝色的渔网。虽然法国的沙丁鱼被誉为世界上最出色的沙丁鱼,又是出口物资,但罐头厂的设备确实很差,劳动的报酬也很低。来到布列塔尼半岛的画家都爱描绘庞马尔角的妇女,他们对妇女们古色古香的服装、包发帽和美丽的面容发生了兴趣,但女工们的双手却被海盐浸蚀得通红。

有一次,一艘帆船满载而归。浑身湿漉漉的、冷得打战的人们十分高兴。但是厂主们却拒绝收购沙丁鱼。不管渔民们怎么恳求、坚持和咒骂都无济于事。在另一个名叫奥迪尔纳的港口里有一家未加入厂主的联合组织的工厂,渔民们不顾益发猛烈的风势和即将来临的风暴,决定去碰碰运气。留在岸上的人黯然地说:"他们有什么办法?他们都有一大堆家口……"

有关于"有思想的芦苇"的思考,有维利埃·德·利里·亚当的幻想作品,有高更的布列塔尼风景画。但也有另一桩东西——嗷嗷待哺的孩子们。在人类天才的升华和一向就有的极度贫困这对矛盾中,蕴藏着我们时代的一出悲剧。

伫立岸边的妇女们目睹一个巨浪掀翻了小船。一场人类的风暴爆发了:人们冲进了工厂紧闭的大门。厂主不在——他们大概正在疗养地休息。惊恐万状的管理员直扑电话机——恳求调一支宪兵队来。

从灯塔那里开来一艘汽艇,险遭灭顶的人们终于获救。一切立刻平息了。翌晨帆船依旧出海,妇女们把沙丁鱼的头整整齐齐地切下,或者把鱼放进罐头盒里。

如上所述,什么事也没发生。但我为什么却偏偏记住了这件事呢?"饱汉不知饿汉饥"的道理我早已知道——不仅是从书本上知道,而且也根据自己的经验。同时庞马尔角渔民们的生活也并不能使我惊讶,我早已见识过人类的贫穷。使我震惊的是另一件事。

庞马尔角的渔民每天都要和海洋决斗。我在坟场上看见不少插在空空如也的墓穴上的十字架,葬身鱼腹者的遗孀常前去凭吊。人和大自然的斗争永远使人鼓舞,而且我觉得,没有一个神话能比关于普罗米修斯的神话更为优美。在我来到庞马尔角之前不久,年轻的美国飞行员林德伯格第一次飞越了大西洋,我曾在渔民们的房子里看见从报上剪下的他的照片。我在童年时代曾醉心于一本叙述南森的"弗拉姆"号[①]的小册子,后来,我在一生中还经历过一些曾使所有人都为之震惊的大大小小的事件:布莱里奥飞越拉芒什海峡,俄国海员在地震时拯救了墨西拿居民,卡尔麦特发现了预防结核病的疫苗,"克拉辛"号破冰船拯救了诺比莱的极地探险队,阿蒙森[②]的遇难,"切柳斯金"号船员的冰上生活,苏联飞行员穿过北极飞到了美洲,弗莱明发明了盘尼西林,英国人登上了珠穆朗玛峰,挪威人乘木筏漂流到波利尼西亚群岛,苏联卫星环绕地球飞行,最后,人类无比敬佩地怔住了——尤里·加加林成为第一次窥见宇宙的人。

---

① 南森(1861—1930),挪威北极考察家,曾领导一支探险队乘"弗拉姆"号船探险。
② 阿蒙森(1872—1928),挪威极地旅行家和考察家。

在发生这些令人震惊的事件的同时,普通人——渔民和医生、矿工和民航机飞行员却日日夜夜在同盲目的大自然做斗争。

1929年我曾在瑞士见到双目失明的工程师兼物理学家达连。他从事灯塔的照明设备的设计工作,在一次实验中双目失明,他献出自己的眼睛是为了让别人——船长、引航员、渔民能够看见。而我在庞马尔角看到的却是另一回事……既有功勋,又有利润——可是令人难以忍受!有这样的人,他们打算葬送的不仅是三名布列塔尼的渔民,而且还有整个"有思想的芦苇",其目的只不过是为了沙丁鱼、石油或铀矿不跌价。

也许我已离开了本题,但是,正如我以上所述,在庞马尔角没有发生任何事故。关于上述事件,仅有一份报纸发表了一则极为简短的零讯。渔民们继续撒网。罐头厂的股东们赚得红利。

暂息时机持续着。1927年没有发生很多重大的国际事件。亨利·德特丁爵士不能容忍苏联实行石油企业的国有化,竟断绝了大不列颠帝国和苏联之间的外交关系。美国人处死了萨柯和范齐蒂——巴黎举行了一次十分轰动的抗议示威,示威者企图冲进美国大使馆。安德烈·雪铁龙庄严地宣称,他的工厂日产汽车千辆。在华沙,一个白色侨民枪杀了苏联大使沃伊科夫。在巴黎的银幕上出现了第一部有声影片,似乎是《唐璜》。在柏林,希特勒的拥护者召开群众大会,虽然德国正处于安康时期,但演说者却大谈其"东方的生存空间"。在莫斯科,"拉普"分子一再声称:"必须撕下一切人的假面具"——他们把许多作家的面孔也视为假面具。(但当时一切还仅限于写写文章……)

冬天,我和莫戈利·纳吉重又前往庞马尔角,他希望摄制一部关于沙丁鱼和关于人们与冷酷的生意人的影片,他说,他看中了一个"左"倾的学术和文艺的庇护人。渔民们向我们谈到厂主们和风暴。海洋在咆哮。渔民们的妻子摇晃着孩子唱着哀伤的歌曲。

莫戈利·纳吉没找到赞助人,影片也没有拍成。而我在离开庞马尔角回家以后曾写道:"这样的世界真可怕:在这个世界上,该隐既是立法者,也是宪兵,又是法官!……这一年正好是世界大战结束后的第十年。如果将来不发生任何变化,十年后我们会看到一次更为可怕得多的新战争。"我不知我当时为什么要说出这个数字,我只错了一年半……

17

在叶·彼·彼得罗夫的手稿中保存着他计划要写的《我的朋友伊利夫》一书的一份提纲。我在该提纲的第五章发现了以下字句："红军。伊利夫是唯一给我来信的人。当时一般的风尚是：藐视一切，写信是蠢事，莫斯科艺术剧院是一个平庸的剧院，请读《胡利奥·胡列尼托》。爱伦堡从巴黎带来了'先锋'派影片的若干片断——慢摄。《巴黎睡熟了》。电影迷。《卡利加里博士的办公室》，《两个孤儿》，玛丽·璧克馥。描写追缉者的影片。德国影片。第一批狐步舞曲。人们在这种情况下生活得十分可怜。"

以上所引，大概是1926年的事，当时我曾在莫斯科放映了几部法国影片的片断，这几部影片是阿贝尔·冈斯、勒内·克莱尔、费德尔、爱泼斯坦、雷诺阿、基尔萨诺夫送给我的。我当时还不认识伊利夫和彼得罗夫，但和他们一样是电影迷，我甚至还写了一本名叫《幻想形象的实现》的小册子；但我并不喜欢诸如《卡利加里博士》一类的德国片，我赞赏的是卓别林、格里菲斯、爱森斯坦、勒内·克莱尔。

一年以后，我不得不更近地认识了"幻想形象的实现"，确切些说，是认识了实现的幻想形象。我的作品的德译本均由"马利克"出版社出版。该出版社是我的朋友、德国共产党员、优秀的诗人维兰·赫尔茨菲尔德创办的。他经常搭救苏联作家。（1928年马雅可夫斯基曾在寄自柏林的一封信中写道："全部希望都寄托在马利克身上……"）我曾收到赫尔茨菲尔德的一封信："乌发"电影制片厂拟摄制《冉娜·涅伊的爱情》，该片将由最优秀的导演之一格奥尔格·帕布斯特拍摄。

帕布斯特是奥地利人，他从未醉心过表现派那种恐怖场面的堆砌，或者如我们当时所说的"令人可怕的大嘴脸"。我看过他导演的影片《凄凉的街道》,该片描绘了战后时期的破产,我很喜欢这部影片,因而我对"乌发"的建议感到高兴。不久,帕布斯特便邀我前往柏林,影片正在那儿拍摄。

《战舰波将金号》的成功使许多制片人陷入深思。观众对形形色色"博士"使人恐惧的鬼脸已颇为冷淡。牛仔也叫人厌倦了。俄罗斯革命以其异国情调而令人向往。谢西尔·德·米勒连忙拍摄了《伏尔加纤夫》,莫里斯·莱比耶拍摄了《眩晕》。帕布斯特决定在我的长篇小说的情节中添一些绘声绘色的场面:白卫分子和"农民武装"的战斗,工人代表苏维埃的会议,革命法庭,地下印刷所。德国人明知这部匆匆编成的电影剧本有不少荒唐之处,但仍以他们所固有的那种学究气力求细节的逼真,他们向苏联大使馆请教,同时又请在一个马戏班里工作的什库罗将军担任顾问。

我在电影制片厂的摄影棚里看见了费奥多西亚带有拱廊的街道,一所肮脏的俄国旅馆,一家蒙马特的酒店,一位时髦的法国律师的办公室,一张大公爵的圈椅,几瓶伏特加,一尊圣母的塑像,几张小客栈里的板床和许多别的道具。莫斯科距巴黎只有五十步之遥,其间耸立着一座克里米亚丘陵;一节法国车厢隔开了白卫的巢穴和苏维埃的法庭。

这是一部默片,因而帕布斯特可以挑选不同国籍的演员。冉娜·涅伊由漂亮的法国女人艾吉特·瑞安扮演,安德烈由瑞典人乌诺·根宁格扮演,坏蛋哈雷比约夫由德国人弗里茨·拉斯普扮演,扎哈尔凯维奇由莫斯科室内剧院从前的演员索科洛夫扮演。

我记得拍摄过程中的三个场面。首先是冉娜的眼泪。女演员怎么也不能很自然地哭泣。搬来一部留声机,放送了一支非常哀伤的抒情歌曲。艾吉特·瑞安转过身去酝酿流泪的情绪——她也许想起了一次失恋,也许想到了一次无利可图的聘约。穿一件皮制短上衣的帕布斯特俨然是一位炮兵连长,他毫不留情地挑剔冉娜的眼泪:这样不行,那样也不行。最后他终于使女演员流出了完全自然的眼泪,于是满意地从衣袋里掏出一块夹火腿的面包。他把我介绍给这位女明星,她微笑着问:"哦,这个如此悲惨的故事是您写的?我向您祝贺。"自然,我应当照样向她祝贺,祝贺她流出了最好的眼泪,但是我却张皇失措地含含糊糊哼了一声。

第二个场面同臭虫有关。按照帕布斯特的构思,臭虫应该在墙上爬,而哈雷比约夫应该追上它们并把它们捻死,还给臭虫拍了特写镜头。"乌发"的采购部弄到了一罐出色的臭虫,但是小虫子颇不机灵——它们不是急忙离开拍摄面就是停止活动,显然是被过于强烈的灯光烧伤了。扮演哈雷比约夫的拉斯普怎么也不能把它们全部捻死。导演助理告诉我,"乌发"将为臭虫花很多钱——在它们身上耗费了四个钟头。

第三个场面是白卫军官的酗酒。帕布斯特邀请了邓尼金过去的部属参加拍摄。他们的军服保存得很好,很难说他们打算干什么——是复辟还是拍电影。肩章闪闪发光,潇洒的毛皮帽高耸着,袖口上赫然缀着"死亡营"的标志:颅骨。我想起了1920年的克里米亚,感到很不自在。

八十名白卫分子在"费奥多西亚"餐厅纵饮作乐。这里有三角琴,有茨冈人的抒情歌曲,有伏特加,而在墙角还有一台军用电话机。跑龙套的演员们的谈话声传入我的耳中:"咱们久违了……""请问,您过去在哪一个团服役?……"

帕布斯特下令:"翻译给他们听!叫他们高兴些!我希望他们都喝得酩酊大醉。懂吗?"一名漂亮的上校得把一个女人的衣服剥光。她突然固执起来。帕布斯特嚷道:"翻译给她听——别节外生枝!给她留下一条裤衩。让她就当是在浴场上……"

白卫分子每天得到十五马克的报酬,他们感到满意。

(休息的时候,我听见一名中尉说:"据说张作霖在招募俄国人。旅费二百美元,路上还有……")

帕布斯特为了让这些跑龙套的演员演得好些,答应下次再请他们:一个礼拜以后他们将扮演红军,服装由"乌发"发给。可怜虫都很高兴:这总比到中国去要现实得多……

我不讳言,看到这些拍摄场面我感到很不舒服。我常目睹白卫军官们在巴黎的咖啡馆里纵酒取乐、唱歌、跳舞、骂人、哭泣;我在伊斯坦布尔的卖淫窟里看见过几百名俄国妓女。而这些深信拯救了自己的军人荣誉使其免于蒙羞受辱的军官,却由于有人答应在一周后让他们扮演布尔什维克而眉开眼笑……不,这种场面还是以不见为好!

在男演员当中我喜欢弗里茨·拉斯普。他看上去就像一个真正的坏蛋,当他把一个少女的手臂咬伤,事后在被他咬伤的地方贴上一块美元来代替膏药的时候,我忘了我面前是一个演员。

拉斯普不久就到巴黎来了:帕布斯特来拍摄街景。由于霪雨连绵,拍摄延搁下来,拉斯普便和我在巴黎闲逛,到市集上去坐旋转木马,和快乐的时装女工跳舞,直跳到精疲力竭,在塞纳河岸的街道上幻想。我们很快成为挚友。他常扮演恶棍,但他的心却很温柔,甚至有些感伤,我把他称作冉娜。

我们日后在柏林和巴黎也曾相见。希特勒在德国掌权以后,拉斯普的处境相当困难。在久别之后,我于1945年在柏林又见到了他。他说,战争时期他住在东郊。那里盘踞着党卫军分子,他们从窗户里射击苏联士兵。我已说过,拉斯普像一个典型的凶手。我军占领他住的那个街区后,我的几本有题词的书和我们合拍的几帧照片救了他一命。一位苏联少校和他握了握手,给他的孩子们带去了一包糖果。

我再回头来谈谈1927年。我试图对电影脚本提出异议,但帕布斯特回答说,我不懂电影的特点,得考虑到经理处、租片人、观众。

在电影剧本的幻想场面中出人意料地插进了一个完全现实的情节:"乌发"正处在破产的前夜,亏空已达五千万马克。从幕后出现了胡根伯格先生,他是拥有数百家报刊的德意志的新皇帝,他憎恨斯特莱斯曼、自由主义和小小的和平鸽——他喜欢独眼的普鲁士鹰。

"乌发"的新经理处建议帕布斯特改写电影剧本。帕布斯特企图拒绝,然而和"乌发"的经理打交道却比和跑龙套的白卫演员打交道费劲得多。

我有一个朋友,美国电影导演迈尔斯顿,他在30年代初曾根据雷马克的长篇小说《西线无战事》拍摄过一部影片。他曾告诉我,在拍摄期间,制片商列姆莱去找他并对他说:"我希望影片有一个幸福的结局。"迈尔斯顿答道:"好吧,我制造一个幸福的结局:德国取得了胜利⋯⋯"

列姆莱是一个生意人,没有坚定的信念。而胡根伯格却把粗硬的头发推成一个平头①,并捐款给"钢盔团"②。帕布斯特只得让步。我看了这部影片。

(海明威在看根据他的长篇小说《永别了,武器!》改编的影片的时候默

---

① 当时德国的法西斯分子都推平头。
② 德国军国主义的退役士兵协会。

不作声。只是在银幕上出现了一群鸽子——导演想说明战争结束了——的时候,海明威站了起来,说道:"又是这些小鸟。"——并离开了试片室。

我比他天真得多,我不能默不作声地看着银幕:我时而悻悻然嬉笑,时而诅咒所有的人——帕布斯特、胡根伯格、赫尔茨菲尔德、我自己。)

我现在并不想为我在1923年写成的长篇小说的情节辩护,——其中有许多不自然之处。我在写这部长篇小说的当儿,不只是受到狄更斯的启发,而且干脆是在模仿他(当然,我当时并没有理解到这一点)。但这已是另一个时代,写一个在1920年从事地下工作的布尔什维克,不能像写一个被判长期徒刑、在狱中喝黑啤酒并和狱吏开玩笑的狄更斯式的主人公。我的长篇小说有浓厚的感伤情调。小说的主人公,从事地下工作的布尔什维克安德烈,被控为谋杀银行家雷蒙·涅伊的凶手。安德烈本可以回答说,凶案发生的那一夜,他是和他爱上的银行家的侄女冉娜一同度过的。主人公没有这样做,因此被处死了。冉娜先前是一个平庸的姑娘,现在懂得了许多事情,她开始了新的生活——为反对谎言、金钱和虚伪的世界而斗争,她到莫斯科去了。书中是这样写的。但在银幕上从细节直到实质都完全变了样。例如,长篇小说中有一个长着塌鼻子的可恶的法国暗探加斯东。但银幕上的暗探却有一个鹰钩鼻子和一颗高尚的心灵。然而问题并不在于加斯东。帕布斯特构思了一个幸福的结局。在长篇小说中,这一对情侣沿着巴黎的街道经过一座古老的教堂。冉娜把安德烈带进了教堂——里面很黑,她想吻安德烈。这或许是长篇小说(正如我曾说过的那样,其中有许多荒诞不稽之处)中最现实的场面之一。在银幕上,冉娜是一个虔诚的天主教徒,她把安德烈带进教堂是为了向上帝祈祷,一名布尔什维克跪在地上,于是圣母就拯救他免于一死。他们将会结婚,还要生几个孩子。

我提出抗议,给编辑部写了几封信去。赫尔茨菲尔德把我的抗议书印成了小册子,但这无论如何也惊动不了租片人或"乌发"的经理处。我得到的回答是:"影片应该有一个美好的结局……"

1926年我在第比利斯的时候,人民法院审理过一桩可笑的案件。一个姑娘从另一个姑娘那里拿了几本书,事后未将原书归还。法官问道:"您为什么不把书送还?""因为我把它们扔到河里去了。""您怎么可以把别人的书扔到河里去呢?"激动的姑娘答道:"爱伦堡怎么可以写出有可怕结局的

543

《冉娜·涅伊》呢？我读了以后难过极了，就把所有的书都扔进库拉河了……"法官判她交付罚金，我不知道他遵循的是什么：是保护所有权，是尊重书籍，还是承认作家有权写悲惨的结局……

我明白了成批生产麻痹意识、使千千万万人变傻的影片的"幻梦制造厂"是什么东西。在1927年这一年间，观众可以看到：《浴场上的爱情》《雪地上的爱情》《贝蒂·彼得松的爱情》《爱情与盗窃》《爱情与死亡》《爱情能左右生活》《爱情万能》《爱情是盲目的》《一个女演员的爱情》《一个印度女人的爱情》《爱情-宗教神秘剧》《一个少年的爱情》《一个土匪的爱情》《血淋淋的爱情》《十字路口的爱情》《爱情和黄金》《不拘礼节的爱情》《一个刽子手的爱情》《爱情的游戏》《拉斯普京的爱情》。观众还看到了一部《冉娜·涅伊的爱情》。

我曾写道："在我的书中，生活安排得不好，——因此需要改变生活。在影片中，生活安排得很好，——因此可以去睡觉了。"

如今回忆起一个没有经验的作者愤怒的话，我不禁笑了。一切都早已成为过去——无论是《冉娜·涅伊的爱情》还是胡根伯格的财团。然而有一点却至今犹在：对悲惨结局的恐惧。

据说幸福的结局与乐观主义有关，依我看，与之有关的是良好的消化力，是平静的睡眠，而非哲学观点。我们经历过的生活除了称之为悲剧之外就无以名之了。那些企图催眠自己的千千万万同胞的人要求作家或电影导演编排幸福的结局，这是容易理解的。而当这种要求来自伟大的历史性转折的拥护者们的时候，却比较难于理解了。一个人在苦恼或忧愁的时候可以同时保持乐观主义。一个快活的人也可以是一个无耻之徒。

在这部叙述我的一生和我遇到过的人们的书中，有许多忧伤的、有时是悲剧性的结局。这并非一个"黑色文学"爱好者的病态幻想，而是一个见证人起码的品质。影片可以改制，可以说服一个作家改写一部长篇小说。但时代却粉饰不了：它是伟大的，但并不是玫瑰色的……

18

我们在圣马赛林荫道上租了一个工作室：这是在一所古老的房子顶上增建的一个房间，不用说，是浅灰色的。房东为了抬高房租，在房内安上了电灯线，并向房客表示，可以免费安装电灯，但几乎全体房客都谢绝了：他们不愿让检查电表的检查员前来敲门。

自然，比检查员更令人讨厌的是一位不速之客——历史，巴黎人为它已回家去而感到高兴。尽管当他们在报上看到白里安和美国人凯洛格①签订了一项永远禁止战争的公约之后，曾出于习惯微笑了一下——他们毕竟是法国人，但他们心里却坚信，在他们活着的时候不会发生任何战争：这种事在一生中是不会发生两次的。

漫画家们忙于为新总理达迪欧画像，他很容易画——他嘴上总叼着一根老长的烟嘴。莫里斯·谢瓦利埃②唱着他的小调。报纸一连几个月描写珠宝商梅斯托里诺如何谋杀了一个经纪人，事后焚毁了他的尸体。超现实主义者布努埃尔拍了一部滑稽片：一头大母牛代替情妇逍遥自在地躺在一张双人床上。议会讨论石油进口法案时，一个议员尖酸刻薄地说："先前人们每逢吵嘴闹架的时候总说：'找女人去吧。'现在我们有权说：'找石油去吧。'"另一个议员打断他的话说："别拿石油和女人相比，女人是神！"第三个议员在哄堂大笑中补充了一句："何况女人又不会燃烧……"

勒内·克莱尔的一部很老的影片《巴黎入睡了》采用了一种有趣的手

---

① 凯洛格（1856—1937），当时的美国国务卿。
② 谢瓦利埃（1887—1972），法国歌手。

法——电影变成了一套快照,它们是喜剧性的,但包含着悲剧性的潜台词:稍稍提起的双足,张开的嘴巴,用力弯向背后的双臂。我回忆起 20 年代末的巴黎就是这样入睡的。

对于我来说,这是既慢且长的岁月。挣钱不易,只得浑浑噩噩地过日子,不知道明天将会如何。"土地和工厂"出版社突然汇来一笔款子,丹麦报纸《政治家》忽然想起要出版《Д.Е.托拉斯》的译本,从墨西哥突然寄来了《胡列尼托》的稿费。不过,我觉得这一切都像田园诗一般——我已不像战前年代那样挨饿,穿的也不是破衣烂衫了。

柳芭工作很勤。莫迪利亚尼的朋友兹博罗夫斯基筹办了一个她的水粉画的展览会,麦克奥伦为作品的目录写了一篇前言。

伊琳娜在学习,她开始说法语,就像一个巴黎女人,有的字母发音不清;热天从学校出来,她不喝水,却喝白葡萄酒;有一次我看见她跟几个小姑娘和小伙子在"卡普利亚特"咖啡馆的凉台上,他们正在热烈争论什么,我走开了,心里想:这是新的"洛东达"里的新的一代……

我十分潦草地进行写作,昨天写的东西今天就认不出了。有一次,我收到一笔意外的钱,便买了一台打字机。我住在工作室楼上的一个房间里,从早一直打到晚:我在写人民喉舌格拉胡斯·巴贝夫①,写雪铁龙工厂的传送带,写被迫周游世界的戈梅利市的裁缝拉济克·罗伊特什万涅茨轰轰烈烈的一生。

一天,我看见了保罗·瓦莱里②。那是在"乌文辛"餐厅里,这个餐厅看上去有点像一家工人的小酒馆,但却以精美的菜肴驰名。保罗·瓦莱里一小口一小口地啜着波尔多红酒,无意地把一些忧伤的格言分赠交谈者。他的外表颇有上流社会的风度,里面却隐藏着痛苦和孤僻。我觉得他生不逢时,他的天才不在马拉梅之下,然而音响效果已起了变化……瓦莱里的命运与"该诅咒的诗人们"的命运不同:他五十岁获得了院士的长剑和"不朽"的衔头,但是在他的周围却没有那些包围过马拉梅的忘我和无私的信徒。

而在我现在所说的那个时候,保罗·瓦莱里认为时代在促进艺术的发

---

① 巴贝夫(1760—1797),法国空想共产主义者。
② 保罗·瓦莱里(1871—1945),法国诗人。

展:"秩序总是给人以重压。无秩序迫使他渴望警察或死亡。这是两个极端,但它们同样都使一个人感到不舒适。他寻找一个时代,在这个时代里他能感到自己是最自由和最安全的。在有秩序和无秩序之间存在着一个令人神往的时刻,来自权利和义务的组织的一切美好的事物都已拿到手了。可以充分享受制度最初的姑息了。"这很正确:果实在夏末成熟,在冬天或初春去寻找它们是徒劳的。但保罗·瓦莱里在日历上错了——"令人神往的时刻"已经过去——19世纪末,20世纪初。法兰西金黄的9月已被11月的浓雾代替了。保罗·瓦莱里活到了第二次世界大战,并目睹了一个人可以既无自由亦无秩序地活着。但他却是为长长的艳阳天、为轻柔的蝉鸣、为和谐而生的。

我被介绍给安德烈·纪德。他使我不知所措:他就像易卜生笔下的那个牧师①,也许还像年老的中国外科医生。在这之前不久,我读了他的几本描写非洲之行的书,他在书中对殖民主义表示愤慨。如今这已是起码的常识,但当时我却钦佩他的勇敢。我谈起了非洲。他不知何故却把谈话引向一个抽象的题目,阐述起美是与道德原则有关的道理来了。一旁坐着他钟情的对象——一个年轻的运动员,仿佛是德国人或荷兰人,面部的表情有些呆板,穿着一条短裤。

在法国出版了大量供消遣的浅薄书籍。莫洛亚②创立了一种新体裁——长篇小说式的名人传记。文学家们开始用传送带制造这种作品,它们捏造八十高龄的雨果的艳事,说伏尔泰做过糖的投机生意,而圣伯夫③有一个专横的妈妈。

弗朗西斯·雅姆④在1913年叫我去找过的那个弗朗索瓦·莫里亚克写了一些关于不好的生活的优秀长篇小说。他是一个天主教徒,但在他的作品里,严酷的真理却比基督的怜悯多得多。一个妻子背叛了她所不爱的丈夫,企图把他毒死;他没死成,为了不使家丑外扬,他把她禁锢在一个会使她发疯的自造的监牢里。一个成员众多的大家庭等待着有钱的律师把他的

---

① 指易卜生的剧本《白兰德》的主人公白兰德。
② 莫洛亚(1885—1967),法国传记作家。
③ 圣伯夫(1804—1869),法国文学评论家。
④ 雅姆(1868—1938),法国诗人。

灵魂献给上帝,不料年迈苍苍、病魔缠身的他却违反了所有的人的心愿老不断气,他一心想使自己的继承人得不到他们眼红的遗产,这个愿望鼓舞着他。批评家艾德蒙·雅鲁在分析莫里亚克的长篇小说时写道:"遗产和遗嘱是法国生活中最主要和最保守的特点。"

我常想,拥有技巧、图书馆和博物馆的旧世界正像莫里亚克的主人公那样孤零零地生活着:不愿意给自己的继承人留下任何东西。而我在读了《文学报》上的一篇文章或在遇见了"拉普"的成员们之后,我就对自己说,有些人不要遗产,他们无依无靠,新闻检查员和公诉人的大权使他们简单化了。

杜亚梅和迪坦①在访问莫斯科后写了几本记述他们的旅途见闻的书,这些书是有见地的、爱好和平的,甚至就像现在所说的那样,是"进步的"。我常到迪坦那里去,他在谈到我国的时候是亲切的,几乎有些姑息,他企图证明他不喜欢的一切不仅是俄罗斯历史的特点,而且也是"斯拉夫心灵"的神秘性。奥·德·福尔什从列宁格勒来到巴黎。有一次奥莉加·德米特里耶夫娜、杜亚梅和我三人共进午餐。杜亚梅友好地对我们解释道,到末了一切都会平安无事地过去,苏维埃俄罗斯在变得稳重以后将成为一个半欧洲国家;目前只要多翻译一些法国作品。他不知道为什么想起了旧俄国长篇小说中的"俄里",并说法国大革命给予世界以米制,现在连俄国人也采用它了,这很好……杜亚梅走后,我们大笑起来。我们喜欢他的作品,但他的天真却令我们失笑:他仿佛深信他可以用自己的米尺来量我国的道路……

我常在《世界》杂志的编辑部见到巴比塞。当时他写完了一部关于耶稣的书。朋友们攻击他:"唯心主义","神秘主义"。但对于右派分子来说他却依然是一个不可救药的共产主义者。他常患病,说话的时候容易冲动、声音喑哑,一双贵族的纤手在空中画着什么。

我还记得笔会为欢迎外国作家而举办的一次晚宴。儒勒·罗曼担任主席,他致辞的时候竭力把每个客人都恭维一番。他把我称作"半巴黎人",而对巴别尔则说:"可以为大作的法译本向您祝贺。"他绝无表现自高自大之意,他只不过以为外面是路易十四、黎塞留和高乃依的时代。(1946年我

---

① 迪坦(1881—1959),法国作家。

乘"伊尔·德·弗朗斯"号轮船从美国回国。在甲板上可以遇到在侨居海外多年之后返回祖国的欧洲各国的难民,我在其中也看到了儒勒·罗曼……)

如今我满怀谢忱回忆起笔会举办的这次晚宴——我在宴会上认识了乔伊斯和意大利作家伊塔洛·斯韦沃。他俩是老朋友:乔伊斯在的里雅斯特住了许多年,而伊塔洛·斯韦沃(他现名埃托雷·施米茨)是的里雅斯特人。他们在宴会上坐在一起,热烈地交谈着。

乔伊斯当时已是名人,许多人都认为他的《尤利西斯》是长篇小说的一种新形式;人们把他和毕加索相提并论。他的朴实使我惊奇——成名的法国作家的言谈举止和他迥然不同。乔伊斯爱说笑话,几乎一见面就对我说,他年轻的时候第一次来到巴黎,走进了一家餐厅,当他接到账单的时候,他却没钱付账,他对侍者说:"我给你们留下一张收据,在都柏林人人都认识我。"侍者答道:"我认识你,你根本不是从都柏林来的,你在这里狼吞虎咽已经是第四次了,饭钱是一位普鲁士公主付的……"他天真地笑了。

他个性的独特不亚于他的作品。他因患眼疾而视力不佳,但他说他对声音有很强的记忆力。他贪杯,身受俄国作家早已熟悉的那种病痛。他发狂似的写作,似乎除了自己的创作之外,他对生活中的任何事物都不感兴趣。我曾听说,在第二次世界大战爆发的时候,他惊恐地叫道:"现在我可怎么完成我的作品呢?……"他的妻子对他的工作采取嘲讽态度,她没读完过他的任何一部作品。他在年纪很轻的时候就离开了爱尔兰,他不愿重返祖国,便在的里雅斯特、苏黎世、巴黎居住,并死于苏黎世,但无论写什么,他始终感到自己是在都柏林。他在我的眼中是一个正直的人,具有写作的狂热,才华横溢,而同时又是一个因"自作聪明"而目光短浅的爱尔兰的安德烈·别雷。但是他没有历史感,没有天职和使命,是一个被人当成先知的特殊的嘲笑者,以其才能而论,他是斯威夫特,只不过是住在连侏儒也没有的荒漠里的斯威夫特。

伊塔洛·斯韦沃与乔伊斯不同,他是默默无闻的,少数法国人对他的长篇小说《塞诺》评价很高。他比乔伊斯大二十岁,我是在他去世的前一年认识他的。斯韦沃常被称为略识门径者,他是一个企业家,毕生的著作寥寥无几。但他在破坏长篇小说的旧形式方面的作用是无可争论的,他的名字应

549

与詹姆斯、马赛·普鲁斯特、乔伊斯、安德烈·别雷并列。他向我谈了很多有关19世纪俄罗斯长篇小说对他的影响。乔伊斯在长篇小说中总是从自己的精神经验和音乐因素出发,他不了解人,也不想了解。斯韦沃曾告诉我,长篇小说《尤利西斯》的主人公斯杰凡·戴达尔应该叫做杰烈马赫;乔伊斯喜欢使用象征性的名字,而杰烈马赫一词在希腊文中意为"远离斗争"。伊塔洛·斯韦沃则相反,他在生活中寻找灵感,用自己的个人感受来充实他的观察,但从未把这些观察缩小到自我的程度。

我有时遇见夏尔·维德拉克[①],他是一个好人,老是愁眉苦脸,有时是因为所发生的一些重大事件,有时又因为没有发生什么事。让-里沙尔·布洛克常问自己和别人,他怎么才能使尼采迁就托尔斯泰,又使俄国革命迁就甘地。

我认识了一些青年作家——阿拉贡、德斯诺斯、马尔罗、尚松、卡苏,关于其中某些人的情况我将在后面谈到。而当时我对他们还不很清楚,主要是不够了解。

超现实主义者还未能摆脱圆梦、预言和对下意识的迷信。他们常举行一些乱哄哄的晚会,发表一些非常革命的宣言,破坏各种庆祝会——凡此种种都近似我国早期的未来主义者。

后来我同一些法国作家交上了朋友,但当时我却很难和他们谈话——没有共同的语言。他们之中有许多人盼望暴风雨,但暴风雨对于他们来说只是一种抽象的概念:对于一部分人来说是启示录中的世界末日,对于另一部分人来说是一场戏剧演出。而我即使在坚实的地面上也感到恶心,就像有时经历了猛烈的颠簸似的。

安德烈·纪德当时已近三十岁。安德烈·马尔罗三十岁上下,但是我觉得他俩有时候都是还没吃到苦头的少年,有时又是中了毒的老头子,不是中了酒精或尼古丁之毒,而是中了不切实际的智慧之毒。

我常和安德烈·尚松在小巧舒适的住宅里谈论新的长篇小说,谈论城市感或电影对文学的影响。我所见到的作家都赞美俄国革命,就像赞美自然界的一种遥远而特殊的现象。

---

① 维德拉克(1882—1971),法国作家。

我还记得一桩趣事。富有的文学家,"里昂信贷公司"的股东之一安德烈·热尔缅,喜欢在自己家里举行招待会。他是一个好男色者,而且这仿佛是他一生中唯一没有改变过的习惯。20年代末,他被认为是一个"布尔什维赞"。有一次他气喘吁吁地跑来对柳芭说:"我恳求您把你们那些无产阶级诗人带到我家里来,我要举行一个茶会!……啊,他们是多么出色啊!……"乌特金、扎罗夫和别济缅斯基当时正在巴黎做客。(五年后,安德烈·热尔缅写道:"纳粹党人最突出的特点是理想主义。戈培尔具有一种奇特的美,他有一副苦行僧和狂人的脸,他受到自己思想的鼓舞。")

当然,安德烈·热尔缅是一幅漫画。至于真正的作家,他们在赞美《骑兵军》的同时又惊奇地打量着巴别尔:这位"红色哥萨克"能说一口流利的法语,人也很聪明,但在艺术上却是一个顽固落后分子——譬如他喜欢莫泊桑!谢·米·爱森斯坦来了。我在巴黎大学出席了他的晚会,本来应该放映《战舰波将金号》,但警察局长却禁止放映,于是爱森斯坦便用一口无懈可击的法语在两三个钟头之内谈天说地,狠狠地开玩笑,用他的博学多识使举座震惊。

巴黎出版了一个名叫《喜剧》的日报,报上罕有政治新闻;版面都为有关戏剧、书刊、展览会的文字所占据。但政治观点却通过对剧本或长篇小说的评论流露出来。有一天我在该报上读到一篇对我的《平等会的密谋》的法译本表示气愤的文章。批评家在文章结束时写道:"如果伊利亚·爱伦堡女士不是从事法国的革命事业,而是向我们提供俄国红甜菜汤的烹调法,那也许会更好一些。""伊利亚"这个名字把批评家弄糊涂了,他把它当成女性的名字了。当然,我的书之所以使他发火并非由于这个缘故:尽管他不知我是何许人,但很清楚巴贝夫是什么人物。我决定给该报寄去一封开玩笑的驳斥信:我指出我不是一个女士,而是一个男伴,但我依然可以为馋嘴的批评家提供一种使他感到兴趣的烹调法。老实说,我并不知道红甜菜汤是怎么做的,但埃尔扎·尤里耶夫娜·特里奥莱救了我。批评家并不慌张,他没有发表我的信,而是在下一篇文章的附注里向读者声明,伊利亚·爱伦堡原来是个男人——"布尔什维克把一切都搞乱了,竟至于颠倒了男女性。"在饮食栏里,编辑部发表了红甜菜汤的烹调法,并加了一个注:"承蒙伊利亚·爱伦堡先生向我们提供。"关于形形色色的批评家怎么使我生气的事我似乎说得太多了,可是我也记得他们有时候曾使我开心。

我们每天晚上去蒙帕纳斯。"洛东达"被美国的旅行者占据了,我们就到"多姆"或"库波尔"去。常去那儿的有几个老画家——德朗、弗拉明克,他们一度是"野人",破坏过正统的艺术,但到了20年代末已逐渐平静下来,我们觉得他们是一些不再开花结果的巨大而古老的树木。我和美国雕塑家卡尔德尔做了朋友,他是一个魁梧而愉快的小伙子,他很会出主意,常用洋铁皮和铁丝进行创作。他用铁丝为我钟爱的苏格兰猎狗布祖制作了一个肖像。我有时见到夏加尔,他现在不再画那些在屋顶上飞翔的维捷布斯克的犹太人,而画起骑着公鸡的裸体美女来了,画面上有时有埃菲尔铁塔,有时又没有。挪威人彼尔·克罗格默默地抽着烟斗。被一群鲜艳夺目、大喊大叫的女人团团围住的帕斯金喝着威士忌,并在一张张小纸片上画着什么。

几个年轻画家在我们的小桌边坐了下来。我听见他们在谈论油画的画面,说风景画上的天空太阴沉了,左边的一角还没画完……

彼得堡的艺术理论家和导演康·米克拉舍夫斯基经常光顾"多姆"咖啡馆。他写了一本名叫《艺术的肥大》的书。我常常想起这几句话:艺术把我团团围住,虽然它过去是、今后仍将是我一生中最大的爱好,但有时我却很冷淡——我觉得我恍如置身蜡像陈列馆中,四周都是蜡像。

不知这是我的天性还是人所共有的本性,但是我在巴黎的时候和在莫斯科的时候对许多事物的态度都不相同。在莫斯科,我想的是人有权要求过复杂的精神生活,想的是不能把艺术硬套进一个模子里,但在20年代末的巴黎,我就喘不过气来了——形形色色的著作、故意编造的悲剧、标新立异的纲领实在太多了。

保罗·瓦莱里说得对——两极既不像帕尔纳斯山,也不像黑里康山,又不像温带的普通丘陵。但我仿佛看到了与保罗·瓦莱里所看到的不同的两极:没有正义的自由或没有自由的正义,巴黎的唯美派刊物《商业》或《在文学岗位上》。(若干年后,让-里沙尔·布洛克在一次反法西斯作家代表大会上发表演说时曾谈到艺术家真正的自由和虚幻的自由:真正的自由即社会对他的特殊性、他的个性、他的创作的尊重;虚幻的自由是一种企图生活在社会之外的妄想。)

人在上一个世纪认识了极光,俄罗斯诗人出版了《北极星》。人类在20世纪对两极进行了考察。在北极和南极之间生长着白桦、橡树、橄榄、棕榈,这是人人皆知的事,同时每一个人也应该懂得,人可以飞到极地去,也可以飞越极地,然而在极地上生活却很困难。

19

我在1927年就认识了诗人罗贝尔·德斯诺斯,但我们经常见面则在稍迟一些时候,在1929到1930年间。他从来不是我的朋友,但他的热情以及他的温和与人道主义吸引了我——他身上没有一丝职业文学家的气味。后来他也不像我常见到的那些法国人,他们总是竭力使一切复杂化,或者如法国人所说,竭力"把一根头发劈成四根"。当对隐逸派诗歌的崇拜仍占统治地位的时候,德斯诺斯就宣称,明白是必要的,也应该让别人明白。

德斯诺斯是早期超现实主义最年轻和最激烈的信徒之一。他一下子就响应了创作的"无意识性"的教义和膜拜梦境的原理。在嘈杂的咖啡馆里,他突然闭上眼睛开始口述——他的一个同志替他记下来。当时他二十二岁,我是从别人口中得悉此事的。

但超现实主义在1929年开始分裂,不管被戏称为"超现实主义之父"的安德烈·勃勒东如何竭力维护团体的一致,诗人们依然四散而去。超现实主义违反了自己的名称,它不是一种腾飞,而是一个良好的起点,同时,尽管它早期有那些夸张而天真的宣言,却产生了像艾吕雅和阿拉贡这样一些诗人。

德斯诺斯在1930年宣称:"超现实主义正如勃勒东所推崇的那样,——对于自由思想是最主要的危险之一,对于无神论是一个阴险的陷阱,对于天主教和教会精神的复活是最优秀的助手。"

在他的诗作中以及在他本人身上,有什么博得了我的好感呢?我用艾吕雅的话来回答:"在我所认识的所有诗人之中,德斯诺斯最天真,最自由,他是一个灵感不会枯竭的诗人,他能说出别的诗人不大写得出来的话。他是最勇敢的一个……"

我已说过,我们常常见面,他曾数次前往圣马赛林荫道找我(那个觉得我以及所有前来找我的人都很可疑的守门女人曾向德斯诺斯喊叫,让他把脚擦干净,他心平气和地答道:"太太,您这是……")。有一次,我到位于布洛姆街一家黑人舞厅旁边他的工作室去。屋子里堆满了一堆难以描述的破烂东西,那是他不知为什么从被称为"跳蚤市场"的巴黎旧货市场上买来的。我还记得有一尊可怕的塞壬①的蜡像。德斯诺斯很喜欢它。(许多年以后,我读了他的诗:他把他钟爱的一个女人尤卡称为"塞壬",而称自己为"海马"。)

德斯诺斯曾打算从事新闻事业——他曾担任梅尔办的《巴黎晨报》的采访记者,后来又在别的报社工作。他知道金钱的神通,曾写道:"报纸不是用颜料印刷的吗?也许是的,但它如果不是用血写成的,也主要是用石油、人造奶油、煤、棉花、橡胶写成的……"

德斯诺斯写了大量爱情诗,他给自己最优秀的作品之一取名为《没有爱情之夜之中的一夜》。他找到了自己的塞壬。我认识尤卡,她很美,很活泼,常和她的丈夫,"洛东达"的老主顾日本画家藤田一同去蒙帕纳斯。藤田回日本去了,尤卡就成了德斯诺斯的妻子。德斯诺斯在自己的爱情中是令人感动的,具有那种和浪漫主义不可分离的温和的讥讽。1944年,当秘密警察把他拘捕并送到羁押营去以后,他从那里给尤卡写信说:"我的爱人!如果我们不把我们的痛苦当作一种必患的疾病,那它便会是不可忍受的。我们别后的重聚至少将美化我们的生活三十年……我不知道你能否在你的生日以前收到此信。我想送给你十万支香烟,十二件绝妙的连衣裙,圣街上的一所住宅,一辆汽车,贡比涅森林中的一所小房子,贝利尔岛上的一幢房子和一小束四个苏的铃兰花……"如果想想他写此信的地方和他的心境,那么我所说的关于浪漫主义的讥讽的话也就可以理解了——这不是一种文学手法,而是灵魂的纯洁。他在"死亡营"中写的最后一些诗是献给尤卡的:

我那么盼着你,

---

① 希腊神话中半人半神的海妖,住在海岛上,以歌声诱惑水手,使之遇难。

>我走了那么多路,说了那么多话,
>我那么爱你的影子,
>我这儿却没留下你的任何东西,
>现在我是影子,
>是许多影子中的一个影子,
>仅仅是个影子,
>影子将行走,
>走进你的艳阳天……

1931年,对报界厌倦了的德斯诺斯在一个代人寻找住宅的事务所里找到了一个职务。他的传记中很少五光十色的琐事——羞怯控制着他的一生。

当他还在报界工作的时候,曾被派往古巴——那里举行一个国际会议。德斯诺斯爱上了民族音乐,他一面说,一面唱,还叩击着桌子。他想模仿古巴那些匿名诗人,便开始写讽刺小调。

德斯诺斯在1942年写成了《关于圣马丁大街的讽刺歌》(他是在那里诞生的)。当时巴黎人已经知道黎明前的门铃声或叩门声是怎么一回事……

>我有一条圣马丁街,
>现在我觉得圣马丁街不可爱,
>哪怕在白天圣马丁街也很暗,
>我连一口酒也不愿为它喝。
>我有个朋友叫普拉塔·安德烈。
>普拉塔·安德烈天亮时被带走。
>咱俩同吃同住已一年。
>天亮时把人带走,谁知带往何处。
>圣马丁街有许多房顶和墙壁。
>但是普拉塔·安德烈不会再来圣马丁……

我最后一次见到德斯诺斯不是在1939年春,就是在同年夏天,那天天气炎热异常,我们坐在一家咖啡馆空空的凉台上谈天,不用说,谈的是当时所有的人都在谈论的事:会不会爆发战争?……德斯诺斯很忧郁。而当我们分手的时候,他骂了一句:"臭狗屎!纯粹的臭狗屎!"我不知道他指的是谁:是希特勒,是达拉第,还是命运?

我在战后来到巴黎时,听说德斯诺斯死在集中营里了。后来我知道了详情。他参加了抵抗运动,不仅写政治诗,还搜集德军调动的情报。1944年2月22日,有人在电话里警告他:"别在家里过夜……"德斯诺斯担心的是,如果他躲了起来,尤卡就会被带走。他安然地关上了门。

当他被带到保安局所在的索塞大街的时候,一个年轻的法西斯分子厉声呵斥道:"把眼镜摘下来!"德斯诺斯明白这意味着什么,便说:"我和您的年纪不同。我不愿挨耳光——您用拳头打吧……"

一个重要的秘密警察在和几个法国作家、新闻记者同进晚餐时谈到了最后几次逮捕:"你瞧,在贡比涅集中营里现在有一个诗人!我现在告诉你们……是罗贝尔·德斯诺斯。但是我不认为他会被驱逐出境……"当时,我们所熟知的新闻记者列勃洛(他后来逃往西班牙去了)喊道:"把他驱逐出境太轻了!该把他枪毙!这是一个危险人物,恐怖分子,共产党员!……"

德斯诺斯从贡比涅被送到奥斯维辛去了。有几个同犯侥幸生还,他们说,德斯诺斯尽力鼓舞别人。他在奥斯维辛目睹同志们情绪沮丧,便说他会相手,并预言人人都能长寿、幸福。他常常喃喃自语——他在吟诗。

苏联军队迅速向西方推进。希特勒匪徒把囚犯逐往布痕瓦尔德,后来又逐往捷克斯洛伐克,关进特雷津集中营。面黄肌瘦的人们步履蹒跚,党卫军把落伍的人统统杀死了。

5月3日,苏联军队解放了特雷津集中营里的囚犯。德斯诺斯患了斑疹伤寒,卧病在床。他和死亡进行了长久的斗争:他爱生活,想活下去。曾在医院工作过的年轻的捷克人约瑟夫·施图纳在名册上看见了罗贝尔·德斯诺斯的名字。施图纳懂得法国诗歌,他想:也许就是他?……德斯诺斯承认了:"是的。诗人。"德斯诺斯在临终前的三天内还能同施图纳和一个懂法语的女护士谈话,他回忆巴黎、青年时代、抵抗运动。他死于6月8日。

现在我想叙述一下我所记得的和德斯诺斯的一次谈话。在我读了德斯诺斯在集中营里所写的诗、获悉了他一生最后几个月的情况以后,这次谈话对于我便具有了一种新的意义。

我们在波尔-罗雅尔林荫道上偶然相逢。当时我住在蒙帕纳斯火车站附近的科坦登大街上，但我们不知为什么却向圣马赛的方向走去，走进了一个伊斯兰教堂附设的咖啡馆。那里光线很暗，空无一人。这是在1931年，德斯诺斯当时很幸福：他找到了尤卡，写了很多诗，而且外表上也有点怡然自得。

我们不知何故谈到了死亡。通常人们总是回避这种谈话，每一个人都宁愿独自思索这个问题。

我已坦白地说过，对于成年时期的许多感受我将避而不谈——在社会生活中，它们被称作"心事"；我也同样难以叙述某些按其性质来说是与沉默有联系的思绪。但是，在开始写这一章的时候我曾想道：难道我要写的仅仅是"实行新经济政策时期的丑恶现象"或争夺橡胶的斗争？自然，这一切都曾使我激动，但生活却更为广阔，也更为复杂。我在儿时就想到过死的问题，当时它使我害怕，我在青年时代也想到过这个问题——带着既害怕而又好奇的双重感情，但总具有一些浪漫主义的夸张。后来我恍然大悟：应该勇敢地去思索，把死和生联系起来。

但我毕竟从来没有开始过这个话题，它是德斯诺斯开始的，而且开始得颇为意外——不是随着关于自己的死的念头开始的，而是随着关于宇宙、物质的冗长议论开始的。他仿佛获得了一种新的信念："物质在我们身上渐渐变成有思想的东西。后来它又回到自己的状态。行星都要死亡，别的天体上的生命大概也都要死亡。但是，难道思想会因此而变得微贱？难道暂时性会使生命丧失意义？永远不会！……"

不久前我得到了比利时科学院出版的一部论述德斯诺斯的诗歌的研究著作。作者罗萨·比肖尔引用了德斯诺斯在集中营里写的一首没发表过的十四行诗：

你瞧——深渊的边上有一株草，
你听这歌声——对你来说它并不陌生，
你曾在家门口唱过它，
你瞧那朵玫瑰花。你还活着。
作为路人，你将从旁经过。字句将要死亡，
一部七拼八凑的著作将有一章消失。

>既无声音,又无收成,也无水塘。
>别去等待复返。你有点苍白。
>流星啊,你不会回来,
>就像万物一样,你将消失、碎落,
>你将忘记,你曾用自己呼唤自己。
>你身上的物质了解自己。
>一切都已逝去,
>就连频频呼唤"我爱你"的回声也已沉寂。

这首十四行诗写于谎言或装腔作势俱已失效的那种环境。德斯诺斯看见每天都有一批囚犯被送进毒气室。当他在诗中想到了临近的死亡时,他重复了他在自己幸福的日子里曾对我说过的话。他是多么热爱生活、朋友们、尤卡、诗句、巴黎、巴士底广场上的红旗、灰色的房屋!……

回声沉寂了。但是任何事物都不可能不留痕迹:无论是诗句、勇敢、许多影子中的一个影子,还是一颗燃烧着的星辰的闪光。我对哲学是门外汉,很少考虑一般性,这大概是我最大的缺点之一。但我有时却企图以一种对虚度年华的愤怒来认识被人们称为生活的目的或意义的那种东西:自然,其中既包括"有思想的芦苇"的絮絮低语,也包括德斯诺斯在生命的最后一分钟一直听见的回声,——爱的词句和心的热度。

20

我在十七岁的时候曾埋头钻研《资本论》第一卷。稍后,当我写作《前夜集》,而夜间在沃瑞拉尔货运站工作的时候,我痛恨资本主义,这是一种诗人和流氓无产阶级的恨。我在苏联的报刊上见到"垄断资本家""帝国主义者""资本主义的豺狼"这些字眼——它们是一个我所熟识的、同时又颇神秘的魔鬼的绰号。我想进一步观察那台不断制造富裕和危机、武器和梦想、黄金和痴呆的复杂机器,想了解石油、橡胶或皮鞋的"大王"都是何等人物,激励着他们的是些什么热情,想仔细观察他们那左右千百万人的命运的神秘手腕。

我的工作于1928年开始,于1932年结束;我在我称之为《我们时代的编年史》的这部作品上花费了四年时间。我写了《十马力》《统一战线》《皮鞋大王》《幻梦制造厂》《我们的糊口之粮》《五条大街的男爵们》。

我不得不研究生产统计学、股份公司的决算、财政概览,和经济学家、实业家、洞悉金钱世界底蕴的形形色色的坏蛋谈话。其中没有任何可喜之处,同时我也明白,我所开始的工作既不会给我带来声誉,也不会给我带来读者的爱戴。

在我的个人生活中发生过一些我将避而不谈的事件,我只能说,我常常想写的不是交易所,而是强烈的人类感情,但是我气愤地打断了自己。侦察员被派到敌人占领的土地上去,这是一种成效很少的工作,有时具有危险性,但它与一个人的职业有关。没有任何人派我到任何地方去,没有任何人向我订购描写托拉斯的斗争的作品,我自己使自己从事这个工作。

报载著名的女明星波拉·涅格丽和丈夫——格鲁吉亚的公爵离婚了,

威尔士亲王从马上摔了下来,作家莫里斯·贝德尔描述挪威小姐如何争先恐后、恬不知耻地要和一个风流的法国男人过夜,普里莫·德·里维拉冷冰冰地和西班牙国王谈话,一连跳了二十小时查尔斯顿舞的史密斯夫妇在一场比跳舞时间长久的竞赛中获胜。

比这严肃得多的事件在幕后进行。例如英美之间的战争,没有坦克,没有炸弹,但伤亡很大。以英国殖民地马来亚为主要产地的橡胶价格惨跌。当时大不列颠帝国的财政大臣温斯顿·丘吉尔开始了一场会战,专家们把这次会战称为"司蒂芬孙计划":橡胶树种植场面积的缩小或扩大取决于橡胶的世界价格。"美洲橡胶公司"的副主席斯图尔特·戈特什金斯企图和丘吉尔达成协议,但是徒劳无功。美利坚合众国总统胡佛枉费心机地喊叫:"干涉他国内政首先是不道德的!"种植场缩小了,橡胶价格便提高了。失去了低微工资的数十万马来亚工人饿死了。美国人向海牙施加压力——当时属于荷兰人的印度尼西亚是第二个生产橡胶的国家。

橡胶树在美国不能生长,但这种树木却在很小的尼加拉瓜发现了。小小的共和国想维护自己的独立亦属枉然。时代变了。1961年,对古巴的侵犯激怒了世界。但在1929年却是另一回事。桑迪诺将军发出号召:"昨天空军扫射了四个村落。美国佬投了一百多枚炸弹。七十二人死亡,其中有妇女十八人。杀害妇女的凶手真无耻!美国佬想像他们吞并巴拿马、古巴、波多黎各那样吞并尼加拉瓜。兄弟们,想想玻利瓦尔,想想圣马丁吧!祖国在危险中!……"但不起作用。美国人简单明了地宣称:"我们的远征军团昨天包围了桑迪诺匪帮的一股。罪犯们被消灭了。我方损失轻微。"

另一场争夺石油的战争也正在进行,"荷兰皇家石油公司"和美国"标准石油"托拉斯之间、亨利·德特丁爵士和蒂格尔先生之间的战争。敌对双方为了一致反对苏联而签订了停战协定。

瑞典人伊瓦尔·克列盖尔,一个天才的冒险家,浪漫主义的骗子手,火柴大王,在压倒了竞争者之后,便向莫斯科挑战,他有查理十二世①的气概。

福特和"通用汽车公司"作战,"通用电气公司"和"威斯汀豪斯"电气公司作战。铁路大王们颠覆了法国政府。皮鞋大王托马斯·拔佳把捷克斯

---

① 查理十二世(1682—1718),瑞典国王。

洛伐克总统也不放在眼里。

我见过巴黎的经纪人怎样制造交易所的混乱,在瑞典我到克列盖尔的工厂去过;在伦敦我见到过亨利爵士。

德特丁是荷兰人。他到爪哇去寻找幸福,并以一个小职员的身份在银行里混日子。但吉星高照——他被提拔到"荷兰皇家石油公司"办事处供职。德特丁在五年后变成了经理,十年后变成了石油大王。他钻进了墨西哥、委内瑞拉、加拿大、罗马尼亚。英国人赐给他从男爵的爵位,于是他就变成了亨利爵士。德尔斐大学授予他"荣誉博士"的学位。他每年在女王的生日返国,女王也赞许地微笑。他促成了墨西哥、委内瑞拉、阿尔巴尼亚的政变。

也许他自命为石油的拿破仑:他不止一次地说,他的使命是让执拗的俄罗斯屈膝。他以低价收购了前巴库石油企业占有者的股票,并把苏联石油称为"赃物"。他策划了对"全俄有限合作公司"的袭击以及使英国与苏联断绝外交关系。他使苏联大使拉科夫斯基离开了巴黎。他向希特勒的拥护者提供金钱,称赞罗森贝格①的著作,组织了对经销苏联石油的"德俄贸易公司"的袭击,在柏林开设了一个印制伪钞的工厂,他不择手段。他遇见克拉辛就表示愿意谋求和平,他遇见希特勒就建议他发动战争。他曾建议张伯伦和里宾特洛甫达成协议。

他是一个结实的、精力充沛的人,几乎一直到死都不断地溜冰,用烟斗抽水手抽的廉价烟丝。他娶了一个俄国女侨民。巴黎有一所以利季娅·德特丁夫人命名的中学,在校中学习的都是过去巴库的石油大王们的子弟。他的神经很坚强,世界性的危机爆发的时候,他没有沮丧。有一次,一个记者问他,生活中最重要的是什么。亨利爵士简单地答道:"石油。"

伊瓦尔·克列盖尔用火柴盒建立了一个帝国。他向彭加勒提出如何稳定法郎的忠告,帮助波兰人进行"整顿"。在华尔街,他被认为是一个最有才能的实业家,同时是一位绅士,一个正直、稳健、高尚的典范。在智利,他关闭了几家火柴厂并把工人抛到街上,在德国,他说服社会民主党人禁止火柴入口,以免工人失业;在通货膨胀的年代里,他购买了几家德国工厂。他

---

① 罗森贝格(1893—1946),德国纳粹主义的思想家之一。

很喜欢希腊独裁者潘加洛斯,但潘加洛斯却不愿让他享有火柴的专卖权,于是克列盖尔就促成了又一次的政变。他协助颠覆了玻利维亚的政府。他憎恨俄国人:他们不仅胆敢自制火柴,还敢运火柴出口。他是一个十足的上流人物,能谈论弗洛伊德或王尔德。

我写的一本关于火柴大王的书于1930年问世,与我当时所写的其他书籍(纪实性的书籍)不同,《统一战线》是一部有情节线索的长篇小说。伊瓦尔·克列盖尔在小说中名叫斯万·奥尔松。不知为什么我决定把火柴大王埋葬,他临终前谈到了法国总理达迪欧。长篇小说被译成好几种文字。1931年来到了,世界性的危机不断加深。克列盖尔焦急不安,他企图以"布尔什维克的阴谋"来向群众解释股票跌价的原因,在某些报上出现了一些文章,说我想谋害火柴大王。这是那么愚蠢,我甚至无法感到骄傲。

法国政府不断变换,但在1932年伊瓦尔·克列盖尔开枪自杀的时候,达迪欧仍是总理。他的秘书冯·德拉罕菲尔斯男爵在他的回忆录中写道,在自杀的前夜,他曾在火柴大王床边的小桌上看到我写的书。

为克列盖尔举行了葬仪,报刊称他为"世界性危机的无辜牺牲品"。瑞典议会宣布缓期偿付。突然查明,克列盖尔伪造了意大利债券,高尚的绅士原来是个骗子手。

我也写了美国"柯达"公司的首脑乔治·伊斯曼。他的事业是同"请按一下按钮,其余的概由我们包办"的口号一同开始的——他把供摄影爱好者使用的照相机大吹大擂一番。1896年,他好不容易弄到一张彩票,他给爱迪生写了一封信:"人们向我们打听有关所谓活动照片的事。"他开始制造电影胶片。他骇人听闻地暴富起来,但考验等待着他:"德国苯胺公司"——"伊格"康采恩的分公司在他的道路上崛起了。德国人发动了攻势,他们预先获得了福特和"国家城市银行"的支持,开始在美国盖工厂。伊斯曼没有张皇失措,他接受了挑战。他的资本日增。他酷爱音乐,为各种各样的音乐学院捐输了数百万巨款。他虐待工人。

他在银行里开活期存款的户头的时候是十五岁,他决定把活期存款提净的时候是七十七岁。客人们去拜访他,谈的是音乐,不用说,也谈到了危机。乔治·伊斯曼走进邻室开枪自杀了。也许他想起了自己青年时代的格言:"请按一下按钮,其余的概由我们包办"?

我的作品中的许多真实的主人公都是以自杀结束自己生命的,仿佛他们不是白发苍苍的老练的事业家,而是年轻的恋人或诗人。资本主义经历了世界性危机,但有些资本家却脆弱得多:是啊,他们也是人哪。克列盖尔开其端,在1932年3月。一个月后,剃刀大王在设菲尔德自尽。他曾夸口说他能剃光全世界,但自己却留着胡子,并用一支旧猎枪自杀了。同年5月,钢铁大王之一的唐纳德·皮尔逊自杀了。在战争期间他曾赠给美国政府一艘巡洋舰,他研究过对付潜水艇的方法。他留下一张纸条,上面说他对生活厌倦了。

在同一个5月里,肉类罐头大王斯威夫特在芝加哥跳楼了。肉类托拉斯的股票在一周内由十七美元跌到九美元。自杀者的儿子竭力挽救托拉斯在事业上的声誉,发誓说其父是失足坠楼的。

拔佳的私人飞机准备好了。气候不适于飞行,于是飞行员企图说服皮鞋大王暂缓起飞。拔佳很着急。飞机在兹林市上空坠落了。

关于托马斯·拔佳,我应该说:他耗费了我不少时间。

皮鞋大王是一个小鞋匠的儿子,经常在四乡里走动——卖皮鞋,后来到美国去了,在那里学会了许多本事。战争爆发了。拔佳开始为奥匈帝国的军队制鞋。兹林市犹如一座监狱:在拔佳的工厂里做工的都是预备役士兵和战俘。和平来到了,拔佳说:"我们应该使那些想叫自己的孩子穿上皮鞋的母亲不要流泪。"他喜欢格言,当了皮鞋大王以后,他在车间的墙壁上点缀了一些标语:"我们要做快乐的人""应该工作,应该有目的""人生不是小说"。在装工人的工资的封袋上醒目地写着:"要学会用你们的身体挣钱。"拔佳的某些格言是为顾客预备的,我还记得他的这两句并列的、惹人注目的名言:"我的皮鞋永不会磨出茧子"和"别读俄国小说——它们使您失去生活的乐趣"。

当我请求拔佳允许我参观一下他的王国的时候,他回答说:"我不让一个敌对国家的代表看我的工厂。"(但我毕竟看到了他的世袭领地。)拔佳有一种夸大狂,他曾在一具猛犸的骨骼上签了一个名;他宣布了"托马斯·拔佳的五年计划"。他拒不承认工会,并组织了自己的私人警察队。他付给工人的工资菲薄,同时却又用廉价的皮鞋填满了世界。似乎没有一个城市没有一块写着四个字母的招牌:"拔佳"。他是天主教徒,憎恨共产党员。

在读了我写的一篇关于兹林市的秩序的特写以后，拔佳勃然大怒，并到法院去告我。文章是在德国发表的，因此应该由德国法官来审判我。拔佳扣下了我的作品译本的稿费和根据我的作品摄制的影片的酬金。

拔佳喜欢打官司，他提出了两个诉讼——民事的和刑事的。在民事诉讼中他要我付五十万马克（我一辈子也没有见到过这么多钱）。在刑事诉讼中拔佳设法使我因破坏名誉罪而被判处徒刑。

拔佳雇了几个优秀的律师。我也只得去找律师。我找到了许多支持者：兹林的工人。他们给我送来了能证实我的特写的真实性的文件和照片。工人们出版了一种名叫《拔托瓦克》的秘密杂志，上面描述了皮鞋大王的严厉措施和他建立的警察队的横行霸道。我把一整套杂志交给了法院。

拔佳的律师在出庭的时候带着一本《胡利奥·胡列尼托》的译本，他援引长篇小说中的文字以证明我的厚颜无耻，他向法庭证明，我不仅训练过家兔，而且还在库利先生的妓院里当过出纳员。律师还引证了几位莫斯科批评家的文章："甚至在共产主义的俄罗斯，人们也为胆敢诽谤可敬的托马斯·拔佳的人的不道德和没有原则而感到愤慨！……"

法院要求双方提供补充材料。托马斯·拔佳的飞机坠毁了。希特勒在德国掌了权。纳粹分子焚毁了我的作品并封闭了拔佳的商店。至于我那份被冻结了的极其菲薄的稿酬，那笔少得可怜的钱并没有落到托马斯·拔佳的继承人之手，而是被第三帝国拿去了。

我在肥乳牛的最后一年开始写关于托拉斯和各种各样的大王的作品。世界性危机突然爆发，于是在此后的作品中我就只得描述瘦乳牛的年代了。

我现在要说的乳牛并非别有寓意，而是菲英岛上真正的漂亮乳牛，虽然这个故事结束于1933年，但我不得不重新追述一下往事。

1929年夏，美国人曾为报上的一则短讯十分激动：美国的剩余小麦超过了二十四万蒲式耳。不久查明，在加拿大、澳大利亚、阿根廷、匈牙利等地的粮食同样大量过剩。小麦价格猛跌。农场主纷纷破产并穷困了。

对于世界上粮食大为过剩这句话不能从字面上去理解。整整几个大洲都在挨饿。世界上有四千万注册的失业者。西欧各国的小麦进口缩减了七分之六。

在罗马召开了四十六个国家的代表会议，讨论如何解决小麦过剩的问题。这是在1931年春。所有的人都发疯了。巴西在烧咖啡。美国在烧棉花。代表会议建议用曙红使小麦变性:红色的麦粒可充牲口的饲料。

宣传开始了:"请用小麦喂牲口——它比玉米更便宜、更富于养分。"银行的倒闭仍在继续。饥饿的农民遗弃了自己的土地跑到远离乡井的地方去寻找粮食。

乳牛吃着头等小麦——马尼托巴或巴列塔。但数月之后,报载世界上的黄油和肉类过多了,人们正是因此而饿死的。

1933年我在丹麦。我先前曾看到过这个静谧的、苍翠的、富庶的国家。丹麦人把黄油、肉类、熏猪肉卖给英国人和德国人。在洛兰岛上的小城奈斯科夫,我看见了一台异乎寻常的机器,它把乳牛变成用来充当猪饲料的圆饼。机器把骨头磨碎,把它们和肉混成土色的糊状物。(英国仍在购买熏猪肉,但问题已很明显,世界上的脂肪已经太多,如果世界局势不好转,那么不久连猪也只得加以消灭了。)

当地的一位兽医让我看了这台机器,他白发苍苍,为人正直,但十分忧郁。他给乳牛治了一辈子的病,不忍目睹它们被人杀害。

在哥本哈根我看见了挨饿的失业者。我知道饥饿的滋味,因而在遇到他们的时候,我总把视线掉到一旁。

古代的希腊人有一个关于西绪福斯的传说,西绪福斯是科林斯王和匪徒。他死后,众神为他想出了一种可怕的惩罚:让他把一块巨石推到山上去,石头又从山上滚下来,如此周而复始,永无尽头。西绪福斯抢劫过财物,杀过人。但是千百万人却为了什么罪过注定要干西绪福斯的劳动呢?起初是扩大播种面积,接着用曙红来染小麦并拿它来喂乳牛;往后则开始屠宰乳牛并拿它们来喂猪……

对于我来说,四年的时间不是不留痕迹逝去的。我不知道我是否告诉了我的读者什么东西,但我个人却长了许多见识。我同先前一样憎恨金钱、贪欲的世界,但光憎恨是不够的。我明白了问题不在人们的性格:在企业家、银行家、工业大王或金融寡头之中也有好人和坏人、聪明人和蠢人、讨人喜欢的人和令人厌恶的人,问题不在他们恶毒的本性,而在制度没有理性。巴尔扎克时代的资本家是贪婪的、吝啬的,有时是凶残的,然而他们盖工厂、养纯种乳牛、提高福利。可以骂他们冷酷无情,但不能骂他们疯狂。过了一百年,巴尔扎克的主人公们的子孙看上去都是狂暴的疯子。

我很高兴,因为在临近30年代的时候我就明白了并思考过这个问题。当时人类正面临巨大考验的时期。现在每逢回忆自己的已往的时候,我想的总是希特勒的德国、在西班牙度过的岁月、战争。对我来说,最痛苦的考验之一是1937年末,当时我直接从特鲁埃尔附近来到莫斯科。我将在本书的下一部里谈到这段历史,而现在我想说的是,如果当时我未能预见到人们于1956年在党的代表大会上和莫斯科的任何一所住宅里都谈论着的那许多事情,那么早在希特勒之前,在格尔尼卡之前,在被焚毁的村庄和被射杀在白俄罗斯的田野上的乳牛之前,我就已经认真地研究过了敌对世界的愚钝、野蛮和残暴……

21

在我写作有关各种托拉斯之间的斗争的作品的时候,欧仁·梅尔给我介绍了工商界的代表人物,供给我秘密资料。他出版了我的长篇小说《统一战线》的法译本。他热情洋溢地建议道:"让我们把您的书取名为《先生,祝您胃口好!》吧。"我固执己见,但最后长篇小说在问世的时候还是用了一个梅尔想出来的书名:《"欧洲"股份公司》。

不能把梅尔当作一个职业出版家。他有时出版书籍,有时办大型日报,有时出讽刺杂志,有时又印行财政通报;他还写文章、经管事务。

他年轻的时候是个无政府主义者,和有信仰的强盗邦诺来往。我还记得,在世界大战前三年曾发生过一桩震动巴黎的事件:强大的警察部队包围了一所房子,邦诺从这所房子里进行回击。无政府主义的报纸《自由主义者》当时曾写道:"窃贼、骗子、勒索者经常起来反对法定的生活方式,他们对自己在社会中的作用有正确的理解……"年轻的梅尔的许多朋友死去了。他侥幸地保全了生命,变得老练了,并成为巴黎政界、金融界、文学界不可分离的一部分,虽然他既不是议员,又不是银行家,也不是作家。

梅尔没有坚定的政治信念,但他毕生眷恋无政府主义者并憎恨右派分子。他也没有那些从小就向法国小学生灌输的道德原则。梅尔对待这个世界上的强者是肆无忌惮的,但对于被命运欺骗的人们,譬如一个四处碰壁的诗人或编辑部的一个女送信员,他却满怀挚爱。他有点像那些在阳关大道上拦路行劫、然后把赃物分给附近穷人的古代侠盗。他吸引我的不仅是生命力、达观、不同寻常的幻想,而且还有一颗善良的心灵。

他生在马赛,他的父亲(名叫安格尔)在那里卖橙子。他父亲的姓似乎是梅尔洛。法语的"梅尔"意思是鸫,法国人把"白鸦"叫作"白鸫"。梅尔一度出版过一种名叫《白鸦》的讽刺杂志。他本人就像一只鸟儿,而且实在是一只出色的鸟儿:在两次大战之间,人们都竭力想在地球上占据一个比较稳固的位置,骗子手也引用哲学、宗教、崇高的政治思想,梅尔却飞来飞去,有时候拾几颗谷粒,发一个月或一年的财,有时候却又在巴黎跑来跑去,想找到一个或许能请他吃一顿午饭的人,他赚钱和花钱都像装个笑脸或摘几朵花那么容易。

还在我和他结识之前,巴黎曾被《巴黎晨报》的一段短暂的光辉历史所震惊:梅尔决定出版一种新型的内容肤浅的报纸。他聘请了一些优秀的记者。一个名叫乔治·西姆的年轻人坐在摆在一群看热闹的人前面的一个玻璃笼里写一部侦探小说,写好一页就立刻拿去印刷。(乔治·西姆后来成了名作家乔治·西默农。)

梅尔把乔治·西默农介绍给我。西默农当时是初学写作侦探小说的作家,许多年以后,他达到了尽善尽美的程度,这使他得以把一种遭到蔑视的体裁提高到高级文学的水平。我没读过他的长篇小说,但我喜欢这个十分开心的人,一位讲故事的能手、烟斗不离嘴的吸烟者。他住在一艘快艇上,我记得有一次我去马恩河上找他。他用一些新奇古怪的故事逗我发笑,不过我觉得最有趣的是他养的一只纽芬兰犬,这只公狗虽然非常和善,却叫大热天来河里洗澡的人害怕:公狗忠于自己的职责和习性,常常飞快地向游泳的人们游去并把他们拖到岸上。晚上西默农有时顺便去酒吧间老板鲍勃开办的"库波尔"酒吧间看看。许多不同的作家都常去那儿,其中有雷纳·克莱维尔,有瓦扬,也有德斯诺斯。我几乎每晚都去那儿坐坐。

不久以前我找到了我留在被德国人占领的巴黎的一个朋友处的一批书籍中的一部分。其中有西默农早期写的长篇小说《颅骨》,书上有作者的赠书题词:"友好地赠给伊利亚·爱伦堡,他的觉悟和原则性帮助我塑造了拉狄克的漫画形象。"我读完了这部长篇小说。西默农是无意中得到这个名字的——这个名字从报纸的版面上爬了出来,跟卡尔·拉狄克风马牛不相及。他给我画了一幅漫画,用我国报界的行话来说,这幅漫画是善意的。拉狄克坐在"库波尔"酒吧间里。然而他干了什么呢?他凶残地杀害了住在巴黎郊区的两个富有而年迈的老处女:为贫穷的童年复仇。这是一个既有

569

原则又有觉悟的凶手,只有在侦探罕见的洞察力的帮助下才揭露了拉狄克的真正作用。当然,西默农并不怀疑我杀过人,还补充了"漫画"一词,但是他觉得我是超级有觉悟的,是超级有原则性的和毫不妥协的。而这是在那样的年代,当时我像海上的一块木片那样在发抖,当时苏联的批评家们把我称作"资产阶级的厚颜无耻之徒",而朋友们则劝我彻底"站稳立场"。

我们坐在满是烟味的小酒吧间里,用咖啡渣占卦,竭力想看透的不仅是未来,而且还想看透自己的邻人和自己。这是件困难的事,而那些年也并不轻松……

梅尔用骇人听闻的揭露性消息威胁政治家们,他答应订户出版有价值的增刊;但当出版增刊的时候到来时,报纸却突然消失了……

在最初的几次会见中,有一次梅尔曾对我说:"我的朋友,您太谦逊了,在法国,仅有才能是不够的……"他决定把我极力吹嘘一番,便在一家豪华餐厅的一个单间里举办了一次午宴,还邀请了女作家热尔明·波蒙——她主持低级趣味的《晨报》的文学部。除了她之外,梅尔还请了他庇护的德斯诺斯。

德斯诺斯吃饱了饭,主要是喝足了酒,便开始揭发《晨报》,每一次都转身对波蒙说:"当然,我指的不是您……"德斯诺斯就像早期的超现实主义者那样,喜欢用很粗野的字眼,他在描写《晨报》的时候,列举了人体的所有部分。热尔明·波蒙忍受不了便离开了。梅尔很伤心——他没能把我的世界性声誉介绍出去。他向我解释:"波蒙夫人可能心里也同意德斯诺斯,但是她不能容忍别人辱骂她的主人,何况还有一个苏联作家在场……"

梅尔在离巴黎不远的地方拥有一处优美的庄园。在举办招待会的时候,他爱瞒哄人,但自己却保留着青年时代的大众化习惯。早晨他在厨房吃早饭——吃的是被他加了很多盐的番茄,——然后乘火车到巴黎去。早上他大都是囊空如洗的,但是在火车上却产生了一个个宏伟的计划。

他喜欢在备有普罗旺斯饭菜的餐厅里用午餐,他最爱吃带蒜的蛋黄酱,他常常到尼娜那里去:她有一个小小的、看上去非常简单、但却十分高贵的餐厅。尼娜身兼女主人和厨娘,她只接待有限的一伙行家。我在梅尔的餐桌上什么样的人物都见到过——无政府主义者和工业家,赖伐尔和达拉第,诗人圣保罗-鲁,特里斯坦·贝尔纳,"美食家之王"库尔农斯基,柏列兹·

570

桑德拉,议员,交易所经纪人,时髦的律师,电影演员!

赖伐尔赴莫斯科的时候,梅尔曾对我说:"他是法国最有天才的骗子。我愿他和俄国人达成协议,因为他一点也不值得和希特勒达成协议。"达拉第在当时被称为"沃克吕兹的公牛"——他演说的时候勇敢而坚决。梅尔伤心地说:"法国人甚至对那些曾被认为是他们的专长的事情都搞不清楚了。怎么可以把达拉第称为公牛呢?要知道他是一头典型的阉牛!您可以去问问任何一头小母牛……"

1933年又有一起大诈骗案被揭发了:斯塔维斯基盗走了六亿五千万法郎,此人在1917年曾因一桩小小的窃案受过审讯,而在十五年后却以专家身份经常出席外交会议。达迪欧断言,激进派庇护着骗子手。梅尔笑道:"要是他们胆敢碰我一碰,我就把斯塔维斯基的支票簿存根拿出来——他给达迪欧的朋友们也送过礼……"

不用说,梅尔有许多蓄意谋害他的敌人。他用他的敌人的名字来称呼他在庄园里养的那些猪。法西斯报纸《格林古阿尔》的编辑卡尔布恰使他特别苦恼,于是他便用这个编辑的名字当作一头又肥又大的骗猪的外号。有一次,梅尔馈赠我一条火腿,并附了一封信:"请笑纳我那永志不忘的卡尔布恰的大腿一只……"

7月14日那天我不知为什么到他那里去了。一群农民前来向他祝贺国庆节。他搬出十箱香槟酒,举起酒杯,神色庄重地欢呼道:"法兰西万岁!"农民们异口同声地答道:"梅尔先生万岁!"

他喜欢激昂慷慨,他说:"我死后,既不必举行盛大的葬仪,也不必致悼词,只要在我的城堡的塔顶挂一面志哀的旗帜就成了。"

每逢宾客来到庄园,梅尔就系上一条围裙准备午餐,在厨房里他也要幻想一番:他在家乡菜——葱汤里加上很多纯波尔图葡萄酒。他是一个极端迷信的人。法国人说,只要拿一块木头,就不至于因被人毒眼相看而遭到不幸。梅尔抱怨道:"早先我很沉着——所有的咖啡馆里都有木头桌子。现在只有大理石桌子了,所以不得不在口袋里放一截铅笔头。"他开始养孔雀,这正巧是他倒霉的时候。他把一切灾难都归罪于这些鸟儿——它们在夜间跑到房子跟前来脱掉上面有一只毒眼的羽毛。他下不了决心把孔雀杀死或送走:"命运不可违拗。"一天,来了几个哭丧着脸的农民,他们说村子里的狗把孔雀咬死了。梅尔恢复了元气并立刻带着新的天才计划动身到巴黎去。

我曾说梅尔没有道德原则,这是不正确的,——比较正确地说,他的原则与公认的原则不符。譬如说,他不承认合同,不给他的作者支付稿酬,但是德斯诺斯曾告诉我说,只要向梅尔暗示一下,说他生活困难,梅尔就会支付给他比合同规定的还要多的稿酬。他一直到死都不断地资助他在无政府主义团体里的同志们的子女。

当拔佳向法院告了我的状以后,梅尔曾问柳芭,她的皮鞋是多少号的。"明天您将从法国制鞋商的辛迪加那里得到十二双便鞋。"柳芭大声叱责了他一顿,并把这事告诉了我,我十分生气,并极其严厉地禁止梅尔同拔佳的法国竞争者谈到我。梅尔既惋惜而又钦佩地看着我说:"我的天,您多幼稚!……但是我因此而尊敬您……"

帕纳伊特·伊斯特拉蒂在访问莫斯科以后便开始辱骂苏联。梅尔很气愤:"我开始在报馆工作的时候,那里有一个可爱的、年轻的采访记者居斯塔夫。他有一个漂亮的、个子很高并非常热情的女朋友。她总是吃他的醋,他到编辑部来的时候常常鼻青脸肿。有一天他来的时候满面血污,令人不忍卒睹。我们决定和那位女士谈谈:'您为什么要欺负我们的居斯塔夫?'她举起两手一拍:'你们想知道为什么吗?那么好吧,我告诉你们。他的一排假牙是我掏钱给他配的,可他却用我的牙齿向别的女人微笑。'你们会问,我为什么想起了这段故事?这里没有任何譬喻。伊斯特拉蒂曾告诉我说,他在莫斯科镶了一副绝妙的假牙,可他现在正用苏联的牙齿向彭加勒和布拉吉安微笑……"

梅尔介绍我认识了安诺夫人。她曾被捕,后又获释,这是一桩轰动一时的事件。梅尔很尊敬她,常常一再地说:"一个最正直的女人!……"她告诉了我许多有关金融巨头的勾当的趣闻。至于梅尔,他总是说:"百分之九十九的骗子或小偷都比检察官和法官规矩得多。"

西班牙的内战开始了,我到了马德里。秋天,我为了买一辆有巡回电影放映设备的载重汽车而回到巴黎,看到梅尔以后,我说我要去阿拉贡前线,并想买一部印刷机,但钱不够。梅尔拥抱了我:"我现在想的也都是有关西班牙的事。那里有许多无政府主义者……"第二天,他把机器和铅字运来了。当时他的手头很紧,我不知道他是在哪里弄到这部机器的,不过它倒很好用。

在最后一次见面的时候,他看上去有些疲劳、萎靡,他的声音一向是嘶哑的,这时他说话已很吃力,尽管他喜欢说话。他死于喉癌。

我为什么要写他呢?我们并不是经常见面,何况这段故事也并没有什么寓意,它只不过是一个与众不同的人的肖像而已。在精神上,梅尔是一个诗人。即使是优秀的诗人有时候也要写不成功的诗,梅尔有时候也开空头支票。但他在那些年间曾使巴黎充满生气。况且也不能只写英雄人物或重大的历史事件——生活中也需要有白鸦……

22

  在1927至1928年间,法国人读帕纳伊特·伊斯特拉蒂的书读得入了迷。他的作品被译成各种文字,它们在苏联特别受人欢迎——伊斯特拉蒂的书在两三年间出过不下二十个版本。罗曼·罗兰在称赞这个年轻作家的时候曾把他称为"巴尔干的高尔基"。

  现在没有多少人还记得伊斯特拉蒂的书了。他在我的一生中是个萍水相逢的人。我很爱听他那些五彩缤纷的故事,我很喜欢他——他是一个善良的、满不在乎的、同时又有点狡猾的人,时而是夜酒店的一名小提琴手,时而又是一个把玩具炸弹当作念珠来数的无政府主义者。但当他不在我眼前的时候,我却想不起他来。不过我仍想思考一下他的命运:要了解一个时代,不能只根据铺设汽车路干线的工程师,还要根据那些在夜里绕道而行的走私贩子。

  在沙托丹大街的大街心花园附近有一所东方式的餐厅,它是一个肥胖而快乐的叙利亚人开的。常去光顾的有希腊人和土耳其人、罗马尼亚人和埃及人、黎巴嫩人和波斯人。那里卖形形色色的烤肉串,用葡萄叶做的菜卷,流着油的蜜制馅饼,喷香的柯达尔酒,掺水的茴香酒——阿拉伯人把这种饮料称作"狮乳",有松香气味的希腊葡萄酒。帕纳伊特·伊斯特拉蒂把我带进了这家餐厅,他赞美着他儿时所爱吃的那些美味食物,甜食、辛香作料、羊肉的香气使他醉了,他开始叙述幻想的故事。

  伊斯特拉蒂不是一个天生的作家,而是一个天生的说故事的能手,他说起故事来娓娓动听,全神贯注,他自己也不知道,被他说成是千真万确的事到底是不是发生过。天才的说故事能手常常如此,人们凝神屏息地倾听他们的叙述,甚至没有时间对那些可笑的或可悲的故事加以思考,仅仅在事后,听众才根据他们对说故事者的态度说一句:"他在胡扯。"或者:"多么丰富的想象力!"

伊斯特拉蒂为什么成了一个作家呢？他从事过许许多多五花八门的职业:他在一家罗马尼亚的小饭馆里卖过葡萄酒,在码头上当过搬运夫,粉刷过房屋,烘过面包,写过招牌,当过钳工,挖过土方,当过江湖摄影师——在尼斯的滨河大道上为游览者照相;他流浪了许多年,到过埃及、土耳其、希腊、黎巴嫩、叙利亚、意大利、法国;他会说许多种语言,但没有一种说得准确。他把罗马尼亚当作自己的祖国,他的母亲是罗马尼亚的农妇,父亲是希腊的走私贩子。他的一生如此荒唐,看来任何作家都不会去写它。伊斯特拉蒂自己也没盼望过当一个作家。他爱读书,而且交错着阅读所有的作品——埃米内斯库①和雨果、高尔基和罗曼·罗兰。

到了最后,他对一切——饥饿、幻想、书籍、尼斯的棕榈树、警察都厌倦了。他曾试图用剃刀割断自己的咽喉。他被送进了医院,活了下来。他在医院里给罗曼·罗兰写了一封信;他想把自己的绝望向一个已逾中年的聪明人倾诉一番,由于他是一个天才的说故事能手,而且怀着一颗赤子之心,结果他在信中离开了本题,想起了一些有趣的故事。罗曼·罗兰读了这封长信,称赞了一番年轻的罗马尼亚人的才能,于是帕纳伊特·伊斯特拉蒂又找到了一项新的职业:他变成了作家。

声誉和金钱源源而来。我是在他红极一时的时候认识他的。他仿佛一心要弥补蹉跎了的岁月——一方面再三阅读那些热情洋溢的评论,一方面在叙利亚餐厅的小吃部里挑选稀奇古怪的小吃;他具有普希金长诗中的茨冈人、东方的捏造家、近东地区的吹牛大王以及普通的幻想家的天真、稚气的狡猾和魅力,他在饥饿和殴打中仍保留着对爱情、星辰和真理的怀念。有一次他对我说:"其实我不是作家……生活简直太绚丽多彩了,但我很快就会精疲力竭……"他说这话的时候并不痛苦,宛如一个偶然闯进一家漂亮旅馆的流浪汉,他知道等待着他的是乞讨生涯和尘土飞扬的道路。

给伊斯特拉蒂带来声誉的最初几部作品都是浪漫主义的、幻想的。法

---

① 埃米内斯库(1850—1889),罗马尼亚诗人。

国人看见穿着上衣和裤子的舍赫列扎达颇为惊讶。伊斯特拉蒂叙述自己的童年、漂泊生涯、土耳其的后宫、罗马尼亚反抗土耳其统治的起义者。他对反土起义者最感兴趣:他们保护被侮辱者,他们没有党的纪律,于是当了一辈子无政府主义者的轰动一时、但意志薄弱的伊斯特拉蒂便把他们视若自己的导师和兄长。有一次他告诉我说,他曾一度热衷于政治,组织过罢工,这大概是真事,但我要再一次指出——他一辈子又有什么事没干过呢!

要是他活在 19 世纪,也许会万事如意,他可能会再写十部或二十部书,他或许会成为法国科学院院士,或者会回到祖国去,感伤主义的女作家卡尔曼·西尔瓦可能会在那里为他的长篇小说流泪,她就是罗马尼亚女王……但现在是另一个世纪。

伊斯特拉蒂在 1925 年到罗马尼亚去了,他目睹宪兵屠杀农民、比萨拉比亚起义的参加者惨遭枪杀。他义愤填膺地回到法国,在"人权同盟"发言,写了一些愤激的文章。他自问:怎么办?反抗土耳其统治的起义者早已不存在了。只有共产党员,于是帕纳伊特·伊斯特拉蒂便开始向往苏联。

他不喜欢高谈阔论,也不善于高谈阔论,他用神话中的形象进行思考,在他看来,世界分成了两半——有罪的人和品行端正的人,那不勒斯的贫民窟或自由自在的富裕生活。有时候我觉得难以和他攀谈:他不能想象,怎么在苏维埃俄国也能碰见愚蠢的或没有心肝的人。舍赫列扎达在夜里讲故事,而伊斯特拉蒂却开始揭发现代的哈里发了。

他到莫斯科去了,对那里的一切都赞不绝口,声称他想搬到苏联去住。回到巴黎以后,他出了一本书,其中充满了对他刚刚赞美过的那个国家的一些刻薄的、而且大部分是不公正的攻击。这个一百八十度的急转弯使所有的人为之愕然。有的人说这是一种"阴谋"和"收买",另一些人说这是一种"大彻大悟"。

这本有关苏联之行的书跟伊斯特拉蒂的其他作品截然不同,据说它似乎出自另一个人的手笔。我不知道是否属实。也可能它是伊斯特拉蒂永恒的轻率的表现。朝圣者勃然大怒:现实不像他编造的东方神话。他立刻被记者、政客、党棍包围了,他还没有弄清楚是怎么回事,就变成绿绒上的一张纸牌了。

有一次他告诉我,他年轻的时候常在火车、轮船上当"无票乘客",这是一种有趣的游戏——不花一个德拉克马①就从比雷埃夫斯②到了马赛。莫非他想以一个"无票乘客"的身份通过一个时代？他被扔到一个陌生的车站上。无论是老朋友还是神话都不见了。他为自己辩解、责难他人、撰写歇斯底里的文章。不久他就到罗马尼亚去了。有关他晚年的情况我所知有限。结核病恶化了，伊斯特拉蒂在山上的一座修道院里住了一个时期，自称为无政府主义者，曾打算加入民族主义者的团体，写些关于上帝的作品，当莫里亚克想起他的时候，他很高兴。他于1935年死于布加勒斯特。法国的报纸上登了几篇短短的悼文：他已经被人忘了……

许多年以后，在罗马尼亚一个偏僻的村子里举行的一次婚礼上，我遇见了伊斯特拉蒂笔下那些好斗的和温柔的主人公，他们唱着反抗的、悲伤的歌曲。我想起了在沙托丹大街上一家幽暗的餐厅里说故事的那个幻想家、莽汉和放荡的人，于是我再一次想到了一个作家的重大责任。没有轻而易举的职业，但是最困难的职业恐怕就是用笔头在纸上涂字了：干这一行有时候虽能得到优渥的报酬，然而却必须为它付出一生……

---

① 希腊本位币名。
② 希腊地名。

23

在我目前所叙述的那几年里,我的足迹遍全欧,我到过法国、德国、英国、捷克斯洛伐克、波兰、瑞典、挪威、丹麦,在奥地利、瑞士、比利时逗留过。我从1932年起成为《消息报》的记者,因而许多次旅行都多多少少同报纸的工作有关。而在1928到1929年间,我还不是一个专业的新闻工作者(我的旅途随笔有时由《莫斯科晚报》发表)。我也不是一个典型的旅行者。在挪威的时候,我不去欣赏峡湾的景色,却跑到遥远的勒斯特小岛上去,那里连枕头上也有一股鳕鱼味,后来又跑到小小的莫斯港去,那里没有任何名胜,夜里我在那儿和轮船公司的一位代表谈论我们这个世纪的命运;在英国,我到过被煤烟熏黑了的、阴沉沉的曼彻斯特,并下到非常落后的斯万沙矿井里去;在瑞典,我到了北极圈内的新城市——基律纳,那里正在采掘矿石。

我的钱勉强够用。一位报告会的主办人把我送到波兰去作文学问题的报告,"笔会"和一位出版家邀请我去英国;我到维也纳去是为访问一个文化协会。我到处都拣便宜的旅馆住,尽可能多用自己的两条腿,少乘出租汽车。

普希金曾这样描写奥涅金:

> 他开始了没有目的的旅行,
> 只听凭自己的感情;
> 但他对旅行也终于厌倦,
> 像对待世上的一切事情。

"目的"我也没有,但我并不讨厌旅行。自然,要想离开自己是不可能的,无论我到了哪里,我的思想都不曾离弃过我。我喜欢(直到现在还喜欢)旅行,大概就是这个缘故:有时候,在遥远的异乡观察一下别人的生活,往往能找到自己的写字台前所不能找到的谜底……当时我已近四十岁——因而我已超过了那个人们往往把它同"正在形成"这一概念联系在一起的年龄,但我却和先前一样感到自己是一个小学生。

每一个人的周围都会渐渐地出现一批因共同的利害关系、职业而和他发生联系的人们。想离开自己是不可能的,但是可以暂时脱离熟人们的圈子。自然,即使在别的国家我也常常在作家的圈子里打转,我认识了玛耶罗娃、诺沃梅斯基、安托尼·斯洛尼姆斯基、布罗涅夫斯基、安德森-尼克索、努尔德利·格里格、约瑟夫·罗特。

我在丹麦的一个岛上偶然碰见了卡琳·米哈艾莉斯。她把我拉到农民中去,让我看出色的农场,各处的人都认识她、尊敬她。我年轻的时候在俄国读过她的长篇小说《危险的年纪》。当时我想,使她激动的都是妇女心理的秘密,不料她所说的却是另一件事:关于不可避免的浩劫。她说,农场主不愿赈济挨饿的德国孩子,现在每当她谈起法西斯主义、战争的威胁,他们就扭过脸去;她还说,饱食终日、醉生梦死、漠不关心是多么可怕。(八年之后,在马德里的一次作家代表大会上,当有人在炮弹的爆炸声中宣读卡琳·米哈艾莉斯在病榻上写的贺信时,我想起了在一个宁静的、绿油油的农场里的谈话。)

但是,说到突破熟悉的圈子,我便想起另外的一些会见——跟吉索维茨的老牧人、跟罗兹的纺织工人、跟罗弗敦群岛的灯塔看守者、跟来自古拉·卡尔瓦里亚的一个哈西德教派长老的孙子、跟柏林的工人们的会见。

现在我要谈谈这些五花八门的会见中的一次会见。我在基律纳认识了一个矿工,他是共产党员,有一个名叫纽莎的俄国妻子。她请我喝咖啡,热情地让我看她的冰箱、电炉、洗衣机。矿工用德语和我谈话,但和妻子却几乎不说话——他只知道百十个俄文字,纽莎还没学会瑞典语。他告诉我,他曾和一个代表团到过苏联,在高加索得了肺炎,并在医院里爱上了一个助理护士。他相信纽莎是"俄国革命的灵魂",并为他不能就自己在某种情况下该如何行动向她请教而感到伤心。但纽莎却为她来到了一个安静的、富庶的国家而感到高兴,谈到丈夫的同志们时,她感到困惑莫解:"他们这些人哪,吃饱了就想捣乱……"我不愿严厉地责怪她:她吃了许多苦,挨过饿,兄弟被白党枪毙了,母亲死于斑疹伤寒。我很喜欢她的丈夫,他是一个高尚而勇敢的人。纽莎为她没学会说瑞典话而痛苦。桌上放着一部厚字典,但新婚夫妇很少去翻它。两个人都诅咒自己语言不通,却没想到他们的幸福应归功于语言不通……

这当然只是一个可悲而又可笑的故事,不必从中得出结论,而且我也并没有作结论。我只努力记下自己的印象。

我对几次旅行作了描写,并把我的一本特写集命名为《时代的签证》。对于一个在当时忽然想要旅行的持有苏维埃护照的人来说,签证是一个很奇特的概念,这是不难想象的。不过在给集子选择了这么个书名以后,我想到的却并不是吹毛求疵的领事,而是更为吹毛求疵的时代:它要检验一番,看看在我们先前的观念之中有哪些是可以由时代加上签证的。旅行帮助我从大量旧的和新的社会习俗中解放出来,看见了生活的本来面貌。在同丹麦的农场主交谈的时候,我竭力想了解一个苏维埃作家的道路。

苏联驻国联代表马·马·李维诺夫用一个简单的公式使所有的人大吃一惊:"世界是不可分割的。"在异国漫游期间,我明白了另一个"世界"也是不可分割的——那就是按照旧的写法带有"i"这个字母的"世界"①。

我还明白了,民族也和人们一样是互不相同的。《时代的签证》某一版前言的作者拉斯科尔尼科夫曾警告读者说:"爱伦堡抱定了陈腐的民族性格理论。他认为,每一个民族都有由其民族性格的特征所决定的自己的'精神'。在这一方面,爱伦堡有一个非常卓越的先行者,那就是司汤达,他在自己的《帕尔马修道院》里也曾徒劳无功地企图解决意大利民族性格的问题。这一关于民族'精神'的错误概念在逻辑上是来自爱伦堡总的唯心主义思想体系。他和司汤达一样不是唯物主义者,而是唯心主义者。他不愿去研究,而是凭直觉去理解……"

(这篇前言写于1933年。十年以后,阿·尼·托尔斯泰发表了短篇小说《俄罗斯性格》,在剧院里上演西蒙诺夫的《俄罗斯人》,各种各样的诗人

---

① 在现代俄语中,"世界"与"和平"都写作 мир,但在古代俄语中,"和平"写作 мір。

都在歌颂"俄罗斯习俗""俄罗斯爱情",不用说,还有"俄罗斯精神"。他们没受到任何人的责备,却博得了一致的鼓掌。既然俄罗斯人有一种"精神"——亦即民族性格的若干特征,——显然其他民族也会有一种"精神"。我曾多次读到,我或者别的作家如何"纠正过去的错误"。但是那些骂过我们的人呢?没有人提到他们。其实他们也同样放弃了许多东西,又开始懂得许多东西。)

我从来不认为,民族"精神"是与生俱来的——我生过很多病,可就是没有生过种族主义的病。民族精神,亦即民族性格,是许多世纪以来逐渐形成的,地理条件、社会发展的特点、历史的变革,也给予民族性格的特征以影响。日后我看到了其他几大洲——那是在第二次世界大战以后,但即使在我目前所写的那些年代,我也能作很多比较。当然,我曾看见一个瑞典工人的判断同克列盖尔或银行家瓦伦堡的判断不同,但这并不妨碍我注意到瑞典工人的性格有别于意大利工人的性格。这里没有任何"唯心主义",同时这无论是同阶级斗争的存在还是同国际主义的原则都没有什么矛盾。

英国人喜欢幽居独处,他们宁肯住不舒适的、寒冷的、楼梯狭窄的小房子而不愿住现代化的高楼大厦,他们和法国人不同,既不在大街上生活也不乐意往人堆里钻,一个到过英国的人怎能看不出以上这些特点呢?任何一个旅行者,即令他丧失了观察力,他也能看到,巴黎有很多出售颜料和绘画用具的商店,有许多小型的绘画展览会,而在维也纳则有几百家出售乐谱的商店,同时墙上贴满了音乐会的海报。不同国家的资产者的消遣方式也各不相同。英国人必定是某俱乐部的成员,同时他的政治倾向却很少在俱乐部的挑选上表现出来,每一个俱乐部都有一个备有舒适的圈椅的图书馆,绅士们就在那里打盹,有的静悄悄的,有的不时发出鼾声。西班牙人也喜欢俱乐部,但他们不是坐在幽暗的大厅里,而是坐在橱窗里或街道上观看来往行人,只要一个年轻女人走过,他们就咂一下嘴;德国的资产者酷爱科学的新发明和异国情调,我曾在柏林的一家餐厅的菜单上看见一串数字——每一道菜有多少卡热量(维生素是日后出现的),在另一家餐厅里,顾客们躺在吊床上,而在他们上面还有一些热带的鸟儿飞来飞去。法国人显然不会喜欢这一套,他们不愿为这些排场花钱,而喜欢在一家小小的、不美观的酒店里美美地吃上一顿。在英国的国会里,争论总是彬彬有礼地进行的,但在法国的国会里我不止一次目睹过大打出手的场面。我可以用几百页的篇幅来列举性格和生活方式的特点，但我现在不打算描述形形色色的国家，而只想指出旅行对于我日后的道路发生了什么样的影响。

我看见人们在按照不同的方式生活，但生活方式的差别并没有蒙住我的眼睛，使我看不见那种能使人相信世界大同的共同的、全人类的东西。当然，我曾觉得瑞典人很迂腐（现在他们开通多了），不能简简单单地把一杯伏特加喝光了事——喝的时候还有一大套繁文缛节。瑞典人看上去很冷淡、很孤僻。但是我认识了过去驻彼得堡的武官阿克塞尔·克劳松。他懂得俄语，退休以后便从事翻译工作，还译了我的两本书。他是一个真正的老瑞典人，爱点着蜡烛吃晚饭，把酒杯举到心口前面，从来也忘不了提及我们曾多么愉快地一起过一晚，哪怕这一晚已是前年的事了。我们成了挚友以后，才发现他是一个热心人，一个极其忠实的朋友，他善于谈天，更不容易的是，他也善于沉默。

最初我觉得斯洛伐克是一个远古时代的国家：农妇穿的是巴洛克时代五彩缤纷的华丽服装，有些区的农民系着围裙，墓地上的十字架都绘有花彩，宛如有趣的玩具。后来我看到，使斯洛伐克的作家们激动的问题也就是使我激动的那些问题，我在那儿找到了许多善良的朋友——克莱曼蒂斯、诗人诺沃梅斯基等等。

英国人看上去像是另一个行星上的生物，对一切都答以"你们有一种大陆上的作风"或者"这不是咱们这里的事，而是大陆上的事"。不久，我发现知识分子都很忧郁，十分喜欢契诃夫的作品，《三姊妹》演出的时候，大厅里一片唏嘘之声。我明白了，我可以和许多英国人作倾心之谈。

我曾说过，我的思虑和怀疑到处都伴随着我：它们很早就产生了，那还是在第一次世界大战期间，我就开始了独立思考。在目睹庞大的战争设施、能在一瞬间使人失去思想的工具以及使爱情、屠杀和死亡都机械化的景象之后，我明白了，人的概念本身正处在危险之中。在20年代末，还不存在根据口令鼓掌的现象，不存在会作诗的机器，不存在奥斯维辛的统计学和氢弹。而我不断痛苦地思考着的也不是这个或那个民族的性格特征问题，而是时代性格的问题。

我不愿在本书中堆砌我自己的作品的引文，不愿援引陈旧的特写或短文,但我如果开始叙述我在1928至1929年间对西欧的印象,我就不由得会改变它们,或者以此后数十年间的经验来补充它们。以下是我当时对德国的描写:

"一个人在想办法把飞机中的座位安排得紧凑些,另一个人在制造打火机,以便轻而易举地取得火苗……我到马克西米利安·加尔丹那里去了……看来他不是为制造完善的打火机而生的。我们谈到俄国革命,谈到柏林的街道。他对我说:'我怕这种不疾不徐的生活,怕没有意外事件……'在柏林的街头厕所里写着这样一行字:'在同女人性交之后的两小时内务须赶往最近的卫生所……'柏林是美国生活方式的传播者,就连打火机在这里也是人们特别崇拜的对象。长篇小说《亚历山大广场》的作者艾尔弗雷德·德布林邀请我到他那里去。机械的文明压迫着他,他说,他到过波兰,和农民们谈过话,并发现在穷乡僻壤要比在德国更富于人性。

"我去过德绍市,现在那里有一所现代艺术学校。玻璃房子,可以发现一种时代的风格:对干巴巴的理性的膜拜。四周以同样的风格建筑的住宅令人觉得可怕,它们彼此是如此雷同,竟使孩子们不能辨别。据说新的风格对于工厂、火车站、汽车库、火葬场是适宜的,但适合于住宅的风格却还没有找到。这种风格未必能够找到,因为人们如今都住在工作的地方,而不是住在自己家里。在建筑师格罗皮乌斯的家里有大量的按钮和杠杆,内衣在管子上跑来跑去,就像气压传送装置,盘子从厨房爬到食堂,一切东西,直到一只水桶,都是精心设计的。一切都无懈可击而又枯燥已极。当我们拥护立体主义,后来又拥护结构主义的时候,是否想到过一个十年就能把哲学上的立方体同一只纯粹实用的水桶分开? 在画家康定斯基家里,对艺术作了一系列的让步,这儿有诺夫哥罗德的圣像、海关人员卢梭的风景画、莱蒙托夫的一卷集。一个学生曾对我说:'康定斯基是个头脑不清的人和半保守分子……'

"在斯图加特车站上或者在莱比锡的印刷厂里,你可以了解,美国是多么合乎这里的口味。我曾在科隆的一个展览会上看到一座最现代化的教堂,里面有舒适的家具和立体派的门窗彩花玻璃,耶稣宛若一台复杂机器的零件。"

以下关于英国:

583

"看不起美国和美国生活方式:美国影片、美国建筑、美国商店。

"亨普斯特德。很长的街道。单独小住宅。所有的住宅像是一个整体。英国人喜欢个人主义,但是这种安宁闲适的营房却并不使他们不安。

"在伦敦,你总是在想,这个坐落在岛上、远离生活、沉浸在潮湿和忧郁中的巨大的城市是从哪里来的?它怎样统治和压迫呢?它是怎样踌躇、动摇、用许多和约和引人入胜的长篇小说把柜子填满的呢?它是怎样同古老的假发、外交照会上的大国主义一同生活,怎样打牌时竟弄虚作假、投机取巧,但又害怕天亮的呢?它是怎么同美国的殖民者、大陆上的骚乱、失业、自杀结识的呢?英国人是征服者、航海家、出色的运动员。这并不妨碍他们成为非常羞涩的人。保守主义、对令人捧腹的客套的迷恋即由此而来。

"他们窘迫地站在年轻而无耻的美国面前。

"这里有一种过分的东西。皮卡迪利广场和波普勒。摆出来给人看的豪华和多科夫区难以描绘的贫困。南威尔士的矿井设备极为简陋,经常发生崩塌事故,我在矿井里看到一些孩子,有人向我解释,十四岁以下的童工在不久以前被禁止雇用,现在用的已经是十五岁的孩子了。学校里至今还实行体罚。大卫·科波菲尔的地狱。然而没有狄更斯……"

以下是斯堪的那维亚:

"瑞典企图维护自己的生活方式、自己的习惯。整个欧洲都在拼命效法纽约商人机械式的痉挛,瑞典人却很顽固。这种顽固也许不能坚持很久,因为瑞典总共只有七百万人口,其余的都是森林。树木正在被砍伐,而人们也会被改造的。

"北纬六十八度。一年有三个月是黑夜。两座山,基律纳市在两山之间。它还在建设中,连街名、门牌号都没确定下来。矿工生活得很好。他们之中有许多共产党员,报馆的编辑部里挂着列宁的肖像。矿工们有汽车。而周围是冻土带。一座富丽堂皇的教堂:金色的塑像(现代派风格)表现着种种美德。报载:'罗萨山-基律纳山'的股票上涨。伊瓦尔·克列盖尔是大股东之一。

"勒斯特是一个小岛(罗弗敦群岛中的一个)。挪威国王做黄油生意。勒斯特的市长是一个渔夫和社会主义者。但是岛上的真正统治者却是鳕鱼采购商,他们拥有岛上的房产和罐头厂。他们用鳕鱼身上的废物熬制胶水。

鳕鱼采购商开了许多商店,他们就是当地的银行家,把渔船租给渔民,给渔船保险,岛上的全部生活都受他们支配。

"'弗莱娅'巧克力制造厂。给女工们修指甲,在制造厂的食堂里有一幅蒙克①的写生画。不可想象的轰隆声。'弗莱娅'的厂主付的工资很低,拒绝承认工会。

"福格特对我说,挪威有一条'特殊的道路'。我回答他说,在第一艘美国轮船来到之前,在一个无人岛上是容易拯救自己的灵魂的。

"丹麦农场主生活得比巴黎资产者舒服得多。墙上挂着古老的农民用的盘碟:它们已经变成了装饰品。一位农场主告诉我,他在冬天读完了《战争与和平》:'一本有趣的书。'沉默了一会儿之后,他问道,'这个托尔斯泰能拿到多少钱?……'另一位农场主订购了一幅壁画——画的是他一生的历史。起初是他的父亲在日德兰半岛北部的一所可怜的小房子。他自己的第一所房子,不用说,还有几头猪。妻子的一所房子——那是嫁妆,猪是愈来愈多了。最后是一栋豪华的两层楼的畜牧场,树木,一大群猪。

"画家汉森,几个年轻诗人,常在《政治报》上撰稿的多疑的记者柯克比。他们常常纵酒,想恢复名士派的生活,他们抱怨道:猪不仅比人多,也比人过得好。据说哥本哈根正在迅速地美国化,问题不在一小撮假绅士的怪癖,而在于有头脑的人的处境:没有人读诗,对于绘画,即使是最杰出的名画,人们都把它视若家具或交易所的证券,一切都被归结为一种手段……"

陈旧的短讯已经抄得不少了。现在我更加明白,在那些年里使我感到苦恼的是什么了。这还是在世界性危机爆发之前。希特勒在各种各样的啤酒店里叫嚣,但人们却不知为什么相信米勒②或布吕宁③是坚定的,相信杨格计划④的魔力,相信雷马克的长篇小说《西线无战事》所描写的普通德国人热爱和平。我曾目睹兰斯和阿拉斯的重建。人们开始忘记战争。三十岁的人对待有关索姆河或凡尔登的谈话有如对待使大家生厌的古老历史,我记得有一个人曾说:"还有特洛伊战争呢……"和平仿佛是持久的。其实它

---

① 蒙克(1863—1944),挪威画家。
② 米勒(1876—1931),当时的德国总理。
③ 布吕宁(1885—1970),继米勒之后任德国总理。
④ 由美国银行家杨格主持制定的德国赔款计划,它促进了德国经济的军事化。

是虚幻的。重建了的是城市,而不是生活……

在 1914 年以前,众所周知的概念、准则、思想被保存下来了。安纳托尔·法朗士带着他的怀疑态度、对美的膜拜、有点冷淡的人道主义,于 1909 年进入了巴黎的风景线。在 1929 年,保罗·瓦莱里成了落后于时代的现象。关于善与恶、美与丑的陈旧概念被破坏了,但新的概念却还没有建立。

人们通常总把美国的影响归之于它的经济力量:有钱而精力充沛的大叔在教导放荡的、沦为乞丐的侄儿们。但我无处不见的那种美国作风都不只与经济有关。人们的心理在第一次世界大战之后发生了变化。他们醉心于来自百老汇的廉价的精彩节目、最愚蠢的美国电影、长篇侦探小说。技术的复杂化与人的内心世界的简单化步调一致。此后发生的一切事件都是早有准备的:抵抗渐渐消失。黑暗的岁月临近了,那时人类的尊严在各国都横遭压制,迷信暴力变成了自然的事,来到的是这样一个时代:民族主义和种族主义、严刑拷打和离奇的诉讼、简单的口号和完善的集中营、独裁者的肖像和广泛流行的告密现象、头等武器的增长和原始的野蛮行为的积累。战后的年代不知不觉地变为战前的年代。

24

我苦恼地坐在《法兰克福报》一位编辑豪华的办公室里,这位编辑想把我写的关于德国的特写拿到他的报上发表。他是一个大块头,有一副软心肠。他的旁边坐着一个瘦瘦的、神经质的、生有一对善良但含有讥笑意味的眼睛的人,他突然用蹩脚的俄语对我说:"请您告诉他——禁止删节,索价要高些——他们有的是钱……"我就这样认识了奥地利作家约瑟夫·罗特,这是在1927年。若干年后,他成为广大读者所熟悉的作家了。

他有一份能使那些搜寻世界主义者的人们手舞足蹈的履历表!他的父亲是奥地利官员,一个狂饮无度的酒鬼,母亲是俄国的犹太人。他生于加利西亚地区的一个边境小村子里,被认为是德国作家,但他逢人就说自己是奥地利人,当德国人投票赞成兴登堡的时候,他说:"一切都很明显!"——于是拿起帽子、手杖就到巴黎去了。他总是住在旅馆里,有时也住漂亮旅馆,但大都住既脏且臭的旅馆。他既没有家具,也没有行李,一口旧式皮箱装满了书籍、手稿和刀子——他并不打算谋杀任何人,但酷爱刀子。《法兰克福报》常派他去莫斯科,他在我国逗留了一些时日,在其他外国记者中间显得与众不同,因为他想了解这个陌生的国家,为人真诚,跟我们共过患难,并满怀喜悦地描写过我国的第一批成就。后来报社派他到不同的国家去担任采访记者,他写旅途随笔的时候,每一行都要苦苦推敲——他厌恶信笔乱涂。他走路走得很快,总是带一根手杖,但不是拄着它,而是拿它在空中画来画去。

他从不写诗,但他的每一本书都极富于诗意——这不是某些散文作家用来装点门面的那种浅薄的诗趣,不是的,罗特的诗意表现在对日常生活所作的细腻、详尽、完全现实主义的描绘之中。他明察秋毫,从不逃避到一己之中,然而他的内心世界却又如此丰富,使他得以把许多感受拿来让他的主人公们分享。在描写酗酒、打闹的粗野场面和单调的驻军生活的时候,他赋予人们以人性,不责备他们,也不庇护他们,可能只是怜惜他们。我忘不了我常在他脸上看见的那种淡淡的、稍稍有点忧郁的笑容。

我在1932年曾被他的长篇小说《拉德茨基进行曲》迷住。三十年后我把它重读了一遍,我觉得这是在两次大战之间写成的最优秀的长篇小说之一。这是一本关于奥匈帝国末日的书,一本关于社会和人的末日的书。

哈布斯堡王朝帝国的没落造就并鼓舞了许多用各种文字进行写作的作家。帝国崩溃时,伊塔洛·斯韦沃五十七岁,弗朗茨·卡夫卡三十五岁,而罗特才二十四岁。但不论罗特写什么东西,他依然经常回到奥匈帝国晚年的生活方式和精神气候上去。

那些为了反映两次大战之间的社会崩溃而竭力寻找新形式的作家常常使长篇小说的结构显得松散,乔伊斯的《尤利西斯》、卡夫卡的《诉讼》、伊塔洛·斯韦沃的《塞诺》、安德列·纪德的《伪币制造者》即是如此。这些书互不相同,形式亦各异,但它们在某一点上都类似早期立体派的写生画,这一点也许就是那种分割世界的愿望。同时还出版了一些用古老的方式写成的优秀的长篇小说,它们写的是新生活,但这种新生活是用上个世纪作家的口气写出来的,这些长篇小说是:杜·加尔的《谛波父子》、高尔斯华绥最后的几部写福赛特家族的长篇小说、德莱塞的《美国的悲剧》。《拉德茨基进行曲》是以新的方式写成的,但这是一部结构很紧凑的长篇小说。如果再拿绘画来作比较,我就会想到印象派,在罗特的长篇小说里,阳光和空气都很充分。

罗特对人们的爱使我惊异。哪有比一个年轻而毫无能耐的军官同一个轻佻的宪兵卫队长老婆之间的爱情关系更庸俗和愚蠢的呢?但罗特却能从中提高并说明许多东西,因而当我站在那个由作家赋予了她以真实性和形体性的虚构的女人的墓前时,我也和他的主人公一起感到震惊。

罗特只对一件事很认真:写作。《法兰克福报》派他到巴黎去当特派记者。他可以写长篇小说。他爱巴黎,我常见他喜气洋洋的。他曾带着一位年轻漂亮的妻子去找我,我想:罗特也找到幸福了……

不久报馆往巴黎派了一个新记者,于是罗特就失业了。(关于这位新记者应该说上几句。他名叫吉堡,被认为是一个"左"派分子,并自称是罗特的朋友和崇拜者。吉堡写过一本书:《如同在法国的上帝》——这是一句形容美好生活的德国俚语,法国人说"如同面团里的公鸡",而俄国人说"如同黄油里的乳酪"。吉堡在这本书里盛赞法国。当吉堡和阿别茨一同来到被占领的巴黎时,我还在那儿,吉堡是奉命前来监视法国新闻记者的。)

罗特没有钱了。但这时又发生了一桩大的不幸:他的妻子患了精神病。他迟迟不愿同她分别,但病情恶化了,于是她被送进了医院。

当时我曾从我们共同的一些熟人那里听到:"不幸的罗特发疯了……他坐在医院对面的咖啡馆里,默默地喝酒……他变成了哈布斯堡王朝的拥护者……总而言之,他很糟……"

要认真地谈谈罗特的政治观点是颇为困难的。曾经有些批评家说在《拉德茨基进行曲》里有对布头帝国①的颂扬。但这算是什么颂扬呢——这是它的一支挽歌。罗特表现了迟钝的官吏、精神空虚的军官、表面上的显赫和贫困、在乌克兰的一个村子里枪毙罢工者的事件,他也表现了走私者、高利贷者以及高居这一切之上的一个昏聩的老头子,他被谎言包围并害怕真情实话,他被人呼为"皇帝陛下"而又流着鼻涕。

有一次,罗特也和我谈起了哈布斯堡王朝:"可是您毕竟应该承认,哈布斯堡王朝比希特勒要好……"罗特的眼睛忧郁地笑了。所有这一切都不是政治纲领,而是对遥远的青年时代的回忆。

他出色地描绘了忧郁、老年、少年的稚气、古老的树木、乌克兰农民对土地的爱、心灵上的宁静、蓄大胡子的犹太人、死亡和百灵鸟、蛤蟆、夏日射进绿色百叶窗里的阳光。

可怕的年代来到了。希特勒党徒焚烧书籍。巴黎的侨民争论不休。罗特住在土尔农大街上一家名叫法约的旧旅馆里。旅馆已决定拆除,大家都离开了旅馆,只有罗特还住在顶层的一个小房间里。后来他搬到同一条大街上的一个龌龊的旅馆去了。

1937年,我从西班牙去巴黎作数日的逗留,我走过土尔农大街,在咖啡

① 布头帝国是奥匈帝国的绰号。

馆里看见了罗特。他叫了我一声。他形容憔悴,可以感觉到他生活得很艰难,但仍和往常一样彬彬有礼,领带端端正正地系了一个蝴蝶结。他面前的盘子堆成了山,他说话很有条理,不过双手却在发抖。他问我马德里的情况,留心地听我叙述,然后说:"现在我羡慕所有的人。因为你们知道你们该做什么。可我却什么都不知道。鲜血、懦怯、背信弃义,实在太多了……"他又叫了一杯酒。我急于告辞,但他不放我走。"您的朋友们正在骂我。我写了一本关于度量衡检查员的长篇小说。也许这也是一本坏书,现在我常想——我们这些人是多么低能!但我想跟您说的是另一件事……我的检查员同我一样生活困难、茫然无措。结果他死了。临死前他说胡话,他觉得他不是检查员,而是一个小铺老板,一个最重要的、严厉的检查员常去找他,而他正有一台不准确的天平——他克扣斤两、少给尺寸、欺骗顾客。现在他就要被送去坐牢了……他对检查员说:'当然,我的砝码比应有的重量要轻。但所有的人都是这样——不这样在我们这个城里是活不下去的。'您知道那位重要的检查员怎么回答他吗?他说,准确的天平是没有的。您的朋友们说,我想为舒什尼格①辩解。可我想的却是像我这样的一些人。您会说:'您干吗要发表您那些长篇小说呢?……'我得生活呀,尽管毫无目的……"他又叫了一杯酒。后来我们分手了。此后我没再看见过他。

恩斯特·托勒尔②自杀了。德国的师团在布拉格的街道上行进。生了重病的约瑟夫·罗特被人从咖啡馆里送进了医院。他才四十五岁,但他不能再活下去了。

手稿和一根旧手杖被分赠给朋友们了。

---

① 舒什尼格(1897—1977),当时的奥地利总理。
② 托勒尔(1893—1939),德国作家。

25

我认识帕斯金是出于麦克-奥兰的介绍,这大概是在 1928 年。我们在蒙马特区的一家小饭馆里进午餐。我熟悉而且喜爱帕斯金的绘画,便怀着坦率的好奇心打量他。他有一副南方人的脸,或许是意大利人的脸,对于一个画家来说,他的衣着过于端正了:一件深蓝色的上衣,一双黑色漆皮鞋,虽然当时圆顶礼帽几已绝迹,帕斯金却还经常戴着一顶旧式圆顶礼帽。吃饭的时候他默不作声。麦克-奥兰却高谈阔论地谈到上一次大战、城市的迅速扩大,谈到皮加尔广场夜里灯火辉煌、黑魆魆的桥下幢幢人影在彷徨,他把这一切称之为"新的浪漫情调"。帕斯金起初听着他讲,后来开始在菜单上画麦克-奥兰,画我,画裸体女人。侍者送来了咖啡、白兰地,他拿起一小杯白兰地一饮而尽,就像我国人喝伏特加一样,接着突然活跃起来:"浪漫情调吗?胡说八道!这是不幸。为什么要用粪土来盖艺术学校?皮加尔广场上有一百家妓院。够了。普通人在桥下睡觉,只要给他们一张床,他们就会投票并到教堂去做礼拜。无须乎给人们穿制服,时装样式总在变化。不如把人们的衣服脱掉。一个赤裸裸的肚脐眼比所有的衣服告诉我的事都多。'浪漫情调'吗?但依我看,简直是恬不知耻……"他又喝了一杯,这时候我就看到了另一个帕斯金,一个吵吵闹闹、不肯安静、以喜欢打闹而出名的帕斯金。我不知为什么想起了我年轻时候的朋友莫迪利亚尼。

后来,在我遇见帕斯金的时候,有时他严肃、忧郁,甚至胆怯,有时又很狂暴,我明白了,第一次见面时我没有弄错,他的确有一点像莫迪利亚尼。或许是因为他也常常从孤僻、沉默、对工作的全神贯注突然转向狂饮无度?或许是因为他也总爱在一张张的小纸片上画点什么?或许是因为他们俩都时刻置身于人们的包围中,同时他们俩又都深知孤独的滋味?

帕斯金来到蒙帕纳斯的时候,一出戏已经闭幕。在远离"洛东达"的地方正在上演其他的戏。他出现得很突然,为时又太迟,宛如一颗迷了路的星星。要是他能同莫迪在一起坐坐,他们准能互相了解。然而帕斯金当时却在远方——在维也纳、慕尼黑、纽约。

他像一个流浪汉似的度过了一生。他在巴黎有形形色色的熟人,有时候他同作家、画家,同德朗、弗拉缅克,同萨尔蒙、麦克-奥兰,同超现实主义者来往;有时又钻进另一个世界,跟跑江湖的杂技演员、妓女、小偷一同喝酒。人人皆知他是名画家,博物馆里挂有他的作品,但他却常常撕毁自己的画,画了又撕,很少有人知道他是打哪儿来的,在哪里打发了他一生中的四十年,他有没有故乡、房子、家庭。

帕斯金名叫尤利乌斯·宾卡斯,他生于维丁市——这是多瑙河上的一个保加利亚小城。他是一个商人的儿子,父亲是操西班牙语拉迪诺方言的犹太人(同莫迪利亚尼一样),——帕斯金的祖先过去住在格拉纳达,1492年被天主教徒斐迪南①赶走。这自然是很古老的历史了。但是,在我1945年来到索非亚的时候,在一次吃晚饭的当儿,我身旁坐着一位过去的游击队员,他不懂俄语,突然发现,我们可以用西班牙语交谈:游击队员也是个操西班牙语拉迪诺方言的犹太人。帕斯金儿时在家里说西班牙语,但出了家门却和孩子们说保加利亚语。不久以前我曾收到帕斯金的一个小学同学从保加利亚寄来的一封信,他给我寄了一帧宾卡斯曾在那里读过书的一座房子的照片。

帕斯金到维也纳去学习绘画,他曾在慕尼黑为《老实人》周刊作画;到了美国以后,他领略了贫困的滋味。后来,金钱纷纷向他涌来,他一眨眼的工夫就把它们花了:分赠萍水相逢的酒友、举办荒唐的狂饮无度的酒宴、分给女模特儿。他似乎不相信自己的声誉,也不相信自己——他常常气愤地谈到自己的作品。

有一次他邀请我去做客:"还有一些朋友……"我还没走到他的房子跟前,就听见了破窗而出的吼叫声。原来"朋友"太多了,连楼梯上也站了一

---

① 天主教徒斐迪南(1452—1516),统一西班牙的第一个国王。

些手执酒杯的人。客人们在图画上坐着或躺着。伦巴舞曲响了:这是一场地地道道的广场上的舞会。

我至今还记得一个普通的日子在克利什林荫道上的那间工作室,几张布满尘埃的灰溜溜的沙发和软椅,帕斯金就让女模特儿坐在上面,室内凌乱不堪,空瓶子,枯了的鲜花,书籍,女人的手套,干了的调色板,而画架上还有一幅刚动笔的油画:两个裸体女人。帕斯金的色调总是不太鲜明,仿佛一幅油画尚未完稿就已经有点褪色了。

那种关于帕斯金的性感和色情的流行观念是建立在什么上面的呢?也许是由于他总是描绘或速写女人的肉体而使人惊异,也许是帕斯金的生活方式把人们弄糊涂了——他突然出现在一打女人的包围中。但他却是一个浪漫主义者,谈起恋爱来很古板,在恋爱的对象面前赤手空拳、无依无靠,如果对他的绘画加以考察,则它们所表现的不是淫欲,而是绝望;所有这些长着一对含冤欲诉的眼睛、两腿短小、体态丰满的姑娘都像被损坏了的玩偶,像我在那不勒斯看到过的那个奇怪的、玩偶的医院。

奇怪的是,他总是置身于各种艺术的争论、学派、流派的中心,却仿佛毫无所见:"蓝骑士"也好,立体主义也好,吵吵闹闹的超现实主义者也好,他都熟视无睹。杂志上有一篇文章称他为"巴黎画派"的首脑,并指出"巴黎画派"不是巴黎人、法国人创立的,读了这篇文章以后,帕斯金笑了,并建议批评家们创立一个新的流派"宾托尔托克辛诺法吉兹姆"——意即五次一口吞没外国人。

当时我在写关于经济问题的书,晚上常去"库波尔"酒吧间,帕斯金也常去那里。他愈来愈阴沉了,人们正在议论他的私生活中的纠葛,他酒喝得很多,但突然又在工作室里拼命工作。

他知道我喜欢他的作品,一天晚上他对我说:"我得和您谈谈。咱俩应该合作出一本书。您给我写信,我用绘画回答——我不会像您那样用尖酸刻薄的句子写回信,我不是作家。这将是一本出色的书!咱们要说出全部真理——坦率地、不带夸张地。我干吗非得给别人的书画插图呢?这太蠢了!我给保罗·莫兰的短篇小说画过插图,可我对这些小说不感兴趣。我给《圣经》画过插图。为了什么呢?我又不认识示巴女王……您爱给我写什么就写什么,我用画回答您。您可知道,我们为什么应该合作写一本书吗？这将是一本关于人的书,现在的书无所不写,可就是忘了写人。您可别耽搁。往后就迟了……"

我同意了,但却一再耽搁——因为我想把关于克列盖尔的那部长篇小说写完。(这是在1930年初。)

一个晴朗的春天的早晨,我打开报纸——一则简短的电讯:"诗人马雅可夫斯基自杀了。"当时我们对重大的损失还没有习惯,于是我怔住了。我既没有问自己这是为什么,也没有去猜测他自杀的原因,而只是看见眼前站着高大的、生龙活虎般的弗拉基米尔·弗拉基米罗维奇,同时我也不能想象,他从此就不存在了。

大约两周以后(我记不准了),我在"库波尔"看见了帕斯金。他正在嚷着什么,后来看见了我,立刻不作声了,跟我默默地打了个招呼,什么也没问。听说他正在大量创作——准备举办一个大型展览会。

又过了几周,一天晚上,福京斯基跑进了"库波尔",好不容易说了一句:"帕斯金……谁也不知道……第四天人们把门撬开……"

帕斯金像叶赛宁那样曾试图用剃刀割破自己的血管。他也用血写了遗言,但不是写在纸上,而是写在墙上:"永别了,刘西!"然后就像叶赛宁那样上吊了。桌上放着一份写得工工整整的遗嘱。帕斯金自杀的那天,正是他的展览会预定的开幕日。

他被埋葬在很远的圣万墓地,送葬的有著名的画家、作家、女模特儿、江湖乐师、妓女、乞丐。后来我们一个跟着一个从他的墓旁走过,每人都往棺木上抛掷一朵绚丽夺目的夏季的小花。我又一次不能想象,此后无论是一间无人照管的工作室里的一个郁郁寡欢的人也好,一幅未完稿的油画上一个粉红色的含冤欲诉的女人也好,"库波尔"里的喊叫声也好,圆顶礼帽也好,我俩合作的书也好,均不复存在了——唯有博物馆冷冰冰的大厅……

1945年秋,我来到布加勒斯特。旅馆的看门人说,宾卡斯先生想见我。我想起了帕斯金有一个定居在罗马尼亚的阔兄弟,弟兄二人不常见面,似乎也不常通信。

宾卡斯先生乘了一辆两匹马拉的轻便马车到我那里去,接着又把我带到"卡普沙"餐厅。这是一个过渡时期:王宫里还坐着米哈伊国王,"卡普沙"餐厅还为老主顾保留着一瓶瓶落满灰尘的科特纳尔酒,宾卡斯先生还能乘自己的轻便马车外出。

他向我叙述了他一生的历史:"我过去认为我的兄弟是一个疯子,他从事艺术,后来上吊了。而我曾经是一个财主。可惜我现在不能让您看看我的花园里种着什么样的树木,养着什么样的鸟儿了。我娶了一位罗马尼亚的女贵族。不料法西斯主义来了……我想保全我的财产,便把一切都登记在妻子的名下——她不仅是纯粹的雅利安人,而且还出身于名门望族。她刚把所有的票据弄到手,就一下子把我甩了。从此我就没有钱了。只有一所住宅、家具和一辆轻便马车。我知道,就连这一点东西很快也会被人夺走的。昨天有人曾打算把我当作一个犹太人干掉,明天我可能就要被当成剥削者而加以消灭。是啊,现在我看清楚了,我的兄弟比我聪明得多。我曾在法国的报上看到,人们把他的画拿来拍卖,他用一支铅笔赚来了真正的钱。而我过去所有的原来是一枚伪币。后来他及时上吊了。不,疯子是我!"

宾卡斯知道我曾经是帕斯金的朋友,他回忆起遥远的童年,深为感动,并把自己兄弟的两幅画赠给了我:"他的作品我有很多。我不打算拿去出售。我想把它们捐给保加利亚博物馆……"

这个关于两兄弟的故事对于能干的少年们犹如一个有教训意义的寓言。但我现在所想的是另一件事:在我的熟人之中,在我的朋友——作家和画家——之中,为什么有这么多人心甘情愿地同生命永别呢?他们各不相同,并且生活在不同的世界里,无论是那些导致结局的深刻原因还是造成结局的直接理由都不能同互不相似的命运相提并论——每个人都有自己的"一滴",根据无聊的臆测,这"一滴"是"一个大杯子盛不下"的。而谜底究竟何在呢?(我现在不想列举所有的名字——这太令人难过了。)

帕斯金在晚年是不缺钱用的。批评家、画商、出版家都奉承他。他自杀的时候是四十五岁,他本来还能活很久。没有抵抗力也许是过去的不幸和屈辱的表现。但问题不仅在于此。帕斯捷尔纳克曾说:"诗行会血淋淋地杀死人。"他说这话的时候所想到的不一定是真正的艺术家命中注定的报应,而只不过是自己感到作诗的艰难罢了。没有特殊的敏感是不可能成为艺术家的,即使他参加了十个联合会或协会亦无济于事。要想用习闻常见的词句激动人心,要想使一幅画或一块石头栩栩如生,需要全神贯注,需要激情,结果,一个艺术家的精力就要比普通人衰竭得快——他一个人要当两个人用，因为除了创作以外，他还有自己乱糟糟的、千头万绪的私生活，就像所有的人一样，而且绝不比他们少。

在法学上有一个叫做"有害健康的生产"的概念，从事有害健康的劳动的工人能得到特制的衣服、牛奶，每天的劳动时间也要缩短。艺术也是一种"有害健康的生产"，但没有任何人想到保护诗人或美术家，人们常常忘记，从这种职业本身的特点来看，一丝轻微的擦伤对于他们都可能是致命的。

而事后就只有站在一条长长的行列里从墓旁走过，并抛出一朵小花……

26

巴黎的1931年是令人不快的:经济危机扩大了,商店破产,工厂的车间关门。形形色色的法西斯组织——"战斗十字团""爱国青年团""法国团结党"开始叫嚣。政府首脑是狡黠的奥弗涅人皮埃尔·赖伐尔。殖民地部长保罗·雷诺正在巡视海外的领地,电影院里放映着表现他在安南的皇宫里饮茶的影片。(在陪同保罗·雷诺的新闻记者们当中,有一位名叫安德烈·维奥莉斯的左翼女作家。部长离开后她便留在印度支那,后来写了一本使法国知识界的良心为之震惊的书《印度支那的呼救》,安德烈·马尔罗为该书写了一篇序言。)正在举行总统选举,白里安落选了——他是一位过于显赫的人物,议员们宁肯挑选不大出名的杜美。为霞飞元帅举行了隆重的葬仪,报刊也同时追述马恩河上的胜利。但是报纸为一个新的胜利提供的篇幅却要大得多:一个法国女人在美女竞赛中荣获"欧洲小姐"称号。德国继续扩充军备。巴黎人大捧女明星玛琳·迪特里希。保皇主义分子在协和广场上集会,恭迎被西班牙人民赶出了西班牙的国王阿方索十三世。自杀事件因失业而增多。

国际殖民地展览会开幕了。万塞纳森林宾客如云。建造了浮屠、宫殿、村落的模型。黑人们必须在众目睽睽之下工作、吃饭、睡觉,女人给孩子喂奶。看热闹的人围在四周,就像在动物园里。

荷兰馆以其业务上的坦率使我惊讶。墙上挂着图表:印度尼西亚人在工作,而钱却源源流入储蓄银行的小窗口,窗口上赫然写着:"荷兰人"。另一幅画表现殖民者是怎样使印度尼西亚服从的:红灯代表军人,绿灯代表警察。

法国人吹嘘印度支那、突尼斯、摩洛哥、塞内加尔。

我写了一篇文章,建议盖一座"白人城"的模型,让欧洲人在城里过一种天然的生活:"国会——一个议员正在发表激昂慷慨的演说;交易所——经纪人在吼叫;'美之沙龙'——正在给一位夫人按摩臀部;妓院——一个嫖客趴在地上狂吠;科学院——'不朽之士'身着小歌剧中的礼服正在互相祝贺。"我说,在亚洲和非洲获得的成功保证了这种生活,并以殖民主义帝国已近末日这一十分正确的思想来结束全文。我事后获悉,为了这篇文章,我险些儿被逐出法国。

但我还不知道我已触怒了当局,仍若无其事地带着"莱卡"照相机在巴黎街头徘徊:拍摄房屋、街景、人。这是一种真正的热情。

我既不喜爱貌似彩色照片的绘画,也不喜爱企图被人看成是艺术作品的照片,我觉得二者都是代用品,都是招摇撞骗。

我究竟为什么醉心于摄影呢?我曾在本书开头谈到,日记、坦率而内容充实的书信在我们这个时代已颇为罕见了。也许正是由于这个缘故,读者们才迫不及待地争阅人类的文献、安娜·弗兰克①的日记、后来成为女游击队员的卡申市中学女生英娜·康斯坦丁诺娃的笔记、法国的人质们临死前的书信。(我想起了巴别尔的话:"我所读过的最有趣的东西就是别人的信件……")

画家研究自己的模特儿,他寻找的不是不足信的外表上的类似,而是在肖像上揭示模特儿的本质。一个人在当模特儿的时候,不断变化着的细微差别逐渐从他的脸上消失,面部逐渐失去了我们通常称之为"表情"的那种东西。我曾不止一次在夜间最末几班地下电车上观察疲倦的人们的面部,上面没有丝毫瞬息即逝的表情,而是显示了他们的性格特征。

照片则是另一回事了:它的可贵不在对本质的深刻揭示,而在它能狡猾地发现一刹那间的表情、姿态、手势。绘画是静态的,而照片则表现一分钟、一瞬间——因此它又是"一瞬间的"。

不过一个正在被照相的人并不像他自己:他一看见瞄准他的镜头就立刻起了变化。陈列在外省照相馆的橱窗里的新婚夫妇的照片之所以显得那

---

① 弗兰克(1929—1945),犹太小姑娘,生于德国,曾为逃避法西斯恐怖而隐藏在荷兰。

么不真实,就是这个缘故。人们在照相的时候煞费苦心地整理一下自己的面容,就像为接待客人而收拾房间那样,这样照出来的照片,既没有模特儿的固定性格,也没有一分钟的准确性。

我喜欢高尔基的回忆录,其中有许多是暗中窥察到的,怎能忘记契诃夫坐在一条长凳上竭力用帽子捕捉太阳的光影的情景呢?显然,如果安东·帕夫洛维奇发现了高尔基,他准会立刻停止他的游戏。

我曾醉心的那些照片都是人类的文献,如果世上没有侧面取景器,也许我也不会拿着照相机在巴黎郊区的街道上徘徊了。

侧面取景器是根据潜望镜的原理装置的。人们没有料到我正在给他们拍照,他们有时候觉得奇怪:为什么我会对一堵光秃秃的墙壁或一张空空的长凳发生兴趣:须知我从来不曾面对我所拍摄的人。自然,严厉的道德家可能会责备我,但作家的职业就是这样——只要我们动手创作,就要竭力从门缝里窥探别人的生活。

我不曾有过摄影记者的自负。收集了我拍摄的照片的《我的巴黎》一书里没有一幅照片是"具有现实意义的"。(只有墙上的一张巨大的告民众书标明了日期:《人民之友》。"侵略后十七年。盛大的忏悔式。致两次被盗的胜利者。我们提出我们的五年计划来回答胡佛的建议。"这张告民众书是出版法西斯报《人民之友》的化妆品商人科吉签署的。)

爱丽舍田园大街、歌剧院广场、大街心花园是游览者常去观光的地方,我是不带我的"莱卡"到这些地方去的,我拍摄的都是工人区:比尔维尔、明尼尔蒙丹、伊塔利、沃瑞拉尔——这是我年轻的时候就爱上了的那个巴黎。

它是忧郁的,有时是凄惨的,同时永远充满抒情味:古老的房屋,老太婆们坐在长凳上编织衣物,她们身旁有双双情侣在接吻,公共厕所,卖花女郎,工人的饭馆,带着孩子的妈妈,回家,不走运的守门女人,流浪汉,疯子,渔夫,旧书商,石匠,幻想家。

十年后我写了长篇小说《巴黎的陷落》,其中饱含着痛苦和爱情。而我在1931年却写道:"我不觉得巴黎比其他城市更为不幸。我甚至认为它比它们都幸福。柏林有多少人在挨饿?在潮湿、阴暗的伦敦有多少人无家可归?但我爱巴黎则是由于它的不幸,这种不幸抵得上另一种幸福。我的巴黎充满了灰蒙蒙、滑溜溜的房屋,其中有螺旋形楼梯和不可理解的热情的纠发病。这里的人们的爱是不舒适的和分明虚伪的,就像拉辛作品中的人物,他们善于嘲笑,笑得绝不比伏尔泰老头子逊色,他们怀着不加掩饰的满足随地小便,在经历了四次革命和四百次恋爱之后,他们已具有免疫力……我爱巴黎是因为那里的一切都是虚构的……可以成为一个天才——谁也不帮忙,谁也不愤怒,谁也不过分惊讶。也可以饿死——这是司空见惯的。允许把烟蒂扔在地板上,允许在所有的地方戴着帽子坐着,允许诅咒共和国的总统,也允许在你所想到的任何地方接吻。这不是宪法条文,而是戏班子习气。一出人类的喜剧已在这里演出了那么多场,但依然场场客满。这座城市里的一切都是虚构的,唯有微笑除外。巴黎有一种奇特的微笑,一种依稀可辨的、无意的微笑。一个穷光蛋在长凳上睡着了,醒来后拾起一个烟头,深深地吸了一口,并微微地笑了。为了这个微笑值得走遍几百个城市。灰色的巴黎房屋也善于发出同样出人意料的微笑。仅仅为了这种微笑我也要爱巴黎,这里的一切都是虚构的,但虚构除外,虚构在这里是可以理解并被认为是有理由的。"

巴黎人都生活在街头,这减轻了我的工作:我拍摄情侣,拍摄说别人坏话、幻想、争吵、写信、跳舞、跳楼自杀的人们。在那些年里,失业者睡在街头,我拍了许多他们的照片。有一个失业者躺在一条长凳上,他前面是两块招牌:"殡仪馆"和"婚礼马车"……

有插图的《展望》周刊用一版的篇幅刊登了我的几幅守门女人的照片。应该说明,许多守门女人都是以脾气暴躁出名的。我拍摄了一个站在门槛上的守门女人,她正准备拿一个拖把打退袭击。这个女人勃然大怒,去到编辑部要求把我的住址告诉她,她想发挥拖把的作用。(应该说明,并非所有的守门女人都是如此。在本书第一部的几个片断译为法文之后,我收到了我住了多年的科坦登大街那所房子的守门女人的丈夫的一封信,他写道,他正在读"法苏友好协会"的杂志,他一往情深地回忆起我们,甚至回忆起我的那些狗。)

附有我写的说明文字的我的照片册在莫斯科出版了。艾尔·利西茨基设计了一个封面和一幅蒙太奇照片:我正借助侧面取景器在拍照,同时我长了四只手:两只手拿着照相机,另外的两只手正在打字。这本书的编辑是鲍·马尔金,马雅可夫斯基曾给他写过一封信,信中说:

人们害怕未来派的灵活劲，

便跟我们捣乱，

这时我们哀求起来："救救我们，父亲鲍里斯！"

于是敌人们就把狂怒的马尔金奉承一番。

我出乎意料地置身于20年代初的"左翼分子"之中了。

不久我就把"莱卡"抛弃了：没工夫去侍弄它。在"奇怪的战争"期间，"保安局"的视察员曾来找我说："你有给敌机发信号用的设备。"他径直向放着一个蒙上了灰尘的普通扩印器的屋角走去，把它观察了好久。

我之所以谈到《我的巴黎》一书，当然不是因为我以优秀的摄影师自居，也不是想让读者知道关于我的流言蜚语。每当我现在翻阅我三十年前所拍的照片的时候，我就想到了我的职业——文学。自然，我的照片集是不全面的——它不是整个巴黎，而只是当时我的巴黎。巴黎是很多的。咔嚓咔嚓地照相要比写作来得容易，我本来可以把所见到的一切都拍摄下来，但我所拍摄的却仅限于表达了我的思想和感情的事物。我拍摄的不是我素昧平生的城市，我也无意于把一个游览者的观察拿来冒充真实的生活：我对我所拍摄的那些街道、长凳、人物了如指掌。

扎斯拉夫斯基曾写道："爱伦堡的这本书揭露了巴黎，但它同时也揭露了爱伦堡自己……爱伦堡醉心的是后院……侧面取景器给爱伦堡帮了倒忙。他拍摄的的确只是'侧面'的东西。"

有些法国人在看照片的时候也照样说我别有用心。我回答他们说，展示另一个巴黎并出自经验丰富的职业摄影家之手的书现在已有很多了。

我认为，上述的一切不仅与照相有关，也与文学有关，不仅与巴黎有关，也与其他城市有关。我觉得这是一目了然的，但是，尽管我摇笔杆已摇了半个世纪，却依然老是听见："别拍那个，同志！把身子向左转转，那里有一个面带优美的、早已养成习惯的笑容的可敬的模特儿……"

27

1931年秋,我的生活中发生了一桩重大事件:我第一次看见了西班牙。西班牙之行对于我来说不是许多次旅行之中的一次,而是一个发现,它帮助我懂得了许多事并作出了许多决定。

西班牙早就在吸引我。就像通常那样,我是通过艺术开始了解它的。在形形色色城市的博物馆里,我常在委拉斯开兹、苏巴朗、艾尔·格雷科、戈雅的油画前面伫立良久。我在第一次世界大战期间学会了阅读西班牙文书刊,我译过"谣曲"的片断,冈萨洛·德·别尔西奥、伊塔的大司祭胡安·鲁伊斯、豪尔赫·曼里克、克维多的长诗的片断。在这些互不相同的作品里,我被西班牙民族天才所固有的某些共同特征吸引住了(这些特征在《堂吉诃德》、卡尔德隆的戏剧以及绘画中都能发现):严格的现实主义、始终不渝的讽刺、卡斯蒂利亚或阿拉贡的岩石的险峻,同时还有人体的干枯的热情、没有热情的兴奋、没有华丽词藻的思想、丑中的美,以及美中的丑。

既然我在逐年变化,我对诗人和艺术家的理解当然也在不断变化。我二十岁的时候曾把艾尔·格雷科的油画视为一种新发现。这不仅因为格雷科接近我们这个世纪之初的绘画,而且也因为他的狂暴、他对人类的痛苦、腾飞和软弱所作的惊人表现——当时我读陀思妥耶夫斯基的作品读得入迷。格雷科的一生很奇特:他诞生在克里特岛上,那里存在着受到拜占庭教义束缚的、遭到洗劫和凌辱的希腊的激情。他三十六岁的时候来到西班牙,在那儿发现了自己:一个克里特人表现了西班牙性格的若干本质特点中的一种特点。我在四十岁的时候对他冷淡了,我开始觉得他那些过于颀长的圣徒和殉难者显得柔弱、不自然,而过于花哨的颜色则使人起反感。1936

年秋,当我重又来到正在进行巷战的托莱多的时候,我想检验一下自己的印象,便请求一位民众纠察队员把我带到保存着《奥尔加斯伯爵的葬仪》一画的教堂里去。教堂已被查封,但民众纠察队员让我进去了,然后把我锁在里面,并说他三小时后回来。就在那时我明白了我不再喜爱格雷科的原因:真正的人类不幸在周围是太多了。我们总是边学边忘,我也忘掉了如何理解格雷科的绘画。曾使我年轻时感到震惊的陀思妥耶夫斯基作品的某些篇页现在倒使我觉得是装腔作势。不用说,所有这一切是同我的生平有关,而与艺术史或文学史无关,现在我知道格雷科和陀思妥耶夫斯基都是最伟大的艺术家,但是,看来在一个表面上平静的时代比较容易接受他们,那时人们喜欢在艺术中寻找狂暴,寻找过分的东西。

至于戈雅,则正好相反,我是在成年时爱上他的,这大概也是时代造成的。我一度觉得他是一个画幻想题材的画家,是离奇事物的创造者、是绘画界的埃德加·坡①。然而生活推翻了关于许可的范围的天真概念,于是我突然明白了,戈雅首先是一个现实主义者。我深信,国王、王后、伯爵、公爵夫人正是他所描摹的那个样子。他的战争幻景使我震惊,尽管我曾目睹比拿破仑时代的战争可怕得多的战争,——因为使戈雅发生兴趣的不是军服,不是旗帜,不是统帅,而是龇牙咧嘴、痉挛、疯狂。在描绘了拿破仑的士兵枪决起义者以后,他所表达出来的不仅是人类痛苦的全部深度,而且还有一个画家的愤怒。他把自己的噩梦称为"变幻无常",但他笔下的怪影迄今犹在游荡、杀人、吃喝、打嗝并充斥人寰。他不怕成为一个有倾向性的人,但他从来不曾把世界简单化,也不曾使它变得狭窄。我常常想到里尔市博物馆收藏的他的一幅可折叠的双连画:一个年轻的美女正在阅读女仆交给她的一封崇拜者的来信,而在五十年后则是两个老太婆,她们头上是拿着扫帚的死神,死神只是准备实事求是地扫除人类的灰尘。戈雅常常想到死亡,因而他的画就同15世纪的诗人霍尔赫·曼里凯在父亲去世后所写的诗有共同之处:

  我们的生命是条条江河,
  而死亡却是大海,
  它收容那么多河流,

---

① 埃德加·爱伦·坡(1809—1849),美国浪漫主义作家。

  我们的欢乐和痛苦，

  人所赖以为生的一切，

  都永无休止地向大海流去……

  总之,他在棋盘上移动了那么多卒子，

  还过足了棋瘾，

  总之,他推翻了那么多统治者，

  心甘情愿地为大王厮杀，

  总之,他经受了如今已无力列举的

  种种考验，

  他把自己锁在奥卡涅他自己的城堡里，

  死神便前来敲门。

  (这里怎能不想到特瓦尔多夫斯基笔下那个没有通行证就进入了克里姆林宫的"老太婆"呢？①)

  人们经常谈到西班牙的闭塞,谈到它的特殊性,但与此同时,西班牙的天才虽然与众不同,但始终在观察那些折磨着人们的问题,不论这些人住在何处。有多少作家曾证明《堂吉诃德》是尖刻讽刺早被遗忘的一种文学体裁的作品！但是过了几个世纪,骑着倒霉的洛稷喃提的愁容骑士却比在幼年时期就坐上了喷气式飞机的主人公们更容易周游世界。

  塞万提斯的长篇小说是家喻户晓的,但很少有人知道伊塔的大司祭胡安·鲁伊斯。他是一个非常杰出的诗人,他生活在弗朗索瓦·维永之前一百年,但却表现出了未来漫长岁月的全部复杂性和全部双重性。很难精确地指出他在何处亵渎神明,又在何处忏悔,在何处挖苦人,又在何处流着痛苦的眼泪哭泣。他描写一切都是赤裸裸的,用自己的名字称呼一切,而同时他又总有第二计划、第四量度、诗歌,我正是在这一点上看见了西班牙现实主义的特点,也看见了西班牙性格的本身。

  我也许把叙述的顺序颠倒了,但现在要说明西班牙在我一生中起到的作用就比较容易了。

  阿方索十三世是在1931年4月被赶走的,但我们直到秋天才得到签

---

 ① 指长诗《山外青山天外天》里关于斯大林的那一章。

证：领事既不喜欢苏联护照，又不喜欢我的书。

当局不知道该怎么对待我们：是该敬我们一杯曼萨尼约酒呢还是该把我们送去坐牢。部长们都是新手，警察却可以夸耀自己的工龄。共和政体的拥护者把一切机关、街道、旅馆的名称都改了，但给国王办过事的人却依然保留原职。我们在马德里的车站上被拘留了，他们把我们带到派出所去，把我们并不复杂的行李研究了很久——搜寻炸弹、左轮手枪、传单。后来我们就始终处于警察的监视之下，有时候他们忘了保密，从口袋里掏出那些证明他们职务的牌子。

内政部副部长殷勤地接待了我，他脸上堆着笑容请求我给他开列一张我们打算访问的城市的名单。每当我们抵达某一个城市的时候，警察和左翼知识界的代表人物都在车站上恭候我们。后一种人是从那些急欲把这个轰动一时的消息宣扬出去的警察们口中得悉我们的到达的，——要知道我是来到巴达霍斯、萨莫拉或圣费尔南多的第一个苏联公民。我在马德里搞到了上百封介绍信，以便在任何一个城市里都能立刻找到谈话对象。这些信是西班牙作家、出版我的书的共产党员罗塞斯、激进的新闻记者、国会议员、偶然碰到的熟人给我的。

我来到埃什特雷马都拉的一个偏僻的小城卡塞雷斯以后就分发了几封介绍信。不久，旅馆的女主人告诉我，有人来找我。我看到了两个貌似外省律师的温文尔雅的懒汉（不知道为什么，给律师的信为数最多），我向他们伸出手去，他们手足无措地从口袋里掏出牌子："我们是警察。"进行了一场可笑的谈话：警察们惊恐地问我是否打算在卡塞雷斯落户，当他们知道我两三天之后就要离开的时候，便颇为感动，久久地向我致谢。

革命几乎总是像田园诗一般开始的：人们唱歌、开群众大会、互相拥抱。我来到的时候接吻的时代已经结束了。国民近卫军每天都要枪毙"破坏秩序者"。不断爆发罢工。我在巴达霍斯的时候，那里正在枪杀工人。马德里也在枪杀工人：示威被驱散了。我在塞维利亚看见了一位省长，他说："是回击工人的时候了……"我出席了国会的一次会议。米盖尔·乌纳穆诺①发言，他娓娓动听地大谈民族精神、正义。就在这一天里，近卫军士兵在埃什特雷

---

① 乌纳穆诺（1864—1936），西班牙作家、哲学家、存在主义的代表。

605

马都拉枪决了一个穷人,因为他竟敢在一个逃亡侯爵的领地上拾橡实。

在马德里,在马拉加,春天里被焚毁的修道院和教堂黑压压的一大片:人们为压迫、代役租、祭祀、忏悔室里令人窒息的闷热、精疲力尽的生活和数世纪以来笼罩着国家的浓雾而复仇。任何地方的天主教教会都没有这样横行无忌、这样残忍凶暴。在马拉加的大礼拜堂里,妇女们趴在石板上哀求赦免,但长着两个凶恶的黑眼睛的长脸僧侣却一口咬定报应已快临头。天主教的报纸添枝加叶地描述着"奇迹":圣母几乎跟近卫军士兵一样常常显现真身,而且始终判定共和国有罪。

我去过利亚斯·乌尔德斯山区,那里的居民与世隔绝,而且一辈子没吃过一顿饱饭。年轻的母亲们貌似十来岁的女孩子,三十多岁的母亲们貌似衰老的老妪。难以想象,在一百公里之内竟会有一些富有的寄生虫正吧嗒着嘴打量着萨拉曼卡的美女。我在一个小学生的练习簿上看见一句默写:"我们的恩人是国王",而在另一页上却是"我们的恩人是劳动人民的共和国"。

西班牙的正式名称是"各阶级劳动人民的共和国",这个名称不是一个幽默家想出来的,而是一本正经的国会议员们的创造。各个不同阶级的劳动者从事各种不同的劳动。我漫游了埃什特雷马都拉和安达卢西亚的一些大庄园。大部分土地依然是没开垦过的生荒地。贵族们住在马德里、巴黎或比亚里茨。管家们雇了些雇农,契约上赫然写着,雇工们必须"从日出劳动到日落"。资产阶级很懒,像古代那样生活。我看见一些非常落后的工厂。足蹬擦得雪亮的皮鞋的纨绔子弟不知该做什么,"消磨时间"是他们的一句口头禅。共和国所改变的事物微乎其微:挨饿的继续挨饿,阔佬们愚蠢地以外省方式大肆挥霍。我和那些一年连一千比塞塔都挣不到的安达卢西亚的雇农们谈过话。"劳动人民"奥尔纳丘艾洛斯公爵拥有六万公顷土地:他喜欢狩猎,常到自己的世袭领地去住上一个礼拜。在穆尔西亚住着一个名叫谢尔瓦的人,他的地产价值两千五百万比塞塔。他从事政治活动并屠杀罢工者。革命后他跑往国外,留下总管当家,总管继续收租。股票持有者、封建主、僧侣、靠妓女为生的嫖客,所有的人都被宣布为劳动者。

我曾和一位出生于萨莫拉的医生一同前往偏僻的萨纳布里亚,他是一个善良而正直的人。我们来到一个湖畔,再往前就没有路了,得骑驴前进。那里有一个小村落,名字很长:圣马丁·德·卡斯塔尼耶达,它那即使在西班牙都是罕见的贫困使我惊讶。我们在一片茅舍中看见一座修道院的废墟。农民们一度向僧侣们缴代役租——"三代租佃制"。僧侣们老早就搬到比较舒服的地方去了,而农民们仍继续把两千零五十比塞塔缴给号称"劳动者"的寄生虫,律师何塞·桑·拉蒙·德·保比利亚,因为他的曾祖父从僧侣们手里买下了掠夺农民的权利。后来我们来到另一个村落——里瓦德拉戈。村里的居民不缴代役租,但他们没有土地,他们栖身于没有烟囱的农舍里,以豌豆果腹。村子坐落在一个淡水鲑很多的湖的岸边,湖是属于一个富有的马德里的女房主的,总管严密地看守着,防范饥饿的农民偷鱼。一个农妇痛苦地对医生说:"怎么啦,堂·弗朗西斯科,共和国还没来到咱们这儿吗?……"

(西班牙之行结束后,我写了一本见闻录。这本书在莫斯科出版之前,它曾以《西班牙——劳动人民的共和国》为名在马德里出版过。出生于萨莫拉的医生曾带着我这本书前往里瓦德拉戈,并把我谈到饥饿、湖泊、马德里的太太的那一章朗读给农民们听。农民们次日包围了总管的房子,要求他立刻放弃对鱼的权利。电报拍到马德里,吓得魂不附体的女房主让步了。农民们给我寄来一封致谢信,邀请我到里瓦德拉戈去,说是要请我吃淡水鲑。无须讳言,这封信使我很高兴,因为一个作家是很难看到他的书会改变世上的什么事物。书籍通常会使人发生变化,但这一过程很长,而且是觉察不到的。就在这儿我明白了,我帮助里瓦德拉戈的农民消灭了很久以来的不公道。尽管我之参与此事纯系偶然,尽管这个村落很小,而且胜利也并不持久——法西斯分子不见得会把淡水鲑给暴动者留下,但我有时依然想到这段故事,而且感到高兴。)

国民近卫军继续屠杀人民。议员们继续发表娓娓动听的演说。人民是赤手空拳的。社会党人在动摇。无政府主义者在扔炸弹。我曾在安达卢西亚的一个小村子里参加过一个教师和市长的一场热烈争论:教师拥护第三国际,市长拥护第二国际。一个雇农突然插嘴道:"我拥护第一国际——拥护米盖尔·巴枯宁同志……"我曾在赫雷斯城的雇农们办的一份小报上读到,西班牙人应该用克鲁泡特金的原则来鼓舞自己。我在巴塞罗那认识了"法伊"(伊比利亚无政府主义者同盟)的领导人杜鲁蒂。我们坐在咖啡馆里。杜鲁蒂出示手枪、手榴弹给我看:"您不怕吗?我活着决不投降……"

607

他的见解是十足的幻想,但他的勇敢、纯洁、高尚的精神却使他一下子就把我俘虏了。当时我还不知道,五年后他将在阿拉贡前线拿手枪对准我说:"现在我要打死你。"——也不知道末了我们竟成了朋友……

当时有许多事我还不知道,但有一点是明显的:这是一出悲剧的第一幕,后面必然还有几幕。我还记得,在马德里时曾有人指着一个暴躁的军人对我说:"这就是圣胡尔霍……"当然,我不能预见到在五年后他将同佛朗哥和莫拉一起把西班牙淹没在血泊中,但我在1931年曾写道:"国民近卫军的总司令圣胡尔霍将军正在默默地工作着。四万八千名近卫军士兵不时开枪杀人,他们在准备一次全面的、大规模的枪决。"

谈到1931年秋天,谈到闹剧和悲剧,我还没有说到最主要的:人民。我在本书中有时候企图表现出我在自己的道路上曾经遇到的人们,试图怀着热爱忠实地来做这一件事,我不愿做一个无动于衷的编年史家,而想做一个正在回忆那些大都已经故世的朋友们的人。我叙述的都是读者多多少少知道的一些人物,——作家、艺术家、社会活动家。(在我的心里当然还有另一些对于我是珍贵的形象,只有亲近的人才知道他们,我不能援引书籍或油画来加强我的推崇。)我想把西班牙当作一个亲近的、对于我是珍贵的人来加以描述。

我在西班牙度过了内战的年代,那时候我才真正了解了它的人民,但我一下子就爱上了他们是在1931年。巴勃罗·聂鲁达曾给自己的一本书取名为《心中的西班牙》。现在我想重复这句话:西班牙的确是在我的心中,而且不是出于偶然,不是暂时的,它不是被历史上重大事件的五彩焰火照亮了的一位女客,不是被摄影师和采访记者团团围住的一个女房客,不是的,它是我自己的西班牙,是无论在显赫的年代或在沉寂的年代都跟我很亲近的一个被禁锢、被束缚的西班牙,现在我有权这样说——它直到我死去都在我的心中。

1931年我曾写道:"我有一枚沙沙响的笔尖和一个恶劣的性格。我已习惯于谈论统治着我们世界的那些同样卑鄙而渺小的幽灵,谈论虚构出来的克列盖尔们和活着的奥尔逊们。我熟知屈辱的和贪婪的贫穷,但我没有词汇能恰如其分地描述西班牙高尚的贫困,描述萨纳布里亚的农民和科尔多瓦或赫雷斯的雇农,圣费尔南多或萨贡托的工人,在南方唱着凄凉的歌曲、在加泰罗尼亚跳着塞尔丹那舞的穷人,描述赤手空拳地前去抵抗国民近卫军的人们,目前正坐在共和国的监狱里的人们,正在进行斗争的人们,描述正在微笑的人们,描述严峻、勇敢而温和的人民。西班牙不是卡门也不是斗牛士,不是阿方索国王也不是列鲁斯的外交手腕,不是布拉斯科·伊巴涅斯的长篇小说,不是那些同靠妓女生活的阿根廷男人和马拉加葡萄酒一起从佩皮尼昂运销国外的一切货物,不是的,西班牙是两千万衣衫褴褛的堂吉诃德,是不毛的山岩和令人痛苦的不义,是像干枯的油橄榄树叶的沙沙声那样忧郁的歌曲,是其中没有任何一个'黄色分子'的罢工者们的喧哗,是善良、关切、人道主义。一个伟大的国家,尽管宗教裁判所的法官和寄生虫、波旁王朝、骗子手、诉讼代理人、英国人、雇用的刺客以及有爵位的坏蛋们费尽了心机,它依然保留了少年的热情!"

西班牙的许多事物都使我惊异,即使是在同这个国家第一次短暂的相识的时候亦是如此,使我惊异的首先是穷人们的自尊心,他们永远在挨饿,往往是文盲,在塞维利亚,一个可敬的资产者和一个失业者并排坐在长凳上,可怜的人从布袋里掏出一截豌豆制的灌肠,友好地让坐在旁边的人分享。寄生虫们夜里在马德里一家豪华咖啡馆的凉台上享清福。一个怀抱婴儿的女人想卖掉几张彩票(这是贫穷的一种形式)。小家伙哭起来了,女人安然坐在一张空桌前的软椅里开始给婴儿喂奶。没有任何人对她的举动感到奇怪。我却情不自禁地想道:不用说是在"德·利亚·派咖啡馆",就是在我国的大都会饭店她也准会被赶走的……

在萨纳布里亚的一个贫穷的小村子里,我吃了一个农妇的几只苹果,想给她几个钱,她断然拒绝了。我的旅伴是西班牙人,他说:"可以交给小孩子,可我怕他把硬币塞进嘴里吞下肚去。但再大一点的孩子不管你吃了他什么他都不会收钱的……"一个擦皮鞋的小伙子看见我站在一家烟草店旁边,因为是在中午休息时间,烟草店关着门,他便从口袋里掏出一支烟来:抽吧。在穆尔西亚附近,我吃了一个农民的几个橙子,打算付钱给他,他摇摇头说:"微笑比比塞塔值钱。"

(西班牙农民的慷慨一向使外国人惊讶。马丁·安德逊-尼克索[①]曾告

[①] 尼克索(1869—1954),丹麦作家。

诉我说,他的青年时代是在西班牙度过的,他没有钱了,农民们总是把一盘菜汤端到他的面前:"吃吧。"……)

火车站上有一个搬运夫对我说:"我今天已经接过活儿了,我现在去叫一个伙伴来。"我拿了一双皮鞋去找鞋匠,他问妻子有没有吃午饭的钱,当他知道他们有吃午饭的钱以后,便让我去找另一个鞋匠。失业者得不到任何补助金。我问他们怎么没有饿死,他们回答道:"同志们呢?……"一个安达卢西亚的雇农把一块面包切成两半,一半给失业的邻居。巴塞罗那的工人把收入的一部分交给工会以便救济失业的弟兄——不用号召,不用冠冕堂皇的词句,仅仅是出于人道主义。

我曾写道,西班牙是两千万衣衫褴褛的堂吉诃德。我重又提到这个形象不仅是因为我喜爱塞万提斯的长篇小说,而且还因为在愁容骑士身上有着西班牙的全部精神上的魅力。以下是我在1931年写下的几行:"在这里可以把风车当成敌人,并同风车战斗,——这是人类的错误的历史。但在这里却不能把人当成风车——他不会顺从地挥动两臂代替翼片。人们仍旧在这里生活,他们是真正的、活生生的人。"

几年后,当宏大、先进、组织良好的民族一个接着一个开始准备向法西斯主义投降的时候,西班牙人民却接受了力量悬殊的战斗:堂吉诃德仍然相信自己和人类的尊严。

西班牙帮助我克服了许多疑虑。我知道我还将不止一次地犯错误——有时和大家一同犯,有时独自一人犯。这是无可奈何的事。只是别成为一枚小螺丝钉、一个机器人、一台摆样子的风车!

28

我正在看一张褪了色的小照片。距科尔多瓦不远的小地方蒙蒂利亚的一个酒窖。肥胖的主人，柳芭，恩斯特·托勒尔。一个多么愉快、轻松的日子。我们在凉爽的窖里久久地喝着葡萄酒。托勒尔讲了几个有趣的故事。而主人则对我们说，世上没有比蒙蒂利亚酒更好的葡萄酒了："要知道人们在赫雷斯酿造阿蒙蒂利亚多葡萄酒并不是偶然的，但在蒙蒂利亚却谁也不去考虑酿造阿赫雷萨多酒。"这句话说得很令人信服，使我们不由得想起埃德加·坡写的一篇关于一只阿蒙蒂利亚多酒桶的短篇小说，又使我们还想尝尝另一种蒙蒂利亚酒，可以在几小时之内暂时忘却我们的过去和未来。我们都不急于离开，托勒尔说："人不会自动离开天堂，只有被赶出天堂。"我们回到科尔多瓦已是深夜了。

（战争时期，在距蒙蒂利亚不远的地方驻扎了几支共和国的军队。需要出一期军报，但没有纸张，于是报纸便用肥胖的葡萄酒商用来包酒瓶的一种薄纸出版了，在战报的字里行间隐约可以看到这样一行字："蒙蒂利亚酒——世界最好的葡萄酒。"）

为什么我谈到托勒尔的时候要从蒙蒂利亚开始呢？须知我是1926年或1927年在柏林认识他的；我们常在巴黎、莫斯科、伦敦等城市里见面，进行严肃的谈话。我现在之所以回忆起我们在安达卢西亚省（我们在塞维利亚相遇，在阿尔赫西拉斯分手）共同度过的几天，是因为我当时所见的托勒尔是幸福的。他经历了艰苦的生活，他曾和别人争论、说服别人、诅咒别人、相信别人、感到绝望，而同时又是一个空想家、诙谐的人，甚至是一个奢侈逸乐的人，在谈到这位诗人兼游击队员的时候，我首先想起来的就是短短的抽一支烟的工夫。

托勒尔很漂亮,像一个意大利人,像新现实主义影片中的一个愉快而忧郁、经常四处碰壁的主人公。也许不寻常的温和是他的主要特点,但他却经历了十分严酷的生活。有各种各样的人:有的是蜡塑的,有的是石雕的,这不是一个信念问题,而是天性问题,一个人常常选择一条跟造成他的材料不大适合的道路。我认识一些意志坚定、神经坚强、果断勇敢的人,但他们却选中了生活的后方,钢也会生锈。托勒尔是为沉思冥想、为柔和的抒情诗而生的,但他从年轻的时候起就选择了一条行动、斗争的艰苦道路。

他活过的年头并不多——四十五年,但似乎没有一天没有人不写文章谈论他的错误。他没有提出过抗议,有一次他对我说:"事实上我犯的错误要多一百倍,但有一半他们不知道。而且他们所列举的还仅仅是我独自一人所干的蠢事。可是大家又犯了多少错误呢?……"

托勒尔的某些错误是年龄以及时代造成的,他不仅承认了这些错误,而且已用行动把它们一笔勾销了。第一次世界大战开始的时候,他还不到二十二岁,他很瘦弱,因而被淘汰了,但他经过力争,终于被派往前线——到法国去:他相信德国在捍卫正义的事业。巴比塞在战争开始的时候是四十岁,他相信法国在捍卫正义的事业。托勒尔很快就明白过来,他听信了谎言,做了普遍的变态心理的俘虏,便开始揭露战争的罪魁祸首。他被捕了,被送进了军人监狱,后来又被送进了疯人院。

他是一个年轻的、才气横溢的诗人:他的诗曾博得里尔克、托马斯·曼的称许。他本来可以用诗歌来描写和歌颂革命,但他却作了另一种抉择——他成为巴伐利亚革命的领导者之一,中央工人和士兵代表苏维埃副主席。批评家们过去常说,而且至今也还在说,托勒尔的政治修养不足。这是无可争论的。但他却有丰富的良心——这是一种非常麻烦的特性,具有这种特性的人总是要为它付出代价的。

巴伐利亚苏维埃共和国总共只存在了几周,白党冲进了慕尼黑。敌人高价悬赏索取托勒尔的头颅,于是他被出卖了。他在法庭上说:"战斗刚刚开始,资本主义政府的任何刺刀、任何战地法庭都扼杀不了革命!"他当时二十六岁,他在尼德山菲德监狱里蹲了五年。我至今还记得我们在柏林看到托勒尔在狱中写成的一个剧本时有多么激动:这是一封寄往狱外的信。

德国反动派在那几年里处处告捷：不仅在巴伐利亚，同时也在柏林、萨克森、汉堡，不消说，白党将军艾普指挥战斗要比诗人托勒尔高明。值得惋惜的是巴伐利亚的革命者没有找到自己的邵尔斯或恰巴耶夫，但责备托勒尔却未免荒唐：他知道这是一场力量悬殊的战斗，前面没有荣耀、没有权力，而只有镇压者的镇压。他被称为"伤感的革命家"，但是要知道，他不是从年复一年地考虑策略、制订计划的地下小组走向革命的，而是从诗歌走向革命的，他在政治上至死是一个无师自通者。

当他在1924年出狱的时候，他已在文坛享有盛名，他的剧作在许多不同国家的剧院上演。它们的成功也许不仅是由于艺术上的优点，而且也由于主题的尖锐性，观众有时候也许不是向戏的本身鼓掌，而是向作者的生平鼓掌，但托勒尔在文坛上既不是一个冒名者，又不是一个偶然的客人。许多互不相同的作家——托马斯·曼、高尔基、罗曼·罗兰、辛克莱·刘易斯、孚希特万格对他都有好评。他本来可以伏案写作并成为一个大名鼎鼎、人人尊敬的作家。但他身上却存在着一种永恒的不安定。他没有成为一名革命战士，而且也不可能成为革命战士，但他继续在打游击，良心看来要比对轻松愉快、无所牵挂的生活中的千千万万琐事的眷恋来得强烈。

他是一个很复杂的人，如果他没有一种罕见的魅力，他恐怕会引起所有的人对他的反感，但敌手总是出人意料地软化下来。一位很爱吹毛求疵的批评家曾当着我的面说："可是要知道这是托勒尔呀！对他能有什么要求呢？……"

我还记得在科尔多瓦的一次混乱而又美好的谈话。在谈话之前我们在城里漫步了很久，当地的一位都市主义者向我们解释说，古老的科尔多瓦的蜿蜒曲折的街道是经验丰富的建筑师——阿拉伯人和犹太人设计的：即使在7月份的中午，所有街道都有一侧有阴影。我们的谈话就从这里开始。托勒尔称赞道："他们想到了普通的步行者！"后来我们就谈起了人和社会之间的关系。托勒尔笑了笑说："我写过几个关于这个问题的失败的剧本。也许我并不是一个剧作家，但行动的错觉却使我对戏剧发生兴趣……要显身扬名是容易的。易卜生出色地表现了这一点：'人民公敌'是一个最正直的人……但是有多少沽名钓誉者、利己主义者和无聊之徒在叫嚷'个人的权利'！他们想混水摸鱼……应该为这样的社会而斗争：在这个社会中，每个人都既有享受阳光的权利,也有享受阴影的权利……恩人们开起处方来却总是这样——不是给你一大堆阳光,就是给你一大堆阴影……我看到政权(即使是昙花一现的政权)怎样使人变形……"他谈到自己以往的趣事,谈到德国的作家们,突然忧郁起来:"我担心纳粹分子会胜利。您知道这意味着什么吗?战争……"他想起了他在狱中写成的一部关于燕子的书:"不是的,我不是指我的诗。可您还记得一个工人,一个石匠的信吗?狱长下令捣毁燕子窝,于是蹲在旁边囚室里的一个工人就写了一封信,说这些窝是燕子们辛辛苦苦筑成的,它们都是正直而热爱劳动的鸟儿。当然,这封信并没有使狱长回心转意。这是一幅微型的战争画:捣毁燕子窝……想到未来真令人不寒而栗!……"

在西班牙的时候他曾告诉我,他想写一个剧本:在金钱、傲慢、愚昧的世界里的一个现代的堂吉诃德和桑丘·潘沙①。这个剧本他没有写成。他曾对孚希特万格说,他正在写一部关于狄摩西尼②的长篇小说,狄摩西尼是一个想捍卫希腊文化免受野蛮摧残的人。长篇小说他也没写成。他总是忽冷忽热,刚开始写点什么就又抛开了——时代太动荡不宁,他太富于同情心了。

托勒尔在国外始终保卫苏联,甚至在他对我们这里的某种现象不大喜欢的时候也不例外。他在莫斯科有几个朋友,他常同他们推心置腹地长谈。在我们最后一次见面的时候他曾对我说,如果说他有什么希望,那就是莫斯科。

在1933年希特勒上台以后,托勒尔写了一本关于自己青年时代的书,他在书中描写了他对德国的爱,他的自白近似杜维姆的自白:"难道我不爱这个国家?置身于地中海岸边壮丽景色之中,难道我不缅怀贫瘠多沙的松林,德国北方平静的、孤零零的湖泊?难道歌德和赫尔德林的诗歌不曾使我在童年时代神往?……德语——难道它不是我的语言,不是我用来思考和感受的语言,不是我整个身心的一部分,不是抚育并养大了我的祖国?……盲目的民族主义和可笑的种族傲慢正在所有的国家抬头。难道我能让自己

---

① 堂吉诃德的随从。
② 狄摩西尼(约公元前384—前322),雅典雄辩家,反马其顿的民主派集团领袖。

成为今天的变态心理的奴隶?……我现在觉得,像'我以我是德国人而骄傲'或'我以我是犹太人而骄傲'这种话就像一个人说:'我以我有深棕色的眼睛而骄傲……'一样毫无意义……"

不,他没有向时代的疯狂屈服:他依然是一个真正的国际主义者。在他悲惨地死亡之前不久,病魔缠身、悲观绝望的他曾怀着一种狂热集资赈济挨饿的西班牙儿童,他从那些自私自利、漠不关心的人们的口袋里挖出英镑或美元,在短短的一段时间内就凑了一百多万美元。当托勒尔同铁石心肠的人们谈话的时候,就连他们也变得温和了,——善良发自他的内心。

西班牙战争开始之前不久,在1936年6月间,我在伦敦出席反法西斯作家联盟委员会的一次会议。会后,托勒尔邀我到他那里去,他住在城郊的一所小房子里。他和往常一样忙于处理许许多多刻不容缓而又需要细心和耐心的事务,和往常一样虽处于人们的包围之中却很孤独,比在囚室里还要孤独,——他立刻就向我供认了这一点。我发现他面庞瘦削、神色郁悒。他觉得英国人和法国人轻视德国侨民,这使他感到气愤。报刊在谈到希特勒的时候不是捧场就是谨小慎微,托勒尔愤怒地用红铅笔画出文章中的重点,然后就把报纸扔在地板上。他突然像一个孩子似的埋怨伦敦的冬天太冷,没法取暖,我还记得他的话:"现在室外的冬天比莫斯科、比拉普兰的冬天都要长上十年或二十年。根子结实的人忍受得了。别的人就得一个跟着一个地冻死……"

托勒尔又支持了三年。我在巴黎见了他最后一面。乍一看来,我觉得他的气色比过去好了,他甚至还试着开玩笑。当时他正在集资赈济西班牙儿童。我们告别的时候,他曾问我:"您睡觉不用服安眠药吧?……夜里真可怕——什么都比白天看得清楚……嗯,好吧……说不定咱们不久又会见面。我已决定离开美国——太远啦,在那里连随便提一提世界上正在发生的事都办不到,——人们感到奇怪,向我推荐神经病医生……再见!……"

此后我们不曾再见。1939年春在纽约召开了笔会的代表大会。托勒尔在盛大的午宴上企图使举座震惊,便提起了缪查姆[1]、奥谢茨基[2]、图霍

---

[1] 缪查姆(1878—1934),德国反法西斯作家、革命家。
[2] 奥谢茨基(1889—1938),德国反法西斯政论家。

尔斯基①的遭遇。过了几天,5月22日,他在旅馆的浴室里上吊了。

  我现在一面回忆着托勒尔,一面轻轻地微笑:一个好人,朋友,诗人,不仅在书中如此,在生活中亦是如此。我喜欢他在狱中写的诗集《燕子的书》。

>哥特式大教堂的建筑师们,
>你们感到自豪。穷人砸碎了石头,
>满腹忧伤的玻璃吹制工人,
>用图案的痛苦遮蔽太阳,
>人们用铜铸成钟,
>拱顶直薄云霄,但求一死,——
>你们把你们的石头献给死亡。
>然而燕子们发出啁啾声和叹息声,
>用泥土、细枝和干草筑巢,
>并把那些木房——尘世的幸福、温暖的巢穴,
>献给了生命。

  托勒尔自己就像一只燕子,也许正像飞来得过早而没把春天带来的那"一只"。

---

① 图霍尔斯基(1890—1935),德国反法西斯作家和政论家。

29

1931年我到柏林去过两次——一次在年初,一次在秋天。当时没有发生任何特别事故,政府首脑是温和的天主教徒布吕宁,尽管存在着危机,但表面上生活依然照旧进行。然而这两次旅行在我的记忆里却仍旧是一场怪诞的梦境,而且充满了在夜间醒来以后难于辨明的意义。我难以有条不紊地把1931年的柏林描述出来,如果我现在打算重现那些其本身并不那么值得注意、但在我却是念念不忘的个别零散的场面,那倒会比较诚实一些,这些场面会说明我现在要叙述这两次旅行的原因。

车厢的单间里坐着一个剃光了后脑勺、衣领竖起的年纪已经不轻的德国人,他正在阅读厚厚的一沓儿报纸。我已经知道他是一个商品推销员,正在推销一些精美的拍纸簿。我问他,我们什么时候能到柏林。他从皮包里掏出一份时刻表:"十一时三十分三十秒。"然后重新拿起报纸,并冷淡地轻声说,"这是末日……所有一切的末日……"

激进的《新日志》杂志的出版者史瓦西招待作家们吃晚饭。一切都照规矩进行:各式各样水晶玻璃制的大酒杯、上等葡萄酒、鲜花,人们在议论孚希特万格最新的一部长篇小说,议论胡佛宣布的缓期偿付和莱茵葡萄酒的后劲。突然主人像那个商品推销员一模一样地说道:"你们可知道,末日很快就要到了……"

正在上映根据雷马克的长篇小说改编的影片《西线无战事》。纳粹分子发火了:"德国士兵都是默默无言地牺牲的,而影片的主人公却像一个波兰人那样叫喊。这是诽谤!……"我在伦敦已看过这部影片,但一个朋友劝我:"纳粹分子今天打算大打出手。应该瞧瞧他们……"我们正在看电影。突然响起了歇斯底里的嚎叫声。灯光灭了。谁也没有打谁，但嚎叫声还在继续。观众退场了。原来纳粹分子在大厅里放出了百来只老鼠。

一个烟草厂的老板对我说："我不知道谁能战胜——是纳粹分子呢还是你们的朋友。总之对我反正一样——我早就把钱存到苏黎世去了。我现在正醉心于甘地的著作。我喜欢托尔斯泰。但这不合时宜。德国人现在所要的是独裁、威严，至于内部，那倒无关紧要。当您买一盒敝厂出品的香烟，您为烟盒花的钱就在一半以上……胡根伯格正在拨款进行反对资本主义的宣传。这是伪善而无耻的把戏吗？不是的，他了解德国人的性格……我在苏黎世开了一家小小的分厂……那里空气新鲜，局势平静。罗曼·罗兰在瑞士写关于甘地的作品，我了解他……"

我和鲁道夫（他的姓我忘了）在一起消磨了几个晚上。他是《红旗》的编者，非常熟悉柏林北部的几个区，他指给我看了许多东西。鲁道夫是一个在海关供职的保皇党官员的儿子，他过去是大学生，中途辍学，妻子把他抛弃了。他早在1919年就醉心于政治活动，那时候他还是一个少年，他告诉我说，他怎样把一个想用大喊大叫把卡尔·李卜克内西的声音压下去的身材魁梧的无耻之徒摔倒。鲁道夫个子很高，身体干瘦，长着一个很大的喉结和一双柔和的碧眼。他用报纸上的词句说话，总是插进一句"让我们来看看事实"，但他的声音却打动了我：他相信自己说的话。

鲁道夫向我解释说："让我们来看看事实——七百万失业者！资本主义正在众目睽睽之下瓦解。人人都知道他们的好景不长了。你可知道他们现在盼望的是什么？结识你们商务代表处的职员。说不定莫斯科会买点什么……总之莫斯科是处在注意力的中心。你不是看到了吗，从俄文翻译过来的作品有多少？昨天我好容易才买到一张听《生活指南》报告的入场券。听众都是大资产阶级，显然是因为工人们没钱买票。艾米尔·路德维希再过两周就要赴莫斯科——他决定写一本关于斯大林的书。我受到委托写一份调查表，我和作家们谈过话，现在所有的人都来找我们了——恩斯特·格列泽尔、普利维耶、奥斯卡·马利亚·格拉夫。让我们来看看事实：去年我们获得了四百六十万张选票，纳粹分子获得六百四十万张。但是在曾经投票拥护他们的选民中有多少人在关键时刻将会转向我们呢？有四分之三。要知道这些人都是工人，他们之所以投票拥护纳粹分子是因为他们憎恨资本主义。我们的领导考虑到了群众的情绪,这很好。我们现在正提出德意志民族解放的纲领。工人中的纳粹分子开始倾听我们的意见了。当然还有一些无耻之徒,但我确信健康的本能定将获胜。不,现在不是1919年了!你再来柏林的时候就能看到另一个德国……"

奥斯卡·马利亚·格拉夫身躯肥胖、心地善良,他有一双婴儿的天真烂漫的眼睛。他听别人争论的时候总默不作声。玛丽娅·格列斯汉涅尔介绍我认识了"马立克"出版社的一位新作者,他名叫多梅利亚。他曾冒充霍亨索伦亲王,被捕入狱后写了一本记述此事全部经过的书。玛丽娅告诉我说,《冒牌亲王》一书获得了多么大的成功。作者微微地笑笑。他很健谈——他喜欢文学、革命和男子汉,对女人颇为冷淡……

库福尔斯坦大街灯火辉煌,在这里不能说有危机存在。商店的橱窗里陈列着精美的物品。高级餐厅和咖啡馆人满为患。作家瓦特·梅林,一个忧郁的诙谐家,带我到"卡卡杜"餐厅去。棕榈树下的餐桌。鹦鹉精神抖擞地把粪撒在菜盘里。冒充绅士的俗物们心满意足了:他们觉得自己已置身塔希提岛。梅林发现了我的困惑,便笑道:"现在您看见德国人发疯了吧?您没法吃饭,我们还是到普通的餐厅去吃午饭吧……鹦鹉是不足道的。我现在想的是炸弹纷纷向我们扔下来时的情景……可是又能怎么办呢?砸碎玻璃窗、把墙壁弄脏的都不是流氓,而是哲学家,每个暴徒都引用尼采的学说。鹦鹉也是哲学家。"我们周围的人谈论着生意、谈论着在剧中扮演主角的演员和上流社会的丑闻,他们天南海北,无所不谈,只是不谈政治。梅林用小刀敲敲杯子——该走啦,于是鹦鹉便用老年人似的声音兴奋地重复着说:"会账!会账!"

我偶然地遇见了一位"左倾"的新闻记者,我和他是在四年前拍摄《冉娜·涅伊》一片的时候认识的。当时他辛辣地嘲笑民族主义者,把胡根伯格称作"愚蠢的猛犸"。他飞黄腾达了:他正主持一家大报的文学部,他已衰老,有点瘸。我们谈到政治问题。"一切都并不那么简单。我们有许多事没估计到……当然,在纳粹分子之中有居心不良的人,但总的来说这是一种健康的现象……"我的朋友后来告诉我,这位新闻记者碰到了一些不愉快的事:纳粹分子的报上刊载了一篇简讯,其中谈到他的过去——他之所以诋毁鲁登道夫并非出于偶然,他的母亲是犹太人,他还有一双有病的腿,而这正是犹太人出身的铁证。这位新闻记者现在正忙于编制一份家谱:搜集能证明他的历代祖先都是纯种的文献。

城市的北部与库福尔斯坦大街不同:从房屋、人们的衣着和面孔上都可以看出危机的存在。从波罗的海上吹来了凛冽的寒风,冬天快来了。有许多无家可归的人,他们睡在各种各样的小客栈里,有的睡在街上,睡在街上是被禁止的,但是有偏僻的吉尔加丹林荫道、荒地、地窖。在亚历山大广场附近一个小吃店的大橱窗里陈列着形形色色的美肴——猪油马铃薯、灌肠、猪腿。("大减价!只卖五十五芬尼!")人们在橱窗前面久久地站着、看着。有的人走进去狼吞虎咽地吃点什么。

一个失业者告诉我,他领取的补助金是每月九马克。幸而他是一个单身汉。小客栈里的一个床位就值五十芬尼,他不得不大部分时间露宿街头。"纳粹分子那里免费施舍肉汤,同伴们说那里不错,但我觉得讨厌……"

柏林变成了国际的好男色者的天堂:在这里不费吹灰之力就可以弄到一个美少年。每天黄昏时分,在温德尔-丹-林登市场上,在吉尔加丹,在亚历山大广场附近,都有年轻的失业者在徘徊,许多人穿着短裤,他们频频地送着秋波。他们索取的代价只有一两个马克。我曾在小吃店里和这些少年之中的一个谈过一次。他说,霍亨索伦亲王现在好像住在柏林,不是假亲王,而是真亲王。他一看见他中意的少年就用鞭子抽他,毒打了一顿之后就赏十个马克。在亲王所住的房子附近,经常有小伙子在走来走去——等运气……

我参加了一次纳粹分子的集会,集会在一家啤酒店里进行。我的两眼饱餐了廉价香烟的烟雾。一个纳粹分子挥动着一双大手叫喊了很久,他说德国人挨饿已挨够了,只有犹太人在享福,盟国掠夺了德国,应该打败法国人和波兰人。犹太人也在俄国作威作福,这就是说,将来也非得收拾俄国人。希特勒会让全世界瞧瞧,什么是德国的社会主义……我仔细地打量顾客们。有的在喝啤酒,有的坐在空桌子前面。有许多工人,这使我感到难以忍受的痛苦。当然,我先前就知道在纳粹分子中有不少工人,但是在报上看到这一点是一回事,亲眼看到却是另一回事。难道你能说这个上了岁数的工人是法西斯分子?一张端正的、忧郁的脸,看来他并不幸福。而那个年轻的工人却像曾受鲁道夫之托去散发传单的同志……

纳粹分子的大本营设在"柏林涅尔·金德尔"啤酒店里。在毗邻的街道上另有一家啤酒店,那里是共产党员的集会处。鲁道夫曾带我去过那里。几张磨损了的丝绒沙发,墙上挂着鹿角,一个普普通通的小啤酒店……

我和鲁道夫一同在僻静的诺尔丹街上走着。他正在证明一件什么事:"让我们来看看事实……"突然传来几响枪声。鲁道夫向出事地点跑去,还叫了一声:"韦伯!……"纳粹分子暗杀了一名工人共产党员。后来不慌不忙地走来了一名警察。叫来了一辆汽车。作了很久记录,我站在一边等候鲁道夫。一位老太太奔来了,她号啕痛哭。那是一个漆黑的夜,风把便帽和树上的残枝败叶都刮掉了。

我黯然地回到巴黎:风暴临近了。我在报上的一篇文章中写道:"资本主义的腐烂过程太长了,太令人厌恶了。坏疽病已经损坏了活生生的躯体……与德国无产阶级的悲剧相同的悲剧在历史上是罕见的。德国的无产阶级由于极端厌恶而咬紧了牙关,他们铸造大炮并在凡尔登城下牺牲。妇女们生了一些退化者、瞎子、智力薄弱的人。当无产阶级要求生活权利的时候,它就被拆散、被禁锢起来了……工人们重又被迫习惯于贫困和毫无出路。当有人看到他们已不再相信社会民主党的警察的时候,便开始从他们中招募屠杀人类的法西斯匪徒。不仅玷污了他们的肉体,也玷污了他们的灵魂。报应推迟了,但这个报应将很严酷——历史是会复仇的。"

30

在四分之一世纪之前,我曾在《给成年人读的书》中写道:"1931年我满四十岁了。过去我觉得这一年很平凡。现在我看见它使我能继续生活下去……这是我已报名进入第五个十年的新学校的一个预备班。"

我已叙述了西班牙和柏林之行,叙述了带着照相机在巴黎北部各区的长期游荡。现在我可以补充一下,我到过布拉格、维也纳、瑞士,出席过国际联盟的会议,看见过常常垂下多肉而沉重的两颊的白里安,听过德国的部长库齐乌斯和波兰人扎列斯基之间的争吵。大家都在高谈裁军,同时大家也都明白,事态正走向战争。

柳芭在科坦登街上租了一个小寓所。寓所在一楼,不准我们的两条狗从看门女人旁边走过,但滑头的布祖学会了独自跳到街上。在这之前我们曾在星期四去过科坦登街,赞赏过那儿的幽静。不料搬到那里以后我们都大吃一惊:载重汽车川流不息地从夜里一直驶到天明:从我战时曾在那儿工作过的沃瑞拉尔货运站运牛奶桶。不过人们能习惯一切,于是不久我们就既听不见轰隆声也听不见叮当声了。

年初我写完了一本关于电影工业的书《幻梦制造厂》。总而言之,这一年正如我上面所说,十分平常。但它的确使我在对待人们和生活的态度上发生了许多变化。

我和我同辈的人们所得到的暂息时机即将结束。风暴尚未来临,但风平浪静的景象看上去已不很自然了。从苏联来的朋友们叙述着没收富农财产的情形,叙述由于集体化而产生的种种困难和乌克兰的饥馑。在柏林之行以后,我明白法西斯主义已经来到,而它的敌手却分裂了。经济危机继续加剧。贫困、屈辱和饥饿并非永远都能促成明智的抉择:法西斯分子招募的不仅是破产的小铺老板或神气十足的少年,而且也有陷入绝望、误入歧途的失业者。

我同石油大王、钢铁大王或火柴大王周旋了一番并没有白费心血:我知道,尽管他们或高或低都有一定的文化修养,而且厌恶同法西斯分子来往,但依然大量供应形形色色的法西斯组织以金钱。对革命的恐惧不仅比继承下来的自由思想强烈,也比普通的理智强烈。纽伦堡判处了那些狂人,但有罪的却是整个占统治地位的社会上层。也许其中有些人纵容并支持过法西斯分子,而后来却为被焚毁的书籍、被夷为废墟的城市、死去的亲人而哭泣。法西斯主义企图冒充为一个偶然钻进了体面的文明国家的不速之客。但法西斯主义却有慷慨的舅舅、多情的姑姑,其中有些人迄今依然健在。

战斗是不可避免的:外交家们知道四分五裂的地带、中立国或缓冲,但我明白,在我们和法西斯分子之间,却连一条狭窄的"无主的土地"也不存在。

可能过去也曾有过这样的时代,那时艺术家们都能捍卫人类的尊严,同时又始终不放弃艺术。我们的时代要求于任何一个人的不是一堆有鼓舞力的篝火,而是经常不断的牺牲或放弃。

我的天啊,我一生中回答过多少次调查表上千篇一律的问题!我现在想说的不是行为,不是旅行,甚至也不是书,而是我自己。我在四十岁以前没能发现自己——我一直是在兜着圈子跑来跑去。

我把一切归咎于时代的性质,也许并不正确。因为我曾见到过一些在书中完整地表达了自己的思想、期望和激情的作家——托马斯·曼、乔伊斯、维雅切斯拉夫·伊万诺夫、瓦莱里。自然,他们曾醉心于生活中的许多事物,也弃绝过许多事物,但是长篇小说或诗对于他们来说却是行动的工具。巴尔扎克也是如此,虽然他曾幻想成为一个议员,写过抨击性的政论,制定过发财计划以便摆脱永生永世的债务,但所有这一切仍只是水面上的涟漪,只有在他谈到自己长篇小说的主人公们的时候才满脸通红。但对于他的同时代人司汤达来说,文学却仅仅是参与生活的可能形式之一,他打过仗,热衷过政治,热烈地爱过女人,他不是为更好地了解别人的热情而活着,而是为活着而活着。

不仅伟大的作家,就连渺小的作家也常常是按照不同的样式剪裁出来的。在《胡利奥·胡列尼托》问世以后,我变成了专业文学家。我写了很多作品,现在我作了个统计,甚至不好意思承认:从1922年到1931年,我写了十九本书。这种匆忙不是出于沽名钓誉之心,而是由于慌张,我一面折磨稿纸,一面折磨自己。

我从来不曾满足于观察,我不仅想思考虚构的人物的遭遇,同时还想使自己酷似他们。然而在本书第三部所谈到的那十年间,我却常常以一个观察员的角色出现,至少也是以一个着急的捧场者的角色出现。

我在1931年曾感到我跟我自己不和。我回顾了不久前的过去,当夜间载重汽车的隆隆声和铁桶的叮当声消失以前,我一直在固执地问我自己,我今后该怎么生活。

这看来也许有些奇特:给自己提出这种问题的不是一个衣衫褴褛、饥肠辘辘、流浪在巴黎街头、写关于世界末日的诗歌的稚气未泯的青年,也不是那个曾被阿·尼·托尔斯泰称呼为"墨西哥的苦役犯",并把尚未脱稿的《胡列尼托》的奇遇讲给姑娘们听的六神无主、同时又爱惹是非的年轻知识分子,而是一个须发开始斑白的四十岁的文学家。但是我已说过,在我们的时代,种种事件是以令人吃惊的速度在发展,而许多人却成熟得很慢。赫尔岑四十岁时动笔写《往事与随想》,并开始总结自己的一生:他从来不曾通过观众大厅来看各种事件,他是他那个时代上演的所有悲剧中的一名演员。

我之所以用了这么长时间才发现自己,可能还因为我生活在两个不同的世界里,我在巴黎度过了青年时代,我的审美力和好恶爱憎在革命之初就已经形成了。也许这是性格的表现:我总是感到有必要把许多人认为是九九表的东西再来检验一遍。

当然,如果谈到一个作家的道路,我在一年之内并无改变。在20年代出版的我的书的序言里经常指出,尽管我是一个"精神空虚的犬儒主义者"和"虚无主义者",但我的书仍有出版的价值,因为我出色地描绘了"资本主义世界的腐朽"。在《胡列尼托》里我的确诚地嘲笑了教权主义者和激进分子、狂热的共产党人和驯服的社会党人、法国的享乐主义者和带着对自己良心的谴责的俄国知识分子,但我渐渐开始放弃这种对待人的态度。这大概是年龄增长的表现:青年时代所特有的苛刻已经消失了。我愈来愈难以靠单一的否定来生活:我想在人们愚蠢或恶劣的行径后面发现一种真正的、具有人性的东西。(我在这方面很少获得成功,但我现在所说的不是文学上的优点,而是我自己的意愿。)

但是在1931年内对于我来说主要的还不是对待长篇小说中的人物的态度。我很少考虑下一部书该怎么写,我问自己,我往后该怎么生活,才能使岁月不致成为生活篇页边上的注,而是生活的本身。

每一个人对于同他的工作有关的那些问题总是特别关心,因而使我激动的也当然就是文学、艺术的命运了。马雅可夫斯基已与世长辞。"拉普"成员们的声音压倒了一切。展览会上充斥着"革命俄罗斯美术家协会"会员们的巨幅油画。敢作敢为和古怪行径的时代已经过去了。

革命使人民掌握文化,第一次拿起长篇小说或第一次去参观展览会的人们不大能辨别技巧,这是很自然的,有时候一件艺术赝品也能使他们神往。新的读者和观众可以加以培养,也可以对他们加以奉承,说他们是最高裁判者。奉承者无疑是存在的。

诗人们即景作诗。文学百科全书解释说,道路正通向以生产为题材的长篇小说,它将取代所有其他的题材。那种统治了四分之一世纪的风格正在形成:一种华而不实的建筑风格,一种雕像密集的地下电车站的风格,一种不倦的吹嘘和温和地揭露玩忽职守的房屋管理员或醉意蒙眬的游艺节目演员的讽刺风格。当然,在1931年这一切还处在萌芽状态。但是已经出现了一个人的第一批肖像和雕像,此人当时也许并未想到他不仅将成为"个人迷信"的对象,而且还将成为"个人迷信"的制造者。这一切都是和一种精心设计的简单化方法同时发生的,就是上述那部文学百科全书写道:"哈姆雷特对于群众是无用的"、无产阶级"……把堂吉诃德抛进历史的垃圾坑里"。

我在1932年初写了一本失败的中篇小说《莫斯科不相信眼泪》。其中的一位主人公,一个苏联画家,过去是国内战争的参加者,在莫斯科的报上看到一则以名字和父名的第一个字母 О. Б. 署名的简讯,简讯报道的是一个画展:"丘扎科夫的写生画表明他已彻底脱离了群众。这是一种典型的脱离劳动阶级的艺术,只有一二十个资产阶级名士派的精神变质者才需要它。"画家心里在想(他的想法也就是中篇小说作者的想法):"一二十

625

个……就算是这样吧……可是'革命俄罗斯美术家协会'难道就是千千万万的人所需要的吗？……这岂不意味着您要下令粗制滥造吗？……顺便说说，就是那位伦勃朗，当他在世的时候究竟有多少人喜欢他的作品呢？……可现在您却要把参观者赶去——站着受教育！……公民 O. Б.……或许您是一位女公民？我说的不是这一点……可是我知道，您对所有的事都是区别对待的：搞女人——随随便便，可您写起短文来却无懈可击。收入和支出可别弄混了。您当然是不画画的——这是一种落后的事业——而且根本不会讨任何人喜欢。如果您是一位男公民，我怀疑您能否博得女公民 O. Б. 或 Б. O. 的欢心。然而问题的实质并不在此。让我们来听听黄雀的叫声。它们就像精神变质者那样在歌唱。您说它们脱离群众吗？它们不也唱出声音来啦？啊，O. Б.，它们之所以歌唱是因为它们想唱。它们唱起歌来便更加愉快，我也更加愉快，你不爱听就别听。我何必定要坚持我的绘画呢？我可以再作一些让步……要是您，O. Б.，已经计算出来，我的画是不需要的，那么，譬如说，或许我还可以去粉刷墙壁。我是很容易说通的。不过您可别坚持绘画。这是一篇特殊的文章。黄雀也会明白，但您却不可能……傻瓜们认为——所有的人只需要煎牛排，而不需要任何艺术，这和二二得四一样明显。但艺术也只有在那个时候才会开始——在您吃了煎牛排以后，艺术会一口咬定——二乘二不得四，亲爱的，而是得五。或者得二十五……就让一个什么 O. Б. 不懂得绘画的任何特点，就让这个 O. Б. 有千千万万吧——这又算得了什么，那时候就把画笔扔掉好了。我会及时给自己找到另一个职业。没有绘画咱们也活得下去。但是十年以后……哦，不是十年——而是一百年——这又有什么区别？——那时候人们就会懂得……"

我还记得同一个年轻的法国女人，女演员丹尼兹的一次长谈。我们谈到梅耶霍德的巡回演出，谈到雷诺阿给丹尼兹的祖母，女作家塞维琳画的一幅肖像，谈到德斯诺斯的诗，谈到艺术：毫无办法——鱼儿离不开水……突然我坦白承认："一切都是如此，丹尼兹，但现在的问题不在艺术……十年前我曾证明艺术正在消亡，我们当时相信，陈旧的形式——长篇小说、画架画、舞台已经衰老了。这一切纯系胡说八道。现在开始了一个反动……但可以不写长篇小说……我早就选择好了……不过我并没有选择——没有可选择的东西……"

夜间我思考着很多问题：人道主义、目的和手段。不是低劣的绘画使我不安，而且艺术也只不过是明日之谜的一小部分——我说的不是艺术流派，而是一个人的命运。

在图书馆里可以不取不合口味的书，取错了也可以送回，不必把它读完。但生活却不是图书馆……我在1931年明白了，一个士兵的命运不是一个幻想家的命运，应该在战斗行列里占有自己的位置。我不曾放弃我珍惜过的东西，我什么都不曾放弃，但我知道：不得不咬紧牙关生活，学会最困难的学科之一——沉默。评介过我的作品的批评家们曾指出，1933年是我创作中的一个转捩点：他们了解《第二天》一书。但我现在知道，我当时为什么要去库兹涅茨克，——一切早在1931年就想到了，不是在建筑物的地槽前想到的，而是在科坦登街上、在夜里铁桶的撞击声中想到的……

31

1932年春,剧作家弗·米·基尔雄和亚·尼·阿菲诺格诺夫来到了巴黎。我带他们游览巴黎,向他们介绍城市的名胜古迹。他们也同样向我介绍我国文学的名胜古迹。他们俩都为创作上的成就而感到鼓舞:数十个剧院正在上演基尔雄的《粮食》和阿菲诺格诺夫的《恐惧》。然而比起他们自己的作品来更使他们感到骄傲的是"拉普"的胜利。根据他们的说法,"拉普"把一切"真正的"苏联作家都团结起来了。基尔雄一再地说:"我们走我国文学的康庄大道。"(当时我不知道这是亚·亚·法捷耶夫说的话。)亚历山大·尼古拉耶维奇·阿菲诺格诺夫身材很高,很谦逊,他总是面带微笑,对基尔雄的话唯唯称是。弗拉基米尔·米哈伊洛维奇则总是宣传、揭露、尖刻地冷笑。他对我说:"您应该重新考虑自己的立场……"我承认,我已重新考虑自己的立场。"那您就写一篇声明,加入'拉普'吧。"我回答说,我对"拉普"成员们的文学原则不大感兴趣,又说人们都走康庄大道——早先骑马,现在坐汽车,但作家却是天生的步行者,每个作家都能通过自己的道路走向共同的目的地。阿菲诺格诺夫笑着说:"由他去吧!说不定他也是对的……"

我们坐在吕特夏饭店古老演技场的石阶上。天气很热,虽然是清晨,我们仍然坐在阴凉的地方。我打开报纸:"莫斯科电讯——'拉普'被解散……"我觉得这个消息并不重要,因为各种各样作家团体的招牌变换的次数太多了,而且一般来说我感兴趣的是文学,而不是关于文学的报道,我当时还不知道何谓"组织结论"。基尔雄跳了起来:"这不可能!这是捏造!这是什么报?……"我回答说:《人道报》。我们本打算去看看工人区,但基尔雄说他们应该到大使馆去。过了一两天,他们就回莫斯科了,虽然他们本想再待几天。

我明白了,解散"拉普"是一件大事,便大为振奋:莫非莫斯科也当真懂得了,为了汽车运输,应该铺设公路,但对于作家,却应该允许他们各走各的创作小道?……

然而我面前却摆着一个问题:怎样才能更接近生活、行动和斗争?

5月间,《消息报》的工作人员斯·亚·拉耶夫斯基意外地前来找我,他通知我说,主编和战争期间常常遇见我的帕·柳·拉宾斯基建议我担任该报常驻巴黎的记者。《消息报》已经有一个名叫萨杜尔的记者,他在1917年是驻俄国的法国军事代表团团员,但转向了革命方面。斯特凡·亚历山德罗维奇说,萨杜尔将留在自己的岗位上,但他是法国人,对苏联读者缺乏了解。我得写特写,如果情况需要,还得拍发电讯。

这个建议使我措手不及:我长期以来都没有从事任何正规的工作,习惯于任意支配自己的时间。当然,新闻事业吸引着我:我想做一点生气勃勃的工作,但我担心力不胜任。

我去找已和我有了交情的我国大使瓦·萨·多夫加列夫斯基。他是一个善良的、具有同情心的人,在和他谈话的时候,我常常忘了他是官方人士,是大使,而我只是一个作家,不是"左翼的同路人"便是"腐败透顶的犬儒主义者"。瓦列里安·萨韦利耶维奇是一个法国通,他是一个老布尔什维克,做过政治侨民,在图卢兹念过书。法国人对他评价很高,我在大使馆里曾数次遇到赫里欧,他前来和多夫加列夫斯基谈天,有时也商量问题。(多夫加列夫斯基于四十九岁时死于癌症。当时我十分悲痛,而后来却不止一次想到,死亡使他免于许多考验。)瓦列里安·萨韦利耶维奇业已获悉《消息报》的建议,立刻就说:"太好啦,这简直没有什么值得考虑的……"要说服我并不困难:因为我正渴望着冲锋陷阵。

我担任《消息报》记者的职务将近八年——在巴黎,后来在西班牙,又在巴黎——直到签订德苏条约,我写了几百篇特写和文章,寄发报道,有时简讯是不署名的,有时署以笔名。我学会了用打字机拍发拉丁字母的电报,我常因用电话口述文章而把嗓子累得嘶哑了。我还将不止一次谈到报纸方面的工作,现在我只想说明,我现在是怀着感激的心情来回忆这种工作的,自然,它占用了许多时间,但它使我看到了许多事物,认识了形形色色的人。何况对于作家的职业来说它又是一所好学校,我学会了写得简短——必须时刻考虑如何节约报纸的开支:信走得慢,几乎所有的文章我都是用电话或电报发出的。(早先我也喜欢简练和短的句子。我希望能像我想的那样写作——不用副句。批评家为了"电报体"而骂我,但我认为这种语言不仅符合我的感情,同时也符合时代的节奏。)

我的那些在《消息报》工作的同事,如今还活在世上的几乎一个也没有了……在战争期间,在一个集团军的第七处里,一个女人的声音使我吃了一惊:她是一个上尉,我觉得她的声音十分熟悉,但面貌却十分陌生。我们谈了起来。当我每天从被围的马德里发文章或消息的时候,这位上尉是《消息报》的女速记员。耳机里的声音不清楚,女速记员常常说:"听不见……一个字母一个字母地念……"我嚷道:"鲍里斯,奥莉加,伊万……"有时候国外部主任想和我谈谈,于是女速记员为了使我们的通话不会中断,便说:"莫斯科的天气很好"或"您的女儿问候您"。这一切都是在大炮的伴奏下进行的。我在布良斯克附近,在炮战进行期间终于见到了这位有着温柔、亲切的声音的熟悉的陌生女人……

现在我再回到1932年来。我开始为法国当局承认我的《消息报》记者资格而奔走。我被外交部召去了。我以为是那些受命同外国报刊取得联系的同行想和我谈谈,不料我却被带到我曾因办理签证而和它打过几次麻烦的交道的"外国人检查处"去了。在那里办事的不是外交官,而是警察,他们的谈话一点也不客气。我在桌上看见一摞很厚的卷宗,上面写着:"伊利亚·爱伦堡"。一名官员连忙向我解释,说他只知道我坏的一方面,说布尔什维克报纸的记者都要受到特殊的监视,又说只要我有任何违犯规章的意图,我就会被赶出法国。

约莫两个月以后,我已经能够不同外交部大厦里的警察谈话而同真正的外交官谈话了。这是在莫斯科,法国大使德让邀请我去用早餐。来宾中有波兰大使馆的一位随员。德让请柳芭坐在他的旁边,非常和睦地同她谈论各种法国干酪的优点。大使馆的一位参赞(我记不得他的姓了)便开始询问我旅行期间的见闻(在此之前我去过博勃里基)。他对我的叙述显然感到不满:"您这是打官腔,可咱们最好是开诚布公地谈谈。要知道人所共知,五年计划失败了……"波兰随员随声附和道:"特别是博勃里基的建设……"我大为生气:外交上的礼貌何在——邀请你来用早餐,却进行挑拨性的谈话!我甚至都分辨不出葡萄酒或干酪的滋味了。我们在旁边的一个沙龙里喝咖啡。大使馆参赞出人意料地打开了一卷《苏联小百科全书》,并扬扬得意地开始朗读(一个音节一个音节地读,但完全是在吹毛求疵)其中关于我的文字。回忆起这件事后,我现在好不容易才弄到这本书,以下就是那一段简短的文字:"由堕落的名士派所抚育的爱伦堡俏皮地嘲笑西方的资本主义和资产阶级,但不相信无产阶级的创造力。爱伦堡是以新兴的资产阶级文学最鲜明的代表者之一的姿态出现的,他断定,在人类自发的、生物的本能面前,要想对生活作科学社会主义的设计是无能为力的;他还预言,在私有制的自发势力面前,共产主义的计划是无能为力的。"在这段条文下署名的是已故的"拉普"的领导者之一。

我恍然大悟,何以参赞估计我会对他谈到建设事业的彻底失败,我明白以后便笑了起来。我并未解释这一段简短文字的作者是"拉普"的成员,以及"拉普"在不久以前已被解散:在法国人看来,百科辞典就是一本指南,上面写着,霞飞赢得了马恩河战役的胜利,乳牛是反刍动物,安纳托尔·法朗士有一种卓越的文体,还有讽刺的特色,而所有这一切对于一代人来说是无可争论的。参赞在读了我是新兴资产阶级文学的代表者的字样以后,便断定一个旧资产阶级外交界的代表是不难同我取得谅解的。他怎么会懂得,百科辞典是一卷一卷地在不停地修改着自己的评价呢?……

我在1932年曾认为,被消灭了的不仅是"拉普",而且还有一种文学批评的文体。这是一种天真的想法,对于年逾四十的《胡列尼托》的作者来说,则尤为天真。不久我就明白我错了:我们的一位批评家写道,在我的书中"流露出阶级敌人被不安之感所歪曲了的特点",并把我称为"资产阶级在文学上的奴才"。1934年出了一卷新的百科全书,但已不是小百科全书,而是《苏联大百科全书》,我在上面读到:"爱伦堡是追随过'路标转换派'的思想家的那些资产阶级知识分子的情绪的典型表达者。"正如我曾说过的那样,我的知觉已经有些迟钝了:第一次我张皇失措,第十次我气愤异常,第一百次我对司空见惯的标签就无动于衷了。我懂得了,杂乱无章的射击乃是那种非自昨天开始而明天也不会结束的战争的特点之一:炮火常常伤了自己人。这当然不好,但毫无办法,人吃了炮弹会丧命,受了委屈却只会变得麻木不仁,委屈,即使最痛苦的委屈都不会改变一个人的信念,也不会使他转向敌人那一方。

  我也明白了,问题不在我混乱的经历,不在我曾久居巴黎,别的一些作家,他们从来不曾醉心过中世纪,不认识毕加索,也没在科坦登街上住过,而是住在莫斯科的胡同里,但也挨过偶然的、不公正的、不分青红皂白的辱骂。所以我才能够在第一次苏联作家代表大会上无比真诚地说:"我难以把一个作家的道路想象为一条笔直的、平坦的、良好的公路。有一点对于我是无可争论的:我是一个普通的苏联作家。这是我的喜悦,这是我的骄傲……"

32

1932年5月,巴黎被一桩意外事件震动了:一个名叫帕维尔·戈尔古洛夫的出生在拉宾斯克镇的人,在光天化日之下枪杀了法兰西共和国总统保罗·杜美。凶杀案发生在国会选举的前夜,右派报纸急忙宣称,戈尔古洛夫是布尔什维克。不久出现了另一个名叫拉扎列夫的哥萨克人,他一口咬定戈尔古洛夫是一个用绰号"蒙古人"进行活动的肃反工作者。

《消息报》委托我阐述法院审理过程。我还没有记者证。交际很广的谢苗·鲍里索维奇·奇列诺夫搭救了我。法院主席德雷福斯是法国最知名的法学家之一,他允许我以他的客人的身份出席审讯。我办完了职务上的手续,并且不是坐在大厅里,而是坐在法官们的后面。

晚上当我走出法院的时候,我被拘捕了:我拿不出能证明我有权出席审讯的证件。我被带到省政府去,在那里受到侮辱性的盘问,并被囚禁起来。我生气了:我还没来得及往报社拍发电报呢!真的,直到夜里我才获释,因而报告在《消息报》上发表的时间就迟了一天。

审讯持续了三天,全部过程看上去都很离奇,宛如一场噩梦。我已说过,有些人企图把戈尔古洛夫当成苏联间谍:"莫斯科想使法国陷于无政府状态。"还有另一种说法:戈尔古洛夫是法国警察局的奸细,凶杀案是为了保证右派在选举中的胜利并破坏预定同莫斯科的谈判而策划的。实际上一切都比这简单又比这复杂。罪行是由一个濒于疯狂的、狂怒的、绝望的侨民犯下的。我看了戈尔古洛夫三天,听了三天他那激烈而荒唐的喊叫。站在我面前的是陀思妥耶夫斯基会在失眠时虚构出来的一个人物。

戈尔古洛夫身材魁伟、结实,当他用叫人听不大懂的法语颠三倒四、自相矛盾地大喊大叫着咒骂的时候,那些看上去都是一些公证人、小铺老板、食利者的陪审员们惊恐地瑟瑟不已。

他的行为首先是不可解释的。在20年代,卡韦尔达杀害了苏联大使沃伊科夫,孔拉季杀害了沃罗夫斯基。戈尔古洛夫枪杀了法国总统杜美,杜美是一个具有右派观点的人,又是一个七十五岁的老头子。不过所有这些事件都有自己的逻辑——仇恨和绝望的逻辑。

凶手的履历在法庭上公布了。他毕业于布拉格的医学院,后来就凭自己的专长在摩拉维亚一个不大的城市里工作。这是很幸运的——有许多俄国侨民变成了苦力,或者干脆就沦为乞丐。但戈尔古洛夫是一个不能适应异邦的俭朴生活的人。他总觉得到处都是圈套和侮辱。他认为捷克的同行都排挤他,便开始喝酒、胡闹,把俄国小酒馆里的酗酒习气带到一个循规蹈矩的城市的生活方式中去了。

而且他对医学也不感兴趣。早在罗斯托夫大学求学的时候他就同文学小组有过来往。他作过诗。他偶然结识的一位年已不轻、但充满激情的捷克女人相信了他的才华,并出钱为他出书。戈尔古洛夫挑选了一个意味深长的笔名——勃列德①。我读过他的书。看来他才能是有的,但他不会写作,他的狂想也索然寡味、千篇一律,他的作品听上去就像一种十分熟悉的声音发出的回声。

同时他又不愿抛弃政治,起初他自命为社会主义者,甚至还向一位捷克斯洛伐克的部长解释过应该怎样捍卫民主。后来他迷上了法西斯主义,他创立了"全国农民党",党内没有党员,却有一面漂亮的党旗——那是在夜酒店里伴舞的两个俄国舞女绣制的。

在几次丑闻之后,捷克人剥夺了戈尔古洛夫行医的权利,于是他就搬到巴黎来了,他在这里认识了贩卖女袜并出版《纳巴特》报的雅科夫列夫。希特勒在那几年里的成就鼓舞了许多人。雅科夫列夫、戈尔古洛夫和十几个同志每逢星期日都在比尔扬库尔的一家工人咖啡馆聚会,高举双臂喊道:"罗斯,你醒来吧!"

戈尔古洛夫不久就同雅科夫列夫吵翻了,并发表了一个新党的纲领。

---

① 勃列德意为狂想。

他还想出了一种"大自然主义"的教义,规劝世人行善、爱大自然。同时他又号召把所有共产党员和犹太人斩尽杀绝。他没有钱,便秘密地给他熟识的哥萨克人治淋病,把赚来的法郎用于出版诗集或政治传单。

他问自己,他今后该怎么办。这就是他的计划的一份清单:搬到哈尔滨去,乘火箭完成一次星际旅行,杀死多夫加列夫斯基,报名参加外籍军团,赴比属刚果,加入希特勒的冲锋队,找一个有钱的未婚妻。

法国警察局获悉戈尔古洛夫非法接收患者,便没收了他的居留证。他到摩纳哥去了。起初他打算靠轮盘赌赢钱。后来他决定,必须把俄国从布尔什维克的手中解放出来——没有别的出路。他在给作家库普林的信中写道:"我是一个孤独的、变野了的西徐亚人……"

他憎恨法国人是因为他们正在同布尔什维克谈判,而他,一个正直的哥萨克人,一个忠实的同盟者,却被从法国驱逐出去。他曾在什么地方读到,高尔察克"被法国人出卖了"。在他的房间里的墙上挂了一幅高尔察克的肖像。戈尔古洛夫在肖像上写了两个日期:俄国海军上将的忌日和法国总统即将到来的忌日。

此后的一切就真像是一场狂想了。戈尔古洛夫带了两支左轮手枪来到巴黎,他到大礼拜堂去做了祷告,然后喝了一升葡萄酒;由于害怕警察局——因为没有居留证,他找了一个三等旅馆,在这种旅馆的房间里可以住一夜,也可以只待一个钟头,为了避人耳目,他找了一个妓女,但不久就把她打发走了,然后写了整整一个通宵:诅咒共产党员、捷克人、犹太人、法国人。接着就离开旅馆杀死了杜美。

他令人不忍卒睹,活像一头被猎获的野兽。雅科夫列夫和他的其他同志均宣布与他脱离关系。

我还记得一个可怕的场面。夜里,在蒙上了灰尘的枝形吊灯架幽暗的灯光下,审讯大厅就像一场戏剧演出:法官们的华服,律师们黑色的长衣,被告人淡绿色的、像死人一样苍白的脸,——一切都显得很不自然。法官宣读了判决书。戈尔古洛夫跳了起来,把衣领从颈上撕下,就像急于把脑袋放到断头台的铡刀下去似的,并喊道:"法国不发给我居留证!"

我在夜间空寂无人的街上一面走,一面思索着一个人的命运。戈尔古洛夫当然不会引起人们的同情:龌龊的生活,粗野的、毫无意义的罪行。但我却想,他过去曾经是一个普通的俄国男孩子,在滚热的、尘土飞扬的街上玩过击木游戏。可怕的是,他在临死前除了"居留证"——一个侨民的平平常常的牢骚!——之外竟没有别的话可说!为什么他一面写作爱护小昆虫的诗,一面又要杀死千百万人呢?他为什么要杀死杜美?为什么他非得在一出荒唐的、血腥的传奇剧中扮演一个陌生的角色?他在犯罪的三个月前,曾在给他的朋友雅科夫列夫的信中写道:"我胸中只剩下一种感情——复仇的渴望。"他靠这种希望生活:"只有战争能拯救我们!"我已说过,雅科夫列夫是一个女袜商……在欧洲生活平静的涟漪下流动着可怕的暗流。

戈尔古洛夫案件对于我是艰辛的十年的一篇心理学前言。"战争"一词已司空见惯。各地的人们都开始卷进一桩新的、凶恶的事件。已经嗅得到血腥气了。

33

  1932年夏秋两季,我在苏联走了很多地方,我到过莫斯科—顿巴斯干线的建设工地,到过后来成为斯大林诺戈尔斯克的博勃里基、后来成为斯大林斯克的库兹涅茨克、斯维尔德洛夫斯克、新西伯利亚、托木斯克。这是个不平凡的时代,雪崩风再一次震撼了我国,但是,如果说第一次雪崩风——在国内战争时期——是自发性的,是同各阶级间的斗争,同愤怒、憎恨、痛苦紧紧联系着的,那么拆散了千百万人的生活的集体化和重工业建设的开始则是由计划决定的,是同一排排的数字分不开的,它所服从的不是人民群众的热情的迸发,而是必然性的铁律。

  我又看见了挤满了带着家具什物的人们的枢纽站,正在进行一次大规模的移民。奥廖尔州和奔萨州的农民背井离乡溜往东方:他们听说那里发面包、里海拟鲤,甚至还发糖。

  兴高采烈的共青团员们动身前往马格尼特卡或库兹涅茨克,他们相信,只要巨型的工厂一盖起来,人间就会变成天堂。在正月的严寒里,铁能把手刺痛。人们仿佛从头到脚都冻僵了,既没有歌声,又没有旗帜,也没有演说。"热情"这个字眼也像许多别的东西一样由于通货膨胀而贬值了,而在谈到第一个五年计划时期的时候,你是不能使用别的字眼的,正是热情在鼓舞着青年建立日常的和不很显眼的功勋。

  许多工人热爱工厂,他们把鼓风炉称作"多姆娜·伊万诺夫娜",把马丁炉称作"马丁叔叔"。我曾问过一个高等技术学校的学生,他所想象的巴黎是什么样子。他回答说:"市中心想必都是大工厂,人们都住在周围的高楼大厦里,交通也很方便——有几百辆电车……"他是从乡下来到新西伯利亚的,因而他觉得城市是在工厂的四周生长起来的,但他读过雨果的作品,并问我:"圣母院到底在那里的什么地方?……"

当然,在建设者当中各种各样的人都有。恬不知耻的人、冒险家、懒汉也都来了,他们搬家的目的,正像当时所说,是为了追逐暴利。乡下佬满腹疑虑地盯着机器,每当杠杆发生故障的时候,他们就像对一匹固执的母马那样大发脾气,而且常常破坏了机器。如果说一部分人是受到崇高感情的鞭策,那么另一部分人却一心只想得到一公斤糖或一块裤料。

我见过特殊移民列车——装的是财产被没收了的富农,把他们运到西伯利亚去,他们活像一群遭了火灾的人。婴儿们在啼哭,妈妈们没有牛奶。车上还有一些莫斯科城郊的菜园主、苏哈廖夫卡市场上的小投机商、教派信徒、盗用公款者。

在塔什干和梁赞,在坦波夫和塞米巴拉金斯克,都有招募者在招募挖土工、铺路工、集体化后从乡下逃出来的农民。

我偶然到乡下走走,那里很难找到一个男人,——只有女人、老头子、孩子。许多茅舍被抛弃了。农妇们就像一只受到搅扰的蜂箱那样嗡嗡直响。

托木斯克贫穷、荒凉。篱笆被拆毁做了燃料,人行道没有了。机灵点的人都到新西伯利亚、库兹涅茨克去了。被褫夺公民权的人把圣像前的油灯藏了起来,不让过往行人看见。喝茶没有糖。小卖部里只有斯拉夫水和盛糖果的硬纸盒出售。

若干城市蓬蓬勃勃地成长起来。小县城新尼古拉耶夫斯克变成了熙熙攘攘的新西伯利亚。房屋犹如展览馆的陈列室。在旅馆附设的餐厅里,人们通宵达旦地痛饮伏特加。外地人在城市周围盖起了草房,挖了窑洞,他们很着急——面前就是严酷的西伯利亚的冬天。新的居住区被称为"纳哈洛夫卡"。居民们说俏皮话:"美国有摩天楼,我们有摩地楼。"——这是在多层大厦出现很久以前的往事了。

生活很艰苦,人人都在谈论口粮、凭票供应商店。托木斯克的黑面包活像黏土,我回忆起1920年。市场上出售又小又脏的糖块。教授们讲完了课就得去排队。外宾商店里的面粉、糖、皮鞋很有诱惑力,但是到那里去买东西得用金子——订婚戒指或被藏起来的沙皇时代的硬币。人们一到库兹涅茨克就问:"有肉卖吗?"医院的伤寒病房住得满满的:斑疹伤寒重又在使大批的人死亡。我曾在托木斯克看到一位教授的妻子在熬制肥皂。一切都像战争的后方,但后方就是前线:到处都在进行战争。

一幅巨幅油画是用两种颜色绘成的——粉红色和黑色,希望和绝望并存,热情和愤恨,英雄和懒汉,文明和愚昧——时代使一部分人意气风发,使另一部分人灭亡。

在莫斯科—顿巴斯干线建设工地上举行了一次集会。一个头戴羔皮帽、脸被风沙吹得很粗糙的挖土工人说:"咱们要比该死的资本家幸福一百倍!他们吃呀、吃呀,直到进棺材——他们自己也不知道他们为什么活着。这种人很失算,你瞧——他在钩子上吊死了。可咱们知道咱们活着是为了什么:咱们在建设共产主义。全世界都在看着我们……"我和他一同到食堂去。一进木棚的门,帽子就被扣留了,当工人们把勺子交出来以后,才把帽子还给他们。帽子在地上堆了一堆,每人都要用很多时间去找自己的帽子。我试着向经理解释,说这是一种侮辱,而且很愚蠢——人们白白浪费时间。他漠然地看了我一眼:"为勺子负责的是我,而不是您。"

我在库兹涅茨克遇见了一位车间主任。他告诉我,八年前他在乡下牧鹅。他被公认为一个有才能的工程师。他读过帕乌斯托夫斯基的《卡拉-布加兹海湾》,便热烈地评论作品的风格。

我在库兹涅茨克旧城里寻找陀思妥耶夫斯基住过的一所房子,找了很久终于找到了,妇女们气势汹汹地回答我:"这里没有那么一个……"小学生们解释说,他们知道许多作家:普希金、高尔基、杰米扬·别德内,但陀思妥耶夫斯基的作品他们可没学过。

托木斯克附近一个村子里的农民叙述说:"来过一个人,他说:'谁愿意建设社会主义,请自动地加入集体农庄吧,谁不愿意,那也请便,他有充分的权利。不过我要直说:对于这种人我们有一句话——掏出他的肠子来安电话。'"我在这个村子里认识了一个姑娘,她下班后阅读《水泥》,她说:"要把什么都弄明白是太难了,可我正在学习。我要到城里去。现在一个人只要想学习,什么条件都能得到。我是多么幸福啊,简直无话可说!……"

崭新的汽车在新西伯利亚坎坷不平的道路上颠簸。令人惊叹的机器运到库兹涅茨克来了。但巨型工厂的建设却几乎是用双手在进行。已经有了威力强大的掘土机,但我常看见人们背运泥土。起重机不够用,于是一个年轻工人设计了一架木制起重机。在我来到之前不久,发生了脚手架倒塌事故,人们昏倒在破布里憋死了。用军队的仪式埋葬了他们。

在库兹涅茨克工作的建设者有二十二万。建筑工程局局长,老布尔什维克谢·米·弗兰克福尔特,除了说他是一个狂人外就无以名之,他几乎不睡觉,总是一面走路,一面吃饭,一会儿要调查时常发生的事故的原因,一会儿要说服那些喊着"咱们要揍专家"扔下工作不干的懒汉,一会儿要安置自动流来的哈萨克人。我在他的房间里看到过一幅水彩画——暮色中的巴黎(谢尔盖·米罗诺维奇在革命前是政治侨民)。在那些年里,报刊杂志上有许多有关这位建筑工程局局长的报道,1937年以后,弗兰克福尔特的名字不见了。(不久以前我获悉了他的遭遇。在库兹涅茨克建筑工程局的工作结束后,奥尔忠尼店则把他派往奥尔斯克新的建筑工地,1937年他在那儿和五十八名同事一起被捕。在军事委员会的一次会议〔当然是秘密会议〕上,谢尔盖·米诺罗维奇说:"我生是布尔什维克,死也是布尔什维克。"这句话被记录下来了。1956年,在谢·米·弗兰克福尔特死后给他恢复了名誉。)总工程师伊·帕·巴尔金是一个文化修养很深的人,他年轻的时候在美国工作过,他观察过技术的发展。他明白,落在他肩上的任务是艰巨的,不但艰巨,而且是难于完成的,同时他也知道,他能完成它。伊万·帕夫洛维奇在一次事故中折断了一条腿,但他很快又从病床上爬起来重新开始工作。我觉得他是一个温和而阴沉的人。

城市还没有形成,但它正在发展。在棚子里放映电影。开办了凭票供应商店和招待外国专家的食堂。演员们开始从莫斯科前来。

我在我那本关于库兹涅茨克的书①的开头这样写道:"人们有决心,也有绝望,他们受得了。动物却支撑不住。马匹喘着粗气跌倒了。工长斯克沃尔佐夫带来一只猎狗。猎狗每天夜里都因饥饿和苦闷而吠叫,它不久就死了。老鼠企图找个栖身之处,但连老鼠也不能忍受这严酷的生活。只有昆虫没有背弃人们,虱子密集成堆地蠕动着,跳蚤精神抖擞地在飞奔,臭虫朝气蓬勃地爬来爬去。蟑螂预知它找不到别的食物,便开始咬人。"

在库兹涅茨克工作的外国专家都说,像这样进行建设是不行的,首先应

---

① 指中篇小说《第二天》。

该修路,给建设者盖房子,而且工作人员的流动性太大,人们不会使用机器,整个意图注定要失败。他们是根据教科书,根据自己的经验,根据生活在平静国度里的人们的心理来下判断的,他们无论如何都不能理解一个陌生的国度、它的精神气质、它的有利条件。我重又看到我国人民在严重考验时期的能耐。人们在成功仿佛是奇迹的条件下建设工厂,正如老一代人觉得遭到封锁的、饥饿的、贫困的俄罗斯居然粉碎了武装干涉者、获得了国内战争的胜利是一桩奇迹一样。

虽然存在着许多貌似不可克服的困难,工厂的车间依然迅速地矗立起来。在基坑中间盖起了影院,办起了学校、俱乐部。库兹涅茨克在1932年还是坑洼遍地、寸步难行,但第一批鼓风炉已在熊熊燃烧,年轻人也在文学协会里争论马雅可夫斯基和叶赛宁谁写得更好的问题了。

青年们没有看到他们当时所憧憬的天堂,但十年以后,库兹涅茨克的鼓风炉却使红军得以把祖国和世界从种族主义暴徒的铁蹄下拯救出来。

新的一代——在第一次世界大战前夜出生的小伙子和姑娘正在跨进人生的大门,对于他们来说,沙皇、工厂主、警察都是抽象概念。这些新人要比鼓风炉和马丁炉更使我感到兴趣,他们是我国的未来。仔细观察他们,我看到许多矛盾。文化的民主化过程是漫长而复杂的。在革命后最初的二十五年间,文化的普及是以牺牲它的深度为代价而取得的,初期的扫盲导致了精神上的一知半解和简单化。直到第二次世界大战时期才开始了一个文化深入的新阶段。

我还记得,当法国作家获悉译成苏联各民族文字的巴尔扎克、司汤达、左拉、莫泊桑作品的印数后曾大为惊讶。自然,印数不是丰收的证明书,但却是有关播种面积扩大的资料。在那些年里,对知识的渴求是无限的,我对这一点有特别突出的感受,因为我从这样一个国家回来:在那里生活着瓦莱里、克洛代尔、艾吕雅、圣琼·佩斯、阿拉贡、苏佩维埃尔、德斯诺斯以及其他许多卓越的诗人,他们受到大家的尊重,但他们的作品却很少有人阅读。

1932年夏,我在莫斯科收到从一个乌拉尔的小城市寄来的信,一个年轻的教员写道:"……请您顺便问问法国作家德里耶·拉·罗舍尔,是什么样的恶魔经常在他耳边低声唠叨类似下面这些形形色色的胡言乱语:'曾经是生活的那种东西绝对没有任何意义。认识更是不可能有的,因为没有

641

什么可以认识的。'(我们的《文学报》转载了他的长篇小说《漫游的火花》。)顺便请您告诉他,有这么一个人,他是居住在您从那里前来的那个国家里,并颇有成效地试图用新的方式改造世界的旧生活的千百万人之中的一个,此人以人格向他担保,这种旧生活充满了'绝对的'意义,而且除了他那病态的意识之外,还存在着千百万人的意识的没开采过的矿藏,还有无穷的事物有待他们去认识。还请您对他说,按照他那住在遥远的乌拉尔的论敌的意见,人类的意识不过是在准备完成历史给它规定的伟大使命:充当一个内行的翻译家,把由爱、憎、勇敢、敢作敢为、准备牺牲等构成的伟大的感情语言译成一种新的语言,一种为了新生活而把它们从教条的枷锁下解放出来的语言。"

(德里耶·拉·罗舍尔当时同"左派"团体过从甚密,因而我有时能见到他。我把乌拉尔教员的信译给他听了,他把两手一摊:"他为什么要那么认真地看待我的每一句话呢?这很好,同时又很蠢……")不用说,给我寄信的教员比当时一般的青年要高出十个头,我引述他的论点,绝对无意把它们当作第一个五年计划时期年轻人精神发展的典型,但在他的信里有几句关于意识的没开采过的矿藏的话倒说得很好。生荒地正是在那些年里才第一次被人开垦。

一个年轻的通古斯人在库兹涅茨克看见一辆自行车,他把它仔细观察了很久,末了问道:"发动机在什么地方?"他清楚地知道,人们乘汽车、坐飞机,但自行车却从未见过。住在西伯利亚偏僻村落里的人们知道有无线电报这种东西,而当他们看到电线杆的时候却感到奇怪——干吗用电线?……

我在托木斯克博物馆里认识了一个年轻姑娘,一个邵尔人,她在医学院学习,带了一个木头人到博物馆来,这个木头人是她的父母亲给她的一个防范疟疾和恶魔的护身符。她听说博物馆正在征集能代表旧的生活方式的物品,就把陈列品带来了。她不厌其详地向我打听法国的生活情况——那儿是不是有很多医院,怎样同酗酒现象作斗争,法国人喜欢不喜欢听音乐会,罗曼·罗兰多大年纪了。她有一双信任的和寻根问底的眼睛。说不定她的父母亲曾经请老巫师把恶魔从不听话的女儿身上撵走。

在库兹涅茨克的一个俱乐部里举行过一次文学晚会:朗诵马雅可夫斯

基的诗,鼓掌。后来一位工程师开始朗诵《为了远方的祖国的海岸》。坐在我身旁的一个巴什基尔女人递了一个条子:"作者是谁?"我们谈了起来,她承认道:"我知道普希金,他写过《叶夫根尼·奥涅金》,可这种诗我却从来也没读过。也许我的文化水平还低,但我很喜欢这些诗,甚至胜过马雅可夫斯基的……我过去不知道,可以写出这样的诗……"

那时候交通很不方便,我在泰加车站滞留了好几天。站长找到了我,他说,他喜欢《胡利奥·胡列尼托》,并给了我一个办公车厢。真的,即便有了车厢也并不那么顺利:夜里它在某站出人意料地被摘了下来,并被赶到一条死岔线上去。但我现在要说的不是车厢,而是一位女列车员——年轻的西伯利亚姑娘瓦利娅。她不敢离开车厢,哪怕只离开一个钟头也不敢:"会把玻璃窗砸碎,把坐垫割破的……"她把她不平常的经历告诉了我。她从乡下来到库兹涅茨克做清洁工。她住的那个木棚收拾得很干净,一位首长注意到了这一点,便把办公车厢交给了她。空闲时间很多,她就开始读书。一位铁路职员把一本《列车调度指南》丢在车厢里了。瓦利娅把这本书拿给我看,我看了一下,一点也不懂。瓦利娅笑了起来:"起初我也一点不懂,我好像把它读了一百次,末了终于弄明白了。我找了几本数学教科书……现在我已经准备好啦,他们答应叫我上工农速成中学……"我不讳言,像这样的会见使我非常激动。我开始怀着更大的信心瞻望未来。

生活中的困难我已说了很多,要全部说完是办不到的。新婚夫妻打算在木棚里用破布扎一个吊床。我偶尔来到一所木棚里,一个年轻的挖土工人把一个姑娘带到那里(严寒已经开始了)。他们没有帷幔,他用一件上衣来遮挡。

生活尽管艰苦,新的感情、思想却正在诞生,小伙子们和姑娘们常常在我面前争论,永恒的爱情是否存在,是否可以替嫉妒辩护,悲伤是否会贬低一个共青团员,建设者是否需要莱蒙托夫的诗、音乐和孤独的时刻。

我曾说过,我现在正准备写一本关于青年的书,我收到了一些日记和信件,年轻人向我叙述他们的工作和内心的痛苦。有时候我去问他们,把他们的回答记下来。

还在我的中篇小说《第二天》脱稿之前,我曾在巴黎的文学刊物《法兰西新评论报》上发表了我搜集到的部分资料。我在前言中说:"一个作家通常不会把能帮助他写成一本书的各种材料向读者介绍的,但我觉得,不管我的作品是好是坏,这些资料却都是珍品。许多人都会认为它们要比一部最成功的长篇小说更令人信服……"

现在我从图书馆里找到了那本陈旧的法国杂志,我重读了一遍那些日记、信件、速记记录的片断,并且想到——生活已经改变了,但小伙子们和姑娘们在那些年里第一次提出的许多问题至今仍然使我们的青年激动不已:其中也包括如何避免狭隘的专业化的争论,包括对两面三刀、口是心非的恐惧,真正的友谊的问题,以及对漠不关心的诅咒。

在20年代,古老的、农民的俄罗斯还在苟延残喘。在工厂里,在各种机关里,革命前成长起来的人仍占多数。30年代初是一个转折点。我现在是惊讶而钦佩地在回忆库兹涅茨克的建设,那里的一切既难以忍受而又十分美好。

我已说过,库兹涅茨克的钢铁帮助我国在法西斯入侵的年代里保卫了自己。但另一种钢铁是否就是人的钢铁呢?……库兹涅茨克的建设者和所有他们同辈的人一样,经历了艰苦的生活。一部分在年轻的时候死去了——有的死于1937年,有的死于前线。另一部分人则过早地弓背拱肩、沉默寡言——意外的波折太多了,他们不得不习惯、适应的事情太多了……《第二天》中那些至今犹在人世的主人公们如今都已五十上下或六十上下。这一代人很少有思考的时间。他们的清晨是浪漫而又严酷的——集体化、没收富农财产、建筑工地上的脚手架。以后的事大家现在都还记得。要求第一次世界大战前夕诞生的人们拿出足够好几代人使用的勇敢,不仅在工作或战斗中需要勇敢,就是在沉默、疑惑、惊慌中也需要勇敢。在1932年,我看见这些人都长上了翅膀[①]。后来翅膀变得不合时宜了。第一个五年计划时期的翅膀已作为遗产和以巨大代价建成的巨型工厂一起落到孩子们的手中。

---

① 意为兴奋、欢欣鼓舞。

34

在赴库兹涅茨克之前,我读过一些描写建设的特写和短篇小说。但我看到的却不是我读到的。我不记得"粉饰"一词究竟是什么时候在文学评论中出现的——好像是在晚些时候。详解词典对这个新词是这样解释的:"把某种事物渲染、形容得比它的本来面目更为美好。"其实现实比其"粉饰者"过去绘制过、现在仍继续绘制的那些一本正经而又富有教益的图画来,不仅更为可怕,而且也更为美好。

谁不记得那些把战争描写得就像军事演习一般的长篇小说或影片——穿着崭新军装的愉快的士兵、歌声、口号声、向胜利的隆重进军?难道颜色的深度不是在浮华的外表下面消失了吗?难道看了把攻占柏林表现得像仙境一般的电影就能理解曾在列宁格勒、莫斯科城下、伏尔加河岸的狭窄地带拼命死守的苏联人民的功勋吗?

库兹涅茨克或马格尼托戈尔斯克的建设情况也是如此。人们在前所未闻的困难条件下建设工厂。似乎没有任何人曾在任何地方这样建设过,将来也不会有人像这样建设。法西斯主义在1941年之前很久即已干预了我们的生活。在西方,狂热地准备着向苏联进军,新建筑工地上的基坑就是第一批战壕。

我看见了一部分人奋不顾身的精神,另一部分人的贪婪和保守。人人都在建设,但建设的方式却各不相同:有的出于理想,有的出于贫困,有的出于被迫。对于许多人来说,这不仅是工厂建设的开端,也是人的意识建设的开端。我给我的中篇小说取名为《第二天》。根据《圣经》传说,世界是在六天之内建成的。第一天,光明和黑暗分开了,黑夜和白昼分开了;第二

645

天——大地和深渊分开了,旱地和海洋分开了。人直到第六天才被创造出来。我觉得,第一个五年计划时期在新社会的缔造过程中是第二天:大地渐渐和深渊分开了。但深渊却很多(深渊总是比大地多,就像地球上的海洋比陆地多)。我不愿回避这一点,于是除了科利亚·勒扎诺夫、斯莫林、伊琳娜,除了年轻一代最优秀的代表人物之外,我也描写了无耻之徒、利己主义者、对于凡是同他们个人命运无关的一切都漠不关心的人们。

我绝对不想做一个无动于衷的编年史家,促使我去写这部中篇小说的是钦佩,是爱,是保卫新意识最初的幼芽的渴望。正是由于这个原因我才力求做一个诚实的人:现实是无须化装的。当然,我知道许多人会认为我的小说是一种诽谤,会再一次想起我是一个"无可救药的怀疑主义者",会说我企图歪曲美好的现实,也就是说,我没有按照规定好的和赞许的样式绘制出一幅新的粗劣的彩色画。但我在写作的时候却既没有想到批评家,又没有想到编辑,也没有去考虑我的书是不是会出版,我满怀激情地日以继夜地写作。

我在11月动笔写中篇小说,翌年2月脱稿,若干章节经过多次重写。我曾说过,伊·埃·巴别尔几乎每天都来找我,读我的手稿,有时称赞,有时说:应该重写一次,有空白点、没写出的角落……伊萨克·埃马努伊洛维奇有时在读了手稿以后摘下眼镜,调皮地微笑着说:"喂,要是发表出去,这会是一个奇迹……"

中篇小说里有我长期思考的若干结论。沃洛佳·萨福诺夫是一个优秀的、正直的青年,他在托木斯克大学读书,后来到了库兹涅茨克;他博学多识、思想敏锐,对伊琳娜怀着纯洁的爱情。但他不相信新意识的诞生,他自己承认,他受到旧书的智慧的毒害,并因他的同志们的天真和稚气而感到苦恼。他在日记中写道:"我在工厂里工作过。现在在学习。我大概会成为一个正直的专家。但这一切都是我的表面现象。可是我心里怎么也不能跟我周围的生活融成一片……我不适于在建筑工地上工作。在矿业上,这似乎称之为'废石'……你们在生活中取消了异教徒、幻想家、哲学家、诗人。你们规定了普及识字和同样普及的愚昧。然后你们聚在一起,按照小抄喋喋不休地谈论文化……蚂蚁堆是理智和逻辑的典范。但是,在一千年之前就已经有蚂蚁堆了。有蚂蚁工人、蚂蚁专家和蚂蚁领导者。但是世上还不曾有过蚂蚁天才。莎士比亚写的不是蚂蚁。卫城不是蚂蚁建成的。引力定律不是蚂蚁发现的。蚂蚁中既没有塞内加①、拉斐尔,也没有普希金。它们只是麇集在一起工作……"

沃洛佳碰到一个法国记者,仔细地问了很久,发现他所渴慕的那种文化在西方也没有。萨福诺夫在一个大学生的集会上打算揭发他的同志们的天真和无知,但在同法国人的谈话的印象支配下,他却说道:"可不可以怀疑一下:未来是属于谁的呢?我之所以对这一点特别感兴趣,是因为我个人的命运多半已决定了。我要跟大家在一起,努力干好工作……问题不在于我,问题在于我们。我现在坚定地说出'我们'这个字。我们应该获得胜利……文化不是地租,不能把它藏在柜子里。文化在一刻不停地产生着——每一个字、每一种思想、每一种行动都能产生文化。我在这儿听到你们谈音乐、诗歌。这就是文化的诞生、成长,痛苦而艰难的成长……"回家以后,他在日记本上记道:"最有趣的是我讲了心里话。无论如何不是出于害怕。但我讲的并不是我所想的。或者:是,也不是。似乎别人在替我说话……"

伊琳娜在一封未寄出的信中和他争论:"……你比好多人都聪明,知道的东西多。但是你在改善生活方面没有做什么事情。你只看到坏的,你在嘲笑。你以为我自己看不到周围有多少丑恶的事吗?我们的建设并不在又干净又漂亮的实验室里进行,但我要直率地说,是在牲口棚里进行。畏缩不前,两面派手法,低级趣味!有时我真替一切事物,替所有的人担心。正因为这样,我才认为我们应该斗争,而不只是冷嘲和叽叽咕咕地讲述那些愚蠢的笑话……你对我说过'现在的人不能爱'。沃洛坚卡,这是不对的……现在的生活是这样艰难,这样紧张,这样伟大,因而爱情也在增长。难呀,现在要爱真是太难啦!……你说过:'现在盛行的不是爱,而是生铁。'并且重复地说:'生铁,生铁。'你不知为什么觉得这可笑。其实这根本没有什么可笑。你自己说说看,现在什么事更为重要:读你的法朗士呢,还是生产钢轨,以便将来使国内的面包或印花布能稍多些呢?但是人们现在并不仅仅在炼生铁。或者,不,他们的确只炼生铁,可是在这生铁中不仅有焦炭和矿石,其

---

① 塞内加(约公元前4—公元62),罗马政治家、哲学家、作家。

中还有别的东西。就如谢尼亚'向往旋律的轰鸣'一样,现在大家都在这样向往——愈来愈高!这儿既有炼铁炉,也有诗和爱情……"

伊琳娜不喜欢注定要失败的沃洛佳而喜欢生气勃勃的科利亚·勒扎诺夫。但这并不是沃洛佳自杀的原因。无论是他的同志们,他在最后一天前去求教的老教授,还是中篇小说的作者,谁都没给他递过绳子。特别敏感的良心使他绝望了。但要是说有谁指责过他,那也许只有那个每天夜里到科坦登大街来和我作永无休止的谈话的时代本身。

我之所以不厌其详地谈沃洛佳,是因为许多批评家曾企图把他视为敌人。1953年再版的《第二天》由叶梅利亚诺夫增补了一些注释,他说沃洛佳似乎是一个法西斯分子:因为他曾对图书馆一位年老的女管理员说,他真想把所有的书都付之一炬。不错,沃洛佳有一次承认,他憎恨书籍,就像一个酒鬼憎恨伏特加。但这个书呆子却不见得像一名希特勒的冲锋队员。沃洛佳陷入自己的矛盾中不能自拔了。要是他的天良略微少些,而顽强性又略微多些,也许他就不会上吊,而会成为一个受大家尊敬的专家。

我在中篇小说里不仅描写了科利亚和他的朋友们,我也描写了懒汉、投机分子、破坏机器的愚昧无知的人们,我竭力要道出全部真理。如果我过去和现在一直觉得这个中篇小说是乐观主义的,那不是因为在经历了最艰苦的考验之后,车间终于投入生产了,而是因为千千万万的建设者已逐渐变成真正的人了。中篇小说以一个过去的游击队员的话结束:"你们看一看科利亚·勒扎诺夫和其他的小伙子们。当热风炉未能如期完成任务的时候,我跟他们一起在库兹涅茨克战斗。为了保护这条堤坝,我跟他们一起斗争……作为一个老游击队员,我要说,现在我可以安心地死去,因为,同志们,我们有了真正的人……"

中篇小说里没有主人公,正如我们所说,它像"万花筒一般"——许多人物一闪而过。我醉心于简短的句子、快速的蒙太奇、瞬间即逝的镜头:我想为新内容找到一种新形式。

1934年6月,《文学批评家》杂志曾在莫斯科举办了一次《第二天》的讨论会。我第一次参加这么一个谈论我的书而又要我本人发言的集会。在我的回忆录中,我常常以讽刺的口吻或遗憾的心情评论我自己早年的见解。但在我读了讨论《第二天》的速记记录以后,奇怪得很,对于我在二十七年前所说的话,我至今几乎全部同意。"今天我感到自己就像白海建设工地上的一名建设者:我犯了罪,但又赎了自己的罪,被批准加入正在建设社会主义祖国的有觉悟的公民的行列……有人确信,我们作家应该受到指责,而我们也应该悔过,在我看来,这是不正确的……我写了许多坏书,不善于构思书的内容——因为我不够成熟,但我从来不曾诋毁苏联的现实……现在有些同志说,我在《第二天》里谈困难谈得太多,是因为我已经习惯了舒适的生活……建筑工程局局长弗兰克福尔特同志和市委书记认为,我没有在书中'加重'困难,而只是描写了实际存在的困难……同志们在这里说,沃洛佳是个聪明人,但不该把他和一个同样博学多识的正直的共青团员对立起来。不过,同志们,现在我们这里不是第六天,而是第二天……我不知道,《第二天》对于我是不是一个成功,但我不愿模仿别人……我的书都是草草写成的。也许在某种程度上我们都是特列季亚科夫斯基①。但特列季亚科夫斯基已起到了自己的作用……现在与其从左拉那里拿一点,从列夫·托尔斯泰那里取一点,又从苏维埃现实中拾一点,还不如写一本虽然低劣,但却是自己的书……"

直到如今我也不知道我是否实现了(即使是部分地实现)自己的意图。《第二天》或许是一本拙劣的书,但它不是模仿他人的,而是根据内心的需要写成的。

巴别尔在读完了最后一页手稿后说"很成功",这话出自他的口中,对于我是很大的夸奖。(当书译成法文后,我收到罗曼·罗兰一封长信,他写道,《第二天》帮助他更好地了解了苏联青年。)

我把手稿寄给伊琳娜,托她转交"苏维埃文学"出版社。不久伊琳娜通知我,手稿被退回了:"请转告令尊,他写了一部拙劣而有害的作品。"

我决定孤注一掷:在巴黎印了几百部,编上号码,然后把书寄到莫斯科去——寄给政治局委员、报纸和杂志的编辑、作家。

在30年代和40年代,一本书的命运有时候是由偶然的因素、由一个人的意见决定的。这是一种抽彩,我很走运——几个月后,我收到出版社拍来

---

① 特列季亚科夫斯基(1703—1768),18世纪的俄国学者和失败的诗人,他的名字成了没有才能的诗人的代名词。

的一封长长的电报：寄上合同、祝贺、致谢。

《第二天》于1934年4月在莫斯科问世。拉狄克在《消息报》上写道："这不是一部'甜蜜的长篇小说'。这部长篇小说真实地表现了我们的现实，没有掩饰我们生活中艰苦的条件……"就在同一天，《文学报》上出现了加里的一篇文章："作家歌颂猖獗的自发势力，这一次歌颂的乃是正在建立世界上最大的冶金工厂之一的自发势力。一群小人物在乱七八糟的建设环境中生活、爱、受苦。除此以外，这些小人物不幸还在思想。这太糟了，因为他们的思想非常平庸。在伊·爱伦堡的长篇小说中，人们消失在新建筑工地的一片混乱中，他们在水沟、挖土机、起重机中迷失了方向。在长篇小说中，这种奇怪的现象不仅发生在'反面'典型身上，也发生在'正面'典型身上。而这已经是诽谤了。总而言之，如果对伊·爱伦堡的长篇小说吹毛求疵，那么可以毫无困难地证明，这部作品乃是为奥地利马克思主义关于'建筑在突击队员白骨上的五年计划'的胡说八道所作的辩护。"拉狄克在第二篇文章中反驳道："加里怎么会认为，社会主义现实主义的内容就是一个画家只画民间版画，只表现社会主义建设是一桩多么轻而易举的事呢？"我觉得这场争论就是在最近的报刊上见到的……

凡此种种都发生在我写完《第二天》的一年多之后。就在我从伊琳娜的信中获悉出版社拒绝接受我的书的那一天，有人给我带来了一份描述5月的焚书事件的德文报纸：柏林的大学生在戈培尔的领导下，在大学的楼前燃起了一堆火，并按照预先拟定的书目把他们深恶痛绝的书在火中焚毁了。我的几部长篇小说的德译本也被火化了。

报上登满了可怕的消息：蹂躏犹太人的暴行、枪决共产党员、集中营。瓦·萨·多夫加列夫斯基从日内瓦回来，谈到裁军问题的代表会议如何遭到破坏；罗森贝格到英国去了；一些英国政治家支持武装德国——他们估计纳粹分子会向俄国进军。正是由于这个原因签订了"四国公约"……

我和让-里沙尔·布洛克一同参加了在互助大厅召开的反法西斯群众大会。大厅里的人们焦躁不安地跳着、握着拳头。一个从集中营里逃出的德国人的叙述使许多人潸然泪下。

后来我们和朗之万教授一同坐在一家小咖啡馆里。他忧郁地微笑着说："这一切是多么愚蠢！人类还没有脱离幼年时期——它的过去总共有二十亿年……"我问:"可将来有多少年呢?"——"如果它不会出于愚蠢而以自杀来结束自己的存在,那么还有一百亿年……"

让-里沙尔·布洛克激动起来,他说,各地都应该建立委员会,趁目前还来得及的时候赶快行动起来。工人们打咖啡馆旁边走过,唱着"这是最后的……"

后来安德烈·维奥莉斯来到咖啡馆,她是一个勇敢而又不妥协的女人。她谈到特种军团的士兵在印度支那的暴行,谈到刑讯和被烧毁的乡村。我十年前、二十年前就听到过和读到过同样的故事。镇压者们的制服不断改变,但残忍而又束手无策的殖民者们都彼此相似。不久以前我见到几位越南作家,我提到了安德烈·维奥莉斯的名字,于是他们赞叹地说:"我们知道她,她是第一个向西方说出真相的女作家。"

新的一章开始了,这不仅是历史的新的一章,也是我同辈的每一个人一生中的新的一章,它也许是最艰苦的一章。

人，
岁月，
生活

ЛЮДИ,
ГОДЫ,
ЖИЗНЬ

ЛЮДИ,
人,
ГОДЫ,
岁月,
〔苏联〕伊利亚·爱伦堡 /著

冯南江　秦顺新 /译

生活
ЖИЗНЬ

下

人民文学出版社

第 四 部

冯南江 秦顺新 译

1

  1933年我认识了美国电影导演刘易斯·迈尔斯通,不久就和他成为挚友。他是一个很胖、很善良的人。在第一次世界大战前,当他还是一个少年的时候,他便从比萨拉比亚到美国去寻找幸福;他受过穷,挨过饿,当过苦力、店员、流浪摄影师,最后成为电影导演。影片《西线无战事》给他带来了声誉和金钱,但他依然那么朴实、愉快,或者像巴别尔可能会说的那样,依然那么乐和。他喜爱俄罗斯的一切东西,没有忘记生动鲜明的南方话,每逢有人给他一小杯酒和一条鲱鱼,他总是很高兴。他来苏联待了几个礼拜以后,立刻同我国的导演们交上了朋友,他说:"我不是什么刘易斯·迈尔斯通,我是基什尼奥夫①的廖尼亚·米尔施泰因……"

  有一次他告诉我说,当美国决定参战的时候,曾问过许多军人,问他们是愿到欧洲去呢还是愿留在美国,并编制了两份名单。迈尔斯通是想上前线去的,但那些想留在家里的人却被派到前线去了。迈尔斯通笑着补充了一句:"一般来说,生活中往往如此……"他是一个愉快的悲观主义者,"在好莱坞不能干你想干的事。但也许不仅在好莱坞是如此……"

  他决定根据我过去写的长篇小说《尼古拉·库尔博夫的生与死》拍一部影片。我劝他别拍,我不喜欢这部旧作,而且在1933年表现一个在实行新经济政策时期的自发势力面前心惊胆战的浪漫的共产党员也颇为可笑。迈尔斯通却一定要我把电影剧本写出来,他建议把故事情节改动一下,描写建设、五年计划:"让美国人看看俄国人的能耐……"

---

 ① 基什尼奥夫是摩尔达维亚共和国首都,迈尔斯通是在基什尼奥夫出生的犹太人。

我很怀疑自己的能力,我不是剧作家,未必能写出一个优秀的电影剧本,况且我觉得用几本书拼凑起来的东西也不像样子。但我喜欢迈尔斯通,于是同意和他一起试写一个电影剧本。

他邀我到英国的一个小小的疗养城市去,他在那里从事一件艰苦的工作——减肥。他体重一百公斤,每年绝食三个礼拜,减轻二十公斤;不用说,事后则狼吞虎咽,不久体重又复原了。为了绝食,他挑了一个附设蹩脚餐厅的舒适旅馆,以免对那些照旧享用午餐和晚餐的人们过于眼红。

他躺着,身体逐渐瘦了下去,而我却坐在旁边,吃着没有滋味的食品,写着电影剧本。迈尔斯通对场面的协调有令人惊叹的敏感:"这里应该中断……也许下过雨了?或者是一个拿着小筐子的老太婆正从家里出来?……"

我没有把这个电影剧本保存下来,我现在对它的印象已很模糊,它仿佛是好莱坞和革命的一个杂种,是迈尔斯通的个别神来之笔和电影八股的一个混合物,是一出用两个成年人的讽刺点缀起来的传奇剧。

我们写满了厚厚的一本。迈尔斯通瘦了,衣服穿在身上显得十分宽松,末了我们便动身去巴黎。迈尔斯通在蒙帕纳斯认识了画家纳坦·阿尔特曼,便请他绘制布景和设计服装。

迈尔斯通的悲观主义原来是有根据的。哥伦比亚影片公司的老板科恩在读了电影剧本后说:"社会问题太多,性的描写太少。现在不是把钱乱扔的时候……"

不用说,迈尔斯通很不愉快,他为此事花了将近一年的时间,经他力争,终于使哥伦比亚公司把稿费付给了阿尔特曼和我。

(第二次世界大战爆发前不久,我在巴黎遇见迈尔斯通。他没有变瘦,但变得忧郁了。战争期间,他在好莱坞拍了一部关于苏联人的影片:他想尽力帮助我们。我到了美国以后,和他通过电话,他邀我去好莱坞,但我却到南方去了。我不知道他在战后的这些年里做了些什么,也不知道他有多少次被迫去干他不愿干的事。)

我和阿尔特曼都为这笔意外之财而眉开眼笑。当时的报纸登满了关于在一次国家举办的抽彩中各赢了五百万法郎的两个幸运儿的故事,一个是煤矿工,另一个是面包师。尽管我们发的财寒酸得无法跟他们相比,但我们还是把自己称作煤矿工和面包师。我们决定阔阔气气地迎接1934年。

在埃科尔-德-梅台辛大街上有一家小小的波兰餐厅,由于想吃俄国菜,我们常去光顾。主人殷勤好客,那几年频频发生的波苏冲突也没有对点心或油炸圆包子的质量产生什么影响。波兰人在元旦的前夜关上自己餐厅的大门,来到了科坦登大街。我们的住宅有两个房间,所以便把房门敞开,把从餐厅里运来的十来张桌子排成一行。阿尔特曼在入口处写了一行醒目的艺术字:"煤矿工和面包师欢迎你们"。

现在我从旧照片上看见,当时我长得很胖,但是我并未变成一个像迈尔斯通那样温厚的人,恰巧相反,我急欲奔赴战场,向风车和某些完全真实的磨坊主进行冲击,刺伤奸细们和保罗·瓦莱里,猛烈攻击超现实主义和上个世纪俄国的写生画,无意中得罪一些人,而且几乎每天都要写各种抨击性的文章,往《消息报》寄发战地通讯。总而言之,我的行径与其说像一个稳重的四十二岁的散文作家,不如说更像一个年轻的诗人。

我当时觉得,欧洲在1933年沉到了底,而现在则漂到表面上来了。在迎接新年的几天前,报上有消息说,莱比锡的法官们不得不宣告季米特洛夫无罪。这是希特勒向舆论投降。我常常遇见德国侨民,他们说,法西斯制度的崩溃指日可待——这是他们的希望,也是我的希望,我认为,1934年对于希特勒将是注定灭亡的一年。

希特勒党徒的残忍和残暴引起了毫不妥协的精神和复仇的渴望。我还记得,匈牙利第一届革命政府首脑卡罗伊伯爵,一个罕见的好人,曾在"丁香田庄"咖啡馆里对我说:"您可知道,我现在盼望什么?夏天一个美好的早晨,我走上凉台,喝着咖啡。每一棵树上都吊着一个法西斯分子……"我一面听,一面笑了。

我记得巴黎最初几次反法西斯群众大会中的一次,朗之万教授、安德烈·纪德、瓦扬-古久里、马尔罗发表了演说。安德烈·纪德在布道——他证明只有共产主义能战胜邪恶,他常常喝水,眼镜的镜片闪闪发光。坐在大厅里的工人们从来没读过他的书,但知道他们面前是一个著名的作家,当纪德说"我怀着希望注视着莫斯科"的时候,他们都愉快地议论起来。马尔罗的演说艰涩难懂,他的脸不时因神经质的抽搐而变歪,突然他停住了,举起一个拳头叫道:"如果战争爆发,我们去参加红军!"这时大厅里响起了热烈的掌声。

凡此种种如今可能使人感到奇怪。人也和时代一同变化,而且是按照不同方式变化的。在一个人死去的时候,我们对他那五光十色的、有时是互相矛盾的岁月的一致性看得比较清楚,而在他还活着的时候,今天就把昨天遮住了。

保罗·艾吕雅在1933年是超现实主义的一个坚定的信徒,当时未必有谁会预见到,反法西斯的游击队员们将反复吟咏他的诗篇。朗之万有一次曾忧虑地微笑着说,约里奥-居里不了解法西斯主义的全部危险性。

安德烈·马尔罗现在是戴高乐政府的一名部长,而在那八年里,我在巴黎和西班牙经常遇见他,他是我的密友。有些回忆录的作者总是竭力中伤自己过去的朋友,这不合我的胃口。我已预先告诉读者,在谈到活人的时候,我要稍加节制,并对许多事情避而不谈。但不提马尔罗,我就无法谈30年代的事了。

他的长篇小说《人类生存的条件》于1933年问世,关于它我曾写道:"对历史的研究不仅用一批雕塑丰富了马尔罗,它还把任何一种黄金时代业已过去并已注定要灭亡的文化所富有的那种复杂性、那种必然的深度、那种极其复杂微妙的矛盾塞满了他的意识。"但是,我曾目睹马尔罗走向生机盎然的生活,而当一群极端保守的作家授予他龚古尔文学奖时我也感到高兴:局势在评奖委员会里起作用了——法兰西向左转了。

马尔罗给我介绍了许多年轻作家——卡苏、阿弗利纳、尼赞、达比。我和他的一个追随者吉乌成了朋友,一两年后他的《黑血》一书问世,这是在两次大战之间写成的最优秀的长篇小说之一。他是布列塔尼的圣布里厄市的教师,并不像巴黎的文学家,他朴实、谦逊,没有非高谈一番哲理或把事情弄得复杂起来不可的愿望。(不久前我在罗马意外地遇见了吉乌,我们满怀柔情地回忆起遥远的岁月。)

我也常常遇见一些德国作家,我结识了温和而又调皮的布莱希特。他谈到死亡,谈到梅耶霍德的演出,谈到一些有趣的琐事。过去的水手图烈克很有把握地对我说,希特勒不出一年就要被扔进施普雷河。我很喜欢他的乐观主义,便送给他一只烟斗。托勒尔陷入了情网,他很绝望,既拟剧本的写作提纲,又拟解放德国的计划,看来他的衣袋里有好几副纸牌,他总是在盖纸糊似的房子。我一下子就对安娜·西格斯发生了好感,她任性,很活泼,眼睛近视,但洞察一切,虽然漫不经心,但对每一句脱口而出的话都理解得很透彻。

我们常常见面、争论、预测未来。有的人发誓说,不久法西斯主义即将在德国崩溃,另一些人却断定褐色的鼠疫将波及法国。

不过颜色变了,法国的鼠疫是天蓝色的。我看见过"法兰西团结党"的几次示威游行,穿着蓝衬衣的年轻法西斯分子列队齐步行进,举手向自己的元首致敬。"战斗十字团""爱国青年团"的呼吁书开始闪现。与德国不同的是在法西斯分子中间工人很少,于是我带着冷笑打量着这些发誓要消灭所有共产党员的娇生惯养的子弟。

我打算春天回莫斯科。苏联作家代表大会定于夏季召开,我像第一次去参加舞会的姑娘那么激动,所有的作家都将欢聚一堂,并将开始一场关于艺术的坦率而严肃的谈话,这准是一桩大事……

我在1933年读了《被开垦的处女地》、巴格里茨基新写的几篇长诗、帕斯捷尔纳克的《护照》、巴别尔新的短篇小说、谢尔文斯基和扎博洛茨基的诗。我觉得我国的文学正在蒸蒸日上。

许多法国作家在1933年怀着希望转向共产党人,这大概是由于千百万人在读到法西斯分子焚毁书籍、死刑、暴行的消息时产生了恐怖和愤怒。在革命作家联合会的呼吁书上签名的人中间还有季奥诺和德里耶·拉·罗舍尔。

我是在20年代末认识季奥诺的,他是一个富于幻想的人,脸上经常挂着平静的笑容,写作一些关于乡村生活的、富有诗意的长篇小说。他在1933年和别的许多作家一起诅咒法西斯主义。后来我很久没有见到他,当我读了他的一篇主张顺从希特勒的文章后,我大为惊奇。而在他后来顺从了占领制度时,我对此已不感到惊奇了。

德里耶·拉·罗舍尔比他出色得多——才思横溢,有其独特的真诚,但患了很危险的精神病。我们曾一同在反法西斯的知识分子经常聚会的文化大厦发言和友好地交谈。我在一次旅行结束后回到巴黎时,在圣日尔曼林荫道上的咖啡馆门口看见了德里耶。他急忙转过脸去。有人给了我一本他新近写的书,书中有一段奇怪的自白:"我们将同所有的人作战。这就是法西斯主义……自由完蛋了。人应该陷入自己黑暗的深渊。这是我,一个知识分子,一个永远热爱自由的人现在说的话……"他迷上了法西斯主义,当希特勒党徒占领法国的时候,他曾和他们合作,而当他发现自己的打算失败了以后,就于1944年开枪自杀了。

天才的随笔作家,布列塔尼人,工人的儿子盖延诺常来出席我们的集会。我保存了他赠给我的《一个四十岁的人的日记》一书,现在我把这本书打开了:"战争接近尾声的时候东方出现了一片巨大的火光。它的反光正在帮助我们生活……我们没有效法他们的榜样。战斗没有扩展开去。现在我们看见,那场大火的火星如何在西方的泥潭里闪耀和隐没。但这场战斗、这个榜样却依然几乎是我们的全部希望、我们的全部喜悦……"

如今盖延诺是一位院士,不久前他到莫斯科来访问了我。我们在许多方面存在分歧,但我们却满怀柔情地回忆起30年代中叶。

法国的法西斯分子在1933年末抬头了。巴黎宛如一个被骚扰了的养蜂场嗡嗡直响。人们在咖啡馆里、在地下铁路的车厢里、在街道的角落里争论得声嘶力竭。家庭正在分裂,这在某一点上类似1917年夏天的莫斯科。

就连蒙帕纳斯的艺术家们也开始对政治发生了兴趣。

我生平第一次迷上了无线电收音机的匣子。

康·亚·费定曾在一篇文章中回忆自己在科坦登街上我的住宅里度过的一晚,在那天晚上,马尔罗曾向他详细打听苏联的情况,康斯坦丁·亚历山德罗维奇还同莱昂哈德·弗兰克①争论了一番。我们常在"库波尔"酒吧间或我家里争论问题。

我有时遇见安德烈·尚松,他是一个热情的南方人,为人温和,心肠也好,但在谈话中却谴责所有对法西斯主义抱怀疑态度的人,他自称为"雅各宾党人"。现在他是院士,每隔五年或十年我们就会见一次面,并且心平气和地回忆往事。

常到"库波尔"酒吧间去的还有奇列诺夫、埃尔扎·尤里耶夫娜、阿拉贡、德斯诺斯、罗哲·瓦扬、雷纳·克莱维尔以及其他一些过去的和现在的超现实主义者。雷纳·克莱维尔有一双善良的、受迫害的人的眼睛,他为共

---

① 弗兰克(1882—1961),德国作家。

产党人和超现实主义者之间的不和感到十分痛苦,我企图安慰他,但未奏效。

《展望》周刊和《读书》的出版者,狂热的沃热尔有时候邀请我到他菲桑杰里的领地去。他是一个假绅士,但这不是就纲领而言,而是就天性而言——他本人并未觉察到这一点。他赞美苏联,和阿·阿·伊格纳季耶夫一同去过莫斯科,邀请共产党员前去见他,但当他的女儿玛丽-克洛特嫁给瓦扬-古久里以后,他却有些怅然。在菲桑杰里经常进行无休止的争论,沃热尔喊得比谁都凶,他在生活中温柔敦厚,但发起议论来却激烈异常。

毋庸讳言,我为自己的成功感到高兴:与悲观的预言相反,《第二天》在莫斯科出版了。也许这件事在我对各种事件的评价上发生过影响。我一生中常常看到,私人事务、工作中的成败以至健康状况,往往会对人的见解发生非常重大的影响。

不管怎样,我满怀信心地瞻望着未来。

12月末,我收到从莫斯科拍来的一封电报:"我已与鲍里斯·拉宾结婚,姓氏与通讯处同前,祝新年快乐,伊琳娜。"我认识鲍·马·拉宾是在一年之前,他既爱书籍,又爱艰辛而危险的奇遇,这是不常见的,我因此很喜欢他,我也喜欢他写的那本书。但电报却使我吃了一惊:伊琳娜在给我的信中从来没有提到过拉宾。我觉得电报中关于姓氏和通讯处的说明很滑稽——这既表现了伊琳娜的性格,也表现了时代的性格。

我们为伊琳娜的幸福干杯。除夕过得相当令人满意,这不仅因为波兰厨师为我们做了一顿丰盛的晚餐,还因为几乎所有的人(客人很多)都兴致勃勃,我们乐了一个通宵。

我当时已近四十三岁,岁数不算小了,但想必还很年轻。我相信法西斯主义的垮台指日可待,相信正义的胜利、艺术的繁荣。我觉得过去的几年是一个过于漫长的前夜,于是就给由我在1932年至1933年间所写的文章汇集而成的一本书取名为《姗姗来迟的结局》。我不会说任何一句话来表白自己——我赞同过许多人的幻想,而且怎么也不能想象,我已渐老,却看不见结局。

2

我同伊·阿·伊利夫和叶·彼·彼得罗夫是1932年在莫斯科相识的，但一年后他们到了巴黎我才和他们成为好友。当时，我们作家去国外旅行总要遇到许多预料不到的事。伊利夫和彼得罗夫乘苏联军舰到了意大利，本想乘原军舰回来，不料却跑到维也纳去了，他们希望在那里得到《十二把椅子》的译本的稿费。他们从译者手中好不容易弄到一点钱之后，便动身去巴黎。

我认识一位原籍俄国的女士，她在一家短命的影片公司工作，是一个十分善良的女人。我设法使她相信，写电影喜剧脚本的本领谁也比不上伊利夫和彼得罗夫，于是他们就得到了一笔预支款。

当然，我立刻便把煤矿工和面包师中彩的故事告诉了他们。他们每天问我："关于我们的百万富翁，报上有什么新闻吗？"当谈到电影剧本的时候，彼得罗夫便说："故事的开头有了，一个穷人中彩得了五百万……"

他们在旅馆里辛勤地写作，晚上便去"库波尔"酒吧间。我们在那里虚构各种各样滑稽的情节。除了剧本的两位作者之外，参加寻找"题材"的还有萨维奇、画家阿尔特曼、波兰建筑师谢尼奥尔和我。

剧本失败了，无论伊利夫和彼得罗夫怎样努力，剧本还是表明作者不很了解法国的生活。但目的已经达到了，他们在巴黎住了一段时间。而我也有所收获，认识了两个极好的人。

在回忆录中，两个名字常常合写成"伊利夫彼得罗夫"，但他们彼此并不相像。伊利亚·阿诺尔多维奇腼腆、沉默，很少开玩笑，但开起玩笑来却很尖刻，而且，他和许多引得千万人发笑的作家——从果戈理到左琴科——

一样,也很忧郁。他在巴黎找到了早就离开敖德萨的弟弟。弟弟是画家,他对伊利夫大谈现代艺术如何奇特。伊利夫喜欢心灵的混乱和破产,彼得罗夫却喜欢舒适,他很容易和各式各样的人交友,常在各种会议上代表自己和伊利夫发言,他能一连几小时逗人发笑,自己也跟着笑。他是一个少见的好人,他希望人们生活得更好,他能发现一切能使人们生活得更轻松、更美好的事物。他大概是我生平所遇到的最乐观的人,他十分希望一切都比实际情况更好。他在谈到一个明显的流氓时说:"也许事实并非如此,别去理会人们的流言蜚语……"在希特勒分子进攻我国半年以前,彼得罗夫被派往德国。回来后他安慰我们说:"德国人极端厌恶战争……"

不,伊利夫和彼得罗夫并非形影不离,但他们共同写作,共同在世界上游荡,亲密无间。他们似乎是互相取长补短,伊利夫的尖刻讽刺对彼得罗夫的幽默来说是一种很好的调料。

尽管伊利夫比较沉默,但不知怎的却比彼得罗夫更引人注目。我真正了解叶夫根尼·彼得罗维奇却晚得多,那是在战争时期。

我常想起苏联的讽刺作家左琴科、科利佐夫、埃尔德曼的遭遇。伊利夫和彼得罗夫却一直很走运,读者读了他们的第一部长篇小说后就立刻爱上了他们。他们的对头很少,也很少受到"严厉批评"。他们经常出国,游遍了美国;关于这次旅行,他们写了一本有趣而又富于见地的书。他们善于观察生活,他们写这部有关美国的书是在1936年,这也是一个成就:我们现在称之为"个人崇拜"的一切对讽刺是不大有利的。

他们两个人都死得很早,伊利夫在美国害了肺病,于1937年春去世,年仅三十九岁。彼得罗夫则因飞机失事,在靠近前线的地带牺牲了,年仅三十八岁。

伊利夫在去美国之前曾不止一次地说"剧目都演完了"或"浆果在萎谢"。但读了他的札记后可以看出,他刚刚走上一个作家的道路。他带着契洪杰[①]的头衔死去了,有一次他对我说:"能够写出一篇像《醋栗》或《宝贝儿》那样的短篇小说该有多好……"他不仅是一位讽刺作家,而且是一位诗人(他年轻的时候写过诗,但问题并不在这儿——他那日记体的札记充

---

① 契诃夫在创作初期使用的笔名。

满着真正的诗意,既简洁,又严谨)。

"我们现在该怎样写作呢?"伊利夫最后一次到巴黎时曾对我说,"'伟大的谋士们'①已销声匿迹。报上的小品文可以描写刚愎自用的官僚主义者、小偷、流氓。如果有姓名有住址,便是一种'反常现象'。要是写了一个短篇小说,他们立刻就大喊大叫:'您把非典型现象普遍化了,这是诽谤……'"

伊利夫和彼得罗夫有一次在巴黎讨论第三部长篇小说该写什么时,伊利夫忽然忧郁起来。"当真值得写一部长篇小说吗?叶尼亚,您像往常那样想证明弗谢沃洛德·伊万诺夫错了,西伯利亚长着棕榈树……"

在大量手稿中,伊利夫毕竟留下了一部虚构的长篇小说的大纲。在伏尔加河沿岸的一座城市里,人们不知为什么决定建设一座电影城,使它既"具古希腊之风,又有一切十全十美的美国技术设备。于是决定立即派遣两个考察团,一个去雅典,一个去好莱坞,然后可以说是综合经验并着手建筑"。去好莱坞的人们因为一名考察团员的遇难而得到了一笔保险赔偿金,竟变成了酒鬼。"他们在水深及膝的太平洋中游荡,美丽的晚霞照耀着他们油亮的醉脸。几个莫罗勘派教徒受阿姆之托抓住了他们"。出差去雅典的人境遇也不妙,钱很快就花光了。两个考察团在巴黎的"斯芬克斯"妓院相遇,他们提心吊胆地回到家里,生怕受惩罚。但是大家早把他们忘了,而且谁也不再打算建设电影城了……

他们没把长篇小说写出来,伊利夫知道自己快死了,他在札记本里写道:"这样严酷冰冷的春夜,心里又冷又怕,我真倒霉透顶。"

伊利夫去世后,叶夫根尼·彼得罗维奇写道:"依我看,他最后的札记(它们是用打字机当即打下来的,打得很密,两行之间只隔一行)是一部杰出的文学作品。它富有诗意,又很忧郁。"

我也认为伊利夫的札记不仅是一部出色的文献,而且是优美的散文。他善于表达对庸俗的憎恨和惊讶:"我多么爱听职员们的谈话。女邮递员们安详而得意地论长议短,办公室里的职员们从容不迫地交流思想:'甜菜是糖渍樱桃。''我们默默地坐在奥斯塔菲耶夫圆柱下面晒太阳。两个多钟头都很安静,突然路上出现一个散心的女人,手里拿着一把镀镍的铜壶,铜

---

① 伊利夫和彼得罗夫合著的《十二把椅子》中的人物的绰号。

壶在阳光下亮得耀眼。大家都异常地活跃起来,您在哪儿买的？多少钱？'‘绿中带金的铅笔叫做"复写登录用笔"。啊！多么无聊！''一家新店开张了。香肠供给贫血症患者,野味馅饼供给神经衰弱症患者。''未受惊吓的白痴们的国度。''这是小负责干部的骄傲的子女。'""没有上帝！——可干酪还有吗？"教员担忧地问道。'"他描写了他熟悉的阶层："作曲家无所事事,只会用五线谱的稿纸相互写告密信。""每份杂志都咒骂扎罗夫。从前把他夸奖了十年,现在将骂他十年,骂他就因为从前夸奖了他。处在未受惊吓的白痴中间真叫人难过和苦闷。"

伊利夫的札记有些类似契诃夫的札记。但是伊利夫始终没有写出《宝贝儿》或《醋栗》来,来不及写,或者是由于谦虚没有决心写。

叶夫根尼·彼得罗维奇痛苦地经受了这个损失,他不只是为自己的密友伤心——他明白,一个名叫伊利夫彼得罗夫的作者逝世了。1940年我们久别重逢时,他带着罕见的忧愁说道:"我应当重新开始一切……"

他可能写什么呢？很难猜测。他很有才气,有他自己的精神面貌。他没有来得及表现自己,战争就开始了。

他担任了一件吃力不讨好的工作。当时主管往国外发布消息的苏联情报局的领导人是索·阿·洛佐夫斯基。我国的处境很艰难,许多盟国都在为我们唱挽歌。必须把真实情况告诉美国人。洛佐夫斯基知道,在我国作家或新闻记者中间很少有人了解美国人的心理,也很少有人能不用引文和刻板公式为美国人写作。这样彼得罗夫就成了规模很大的报业通讯社"北美报业联盟"(即派海明威去西班牙的通讯社)的军事记者。叶夫根尼·彼得罗维奇勇敢而耐心地从事这项工作,他同时还给《消息报》和《红星报》写稿。

我们住在"莫斯科"旅馆里,那是战争开始后的头一个冬天。2月5日一天停电,电梯停了。叶夫根尼·彼得罗维奇恰好在这个晚上从苏希尼奇回来,他被爆炸的气浪震伤了。他向同伴们隐瞒了自己的情况,他勉强地爬上了十层楼。第二天我去看他,他说话很困难。请来了医生。他躺在床上写有关战斗情况的报道。

在1942年6月十分艰苦的时期,我们坐在那个旅馆中乌曼斯基的房间里。海军上将伊·斯·伊萨科夫来了,彼得罗夫请求他帮助自己潜入被围的塞瓦斯托波尔,伊万·斯捷潘诺维奇劝阻他,彼得罗夫坚持要去。几天之后他果然溜进了塞瓦斯托波尔,他在那儿遇到了疯狂的轰炸。他乘驱逐舰"塔什干"号回来,德国的炸弹落在舰上,伤亡惨重。彼得罗夫好不容易到了新罗西斯克。他在那里坐汽车,汽车出了事故,叶夫根尼·彼得罗维奇仍未受伤。他开始写关于塞瓦斯托波尔的特写,并急忙动身去莫斯科。他乘的飞机像当时在前线附近飞行的飞机一样飞得很低,结果撞在一座小山顶上。死神长期追逐着彼得罗夫,终于夺去了他的生命。

(在这之后不久,伊·斯·伊萨科夫受了重伤,后来乌曼斯基也因飞机失事在墨西哥遇难。)

伊利夫和彼得罗夫在文学界是很出名的,他们都是好人,不自高自大,不以大作家自居,也不会不择手段地拼命为自己开辟道路。任何工作他们都干,甚至是最繁重的工作,他们为报上的小品文付出了许多心血,这使得他们的形象光彩夺目,他们很想战胜冷漠、粗暴、高傲。他们是好人,举不出比他们更好的人来了。他们是优秀的作家,人们在十分艰苦的时候读他们的书也会微笑。可爱的骗子奥斯塔普·宾德尔曾使千千万万的读者开心,现在依然使他们开心。而我,即使不曾享有这两位同行的友谊,也依然要对伊利亚·阿诺尔多维奇和叶夫根尼·彼得罗维奇补充一句:他们是我的好友。

3

在1931或1932年,有一次我和梅尔在马赛的一家饭馆里吃午饭。邻桌有一位颇像阿根廷舞蹈家的黑发美男子,他正在向一位夫人献殷勤。卖花女郎递给夫人一枝玫瑰的时候,他掏出一张钞票,用过分大的声音叫道:"零钱不用找了。"梅尔俯身对我说:"这就是亚历山大,巴黎最有天才的骗子手之一。说起来他还是您的同胞哩……"我没有细问:难道出身于世界各地的天才骗子手在巴黎还少吗?

1934年1月,我在所有的报纸上都看见了这位衣着华丽的黑发男子的照片。亚历山大·斯塔维斯基确实出生在基辅的斯洛博德卡。记者们称他为"美男子萨沙"。原来美男子在短期内就捞到了六亿五千万法郎。报上说,他曾三次受审,说他很得外交官员们的信任,曾在警察局服务,他开支票像送玫瑰花一样随便,不但送给议员们,甚至还送给某些部长。

报纸互相攻击起来:右派断定斯塔维斯基收买了激进派;激进派则回答说,达迪欧的朋友们也得到了支票。

美男子萨沙竟出人意料地开枪自杀了,报上添油加醋地描写了动人的细节,骗子手很像维特。这出传奇剧没有持续多久,原来是警察局的侦探乌阿谋杀了斯塔维斯基。警察局害怕走投无路的萨沙把一切公诸于世,而这件投机勾当却牵连到一些赫赫有名的人物。

全部经过就像奥斯塔普·宾德尔的冒险故事一样。譬如,调查结果断定:议员邦诺尔收到了大量贿赂。我不记得他是哪个党派的,但他曾在竞选呼吁书上写道:"我的纲领很有政治原则!首先是诚实!"

财政丑闻是法国的家常便饭,每年都要暴露一桩大规模的投机勾当:乌

667

斯特里克、别列、巴格达、"恩戈科-桑加"。现在又是一桩……我无论如何不曾想到漂亮的萨沙将揭开历史新的一页。

右翼的报纸竭力宣扬道德：这里有政治上的利害关系——当政的是"左派卡特尔"①的政府。外交部部长保罗·庞库尔是亲苏派。至于各式各样的法西斯组织，则都是效法德国的。同议员和某些部长有瓜葛的这个肮脏勾当帮助了反对议会制、拥护"有稳固政权的健全国家"的运动。

周期性的内阁危机爆发，它并不能改变什么，国会中的多数仍是激进派和社会党人。新任总理达拉第鼓起勇气决心撤换支持法西斯组织、权力很大的警察局局长克亚普。克亚普虽然矮小，却是个自大狂，他是科西嘉人，看来他很想成为拿破仑。他得知自己被免职，便说必要的时候他会"上街"。

果然，两天之后，在2月6日，我在五彩缤纷的协和广场上看见了一场法西斯暴乱。"战斗十字团""法国团结党""爱国青年团"的拥护者们企图通过大桥冲进国会大厦，惊慌失措的议员们正在里面开会。

法西斯分子的《马赛曲》被叫喊声打断了。警察中有许多科西嘉人，他们表现得异常温和，他们当中许多人都忠于自己的上司和同乡克亚普，何况他们面前并不是戴便帽的工人，而是穿戴阔绰的年轻人。法西斯分子烧毁了公共汽车，推倒了杜伊勒利花园里的女神像，用剃刀割破了共和国近卫军的马腿，有时响起了枪声。刑事犯们急忙赶来，动手捣毁商店，直到早晨大家都累了，才各自回家。

激进分子喜欢自称为"雅各宾党人"，但是这些"雅各宾党人"胆子很小，达拉第提出了辞呈。国会里一场常见的混乱开始了，右派杜美尔格组织了新内阁，搜罗了各种体面的法国人，其中也有贝当和赖伐尔。

这一切似乎都和往常一样，但是时代变了。共产党人号召工人们2月9日反击法西斯分子。夜是雾蒙蒙的，我步行到东站去，听说那里的工人和警察发生了冲突。我旁边走着一个中年工人，他跟我对了一下火，说道："太不像话……"这时从雾中驶出一辆满载警察的汽车，一名警察跳了下来，抡起大棒就往那工人的头上打去。

狭窄的街上筑起了街垒，人们抬来了大桶、桌子、手推车，唱着《国际

---

① 当时法国政府的绰号。

歌》,我试着再往前走。开始射击了,什么都看不见。等我跑到一个角落里的时候,周围已经空无一人,我只看见人行道上的血迹。

我钻进通宵办公的交易所大楼的电话间的时候,天已亮了,我想尽快发出一篇报道事件经过的电讯,我被留难和搜查了几次。

这事发生在星期五,后来的两天里决定了许多事:拥护共产党人的工会和以社会党人为首的工会达成了协议,决定2月12日举行总罢工。各种工人组织号召大家在民族广场上集合。

前一天报纸曾预言,罢工必定失败,但是第二天没有一份报纸出版,印刷工人罢工了。生活停顿了,公共汽车停驶,商店关门,邮局不办公,连教师也罢教了。

我徒步来到民族广场,这是巴黎第一次全民游行示威,使我惊奇的是这次示威把坚定的信念和巴黎群众永远不变的轻松愉快融为一体了。几百辆装着警察和近卫军士兵的汽车停在邻近的街道上,而广场上的人们却在谈笑、歌唱。有人决定用一面红旗把共和国的塑像装饰一下,塑像很大,底座很高,人们立即叠起罗汉。示威的人们向外国人——意大利、波兰、德国的难民们——亲切致意。我想起协和广场上发狂的法西斯分子,真是两个世界……

2月12日成了法国一个伟大的纪念日。似乎什么事都没有发生,第二天早晨巴黎看起来也和先前一样。2月6日的法西斯示威游行推翻了政府,而现在所有的部长却依然留在原岗位上。但正是2月12日使许多事情发生了变化。不是改变了内阁成员,而是改变了法国。当法西斯分子再次出动并拥戴某人当领袖时,各种猜测不知何故都立刻沉寂了。大家都懂得,力量在人民这边。2月12日是两年后震撼了整个法国的人民阵线的第一次预演。

我在街上走了一整天,感到满意和激动,晚上写了一篇文章送到电报局去。第二天编辑部拍来电报:维也纳的工人和警察开始了武装冲突,我必须及早领到奥地利的签证并尽速前往。

2月12日使我异常振奋,我看见到处都是胜利情景。巴黎之后是维也纳……看来巴黎工人在雾夜所唱的"最后的斗争"临近了。可惜持有苏联护照的人不能射击,他只能从事军事记者的工作……

4

我知道奥地利人不肯发给我入境签证,就决定耍点花招。我说我要经过维也纳到莫斯科去,请求发给过境签证。我心里想需要多久我就在维也纳待多久,反正还不知道谁胜谁败……不过奥地利人只拖延了两天就把过境签证发给我了。

我到维也纳的时候大雪纷飞,仿佛竭力遮盖住新近的伤痕。被海姆弗①的炮弹摧毁的房屋满是焦黑的窟窿。弗洛里斯多弗一片焦臭味。窗口露出一片片床单、手绢——投降的小白旗。我在瓦砾堆中还看见一具未收殓的女尸。海姆弗分子常常拦住行人,仔细搜查。这一切都像 1905 年 12 月的普列斯尼亚。

一位记者告诉我,昨天晚上战斗还在进行的时候,审判了一个名叫缪尼赫莱特的工人,他受了重伤,人们用担架把他抬上法庭。三小时后他被绞死了。继第一个死刑之后,其他的死刑接踵而来。

我想找几个熟人仔细询问情况,大家都吓坏了,不愿意回答。我获悉许多保卫同盟②的盟员都跑到捷克斯洛伐克边境去了。

在巴黎看到胜利之后,我在维也纳看到了失败。我不知道我们正在进入一个什么样的时代,保卫同盟的崩溃使我震惊。

我回想起 1928 年我在维也纳曾收到一份参观工人住宅的请帖。请帖是用一张很漂亮的纸印的,上面有首都的徽章和市长(社会民主党党员)的

---

① 当时奥地利的军事法西斯组织。
② 20 至 30 年代奥地利社会民主党领导的军事化的工人组织。

签名。陪伴我的是一位市政府顾问,也是社会民主党党员。我看到一些精致的房屋,附近有小公园、运动场,还有宽敞的阅览室。向导觉察出我的赞赏,很是高兴。他邀请我上咖啡馆,那里坐着许多工人,正在研究几十份各种倾向的报纸。我还记得我在那里曾向一位殷勤的奥地利人说出了自己的怀疑:"房屋好极了!但是你们不觉得你们是把这些屋子盖在别人的土地上吗?……"对方开始向我解释,说社会主义将通过和平的方式取胜——因为在维也纳最近几次的选举中有百分之七十的选民投社会民主党人的票……

现在这些以马克思、恩格斯、歌德、李卜克内西命名的漂亮房子却被炮弹打得千疮百孔、一片焦黑……

我听见一声枪响,一个海姆弗分子倒下了,这是业已逝去的风暴的最后一次无力的轰鸣。在林格大街上的一家咖啡店里坐满了温文尔雅的顾客。到处张贴着剧院的海报:《萨瓦省的舞会》《热情的姑娘》《我们要幻想》。

我前往布拉迪斯拉发,在那里找到了几位保卫同盟的成员,其中一位说他抢救了许多文献。他是社会民主党的工人党员,他对我谈了很久,叙述种种悲惨事件,把2月那些天之前举行的几次会议的记录和区领导人的报告都拿给我看。他说:"您是共产主义者,这对我无所谓。我读过您的作品,请您把真实情况写出来吧,让大家明白我们并未胆怯。当然,像科尔别利之流的叛徒是有的,但这种人不多。糟糕的是我们的领导人长期举棋不定!……他们都是好人,我和他们一起工作了十二年。但战斗一开始,他们就手足无措了……"

我仔细地阅读了文件,记录了参加战斗的一些普通人的叙述。本来已经可以坐下来着手工作了,但我听说保卫同盟的领导人之一尤利乌斯·捷奇在布尔诺。我便跑到布尔诺去。捷奇起先皱着眉头,然后开始叙述。他对多尔富斯和费依挑起起义十分恼火。使我惊讶的是他那政治上的机会主义见解同他那刚强的、也可说是固执的性格之间的不协调。他的行为比他的思想要好。(他后来的遭遇也充满了矛盾,西班牙内战期间他在那儿,他被提升为将军,社会民主党人埋怨他,因为他以"左"出名。就在后来他也常和自己的同志们争吵,他曾被开除出党,又重新被接受入党。)

我遇到过一个被事变弄得垂头丧气的人,他的怨恨向我说明了许多事情。

布尔诺位于奥地利边境附近,躲避迫害的人们陆续前来,他们谈论绞架,谈论牢房,有三千工人被赶进那里。我在报上读到一条新闻:在被解散的其他一些"马克思主义组织"中有一个"小果园主和家兔饲养者同盟"。这是可笑的,但我没有笑。

我在布尔诺为《消息报》写了几篇报导,结果写成了一本小书,在报上连载。

我不仅渴望描写事件,并且力图理解所发生的事。奥地利的工人们组织得很好。也许因为共产党员比德国的共产党员软弱得多,奥地利的社会民主党党员看起来和他们的德国同志不同,譬如,他们组织工人战斗队——保卫同盟,甚至瞒着当局私藏步枪、机关枪。然而一切都在两三天之内决定了,这究竟是什么原因呢?……

当时在我国的报刊上,社会民主党人被叫做"社会法西斯分子",这很尖刻,但是没有说服力。在德国的社会民主党人中间确实有些很快就适应了纳粹制度的叛徒。但社会民主党人不是法西斯分子,任何一个熟悉西方生活的人都很清楚这一点。法西斯分子不怕社会民主党人,而社会民主党人对法西斯分子却怕得要命,如果说他们不敢出来反对法西斯主义,那仅仅因为他们害怕共产党人的程度并不亚于他们对法西斯分子的恐惧,他们企图成为"第三种力量",但实际上却失去了一切力量,把工人从投降引向投降。

维也纳事件对我是富有教益的。我见过几位奥地利的社会民主党人,他们为人都很诚实,也很勇敢,但在政治上却是怯懦的,他们做的一切违反了自己的意志,促成了多尔富斯首相和海姆弗分子的领袖斯大伦堡公爵的胜利。

2月初,奥地利副首相费依宣称:"我们将在下周之内把马克思主义者从奥地利清除出去。"社会民主党的领导人是以什么行动回答的呢?他们劝说基督教社会党的左翼议员们参加抗议。而警察局当时却在接二连三地逮捕各区保卫同盟的领导人。总罢工一天天拖延下去。当林茨的工人们拒绝交出步枪并投入战斗的时候,维也纳给林茨拍了一封电报,说的是爱玛姑妈的健康情况,这是暗语——维也纳再次建议推迟行动。直到弗洛里斯多弗的工人们开始罢工并搬出暗藏的武器,保卫同盟的领导人才向各处发出"卡尔病了"的电报,意思是宣布总罢工。

我在《消息报》上写道:"社会民主党的首领们宣称,他们是违心地接受战斗的,他们说得对。他们想要保存的不是武器,而是肩章,也就是在一个法西斯国家里拥有被称作社会民主党人的权利,但连这样的权利多尔富斯也拒不授予他们。这时社会民主党人就必须选择:或者是下跪磕头,像他们的德国同行所做的那样,或者是自卫。我知道,许多社会民主党人在2月里表现了真正的勇敢。他们不怕死。但是他们害怕胜利……"这几行使报纸编辑部有些为难,但还是发表了。

维也纳事件迫使我思考的不仅是社会民主党领导人在政治上的软弱无力,我问自己,他们是怎样使部分工人养成了宽容精神,甚至养成了一副好心肠。维也纳的印刷工人没有罢工。很难怀疑他们没有觉悟。他们明白,多尔富斯首相不会许给他们幸福,但是他们一方面同情保卫同盟,一方面仍然排印把他们的同志称为"暴徒""凶手""雇佣间谍"的报纸。印刷工人们知道这是谎言,但他们不相信反抗能获得成功,他们害怕失掉工资,而他们的收入是不低的。铁路工人也拒绝参加罢工,这使政府可以调动军队镇压外省的反抗。第一天将近两万工人参加了武装斗争,第二天第三天还有七八千人在抵抗。这并不使我惊奇,这种情况在历史上是屡见不鲜的,奇怪的是总罢工一下子就垮台了,参加战斗的保卫同盟的成员完全没有后盾。

我明白了,希特勒的胜利并不是一桩孤立事件。工人阶级到处失去了联系,对失业感到恐惧,迷失了方向,也厌烦了诺言和报上的互相攻击。我问自己,下一步是什么呢?是巴黎还是维也纳,是抵抗还是投降?

我满怀希望迎来的1934年成了失望的一年。从拉脱维亚到西班牙接二连三地发生了法西斯骚乱和政变。秋天,阿斯图里亚斯的矿工们试图扭转事变的进程,但被击败了。

我不能说奥地利的资产阶级对海姆弗分子在1934年2月的胜利感到高兴。他们当然对保卫同盟被击败感到满意,但他们同时又害怕法西斯主义。他们天真地盼望召回遥远的过去——哈布斯堡王朝时代的无所用心和随心所欲,嘲笑政治制度、内阁危机以及林格的那些轻歌剧般的军人的犀利的小品文。但是时代是不讲情面的。2月,多尔富斯首相打败了工人并颁

673

布了散发着柏林的大兵气息和梵蒂冈的神香味的新宪法。我在维也纳见过多尔富斯,他像一个侏儒,委拉斯开兹也许可以给他绘出一幅出色的肖像,他总是心满意足地微笑着。不久他到意大利和墨索里尼签订了条约,想挽救奥地利免受希特勒的蹂躏。7月,他被元首的一个拥护者暗杀了。两年后当我再次来到维也纳的时候,2月的胜利者显得相当可怜。斯大伦堡公爵在搞体育,前副首相费依在一家轮船公司工作。当时的首相是极其谨慎小心的舒什尼格,他知道既不能得罪上帝,也不能得罪希特勒。1938年3月希特勒分子入侵奥地利以后,舒什尼格要求奥地利人不要抵抗。然而纳粹分子还是把他关进集中营去了。愉快的维也纳市民不得不为伟大的德国在顿河和伏尔加河上卖命。1934年2月开始的悲剧就这样收场了。

5

要从捷克斯洛伐克到巴黎去并不容易。我到布拉格的时候还能见到白雪,小公园里已呈现出一片绿色。奈兹瓦尔写了几十篇诗,并在各种咖啡馆里向我证明,勃勒东的超现实主义同社会主义现实主义没有多大区别。

我认识了恰佩克,某些左翼批评家攻击他:时代是严酷的,而他却在写小狗。恰佩克的外表很像伦敦俱乐部里的顾客,谦虚而拘谨,但我立刻感觉出他这假象后面的苦恼。一小时后恰佩克说:"从前说老人在岁月的重压下弯腰曲背,我们可以说是在世纪的重压下……一个好斗的愚蠢的时代行将到来……"

玛耶罗娃告诉了我一些哈谢克生平的趣事。战争结束到现在总共才过去了十六年,而帅克的时代已经变得像田园诗一般了。

霍夫迈斯特着手给我画像留念——带烟斗的和不带烟斗的,拿箱子的和没拿箱子的。后者使我害怕,尽管朋友们早已不再问我什么时候起程,而我出于迷信仍不愿把箱子打开。人们对我习惯了,但我不能习惯于自己的处境,不管我多爱布拉格,我还是想离开这里。

还在我向奥地利人申请过境签证以前,我的文章就在《消息报》上发表了。他们拒绝发给签证,德国人也拒绝了。从布拉格到巴黎的飞机得在纽伦堡着陆,需要过境签证。

赫茨菲尔德把"马立克"出版社搬到了布拉格。我在他那里看见柏林出版的我的书,不禁感到奇怪:这些书怎么没被烧掉呢?原来纳粹分子往国外销售禁书,减价出卖。为了表现动机的纯洁和不妥协精神,他们需要燃起火堆,然而他们并不讨厌捷克的克朗。

出版社里有许多人,一部分德国文学家搬到布拉格来了,其中有一位告诉我说,德国大使馆里有个名叫冯·帕宾的人,他酷爱文学,收集禁书,还把《胡利奥·胡列尼托》一书改装成华丽的精装本,也许他会大发慈悲给我一张过境签证。

我再次去德国大使馆。藏书家个子很高,浅色的头发,军人的风度,有一双近视的,因而不如说是善良的眼睛。他亲切地接待了我,称赞我的书,但拒绝发给签证:"我不愿意出什么岔子。"我不明白他说的是什么岔子,便向他担保:到纽伦堡机场的时候绝不开口。外交官笑道:"出岔子也许不是由于您的过错。看来您还不太了解情况……请您读读伊利亚·爱伦堡描写德国的文章吧。"

我想从匈牙利和南斯拉夫经过。匈牙利大使馆请示了布达佩斯,我付了一封长电报的费用,回答很简短。大使馆的一位秘书往我住的旅馆里打了个电话:"您得选择另一条路线。"

捷克斯洛伐克的外交部部长爱德华·贝奈斯邀我上他那里去。我在一间很大的办公室里见到一个矮小的、十分活跃的人,他先谈文学,然后微笑着说:"我知道您喜欢斯洛伐克,您还批评我们对待斯洛伐克文化的态度。"接着贝奈斯开始向我证明,政府的政策并不很坏。我知道莫斯科和布拉格正在谈判,最好是保持沉默,但没有忍住,就争论起来了。

最后贝奈斯说:"也许我在什么事上能为您效劳吧?"我急忙回答:"对!帮助我离开你们这美妙的国家吧。我要到巴黎去,我耽误了期限……"我叙述了申请过境签证遭到的厄运。贝奈斯把我领到挂在墙上的欧洲地图跟前,说道:"现在您自己看看,我们被包围了。捷克斯洛伐克正处在生死关头。"

贝奈斯想了一会儿之后又说,他试试帮我弄一张罗马尼亚的过境签证,如果成功,我就可以经过罗马尼亚到南斯拉夫再到意大利。我又看看地图,不禁微笑起来,应该往西去,可我却得往东……但是不能挑剔了,于是我向贝奈斯道了谢。

两天之后,我果真被罗马尼亚大使馆请去了。大家都久久地打量着我,更久地查看着我的护照,先前他们从未见过苏联护照(这是在外交关系建立以前)。

路途是漫长的,我不得不在罗马尼亚的奥拉迪亚市过夜。我好奇地注视着那些衣衫褴褛、但颇为机灵的马车夫,他们载着珠光宝气的夫人们四处兜风;我注视着赤脚的农民和彬彬有礼的警察,而记者们却同样好奇地注视着我,他们觉得苏联护照是一个开端。我坐着一列又短又慢的火车从奥拉迪亚到了蒂米什瓦拉,在那里遇到两位出色的人物——人民教育部部长安格列斯库和当地德国移民的负责人法布里齐乌斯。部长谈的是"伟大的罗马尼亚",负责人谈的是"伟大的德国"。

在离开罗马尼亚的时候,他们搜查我,把自来水笔当作私货扣留下来,后来知道我是作家,他们叹息了一番又把它交还给我。奇怪的是一位南斯拉夫的海关职员要求我签名,还说很喜欢我写的《十三只烟斗》。原来他是俄国人,随弗兰格尔的残部流落到南斯拉夫,现在他很怀念祖国。有一支武装警卫队押送列车,有人断定,克罗地亚分离派乌斯塔施分子要炸毁列车,又有人说使用炸弹的恐怖分子是遵照贝尔格莱德警察局的指示行动的。

我在的里雅斯特找到一个熟人——一位医生的妻子,她久久地叙述墨索里尼统治下的蠢事和屈辱的生活。送别我的时候,她去问站长开车的时间,按照法西斯分子的礼节举起了手,后来她说:"请您原谅我这个手势,没有办法……"

我到了威尼斯,车站的月台上铺着深红色地毯,奥地利首相多尔富斯扬扬得意地从这条地毯上走过。在圣马尔克广场上,黑衫党徒正在阅兵。扩音器正在广播墨索里尼的演说:"法西斯主义的和无产阶级的意大利,前进!……"黑衫党徒快活地叫喊着,他们的确是在前进——沿着春雨后闪闪发光的广场朝前走去。

米兰有一位出版商请我去他那里,不久前他出版了《第二天》的意大利文译本。书里的一篇序言说,这本小说有许多错误观点,譬如说,作者赞扬共产主义,但意大利读者有能力从中取其精华、弃其红色糟粕——《第二天》歌颂劳动,而大家都知道,只有法西斯主义的意大利才能保证劳动人民的自由和幸福。出版商关上了所有的门,开始半耳语地向我解释,如果没有序言,书是不能出版的。他的女儿,一位大学生跑了进来,大声地说:"看到墙上到处都是'领袖,领袖',我羞得真想大喊大叫……"

我怀着满腔愁绪回到法国,法西斯分子或半法西斯分子迅速地把欧洲变成了无法通行的莽丛。边境上的树木被砍倒了,代之而起的是密密的带刺铁丝网。搜查旅客,找寻报纸、手枪、外汇和炸弹。克罗地亚的法西斯分子攻击自己的塞尔维亚同伙。罗马尼亚的"钢铁近卫军"捣毁了小商店,威胁匈牙利人,而匈牙利的霍尔蒂追随者则屠杀农民,并宣誓要征服特兰西瓦尼亚。意大利的黑衫党徒叫喊着要接管奥地利的蒂罗尔州和法国的萨瓦省。法西斯的鼠疫不用签证就过了国境。

我在描写欧洲的莽丛之行时写道:"过路人觉得欧洲战云密布。谁同谁作战?很难说。想必是大家同大家打吧。"

我眼前浮现出一幅幅失败的场面:弗洛里斯多弗、白色的破布片、烧焦了的房屋、海姆弗分子……

但我在法国的见闻又使我重新振奋起来。在我离开的这段时间里产生了数百个"警戒委员会"。农民们带着猎枪来到城里打听哪里有法西斯分子。我参加了伊塔利工人区无数次群众大会中的一次,人们的心情是这样激愤,只要对他们说一声:"法西斯分子在那里",他们就会赤手空拳地去迎击坦克。

朗之万教授和阿林组织了一个"警戒委员会",许多作家、学者、教授都加入了;其中有一些不久前还拒绝参与政治生活的人——罗歇·马丁·杜·加尔、本达、莱昂-保罗·法尔格等等。

让-里沙尔·布洛克兴致勃勃、满怀激情地跑来说,2月的那几天改变了法国的面貌,事态正在朝革命的方向发展。

6月初我动身前往莫斯科,我不得不再一次考虑旅行的路线,我选择了海路:从伦敦到列宁格勒。马尔罗和我同行,他有很多计划:"国际工人后援会"想根据他的一部长篇小说拍电影,马尔罗打算和多夫任科谈谈该片的摄制问题,后来他动手写一部关于争夺石油的长篇小说,他还准备到巴库去一趟。

苏联轮船沿着基尔运河行驶。我贪婪地欣赏着河岸:这就是法西斯德国……岸边站着些商人,手里拿着大口袋,向旅客兜售巧克力、雪茄、花露水。

我忽然看见站在岸上的一个工人举起拳头向苏联的国旗致敬。很难描述我当时惊喜的心情,而且不止我一人这样。我也举起拳头,不仅向那位勇

678

敢的人致意,而且也向那在一年乃至十年以后始终未能出现的革命致意。

　　先于别人看到真理,即使为此挨骂,也会感到得意。但是同大家一起犯错误却轻松得多。

6

我在莫斯科没有住宅,柳芭到列宁格勒去探望母亲,我在《消息报》编辑部的帮助下在"民族"旅馆找到一个房间。房间很小,很简陋,然而价钱很贵,可是没有选择的余地。

一天早晨我要了一杯茶,服务员去后很快又返回来了,他的手里没拿托盘:我没有要到茶,因为从这天开始餐厅只收外汇。我气极了,但没有作声,我请他拿点开水并带一只铜壶来,我自己有茶叶和糖。服务员又空着手走回来,并说:"连开水也不给,他们说不卖给苏联人……"

我决定去找旅馆经理。楼梯上摆着一盆盆鲜花,服务员都穿着翠绿色的衬衫,女服务员身上是簌簌作响的束胸,戴着华丽的头饰,他们排成横队站着,听着口令鞠躬、向左转、向右转、微笑,然后又鞠躬,这就像排练描写旧商人生活的影片。

我溜进餐厅,眼前的餐厅已完全改观,那里打算出售雕刻着公鸡的盐瓶、苏兹达利圣像、画匠作的蹩脚圣像,以及带有瓦斯涅佐夫勇士像的小首饰盒、胸针、小碟。乐队正在排练《沿着母亲伏尔加河向下……》。

经理说我必须立刻把房间腾出来,一小时之后从列宁格勒要来一大批美国旅客。

我拖延了一下,想看看这些尊贵的旅行家,这些人很阔气,服务员们气喘吁吁地搬运着沉重的箱子。女服务员记住了事前的训导,卖弄风情微笑着,而旅客们只是傲慢地点点头。我和其中的一位谈了起来,他是布宜诺斯艾利斯一个大交易所经纪人。他说有人劝过他别来莫斯科,但现在他彻底放心了,旅馆很像旅馆:"当然还是差一点,然而可以体验一下俄罗斯精神。我去过巴黎,那里有一家出色的餐厅叫'三马车'……"

(我气愤,但并不惊奇。在这件事之前不久我去过伊万诺沃。我走进一家饭馆,大厅里摆满了一盆盆净是灰尘的棕榈。桌上铺着肮脏的桌布,布满了昨天的调味汁和前天的红甜菜汤留下的污斑。我刚在一张看上去比较干净点的桌旁坐下,女招待员就大喊大叫地说:"您没看见还是怎么的?……这是外国人用的……"原来有两个年轻的土耳其人在当地的纺织学院学习,对他们很尊敬,拿干净的桌布给他们用饭。)

我到编辑部要了一台打字机,随即写了一篇文章,标题是"坦率的谈话"。我描述了在"民族"旅馆所见的一切,并指出拿这家有经受过严格训练的仆人和拼命干活的姿态的旧式俄国旅馆来冒充苏维埃国家是愚蠢的。我写道:"外宾先生们,如果我是你们的向导,那么我让你们参观的将不是我国的过去,而是它的现在。我不愿昧着良心,也不愿对你们隐瞒许多坏人坏事。我不愿仅仅因为左边有人在排队就对你们说:'向右看吧,那边有一座古老的教堂'……我们的国家还相当贫穷、落后、愚昧,因为我们刚刚才开始生活……你们亲眼见到一家旅馆的丑事,因此你们可以理解,要摆脱过去留给我们的可怕遗产是多么困难。除了穿绿衬衫的茶房之外,我还可以告诉你们不少蠢事。我们这里关于尊敬人的问题谈得很多,但远非所有的人都学会了尊敬人……我跟你们说了些坏事,现在让我来说几件好人好事吧……"我叙述了库兹涅茨克的建设者的故事,农民在休养所休养的事,还谈到"滚珠轴承厂"里的文学小组。我了解资本主义世界,那儿烧毁棉花和书籍,失业者马马虎虎地在桥下过夜,法西斯分子进行大屠杀。总而言之,在一百多个美国阔佬面前为我们的贫困而羞惭,不仅是卑鄙的,而且是愚蠢的。

我要提到的日期是1934年6月。人们的生活是艰苦的,但和前两年相比已使人觉得轻松些了。个人崇拜已经在文章、诗歌、肖像以及使逐渐减弱的掌声重又炽烈起来的震耳欲聋的"乌拉"声中露头了。这一切有时败坏了我的口味,但绝未败坏我的良心,难道我能预见到事态的发展吗?那个夏天人们争论得很多,幻想着未来。拘束倒还没有,因此《消息报》主编布哈林刊登了我的文章。

我收到许多信件,读者们感谢我提到了苏联人的自尊心。然而我的头上却笼罩着一片阴云。外国报纸的读者报道了我这篇文章。《泰晤士报》写道,有一位苏联作家揭露了"国际旅行社"怎样"欺骗外国旅行者"。"国际旅行社"的领导人断言,几位打算访问苏联的英国人和法国人读了我的文章之后放弃了旅行,还说我给国家带来了物质上的损失。布哈林为我辩护,当时我正在阿尔汉格尔斯克附近的木材采伐场里,因而没有听见各种各样的电话铃声。幸好发生了别的事情,我的文章总算被大家置诸脑后了。

我之所以谈起这件喜剧性的、也并不是很有意义的插曲,绝不是为了哗众取宠。回想起"民族"旅馆荒唐的装模作样,我自己曾思考过很多事情。

我第一次回忆起向外国旅客一躬到地的服务员们是在1947年,当时作家协会的一位领导人曾对我说,我国文学的任务在长时期内将是为反对奴颜婢膝和逢迎谄媚而斗争。我仔细地问了许久,因为我很希望他指的是某些类似我所描写的"国际旅行社"工作人员的那种有损尊严的行为,指的是莫斯科的时髦女人对外国破烂货的崇拜,指的是那些为数不多、但仍然存在着的人们,对他们来说,金钱、自由竞争、投机冒险的世界仍然是有吸引力的。但是我想错了,和我谈话的同志跟我解释,必须同对西方学者、作家、艺术家的膜拜作斗争。

我怎么也不能理解"西方"是什么意思,在我看来,西欧和美洲各国并不是清一色的:约里奥-居里和皮杜尔相比是生活在另一个世界里,贝尔纳教授不像麦克阿瑟,海明威显然不同于杜鲁门总统。"西方"?……难道马克思不是诞生在特里尔?难道十月革命以前没有发生过1848年的6月革命、巴黎公社以及西方各国的工人斗争吗?

不久我就看出反对奴颜婢膝和阿谀逢迎的斗争导致了什么样的结果。食品工业的领导人将卡马别尔乳酪更名为"小吃",把列宁格勒的"诺尔德"咖啡馆改名为"北方"咖啡馆。一家报纸断定凡尔赛宫模仿了彼得大帝修筑的宫殿。苏联大百科全书在"航空"这一条目中证明,西欧的学者和设计师对航空事业的发展所作的贡献微乎其微。我在一篇文章中谈到爱德华·马奈[①]是19世纪的大师,编辑把这一句删掉了,并说:"伊利亚·格里戈里耶维奇,这是纯粹的卑躬屈膝。"

----

① 马奈(1832—1883),法国画家。

1949年在巴黎召开第一次保卫和平代表大会期间,法国人要求我举行一次记者招待会。有一位记者问我怎样看待苏联报上的一篇文章,文中说,莫里哀是个没有才能的剧作家,这在读了奥斯特洛夫斯基的剧本后尤为明显。记者手里拿着一份苏联报纸,但是我看不清楚是什么报。我回答说我不知道译文是否正确,并说我没有读过这篇文章;如果确实发表了这样的文章,那只能表明文章的作者在文学方面不是内行,也不很聪明。"我们说我国已经消灭了剥削者,这是事实。但我们从来没有说过已经消灭了傻瓜……"记者们笑了起来,接着就更加注意地听取有关"冷战"、杜鲁门的政策、保卫和平的任务的回答。而我却浑身是汗,我在猜他援引的是什么报上的文章。记者招待会结束的时候,提出这个伤脑筋的问题的记者走了过来,把报纸给我看了。我轻松地吐了一口气,原来是一份《晚报》……

从那个时期以来,许多事都发生了变化,但真正的奴颜婢膝、阿谀逢迎(不是批评家们在1947年所写的那种东西,而是1934年鼓舞过"国际旅行社"的指导员的那种东西)却尚未消失。在伊斯特拉市离我的住宅不远的地方立着一座不大的契诃夫半身像(1929年以前伊斯特拉叫做沃兹涅先斯克,安东·帕夫洛维奇曾在该城地方自治局的医院里工作)。纪念像是1954年立的。几年之后,纪念像周围长满了牛蒡、荨麻、飞廉等杂草。我劝地方当局把纪念像四周清扫一下,种点花木,但是白费唇舌。两个法国女人——《人道报》的记者曾来找我,其中的一位能说俄语。她们途中在伊斯特拉停留一下,开始为契诃夫的纪念像拍照。区苏维埃的一位工作人员很惊讶:"原来法国人也知道契诃夫……"那位法国女人回答说:"当然知道,可我原先以为在苏联人们也知道他呢。"她顺手指了指一丛丛的荨麻。第二天我就看见纪念像的周围满是蝴蝶花。

缺陷和优越感常常是并存的,不相信自己的人往往目空一切。我国人民不仅在建设新社会的艰辛道路上领先,在科学的某些领域里也走在别人前面。当然,我国还有许多不通车的道路、几家合住的住宅、拙劣的写生画、这种或那种日用品供应不足的现象。但因此在外国人面前感到惭愧却是不必要的,应该在自己面前感到惭愧,惭愧之后就去为提高生活水平而斗争。对别国,包括对那些过时的制度还占统治地位的国家的文化的尊敬不会损害任何人的尊严。这些国家的人民是有生命力的,他们不仅在过去产生过,而且现在仍然产生着伟大的学者、作家、艺术家。那些尚未从奴隶的心理状态中解放出来的人是会奴颜婢膝的。但自尊心却与半奴隶、半骄傲自大者的妄自尊大毫无共同之处。

7

我写道,我在准备参加苏联作家代表大会的时候就像一个准备参加第一次舞会的姑娘。也许我的许多天真的希望并未实现,但代表大会却依然如同一个盛大罕见的节日一般铭刻在我的记忆里。圆柱大厅的四壁挂着伟大的先辈们的肖像——莎士比亚、托尔斯泰、莫里哀、果戈理、塞万提斯、海涅、普希金、巴尔扎克等等。我面前是一幅海涅的肖像——年轻,耽于幻想,不用说,还带着嘲笑的神情,我无意识地反复诵念着:

> 侧面的布景画得十分花哨,
> 我那么热情地朗诵了诗篇。
> 无论是法衣的华丽、帽上的羽毛,
> 还是种种感情——一切都很美好……

我现在是微笑着回忆大会开幕时的情况:乐队蓦地开始奏起震耳欲聋的迎宾曲,仿佛应该随即举杯祝贺了。

代表大会开了十五天,每天清晨,当我们匆匆赶到圆柱大厅的时候,入口处总是簇拥着一群以一睹作家们的风采为快的莫斯科市民。每天下午三点钟在午间休息开始的时候,人群密集得使我们难以通过。当时还没有签名留念的风气,人们盯着我们,认出了某人便向他致意。客人每天变换,有两万五千莫斯科市民到代表大会上去过。

各种各样的代表团都来了,有红军的和少先队的,"三山纺织厂"女工的和地下铁道建设者的,乌兹别克集体农庄庄员的和莫斯科教师的、演员的,以及过去的政治流放者的。铁路员工在信号笛声中列队进入会场,少先队员吹着喇叭;集体农庄的女庄员带来了盛着水果、蔬菜的大篮子;乌兹别克人给高尔基送来了一件长袍和一顶绣花小圆帽,海员们送给他一艘快艇的模型。这一切都是激动人心的、天真动人的,就像一个不寻常的狂欢节。我们已习惯了写字台前呕心沥血的时候,可现在突然来到一个撒满了玫瑰、翠菊、天竺牡丹、金莲花——莫斯科初秋的全部花朵的广场。

我打开了一本如今已成为珍品的书——代表大会的速记报告,浏览了代表的名单。第一次作家代表大会的参加者也已成珍品——在七百人中迄今犹在人世的大概只有五十人左右了。三十年过去了,而且是艰苦的年头。

巴黎公社的参加者居斯塔夫·伊纳尔致辞的时候,我正担任会议的执行主席,他当时已是八十六岁高龄。

那些前来向代表大会致贺的代表团成员都是尚未写出来的长篇小说中的主人公。我还记得一个高大结实的女人,她是莫斯科州一个集体农庄女庄员,她说:"我有一个丈夫,我当集体农庄主席现在是第四年了。你们知道,一个集体农庄的主席和一个工厂的经理是不相上下的,可我的丈夫却是一个普通的庄员。但是他学会了忍耐,人们给他派工单,请他去完成。要是不这么办,我就要在管理委员会里说话,完不成任务我就不给他算工作日。要是他再完不成,我就要把他赶出集体农庄,我要拿出点厉害给别的丈夫瞧瞧,他们会说,她把自己的丈夫都给收拾了,咱们往后就难办了……"个子不高的丈夫站在旁边吓得直哆嗦。

所有的代表团都来"讨债":纺织女工要描写织布女工的长篇小说,铁路职工埋怨作家忽视运输问题,矿工们请求描写顿巴斯,发明家坚持要求写发明家中的英雄人物。(人们并非永远都能指出他们到底需要什么。有些作家急于还债,出现了几百部以生产为题材的长篇小说,但读者同时也成长起来了。三十年不是不留形迹地逝去的……图书馆的管理员说,铁路职工读契诃夫的短篇小说读得入迷,矿工们喜爱阿·托尔斯泰的《彼得一世》,织布女工读《安娜·卡列宁娜》时流泪,发明家们爱读没有任何创造发明的长篇小说,从《静静的顿河》直到《老人与海》。)

老民间诗人苏莱曼·斯塔利斯基决定朗诵(说得确切些,是吟唱)关于代表大会的诗歌以代替发言:

　　人们向民间诗人致敬,

于是我,斯塔利斯基·苏莱曼,
前来出席歌手们光荣的代表大会。

阿·马·高尔基用手绢擦着眼睛。我不止一次看见阿列克谢·马克西莫维奇的眼里闪着激动的泪花,安德森-尼克索在被少先队员们包围的时候,热泪也夺眶而出。

鲍·列·帕斯捷尔纳克坐在主席台上,脸上始终挂着赞赏的微笑。当地下铁道建筑者代表团来到的时候,他一跃而起,他想从一个姑娘手里接过一件沉重的工具,她笑了起来,大厅里的人也笑了,于是帕斯捷尔纳克在发言的时候便开始解释:"当我不知不觉地想把一件我不知道它的名称的沉重的采掘工具从地下铁道工地的一名女工肩上卸下来的时候,主席团里那位嘲笑过我的知识分子的多愁善感的同志是否能知道,这一瞬间她在某种瞬息即逝的意义上就是我的姊妹,我想把她当成一个亲人和一个早已熟识的人而给予她帮助。"

挤得满满的大厅宛如一个剧院,人们欢声雷动地欢迎心爱的作家,赞美出色的发言。奥列沙以其富于诗意的自白令人震惊,维什涅夫斯基和别济缅斯基则以热情洋溢的群众大会式的演说令人震惊,科利佐夫和巴别尔善于逗人发笑。

看来所有的人说的都是由衷之言,尽管演说的内容有时并不符合这个或那个作家的精神状态。尤·卡·奥列沙谈到他如何摆脱了不久前的疑虑而复活了:"不知道为什么我竟突然返老还童了。我现在看见手上年轻的皮肤,我穿着一件汗衫,我变年轻了,我现在只有十六岁,什么都不需要了。一切怀疑、一切痛苦都已过去,我变年轻了,我的前程远大。"也许就在当天,也许是第二天或一个礼拜以后,我和他同进午餐时,他忧愁地说:"我再不能写作了。要是我写:'天气不好',人们就会对我说,对于棉花来说天气很好……"奥列沙是很有才能的,1927年写的《妒忌》一书经受住了时间的考验。他近几年断断续续写的记事也显示出巨大的写作能力。但他并未返老还童。这是幻想,是节日里的一场梦……

阿·马·高尔基聚精会神地倾听发言,他希望代表大会能做出一些切实可行的决定。阿列克谢·马克西莫维奇提出了许多建议:写"工厂史",编《世界的一日》一书,撰写国内战争史和各种城市的历史,创办文学讲习所,搞集体创作,创办一份培养初学写作者的刊物。他的一部分计划日后实现了。但代表大会却不是,而且也不可能是解决具体问题的,它变成了一次声势浩大的政治示威。从德国刮来了法西斯分子焚烧书籍的浓烟。所有的人都记得不久前的事件:巴黎的法西斯叛乱,保卫同盟的崩溃。外国革命作家来出席大会,扩大了圆柱大厅的四壁;我们不安地感觉到战争的临近。

高尔基邀请外宾和一部分苏联作家前往他的别墅做客。我记得一位中国女作家①所说的一个可怕的故事,她说青年作家李伟森被活埋了。一位日本客人在代表大会上叙述警察怎样残酷地折磨并杀害了作家小林多喜二。我们热烈地欢迎布雷德尔②,他在法西斯的集中营里蹲了一年多。他谈到路德维希·雷恩和奥谢茨基③的遭遇。听着这种故事怎能无动于衷呢?为了描述那些天的情绪,我不妨举像帕斯捷尔纳克这种远离政治的人物为例,他在发言中回忆了一位谈到保卫祖国的红军代表的贺词,接着说:"你们在军事学校学员伊利乔夫的话中听到了你们自己抑扬婉转的声音。"

我曾说过,历史是不能重写的。代表大会在一份决议中向出席大会的外宾致敬,他们是安德森-尼克索、马尔罗、让-里沙尔·布洛克、雅库巴·卡德里、布雷德尔、普利维耶、胡兰畦、阿拉贡、贝希尔、阿马贝尔·埃利斯,又向未能出席大会的外国作家致意,他们是罗曼·罗兰、纪德、巴比塞、萧伯纳、德莱塞、厄普顿·辛克莱、亨利希·曼、鲁迅(我保留了决议上的顺序)。上述作家之中有一部分人已在各种不同情况下,在不同的时间,而且也以不同的方式背离了他们在1934年赞同过的那些思想,但我现在所说的不是他们以后的命运,而是代表大会。

安德森-尼克索要求苏联作家把写作的题材放宽些:"你们应该给群众以理想,这不仅是为了斗争和劳动,也是为了在一个人孤居独处的宁静时刻……一个艺术家必须给予所有的人以栖身之处,甚至对麻风病人也不例外,他应该具有一颗慈母之心,才能保护弱者和到处碰壁的人们,保护一切由于各种原因跟不上我们的人们。"

拉狄克在报告里提到了让-里沙尔·布洛克的某些犹豫。布洛克在发

---

① 指胡兰畦。
② 布雷德尔(1901—1964),德国作家。
③ 雷恩(1889—1979),德国作家。奥谢茨基(1889—1938),德国反法西斯政论家。

言中谈到建立一个广泛的反法西斯战线的必要性:"拉狄克同志,如果您坚持您的指南,如果您表示怀疑,那么我个人应当提醒您,这只能把西方的广大群众推向法西斯主义方面。"年轻而富于鼓舞力的阿拉贡仰着头谈到"兰波和左拉、塞尚和库贝"的遗产。

马尔罗作了两次发言。第一次他谈到文学的作用:"美国已让我们看到,人们虽然表现了强有力的文明,但还没有创造出强大的文学,一幅伟大时代的照片也还不是伟大的文学……你们就像种子一样彼此类似而又各不相同,你们正在这里为那种将产生出许多新的莎士比亚的文化奠定基础。但是可别让莎士比亚们在许多最最漂亮的照片的重压下憋死。"

第二次他为了表明自己的政治立场而要求发言:"要是我认为政治低于文学,我就不会和安德烈·纪德一起在法国发起保卫季米特洛夫同志的运动,我就不会受保卫季米特洛夫委员会之托前往柏林,最后,我也不会来到这儿。"马尔罗患抽搐症,拉狄克以为马尔罗由于争论而皱眉头:"当他认为问题提得过于尖锐的时候,他的脸常常扭歪了。"他急忙安慰马尔罗,但是他当然治不好他的抽搐症。

我的老朋友托勒尔、奈兹瓦尔、诺沃梅斯基也发了言。拉斐尔·阿尔维蒂十分谦逊,甚至贵宾名单中都不见他的姓名。

我们在十五天里究竟谈了些什么呢?在我们中间似乎还没有普希金和果戈理,但许多人已经不是种子,而是树木或灌木丛了。阿列克谢·托尔斯泰不像绥拉菲莫维奇,巴别尔不像潘菲洛夫,杰米扬·别德内不像阿谢耶夫,而政治宣言也经常同文学争论交织在一起。诗人们的嗓门最高,布哈林的报告使他们大为兴奋。在第一次提到马雅可夫斯基的名字时,大厅里掌声雷动。但是即使在这里也不是全体一致的。阿·马·高尔基在总结发言中一方面把马雅可夫斯基称为"权威的和独创的诗人",一方面又说他特有的"夸张的风格"对某些青年诗人有不良影响。人们争论着抒情诗有无存在的权利,宣传鼓动传单是否已经过时,浪漫主义,通俗性以及其他许多问题。

真正的作家从不竭力表现自己,而是努力通过自己来表现同时代人的思想和感情。但是作家的工作不是在车间里或舞台上进行的,而是在一间关着门的斗室里进行的。我们可以教导一个初学写作的作者克服文学上的无知和缺乏审美感,可以教他阅读,但不可能教会他成为一个新的高尔基、勃洛克或马雅可夫斯基。即使是一位大师也教不出另一位大师来:一把钥匙只能开一把锁。司汤达曾试图听取巴尔扎克的忠告,险些儿把《帕尔马修道院》给毁了,幸而他及时醒悟,并拒绝了重写这部长篇小说的建议。屠格涅夫曾煞费苦心地修改丘特切夫的某些诗篇,因为他认为这些诗篇有错误,但结果把它们彻底糟蹋了。

作家们有时候(不很经常)互相谈论文学问题,这些交谈或争论可以帮助人们了解许多事情的意义。但是否能在一个大厅里的迎宾曲和欢呼声中争论技巧问题呢?我以为是不能的,而且代表大会所担负的也是另一种任务。读者们看到我们和他们在一起,看到我们有共同的目的,我们也同样理解,我们的工作对千百万人有利害关系,这迫使我们更认真地思考作家的职责。代表大会是在一个极为艰苦的十年的前夜召开的。我们看见了法西斯主义的青面獠牙。不管我们艺术上的分歧有多大,有时还会引起不和,但我们仍然让那些想了解这一点的人们看到,战斗的友谊对于我们来说并不是抽象概念。代表大会做到了这一点,同时我也认为,更多的事它是做不到的。

由于天真或出于性格上的特点,我终于像别的一些作家一样卷入了文学问题的论争。譬如说,我敢于对作家们的集体创作的效果发生怀疑。阿列克谢·马克西莫维奇回答我说,我之所以这样说是"出于误解,出于不熟悉集体创作的技术意义"。

后来高尔基对我说:"您反对集体创作,这是因为您所想到的都是有文化的作家,您大概很少阅读现在发表的东西。难道我是建议巴别尔同潘菲洛夫合作?巴别尔会写作,他有自己的主题。我还能举出别的一些作家——特尼扬诺夫、列昂诺夫、费定。但年轻的作家……他们不但不会写作,甚至还不知道该怎样着手……"老实说,阿列克谢·马克西莫维奇并没有说服我。我首先想到的是他自己,他学会了写作,找到了自己的主题,谁也不曾向他三番五次地解释过任何问题。而且我在1934年也看到了一些经历过生活的艰辛并找到了自己道路的作家。他们在我们伟大的前辈们的书中找到了教训,这些教训从文学小组的组长们或筹划过的文学研究所的教授们那里是得不到的。我感到遗憾的是另一件事——我和高尔基相识太晚。我和他交谈过两次,在代表大会期间我常盯着他。他的天才使我震惊,这种天才在他任何一个手势里都感觉得到。他作报告的时候常常突然咳嗽起来,咳的时间很长,于是大厅里鸦雀无声,人人都知道,阿列克谢·马克西莫维奇病了,他受不了聚光灯的强烈光线的刺激。当我们在他的别墅里用晚餐的时候,他突然站了起来,负疚地微笑着说,请大家原谅他——他累了,要去休息。巴别尔很了解阿列克谢·马克西莫维奇,他告诉我:"他身体很坏,马克西姆①死后他支持不住了。不是那个高尔基了……"也许他是对的,但"那个"高尔基我却没能见到。

我作了长篇发言,现在我摘录其中的若干片断。

"是否可以由于一个作家不够通俗而责备他呢?写一些用手风琴伴奏的抒情歌曲要比贝多芬作曲容易得多……每一个真正的艺术家都力求朴实,但朴实和朴实不同。《莫扎特和萨利里》的朴实不同于克雷洛夫寓言的朴实。有一种朴实需要知识上的修养才能被人理解。我们有些长篇小说已经能为千百万人了解,我们有权为此感到骄傲。我们在这一点上已远远超过了资本主义社会。但我们同时也必须珍惜、爱护我国文学的另一些形式,这些形式今天依然是知识分子和工人阶级的上层分子的采邑,但明天却同样要成为千百万人的财产。朴实并非粗糙,这是一种综合,而不是含混不清的东西。我之所以不得不指出这一点,只是因为土头土脑还在一定程度上是我国文学的特点。领导权现在属于我们国家……但在我们的书中却常常可以感觉到一种傲慢和穷乡僻壤的逆来顺受同时并存的现象……

"上一世纪的伟大作家们给我们留下了经验……但在我们这里却正在用模仿来代替对这种经验的研究。模仿的风气就是这样开始的,盲目地模仿旧自然主义小说手法的长短篇小说就是这样出现的……在我们这里常常以必须同形式主义作斗争为借口而鼓励对最反动的艺术形式的崇拜……一位工人对营房式的宿舍提出正当的抗议……但是难道这就意味着可以搬出伪古典主义的正门样式,加上一点帝国式、一点巴洛克式、一点古代莫斯科河南岸市区的建筑样式,然后把所有这一切来冒充一个新的伟大阶级的建筑样式吗?……谁会想到把一部绘画史看成仅仅是一份空空如也的目录

---

① 高尔基的幼子。

呢？17世纪的荷兰大师画苹果,塞尚也画苹果,但他们是用不同的方法来画苹果的,而全部问题正在于他们怎样画苹果……

"我们现在看到的不是严肃的文学分析,而只是一些红榜和黑榜,作者们就在上面跑来跑去,而且把作者们从这个榜上搬到那个榜上,又实在像神话一般轻而易举。像我们常说的那样把一个作家抬到架子上,以便立刻又把他从上面扔下去,这是不成的。这又不是体育。不允许对一个作者的作品所作的文学分析立刻影响到他的社会地位。财富分配的问题不应取决于文学批评。最后,不能把艺术家的失败和缺点视为罪行,而把成功视为恢复名誉。"

通常每当我回顾往事的时候,我总要为我怎么会写出这样的东西、干出这样的事来而感到惊奇,我好不容易才在褪色的照片上认出自己。但在作家代表大会上的发言却由于另一种原因使我惊奇:我觉得这是从我不久前写的一篇文章里摘引下来的。而从那以后已过去了三十年,世界已发生了令人难以辨认的变化。奥·尤·施密特在代表大会上向我描述航空事业的辉煌远景:我国的飞行员将在最近一两年内飞越北极。我听着他的话,就像在听一个魔法师的话。那时候有谁想象得到,二十七年以后有一位苏联飞行员将在宇宙空间安然入眠,不停地围着我们的星球绕圈子呢?

当时我长着一头乱蓬蓬的头发,充满激情,现在我却身材枯瘦,头顶渐秃,也比较温和了。可我现在却在文章里、在本书中复述着我在1934年说出的思想。也许我是老糊涂了,我变得像在叙述一桩耸人听闻的新闻似的,叙述着自己如何在特维尔大街的总督官邸旁边被他的派出所所长无端侮辱了一顿的那个老头子,未必如此。见到这样的老头子人们是会躲开的,但对我却不时要进行攻击。可惜我想必是活不到我在代表大会上指出的那些问题变得陈腐过时的那一天了……

1934年,在《第二天》问世以后,我的名字上了红榜,而且谁都不侮辱我了。当时一般地说是一个美好的时代,我们所有的人都认为,到了1937年,当根据章程应该召开第二次作家代表大会的时候,我们这里将是一座天堂了。奥·尤·施米特在代表大会上发了言,他以痛苦的讽刺口吻谈到了描写"切柳斯金号"船员历险经过的一部影片:"人们听见一个人的声音,疑似探险队队长的声音,虽然我根本没说过这种话。这位队长一直在喊:'前进！快些！再快些！前进,前进!'我们不是用这种方法进行领导的。我们的领导、我们的工作不需要催促、压力、喊声,不需要领袖和其余群众的对立。这完全不是我们的方法。"我们一齐为有见地的发言鼓掌。奥托·尤利耶维奇是一位优秀的学者,他不是先知。

选出了理事会,通过了章程,高尔基宣布代表大会闭幕。次日,拿着扫帚的清洁工人在圆柱大厅的入口处紧张地工作,节日结束了。

8

还在作家代表大会开幕之前,我和伊琳娜到北方去了一趟。我们到过阿尔汉格尔斯克、霍尔莫戈雷、乌斯季皮涅加、科特拉斯、索尔维切戈茨克、瑟克特夫卡尔、大乌斯秋格、纽克谢尼察、托季马、沃洛格达。我们乘坐着用值得自豪的名字命名的轮船:"勇士号""马克思主义者号""群众工作者号""健儿号"。轮船走得很慢,人们在叙述冗长的故事,在争论、幻想、歌唱、说下流话。旅客们在轮船停靠的码头上购买牛奶和黑果越橘,洗澡,交朋友,妇女们则洗衣服。河岸苍翠而神秘,轮船仿佛突然惊叫着钻进了大自然永恒的昏睡状态中。间或可以看到住宅——那是特别坚实的两层小木房。河上缓缓地漂流着巨大的树干——木材顺着静静的苏霍纳河、变化无常的维切格达河、宽阔的德维纳河向海中漂去。夜晚明亮如昼,它的美有时令人赞叹不已。我第一次看到俄罗斯的北方,它以温柔和严峻、以古代的艺术和魁梧而沉默的人们的青春气息使我立刻为之倾倒。

我到浮栅上去过,那里的人们站在木筏上用钩竿捞取松树和云杉的树干。浮栅有时轧轧直响,似乎立刻就要被撞开,木材就要向海里冲去,但人们夜以继日地工作着。他们把树干捆成木筏,拖船把木筏拉到阿尔汉格尔斯克,在那里把树木装上英国、挪威、瑞典的船只。这是外汇,要用它来购买工厂的设备。

我常同工人们、同不久前才离开乡村的小伙子和姑娘们长谈。不仅木材长得长短不齐,人们也是如此。我看见过一些工人,他们在闲暇的时候啃数学课本,读诗,为德国共产党人的悲惨遭遇痛苦;我也看见过漠不关心的人、机灵鬼、骗子手。

当我看到阿尔汉格尔斯克周围的新居住区、大乌斯秋格的鬃制品制造厂和拖拉机的时候,我当然感到高兴,但最使我吃惊的是觉悟的提高。人们的相互关系开始复杂化、深刻化。我在木材采伐场上、在浮栅上、在港口里遇到过一些见多识广、具有丰富精神生活的人——他们不是光荣榜上那些永远面带笑容的突击队员,而是一些复杂的、精神上成熟的人,而且不管生活有多么艰苦,不管当时业已出现的那些冷漠无情的行政首长多么使我气愤(他们关心的只是数字,有时还是假想的数字),但我依然感到高兴:我看到了我们的社会正在成长。

不久以前,我翻阅了几部陈旧的《红色处女地》杂志的合订本,偶然看到这样的几句话:"爱伦堡看到的是一个充满了各种相反现象的世界,这是他的眼睛的特点。"作者所说的正是我在1934年对北方的认识。我思索过:我是否真有一双特殊的眼睛,因而应该去找眼科医生或精神病医生呢?我正在阅读陈旧的记事,竭力在记忆里重现1934年的夏季,这虽然不是什么很久以前的往事,但毕竟不是昨天。是啊,我常常赞叹,也常常生气,我愁眉苦脸,也心花怒放。但在和别人谈话的时候,我看到他们也称赞一件事,诅咒另一件事。问题也许不在我的眼睛,而在时代,这个时代对于相反的现象十分慷慨。

莫斯科当时第一次体验到建设的激情,它散发着石灰浆的气息,这使人心里感到愉快。我看到地下铁道的首批工程是怎样修建的,并和所有的莫斯科人一同高兴。在西蒙诺夫修道院周围耸立起一座座巨型工厂。我很熟悉的许多街道已辨认不出来了,木材、碎石、空地代替了歪歪斜斜的小房子。夜间在城市的上空凝聚着一片橙黄色的烟雾,我童年时代那个落后的莫斯科第一次具有了首都的外观。

但在一旁也能看到人们在拆除古代文物:中国城、苏哈廖夫塔、红门。长着古树的祖博夫斯基、斯摩棱斯基、诺温斯基三条林荫道构成的绿环被消灭了。很难解释何以在革命的十七年后要破坏大批珍贵文物,而且不是自然地破坏,而是有组织地破坏。我还记得同伊·埃·格拉巴里的一席谈话,他说许多建筑师反对拆除红门,他们在报告书中写道,这座拱门并不妨碍交通,即使把它拆掉,汽车也依旧必须绕过广场,而且在红门所在的地方将来也得设一名警察,这些理由没有起作用。

我在北方目睹人们何等狂热地摧毁值得保存下来的东西。当时还可以找到不少16至17世纪用木材盖成的教堂，它们表现了俄罗斯人民的创造天才。人们用这些教堂贮藏马铃薯、谷物，而它们在存在了三四百年之后却一个跟着一个消失了。我在阿尔汉格尔斯克的时候，人们正在那里费尽九牛二虎之力炸毁彼得一世时代一座美丽的海关大厦（人们在墙上找到一个精制的匣子，匣子里有一个木制的维纳斯；人们把"木偶"毁掉了）。我看到人们一块砖一块砖地拆除大乌斯秋格最古老的一所教堂，他们向我解释："我们正在盖一个浴室。"在另一个教堂里晒着衣服，衬衫下面端坐着耶稣。巴洛克式木制的彩色雕刻品在北方很普遍，画匠们最常画的是监狱中的耶稣（我曾在西班牙的巴利亚多利德城看到过一件雕刻品很像大乌斯秋格的雕刻品）。我们看惯了耶稣的单身像，但我却在仓库里看到一个完整的耶稣们的座谈会，有几个是缺胳膊断腿的，他们坐在那里闷闷不乐地想着什么。

我在那个夏天游历过的地方曾在俄罗斯艺术的发展中起过显著作用：大乌斯秋格，沃洛格达的索非亚教堂，用木料盖的角锥形教堂，斯特罗加诺夫画派画的圣像；壮士歌、歌曲、咒语、俏皮话；民间创作——泥塑的黑白两色的玩偶，沃洛格达的花边，骨刻、银首饰上的乌银。这里没有南方的华丽，一切看上去都是明朗的、严肃的。

有人曾建议沃洛格达织花边的女工绣织拖拉机图案以代替传统的花样——"契斯江卡""米兹吉列切克""列契卡""梅特维特卡"①。我在大乌斯秋格认识了一位老行家、制乌银的专家奇尔科夫。他向我叙说了很久，他说起初有人回答他说，现在谁也不需要乌银了，后来从市苏维埃来了几个人："公开你的秘密吧。"奇尔科夫解释说，没有任何秘密，问题不在生产技术，而在于技巧，在于想象力，但白费唇舌。组织了一个劳动组织，开始制造不美观的手镯。（我曾向高尔基谈到奇尔科夫的遭遇，谈到骨刻工古里耶夫，谈到一个维亚特卡的农妇梅兹林娜——有人对她说，应该把泥塑骠骑兵的肩章摘下来。谈到在长椅、凳子、墙壁上绘制花样的农民阿列克谢·马克西莫维奇·马津，高尔基很难过，他叫我把这一切都记下来，还擦了擦眼睛。

---

① 这些都是花样的名称。

奇尔科夫被召到莫斯科去了,但劳动组织却在继续制造那些手镯,后来奇尔科夫去世了。)

1934年是充满英勇精神的一年。飞到同温层的勇敢的人们牺牲了,飞行员们拯救了"切柳斯金号"的船员。我终生难忘莫斯科欢迎他们的情景:太阳,透明的标语,鲜花和面对勇敢精神、兄弟情谊所产生的一种全民的感动——我找不到别的字眼来形容。

"切柳斯金号"的一位船员告诉我说,他们在冰上的时候有一卷普希金的作品,他们高声朗诵诗篇,从而鼓舞了大家。一个作家听到这样的自白岂能不深为激动?

一位共青团员曾在"红色森林"俱乐部朗诵丘特切夫的诗篇,我不禁想起了费特的一行诗:"丘特切夫不会到兹梁人那里去。"但此事就发生在瑟克特夫卡尔——先前被称为兹梁人的科米人的首府。

艰深费解的丘特切夫走向一部分人,但普通的人类感情却离开了另一部分人。清党开始了,人们在会上讨论克拉斯诺夫(这个姓氏是虚构的,下同)的工作。他的同事斯米尔诺夫说:"顺便说说,克拉斯诺夫同志现在正和舍尔古诺夫的老婆同居……"舍尔古诺夫参加了会议,他倒了一杯水,但没喝它。克拉斯诺夫开始辩解:"是她自己来的……"他由正式党员被降为预备党员。

在托季马为神经病患者辟了一个疗养区。俱乐部设在一个教堂里,在一张已经发黑的圣母像下方贴着一张标语:"为了完成第二个五年计划必须有健康的身体"。教堂的坟地被掘开了,我看见了人的遗骸。长着一双毫无表情的眼睛的俱乐部主任摸着自己下垂的两颊,冷冰冰地回答道:"我们会搬开的,但眼下还没工夫。人们一开始踢球就不会注意这些了……"

报刊的批评家还在赞许肖斯塔科维奇的新歌剧《卡捷琳娜·伊斯梅洛娃》。人们在《茶花女》初次上演的时候向梅耶霍德欢呼。有人给我看了扎博洛茨基的长诗《农业的胜利》。诗句起先令我吃惊,接着把我迷住了,我把它们反复吟咏了很久。我在莫斯科曾和亚·彼·多夫仁科一同消磨了几个晚上,他像往常那样非常激动,也非常热情,他正在为《航空城》而苦恼。但别人却把影片《迎面走来的人》拿给他作为榜样,影片描写的是几个虚情假意的突击队员轻而易举地取得了胜利。展览馆里已经充满了酷似彩色照片的巨幅油画:《斯大林在讲台上》《斯大林坐在长凳上》《村苏维埃会议》《铸造车间里的群众大会》。在"民族"旅馆旁边盖了一幢伪古典主义式的房子,人们谈到它时说:"瞧,这就是咱们的苏维埃样式,没有丝毫形式主义的新奇花样……"莫斯科市国民经济会议商业部里出售我儿时曾在商人家中的五斗橱上看到过的花盆、小猫、猫头鹰。从窗子里传来了流行歌曲《我和我的玛莎在茶炊旁》的歌声。玛莎比茶炊多得多,但茶炊旁的玛莎却能使委员会的委员、市苏维埃的代表和办事员皆大欢喜,他们认为革命前的小市民的趣味是美的典范。

生活中相反的现象比我书中的多得多,这并不是因为我有意避而不谈大片的杂草,不谈貌似猴面包树的飞廉,不谈不是被拔尽的,而是精心培育的荨麻,我也谈到过莠草,它们使我气愤,但并不使我惊讶。使我惊讶的却是另一件事——新意识最初的幼芽,打开了生活之书并被建设(不仅是工厂或住宅的建设,还有自己的意识的建设)的狂热完全吸引住了的少年们。我离开北方很久了,四周已不是绿色的森林,而是在秋雨中时时闪现的灰色的巴黎,但我依然看见那些在遥远的浮栅上谈论着友谊、爱情的痛苦,谈论着为木材、国家、幸福而进行的斗争的小伙子们和姑娘们。

半年后我写完了中篇小说《一气干到底》,这本书的情节是在北方展开的。

批评家们对我的中篇小说的评价比对我以前写的书要好得多,但我却觉得它并不成功。我在书中放进了许多在《第二天》中容纳不下的东西,而且由于没有发觉这一点,我又重弹起老调来了。

但中篇小说对于我毕竟还是有益的,其中有那些我日后曾不止一次描摹过的主人公们的许多速写画。乐观、聪明、爱唠叨的植物学家梁斯是《巴黎的陷落》中的杜姆教授和《暴风雨》中的克雷洛夫医生的第一次草稿。在昙花一现的成功中寻找慰藉的、到处碰壁的女演员利季娅·尼古拉耶夫娜后来变成了然涅塔·瓦利娅。渴望使现代生活同自己对艺术的理解相吻合的未经承认的画家库兹明,则是法国人安德烈和《解冻》的主人公萨布罗夫的亲兄弟。

中篇小说中还有一个泄露了我的不安的人物,他在书中像影子似的一掠而过——这就是德国人施特雷姆。他带着可疑的任务来到了阿尔汉格尔斯克,他对生活很冷淡,他被死的念头吞没了。他和一个瑞典船长在阿尔汉格尔斯克的一家饭馆里喝醉了酒,就嘟哝着说:"死是一件了不起的事。平心而论,死是唯一的现实……冬天我在柏林认识了一位新闻记者,现在他担任很高的职务,他请我上他家去。他有妻子,生活又挺舒服,像这种好心肠人找不到第二个……可是他也告诉我,说他随随便便弄死了十六个人,这绝不是残暴行为。可是您想想看:我们掌握不了自己的命运……要是你支配着别人的生命,说一声'枪毙',你立刻就觉得自己高人一等,这是貌似永垂不朽……"

　　施特雷姆的独白不是笑谈,不是废话,不是酒馆里的自吹自擂,站在它们后面的是一个巨大的文明国家的可怕的生活。现在当我把《一气干到底》重读了一遍以后,我看到,如果谈到中篇小说的情节,施特雷姆是偶然跑进书中去的,他没有身份证,没有登记户口。他的面貌没有完全勾勒出来,他的自杀是毫无缘由的,而仅仅是因为作者想尽快把一个可恶的人物从舞台上挪开,同时也把制造这种人物的那个世界挪开。德国人施特雷姆为什么要去阿尔汉格尔斯克,为什么他夜里要在城内的小公园里和可爱而迷惘的女演员谈话?这只不过因为我不能摆脱关于施特雷姆的念头。作家的书几乎从不受情节框框的束缚,在这本描写浮栅上的生活、共青团员们的爱情,描写一个一下子同时失去了婴儿和对丈夫的信任的年轻妇女的痛苦的中篇小说里,流露出另一种东西:作者的思想和感受、柏林焚书的火堆、巴黎的法西斯暴乱之夜、弗洛里斯多弗的废墟以及对未来的担忧。我还不能预见到许多事情,但我已经明白,和法西斯主义是不能共存的。这便是我觉得无法容忍的那些相反现象。

9

让-里沙尔·布洛克在代表大会上说，教条式的狭隘性很容易使摇摆不定的人起反感。西方的许多作家不理解社会主义现实主义的方法，但人人都理解法西斯主义的方法：它把书籍投入火中，把作者关进集中营。在代表大会期间，我们不止一次谈到，需要筹建一条反法西斯作家的战线。

我重又绕道来到了巴黎，我乘一艘苏联轮船抵达比雷埃夫斯。希腊作家格利诺斯和科斯塔斯·瓦尔纳利斯与我同行，我们成了好友。瓦尔纳利斯把战斗的热情同温柔、好幻想的天性融于一身。在萨洛尼卡市，希腊警察局不准格利诺斯和瓦尔纳利斯上岸，他们必须在比雷埃夫斯接受搜查。在希腊，大家谈论的都是行将来临的法西斯主义，到处都能看到俨然以指导员自居的德国人。"他们想吃掉我们。"瓦尔纳利斯说。一年后他被捕了。

我们从雅典到布林迪西，并穿过了意大利，我又听见了黑衫党人的咆哮。

报载摩洛哥雇佣兵正在镇压阿斯图里亚斯的矿工。我已经不能像对待一个欧洲国家那样来对待西班牙了，我想起了它那些高傲而善良的人们，我在苦恼中自问：难道也要让这些人屈服吗？……

报贩们喊叫着在巴黎街头奔跑：南斯拉夫国王和法国外交部部长巴都在马赛遇害。我不知道这位国王，而且也不明白是谁杀死了他，又是为了什么。但和巴都我却在一次外国新闻界的午宴上有过一面之交。他那富于朝气的思想曾使我惊奇——须知他已七十开外，他娓娓动听地谈到米拉波、丹东、圣茹斯特。他是一个书迷，我不止一次在塞纳河岸的旧书铺旁边看见他。德国法西斯分子恨他，巴都虽然是一个具有右倾思想的人，但坚持必须

700

和苏联接近,坚持签订能够制止希特勒的安全条约。人人都明白巴都的被害是法西斯主义进攻的征兆之一。

我还记得在互助大厅召开了一次庆祝苏联作家代表大会的群众大会。主席台上坐着瓦扬-古久里、安德烈·纪德、马尔罗、维奥里斯和几位工人共产党员。大厅里的人也都是早已作出了自己的选择的,他们一字一顿地说:"遍地建立苏维埃!"坐在我旁边的维奥里斯向我低语道:"苏联作家应该表示,在反对法西斯主义的斗争中他们准备同所有的人合作……"

我和让-里沙尔·布洛克谈过一次话。他说他是通过一条曲折的道路到达共产主义的,又说当前需要在最迫切的问题——反法西斯主义的斗争周围联合起来,否则共产党员作家将陷于孤立。

我给莫斯科去了一封长信,叙述了西方作家的情绪和建立反法西斯联盟的主张。

我当时认为作家们有这样的作用,其原因现在看来可能颇为奇怪,在四分之一个世纪里,许多事物都已发生了变化,其中也包括文学的作用和它在千百万人的生活中的地位。在苏联作家代表大会上,奥·尤·施密特在谈完了天文学和物理学的成就之后补充说:"作家是幸运儿,我非常羡慕他们。学者必须长久地、细心和耐心地进行思考,而作家们呢,就像人们所说的那样,常常是'恍然大悟'。"就在我们同我们的读者在圆柱大厅里会见的那一年里,约里奥-居里夫妇发现了人工放射现象,核子物理学时代开始了。我当时对这件事却一无所知(大多数作家大概也是一样)。

过了四分之一世纪,千千万万的人开始注视学者们的工作,有时怀着希望,有时怀着恐惧。诗人斯卢茨基写过几行打油诗:"物理学家受人尊敬,抒情诗人不受重视……"抒情诗人们读了没有微笑。

学者们的社会作用在两次世界大战之间是有限的。在千百万人的脑子里,学者是这么一个人:他坐在自己的实验室里瞧着熙熙攘攘的街道,不知是藐视还是害怕。学者们对于消弭这种传说没有作很多努力,朗之万是个例外。高尔基的论文、罗曼·罗兰的呼吁、巴比赛的演说都反对法西斯主义,作家们还利用巨大的声望。我还记得在巴黎的工人区维尔儒伊弗用高尔基的名字给一条街道命名时的情景,几千名工人前来参加命名仪式。瓦扬-古久里宣布让安德烈·纪德发言,工人们大概从来都没读过纪德的书,但却向他热烈欢呼,竟使他不知所措了。我引述过一个对"作家"称号崇拜得出奇的例子。在1934年,对作家们的尊敬也许多多少少是文学在一百年前赚到的那笔资本的利息,那是普希金、雨果、巴尔扎克、果戈理、司汤达、海涅、米茨凯维奇、狄更斯、莱蒙托夫生活的时代。

从那时以后许多事物发生了变化。学者们在广岛惨剧之后认识了自己的职责,约里奥-居里成为保卫和平运动的领袖。人们对希望防止核战争的学者们的国际会议比对笔会的会议感兴趣得多。我不知道,是作家们已经开始忘记自己"生活的导师"的作用了呢,还是学生们已开始申请转入别的班级,但我现在觉得,我(而且不仅是我,还有负责的政治活动家们)当时把作家的反法西斯联盟的意义估计得过高了。

业已发生的这种变化的谜底多半不在于显然是毋庸置疑的科学成就,也不在于同样也很明显的文学的衰退,而在于那些同诗歌有无存在权利的问题没有直接关系的事件——在于原子战争的威胁。无论是抒情诗人,还是物理学家,都不能解决和平与战争的问题,但抒情诗人从自己工作的性质来说只能有助于丰富读者的精神生活,而物理学家则既能改善生活条件,也能改进杀人工具。螺旋线既是活的有机体发展的一种常见形式,也是人类社会发展的一种常见形式。当人们重又能够无忧无虑地仰望天空——既看已被人类考察清楚的物理学家们的月亮,也看不再受到物理学家们的月亮的威胁的情侣们的月亮——的时候,抒情诗人也许就会"受人尊敬"了。这是关于现在和未来的一些想法,而我之所以谈到作家们在过去的意义,不是为了再叹一口气,我是希望我下面所写的事能使读者理解。正当我坐在科坦登大街的住宅里写中篇小说《一气干到底》的第五章和第六章的时候,我国的新任大使弗·彼·波将金打电话给我,让我到他那里去一趟,事情很急。弗拉基米尔·彼得罗维奇告诉我说,由于我写的那封叙述西方作家的情绪的信,我被召往莫斯科,斯大林想和我谈谈。

我于11月来到了莫斯科,天气很坏,雪花纷飞,但我的心情却很好。我发现伊琳娜很高兴,先前她未曾告诉我,她在搞文学创作,她写了《一个法国女学生的笔记》一书。现在她好像是顺便谈到似的对我说,她的作品已被收入高尔基主编的一部丛刊中,而且不久要出单行本。我用一夜工夫读完了《笔记》,我读的时候当然怀着特殊的兴趣:伊琳娜描写了自己的中学时代和最初的内心世界。我认出了她的那些有时候到我们住处来玩的男女朋友,并发现了许多我不知道的东西——伊琳娜是城府很深的。

我在等候同斯大林会见期间,同几个老朋友消磨晚上的时间。到我那里去的也有年轻作家——拉宾、斯拉温、莱温、加布里洛维奇。瓦西里耶夫兄弟请我看了他们编导的影片《恰巴耶夫》。我常在弗谢沃洛德·埃米利耶维奇那里消磨晚上的时间,他没有气馁,讲述着《聪明误》的演出经过,所有的人都兴致勃勃。据说在即将举行的苏维埃会议上将讨论新宪法草案。12月宛如5月,我也愉快地打量着一切。

一天,我到《消息报》去找布哈林,他面色如土,勉强说了一句:"真不幸!基洛夫遇害了……"大家都很沮丧,因为热爱基洛夫。痛苦中也掺杂着不安:是谁,为什么,往后会怎么样?……我发现,重大的考验几乎总有安宁幸福的几周或几个月为其先导——在一个人的生活中如此,在许多民族的历史上也是如此。也许这只是人们事后回忆不幸事件的前夕时的一种感觉?当然,在我们之中谁都没有想到一个新的时代开始了,但大家都一声不吭,警惕起来了。

过了几天,中央委员会的文化部部长阿·伊·斯捷茨基对我说,由于发生了一些事件,预定的会见在最近期间不可能举行了,他们不想白白耽搁我的时间。阿列克谢·伊万诺维奇叫我把我对有可能团结反法西斯主义作家的想法口述给女速记员。

我在巴黎又写了中篇小说的几章。

我同马尔罗、瓦扬-古久里、纪德、让-里沙尔·布洛克、穆西纳克、盖延诺交谈。经过长期争论,一群法国作家决定在春天或夏初召开一个国际性的代表大会。作家们不是工人,把他们联合起来是十分困难的。安德烈·纪德提出一项建议,亨利希·曼提出另一项建议,孚希特万格提出第三项建议。超现实主义者大喊大叫地说,共产党员已经变成上层官僚,应该阻挠代表大会的召开。接近托洛茨基分子的作家夏尔·普利涅和马德兰·帕兹提出警告说,他们要发言"揭露"苏联。巴比塞担心代表大会由于政治上过于广泛,因而不能作出任何决议。马丁·杜·加尔和英国作家福斯特、赫胥黎则相反,他们认为代表大会过于狭窄,而且只让共产党人发言。要想调和似乎不可能调和的各种立场需要许多耐性和沉着,还得掌握分寸。

但是在 1935 年初,所有的困难都在我们面前出现了。我从莫斯科来到巴黎后,刚刚把周围的情况搞清楚,《消息报》编辑部就拍来了一份电报:萨尔州正举行公民投票,我必须前往。我把中篇小说未写完的一章搁置案头,给马尔罗打了一个电话:我不能参加筹备小组的下一次例会了。

夜间我在车厢里幻想着,或者像棕红色头发的罗姆卡曾经说过的那样,我在做"工作上的假设"。代表大会将迫使摇摆不定的人选择斗争的道路。法西斯主义并不如看上去那么强大,它是依靠普遍的麻痹而存在的!萨尔州的德国人也许会投票反对希特勒……

突然我想起了《消息报》编辑部里那个使人不安的晚上,谁杀害了基洛夫?……

车厢里很暖和,我好不容易把窗子放了下来,一股黄色的刺鼻的浓烟冲了进来。

10

我于傍晚时分抵达萨尔布吕肯,彩灯在雾霭中闪烁。在主要街道上一家大灌肠铺的橱窗里赫然陈列着一个用小灌肠拼成的卐字,行人一面看,一面赞赏地微笑。旅馆的女主人,一个肥胖的、易患中风的女人,在走廊上嚷道:"别忘了我是德国人!"街上的扩音器播送着军歌:"我们在前进,一、二……"我睡得不好。夜里有枪声,我把门稍微打开了一点,一个准备把摆在门口的皮鞋擦净的服务员解释说:"大概又抓走了一个叛徒……"早晨女主人对我说:"您必须马上把房间腾出来,我错把它租给你了。我是德国人,先生!您懂吗?……"

我什么都懂,但是年轻的读者也许不懂当时在萨尔州到底发生了什么事,让我来谈谈。协约国在1919年签订凡尔赛条约的时候,对萨尔矿区争论了很久。克里孟梭想让法国得到萨尔州的煤矿。威尔逊不同意。后来他们在这一点上和解了:十五年后在萨尔州举行公民投票,由居民自己决定是否把他们的地区并入德国。在希特勒上台以前,一切都很明显:住在萨尔州的是德国人,因此他们会赞成合并。

法西斯的恐怖迫使某些人思索起来。在选民们面前摆着这样一个问题:他们是愿意并入德国呢,还是愿意维持原状,即保留自治的行政机构和同法国的经济联盟。除了主张自治的一个无足轻重的政党外,只有共产党人号召投票拥护维持原状。我来到萨尔州以后,立刻明白绝大多数人将会赞成合并:纳粹分子巧妙地利用了爱国主义。标语、歌曲、旗帜也都像我度过第一夜的那个旅馆的女主人那样,重复着这样的字眼:"我们是德国人,我们的地位在德国!"

"自由表达意志"犹如一出可悲的闹剧,所有的人在理论上都能享受言论、集会、出版的自由。英国士兵要保障秩序,事实上法西斯分子却在阻挠共产党人的集会。我在任何一个售报亭里都买不到反对合并的报刊,报贩惊恐地回答道:"他们警告过,要把售报亭烧掉……"人们遭到暗杀。甚至连我也收到了一封带有卐字的匿名信:要是我不立即离开萨尔,就会为我预备"一颗精致的德国子弹"。

萨尔矿区的真正主人盖尔曼·罗希林答应给听话的人以奖金,让不听话的人饿死。不愿加入"德意志战线"的失业者立刻失去了补助金。

(现在每当我在西方的报刊上看到有人说德国问题可以通过"自由选择"来解决的时候,我就想起了萨尔州的公民投票……)

我曾在皮卡德村里目睹一个不可笑的运动的一桩可笑的事件。那里有两头法定作为种畜的公牛,其中一头被认为是良种牛,可怜的农民在一定程度上依靠自己的公牛生活。这个农民被怀疑在政治上不可靠,于是公牛也被宣布为"维持原状的公牛",谁都不敢让它和纯雅利安种母牛交配了。

帮助我到皮卡德村和萨尔州的其他角落去观光的是德国作家古斯塔夫·雷格列尔。我是在巴黎认识他的,后来在作家代表大会期间我们在莫斯科见过面,他是一个神经质的、易受感动的人。萨尔州的法西斯分子扬言要杀死他,他勇敢地到处演说,描述德国的恐怖。他把我带到矿工们的家里,我在那里听到了有关所发生的事件的真实叙述。

还在公民投票之前我曾为报纸写了几篇特写,其中最后的一篇是用这两句话结尾的:"一次会战可能失败。战争永远不会失败。"

会战失败了,我已经知道,在胜利之前总是会遭到不少失败的,因而并不沮丧。

回到巴黎后,我写完了中篇小说,参加了筹备小组的一次会议,这时又不得不离开,在日内瓦将召开国际联盟理事会的一次特别会议。

瑞士人迟迟不给我签证,到了最后,大使馆参赞给我看了一封从伯尔尼拍来的电报,我把它抄了下来:"准许苏联公民伊利亚·爱伦堡以《消息报》记者身份在瑞士逗留十天以参加国际联盟理事会的特别会议,但必须附加以下条件:该伊利亚·爱伦堡必须放弃一切足以破坏瑞士的内部安宁或有损其与邻邦友好关系之行为。"外交官向我解释说,我在瑞士的领土上不能说或写任何反对德国的话——这是瑞士中立国地位的要求。

怎么说呢,对中立国地位(不过世界上的一切也都如此)是可以有各种各样的理解的。在我到达瑞士之前不久,希特勒的爪牙在巴塞尔市把反法西斯的德国侨民雅各绑到德国去了,瑞士当局却装聋作哑。我看见了充斥着希特勒党羽的日内瓦,没要他们立任何字据,他们在瑞士有自己的报纸,他们满不在乎地写道:"为了排除共产主义恶性肿瘤,必须动外科手术,而且必须从俄国开始。"

如今我已习惯了各种各样的国际会议,而且知道它们酷似《列那狐的故事》中所描写的法庭。而当时我却是一个新手,对许多事都感到惊奇。国际联盟是联合国的草稿,美国人没有参加国联,于是英国人和法国人就被认为是能左右局势的老爷。德国早在1933年就退出了国联,但所有的人却在希特勒面前甘拜下风。我曾在丹麦的石勒苏益格看见丹麦人多么害怕德国的师团,但丹麦的代表却在日内瓦滔滔不绝地证明希特勒的政策是爱好和平的典范,况且这位法西斯主义的辩护人还是社会民主党人。谈判是在幕后——在郊区形形色色的餐厅里进行的。德国人答应和西班牙签订通商条约,于是列鲁斯突然对第三帝国表示了温情。人们答应给葡萄牙人和智利人各种各样的小恩小惠,人们想用协议上的条款、脚注、注解来减轻席卷全球的不安。

马·马·李维诺夫发表了演说,他说得很平静,看上去就像一个胖胖的贤夫慈父。他提醒外交官们,食欲是在吃饭的时候才来的,希特勒的微笑是不可信赖的:"如果一名军人答应顾惜一部分市区,同时在其余的市区却为自己和自己的武器保留行动的权利,那么这样的诺言未必能引起人们的注意……"

在新闻记者经常聚集的"巴伐利亚"咖啡馆里,《费加罗报》的一名记者叫道:"艾米尔·布勒发疯啦!为什么法国非得害怕德国军队?连婴儿也清楚,希特勒要向乌克兰进军……"

在离"巴伐利亚"咖啡馆不远的德国旅行社的橱窗里,挂着一张欧洲大地图,上面把阿尔萨斯和洛林画入了德国版图。

这是一个寒冷的、阴雨绵绵的春天,但报上却说夏季前往法国的旅行者将大大多于往年,"和平胜利了……"德国在继续武装。国际联盟在审查各种各样的裁军计划。法国人在谈论即将到来的假期。

我前往1918年以前属于德国的比利时的欧本城。我又在签证问题上被折磨了一番。比利时当时成立了联合政府,社会党人王德威尔得、斯巴克参加了政府。斯巴克在不久以前还被认为是"赤色分子"。我记得他在波里纳日矿工们的集会上挥动拳头的情景,他以梅耶霍德的任何一个演员都会羡慕不已的速度改扮成另一个人了,他成了战后欧洲政界的一个大人物。1950年我在布鲁塞尔见过他,他尽管很胖,但举止却很激烈。他所捍卫的思想,据他说,是"中庸之道",但他捍卫它们的方式却不合中庸之道。对于这种人我是有些害怕的:他们会仅仅由于认为自己是优秀的消防队员而纵火焚烧世界。王德威尔得是上一个世纪的人物,而且也不想赶上斯巴克,他当时七十岁。他写过一篇谈我的中篇小说《第二天》的文章。我不知道他受了什么影响——是我的风格还是希特勒的风格,但在他的文章里却有出人意料的自由:"别的一切都不必去说,这个民族毕竟正在泥泞和雪地上向星辰前进。所有的革命中最合理的一次革命给了它信念和希望,奇迹般地使整个社会生活焕然一新。"但王德威尔得部长的思想却丝毫没有在日常的政策中反映出来,我在欧本看到的是一幅类似萨尔的情景。纳粹分子乘电车从多特蒙德市或杜塞尔多夫市前来,他们用不着任何签证。他们肆无忌惮、为所欲为。《欧本日报》出版了,上面写道,德国人很快就要解放该城。我到属于当地领袖吉列茨的一家书店去了一趟,他客气地微微一笑,并建议我买一本罗森堡的书。

我在欧本的时候,一个从集中营里逃出来的德国共产党员跑到了那里。欧本的警察局逮捕了他,扬言要把他交给希特勒分子,四天后他被驱逐到法国去了。我把他带到边境,他患了很重的精神病,在回答边防军人的问题时前言不搭后语。

又是巴黎。又是作家们和关于代表大会的谈话。马尔罗满意了,本达答应发言。沃尔多·弗兰克从美国寄来一封长信,他要来参加代表大会。乔伊斯打算拍贺电来……

巴黎人在讨论在哪儿避暑更好,是在诺曼底海滨还是在萨瓦州。一切如故,但我却不能忘记正在莱茵河彼岸发生的事。

我前往阿尔萨斯,看到了熟悉的景象:希特勒分子得意地微笑着在谈论

"行将到来的解放",受到萨尔州的鼓舞的"自治论者"要求举行全民投票,人们叹着气,发着抖,向当地的法西斯分子搜罗在"解放"的时候拯救他们的诺言。晚上我在一条僻静的街道上遇见十来个小伙子,他们大声喊叫着"保卫莱茵河"。

当时我曾写道:"近几个月来我在从事一件繁重的工作:在紧靠德国的各州奔波……可以对蛇进行长久的观察并保持清醒的头脑:如果蛇在吞食一只家兔——这归根到底是一顿午餐。但不能对家兔进行长久的观察,一双呆滞的眼睛甚至能使一个神经坚强的人也染上疯狂症……"

1961年秋在罗马召开过一次"圆桌"会议。我们企图说服我们西方的同事,不可武装昨天的党卫军分子。一天晚上,意大利朋友给我们看了一部文献纪录片——法西斯主义的历史。元首在阳台上举起一只手臂,像偏僻地区的一个蹩脚演员那样装腔作势。阿比西尼亚人在死亡,马德里的房屋在倒塌。人们抱着死去的孩子,纳粹分子在布拉格的街道上列队齐步行进。希特勒听说法国投降了,乐得直拍自己的肚子。俄罗斯的俘虏在集中营里死去,犹太姑娘被送进煤气室……后来胜利了,不料没被打死的法西斯分子又在银幕上胡闹,又有一个意大利少年死去了,故事仍旧没有说完,我瞧着银幕突然想道:这岂不就是我一生的历史吗!四十年都是在兽行、战争、大屠杀和集中营的标志下度过的。普希金曾写道:"我们是为灵感而生,为甜蜜的声音和祈祷而生……"这在当时大概也只是一种幻想:雷列耶夫被绞死了,丘赫尔别凯在流放中备受折磨,连普希金自己也是很早就被强加于他的死亡夺去了生命。但是他至少还能幻想一番……

我在1935年春最少想到"甜蜜的声音"。我们日日夜夜地在从事代表大会的筹备工作。生活是安宁闲适的,但我却不能像先前那样生活了:气氛变了。无论是动员、演习性的警报或试验性的灯火管制,当时都还没有,但战争已经存在。现在我知道,战争总是在开演之前很久就来到的,它是从旁门进来,耐心地在黑暗的前厅里等待着。

11

从事代表大会的筹备工作的法国作家经常在科坦登街上我的狭小住宅里聚会,他们是安德烈·纪德、让-里沙尔·布洛克、马尔罗、穆西纳克、尼赞、雷纳·布莱克。

我有一条温柔调皮的狗名叫布祖,是西班牙犬和苏格兰獟的混血种;没有人会把它带去展览的,可它却很聪明——它常自动跑到卖马肉的肉铺去,在那里像马戏团的马一样撑起后腿转动身子。布祖喜欢安德烈·纪德,这种喜欢并不是无私的:安德烈·纪德常常拿着饼干挥着手,开始发表长篇大论;布祖则一跳一跳地夺取好吃的东西。安德烈·纪德没发现出了什么事,就去拿另一块饼干,往往就这样重复十来次。

那几年我常遇见安德烈·纪德,我常到万恩街去找他,在文学集会、工人大会上看到他。每逢只剩下我们两人的时候,他几乎总是谈论自己。看上去好像我可能很了解他,但我并不了解他,对于我来说他依然是来自另一个行星的人物。

当他醉心于政治并宣称自己拥护共产主义的时候,我曾觉得这是一个胜利:安德烈·纪德是西方知识界的一个偶像。我为他参加了反法西斯斗争感到高兴,但即使是在那个时候,我也曾补充说,在六十岁以前,安德烈·纪德"除了自己的热情的折光以外,不曾在自己面前看到任何别的东西"。1933 年我曾撰文论述过他的一部长篇小说:"当然,长篇小说《伪币制造者》的主人公们的遭遇不会使任何人激动。但这些主人公是否存在呢?这是一部关于长篇小说和长篇小说作家的长篇小说,而绝不是关于人们的长篇小说……这是一本关于书的书:在沙漠中是没有生活的。"

曾对安德烈·纪德的"转变"感到欢欣的不只我一个人。高尔基曾在莫斯科的作家代表大会上说:"罗曼·罗兰、安德烈·纪德有最正当的权利称自己为'灵魂的工程师'。"而路易·阿拉贡也用这一句话结束自己的演说:"我仍要向他们转达我们伟大的朋友安德烈·纪德的问候。"一年后,在巴黎的反法西斯代表大会上,任何人都没有像纪德那样受到热烈的欢迎。

安德烈·纪德于1936年来到苏联,他无保留地赞美一切,但回到巴黎以后,却同样无保留地责备一切。我不知道他是怎么回事:别人的心是摸不透的。1937年我在西班牙读了他的一篇文章,他责备共和国当局使用暴力。我忍不住了,并暗暗地称他是"具有叛徒的凶恶和肮脏心灵的老头子"。如今这一切都是遥远的往事了。现在我想心平气和地来思索一下我在自己的生活道路上遇到的这个人。当然,在我赞美他倾向了共产主义和称他为叛徒的时候我都错了:我把一只螟蛾的飞舞当成建筑师的图纸了。在本书中我曾不止一次承认自己犯了各种各样的错误:我把自己的愿望当成现实的时候太多了。

一个在沙漠中生活了六十年的孤芳自赏的人是否会突然转变,变成一个热爱人类的人、一个社会正义的保卫者呢?安德烈·纪德曾不止一次对我说,当一个人的周围都是痛苦的时候,欢乐对他而言是不存在的,这句话曾使我感动。他说这话时很真诚,他身上还有一种魅力。我之所以还是能够相信安德烈·纪德的政治热情的深刻性和持久性,仅仅因为我极愿相信。我不曾思考过纪德的道路。第一次世界大战期间,当他的一个朋友成为好战的天主教徒的时候,他曾称赞道:"你超过了我!"十五年后他却到处一再地说,宗教是人的最凶恶的敌人。他像一个传教士,他有一双聪明的眼睛,一双纤巧的、富于表情的手。他被书籍、手稿包围起来,他的衣袋里经常揣着一小本歌德或蒙田的作品。他说他正在研究马克思,但他的主要特点则是极度轻率。一部分人赞赏他的勇敢,另一部分人则反之,责备他过分谨慎。但螟蛾之所以扑火并非因为它勇敢,它避开人们飞去也不是因为它谨慎,他既不是英雄也不是自私的家伙,他只不过是一只螟蛾。

我不愿被人误解:我提到螟蛾,绝非存心贬低纪德的才能或智慧。有一次他在自己的日记本上记道:"我怀疑一只蝴蝶在产卵后还能享受许多生活的欢乐,它是听命于香味、微风、自己的愿望而飞来飞去……"纪德写这些话的时候已七十二岁,他认为他已完成了自己的使命。他在日记上谈起蝴蝶也许是出于偶然,这我不得而知,但这个形象倒很成功:他就是一只巨大的夜里的蝴蝶,它具有那种能够迷惑内行的昆虫学家和拿着蝶网的男孩子的极其罕见的色彩。(纪德常说,他喜欢捕捉鲜艳的蝴蝶。)

我每次遇见安德烈·纪德,他总是谈到自己的健康:他怕感冒,现在有流行性感冒,不能在这家"小餐馆"吃午饭——肝,肝……安德烈·纪德在广大的世界上遇见过许多人,但他只注意到一个人——安德烈·纪德。在他弥留之际,他的老朋友罗歇·马丁·杜·加尔在他万恩街上的住宅里;罗·马丁·杜·加尔留下了一部怀着友情写成的《关于安德烈·纪德的纪事》,我在其中发现了足以证实我的浮光掠影的观察的词句:"他活着的时候孤芳自赏,关心的是自己微不足道的不幸……""他更加孤芳自赏了……"

无论他写什么,写尼采或陀思妥耶夫斯基也好,写虚构的主人公或亲近的朋友也好,写同性恋或法国的毁灭也好,他只看到自己,赞美自己或对自己感到吃惊。

他有一种极为优美的语言——鲜明、确切而又独特。也许文体促成了他的成功——当象征主义的模仿者们的故作晦涩使大家都厌烦了的时候,他显得十分突出,别人都模仿马拉梅,纪德却被蒙田迷住了。

卓越的文体家,博学多识的作家,所有这一切都是无可争论的,但依然难以想象,在两次世界大战之间有许多人认为纪德是一位导师,是时代的良心,几乎是一位先知。

他对罕见的复杂案件一直很感兴趣。他在20年代末开始编辑一套关于形形色色罪行的书。我还模模糊糊地记得这套书中的一部,那是关于一个被自己的亲人封砌在墙内慢慢死去的女人的故事。

大家都知道世界上存在着一些性生活反常的人。安德烈·纪德根据一桩病态的特殊案例制定了战斗纲领。他同许多朋友反目了,他引起了不快和报纸上的叫嚣。

在他去苏联之前不久,他曾邀我去他那里:"斯大林大概会接见我。我决定向他提出如何对待我的同志们的问题……"虽然我知道纪德的特点,我还是没能立刻明白他打算告诉斯大林的是什么事。他解释道:"我想提出好男色者的法律地位问题……"我好不容易忍住了笑,开始婉转地劝阻他,但他执意不听。他不仅在意识形态上,而且在性格上也都是一个新教徒,甚至是个清教徒,可他却变成了一个狂热的否认道德的道德家。

不,他用以吸引读者的不仅是文体,而且还有毫不留情的精神上的阴部露出症——自我暴露。他不仅对他以知名旅行家的身份走马观花地看到的苏联社会的缺点作十分浅薄的批评,即使对他了若指掌的资产阶级社会的缺点所作的批评也是很肤浅的。但是,他虽然崇拜自己,却并不宽恕自己。

1936年夏他在莫斯科时曾对大学生们说:"由于我的身体很弱,我不能指望长寿,我情愿默默无闻地永别人世。我很想把自己看成一个死后才出名的作家,就像司汤达、波德莱尔、济慈或兰波那样……新俄罗斯的青年们,现在你们该明白了,我为什么来看你们,因为我所期待的正是你们,我为你们写了一本新书……"重读这一段话令人多么奇怪啊!安德烈·纪德享到了长寿:他八十二岁才去世。而且他也并不属于那些被后代发现的作家——他在世的时候人们就阅读他的作品而且很尊敬他了。瑞典皇家科学院曾授予这位"否认道德者"以诺贝尔奖金。现在即使法国读者也不大翻阅他的书了。他曾把自己看作一座金字塔,但尽管他有天才、有技巧、有艺术上的勇气,他却只不过是一只撞击着晦暗的玻璃窗的蛾罢了……

我曾说过,时间会给一切事物作出恰如其分的评价。现在当我回忆起安德烈·纪德坐在我旁边谈论"共产主义的兄弟情谊"、布祖在一旁吞食饼干时的情景,却不知为什么可怜起纪德来了。他十分孤独,人们阅读他的作品,但似乎没有任何人爱他。他爱过什么人吗?他死后他的许多日记出版了,这些日记是他生前不愿发表的。他写道,他爱自己的妻子。他在年轻的时候娶了一个温顺、敬神的姑娘,婚后才发现自己性欲反常。他的妻子独自住在乡下,他常给她写信倾吐自己的爱恋。有一次他为了写回忆录的第一部而需要找来写给妻子的信简时,这才知道妻子已把它们付之一炬了。他在日记簿上记道:"整整一个礼拜我从早哭到晚……我把自己比作俄狄浦斯……"我不怀疑这些眼泪的真诚,他哭的不是爱的对象,而是自己的自白——如果用勃留索夫的诗句来形容,这是一个"从无忧无虑的童年时代起"就在寻找"词的组合"的人。也许任何人都不能把他说得比他对自己说得更坏。

他生前发表了战争最初几年间的日记，其中有些可怕的篇页；1940 年 9 月 5 日，在希特勒分子占领巴黎后不久，他写道："顺从昨天的敌人，这不是怯懦，而是明智……抗拒不可避免的事物的人是要落入陷阱的。为什么去撞鸟笼的格栅呢？为了减轻囚室的狭窄所带来的痛苦，最好待在正中央。"三周以后他安慰自己："如果到了我所担心的明天，我们的思想自由或至少是表达思想的自由将被剥夺，我将竭力说服自己，艺术和思想因此遭受的损失将比因过分的自由遭到的损失要小。压迫不能贬低优秀的人物，至于其他的人，那是不重要的。压抑的思想万岁！"

我深信，在 1930 至 1935 年间，他对共产主义的向往是真诚的。他在世上感到寒冷，工人群众大会的温暖把他吸引住了，他就像一个流浪汉那样在别人的火堆旁取暖。我还记得他在维尔儒伊弗郊区一次街头群众大会上的发言，他举起一只拳头，羞涩地微微一笑。他除了自己以外不想欺骗任何人。

1934 年，罗歇·马丁·杜·加尔在和纪德作了一次谈话后写道："对于一个就其天性而言不适合于坚定信念的人，对于一个朝三暮四、反复无常的人，赋予他的参与以如此重大的意义，这是多么轻率！尽管他有一颗真诚而善良的心，我依然深为担心，他的新朋友不久就会对他失望……"马丁·杜·加尔很了解纪德。而我相信……我现在平静地、不感到痛苦地说：时间是一个良医。

但在 1935 年安德烈·纪德却常来找我，我们曾一同筹备反法西斯作家代表大会。在回顾那些年的往事的时候，从其中剪掉一个时而拿着《资本论》，时而拿着一部欧里庇得斯作品的六十六岁的披着斗篷的螟蛾的影子，那会是一种愚蠢的胆怯行为。

12

在莫斯科的作家代表大会上我只是一个普通的参加者,至于巴黎代表大会,我却是筹备者之一。认识到自己的责任对于我来说是一桩新鲜的事,于是我就像一个少年那样激动。直到最后一天,我们都在担心是否会失败,有人劝阻著名的作家不要参加:代表大会是共产党人搞的,参加者不仅会引起批评家、出版家、编辑的反感,也会引起读者的反感。

我们以手工业方式从事代表大会的筹备工作,几乎没有经费,没有房间,既无秘书,又无打字员,抄写、打电话、劝说、调解都必须亲自动手。出力最多的是让-里沙尔·布洛克、马尔罗、吉乌、雷纳·布莱克、穆西纳克。

米·叶·科利佐夫在代表大会上发言说,作家们的第一次国际性的会见也是在巴黎举行的——在1878年。米哈伊尔·叶菲莫维奇补充说,现在俄罗斯作家可以用另一种方式和他们西方的同行交谈了,在他们背后,无论苦役、普遍的文盲还是萨尔蒂科夫笔下的庞巴杜尔们都已一去不复返了。

雨果和屠格涅夫参加了科利佐夫提到的那次作家们的会见。像这样的作家在我们的代表大会上是没有的,但是在1935年似乎在世界上也还没有这样的作家。但我们却把拥有最多读者和最受尊敬的作家都集合在一起了:他们是亨利希·曼、安德烈·纪德、阿·托尔斯泰、巴比塞、赫胥黎、布莱希特、马尔罗、巴别尔、阿拉贡、安德森-尼克索、帕斯捷尔纳克、托勒尔、安娜·西格斯。海明威、德莱塞、乔伊斯向代表大会拍来贺电。被选入代表大会所建立的联合会的主席团的有罗曼·罗兰、高尔基、托马斯·曼、萧伯纳、塞尔玛·拉格洛夫、安德烈·纪德、亨利希·曼、辛克莱·刘易斯、巴列-因克兰、巴比塞。

715

代表大会真是五光十色：瓦扬-古久里和自由主义的随笔作家本达并肩而坐，继怀疑主义的英国小说家福斯特之后发言的是非常激烈的阿拉贡，西班牙的个人主义者欧赫尼奥·德奥尔斯和贝希尔交谈，七十岁高龄的德国批评家阿尔弗列德·克尔向年纪轻轻的考涅楚克谈论文化遗产的意义，卡夫卡的朋友和同志马克斯·布罗德和谢尔巴科夫一起讨论决议草案，而加拉克季翁·塔比泽则在小吃部喝白兰地，为深受感动的卡林·米哈埃利斯的健康干杯。

代表大会开了五天，互助大厅总是挤满了人，扩音器把发言转播到前厅里，人们站在街上倾听。起初决定对代表大会保持沉默的报刊也不得不为它腾出不少篇幅。甚至希特勒也忍不住了，他气愤地宣称："布尔什维克化的作家都是文化的凶手！"

我不禁回忆起十三年后在弗罗茨瓦夫召开的另一次代表大会，这次会议不像巴黎代表大会那样五光十色，但人数众多的自由主义者或社会主义者却一直在抱怨、挖苦，并以离会相威胁。巴黎代表大会的名称是"保卫和平"。当然，法西斯主义使人人害怕，但是战争在1948年也不是抽象概念。

1935年的政治局势对我们的倡议的成功是有利的。法国诞生了人民阵线。代表大会的组织者之一安德烈·尚松是激进社会党人，曾担任凡尔赛博物馆馆长之职，他很兴奋地谈到苏联，和瓦扬-古久里握手。三周后我在巴士底广场上目睹达拉第拥抱多列士，这不会使任何人惊奇，法西斯主义来临了。在代表大会进行期间，我们从报上获悉一万五千名法西斯分子通过阿尔及尔的街道，法西斯飞机在他们头顶盘旋，又一个"领袖"大声喊道："我发誓，我们不出一个月就要夺取法国的政权！……"在德国，不听话的人被斩首。伊尔·罗勃列斯在迫害西班牙的自由思想分子。意大利公然准备侵犯阿比西尼亚。无疑的，而且我一分钟也不会忘记，第二次世界大战后的形势要复杂得多，对共产主义的恐惧增强了，而在美国还刚开始"迫害异端"。但我依然觉得，问题不止是这一点。

作家赫胥黎未赴弗罗茨瓦夫，但他的兄弟、生物学家尤里安·赫胥黎却到那里去了。真的，他的观点一点也不比1935年的奥尔多斯·赫胥黎更右，但人们却对他另眼相待，他觉得自己误入了一个陌生人的家中。

我在弗罗茨瓦夫遇到的巴黎代表大会的参加者寥寥无几：安德森-尼

克索、本达、马尔希维查、斯托亚诺夫、考涅楚克、我——这似乎就是全部了。随笔作家本达,一个非常激烈的纯理性主义者,有一次曾对我说:"您瞧,我终于来了。但我一点也摸不着头脑……请告诉我,巴别尔、科利佐夫出了什么事?我问别人,可他们不回答我……您的一个同志在发言的时候把萨特和奥尼尔称作豺狼。难道这公正吗,难道这合理吗?再有,为什么每当有人提到斯大林的名字我们就得鼓掌?我反对战争,我反对美国的政策。我寻求团结,可别人却叫我加入……但我现在已经七十八岁,上小学可有点晚了……"

我再回头来谈巴黎代表大会,它的成功在一定程度上可能是苏联作家的行为促成的。一连五天只骂法西斯主义并不是一件容易的事。发言者也谈到了作家在社会中的作用,谈到传统和革新,谈到文化的民族基础和全人类的财富。不用说,所有的人都对苏联的经验感兴趣。我记住了我国作家的一些发言,科利佐夫的演说是生气勃勃的、愉快的,他谈到讽刺作品在苏联社会中的意义:"我们的读者对这样的行政首长感到愤慨,他们曲解社会主义原则,要所有的人都成为一种样式,强迫他们吃一样的饭,穿一样的衣服,说一样的话,想一样的事。"拉胡蒂谈到,在德国的种族主义者发明黄星之前很久,在革命前的布哈拉,犹太人必须在腰间束上一条"诅咒带",而现在苏联的所有民族则被一条"兄弟情谊带"团结在一起了。

当巴别尔和帕斯捷尔纳克来到的时候,代表大会已经开幕了。伊萨克·埃马努伊洛维奇不写发言稿,但却能从容不迫地、幽默地用一口流利的法语谈到苏联人对文学的热爱。鲍里斯·列昂尼多维奇则比较难办,他对我说,他患失眠症,医生的诊断是神经衰弱,当他接到通知叫他前往巴黎的时候,他正在休养所里。他写了一份发言稿,主要谈自己的病。好容易才说服他谈几句诗歌问题。我们匆促地把他的一首诗译成了法文,引起大厅里的热烈掌声。

瘦削而热情洋溢的尼古拉·谢苗诺维奇·吉洪诺夫谈到诗歌:"马雅可夫斯基!这是苏联的颂诗、讽刺作品、滑稽的和喜剧性的诗剧大师……巴格里茨基!这是一行热烈而朴实的诗,是令人信服的形象的诗,是真正的激情的深度。他是猎人、渔夫、游击队员,他爱大自然……,鲍里斯·帕斯捷尔纳克向我们展示了心理空间的复杂世界。诗情的沸腾是多么神速而紧张,这是一种连续不断的呼吸的艺术，企图在世界上一下子看到并收容大量相互交叉的诗歌成就，这是一种多么富于诗意和无比真诚的心愿！"

（在我当时为《消息报》写的一篇特写里有这么一段话："当吉洪诺夫开始评价帕斯捷尔纳克的诗歌的时候，听众站起来以经久不息的掌声欢迎这位诗人，因为他证实了高超的技巧和崇高的良心绝不是敌人。"半年以后，一位用他自己的话来说喜欢说同志们的坏话的莫斯科文学家宣称，我在巴黎欢迎帕斯捷尔纳克的时候，似乎说过"只有他一个人才有良心"。这个无稽之谈很招人喜欢，于是《共青团真理报》就骂起来了，但骂的不是吉洪诺夫，不是那些向帕斯捷尔纳克鼓掌的巴黎代表大会的参加者，并且也不是帕斯捷尔纳克本人，而是我。法国报纸上出现了一条简讯："莫斯科宣布不同意爱伦堡的意见。"我给谢尔巴科夫、科利佐夫写信，请他们驳斥诽谤，但没有作用。法国作家问我怎么回事？这是四分之一个世纪以前的事——还在1937年以前，当时我天真地认为，一切问题都是可以回答的。）

在西方，过去曾有人说（而且至今也还在说），我国所有的文学都是宣传品。我发言时说："我们经历了许多艰苦的岁月，我们的日子是在战壕里过的。人们的感情不能一下子改变，我们宣传性的文学是和对以往的记忆联系在一起的。我们因为知道敌人会侵犯我们的国家，便建立了红军。然而不管红军的武器有多么精良，我们永远不会拿大炮来冒充苏维埃文化的典范。法西斯分子也有大炮，但他们不可能有我们的红军战士。宣传性的文学是军人装备，它是在资产阶级的军火库里诞生的。资产阶级口口声声地大谈'纯艺术'，同时又咒骂叛逆作家，溺爱俯首帖耳的作家。创造公务文学的不是'该死的诗人'，而是俯首帖耳的人。真正大公无私的艺术所竭力追求的不是维护社会的职位等级制度，而是人的发展，这种艺术只有在新社会才可能产生……我们骄傲地来到这里，不是为自己骄傲，而是为我国的读者骄傲……"两位坐在主席团座位上的最老的作家——亨利希·曼和安德烈·纪德站了起来，走到我跟前和我握手，这当然是对苏联读者的祝贺。我异常激动，喃喃地说了些什么。

我常常不得不离开大厅，有许多需要细心和耐心的工作要做。每当我回到自己座位上的时候，我经常听见一些关于苏联社会的友好的、有时还异常热情的言辞——它们出自形形色色的西方作家之口：尚松、天主教徒穆尼哀、曼、纪德、盖延诺及其他作家。

有不少动人心弦的时刻。台上意外地出现了一个戴着黑眼镜、脸上匆忙粘上了一副黑胡子的人,这是一位从事地下工作的德国共产党员。喜欢浪漫情调的不仅是年轻人,大厅里发狂了,把地下工作者的演说译为法语的安德烈·纪德竟激动得语无伦次。

天气炎热异常,闷热,时有雷雨。在挤得水泄不通的大厅里感到呼吸困难,而且连一分钟的休息也没有。夜里还必须译发言稿,为《消息报》写报告,有时还得安慰没得到发言机会的文学家。

我所描述的一切看上去都比实际情况严肃和乏味。我们的生活其实是极为丰富多彩的。马林娜·茨韦塔耶娃在讨论的时候,在走廊里向帕斯捷尔纳克朗读诗篇。不知道为什么,我们会在一家小咖啡馆里就社会主义现实主义的问题争论了半夜,亚·谢·谢尔巴科夫和我们坐在一起,他一直在和瞌睡作斗争,不料突然说道:"有什么可争的呢?章程里写得明明白白的……"拉胡蒂赠给安德烈·纪德一件塔吉克长袍和一顶绣花小圆帽,我们瞧着身穿一件不习惯的衣服的《哥丽童》的作者,突然明白过来,他应该坐在茶馆里体验永恒而不是在群众大会上演说。巴别尔津津有味地向安德烈·特里奥莱叙述一匹不寻常的公马的故事。加拉克季翁·塔比泽买了几部罕见的波德莱尔和兰波的诗集,他没用法语朗读,而是珍爱地抚摸着书页。布莱希特和马尔罗谈论着生活中是否会出现死亡状态的问题。在互助大厅旁边一家我们常去喝冰镇柠檬水的小酒吧间里,情侣们在接吻,而扩音器在报告说,现在由剧作家列诺尔曼发言,我羡慕地看着一对情侣,不禁想道,我的舅舅廖瓦,一个跑江湖的杂技班班主,喜欢说:"不能爱怎么生活就怎么生活,而要照上帝所吩咐的那样生活……"

侧厅里突然安静下来,现在超现实主义者要发言了,他们已决定破坏代表大会……

我们在代表大会开幕的前夜获悉年轻的超现实主义作家雷纳·克莱维尔自杀了。我有时遇见他,知道他为共产党人和超现实主义者之间的不和而感到痛苦。人们说,他是服毒自杀的,自杀前留下一张简短的便条:"我厌倦了一切……"

事后我从他的朋友克劳斯·曼和穆西纳克那里获悉,在这桩悲惨的事件中我起过一些作用,我并不怀疑这一点,我写过一篇关于超现实主义者的很尖锐的文章。一天夜里,我们坐在咖啡馆里,我出去买一包烟丝。当我穿过大街的时候,有两个超现实主义者走到我身边,其中的一个打了我一耳光,我没有用同样的方式回敬,却愚蠢地问道:怎么回事?……这一切都是超现实主义者的风气,而这件荒唐的事对于雷纳·克莱维尔来说却成了最后一滴苦酒。当然,一滴不是一大碗,但我回忆起这事却感到难受。

阿拉贡在代表大会上宣读了克莱维尔的发言,全体起立,他才三十五岁。可见作家们即使在代表大会上也非自杀不可……

艾吕雅要求发言,大厅里不安起来:开始啦!……某人在拼命喊叫。主持会议的穆西纳克平静地请当时是虔诚的超现实主义者的艾吕雅发言。艾吕雅宣读了勃勒东写的发言稿,其中当然免不了有对代表大会的攻击——对于超现实主义者来说,我们都是保守分子、学院派、官僚。但半小时后新闻记者们都扫兴地到小吃部去了——一切都圆满结束。我们明白,糟糕的不是勃勒东,而是希特勒。

我记住了英国小说家福斯特的发言,他说:"要是我年轻些和勇敢些,我也许会成为一个共产党员……如果新的战争爆发,那么像赫胥黎和我这样一些忠实于自由主义和个人主义原则的作家将干脆被消灭。我们不能有任何作为来反对这一件事,在惨剧尚未爆发的时候,我们只能用生了锈的小针打打补丁。"(年轻的赫胥黎和上了岁数的福斯特都经历了第二次世界大战。如果"生了锈的小针"目前销路不旺,那么内行可以断定,与其说问题在于意识的转变,不如说在于电视的竞争。)

科利佐夫的发言自然乐观得多。在谈到法西斯分子的时候,他想起了法国的一句俗话:"笑到最后的人笑得最好。"科利佐夫没看到结局。法西斯分子果真被击溃了,但我们在1945年5月9日并没有笑。我还记得红场上的一个妇女,她默默地拿着她那在伏尔加河上阵亡的儿子的一张照片给大家看。

(我在写这一章的时候几乎中断了一个月:罗马、华沙、伦敦;会晤、会议、代表会议——裁军、核弹、波恩、复仇主义者……在我面前的不是作家,而是各种各样的人物——美国参议员、工党党员、物理学家、意大利议员、儒勒·莫克、神甫、工会工作者。我当然想写完本书,但是,如果能够说服哪怕十个人,使他们相信除了销毁所有的炸弹、解散所有的军队之外别无出路,那就不要管它啦,不要管这本书啦——孩子们的命运比它重要得多:在他们面前有着他们的人、他们的岁月、他们的生活。)

成立了作家联合会,选出了书记处,参加书记处的苏联作家是科利佐夫和我。米哈伊尔·叶菲莫维奇对我说:"既然书记处将设在巴黎,你就不得不工作了。"他温和地、但又含着嘲笑意味地哼了一声,接着补充道,"挨骂的也将是您……"

我已提到过我是怎么挨骂的,而工作中也并无缺点。我们在巴黎和外省组织群众大会、演讲会、辩论会。那个时期对我们的工作是有利的:这是人民阵线的蜜月。我在巴黎、里尔、格勒诺布尔都作过报告。

捷克斯洛伐克的几个大作家没参加巴黎代表大会。我常去布拉格,遇见过恰佩克,他谈了很多法西斯威胁的问题,同意加入联合会的主席团。他当时正在写作长篇小说《鲵鱼之乱》,他微笑着说:"您大概听到过巴黎的一个传说:恰佩克在大晴天撑着一把雨伞在普里什科普街上走着,一个迎面走来的人纳闷地问他为什么打着雨伞,他答道:'现在伦敦正在下雨。'不错,我喜欢英国的许多风尚,譬如说,我喜欢伦敦人不互相推挤,在地下铁道或公共汽车上他们不你挤我、我挤你。这也许和我喜爱上一世纪的理想有关。但我们生活在另一个时代,社会在挤人,一个民族在挤另一个民族……"

诗人霍拉当时是捷克作家协会的书记,他建议把捷克作家协会纳入我们的联合会。我出席了斯洛伐克作家代表大会,他们也加入了联合会。

在西班牙,几乎全体青年作家都和我们站在一起,例如洛尔卡、阿尔贝迪、贝尔加明。我遇见了我的旧友戈梅斯·德·拉·塞尔纳,他躲避政治,我说服他加入了联合会。

1936年6月在伦敦召开了书记处全体会议,我们心情愉快,讨论着一切可能的方案:设立国际文学奖金,成立一个把优秀作品译为各国文字的机构等等。讨论得特别热烈的是编纂一部百科全书的打算,按照本达、马尔罗、布洛克的意图,它应该产生像狄德罗、伏尔泰、孟德斯鸠的百科全书对18世纪下半叶的人们产生的那么大的影响。

赫伯特·威尔斯出人意料地来到了我们的会场,我是1934年夏在马·马·李维诺夫的别墅里和他相识的。他在和马克西姆·马克西莫维奇、爱森斯坦与我交谈的时候曾谈到他喜欢我国的许多事物,而这件事看来刺激了他,他不喜欢实际情况和他的预测背道而驰。他富于预见力,他是一个目光远大的人:如果安德烈·别雷在1919年谈到原子弹只不过是一个诗人的预感,那么威尔斯在1914年描写在未来的战争中使用原子武器却可以称之为科学的预测。他重视逻辑学,但怀疑辩证法。在李维诺夫的别墅里,当他和马克西姆·马克西莫维奇的女儿,顽皮的小姑娘塔尼娅谈话的时候,他突然变得很自然,甚至很和善了。

威尔斯走进会议大厅,把帽子放在桌上,立刻往我们头上泼了一桶凉水:他冷静地说明道,我们既不是狄德罗,也不是伏尔泰,我们没有经费,我们总是靠乌托邦生活。他讲了一个关于三个打算代表大不列颠帝国发言的裁缝的笑话。说完之后他拿起帽子就离开了大厅扬长而去。

当然,他的怀疑是正确的,我们连百科全书的第一卷也没编出,也没设立文学奖金。我们在鼓励翻译方面甚至毫无作为。贝尔加明建议1937年在马德里召开第二次国际代表大会,这个建议被采纳了。我们不知道再过三个礼拜在西班牙将开始一场可怕的、毁灭性的战争。但在我们所有的决议中我们只实现了一条:第二次代表大会果真于1937年在马德里召开了,我们在法西斯的炮火下开会。

联合会完成了自己的任务:它帮助作家们和许多读者了解,一个新的时代开始了——不是书的时代,而是炸弹的时代。

13

1935年初秋,我在《消息报》上的文章中谈到法国和巴黎:"我想了很久,为什么这个国度如今如此忧伤? 它的美只能加深忧伤。那林中旷地上的老榆树或白蜡树是美丽的,红色的苹果从苹果树上落下,渔夫在海边缀补天蓝色的薄渔网,黑色的母牛若有所思地把嘴伸进嫩绿的草丛。白色的农舍爬满紫藤……'人生如此短促'——一个羞怯而笨拙的少年在我的窗下这样歌唱。他长大了,衣服已不合身,但新的又没缝好。他到这个国度来得太迟了,所有的长篇小说都已写完,全部荒地都已开垦,一切职位都被人占据了——从参议员的安乐椅到拾破烂的人翻弄的垃圾箱,他只能空着肚子唱'人生如此短促'……这样的少年很多,他们跟大家一样生下来,学走路、拍手、吃水果糖,用一双信赖的蓝眼睛观望着人生。后来才发现,他们枉然长大成人……在巴黎的夜晚,当你呼吸着海的咸味的时候,仿佛听见了缆索的吱扭声……欧洲的夜是那么漆黑,简直令人头晕。几个世纪的忧郁都堆积在这一小块土地上,像一个塞满了青年时代的书信的小匣。但是连这忧郁也都和生活有关。清晨,百舌鸟和工厂的汽笛在灰蓝色的巴黎上空鸣叫,它们似乎在反复地说:'高尚的事业、战斗和未来在等待着你!……'"

在一间堆满了油画、从"跳蚤市场"(人们通常这样称呼巴黎的旧货商场)买来的破烂和一些瓶瓶罐罐的小画室里,我一面欣赏罗·拉·法尔克的风景画,一面思索法国和巴黎的命运。有各种各样的巴黎:我们知道印象派画家雨后明媚的巴黎、马尔凯[①]的轻盈温柔的巴黎、乌特里罗[②]的安宁闲

---

① 马尔凯(1875—1947),法国画家。
② 乌特里罗(1883—1955),法国画家。

适而又偏僻的巴黎,而法尔克的巴黎却是沉重的、阴郁的、灰暗的、灰蓝色的、紫色的,这是处于悲剧前夜的巴黎,它在劫难逃而又骚动不安,不可救药而又富于生气。法尔克一共在巴黎工作了九年,但是他理解这个庞大的、复杂的、似乎和他格格不入的城市。

我和罗伯特·拉斐洛维奇的相识是在30年代初,在他的晚年我们过从尤密,而且经常长谈,我想撇开1935年发生的种种事件专来谈谈他。当时我第一次体会到他的绘画见解的全部力量。他身材修长、瘦弱,有一个悲伤的、甚至沮丧的脸,间或也露出羞怯的微笑,他从画室的角落里拖出几十幅油画给我看,赞美着他的画,用一种新的眼光看着我周围的世界——人们、时代、世事的瞬息万变,以及难以追忆的往事。

(当我写长篇小说《巴黎的陷落》时,在我对面的墙上挂着一幅法尔克的巴黎风景画。我时常搁下手稿去欣赏这幅画——看着那房屋、烟雾、天空。如果没有罗伯特·拉斐洛维奇的画,书中的若干篇页我也许是写不出来的。)

我曾在本书中承认,我的计划多得要命,精力分散,整天手忙脚乱,我把这一切都归咎于时代,但这可能是我的错。因为法尔克是我的同时代人(他才比我大三岁),但他却在全神贯注地、顽强地、狂热地工作。当他还是一个十六岁的少年的时候,就已经兴致勃勃地坐在莫斯科近郊的小池塘边画他最初的风景画了。他一直到死始终发狂似的、拼命地工作着,仿佛要毁掉油画似的翻来覆去涂抹颜料,把堆成疮痂似的颜料刮去,又重新作画,第五次、第十次画同一个模特儿、同一件静物。当他的画展出的时候,他在工作;当所有的展览室都对他飨以闭门羹的时候,他依然在工作,不考虑他的油画是否能展出——他之所以说话,并不是因为在他的面前有一个坐满听众的大厅,而是因为他有许多话要说。

有些画家画起画来既轻松、又迅速——我不是指那些粗制滥造的画家,而是指那些真正的画家。他们之所以作画,正如罗伯特·拉斐洛维奇所说的那样,是因为他们"长着一对很好的眼睛"。谁没有见过那些仅仅由于能言善辩而喜欢说话的人呢。古希腊人很赞赏狄摩西尼的演说天才,但他生来口齿不清。法尔克也要在每张画稿上克服绘画上的口齿不清。然而他对工作的热爱不像把自己的理想称作"苦役"的勃留索夫那样吃力,法尔克

的理想是生气勃勃的,他竭力压抑理想,服从艺术的规律和自己的思想。他喜欢巴拉丁斯基论述雕刻的诗:

> 艺术家用深邃的目光凝视着一块石头,
>
> 在石头中发现一位女神,
>
> 烈焰在血管中奔驰,
>
> 他的心儿已向她飞去。
>
> 然而欲火如焚的他,
>
> 已经控制住自己:
>
> 他用从容的、渐进的手法
>
> 把女神隐秘的皮肤
>
> 一层一层剥下。

不可思议的工作能力、辛勤的劳动、善于使柔和与乖僻及隐居生活融为一体,这一切也许使他有些近似他最喜爱的前辈之一——塞尚。但罗伯特·拉斐洛维奇毕竟是另一个时代、另一个国度的人。他这样谈论塞尚:"最伟大的艺术家!他具有绝对的视力……如果说到人,在他身上存在着冷酷和冷漠,这些特点在法国人身上屡见不鲜。我想,这些精神上的素质也赋予了塞尚的绘画某些特色……"

罗伯特·拉斐洛维奇了解俄罗斯文学、俄罗斯音乐的传统,就秉性而论他也是有人情味的,他从来不是一个冷冰冰地观察人生的人——他激动过、痛苦过、欢乐过。

他喜爱弗鲁别利①。康·阿·科罗温是罗伯特·拉斐洛维奇在艺术学校学习时的老师。(法尔克曾说,他在巴黎见过科罗温,那时康斯坦丁·阿列克谢耶维奇已七十五岁高龄,但他仍在工作、探索,他曾对法尔克说:"你知道吗,现在在法国谁是最大的艺术家?苏金!")法尔克开始和孔恰洛夫斯基、拉里奥诺夫、连图洛夫、冈恰罗娃、马列维奇、马什科夫、库普林、罗日杰斯特文斯基、夏加尔一起在"红方块王子画社"展出自己的绘画。普遍认为,似乎红方块王子派的成员都是盲目模仿法国人,然而这个画派却是俄罗

---

① 弗鲁别利(1856—1910),俄国画家。

斯绘画中一个重大的、完全独立的现象,至今还没有学识渊博的公正的研究者研究过它。诚然,当时法尔克很重视立体主义,有时也把对象作些概括,但是他的风景画和几何学并没有任何共同之处,这些画是年轻艺术家情感的表现。

法尔克贪婪地观察生活。我曾说过,他在巴黎总共住了九年,在此期间却换了十四次住址,从一处画室或顶楼迁移到另一处。据他解释,巴黎各区互不相同,他不但想看看这十四个不同的城市,还想在那里居住一个时期。

他熟悉莫斯科的陋巷、中亚细亚的沙石以及俄罗斯的各种城市——他喜欢奔走。在作画上他是一个隐士,在生活中却交游广阔,见到过许多人,倾听过他们的争论、叙述和自白。

罗伯特·拉斐洛维奇喜爱教学工作,据那些在 20 年代和 40 年代跟他学习过的学生们说,他不仅和初学的画家交流经验,也向他们传授自己的诀窍和洞察力,他讲课时全神贯注。

他在少年时代曾幻想成为音乐家,毕生热爱音乐。他也喜爱诗歌——我常和他谈诗,他能立刻领悟诗的内在节奏,这也许是因为他在绘画中就寻求节奏。

保罗·塞尚对本行有非凡的洞察力,但除了画布和颜料之外却一窍不通。他对社会上的各种事件无动于衷。很多人讥笑左拉不了解自己的中学同学,笑他认为保罗没有天才,也不十分聪明。这种讥笑是正确的,但可以补充一点:塞尚也不了解左拉,不了解他那用倒叙法写的长篇小说,他试着读一读就扔到一旁,感到枯燥无味。但是法尔克懂得很多,兴趣广泛。他的画布上的巴黎(《不是城市,是风景》)是他看到和理解的那个巴黎。他在 1935 年曾说:"法国注定要失败,难以工作下去,空气不足,该回国了……"当时他的生活很优裕,他的画经常展出,批评家常常评论他,收藏家争购他的油画。但是他对金钱、荣誉无动于衷,对时代的气氛和周围的人们的情绪却很敏感。他知道法国不能抵御外侮,而且深信不疑。巴黎沦陷后,我回到莫斯科,他详细地向我打听当时的细节——他早就知道了事件本身,而且不是仅仅从报纸的报道中知道的。

有一次他对我说:"在开始工作之前,我要想很多事情,想我所画的人物,以及时代、风景、政治事件、诗歌、老祖母讲的童话、昨天的报纸……在作画的时候,我只是观察,但我看到的许多事物,都是另一种样子,正是由于我想过、仔细考虑过……"印象派画家说他们把世界描绘成他们看到的那个样子。毕加索说,他按照他思考世界的方式来描绘世界,法尔克则按照他思索的那样来观察世界。他不追求虚幻的相似,他说过,他不喜欢"造型艺术"这个名词,认为不如用"可塑艺术",对他来说,绘画并非描写,而是反映,是在画布上创造现实。

法尔克曾在一封信里写道:"塞尚的作品不是生活的类似物,而是用优美而可贵的视觉塑造的形式表现出来的生活本身。立体派画家自称是他的继承者,依我看来,他们是他的艺术的剽窃者。坦白地说,我不喜欢抽象派绘画。抽象法甚至在最有天才的艺术家那里也会导致公式化、随心所欲、碰运气……简言之,我是现实主义者……我对现实主义的理解特别接近塞尚。在比他较晚的一辈画家当中,鲁奥①特别吸引我……"

法尔克不大喜欢绘画中美的效果,谈到像马蒂斯这样的画家,他虽然怀着敬意,但也有些冷淡。他探索揭示事物、大自然和人类性格的方法。他的肖像画,特别是晚年的肖像画,以深刻令人吃惊:他用色彩表现模特儿的精神实质,色彩不仅构成形式、空间,也表现"月球的背面"——作家需要长篇巨制来详尽地描写自己的主人公,法尔克则用色彩做到这一点。面孔、衣服、手、墙壁——这些东西在画布上形成了激情、事件、思想的总和,一部人物的造型传记。

在1946年或1947年,法尔克曾被列入"形式主义者"。这简直荒谬绝伦,但在那几年里也没有什么可大惊小怪的。当时决定使"形式主义者"屈服,记得当时美协的一位领导人曾宣称:"法尔克不听良言相劝,我们就用卢布敲打他……"这甚至在当时也使我十分惊异:这个满身铜臭的人不知道他是在跟谁打交道。我毕生还没有遇到过一个对钱财、安逸和富足如此漠不关心的画家。法尔克总是亲自动手煮豌豆或马铃薯,年年穿着那件破旧的上衣。一件汗衫穿在身上,另一件却躺在旧箱子里。如果住在一间普通的、整整齐齐的房间里,他会感到不自在,他总是生活在杂乱无章的环境中,只珍爱颜料和画笔。

---

① 鲁奥(1871—1958),法国画家,野兽派代表人物。

他的作品不再展出了,钱花光了,他被认为已被活埋。然而他继续工作着,有些绘画爱好者和青年画家有时光顾他的画室,他一律欢迎,给他们解答问题,羞怯地微笑着。

1954年他写道:"我觉得至今我才成熟到能够真正理解塞尚……真令人伤心和羞愧!活了一辈子,今天才明白应当怎样真正地工作。但是精力已经不够了,而且会越来越少……"这些话说明,法尔克直到临终都律己很严。

在莫斯科河附近的一间窄长而阴暗的画室里,画稿愈堆愈多。当你看到一些已逾中年的画家的作品时,就不禁会怀着忧伤想起他们青年时代的朝气蓬勃、纯洁和明朗。而法尔克令人吃惊的却是他一直蒸蒸日上——直到去世(有一次他说,科罗①七十六岁才画出自己最优秀的作品。罗伯特·拉斐洛维奇七十岁逝世。)他病了,消瘦了,走路都很吃力,然而依然在作画。人们在莫斯科美协旧址为他举办了一次经过严格审查的小型展览,当时他已奄奄一息地躺在医院里了。在那次展出结束之后不久,依旧在那个凄凉的莫斯科美协旧址,人们抬来了法尔克——这时他已躺在棺材里了。人们默然伫立,热泪盈眶,知道失去了一个天才。

现在开始出版十年前绝不可能出版的诗集了,人们正在建设现代化的房屋,但法尔克的油画却仍然面对着墙壁放在那里……

---

① 科罗(1796—1875),法国画家。

14

1935年7月14日,作家代表大会闭幕不久,巴黎发生了一次规模空前的游行示威:这是人民阵线的军事检阅。那一整天我都在街上徘徊,有时跑进咖啡馆里,撰写次日必须送达《消息报》的报道。游行示威是清晨在巴士底广场开始的,队伍向离这个广场只有几公里的万塞纳森林行进,人是那么多(后来不同倾向的报纸报道的人数也各不相同,有的说六十万,有的说七十万,有的说八十万),最后一批示威者到达城门时已是夜里。不久前还互相敌对的政党的领袖们,多列士和布吕姆、达拉第和加香都并肩而行。参加游行行列的还有学者和作家,如朗之万、佩兰、里维、阿拉贡、马尔罗、布洛克。

当天法西斯分子在爱丽舍田园大街举行了游行示威,他们气势汹汹地列队齐步行进,举起手臂,一举一动都竭力模仿希特勒分子,高喊:"德·拉·罗克万岁!"——他们这样称呼"战斗十字团"的上校首领。

"枪毙德·拉·罗克!"巴士底广场上的人们一字一顿地喊道。潜在的内战激烈起来。很少有人对以狡黠的赖伐尔为首的政府感到兴趣,他和墨索里尼、苏联签订协定,企图同时哄骗人民阵线和德·拉·罗克,以便把结局推迟哪怕一两年。

我觉得和平时期早已过去。一年以前,我每天早晨第一件事就是拆阅信件,现在我却把信封揣在口袋里,先买一份报,站在街上便读了起来。我的房间里摆了一台收音机,它发出的声音经常使屋里挤满了许多和我一样急于知道那些令人不安的消息的陌生人。这个该死的小匣子在夜里使人痛苦。希特勒或墨索里尼的讲演,有关在法国各城市街头与法西斯分子发生冲突的报道,时常被广告打断——那时的广播事业还掌握在各种私营公司的手里。不知为什么直到现在我还记得一首吹嘘健身良药"巴里多弗罗林"的歌谣,我已忘记它能治什么病了,但是夹杂在领袖的叫喊"无产阶级的和法西斯的意大利,前进!"和对在汉堡用斧子处决死刑犯的描写之间的"巴里多弗罗林"这个字眼却使我发火。

9月7日,巴黎民众又拥向街头,为在莫斯科逝世的亨利·巴比塞送葬,葬礼变成了游行示威。

当然,成千上万的人对行将到来的战争的忧虑胜过对已故作家的哀悼:他们知道巴比塞是一位勇敢的同志,共产党员,写过一本关于斯大林的书;四十岁的人还记得那部描写凡尔登战役时期人们的遭遇的长篇小说《炮火》。巴比塞是个复杂的人,无论对他青年时代的诗歌还是成熟时期的苦闷,都不能孤立地去看。有一次他略带嘲笑意味地对我说:"和资本主义斗争是困难的,和自己斗争更加困难……"但是他善于和自己斗争。他曾在一次讲话中谈到"普通旗手"的遭遇,他把自己视为一个普通旗手,但在那9月的一天里他却成了一面旗帜。残废军人坐着四轮马车前来送葬,妇女们把婴儿高高地举向天空,工人住宅的窗口飘动着红旗,没有红旗的人家也挂起红色的窗帘或枕巾。在棺木上,在茂盛的南国鲜花中摆着秋天的翠菊和天竺牡丹——这是莫斯科近郊的花。

我记得有一群人举着一大幅布:"拉昂的工人不能容忍法西斯主义!"怀疑主义者也许会对此付之一笑,因为拉昂是个小城,人口还不到两万。但是这件事却表明一个真理:法兰西正处于异常振奋的时期,每个人都相信未来取决于他。

1936年2月,"帝制派的喽啰们"(人们这样称呼一个极右派组织)狙击了莱昂·布吕姆,把他痛打了一顿,不知为什么还把他的帽子和领带夺去充当战利品。

愤怒的示威者来到万神殿,这里埋葬着被一个法西斯主义的前辈杀害的饶勒斯的遗骸。万神殿的周围聚集着参加了法西斯组织的大学生,发生了不少争吵。成千上万的工人、职员、知识分子握着拳头,把红旗举得更高。

我在一支队伍中发现了马赛尔·加香,便走上去和他打招呼。站在滨河街上的工人们喊道:"加香,你好!他们不敢碰你!我们保卫你!"加香挥着手,不好意思地笑了。

(有一次我在咖啡馆里遇见了加香,这是在1932年或1933年,他同朗之万和画家西涅克坐在一起,正谈着他会见列宁时的情形。当时我蓦地想到,这些人从远方来到我们的时代,他们了解一切,没有失掉任何东西……人们爱戴加香,因为他本身似乎即已证实,渊博的文化知识可以同日常的革命斗争和睦相处,共产主义既不意味着精神冷漠,也不意味着目光短浅或领袖欲。)

我常常参加各种群众大会和会议,人们要求释放台尔曼,抗议镇压阿斯图里亚斯的矿工,反对意大利侵略阿比西尼亚。人们谈论各种事件,但主旨只有一个:与法西斯分子誓不两立。有经验的演说家和年轻人、安德烈·纪德、朗之万或者马尔罗和家庭主妇,都登台讲话。在多菲奈矿区的一次集会上,当所有的话都已讲完并重复了几遍以后,一位脸上青筋毕露的老工人要求讲话,他登上讲台,用老年人颤抖的嗓子拖长声调说:"该死的家伙,你们站出来呀……"几年之后,我在描写1935年的群众集会时写道:

  我看见了希望,它比玫瑰花还要纤柔,
  像一块任手捏弄的软蜡,
  诞生在一名女工的拳中,
  像一个血块在杆子上颤抖。

在一些挤满陌生人的闷人的大厅里,我也曾举起拳头,那几个月的希望也像一只蝴蝶似的在其中飞舞。有很多理由可以说明这希望的存在。工人们的成熟使我感到惊讶。我想谈一件事,我在里尔结识了一位医生,他是法苏友好协会的组织者之一。他带我来到离鲁贝市不远的小镇兰努亚,那里有一家大亚麻纺织厂。企业家联合会鉴于长期经济危机,决定关闭一些工厂,并拆毁设备,于是男女工人给赖伐尔写了一封信:"主席先生,我们认为有必要向您声明,我们不允许破坏布提米的工厂的机器……我们将竭尽全力把作为公共财产的机器完整无缺地保存下来。"我看见过保卫工厂防范厂主破坏的工人们,一位胡子花白的工长对我说:"我从《人道报》上知道,高尔基现在写俄罗斯工厂史。请转告他,我们生活在资本主义制度下,机器不属于我们,而属于恶棍们,但是我们无论如何也不交出,因为这是人民的财富。我看像高尔基这样的作家会在自己的书中指出这一事实……"

眼看着各党派、各工会和人们在奇迹般地接近。我的面前放着一张已经发黄的《人道报》,上面有一份当时该报文学栏的撰稿人的名单,他们是戏剧导演儒韦和迪兰,画家弗拉明克,作家纪德、马尔罗、尚松、盖延诺、季奥诺、迪坦、维德拉克、卡苏。现在连我自己也觉得这令人难以置信。

工人们得到大部分知识分子、农民和小资产阶级的支持(但为时不久)。我在格勒诺布尔附近的拉·缪尔矿工村看到过这种情况,那里爆发了罢工,罢工持续了很久——厂主想和矿工纠缠下去。罢工委员会设在市政府大厦,常有一些农妇到这里来把矿工的孩子领去暂时抚养。在集市的日子,农民们给罢工者送来了礼物:马铃薯、鸡蛋、脂油、鹅。当地的一位理发师曾在一次集会上宣布免费为罢工者理发和刮脸,矿工们终于赢得了罢工的胜利。

同时几乎每一天都必须观察另一个阵营正在如何迅速地形成。法国的法西斯分子也许并不那么多,但是他们在喧嚣、打架、暗中袭击。其中有些人蓄起短髭,自称"纳粹分子";另一些人袖口上缀有颅骨徽记,自称"法兰西主义者"。在巴黎出现了一座"蓝宫"——因为在柏林有"褐宫"。

德国把军队开进了莱茵河沿岸不设防的地区,国际联盟对这一行动讨论了数月,结果没做出任何决定。可恶的收音机每天傍晚播送嘶哑的喊叫:"梅梅尔是我们的!斯特拉斯堡是我们的!布尔诺是我们的!"于是不再是蓄着剪齐的小胡子的公子哥儿,而是德高望重的家长们出面议论,说什么和平要比捷克斯洛伐克重要得多,说人民阵线会导致战争,说应该让左派空谈家住口了。意大利每天都要侵占阿比西尼亚的一块领土,法西斯分子恬不知耻地进行战争,轰炸医院,施放毒气。国际联盟决定对意大利实行经济制裁。实际上这只是一纸空文,但在巴黎,法西斯分子每周都在"打倒制裁!"的口号下举行示威。那些在法国为数不少的家道小康的法国人又开口了:"为什么要同意大利争吵呢?它是我们拉丁语系的姐妹。墨索里尼可以帮助制服希特勒……"但无线电却在咆哮:"地中海是我们的!科西嘉是我们的!尼斯是我们的!"实际上中等法国人害怕的是人民阵线的胜利,他们仿佛觉得失去了利息,房产和庄园缩小了。

当电影院里放映意大利在埃塞俄比亚获得胜利的影片时,工人区的观众大吹口哨,而在资产阶级居住区却有许多观众为之鼓掌,在黑暗的大厅里有时还大打出手。

在咖啡馆里,在地下铁道,在街道上,都有互不相识的人们在争论。家庭因此破裂,友谊因此中断。

大家都说战争很快就要爆发,大家都要求和平。右翼党派的民族阵线宣誓不容战争发生,人民阵线准备以"和平,面包,自由"的口号参加竞选,右派分子断言共产党人要进攻法西斯国家,一片混乱。"爱国青年团"高唱《马赛曲》,要求用民族传统的精神教育国民,同时却组织示威游行,高喊"打倒制裁! 打倒英国! 和意大利友好!"英国人坚持对意大利实行制裁(但他们却竭力不得罪希特勒),作家亨利·贝罗在右翼报纸上发表了一篇抨击性文章——《必须使英国人成为奴隶!》。青年工人不唱《马赛曲》,而唱《国际歌》,他们反对意大利法西斯,反对希特勒,揭露企图出卖法国的"二百个家族"。

一天我打开报纸,看到一篇企图把法西斯分子对阿比西尼亚的入侵说成是"意大利的文明使命"的宣言,署名的是一些右派作家,但其中有一个作家是我20年代的朋友,我不能怀疑他会喜欢黑衫党人。我给他写了一封气愤的信,他给我回了一封长信,信写得很乱,但也许是真诚的。希特勒分子占领巴黎后,此信和别的信一起被毁。只保存下来我从报上的一篇文章中摘下的若干片断,该文作者的姓名就不提了:"我不了解什么是法西斯主义,它的目的何在。您也许以为这是不可思议的,而我已经三个礼拜没有读报了。我已年逾五十,没有更多的信仰,我现在说的是一些能使一个人前去牺牲的真诚的信仰……我的信仰一天要变二十次……"我没有去找我的朋友,逼他第二十一次改变自己的信仰,而只是勃然大怒。他是一个优秀的作家,一个好人,但是从此以后我再也没见过他。

我处于一种不间断的亢奋状态中。半年以后我写了一本薄薄的短篇小说集,取名叫《休战之外》。我觉得存在着一股与法西斯休战的暗流,我想,那些与我有关的人们的命运是不会陷入这休战的泥沼里去的。我在给《消息报》的一篇文章中写道:"我们的子孙们能够理解和法西斯分子生活在同一个时代意味着什么吗? 在那发黄的破旧的报纸上未必会留下愤怒、羞耻和激情。但在另一个世纪的一个天高气爽的中午,阳光普照,绿荫遍地,那时也许会出现片刻的缄默——这将是我们的声音……"

当然,在1935年底我不可能知道主要的考验还在后面。我仅仅感觉到结局将是悲惨的,我用这样一句话结束了全文:"世界的希望在于红军。"

那一年,法国的秋天令人惊奇:雷声隆隆,花园里樱桃花再次盛开。我瞧着那些精心培育的果园、那些有瓦房盖的白房子,瞧着这个可爱而脆弱,也许是在劫难逃的世界,我从车厢的窗口向外眺望——报馆给了我假期,我就到莫斯科去了。

15

来到莫斯科不久,编辑部给了我一张出席工人斯达汉诺夫工作者会议的入场券。我在规定的开会时间前一小时来到克里姆林宫大厅,那里已经坐满了人。人们低声交谈,没有一个人离座。这与在巴黎烟雾弥漫、拥挤不堪的会场里召开的喧嚷的群众大会迥然不同。我询问邻座,斯达汉诺夫坐在哪里,问他们是否认识克里沃诺斯、伊佐托夫、维诺格拉多娃姐妹。

忽然全体起立,开始疯狂地鼓掌,斯大林从我没看到的一个侧门走了进来,跟在他后面的是政治局的委员们——我在高尔基的别墅里见过他们。大厅充满了掌声和喊声,这种情况持续了很久,可能有十分钟或十一分钟,斯大林也在鼓掌。当掌声逐渐平息的时候,有人高喊了一声:"伟大的斯大林,乌拉!"于是一切又从头开始。最后大家就座,这时又响起了一个女人声嘶力竭的喊叫声:"光荣属于斯大林!"我们跳了起来,再次开始鼓掌。

当这一切都告结束,我才感到手痛。我初次看到斯大林,目光一直没有离开他。我已从千万张肖像画上认识了他,认识他那件短上衣、小胡子,但我以为他要高得多。他的头发很黑,额头较低,目光炯炯,富于表情。有时他向左或向右微微倾斜,微笑着,有时一动不动地坐在那里,注视着大厅,而眼睛却依然熠熠闪光。我发觉自己没有专心听报告,一直在看斯大林。我环顾四周,看到别人也都如此。

在回家的途中,我感到不自在。诚然,斯大林是大人物,但他是共产党员、马克思主义者。我们在谈新文化,但我们却有点像我在绍里亚山区看到的那些萨满教巫师的崇拜者……我立刻打断了自己的思路:也许我在用知识分子的观点看问题吧。我曾多次听说,我们知识分子常犯错误,不懂得时代的要求!"书呆子""糊涂虫""腐朽的自由主义者"……但我依然不能理解"最英明的导师""各民族天才的领袖""敬爱的父亲""伟大的舵手""世界的改造者""幸福的缔造者""太阳"……但是我终于说服了自己:我不理解群众的心理,总是以一个知识分子,而且是在巴黎度过半生的知识分子的眼光判断一切。

斯大林在会上说:"应当像园丁栽培心爱的果木一样关怀和重视人的成长。"这句话使人人感到兴奋,因为坐在克里姆林宫里的不是人体模型,而是活人,他们因自己将受到爱护和关怀而感到高兴……

几天过去了,我遇到了一些生气勃勃的有趣的人物。我和织布女工杜夏·维诺格拉多娃谈了很久。她显得既聪明又非常谦逊,荣誉、掌声、照片并没有冲昏她的头脑。我断定,克里姆林宫大厅里的欢呼是感情的特殊表现,是一种宣誓。在巴黎的群众大会上,人们高举拳头站在那里,无休止地一字一顿地喊:"遍地建立苏维埃!"这种情景并不使我讨厌。反法西斯主义的斗争是那么具有现实意义,那么使我神往,因而我不禁嘲笑自己:为此感到不快是何等愚蠢!

我常和作家、画家、导演们见面,情不自禁地加入了争论——艺术对于我是切身的事业,我在争论中表现得十分激烈,但也有些笨拙,往往对情况缺乏分析,重又把自己的愿望当作现实。

我去过"狄纳摩"俱乐部、大学,会见过季米里亚泽夫①学派的人士,参观过一些区的图书馆,那里在讨论我的中篇小说,我写道:"我听到过工人、大学生和红军战士谈论文学。我国读者的水平比我国作家所认为的要高得多。"我觉得,读者成长了,我们往往把少年读物硬塞给他们。也许我有些冒进,然而在读者座谈会上我遇到过不少具有深刻的内心生活而且要求很高的人。

也许在我的话里也流露出对自己的不满,不满我的中篇小说《一气干到底》,这本书不仅是为未成熟的青年人写的,而且也写得不大成熟,有点简单化,仿佛作者不是四十四岁的人,而是比这年轻一半。当我读到我的一

---

① 季米里亚泽夫(1843—1920),俄国达尔文主义自然科学家,俄国植物生理学学派创始人之一。

些同辈写的书时,我也感到难为情,时常想到,我们应当给成年人写些成熟的作品了。

我曾撰文反对必要的"大众化"——当时这个词已成为口头禅:"我们的读者正如童话中的青草那样在蓬蓬勃勃地、出人意料地成长。应该尽力把读者,甚至最落后的读者,提高到懂得真正文学的水平,而不是取消真正的文学,说什么这样的作家是这样的读者所不能理解的。一个面向所谓'中等水平的读者'的作者往往是傻瓜。当他们坐在那里写作的时候,读者已成长起来。作者希望作品通俗易懂、大众化,而读者拿到他的作品以后却说:'枯燥,平淡无味,早就晓得啦,公式化……'我们这个无比美好的国度的秘密就在于我们不能为'今天'工作,谁为'今天'工作,他就会变成'昨天',应当为'明天'工作。"

《消息报》刊登了这篇文章,"苏维埃作家"出版社决定再版我的旧作长篇小说《胡列尼托》(《胡列尼托》果真再版了,但不是在 1935 年,而是在 1962 年)。一些批评家骂我,我反唇相讥。我觉得,关于文学和艺术的争论才刚刚开始。

美术家们召开了一次关于肖像画的讨论会。我参加了,并且发言反对学院派绘画,反对照相式的油画,捍卫探索新的绘画语言的权利。我说,当资产者不理解艺术作品时,他总是怪罪画家,而工人却说:"应该再来一趟——好好看看……"(这句话是我有一次在西方绘画博物馆听来的。)有些画家不喜欢我的看法,有一位发言揭露我说:"爱伦堡所以这样说,是因为他的妻子是毕加索的学生。"(柳芭真是受宠若惊,她从来没有跟毕加索学过画。)

我曾在电影宫里说,我非常喜欢《恰巴耶夫》,但这部影片是苏联电影事业极盛时代到来之前的一个顶峰;我知道爱森斯坦、多夫任科的大胆创造,并对这些艺术家寄予厚望。《电影报》断言我的见解是"用新的借口兜售陈旧的谬论",并气愤地制止我。

我看了梅耶霍德的一次新的演出,深为钦佩,弗谢沃洛德·埃米利耶维奇真正具有无限的想象力。格里鲍耶陀夫的喜剧之所以令人感到像一出现代戏,不仅是由于演员用新的方式朗读诗句,而且还在于那思想和情感有一股新的朝气。有一个在剧本中所没有的哑场:在一张长桌的周围坐着一群遍体绫罗的蠢货,他们正在编排诽谤某人的谣言,这种谣言照例是下流的,也许是充满血腥气的。我曾写道:"我们憎恶法穆索夫们和莫尔恰林们,他们至今犹在办公室的泥潭里挣扎,他们更换了服装,改变了语汇,但是依然那样趾高气扬,阿谀奉承。我们生活和工作就是为了把他们从生活里驱逐出去,我们听到恰茨基的独白不能无动于衷,我们和他一同苦恼,一同憎恨。真正的艺术的力量就是这样。"长期以来,这样的话一直萦绕在我的耳边:"我乐于服务,但厌恶阿谀奉承……"这还是在1935年11月,报纸刊登了我这篇文章。

当时我是多么幼稚!我不知道,许多事都取决于一个人的爱好,甚至取决于他的情绪。即使清楚地知道这一点的人也不能预见明天会发生什么事。

我在莫斯科时,约·维·斯大林宣称:"马雅可夫斯基过去是,今后仍旧是我们苏维埃时代最优秀、最天才的诗人。"于是大家立刻谈起革新的意义、新形式和同墨守成规的决裂来了。

两个月以后,我在《真理报》上读到《喧噪代替了音乐》一文,原来斯大林看了肖斯塔科维奇的歌剧《卡捷琳娜·伊斯梅洛娃》后,音乐使他大发雷霆。于是召集作曲家、音乐家开紧急会议,他们一致谴责肖斯塔科维奇"矫揉造作",甚至"玩世不恭"。

从音乐很快就蔓延到文学、绘画、戏剧、电影等方面。批评家们要求"朴实和人民性"。马雅可夫斯基当然继续受到赞扬,不过现在换了一种方式——被称为是"朴实的和富于人民性的"了(马雅可夫斯基曾在一首早期未来主义的诗中请求理发师道:"劳驾,请梳梳我的耳朵。"他当然不知道能梳的不仅是耳朵)。"反形式主义,反'左'倾的反常现象与矫揉造作"的运动开始了。运动来势凶猛,波及范围很广。

第一个牺牲品是附有弗·列别杰夫的插图的马尔夏克的童话诗,插图被宣布为"粗制滥造",书也被销毁了。建筑师们聚会谴责"形式主义者",受到攻击的不仅在1924年建造了巴黎博览会陈列馆的梅利尼科夫,不仅有结构主义者列昂尼多夫、金兹堡,而且还有"同情形式主义"的韦斯宁、鲁德涅夫。画家们的遭遇更惨,批评家们断言,连图洛夫甚至不能给火柴盒作画,特什列尔、丰维津、什捷连别尔格都是"居心不良的拙劣画匠"。

在戏剧工作者的会议上,泰罗夫,尤其是梅耶霍德遭到了严厉斥责。他的罪名被定为"晦涩""不真诚",人们开始谈论关闭剧院的问题。电影工作者拿多夫任科和爱森斯坦开刀。文学批评家们起初揭发帕斯捷尔纳克、扎博洛茨基、阿谢耶夫、基尔萨诺夫、奥列沙,但是正如法国人常说的那样,吃饭的时候胃口好,于是卡达耶夫、费定、列昂诺夫、弗·谢·伊万诺夫、利金、爱伦堡也成为沾染了"形式主义歪风"的罪犯了。最后轮到吉洪诺夫、巴别尔,以至库克雷尼克塞。有一位没有失去想象力的人指责小剧院上演的戏剧《狼和羊》是形式主义的。《红色处女地》发表了一篇文章,号召在反形式主义的斗争中要"力求用古典的韵脚、古典的准确而谐调的格律、古典的正确的情节发展"。

我以为争论正在开始,其实它正在结束:它被数百次的会议代替了,在这些会议上,必须承认自己形式主义的错误,保证今后一定要"朴素和通俗",在这些会议上,有十分耳熟的喊叫以及随之而来的"暴风雨般的掌声,继而转为欢呼声"。

我多次被指责为"贵族老爷式地对待读者",指责我的不是读者,而是一些积极参加当前的运动的文学家。至于读者,无论是在那几个星期里或是在后来我怀疑和苦恼的时候,他们都以自己的理解力和成熟支持了我。《文学报》的一位编辑写道,我对苏维埃人的轻视,甚至表现在我认为似乎并非所有的工人都能理解博物馆的一切绘画。这位编辑写道:"这种思想表现了作家的一种信念:认为艺术家具有一种较之读者大众拥有的文化更为精致、更为复杂、更为高尚的文化。"我抄下了这句话,并且思索了一番。我曾在这本书里多次谈到我的错误,但在这里我却要固执己见:我现在仍然赞同我在四分之一个世纪以前所说的话。

我觉得,作家和艺术家的位置不是在大车队里,而是在侦察队里。人们的发展是不平衡的,在我们的当代社会里存在着不同的文化发展水平。并不存在所谓"读者大众",即使一本书大量出版,读者阅读它的方式也各不相同,在有些书中,一个方面能被大家理解,另一个方面则只能为一部分人理解。参观埃尔米塔日博物馆的人有的十分赞赏伦勃朗的绘画,有的却不知道他画的是什么,因而也无动于衷地从旁边走过。有些人哪怕你费尽九牛二虎之力也没法把他们拖去听交响乐音乐会。这些都是尽人皆知的,但是关于这些最好不要去谈。艺术中的新形式一向被接受得很慢,而且总要引起愤慨。可以举出许多例子,从雨果的剧本初次上演①时发生的格斗和库贝②的挨骂,直到马雅可夫斯基朗诵《人》时引起的哄堂大笑。如果作家或艺术家不能比算数上的"群众"看到更多的东西,不力求告诉人们一点他们还不知道的新东西,那么未必有人会需要他。

在集会和报纸上对各种人物的攻击是各式各样的。喜欢安静的阿·尼·托尔斯泰为预防万一,决意忏悔并公开承认自己写了一个形式主义的剧本。巴别尔微笑着说:"半年以后形式主义者就会安生了,那时另外一个运动就要开始。"梅耶霍德苦恼不堪,把一篇胡说八道的文章反复阅读了十来遍,还标出重点。我那次来莫斯科期间,常和亚·彼·多夫任科见面,而且和他交上朋友。他是个大艺术家,1930年拍的影片《土地》就足以使人想起他。亚历山大·彼得罗维奇很健谈,言谈中带着乌克兰式的幽默和淡淡的乌克兰式的哀愁。他痛苦地承受了发生的一切。有一次他对我说,前一天斯大林把他叫去,让他看影片《恰巴耶夫》,一面对他说:"您也该这样……"

不公正的责难使我感到痛苦,有时还使我愤怒,然而我当时的处境很好——反法西斯的斗争正在进行,我也在战场上。

回忆起某些莫斯科印象,回忆起这一切欢呼声和没有充分理由的责难,我曾在《给成年人读的书》中写道:"我知道人们是比较复杂的,我本身也比较复杂,生活不是在昨天开始,也不会在明天结束,但是有的时候要想看得见却得当一个瞎子。"(稍迟我曾用诗的形式表达了同样的意思:

> 我独出心裁地呼唤盲目并非没有缘故。
> 像捕捉一只死去的雏鸟把苦闷握住。
> 用自己习惯的步伐
> 从童年的誓言走向坟墓。)

这本书的写作把我完全吸引住了,虽然我也常常不得不把它暂时搁置一旁——为《消息报》撰稿,在各种集会上发表演讲,参加作家联合会的工

---

① 指1830年2月15日雨果的剧本《欧那尼》的初次上演。
② 库贝(1819—1877),法国画家。

作。《给成年人读的书》是我现在所写的这本书的第一个草稿。我想到了一个有趣而又有缺点的计划：我决定把那些我在其中谈到自己和自己的生活的章节同另一些章节混在一起，在后一些章节里，中篇小说中的人物们向我吐露他们的秘密，其中还描写了他们的工作、斗争、爱情和痛苦。我说这个计划有缺点，也许并不正确——这只不过是因为我的才能和技巧尚不足以把中篇小说的主人公们描写得活像真有其人，因此我自己有时也活像一个虚构的文学作品中的人物。

书中有很多篇幅谈到文学和艺术问题，当时我第一次探讨书籍或油画是如何产生的问题。我谈到一位作家的命运："他全身粘满别人的激情，像粘满牛蒡似的。人类的痛苦知道它应当纠缠什么人，甚至一头野狗也不是逢人必予纠缠，它要先嗅一嗅人，然后或是跑开，或是尾随其后。并不是一切快乐、一切痛苦都会纠缠作家，只有那些应当纠缠他们的才会纠缠他们……果戈理在死魂灵中间死去，在他的床头聚集着普柳斯金们和诺兹德廖夫们。他把曾被他一度认为是一场有趣而怪诞的梦的东西在生活中重复了一次。普希金给了他一个主题，生活给他提供了主人公。除了自己的气息之外，他对此作了什么补充呢？为什么他应为别人的命运受到的报应是疯癫、哑症和穷困的死亡呢？……难道书籍仅仅是我们应该在生活中誊清的草稿吗？"

我考虑得最多的是正在周围进行的斗争，是我选择的道路。"正义——这个词仿佛用金属铸就，其中既没有热度，也没有姑息。有时我觉得它是用生铁铸成，有时它又减轻了重量，渐渐变成了锡。要用自己的激情来温暖它……我说过，先前我不能摆脱自己的过去。我认为，一个人什么也摆脱不开，他朝宽里长，像树一样，一个年轮挨着一个年轮。现在我才知道为什么我早先觉得生铁的或锡的正义首先是冰冷的。不仅需要成功，也同样需要倒霉、犯错误和缄默的岁月。"

我在1935年就着手写自己一生的故事也许为时过早：当时我对于人们和我自己都还缺乏了解，有时把暂时的、偶然的现象当作主要的。虽然我现在仍基本上赞成《给成年人读的书》的作者的意见，但其中对战争的描绘不是出自一个老战士的手笔，而是出自一个坐在驰往前线的黑暗货车里、并暗自描绘着面临的战斗情景的阅历有限的中年人之手。

书中的许多东西与其说是经验之谈,不如说是预感和预见。我自己也不明白,我怎么会在1936年春天,在我尚未体验日后岁月中经历的一切以前,作为一个年纪未老而又远非练达的人,竟能写出这样的字句:"我在生活中已体验了我的大多数同辈所经历过的一切:亲人的死亡、疾病、背叛,工作中的失败、孤独、羞愧和空虚。有手执步枪在街头进行的斗争,有车间里的斗争,在地下的斗争、空中的斗争和打字机旁的斗争。现在我想的是另一种斗争:当你目不转睛地凝视着一盏灯或一份并不是你正在阅读的报纸上的字母的时候,在应该战胜生活对你的干预,要新生,要活下去,无论如何要生活下去的时候,这种斗争便在寂静中进行。"

当我撩起忏悔室的帷幔的时候,我将说《人,岁月,生活》一书的诞生,仅仅是由于我能够在晚年实现我很久以前的诺言——战胜生活对我的干预,即使不能获得新生,我也将找到足够的力量跟青春一齐前进。

《给成年人读的书》最初在杂志上刊载,后来决定出单行本,出版过程拖得很长——那是在1937年,当时管理护林事业的并非园丁,而是一群伐木工。这本书被撕去了数页,因为上面有几个不受欢迎的人的名字。在我保存的那本书中,有一面比其他各面都白一些、短一些,它是后来粘上去的:应该删去又一株被砍倒的树木的名字——谢苗·鲍里索维奇·奇列诺夫。

1936年初我在巴黎示威游行的喧嚷声中写这本书,那时斗争激烈起来了。现在我才清楚地知道,无论发生什么事,无论怀疑多么令人难以忍受(不是对思想的正确性的怀疑,而是对站在指挥员岗位上的人们的理智的怀疑),都应该沉默、斗争、战胜。

我于3月底把手稿寄给《旗》编辑部。4月7日我在西班牙的奥维耶多城和矿工西尔维里奥·卡斯塔尼翁谈了一次话,他谈到1934年的战斗、牺牲的同志们和刑讯。我觉得,反形式主义的斗争、手稿、巴黎那间架上堆满书籍和墙上挂着烟斗的房间都已无限遥远了。卡斯塔尼翁会写诗,他在法庭上以渊博的学识使军事法官们大为吃惊,他博引马克思、康德、卡尔德隆和雨果的名言。法官们赞许地点头不已,但仍然判处这位矿工死刑,他是图龙矿工村革命委员会的主席,但判决的执行却一天天拖了下去。我问卡斯塔尼翁等待死刑等了多久,他答道:"十五个月。不过我等待的不是死,而是革命……"后来他读了一段自己写的诗,忽然摊开双手说,"人的生命只有一次。"我凝视着他,看到他是那么年轻,一张孩子般的面孔……

　　回到潮湿而阴暗的旅馆以后,我久久不能入眠,辗转反侧地想:不,生命不是一次——为了一次生命不得不经历不是一次,也不是两次,而是许多次生命;一切不幸,以及一切幸福,似乎均在于此。

16

我现在很难描述那个遥远的春天里的西班牙,当时我一共只住了两个星期,后来在两年的时间里,我见到的西班牙已经是血迹斑斑、遍体鳞伤的了。我看到了戈雅没梦见过的战争的残酷,天空也参与了地面上的倾轧,农民们还在用猎枪射击,而毕加索在画《格尔尼卡》时就已预感到核武器狂了。

我想起了能容纳数万人的巨大的斗牛场,到那儿去的有戴便帽的工人、戴宽边帽的农民、扎着头巾的女人、陶器工人、鞋匠、女师傅、小学生。

我看见了站在戏台上的拉斐尔·阿尔维蒂[①],他那副柔弱的幻想家的外貌一点也不像马雅可夫斯基。他在不久前还写抒情诗,现在则朗诵现代题材的罗曼采洛谣曲。一行行诗句从人群上空飘过,宛如风从树梢上吹过,随后,激动的人群走上了大街。年轻的社会党人穿着红衬衣,共青团员穿着系有红领带的蓝衬衣。神甫们把头扭过去,老太婆心惊胆战地画着十字,有产者胆怯地东张西望,法西斯分子从窗口放冷枪。灿烂的太阳不时被浓密的浅紫色乌云遮没。

对于西班牙,这是个不平常的春天,几乎每天都有一阵倾盆大雨,卡斯蒂利亚棕红色的土地上闪耀着刺目的绿色。天哪,我听见了多么欢乐的呼喊、出色的计划、誓言和诅咒啊!我记得,在阿斯图里亚斯省米耶列斯镇的一次工人大会上,一个狭长脸的老矿工举起矿灯说:"为了消灭法西斯分子,三千个同志牺牲了,他们不会复活,未来是我们的。再也没有什么了,西

---

① 阿尔维蒂(1902—1999),西班牙诗人。

班牙的弟兄们！……"

在奥维耶多，我看见一所大学的废墟。人们说的话和那个老矿工说的一样："不，这样的事永远不会再有了！"

在萨马镇，费尔南多·罗德里格斯带领我参观了"人民之家"。1934年，起义者曾在那里遭到镇压者的拷问和杀害，墙上有褪色的血迹和遇害者用指甲刻的名字。费尔南多·罗德里格斯对我说："他们把我的双手吊起来，拉我的脚，他们把这叫作'坐飞机'。后来他们又往我肚子上浇开水，接着又浇冰冷的水。他们刺我……我始终没有说出我们把武器藏在什么地方。"

一群孩子向我走来，递给我一封费了很大力气才写成的信："奥维耶多，1936年4月22日。同志们，奥维耶多的红色少先队员向苏联的同志们祝贺五一节！同志们，我们正准备迎接即将到来的第二次战斗，我们将要坚决勇敢地战斗。敬礼和革命！"

我站在窗口，看见孩子们走出旅馆时淘得什么都忘了，所发生的一切对于他们来说还只是游戏。我不知道他们后来的命运如何，但是在1936年秋天我从法西斯的报纸上读到这样一段文字："奥维耶多的儿童被具有马克思主义思想的教员惯坏了，他们竟袭击军官。"

那年春天我认识了阿斯图里亚斯矿工的女儿——多洛雷斯·伊巴露丽，工人们称呼她"热情之花"。她是大政治活动家，但依然是个普通妇女，她身上有着西班牙性格的一切特点：严肃、善良、自豪、勇敢，最可爱的是还具有人道主义精神。人们对我谈起她怎样释放了阿斯图里亚斯的囚犯：她和一群工人前来向士兵们发出"稍息"的口令，然后走进监狱，当所有被捕的人获得自由出来以后，她微笑着向大家举起一把生锈的大钥匙。

拥有马德里的电车的"西乌达德·里奈尔"公司的经理处拒绝接受1934年秋天被解雇的"扰乱分子"，于是工人们夺取了电车的经营权，每个电车车厢上写着三个字母"UHP"（"无产者兄弟同盟"）——1934年，工人们就是打着缀有这三个字母的旗帜去迎战法西斯分子、外籍军团和被将军们蒙骗的摩洛哥人的。除了这三个古怪的字母外，电车看上去还是老样子，很旧，被开心的坏孩子们钉满了钉子。"8"这个数字是去库阿特罗—卡米诺斯区的路线，但依然谁也不知道这辆电车是去什么地方，是去机务段还是

745

上战场。

我在马德里的时候,法西斯分子袭击了工人,立刻爆发了总罢工,我住在一家大旅馆里,服务员、电梯司机、食堂服务员、洗碗碟的女工全离开了。旅馆的主人动员了自己的许多家属,一边说:"我们要维护我们顾客的利益,使其不受这些可恶的懒汉的影响,请您自我服务吧。"

我后来在巴塞罗那看见一次规模很大的罢工。慵懒的、无忧无虑的西班牙资产阶级惊慌失措了。一位律师对我说:"我简直想象不到工人竟有这样大的力量!如果欧洲不来干预,我们就将受这群半文盲的懒汉支配了。"

政府竭力安抚大家,他们对农民说,土地改革法规会迅速改变他们的处境,但法规却不着急。西班牙有一句成语:"等明天早晨。"用俄语说就是遥遥无期。农民们开始耕种形形色色的伯爵们和非伯爵们的大片荒芜的土地,他们立下字据,在卡斯蒂利亚的农村中,我见过这类文件,国会议员罗曼诺涅斯伯爵的许多田庄中的一个田庄就占地六千公顷。农民们解除了卫兵的武装,立了一个把土地划归合作社的字据。他们发现厨房里有一整只火腿和一些马铃薯,于是又在字据上写了一条:发现的物品应还给伯爵。达姆斯村的农民们写道:"我们占用了田庄,但田庄的卫兵可以证明,我们无论在行动上或语言上都未曾欺侮任何人。"另一个村庄鲍兰的农民们写道:"3月30日早晨,市政委员会的代表和'土地劳动者联合会'的代表一起,在为文梯罗西亚田庄服务的全体人员出席下,占用了该田庄,土地面积共一千九百九十二公顷。"

在艾斯卡隆、马尔皮克以及托莱多郊区,我都看见农民们在兴高采烈地一再叫着:"土地!"老人们骑着驴,举起拳头,姑娘们牵着小羊羔,小伙子们爱恋地抚摸着破旧而又不好看的步枪。

4月里,国民近卫军(宪兵队)声明反对政府,随后建立了突击近卫军,但突击队员们也怀疑人民阵线的部长们。法西斯分子高喊:"打倒阿萨尼亚!"阿萨尼亚是总理,后来当了共和国的总统。工人们挺身抵抗法西斯分子,近卫军本来应当驱散反对政府的法西斯分子,但是他们不敢得罪穿戴考究的贵族们,而是在工人们身上发泄自己的不满。

保皇党的报纸《ABC》公开要求武装干涉:"希特勒说过,他对此不能置之不理……欧洲不希望生活在布尔什维克的钳子中……"在同一份报纸上,有募捐的消息,当时我摘录了其中的一段:"希特勒的崇拜者——一比塞塔,上帝与西班牙的支持者——十比塞塔,觉醒吧,西班牙!——五比塞塔。民族工团主义者——十比塞塔。长枪党的拥护者——五比塞塔。"

国会通过了一项法案,根据这项法案,退休的将军如果反对共和国,将被剥夺退休金。军人们鄙夷地冷笑着说:"人民阵线长不了。"桑胡尔霍、佛朗哥、莫拉等将军并不掩饰自己的计划。桑胡尔霍说:"只有外科手术才能拯救西班牙……"神甫和修士号召为保卫上帝和秩序而斗争。有人在墙上用粉笔写着这样的话:"西班牙,觉醒吧!"昨天的执政者们在马德里大街上悠闲地散步,有一次我看见伊尔·罗勃列斯在咖啡馆的凉台上喝牛奶咖啡。在他执政期间,二十万法西斯分子取得了持有武器的许可证,谁也不曾打算收回这些武器。

我同一些社会党人,同加泰罗尼亚自治政府的总统科姆帕尼斯谈过话,科姆帕尼斯在人民阵线获胜以前被关在监狱里。所有的人都明白局势的危险性,但是却说应该遵守宪法,不应限制自由。

可怕的不是那个名叫伊尔·罗勃列斯的敦实的、彬彬有礼的贵族,不是法西斯报纸上的文章,甚至也不是有精神病的修士们的说教。可怕的是另一件事:农民们兴高采烈地炫耀旧猎枪,没有武器的工人们举起了拳头;而长枪党的拥护者们不时放冷枪。在教堂里也"偶然地"发现了机枪。警察、近卫军、军队对宪法条文的尊重远不如新任内政部长卡沙列斯·基罗加、社会党人普列托或非常热情的科姆帕尼斯。

我得返回巴黎,4月26日是法兰西的选举日,编辑部希望我那时能在巴黎。我闷闷不乐地离开了,因为我愈来愈强烈地爱上了西班牙。我在文章中谈到了法西斯的危险,在一期旧的《人道报》上,我找到了一段关于我在巴黎文化宫作报告的简讯,我说,西班牙的法西斯分子一定会发动叛乱,但我内心并不完全相信这一点,我不愿相信。(不仅像我这样一些普通的事件参加者,就连一些大政治家过去和现在也经常把自己的愿望当成对现实的清醒估计,看来这是人的天性。)

法国人很久以来就认为比利牛斯山是一堵墙,墙外是另一个大陆。当路易十四的孙子登上西班牙王座之后,法国国王似乎曾高兴地喊道:"比利牛斯再也不存在了!"然而,比利牛斯山依然存在。但在1936年4月,我没有看见它,人们同样举着拳头,车站上可以看见同样的标语——"打倒法西斯主义!"列车上的那些心惊胆战的居民也在进行熟悉的谈话:"应该使那些无赖就范。"法国的"人民阵线"和西班牙的"人民阵线"读音完全一样,西班牙的榜样鼓舞了法兰西。

星期天傍晚,我和萨维奇以及《观察》的编辑普捷尔曼站在《晨报》编辑部旁边,宽阔的林荫道上挤满了人,大家目不转睛地瞧着银幕,马上就要宣布最初的结果,"莫里斯·多列士当选"。人群中传来一阵阵掌声和愉快的喊声。"蒙慕梭……达拉第……戈特……瓦扬-古久里……布吕姆……"的欢呼声不绝于耳。"人民阵线万岁!"人们又唱起了《国际歌》。当右派当选人的名字——弗兰登、斯卡皮尼、多曼热出现时,响起了口哨声。"枪毙叛徒!""打倒法西斯主义!"所有这一切不是发生在《人道报》社的旁边,而是在那家每天叫喊"人民阵线就是法兰西的末日!"的报社的楼前。

报上的消息说,一切尚未决定,下个星期天还要重新投票。又是傍晚的街道,又是欢乐而激动的人群。午夜时分,选举结果公布了,人民阵线取得了多数。林荫道上走着一群群的人,人们唱着《国际歌》互相拥抱,高喊:"枪毙法西斯分子!"

凡此种种都使我感到高兴,西班牙之后又有了法国!现在很清楚,希特勒是无法使欧洲屈服了。我们的事业胜利了,革命转入了进攻!这些想法还没有被许多亲人和朋友的死难以及我们面临的种种考验所冲淡。1936年的春天在我的记忆中是我一生最后一个轻松愉快的春天。

过了几周,法国爆发了大规模罢工;工人放下了工作,但没有离开车间;职员们留在银行、办事处和商店里。资产者惊恐万状地一再地说:"这些强盗!……"

巴黎变得认不出了。蓝灰色的房屋上空飘扬着红旗。到处可以听见唱《国际歌》和《卡尔曼纽拉歌》①的声音。交易所的证券下跌。有钱人把钱汇往国外。无论是满怀希望的人或是惊恐不安的人都一再地说:"这是革命!……"

---

① 18世纪法国大革命时的一首革命歌曲。

我记得卡皮尤辛林荫道上一家非常考究的商店的玻璃橱窗,一个穿着时装的石膏美女握着一张标语:"职员和工人全罢工了,我们也不顾再过半饥半饱的日子了!"

姑娘们拿着床单在街上走:为罢工者的家属募捐。

有些工厂主十分固执,因此罢工拖延了很久——约两三个星期。工厂周围站满了警察,以防发生冲突。每天都有成群的女人来到工厂大门口,她们带来了面包、香肠、橙子。

德妮菲在左派演员的剧团里工作。已经罢工三周的一个大冶金厂的工人们来邀请他们,我观看了演出,德妮兹朗诵了《羊泉镇》女主人公的独白。她有一对梦游病患者的眼睛,脸上流露出隐隐的微笑。我走到街上时,警察搜查了我——是否携带武器。我一点也不明白,只微笑了一下,我真希望自己不是《消息报》的记者,而是我刚刚看见的那些工人中的一员。

各地的罢工均以胜利告终。法国的工人们经过一个月的斗争,不仅使工资有了增加,还真正地改变了社会法制:有了集体合同,工会的法规得到承认,有了带薪休假制度。

炎热的夏天代替了春天,西部各区都变空了,有钱的人家纷纷到瑞士、比利时、英国、意大利去避暑,他们说,希望借此摆脱一下"肆无忌惮的贱民"带来的烦恼。然而在诺曼底或布里塔尼的海滨,他们仍然碰见了工人,因为"这些懒汉"现在有照领工资的休假了!

7月14日,巴黎有一百多万人参加了示威游行。其中有带着矿灯的北方煤矿工人,有拿着一串假葡萄的南方酿酒工人,有拿着天蓝色渔网的布里塔尼渔民。人们焚烧了希特勒和墨索里尼的模拟像,达拉第照旧拥抱共产党员。部长会议主席莱昂·布吕姆这个典型的19世纪知识分子,为了向工人致敬,笨拙地举起一只小拳头。人们用竿子高举着一顶工人帽,上面写着:"这就是法兰西的王冠!"列宁、斯大林、高尔基的相片漂浮在人群的上空。人们向西班牙人欢呼:"好样的!打倒法西斯分子!"意大利、波兰、德国的侨民工人也列队走过,人们向他们鼓掌。(我没有料到,不久之后我将在卡斯蒂利亚红褐色的石堆上遇见他们中间的许多人。)

当然,游行示威的人要求解散法西斯组织,他们像先前那样高喊:"枪毙德·拉·罗克!"但他们的喊声是愉快的,甚至是温厚的。2月里,人民以准备战斗的姿态冲上街头,而7月14日的游行却是前所未有的狂欢。

像往年一样,晚上开始跳舞,在巴士底广场上,在数以百计的大街小巷里,到处都是跳舞的人群,这里有传统的中国灯笼,有手风琴,有啤酒或柠檬水瓶,有情人们的接吻。年长一些的工人们坐下来欣赏年轻人的欢乐。我留心地听他们的谈话,他们在谈论去什么地方度假为好,谈论利穆津农村中的舅舅、卢瓦尔省的小房子,谈捕鱼的情况,谈山地旅行和儿童们的沙地浴场。"革命"这个字眼让位给另一个字眼——"假期"了。来得容易的胜利给人们带来了宁静与心平气和。

眼前的巴黎不像马德里,它的背后既没有阿斯图里亚斯的起义,也没有拷打、监狱和枪杀;也没有狂热的宗教界和耀武扬威的将军们。法国的资产阶级要文明、狡猾得多。他们在考虑如何跟人民阵线周旋,而胜利者只是欢笑,没有认真地考虑未来。

我的短篇小说集《休战之外》快写完了,伊琳娜从莫斯科前来。巴黎酷热难当,柳芭和伊琳娜去布里塔尼了,我对她们说,我要将7月14日游行的情况写一份报道寄给《消息报》,并且将书写完,然后再去找她们。

我记得在科坦登大街上,一个闷热的夏夜,我坐着写稿,后来放下笔打开了收音机。莱昂·布吕姆同教育部部长商议……马德里的群众袭击了拉·蒙塔尼亚兵营……巴塞罗那……"哥伦布"旅馆……炮兵……阿兰达将军……奥维耶多地区的战事……死者和伤者……

我站起身,应该到什么地方走走!……晚了,已经十二点钟,什么人也找不到了……我无法独自留在这十分冷清的房间里。

然而广播员却坦然地报告说,在库尔-梁-伦举行的玫瑰花展览会上,头奖为"梅扬德夫人"玫瑰花夺得……

对于一部分人来说,生活在1941年6月22日分裂为两半,对于另一部分人来说,则在1939年9月3日,对于第三部分人来说,则是在1936年7月18日。在我早先对我的生活所作的描写中,大概有一些使许多和我年纪相仿的人感到生疏的章节,当时我们的遭遇不同,所碰到的问题也不同。然而,从我现在所谈的这天晚上起,我的生活开始变得和千百万人的生活极为相似了。我的生活只不过是同一主题的一支不大的变曲,一些大家十分熟悉的字眼决定着十个不幸的年头:报道,辟谣,歌声,眼泪,汇报,空袭警报,退却,进攻,短期休假,小站上的仓促会面,关于照会、战术及战略的谈话,对最主要的问题保持沉默,撤退,医院,大规模的、普遍的灯火管制,以及如同对往事的回忆一般的手电筒摇曳不定的闪光……

17

我苦闷地在巴黎度过了几周,每天把法国报纸上发表的来自西班牙的报道拍发给《消息报》,去西班牙大使馆,帮助第一批志愿人员去巴塞罗那。我没有离开巴黎仅仅是因为没有得到编辑部的答复:我能否以军事记者的身份去西班牙。我多次催促,回答总是简单而神秘的几个字:"我们正在研究"。我还不了解这个奇异的动词的含意,一气之下便不再等待了。有一天,编辑部往我在巴黎的寓所打电话,问我为什么没有再给他们发电报,柳芭回答说:"难道你们不知道?……他去西班牙了。"

毕加索是在1937年春天画《格尔尼卡》的。然而在此半年以前,在1936年的8、9两个月里,西班牙的情景倒有点像德拉克洛瓦①的油画:上一世纪的浪漫主义精神正在比利牛斯山的那一边阴燃,并在短期内突然燃旺了。

巴塞罗那是一个巨大的工业城市,但城里的工人长期以来就处在民族劳动同盟的那些工团主义工会和法伊(伊比利亚无政府主义者联盟)的无政府主义者的影响下。小资产阶级、农民、知识分子都憎恨西班牙的军阀,因为后者蹂躏了加泰罗尼亚人的民族自尊心。中产阶级人士以及餐厅或商店的店主对我说,他们认为甚至无政府主义者也比佛朗哥将军好。"自由"这个词在欧洲许多国家里早已一钱不值了,但在这里却使许多人为之振奋。

一辆辆匆匆钉上铁板的载重汽车从拉伯雷主要的大街飞驰而过,人们尊敬地称它们为"装甲车"。穿着红黑两色衬衫、背着猎枪的骑兵们炫耀着

---

① 德拉克洛瓦(1798—1863),法国画家,法国浪漫主义画派主要代表人物。

自己的雄姿。出租汽车的车身上醒目地写着:"向韦斯卡进军!"或"一定夺取萨拉戈萨!"。无政府主义者带着手榴弹箱、吉他和女战友出发上前线。穿着后跟高得不可思议的高跟鞋的时髦女人拖着沉重的步枪。到处可以看到刚刚结束的战斗留下的痕迹:没有清除的街垒、玻璃碎片、弹壳。人们在那些保卫城市、抗击法西斯叛乱分子的英雄牺牲的地方摆上鲜艳夺目的南方玫瑰。巴塞罗那人给开赴前线的民兵带来了皮酒囊、火腿和被褥,甚至还有古代的马刀。在7月间遭到炮火轰击的"哥伦布"旅馆里,在一些满是灰尘的长毛绒软椅中间堆着许多步枪,士兵们躺在像灵柩台般豪华的床榻上。

在拉伯雷大街上,在数以百计的群众大会上,在那些被征用的、如今是各种委员会、联盟、协会(从"世界无政府主义拥护者联盟"直到"战斗的世界语专家协会")的房屋里,到处可以听见"民族劳动同盟—法伊"这样的字眼。墙上贴着五光十色的标语:"反对纪律的组织万岁!"人们唱《国际歌》,也唱民族劳动同盟的颂歌《人民之子》。红黑两色旗为数最多,我问一个民兵,为什么无政府主义者选择了这两种颜色?他回答说:"红色代表斗争,黑色是因为人的思想是不可理解的……"

到处有枪声,要弄清楚谁向谁开枪十分困难,但大家对此却毫不在意,咖啡馆和饭馆座无虚席,城市处在一种兴奋的狂热中。

开赴前线以便用强攻夺取韦斯卡或萨拉戈萨的纵队和百人团都取了这样一些名字:"恰巴耶夫""潘利亚①""内古斯②""埃塞俄比亚人""勇敢的魔鬼""不信神的人""巴枯宁"。人们在会议上讨论改造人类的问题,一个发言人提议为世界上的伟大思想家——苏格拉底、斯巴达克、塞万提斯、雷克吕③、克鲁泡特金、列宁——建立纪念像。另一个要求焚毁钞票、废除监狱和强制劳动。第三个说,必须选派十个最卓越的人物到关押被逮捕的军事暴动领导人的"乌拉圭"号巡洋舰上去,并说服法西斯分子们参加劳动公社。

城市的主要营房更名为"巴枯宁营房"。宣传员们爬上公共汽车的车顶大声喊叫:"打倒帝国主义!大家一齐上前线!给一切人以自由!消灭

---

① 即弗朗西斯科·比利亚(1877—1923),墨西哥的革命领袖。
② 埃塞俄比亚废除帝制前皇帝的尊号。
③ 雷克吕(1830—1905),法国地理学家和社会学家,第一国际成员,接近巴枯宁派。

法西斯分子!"

　　谁也不知道共和主义者在哪儿,法西斯分子在哪儿。我们坐着汽车走上了阿拉贡省红褐色或绯红色多石的沙漠地带。天气酷热难当,对于我来说,这是我在西班牙的第一个夏天。我的旅伴是加泰罗尼亚人,名叫米拉维列斯,他问农民能不能继续前进,有的人回答说,法西斯分子就在邻近的村子里,另一些人则说,似乎我们的军队已经解放了韦斯卡。南方的夜晚来得异常突然,闪光不时划破天空,远方传来隆隆的枪声。汽车突然停住了,我们面前出现了街垒。有人在喊:"口令?"我们不知道口令。米拉维列斯从手枪皮套里掏出手枪。我问他发生了什么事,他没有回答,却将另一支手枪递给了我,我很害怕:我们陷入了埋伏!……我在黑暗中细看,看见山岩上有些人正用步枪向我们瞄准。我已经准备开枪了,这时黑暗中有人骂道:"嘿,原来是自己人!"农民们包围了我们,对我们讲,他们已经守卫了六天六夜,因为从布哈拉洛斯来的消息说,法西斯分子正在进攻。我们问:"前线在哪儿?"他们摊开手:那儿离布哈拉洛斯十二公里,这一点不错,但只有鬼才知道谁在那儿。在他们看来,到处都像前线。

　　不仅农民们不知道邻村的情况,在巴塞罗那也没有人能回答这个问题:科尔多瓦、马拉加、巴达霍斯、托莱多在谁的手中。每个纵队的指挥员都制定着一些不切实际的计划。有人散布谣言说:法西斯分子已被逐出塞维利亚。加泰罗尼亚人决定派兵在马略卡岛登陆。几天以后有传闻说似乎法西斯分子占领了巴伦西亚,正向巴塞罗那推进。

　　在前沿的一个地段上,我看见一个木牌上写着:"前面有法西斯分子——勿前行"。战士们毫不介意地在小河里洗澡,只留一个人在岸上看守衣物和枪支。我问他们:"如果法西斯分子打过来怎么办?"他们笑着说:"我们白天不打仗——天太热。那些坏蛋有一个池塘,现在正在那儿洗澡呢。等着瞧吧,再过三个钟头就要哒哒地打起来了,你的耳朵怕也要给震聋呢……"

　　指挥员对我说,他们很快就能拿下韦斯卡,顶多一个星期。我向城市望了一眼,它就在旁边。我问:"前面那座高大的建筑物是什么?""疯人院。那里有精锐部队。首先应当夺取这座大厦。"(一年后我再次来到韦斯卡城边,又听说应当夺取疯人院。在这座建筑物的争夺战中牺牲了多少人啊!)

我的一个熟人准备去马德里就扩大自治的加泰罗尼亚政府的权力的问题达成协议,他建议我和他同去。我们坐车走了很久,农民们到处用街垒挡住去路,担心法西斯分子的袭击,他们十分认真地研究通行证(我总共有五六张通行证,都是各种组织发的,自然也包括民族劳动同盟发的)。街垒看上去很美:木桶、从有钱人家中搬来的家具、翻倒的大车、早先装饰教堂的木头雕像。我保留了一张照片:三个拿着武器的农民,上面是一个巴洛克式的天使和一把大提琴。

我到处看见被烧毁的教堂骨架。农民听到法西斯暴动的消息后,第一件事就是烧教堂或修道院。一个农民对我解释说:"你知道谁是主要敌人?神甫和修士,再就是将军和军官。当然,还有有钱人……我们没有碰地主,只没收土地,让这些坏蛋和大家过同样的生活吧。他们也签名表示不反对,只是有一个神甫藏在钟楼里,想从那里开枪。好吧,我们径直送他上天堂了……"

我的旅伴埋怨无政府主义者:"难道跟他们谈得通吗?这是一些正直的小伙子,但满脑子无政府主义。在巴塞罗那时,有一个曾跑来向我要求:'取消一切交通规则吧,当我需要向左转时,干吗非得向右转呢?这违反自由原则!'"

我的旅伴看见一个教堂没有被烧掉,便问农民道:"为什么不烧掉它?……"我们离开村子后我对他说:"我不懂,为什么要烧掉教堂?农民们连一座像样的房子都没有。教堂可以用来办学校或俱乐部。"他生气地说:"您可知道,教堂带给了我们多少苦难吗?不,没有俱乐部也过得去,只求眼前没有这座教堂!……"

马德里的无政府主义者很少,但马德里的人仍有一些浪漫主义的幻想。法西斯分子占领了塔拉韦拉,距离首都只有七八十公里的路程。但人们却坐在咖啡馆的凉台上一直争论到午夜,是向萨拉戈萨前进以便同加泰罗尼亚人会合呢,还是从法西斯分子手中夺回安达卢西亚的港口。

我被带去参观一个逃走的法西斯分子的庄园。"我们在这里建立了一个实验示范的儿童营。"一个女积极分子久久地向我证明,教师们轻视音乐的教育作用。一个七八岁的小男孩却说:"爸爸被他们绑起来,放在路上,让一辆大汽车从上面开过去……"女积极分子固执地说:"哪儿来的这群野兽？他们对孩子们的教育不协调……"我不禁笑了：我想起了1919年的基辅和我在莫菲克季甫儿童审美教育部的工作，似乎一切都是另一回事，但你突然发现，一切都在重演……

在马德里，政府将一个逃亡贵族的别墅拨给了作家们，那里有一个漂亮的图书馆，收藏着古版书、珍本书以及西班牙古典作家的手稿。阿尔维蒂、马诺洛·阿尔托拉吉列、彼杰列、塞拉诺·普拉哈、埃尔南德斯等诗人在别墅里朗读自己的诗。我在那儿认识了作家何塞·贝尔加明，他是左派天主教徒，一个心灵纯洁、忧郁而文静的人。我和他谈起了塞万提斯和防空，谈到共产主义和克维多的诗。我在那儿还遇见了巴勃罗·聂鲁达，他是智利的领事和诗人，他年轻，爱开玩笑和恶作剧。我记得空袭警报时一个十分关心书籍的人在图书馆里放了一些盛水的容器，以免过度的干燥损害古代手稿。不知是谁低声说："他们占领了塔拉韦拉……"

在"文艺协会"举行了马克西姆·高尔基的纪念晚会。拉斐尔·阿尔维蒂带着哭腔对我说："已经证实，他们在格林纳达杀害了加西亚·洛尔卡……"

这是第一次空袭警报之夜。在日后的另一个夜里，我听见爆炸声后跑到街上，一个老太婆紧抱着一个小姑娘。黎明时分，我前往遭到法西斯飞机轰炸的街区，眼前的景象正是以后我常常看到的：被炸毁的房子、楼梯和楼上某处的一张儿童的吊床。

巴勃罗·聂鲁达写道："孩子们的血在大街上流着……"

我来到了马尔皮卡，战争爆发以前，在4月份，我曾去过那儿，所以农民认出了我。我的姓氏西班牙人读起来十分吃力，常常弄错，村社社长举起拳头郑重地说道："你好，兴登堡！现在我们可以让你看看城堡了。"奥里翁公爵的庄园在马尔皮卡，农民们没收了它，我参观了这个庞大的古宅。村社社长拿着一个点着蜡烛头的铜烛台，黑暗中隐约可以看见野猪头、穿着绣金线连衣裙的圣母雕像、铜锅、睡衣、留声机。最豪华的是浴室，不知为什么里面放着三把安乐椅，村社社长说："这大概是十分贵重的东西。我们决定把这座城堡送给作家们，让他们住在这儿写作……"城堡的门外站着几个拿猎枪的农民，前线就在附近。从埃什特雷马杜拉来的难民燃起火堆。

过了两天，我又和阿尔维蒂、玛丽亚·特雷莎·莱昂来到了马尔皮卡，他们给前线送去一批报纸和传单。德国轰炸了阵地和道路,民兵们支持不住便跑了。在多明戈-佩雷斯村的村口,聚集着一群激动的农民:"瞧,全溜掉了!……"一个老农指着三支猎枪说:"这就是我们所有的一切。"我们看见四个士兵正向马德里方向走去。玛丽亚·特雷莎尾随他们跑去,她穿着很高的高跟鞋,却跑得很快,她手里握着一把极小的手枪。逃兵们把步枪交给了她,他们感到羞愧。那个老农说:"给我吧!年轻人想活下去,可我是不会逃的……"大约过了两个小时,三十个民兵面对着敌人挖起了战壕,他们只有一挺机枪,但法西斯分子人数不多,他们在清晨向塔拉韦拉退去了。

托莱多在共和主义者的手中,但法西斯分子却占据着古代的要塞阿尔卡萨尔。他们在那里已经待了一个半月,城内也形成了一种特殊的生活方式。有的街道上挂着标语:"危险!不带武器禁止外出!"牛奶很少。为了避免站队时遭到射击,女人们在傍晚时分便将高水瓶、瓦罐放在牛奶店的门口,有时只不过放上一小块石头;吵架的事我一次也没有听到。法西斯分子偶尔向城里放一阵枪。在阿尔卡萨尔对面,民兵撑着伞以遮挡灼人的太阳,坐在用稻草编成的圈椅或摇椅里,有时懒洋洋地,有时怒冲冲地对着要塞的厚墙打几枪。有时炮兵也打几发炮弹。居民们在街上散步,猜测着炮弹落在什么地方,是否打中了法西斯分子。

法西斯分子在一次偷袭时抓走了一批"人质"——女人和小孩。我在民兵营房的一个挡板上看见三十八张相片:一个抱着孩子的女人,一个老太婆,两个骑着木驴的小孩……法西斯分子知道该做些什么:马德里不止一次下令挖几条坑道并炸毁要塞,但民兵们想到女人和孩子,便回答说:"我们可不是法西斯分子……"他们天真地幻想着困死阿尔卡萨尔。后来接到通知说,政府的空军将轰炸要塞,民兵必须后退一百米,许多人都表示拒绝:"不行——他们会逃走的!"十四名战士死于炸弹的碎片。

在西班牙的古都,在游览者看中的这个城市里,人民的崇高气质同战争的残酷规律在决斗。阿尔卡萨尔的法西斯要塞司令莫斯卡尔多上校的妻子住在城里。科利佐夫十分惊讶地问道:"你们没有把她关起来?……"苏联人有很高的威信,但西班牙人却毫不动摇:"一个女人?我们可不是法西斯分子……"

我和我的朋友、画家费尔南多·海拉西一同漫步托莱多街头。他过去住在巴黎,画风景画或静物画,晚上常去"多姆"咖啡馆。他的妻子是利沃夫附近的乌克兰人,爱说爱笑,名叫斯捷法,他们还有个五岁的儿子蒂托。费尔南多说,无政府主义者是疯子,应该有统一的指挥、纪律和秩序。他嘲笑"缀花边的战争",然而我觉得,他也不能指责民兵们的宽宏大量,他们时常破口大骂,彼此见面时不说"您好"而说"敬礼和黄色炸药",但在谈到阿尔卡萨尔即将被炸毁时,他们却愤懑地说:"你胡说什么?那儿有女人和小孩……"

马德里政府想向世界表明自己不同于佛朗哥,所以当据守阿尔卡萨尔的法西斯分子请求派给他们一个神甫时,便宣布短期休战。

这时有几个法西斯分子走出了要塞,民兵们就站在近旁,双方对骂起来。下面是我的记录:"土匪!我们是为了上帝和人民战斗的!""你们可以把上帝给自己留下,可我们要为人民战斗。""胡说八道!我们才是为人民战斗!你们这些坏蛋有烟抽,可我们快两个星期没有闻到烟味了。"(一个民兵一声不响地掏出一包香烟,一名中尉抽起烟来。)"给神甫写信了吗?看样子你们要完蛋了……""我们的人快来了,那时让你们瞧瞧厉害。""那要等太阳从西边出来。""等不了很久,那时你们的人会像兔子一样溜掉。""瞎扯!可你为什么留起了胡子?想进天堂吗?""你说用什么刮脸?用马刀吗?"(另一个民兵从衣袋里拿出一小包刮脸刀片,递给了法西斯分子。)

10月初,巴莱拉将军的部队打到了托莱多城郊,阿尔卡萨尔的守军(那儿有一千多名近卫军和见习军官)出来迎接,只有少数共和主义者突围出去。法西斯分子对"阿尔卡萨尔的英雄们"大肆宣扬。毫无疑问,莫斯卡尔多上校的士兵表现出了沉着和勇敢。任何战争的任何一部历史中都不乏动人的英勇事迹,还有一点也毫无疑问,即内战是不惜采用暴行的。然而,在阿尔卡萨尔的历史中如果有什么可引为教训的话,那就是两个世界的搏斗:一方是怒气冲冲的、但充满了人道精神的人民,另一方是侵略集团,他们有完美无缺的纪律和同样完美无缺的惨无人道。获胜的不是宽宏大量……

我在瓜达拉姆看见一群俘虏,其中有些兵士,他们虽然惶恐不安,但又对自己脱离了危险的游戏感到满意;也有一些外籍军团中的亡命徒。民兵们最怕摩洛哥人,后者是出色的士兵,但对所发生的事毫无认识。

我同我国的电影摄影师卡尔曼和马卡谢耶夫一起去过阿拉贡前线的

"红翼"空军部队,这支部队的指挥员是阿尔丰索·莱耶斯,他是个郁郁寡欢、沉默寡言但十分果断的人。瞧着他们的飞机真使人提心吊胆,这全是些旧式的邮政飞机,但人们却自豪地称它们为轰炸机,它们每天都去轰炸法西斯分子的阵地。我们在部队的当儿,一架遭到德国歼击机袭击的飞机着陆了,机械师(他的外号叫"红鬼")伤势很重,但他忍住了,没有喊痛,但是看见卡尔曼为他拍照,却快活地微笑起来。第二天,他的一条腿被锯掉了。

法西斯分子继续向马德里推进,但是人们并不发愁,仍然相信会取得胜利。大家都说,如果法西斯分子在7月份没有占领整个西班牙,他们就算输定了,因为人民反对他们。

只有在西班牙的反革命基地纳瓦拉,农民们支持叛乱分子,那里的教会和卡洛斯分子(觊觎西班牙王位的一个唐·卡洛斯①的后裔的拥护者)势力强大。但是纳瓦拉只有四十万人,而西班牙的人口将近三千万。我在战争期间到过的那些省,如加泰罗尼亚、新卡斯蒂利亚、巴伦西亚、拉曼查、穆尔西亚、安达卢西亚、阿拉贡,绝大部分的居民都憎恨法西斯分子。

但是,工人们会在车床旁工作,农民们会耕地,医生们会治病,教师们会教书,而在佛朗哥方面却有基干军人,不管怎么说,他们会打仗。法西斯分子还有可靠的雇佣军——外籍军团和摩洛哥人。

9月中旬,佛朗哥已经成了叛乱分子所控制的整个地区的独裁者,到了10月1日,他便被推举为"领袖""大元帅"和国家的首脑了,他要求绝对服从。然而捍卫共和国的人们却有着极为不同的信仰,其中有共产党人、加泰罗尼亚的自治论者、左派和右派的社会党人、资产阶级的共和主义者、无政府主义者、巴斯克的天主教徒、鲍乌姆分子②等,只是由于对法西斯主义的憎恨才使他们团结在一起。1936年,自由得到了充分的发挥,仿佛外面不是战争,而是竞选运动。加泰罗尼亚人和巴斯克人揭发"马德里的大国主义作风",鲍乌姆分子要求"深化革命",以普列托为首的右派社会党人批评担任政府首脑的左派社会党人卡瓦列罗,共和主义者对共产党人飨以白眼,无政府主义者发誓要摧毁他们憎恶的国家制度。

---

① 唐·卡洛斯(1788—1855),查理四世之子,在卡洛斯分子支持下谋求西班牙王位。
② 当时西班牙的托洛茨基分子。

然而不仅由于缺乏军事干部,而且由于各个反法西斯政党间的不和,出现了潜在的危险。7月25日,希特勒答应佛朗哥的代表将提供军事援助。7月30日,即在第一批苏联歼击机出现在马德里上空以前的一百天,意大利轰炸机已经轰炸了西班牙的城市。

法国政府的首脑是莱昂·布吕姆,他是拉尔戈·卡瓦列罗在第二国际中的同志,但是西班牙政府请求法国允许它购买的武器过境却毫无结果。莱昂·布吕姆宣布了不干涉原则,英国支持他。在伦敦,不干涉委员会开始举行会议。意大利和德国继续向西班牙运送武器和人员,法国在边境建立了检查制度,大概我是在重复众所周知的真理。伊·米·迈斯基①参加了不干涉委员会,不久前他对我说,他在自己的回忆录中对这事有详细的叙述——他有很多见闻,然而我写的是自己的生平。我怎么能够对伪善保持沉默?历史过去有,现在也有它的续篇:我们听到过多少不干涉希腊、朝鲜、刚果或老挝的崇高言论啊!1936年以后,无论是明显的凶手的高尚演说、鳄鱼的眼泪还是人类的怯懦行为,都已经不使我惊奇。不错,莱昂·布吕姆远比冲伯的庇护者们有礼貌,但是他也给吓破了胆,不习惯于生活在时代的风暴中,倒是习惯于生活在议会厨房的复杂气味中,他说的是一套,做的是另一套。

我在巴伦西亚遇见了马尔罗,他说,他也许能弄到十架军用飞机:西班牙政府已经买下了,只是法国人禁止出口。他说,他想建立一支法国航空大队来轰炸法西斯分子,并把驾驶员希德斯和朋斯介绍给我。

地上在进行战斗,但在空中却是法西斯分子主宰一切:尽是两强国——德国和意大利的飞机:"容克""亨克""萨沃伊""卡普隆尼""福克"。

我在群众大会上发言,为西方报刊搜集有关法西斯暴行的材料,写不署名的小册子,完全忘记了我所担任的《消息报》记者的职务。不过这种职务也难以执行:当时同莫斯科还没有建立电话联系,而编辑部看来还在继续"研究中",拍电报的钱尚未汇来。

9月5日,在两周的间断之后,《消息报》上发表了一篇简讯:"巴尔巴斯特罗。9月4日。今天你们的记者目睹了德国供给叛乱者的三引擎'容克'

---

① 迈斯基(1884—1975),苏联外交家,西班牙内战时期,他是苏联驻英国大使。

飞机扫射蒙特-弗洛里德的居民。"我拍的电报很短,因为没有钱拍长电报。我第一次看见超低空飞行扫射人们的情景,那时农民们正在打谷场上打谷,接着一个老太婆大声哭喊起来,她的儿子被打死了。农民们知道我是苏联报纸的记者,向我请求道:"写吧!也许俄国人会帮我们的……"当然,那一天发生了更为重要的事件:伦敦的《消息报》记者报道说,圣塞巴斯姜已被切断(这是事实),共和国的军队拿下了韦斯卡(这是谣言),然而我在蒙特-弗洛里德村里,我觉得必须马上把法西斯分子用德国飞机杀害手无寸铁的农民的事写下来,对于军事记者来说,这也许是天真的,但我想的不是报纸,而是西班牙。

我在理发馆刮脸,理发师发现我是俄国人,便开始喊叫:"希特勒和墨索里尼都在帮助他们。而我们连武器也没有!……"他的眼睛在闪闪发光,他挥动着剃刀反复地说:"飞机!坦克!"我暗自发笑:他莫不是要宰了我……不过一般来说事情并不可笑。我记得蒙特-弗洛里德农民的话,人们到处都一再地说:"请告诉俄国人……"我开始写一些短小的通讯,通过巴黎邮寄给《消息报》。

一个月后,我收到一捆报纸,我很难过:我的文章被弄得不成样子了。9月26日我给编辑部写了一封信:"我对西班牙发生的各种事件所作的解释正确与否,在此我不想争辩,但是我坚决反对完全歪曲原意的删节。"自然,我对编辑部毫无办法——我的所有文章都经过了修饰与美化。虽然如此,我继续在写,我写得十分仓促,不是在书桌上写,而是在前线上写;我关心的不是文学体裁,而是飞机和坦克,没有它们,西班牙人民是支持不下去的。

阿尔瓦雷斯·德尔瓦约要求我收集一些有关法西斯暴行的证据确凿的材料,供西方报刊发表。在巴伦西亚期间有人对我说,右派报纸《每日邮报》的记者加勒特从马略卡岛前来,他在骂法西斯分子,我在英国领事馆找到了他,他写了一些见闻,告诉我说,法西斯分子轰炸了共和国军的战地医院:"他们的驾驶员一回到马略卡岛便高喊:'西班牙万岁!'但我在这里住了很多年,我立刻听出他们的外国口音——他们是意大利人。'卡普隆尼'式飞机是从撒丁调来的……"加勒特气愤地重复了好几次,"他们打死了我的马……"他是个壮实的中年英国人,生着一对孩子般的眼睛,他的报纸是赞扬佛朗哥将军的,但他不能理解,为什么编辑部不刊登他的通讯。

叛乱已经开始快两个月了,各种消息虽然仍像过去一样矛盾百出,但我渐渐发现法西斯分子更强一些,他们占领了塞维利亚、科尔多瓦,随后又占领了埃什特雷马杜拉、塔拉韦拉,现在正向马德里挺进,不过我坚信会获得胜利。也有一些令人慰藉的消息:法西斯分子已经被赶出马拉加和阿尔瓦塞特。抵抗加强了,出现了新的百人团、分队、营、纵队。志愿人员开始从法国前来,他们有法国人、意大利人、德国人、波兰人。

在巴塞罗那,我应邀去卡尔·马克思兵营,那儿新近编成了一个"7月19日纵队"。在一个大院子里,站着几列整齐的士兵。这是一个百人团,说得简单些,是一个连,它名叫"伊利亚·爱伦堡百人团"。他们对我说,我应当授旗给民兵们,还要讲几句话。我一时不知如何是好,感到十分尴尬,我说我不是政治活动家,不会做这样的事。话虽如此,我还是得拿着旗站在摄影师们面前,并讲点什么。我记得自己当时的心情是既惭愧又非常感动。几个卖柠檬水、水果、糖块的小商贩在这里走来走去,其中一个向我的手中塞了一把水果硬糖,说:"吃吧,俄国人!咱们会打败他们的……"

在加泰罗尼亚和阿拉贡,几乎每一个农民的房子上都写着:"让我们去砍掉卡巴涅利亚斯的脑袋!"(法西斯政府的首脑是卡巴涅利亚斯将军,一个月后,佛朗哥撤换了他。)

我看见几个年老的农民亲自送自己的儿子到兵营去,当有人告诉他们说,人员太多,武器不够分配时,他们便再三地请求道:"可他是西班牙人,他不能坐在家里……"

海拉西的妻子斯捷法从巴黎来了,她说蒂托已送进了幼儿园。斯捷法和儿子告别时,忍不住哭了。孩子说:"妈妈,去吧!我转过身去——就这样。你也不要看我,好吗?……"斯捷法微笑着一再地说:"他是我的西班牙人……"

我方才在想,为什么我在开始叙述西班牙战争的岁月时感到十分激动,常常在推开了手稿后眼前依然闪动着阿拉贡火红色的岩石、马德里被烧焦的房屋、蜿蜒曲折的山路、亲近而可爱的人们——我甚至连他们许多人的名字都不知道,但这一切仿佛都像今天的事一样栩栩如生。而这已经是四分之一世纪前的事了,我后来经历的战争也更为可怕。我回忆许多往事时都很平静,唯独一想起西班牙,心中便充满迷信的柔情和忧伤。巴勃罗·聂鲁达给自己在内战初期写的一本诗集取名为《心中的西班牙》。我爱这些诗,其中许多篇已由我译成俄文,但我喜欢的是书名——我觉得,再也想不出比这更好的名字了。

在惊慌不安的、备受屈辱的30年代的欧洲,有一种令人感到窒息的气氛。法西斯主义在进攻,但丝毫不受惩罚。每个国家,甚至每个人都在幻想单凭自己的力量来拯救自己,不惜任何代价来拯救自己,幻想避而不答,幻想赎身。这是贪图小利的年代……但是出现了一个挺身迎战的民族。他们没有拯救自己,也没有拯救欧洲。然而,如果"人类的尊严"这几个字对于我这一代人尚有一定的意义,那就应当感谢西班牙,它成了可供人们呼吸的空气。

在那些遭到轰炸的西班牙城市中,我什么样的人没有见过啊!有些人只待了一个短时期,有些人待了很久;有些人参加了战斗,有些人担任了随军记者,有些人救济居民。后来许多人分道扬镳了,但往事是不能一笔勾销的。陶里亚蒂和南尼、维达利("卡尔洛斯少校")和帕恰尔迪、科恰·波波维奇和科佐夫斯基、安德烈·马尔罗和马特·扎尔卡("卢卡奇将军")、科利佐夫和路易·费雪、巴勃罗·聂鲁达和海明威、拉斯洛·赖克和路德维希·雷恩、雷格列尔和亚涅克·巴尔文斯基、隆哥和布兰廷、安德森-尼克索和布什、尚松和阿列克谢·托尔斯泰、基什和本达、圣埃克苏佩里和安娜·西格斯、让-里沙尔·布洛克和斯宾德、安德烈·维奥利斯和纪廉、西凯罗斯和多斯-帕索斯、拉尔夫·福克斯和托勒尔、博多·乌泽和布雷德尔、伊莎贝拉·布吕姆和阿比西尼亚的公爵伊姆鲁……大概有许多人我没有提到,我只是想说明当年来过西班牙的人们是多么不同啊。

1943年在戈梅利附近的指挥所里,我遇见了集团军司令员巴托夫将军。我们正在谈论即将发动的进攻,突然有人高喊:"弗里茨!"——敌人的飞机来了。这时将军和我都笑了起来,在西班牙时期,我国的军事顾问有着各种各样的别名——瓦鲁亚、罗提、莫利诺、格里申、格里戈罗维奇、杜格拉斯、尼古拉斯、伏尔泰、克山梯、彼得罗维奇,而帕维尔·伊万诺维奇·巴托夫不知何故得了"弗里茨"这个姓氏。于是我们开始回忆第十二旅、朋友们、阿拉贡、卢卡奇之死(帕维尔·伊万诺维奇当时腿部受伤)。

我正在参加世界和平理事会的一次会议,一个个发言人都在热烈地证明和平比战争好,但当我瞧见和蔼可亲的意大利人斯科蒂时便想起了在马德里的那些日子。在克里姆林宫,一位新闻影片摄影员正在给最高苏维埃的代表们摄影,这是鲍里亚·马卡谢耶夫,我和他曾一起在韦斯卡附近的石堆上爬行。我知道在维尔纽斯的机场上会碰见一张熟悉的面孔,他是一个翻译,到过西班牙(他后来研究西班牙文学,但在"同世界主义斗争"的年代里失去了工作,正如他自己所说,在维尔纽斯机场上"被强迫着陆了",现在他向外国旅客翻译海关职员提出的种种问题)。不久前在佛罗伦萨,摄影记者带了一个已不年轻的意大利人来找我,后者没有拿出名片,却掏出一张"前西班牙志愿人员协会"的证件,我们立刻忘了摄影记者,坐在沙发上开始回忆遥远的时日。我们都到过西班牙,都和西班牙有联系,因此彼此间也有了联系。看来,使人们引以自豪的不只是胜利……

18

在西班牙战争初期的几个月里,我并没有为自己担任的《消息报》记者的职务付出很多时间。不错,从8月至12月,报纸上发表了五十篇特写,但它们都是匆匆写成的,坦白地说,是顺便写的。旁观者的角色使我感到厌倦,心里一直想为西班牙人民做点什么事。

我战前来西班牙的时候,见得最多的是作家或新闻记者,他们都懂法语。现在我总是同工人和士兵们打交道,所以开始说西班牙语,我说得不好,但他们能听懂。

第一任苏联大使马·伊·罗森贝格来到了马德里,我在巴黎时就认识他,他是大使馆参赞。这是个身材矮小的人,面带亲切的然而又是嘲弄的微笑。和他一起来的有大使馆参赞列·亚·盖基斯、武官戈列夫和他的助手拉特纳与利沃维奇(罗蒂)。科利佐夫也到了马德里,他不只担任记者的工作,路易·费雪、海明威和《西班牙日记》一书都是他活动的性质的见证人。

我常去巴塞罗那和阿拉贡前线,当时那里还没有一个苏联人(我指的是1936年8月和9月)。每当我同罗森贝格或科利佐夫谈起加泰罗尼亚的情况时,他们总是一笑置之:那有什么办法——一群无政府主义者!……大概我比他俩更清楚同无政府主义者打交道有多么困难,但是我很明白,没有加泰罗尼亚就不能打赢这场战争。巴斯科尼亚已被切断,巴塞罗那及其一百五十万居民便成了唯一的大工业中心。

然而,在巴塞罗那的工人组织之间却进行着斗争。大家都憎恨法西斯主义,也都参加了战斗,但是阿拉贡前线只能象征性地称之为前线:各种各样的纵队彼此间没有一点联系,却不时地企图攻打萨拉戈萨、韦斯卡或特鲁埃尔。他们既没有熟练的指挥员,又没有武器,所以在 1937 年夏天以前,佛朗哥将军没有往阿拉贡派过一支后备队。

加泰罗尼亚自治政府的首脑是科姆帕尼斯,这是个生性温和同时又很急躁的人,一个热爱加泰罗尼亚文化的知识分子。当时他已经五十多岁,蹲过监狱,知道法西斯恐怖是怎么回事。他的命运是悲惨的:共和国失败后,他逃到法国,1940 年被德国秘密警察发现,引渡给佛朗哥将军,随后便被枪毙了。在我的印象中,他是个心地纯洁的人,对政治倾轧非常苦恼,他不仅不贪求权力,而且对权力怀有一个士兵捡起别人在退却时扔掉的步枪时的感觉。

支持科姆帕尼斯的有埃斯凯拉党(左翼),其追随者为小资产阶级、知识分子和大部分农民。普苏克——加泰罗尼亚统一社会党(共产党员在其中起主要作用)也支持政府。无政府主义者和接近他们的民族劳动同盟的工会组织不承认马德里政权,要求推翻加泰罗尼亚政府,代之以该政府的"各委员会"。

早在 1931 年我便认识了法伊的领袖之一杜鲁蒂,我也认识另一些无政府主义者:加西亚·奥利弗、洛佩斯、瓦斯凯斯、埃雷拉。我同科姆帕尼斯的关系很好。应该做点事情,但做什么,我还不太清楚。我在马德里的时候曾问过何塞·迪亚斯①,也同巴塞罗那的普苏克的领导人科莫雷尔及其他一些人交谈过,大家都回答说,对无政府主义者简直没有办法,加泰罗尼亚没有帮助马德里,分离主义分子太骄傲。至于怎么办,谁也不知道。这是在 1936 年 9 月。

我同马·伊·罗森贝格商谈过几次加泰罗尼亚的形势,并应他的请求起草了一封很长的电报拍往莫斯科。

马谢尔·伊兹赖列维奇早已不在人世了,他成了专横行为的牺牲者之一。人被杀害了,但有些材料却被保存下来,不久前档案馆把我写给马·伊·罗森贝格的两封信的副本交给了我。现在我摘录其中的几段,它们不仅会表明当时我对一些事件的看法,而且会说明我在干些什么——出于爱好,众所周知,爱好比被迫更厉害。

---

① 迪亚斯(1895—1942),当时的西班牙共产党总书记。

1936年9月17日的信中写道:"作为对今天的电话谈话的补充。科姆帕尼斯处于神经十分过敏的状态。我同他谈了两个多钟头,他一直在抱怨马德里。他的结论是:新政府没有改变任何事物,他们瞧不起作为一个省的加泰罗尼亚,拒绝把教会学校交给自治政府管理,他们需要士兵,但却不拨给武器,不拨给一架飞机。他说他收到塔拉韦拉前线一些指挥部队的军官寄来的一封信,请求将他们调回加泰罗尼亚。他非常希望在巴塞罗那设立苏联领事馆……他说他们派往马德里的经济参赞应该提出他们的要求。现在无论是卡瓦列罗还是普列托都不想接见他。他指出,如果他领不到棉花,三个星期以后他们就会有十万人失业……他认为苏联对加泰罗尼亚表示他们的任何一点关切都是重要的……教育部部长加索尔也责备马德里轻视加泰罗尼亚……我和加西亚·奥利弗谈过话,他处于疯狂状态,他毫不妥协。当时,马德里工团主义者的领袖洛佩斯对我说,他们过去和今后都不会允许民族劳动同盟的报纸攻击苏联,奥利弗便说,他们是进行'批评',又说俄罗斯不是盟邦,因为它签署了不干涉协定。杜鲁蒂在前线学到了许多东西,但奥利弗待在巴塞罗那,他那荒谬的无政府主义思想十分之九都保留下来了。例如,他反对阿拉贡前线的统一指挥,他说,统一指挥只有在总攻开始时才需要。在谈这个问题的时候,桑迪诺①也在场,他表示赞成统一指挥。我们接触到了动员和把警察改编为军队的问题。杜鲁蒂醉心于动员计划(不知何故,有志愿人员,但没有武器)。奥利弗说,他同意杜鲁蒂的意见,因为'共产党人和社会党人躲藏在后方,他们正在将法伊排挤出城市和农村'。他当然是处于谵妄状态,可以将我枪毙。

"我同普苏克的政委特鲁埃巴(共产党员)谈过话。他抱怨法伊:他们不供给我们装备,共产党员每人只有三十六颗子弹,而无政府主义者的储备却很丰富——一百五十万发。维里亚尔巴上校的士兵每人也只有一百发子弹……民族劳动同盟的人则抱怨说,普苏克的一个领导人弗兰索萨在圣博伊的一个群众大会上说,一支枪也不要给加泰罗尼亚人,因为枪支反正要落到无政府主义者的手中。

"我在加泰罗尼亚度过的那十天里,一方面马德里和加泰罗尼亚自治

---

① 当时加泰罗尼亚的军事部长和空军司令。

政府之间的关系,另一方面共产党人和无政府主义者之间的关系,都变得十分尖锐。科姆帕尼斯拿不定主意:他或者依靠同意支持埃斯凯拉党的民族的甚至民族主义的要求的无政府主义者,或者依靠普苏克反对法伊。他周围的人分成了两派,有的赞成第一种办法,有的赞成第二种办法。如果塔拉韦拉前线形势恶化,就可以指望在这个或那个方面采取行动。必须改善普苏克与民族劳动同盟之间的关系,尽力同科姆帕尼斯接近……

"今天加泰罗尼亚的作家举行会议,并同和我一起来的贝尔加明见了面。我希望在知识分子战线上将西班牙人和加泰罗尼亚人团结起来。明天将要举行一个万人大会,我将代表国际作家联合会秘书处发言。由于这封信对我上次托您转交给莫斯科的那封信作了若干重要的修正,因此也请将这封信转寄……"

9月18日的信中写道:"今天我又同科姆帕尼斯作了一次长谈。他平静了一些……他建议这样成立自治政府:埃斯凯拉党占半数,民族劳动同盟占半数……他称奥利弗是'狂热者'……他知道我随后要去民族劳动同盟,所以十分关心法伊会对我说些什么,他要求我将结果告诉他。他抱怨说,法伊反对俄国人并进行反苏宣传,他是我们的朋友。哪怕是一只载运糖的轮船也能缓和情绪。

"我在民族劳动同盟同埃雷拉谈了一次,他比奥利弗谦虚很多。关于停止反苏宣传的事,他立刻同意了。但在'委员会'的问题上他固执己见,他说马德里政府具有党派性,是马克思主义的,应当建立一个真正的工人政府等等。虽然如此,最后当我向他指出,在宪法的继承问题上发生分裂可能引起外交后果时,他有些后退了。但这时突然来了一些形形色色的国际无政府主义者,所以我就告辞了。有趣的是,埃雷拉在攻击马德里政府时所引用的一些事实,和昨天科姆帕尼斯引用的一样:扣留了两节车厢,拒绝供应加泰罗尼亚武器等。

"今天《工人同盟》报登载了民族劳动同盟的呼吁书,号召保护小私有者、农民、小铺老板。这是个有益的事……

"米拉维列斯对我说,在法伊内部已经有人在谈'无望的巴塞罗那防御战'等等。埃雷拉在谈别的事情时责备马德里放弃了在马略卡岛登陆的计划,如今法西斯分子将开始轰炸巴塞罗那……

"大会上群情激昂,大多数是民族劳动同盟成员……现在反法西斯民警委员会正在开会。他们答应我在改组加泰罗尼亚政府的问题上采取和解的路线……

"附言:作为对电话谈话与信件的补充,虽然奥利弗态度固执,但我得知他在晚上已经通知《工人同盟》报停止攻击苏联。的确,今天《工人同盟》报发表的两则莫斯科电讯使用了友好的标题。"

此后不久,我便去巴黎了。弗·亚·安东诺夫-奥夫谢延科在那里找到了我,他立刻对我说:"您的电报讨论过了,同意您的意见,我已被任命为驻巴塞罗那的领事。莫斯科认为,加泰罗尼亚和马德里的接近是符合西班牙的利益的。人们对我说,我应当设法说服无政府主义者,引导他们参加防御,真见鬼,他们有巨大的影响……您比我更了解这一点。瞧,现在上级同意了,这好极了!现在可以用另一种方式谈话……"

革命前我就认识弗拉基米尔·亚历山德罗维奇,他在巴黎流浪,找工作,过着半饥半饱的生活,但从不气馁,充满激情,同时又富有幻想,穿着一双破皮鞋,披着斗篷;我记得他在"洛东达"下象棋的情形,也记得在印刷厂编排《我们的言论》以及他在群众大会上号召追随列宁的情形。在十月革命的日子里,他的表现不只是在言论上。1926年,我在布拉格时去看过他,他当时是驻那里的全权代表,后来我就不知他的去向了。

他变老了,主要是变得忧郁了,只有当他摘下眼镜时眼睛里还保留着孩子般的轻信神态。我立刻想道:恰巧选中了他,这对巴塞罗那是太好了!他能够影响杜鲁蒂,他没有一点外交官员或大官的派头,谦逊、朴实,还散发着十月革命的风暴的气息,他没有忘记革命前的地下活动。

我的看法是对的:弗拉基米尔·亚历山德罗维奇很快学会了用加泰罗尼亚语说话,和科姆帕尼斯与杜鲁蒂交上了朋友,受到普遍的爱戴。虽然他的职务只是个领事,但实际上等于苏联驻加泰罗尼亚的大使。他熟悉前线的情况,常同指挥员们交谈,对形势了如指掌。他常抽空为《消息报》拍发电讯,署名"泽特"。加泰罗尼亚人喜欢他的民主作风。每当我来到巴塞罗那,总要和他两人待在一起,我发现他心情沉重。也许他已预感到等待着他的是什么了,我不知道。他在巴塞罗那待了一年光景,然而一回莫斯科,立刻消失了踪影,他的名字也从所有描写攻打冬宫的故事里消失了。他是个勇敢、忠实、心地纯洁的人,他的牺牲只是因为伐木者完成和超额完成某种可怕的定额。

我想同安东诺夫-奥夫谢延科一起回巴塞罗那,以便立即把各种各样的人介绍给他,但有一件重要的事使我不得不在巴黎多待一个星期:我要买一辆载重汽车。

还在马德里的时候,我就告诉莫斯科,说我希望配备一辆汽车,以便载着流动电影放映机和印刷机在前线工作。我请求给我帮助,把《恰巴耶夫》和《我们来自喀琅施塔得》这两部影片寄给我。在巴黎时,银行通知我去取款——作家协会汇来了买汽车的钱(我不知为什么钱要通过这个机构汇来,说句玩笑话——也许他们表明作协的确在帮助作家实现他们的创作计划)。由于法国人的帮助,我买了一辆马力相当大的载重汽车,以便能够在遭到破坏的前线道路上行驶。我不记得是谁帮我弄到电影放映机的,而印刷机,我前面已经说过,是欧仁·梅尔送给我的。我还弄到了一部出色的动画片:米老鼠和猫打架,米老鼠胜利了,并且在捕鼠器上插了一面红旗——我知道,在西班牙没有笑容是活不下去的。

斯捷法同意和我一起工作,她的西班牙语说得非常流利,仿佛她不是生在利沃夫,而是生在旧卡斯蒂利亚。她的工作是翻译影片中的对白和协助出版军报。载重汽车名义上属加泰罗尼亚自治政府宣传部——车身上便是这样写的。"印刷机和电影放映机"这几个字引起了大家的注意。我们在巴塞罗那找到了一个司机、一个机械师和两个印刷工人,其中一个工人懂得四种文字。

10月初,国际作家联合会秘书处在马德里开会,我们向全世界知识分子呼吁,抗议外国干涉和"不干涉"的虚假表演。在呼吁书上签名的有许多西班牙作家:安东尼奥·马查多、阿尔维蒂、贝尔加明等,外国作家有科利佐夫、马尔罗、路易·费雪、安德烈·维奥利斯和我。

我在路上碰见了我的老相识,作曲家杜兰,半年前我和他曾谈起过普罗科菲耶夫和肖斯塔科维奇,他笑着说,如果说《麦克白夫人》是"杂乱无章"的话,那么他喜欢的正是这种"杂乱无章"。如今他根本没有时间去想音乐了。他指挥着两百人的一个中队,在巴尔加斯附近狙击一个从南面向马德里进攻的法西斯纵队。

马德里常有空袭警报,我好不容易走过了库阿特罗-卡米诺斯区的一条街道,一座倒塌的房屋堵塞了整条街。另一座房子被炸弹切开,一个个房间犹如舞台上的布景。一个老太婆从一堆垃圾中找出装在像框里的一对新婚夫妻的大相片,小心翼翼地用头巾包起来拿走了。下着雨,一种难以忍受的忧伤涌上心头,每当你看见一个刚去世的人身边的那些小的遗物时,你往往会有这种感觉。

里马·卡尔曼拿着电影摄影机正在拍摄轰炸后的情景,我们在巴黎决定将他拍摄的镜头剪辑成一部影片,由我写解说词。这就是《他们在寻找……》。银幕上的母亲们在瓦砾堆中寻找被炸死的孩子。观众厅里许多人泣不成声,然而马德里需要的不是眼泪,而是歼击机……

在巴塞罗那,争吵仍在进行,但是无政府主义者已有所克制。我要抢先一点——10月底,双方(普苏克和乌赫特是一方,民族劳动同盟与法伊是另一方)签订了协议。民族劳动同盟的代表进入了政府,政府首脑是卡瓦列罗。我一生里碰到过许多出乎预料的、有时甚至是反常的现象,但是当我从报纸上读到,曾向我证明应该像摧毁监狱一样摧毁国家的加西亚·奥利弗被任命为司法部部长时,我忍不住笑了起来。不过我觉得,能同无政府主义者达成协议,是一大胜利。

"兹梁人号"轮船来到了巴塞罗那,运来了粮食。运送飞机和坦克的轮船也陆续来到,但仍然很少,我国的援助无法与意大利人和德国人给予佛朗哥的援助相比,地理条件起了决定作用。

我用爱抚的目光瞧着终于从法国来到的载重汽车,我像对待自己心爱的女人那样给它拍了照,现在我的面前就摆着一张照片——它被印进了画册。这是一辆普通的载重汽车,但在当时我觉得它美不胜收。

几个共产党员,还有安东诺夫-奥夫谢延科,全都对我说:"您一定得去阿拉贡前线,您善于同无政府主义者交谈。我们的人那儿一个也没有,全被他们撵走了,但他们愿意和您接触,您能够说服他们……"

我非常怀疑自己的本领,我也了解西班牙的无政府主义者。然而在战争中不容你选择路线,这不是旅行。我和斯捷法坐在一辆不稳健的汽车里,跟在载重汽车后面,慢慢地向巴瓦斯特罗驶去。

19

"你们俄国是个真正的国家,可我们却要争取自由,"一个穿着红黑两色衬衣的哨兵在检查我的通行证时对我说,"我们想建立自由的共产主义。"

"自由的共产主义"——这几个字直到如今还在我的耳中回响:我曾多少次听见它啊,这既是号召,又是誓言。

有些人为了想解释无政府主义者有时无法解释的行为,便说他们的队伍里净是匪徒。当然,在无政府主义者的队伍中,也混进了一些普通的盗贼,一个掌权的政党不仅总是吸引诚实的人,也吸引一些坏蛋,而在当时,每个人都可以宣布自己是无政府主义者。1936年9月我在巴伦西亚的时候,守卫在特鲁埃尔附近的无政府主义者的"钢铁纵队"的一百多名民兵来到了那里。无政府主义者宣布,他们在战斗中丧失了指挥员,所以不知道该怎么办。他们在巴伦西亚倒找到了事做——焚烧了法院的档案,并企图潜入监狱释放刑事犯,大概犯人中有他们的朋友。

然而,问题不在刑事犯。1936年秋天,民族劳动同盟和法伊的领导人就是工人,而且绝大多数是正直的人。糟糕的是,他们在揭露教条主义的同时自己却成了真正的教条主义者,企图使生活服从于自己的理论。

他们中间比较聪明的人看出了引人入胜的小册子和现实脱节,不得不匆匆忙忙地在炸弹和炮弹下面修改他们昨天认为是不容置疑的东西。

我早在1931年便认识了杜鲁蒂,我一下子就喜欢上了他。也许没有一个作家有决心描写他——他的一生太像一部惊险小说了。他是冶金工人,从青年时代起便献身革命斗争,在街垒中战斗过,扔过炸弹,抢过银行,绑架

772

过法官,三次被判处死刑;在西班牙、智利和阿根廷,蹲过几十个监狱;有八个国家先后驱逐他出境。当叛乱分子在7月里企图夺取巴塞罗那时,杜鲁蒂率领民族劳动同盟的工人抵抗过他们。

还在9月初,也许是8月底,我同卡尔曼和马卡谢耶夫动身去杜鲁蒂的指挥所。当时他幻想夺取萨拉戈萨。指挥所设在埃布罗河岸上。我对我的旅伴说,我认识杜鲁蒂,所以他们满以为会受到殷勤的接待。不料杜鲁蒂从衣袋中掏出手枪说,由于我在一篇关于阿斯图里亚斯起义的文章中诽谤了无政府主义者,他现在就要枪毙我,他是说话算话的人。我回答说:"随你的便,但是你对好客的规矩的理解却很奇怪……"当然,杜鲁蒂是无政府主义者,而且脾气暴躁,但同时他又是西班牙人,所以难为情地说:"好吧,现在你是我的客人,但是你会为那篇文章得到应有的惩罚。不过不是在这里,而是在巴塞罗那……"

既然由于好客的规矩使得他不能枪毙我,所以便破口大骂起来,他喊叫道,苏联不是自由的公社,而是一个不折不扣的国家,那儿有大量的官僚主义者,他被驱逐出莫斯科绝非偶然。

卡尔曼和马卡谢耶夫感觉到发生了某种令人不快的事,尤其是那支突然出现的手枪,是无须翻译的。但是一小时之后我对他们说:"一切顺利,他请我们吃晚饭。"

一张张桌子旁边坐着民兵,有的穿着红黑两色的衬衫,有的穿着蓝色工作服,每人都有一支极大的手枪,他们吃着,喝着葡萄酒,谈笑风生,谁也不注意我们和杜鲁蒂。一个民兵送来了食物和几罐酒,在杜鲁蒂的碟子旁放了一瓶矿泉水。我开玩笑地说:"你还说你们完全平等呢,可是大家都喝葡萄酒,只给你送矿泉水。"我想象不出这句话在杜鲁蒂身上竟发生了那么大的影响。他跳起来喊道:"拿去!给我井水!"他久久地表白道:"我没有向他们要矿泉水。这当然不像话,你是对的……"我们默默地吃着饭,后来他突然说道,"很难一下子把一切都改变过来。原则是一回事,生活是另一回事……"

夜里我和他一起去参观阵地,只听见震耳欲聋的喧嚣声——一队载重汽车开了过去。他说:"为什么你不问这些汽车是干什么的?"我回答说我不想探听军事秘密。他笑了起来:"既然大家都知道,那还算什么秘密,明天早晨我们要强渡埃布罗河,就是这么回事!……"过了几分钟,他又开始说,"可你没有问为什么我决定强行渡河?"我说:"显然是应该这样,你是纵队的指挥员,你看得更清楚些。"杜鲁蒂大笑起来:"问题不在战略。昨天从法西斯占领区跑来一个十来岁的小孩,他问道:'干吗你们不进攻?我们村子的人都很奇怪:莫非杜鲁蒂也胆怯了?'你明白吗,既然一个孩子能说这样的话,那就是全体人民在质问,也就是说应当进攻。战略问题也能迎刃而解……"我瞧了瞧他那喜气洋洋的面孔,心里想:你自己才是一个孩子呢。

后来我还找过几次杜鲁蒂,他的纵队共有一万名战士。杜鲁蒂继续坚信自己的思想,但他不是教条主义者,他没有一天不得不对现实让步。他是无政府主义者中第一个懂得没有纪律就无法作战的人。他苦恼地说:"战争是卑鄙的,它不仅毁坏房屋,也毁坏最崇高的原则。"他对自己的民兵却没有承认这点。

有一次,几个战士从观察所溜了,在邻近的一个村子里找到了他们,他们正在那儿若无其事地喝酒。杜鲁蒂大发雷霆:"你们明白吗,这是给纵队丢脸?交出民族劳动同盟给你们的证件。"这几个违犯纪律的战士毫不在乎地从衣袋里掏出了工会会员证,这样一来杜鲁蒂更加生气了,"你们不是无政府主义者,你们是臭狗屎!我要把你们赶出纵队,送你们回家。"小伙子们大概巴不得这样,他们没有提出抗议,而是回答说:"好吧。""可你们知道,你们穿的是人民的衣服?脱下裤子!……"民兵们满不在乎地脱了衣裤。杜鲁蒂命令把他们当作胆小鬼送回巴塞罗那:"让大家看看,这不是无政府主义者,而是彻头彻尾的臭狗屎……"

他明白,当着法西斯分子的面不能争论原则,他表示同意和共产党人和埃斯凯拉党达成的协议,还向苏联工人写了贺信。当法西斯分子逼近马德里的时候,他认为自己应当站在最危险的地段:"我们要让他们看看,无政府主义者是会打仗的……"

在他动身去马德里前夕,我和他谈过一次,他像往常一样,快活、朝气勃勃,相信不久就会胜利,他说:"你瞧,我和你是朋友,因此是可以团结的,应该团结。等我们胜利以后,我们再瞧……每个民族有自己的性格、自己的传统。西班牙人既不像法国人,也不像俄国人。我们会想出办法来的……而目前应当消灭法西斯分子……"在谈话结束的时候,他突然深受感动地问道:"你说说,你可有过内心的矛盾——想的是一样,做的是另一样,不是由于怯懦,而是由于必要?……"我回答说,我十分理解他的话。他用西班牙的礼节拍了拍我的背以示告别,我记得他的眼睛和眼中钢铁般的意志跟孩子般的慌张交织在一起的特殊神情。

杜鲁蒂在马德里前线待的时间不长,1936年11月19日他牺牲了。他的死对于共和主义者的各种派别都是一个沉重的打击。

不单是杜鲁蒂一人明白了为了胜利必须放弃无政府主义教条的纯洁性,民族劳动同盟和法伊的许多领导人也不得不放弃某些原则。加西亚·奥利弗已经疯狂到了说出应该立刻消灭国家的话来,但是当了部长之后,他所进行的改革都是他的自由主义同事完全能够接受的——反对投机商人,扩大妇女的法律权利,为法西斯分子组织劳动教养院。无政府主义者洛佩斯担任了商业部部长,佩罗担任了工业部部长,自然,他们不得不把组织独立公社的旧方案放在一旁。卫生部部长是女无政府主义者弗雷德里卡·蒙谢尼,她在群众大会上发言时证明,不仅政府离不了无政府主义者,无政府主义者也离不了政府。但是民族劳动同盟—法伊的领导人既没有毅力,也没有威信,又没有杜鲁蒂那种罕见的心灵上的纯洁。我不知道,是否他们全都真心地希望说服自己的追随者,有些人无疑有此愿望,但很少成功。几万名在巷战中受到考验的勇敢工人受的是无政府主义思想的教育,渴望实现这种思想。我们和我们的载重汽车不是到部长们家里去做客,而是去阿拉贡靠近前线的地带,在那里整顿秩序的是依然忠于旧原则的无政府主义者。我不止一次想起在我国内战时期出现的一个成语:"权力在地方上。"我十分了解这种权力。

现在简单地谈谈军事形势。我在1936年11月17日给弗·亚·安东诺夫-奥夫谢延科的信(这封信也保存在档案馆中)中写道:"阿拉贡前线的部队略有起色,有了较好的秩序。不久前进攻韦斯卡的失败对民兵的情绪影响不大。有的地方挖了一些战壕,但十分简陋。统一指挥的问题迄今仍停留在纸上。近日来联络有了改善,前沿阵地上几乎到处都有电话同司令部保持联系……由于杜鲁蒂现在在马德里,他的纵队的战斗力只及过去的一半。在无政府主义者的其他纵队中,情况糟得多,特别是'红黑'纵队和'奥尔梯萨'纵队。'卡尔·马克思'师同其他部队比较起来仍是模范……

装备的情况很糟。驻扎在韦斯卡东南的波姆佩尼里奥的一个营,一共只有两挺机枪,而这两挺机枪在打完两条子弹带后便毫无用处了,必须将它们运回距离阵地五十公里的后方。炮弹很少,手榴弹质量低劣,虽然有这些不利条件,人们的情绪很高……"

在这一个月之前,情况更加糟糕,我有一次参加了一个无政府主义纵队的指挥员会议。他们告诉我说,他们要研究一个重要问题:如何夺取韦斯卡。桌子上摆着一张大地图,然而没有人瞧它一眼。大家对一条重要新闻足足讨论了一个钟头:巴塞罗那法院大楼上的红黑两色旗被拿掉了。一个指挥员嚷道:"这是挑衅,应当马上派一百名民兵去巴塞罗那!我们在前线上,资产阶级利用了这个机会,马克思主义者也在帮助他们!……"一个高大的有着军人风度的中年人引起了我的注意。在就是否征讨巴塞罗那的问题进行争论时,他一直没有开口,直到一个无政府主义者突然说"好吧,可是韦斯卡怎么办?……"的时候,这个名叫希门涅斯的沉默寡言的军人才开始解释作战计划。他用一根手指在地图上画来画去,别的人却不看。有一个人企图提出不同意见:"或许,硬冲上去?……"人们制止了他:"希门涅斯比你清楚……"

会议结束后,希门涅斯走到我跟前作了自我介绍:"格利诺耶茨基上校。"我记得这个名字:还在巴黎的时候,有人曾请我转告西班牙大使馆说,格利诺耶茨基上校是俄国侨民,法共党员,优秀的炮兵,他希望站在共和主义者一方作战。

据说格利诺耶茨基上校在国内战争时期,在乌发附近跟恰巴耶夫打过仗。我不知道这是否属实,他从未向我谈起过自己的过去,我只知道他在白军中待过,在巴黎当了工人。他是第一批来到巴塞罗那的人中间的一个,当时还没有国际旅。他参加了"恰巴耶夫"营,他的军事知识使仍然忠于政府的少数西班牙军官惊讶不已,因此被调到纵队司令部。

他很招人喜欢,勇敢、要求严格但又温和。他走过了一段不轻松的道路,这使他能够耐心地忍受别人的误解。他坚持要有起码的纪律,否则就无法坚守阵地。无政府主义者曾两次想枪毙他,因为他企图"恢复旧制度",但并没有枪毙他,他们对他有了好感,感觉到他是个诚实的人。格利诺耶茨基对我说:"真不像话!连说话都困难……可是对他们有什么办法?一群孩子！只有吃了苦头才会清醒过来……"

无政府主义者坚信，希门涅斯是从莫斯科来的，他之所以否认这点，是出于外交上的考虑。假如他们知道他曾是个白党，他们会马上枪毙他的。11月里，一些确实来自莫斯科的军人到了加泰罗尼亚，他们对西班牙人说，希门涅斯上校是苏联指挥员。他的威信提高了，他担任了阿拉贡前线的顾问。西班牙人非常喜欢秘密活动，便把苏联军人称作"墨西哥人"或"加利西亚人"。我记得无政府主义者曾多么自豪地说："我们的加利西亚人虽说是马克思主义者，然而真能干……"

阿拉贡前线军事委员会委员希门涅斯上校有一次同我聊天时问起了俄国的情况，他想起了童年。我对他说："战争结束后你可以回家了……"他摇摇头说："不，我老啦。您知道，最糟糕的莫过于在自己家里成了陌生人……"他沉默了片刻，接着开始谈前线的形势。

最后一次见面时，我觉得他十分疲倦。我在战争中不止一次发现，人们由于疲倦而变得疏忽大意，大概是死神在引诱他们吧。军事委员会委员、前线的炮兵司令和几十个战士出发去侦察。他受了致命伤，一个护士说，他在战地医院里说了几句俄语，但是谁也听不懂他的话。

整个巴塞罗那都为希门涅斯上校送葬，走在灵柩后面的有科姆帕尼斯，安东诺夫－奥夫谢延科，政府、军队和各政党的代表们。无政府主义者送的花圈上有一个红黑两色的带子，上面写着："献给亲爱的希门涅斯同志"。

格利诺耶茨基是对的：同无政府主义者谈话，无论是他们的领导人——杜鲁蒂、瓦斯凯斯、加西亚·奥利弗，或者是韦斯卡城下的民兵，都使我既受感动又生气：一群孩子，没有比这更确切的说法了，虽然有的人已白发斑斑，而且不用说，每个人都带着枪。

我在阿拉贡前线真正认清了无政府主义者，当时我们在村子里放电影，印刷日报，在公共食堂吃饭，夜里有时住在指挥所，有时住在被地方委员会占用的神甫的破房里，有时住在农民的茅舍里。

我从巴塞罗那去前线时有许多次都不得不走同一条路，沿途经过加泰罗尼亚的伊瓜拉达、塔列加、莱里达等城市。在塔列加，有家咖啡馆挂着"克鲁泡特金酒吧间"的招牌，顾客们在里面讨论着科姆帕尼斯政策、业余演出的情况、种种家庭丑闻。加泰罗尼亚一片青翠，到处是葡萄园、果园和菜园,每一块土地都得到精耕细作。村庄很像城市:到处有咖啡馆和俱乐部,打扮得很漂亮的姑娘们在街上散步。突然间一切变了样,眼前是一片毫无生气的褐红色阿拉贡沙漠,偶尔可以看见三四棵覆盖尘土的油橄榄。夏季天气酷热难耐,冬季刮着刺骨的寒风。在空旷的蜿蜒曲折的道路上,有时可以碰见一个骑着小毛驴的农民。饥饿的山羊在寻找躲藏在石块中间躲避灼人的阳光的野草。村落紧贴在光秃秃的山坡上,房子和山的颜色一样,临街一面的墙壁上没有门窗,给人一种被抛弃的感觉。

无政府主义者在加泰罗尼亚还有些拘谨,这不是由于自治政府的法律,也不是由于埃斯凯拉党或普苏克的抵制,而是由于居民的生活水平:加泰罗尼亚人生活得很好,无政府主义者并非总是敢于触犯牢固的生活方式。但是贫穷、落后的阿拉贡却向民族劳动同盟——法伊的鼓舞者展示了无限的机会。他们来到这里是为了从法西斯分子手中解放萨拉戈萨、韦斯卡、特鲁埃尔。但是战争拖延下来了,前线的情况几乎没有一丝变化,虽然他们曾数次企图向前推进。居然有一些脑袋发热的人决定把最接近前线的后方、阿拉贡的小镇和村庄变成"自由共产主义"的天堂。

阿拉贡的农民生活很苦,他们没有什么可丧失的,所以对组织农村"公社"的事起初抱着听之任之的态度。无政府主义者把一切——直至母鸡都公有化了。在许多村子里,他们没收农民的钱,有时甚至付之一炬,他们发给农民一份口粮。我看见有些农村委员会也不考虑未来,拿几车厢的小麦去换咖啡、糖和鞋。在一个村子里,我曾问一位委员会委员,等贮存的粮食在1月份吃完后他们怎么办。他笑了起来:"那时我们早把法西斯分子打垮了……"

在有些村子里,无政府主义者发给医生和教师一些糖、核桃和巴旦杏——他们在报上看到,这些食品是脑力劳动者所必需的。也有一些村子把农村中的知识分子当作寄生虫,根本不发给他们口粮。在谢萨村里,他们没收了一名医生的驴子,从此他再也不能去邻近各村看病了,药房里没有药,委员会里的人说:"自然界治病比医生高明……"

我去过弗拉加镇,那里有一万居民。无政府主义者收走了钱,发给居民一个小本子,凭本每周有权购买价值若干比塞塔的商品。咖啡馆的门开着,但里面什么也不卖,只能进去坐坐就走。一位医生对我说,他想从巴塞罗那订购一本医学书籍,但委员会的主席对他说:"你如果能证明需要这本书的理由,我们可以印它,我们有自己的印刷厂。至于巴塞罗那,我们同那里没有贸易关系……"在皮纳市,钱也被废除了,建立了极其复杂的票证制度,理发和刮脸也要凭证。委员会的许多委员都是诚心诚意的热心家,但是在经济方面却很外行。在梅姆布里利亚(拉曼查)这个大镇里,无政府主义者废除了钱,宣布每个家庭平均四个半人,因此为了简化手续,每个家庭都领四个半人的粮食。

在阿拉贡的一个小城中,委员会决定拆除铁路,断言居民很少利用它,而火车头的煤烟又毒化空气。前线上的无政府主义者得知这个决定十分震惊,他们要从后方领取弹药和粮食,铁路没被拆除。

我们放映电影有时在广场上(白墙便是银幕),有时在奇迹般幸存的教堂里,有时在食堂里。无政府主义者非常崇拜恰巴耶夫,在第一次放映后,我们剪掉了影片的结尾部分:年轻的士兵们不能容忍恰巴耶夫的阵亡,他们说:"如果好人都要牺牲,干吗还去打仗?……"斯捷法翻译对白,她的话有时被叫喊声打断:"恰巴耶夫万岁!"我记得,有一回一个无政府主义者高喊:"打倒政委!"大家向他鼓起掌来。我又一次懂得了,艺术首先要打动人的心灵:在影片中,恰巴耶夫是英雄,而富尔曼诺夫则是个好说教的人。

虽然如此,影片有时也带来实际效果,在一个部队里放完电影后,人们决定以后要小心点,便在夜间派出了巡逻队。

农民是用另一种眼光看《恰巴耶夫》的,他们常常在放映完毕后跑来找我,感谢俄国政委禁止抢猪,请求我把他们村子里的混乱现象写信告诉他——电影对于他们来说是史事记述,他们相信恰巴耶夫和富尔曼诺夫还在莫斯科。

民兵们对《我们来自喀琅施塔得》这部影片有独特的理解。当一个脖子上系着块石头的水兵把吉他扔进水中的时候,全场大笑——观众不能相信会把水兵扔进水中。当唯一的幸存者从水中出现的时候,他们发出了赞许的笑声,他们早就知道他会得救,并且在等待其余的人究竟何时浮出水面。1936年秋天,在加泰罗尼亚人中间还存在着的无忧无虑的情绪,现在流露出来了。(我在给报纸写的一篇文章中谈到了这个现象,但遭到当时作家协会的领导人斯塔夫斯基的驳斥:"如果小资产者发笑,那就应该说明这一点。难道无产者会嘲笑这个场面?")

我们在为无政府主义者纵队编印的报纸上,竭力不去同民族劳动同盟—法伊的原则展开争论,而是用活生生的例子去解释,协调各纵队和其他部队的行动、执行自己指挥员的命令有多么重要,不应把希望寄托在敌人无所作为而擅自离开阵地等等。

无政府主义者不承认监狱,他们说,不应剥夺一个人的自由,应当说服他,但他们既不是托尔斯泰主义者,也不是和平主义者,如果他们发现一个人不听他们的劝说,有时甚至会枪毙他。在一个村子里,他们枪毙了一个拿理发券去换咖啡和糖的农民。我很生气,但一个无政府主义者却认真地回答我说:"你怎么看?我们本想使他回心转意,同他谈了三个月,而他却继续干这种勾当。他不是人,而是个唯利是图的家伙!……"

我听说,无政府主义者封了巴瓦斯特罗的一所妓院,他们作了几个报告,说的是从此妇女们解放了,应该从事有益的劳动,给士兵们缝衬衣。一个上了年纪的妓女抓住一个无政府主义者说:"我在这儿工作了十五年,而你却把我赶到街上去!……"无政府主义者讨论了很久,能够说服她吗?最后找到了一个去说服她的人。可能这个故事是编造的,但听起来倒像是真的。

我向弗·亚·安东诺夫-奥夫谢延科描述了无政府主义者在阿拉贡推行"自由共产主义"的情况后,补充说:"凡此种种,与其说是出于恶意,不如说是由于无知。当地的无政府主义者是可以说服的。遗憾的是,普苏克里很少有人知道该怎样同他们谈话。普苏克的工作人员常说:'宁要法西斯分子,不要无政府主义者。'"

大概我受了无政府主义者的感染,相信人是容易说服的。其实这一点也不简单,只有生活才有说服力。语言,甚至最有道理的语言,也往往只是语言。杜鲁蒂阔步前进,其他的人却不愿或者是不能摆脱幻想和习惯,需要时间,然而时间却没有,佛朗哥每天都从自己的庇护人那里获得人员和武器。

人们在战争中很容易接近,所以我同无政府主义者交上了朋友。虽然他们本来应该咒骂苏联,但他们明白,如果说有谁在帮助他们,那便是我们的国家。争吵是常有的事,但只有一次,在前线附近的一个村子里,一个怒气冲冲的小伙子开始用手枪威胁我说:"既然不能说服你……"他及时被制止了。

无政府主义者中的许多人眼看着在变化,也有一些顽固的无政府主义者,但是甚至对这些人也可以用友好的话语或微笑加以开导。他们叫嚷着,威吓着,但很快就退却了。他们的所作所为多半是出于无知。我在他们中间几乎没有遇到过正规军人、经济学家、农艺师和工程师,他们全是巴塞罗那的工人。他们总是提心吊胆地打量知识分子,虽然他们也崇拜哲学、科学和艺术。他们可能由于一枚炸弹而惊慌失措地逃跑,也能够冒着猛烈的机枪火力去冲锋陷阵——一切取决于情绪,取决于千百个偶然因素。在法西斯恐怖时期,我在阿拉贡遇到的那些人中有成千上万的人都是英勇地赴汤蹈火决不后退。在无政府主义者中间如同在任何一个政党里一样,有好人,也有坏人,有聪明人,也有傻瓜,但是吸引我的则是他们的直爽和在我们这个时代罕见的天真。

我这一生从未受到无政府主义理论的诱惑,大概我还不够天真,然而在我写了《胡利奥·胡列尼托》以后有些批评家称我是"无政府主义者"。也许是由于这个原因,也许是因为我在关于西班牙的那些文章中坚决主张必须建立统一战线,反正有一位到马德里来参加代表大会的苏联作家说:"把爱伦堡好好刮一刮,您就会发现一个无政府主义者。"这话是西班牙共产党人晚上在郊区的一座房子里招待苏联代表团时说的,多洛雷斯·伊巴露丽笑道:"也常有这样的情况:刮一刮倒刮出来个法西斯分子……"

为什么我要用这样长的篇幅来谈西班牙的无政府主义者呢?我在宣传车上总共工作了三四个月。而且不光是同无政府主义者打交道,我们还给共产党员指挥的部队放映电影,也去过国际支队,用西班牙文、加泰罗尼亚文、德文、法文印报纸。12月里,我来到了马德里。如果说我详细叙述了1936年秋的阿拉贡,那只是因为在漫长的人类犯错误的历史上,这是相当动人心弦的一页。

"自由共产主义"——所有的无政府主义者都谈它,几乎所有的无政府主义者也都相信它、论证它,他们出色地论证,没有自由便不可能有真正的共产主义。他们在阿拉贡组织的那些公社,酷似耶稣会会员领导的那些惊恐的巴拉圭印第安人的居住区,人们穿相同的衣服,吃相同的饭,做相同的祷告。(不错,耶稣会会员统治了一百余年,并且达到了尽善尽美的境界:穆拉托里神父常说,当犯了过失的巴拉圭人遭到鞭打后,还要吻鞭打者的手谢鞭打之恩。)

我从一个旧笔记本里找到我摘录的一个法国作者的话(不记得这位作者究竟是谁了):"专制制度的不幸并不在于它不爱人,而在于它太爱他们,却又太不相信他们。"

20

难以想象,西班牙内战的第一年倘若没有米·叶·科利佐夫会是什么样子。对于西班牙人来说,他不仅是一位名记者,也是一名政治顾问。米哈伊尔·叶菲莫维奇在他的《西班牙日记》一书中含糊其词地提到虚构的墨西哥人米盖尔·马丁内斯的工作,此人比苏联记者拥有更多的行动自由。

科利佐夫身材矮小,机灵勇敢,聪明到了智慧已成为他的累赘的程度,他能迅速查明复杂的局势,看到一切漏洞,而且从不拿幻想来安慰自己。我早在1918年就在基辅的《废物》杂志社认识了他,后来又常在莫斯科见到他,和他一起从事巴黎作家代表大会的筹备工作,然而我真正看清并了解他则是稍后一些时日在西班牙。

留在我记忆中的米哈伊尔·叶菲莫维奇不仅是一位卓越的新闻记者、聪明人、诙谐家,而且是各种美德和30年代心灵创伤的缩影。

"……他有冷静观察的头脑和痛苦感受的心。"普希金写道。一百年后,这倒是句令我们十分关心的话。科利佐夫在和我交谈中常常发表一些纯属异端邪说的看法,例如,他喜欢泰罗夫,他对许多西方作家的书给予好评,嘲笑我们那些批评家:"他们喜欢秩序,老捧着《治家格言》[①],虽说他们并不清楚这是什么。"同时他怕持不同观点的朋友比怕敌人还厉害。社会意识和个人良心在他身上往往是不谐调的。

有些西方的左翼作家试图批评一下(哪怕是怯生生地)斯大林时代的

[①] 俄国16世纪一部要求家庭生活无条件服从家长的法典,后来用作泛指守旧家庭的生活习惯。

秩序，对此科利佐夫轻蔑地说："某甲有点翘尾巴，我告诉他，我们正在翻译他的长篇小说，他大概就会老实下来。"或说："某乙问我，何以布琼尼要抨击巴别尔，我没跟他争论，只说希望他能到我国的克里米亚休假。只要他好好地住上一个月，他就会忘掉'巴别尔的巴布教派①'。"有一次他冷笑着补充道："某丙收到了一笔用法郎支付的稿费。您瞧着吧，如今他甚至会明白您我都不明白的事情。"

他不曾设法去害任何人，却只说遇害者的坏话：时代就是如此。他对我倒也友好，但有点不把我放在眼里，他爱单独跟我谈心，倾吐衷肠，不过每当谈到两次代表大会的日程时，他却不邀请我参与协商。有一次他向我承认："您是我们这群动物中的一个极为罕见的变种——一只未被射中的麻雀。"（一般来说，他是对的——我是后来才被射中的。）

第二次代表大会结束时，我写了一份申请书："致苏联代表团主席科利佐夫同志。您通知我，您想再次推荐我加入作家联合会书记处。我请求您从名单上勾去我的名字，并解除我的这项工作……我不同意苏联代表团在西班牙的举动，在我看来，它一方面应该谢绝使它处于对别的代表团而言特别受优待的地位的一切做法，另一方面应该让外国人看到同志般团结的楷模，而不该按官衔把苏联代表分开。当时我不能说出我的意见，因为谁也没征求过我的意见，而我的职权也只限于翻译的职权……您也知道，我在西班牙工作很忙。除此之外，我现在还想写书，我认为，我为共同事业的胜利贡献的力量所取得的成就，将大于在书记处里当个装饰性人物……"米哈伊尔·叶菲莫维奇读了申请书后冷笑道："人都是这样，你不推，他就不走。"不过他答应不拿多余的工作来加重我的负担。

在苏联新闻史上没有谁比他的名字更为响亮，他的荣誉是应得的。他把政论作品提到很高的地位，还让读者相信了小品文或特写都是艺术，但他自己却不信这一点。他不止一次嘲弄而忧郁地对我说："别人会写长篇小说，可我会写什么呢？报刊文章——寿命极短的东西。就连历史学家也并不十分需要它们，因为我们在文章中描述的并非西班牙正在发生的事，而是西班牙应该发生的事……"他不但羡慕海明威，也羡慕雷格列尔："他会写

---

① 巴布教派是伊朗伊斯兰教的改良教派。

出一部三十印张的长篇小说……"我理解这番话的苦涩——我自己也把不少的时间和精力献给了新闻工作。科利佐夫是对的,历史学家难于信赖他的文章(也难于信赖我那个时期的文章),甚至也难于信赖《西班牙日记》一书,此书被涂上了过于浓厚的特色,有关科利佐夫的回忆录,远比他的小品文更能使普通读者深受感动,他们寻找的是介于黑白之间的一切色调,而米哈伊尔·叶菲莫维奇则比他的抨击文章或通讯报道要复杂得多。

他很喜欢敖德萨的一则关于老车夫的笑话,那个老车夫不怀好意地问一个新手,要是车轮在草原上脱落,而手头既没有钉子,又没有绳索,你将怎么办。"可您又将怎么办呢?"——羞愧的学徒末了问道,于是老人回答:"太糟了。"米哈伊尔·叶菲莫维奇常常冷笑道:"太糟了。"但一小时后他又使一位西班牙政治家恢复知觉,令人信服地向他证明,胜利是有保证的,因此不必绝望。他不相信人,倘若我不补充一句,说他也不相信自己——自己的感情、自己的才能,以及他面临的事情,那么这句话就会令人感到是责难了。

他在西班牙待了一年多一点时间,但他身上却有一种东西起了变化,他变得比较通人情了,轻率已经消失,他不再喋喋不休地谈论做危险的访问或办有趣的刊物的种种方案,眼神看上去也柔和些了。但是他至死也不是一个沮丧的怀疑派,而是个愉快的怀疑派,和他交谈以后总会留下双重的感觉:痛苦,但却有趣——值得活着,说不定能看到这一切如何收场呢……

科利佐夫在西班牙发生的变化,是许多原因造成的,主要不是新闻记者"米哈·科利佐夫"所担负的,而是"米盖尔·马丁内斯"所担负的责任,对困难的认识,从1937年夏季开始便认识到与世隔绝、武器供应不足的共和国是不可能获胜的,还有每天看到的那种轰炸、饥饿和死亡的景象。然而改变了米哈伊尔·叶菲莫维奇的不仅是这一点,而且还有在莫斯科度过的一个月,以及来自祖国的种种消息。米哈伊尔·叶菲莫维奇变得忧郁了。

不久前出版了回忆录汇编《米哈伊尔·科利佐夫,他是个什么样的人》。汇编中最有趣的篇章无疑是出自科利佐夫的弟弟、漫画家鲍里斯·叶菲莫维奇·叶菲莫夫的手笔。其中谈到,一个勇敢、愉快并且还是有威信的人周围的铁圈是怎样收拢的。在结局到来的一年半以前,从马德里短期回国的科利佐夫曾向斯大林及其最亲密的助手们报告西班牙的局势。当科利佐夫终于住口的时候,斯大林出乎意料地问道,用西班牙语应该怎样"尊称"他,"米古艾尔,是吗?"当米哈伊尔·叶菲莫维奇已向门口走去的时候,斯大林提出了一个使科利佐夫更为吃惊的问题:"您有左轮手枪吗,科利佐夫同志?"科利佐夫答道,他有左轮手枪。"可你不打算用它自杀吗?"——斯大林问道。米哈伊尔·叶菲莫维奇在告诉弟弟这件事的时候补充道,他在"老板"的眼睛里看到的是:"您太机灵啦。"

用比所有的人都更了解科利佐夫的叶菲莫夫的话来说,米哈伊尔·叶菲莫维奇直到最后一刻仍"狂热地相信斯大林的英明"。

在关于左轮手枪的奇怪谈话之后的两个月,我和米哈伊尔·叶菲莫维奇走在马德里的一条阒寂无人的小巷里。四周是房舍的废墟,不见一个活人。我问科利佐夫,图哈切夫斯基究竟出了什么事。他答道:"斯大林向我说明了一切——他想当小拿破仑。"我不知道他当时可曾想到,他,忘我地相信斯大林的米哈伊尔·科利佐夫,也没使自己免遭指责,——"你太机灵啦"。

1937年12月,我从西班牙回到莫斯科,马上就去《真理报》社。米哈伊尔·叶菲莫维奇坐在不久前建成的大楼的豪华办公室里。他看到我,诧异地冷笑道:"您为什么要来?"我说,我想休息,便和柳芭一起来参加作家们的全体会议。科利佐夫几乎叫了起来:"连柳芭也来啦?……"我把捷鲁艾尔的情况告诉了他,说我在动身前曾见到他的妻子丽莎和玛丽亚·奥斯滕。不知何故他把我带进办公室隔壁的大浴室里,在那儿他忍不住了:"告诉您一桩新鲜的笑话。两个莫斯科人相遇了,一个把新闻告诉对方:'捷鲁艾尔被捕了。'另一个问道:'他妻子呢?'"米哈伊尔·叶菲莫维奇笑笑,"可笑吗?"我还一点也摸不着头脑,便闷闷不乐地答道:"不可笑。"

4月的一个晚上,我在《真理报》社附近遇见他,说我拿到了护照,很快要回西班牙。他说:"请问候我的朋友们和大家,"接着补充道,"至于我们这里的情况,您可别信口开河,这对您有好处,对大家也都有好处,从那里是什么也弄不明白的……"他握了握我的手,笑了笑说,"不过从这里也不容易弄明白。"

我坦率地回答科利佐夫:一切都丝毫不可笑。当然,谁也不会认为米哈伊尔·叶菲莫维奇是麻雀,不过既然他曾有一次谈起鸟类,那么我就要称他为被射中的雄鹰。我们于1938年春分手,到12月份,被射中的雄鹰便不在了,他当时年方四十。

21

人们对一切都会逐渐习惯：无论是鼠疫、恐怖还是战争。马德里人很快习惯了轰炸、饥饿和寒冷，对法西斯分子就在卡萨-德尔-卡姆波（即距人口稠密区两三公里的地方），而且看来这一切还要持续很久的事实也习惯了。

当时《消息报》的出版时间极不准确，有时在早晨七时，有时由于午夜时分才收到塔斯社的消息、获奖人的名单或起诉书，所以十点钟才能出版，有时甚至拖到中午。然而马德里的报纸却和从前一样，是早晨六时出版，那时是为了赶早班火车。现在火车早已停驶，而习惯却未改。

首都通向全国各地的七条公路，有六条被法西斯分子强占。争夺连接马德里和巴伦西亚的第七条公路的战斗，时而爆发，时而停息。这条路上有几公里经常遭到法西斯分子的射击。有一次，我不得不跳出汽车在田野里躺了半个小时。炮弹在近旁接二连三地爆炸。好在在战争中你很少是单独一个人。我不能向躺在旁边的西班牙司机流露出很不舒适的感觉，因为我是"墨西哥人"，而司机也努力向我表明，他觉得自己和在家里一样舒服，因为他是西班牙人。

在距马德里二十一公里的莫拉特-德-塔胡尼亚附近，法西斯分子构筑了防御工事。我到那里去过几次，越过几条很深的战壕，便可以听见旁边什么地方有法西斯士兵吵架或唱歌的声音。在许多个月里，双方为争夺一座楼房的废墟而战，我想起了世界大战年代里一连数月出现的盟国和德国战报上的那座著名的"摆渡手之家"。

然而在马德里，人们继续过着离奇的、同时也是平凡的生活。人行道没有人打扫，到处是碎砖、撕成小片的旧海报、炸弹的碎片、打碎的碗碟。早晨,人们燃起火堆,女人和士兵在火堆旁取暖。马德里的冬天很冷,安达卢西亚人和加泰罗尼亚人冻得直打哆嗦。许多商店照常营业,里面摆的却是当时没有多少人需要的商品:水晶的吊灯架、香水、旧小说、领带。有一次我在家具店看见一个年轻的士兵和一个女人,他们一边探问一个带镜面的衣橱的价钱,一边情意脉脉地对望着,这大概是一对新婚夫妻。另有一次,我遇见一个油漆匠提着颜料桶,背着梯子——他是去粉刷墙壁的。

大街上有人出售自制的打火机和手电筒。在那些从前非常讲究的饭馆里,士兵们兴高采烈地吃着豌豆——西班牙的黍米饭。人们在面包铺门口排着长长的队伍,人们不止一次为了等候二百厘米的面包而死于炮弹或炸弹的碎片。电车几乎开到战壕旁边。一天大清早,我来到拉斐尔·萨里勒大街,消防队员抬出几具尸体,我记得有个小姑娘简直像个打碎了的玩偶,一架带着天蓝色衣料的缝纫机悬在梁上。

政府迁到了巴伦西亚。在马德里各政党的委员会里正进行着无休止的争论。无政府主义者和托洛茨基分子("鲍乌姆分子")坚持"深化革命"。普里耶托想整顿秩序,指责同党的同志卡巴列罗在进行蛊惑宣传。生活在继续……

生活到处在继续。诗人们出版了战争题材的诗集,他们聚集在一起,讨论如何恢复罗曼采洛谣曲的旧形式。我认识了一位上年纪的女音乐教师,她说,有两个女学生常去她那儿弹音阶练习曲。

剧院照常营业,但演出不像从前那样在晚上九点开始,而是在六点开始;剧目也和过去的一样:《你是茨冈男人,我是茨冈女人》或《阿尔冈布拉之夜》。电影院上映卓别林的影片,莫里斯·谢瓦利埃在影片《诱惑者》里唱一些熟悉的小调。姑娘们为那个被骗的美国女人的不幸擦眼泪,民兵们则向洛利塔·格拉纳托斯疯狂地鼓掌。

经常有西班牙人和国际旅的战士从前线到旅馆寒冷的房间里来找我,我那儿有时有敖德萨寄来的鲱鱼或从巴伦西亚捎来的母鸡。我们默默地吃着,随后开始谈论一些同前线形势没多大关系的事。一个从前是大学生的士兵证明,虽然全世界的人都在读《堂吉诃德》,但是除了西班牙人外没有人懂得它,而且也不可能懂。一个塞尔维亚人送给我一部厚厚的手稿,他记录了他对各种动物对轰炸的反应所作的观察。照他的说法,猫的表现十分狡猾,但合乎情理,它们听见飞机的声音便跳出窗户,在离住房较远的田野上飞跑。狗恰巧相反,盲目地相信人是无所不能的,它们躲进屋子里,藏在床下或桌子底下。塞尔维亚人是轰炸时在战壕里写这部稿子的,他顺便提起这个现象。他对动物心理学很感兴趣,所以向我打听杜罗夫的实验。"巴黎公社营"的一个法国人把自己的诗读给我听:

  天空被广告的灯光照得五彩缤纷——
  抛售被肢解的躯体和永恒……

  司令部坐落在马德里市中心财政部的一个很深的地下室里。地下室被隔成一个个的小房间,人们在那儿工作、吃饭和睡觉。打字机哒哒地响着,不时有军人走进走出,其中一个房间里,弯腰坐着一个年老病弱而且对局势感到灰心的人,他是米阿哈将军。世界各地的报纸当时都在讨论他,而他却忧郁地望着我回答说:"是啊……是啊……"戈列夫旅长带着女翻译埃玛·拉扎列夫娜·沃尔夫走了进来,他带来一张地图,久久地叙述着大学城里的形势。米阿哈留心地听着,一对无神的忧伤的眼睛瞧着地图,反复地说着:"是啊……是啊……"

  弗拉基米尔·叶菲莫维奇·戈列夫很少到财政部的地下室来——他总是留在阵地上。他还不到四十岁,但是具有丰富的战斗经验。这是个聪明、稳重同时又极其热情的人,我敢说,他还是个感情丰富的人,大家都信服他,说大家信任他还不够,应当说,大家相信他的运气。半年以后,西班牙人学会了打仗,他们有了一些有才能的指挥员——莫杰斯托、利斯特以及其他一些不太出名的人物。然而在1936年秋天,也许除了总参谋长罗霍上校外,在共和国军队的指挥人员中间,精力充沛而且具有军事知识的人几乎是凤毛麟角。在11月的战斗中,戈列夫起了巨大作用,他帮助西班牙人在马德里郊外阻止了法西斯分子的进攻。

  佛朗哥在北方开始军事行动后,戈列夫带着女翻译埃玛前往巴斯科尼亚。佛朗哥在北方集结了庞大的兵力,德国空军进行密集轰炸。共和国军队和主力部队的联系被切断了,陷入了包围圈,他们进行了四个月的防御战。结局来到了,在即将陷落的希洪共有以戈列夫为首的二十六名苏联军人,其中有伤病员和埃玛。

在马尔罗建立的航空大队里,战争初期的几个月有一个快乐的法国人——杰出的飞行员阿贝尔·希德斯在作战。1937年夏天他回到了巴黎。希德斯得知苏联同志无法突围,便设法弄到一架小型游览飞机飞往希洪。戈列夫想最后离开。希德斯完成了三次飞行,在他救出的人员中间有埃玛,当他第四次飞往希洪时,不幸被法西斯的歼击机击落,可爱的勇敢的希德斯牺牲了。在这之前他刚刚结婚……戈列夫和留在他身边的几个同志随同游击队转移到山区,他们后来被一架苏联飞机救出。这一切简直是奇迹。我们很高兴——戈列夫得救了!然而过了半年,马德里的英雄遭到了诬陷,这次已不可能出现任何奇迹,戈列夫在莫斯科遇害。

除了戈列夫,拉特纳和利沃维奇也住在地下室里。后者在西班牙时被称作洛蒂。拉特纳是个聪明而谦逊的战略家。我听说,后来他在一个军事学院任教。洛蒂在西班牙待了很久,同西班牙人交上了朋友;他是个忧郁的乐天派,喜欢诗歌。在马德里的一个炎热的傍晚,我们汗流浃背地坐在一座被毁的房屋前的石头上,这时他想起了莱蒙托夫、勃洛克、马雅可夫斯基的片断诗句,突然他站起来说道:

"美丽的名字,
　崇高的荣誉——
　西班牙有一个
　马德里乡。

这就是说我该去指挥所了。可您知道您该做什么吗?不是在炮弹下游荡,而是写作。每个人有自己的职业……作家,却不写……"

我在第十二旅的卢卡奇将军那儿和"海洛尔德",后来又在巴伦西亚都遇见过洛蒂。他的勇敢是罕见的,但他却阻拦别人,说:"西班牙人不懂什么是谨慎。这对恋爱倒很好,但对战争却不合适……"1946年我在美国时遇见了第十二旅的营长、画家费尔南多·海拉西和他的妻子斯捷法。他们问我的第一件事便是:"洛蒂怎样了?"我扭过脸去,勉强地回答道:"他遇害了……"

我在西班牙只想着一件事:胜利。但是,当然,当我同我国的人见面时,虽然我们还不清楚1937年到底是怎么回事,心里有时也感到不安。

塔斯社记者格尔凡德是个身患重病的人,他写的电讯很长,爱说俏皮话。他编了一个笑剧,向熟人朗诵,主人公是科利佐夫、卡尔曼、马卡谢耶夫、爱伦堡和他本人。我们一来到他的房间,总是笑个不停。有一次我看见他面前摆着一份《真理报》,他神情忧郁。屋子里没有别人。突然间他对我说:"您知道咱们多走运……作家们坐着开会,揭露人民的敌人……咱们去卡拉班切尔吧,那儿打算炸毁一座房屋。至于咱们的谈话您就忘掉吧……"我向他借了几份较新的报纸。卡拉班切尔的那座房屋未被炸毁,听说工兵们哄骗了我们。但是我们碰上了一场大轰炸。夜里我读了报纸,心里想:的确很走运——在炸弹下面要轻松得多,你在这里起码知道谁是敌人,谁是自己人……

有一次科利佐夫通知我:"有一大批人获奖。这个消息不会在报纸上发表……我祝贺您荣获战斗红星勋章。"我也向他祝贺,立刻又向卡尔曼和马卡谢耶夫祝贺。我记得米哈伊尔·叶菲莫维奇补充了一句:"看来您每月还会收到十个卢布。这点钱既不会使您免于挨饿,也不会使您不挨严厉批评……"

我生平头一回获得了勋章,而且还是一种报纸上不便发表的勋章。我不掩饰自己的心情:我很高兴。

我离开了马德里,又再一次回来,目睹了共和国军队在瓜达拉哈拉取得的第一次胜利。法西斯分子企图依靠坦克冲进马德里。他们在锡关萨地区集结了几个意大利师团,还有坦克和空军。战斗的结果出乎法西斯分子的意料:在推进了几十公里后,他们又被赶回到出发阵地,丧失了大量的人力和装备。意大利人不会打仗,在估计上也不谨慎:他们原先以为,强大的坦克兵团很快会冲到平原上包围住敌人,然而在共和国军队的一次反攻后,意大利的坦克被挤进一个峡谷,遭到我们飞行员的猛烈轰炸。

我同科利佐夫、海明威、萨维奇等人曾多次前往瓜达拉哈拉前线,我到过帕拉西奥·伊巴拉,到过一座因"加里波第旅"驱逐了盘踞其中的意大利法西斯分子而闻名的古老地主宅邸的废墟,到过被炸弹炸毁的布里韦加。走在从法西斯分子手中解放出来的土地上,看见墙上的意大利文字迹、被遗弃的大炮、成箱的手榴弹、护身香囊、书信,令人特别高兴。我同胜利者谈过话,其中有利斯特和卡姆佩西诺指挥的部队的士兵,也有第十二旅的战士、卢卡奇将军、费尔南多以及保加利亚人彼得罗夫和别洛夫。我还同意大利俘虏谈过话。这是短暂的卡斯蒂利亚的春天。战士们在晒太阳。有时天空被一层金属般的乌云所遮盖，顷刻间大雨如注，然而一小时后，南方浓重的蔚蓝色预示了即将来临的夏季。

对于我们这些在半年中总是遭到失败的人来说，瓜达拉哈拉是意外的喜事。我心里想，不仅是冬天，还有那凄惨的退却都已经过去了。

在被俘的意大利人中间有许多苦命人，他们乐意抛掉武器。我看见了我熟悉的善良而爱好和平的意大利农民，他们骂军官，骂领袖和战争。巴勒莫的一个鞋匠对我说，他记得1920年的事件，他当时还是个孩子，街上在打枪，而父亲的房间里挂着列宁的相片。他不识字，但他立刻明白了哪儿有自己人，便趁混乱之机投奔了加里波第旅。

我也遇见了一些真正的法西斯分子，他们不像他们的德国伙伴那样残酷，而是一伙信仰墨索里尼的夸夸其谈的妄自尊大的家伙。我看过一个意大利军官的日记，他在瓜达拉哈拉战役之前不久写道："所有的西班牙人都并肩站在一起。我真想给他们全都灌点蓖麻油，甚至对这些长枪党小丑也不例外，他们只知道一件事：大吃大喝，为西班牙的健康干杯。只有我们是在认真地打仗……"

在意大利军队中有许多轻歌剧的情调。我记得在"黑羽营"的军旗上写着这么几个字："我们不是在闪耀，而是在燃烧"。其他一些营也采用了同样风格的名称："狮""狼""鹰""无敌者""箭""风暴""飓风"。然而这些营都编在旅或师里。从意大利的加埃塔港不断有运输舰只驶往卡迪克斯，运的是兵员、大炮和坦克。共和国军缴获了一些总参谋部的文件，还有墨索里尼拍给芒契尼将军的一封电报："我在驶往利比亚的'波拉'号轮船的甲板上，收到了关于在瓜达拉哈拉附近展开的大会战的报告。我兴奋地注视着战斗情况，深信特种军团士兵的勇敢和尚武精神定将粉碎敌人的顽抗。"虽然我的情绪很好，但我并没有那些已见过萨拉戈萨城下的共和国军队的人的乐观。使我担忧的不是意大利特种军团士兵虚假的勇敢，而是不干涉委员会中的英国人和法国人的懦怯。我在描写瓜达拉哈拉战役的一篇文章中写道："不应当过低估计危险——意大利刚刚参战。"

共和国军队的推进没有持续多久。在一个寒冷的夜里，坦克部队的指挥官彼得罗夫旅长用热茶款待我。这是个矮壮的、好心肠的坦克手。他伤心地说:"技术装备太少!甚至连运送步兵的汽车都没有。就这卡住了……不,没有关系,我们最后还是会打败他们的。"(1941年8月,我在布良斯克遇见了彼得罗夫将军。他快活地叫道:"还记得布里韦加吗?……"但这是个不愉快的时期。在我们这次会面后不久,他便在战斗中牺牲了,因此也就没有看见法西斯的覆灭。)

4月初,共和国军决定进攻盘踞在卡萨-德尔-卡姆波的法西斯分子。清晨五点钟,我便前往设在宫殿里的观察所。室内的窗户面朝西方。我们看见战士们跃出战壕和卧倒,看见坦克在运动。炮火准备十分猛烈,但机枪声并未沉寂,几乎任何地方的共和国军都未能把法西斯分子从战壕中赶出来。

晚上应将战斗的结果转告报社。但我不知道我该报道什么,于是决定将每小时的见闻描写一番,对进攻只字未提,文章的题目叫《卡萨-德尔-卡姆波的一天》。我们待的那间屋子里挂着一个鸟笼,里面有一只金丝雀。法西斯分子向宫殿打了几发炮弹。炮声沉寂片刻时,金丝雀便唱起歌来:显然,隆隆的炮声使它兴奋起来。我在文章中也提到金丝雀,虽然我明白,这类观察用于长篇小说比用于报纸通讯更为合适。编辑删掉了有关金丝雀的一段,甚至生气了。柳芭当时在莫斯科,她为了同我通电话到报社编辑部去了一趟。她问我:"干吗要写金丝雀?"可我却不能向她解释,我的文章中有金丝雀唱歌仅仅是因为进攻没有奏效。

有一天我收听塞维利亚的广播。法西斯分子说:"马德里周围聚集了大量的苏联军队,人数达八万之多。"我听了不禁苦笑。苏联军人很少:我不知道人数,但我到过我们坦克兵驻扎的阿尔卡拉,也到过两个机场——太少了,太少了!在各个部队里还有几十名军事顾问。人数不多,但他们打得很好,在危急的日子里鼓舞了西班牙人的士气。到了11月,马德里人第一次看见天空中出现了苏联歼击机(人们给它们取了个绰号:"翘鼻子"),尽管发布了空袭警报,他们仍站在街上鼓掌——他们觉得,现在他们不会挨炸弹了。

在指挥人员中间,我遇见过师长格·米·施特恩(他在西班牙被称作格里戈罗维奇)、扬·别尔津(格里申)、空军军长雅·弗·斯穆什克维奇

(杜格拉斯)、坦克指挥员帕夫洛夫、巴托夫、马姆苏罗夫(克桑蒂)、图马尼扬等人。这是些不同的人,但他们都真正地爱着西班牙。他们中许多人在专横的年代死去了,而那些幸存者直到如今也满怀柔情地回忆着西班牙的同志。在上面提到的那些人身上,我不曾看见傲慢,甚至也不曾看见容易动怒的脾气,而后者却是极易产生的:正规军人碰到的是混乱现象、无政府主义者,以及认为德国飞机可以用步枪赶跑的天真指挥员。

我认识了一些苏联飞行员和坦克兵,同若干人交了朋友,我对战争、对我们的人都有了进一步的了解。如果说四年后我能够在《红星报》社工作,并掌握了需要的词汇,那么在西班牙度过的岁月,正如在许多其他方面一样,也在这方面帮助了我。

4月里,英国议会的保守党议员阿托尔斯卡娅公爵夫人来到了马德里。她被安排在卡尔曼、萨维奇和我居住的那个旅馆里下榻。她参观城市的当儿,一枚德国炮弹的碎片直接打中了她的房间。记者们问她,她是否打算在议会提出"不干涉"问题。她回答说,她曾答应不发表任何政治声明,但她钦佩马德里的勇敢,并哀悼无辜的牺牲者。不单她是如此:许多人都钦佩和哀悼。而希特勒和墨索里尼却在干自己的事。

西班牙性格支持了我对胜利的信心。在一次轰炸中,彼得罗夫和我把一个老太婆赶进防空洞,她不愿进去,说:"让那些坏蛋瞧瞧,我们不怕他们!……"

22

  1937年1月我在巴黎，2月初我回到了西班牙。我把萨维奇也带去了。我不打算在本章中描绘萨维奇，——我已经说过，对活着的人我要说得少些。在谈到自己的时候，我时而掀起、时而放下忏悔室的门帘——任我自由选择；然而在谈到别人的时候，我就不自由了：天知道什么事可以说，什么事又最好是不置一词？萨维奇是我的好友和老友。我的许多书的草稿上被萨维奇写满了记号——他发现了不少错误。虽说他在很年轻的时候曾是一名演员，但对我来说，他是跟文学结下了不解之缘。他不仅写作或翻译，他还是一个热情的读者，无论是19世纪的作家还是苏维埃时期的作家，看来没有一个作家的作品他不曾读过。我在许多事情上要感谢他。但现在我只限于做一件事：我想表明，西班牙能在一个人的生活中起到什么样的作用。

  我们早就认识了——似乎是在1922年。他只比我小五岁，可当时我觉得他是个少年。1930年他和年轻的妻子阿莉娅在巴黎定居，我们几乎每晚相见。惶惶不安的萨维奇每年去一次苏联大使馆延长护照。我和萨维奇夫妇一同去过布列塔尼、斯洛伐克、斯堪的纳维亚。萨维奇曾带弗谢沃洛德·伊万诺夫、我国的诗人们、梅耶霍德剧院的演员们参观巴黎，他是个随和的、与人为善的人，不爱争论，大家都喜欢他。20年代末，继若干部短篇小说集之后，他的长篇小说《假想的交谈者》在莫斯科出版了，这是一部优秀的小说，像福尔什、特尼扬诺夫、帕斯捷尔纳克这样一些截然不同的作家，都喜欢这部作品。报纸对他大张挞伐，单单书名就使批评家们大为恼火：虽说还没有任何人谈到对现实主义作的新解释，但假想却是不允许的。萨维奇继续写作，但第二部长篇却未能写成。他变得忧郁了。有时他给《共青团真理报》寄几篇特写,它们怎么也不像对假想的交谈者所作的解释,他写这写那,写足球和巴比塞,写世界性危机和工人的舞会。我觉得,他既找不到自己的题材,也找不到生活中的位置。1935年,他的妻子阿莉娅去莫斯科了。萨维奇本应赶紧随她前往,但1937年1月我却在巴黎碰见他,很容易就说服了他去看看西班牙,哪怕用一只眼看看也好:"你可以为《共青报》写出十篇特写……"

虽说我过去很了解萨维奇,可我从来不曾在面临死亡的危险时看到他的表现。在巴塞罗那的头一个晚上,我们去考究的"太阳宫"餐厅进晚餐。我们融洽地谈论着古代西班牙诗歌,蓦地传来一阵不寻常的轰隆声。灯灭了。这不像是轰炸,我一时也弄不清出了什么事。原来是一艘法西斯的巡洋舰在轰击城市。一个无政府主义者在平行壕上用左轮手枪朝海上射击——他想击沉敌人的军舰。萨维奇神态自若,开着玩笑。日后我在狂轰滥炸期间看见他,他的沉着使我吃惊,——于是我明白了,他怕的不是死亡,而是日常的一些不愉快的事情:警察、海关人员、领事。

我带萨维奇去找弗·亚·安东诺夫-奥夫谢延科,他立刻博得了弗拉基米尔·亚历山德罗维奇的好感。我说,我得去阿拉贡前线,一周后回来,那时我们要去巴伦西亚和马德里。弗拉基米尔·亚历山德罗维奇对萨维奇说:"您别客气,随便常到我们家来吧……"

我过了十来天回来,没有找到萨维奇。安东诺夫-奥夫谢延科告诉我,萨维奇去过一趟韦斯卡城郊,后来又和新大使盖基斯一起去巴伦西亚了。我想道:"嗬,萨瓦!"(我一向这样称呼萨维奇。)

我像平时一样在外国记者下榻的"维多利亚饭店"住下。晚上萨维奇打来电话:"上我这儿来——我住在'大都会饭店'。"我简直惊呆了,但是请求萨瓦给我开一张入门证:"大都会饭店"里住的是我国的军人,大使馆也在那儿,要进去可不容易。

我发现萨维奇有点不知所措:"我陷入了啼笑皆非的窘境……我正在安东诺夫-奥夫谢延科家中进午餐,大使来了——他从莫斯科回巴伦西亚。我鼓足了勇气:兴许他的汽车能为我腾出一个座位。他让我坐在旁边。我们走进'大都会饭店'的时候,他吩咐道:'给这位同志开个房间……'"在西班牙的苏联人都严格保密,从来不问某人是谁、来自何处。于是可怜的萨维奇便成了大使在安东诺夫-奥夫谢延科家遇见的一个神秘同志。

塔斯社的女记者米罗娃住在"大都会饭店"里,她是个高身材、体态丰满而又精力充沛的女人。萨维奇的博览群书、学识渊博使她吃惊。她建议他帮助她为塔斯社工作。萨维奇被这个局面吓住了,但同意了她的建议。米罗娃像保护人一般对待他,同时也很尊敬他,她说:"他像一幅版画。"我和萨维奇乘米罗娃的汽车到组成国际旅的阿尔瓦塞特去了一趟。后来塔斯社记者格尔凡德来到了巴伦西亚,于是米罗娃决定趁此机会去马德里待些时日。我们三人同行:米罗娃、萨维奇和我。这是3月份的事。格尔凡德留在巴伦西亚,那是政府所在地。

我顺便说说,我和萨维奇去过瓜达拉哈拉。4月间我去特鲁埃尔,后来又去安达卢西亚——战斗在波索勃兰科四周进行。格尔凡德因病回莫斯科去了。米罗娃代替了他。而萨维奇则留在马德里的"帕拉斯饭店"里,经常上前线,跟我国军人洛蒂、哈吉交上了朋友,会见西班牙人,描述战斗和轰炸。他享受着生活的乐趣:他在和平的巴黎徒然幻想过的那个地方,原来在半被破坏的、饥饿的马德里。

然而新的考验在等着他。5月间米罗娃叫他去巴伦西亚。她为了什么事十分激动,说她要去莫斯科逗留数日。萨维奇将住在她的房间里并履行塔斯社记者的职责。

我在巴黎时,萨维奇给我打了个电话:"米罗娃不知何故没有回来。兴许你能请伊琳娜打听清楚,她出什么事啦,预计何时能来。"我和伊琳娜在电话上谈话,问她,米罗娃出什么事了。伊琳娜回答,莫斯科的天气非常好。"可是米罗娃出什么事啦?……"伊琳娜没有回答。

不久我到了巴伦西亚,便去找萨维奇。他心灰意懒地坐在一堆女人衣服、香水和雪花膏中间。"米罗娃出什么事啦?……"我知道,米罗娃是一位向西班牙派遣军事顾问的负责干部的妻子,我知道,她是个严肃的女人,我还知道,倘若我现在问伊琳娜,米罗娃出了什么事,她就不会谈天气了。我有一些阴郁的推测,然而1937年究竟是怎么回事,我当时还不知道。

后来是进攻韦斯卡,作家代表大会,布鲁涅特争夺战。我和萨维奇很少见面。11月间,我在巴塞罗那找到了他,政府已迁往该地。他起草电报,或守在电话机旁——等候莫斯科的呼叫。我们在12月分手——我去莫斯科了。

做一名塔斯社的记者,既很容易,又很困难。过了半年,我把萨维奇推荐给了《消息报》,于是出现了一位有西班牙名字的新记者:何塞·加西亚。萨维奇能够描写人、谈论使他激动的事物,稍加杜撰,稍稍回忆一下他心爱的文学——何塞·加西亚就是这样写作的。而塔斯社记者却得描述政局和战局、反法西斯同盟的内部斗争、无政府主义者和鲍乌姆分子(西班牙的托洛茨基分子)的活动,——总之,当一名情报员。在去西班牙之前,萨维奇对诗歌远比对政治感兴趣,他是以处女般纯洁的想法担负自己的责任的。自从科利佐夫、卡尔曼和我离去以后,他就成了待在西班牙的唯一的一名苏联记者。西班牙的共产党员常去找他——推心置腹地交谈,商量问题。他说得一口流利的西班牙语,马尔琴科大使曾委托他道:"您去跟新上任的内政部长谈谈,他是社会党人,您去摸摸底,看他有什么想法,您干这个比我合适,您是个记者嘛……"萨维奇通过西班牙共产党员或大使馆工作人员的眼睛看到了许多事情,这是不足为奇的。

不过除了政治以外,还有人民的心灵、人民的痛苦、人民的勇敢精神,以及一向是西班牙人所特有的对死亡的真正蔑视。除了政治活动家以外,萨维奇还有另一些交谈者——士兵和诗人、农民和司机。他看见了他在假想的交谈者身上寻找过的东西。说他爱上了西班牙,这还不够,凡是去过西班牙的苏联人,无不爱上了它,——西班牙是他的亲戚。

我不愿随意安排岁月和各种事件,在以下的章节里我会提到在1938至1939年间跟萨维奇的多次见面。现在我想谈谈萨维奇离开西班牙以后他的命运是怎样确定下来的。他开始翻译西班牙诗人的作品,从古代的豪尔赫·曼里克到马查多、希梅内斯和拉斐尔·阿尔维蒂,还翻译拉丁美洲诗人的作品——加布里埃尔·米斯特拉尔、巴勃罗·聂鲁达、纪廉。1937年春他在马德里找到的那个生活中的位置,仍在他的足下——西班牙语和在西班牙的那几年在他身上生根的诗情。

23

这件事发生在1937年3月的马德里。我住在已经改为医院的原"帕拉斯"旅馆里。伤员在叫喊,有一股石炭酸气味。房屋没有生火。食物很少,很像1920年的莫斯科,我入睡前常常盼望能吃到一块肉。

一天傍晚,我决定去我国顾问居住的"海洛尔德"旅馆找科利佐夫:在那儿可以取暖,还可以饱餐一顿。

在科利佐夫的房间里,像往常一样有一些熟识的和陌生的人:"海洛尔德"不只对我一个人有诱惑力。我立刻看见桌子上摆着一只大火腿和几瓶酒。米哈伊尔·叶菲莫维奇用低沉的嗓音说:"海明威在这里……"我不知所措,立刻忘记了火腿。

每个人往往有自己喜爱的作家,要解释为什么喜爱这个作家,而不是另一个,正如要解释为什么喜爱某个女人一样困难。在我所有的同时代人中间,我最爱海明威。

1931年在西班牙的时候,托勒尔把一位不知名作家的作品《太阳照样升起》送给我看:"大概这里描写的是西班牙,描写了斗牛,它或许会帮助您了解……"我读完它之后,又找了一本《永别了,武器!》。海明威帮助我了解的不是斗牛,而是生活。

这就是我看见一个坐在桌旁喝威士忌的身材魁伟而面色阴沉的人之后感到不安的原因。我开始向他表白我对他的敬爱,大概我的表白过于笨拙,以致海明威的眉头越皱越紧。第二瓶威士忌打开了,原来这些酒是他带来的,他也比大家喝得多。

我问他,他在马德里干什么,他说他是以通讯社记者的身份前来的。他用西班牙语同我说话,而我用法语。我问:"您用电报只拍发特写,还是也拍发报道?"海明威跳了起来,抓起一只酒瓶,挥动着它说:"我立刻明白你是在嘲弄我!……"报道一词的法文是"nou‐velles",而西班牙文的"novelas"是长篇小说。不知是谁夺下了酒瓶,经过解释,误会消除了,我们两人笑了很久。海明威解释他生气的原因说:有些批评家骂他的长篇小说是"电报体"。我笑了:"我也挨过骂,骂我的作品是'剁碎的句子'……"他补充道:"只有一点不好,你不喜欢威士忌。葡萄酒只能给人快感,而威士忌却是燃料……"

当时许多人感到奇怪:海明威到底在马德里干什么?当然,他同情西班牙。当然,他也憎恨法西斯主义。早在西班牙战争之前,当意大利进犯埃塞俄比亚的时候,他就公开声明反对侵略。但是为什么他留在马德里?起初他和伊文思拍电影,间或向美国寄一两篇特写。他住在格兰维亚区的"佛罗里达"旅馆,距电话局大楼不远,那是法西斯大炮经常轰击的目标。旅馆被一枚爆破弹打了个大窟窿。除了海明威以外,里面就没有别人了。他用固体酒精煮咖啡,吃橙子,喝威士忌,写爱情剧。他在现在的佛罗里达有一座别墅,他本可以在那儿干他爱干的事:钓鱼,也可以吃煎牛排,悠闲地写剧本。他在马德里经常挨饿,但这并没有妨碍他。有人曾催他回美国,他生气地扔下电报说:"我在这儿也很好……"他不能和马德里的空气告别。危险、死亡、英勇行为吸引着作家。他直率地说:"应当打败法西斯分子。"他看见了不屈服的人们,他充满活力,变得年轻了。

海明威在"海洛尔德"常常遇见我国军人。他喜欢哈吉,哈吉是个无所畏惧的人,常潜入敌人后方(他是高加索人,很容易化装成西班牙人)。海明威在长篇小说《丧钟为谁而鸣》里所描写的游击队的活动,有许多取材于哈吉的叙述。(幸好哈吉活下来了!我有一次碰见他感到很高兴。)

我同海明威去过瓜达拉哈拉。他熟悉军务,很快便明白了战役的部署。我还记得他久久望着人们从掩体内搬出意大利军队的手榴弹的情形,这些手榴弹全是红色的,很像一颗颗硕大的草莓,他笑着说:"我知道……他们把什么都扔了……"

第一次世界大战期间,海明威曾以志愿兵的身份在意奥前线作战,一颗炮弹的碎片使他受了重伤。他一瞧见战争便无比痛恨。他对意大利士兵乐意扔掉步枪感到十分高兴。他的长篇小说《永别了,武器!》的主人公弗雷德·亨利只称赞他们。一场残酷的、毫无意义的战争正在进行:机器的文明正处于自己的少年时期,每天都要吞噬数万人。海明威曾和弗雷德在一起。他(不是欧内斯特·海明威,而是弗雷德·亨利)爱上了英国女人凯特琳,这个爱情如同海明威其他长篇小说中的一样,是肉欲同贞节惊人的合成物。弗雷德抛弃了武器,说:"我决心忘掉战争。我单独媾和。"

然而在瓜达拉哈拉,在哈拉马河上,在大学城内,海明威却爱慕地望着国际旅战士们的机枪。古罗马人曾说:"时代在变化,我们也同它一起变化。"在我们最初的一次会面里,海明威告诉我说:"我并不十分了解政治,也不喜欢它。但是我知道什么是法西斯主义。这里的人们正在为高尚的事业而战斗。"

海明威常去卢卡奇将军(匈牙利作家马特·扎尔卡)指挥的第十二旅的指挥所。第一次世界大战期间,他们面对面地坐在两支敌对军队的战壕中。在马德里城下他们却友好地交谈。"战争是可恶的。"通常总很快活的马特·扎尔卡叹了口气说道。海明威回答说:"甭提有多么可恶了!"过了片刻又继续说:"将军同志,现在请指给我看,法西斯的炮兵在哪儿……"他们久久地研究着一张用彩色铅笔画满记号的地图。

(我偶然保存了一张在伊巴拉宫旁边拍摄的小相片:海明威、伊文思、雷格列尔和我。海明威还年轻,瘦瘦的,微笑着。)

海明威有一次对我说:"形式当然在变化。可是主题……世界上所有的作家无论过去或现在都写些什么呢?屈指可数:爱情、死亡、劳动、斗争。其余的一切都可以归纳进去。战争,当然是。甚至海洋……"

另有一次我们在派尔塔德索尔大街上的一家咖啡馆里谈起了文学。这个咖啡馆两旁的房子全被炸毁了,只有它奇迹般地幸存下来。那儿只卖冰镇橙子汁。天气很冷,海明威从裤子后面的口袋里掏出一只军用水壶,倒出了威士忌。他说:"我认为,作家永远也不可能描绘一切。因此只能有两种办法——草草地描写所有的日子、所有的思想、所有的感情,或者,通过部分现象——一次会面、一次简短的谈话努力表现出一般。我只描写细节,但我总是努力详尽地描写细节。"我告诉他,在他所有的作品中,最使我惊讶的是对话,我不明白它是怎样写出来的。海明威笑着说:"一个美国批评家非常认真地断言,我写的对话很短是因为我的句子是从西班牙文译成英文的……"

海明威的对话对我仍是一个谜。当然,在我读我十分喜爱的长篇小说或短篇小说时,我并没有考虑它们是怎样写成的。读者在读,但作者后来不禁开始考虑同他的职业有关的事。当我理解了手法以后,我可以说,这本书写得不好、一般或者好、很好,它可以使我欣喜,但它不能使我震惊。然而海明威作品中的对话对我仍是一个谜。在艺术中,也许最重要的是你不明白它的力量来自何处。为什么半个世纪以来我总是默默地背诵着勃洛克的诗句:

我呼唤你,可你没有回头,
我流了泪,可你并不宽容……

这里既没有可以让你思考的新思想,也没有生僻的字眼。海明威的对话就是如此:它简单而神秘。

有一次客人们访问布里克,她说要摆一个磁带录音机,后来我们听见了自己的谈话,感到不舒服——我们说的全是冗长的"文学作品"的句子。海明威的主人公的语言却与此不同:简短,似乎无关紧要,同时每个字都在揭示人的精神状态。读他的长篇小说或短篇小说时,我们感到人们正是这样说话。而实际上这不是暗中听来的句子,也不是速记记录,这是艺术家所创造的谈话的精华。那个断定西班牙人是用海明威式的语言说话的美国批评家是可以理解的。但是,海明威并没有把对话从一种语言译成另一种语言,而是将现实生活的语言译为艺术的语言。

一个偶然遇见海明威的人可能会以为他是浪漫主义名士派的代表,或者是个标准的一知半解的人:爱喝酒,举止古怪,喜欢周游世界,喜欢在海洋上钓鱼和在非洲打猎,精通斗牛的一切细微特点,但对自己甚至何时该拿笔写作却不知道。其实海明威是个勤快人。虽说几成废墟的"佛罗里达"旅馆是多么不适于作家的劳动,但是他每天仍能坐下来写作,他对我说,应当坚持不懈地工作,不要认输:如果哪一页写得平淡无味,便停下来重新写,写五次、十次……

我从海明威那里学到了许多东西。我觉得在他以前的作家叙述的是人,有时叙述得非常好。而海明威却从不叙述自己的主人公——他是在表现他们。也许,正是这一点可以说明他对许多国家的作家的影响。当然,并非所有的作家都喜欢他,但几乎所有的作家都向他学习过。

他比我小八岁,当他向我谈起20年代初自己在巴黎的生活情况时我大吃一惊——他的情况和八年前我的情况丝毫不差,他坐在"洛东达"旁边的"谢列克特"咖啡馆里喝一杯咖啡,和我一样,幻想能再有一块角形小面包。使我惊讶的是,我在1922年曾以为英雄的蒙帕纳斯时代已经过去,坐在"谢列克特"里面的是一些富有的美国游览者。其实不然,食不果腹的海明威也坐在里面,有时写写诗,有时构思自己的第一部长篇小说。

我们回忆着往事,知道了我们有共同的朋友:诗人柏列兹·桑德拉、画家帕斯金。这两个人有点像海明威,这也许是因为他们都过着过分动荡的生活,也许是因为他们都全神贯注于爱情、危险和死亡。

海明威是个快活的、十分眷恋生活的人,他可以一连几小时谈论一种常常游到佛罗里达岸边的巨大而稀有的鱼类,谈论斗牛,谈论自己各种各样的爱好。有一次他正在谈如何钓鱼,突然改变了话题说:"生活毕竟是有意义的……现在我在想人的尊严。前天在大学城附近,一个美国人被打死了。他找过我两次。是个大学生……我们天南海北谈了一通——谈到诗歌,也谈到热灌肠。我本想把他介绍给你。他说得很好:'简直想象不出有比战争更为肮脏的事了。现在我才明白,为什么我生在世上——应该把他们赶出马德里。这就像二乘二等于四一样清楚……'"沉默了片刻后,海明威补充道,"你瞧,结果如何呢,我想和武器告别,但行不通……"

他当时写道:"今后还有五十年不宣而战的战争,而我在这整个时期的条约上签了字。我不记得确切的日期,但我是签了字。"这是海明威笔下的一个主人公说的话,但作者也不止一次说过它。

我还记得另一次谈话。海明威说,批评家们不知是真傻,还是装傻:"我读过一些文章,说我的作品的主人公全是神经衰弱者。可是地球上的生活为什么那么卑鄙——对此谁也不提。一般来说,当一个人不如意的时候,他们就称之为'神经衰弱'。公牛在竞技场上也是神经衰弱者,在牧场上它是个健康的小伙子,这就是问题的实质……"

1937年末,我从特鲁埃尔返回巴塞罗那。海边橙子树鲜花盛开,然而在特鲁埃尔附近（特鲁埃尔的地势很高），我们冻僵了，直打喷嚏。我回到巴塞罗那后直打哆嗦，疲惫不堪地酣然入梦了。有人摇醒了我：我的面前站着海明威。他问我："怎么样，特鲁埃尔能拿下来吗？我现在要同卡帕去那儿。"门口站着我的朋友、摄影师卡帕（他在印度支那战争期间牺牲了）。我回答说："不知道。开始时情况很好……但是听说法西斯分子正在调预备队。"我完全清醒过来后愕然望着海明威——他全身夏季装束。"你发疯啦——那儿很冷！"他笑了，说道："我带着燃料。"接着从浑身上下的衣袋里掏出一些盛着威士忌的军用水壶。他朝气勃勃地微笑着说："当然，相当困难……但总会打败他们的……"我把一些西班牙指挥员的名字告诉了他，让他去找格里戈罗维奇："他会帮助你的。"我们用西班牙方式告别——互相拍拍背。海明威保存了一张照片：我躺在床上，他站在旁边，这张照片收在美国出版的一本叙述他的生平的书中。

1938年6月我回到西班牙后，海明威已经离开那儿。他在我的记忆中是年轻的、干瘦的，十年后我看到那张蓄着长长的白胡子的肥胖的老祖父的相片，我简直认不出他来了。

1941年7月底，我们又相逢了。莫斯科几乎每夜都有空袭警报，我们被赶进防空洞。我想好好睡上一觉，便和鲍·马·拉宾决定在别列杰尔基诺的维什涅夫斯基无人居住的别墅里住一夜。有人将海明威的长篇小说《丧钟为谁而鸣》的译文的手稿拿给我看。因此这一夜我们没有睡好——我和鲍里斯·马特维耶维奇读了整整一夜，彼此交换着读过的篇页。拉宾第二天要去基辅附近，而且一去不复返。高射炮炮声隆隆，但我们一直读啊，读啊。小说描写的是西班牙和战争，我们读完后默默地笑了。

这是一部十分伤感的书，但是其中有对人的信任，有注定要失败的、崇高的爱情，有敌后游击队的英勇行为：在这支游击队里有一个美国志愿兵罗伯特·乔丹。该书的结尾部分，是对生活、勇气、功勋的肯定。罗伯特·乔丹的一只腿受了重伤，躺在路上：他要同志们离开，他自己独自留下。他有一挺手提机枪。他可以自杀，但他希望在死前杀死几个法西斯分子。海明威采用了内心的对白，下面是其中的一小段："……他心里想：在这颗炮弹打来以前一切都很顺利。但这还算幸运，我在桥下时没有碰上炮弹。我们的情况渐渐会改善的。我们需要一些短波发报机。是的，我们需要很多东西。譬如,我就希望能有一条备用的腿……听着,也许终究得这么办,因为我万一失掉知觉,我就会束手无策,他们会将我抓去,审问我,提各种各样的问题,而且为所欲为,那样就太糟了……乔丹,你会对付不了的,他说。你对付不了。可谁能对付呢?我不知道,我也不想知道。但你现在就很糟。你现在太糟啦!太糟啦!我看该这么办了。可你以为如何?不,不是时候。因为你还能做事。在你还知道这是怎么回事的时候,你应该做事。在你还记得这是怎么回事的时候,你应该等待。你们离开吧!让他们去吧!去吧!你想想那些已经离开的人们吧,他说。想想他们怎样穿过树林。想想他们怎样涉过小溪。想想他们怎样在一丛丛的帚石南中行走。想想他们怎样在翻山越岭。想想他们今天晚上将会平安无事……我不能再等了,他说。如果我再等一分钟,我便会失去知觉……但是如果再等一会儿,哪怕拖住他们不长的时间,或者你能干掉一个军官,这能解决许多问题……"内心的对白是这样结束的,"罗伯特·乔丹的运气挺不错,因为正在这个时候,一队骑兵从树林中出来并穿过了公路……"

海明威这部长篇小说的名字取自17世纪英国诗人约翰·多恩的诗句,它还有这样一段卷首题词:"没有一个人能像一个小岛那样独自存在;每一个人都是大陆的一部分,陆地的一部分;倘若海浪冲走了一座岸边的悬崖,欧罗巴便会变小,倘若冲走一块海岬或毁掉你的或你的朋友的房子,情况也是一样,每一个人的死亡也会使我变小,因为我和全人类是一个整体,所以你永远别问,钟声为谁而鸣,它是为你而鸣的。"

这些诗句可以用作海明威的所有作品的题词。时代在变化,他也在变化,但他始终感觉到一个人同大家的关系,我们常常用书面语言把这种感觉称之为"人道主义"。

海明威死后,我在一份美国报纸上读到一篇文章:这位批评家断言,西班牙内战对于作家来说只是斗牛和猎捕犀牛之间的一段偶然的插曲。这不对。海明威不是偶然留在被围的马德里的,第二次世界大战期间,作为一名军事记者他没有坐在各级司令部里,而是去访问法国游击队,这也不是偶然的,他祝贺菲德尔·卡斯特罗的拥护者获胜也并非偶然。他在生活中有自己的路线。

在1942年8月这个糟糕的时期,我曾写道:"在法西斯主义发动的这个大规模的、席卷全欧的瓜达拉哈拉战役之后,我希望能遇见海明威。我们应该保卫生活——这是我们这不幸的一代的使命。如果我和我们中间的许多人未能亲眼看见生活的胜利,那么谁又会忘记那个腿部受了重伤、躺在卡斯蒂利亚的道路上的美国人临终时的情形,以及那支小小的机枪和一颗伟大的心灵呢!"

长篇小说《丧钟为谁而鸣》遭到了许多人的辱骂。老人和海是一回事,青春和保卫人类尊严的战争是另一回事。各种各样的人以各种各样的方式咒骂这部小说:有些人大发雷霆,说海明威替战争辩护,说他醉心于暂时现象,忘记了艺术;另一些人不喜欢对内战的个别情节的描写;第三种人不喜欢描写安德烈·马蒂的那些篇页。(只要一个作家在五十年前或者哪怕是一天前说出某种人所共知的真理,他便会遭到大家攻击。但是如果作家们都努力抄录明显的道理,那他们便会是名副其实的寄生虫。)

当我在1946年春天来到美国的时候,我接到海明威的一封信,他邀我去古巴他的家里做客。我满怀柔情地想起了西班牙。古巴之行未能实现。海明威在去世前不久曾托人问候我:他希望我们很快能够见面。我也希望……

面前是报纸上的一则简短的电讯……海明威的死讯不知报道过多少次,1944年报道过一次,十年后他乘坐的一架飞机在乌干达上空失事,又报道过一次。接着是辟谣。这次没有辟谣……海明威从来不曾对我谈起过他那做医生的父亲是用自杀结束生命的,这事我是从我们共同的朋友们那儿听来的。长篇小说《丧钟为谁而鸣》的主人公在最后一分钟里想道:"我不愿意做我父亲做过的事。我做得到,如果有此必要的话,但最好是无此必要。我反对这个。别去想它。"海明威解决问题的方式不同于罗伯特·乔丹。死神不知何故突然闯进了他的生活,关于他,可以毫不牵强地说:他虽死犹生。

而当我回顾自己的往昔时,我发现,在我有幸遇见过的作家中间,有两个人帮助我不仅摆脱了感伤心理、冗长的议论和目光短浅,还帮助我随便地呼吸、工作和经受住考验,这两个人就是巴别尔和海明威。像我这样年纪的人不必隐讳这一点……

24

军事记者的职责,也许再加上我好动的性格,使得我总是到处漂泊。有一个名叫奥古斯特的年轻司机害怕夜间开车时打盹,便问我:"请你谈谈,中国的道路怎么样?"我对他说,我从来没有到过中国。他怀疑地笑着说:"奇怪!瞧你的样子,简直不能在一间屋子里接连住上两夜……"

我翻阅了《消息报》1937年4月的合订本。7日我在莫拉特-德-塔胡尼亚附近,那儿正在进行保卫第七条公路的战斗;9日我描写了对卡萨-德尔-卡姆波的进攻;11日描写了对萨贡托的轰炸;17日从巴伦西亚报道了在一个德国飞行员身上发现的文件;21日从特鲁埃尔报道了又一次进攻;26日我在南方战线的波索布朗科城内徘徊。

除了报纸工作外,我还有其他一些各种各样的工作。负责宣传工作的秘书处有人告诉我说,佛朗哥在动员年轻农民,应该向他们说明共和国军队同法西斯分子作战的原因,然而士兵们不敢拾传单——他们害怕。

西班牙人很少抽工厂里卷好的香烟,他们乐意抽自卷的香烟。共和国政府控制的地区不出产烟叶。烟叶产地在法西斯分子控制的地区,但那儿没有卷烟纸,纸是在莱万特制造的,通常是以小本子的形式出售。我建议在每一本的第十页印上我们要说的话,然后把这些印有名牌商标的小本子扔进敌人战壕。但是事情并不简单:必须亲自去工厂说服他们完成订货。

后来我多次看见投诚者拿着"护照"——一张卷烟纸。所有的人都喜欢抽烟,虽然法西斯军官说什么纸上有毒,可是人们仍然乐意捡它。

有一天,在巴伦西亚我通常居住的"维多利亚"旅馆里,一位红十字会的代表前来找我。他是瑞士人,他说在法西斯的监狱里有被俘的苏联飞行员。佛朗哥分子同意拿被俘的德国军官交换飞行员。他交给我一份名单。我立刻明白,没有一个飞行员说出自己的真姓名——他们的姓全是为了来西班牙而取的外号(不知何故他们往往采用父称——伊万诺维奇、米哈伊洛维奇、彼得罗维奇,就像塞尔维亚人的姓)。我立刻把名单交给了格·米·施特恩①。

一年后,我同苏联大使馆的一位工作人员站在连接法国边境城市安戴(我国报纸写成"亨戴")和战争初期被法西斯分子占据的西班牙城市伊伦的一座桥旁。交换在桥上进行。我国飞行员的样子十分可怕——衣衫褴褛,瘦骨嶙峋,疲惫不堪。我们首先让他们饱餐一顿。这是一个夜晚,商店早已关门,而飞行员们必须穿衣。同志们带我去找一个成衣店老板,他被公认是"同情者",我们向他解释了事情的缘由。一小时之后,飞行员们全都成了从疗养地归来的外国人了。他们沉着而冷静地叙述了自己的遭遇,直到他们被带进卧铺车厢,看见了铺好的单人床和耀眼的床单,有一个人忍不住了——我瞧见了他眼中的泪珠。我在西班牙,后来又在白俄罗斯前线见过的扎哈罗夫将军(他当时指挥包括法国的"诺曼底-涅曼"团在内的一个空军师)不久前告诉我说,这些飞行员中有几个还活着,他知道他们在什么地方。我很高兴:我偶然地介入了他们的命运。

我没有按时间先后的顺序来叙述:记忆里有一大堆城市和日期,而且我并不打算叙述西班牙内战史,我只想谈谈我的经历以及1937年春天我看到的西班牙。

不同的城市有不同的生活方式。马德里是前线。巴伦西亚突然变成了一个人为的、离奇的首都,而巴塞罗那依然是巴塞罗那——这是个大城市,有资产阶级和无政府主义者,有街垒和叛逆的传统,在人口稠密的帕拉列里区有成百上千个酒吧间,既有无忧无虑的情绪,又有一种悲剧气氛。出现了购货证和排队现象,但城市的精神面貌没有变。

我以为在2月份遭到巡洋舰的射击后巴塞罗那人会警觉和醒悟过来。然而在安葬了死者、清扫了街道之后,生活又恢复了原样。举办了一个战争周:在此期间,剧院一律演出战争剧,无线电广播反法西斯的演说,街上挂起

---

① 施特恩(1900—1941),苏军将领,1937至1938年在西班牙任总军事顾问。

五颜六色的宣传画《一切为了前线!》。这大概是对巴塞罗那的轻率最令人信服的说明:宣布充满残酷战斗和轰炸的第三十五周为战争周。战争周结束了,剧院里重新上演轻松的喜剧,陈列在书店橱窗内的那些由宣传秘书处印发的小册子,又被长篇小说、无政府主义的理论书籍和关于性问题的著作取而代之了。

但是比漠不关心危险得多的则是内讧。当无政府主义者和突击近卫军在巴塞罗那进行巷战的时候,我正在远离加泰罗尼亚的南方战线。把发生的事件仅仅说成是挑衅,正如用阿泽夫的任务来解释革命前的社会革命党人何以醉心于恐怖行为一样天真可笑。对于无政府主义者来说,国家就是罪恶,虽然民族劳动同盟的代表也参加了卡巴列罗的政府,巴塞罗那和阿拉贡的自由民仍在继续"加深革命"。6月初我再次来到巴塞罗那时,我明白了,既没有真正的团结,也没有信任。佛朗哥还很远,各个党派彼此怀着戒心,有时还怀着敌意注视着对方。起初支持科姆帕尼斯的巴塞罗那的资产阶级,既怕无政府主义者,又怕中央政府权力的加强。受到民族劳动同盟——法伊影响的工人们认为,同普列托联合的共产党人"背叛了革命"。

的确,阿拉贡前线有些地方的纵队改编成师以后情况略有起色。巴塞罗那的一些工人懂得,首先应该击败佛朗哥。我记得"通用汽车"工厂一次集会的情形:决定每天工作十小时,以便向军队提供更多的汽车。一个信仰工团主义的老工人喊道:"十小时太少,应该十六小时!……"然而在比这多得多的时间里却只能听见激烈的争吵。有时发生暗杀事件。表面上看来是欢乐的、无忧无虑的巴塞罗那,正在寒热病中辗转不宁。

政府迁到了巴伦西亚,城里挤满了官员、从马德里和其他被法西斯分子占领的城市逃来的难民、外交官、新闻记者。在卡斯特莱尔广场上挂着一幅颜色早已褪光的布标,上面写着:"此地距前线仅一百五十公里!"

马德里距前线不足五公里,但是马德里的青年人还在跳舞,法院还在审理离婚案件,饭店服务员的工会还在讨论新的工资额,孩子们还在向国际旅的战士们索取外国邮票。而巴伦西亚在西班牙人的概念里则是大后方。如果不是夜间常有警报、有时遭到轰炸和难民的涌现,简直可以忘记战争事实上近在咫尺。

林荫道上种满了橙子树,遍地都是橙子。人们排队购买肉和牛奶,橙子多得只好在很少有外国船前去的港口腐烂。咖啡馆里挤满了人,顾客们纷纷猜测进攻将从哪儿开始——是从马德里城下、科尔多瓦附近还是阿拉贡前线。人们还议论别的斗争——政治风暴尚未平息。卡巴列罗辞职了,便揭发普列托。我记得在巴伦西亚大家怎样传播一件最新消息:卡巴列罗想在阿利坎特的一个群众大会上发表演说,但在路上被摩托车手们逮捕了。阿拉贡委员会主席、不妥协的无政府主义者阿斯卡索拒绝承认内格林的政府。阿萨尼亚感到伤心,便沉默不语。科姆帕尼斯还说话,但也感到伤心。每天都有指挥员从各条战线来到巴伦西亚索取武器。

一个拉丁美洲国家的大使馆邀请一批新闻记者,我在那儿看见了几个从马德里押送来的法西斯分子。一位女士反复地说:"这多么可怕,多么可怕!……"

在我居住的"维多利亚"旅馆里,外国新闻记者喝鸡尾酒,每晚打扑克,抱怨生活无聊。

有时在广场上举行群众大会。有时在"维多利亚"旅馆揭露间谍。天气酷热,从郊外的稻田里送来炽热的湿气。

冬天我常在巴伦西亚遇见安德烈·马尔罗,他的航空大队驻扎在离城不远的地方。这是一个永远在一定时期只有一种嗜好的人。我知道他有个时期醉心于亚洲,后来又陶醉在陀思妥耶夫斯基和福克纳的作品中,再后来迷上了工人团体和革命。在巴伦西亚期间,他想的和说的全是轰炸法西斯阵地的事,当我谈起文学时,他耸耸肩膀,一言不发。法国志愿人员驾驶的是一些性能不佳的旧飞机,但是在共和国军队没有得到苏联的技术装备以前,马尔罗创建的这个航空大队给了他们有力的支援。有一次他向我谈起一件小事,他后来曾在长篇小说《希望》里描写了这件小事,并且使之成为他在西班牙拍摄的一部影片的核心。从法西斯占领区来了一个农民,他说他能指出法西斯的飞机场在什么地方。法国驾驶员带着这个农民起飞,但是他不能在高空辨认地形。驾驶员不得不降低飞行的高度。他们向飞机场扔了炸弹,但飞机遭到射击,机械师受了重伤。在巴伦西亚期间,这对马尔罗来说不是文学情节,而是日常的战斗生活:他在打仗。

在"大都会"饭店里住着一些我国军人。旅馆周围的家家户户都养鸡。克桑蒂(哈吉少校)睡得很晚,每天黎明时分他都要被公鸡吵醒。他抱怨道:"岂有此理!假如我不是苏联人,我一定用枪打死所有的公鸡……"

我再次前往阿尔瓦塞特。战前这是个偏僻的城市,出卖番红花和刀子。这儿没有名胜古迹,游览者也不在此停留。在阿尔瓦塞特组建了几个国际旅。城市遭到了法西斯空军的猛烈轰炸,很像被炸毁的马德里郊区。我还记得博物馆里那个钉在十字架上的耶稣和弹片给他添的新伤,也记得在一家大咖啡馆的废墟中的一小片旧海报"今天在国会山有舞会"。

我在市内漫步的时候,马蒂司令部的两个人来到旅馆,搜查了我的房间并找到了几份法国的《时报》。他们等我回去后便把我送往司令部。在那里查明我是《消息报》的记者,某人高喊一声"发生了误会",便去报告长官。

我和安德烈·马蒂大约谈了两小时。他是个正直的人,但容易怀疑别人背叛,脾气暴躁,不愿反复考虑自己的决定。这次谈话给我留下了痛苦的感觉:他说起话来就像(有时行动起来也像)一个患迫害狂的人。

晚上我同国际旅的战士们在一起时才不再难过。这儿有西班牙人、法国人、德国人、意大利人、波兰人、塞尔维亚人、英国人、黑人、俄国侨民。人们像在巴黎郊区一样唱着《青年近卫军歌》,唱意大利人传统的《红旗歌》,唱一支关于一座法国桥和四个将军的忧伤的马德里小调,也有人唱我国那支描写沃洛恰耶夫卡之战的歌曲,还有人唱了几支声音如旋涡般的保加利亚歌曲,歌词还能听懂,但那东方式的旋律却不曾听到过。人们回忆着遥远的城市,开着玩笑,相互鼓励。

许多年后,在头几次保卫和平代表大会上,当年轻的代表们唱着歌、举起花花绿绿的手绢热烈鼓掌的时候,我想起了西班牙:我在阿尔瓦塞特遇见过他们的父兄,其中有许多人在马德里和韦斯卡附近、在哈拉马河畔牺牲了。简直难以相信,在我们世纪的30年代里,从人民群众中间竟能涌现一股兄弟情谊和自我牺牲的巨大而孤单的浪头。他们在当时没有用签字,也没有用语言,而是用鲜血证明了自己的忠诚。关于这些人中间的每个人,都可以写一部不平常的书。然而书没有写成:第二次世界大战爆发了,血的洪流冲掉了卡斯蒂利亚或阿拉贡的石块上的血迹。

4月底,我动身去安达卢西亚,那儿正在为一小块名叫"埃什特雷马杜拉耕地"的土地进行战斗。从莫特里尔到堂别尼托有几百公里。可以用同样的理由说,那里根本没有前线而又到处是前线。

811

在格林纳达周围,有些山头被共和国军或法西斯分子占据,住在这些山头之间的峡谷里的农民,对枪声正如对暴风雨一样已经习惯了,他们放牧着羊群。有时甚至无人保护道路。我遇见一个无政府主义战士,他俘虏了两个法西斯军官——他们不知道敌人在什么地方,坐着汽车就来了(这事发生在科尔多瓦附近的阿达穆斯,即南方战线最热闹的地段)。

法西斯分子向阿尔马丹发动了猛烈的攻势,那儿的水银矿诱惑着他们。矿工们不顾轰炸和饥饿,继续在工作。给法西斯分子增派了意大利的"蓝箭"师,他们一直打到波索布朗科城下。这个小城遭到残酷的轰炸,大炮的轰击使它沦为一片瓦砾。双方兵力十分悬殊。但共和国军队坚守着波索布朗科。指挥他们的是正规军军官佩雷斯·萨列斯上校,他是个旧式的彬彬有礼的人,一头鬃毛似的灰白头发。人是很难貌相的。我瞧着他,心里在想:假若我是在火车上,对面坐着这个人,难道我能猜出他是干什么的吗?……佩雷斯·萨列斯对我说:"我不是共产党员,也不是无政府主义者,您要知道,我是一个最普通的西班牙人。我能干什么呢?自杀是不光彩的。您瞧,我们就在那个战壕里击退了敌人。两挺机枪……而他们有九个炮兵连。您不要以为这是吹牛。我告诉您:我们没有别的出路。我不大了解政治,但我是西班牙人,我爱自由……"

一支名为"斯大林营"的部队前来支援波索布朗科的保卫者。它是由安达卢西亚人组成的,其中大部分是利纳雷斯的铅矿工人。营指挥员是身材粗壮的、活泼的南方人加布里埃尔·戈多。他告诉我说,他从小便在矿场工作。他像一只温驯的熊,并且承认自己在写诗。

安达卢西亚秩序不大好,但是还有许多未耗尽的热情。在哈安的时候,他们逼我谈谈马雅可夫斯基。轰炸开始了,但没有一个人离开座位,继续贪婪地听着。

哈安遭到疯狂的轰炸。我在那儿看见一个场面,甚至在第二次大战之后,在发生了我们经历过的一切之后,每当我回想起这个场面,仍然感到痛苦。炸弹的碎片炸掉一个小姑娘的头。母亲发疯了——她不愿交出小姑娘的尸体,在地上爬来爬去寻找女儿的头,嘴里喊着:"不对!她活着……"

在哈安的一条街上,我久久地望着一个做瓦罐的老陶器匠。周围是一片瓦砾,而他却安详地揉着陶土。

在波索布朗科,一枚炸弹掀去了制呢厂的屋顶。机器完整无损,在被炮弹破坏了的凄凉的城市中,没有住房,也没有面包,工人们重新开始工作:他们在做军用被子。我站了片刻,心里想:他们最后定会胜利!但是事实违反了逻辑,违反了常理——佛朗哥的军队越战越强,然而,思想无法容忍这种结局:这样的勇气、这样慷慨的心灵到头来竟会是一场空。

我从波索布朗科返回巴伦西亚,路途遥远,旅程中可以考虑许多问题。司机是个快活的安达卢西亚人,爱唱一些伤感的歌曲。我不知何故想起了莱万特布尼奥尔村,那儿原先有七千人。后来从马德里、马拉加、埃什特雷马杜拉来了三千难民。在每个家庭里,我都发现有别人的孩子。我被一个人家挽留了片刻,主人往桌子上放了一大盆汤。我问女主人:"你们有几口人?""六口,现在又增加了三口,是从马德里来的。""忙得过来吗?"她微笑着回答说:"行。即使忙不过来,我们也会忍耐,不会委屈客人……"

我也考虑过这种高贵品质。我在任何地方都没有碰到过吝啬、只顾保存自己的财富,或者更为恶劣的那种靠别人的不幸大发横财的现象。他们用丰盛的饭菜招待我,因为我是俄罗斯人。他们招待奥古斯托,因为他来自马德里。可是他们也招待佩佩、康奇塔、费尔南多,不问他们来自何方,他们说:"这年头……"

佩雷斯·萨列斯上校说,他为自由而战。但我没有问清楚,他心目中的自由是什么样的,大概主要是活得有价值,死得也有价值。无政府主义者佩佩曾爬到法西斯战壕跟前把印有劝降书的卷烟纸扔给他们,他对我说,他是为新世界而战。所有的人都将劳动。"你的同乡巴枯宁说得对,让那些天使、部长、将军、警察见鬼去吧!没有他们会更好……"司机是共产党员。他对我说,何塞·迪亚斯比所有的人都聪明,打败法西斯分子以后,人们都要去学习,而他想学会写些使大家又哭又笑的剧本,甚至佩雷斯·萨列斯老头子也不例外……

这是个短促的南方的春天,山谷里的野草已经发绿,罂粟花也红了。有时山岗挡住了去路,有时前方又是一望无际的平原:一个小屋、几株苍翠的橡树、一条小溪。我们越过了拉曼查。瞧,也许愁容骑士曾在这个客店里过夜……

我心中想着我从童年时代起就喜爱的那本书。当然,《堂吉诃德》已经译成了各种文字，他使距拉曼查有千万里远的人们心情激动，但是只有西班牙人能写这本书。书里绝妙地把热情和讽刺、高尚和屈辱、寓言的冷酷道德和最崇高的诗意融为一体；认为胖子桑丘·潘沙是和堂吉诃德对立的，这是没有根据的，任何考验也没有分开他们。我想到这点是因为我不止一次看见堂吉诃德和桑丘肩并肩地去迎接死亡。

"桑丘，自由是上天给予人们最珍贵的恩赐之一，任何宝物，无论是埋在地心，抑或是藏在海底，都不能同它相比……同它相反的是受奴役，这是人类所能遇见的一切不幸中最大的不幸。"我也想起了这些话。我不该问年老的上校他心目中的自由是什么样的，他不是说过他是西班牙人，是波索布朗科的堂吉诃德，1937年的堂吉诃德……

25

早在我携带流动电影放映机四处奔走的时期,我常去萨里年纳。那里现在有我国的一个顾问团。一个身材矮小结实的人坐在桌子旁边,脸色十分阴沉。他的面前摆着一张地图和一份《真理报》。我说,我应当向《消息报》报道韦斯卡争夺战的情况。他用高水罐给我斟了一杯冷茶。"这么热的天气,大概还不曾有过……"他指着地图上的切米利亚斯村。"任务是切断通哈卡的道路。明白吗?"他沉默了片刻,突然急促地问道,"您听到消息了吗?图哈切夫斯基、亚基尔、乌博列维奇被枪毙了。人民公敌……"他把没吸完的纸烟扔到地板上,随即又点燃另一支,伏在地图上面,开始用口哨吹一支豪放的歌曲。他的脸色更加阴沉了。他久久地望着地图,好像已经忘记了我还在场。过了约莫半小时,他瞧了我一眼,闷闷不乐地说道:"您说要给《消息报》写报道吗?……可科利佐夫在什么地方?……通往哈卡的公路,这儿是栋布罗瓦人,由海拉西指挥,这儿是加里波第营,指挥员是帕恰尔迪……卢卡奇会把一切情况告诉您的。他大概还在卡斯珀。喝吧,汽车里会更热……"

这一天的确热得出奇。周围是炽热的山岩:没有一株树、一根草——而是满布石块的红褐色旷野。我坐在司机旁边,愚蠢地把裸露的手臂伸出车窗——汽车开得很快,这样也许会凉快些。卢卡奇不在卡斯珀,据说他远在伊格列斯。我的一只手肿了,全身发冷发热。伊格列斯的土房建筑在光秃秃的山坡上,很像晒得极热的中亚山村。我在那儿最后一次见到卢卡奇将军,说得更确切些,是马特·扎尔卡。遗憾的是,我没有牢牢记住这次会见的情形。我当时心绪不佳,也许是由于手臂被太阳灼伤了,也许是由于在萨里年纳的那次谈话。扎尔卡十分疲劳,他说他患偏头痛。他骂我说:"您应该爱护手臂:不论怎么说您是作家……"直到告别的当儿他才突然微笑着说,"告诉我,您想不想去别墅?去一天?……"

第二天,我从巴瓦斯特罗动身去伊格列斯。我在那儿得知,卢卡奇的指挥所在阿匹耶斯村。我们的汽车走上一条蜿蜒曲折的小道,我多次打听,我们走的方向是否正确,突然一个战士不能自持地喊道:"在下面的路上……一颗炮弹……将军……"我又掉转车头向回走,我们的车走了很久。医院设在一座石头房子里。起初不让我进去,后来一位医生走过来说:"卢卡奇没救了。给雷格列尔输了血,他没有生命危险,但伤势很重。司机头部受伤,他坐在将军旁边。您的同胞腿部受了轻伤,他刚被送走……"

我通知《消息报》说,扎尔卡牺牲了,雷格列尔负伤。第二天,我同编辑部谈话时问起我那篇关于雷格列尔的报道是否已经发表——我知道他的妻子在莫斯科,担心马德里一家报纸刊出雷格列尔牺牲的电讯会传到她的耳中。他们回答说,《真理报》已登了雷格列尔牺牲的消息。"我们不能驳斥《真理报》……"我给在巴伦西亚的科利佐夫打了电话。米哈伊尔·叶菲莫维奇说:"真糊涂!……好吧,我马上告诉他们。请问候雷格列尔……马特真不幸……"

第二天进攻开始了。我一天打两次电话:切米利亚斯、圣拉蒙、"亨克式飞机""菲亚特牌汽车"、空战、冲锋、反冲锋……

进攻失败了。韦斯卡周围的部队没有采取行动。战斗只是为了争夺通向哈卡的公路。坦克来晚了。国际旅的损失很大。五六天之后一切都结束了。

我现在想的不是韦斯卡,而是卢卡奇将军。我在谈到我所认识的人时,通常总是从我第一次遇见的那天谈起,或者从偶然的相识变成另一件事,从他们进入我的生活时谈起,然而对于马特·扎尔卡,我却要从他的死谈起:它使我震惊。

而且我是在他牺牲前不久才认识他的,我的全部回忆只限于1937年3月至4月:布里韦加、各种指挥所,随后是第十二旅休息(在轰炸下)过的两个村子——范台斯和梅科,又是莫拉特-德-塔胡尼亚附近的指挥所、马德里和被烧光的伊格列斯村。

在苏联的时候,我同马特·扎尔卡见过两三次面,但每次只是问声好,我们没有共同的朋友。我不了解马特·扎尔卡——我后来遇见并爱上的是卢卡奇将军,一个保卫西班牙人民的匈牙利人,一个用战场代替书桌的作家。

当然,同卢卡奇谈话时,我也看见了马特·扎尔卡。他一生打过许多仗,但他并没有成为一个军人。他对待人的态度受一个作家的同情心和理解力所左右,这个作家对人的七情六欲要比对地图上的一个个正方形熟悉得多。

我重读了一遍他的长篇小说《多贝尔多》。很明显,扎尔卡确有才华,但是他的一生使他始终觉得自己在文学事业上是个没有把握的初次登台的人。他的一本短篇小说集在他未满十八岁时便出版了。然而父亲却为他安排了另一种职业,刚一成年便送他进了军队。年轻的马特进了军事学校,后又上了前线。他在1916年被俘后进了战俘营,被送往遥远的哈巴罗夫斯克。十月革命后,他把一些从前的战俘编成一个支队,在远东为苏维埃政权战斗,在乌拉尔和乌克兰作战,参加了解放基辅的战斗,1920年又参加了对彼列科普的进攻。战争结束了,但扎尔卡继续过着紧张的生活,在武装征粮队工作,写鼓动性的短篇小说,他同富尔曼诺夫接近并成为朋友,他出席过拉普的会议。直到30年代,他才认真考虑自己的写作事业,长篇小说《多贝尔多》是他动身去西班牙前几周完成的。扎尔卡是天生的作家。战争是时代强加于他的,良心促使他参加了军队。

在瓜达拉哈拉之役胜利后和莫拉特-德-塔胡尼亚战役(它被称作"战斗侦察",且伤亡惨重)之前,马特·扎尔卡曾在范台斯村对我说:"如果我没有被打死,五年后我要写……《多贝尔多》只是证据。而现在无须什么证据——每块石头都在作证。只需要善于描写人在战争中的表现。不要唱走了调……我不喜欢高喊……"

扎尔卡牺牲时才四十一岁。死前不久,他在自己生日那天写道:"我想过命运,想过生活的变幻无常和已往的岁月,我不满意自己,无所作为,成就甚微,收获也少。"他对别人十分宽厚,对自己却很严格。"生活的变幻无常"不时出现在他的创作道路上。

巴伦西亚隆重地安葬了著名的卢卡奇将军,只有几位战友知道,他们是同马特·扎尔卡告别,同没有写出他想写的那本巨著的作家告别。

他是个愉快的、善于交际的人,喜欢安静,但是他几乎一生都在听枪炮声,正如他自己所说,他是"耳朵贴在地上"睡觉的,然而他善于倾听人类心脏的跳动,他的一生是轰轰烈烈的,但他说话的声音却很低。

也许作家的才能帮助他了解士兵,大家都爱戴他。受他指挥的人不仅没有共同的语言,有时也没有共同的思想。在他指挥的部队里,有波兰的矿工、意大利的侨民——共产党员、社会党员、共和主义者、巴黎红色郊区的工人和法国形形色色的反法西斯主义者、维尔诺的犹太人、西班牙人、第一次世界大战的老兵、年轻小伙子。

我有时同海明威或萨维奇一起去第十二旅的司令部,有时独自前往。不知何故,我们都喜欢去访问卢卡奇和他的战友。该旅的顾问是聪明、热诚的弗里茨(我前面提到过他)。卢卡奇的直接助手是两个保加利亚人——易冲动的彼得罗夫(科佐夫斯基)和参谋长、温和而谦逊的别洛夫(卢卡诺夫)。我记得他们在范台斯村弄到一只小羊羔,彼得罗夫用干树枝烧烤羊肉,大家饱餐了一顿。我的老朋友,西班牙画家费尔南多·海拉西起初在扎尔卡的司令部工作,后来被调任营长。我曾和斯捷法一同去梅科,她是去探望丈夫的。扎尔卡的副官阿廖沙·艾斯纳也是我在巴黎结识的。他小时候被带出俄国,侨居巴黎期间,他写诗,在任何一个十字路口发表热情洋溢的共产主义演说。他在西班牙总是骑着马,崇拜卢卡奇将军,发表文学问题的谈话,钦佩海明威。他在那个可恶的时期来到莫斯科,亲身领教了"个人崇拜"。他同外界的往来虽然被切断,但他比许多人更好地保持了健全的心灵,我在1955年看见他还是那样热情。旅政委是雷格列尔,他也喜欢谈文学,而且不时在自己的笔记本里写些什么。扎尔卡笑着说:"瞧,他准会写出一部长篇小说,而且还是大部头的……"在营长们中间,我记得有亚涅克、法国社会党人贝尔纳、勇敢而有魅力的帕恰尔迪。匈牙利人尼布尔格走路时几乎离不开拐杖,但在卢卡奇死后的第二天,他也在冲锋时牺牲了。

受伤的雷格列尔恢复知觉后说:"您去看看卢卡奇,应该救救他……"(人们把将军牺牲的消息瞒着他。)过了两天,我在战士们中间遇见一个身体虚弱的犹太人,他是加利西亚一个哈西德派教徒的儿子,在马德里城下四次负伤,说起话来把欧洲各国的语言都混在一起,他啜泣着说:"这是个……"

在莫拉特-德-塔胡尼亚时,卢卡奇闷闷不乐,他说:"这是西班牙的多贝尔多。"应该探明敌人的情况,占据巩固的阵地,第二天又放弃它们。卢卡奇在进攻韦斯卡的前夕十分激动:他明白,突击的全部重担将落在国际旅的肩上。他爱惜人,但不爱惜自己,他之所以牺牲,是由于他急于去指挥所而让自己的汽车驶上了他禁止别的汽车行驶的一条遭到射击的公路。

我们从范台斯返回马德里时,海明威对我说:"我不知道他是个什么样的作家,但我听他讲话、瞧着他时,我总是在微笑。一个出色的人!……"

卢卡奇是个饶有风趣的人,他能使各种各样的人——战士、农民、新闻记者快活起来。他很有一手:他能用一张嘴奏出各种各样的咏叹调,他会唱各种各样的歌。有一次,他当着我的面同一个西班牙农妇跳舞,舞姿矫捷,舞毕回来对我们说:"我没有忘,我毕竟是匈牙利的骠骑兵……"

他爱匈牙利。有一次他对我说:"可惜您没有见过普什塔草原。我在这儿常常回忆……匈牙利真是绿意盎然……"

大家称呼他马特维·米哈伊洛维奇,他在苏联生活了很久,他把妻子和女儿留在那里,称她们是"我的后方",他爱我们的国家,常说波尔塔瓦的夏天令人神往,他爱俄罗斯人的性格,但他始终是匈牙利人——这既表现在音调和谐的口音上,也表现在富于诗意上和他竭力精心掩饰的内心激情上。

"战争是伤天害理的勾当"这句话他说过不止一次,他身上没有一点剽悍气概和寻衅斗殴的架势。回到莫斯科后,我读了他写给妻子和女儿的信。他的信直爽而坦白:"现在是夜晚,黑暗而潮湿。心中有点不自在。不过在战争中常有不自在的时刻……""今天接到你和塔莉的信。我走起路来兴高采烈,十分幸福。大家都问我:'您怎么啦?像是喝醉了吧?'我回答说:'没有什么。'我不愿让任何人分享我的幸福。瞧,我成了一个多么自私的利己主义者……""今天我们这儿异常平静。在人声沉寂的间隙里,春天灌木丛中的鸟鸣简直令人难以忍受……"我不知道在这些自白中更多的是什么——是诚实还是智慧?

我曾说过,西班牙战争是最后一个浪头,它是一个时代的终结。我想起了"海洛尔德"旅馆中罗蒂的房间。我进去办事,罗蒂挽留我吃晚饭。室内人很多:我国的军人有格里申(扬·别尔津,他是革命初期保护过列宁的那些拉脱维亚人中的一个),格里戈罗维奇——施特恩,坦克部队的指挥员、高大而结实的帕夫洛夫,马特·扎尔卡,聪明而招人喜欢的南斯拉夫人乔皮奇,亚涅克。我们有说有笑,十分快乐,至于为何如此,我记不起来了。(这些人中间只有我还在人世。扎尔卡是被敌人炮弹打死的。而其余的人都是无缘无故地被自己人杀害的。)

在梅科的时候,当费尔南多同斯捷法说话时,我和扎尔卡坐在地上。天气已经转暖,周围一片绿色。扎尔卡说:"费尔南多有个小儿子叫季托,而我的女儿叫塔洛奇卡,小学快毕业了。一般地说,这听起来有点愚蠢,正如在艺术剧院里一样,但这确是真理——总有一天,天空会出现钻石般的光芒!如果不相信这个,一天都活不下去……"马特·扎尔卡当时和我们大家一样不知道许多事。现在我难过地想起:他是对的,"钻石"也不是愚蠢的臆造,钻石是会出现的,只是出现的时间要晚得多也难得多……

根据《圣经》的传说,罪孽深重的所多玛和蛾摩拉两城只要有十个遵守教规者便可得救。这对所有的城市和所有的时代而言都是正确的。马特·扎尔卡,卢卡奇将军,亲爱的马特维·米哈伊洛维奇便是这种遵守教规者之一。

26

我知道在布鲁涅特地区将发动一次攻势——这是军事秘密,所以没有对任何人谈起过。在战斗开始前的一个星期,司机奥古斯托告诉我说:"你干吗去巴塞罗那?你会错过机会的。一个自己人昨天对我说,我们部队要在布鲁涅特打击敌人。但你要注意,这是军事秘密……"这种情形在西班牙屡见不鲜:新闻记者、女电话员、军需官、司机把正在准备的战斗行动"偷偷地"转告自己的朋友。某人突然由于间谍活动而受审。但是泄密现象仍在继续。

看来我应当高兴:我曾经为其成立花过不少心血的作家联合会,决定在马德里召开代表大会,这是在战争开始前早已决定的。这会鼓舞西班牙人。而且会给大家留下一个印象:作家们第一次在距法西斯战壕只有三公里的地方开会讨论保卫文化的问题。然而坦白地说,我心里很生气:即将到来的军事行动远比代表大会对我更有吸引力。

尽管韦斯卡之战失败了,我又一次沉湎在幻想中。阿拉贡前线很远,那儿有许多战斗力不强的部队。无论怎么说,无政府主义者的纵队,即使现在称它作师,在现代化战争中也是没有多大作用的。军人们都这么说,我也相信这种说法。(1955年,一位作者在自己的回忆录中写道,对韦斯卡的进攻由于卢卡奇将军的死亡而中断,他似乎是被无政府主义者和鲍乌姆分子害死的。当然,当时我就知道,马特·扎尔卡的阵亡不是无政府主义者的罪过,而进攻的失败在一定程度上是由于许多部队没有战斗力。)在马德里方面却是另一种情况:这里秩序井然,有利斯特的第十一师、国际旅、我国的坦克……

（如今回首往昔，我发现1937年的上半年具有决定性意义。3月里的瓜达拉哈拉之役胜利后，不仅我们这些在西班牙的人，甚至那些在英国或法国报纸上发表文章的军事专家也认为，佛朗哥军队处境危急。我们对卡萨－德尔－卡姆波的正面进攻没有成功。意大利和德国继续投入人员和技术装备。加泰罗尼亚爆发了内战。卡巴列罗醉心于南方战线的进攻计划。起初，佩尼亚罗亚之战给大家带来了希望，但法西斯分子不久便恢复了局势。军人们说，把希望寄托在南方战线是失策——那儿兵力有限，交通也很糟。政府更换了，采取了进攻韦斯卡的计划。一个月后，司令部决定突破敌人在布鲁涅特地区的防线。每次战役的最初几天，共和国军都取得一些胜利，但佛朗哥迅速调来预备队，数量远较我们为多的德国飞机轰炸道路，又一次攻势逐渐减弱了。）

我前往巴塞罗那迎接苏联作家代表团，但心里却想着即将在布鲁涅特开始的战斗。科利佐夫对我说："现在您应当只考虑代表大会的事，您参加了秘书处的工作，总之，这都是您想出来的。苏联代表团的事够我忙的了……"我回答说："好吧。"——虽然如此，我对代表大会依然考虑得不多。

我没能到达巴塞罗那。在距巴伦西亚不远的海滨疗养地贝尼卡洛，我看见饭店里有许多代表，他们正在喝鱼汤。费·彼·斯塔夫斯基用餐巾擦着脸抱怨说："简直会热死人！……你瞧，鱼汤还是我们的好……"

根据当时的报纸判断，代表大会是成功的。当然，比起1935年的代表大会，有名气的人物少了一些——炸弹和炮弹并非对所有人都有诱惑力。很多作家对邀请的答复是：在这种环境里讨论文学问题是孩子气的举动，是谁也不需要的浪漫行为。各国的警察也横加阻挠，譬如弗兰兹·埃伦斯本想来参加，但比利时不发给他护照。虽然有这些情况，仍有一些著名作家来到了西班牙：安东尼奥·马查多、安德森－尼克索、阿·托尔斯泰、于连·本达、马尔罗、路德维希·雷恩、尚松、安娜·西格斯、斯彭德、纪廉、法捷耶夫、贝尔加明等许多人。

有人开玩笑地称呼这次代表大会是"巡回马戏团"。大会于7月4日在巴伦西亚开幕，大会的发言起先在马德里，后来又回到巴伦西亚，再移至巴塞罗那，闭幕式是两星期后在巴黎举行的。大会的参加者也在改变——阿尔瓦雷斯·德尔瓦约在巴伦西亚发表了演说（他曾以侨民身份参加了

1935年在巴黎召开的代表大会),但这时他是部长,不能同我们一起去别处。路德维希·雷恩只参加了马德里的大会:他指挥着一支部队,所以留在前线了。亨利希·曼、阿拉贡、休斯、巴勃罗·聂鲁达是在巴黎的大会上发言的。大会仿佛有一个日程表,但谁也没有考虑它。发言的性质随着环境在变化。

在马德里期间,在炮击下举行的代表大会犹如群众大会,它的形形色色的参加者虽然没有打过仗,但走在市内的街上却摆出一副勇敢的神气,给一些尊贵的客人,如英国的议员代表团或美国的教友派教徒留下了深刻的印象。

在政府所在地的巴伦西亚,一切都很隆重,作家曼努埃尔·阿萨尼亚——他是西班牙共和国总统——向我们祝贺,举行了一次盛大的宴会,有时好像根本没有战争,而是在举行笔会的例行代表大会。

在巴塞罗那,科姆帕尼斯坐在主席台上,而米基坚科则谈论着社会主义社会中民族文化的繁荣。

我们在巴黎租下了圣马丁剧院,参加的人很多,大家高呼:"打倒不干涉政策!"但是我们在1935年代表大会上见过的那种热情却不复存在。人民阵线摇摇欲坠。许多左派知识分子虽然同别人一起喊:"打倒不干涉政策!"但他们听着马德里和格尔尼卡的情况时却暗自思量:"幸好我们这里没有战争!"距慕尼黑已经不远了……

讲话的人很多。我记得何塞·贝尔加明的发言,他很瘦,大鼻子,有一双忧郁的黑眼睛。我手头现有一份援引了他的发言的报纸。"语言是脆弱的,西班牙人民用'人的语言'称呼蒲公英这种其生命细若游丝的小花。人的语言的脆弱是无可争论的……语言不只是我们正在加工的原料,它也是我们同世界的联系。这是对我们的孤独的肯定,同时也是对我们的闭塞的否定……洛佩·德·维加曾说:'血在不会说话的书中呼喊真理。'血在我们不朽的堂吉诃德身上呼喊。这是对生命战胜死亡的永恒的肯定。所以忠于人道主义传统的西班牙人民迎接了这个战斗……"我现在明白,为什么贝尔加明的话使我激动不已:他表达了我在横越拉曼查时模模糊糊想到过的事。

还有其他许多出色的发言,如果我不记得它们,那不是发言人的过错。

我一生经常发言反对古罗马人的格言:"在兵器中间,缪斯沉默不语。"我一向不喜欢这句格言的寓意,因为人们通常这样解释它:当外面有风暴的时候,诗人最好是沉默和等待。但是我现在问自己:古罗马人对这句话是否有不同的理解呢?他们有丰富的经验,他们不断地打仗,也许他们仅仅是指诗人的声音压不住战争的喧嚣,虽然在那个时代不仅没有原子弹,也没有火枪……1937年夏天,作家们在马德里的发言不知怎么一点也不响亮。我们赞美的是别的东西。战士们来了,送来了战利品——刚刚在布鲁涅特的战斗中缴获的一面法西斯团旗。人们把雷格列尔从医院里送来,他走路拄着拐杖,不能站着发言,便请求允许他坐着,听众出于对这位负伤的战士的尊敬而站了起来。雷格列尔说:"除了在反法西斯斗争中团结一致的问题之外,没有其他的结构问题。"在那个时刻,所有的人——无论是作家或是赶来向我们祝贺的战士都有同感。大家热烈地欢迎正在战斗的作家:马尔罗、路德维希·雷恩、年轻的西班牙诗人阿帕里西奥等。

许多苏联作家的发言使西班牙人惊讶和不安,他们对我说:"贵国的革命已经获胜二十年了,我们以为将军们是同人民站在一起的。原来贵国的情况和我国一样……"我竭力安慰西班牙人,虽然我自己什么也不明白。似乎只有阿·莉·巴尔托没有提到图哈切夫斯基和亚基尔,她谈的是苏联儿童的情况,其他的人则提高嗓门反复地说,一些"人民公敌"被消灭了,另一些也将被消灭。我曾试图问我国代表,为什么他们要在作家代表大会上,而且还是在马德里,谈这个问题,谁也没有回答我,只有米哈伊尔·叶菲莫维奇不快地说:"应该这样。您最好别问……"

法西斯分子在广播中嘲笑代表大会。然而在夜里他们对它却表现了一定程度的兴趣:开始放排炮轰击马德里市中心。几乎所有的代表都对此无动于衷,只有少数来自没有战火的国家的代表有点惊慌,此后有人谈起了一些有关他们的可笑的故事。不过总的来说炮击是猛烈的,而在战争中有时也容易出现恐惧感,特别是当一个人还不习惯的时候。

震耳欲聋的炮声使人无法入睡。我同于连·本达谈了很久。他当时已经七十岁了,但依然精神饱满,整天东奔西跑,察看城市和阵地,而当夜晚炮击开始的时候,他对我说,他的睡眠一般很少,对爆炸声也毫不介意。在谈到代表大会时,他说他认为我们在马德里召开代表大会的做法很对:"现在主要是要表明,珍惜文化的人们正站在火线上。"他批评了某些人的发言,微笑着说,"您的一些朋友对安德烈·纪德的影响估计过高。他从来不掩饰自己对纯理性主义的蔑视,他一贯是不彻底的。你们曾经相信他的社会作用,把他奉为圣徒,而现在又把他革出教门。这太可笑了,尤其是在这儿——在马德里。安德烈·纪德是个在'无主的土地'上筑巢的小鸟,应该像法西斯分子这样轰击敌人的炮兵……"

对布鲁涅特的进攻开始于7月6日早晨。傍晚,弗·维·维什涅夫斯基把我拉到一旁。"咱们去布鲁涅特瞧瞧!带上斯塔夫斯基,他也想去。我们都是老兵。我就是为此而来的……"

弗谢沃洛德·维塔利耶维奇是个极易冲动的人,他有点像一个出色的西班牙无政府主义者。只要他一开始说话,他自己也不知道他会扯到哪里又如何结束。他是个优秀的演说家,说的比写的好,有很多列宁格勒人曾对我说,在被围期间,他的广播讲话鼓舞了人们。有时他也使那些年代的我国听众目瞪口呆,人们不仅怕说话,也怕听出格的话,但是维什涅夫斯基一高兴便不顾环境了。有一次在亚·雅·泰罗夫家里,他因为生我的气竟掏出了手枪,简直和杜鲁蒂一模一样。他大骂西方,说他是一个水兵,是个老实巴交的普通人,同时却赞美乔伊斯和毕加索。他恨法西斯分子,在德苏和约期间曾帮助我在《旗》杂志上发表了长篇小说《巴黎的陷落》的前几章。

我去找西班牙人,他们对我说,第一天进展顺利,占领了布鲁涅特,现在正准备夺取比利亚努埃瓦德康亚达。然而形势不稳定,拿下布鲁涅特几乎是在袋中取物,法西斯分子会切断公路,参加大会的代表无论如何也不值得去那里参观,最好还是让他们去看看哈拉马或拉班切尔。

我回来后对维什涅夫斯基说:"毫无结果,他们不同意。"这时,他完全失去理智地吼道:"我还以为您是个勇敢的人……"我勃然大怒,回答说,我自己就要去布鲁涅特,我要向报社报道那儿的情况,我有汽车,西班牙人要求我不要带前来参加代表大会的作家,但是如果他坚持要去,那好吧:明天早晨五点钟跟我一起坐车去。

那些日子热得要命。现在每当我回想起夜里蹲在挂着黑窗帘的房间里的情形就不寒而栗。在一个闷热的斗室里要待上一个小时,有时甚至两个小时,用电话向报社转述消息("听不清楚,一个字母一个字母念。"):哪些人在会上发了言,共和国军队占领了哪些村庄。

尸体在烈日下迅速变黑,斯塔夫斯基把所有尸体都看成是敌人的——佛朗哥分子在这个地区拥有几个摩洛哥营。

我带着一只军用水壶。斯塔夫斯基和维什涅夫斯基一口气把水喝光了。我已经知道,在日落以前最好不要喝水——口渴会使人非常难受。他们的确受够了罪,只得向战士们要一口水喝。

当我们向布鲁涅特走去的时候,我遇见了"埃德加·安德烈"营的几个熟识的指挥员,他们说,道路遭到敌人的猛烈射击,最好不要再往前走。我回答说,我们一定要去布鲁涅特瞧瞧。"那千万别停下来,"他们说,"法西斯分子正在准备反扑。"

法西斯分子是一下子被赶出布鲁涅特的,我们看见有些屋子里的桌子上还摆着没吃完的午饭。兵营里到处扔着传单、标语、译成西班牙文的戈培尔演说词。维什涅夫斯基收集了一些"战利品"——法西斯的徽章、小旗子、盖有印章的零散文件,他还请我把墙上的题词翻译给他听,总之,我们耽搁了一些时候。当我们前往比利亚努埃瓦时,斯塔夫斯基捡到一个法西斯钢盔戴在头上,而且一定要我给他和维什涅夫斯基照张相。

我们在归途中经过比利亚努埃瓦德康亚达时,道路遭到猛烈射击。弗·彼·斯塔夫斯基喊道:"卧倒!我以一个老兵的资格对你们说话!……"

维什涅夫斯基匍匐前进,高兴地叫着:"嘀!这太近啦!这些魔鬼,还在瞄准呢!……"

我们回到马德里后,他们便向法捷耶夫谈起我们这趟旅行多么有趣。我去向报社发消息。

我却为这次参观遭到一顿申斥。我国的一位军人(好像是马克西莫夫)叫道:"谁给您这种权利让我国作家去冒险?简直是胡闹!……"我难为情地说,我也是作家。这句话并没有使他息怒。"您是另一回事。您和科利佐夫出去是办公事。我们有指示不让代表们……"他突然改变了腔调,"您有什么看法?打得怎么样?我们占领了吉霍尔纳墓地。坎佩西诺在那儿……六点以前我到过那儿,睡上3个钟头我还要去的——我要同格里戈罗维奇在这里谈谈。这些坏蛋,刚才来电话说他们正在轰炸……"

头一天晚上我写好了在代表大会上的发言稿,但决定不发言了,便将稿子交给了《工人世界》的编辑,在我的发言中既没有谈到安德烈·纪德,也没有提起我们正在消灭"人民公敌"的事。前不久我接到7月8日的《工人世界》,上面印着我送给报社的那份讲稿,标题是《未发表的演说》。上边是一则战报:"吉霍尔纳村被我军包围。我军士气高昂。一些投诚者供认,敌人正在调集新的部队,以便阻止我军挺进。"我的发言稿中有一个我至今依然觉得是正确的看法:"我们进入了行动的时代。谁知道我们中间许多人已经构思好的书能不能写完。如果不是几十年,那也要有几年,文化将是战地文化。它可以躲进防空洞,但在那儿迟早会碰上死神。它也可以转入进攻。"

"几年",短了些;"几十年",也许又太长了。从我写下这几行字的那天开始,我又在战场上度过了八个年头。而且后来也曾有过真正的和平。

然而一个作家很难放弃贝尔加明所说的"脆弱的语言":文学使他陷了进去。马尔罗到春天已经不打仗了:没有飞机了。他开始写描写西班牙战争的长篇小说《希望》。西班牙前线出现了暂时的平静。路德维希·雷恩被派往美国、加拿大、古巴报告西班牙战争的情况。雷格列尔在南美洲从事同样的工作。马尔罗在美国为西班牙人募捐。科利佐夫在秋天返回莫斯科,并着手写《西班牙日记》一书。

代表大会结束后,我离开巴黎前往法国南部的一个小村子。那儿很安静,有时甚至太安静了。绿油油的烟草田,缓缓流淌的洛特河。我写了一部关于西班牙战争的中篇小说,说得确切些,是一部关于人物和事件的记录。

小说的一个主人公是德国侨民瓦尔特,他前往西班牙同法西斯分子作战。从车厢窗口望出去可以看到大海。他心里想:"这儿多么好,石块、渔网、葡萄园,宁静。人需要什么?废话!需要的东西很多,非常多。又是隧道。这就是战争啊!……"我给中篇小说取名为《人需要什么》——这是主人公和作者在宁静的和平生活同开始了很久的战争之间的思想活动。

我能够在几个月里摆脱军事记者的工作。但是我再也不能离开战争,有野战望远镜、野战邮局、野战医院,我这一代人收到的礼物是漫长的野战岁月。

27

一颗炸弹落在很近的地方,炸弹的碎片从窗口飞进室内,我听见一阵女人绝望的喊声,我觉得有许多人在喊叫,但有一个最高的声音盖过了一切。我六神无主地向周围看了一眼,抖掉身上的尘土,便向有喊声的方向走去。炸弹落在一个挤满了顾客的大咖啡馆里。后来我听说,炸死了五十八个人。一个女人不停地叫喊:我不知道是气浪打击了她还是她的什么亲人遇难了,——她不回答。一刻钟后,消防队来了,接着是救护车。负伤者被运走了。消防队员久久地挖掘尸体。我前往旅馆,本想向报社发消息,后来我改变了主意:编辑部曾预先通知我说,这几天报纸的版面几乎全部让给了即将举行的最高苏维埃选举,而且在西班牙可喜的事并不多……三天后,我交了一篇特写《战斗前的巴塞罗那》,关于轰炸,我只简略地提了一笔。我写道,城市正在准备回击法西斯的进攻。文章在选举后的第二天刊出了。

我的老朋友和熟人留下来的寥寥无几。许多顾问都回国了。再也见不到安东诺夫-奥夫谢延科了。在梯比达鲍小山上的那个小屋里,萨维奇独自坐在一堆堆报纸面前,常常有西班牙人来找他,当他有咖啡的时候,宛若用象牙雕刻出来那样小巧易碎的加布里爱拉便拿它招待客人。我国使馆几乎就在萨维奇那间屋子的对面。盖基斯早已被召回莫斯科。接替他的是代办马尔琴科(曼达果)。

我仍住在那个"马热斯奇克"旅馆里,这里住着我国的几个顾问、德国记者基什、马尔塔·胡斯曼、伊莎贝拉·布吕姆。有时夜里服务员敲门:"警报! 快到防空洞去!"我知道他会继续催我,所以总是穿上衣服下楼站在前厅里或者走到大街上。我们所做的一切就是人们在这种情况下所做

828

的:冷得打哆嗦、不时打个哈欠和用聊天消磨时间。马尔塔爱说几句刻薄话又爱争论,她的话题不外是绘画、战略或普苏克。基什悄悄地问我,皮利尼亚克真是日本间谍吗,他埋怨特列季亚科夫没有给他回信。伊莎贝拉请我吃巧克力糖,我贪婪地吞下了它——当时食物很少。

工作也很少:《消息报》对西班牙情况的报道越来越少了:中国发生了许多重大事件,报纸的版面被宪法、即将举行或已经举行的选举消息占满了。

我被邀请参加即将在第比利斯举行的纪念卢斯塔维里①的作家全体会议。这个建议是诱人的:我可以看见老朋友季齐安·塔比泽和帕奥洛·亚士维利,将有筵席主持人、碰杯和串烤羊肉。而且我离开莫斯科已经有两年的光景,该去瞧瞧我们国内的情况。资产阶级报纸在报道什么大规模的逮捕,不过它们从前也是这么写的,大概像往常一样是夸张……《工人世界》描绘人们庆祝新宪法颁布的盛况,这部宪法被称为"斯大林宪法"。我可以看见伊琳娜、拉宾、巴别尔、梅耶霍德以及所有的朋友。我想歇口气,把工作搁在一边,所以往巴黎给柳芭打了一个电话,告诉她我 12 月 20 日去找她,以便一同回莫斯科住两个星期。

就在这个时候,马尔琴科对我说:"在特鲁埃尔地区准备发动一次重大战役。"(这一次很少有人得知准备发动进攻,因而使法西斯分子措手不及。)

怎么办?我决定在特鲁埃尔附近待到 18 日——瞧瞧最初几天的战况。我动身前往巴伦西亚。那儿异常平静:政府在一个月前迁往巴塞罗那,已开始过那种宁静的外省生活,只是人们吃不饱肚子。我碰见了几个西班牙朋友。天气暖和,花园里玫瑰花盛开。海边那些挂满了金黄色橙子的橙树疲惫不堪。

我走在一条通向山中的道路上,果园消失了,吹来一阵狂风,我们登上了海拔一千米的高山,一片云雾,低吹雪抽打着面孔。

特鲁埃尔地区很冷,西班牙人受不了这种天气,刮大风的时候气温大概下降到零下十二度。石头上蒙着一层冰,人们滑倒了,只好爬着上山。

---

① 卢斯塔维里是 12 世纪格鲁吉亚的诗人。

整整一年以前,即1936年12月,我来过特鲁埃尔,当时也很冷,我们打算夺取像楔子似的嵌入共和国军地区的城市,但毫无结果。

　　我立刻看出,这一次秩序良好得多。几个师看上去也比过去好,甚至在无政府主义者维万科斯指挥的民族劳动同盟的师中,也没有那些早已为大家忘记的乱七八糟的"百人团"。

　　在进攻前夕,四十架共和国军的轰炸机轰炸了火车站、法西斯的阵地和通往萨拉戈萨的道路。这鼓舞了大家,进攻的开始很顺利,共和国军头一天便在某地推进了八至十公里。

　　我在一个西班牙旅的指挥所内。我永远不会忘记那一天。甚至在这个悲惨的、好幻想的西班牙,我也没有见过类似的场面。周围是一座座红褐色的山,有着几座高塔的特鲁埃尔城宛若一座中世纪的要塞,它的上空是被风撕碎的铅灰色和紫色的云。雾散了,阳光灿烂,阴影鲜明。又是一次轰炸。这一切是史前时期的自然界同现代军事技术的结合。战士们在山岩上爬动,一些人在机枪火力下倒下了,另一些人继续往前爬。风愈吹愈猛。在布鲁涅特,大家都盼望着阴凉地方,而在这里却只想溜进屋里取暖,哪怕只有一会儿的工夫也好。占领了圣布拉斯村。推进到公路旁,敌人被围住了:道路在我方机枪火力的控制下。

　　我用电话转述了一篇有关特鲁埃尔争夺战的特写,谈到了胜利,但一想起布里韦加和布鲁涅特,我便谨慎地预先说道:"倘若处于另一种局势下,我们现在就可以推测特鲁埃尔的命运……然而现在的问题不是关于占领某个具有重大政治意义的中心,而是关于战略任务。如果今天开始的战斗将打扰正在准备进攻的敌人,那时就可以说,取得了巨大成就。"我希望相信能占领特鲁埃尔,但我怕使读者产生错觉。

　　第二天傍晚,我找到了格里戈罗维奇。他刚从观测所回来,冻得直打哆嗦。我们用农民的瓦盆喝了些热汤。格里戈罗维奇说,明天定要占领城市的墓地。可是我明天就要离开。遗憾得很,看不到结果!……

　　"格里戈里·米哈伊洛维奇,您认为能够拿下特鲁埃尔吗?"他说,南面的部队落后了,但总的情况不错,几天之后定可占领城市。然而,根据空中侦察的结果判断,佛朗哥正把在阿斯图里亚斯粉碎了抵抗后腾出手来的几个师调往阿拉贡。"看来我们可以拿下特鲁埃尔。但能否守住,我不敢说。

我们拿出一把,德国人和意大利人便拿出一抱……多好的人民啊!"一丝温柔的微笑使格里戈罗维奇的脸都变了样,"我是一个军人。而军人在这里是艰苦的,我吃了苦头,但人民是多么出色啊!……我大概很快要离开了。但我永远不会忘记西班牙。科利佐夫对我说,他们是诚实的,然而问题不在骗子手不多,虽然这也是实情。我觉得,诚实是个陈旧的概念,是个陈旧的字眼,您说对吗?您在这里随便走进哪一个农舍瞧瞧——他一个字也不认识,但'诚实'却少不了,简直是一名骑士……我为他们难过,非常难过!……您就把这一切写下来,不是现在,而是十年以后,您也谈谈我们的人,您知道我们都很卖力。我们大家都爱上了西班牙,许多事情可以说明这一点……"

电话铃响了。格里戈罗维奇骂了一句,随后对我说:"我不喜欢的就是这……联络似乎得到了保证。可是炮兵却不知道在康库德的后面有步兵,便开始向自己人射击。幸好打得不准,但影响极坏……"

我说我明天要去莫斯科,两星期后再回来,希望能在特鲁埃尔看见他。"您去一趟很好。看看家乡的情况……回头见!……"

夜里,我在巴塞罗那同海明威告别。我说:"我们不久会见面的,你不是1月份还在这里吗?……"我此后再也没有看见他。

马尔琴科的桌子上放着一份《真理报》,我从中得知格里戈罗维奇当选为最高苏维埃代表:"车臣-印古什苏维埃社会主义自治共和国——施特恩·格里戈里·米哈伊洛维奇。"马尔琴科说:"我羡慕您能够在家里迎接新年……快点回来吧,否则我们只剩下萨维奇一个人了……"我高兴地说:"再见!"我们以后也常说这两个字,虽然在此后的那些年月里,我们在任何一次分手时谁也不知道日后将会怎样。倒不如老实点说"别了"。

我从此再也没有遇见格里戈罗维奇,也没有遇见其他许多"墨西哥人"或"加列戈人"……

我们乘火车绕过德国,穿越奥地利国境。在维也纳要从一个车站转到另一个车站。我觉得这是个无忧无虑的城市。我不知道,三个月后德国的师团将开进这座城市。

我在车站上买了一份报纸。"共和国军队占领了特鲁埃尔。"我坐在阴暗的单间里,眼前出现了红褐色的阿拉贡、奥古斯托和他的俏皮话"你又要去哪儿"、举着拳头的年轻战士、巴塞罗那马路上的血迹、格里戈罗维奇不明显的微笑——我刚离开的那个世界的一串不连贯的幻景。

瞧,那就是涅戈列雷拱门。一个年轻英俊的边防军人走进了车厢。我对他笑了笑——我在阿尔卡拉-德-埃纳雷斯就是同这样的人交上朋友的。我忍不住说道:"拿下了特鲁埃尔……"他也微笑了一下:"昨天见报了……请进海关大厅吧。"

28

我们于12月24日回到莫斯科。伊琳娜在车站迎接我们。我们十分快乐,有说有笑地坐出租汽车来到拉夫鲁申胡同。我在电梯里看见一张手写的通告,它使我大吃一惊:"禁止将书籍扔进厕所。违者严惩。""这是怎么回事?"我问伊琳娜。伊琳娜瞟了开电梯的女工一眼,说:"您回来我很高兴!……"

我们走进房间后,伊琳娜弯下身子低声问我:"怎么,你什么都不知道?……"

半夜里,她和拉宾告诉了我们一些重大事件:一大堆名字,而每个名字后面都是"被捕"二字。

"米基坚科?他不是刚从西班牙回来吗,在代表大会上发过言……""那又怎么样,"伊琳娜回答说,"常有这种情形,头一天还发表演说或者在《真理报》发表文章……"

我无法平静下来,对每个名字都要问:"可他是怎么回事?……"鲍里斯·马特维耶维奇企图作一些推测:皮利尼亚克到过日本;特列季亚科夫常同外国作家见面;帕维尔·瓦西里耶夫酒后总爱胡说八道;布鲁诺·亚先斯基是波兰人,波兰共产党员全被捕了;阿尔乔姆·韦肖雷曾是"超越派";画家舒哈耶夫的妻子认识戈戈别里泽的侄子;恰连茨在亚美尼亚受到过高的推崇;娜塔莎·斯托利亚罗娃不久前从巴黎回来。而伊琳娜对这一切则回答说:"我哪儿知道?谁也不知道……"鲍里斯·马特维耶维奇难为情地笑了笑,他劝我说:"别问任何人。如果有人谈起,最好别插嘴……"

伊琳娜生气地问我:"你为什么在电话里向我打听米罗娃?难道你不

明白?她的丈夫被捕了,她回来后也被抓走了……"拉宾补充说:"现在妻子也往往被捕,孩子则被送进保育院……"

(不久我得知在"西班牙人"中间受难的不止米罗娃一人,我知道了安东诺夫-奥夫谢延科和他的妻子、罗森贝格、戈列夫、格里申等其他许多人的遭遇。)

当我说我们将要在第比利斯遇见帕奥洛和季齐安时,鲍里斯·马特维耶维奇惊讶地说:"您连这个也不知道?塔比泽被捕了,亚士维利用枪自杀了。"

第二天早晨,我前往《消息报》编辑部。人们热情地接待了我,但我没有看见一个熟悉的面孔。我不顾拉宾的劝告,打听某人在什么地方。有的人回答说"出事了",有的人只摆摆手,还有一些人索性匆匆走开了。

当天晚上,我们动身去第比利斯。我随身带着12月份的报纸。报上有关劳动和取得的成就的心平气和的文章,有时被一些对"斯大林式的人民委员"叶若夫的赞扬所打断。我看见了他的照片——一张讨人喜欢的、普普通通的面孔。我不能入睡,一直想啊想啊,我想明白用伊琳娜的话说是谁也不会明白的事。

人们在全体会议上谈论着卢斯塔维里的诗歌。西班牙作家普拉-伊-贝尔特兰在会上发言,受到热烈欢迎,我在巴伦西亚时见过他。

贝利亚坐在庆祝大会的主席台上。当有些发言者赞扬他的时候,全体起立向他鼓掌。贝利亚拍拍手,脸上露出得意的微笑。我已经明白,在提到斯大林的名字时大家都要鼓掌,如果是在发言结束时提到他,大家还要起立,但使我感到惊讶的是——这个贝利亚又是什么人呢?我低声问坐在旁边的一个格鲁吉亚人,他简短地答道:"大人物。"

夜里柳芭告诉我说,塔比泽的妻子尼娜通知我们不要去找她,她不愿连累我们。

我遇见了许多我很熟悉的作家:费定、吉洪诺夫、列昂诺夫、安托科尔斯基、列昂尼泽、维什涅夫斯基。伊萨基扬也参加了会议,我想同他谈谈,但没有找到机会,直到战后他来到莫斯科时,我才同他作了一次推心置腹的谈话。冰岛作家拉克斯内斯也来了,我当时还没有读过他的作品,所以不知道我以后会喜欢它们。也有我原先设想的那种宴会和祝酒,但用不着再谈我的心情:我依然不能冷静下来。我们在列昂尼泽家里迎接新年。我们想使和蔼可亲的主人们开心,他们也努力使我们开心,说得确切些,是使我们忘忧。但结果却成了碰杯和无言的对饮。

我和一些作家同车返回莫斯科。江布尔叫我去他的单间。他的一位学生和翻译与他同行。江布尔谈起四十年前他在一个大地主的婚礼上战胜了所有民间诗人的故事。送来了开水,煮了茶。江布尔拿起自己的冬不拉,哼起一支单调的曲子。他的学生(江布尔称呼他"年轻人",其实他已六十岁了)解释说,江布尔正在作诗。我请他翻译一下,原来这位民间诗人只是为即将喝茶而高兴。随后他走向窗口,又唱了起来,这次翻译告诉我的诗句感动了我:

> 这些铁轨径直飞往异乡,
> 我的歌也在这样飞翔。

他脸上的皮肤颇像古代的羊皮纸,而眼神却生气勃勃——时而调皮,时而忧伤。他当时是九十二岁。

随后亚·亚·法捷耶夫来了,带来曼德尔施塔姆的几首诗,他说他觉得可以在《新世界》上发表,当他回忆起马德里时,他那通常是冰冷的目光流露出笑意。

我们回到了莫斯科。编辑部告诉我说,他们打算提出我重返西班牙的问题,但现在一切都需要时间——上级领导很忙,我只得等一两个月。

我在莫斯科过了五个月,现在我感谢命运。我想回莫斯科解解闷并休息一下的愿望可真好:在一个民族的历史中有一些日子甚至从朋友们的口述中也很难了解,需要亲身体会。

首先我谈谈我那个时期的生活。我常去各种高等学校、工厂、军事学院报告我在西班牙的见闻。我收到了这种报告会的一份速记稿,报告是在汽车工厂俱乐部的晚会上作的,里面有一个统计数字——我说我已经在五十个地方作了关于西班牙的报告。我发现听众对西班牙人民的不幸遭遇感到难过,这鼓舞了我。我的面前全是忠于共产主义的诚实而勇敢的人们,他们很像我在阿尔卡拉-德-埃纳雷斯遇见的我国飞行员。

我不能写作,我只给《消息报》写过两篇关于西班牙的文章——一篇是在法西斯分子打了几个胜仗的3月份,另一篇刊登在5月1日的那一期上。编辑部曾多次建议我写一篇关于诉讼程序、关于"斯大林式的人民委员"的文章,并且把西班牙的"第五纵队"同当时被称作"人民公敌"的人们作一比较。我回答说写不了,我只写我十分熟悉的事,所以一行字也没有写。

我现在也只能写我看见过的事:谈谈我在莫斯科的生活,以及当时我见到过的五十个也许是一百个朋友和熟人的生活,我要努力描写日常生活以及我自己的和朋友们(主要是作家和艺术家)的精神状态。

那个时期,我们过着一种古怪的生活,可以用整本整本的书描写它,所以我未必能用几页纸将它描绘出来。这里有希望和失望、轻率和勇气、恐惧和尊严、宿命论和对思想的忠诚。在我的熟人中间,没有一个人相信明天,许多人都准备了一只装着两套内衣的小皮箱。在拉夫鲁申胡同的这座楼房里,有好几家请求夜里关上电梯,他们说电梯妨碍睡觉;每天夜里人们都倾听着电梯的响声。有一天巴别尔来了,他用他从来不会失去的幽默口吻说起被任命担任各种职务的人们的举止:"他们坐在椅子的边边上……"在《消息报》社里,各办公室门口的小牌子上原先写着负责人的姓名,现在牌子依然挂在那儿,但玻璃下面什么也没有。一个女送信员对我解释说,现在没有这个必要:"今天任命了,明天又抓走……"

我想在此回忆一个非常好的人——帕维尔·柳德维戈维奇·拉宾斯基。我曾写到,我是在第一次世界大战时期认识他的。我们住在"尼斯"旅馆里。当时我太年轻,还弄不清拉宾斯基的复杂性格,但我常津津有味地听他讲有关波兰和美国的情况。他揭露"护国派"的时候我没跟他争论:我不知道他说得对不对,但我觉得他是个可亲的人。命运有时会把一个人派到不大适合他的心情的岗位上去。迪埃戈·里维拉有可能不成为一个画家,而成为墨西哥革命的英雄。帕·柳·拉宾斯基的精神结构非常温和。他成了地下工作者、政论家,不过倘若他能和艺术一起度过一生大概会使他轻松些。我在30年代常常见到他,他的敏锐和富于同情心使我惊讶。他没有成家,过了一辈子孤独的单身汉生活。每当我走进那套摆满书籍的住宅我就感到可怕:他多么孤独啊!拉宾斯基的朋友斯坦尼斯拉夫·拉耶夫斯基的遗孀不久前向我提到,当我说帕维尔·柳德维戈维奇应该养一条狗时,他竟大吃一惊动物会破坏既定秩序。他管一只大理石色的小达克斯狗叫"苔丝德蒙娜",对它宠爱备至。当"苔丝德蒙娜"的主人被一些陌生人带走时,它大概曾痛不欲生地吠叫。在那些令人不快的年头,我的许多朋友和同事牺牲了,当我在《消息报》社的走廊里走过时,我觉得我是在墓地上行走。

生活似乎仍像过去一样。决定组织作家俱乐部,举行俱乐部日。谢·伊·基尔萨诺夫在这件事上也想表明自己是革新家,他在俱乐部里举办了孔恰洛夫斯基、特什列尔、杰伊涅卡的画展,甚至对饭菜也加以彻底改革。我记得那次设宴招待刚从列宁格勒来的米·米·左琴科的情形。端来了用罐头蟹做的汤,于是基尔萨诺夫解释说:"大鳌虾汤。"大厅的壁炉里生了火,旁边放着一些有待加热的酒瓶。有人提议为头一天在最高苏维埃办公厅里授给我的"红星勋章"干一杯。

大家离开餐桌后,一个我不大喜欢但相当著名的文学家将我拉到一旁,悄悄地说:"您听到最新的消息吗?斯捷茨基被捕了……多可怕的时代啊!不知道应该奉承谁和贬谁……"当时也有这样一些人……

有一天,我在俱乐部遇见了谢·谢·普罗科菲耶夫——他正用钢琴演奏自己的作品。他的神情忧郁,甚至有些严峻,他对我说:"现在应当工作。只有工作!这样才能得救……"

许多作家继续写作,特尼扬诺夫完成了《普希金》的第一部,扎博洛茨基出版了新的诗集。另一些作家承认"没有写作的兴致"。

费·格·利金像往常一样,讲一些可笑的故事逗我们发笑。有一次他请我们吃晚饭,一个年轻人兴高采烈地跑来向我们表演木偶——卡门成了冷冰冰的女巫,两个圆球互诉爱情——这个人是谢·费·奥布拉兹佐夫。另有一次,我们在利金家里碰见了去北极探险的四位探险家之一——年轻而谦逊的埃·特·克伦克尔。他用幽默的口吻谈起冰上的生活,谈到一只莱卡狗如何帮助他们赶跑了企图抢劫储备的食物的熊。所有这些都是轻松愉快的。

我们也去看望过泰罗夫一家、叶夫根尼·彼得罗夫、列昂诺夫。巴别尔、吉洪诺夫、法尔克(他前不久才从巴黎回来)、维什涅夫斯基、卢戈夫斯科依、特什列尔、费定、基尔萨诺夫也常来找我们。拉宾有自己的朋友——哈茨列温、斯拉温,我们在一起吃晚饭。有时我们也谈起文学上的一些论争或新的戏剧演出,有时也散布流言蜚语——要知道,人们在继续恋爱、同居和离婚;有时我向他们谈谈对我是无限遥远而又无限亲近的西班牙;但是话题有时也不知不觉地触及我们不愿说,甚至也不愿想的那个问题。

伊琳娜有一只小鬈毛狗丘卡,又胖又可爱,而且像杜罗夫可能会说的那样具有敏锐的条件反射能力。鲍里斯·马特维耶维奇教它学会了许多把戏:它会递纸烟、火柴,会关餐厅的门。吃晚饭的时候,客人们往往谈起某人被监禁的事,这时黑色的毛茸茸的丘卡为了得到一根香肠,便急忙把门关上。这使在座的人全笑了:即使在那个时期我们也爱笑。

有些熟人努力与外界断绝往来,只同亲人见面。多疑与谨慎损害了人与人之间的关系。巴别尔说:"现在一个人只能同自己的妻子说知心话,而且要在夜里用被子蒙着头说……"我却相反,总想找朋友们谈天。几乎每天晚上都有朋友来看我们,否则我们便去朋友家做客。

我们常常去梅耶霍德家里。1月间公布了一个决定:他的剧院被作为"异端"封闭了。季娜伊达·尼古拉耶夫娜患了严重的神经活动失常症。弗谢沃洛德·埃米利耶维奇勇敢地支撑着,有时谈谈绘画和诗歌,有时回忆巴黎的情景。他继续在工作:考虑演出《哈姆雷特》,虽然他并不相信能让他实现这一演出。我在梅耶霍德家里常常遇见彼·彼·孔恰洛夫斯基——他当时正给弗谢沃洛德·埃米利耶维奇画一幅肖像,也碰见过钢琴家列·尼·奥博林和几个依然把梅耶霍德看作导师的热心的年轻人。

有一次,我参加了一个作家的会议。各种各样的文学家指责弗·彼·斯塔夫斯基"疏忽大意":杂志社、报刊杂志联合公司和出版社里都有"人民公敌"。弗拉基米尔·彼得罗维奇满头大汗,不停地擦着前额。我回忆起他在布鲁涅特附近戴着敌人钢盔时的样子,心里在想:这里更热些……

伊·康·卢波尔请我们去吃午饭——他和我们一样住在拉夫鲁申胡同里。他的妻子说,他们不久前才搬来,买了家具,就是没有灯,她补充道:"不知怎的,没有情绪买……"(卢波尔支持了一年半的光景,后来遭到了和许多人相同的命运。)

弗·维·维什涅夫斯基叫喊着说,所有作家都应当学习军事,老头子也不例外。他谈到在战斗中如何跃进、如何越过道路和对敌人如何侦察。

我和一些志趣不相投的人接触,甚至同他们交了朋友:我们像战争中的士兵们那样有互相支援的精神。战争还没有来到,但我们知道它是不可避免的。我们坐在战壕里,而炮兵,正如在特鲁埃尔发生的那样,却向自己人开炮。

格里戈罗维奇对我说,共和国军的一个炮兵连曾向占领了一个小村庄的自己部队开炮,幸亏没有瞄准。叶若夫采用大面积的射击而且不吝惜炮弹。我说"叶若夫",因为我当时觉得整个问题全在他的身上。

我打算在本书的最后一部里谈谈对约·维·斯大林的看法,谈谈那像个石块似的压在我这一代每个人心头的一切。而现在我只限于谈谈我对我现在描述的那个时期所发生的一切是怎样理解的(确切些说是不理解)。我当时明白,有人把罪行加在没有犯过这些罪行而且也不可能犯这些罪行的人的身上,我问别人也问自己:由于什么,为了什么?没有人能回答我。我们什么也不了解。

我出席了最高苏维埃一次例会的开幕式——编辑部给了我一张列席券。最年长的代表、很早以前的民意党人、八十岁的阿·尼·巴赫院士,照发言稿宣读了祝词,不用说,祝词是用斯大林的名字结尾的。响起了雷鸣般的掌声。我觉得,年老的学者似乎受到了气浪的冲击摇晃起来。我坐在高处,我的周围是普通的莫斯科人——工人、职员,他们也发狂了。

关于莫斯科人有什么可说的呢?我在遥远的安达卢西亚看见过民兵高喊着"艾斯大林"(西班牙人这样称呼斯大林)去冲锋陷阵。我们现在常说个人崇拜。在1938年初,只采用"崇拜"这个词最初的、宗教的意义倒更正确些。在千百万人的概念里,斯大林成了神话中的半神半人。所有的人都战战兢兢地反复说着他的名字,相信只有他一个人能拯救苏维埃国家免遭侵犯和瓦解。

我们认为(大概因为我们想这么认为),斯大林并不知道对共产党员和苏联知识分子不明智的迫害。

弗谢沃洛德·埃米利耶维奇曾说:"他们瞒着斯大林……"

一天夜里,我带着丘卡在拉夫鲁申胡同散步,遇见了帕斯捷尔纳克。他站在雪堆中间摆着手说:"要是有人能把这一切告诉斯大林那该多好!……"

不仅是我,很多人也认为,罪行是来自一个号称"斯大林式的人民委员"的小人物。我们看见,从未加入过任何反对派的人也遭到逮捕,他们有些是斯大林的忠实信徒,有些是正直的非党专家。人们把那几年称作"叶若夫时代"。

839

看来巴别尔比我以及其他许多人聪明。伊萨克·埃马努伊洛维奇认识叶若夫的妻子,在她出嫁以前便认识她。他有时去她家做客,他知道这很危险,但是他却像他所说的那样喜欢"猜谜"。有一次,他晃了晃脑袋对我说:"问题不在叶若夫。当然,叶若夫很卖力,但问题不在他……"叶若夫遭到了和亚戈达相同的命运。贝利亚接替了他,巴别尔、梅耶霍德、科利佐夫以及其他许多无辜的人都是在贝利亚时期遇害的。

我记得在梅耶霍德家里的那个可怕的日子。我们正静静地坐着仔细看雷诺阿的专著,这时弗谢沃洛德·埃米利耶维奇的一位朋友、伊·潘·别洛夫军长前来找他。别洛夫十分激动,根本没有理会室内除了梅耶霍德一家人之外还有柳芭和我,他开始谈起审判图哈切夫斯基和其他军人的情形。别洛夫是最高法院军事委员会委员。"他们就坐在我们对面,乌博列维奇直勾勾地盯着我……"我记得别洛夫还说,"可明天也会让我坐在他们位子上的……"后来他突然转向我说,"你知道乌斯宾斯基吗?不是格列布,是尼古拉?他写的才是真理啊!"他语无伦次地叙述了乌斯宾斯基的一篇小说的内容,篇名我不记得了,但故事很残酷,过了一会儿他就走了。我瞧了一眼弗谢沃洛德·埃米利耶维奇,他闭着眼睛坐在那儿,像一只被打伤的鸟。(此后不久,别洛夫也被捕了。)

还有一天我也不会忘记:广播里说将要审判谋害高尔基的凶手,有几个医生参与了谋害。巴别尔跑来了,他在阿列克谢·马克西莫维奇在世时常常去看他,这时他在床上坐下,用手指着前额:他们疯啦!给了我一张旁听审讯的入场券。日后我还要回过头来谈谈这些日子。

1942年,我在一篇文章中写道:"法西斯主义在进犯我国以前很久,便干预了我们的生活,葬送了许多人的前途……"在我现在所谈的那个时期,我不能把我们的不幸同来自西方的坏消息分开。

2月底,法西斯分子重新占领了特鲁埃尔。意大利和德国加强了对佛朗哥的援助。艾登试图提高嗓门反对意大利公开干涉西班牙战争,他被迫辞职,张伯伦来了,他主张同希特勒和墨索里尼亲近。对巴塞罗那的密集轰炸开始了,在3月份的几天内便有四千居民被炸死。法西斯分子集中兵力突破了共和国军在阿拉贡地区的战线。我在那几个月里写的唯一的一篇文章中有这样一段话:"夜里我坐在室内收听巴塞罗那的广播。在这九层楼房的窗外,是一个大城市的万家灯火。广播的声音低沉:'在弗拉加地区,我们击退了进攻……'也许现在正在轰炸巴塞罗那?也许黑衫党徒'在弗拉加地区'又发动了进攻……"弗拉加对我来说不是一个抽象的名字,而是一个我去过多次的城市。我的眼前出现了巴塞罗那的街道,我明白,我们同法西斯主义之间的战争开始了。现在它不是在作家们讨论谁同布鲁诺·亚申斯基关系密切的会议上,而是在西班牙。

我考虑了很久:我该怎么办,最后决定给斯大林写信。鲍里斯·马特维耶维奇不知该不该劝阻我,但他总是说:"值得惹起对自己的注意吗?……"我在信中说,我在西班牙工作了一年多,我的位置在那儿,我在那儿能够斗争。

一个星期过去了,又过了一个星期——没有回答。在这种情况下,等待是最不愉快的事,但没有任何别的办法。有一天,我终于被《消息报》的编辑亚·格·谢利赫叫去了。他有点郑重其事地对我说:"您给斯大林同志写了一封信。领导委托我同您谈谈。斯大林同志认为,在当前国际局势下,您最好留在苏联。您大概有东西留在巴黎,还有书吧?我们可以安排您的妻子去一趟,把东西都取回来……"

我闷闷不乐地回到家里,躺在床上思考起来。谢利赫转达的建议(如果这可以称作建议的话),我认为是不正确的。我在这儿能干什么?特尼扬诺夫在写普希金,托尔斯泰在写彼得大帝。卡尔曼在拍摄英勇的探险队,他还想去中国。科利佐夫参与了上层政治活动。而我现在在此却无事可做。但我在那儿还是有用的:我憎恨法西斯主义,了解西方。我的岗位不在拉夫鲁申胡同……

我在床上躺了一天,爬起来便说:"再给斯大林写封信……"这句话简直把伊琳娜吓了一跳:"你疯啦!你想让斯大林埋怨斯大林吗?"我愁眉苦脸地回答说:"是的。"当然,我明白自己这种做法是愚蠢的,这封信一旦发出,我十分可能被捕,但最后我还是把信发走了。

这次的等待更加令人痛苦。我对肯定的答复不抱多大希望,我知道自己再也不能干任何事,只好听听广播,读读塞万提斯的作品,而内心的激动使我几乎失去了食欲。4月末,编辑部用电话通知我说:"您可以办手续啦,要发给您出国护照。"为什么有这样的结果?我不知道。

在1938年只有五岁的一个年轻作家不久前问我:"可以向您提一个问题吗?请您告诉我,您居然能幸免于难,这是怎么回事?"我能回答他什么呢?也只能像我刚才所写的:"我不知道。"如果我是个信教的人,我大概会说,上帝的安排是难以解释的。我在这本书的开头说过,我生活在这样一个时代里:一个人的命运不像一盘棋,而是像抽彩。

5月1日,我坐在广播委员会的一间面向红场的屋子里,诗人们朗诵诗并讲解游行实况,而我谈的是西班牙。我知道战争将会扩大,将席卷全世界。

动身的日子来临了。许多朋友到车站送行,和他们告别使我们感到难受。我们在列宁格勒耽搁了几天,又是久久地议论正在发生的事,又是热烈地握别和没有把握的"再见!……"

在赫尔辛基还要换一次车。我和柳芭默默不语地坐在小公园里的长凳上:就连我们之间也不能交谈……

我四十七岁了,这是心灵上成熟的年纪。我知道发生了不幸,但我也知道,无论是我、我的朋友们还是我们全体人民,都永远不会从十月革命的道路上后退,无论是个别人的罪行,无论是给我国生活蒙上一层阴影的许多事件,都不能使我们离开这条艰巨而伟大的道路。有过这样一些日子,当时我简直不愿再活下去,但即使在这样的日子里,我也知道自己选择了正确的道路。

第二十次党代表大会后,我在国外碰见了一些熟人和朋友。他们中间有的人问我,而且也问自己,共产主义思想本身是否遭受了致命的打击?他们有点不明白。我是个年老的非党作家,我知道:共产主义思想是那样强大,以致出现了这样一些共产党人,他们向我国人民和全世界讲出过去的种种罪行,讲出对共产主义哲学及其公正、团结和人道主义的原则的歪曲。我国人民不顾一切继续建筑自己的大厦,在几年以后击退了法西斯的侵略,建成了那座大厦,如今不知道过去那些极其严重的错误的青年男女正在其中生活、学习、嬉戏和争吵。

我和柳芭默默地坐在小公园里破旧的长凳上。我心里想,我不得不沉默很久:人们正在西班牙进行斗争,我是不能向任何人倾诉自己的心境的。

不,思想没有遭到致命打击,遭到打击的是我这一辈人。一些人牺牲了,另一些人将终生铭记那些岁月。的确,他们的一生是不轻松的。

29

在法国,人民阵线还正式存在,但现在这只是一个油漆脱落了的招牌。新政府的首脑是达拉第,他委任博内为外交部部长,后者大声说他渴望和平,但又压低嗓门补充了一句:必须同柏林和罗马达成协议。

法国的悲剧早就开始了,还在1936年,利昂·勃鲁姆由于害怕右派而拒绝将武器卖给西班牙政府。这个行动既违背了已签订的条约,也违背了法国的利益以及勃鲁姆的政治信念。社会党的总理喜欢司汤达:他爱他的长篇小说中那些具有强烈激情的人物,然而他自己却没有性格。他曾感叹地说:"我的心要碎啦。"接着便谈起"不干涉"来了。碎了的不仅是他的心,还有法兰西。

1938年6月,许多法国政治家都明白,墨索里尼并不满足于夺取亚的斯亚贝巴和马拉加,对希特勒来说,奥地利只是一盘小吃,而西班牙是一次未来所需的演习。然而国家分裂了。被罢工激怒了的人民阵线的敌人,满怀希望地把法西斯分子看作有经验的外科医师。而普通法国人(其中许多人投过人民阵线的票)为自己既不在维也纳,也不在巴塞罗那而感到庆幸,这儿没有轰炸,也没有人强迫他们遵照口令举起手臂,他们可以坐在大咖啡店和小酒吧间的凉台上喝绿色的、金色的或深红色的开胃酒。法兰西已在排演行将到来的退位典礼了。

我在车站的售货亭买了几份报纸和我不知道的作家莱昂·德·庞塞写的一本书,书名颇有吸引力:《西班牙革命秘史》。一份法西斯报纸公布了悬奖启事:凡是能猜中佛朗哥将军占领巴塞罗那的日期的读者,可得到五万法郎的奖金。我从莱昂·德·庞塞的书中读到,共产党、社会党和共济会搞了一个阴谋,企图将西班牙交给犹太人,为此共产国际才将贝拉·库恩、弗龙斯基、安东诺夫-奥夫谢延科、爱伦堡、科利佐夫、米拉维列斯、戈列夫、图波列夫、普里马科夫及其他"犹太血统的罪犯"派往巴塞罗那。我心里想,疯子到处都有,便打起盹来了。

我大清早到达西班牙的边境城市布港,正好碰上轰炸。西班牙用血迎接了我:马路上躺着一个被炸死的小孩。

我是在特鲁埃尔争夺战期间离开西班牙的,当时大家对胜利满怀信心。半年后我回来了,看到的是另一番景象。当然,我在莫斯科时便知道,法西斯分子取得了巨大胜利,但是,从报纸上读到不幸消息是一回事,亲眼看见是另一回事。当你同一个你所爱的人分手时,他能工作、能生气、能幻想、能嫉妒,但当你再次见到他时,发现他的身体遭到严重的、也许是致命的疾病的损害,你会感到非常难受。我离开的时候,共和国军队处境困难,甚至中立的观察家们都在推测战争的结局。现在我痛苦地竭力使自己相信,并非一切都预先注定,一个奇迹会拯救共和国。

我在埃布罗河畔遇见了一个五十岁上下的西班牙人(名叫安希尔·萨皮卡),他在巴黎住了很久,他是在已无幻想余地的1938年参加志愿军的,他对我说:"死,这是一种现象,一种平常的事故。生和死都不取决于我们。主要是要活得有价值,不要瞧不起自己。"也许他说这话时想到了另一点,即一个人总要死得有价值,总要不遗余力地使自己的死不要像一件"平常的事故"……

我来到了巴塞罗那。萨维奇照旧在写电讯稿,他说工作使他精疲力竭——甚至抽不出工夫上前线。他向我问起自己的妻子、米罗娃以及几个军事顾问的情况。我回答说,阿莉娅身体很好,她努力克制自己,但米罗娃和其他许多人的情况却很不好:"难以理解,为什么每天都抓无罪过的人……"萨维奇惊讶地瞧着我说:"你怎么啦,成了托洛茨基分子?……"他不在莫斯科,所以许多事都不明白。

萨维奇住在山上。我从山上下来走回城里去。在加泰罗尼亚广场上,一个老太婆仍像先前那样向坐在小公园里凳子上的行人索取十分钱,然后交给对方一张小小的收据。十分钱是微不足道的,何况小公园里人又很少,周围是一片黑魆魆的房屋废墟。然而生活在继续着……就在这个广场上,几个老人正在用面包屑喂鸽子。凡此种种都会使人感到奇怪：口粮是一百五十厘米的面包，有时只有一百厘米，哪还能喂鸽子呢？而且鸽子可能飞跑，因为几乎每夜都有空袭。但我并不感到惊讶：很久以前我就明白，生活可以被拆毁、被破坏、被践踏，但情人们仍要接吻，要山盟海誓，而老太婆们仍要收拾房间、囚室、病床，大概甚至还有自己的棺材。

在拉伯雷大街上照旧有鲜花出售。剧院里初次演出《驯悍记》。富人住宅旁边的菜园里种着马铃薯和莴苣。饭馆里出售清水煮豆荚，但桌布很干净，没有肥皂。

擦皮鞋的人生意兴隆——黑鞋油不缺，巴塞罗那人忠实于自己的习惯，他们瞧着闪闪发光的皮鞋感到很得意。

新的一期《巴塞罗那集邮家》杂志出版了。我根据一张报纸作了一个统计：十二家剧院和五十四家电影院照常营业。就在这一期杂志上登着一条消息：昨天巴塞罗那遭到第一百次、因而也是有纪念意义的一次轰炸。

渔民区被轰炸毁掉。报纸上每天都登有加黑框的启事：某人死于轰炸。有一次，一个炸弹落在墓地上，炸碎了几座坟墓，另有一次，一个炸弹落在产院里——伤亡很大。一个13世纪的大教堂和市场都挨过炸弹。《消息报》要我寄些照片，我拍摄了废墟和士兵们从石堆底下拖出残缺不全的尸体的情景。人可以习惯一切的，所以我想的只是定什么光圈合适……大概我很像那个靠凳子赚钱的老太婆。

共和制的西班牙已被分割为两部分：法西斯分子成功地冲到了海边。德国人派来了一些大专家：他们把西班牙看作征服欧洲前的一次出色的大演习。在争夺莱万特海岸出海口的战斗中，除了佛朗哥的军队外，四个意大利师也参加了。

我动身前往报纸上习惯地称作阿拉贡前线的地方，虽然法西斯分子已经侵占了阿拉贡的所有城市和乡村——巴瓦斯特罗、弗拉加、萨里年纳、皮纳、卡斯佩，这是我曾同好吵闹的无政府主义者争论过、友好过和争吵过的地方……我好不容易来到了莱里达的郊外。城市在法西斯分子的手中，但共和国军坚守着塞格雷河对岸的地区。我从阿拉贡前线到莱里达来过不知多少次了！这个城市在当时还是大后方。我走进"帕拉斯"旅馆，洗个澡，便在城里散步，这里的街道全有拱廊，到了晚上，古老的街灯一亮，使人恍若置身剧院中。咖啡馆出售苦艾酒。坐在邻桌上的人们在争论谁正确——是法伊还是普苏克？在咖啡馆旁边散步的姑娘们总是笑吟吟的,无论是无政府主义者或是社会主义者,都要用充满激情的目光注视她们。如今在咖啡馆的旧址却是一堆堆沙袋和机枪的霰弹。我的眼前是一些有陡坡的狭窄街道和滨河街上几成废墟的房屋。

我不知何故想起了那个年老的独眼理发匠:我从前线回来后总要在他那儿理发和刮脸。他爱说逗乐的话,爱嘲笑将军们、无政府主义者、部长们,并且自豪地向每个人宣布说:"我是个温和的无政府主义者和坚定的反法西斯主义者。"他是逃出了城市呢,还是牺牲了呢?

一个从河对岸泅过来的莱里达居民说,城里还剩下四百人(原先有四万人):"全走了。你记得派里亚广场上'帕拉斯'旁边的那座大房子吗?上面用红颜色写着几个大字:'我们不愿同凶手们住在一起。'这不是士兵们写的,而是一个居民在撤退时写的……"

很难解释怎么能在一条又窄又浅的小河右岸阻挡住法西斯分子。1936年秋他们被阻挡在马德里郊区。当时军人们解释说,城市容易防守。但这里的法西斯分子是在占领了城市后才突然遭到猛烈抵抗的。这种情况在西班牙发生过不止一次,看样子这同地形的特点无关,而是和性格的特点有关:人们几乎没打一枪就让出了一二百公里,却突然义愤填膺地迎击敌人,使他们甚至不能推进一百米。

我正和战士们坐在一起谈天,一颗炮弹的碎片打死了一个肤色黝黑的英俊战士,他叫库里托,是安达卢西亚的莫雷纳山民。另一个战士起先一直在开玩笑,这时在死难战友的身旁站了很久,嘴唇微微颤动,看来他是在忍住眼泪,最后他终于说道:"我答应过给他缝一件衬衣……"他是个裁缝,巴塞罗那人。

弹片折断了一根桃树枝。我们默默地吃着香甜的桃子——莱里达的桃子熟得早。那个巴塞罗那的裁缝说:"库里托爱吃桃子……"

营里有许多志愿兵,他们是不久前入伍的,有上了年纪的人,也有小伙子。政治家们说,战争快结束了,然而他们却来打仗……他们未必指望获胜,但他们不愿意,或者是不能够袖手旁观。我了解西班牙,可是它任何一天都仍使我感到惊讶。

我起程回巴塞罗那的时候,正碰上敌机轰炸公路。我们在草丛里躺了半小时。后来我看见麦田被炸得面目全非。不知为什么我感到难以忍受的悲痛,虽然我看见过更可怕的景象。也许是因为当我还是个孩子的时候,保姆薇拉·普拉托诺夫娜见我掉了一小块面包,便生气地说:"吻一吻。"我就吻了一下那块面包。

我在巴塞罗那同一个被俘的德国飞行员库特·凯特纳谈过一次话,他是勃兰登堡一个建筑师的儿子,早在1936年10月便来到西班牙。他立刻对我说,他是国防军的一名中尉,驾驶"亨克-111"式飞机。我问他为什么要轰炸西班牙的城市,他高声笑了起来:"又是那一套穆赫列斯和尼尼奥斯'?(他说的是德语,但说到'女人和孩子'时却改用西班牙语。)全是胡说!不久前我看见了轰炸后升起的烟雾。这大概又是穆赫列斯和尼尼奥斯在冒烟吧。"

不能说他愚昧无知,他读了不少书,会谈"历史的哲学",但我觉得他是个野人,既大胆又凶狠。类似的谈话帮助我认识了两年后我看到的那些从巴黎的街道上列队齐步走过,以及1941年出现在我国白俄罗斯领土上的军官和士兵的虽不复杂,但却独特的内心世界。

所谓"不干涉"的可悲的滑稽戏在继续上演。我在塞尔维拉看见了几百把铁锹,据说是给加泰罗尼亚农民买来的。我动身去安戴,想瞧瞧法国和法西斯西班牙的交界处有什么情况。

安戴有我的几个朋友,我在前面叙述交换飞行员的时候已经提到过。他们介绍我认识了一个憎恨法西斯主义的海关负责人。他让我瞧瞧运往法西斯西班牙的货物的清单。当然,意大利和德国是从海上把飞机、坦克、大炮、弹药运往葡萄牙的港口、运往毕尔巴鄂和卡迪斯的。但是对一些比较无害的物资,他们却通过法国运进西班牙,其中有载重汽车、摩托车、橡胶、发动机、军事工业用的化学制品等。尽管法国政府作了一切保证,但在法国和法西斯西班牙的边境上却没有任何检查机关。

《消息报》发表了我的文章,法国警察当局十分恼火,他们认为我破坏了不干涉的原则。(我毕竟有点幼稚:原先想给某些人一点难堪,让他们把眼睛睁大一些——我以为事态正走向凡尔登,实际上却走向慕尼黑。)

我应该谈谈一个相当愚蠢的故事。我想亲眼瞧瞧法西斯西班牙的情

847

况,哪怕在那儿只待几个小时也好。利用假证件根本不可能:伊伦有德国秘密警察担任顾问。在安戴有人告诉我说,走私者常带各种货物去西班牙边境的小村子。我碰见一个这样的人,他是法国的巴斯克人。他对我说:"好吧。但是你要注意,我不搞政治。我知道法西斯分子是一帮坏蛋,但我得养活全家。我不会出卖你,可是万一,但愿不会如此,碰到边防军人,我要坦白地告诉他们说,我不认识你,我们是在路上碰见的。"

我们越过一条小河后,开始向上爬。老实说,我当时十分激动,有两三次饱受虚惊,我甚至不记得我的引路人——我叫他雅克——带了些什么东西。最后我们来到一个普通的西班牙小村子,走进一间散发着橄榄油和大蒜味的黑暗的屋子里。雅克将安东尼奥带到了那儿。安东尼奥又将我领到另一座房子去。我们刚回到安戴,我就记录了这次简单的谈话:"女主人是个又老又聋的老太婆。安东尼奥告诉我说:'勒凯特分子杀死了她的儿子。是同阿吉勒分子一起干的。就在你和雅克走过的卡萨罗哈附近。他躺在地上大骂不已。她不知道,她来到的当儿他已经死了。他们把她留在这儿,因为她太老了。'老太婆一会儿瞧瞧我,一会儿瞧瞧安东尼奥。安东尼奥对着她的耳朵喊道:'他们留了你是因为你太老了。'她高兴地点点头说:'对,对,太老了。'随后又用干瘦的手指紧了紧黑头巾说道,'他不老,他还年轻。'接着便大声啼哭起来。安东尼奥将一个手指举到唇边,说:近卫军!我从护窗板的缝隙往外瞧。没有人……安东尼奥说:'这儿的人全怕他……我去过埃利桑多的集市。那儿也没有人敢开口。他们害怕……有一个人直截了当地对我说:"我只能和老婆说话。而且也是提心吊胆的……"我是维利梅季安纳村的人,这是个小村子,一共一百六十个人,但我们拥护社会党,因此被勒凯特分子枪毙了二十九个人。'"

安东尼奥又领来了四个人,对他们说:"你们可以同他谈谈,这个法国人是我们这边的……"农民们谨慎地谈起了征收公粮和罚款的情形。不久雅克跑来找我,他说该走啦。

我们在清晨返回。一走进车站的酒吧间,我们就喝白兰地。

总之我什么也没有看见,我就是不冒这次风险也能写下那段老太婆的故事。这是一个二十岁的小伙子的调皮行为,我认识到这点,与其说是感到自豪,不如说是感到羞愧。我十分担心会被召回国去:他们会说,《消息报》

的记者不应当干这种冒险事。但一切顺利,我回到了巴塞罗那。

幼稚的不仅是我,许多政治活动家还相信英国和法国会改变立场。应当回忆一下1938年夏天发生的事件,当时的形势已十分明显。希特勒每天都在威胁捷克斯洛伐克。苏台德地区德国人的领袖海伦去了一趟伦敦,归来后甚为不满。张伯伦虽然准备让步,但他还得考虑自由党和许多有影响的保守党人的反对立场。法国的情形更是令人眼花缭乱,要弄清楚并非易事:几乎每一个政党里都有抵抗派和投降派。右派新闻记者凯里利斯不久前还咒骂西班牙的共和主义者,现在却说希特勒企图侵占法国。左派的《作品报》早先反对佛朗哥,如今却成了一批自命为"和平拥护者"的喉舌,赞成对希特勒做出任何让步。大家都焦急不安。海滨或阿尔卑斯山的旅馆老板抱怨说:人们把暑假都忘了!

阿尔瓦雷斯·德尔瓦约始终是一个乐观主义者。我记得那年夏天他屡次对我说,德国和法国及其盟邦之间的战争是不可避免的。"法国人在西班牙不仅会发现正准备从背后袭击他们的敌人,也会发现盟友。"他认为夏末世界上许多事会发生变化,便一再地说:"我们的事情是坚持住……"

关于"马德里的奇迹",关于1936年秋天西班牙人民在国际旅和苏联技术装备的帮助下阻止了法西斯军队一事写了许多文章,如今还在写。但是对最近一个时期的报道却少得多:毁灭从来不是有吸引力的题材。然而我应该承认:我觉得1938年下半年的抵抗同战争第一年秋天的马德里保卫战相比,是一个更大的奇迹。

1938年4月15日,佛朗哥军队占领了滨海地区,将共和国西班牙分割为两个部分,战争的结局已经注定了。当然,有过错误、惊慌失措和许多其他问题,但我现在不是写战争史,而是写一本回忆录。我一想起加泰罗尼亚又支持了十个月,马德里支持的时间更长,我便抑制不住内心的激动。民族也和个人一样:在灾难深重的日子里更容易使你了解。

6月,共和国总统阿萨尼亚接见了我。有些人称他作"逃兵",因为在1939年2月他同政府一起逃到了法国。当然,共和国总统本应去马德里,但是法官们不仅太严厉,而且仿佛也不愿了解,阿萨尼亚是迫不得已才担任战斗的西班牙的总统的。当共和国接受了佛朗哥的挑战投入战斗后便更换了政府。政府更换了多次。然而总统却不能更换,他是继承性的象征,是西方资产阶级民主的招牌,是一面旗帜。

曼努埃尔·阿萨尼亚成为政治家多半是出于误会。他写小说,写随笔,同所有进步知识分子一起憎恨君主政体和普里莫·德·里维拉的独裁。他首先是个略识门径者,无论在文学上或政治上都是如此。他觉得自己在"文艺协会"俱乐部里比在总统府或总理办公室甚至议会里更舒服些,在那儿可以参加那些饱学之士通宵达旦的谈话。他还能够娓娓动听地同爱德华·赫里欧就巴洛克式、雷卡米耶夫人和卡尔德隆的全人类性争论一番。

没有人责备他胆小。1936年我在马德里的时候,正碰上人民庆祝4月14日的共和国国庆,阿萨尼亚当时是总理。一个法西斯分子朝他开了一枪,引起一片惊慌,阿萨尼亚却若无其事地在微笑。

以后的种种事情对他都是力所不及的考验:他是个自由主义的知识分子,当卡瓦列罗请他签署包括四个无政府主义者的新政府成员的名单时,他十分固执,试图争辩,认为否定国家的人没有资格担任部长。他争吵,但他们却不同他争吵——他仍是一面旗帜。

我是以苏联一家报纸的记者的身份受到他的接见的,他交给我一个声明,其中有这样一段话:"由三个欧洲国家组织并予以支持的对共和国的武装进攻,迫使我们进行维护独立的战争,这不是仅就这个词的政治意义而言,而且还在于独立是最崇高、最根本并且比国家的机构和制度更为长久:为了使西班牙精神得到发展的自由而进行的斗争。这里所说的不是在欧洲是否将有一个较大或较小的共和国,也不是说某个政党能否坚持自己的纲领。这里所说的是一个在那么多的领域内博得荣誉的伟大民族,是否能独立自主地参加现代文明的建设,抑或将遭到扼杀。这就是西班牙的悲剧的世界意义,也是西班牙进行自卫的原因和力量。"

阿萨尼亚将声明递给我之后,突然伤心地微笑了一下说:"现在我们可以以两个作家的身份谈话了……"我想,他大概要谈文学了,然而他说,"我在自己的声明里用了'悲剧'这个词,也许这对一个国家元首来说不太妥当,但我想不出其他的词。内格林①好像相信只有世界大战才能拯救西班牙。战争恐怕要爆发了。不过他们在扼杀西班牙之前是不会发动战争

---

① 内格林(1894—1956),1937年起任西班牙共和国总理。

的……您熟悉我们的文学。我们一直追求全人类的理想。一个西班牙人创造了堂吉诃德的形象,大家都认识它的价值,它也成了大家取笑的对象。人们怜恤我们,怜恤的同时也嘲笑我们……西班牙将长期坐牢……"

我会见了巴塞罗那的无政府主义者们。他们骂政府和共产党人,说普列托是个老奸巨猾的政客,说每天发生的事件都证明无政府主义者是正确的,同时他们还自豪地反复说,苏联报纸上热情地描写了西普里阿诺·梅拉指挥员,而他正是个无政府主义者。他们宣誓说,民劳—法伊将战斗到底,并抱怨政府在组织游击战争方面几乎无所作为:"每个西班牙人生来就是为了打游击……"他们中间有一个陪我去旅馆。途中碰上了空袭警报,于是我们就躲在一个仓库的大门旁边。这个无政府主义者说:"好,我在1928年就已经是个有觉悟的无政府主义者,当时我二十五岁。我上过前线,胸部受了伤。今天我请求派我去埃布罗河。一则,我是个无政府主义者,这是责任……"他不作声了,我问他:"那么其次呢?"他没有立刻回答我,过了一会儿有点难为情地说:"其次吗?……可你希望什么?我在成为无政府主义者之前就是西班牙人。也许你以为我不是西班牙人?我和你的何塞①一样,都是塞维利亚人,只不过他是面包工人,而我是理发师。我比佛朗哥这个坏蛋更是西班牙人!也许,你以为一个真正的无政府主义者可以不要西班牙?不,我不这样看。"

西班牙共产党人的任务非常艰巨,他们随时得进行解释工作:向无政府主义者解释什么是纪律,没有纪律就不能打败法西斯分子,向共和主义者解释什么是革命,向社会党人解释什么是团结,向苏联同志解释什么是西班牙。

我会见过何塞·迪亚斯、多洛雷斯·伊巴露丽、乌里贝以及党的其他领导人。他们帮助我了解形势。但是我现在想提起一次同当时各种事件无关的谈话。

我从来不喜欢斗牛,为此还同海明威争吵过不止一次。我厌恶老马被撕裂的肚皮,厌恶刺进痴呆的公牛身上的刺棒,也厌恶沙地上的血迹,而最主要的是因为这是一场欺骗:牛不知道游戏的规则,它一直冲向敌人,而斗

---

① 指当时的西班牙共产党总书记何塞·迪亚斯。

牛士及时稍微闪向一旁。整个艺术就在于及时躲闪,躲闪的时间不能太早,否则观众就要喝倒彩,但也不能太晚,不然牛会撞破的就不是老马的肚皮,而是西班牙的宠儿——斗牛士的肚皮了。何塞·迪亚斯曾抽出一小时接见我。作为一个地道的安达卢西亚人,他十分喜欢斗牛,他对我说:"你以为我们总是站在斗牛士的一边吗?不,我们往往站在牛的一边。你对此一点也不了解……"

不知为什么我现在想起了这段谈话,大概是诗人排挤这部追述往事的书的作者。回过头来谈谈1938年的事件。7月底,对埃布罗河的进攻开始了,这是共和国军为了恢复自己阵地而做的最后一次努力。士兵们在夜里坐上小船在坚固设防的右岸登陆。埃布罗河是一条水流湍急而宽阔的大河。进攻部队成功地建立了进攻基地,架设了桥梁,并占领了小城莫拉-达-埃布罗及一些村子,威胁着法西斯分子的左翼。一场持久的血战开始了。

我曾两次前往埃布罗河右岸,目睹了各种战斗场面。法西斯飞机几乎是不停地轰炸桥梁,而舟桥兵们也不停地重又架起桥梁。他们有一支曲子:

埃布罗河上的舟桥兵,
住在洞穴里,
黑得像黑人,
凶猛如野兽。

他们的确住在被炸弹劈开的山岩间。当我打算给桥拍一张照片寄给《消息报》时,一个舟桥兵对我说:"快点照,否则炸弹掉下来,你的照片也就完蛋了……"

这里的战争不像瓜达拉哈拉战役,甚至也不像特鲁埃尔战役。佛朗哥方面有十一个师参加了战斗。在一个只有三公里左右的扇形地带,法西斯分子集中了一百七十门大炮。为了控制帕诺洛斯山的几个山头,双方进行了长期的争夺战,我发现山的轮廓由于长期的炮击而变了样。

我认识了指挥员米盖尔·塔关尼亚。他二十五岁,大家称呼他共青团员。战前他大学毕业,从事光学的研究,正在准备学位论文,然而战争爆发了,他不得不拿起武器,后来担任了军长。他有一张微微浮肿的孩子般的面孔,但基干军人们谈起他的时候也怀着敬意。他说:"我们要打到冈黛沙……"我不顾当时出现的各种迹象,也开始相信胜利是可能的了。前线上有时比巴塞罗那平静些。我不再想欧洲发生了什么事,甚至连巴伦西亚的命运也不去考虑——我的思想完全被544高地占据了,似乎这座不高的被炮火摧毁的光秃秃的山头掌握在谁的手中关系着整个战争的结局。

胡安·莫代斯托指挥一个集团军。我们回忆着战争开始时的情形。当时莫代斯托招募了台尔曼营,我们认识的那天,他们正好俘虏了第一个法西斯分子,莫代斯托像孩子一样高兴地说:"你明白吗,抓到了一个俘虏!当然,最好能抓到两个,那时便可以说'虏获了一些战利品和俘虏'。"他在埃布罗河上时也对我说,他一想起那遥远的一天便觉得那是最幸福的一天。他还把自己的生平讲给我听:他是安达卢西亚人,在锯木厂工作,喜爱足球,对政治没有兴趣。有一次,一个医生将一张小报《无产者之声》拿给他看。莫代斯托读了后,经过一番考虑便参加了共产党。在他埃布罗河畔的小帐棚里,到处堆着书籍:他在学习军事科学。他是个快活的人,他的愉快情绪能感染大家。有人告诉我说,今年3月当人们情绪低落的时候,他却唱歌,开玩笑,讲一些安达卢西亚的笑话,大家都情不自禁地笑了起来。我们谈到了未来。莫代斯托并不沮丧,他说:"你瞧,现在我们有一支多好的军队!"后来他叹了口气说:"就是飞机少了些……你不用解释,我全明白……但太少啦……"

(经过长期的分别后,不久前我在罗马遇见了莫代斯托。我很高兴,仿佛踏上了西班牙的土地。他还是过去那副样子,还是用他在埃布罗河畔说话时的那种语调说:"你瞧,现在西班牙的青年有多棒!……"

我没有失去希望,虽然我明白,没有什么可指望的。心灵和理智常常发生争执:这是一对夫妻,他们既不能和睦相处,也不能离婚。是什么鼓舞了我呢?还是一些小小的征兆。没有烟抽,可是一个孤零零的站岗的士兵对我说:"我有两支纸烟,请你把其中的一支转交给你遇见的第一个同志……"有一次,我在巴塞罗那的加泰罗尼亚广场上将一块从法国带来的巧克力糖送给两个小姑娘。她们喊来了同伴,将这块糖分成整整齐齐的十小块。又有一次在靠近前线的加泰罗尼亚小村子普吉韦德,我顺便走进一个农民家中,立刻发现那儿有几个从城市来的孩子。主人是个老头,他对我说:"西班牙的土地现在不多了。你瞧,他们是从弗拉加来的。他们原先有土地,但被夺走了……"

这不是一些感伤的故事,而是在结局到来前夕西班牙的日常生活现象。

夏天,特别是秋天,我常去法国:决定欧洲今后多年命运的一些事件还在发展。我不在巴塞罗那期间,请萨维奇给《消息报》写稿。他同意了,于是该报获得了一个有着美丽的西班牙名字的新记者:何塞·加尔西亚。每次在我离开的当儿,我总要不安地瞧瞧西班牙的边防军战士——我变得迷信了。此外我不仅这样写,而且也这样想:还有希望!然而事与愿违……

30

在本书的第四部里,几乎所有的章节都同1934年至1938年欧洲发生的政治事件有关。这很自然:事件是重大的,而我也不认为自己是个旁观者。我不能把自己的生平同时代把数亿人投入其中的寒战症的大发作割裂开。那样来叙述自己的生平是不真实的。

我二十岁的时候,想的是卡佳、梅姆林的画和勃洛克的诗。白天充满着晚香玉的气味:我把吃饭节省下来的钱拿去买花。我甚至不知道法国政府的首脑是谁,虽然我住在巴黎,对阿加迪尔发生的事不感兴趣,虽然阿加迪尔危机有引起世界大战的危险,我不去思索斯托雷平的农业改革,虽然我继续认为自己是革命者。

过了四分之一世纪,我不仅在报纸上发表文章,我还感到自己从属于这些报纸所报道的各种事件。嗅觉迫使记忆接受种种难以摆脱的细节,在我的记忆中,那个时期的许多日子不是同花香,而是同油墨的气味连在一起的。

我现在既不高兴也不懊悔地谈起这点:我只能这样生活。在一个二十岁的青年看来,他是自由地选择了合乎自己心意的生活。到了30年代末,我早已抛弃了许多幻想,我知道,一个人即使有可能选择道路,那么这条路的路线也并不取决于他。

既然名为蘑菇,就应听人采食。是的,当然如此。但篮子里的蘑菇彼此并不相同。我在前些章里叙述了西班牙的斗争、勃鲁姆或达拉第的胆怯、加泰罗尼亚的农民以及德国的飞行员。现在我想稍微谈谈自己。

我说我常去法国,那儿的一些重大事件已日益迫近:报社要求我对此有所报道。而我自己也想了解——战争是否将要爆发。

柳芭在靠近西班牙边境附近的巴纽勒斯租了一座小房子。为了躲避轰炸,我有时去那儿休息,萨维奇和巴塞罗那的朋友们也常来。有一次,我的一个老朋友——无忧无虑又爱笑的杜霞从巴黎来到巴纽勒斯。随后马尔罗也来了,他刚刚拍完一部描写西班牙战争的影片。

巴黎令人心神不安,经过了西班牙战争,就难以容忍胆怯、吝啬以及对日常生活中的无数欢乐的迷恋。我的老朋友们很少有人去蒙帕纳斯。画家们议论的已经不是油画的风格,而是苏台德的德国人和张伯伦了。伊琳娜很少有信来,偶尔寄来一封信,内容也很空洞,不过我也不期望别的。新大使苏里茨是个诚挚的人,但我真正同他交了朋友还是在很久以后——战后时期。一个担负重要职务的人是很难与之谈话的:他不是要说服你就是要劝阻你。

1938年,在中断了十五年后我又写起诗来了,这使我自己也感到意外。为什么会这样?首先是由于忧伤和孤独。人在快乐的时候总想同旁人接近,希望同家中的亲人以至街上的人群分享自己的快乐。然而当一个人在幸福达到顶点的时候却沉默寡言,仿佛担心说话会加速时间的流逝,破坏内心的和谐。忧伤也需要用话语来表达,它有自己的语言,只是别人的耳朵很少听得见。有谁知道那些年月里我们是多么孤独!众说纷纭,大炮已在什么地方轰鸣,广播也从未停止,而人类的声音却似乎猝然中断了。有很多事情我们甚至向亲人也不能倾诉,有时只是紧紧地握一下朋友们的手——要知道,我们全是伟大的缄默抵制的参加者。

我深深迷恋着自己的基本工作——散文,我了解散文的乐趣与艰辛。这是一条通往山中的道路,有回头路,有山崩,有呼吸困难,有时甚至有心肌梗死。这是面向人们又描写人们的一种语言。散文家的屋子里总是挤满了来访者看不见的许多主人公,有的可爱,有的可憎,有的是朋友,有的是敌人,有的是请来的,有的是生活迫使你接待的不速之客。散文家为了进行工作要寻找幽静的去处,他需要一张写字台和安静,但是,说句实话,他却不得不在喧嚣而又令人不安的十字路口生活和写作。

诗人在街道上,在公共汽车里,在枯燥的会议上都可以作诗,但在这短短的几分钟里他是孤独的。任何一个散文家从来不愿意同缪斯交谈,甚至在古代人们崇拜神话的时期也是如此。而诗人们,以及那些在学校里从来不曾听说手执里拉琴的埃拉托缪斯是抒情诗的化身的人们,却会突然想起缪斯。抒情诗很像日记,人们往往由于孤独才写诗。丘特切夫写道:

　　心儿怎样表现出自己?
　　别人怎会了解你?
　　他会明白你靠什么生活吗?
　　说出的思想是谎言。

隐藏在丘特切夫诗中的思想不是谎言。诗歌有一种伟大的力量:它产生于孤独,却能冲破存在于人与人之间的种种障碍。诗人同想象中的缪斯谈心,向她吐露自己的衷曲,她往往不去考虑萦绕于自己脑海中的诗句的命运,然而他的自白却成了许多人的活命之水。丘特切夫的诗集是朋友们为他出版的,伊万·阿克萨科夫后来写道:"这次出版,丘特切夫自己显然是站在一旁,都是别人替他奔走和安排的。我们深信,他甚至没有看过这本小书一眼。"而列·尼·托尔斯泰死前还在喃喃地念着我上面引用的那几行丘特切夫的诗句。

莱蒙托夫是多么孤独和不幸啊!魏尔兰的优秀诗句是在狱中写成的。勃洛克的日记以其孤独的忧伤使读者震惊。这类例子我可以写上几十页。我绝不是想颂扬孤独,但是我要像贝尔加明那样说:孤独——这不是离群索居,不是纲领,也不是使人厌倦的"象牙之塔"。怎么又是象牙——这是不幸啊!可世界上的不幸太多了……

我又开始写诗还有另一个原因。中篇小说《人需要什么》是1937年夏天我在布鲁涅特战役与特鲁埃尔战役之间写的,长篇小说《巴黎的陷落》是1940年秋天开始动笔。在这三年间,我写了一些论文、特写、关于军事行动或政治事件的简讯。每写完一篇我便对着电话筒把写好的东西复述一遍,或者在电报纸上把俄文字改成拉丁字拍出。我不由得不再考虑用词了,我的语言变得苍白和千篇一律,几乎程式化了。

我愿意坦白地说出自己的激情。我想,没有人会怀疑我有民族主义思想,我在国外住了很久,学会了尊重其他民族的天才。我不是通晓多种语言的人,但懂得几国语言,然而我从儿时起直至今天仍爱着俄罗斯语言。我觉得,它仿佛是专为诗歌创造的。每一个人都爱他从孩提时代便用来说话的那种语言,但我不仅爱俄罗斯语言,而且崇拜它。它有我懂得的其他几种语言所没有的自由。在一个句子里,词的位置的变更可以改变意思。有的语言在不同的音节上具有音乐般的重音,我敢说,俄罗斯语言在每个词上都有抒情的重音。自由,没有西欧语言中由严格的句法产生的那种必要的明确说明,没有冠词——这一切向作家们提供了无限的机会:他面前不是旧时代的贫瘠土壤,而是经久不变的处女地。

诗歌对我来说成了令人呼吸困难的稀薄空气和净化剂。我觉察到个别词的重要性,既感到了同过去的联系,也感到了未来的现实意义,我也摸到了生活的细节,这一切有助于我同悲观失望作斗争。

在汽车里或火车上,在休息时刻或喧闹的大会上,在街上或前线的窑洞里,我都作诗。过后我再把它们记录下来。诗很短,我先把它们记在心里。

十五岁的安娜·弗兰克躲着法西斯分子写日记,她在日记里同想象中的女朋友吉蒂(她这样称呼送给她的一个小本子)谈话。我不知道我该向谁倾诉衷肠,也许,还是向那个缪斯——那个不知所措的、蒙着一层前线道路上的尘土、被轰炸震聋了耳朵、不再出现在作家会议上并且的确是"没有身份证"的缪斯。

我用诗描写了先前我在报纸上报道过并在这本书里提到过的种种事件,当然是用另一种方式。在莫拉特-德-塔胡尼亚附近,卢卡奇旅进行了一次战斗侦察,这是一次困难的军事行动,付出了许多牺牲。我用以下的话来结束《战斗侦察》这首诗:

　　一小时后,朝霞给异邦那座山
　　墨黑的边缘镀上了金。
　　让咱们回头瞧瞧——那儿是我的坟墓,
　　战斗侦察,我的青春啊!

在关于试图进攻卡萨-德尔-卡姆波的工作报告中,我描写了一只金丝雀,编辑部对我大发雷霆,一般来说这是对的。我在诗中又提到了小鸟:

　　柜子和长凳,这些套着布罩的
　　圈椅和五斗橱,都在这里做什么?

甚至还有只鸟笼,笼中有只金丝雀,
　　该死的家伙正放声高歌……
　　但我不想隐瞒——小鸟儿的激情
　　一时曾把我感染,
　　那时我吃惊地想起
　　我那荒唐的职业:
　　这种痉挛掐着你的脖子,
　　直到天明也不松手,——
　　无聊的游戏断送了多少感情,
　　又压制了多少话语和声音!

我描写了在一个西班牙的村子里安葬一名苏联飞行员的情形:

　　人们在油橄榄下挖好墓穴,
　　在墓上竖起一块石碑。
　　这位同志在何方长大?
　　曾在什么样的云彩下流泪?
　　战士们悲伤地稍稍弯下身去,
　　扭过脸吞下泪水。
　　也许白桦树朴直的忧愁,
　　要比油橄榄更讨他的喜欢?

　　我也写了我不能、也不愿告诉任何人的事,写了我在莫斯科的见闻和感受。下面是我1938年写的一首诗,当然,我引用它并不是因为我特别看重我的诗作,而是因为用诗比较容易表达许多用散文难以表达的东西:

　　让咱们别想得周全,我恳求你打断这个声音,
　　好让记忆瓦解、那苦恼破灭,
　　好让人们开玩笑、出现更多的笑话和喧闹,
　　好让人们一想起往事便跳起来打断自己的思路,
　　好让人们像醉鬼一样一下子倒在地板上长睡不醒,
　　好让钟在夜里嘀嗒作响、这个龙头滴水,
　　以便一滴接着一滴,以便数字、韵脚,以便什么东西,

859

> 那是精确的、紧急的工作的一种假象,
> 以便同敌人战斗,以便端起刺刀冲向枪林弹雨,
> 以便经得住死亡,以便人们相对而视,
> 让咱们不要看完,我恳求你发发这个慈悲,
> 别看,也别回忆咱们在生活中遇到的事。

我描写过时代,描写过后来变成一条宽阔、平稳的大河的湍急的山涧;我企图安慰自己:

> 在天蓝色的土地中央
> 我们的时代也将结束,
> 那儿的园子爱护种子
> 母亲推着摇篮,
> 那儿的夏日深远久长,
> 那儿的心灵充满宁静
> 那儿有一只疲倦的鸽子
> 正在手掌上啄食麦粒。

这些诗写得好不好,我不知道。但直到今天我仍然爱惜它,把它看作我的自白,我也不能不在这部回忆自己生平的书中给它提供一席之地。我觉得,这一章可以帮助读者更好地了解作者。有一句法国谚语说,门不是开着便是关着。不,忏悔室的帷幕可以同时既落下又升起。

31

巴黎和伦敦来的消息使大家激动,甚至西班牙报纸也用整栏篇幅报道捷克斯洛伐克的局势。埃布罗河前线的战斗沉寂了。大家在等着瞧,这出不是在军事行动的舞台上,而是在局外人的眼睛看不见的部长办公室里演出的悲剧,将怎样收场。

9月23日,我来到了巴黎。天气闷热,看来一场风暴即将爆发。我前往捷克大使馆访问我见过几次的参赞沙夫拉涅克。他脸色阴沉,对我说:"我个人对任何事情都不再抱希望了……"他是个身材魁伟的人,平时相当沉着,但这一天他却不能控制自己,他的声音变了,他一再地说:"今天太热了,是吗?"他往茶杯里斟水时手也在发抖。窗外聚集着一群人:有工人代表、教授、作家,大家对策划中的背信弃义怒不可遏,向捷克斯洛伐克表示同情。

我不再等候编辑部的电话,独自走上工人区的街头。到处可以听见这样的字眼:"张伯伦""投降""达拉第""法西斯主义"。人们的情绪十分激昂。一个工人说:"这一帮混蛋,莫非他们不明白,如果把捷克交给德国人,他们过一个月就会来打我们?这才是背叛者!……"

我在富人住宅区瞧见的情景使我回想起1914年。仆人们正在往汽车上装一些漂亮的箱子。这儿很安静,我只看见一位太太对一个显然有点耳聋的上年纪的人喊道:"你又不明白?……人民阵线的这群败类希望巴黎也像马德里那样遭到毁灭!……"

我跑到《秩序报》编辑部去找胖子埃米尔·布勒,此人相当聪明,但在发表意见时却有点玩世不恭。作为新闻记者,他十分出色,并且是旧法兰西的代表人物,他的信念是右倾的,认为人民阵线是个危险的玩意,但作为一个爱国者,他揭露投降派。"您知道他们怕什么吗?怕胜利。因为要是同德国人作战,就必须同你们联合起来。有位议员昨天对我说:'军人们发疯啦,他们坚持抵抗,不明白这会鼓舞共产党人。'我回答他说:'问题不在内阁的成分,而在法国的命运。'无论您抱着多大期望,我们是堕落了。需要一个克列孟梭,可我们只有个达拉第,这是一个没有幻想的达达兰。我记得两年前他曾举起拳头并拥抱多列士。您瞧吧,明天他会举起手并拥抱希特勒……"

我在《作品报》上读到季奥诺①的一篇文章,他写道:"活着的胆小鬼比死了的勇士更好。"

我想赶快回巴塞罗那。然而第二天早晨一走出屋门,我便看见一堆人在读贴在墙上的一张宣布部分动员的布告。达拉第宣布,法国将履行自己的义务,并将保卫捷克斯洛伐克。

(当佛朗哥发动叛乱后,勃鲁姆也说过法国要帮助西班牙共和国。塔列兰②曾说,任何时候也不应该遵循最初的感情,它往往是崇高的,因而也是愚蠢的。当然,我并不想拿厚颜无耻的大政客塔列兰和像达拉第这类偶然掌握了国家之舵的六神无主、眼光短浅的庸人来比较。)

被动员起来的人们向火车站走去。有的人举起了拳头,唱着《国际歌》。在街道的拐弯处,行人们都停住脚步开始争吵。其中一个高喊道:"捷克人跟我们有什么相干!让布尔什维克去保护贝奈斯吧!……"另一个人便叫他"法西斯分子"。警察没精打采地一再说道:"散开,请散开!"他们的脸上有一种不知如何是好的神情:不知道该打谁。

巴黎的建筑工人举行了罢工。9月25日他们中止了罢工,声明他们不愿妨碍法国的国防,到处有人在运沙子预防烧夷弹,汽车挤满了通往南方的公路;资产阶级退却了,我无论到什么地方都听见一个字:"战争"……公共汽车被征用了,女人们报名参加短期救护训练班,一些商店停业了。晚上,巴黎一片漆黑,有一瞬间我觉得自己正走在巴塞罗那的大街上。

---

① 季奥诺(1895—1970),法国作家。
② 塔列兰(1754—1838),法国外交家,是个权变多诈、毫无原则的政客。

9月30日公布了慕尼黑协定。电灯又亮了,普通法国人有点得意忘形:他们以为自己胜利了。在大林荫道上的一个雾蒙蒙的黄昏,人们兴高采烈,这个景象使你感到恶心。人们互相祝贺。市政当局甚至将巴黎的一条街道命名为"9月30日大街"。

傍晚,我同普捷尔曼在蒙帕纳斯的"库波尔"咖啡馆吃晚饭。我在前面提到,我的朋友普捷尔曼编辑了一个"左"倾的周刊《观察》。他出生在比萨拉比亚,对普希金崇拜至极,喜欢收藏珍本图书,然而他的心却一点不像藏书家的心,而是既热烈又充满激情。我们坐着,刚发生的这件事使我们十分沮丧。然而邻桌的一些法国人却喝着香槟,设宴庆祝。一个邻座突然发现我们对碰杯、哈哈大笑和狂欢感到气愤,便问道:"看来我们打扰了你们吧?"普捷尔曼回答说:"不,先生。我是捷克斯洛伐克人。"他们不作声了,然而过了几分钟,他们又兴高采烈地喧嚷起来。

我看见达拉第驱车经过爱丽舍田园大街。人们向他的汽车扔玫瑰花。达拉第面露笑容。先一天还指责慕尼黑协定的社会党人,在国会投票支持政府。勃鲁姆写道:"我的心在羞愧和松了口气的感觉之间碎裂……"我在卡皮尤辛林荫道上看见一家电影院的屋顶上插着四面旗子,其中有一面德国的"卐"字旗。报纸征集签名作为赠给"调解人张伯伦"的礼物。阿尔萨斯的科尔马市有四条街道易名,其中之一被命名为"阿道夫·希特勒大街"。

苏里茨对我说,达拉第是懦夫,博内是投降派的代言人,曼德尔强烈反对,但是在最后一分钟收回了辞呈。

我的一篇例行报道以这样一句话收尾:"在爱丽舍田园大街上,投降派向达拉第先生祝贺。但愿他们不久以后不会看见希特勒的师团向凯旋门走去。"编辑部删掉了这句话,他们向我解释说,应该等一等,也许会有清醒的时刻,请我多多报道各种事件的详情。

10月11日,《消息报》上出现了一个新的特派记者的名字——保罗·若斯林。我采用这个笔名纯系出于偶然,当然并没有想到拉马丁①的主人公。爱伦堡继续寄一些长篇文章,而保罗·若斯林则每天寄两三则简讯。

---

① 拉马丁(1790—1869),法国浪漫主义作家。

10月间,我前往阿尔萨斯。阿尔萨斯的法西斯分子受到慕尼黑协定的鼓舞,开始议论并入德国的问题。我刚到斯特拉斯堡,省政府的一个官员便来找我。他立刻问我是否也像《每日快报》的记者那样,打算赞成阿尔萨斯脱离法国。我笑了起来,对他说,苏联的立场跟比弗布鲁克①勋爵的立场毫无共同之处。他十分高兴,告诉我说有一个重要的警方人物会帮我搜集有关"自治派"(一个拥护希特勒的政党这样称呼自己)的活动的情报。

这位警方人士是个难得的人物:首先,他厌恶德国人;其次,自治派侮辱了他本人——他们在自己的报纸上称他作"戴绿帽子的"。他将搜查时发现的一些有趣的文件拿给我看,还让我看了秘密组织成员的名单,甚至阴谋分子为了在行动时能够互相识别而准备的臂章。他对我说,政府知道这一切,但肖当部长决定不声张出去,他怕得罪希特勒。我在斯特拉斯堡和工人城市米卢斯见过各种各样的政治活动家。

我的文章并非毫无影响,反对投降派的报纸引用过它们,甚至政府也很关心这些文章。我后来得知,肖当曾建议将我逐出法国,但曼德尔反对,所以没有成功。

我在旧文件中找到了一份拍给《消息报》国际部的电报:"请于10月25日莫斯科时间十二点打电话给我以便核对。我将用电报单独寄上同阿尔萨斯各种政治活动家简短的谈话记录。25日晚我将去马赛。"

激进党正在马赛举行代表大会,达拉第和大多数部长都是该党的党员。我记得激进党过去代表小资产阶级、南部各省的农民和具有自由思想的知识分子,它曾强调雅各宾派传统的纯洁性。然而在马赛他们并不提及雅各宾派,却滔滔不绝地大谈"共产主义的危险",尽管人民阵线形式上还存在。发言者把工人说得一无是处,称他们是"懒汉",赞扬达拉第爱好和平。不错,也还有另一些激进党人,例如皮埃尔·戈特和鲍苏特鲁,他们不喜欢达拉第的政策,但是我知道,即使他们不自动退党,也很快会被开除出党的。

我同爱德华·赫里欧谈过话。他心灰意冷,但又没有决心同达拉第断绝关系,他在发言中说,苏联准备履行自己的义务,法国丧失了同盟者,战争的危机在增长,他向我抱怨道:"法国人张皇失措了。我们忘记自己是一个

---

① 比弗布鲁克(1876—1964),英国报业大王,曾在政府任职。

大国。我不知道这将怎样结束……"

在代表大会进行期间发生了一场大火,代表们居住的旅馆也被殃及。原来,消防队的梯子不够用。赫里欧大发雷霆,叫道:"也许,我得从里昂叫些消防队来?……"火灾的景象仿佛是为即将来临的灾难故意安排的一次预演。

过了不久,在南特举行了另一个代表大会——法国总工会代表大会,爱伦堡和保罗·若斯林这两个形影不离的朋友也去了。共产党人号召斗争,但是在南特也有主张投降的人,其中一个人说:"拯救法国之道在于退居二等国的地位。"

形势混乱不堪。浓雾笼罩在城市上空和人们的意识中。《作品报》断言,它从刊载巴比塞的《炮火》的时候起就一直维护和平,如今它也不背弃自己的立场——为了避免战争应当向希特勒和墨索里尼作出新的让步。也有这样的一些"左派",他们抗议西班牙解散鲍乌姆分子的组织,并要求禁止法国共产党。作家塞林建议在"反对犹太人和卡尔梅克人"(他把俄罗斯人称作"卡尔梅克人")的圣战中同希特勒联合起来。

我被法国保安局请去了。一位负责官员彬彬有礼地问我,我是否发现有人在跟踪我。我回答说,有时我觉得有密探跟在我后面,但我习惯了,对此并不介意。这位官员说,有些极右翼的恐怖分子在监视我,他拿出几十张相片,请我认一认跟踪我的人。我微笑着说,我什么人也认不出,不过我对自己并不担心。"不对。我们知道杀害罗塞利兄弟的一个组织决定要消灭你。"我对他们的关心表示了感谢便离开了。我不知为什么总觉得谁也不想暗算我,保安局希望我受惊之后会离开法国。我的记者工作,同政治活动家的会见,抨击性的文章以及以保罗·若斯林这个笔名发表的内容丰富的报道,都不会受到当时法国执政者的欢迎。然而不久以前我在一些陈旧的剪报中发现了一份关于1947年在巴黎发生的一起诉讼案的工作报告。审判了曾杀害意大利反法西斯的罗塞利兄弟的一小撮搞恐怖活动的"僧帽党党徒"。一名被告在法庭上说,他接受过跟踪我的任务。我不得不承认不该怀疑法国保安局:虽说这种事十分罕见,但保安人员的确曾想保护我。

一切都像是按时间表进行的。政府公布了对付工人的特别法令。11月30日爆发了总罢工。政府决定派士兵代替罢工工人。不愿复工的公共汽车司机被关进了监狱。罢工失败了。达拉第可以为又一次胜利——镇压工人的胜利而干杯了。"人民阵线"这个名词在各处都消失了。

德国发生了大规模迫害犹太人的事件。不幸的人们企图越过国境进入法国避难。边防军捉住他们,根据巴黎的命令把其中的一部分交给了德国人。

12月初,国际旅的法国士兵从西班牙回来了,工人群众迎接了他们。欢迎会令人十分感动,会场上充满无限哀伤的气氛:当国际旅在瓜达拉哈拉近郊和哈拉马河畔战斗的时候,法西斯主义却悄悄地从后门溜进他们家中。

法国的内战开始于1934年,这是一场隐蔽的战争,没有大炮,但是却有冲锋和反冲锋,有牺牲,有相互憎恨。慕尼黑协定不是一个偶然事件:资产阶级为了战胜工人不惜付出任何代价。而对背叛行为感到愤慨的工人却愁眉苦脸地沉默不语。

我清楚记得1938年的秋天。表面上看来,生活同过去毫无区别:人们在工作,喝开胃酒,玩牌,跳舞。但在这些现象的背后却是苦闷、不安和迷惘。我不能用旁观者的眼睛去看这一切——我了解法国,爱它,却看着它像个梦游病患者似的睁着两只视而不见的眼睛,唱着悲歌,拿着菊花,吃着馅饼,播弄着是非,走向死亡……我把自己11月底写的一篇文章定名为《法国的悲哀》,我在其中写道:"我谈的不是贫困,甚至也不是痛苦,而是那降临在这块土地上的巨大悲哀——慕尼黑挫伤了法国。"

保罗·若斯林在认真地报道:休尔·罗曼同里宾特洛甫吃了一顿早餐后便对法德联盟的前途有了信心,军火工厂的老板大力资助中小学教职员工会的和平主义宣传。

12月5日,我在给莫斯科的信中写道:"我想稍微摆脱一下正在排挤爱伦堡的若斯林,我疲倦了,没有一分钟空闲时间。希望编辑部能体谅我的苦衷……"

冬天来到了,街道上弥漫着炒栗子的气味,冷得发抖的情侣们紧紧地偎在一起。

几天以后,我来到了巴塞罗那。我还没有来得及了解一下形势,便在电话筒上喊道:"敌人在从特兰普到埃布罗的整个战线上发动了进攻!……"这里的人们还在战斗。

32

来到巴塞罗那后不久,大概是新年前夕,我便去探望诗人安托尼奥·马查多——我从法国给他捎了些咖啡和纸烟。他和老母亲住在城郊一个寒冷而窄小的房子里,夏天我常来这儿。马查多气色不佳,微微有点驼背,他很少刮脸,因此更显得苍老,他当时六十三岁,然而走起路来已很吃力,只有他的一双眼睛还炯炯有神,充满着朝气。我保存着关于这最后一次会见的笔记:"马查多读起豪尔赫·曼里克①的一段哀诗:

> 我们的生命是条条江河,
> 而死亡则是大海,
> 大海能容纳百川,
> 我们的欢乐与痛苦,
> 还有人赖以生存的一切,
> 永远流向大海。

接着他谈到死亡:'一切问题在于那个"如何"。应当好好地笑,好好地写诗,好好地生活和好好地死亡。'他突然孩子般地笑了起来,又补充了一句:'如果演员进入了角色,那么对他来说,走下舞台也不困难……'"

安托尼奥·马查多的死是悲壮的,虽然他是我生平遇到的诗人中最谦逊的一个。当法西斯军队接近巴塞罗那时,他带着自己母亲踏上了边境地区的险峻道路。马查多只过了三周流亡生涯,死在科留尔斯小镇上,从那儿可以

---

① 曼里克(1440—1479),西班牙诗人。

望见西班牙的群山。他的母亲比他多活了两天。马查多不能再活下去了。

现在他被公认为本世纪最伟大的西班牙诗人。佛朗哥西班牙的院士们开会纪念他,西班牙的年轻诗人们用诗歌颂他。他已经不再是争论的焦点,也不是各种事件的中心,然而我在这里却要谈谈他,因为对于我来说,他的形象同西班牙遗弃西班牙的那些悲惨的日子是分不开的。

我们是1936年4月在马德里认识的。我还记得拉斐尔·阿尔维蒂、聂鲁达和几十个年轻作家是多么激动地倾听他的朗诵。我说他为人十分谦虚,这还不够。契诃夫在布宁称他作诗人时,觉得不好意思,他提出抗议,说他是用粗野的手法描写粗野的生活。马查多就为人来说有点像安东·帕夫洛维奇,他有一次对我说:"也许我并不是一个诗人。克维多才是诗人,还有龙萨、魏尔兰、卢本·达里奥。我爱诗歌,这是实情……"这不是故作谦虚,也不是装腔作势,六十岁的时候,他听到热情的赞扬还害羞呢。他十分善良,像契诃夫一样宽容别人的弱点,尽力替易动肝火、命运不济的批评家或倒霉的写作狂辩解。一切东西在他的眼中都有点善或有点美。他的诗首先是充满了人情味。

他将豪尔赫·曼里克的诗读给我听。很难找到一个没有写过死亡的西班牙诗人。1938年夏天,我们在巴塞罗那谈起前线的形势和法国的动向,马查多说:"国外有些人错误地认为西班牙人是宿命论者,认为他们对死亡采取听天由命的态度。不,他们是善于同死亡进行斗争的。"

我看见了他晚年怎样同死亡搏斗。无论是轰炸还是动荡的生活,都没有使他困惑。他不愿离开马德里,后来,他像普拉多博物馆的图画一样被送到巴伦西亚。在马德里、巴伦西亚、巴塞罗那,他都没有放下过笔,他的十四行诗令人赞叹,而且他几乎每天都要为前线的报纸写文章。

然而,他还是不断地想到死亡,他在这方面如同在其他许多方面一样,仍是一个西班牙人。他写十四行诗、哀诗、无韵诗和有韵诗,喜欢格言诗——一种具有哲理性的短小的四行诗,他多半不推敲韵脚,根据罗曼采洛的传统,第二行和第四行末尾那个字有相同的重读元音,这比我们远古时代的元音重复更细腻和难以捉摸。

> 你说——什么也不会丢失,
> 可一旦你打碎了玻璃杯,
> 谁也不会用它喝茶,

再也不会有任何人用它。

你说一切都不会变样,
也许你说对了。
只不过我们正失去一切,
一切也正失去我们。

一切都会过去,一切都不会变样,
而我们的事业却沿着道路
一步步前进,
走到大海,并越过它。

我也常常回忆他的另一些四行诗。

一个新的哈姆雷特,
将瞧着我的颅骨说:
"嘉年华会上一个假面具的
美丽的化石。"

一个海上的人
根本不需要四件东西——
桨,舵,锚
和对航海的恐惧。

一个人在打两个仗,
每个人仗都不好打——
梦中同上帝作战,
醒来同大海打仗。

我们渴求知识时,
我们的每小时等于一分钟,

当我们知道了可以知道的事，
我们的每小时等于一世纪。

好的是我们知道，——
杯子是为了让人用它喝水，
糟的是我们并不知道，
口渴为何存在。

卢本·达里奥是这样形容马查多的："他在放牧成千头狮子和成千只山羊羔。"马查多在诗歌中使草原上的艾蒿和夏日的恬静、使智慧和朴素奇妙地结合在一起。这是索里亚附近贫困的村落，卡斯蒂利亚的岩石，人类的灾难、勇气、希望等等的幻影，也永远是他"一步步"走过的道路，是上山或下山的道路，是西班牙和一个人的艰难道路。

他的一生是"一步步"度过的，有时同人们一起，有时孑然一身，他从来没有登上舞台（虽然他同自己的兄弟写过几个剧本）——一辈子都是坐在生活的最后一排。他起初教法语，后来讲西班牙文学。他在索里亚、巴埃萨、塞哥维亚等外省城市居住过。1937年春天，当我从南线回来的时候，我决定去看望马查多——他当时住在离巴伦西亚不远的地方。他向我打听待在维辛德拉卡贝斯的法西斯分子的情况，随后问我喜欢不喜欢拉曼查。我记录了他当时说的几句话："法国的风景玲珑纤细，它是上帝在成年时期画的，也许还是在老年时期画的，一切都经过了深思熟虑，很有分寸感，多一点或少一点都会破坏它的和谐。然而西班牙是上帝年轻时画的，他没有考虑色调的浓淡，甚至不知道堆砌了多少石块。我喜欢契诃夫的《草原》。我不知为什么觉得俄罗斯人能理解西班牙的风景……拉曼查——大家都知道这个地方是堂吉诃德的故乡。但是为什么许多人都不明白，阿尔东萨就是杜尔西内娅？每个西班牙人都把健康的、结实的、善于持家的姑娘看作意中人，每个西班牙人也十分了解杜尔西内娅善于操持家务、搬弄是非和在衬衣上绣花。屠格涅夫在写到哈姆雷特和堂吉诃德时，不了解阿尔东萨和杜尔西内娅是融合在一起的。也许，这是因为他的所有女主人公不是纯洁的上天的创造物，便是凶残的野兽？堂吉诃德和桑丘·潘沙不是对立的，而是一张面孔的两副表情。我们没有这种差别，不过一致比任何对立更难创造。

这既是拉曼查,也是整个西班牙……"

我逐字逐句翻译了关于堂吉诃德和桑丘·潘沙的格言诗。但我不敢翻译安托尼奥·马查多为阿尔东萨—杜尔西内娅所写的那些轻松而机智的诗句:它们是那样接近音乐,一个稍不和谐的音节都会破坏它的魅力。这使马查多和写《夜钟》的勃洛克十分相似。而他之对于西班牙也正如勃洛克之对于俄罗斯。

"一步步"……他在战争年代的行为是他整个一生早已决定了的,这儿既没有奇迹,没有突如其来的恍然大悟,也没有骤然的转变,有的只是信心——对自己、对西班牙、对时代的信心。许多人,甚至包括研究外国语言的人,都不懂艺术的语言。一位批评家在《文学百科全书》中写道:"马查多是这样一部分小资产阶级知识分子的典型代表,他们在资本主义的进攻面前极力躲入自我分析的世界,并企图在小资产阶级的人道主义中找到解决当代各种矛盾的办法。"这段话写于1934年。而到了1954年另一位批评家在《苏联大百科全书》中写道:"诗集《卡斯蒂利亚的原野》(1912)浸透着对祖国土地的爱和对西班牙人民的命运的焦虑……在《新歌集》(1924)中,诗人挺身而出,反击反动的资产阶级艺术。"也许是马查多改变了?没有,两位批评家评论的都是他在1912年和1924年出版的书。也许是评论的习惯改变了?一点也不。仅仅是战争的岁月帮助那些只懂报纸新闻而不懂诗歌的人决定了什么标签对马查多更合适些。

可悲的是,必须经历轰炸或集中营,才能使诗人们获得居住权……

我生平丢失了很多东西,但有马查多题词的几本书我始终保存着,我将它们带出了西班牙,后来又带出了被德国人占领的巴黎。我有时瞧着他的笔迹和照片(我在巴塞罗那给他拍的),人和诗行便渐渐融为一体:

你若在我的路上——要水还是要口渴?

告诉我,孤僻的女友……

他同人民一起战斗。我记得师长塔关尼亚在埃布罗河畔向战士们宣读马查多的贺信时的情形,他的声音由于激动而颤抖:"熙德①的西班牙、1808

---

① 熙德,10世纪时的西班牙骑士,因在西班牙收复失地运动中功绩卓著而享有盛名。

年的西班牙认为你们是自己的儿子……"我们分别的时候,马查多说:"也许我们还没有学会打仗。而我们的装备也太少……不过请不要过分严厉地责备西班牙人。结局到了,过不了几天他们便会占领巴塞罗那。对于战略家、政治家、历史家来说,一切都将一目了然:我们打败了。然而从人道主义的观点来看,我不知道……也许是我们赢了……"

他送我到篱笆旁边,我回头望了一眼,瞧见他那忧伤的面容和微驼的身躯,像西班牙一样苍老,他是个贤明的人,也是个充满柔情的诗人,我还瞧见他的目光——它是那样深不可测,这不是回答的目光,而是询问的目光。天晓得,这竟是最后的一面——响起了警报声,例行的空袭开始了。

33

1939年1月28日到2月5日,这是加泰罗尼亚的最后一周,是结局……怎样来谈谈这一切呢?要知道,从那以后,我们曾见识和经历过多少……但是在我的记忆里,那些日子仍历历在目——伤口尚未愈合。

1月28日,我来到赫罗纳。从前这是个不大的古老城市,有美丽如画的街道,有拱门、花园、古代要塞的石墙,现在城市发出了喊声——不是一个人,也不是几百人,而是全城的人。赫罗纳从前只有三万居民,这时骤然增加到四十万。广场上、街道上都挤满了带口袋和篮筐的人们,有的坐着,有的躺着,有的在睡觉,而法西斯的飞机几乎是不断地轰炸和扫射人群。再也见不到共和国的歼击机和高射炮了。那一天我觉得,除了叫喊声、血和坟场上的铁锹——人们为弟兄们掘墓,再也没有别的了。

1月30日,一个身材高大、骨瘦如柴的西班牙师长对我说:"我们没有铁锹。我们应该挖战壕,可我们没有铁锹……"道路被潮水般的逃难者所堵塞,他们多半是城里人,有人拖着一只安乐椅,一个令人肃然起敬的貌似教授的长胡子老人拖着一大捆用粗绳扎得结结实实的书籍,农民赶着羊群,小姑娘抱着玩偶。人民在退却。现在已经没有人在墙上写"人民不愿同法西斯分子一起生活"这类标语了——谁能顾到这个呢?我不知道这些逃难的人是否想到生活,他们向前走时,没有口号,没有希望,兴许也没有思想。

有些部队在继续战斗,阻截敌人。距离法国边境只有二十公里的小城菲盖拉斯,在短期内成了西班牙共和国的首都。我在破旧的铁匠铺里遇见一位熟识的记者:那儿是巴塞罗那报纸的编辑部和印刷厂。人们正在工作。一个头上缠着绷带的人在昏暗的灯光下口述:"成功地击退了数量上占优势的敌人的进攻……"

我到处寻找萨维奇,但找不到他。当我来到挤满了人的主要广场上的时候,正好碰上空袭。随后意大利飞机以超低空飞行扫射难民。参谋长告诉我说:"我该写战报了,但是连打字机也没有。"到处可以听到不祥的谣言:意大利人在边境的布港登陆并切断了菲盖拉斯同法国的交通,法国人甚至不许妇女越过边境。人们在一个咖啡馆中包扎伤员。

"俄国人大概在那儿。"一个指挥员指着学校的楼房对我说。但是我遇见的是内格林、阿尔瓦雷斯·德尔瓦约和其他几位部长。他们坐在一张长桌子周围的凳子上,桌上摆着地图和一袋袋文件。内格林告诉我说:"我们应该争取时间把居民撤退到法国去。然后我们便可乘飞机去马德里了……"另一位部长说,最主要的是撤出军队和装备,再从马赛将人和武器运往巴伦西亚,然后从那儿同中央战线的部队一起转入进攻。并非一切幻想都没有了……

有人告诉我说,苏联同志在离城八公里的一个小村子里。我得花三个钟头的时间步行去这个村子。夜里很冷,难民们为了取暖,用家里带出来的破旧什物燃起一堆堆篝火。然而轰炸并未停止。

我走进一个农民家里便高兴得愣住了:壁炉里燃着熊熊大火。萨维奇和科托夫坐在壁炉前面。萨维奇解释说,不知何故用卡车把使馆的藏书运到这儿来了,必须把它烧掉,不能把俄文书留给法西斯分子。我对那个在西班牙名叫科托夫的人怀有戒心——他既不是外交人员,又不是军人。他以明显的满意神气将一本本书抛进火内,同时说道:"这是谁的?卡维林?请吧!奥莉加·福尔什?不认识。不过里面更暖和些……"萨维奇也使我大吃一惊,他平时十分爱惜书籍,他去别人家中做客的时候,往往突然忘记一切礼貌,开始翻看桌上的书,甚至都不听谈话,不料这时也受到感染,发疯似的将书一本一本扔进壁炉。科托夫说道:"嗯……《第二天》……只好将火葬权让给作者了。"我把书扔进了壁炉。

使馆的几个工作人员来了,他们对我说,从巴塞罗那撤退时忘了摘下屋顶上的国徽和国旗,他们刚刚才想起来,其中一个对萨维奇说:"也许,您可以去一趟?……"萨维奇同自己的司机——勇敢的佩佩一起回到正在进行巷战的巴塞罗那,他爬上屋顶,取下了国徽和国旗。(萨维奇毕竟是个怪人:他居然能在法西斯分子进入巴塞罗那后十分沉着地返回城里,在炸弹下为塔斯社写报道,同科托夫坐在一起有说有笑地烧书,而在一周后回到巴黎时却吓得要死:他没有警察局的许可证,夜里躲在杜霞家,甚至连喜欢逗乐的杜霞也无法使他露出笑容。他拿给我看从法国一个边境小城拍来的一份电报:"汽车和我统归你支配,佩佩",接着苦笑了一下。也许,这并没有什么可奇怪的,所有的人都是如此。)

有人告诉我们,国会2月1日要在菲盖拉斯开会。我和萨维奇在黑暗中摸索了好半天才找到旧城堡地下室的入口。意大利飞机不停地轰炸城市。入口处站着一个戴白手套的哨兵。一个小老头不知从何处弄来一条蹭鞋底用的破旧的粗地毯,铺在通向地下室的台阶上:"不好意思啊,这儿毕竟是国会……"为外交使团和新闻记者留了席位。我应管理人员的请求,坐在外交人员席上,以便不让它空着,后来我国使馆的一个人也来了。内格林满脸胡子,他的眼睛由于熬夜而红肿。他说,英国和法国出卖了共和国,使加泰罗尼亚陷于四面包围中。法国人不愿接受重伤员。他的演说中有这样一句:"法国会为自己的行为后悔的……"通过了告人民书:斗争在继续。表决采取点名的方式,代表们一个个站起来,郑重地回答"赞成"。一位代表的手臂是匆匆包扎起来的,血渗透了纱布。

我连夜赶赴法国城市佩皮尼昂,把国会开会情况报告《消息报》,第二天一清早便回来了。

难民们不能在道路上行走,他们像春天的河流那样泛滥了,挤满了山坡的阶地。普伊格谢尔达附近落了一场大雪,有些孩子陷进了雪堆中。我在阿雷斯山口附近看见一些老太婆在结了一层冰的山岩上爬行。农民宰了羊,就地烤熟给士兵吃。一个女人在田野里分娩,我们喊来了一个医生,是个老头,鼻喉科专家,他接生完毕后坐在火堆旁烤火时突然说:"这个孩子有福气,他来得及在西班牙的土地上降生……"这个医生一点也不像那些随随便便地道出具有历史意义的话的英雄,他穿着一件绿色的女用短上衣,伸出风湿病患者的浮肿手指去烤火。

我在一个牧人的窝棚里遇见了阿尔瓦雷斯·德尔瓦约,有人给他端来一碗淡褐色的热咖啡。他那忧郁的眼神使我不由得掉过头去,然而他却十分沉着,说起了一辆为士兵们运粮食的卡车,又谈到了拦阻射击和撤退伤员的事。(他是个有坚定信心的人,每过两三年,我都要在巴黎、莫斯科或日内瓦遇见他,每次都使我想起2月里的那一天,想起窝棚里的外交部部长以及他那忧伤的目光和沉着、平静的声音。)

三天后,我同萨维奇站在国境线附近的一块巨石上。络绎不绝的逃难者从面前走过,驴子在尖叫,小孩在啼哭,走过来一队战士,一名士兵不知为什么吹着喇叭,敌机在轰炸,一个农民抓了一把土,把它包在一条红色大头巾里。

后来我写了一些诗,诗中有我在本章中提到的各种细节,不过还有那次要方面,还有那只有用诗才能表达的激情:

> 在潮湿的夜里,风在磨平山岩。
> 西班牙拖着兵器,
> 朝北方走去。黎明前
> 疯狂的小号手吹着喇叭。
> 战士们从战斗中拉出大炮。
> 农民们赶着变傻了的牲口。
> 孩子们拿着自己的玩具,
> 一个玩偶的嘴被弄歪。
> 妇女们在田野里分娩,拿痛苦当褓褓,
> 然后继续前进,以便站着去死。
> 篝火还在燃烧——在离别前夕,
> 铜号还没有休息。
> 有什么可能更为可悲、更为奇妙——
> 一只手还握着一把泥土。
> 那夜歌曲摆脱了歌词,
> 一个个村庄也像舰艇般前进。

法国人在边境站上不仅派有宪兵,还调来了军队——起初是塞内加尔人,后来是整营的法国军队。西班牙士兵放下武器后还要接受一次搜查,许多难民也要受到搜查。我在佩尔蒂看见法国人误将女人同她们的孩子们分开,她们叫喊着不愿走,但仍被赶走了。

我有一张巴黎警察局发给的记者证。在巴黎时它没有多大用处,但在这儿却有奇效:我可以自由地前往西班牙然后又回来。应该营救被拘留在集中营里的许多同志:记者、使馆的女清扫工、司机、一个初学写诗的人、国际旅的战士。一连好几天,我都在忙于这件事,甚至顾不得给报社拍发电讯稿,我比较喜欢往巴黎打电话,仿佛那儿真有一个保罗·若斯林似的。

我发现了一些出色的人物。来自边境小城普拉茨德尔莫洛的一位教师在一个山口几乎值了几昼夜的班:给难民们煮汤,发给他们面包。成百上千的人给他送来食物。阿尔修尔杰什的一位技师,一个小汽车库的主人,驾驶着一辆破旧的汽车不停地往来于阿雷斯山口与城市之间,把疲惫不堪、饥寒交迫的难民运往城里。阿雷斯山口的宪兵比较好说话,这位技师帮我将许多同志载过国境,遗憾的是我没有记住他的名字。

2月6日是我留在西班牙土地上的最后的一天。这是在科姆普洛顿山村,周围还在战斗。

法国政府数次下达残酷的命令。但在各地人们却各行其道。每天我都可以看见团结、善良、同情和露骨的卑鄙。我在布留这个小城市里寻找过一个带着几个孩子的农妇——我身边有她丈夫托我捎给她的一封信和钱。市长是个肥头肥脑的家伙,生着一副呆板而冷漠的面孔,他回答我说:"这种人这儿太多啦……"一名警察喊道:"这不是你的事!快走吧!……"我提醒他要懂得人情,他回答说人情同他无关。在圣罗兰德谢尔丹、普拉茨德尔莫洛、阿尔修尔杰什这些小城中,居民们给难民食物,帮他们躲过警察。几列军用列车开到了里昂,市长爱德华·赫里欧在车站值班,帮助将食物分发给西班牙人,并将他们安排在营房和学校里。然而许多法国报纸却每天叫喊要防止西班牙的"无政府主义者、共产党人、凶手和暴徒"进入法国。

夏天我就在佩皮尼昂认识了一个破旧旅店的主人,我在那儿住了几天,因为这次我带来了一些同志,所有的房间全住满了人,不得不在餐厅、账房等处睡觉。由于店主人没有向警察局报告来人的身份,那儿没有一个人被带走。然而城里正在进行搜捕。一辈子没戴过帽子的西班牙女人,也买了小巧的时髦女帽,涂粉抹脂,为的是不露出痛苦的痕迹,也为了装扮成法国女人。在巴纽勒斯,一个右派报纸的记者因侮辱了战败者而被渔民们狠狠揍了一顿。是的,法国人是各种各样的,我不想不分青红皂白地责备他们或赞扬他们。

法国当局将西班牙人安置在阿尔热勒斯和圣西普林地方的集中营里。六个人分一个面包,喝的是臭水,还遭到各种侮辱。然而里宾特洛甫却在巴黎受到殷勤接待……不过谈起那些年代,最好别想什么正义,什么里宾特洛甫——谁又没有拥抱过他呢!……

有人将诗人埃莱列·彼切列写的一个纸条交给我,他被关进了集中营。他说我的许多朋友也关在里面。我为此事前往巴黎交涉。阿拉贡、让-里沙尔·布洛克、卡苏以及我们联合会的其他参加者都挺身而出,为被拘禁的作家们辩护,过了两三个星期,他们终于获释了。

内格林和其他几位部长乘飞机飞往马德里。共和国军队控制的地区如今已处于四面包围中。英国和法国承认佛朗哥将军是西班牙的合法统治者。共和国遭到了封锁,在马赛港扣留了几条往巴伦西亚运粮食和土豆的船只。3月6日,中央战线的集团军司令卡萨多上校在婚礼将军米阿哈的赞许下发动了政变,使一小撮决定投降的人代替了内格林。然而,注定要陷落的马德里的挣扎还不是西班牙悲剧的结局,真正的结局是那年冬天,当时埃布罗河方面的军队尚十分完整,他们带着武器进入法国国境,希望由此转赴巴伦西亚。(然而士兵们带出来的武器全被法国人转交给佛朗哥将军了。)

希特勒在接二连三的胜利的鼓舞下占领了布拉格。马林娜·茨韦塔耶娃在最后一次同自己的朋友——书桌会面时写道:

啊,眼中的泪水!
愤怒与爱情的哭泣!
啊,泪水中的捷克;
血泊中的西班牙!
啊,一座黑魆魆的山
遮住了整个世界;
是时候了——是时候了——是时候了
快把证件还给作家。

我在本书中同西班牙告别是不容易的。我还记得在阿雷斯山口一个西班牙的自动步枪手同妻子和两岁的小儿子告别时的情景。他请求我将他们母子二人带到一个安全的地方,他说:"我不走了——我不相信法国人会送我们去巴伦西亚,他们已经同佛朗哥勾搭上了。而在这里还能干掉几十个法西斯分子……"我走了一程后回头一望,发现他握着自动步枪卧在地上,他没有望着我们,而是望着法西斯分子可能出现的南方。

在从布港去塞尔贝尔的公路的两旁,摆着成堆的步枪、手提机枪、钢盔、手枪乃至刀子。我突然发现一支矛和一个古时的帽盔:看来这是人们从加泰罗尼亚的一个不大的博物馆里带出来的陈列品,一个塞内加尔人把它们当成了武器。不错,堂吉诃德的矛和帽盔都是武器,西班牙在一千多个昼夜里用它们抵御了两个法西斯大国——意大利和德国的进攻。

七个月后,第二次世界大战爆发了,出现了许多英雄事迹,结果法西斯主义被粉碎了。但是在新的时代中,愁容骑士企图用来保卫人的尊严的矛和旧式帽盔,已经没有存在的余地了。

34

  1939年春天,萨维奇回莫斯科去了。为了送他一程,我们一同乘车去勒阿弗尔。搭乘同一条船去苏联的还有许多西班牙人。我们站在岸上,海风猛烈地刮着;不幸的西班牙的影子又浮现在眼前。我请求萨维奇到莫斯科后给我写信,但我有很长一段时间不知道他的情况——人们当时不喜欢往国外寄信。

  我每天都用保罗·若斯林这个名字给报纸写报道,这些报道五花八门无所不有,同时也是单调的大事记:西班牙的法西斯恐怖、捷克斯洛伐克的垂死挣扎、意大利侵占阿尔巴尼亚、博内或赖伐尔的阴谋诡计、勃鲁姆怯懦的声音、达拉第的土头土脑的庸人政治。

  4月中旬,报纸突然停止发表我的通讯。起初我想也许是因为我写得不好,于是便和编辑部联系。末了他们通过大使馆通知我,《消息报》暂时不能发表爱伦堡或保罗·若斯林写的报道,不过我仍是常驻记者并照旧领取工资。

  我一点也不明白,便去找苏里茨。雅科夫·扎哈罗维奇大声申斥了我一顿:"对你没有任何要求,你反而要生气!……"他陷入了沉思,"今天刚接到消息,马克西姆·马克西莫维奇被撤职了。任命了莫洛托夫……不过顺便说说,这与你毫无关系……你难过什么?休息休息吧。写写长篇小说。现在有许多十分有趣的画展……"(苏里茨非常喜欢绘画。)

  我被迫放下记者的工作毕竟是同报纸上所说的国际形势有关。保罗·若斯林还是像过去那样揭露法西斯分子,而复杂的外交谈判时期却越来越近。局势不明朗,报社决定把我储藏起来以备他日之用。苏里茨对我说:

"将来还用得着你。"遗憾的是,他没有说错:1941 年 6 月 22 日编辑部打电话给我:"给我们写点东西吧,您不是《消息报》的老人吗……"

英国和法国宣布,他们愿意制止侵略者并同苏联达成协议,但是在慕尼黑会议后就很难相信达拉第和张伯伦的善良意图了。我回想起那个时期就感到无比厌恶。人们坐在收音机旁收听希特勒的演说,他们努力根据声调推测明天对他们将预示着什么,甚至那些不懂德语的人也是如此。法国令人觉得是一只被蟒蛇的目光迷惑住了的肥兔子。

5 月,在巴黎召开了国际反法西斯代表会议,我参加了,碰见许多老相识——朗之万、加香、让-里沙尔·布洛克、马尔罗、阿拉贡、谢沙尔·法尔康,我认识了费林格。大家的心情都很忧郁,人们的发言看来也只是重复早已听到过的那些话——再也没有激情了。

有一天,费尔南多·海拉西带着一个腼腆的年轻作家来看我,从此我们做了朋友,他的名字叫让-保罗·萨特。他斜睨着眼睛看人,因此令人感到有点滑头,但是他坦率地谈到了自己的悲观失望。他送给我一本小说集《墙》,里面的短篇小说也是叙述失望情绪的。过了许多年,我又遇见了萨特,我了解了他并明白了,我最初的印象是正确的:在他身上,理性、敏锐的甚至是尖刻的才智同孩子般的天真、轻信与敏感罕见地融为一体。

我很难有条不紊地叙述那一年的情形:回忆宛如山中的云雾,它逐渐降落,压迫你,使你喘不过气。5 月间,约瑟夫·罗特去世了。托勒尔上吊了。罗曼·雅可布逊从布拉格来到巴黎,他说奈兹瓦尔同他告别时像孩子似的哭了。许多德国作家到美国去了。帕勃洛·毕加索的家里坐满了衣衫褴褛、无家可归的西班牙人。帕勃洛第一次对我说:"孩子,我很难工作,我们陷在琐事堆里了……"从表面上看,似乎没有什么变化。暑假开始了,报纸上写道,"整个巴黎"在多维拉,形形色色的招待会和游泳衣成了描绘的对象。但这一切看来只不过是对往昔的模仿。

我在西班牙的时候,斗争吸引了我,也排除了我的许多杂念。现在我却独自一人在沉思。我常想,在莫斯科比较轻松:那儿的人们都了解你。在巴黎,一种孤寂的感觉压抑着我。

关于科利佐夫的命运,我在巴塞罗那时便知道了,当时正是结局到来的前夕。在巴黎期间,丽莎和玛丽亚·奥斯滕(格罗斯赫涅尔)先后来找我。

她们随后都回莫斯科去了。丽莎哭着说,米哈伊尔·叶菲莫维奇在西班牙时便有病:"也许,我来得及把药交给他……"

关于梅耶霍德、巴别尔的命运的消息也传来了。我失去了最亲密的朋友。

来到大使馆后,我遇见了一些陌生的面孔。凡是我先前认识的人们——参赞吉尔什菲尔德、武官文佐夫、空军武官瓦西里琴科、谢苗诺夫以及其他许多人,都不见了。甚至没有人敢提起这些名字。

有一天苏里茨对我说:"拉斯科尔尼科夫来了。莫斯科召他回去,可他吓得不知如何是好。他问我该怎么办。我说应当马上回国。他给我留下了令人苦恼的印象……"过了两天,拉斯科尔尼科夫(他当时是驻保加利亚的全权代表)跑来找我,也问我他该怎么办。20年代我们在莫斯科见过面,那时他主编《红色处女地》,是个快活而坚定的人。他给我的一本书写了序言,责骂我模棱两可和动摇不定。我还记得他在十月革命的日子里起过什么样的作用。然而现在他坐在我在科坦登街上的家中,他高大魁梧,像一个变傻了的孩子,他说,莫斯科召他回去,他同年轻的妻子和吃奶的婴儿已经动身,途中妻子哭了,他突然决定不去莫斯科了,便从布拉格来到了巴黎。他反复地说:"我不是替自己担心,而是替妻子担心。她常说:'没有你我活不下去……'"我认识几个叛逃分子:别谢多夫斯基、德米特里耶夫斯基。他们都是投敌分子,是道德上肮脏的人。拉斯科尔尼科夫不像他们,可以感觉到他有一种惊慌情绪,一种真正的痛苦。他没有听从苏里茨的劝告,而是在法国留了下来,发表了一封致斯大林的公开信,半年后便死了。

苏联、英国和法国之间正在进行签订军事协定的谈判。西方大国在拖延时间。工党在议院里揭发张伯伦。我国报纸对谈判几乎只字未提。备战活动继续在各地进行。

我没有像雅科夫·扎哈罗维奇建议的那样坐下来写长篇小说,因为写散文作品不仅应当认清某种实在的事物,还得理解它的意义,可当时我还不能理解所发生的事件。对我来说,目的早已清楚了,但道路是如此错综复杂,有时简直不知道哪条道路通向何处。然而自己的感触却可以用抒情诗来表达,于是我选定了诗。1940年,莫斯科出版了一本小小的诗集《忠实》,它收入了我在1939年夏天写的许多诗篇,书名是其中一首诗的名字:

> 忠实——我们一起穿过枪林弹雨,
> 我们一起把忠实的朋友们埋葬。
> 悲伤和勇气——我不会说。
> 忠实于面包并忠实于刀子,
> 忠实于死亡并忠实于委屈。
> 我不会回忆心灵的呓语,不会把它泄露。
> 瞄准心脏吧!对心灵的忠实
> 和对命运的忠实,将踩着你过去。

我再也没有那种能使人摆脱过分困难的思考的"精确而紧急的工作的假象"。在人生的小站上的某处,在两次大战之间,我不知道我们将面临的是什么,我开始思考自己的命运:

> 在要塞练兵场平静的石板上,
> 布置了陌生的哨兵。
> 说的是年龄?已不见梦境,
> 一本小册子——记着死者的住址。
> 哨兵们站着,一动不动。
> 朋友们逐渐减少,灾难沉默不语。
> 只剩下最普通的词汇:
> 关怀,空气,树木,水。

树木、河流以及某些固定的东西吸引着我,当我坐在巴黎郊区小公园中的时候,我不能不道出如下的自白:

> 时代,我知道你那严酷而巨大的命运,
> 不会把你背叛,
> 但让我在片刻之间
> 看到的不是你,而是桂竹香,
> 不是在谵妄中,而是当真看见
> 病弱憔悴的青草。

莫斯科、西班牙——总之,我前面说过的种种事件都使我感到疲劳。8

月间,我前往儒林纳休息了两个星期,这是鲍若勒附近葡萄酒酿造工居住的一个村子。我是清晨动身的,步行在漫长的道路上,翻越一座座山岗。四周尽是葡萄园,间或可以碰见一株孤零零的老树——榆树、槭树或榉树。我向树木寻求那使我烦恼的成千上万个问题的答案。批评家有时把这种行为称作"逃避生活"。但是葛兰西在狱中曾贪婪地注视着四季豆苍白的幼芽,扎尔卡死前不久也对田野上的鸟儿的歌声感到宽慰和心焦。老实说,人不是机器,而生命也并不按照火车时刻表运行。

在儒林纳,我住在一家小旅店里。主人是无政府主义者,他做得一手好菜:酒糟鸡和烤牛排。一天清早,他喝醉了酒,扔了几块肉给我的狼狗布祖,说:"一切是那么忧伤,简直使人可笑……"他向自己的顾客和酿造葡萄酒的农民讲起了我。随后便有两个人来访问我——一老一少。原来在儒林纳有六个酿酒师是共产党员。他们领我去参观酒窖,用葡萄酒款待我,当然也问起苏联的情况。年老的问:"你说说,莫斯科郊区的葡萄酒是不是比我们的好?……"(儒林纳以产葡萄酒闻名。)我犹豫不决地解释说:"莫斯科郊区没有葡萄种植园,我们的葡萄酒全是在克里米亚和高加索酿造的。"这使他十分震惊:他相信莫斯科,也爱自己的事业。他考虑了片刻后说道:"不要紧,过上一两个五年计划,莫斯科郊区也会酿出比我们这儿更好的葡萄酒……"他寄了一箱葡萄酒给斯大林。(1946年我顺便访问了儒林纳。那个年轻的酿酒师认出了我。他现在是市长。我问他:"老人活着吗?"他领我去看被烧毁的旧址:"老人对大家说:'不要紧,过上一两年红军便会到这儿来的。'德国人枪毙了他,把房子也烧了……我当时在游击队里,你瞧,活下来了……")

使我受到鼓舞的不仅是树木,而且还有人——这些酿酒工人。如果采用批评家的标签,那么可以说,我的诗并未丧失乐观主义:

> 我知道一切——岁月的窟窿和缺口、
> 险峻道路上的无数灾难。
> 不,使人宽慰并不容易!
> 可我还是要说雨,说树枝。
> 我们将胜利。拥护我们的是世上一切新生事物,
> 一切血管,一切幼芽,一切少年,

> 还有这整个苍天——要考虑到未来，
>
> 正如孩子穿的鲜艳童衫要肥大一点……

我在火车上从《巴黎晚报》上读到一条新闻，说有一个四十二岁的法国人打开了厨房的煤气开关并留下一个字条："报纸将依旧出版，而人却活不下去了。"

我回到巴黎后不久，便从广播中听到苏联和德国在莫斯科签订了协定。当然，我不知道西方大国的代表同莫洛托夫之间谈判的详情，但我明白英国人和法国人在打扑克，在玩弄一桩不诚实的把戏。我从理智上懂得，不可避免的事终于发生了。但我的心灵还不能接受……苏里茨拿给我看最近一期的《真理报》。我瞧见一张照片：斯大林、里宾特洛甫和一位豪斯，所有的人都满意地微笑着。（六年后我在纽伦堡又看见了里宾特洛甫，不过他这时没有微笑，他已经预料到自己会被绞死。）

是的，我什么都明白了，但我并不因此而感到轻松些。一个名叫夏尔·拉波波尔特的大胡子老人（他十分熟悉列宁、普列汉诺夫、饶勒斯、盖德、李卜克内西）说："资本主义可以如此，但我们不应该……"

就在那一天我得了一种使医生们束手无策的病：足有八个月，我吃不下任何东西，体重减了大约二十公斤。衣服在我的身上肥大得直晃荡，我像一个稻草人。使馆的一位女医生对我十分恼火："您无权支配自己。"她说这话是为了让我去透视。我不去，我知道我的病是突然发作的：我一面读报，一面吃饭，突然觉得自己连一小片面包也吞不下去了。（这个病的痊愈同发作一样突然——由于一次震动：我得知德国人侵入比利时的消息后，便开始进食。医生意味深长地说："一种痉挛现象……"）

事态发展迅速。8月24日公布了苏德条约。9月1日莫洛托夫宣布，这个条约有利于全面和平。然而就在两天之后，希特勒发动了第二次世界大战。

35

我们不止一次看见,血流成河的战斗总是不发表任何宣言便开始了。1939年法国的宣战没有伴随什么军事行动。大家都在等候轰炸、进攻或退却,但前线上十分平静。法国人惊讶地说:"奇怪的战争。"

我清晰地记得这场"奇怪的战争"的头几周的情况——我当时还能上街。携带着防毒面具的妓女在等候顾客。玻璃窗上贴了一些薄纸条,有些女主人还把纸条剪成独特的花纹。我有一次去区里办理外国人登记。一个酒窖的老板正在大发雷霆:"我永远也不腾自己的仓库!人们可以躲在地下铁道里,那儿容得下所有的人。我存的是陈年布尔冈红酒,这可不是你们那愚蠢的政治,这是资本!"一位太太要求逮捕他的邻居:"所有的人都知道他在西班牙打过仗,反对过佛朗哥将军。我告诉你们,他不是法国人,而是真正的卖国贼、共产党、奸细!……"几乎每夜都要举行防空演习。女人们穿着雅致的外套,涂脂抹粉地出来了,而一个可怜的守门女人在防空洞里的地上洒水:区指导员不知何故下了这样的指示。

喜剧不久便使大家厌倦了,生活走上了常轨。钱赚得多也花得快:那种认为战争不可能长期"奇怪"下去的想法甚至使明显的守财奴也大肆挥霍起来。报纸上说,前线的士兵寂寞得要死。给他们送去了各种玩具、侦探小说、烈性饮料以及上面写着"法国某地"的绸手绢。"奇怪的战争"在玩弄军事秘密:"你的朋友在哪儿?""不知道。我非常替他担心!他在法国某地……"

莫里斯·谢瓦利埃唱过一支小调《巴黎永远是巴黎》,它成了开场白,成了节目单,成了咒语。报纸评论员在论述战争的远景时就像在分析一个大托拉斯可能取得的红利,他们计算石油、铁、铝的储量,拼命想证明盟国比德国和意大利更富足、更牢固。"我们会胜利,因为我们更强大。"这个口号在任何一面墙上都可以看到,旁边则是电气用具和开胃酒的广告。广播里每天都说,盟国使敌人多少吨货物沉入海底。但关于波兰的灭亡则谁也不提,虽然战争是由于希特勒对波兰人进行威胁后开始的。

一个德国飞行员在法国领土上摔死了。人们用军队的仪式埋葬了他。报纸大为感动地把葬仪渲染了一番。很多人收听斯图加特的法语广播。斯图加特的播音员断言,胜利将属于德国,因为它更强大。法国人微笑着一再地说:"奇怪的战争。"他们既不考虑沉没的船只、铜的储量,也不考虑胜利:活着就得像活着的样子。

毕竟是在进行战争,因此也需要有敌人。法国共产党人便被看成了敌人。《人道报》和《今晚报》被查封了。不仅共产党被取缔,数以百计有同情共产主义嫌疑的团体、协会、联盟也被查禁。进行了大规模逮捕。国会允许检察机关将共产党议员提交法庭审判,他们受到的指责是他们不愿将苏联革出教门。这无非是个借口,实际上资产阶级是为自己在1936年经受的恐惧向工人进行报复。

还在不久以前,"法西斯主义"这个词到处都可以听到。突然间它从所有的演说中和报纸上消失了。可以认为法西斯主义也消失了。然而谁都明白,法西斯分子正在准备决定性的进攻。

早晨,克列芒斯来我们家里待了两小时,收拾了一下房间。她的兄弟是共产党员,他对她说:"我不知道俄国人是怎么想的。《人道报》被查封了。负责同志被捕。但是我看见,赖伐尔、弗兰登以及所有法西斯歹徒照旧在攻击共产党人。这就是说,共产党人是对的……"克列芒斯补充道:"我的兄弟说,如果他能弄到《人道报》,他就什么都会明白……"

我仔细地读着莫斯科的报纸,但我不能说我什么都明白。我记得博内和张伯伦是多么希望希特勒向乌克兰进攻,德苏条约的签订看来是出于必要。"奇怪的战争"和对共产党员的迫害表明,达拉第不打算同希特勒作战。不过莫洛托夫关于"近视的反法西斯主义者"的话刺痛了我。那年冬天,我不得不头一回配了一副眼镜,但我不能承认自己"近视":西班牙战争的情景犹历历在目,法西斯主义对我来说仍然是主要的敌人。斯大林拍给里宾特洛甫的电报使我吃惊,电报中谈到鲜血结成的友谊。这份电报我读过将近十次,虽然我相信斯大林具有治国的天才,但我的心里总是异常激动。这难道不是亵渎行为!难道可以将红军战士的血同希特勒分子的血相提并论?又怎能忘记法西斯分子在西班牙、捷克斯洛伐克、波兰以及德国本土的大屠杀呢?

我忍耐不住,所以当雅·扎·苏里茨来看望我的当儿,便提起了这封惹是生非的电报。起初他只作了表面上的回答,说这是外交礼节,对贺电不应过分重视等等。不料他突然激动地跳了起来说道:"全部不幸都在于我和你是老一代的人。我们受的是另一种教育⋯⋯你现在为一封电报感到激动。还有更糟的呢。将来总有一天我们会谈起这一切的。现在你应当考虑考虑自己,如今不是操心的时候⋯⋯"

1940年3月,苏里茨突然走了。在这之前,他一直卧病不起:他得了肺炎。在使馆工作人员的一次例会上通过了给斯大林的贺电,根据当时的惯例,贺电谴责了法英帝国主义者发动了反对德国的战争。电报稿送请苏里茨签署。一个缺乏经验的年轻工作人员没有将电报稿交给使馆的译电员,而是送给了电报局。第二天,巴黎各报登载了这封电报。对于那些认为不应该同法西斯德国作战而应该同苏联作战的政客们来说,这是一个意外的收获。法国政府宣布苏里茨为"不受欢迎的人"。当我来到使馆的时候,人们告诉我说,雅科夫·扎哈罗维奇已经走了——"可以说是犯了个错误⋯⋯"

我身体虚弱,极易疲倦,不能工作了。那年冬天,很少有人来探望我们,旧朋友中间有些人认为我背叛了法国,有些人怕警察——因为我受到监视。前来看望我或邀我前去的人们简直屈指可数:安德烈·马尔罗、让-里沙尔·布洛克、参加过西班牙战争的飞行员蓬斯、吉尔苏姆夫妇、沃热尔、拉斐尔·阿尔维蒂、海拉西、医生西蒙和住在隔壁的朋友普捷尔曼。

当时同普捷尔曼谈话很不容易,刚发生的种种事件——达拉第、德苏条约、英国人、芬兰——使他控制不住自己,他的高血压症恶化了。在他生命的最后几天的一个晚上,他突然开始背诵普希金的诗句:

> 哀悼吧,亲爱的,我的命运在寂静里;
> 你们害怕用眼泪引起怀疑;

你们知道,在我们的时代流泪也是犯罪⋯⋯⋯⋯

他三天后便死了。他死后,警察还进行了一次搜查。抖散了普希金的作品⋯⋯沃热尔参加了葬礼。我记得他作为"全巴黎"的代表时那么生气勃勃,这时站在墓地上,显得苍老而悲伤。

这年冬天冷得异乎寻常,报纸上说,甚至在塞维利亚也落了雪。苏芬战争正在进行,报纸都忘了世界上有个德国。许多政治家要求派远征军前往芬兰。马赛·德阿不久前还在袒护希特勒,并说过不值得"为但泽市而死"这么一句尖锐有力的话,现在却企图证明,必须为赫尔辛基而死。在马德林教堂里,人们在为曼讷林①的胜利祈祷。女士们在为芬兰士兵织毛衣。达拉第想表示,他也能作战,即使不在莱茵河上作战,那也能在维堡作战。当芬兰和莫斯科举行和谈的消息突然传来时,发生了战争前夕的混乱现象。部长们愤怒了一阵,又回头去办早先待办的事务去了。

政府认为士兵太多而战线太短,应当放一些年轻的农民回家:农业万岁!

粮食是充足的,但部长们想显示自己有远见,作了一些无害的限制:无点心日、无牛肉日、无香肠日。

很难说,法国的将军们在指望什么。他们诚心诚意地相信两条防线:马奇诺防线和齐格菲防线。甚至像我这个完全不懂军事的人也明白,在西班牙,决定战役结果的是空军和庞大的坦克兵团,但法国的将军们却不喜欢新鲜事物,对他们来说,戴高乐将军是未来派。

我在等候出境签证。在右派报纸《老实人》上出现了一篇针对我的令人生厌的短文。《万事通》报问道:"爱伦堡为什么还留在巴黎?⋯⋯"我自己在警察局里也提出这个问题,但官员们却不回答我,反而向我提出一大堆问题。我躺在床上,感到很苦恼,翻来覆去地读着蒙田、契诃夫等人的作品和《圣经》。

希特勒在4月里占领了挪威和丹麦。新总理决定派遣少数士兵去挪威。战报上出现了远方峡湾的名称。

我保存着一本1940年的笔记,上面有些简短的记事。现在摘录其中几

---

① 曼讷林(1867—1951),苏芬战争期间任芬兰军总司令,后曾担任总统。

段,它们既可以说明当时法国发生的事情,也可以说明我当时对种种事件的认识。"4月9日。斯堪的纳维亚的战争。奥斯陆。十七名共产党员被捕。""4月11日。罗亚尔大街。商店的橱窗,坦克式夹子和飞机式夹子。4月16日。纳尔维克。五十四名共产党员被捕。""4月17日。一个名叫佩罗尔的聋哑人因进行反民族的宣传被逮捕。""4月23日。费尔南多说,雷格列尔在集中营里遭毒打。""4月28日。一个喝醉了的休假士兵在阿尔莫里克大街上喊道:'这不是战争,这是欺骗!'""4月29日。埃尔扎·尤里耶夫娜将穆西纳克被捕的经过告诉我。""4月30日。《作品报》报道说,一工人因读列宁的自传被捕。""5月1日。《鸭鸣报》写道:'这是1918年以来第一个平静的五一节。'"

"奇怪的战争"……人们正在波兰、芬兰、挪威死去。船只被击沉,人们在波涛汹涌的海洋中死去。夜里警报声长鸣。但所有这些既不像战争,又不像和平。可悲的滑稽戏在继续演出。

法国在排练投降。许多国家的千百万人在排练轰炸、逃跑、机枪火力和垂死挣扎。但排练是无精打采、毫无生气的,谁也不知道自己担任的是什么角色,演说者语无伦次,战略家像地理学家一样坐在两半球的地图面前,甚至连进行一次小规模的侦察也下不了决心。我有这种感觉,也许是由于疾病和环境使我注定要毫无作为吧?我不知道。一个人幸福的时候,他可以什么都不做。然而一旦遇到不幸却必须有主动性,不论这个主动性是多么虚幻。

36

我们在让-里沙尔·布洛克的家里坐了很久。他谈起了穆西纳克被捕的事,后者被关在桑台监狱。监狱里的制度是针对刑事犯的,而穆西纳克有病……布洛克也谈到了被捕的共产党员们被运走的情形,军用列车在一个车站上耽误了。紧闭的车厢里突然传出了《马赛曲》的歌声。开赴前线的士兵十分惊讶:有人告诉他们,车上关着叛徒、奸细。布洛克的妻子玛格丽特苦笑了一下。

随后我们行走在这一片漆黑的城市里。我跌了一跤,便骂了起来:真是活见鬼,打仗不像打仗,扭伤脚倒挺容易!……

我们回到家后,空袭警报响了。这次警报的时间特别长。我们没有去防空洞:厌倦了。何况又没有战争……但猫却吵得你不能睡觉,它不知从什么地方回来,喵喵地叫个不停,要进屋子。

大清早,我们听到了惊人的消息:德国人侵入了荷兰和比利时。这一天是5月10日。胖子蓬斯来了,他说:"现在开始了……"我在《巴黎晚报》上看到了一些好像是西班牙的照片——被炸死的儿童。

在我那个小笔记本中有这样一句话:"5月11日,星期六。马尔凯。"我记得还在这些戏剧性事件开始之前,柳斯·吉尔苏梅便告诉我们,马尔凯约我们5月11日去他家,他听说我打算送他一个古代圣像,也想回赠我一幅自己的油画。

在我叙述战争的情况,叙述被击沉的运输船只、伞兵队以及法国的毁灭时,我想先用一章的篇幅来谈谈画家阿尔贝·马尔凯。很难说那一天大家在做些什么。巴黎就像一只受到惊扰的蜂窝,昨天还是无忧无虑的人们突然明白,戏演完了,报应开始了。如果这是同其他任何画家或作家的会面,那倒没有什么奇怪。但是这里谈的是马尔凯和他那明快清晰的风景画,这是怎么回事?他一生从未打算在画布上表现自己的愤怒和不平,他很喜欢画水,而他的性格,照俄罗斯古老的说法,比水还温和。他画塞纳河——画巴黎的,也画诺曼底的,有的画上有驳船,有的则没有;他也画在斯德哥尔摩的峭壁间迷路的大海,画威尼斯的运河和荷兰的运河,画辽阔的尼罗河和小小的马恩河,随后又画塞纳河——有黎明的、正午的和傍晚的,有的上面是苍翠的树木,有的上面是老树秃枝,有的是雨景,有的是雪景。他的画布上几乎总有水,很多的水。

16世纪的法国诗人若阿基姆·杜倍雷目睹了古罗马的废墟。近几百年来,这些废墟遭到人们的盗窃和拆毁,然而根据游览者的描写,当时其宏伟之势曾使人惊倒。杜倍雷对罗马作了如下的描述:

　　……它战胜过异邦的城市,
　　它战胜了自己——这就是一个战士的遭遇。
　　只有巨大的台伯河的黄水,
　　仍像早先那样疾驰。
　　曾被认为是永恒的东西轰然倒塌,分崩离析。
　　只留下一条匆匆流去的小溪。

马尔凯的画室的窗口面向塞纳河:一座桥、滨河街和旧书商们关上的箱子。自然,我们同马尔凯的妻子马赛开始议论当前的事件:德国人将向何处进攻,比利时人会抵抗吗?我们在讨论,在推测。马尔凯站在窗口,望着塞纳河。后来他向我们转过身来。他有一对聪明的眼睛,带点嘲弄神情,但它们是善良的。他说:"一切尚未结束……"他在想什么?想战争的结局吗?想人们的命运吗?在那一天,我明白了艺术的力量。大家都在谈论雷诺,谈论利奥波德国王,谈论魏刚,谈论凯特尔[①]——我现在好不容易才想起这几个名字。二十五年过去了,看来一切都改变了。然而水还是原来的样子——一条是横穿巴黎的塞纳河,另一条是马尔凯画布上的塞纳河。

[①] 雷诺是当时的法国总理,利奥波德是当时比利时国王,魏刚是当时法国的将军,凯特尔是当时德国的将军。

我说过,我生平遇见过的最谦逊的诗人是安托尼奥·马查多。而在我遇见的画家中间,要数阿尔贝·马尔凯最谦逊了。他厌恶荣誉。当有人想推举他做院士时,他几乎病倒了,他提出抗议,请求人们忘记他。他也不曾试图打倒任何人,也没有写过宣言或声明。年轻时,有几年他参加了"野兽派"团体,但这不是因为他迷恋他们的艺术准则,而是不愿意得罪自己的朋友马蒂斯。他不喜欢争论,回避新闻记者。在我们初次相识时,他歉然地微笑着说:"您要原谅我……我只会用画笔说话……"

他不关心自己作品的命运,对各种物质享受十分淡漠。年轻时他相当贫困,很少有吃饱的时候。马蒂斯曾向我谈起 1900 年他们一起举办画展的情形,他笑着说:"一般来说,我们倒像是油漆匠……"马蒂斯还对我说:"我没有见过比马尔凯更不贪图私利的人。他的画是坚实的,有时还很尖锐,就像古代日本人的画一样……但他的心却是古代情歌中的少女的心,不仅不伤害任何人,还会为某人没有狠狠得罪自己而感到难过……"

1934 年,马尔凯跟一群旅游者前往苏联。(他旅行过许多地方。)他返回巴黎后,有人问他苏联是否真是一个地狱。他回答说,自己对政治一窍不通,生平从来没有参加过投票选举:"不过我倒是喜欢住在俄罗斯。您想想看,一个大国,在那儿金钱不能决定一个人的命运!这难道不好吗?……还有,那儿好像没有美术学院,无论如何我没有听人谈起过它……"(美术学院是在马尔凯来到列宁格勒之前不久才恢复的,他看见了涅瓦河、工人、学生,但没有留意院士。)

在巴黎的工人共产党员中间,有一些业余艺术小组的参加者,他们喜欢马尔凯的绘画,也对苏联怀有热忱。他们募集了一些钱,马尔凯刚从俄罗斯回来,他们便跑去对他说:"我们给你出路费,付你工资,请你去列宁格勒住几个月,画画涅瓦河……"

我在 1946 年又遇见了马尔凯。他邀请我们在 7 月 14 日①晚上去他家里观赏塞纳河上的焰火。经过几年的战争,他变得苍老了,但精神依然饱满,他用上好的波尔多葡萄酒招待我们(他是波尔多人,对葡萄酒十分内行)。焰火的火星落在漆黑的河上。马尔凯说:"你们说我喜欢水……不,

---

① 这一天是法国的国庆日。

我也喜欢另外的东西……譬如,树木、星星……"他喜欢人,但由于他非常害羞,所以从来不谈这一点。他回忆起法兰西崩溃之初的我们那次见面:"我在战争年代里懂得了许多事。共产党人是对的……可怕的是许多人什么也不懂,总想使一切回到过去……"他沉默了片刻后又突然重复了我清楚地记得我们在1940年见面时他说过的那句话:"一切尚未结束……"

他又瘦又矮,待人十分朴实。无论是外表或是他使用的语汇都不能表现出他的本质。他用绘画说话。他的绘画语言是审慎的、纯朴的和有说服力的。他没有许多印象派画家所固有的那种华丽和紊乱,生平从来没有向几何学寻求灵感:他是以人道精神进行概括,不用圆规,也不用必要的逻辑,而是像诗歌或爱情那样进行概括。他的油画的表现手法贫乏得令人惊讶,就其朴素而论是费解的,就内心的率真而论是精致的。灰色、蓝色、绿色——于是世界便充满生机。他喜欢南方——阿尔及利亚、摩洛哥、埃及,但他最优秀的风景画却是北方的,看来南方的色调使他本人感到吃惊,而在北方那灰色的、羞涩的、稳重的自然景色中,他寻找的是使我们感到吃惊的色彩。

1940年,他请我为自己挑选一幅我最喜欢的风景画。我选中的一幅是塞纳河的风景:一条滨河街,灰暗的天幕下的一座桥,墙上有一张"左翼联盟"的宣传画,时间是1924年。1946年,马尔凯又送给我另一幅风景画,也是塞纳河,一片空旷,画面上几乎什么也没有。

我怎能想到再也见不到他了呢?关于他去世前数日的情况,他的妻子有过记述。马尔凯在1947年1月动了手术。手术也无济于事,他一天天虚弱下去,明白自己不久于人世,但仍在继续工作。他又作了八幅画——全是塞纳河……他死于6月。

我现在叙述的是一个很少有人想到艺术的时期,刹那间便有成批的人死去。但是,他们的死正是为了使别人能够看见河流、树木和星空,为了使艺术能回到这又聋又瞎的大地上来。"一切尚未结束……"

马尔凯喜欢诗歌,他爱波德莱尔、拉弗格,我想他也爱阿波利奈尔。我望着他的画,有时暗自低吟:

一天天过去,过了一年又一年。

塞纳河在米拉波桥下流过。

时钟在打点。岁月在流逝。
　　逝去的东西一去不复返。
　　爱情在消失。岁月在流逝。
　　我还活着。但水在流着……

　这几行诗的作者阿波利奈尔早已死了。马尔凯也死了。"水在流……"但我突然觉得,在街上偶尔听来的话语中仿佛有关于米拉波桥的古老诗句,在过路人的眸子里仿佛闪动着阿尔贝·马尔凯画室窗下灰色的塞纳河。谁知道,也许我们每个人死后会留下些什么？兴许这也是艺术？……

37

5月12日,即我去拜访马尔凯的第二天,大清早警察便来抓我,把我带到警察局。起初我被关在囚室里,里面已经关了三十几个人:有同情共产党嫌疑的巴黎工人,有德国侨民,还有一个波兰人和一个巴塞罗那的大学生。一个德国犹太人对我说:"您知道我为什么被逮捕吗?我有一个兄弟在西班牙打过仗。我不能打仗,因为法西斯的冲锋队弄断了我一只手臂。现在他们查出我那个在台尔曼营作战的兄弟寄来的一封信。密探嚷道:'你是共产党,是间谍!……'难道他们这是同希特勒作战吗?……"一个上了年纪的法国女人大声呜咽着说:"我怎能知道阿尔弗列德和谁有过来往?这同我没有关系。我甚至不问丈夫有些什么朋友……我可不是守门的女人……"

随后我被带到楼上一个办理驱逐外国人出境的手续的房间。人很多,一个官员匆匆地说:"爱伦堡·伊利亚?限期三日。"我企图向他解释我早就在等候发给出境签证,但他打断了我的话:"这不是我们的事。到二楼去吧……"

我碰到了一件我怎么也弄不清楚的倒霉事。1939年春天,莫斯科汇给我一笔稿费,托我转交给一群西班牙作家,这些作家有的打算去墨西哥,有的打算去智利。有九个或十个作家,稿费的数目相当可观。当我登记我上一年的收入时,自然没有将由我转交给西班牙作家的这笔钱填上。1940年初,警察在对"北欧银行"进行突击检查时,翻阅了汇款单和账本。查明我向税务检查机构隐瞒了西班牙作家的稿费和1936年就得到的一笔给西班牙买载重汽车的钱。他们要我交出我从未拿到手的一笔款子,并且说,在交清以前不许我离开法国。在二层楼上,一个官员气势汹汹地回答说:"这与我无关。您到三楼去……在您带来交清税款和罚款的证明以前,我们不会给您出境签证的。"我又去找那个办理驱逐出境手续的官员,站了三小时的队才轮到我,我说:"他们不放我走。""我已经对您说过,这与我无关。5月14日您必须离开法国。"

我已经说过,我病后身体很弱,这时我觉得两条腿软得像棉花一样。我勉勉强强回到家里。响起了一阵阵高射炮的射击声。

第二天,德国人在色当附近突破法国防线,进入法国。巴黎城内出现了一群群提着篮子和包袱的比利时难民,他们惊恐万状,满面泪痕。

事态发展迅速。荷兰投降了。德国人占领了布鲁塞尔。公共汽车不见了,据说它们被征用去将马奇诺防线的军队调往北部。人们正在万塞讷森林挖战壕。富人居住区变得冷冷清清。管理城市交通的警察也背上了步枪。我看见一辆辆弹痕累累的比利时汽车。

突然大家如释重负地叹了口气:据说德国人转向沿岸地区,打算进攻伦敦。雷诺前往圣母院为盟国的胜利祈祷。交易所里的全部商品价格突然上涨,经纪人兴高采烈地号叫。生活在继续,餐厅和咖啡馆又人满为患。报社在谈论新的时髦样式:女人的帽子就像军人的船形帽。无线电在广播北极圈内纳尔维克地区的战事。

5月21日,我又被叫到警察局去,他们问我为什么没有离开法国。我又毫无结果地从一层楼跑到另一层。空袭警报响了。警察将我们赶进了防空洞。警察局的官员们也往那儿跑。我的旁边正好是那个赶我离开法国的官员。他不停地嘟囔着"糟透了……糟透了……糟透了……"我不知道这是对谁:是对空防、对德国人,还是对我。

总理在国会发表了演说,他说发生了忘恩负义的事,祸首将会受到惩罚,法国要和英国一起抵抗敌人。

突然我们得知,政府决定派皮埃尔·戈特前往莫斯科,以便"改善同苏联的关系"。我国的代办尼·尼·伊万诺夫对此十分高兴。他悄悄地对我说,希特勒一定要进攻苏联的,最好能和盟国达成协议以防万一。然而我不相信雷诺能够约束亲法西斯分子。政府内部正在进行一场斗争。副总理贝当认为雷诺是英国的傀儡。外交部部长博杜安坚持与墨索里尼亲善。内政

897

部部长曼德尔从前是克列孟梭的朋友和助手,他愿意同德国人认真地打一仗,但他的手被捆了起来,当他试着逮捕了五个公开赞成跟希特勒媾和的记者时,在报界惹起很大的一场风波,最后还是将他们释放了事。而逮捕共产党员的事却每天不断。

我躺在科坦登街上那间阴暗的屋子里。在我那些像一只只大棺材的箱子里塞满了书籍。屋角堆着旧的西班牙报纸、人民阵线的传单和希特勒的小册子——全是过去给报纸写通讯的材料。

5月24日,社会工作部部长德蒙西给我打来电话,从前我们见过面。德蒙西是最早访问苏联的法国人之一。他写了一本叙述自己旅途见闻的书,而且多次强调要发展同苏联的文化与经济关系。有一次,他主持了一个由我来报告苏联文学情况的晚会。他一看见我,便生气地说:"谁请你推光头的?"原来他打算在开幕词中引用列宁关于蓬头鬼伊利亚的话,我破坏了他这个能给人留下深刻印象的故事。德蒙西在政治上是个没有明确见解的人物,有时同左派一起,有时又同右派一起,与其说他有什么打算和考虑,不如说他任性。他在电话里对我说:"伊利亚,忘记老朋友是不好的。听说你打算回俄国,为什么不来向我告别?"我们之间的关系并非亲密到可以用感情来解释这些话的程度,我明白,此事与政治有关。德蒙西补充说,他想马上见我,问我能不能现在就到圣日尔曼林荫道的部里去找他?

德蒙西像往常那样抽着烟斗,也像往常那样打算开开玩笑,但他很快进入正题:"贝当、博杜安和其他一些人想投降。雷诺反对,曼德尔更不用说了。前景不妙,我国军人准备进行长期阵地战。而马奇诺防线就是护身符,如此而已。我们缺少坦克,主要的是缺少飞机。情况十分危急……"我问他,为什么政府继续同共产党人作战,为什么同工人处于对立状态:军工厂里的奸细几乎比工人还多。德蒙西并不打算规避这类问题,他说,有三万共产党员被捕,司法部部长、社会党人塞罗尔拒绝给他们以政治犯待遇。他补充道:"我知道塞马尔。他是共产党员,但他是法国人,是爱国者。他被捕了。我同塞罗尔谈起过他,但毫无结果。我坦白地告诉你:我相信塞马尔胜于相信塞罗尔……"

我们沉默了片刻。德蒙西放下烟斗,站起身,也不看我就说:"如果俄国人卖飞机给我们,我们是能够抵抗的。难道法兰西的毁灭能给苏联带来什么好处吗？希特勒定会进攻你们的……我们只有一点要求：卖飞机给我们。我们决定派皮埃尔·戈特去莫斯科。您认识他——他是你们的朋友。不要以为一切都很顺利，许多人反对……但是现在我不只是代表我自己跟您谈话。请您告诉莫斯科……如果不卖飞机给我们，一两个月后德国人便会占领整个法国。"

（我不由得想起了1936年的夏天，当时西班牙政府的代表在巴黎一再地说："如果法国不卖飞机给我们，我们就要完啦。"）

我离开德蒙西后径直去大使馆找尼·尼·伊万诺夫，把谈话的内容告诉了他。他让我坐在桌子旁边，说："你的责任是写报告。让莫斯科去决定吧。但你应当马上就写……"

在叙述以后的事件之前，我应该先谈谈尼古拉·尼古拉耶维奇·伊万诺夫。他过去是经济学家，是突然被派到巴黎来的，起先是大使馆的秘书，后来担任参赞。他是一个正直的好人，对人的信任往往搭救了他。他来到巴黎时既年轻又缺乏经验，然而在雅·扎·苏里茨离开后，他成了代办，也就是说实际上成了大使。他很快学会了说法语，读了很多书，他曾请我给他谈谈法国作家和戏剧界的情况，问我吃鱼和吃肉时该要什么酒——总之，他对大大小小的许多事都感兴趣。

后来他跟随法国政府去图尔、波尔多、克莱蒙费朗。7月初，我在维希附近的小镇布尔布勒碰见了他。他是1940年12月回莫斯科的，他来看我时向我谈起了抵抗运动开始时的情况，也谈到了法国作家们的遭遇。过了不久，我听说他被捕了。1954年，在给尼·尼·伊万诺夫恢复名誉后，人们把当时特别会议的判决书拿给他看：尼·尼·伊万诺夫"因有反德情绪"于1941年9月被判处五年徒刑。这令人难以理解：希特勒的军队正在冲向莫斯科，报纸上在谈论"狗骑士"①，然而国家保安机关的某官员却在心平气和地办理德苏条约时期制造出来的案件，编上号码，放进档案袋，为子孙后代把一切都保存下来……

对正义必胜的信心自始至终鼓舞着尼古拉·尼古拉耶维奇。他在集中营的时候，听说国家保安机关的人员侵吞了他的书籍和图画，由于判决书中

---

① 德国军队的外号。

没有提到要没收财产,他便向检察官提出申诉,使集中营领导吃惊的是,他居然胜诉了。在释放他的时候,赔了他一笔钱。虽然他没有权利居住在大城市里,但他第一件事还是去莫斯科,跑到卢比扬卡大街开始质问为什么他无缘无故被监禁了五年。他碰上一个富于同情心的人,这个人说:"您走吧。我本应将您扣押起来,但我就当您没有来过……"伊万诺夫始终保持着乐观情绪和信心,他结了婚,有工作,说他是幸福的。他于1965年去世。

现在回过头来谈谈5月的巴黎。在我同德蒙西谈话三天后,有人大清早来按门铃。来的是几个警察,其中一个向我出示了副总理贝当元帅办公室签发的逮捕证。

搜查持续了几个小时。他们打开了我的书箱,扒开被扔弃的废物堆,甚至把枕头也拆开了。警察之中有一个俄国人,别人叫他尼古拉。看来他在搜集书籍,因为他发现我有一本科学院版的《一千零一夜》,便兴高采烈地说:"我恰巧没有这一卷……"警察长最感兴趣的倒是堆在地板上的西班牙报纸和希特勒的歌曲集,他满意地说:"罪证有啦……"

尼古拉和一个法国人留下来监视柳芭。其他的人则带我朝科坦登街上的一辆汽车走去。邻居们惊奇地瞧着,有人问,莫非我真是间谍?警察回答说:"德国人和共产党人串通了。"他拿着手枪跟在我的背后威胁我说,"您如果打算逃跑,我立刻开枪……"从我家里搜出的大量罪证也带到警察局来了,不久便开始讯问。"您用电话通知说,一切都准备好了。您们打算星期五,即5月31日开始行动……"——"我告诉我国代办说,我动身的事都准备好了,在等他的电话。他对我说,希望星期五,即5月31日能领到出境签证……"——"您想抵赖。我们知道您领导一批共产党员,决定把德国人引进巴黎。从您家中搜出的文件便证明您同德国间谍有密切关系。"

我觉得好笑,便说:"这太荒唐了,只有《鸭鸣报》(一个'左'倾的幽默杂志)才需要这种新闻。"警察掏出了手枪说:"我们不打算再同莫斯科和柏林的间谍讲客气。您别笑,再过一刻钟您就要打嗝儿了。"

关于我将在一刻钟后如何如何的谈话是在晚上进行的。电话铃响了。警察不太乐意地拿起听筒,懒洋洋地说了声"哈罗"便突然站了起来:"是我,部长先生……"同时迅速将我推出屋子,关上屋门。

下面是我后来听柳芭和尼·尼·伊万诺夫谈的一些情况。我前面说过,有两个警察留在我的家里。他们不许柳芭到电话机跟前去。克列芒斯来了,她也被扣留。她叫喊着说:"应当逮捕的是比利时国王,而不是爱伦堡先生。也许你们没有听广播,比利时国王同法西斯分子勾勾搭搭并投降了。而爱伦堡先生去过西班牙,他恨法西斯分子……"随后她谈起了一些不值一提的琐事,"我要带狗出去。如果它们拉在地板上,谁来收拾——是你们还是我?"过了几分钟,门铃响了——我国大使馆的司机来了。原来是尼古拉·尼古拉耶维奇来找我,他想带我去布洛涅林苑,克列芒斯把发生的事告诉了他。

尼古拉·尼古拉耶维奇知道问题相当严重。照规矩他应该去外交部,但他了解在那儿是不会得到什么同情的。他考虑了一下后,决定不去理会外交规则,径直去找内政部部长曼德尔,我已说过,他憎恨德国人,主张与苏联亲近。

就在审问从一般的话题转向玩弄手枪的时候,曼德尔给警察局的侦查员打了电话。

"您自由了,可以走啦。"警察恶狠狠地对我说。我回答说,我不能步行回去——一片漆黑,又没有公共汽车,这里距科坦登大街太远,而且应当把从我那儿没收的书籍和文稿还给我。警察大怒,他说:"您还想让我们用车送您回去?"但他很快就控制住自己:不管怎么说,曼德尔毕竟是他的顶头上司。

过了一个小时,科坦登街上的住户看见,"阴谋家"坐车回来了,警察把他的书也送还了。他们并不感到惊讶,只因为在那些日子里大家对这一切已习以为常了。

第二天早晨我去面包店的时候,门铃又响了,柳芭开门一看,又是一个警察,他穿着便服,拿出自己的证件给柳芭看。柳芭生气地说:"天天如此吗?您瞧瞧你们昨天干的好事……"屋子里简直就像遭到抢劫的书店。警察想说点什么,但柳芭没有让他开口。最后他利用一秒钟的间隙突然说道:"可我是受局长先生之托来道歉的……"他们害怕曼德尔。(德国人知道,他是吓不倒也不能被收买的,所以杀害了他。)

我后来得知,我的被捕与德蒙西托我代转的要求有关。贝当害怕同苏联的关系得到改善。曼德尔能设法使我获释,因为警察局归他领导。但他不能改变法国的对外政策,就在密探代表警察局局长向我道歉的那一天,政府发表公告说,皮埃尔·戈特的莫斯科之行"延期"了。

尼古拉·尼古拉耶维奇·伊万诺夫救了我一命,我的第二次被捕发生在结局到来之前不久。当时根本就不能幻想什么遵守法纪,警察局的记录中常有"因企图逃跑而被击毙"的字样。

5月26日,我去找爱米尔·布勒。他说,德国人在5月16日便能轻而易举地占领巴黎。德国人正向亚眠挺进,企图包围法军。布勒再三地说:"我们没有飞机。"我遇见了各种各样的人:沃热尔、让-里沙尔·布洛克、埃尔扎·尤里耶夫娜·特里奥莱、比利时画家麦绥莱勒,大家都很沮丧。

美国大使布利特在圣母院祈祷,他跪下,代表总统向贞德的雕像献上一束玫瑰花。布勒说:"我们需要的不是祈祷,而是飞机。"天主教的《黎明报》写道:"只有机械化的贞德才能拯救法兰西。"

6月3日,德国人对巴黎狂轰滥炸。死伤惨重,我瞧见了我在马德里和巴塞罗那所熟悉的场面。但是没有愤怒,只有绝望。不知是谁在人群中说:"这个战争在打第一枪之前我们就输了……"

巴黎人开始逃难。盖着草垫的汽车排成长队向伊塔利和奥尔良城门移动。高射炮彻夜轰鸣。战报含糊不清,无线电在继续广播有关被击沉的德国运输舰的消息。大家都说德国人不远了。吉尔苏姆夫妇、福京斯基和我的一些西班牙朋友都走了。我什么地方也不能去:警察局拿走了我的全部证件。城市空了。

只有我和柳芭还留在人已走空的那幢房子里。我心里感到不安。最后伊万诺夫也走了,他说大使馆里还留了几个工作人员,他已托他们多多关照我们。

(正是在这个时期,莫斯科有一种流言,说什么我成了"叛逃分子"。伊琳娜不得不忍受许多沉重的压力。同巴黎的联系中断了,到处有人问她:"您父亲成了叛逃分子,这是真的吗?")

6月9日,许多商店、餐厅、咖啡馆都挂出了"暂停营业"的牌子。共和国总统接见了赖伐尔。有人跑来说:"买了汽车,可是没有汽油。如果能有一匹马那该多好!……"德国人在广播里说,他们占领了鲁昂,巴黎的攻克指日可待。我试图收听莫斯科的广播,播音员久久地叙述《法兰克福日报》

对莫斯科的农业展览会给予极高的评价。克列芒斯来向我们告别,她哭着说:"多么丢脸!……"各火车站全挤满了人。有的人甚至骑自行车逃难。报上登着开始审讯三十三个共产党人的消息。

6月10日,法西斯意大利向法国宣战。我正在我国大使馆的花园里散步,突然听见快活的叫喊声和歌声,旁边是意大利大使馆,法西斯的外交人员决定不回国了——德国人已逼近了,不妨在避难所待上几天。他们毫无愧色地唱着《青年之歌》。

6月11日,到处传说似乎苏联已向德国宣战。大家振奋起来。我国大使馆的大门旁边聚集了许多工人,他们高喊:"苏联万岁!"几个小时以后,又来了辟谣的消息。巴黎人在步行逃难。一个老人吃力地推着一辆小车,车上坐着一个小姑娘和一只狂吠着的老狮子狗,还堆着几只枕头。在拉斯派林荫道上,逃难的人群络绎不绝。在战争开始前不久,"洛东达"对面立了一座出自罗丹之手的巴尔扎克雕像,疯狂的巴尔扎克仿佛要从底座上跳下来似的。我在这个十字路口伫立良久,我的青年时代就是在这儿度过的,突然我觉得,巴尔扎克也和大家一起离开了。

科坦登街拐角上的一家小店铺的主人抛下自己的店铺,甚至没有关上门,香蕉、罐头扔了一地。人们已经不是在乘车或步行离开,而是在逃跑了。6月11日我为了买一份什么报纸,在街上跑了半天。《巴黎晚报》终于出版了。头版有一幅照片:一个老妇人在塞纳河里给一只狗洗澡,下面有一排大字:"巴黎永远是巴黎"。但是巴黎倒很像一座被匆匆遗弃的房子。虽然已经宣布:德国人切断了铁路,火车停驶,但在里昂车站上仍有几万人在等候离开。无线电在广播祈祷辞和各种矛盾的呼吁:一会儿说对居民的撤退将给予保证,一会儿又劝巴黎人留在自己家里,要保持镇静。

6月13日,我在阿萨斯街上散步。一个人也没有——这不是巴黎,这是庞贝……下着黑雨(燃烧汽油的结果)。在雷恩大街的拐角上,一个年轻女人拥抱着一个跛足的士兵。一滴滴黑色的眼泪从她的脸上往下流。我明白了,我正在同许多东西告别……

后来我用诗描写了这幅情景:

  死亡的确是比较轻松。

  从前这儿的每块石头都可爱而珍贵。

903

运走大炮。烧掉储存的石油。
黑雨降入黑色的城市。
一个女人对一名步兵说
(眼里滚出黑色的泪珠):
"等一等,亲爱的,让咱们告别。"——
于是他的眼睛一动不动。
我看见了那忧郁的目光。
城里又黑又空。
像人一般黑的艺术
和步兵一同离去。

夜间,门铃响了。我感到奇怪:法国当局已经迁走,而德国人还没有来。原来是大使馆派汽车来接我们,他们建议我们搬到格伦奈尔街去,那儿比较安全些。

我们被安顿到从前是外交信使住的一个小房间里。清晨,标有黑十字徽号的飞机从上空掠过。我们走出大使馆。一个法国士兵跑过来问我,去奥尔良城门怎么走。街上一个人也没有。垃圾箱臭气熏天。被遗弃的狗在狂吠。我们步行到德曼林荫道,我突然看见一队德国兵。他们一面走,一面吃着什么。

我扭过脸去,在墙边默默地站了一会儿。这也该经受得起。

38

时间会抹去许多名字,许多人会被遗忘,过去的灿烂岁月也会变得暗淡,但是有一些情景,不管你多想忘掉它们,却将依然萦绕心头。1940年6月的巴黎仍旧浮现在我的眼前。这是一个死城,它的美使我陷入绝望,再也没有汽车、繁忙的交易和熙熙攘攘的行人遮挡那一幢幢的高楼大厦——这是被扒掉了衣服的躯体,也可以说是一具以街道作为关节的骨头架子。巴黎,这个在许多世纪里建设起来的城市,这个不是由某位建筑师的构思,也不是由某个时代的风格,而是由继承性和民族性格所形成的城市,宛若一座鸟兽均已离去的石林。

偶尔遇见的人都是畸形人:驼子、缺腿或缺手的残废者。在工人区里,老太婆们坐在凳子上编织着什么,她们细长的手指变成了长长的织针。

德国人感到诧异:他们想象中的"新巴比伦"不是眼前这个样子。他们在少数开门营业的饭馆里大吃大喝,并且争先恐后地在圣母院或埃菲尔铁塔前面互相拍照。

过了不久,逃难的人开始返回巴黎:他们勉强走到卢瓦尔河边,看见了河对岸的德国部队。巴黎渐渐恢复了生机,但它的生活却是虚幻而离奇的。德国人在小商店里购买纪念品、淫秽的明信片、袖珍词典。饭馆里贴出了这样的字句:"此地说德语"。妓女们叽叽喳喳地用德语说:"我亲爱的……"一些小小的叛徒从缝隙里钻出来了。报纸开始出版。《晨报》报道,一个有名的地方长官吉雅普和他的朋友们留在巴黎了,又说德国人对"法国的精美菜肴评价甚高"。很早以前曾经是无政府主义者、后来又成了沙文主义者的居斯塔夫·爱尔威重又出版《胜利报》。报童们叫喊着:"《胜利》!"这使为数不多的行人发抖。《巴黎晚报》雇用了作家皮埃尔·阿姆普。该报还建议用德文刊登广告，"以便活跃交易"。广告不多："我是阿利安人，征求工作，同意一切条件"；"我读过两个系，能说非常流利的德语，希望寻找侍者或店员的职位"；"我正在编家谱，寻找有关的文件"。我顺路走进圣日耳曼林荫道上一家面包店。一位可敬的太太正在大发议论："德国人将教会我国工人如何工作，而不是去组织愚蠢的罢工。"商店门口出现了排队现象。一个名叫《法兰西劳动报》的新报纸教导读者说："我们每个人身上都有一点点犹太人的气味，因此必须进行内心的清洗……"时钟拨快了一小时，太阳尚未西下，扩音器里便提醒道："回家去吧！"有些饭馆和咖啡店增添了这样的告示："此系雅利安人商号。犹太人禁止入内。"在犹太人和东欧人居住的地区，在洛色尔街上，一些蓄着胡子的老头吓得东躲西藏，德国人为了寻开心，故意吓唬他们。警备司令部采取措施防备德国士兵同"可疑分子"交往。蒙帕纳斯林荫道上的"多姆"咖啡馆在战前常有艺术家出入，如今在门口贴了一张布告："禁止德国军人光顾此咖啡馆"。然而在"斯芬克斯"妓院的门上我却看见了另一张布告："此处对本国人和外国人均开放"。游艺剧场里正在上演时事短剧《巴黎帝国》，这是古老的童话引子《巴黎依然是巴黎》的德译本。

然而巴黎已不再是巴黎了：刚刚发生的事不是近百年来那些军事变故中的一次变故，而是一次破坏性的剧变。

在第二次世界大战后，如果有人还在证明同法西斯分子不可能居住在同一个地球上，那未免可笑。然而在当时我却不得不时刻约束自己。我只能用诗表达自己的心愿：

> 巴尔扎克不是为它而写作。
> 异邦士兵们铁一般的步伐。
> 黑夜袭来，酷热难耐。
> 汽油和马尿。
> 我崇拜那些石头——德勒克吕泽①

---

① 德勒克吕泽（1809—1871），法国 1848 年革命的参加者，后为巴黎公社社员，在街垒战中牺牲。

不是为它而倒在那些石头上。
那个城市不是为它而成长，
那些疾风暴雨的岁月、
色与声的自然界都不是为了它，
不是为了它，不是为了它！……

我用如下的自白结束这首诗：

闭上眼睛别吭声——
异邦的司号员们在行进，
异邦的铜，异邦的傲气。
我在这儿长大不是为了它！

这是呐喊，但我不仅呐喊，我企图了解刚发生的事变的意义：

时钟不打点了。星星变得近了。
荒凉，古怪，令人莫名其妙。
在被大家遗忘、被抛弃的巴黎，
一望无际的罗马已经发呆。

我回到莫斯科后，安·安·阿赫马托娃来看我，向我仔细打听巴黎的情况。她很早以前在这个城市里住过，那是在第一次世界大战前，对巴黎这次陷落的详细情况一无所知。在某些批评家看来，安娜·阿赫马托娃是"生活在小圈子里的一个具有种种隐秘情感的女诗人"。安娜·安德烈耶夫娜将她得知巴黎陷落的消息后写的一篇诗读给我听：

埋葬时代的当儿，
听不见挽歌声，
将要装饰它的
是荨麻，飞廉。
只有掘墓人在利落地干活。
事情不等人！
多么安静，天哪，多么安静，
连时间的脚步声也能听清。

907

> 日后时代浮了上来,
> 像春天的河流中一具尸体,——
> 但是儿子将认不出母亲,
> 孙子将悲伤地扭过脸去。
> 人们低下脑袋,
> 月亮像钟摆那样徘徊。
> 正是如此——在死去的巴黎上空
> 如今就是这样寂静。

在这些诗句中,使人惊叹的不仅是准确地表现了阿赫马托娃未曾看见的东西,而且还有那种洞察力。现在我常常看见过去的时代,看见"春天的河流中一具尸体"。我认识它,也不会弄错,然而对子孙们来说,它不知是幻影,还是被毁掉的码头或被打翻的小船。

我们在小铺里买些香肠或罐头,间或也去饭馆吃顿饭——如果确知那儿没有德国人的话。有一次我走进一家商店,想买一升葡萄酒,店主人对我说:"你把布尔冈陈酒拿去吧,我把它当作零酒卖给你,与其给德国人喝,不如给你喝。"我们离开巴黎后,大概有人会说我是酒鬼,因为在外交信使的那间屋子里留下了五六十只贴有诱人商标的空酒瓶。

大使馆的一位工作人员对我说,他要去"自由地带",即进入布里夫城,建议我陪他去,因为他的法语说得不好。路线是这样的:日延,讷韦尔,穆兰,克莱蒙费朗,鲁瓦,布尔布勒,布里夫,利摩日,奥尔良。旅途见闻极多:有日延的废墟,有被炸毁的奥尔良,有鲁瓦的糖果店,"整个巴黎"在店里一面大吃点心,一面唉声叹气,并为元帅祝福。在卢瓦尔河两岸到处可以看见被毁坏的汽车、士兵的钢盔、玩具。战俘们在埋葬被打死的难民。人们在巴黎的"巴斯提利亚—马德伦"的公共汽车上过夜。

政府在这一天从波尔多迁往克莱蒙费朗。我应该打听清楚我国大使馆在什么地方。有人告诉我,部长们住在一个中学里。我瞧见门口站着一个卫兵,一个模样像伏尔泰的小老头,他叫喊道:"没有,谢天谢地,他们不在这里。大概在警察局……"那些失去理智的官员们在警察局的走廊里跑来跑去,什么也打听不出。我朝一个房间里瞧了瞧。突然有人冲着我叫道:"你在这里干什么?"原来这是赖伐尔的办公室。

一个在野外过夜的难民告诉我,他原打算同另几个人从波尔多逃往西班牙,但西班牙的边防军人不让他们过去。历史不是古典小说的亲戚,它有时用谁也不懂的语言写诗,有时又采用通俗寓言这种最古老的体裁……

我生平不止一次体验过马雅可夫斯基写关于苏联护照的诗时鼓舞着他的那种感情——我向那些凶恶的警察出示自己的护照时感到自豪,而当我被拘捕、驱逐出境和拒绝发给我签证时,我也感到自豪。我感到自豪是因为我是苏联人,1936年在阿拉贡是如此,十年后在种族主义的密西西比州和亚拉巴马州也是如此。然而在我现在所叙述的这个时期(这个时期不长),我的处境却很困难。有一天,我国大使馆旁边站着两个女人,从衣着上看,是工人,她们举起拳头向国徽致敬:"红色阵线"。警察赶开了她们,因为这时一辆有卐字徽号的汽车开到了门口——几名希特勒的军官决定来拜访大使馆的官员。我从窗口看见这一切,心里很不自在。我想,读者是会了解我的。

我把我的收音机搬进大使馆,每天晚上收听伦敦的广播。7月18日,即德国人进入巴黎后的第五天,戴高乐首次发表演说,他说战争没有结束,号召法国人不要听命于叛国分子。我听着,感到高兴。窗户敞开着,在大使馆大门口值班的两个警察也在听。一个像军人似的挺直身子站着,我不知道他以后干了些什么事,也许非常起劲地替德国人卖力,但在当时戴高乐是他的上司;另一个则怀疑地微笑着。

7月13日,安娜·西格斯来到大使馆。有人在监视她,死亡威胁着她。她请求帮助她进入"自由地带"。

维什尼亚克夫妇没有能够离开巴黎。我们常去他们家做客。我们竭力开玩笑,回忆过去,回忆安德烈·别雷、马林娜、帕斯捷尔纳克。杜霞和她的生病的母亲也没有能够离开。她再也不笑了,只是说:"静得让人害怕……"我将龙萨描写正午和幸福的诗读给她听。这年夏天异常寒冷。时常下雨。

我和一些德国军官在咖啡馆里交谈,他们寻找谈话的对象,把我当作法国人。一些人说首先应当打败英国人,但大多数人一再地说:"我们不久便要打扫俄国了……"他们怀着完全可以理解的仇恨毫无顾忌地议论共产党员和苏联。我记得有一个家伙说:"我们先从俄国榨取石油,然后榨取鲜血……"

歌剧院广场有军乐队在演奏。战胜者坐在"德利亚派"咖啡馆里，一面晒太阳、喝白兰地，一面讨论今后的远征。巴黎对他们来说是一座可以持免费许可证前往的漂亮休养所。

起程的一天终于来到了。我们是夜里上车的。与我们同路的有大使馆的司机、厨师和办事员，在这一列满载着德国官兵的火车上大概共有七八个苏联公民。一个参观过劳改营的文学家在回答他有何感触的问题时曾说："如同一只落入毛皮店的活狐狸。"我在这列火车上也有这种感觉。

我们走了很久——一个星期。我看见了杜埃的废墟、法国北部的几座城市、德文标语。在布鲁塞尔停留了一天。我们在大使馆住了一夜。我去拜访埃伦斯，人们告诉我说，他已经离开了。布鲁塞尔人愁眉苦脸地默不作声。

我们在夜里越过国境。响了两次空袭警报。火车停住了。我盼望：要是英国人扔下一枚炸弹该多好！……然而过了半小时，火车又继续前进了。在慕尼黑-格拉特巴赫火车站上，一些德国女人向战胜者送上了花束和咖啡。接着到了柏林。我们在旅馆里住了两夜。旅馆的大门上写着："犹太人禁止入内"。但我此行不是以爱伦堡的身份，而是以大使馆一个职员的身份，证件上没有我的姓名。何况德国人又需要苏联的石油和许多其他物资，他们不想为一些小事争吵。

我们带了一些茶叶、糖、干饼、干酪。旅馆的一位女服务员送开水时瞧见我们有干酪，便问柳芭这些好吃的东西是从哪儿弄来的。柳芭回答说："从法国。"这个德国女人叫道："多么幸福的法国人！……"这句话使我感到高兴：刚刚占领了丹麦、挪威、荷兰、比利时、法国的战胜者，居然羡慕法国人！

早在1932年，在第一次胜利的前夕，我便在柏林看见了他们，我注视着他们的一切行为，想起了西班牙的情景。我又在巴黎看见了他们。我学会了许多东西。就自己的性格和所受的教育来说，我是19世纪的人，我宁愿进行争吵，不愿诉诸武力。让我学会仇恨是不容易的。这种感情不能美化一个人，它也不会使人为之自豪。然而我们却生活在这样的时代里：普普通通的年轻人，有的还生着讨人喜欢的面孔，表白过自己的爱情，身上揣着心爱的姑娘的相片,但是在相信自己是优等人以后,便开始消灭劣等人,只有真正的、深刻的仇恨才能制止法西斯主义的称霸。我再重复一遍,这是不容易的。我常常产生怜悯心,我最憎恨法西斯主义,也许正是由于它教给我不仅要憎恨那荒谬残暴的思想,还要憎恨具有这种思想的人。

39

　　1940年7月29日,我回到了莫斯科。我深信德国人不久将进攻我国,我的眼前出现了巴塞罗那和巴黎撤退时的可怕景象。然而在莫斯科情绪却相当平静。报纸写道,苏联和德国之间的友好关系已经巩固下来了。

　　我给维·米·莫洛托夫写了一封信,想对他谈谈法国的情况,谈谈德国官兵说了些什么话。接待我的是莫洛托夫的副手所·阿·洛佐夫斯基。早在革命以前我就知道他,他在巴黎社会民主党的集会上讲话时,我见到过他。他漫不经心地听着我讲,忧郁地瞧着一旁。我忍不住问道:"难道我所谈的你一点也不感兴趣?"所罗门·阿布拉莫维奇苦笑了一下说:"我个人对此感兴趣……但你要知道,我们是另一种政策……"(我还是那么天真——我以为,真实的情报有助于制定政策,实际上正好相反——能证明所采取的政策的正确性的情报才是需要的。)

　　(在战时,我同洛佐夫斯基在一起工作,他当时是苏联情报局的领导人。他在我的记忆里仍是一个温和的、十分正派的人,他十分了解西方的工人阶级,但是他没有任何权力——任何问题都要请示莫洛托夫或谢尔巴科夫。作为苏联情报局的领导人,他应该领导在战争初期建立起来的各种委员会,包括其中的犹太人反法西斯委员会。洛佐夫斯基同这个委员会的领导一起于1948年年底被捕,他在七十四岁的时候被审判并被判处枪决,死后恢复了名誉。)

　　自然,我在寻找十分了解并继续憎恨法西斯分子的人们,从捷克斯洛伐克回来的博加特廖夫来看我,告诉我捷克朋友们的遭遇,我在叶·费·乌西耶维奇家里认识了万·利·华西列夫斯卡娅,并从她那儿打听到诗人布罗涅夫斯基的情况,从前的国际旅的成员也来看我,他们是别洛夫、彼得罗夫、巴列尔,还有几个西班牙人:拉·卡沙、阿尔贝托、桑切斯·阿尔卡斯。我现在翻了翻笔记本,看看谁在1940年至1941年的冬天来看过我们:孔恰洛夫斯基、法尔克、什捷连别尔格、苏里茨、托尔斯泰、伊格纳季耶夫、奥列沙、斯拉温、阿赫马托娃、帕斯捷尔纳克、维什涅夫斯基、马丁诺夫、卢戈夫斯科依。我同他们谈话是轻松的。

也有这样一些作家和记者,他们认为我的见解不像一个苏联公民的见解,因为我在法国居住的时间太久,对它的感情太深,所以在描绘希特勒分子时"加重了色彩"。有一次我甚至听到这样的话(这在当时是奇怪的):"某个民族的一些人不喜欢我国的对外政策。这是可以理解的。但是请他们把这种感情留给家里人去用吧……"这使我十分惊讶。我还不清楚,等待着我们的是什么。

我记得同院士莉·所·什泰恩的一次谈话。我们谈到希特勒分子的暴行,谈到西班牙、巴黎条约。莉娜·所罗门诺夫娜说:"一位负责同志向我解释说,这是一桩各有打算的婚姻。但我回答他说,各有打算的婚姻会生出孩子的……"(八年后,莉·所·什泰恩亲身领略了自己预言的正确性:她和犹太人反法西斯委员会的其他一些活动家一起被捕,幸运的是她没有牺牲。)

有一天,我在剧院碰见了杜格拉斯——这是我国空军司令雅·弗·斯穆什克维奇在西班牙使用的名字。他的腿有点跛,拄着拐杖。我立刻注意到他胸前有两枚英雄奖章。我们想起了西班牙。我很高兴:并非所有的人都遇害了!……萨维奇说,他遇见过哈吉和尼古拉斯。关于格里戈罗维奇的情况我是从报纸上读到的。可是你瞧,杜格拉斯在指挥空军……我想,西班牙的经验在即将到来的战争中是有用处的。(雅·弗·斯穆什克维奇是在希特勒进攻苏联前两星期被捕并被枪决的。)

应当写作,并找到敢于发表我的文章的地方。我打算把我在法国的见闻统统写下来,说明法国军队的迅速崩溃和贝当的投降是由于精神上的软弱,是由于大资产阶级害怕本国人民,而根本不是德国国防军的神奇力量。要知道,现在问题不在贝当,而在于我们不久便要同德国军队打仗……我去《消息报》社——我为这个报纸工作了七年。接待我的是国际部主任,他问我是否要预支点钱,随后他坦率地说,他们不打算发表我的文章。

国家文学出版社的人告诉我,我那本关于西班牙的书不能出版了:印刷厂耽误了,这时正赶上公布了条约,所以把版拆了。他们送给我一份校样作为纪念。

我不记得我是在什么地方认识当时在《劳动报》工作的舍伊尼斯的。他告诉我,关于德国人我应该只字不提,然后可以骂法国的卖国贼。编辑部试图把我的随笔塞进去。果然,经过长期的谈判、修改、删节,我的几篇随笔终于在《劳动报》上发表了。我稍稍振作起来。

(后来我收到一本在日内瓦印刷的小册子——我发表在《劳动报》上的几篇随笔:法国共产党人在国内秘密地散发了它。)

我被叫去参加莫斯科作家的一个会议,这是一个气氛紧张的会议——原来斯大林邀请了一批作家,他把阿夫杰延科叫做"敌人",攻击列昂诺夫的剧本《暴风雪》和卡达耶夫的《小房子》。我们不得不举手赞成把阿夫杰延科开除出作家协会。各种各样的文学家争先恐后地责骂列昂诺夫和卡达耶夫。我坐着,很是惊讶:战争日益逼近,难道斯大林如此相信我国的力量,以至于有时间从事文学批评工作?这一切使我困惑不解,我感到痛苦,但聪明的巴别尔不见了,以前我曾屡次求教于他……

我写了一些关于巴黎、战争、忠诚和死亡的诗:

……总有一天,它将从骸骨中钻出来——
像种子发芽一般,——
从装满北方鲟鱼的一张张渔网,
直到一片黄沙的撒哈拉,
到处将伸出手臂和刺刀,
死去的团队将走起来,
没穿皮靴的脚将走起来,
没脚的皮靴将走起来,
城市的痛苦将走起来。
沉没的船只将漂起来,
一个同志和云彩的影子
将不戴手表去值班……

维什涅夫斯基主编《旗》杂志。他拿走了我的诗,排出了那些根本没有提及未来的诗篇,打算把它们发表在下一期上。不久他告诉我,外交人民委员部扣压了我的诗,最好我亲自到那里去谈谈。

外交人民委员部报刊处主任是尼·格·帕利古诺夫,我在巴黎时就认识他,他当时是塔斯社驻巴黎的记者。尼古拉·格里戈里耶维奇友好地接待了我,他立刻说,描写巴黎陷落的诗句可以发表。抒情诗使他不安。他久久地反复读着:

……战斗结束了。在痛苦的上空和荣誉的上空
一株桐叶槭在炎热的中午呈天蓝色……

他问道:"您要坦白地说,桐叶槭您指的是谁?"我发誓说,桐叶槭就是树,是槭树的一个变种,普希金的诗也提到过桐叶槭。我发现帕利古诺夫不完全相信我的话。他说:"您可明白,我担负着什么责任?……"最后他同意也发表抒情诗。

我胆子大起来了,将诗集《忠诚》的手稿寄给了出版社。

每天夜里我都收听伦敦的法语广播,我记得那像短促的敲门声的呼号。消息使人不愉快:德国飞机疯狂轰炸伦敦。一天夜里我写了一篇诗,我在诗中承认,伦敦的命运对我来说十分亲近:

我觉得那个城市可贵是由于它的苦难,
而不是由于命运三女神编结的雾霭,
也不是由于苍翠的公园中那一对对情侣,
不是由于长度,而它比苦闷还长,
也不是由于海神的三叉戟,
我夜夜看见一座黑色的城市,
那儿的痛苦数以吨计,
警报器在轻柔的潮气中呻吟,
房屋在倒塌,白昼愁眉不展
在异乡丑陋的废墟中间……

我把诗交给了维什涅夫斯基。他说:"关于伦敦的诗你对谁也别读。"接着又补充了一句,"斯大林比我们了解得更清楚……"

915

一个诗人来看望我,并读了他自己写的诗,他使我立刻兴奋起来。这就是列昂尼德·马丁诺夫。他问起战争,问起巴黎,不停地说"是啊,是啊",还对天气补充道:"冬天很冷……"他的诗像是一种自然现象——夏季喧嚣的雨或雄鸟求偶的鸣叫。我们就音节诗一直谈到午夜——马丁诺夫的嘴唇在颤动:他在寻找新的音乐。

9月16日,我坐下来开始写长篇小说《巴黎的陷落》。在我所写的全部作品中,这本书也许最像传统的长篇小说,尽管我在其中写了大量的人物和快速的蒙太奇。我津津有味地写道。现在我又重读了这部小说,我觉得我成功地描写了战前的法国,表现了曾被我称之为被赶入内心的内战的那种东西。有些人物我觉得是有血有肉、栩栩如生的,另一些人物则是肤浅的,像招贴画一样。我在哪一点上失败了呢?就是在《巴黎的陷落》之前和以后使我的许多同庚遭到失败的那一点:我描写的人物,不论是共产党员米绍和丹尼兹还是法西斯分子布莱德尔,都完全被政治斗争吸引住了,我没有找到足够分量的色彩,常常只涂白色和黑色。看来即使我讨厌招贴画式的文学,嘲笑过分热心的批评家,我还是在一定程度上陷入了简单化。相反,另一些人物看起来则十分自然——女演员让奈特,聪明、讨人喜欢但又常干蠢事的资本家德赛尔,天真的工程师皮埃尔,出卖灵魂的政客戴沙,画家安德烈,最后还有战后法国文学的许多主人公的先驱之一、多愁善感的犬儒主义者柳辛。

(1941年6月21日,我完成了最后一部的第三十九章,只剩下短短的七章还没有动笔。战争爆发了,我没有心思再去写长篇小说。在撤离莫斯科的时候,第三部的手稿遗失了。我不能再回过头来写长篇小说,所以决定让它成为一部未完成的作品。然而12月间我听说印刷《旗》杂志的印刷厂有一位工人捡到了散失的手稿。1月底,前线的战事转入沉寂,我写完了最后几章,小说是在1942年春发表的。英译本很快问世,从一篇偶然保存下来的报纸文章来看,在伦敦遭到空袭期间,地下铁道里常常可以看见拿着我这部小说的男女读者。)

弗·维·维什涅夫斯基每次见到我总要说起即将来临的战争。如今发表了他的日记的一些片断。他在1940年12月写道:"憎恨普鲁士兵营、法西斯主义和'新秩序'——这是我们的天性……我们在有形和无形的军事限制的条件下写作。我想控诉敌人,大声疾呼地反对在被蹂躏的欧洲所发生的一切。但暂时还得沉默……"维什涅夫斯基从我处拿走了《巴黎的陷落》第一部手稿,说他打算把它"塞进"刊物里。两个月后,就在我五十岁生日那天,他带来了好消息:第一部已同意发表,但得加以删削。虽然这一部里谈的是1935年至1937年的巴黎,那儿还没有德国人,但"法西斯主义"这个字眼还得去掉。其中有一段描写巴黎的游行示威,书刊检查员要我把口号"打倒法西斯分子!"改为"打倒反动分子!"。我不同意,扯了一阵皮。

我手头十分拮据,便在一些群众场合朗诵小说的片段。听众相当满意,但在这方面也碰到了困难。

有一天,我正在电影宫朗诵小说中的几章。休息时有人告诉我,德国大使馆的一位参赞来了,他想听听我朗诵。我提出抗议:"我不能当着他的面读……"他们打算说服我。在苏联对外文化协会工作的一位姑娘感到诧异:"怎么能够这样?显然他对这个题目很感兴趣……一般来说,他是个很有修养的人,喜欢文学……往后上面会怎么说呢?"她用手指着天花板。我回答说,晚会是内部性质的,如果有法西斯分子进入大厅,我立刻就走。后来他们告诉那位德国外交官说,晚会结束了,我已读完了要读的段落。

我的朗诵引起了种种议论。我的朗诵晚会被取消了。我打算获得作家协会书记亚·亚·法捷耶夫的接见,但这是没有希望的。我写了些文章,以便弄到点钱,我给《三十天》《环球》《地球仪》《列宁格勒真理报》《莫斯科共青报》等报刊都写了文章,几乎我的所有文章都被否定了,编辑们在每一行里都找到了有暗示法西斯分子的话,当时爱说俏皮话的人把法西斯分子称为"不共戴天的朋友"。

我前面说过,那年冬天我度过了五十岁的生日。塞翁失马,焉知非福,我那不稳定的地位使我没有收到虚情假意的祝贺和装在人造革夹子里的致敬信。来了一些朋友。拉宾一面腼腆地微笑,一面往杯子里斟着当时莫斯科人爱喝的利沃夫甜酒。帕斯捷尔纳克寄来一封贺信:"……自从我们相识以来,已经过去了那么多年,这恰巧是我们当时的年龄。我们要珍惜我们所剩无几的精力!……"那年冬天我常常害病,但我希望的不是爱惜精力,而是更快地消耗它:暂息时期是太难过了。

消息越来越令人不安。自从3月初以来,伦敦的广播便说希特勒正准备侵占巴尔干。我国的报刊仍十分沉着。有一天我去听关于国际形势的报告:报告人详尽地讲到了英帝国主义的贪婪本性,我等着听他对德国会说些什么,但他根本没有提到德国。

有一天,我走进了"大都会"咖啡馆。邻桌坐着几个德国人。他们一边喝酒,一边大叫大嚷。我急忙走开了。

我有时也去剧院,当可怜的埃玛·包法利在狂欢节的喧闹声中辗转不安时,我曾为之叹息——阿利萨·科宁善于打动观众的心。我还参观了萨·德·列别杰娃的展览会,我喜欢快马和卡尔梅克女人的头像。在另一个展览会上我对奥西梅尔金使用的色彩感到高兴。

4月是令人不安的一个月份。6日,我从广播里听到德国人进攻南斯拉夫和希腊的消息。9日,德国人占领了萨洛尼卡,13日,占领了贝尔格莱德。

4月14日,我遇见了维什涅夫斯基,他闷闷不乐地说:"对您的小说有不同意见。我们不会让步……但是对第二部我什么也不能说……"第二部写的是1937年至1938年的事件,德国人还没有出现。"谁在骂?骂什么?"弗谢沃洛德·维塔利耶维奇什么也没有回答。

我知道让-里沙尔·布洛克将要来莫斯科:有人建议他和一批苏联职员一起离开法国。我请求作协外委会事先通知我:我想去接他。然而外委会却认定像我这种处境的人最好不要同外国人接触。可我还是偶然打听到了布洛克夫妇4月18日到达的消息。我和柳芭一起来到火车站。让-里沙尔和玛加丽塔的气色不佳,显得苍老,却向朋友们、向自由和向莫斯科流露出信任的微笑。他们花了半天工夫向我讲了讲法国的情况:作家们中间很少有人同德国人合作;《法兰西新评论报》是一种可怜的伪装;人们不相信报纸,在伦敦的法语广播时间,小城市的街道都空了;朗之万的举止令人注目;阿拉贡写了出色的诗篇……

4月20日,我得知《巴黎的陷落》的第二部未被通过。我的情绪恶劣,但我决心继续写下去。

4月24日,我正在写第三部第十四章的时候,从斯大林的秘书处打来了电话,让我拨一个电话号码:"斯大林同志要同您谈话。"

伊琳娜急忙牵走了小狮子狗,因为它们不合时宜地玩耍和吠叫起来。

斯大林说,他读了我的小说的开头部分,认为很有趣,他想将安德烈·西蒙的一本书的译稿送给我,——也许对我有用处。我表示感谢,说我已经读过西蒙这本书的原文。(这本书后来出版了俄译本,书名是《他们出卖了法国》,至于作者西蒙-卡茨,则在斯大林去世前不久在布拉格被处死了。)

斯大林问我是否打算描写德国法西斯分子。我回答说,我正在写的最后一部是描述战争和希特勒分子入侵法国的最初几周。我补充说,我担心第三部会被禁,因为甚至对法国人,甚至在对话中都不许我使用"法西斯分子"的字眼。斯大林开玩笑地说:"你写吧,我们一起努力来推动第三部……"

柳芭和伊琳娜急不可耐地在等待:"他说了些什么?……"我脸色阴沉:"战争快爆发了……"当然,我又补充道,关于小说的事一切顺利。但我立刻明白,问题不在文学上,斯大林知道,到处都将议论这次电话中的谈话——他想提醒大家。

(看来斯大林在4月底感到不安了。而且也很难设想,在南斯拉夫被占领后,一项条约会阻止希特勒。然而两个月以后,进攻还是使我们措手不及。几个军人成了替罪羊,其中一个是我在阿尔卡拉和瓜达拉哈拉见过多次面的坦克兵——德·格·巴甫洛夫大将,他被枪毙了。)

我前往《旗》杂志编辑部,谈起了电话的事。维什涅夫斯基笑逐颜开,他向我说,中央委员会有人狠狠地骂了他一顿。正在这个时候,那个骂了维什涅夫斯基的同志打来电话,说是"发生了误会"。

各报刊的编辑部纷纷打来电话,要求发表小说的片断。

我会见了法捷耶夫。亚历山大·亚历山德罗维奇是个伟大而复杂的人,我是在战后年代才了解他的。而在1941年,他对我来说是上级,他不是以作家的身份,而是以作协书记的身份同我谈话,他解释说,他不知道国际形势会发生什么变化。(我现在引用记录下来的他当时说的一句话:"从我这方面来说,这是政治上的过分谨小慎微,不过这是就这个词的褒意而言。")

这次谈话之后不久,在作家俱乐部举行了一次亚美尼亚诗歌晚会。主席法捷耶夫看见我便说:"请爱伦堡参加主席团。"

我结识了杰出的诗人阿韦季克·伊萨基扬。法捷耶夫在晚会上谈到他时说:"阳光灿烂的亚美尼亚给了他幸福",又说他"改造了自己的诗才"。伊萨基扬向我仔细打听法国的悲惨遭遇(他在这个国家住了很久,我们用法语交谈)。他问我是否读过他的长诗《阿布勒·阿拉·玛丽》的译文,我说我从法文读过一个片断。他若有所思地说:"应该善于离开,这是最重要的。你刚才谈到巴黎是怎样离开的。但是这还不够……我不久前对托尔斯泰想了很多——他也离开了……"我们的谈话被打断了。我瞧了瞧他的面孔,我怎么看也看不够:这已经不是"阳光灿烂的"面孔,而是苍老的面孔,它的苍老不是由于一个人老了,而是由于许多世纪的历史、苦难、石块、鲜血……何况诗才也不可能改造。

这对于我是一次短暂的出游:鱼儿潜入了水中。

5月里,我去了哈尔科夫、基辅、列宁格勒。我同许多老朋友见了面,他们是丽莎·波隆斯卡娅、特尼扬诺夫、卡维林、乌沙科夫、奥·德·福尔什。我在哈尔科夫认识了一个写诗的年轻大学生——鲍里斯·斯卢茨基。基辅的"大陆"旅馆里正举行舞会。我们的桌旁坐着一个年轻的波兰人,他谈起华沙的德国人。索菲娅·格里戈里耶夫娜·多尔马托夫斯卡娅哭了。在列宁格勒的"欧洲旅馆"里,喝醉的德国人在狂叫。我在维堡文化宫作了一次报告,听众纷纷向我提出问题,德国人真的在打算撕毁条约吗,或者这只是英国人在挑拨离间?

德国人占领了希腊。斯大林成了人民委员会的主席。赫斯乘飞机去英国求和。丘吉尔宣布,最困难的考验还在前面。

下面是我在那些日子里写的笔记。"5月21日。革命军事委员会政治部打来电话:'写点德国人的情况,但写得要像你的长篇小说的提纲,给"军人们"看。'舍伊尼斯打来电话:给《劳动报》的文章暂不发表。大家都在谈论战争。5月23日。克里特岛上有战事。区委指导员说:'不必惊慌失措。德国人明白……'6月2日。英国放弃了克里特岛。6月3日。《三十天》抽掉了我的文章。伦敦广播说,莫斯科驱逐了希腊大使馆的全体人员。6月5日。傍晚安娜·安德烈耶夫娜来访:'没有什么值得惊讶'。6月11日。让-里沙尔·布洛克说:'文章已约好,但不发表。'6月7日。同卡恰洛夫和莫斯克温谈话:'法国的情况如何?我们一点不了解。'6月9日。托尔斯泰说,他接到布宁一封来信。'德国人什么都干得出来……'6月10日。苏里茨说:'最危险的是精神上解除武装。'6月11日。外交人民委员部举行晚会。'您为什么不在小说里揭露英帝国主义?'6月12日。广播,美国记者杜兰特发表演说:德国人在东部集中了近一百个师。6月13日。塔斯社辟谣。晚上在总参谋部朗诵。6月14日。伦敦广播再次强调:德国人在苏联边境集结重兵。向边防人员朗诵。'他们唱《如果明天爆发战争》,可做了些什么呢?……轰隆声太多了……'6月17日。卡尔曼放映了关于中国的影片。到处都一样,只是中国人不是在逃跑,而是在河里漂流。向政治指导员们朗诵,他们问我,斯大林当真给我打过电话吗?'应该得出几点结论……'6月18日。访帕利古诺夫,长期谈判。德国和土耳其签订了条约。6月19日。伦敦广播说,德国人在芬兰加强备战活动。给民航驾驶员作报告。一个人送来一张字条:'我们常常可以碰见一种简单的、但却是奇怪的见解。'6月20日。酷热。《劳动报》来电话:'太尖锐了。'6月21日。在工厂朗诵。主席说:'我们不是小岛,我们是世界的一大洲。'字条:'听到这样的话,真想骂娘'……"

6月21日下大雨。柳芭打算星期天去城外租别墅。

6月22日一清早,米尔曼打来的电话唤醒了我们:德国人宣战了,轰炸了苏联城市。我们坐在收音机旁,等着听斯大林讲话。莫洛托夫代替斯大林发表讲话,他很激动。"背信弃义的进攻"这句话使我惊讶。背信弃义指的是破坏对人格或者哪怕是对通常的诚实承担的义务。但是很难把希特勒归入懂得什么是正派的人之列。能指望法西斯分子干出什么好事呢?……

我们久久地坐在收音机旁边。希特勒发表了演说。丘吉尔也讲了话。然而莫斯科却播送着轻松、豪放的歌曲,这些歌曲同人们的心情太不协调了。演说、文章均没有准备,只好播送歌曲……

随后我被接到《劳动报》《红星报》、广播电台。我写了第一篇战时的文章。革命军事委员会政治部打来电话,请我星期一早晨8点钟到他们那里去,他们问:"您有军衔吗?"我回答说,没有,但我有志向:派我去哪儿我就去那儿,叫我干什么,我就干什么。

夜晚,我在奥尔登卡看见一对情人。年轻女人在哭。男的对她说:"别难过!听我说,廖利娅,我对你说:别难过!……"

这是一年中最长的一天,这一天延续了很久——将近四年,这是充满了重大考验、巨大勇气、深重苦难的一天,苏联人民在这一天显示了自己的精神力量。

第 五 部

秦顺新　冯南江　译

1

我将要叙述的那些年代，在每个人的记忆里都留下了深深的痕迹。涅克拉索夫、卡扎凯维奇、格罗斯曼、潘诺娃、别尔戈利茨、贝克（当然，这个名单远不是全部）对那些年代都做过出色的描写。请读者不要见怪，对于某些重大事件，我将只作简单的叙述，或者干脆只字不提，没有必要重复别人已经说得很清楚的事情。

我说过，在和平时期，每个人都有自己的道路、自己的欢乐和不幸，然而战争不仅使所有的人都穿上了保护色的衣服，甚至还不能容忍心灵上的多样性，年龄、性格特点、经历统统要向它让步。我在战争年代的思想和感受，和我的全体同胞是一样的。

我也不愿意重复自己曾经说过的话，但我担心这难以避免。在《暴风雨》这部长篇小说中，许多会见、谈话、情景、心境都同作者的回忆有关。我记得勒热夫市有两座房子，它们各有一个外号："上校"和"中校"。长篇小说的一个女主人公拉雅常常望着它们，我在明斯克看见过奥西普，当时一座座房子由于德国人在底下埋了地雷而被炸毁，我在维尔纽斯同谢尔盖一起走进罗斯基地，并且我作为克雷洛夫医生在希格雷市住在一个曾经同德国军官同居的女人的家中。我所希望的不是回忆一番过去的事件，而是打算用今天的眼光来看看那些事件。

我的眼前出现了战争初期那几个月的情景。虽说人们对一切渐渐习惯了，形成了一套战时的生活方式，然而在1941年的夏秋两季，一座座城市像一棵棵树木一样辗转不安、吱吱作响，最后轰然一声倒了下去。一切都是那样陌生和难以理解——征兵站、告别、激昂的歌曲、眼泪、屋顶上的值勤、流言蜚语、像鼠疫或流行病一样可怕的"包围"这个字眼、长长的军用列车、挤满了难民的道路、日益增长的恐慌。在我的笔记本里是一串日期和城市的名字：6月26日——明斯克，7月1日——里加，7月10日——奥斯特罗夫，7月14日——普斯科夫，7月17日——维捷布斯克，7月20日——斯摩棱斯克，8月14日——克里沃伊罗格，8月20日——诺夫哥罗德、戈梅利、赫尔松，8月26日——第聂伯罗彼得罗夫斯克，9月1日——加特契纳、卡霍夫卡，9月13日——切尔尼戈夫、罗姆内，9月20日——基辅……（我记下的只是我从《红星报》上读到的，战报绝大部分只谈"方向"。）我们在三个月内丧失的领土比整个法国还要大许多。现在这已经是历史了，但当时这对人却是致命的折磨。我们都是屏息以待下一次的战报。不久，收音机便被拿走了，换上了一个"碟子"①，"碟子"每天用嘶哑的声音报告两次消息，说瓦西里耶夫中士的班消灭了三辆敌人的坦克，说俘虏们讲德军的士气正在瓦解，说希腊或荷兰的爱国者向红军致敬，说我们在退却，一直在退却。

"有什么消息？"我问编辑部的卡尔波夫上校。他回答道："维亚济马方向，但维亚济马已经放弃了。"要想了解点什么是不可能的，只好相信，而我也就和大家一起相信——不是相信战报，而是相信那些堵塞了莫斯科大街的携带着行李的难民和妇女了。

我遇见了许多人——有老朋友，有常来《红星报》编辑部的我不认识的人，去过军医院、飞机场，到过前线，同将军们和士兵们谈过话。我记得第一次世界大战，经历过西班牙战争，亲眼看见了法兰西的毁灭，我以为，自己对许多现象都是有准备的，但是我得承认，我有时也充满了绝望的情绪。而年轻一些的人则困惑地发问道："这是怎么回事？……"过去常常对他们说，敌人要是进犯我们的国土，定会遭到毁灭性的打击，战争将在外国的领土上进行，可现在他们发现法西斯分子几乎是毫无阻拦地从布列斯特长驱直入，直达斯摩棱斯克。战报中反复地说着"敌人的优势兵力"，这类字眼应该说明许多问题，但却没有说明一个主要问题：为什么德国人有那么多的飞机和坦克？

7月3日大清早，我们听了斯大林的讲话，他显然十分激动——听得见

---

① 指有线广播器的喇叭。

他喝水的声音,而且开始得异乎寻常,他用"兄弟姊妹们""朋友们"称呼我们。斯大林解释说,军事上的失利是由于突然进犯,他谈到了希特勒的"背信弃义",同时他却反复地说,由于德苏条约,我们赢得了时间,从而能做好防御的准备。大家默默地听完了广播。白天我在城里东奔西走。莫斯科当时天气很热,人们在林荫道、街心公园和大门道里谈话。普希金广场上的《消息报》的橱窗里挂着一张大地图,莫斯科人忧郁地看了看它,便四散回家了。

有谁知道,当时我们每个人心中有多少疑虑、痛苦和不安啊!但我们哪有工夫对这作历史的评价呢——法西斯分子已经冲到莫斯科城下了!

在莫斯科河畔的大街小巷里,走过一队队的民兵,他们迈着零乱的步子,喘着气,忍受着岁月和疾病加在他们身上的重压。不过在那些日子里是没有人想到军容的。

我和其他人一样感到不安,也和其他人一样由于接踵而来的事件而摆脱了许多怀疑。我生平从未这么紧张地工作过,一天平均写三四篇文章。我坐在拉夫鲁申胡同的家里不停地敲打着打字机,傍晚去《红星报》编辑部,写第二天要见报的文章,阅读德国的文件和无线电截听来的材料,校订译稿,为照片写文字说明。关于《红星报》,我下面再谈,现在我只想谈谈我的心情。我不断地证明我们一定会胜利。我相信胜利不是因为我把希望寄托在我国的资源或开辟第二战场上,而是因为我非常愿意这样相信,当时,无论是我还是我的同胞都没有其他办法可想。

从国外陆续有电报拍来,形形色色的报纸要求我给它们写点什么,有《每日先驱报》《纽约邮报》《法兰西日报》、瑞典报纸、美国的合众社等。不仅用词需要改变——对红军战士和对中立的瑞典人在论述上也不相同。我几乎每天都要发表广播演说,有时是对苏联听众,有时是对法国、捷克、波兰、挪威和南斯拉夫的听众。

洛佐夫斯基告诉我说,斯大林认为对美国和英国的工作极其重要。苏联情报局开始安排以美国为主要对象的广播大会,这些大会有斯拉夫人的,有犹太人的,有妇女的,有青年的。我在犹太人的广播大会上也发了言。发言的还有所·米·米霍埃尔斯、谢·米·爱森斯坦、佩列茨·马尔基什、达·贝格尔森、建筑师鲍·米·约凡以及彼·列·卡皮察等人。(八年后,有些发言者或在呼吁书上签了名的人仅仅因为参加了犹太人反法西斯委员会而被捕。)

就在那一天,我的一位老朋友、诗人布罗涅夫斯基来看望我,他刚从监狱里被释放出来。他情绪低沉,向我叙述了他在监禁期间的感受和思想,并对许多现象十分愤慨。我对他说,现在应当打败法西斯分子,他微笑了一下说:"这个我比你知道得早……"他说,他的命运就是蹲监狱,他知道这一点。如果打败了德国人,解放了波兰,他在那儿还会蹲监狱的。但愿蹲在波兰的监狱里——不是因为那儿好一些,而是因为他是波兰人。

布罗涅夫斯基是个满腔热情的、正直的共产党员。我们是毕苏斯基当政时在华沙初次见面的,当时我心里立刻说,这才是一个国际主义者!……对于世界上发生了什么变化,当时我还没有明确的概念,但我模糊地感觉到这一点,并且也理解布罗涅夫斯基。我们都是在19世纪思想的培育下成长起来的人,憎恨民族的狭隘性,相信国界的概念即将寿终正寝。在第一次世界大战期间发生的一切使我大吃一惊,我向笛卡儿寻求答案,然而历史从来不听逻辑课。我在西班牙懂得了人民的苦难,但那儿是内战。国际纵队战士的功绩仿佛是在继承巴黎公社、东布罗夫斯基①、加里波第。我突然感觉到,有一个非常重要而顽强的东西——土地。我坐在莫斯科的街心公园里。旁边坐着一个带孩子的女人,她长得不漂亮,神情忧伤,有一副我极其熟悉的面容,她说:"彼坚卡,别淘气,可怜可怜我……"我明白了,她是母亲,她可以为彼坚卡而死。思想是思想,但也还有这个……

7月底,对莫斯科的空袭开始了。在经历了马德里和巴塞罗那的大轰炸后,我觉得莫斯科的轰炸并不厉害,我们的空防工作很出色,但是对莫斯科人来说这却是新的事情。各人的性格不同,所以他们的举动也各不相同:一些人沉着,另一些人由于不习惯而惊慌失措,还有少数人甚至将行李袋也搬进了防空洞。轰炸常常迫使我留在《红星报》编辑部里。我们在小德米特罗夫卡大街的一座宅子的地下室里继续工作(我们开玩笑地称呼这个地下室叫"不怕死")。当我清晨出来走在高尔基大街上的时候,我心情很快乐,所有的房子都完好无损!这些房子的建筑式样我一点也不喜欢,但我怀

---

① 东布罗夫斯基(1836—1871),波兰革命家,巴黎公社的著名军事领袖。

着柔情望着它们,就像望着从战斗中生还的亲人一样。

有一次我夜里从编辑部回家,我在拉夫鲁申胡同口被拦住,我们住的楼房被封锁了,消防队员在跑来跑去。我吓了一跳,柳芭和伊琳娜出了什么事?后来我在胡同里找到了她们,原来有一颗不大的炸弹落在我们那排楼房上,所有的人都被赶出了屋子。

7月26日,我在家里碰上了轰炸,我正在写文章。诗人谢尔文斯基被气浪震伤,我还记得他的喊声。炸弹在附近的亚基曼卡大街上爆炸。

有一天我出席一个记者招待会,所·阿·洛佐夫斯基将德国人正在准备细菌战的文件拿给外国记者看。空袭警报响了,我在防空洞里正好碰见了美国作家考德威尔和他的妻子。我们交谈起来,几个钟头不知不觉地过去了。警报解除之后,我同叶·彼·彼得罗夫一同往家走去。我们在尼古拉大街上看见人们正在从房屋的废墟中拖出遇难者的尸体。远处大火的反光照红了半个天空。

还在战争开始的头几天里,洛佐夫斯基便召集了一些作家,谈到报纸工作的重要性。有些人当时就对他说,应该抛弃老一套的死板写法,让作家能够用自己的声音同读者交谈。洛佐夫斯基对此十分了解,但他的权力有限,决定权掌握在亚·谢·谢尔巴科夫手中。在我的笔记本里,有几行记述了我同亚历山大·谢尔盖耶维奇所作的一次困难的长谈(这是在9月3日)。我当时说,人们对公式化的文章不感兴趣,谢尔巴科夫回答道:"战前他们吃得太胖了……"话题后来转到了盟国的问题上。谢尔巴科夫说,我应当每天为西方写文章。我告诉他,我的文章在情报局里受到宰割,或者干脆就被压了下来。他生气地说道:"可你别再标新立异……"

在别的时候,这种谈话可能会使我心灰意冷,但我却继续工作,我哪有工夫去怀疑。当时有许多人大概都经历过这种时刻——有些人是在后方,有些人是在前线,他们都要碰到混乱、狭隘和不公正。然而,谁也没有停留在我们的缺点上,没有停止自己的工作和斗争,大家愿意牺牲一切。我想,再也找不到比这更为痛苦的时代了,而那些经历过这个时代的人,却能引以自豪地去回忆它。

作家们长时期(自然,不是出自他们的本意)对战争开始的那几个月保持沉默,他们的描写总是从1941年12月的反攻开始。然而实际上正是在战争初期的几个月里决定了一切,人民在当时显示了自己的精神力量。

当然,存在过张皇失措和混乱,我多次听见人们说这种生硬的话:"糟糕到这种地步……"我到过布良斯克前线一个名叫阿福尼诺的村子——我们从德国人手中把这个地方夺回了很短一个时期。一个女庄员给战士们送来了水,她认真地对他们说,抵抗是愚蠢的,德国人很有秩序,他们是坐汽车来的,穿得也很整齐,士兵们甚至还有巧克力糖吃。有人骂了一句,但也有一些人同情地叹了口气。

10月里,庄稼尚未收割。撤退常常是毫无秩序的。德国坦克突破了缺口,一直冲向东方。地方当局有时满不在乎地回答说:"用不着制造混乱。"但几个小时后他们也跑了。机关这个集体是一个有着"螺丝钉"和"齿轮"的庞然大物,在和平时期,它不论好歹只要工作就行,然而在1941年秋天却对它有不同的要求,那就是主动精神和个人的责任感。

我记得斯大林在1941年11月的演说,他那关于"吓破了胆的知识分子"的话刺伤了我。当然,在知识分子中间也有惊慌失措的人,但是这种人绝不比其他阶层的多。我不知道斯大林为什么又选中了我们知识分子作替罪羊,知识分子同人民一起在前线战斗,在卫生营和兵工厂里工作。回想一下作家们吧:从第一天开始,几乎所有的人都担负了他们力所能及的工作。盖达尔、克雷莫夫、拉宾、哈茨列温、彼得罗夫、斯塔夫斯基、乌特金、维什涅夫斯基、格罗斯曼、西蒙诺夫、特瓦尔多夫斯基、基尔萨诺夫、苏尔科夫、利金、加布里洛维奇以及其他许多人立刻奔赴前线。我们都经受了很多痛苦,这不仅因为希特勒的军队的确强大,而且也因为我们看见战前的那些岁月对国防的影响有多么严重:自吹自擂,烧香敬神,大喊大叫和官僚主义,而主要的是使红军指挥人员以及"知识分子"遭受的那个可怕的损失。

我翻阅了从1941年7月到11月间的全部旧报纸,斯大林的名字几乎没有提到过,这是多年来头一次没有他的相片,没有热烈的形容语,爆炸的烟雾驱散了香炉的青烟(这就是说,斯大林也明白,他应该让出点地方)。一些人知道自己是在保卫十月革命免遭愚钝而残酷的法西斯主义的侵犯,另有一些人则想的是自己的家,但人民坚持着,战斗着,苏联的知识分子也同人民一起投入了战斗。

外国人在绞尽脑汁想解答一个问题:俄国人的沉着是哪儿来的。有这样一些毫无意义的说法:"俄罗斯的神秘主义""长久忍耐的结果""东方的宿命论"。在莫斯科城下的反攻以后,一个美国记者对我说:"什么谜也没有——领土的辽阔拯救了你们。"初听起来,这种说法颇有说服力,但却没有说服我。我记得,法西斯分子在西班牙几乎毫无阻拦地从卡迪克斯冲到马德里城边,但是出乎他们的意料,正是在马德里的郊区遇到了极其猛烈的抵抗。即使莫斯科就在布列斯特的附近,12月的事件也可能在9月或10月发生。

我记得自己在躲避空袭时同考德威尔的谈话,他问了我他想了解的一些问题,他说,对祖国土地的依恋之情想必是非常强烈的。我回答他道,我们既依恋俄罗斯的土地,也依恋苏维埃制度,虽然我们的处境十分困难。(我当时没有向考德威尔讲起我们的各种困难——自尊心妨碍着我。但我国人民了解得很清楚,他们去和敌人决一死战并不是因为有人命令他们这样做:当死亡就在面前时,单靠纪律是不够的,还需要有自我牺牲精神。)

从军事史家的观点来看,最初几个月的情况是相当悲惨的。我国军队在叶利尼亚和布良斯克取得的小小胜利是无法抵消德国人的胜利的:敌人占领了我们大片领土,包围了我们许多部队,但我并未丧失信心。我在布良斯克城下看见了我们的弱点,也看见了我们的优点。混乱现象层出不穷,联络工作十分糟糕,德国坦克长驱直入,而在空中敌人也远较我们强大。但是,甚至当人们知道自己必将牺牲时,他们仍在继续战斗,所以德国人遭到了巨大的损失。

我在布良斯克认识了叶廖缅科将军,他正在同新入伍的战士谈话,他说得很好,很有感情。他坦白地说,所有的人开头都感到害怕,应当善于控制自己。他还告诉战士们说,他小时候是个放羊的孩子。

我在那儿还遇见了那些"西班牙人"中间的一个——坦克兵彼得罗夫将军。他微笑着说:"记得吗?……同样的场面……只是在这儿,我看,我们能支持住……"我们坐在一座茅草房里。一个疲惫不堪的农妇在斥责自己的孩子:"安静点,将军正在思考呢……"

马车在道路上发出吱吱呀呀的响声。德国飞机在俯冲轰炸,我又看见了母亲俯在被炸死的孩子身上哭泣。苦难是多得数不清的,但是多么奇怪,人们在那些日子里彼此显得更为和善。我丝毫不想对此加以理想化,这是不折不扣的真实情况:在和平时期,人们可以为了公用厨房里的一只锅被挪动了位置或者在柜台旁为一块衣服料子而吵架,现在却能彼此分享一小块面包和帮助他人带孩子。

我在伏尔加河上碰见一个上了年纪的火车司机,他驾驶火车一连行驶了七十二个小时,他说,当自己困极了的时候,便停住火车用雪擦一擦脸。他对我的惊讶很是奇怪:"那又该怎么办?……如今只能这样……"文尼察的一个年老的犹太女人到《红星报》编辑部来找我,她将自己逃出的经过告诉我,她步行了一百公里,后来被带上一辆汽车,并领了一个双亲均被德国人杀害的孩子。屠格涅夫博物馆从奥廖尔迁了出来,每到一个车站,馆长都要请求千万别将载有陈列品的车厢摘开。人们生气地说:"谁需要这个破烂?"因为车厢里有一只净是窟窿的旧沙发,馆长成百次地说,这个沙发就是伊万·谢尔盖耶维奇称呼为"催眠沙发"的那个沙发。人们心软了:"运走吧……"我现在谈的这些前后都不连贯。我写了一本《暴风雨》,那儿是有结构和情节的,而现在每当我回忆起那些日子里的情形,眼泪就涌到喉边:人民遭到的苦难太深重了,他们实在不该遭受这种苦难。

德国军队迅速向莫斯科推进,人人都很忧愁。一个小女孩对母亲说:"妈妈,你把我再生回去吧!……"

《红星报》编辑部迁到了红军剧院的地下室里,人们说,那儿更安静些,因为是在地底下。剧院周围净是坑洼和壕沟,夜晚一片漆黑,我摔了一跤,不过第二天要用的文章还是写出来了。

没有什么可隐瞒的,情绪很坏,但人们有时必定得笑一笑。有一天,斯拉夫学家彼·格·博加特廖夫曾逗得我们大笑不已。我们是20年代在布拉格认识的,他对古代捷克的民间创作远比对今日的作战地图熟悉得多。他走起路来就像刺猬一样啪啪直响。这天早晨,他兴高采烈地走来了,他说德国人很快就会被打败。柳芭问他,这个好消息是哪儿听来的。彼得·格里戈里耶维奇解释道:"我刚才在车上的时候,有个人——不是普通人,是个军人——说,古德里安①的军队快到莫斯科了,有许多坦克。这么说来,德国人会被赶走的。"博加特廖夫以为古德里安是亚美尼亚人。我们笑了

---

① 德军坦克部队的指挥官。

很久,彼得·格里戈里耶维奇脸色沉了下来说:"其实也没有什么好笑的……"

到了10月中旬,在拉夫鲁申胡同的我们这座楼房里,已经没有几个人了,我不愿意离开。突然,叶·彼·彼得罗夫打来电话说:谢尔巴科夫命令将情报局和情报局所属的一批作家撤退到后方去。在战争初期的那种混乱局面下,我被忘记列入编制,《红星报》的主编认为我是自己人。然而谢尔巴科夫说,我应该为国外工作,更重要的是我写的文章要通过情报局发出。谢尔巴科夫是中央委员会的书记,同他是不能争吵的。

在喀山车站上,天晓得是怎么回事,我的一个小手提箱和《巴黎的陷落》第三部的手稿不见了。不过话说回来,这种混乱现象到处都有,我自己在巴塞罗那和巴黎已经领教过了。我后来感到有点难过,但在当时我对其他的事情考虑太多,根本没有想到什么文学,我只惋惜自己丢了刮脸刀,我拿什么刮脸呢?……我们被带进一个通常是在郊区行驶的车厢里,车内拥挤不堪,转身都很困难,而我们却一直走了五昼夜才到达古比雪夫。这列车很长,一节卧铺车里是外交人员,另一节卧铺车是共产国际的工作人员(我记得有多洛雷斯、雷蒙·居约)。火车每到一站,外交人员总是先向站上的餐厅冲去。雅罗斯拉夫斯基的妻子瞧着田里一片片没有收割的庄稼,难过得时而哭,时而骂。彼得罗夫试着说几句逗笑的话,也没有用。阿菲诺格诺夫自言自语地大声说:"一切都正常。"在一个挤满了难民的车站上,我们听到消息说:敌人突破了防线,距离莫斯科已经不远了。

在古比雪夫,我们先在《伏尔加公社》报主编的家中住了一夜,随后又在"大旅社"的宿舍中住了几天,接着又从那儿搬了出去,英国人要给使馆的女工安排住处。

雅·扎·苏里茨留我住了一晚,我们几乎谈到第二天清晨。他忍耐不住说,关于德国人准备进攻的消息,别人曾多次提醒斯大林注意,又说斯大林不知道国家的实际情况,人们瞒着他。随后雅科夫·扎哈洛维奇从箱子里拿出一张罗丹的画,摆在床头,一心一意地要我表示赞赏。

我在外交人民委员部和苏联情报局占用的一座楼房的走廊里写文章——我将打字机摆在一个木箱子上面。

后来我们领到了住房,隔壁屋子住的是刚从前线回来的格罗斯曼和加布里洛维奇。我将打字机摆在手提箱上,继续在上面敲打。

外国记者们三番五次地向我抱怨说:为什么不许他们去前线?为什么将他们送到古比雪夫而要他们拍发的电讯却标明是莫斯科?……他们住在"大旅社"里,不停地喝酒,间或也用威士忌或伏特加招待彼得罗夫和我。他们认为,过一两个月希特勒便会征服整个俄国,有时他们为了安慰自己和我们,便说,战争将要在埃及或印度继续进行。当日本人偷袭珍珠港的消息传来后,"大旅社"里的美国人和日本记者还打了一架。阿菲诺格诺夫被召回莫斯科,随即就在一次轰炸中牺牲了。我们不知如何将此消息告诉他的妻子珍尼。

乌曼斯基对美国作了一些描写,他的描写使人感到不愉快。李维诺夫在动身去华盛顿前的一次晚餐上对我温厚地说:"我担心不会有好结果……"为什么,他没有解释,比起苏里茨来,他毕竟是一个更老练的外交家,他会及时住口。

12月初,我在萨拉托夫附近参观了安德斯将军的集团军的阅兵典礼,这个集团军是由战俘组成的。西科尔斯基①在维辛斯基的陪同下来到了。我不知道为什么这件事恰巧选中了维辛斯基,也许因为他是波兰籍,可我却想起了他在法庭上担任检察长的角色……他同西科尔斯基碰杯,并甜蜜地微笑着,波兰人中间有许多人由于过去的种种遭遇,脸色是阴沉的,而且还有怨恨的神色;少数人克制不住,公开承认恨我们。我感觉得出,这些人是不可能逾越往日的一切的。西科尔斯基和维辛斯基双方以"盟友"相称,而在这些殷勤的字眼背后却能感觉到一股敌意。

莫斯科艺术剧院正在萨拉托夫演出《三姊妹》。韦尔希宁在舞台上说:"二三百年以后,地球上的生活将变得不可思议的美好和令人惊讶……"我们一面听着,一面在叹息。

我再三请求允许我回莫斯科。洛佐夫斯基回答说:"再过一个星期,一切都会明朗化的。现在应该工作……"

我坐着,每天写五篇文章。

---

① 西科尔斯基(1881—1943),波兰政治家,第二次世界大战期间,他领导波兰国外的流亡政府。

《红星报》的主编奥滕贝格(他就是瓦基莫夫)立刻决定吸收我参加他的报纸的工作,他说,前线的战士喜欢我的文章。还在7月里,有一次他说,我应该写一篇社论。我企图提出异议:我干不了这个。他回答说:"战争时期什么都应当会做。"两小时之后,我给他送去一篇论文,他一面读,一面哈哈大笑,他很少有笑的时候,何况文章中并没有什么好笑的东西。"这叫什么社论?读了第一句话就可以知道这是谁写的……"原来,社论使用的字眼都应当是大家熟悉的。奥滕贝格在文章下面写上了我的名字,说:"登在第三版上。"

前线的士兵喜欢我的那些短文章,也许正是因为它们不同于社论。也许是因为我有时成功地表达了一点点当时人们的心情。通常,战争总要带来书刊检查员的剪刀,然而我国作家在战争最初的一年半的时间里却感觉到自己远比过去自由得多。

下面是我当时写的那些文章中的几个句子。"敌人在进攻,敌人威胁着莫斯科。我们应当只有一种思想——坚持住。""大概,我们是能够改正我们的缺点的,即使有这种种缺点,我们也要坚持住。也许,敌人还会进一步深入我国领土。对此我们也有准备。我们不会屈服。我们不再焦急不安地等待早晨的或晚上的战报。我们的生活有了新的安排。我们勇敢地向前看:哪儿有苦难,哪儿就有胜利……""我们有许多人习惯于这样一种状况:有人在替他们考虑。如今不是那个时候了,如今每个人都应当担负起责任的全部重担……不要再说有人在替他考虑。不要指望别人会拯救你……""我们好歹总是在自己家里。德国人会给所有的人带来毁灭……""我们曾经对许多事情都不明白。我们曾有怀着赤子之心的白发苍苍的人们。如今连我们的孩子也都明白了。我们长大了一百岁……"

不知为什么,亚·谢·谢尔巴科夫责备我标新立异,从上面我抄录的句子中可以看出,我的文章里并没有任何标新立异的思想。而前线的战士们显得很乐意读,我每天都要收到许多士兵和军官的来信。

当时我在《文学与艺术报》上写道:"读《战争与和平》的时代是会来到的。现在我们的战争是不带引号的——它不是小说,而是生活……作家不仅应该会为时代写作,还应该为短短的一分钟写作,只要这一分钟决定着他的人民的命运……"

在和平时期,每个作家也像作曲家一样,愿意听一些别人还不清楚的东西。这不一定总能做到,更常有的情况是作家竟成了一个只看中某个乐器的音乐家。然而,也往往有这样的时刻,作家只是一种乐器——喇叭或芦笛,它是被人在路上发现的,它能发声是因为别人的气灌进去了。

2

9月16日,我在编辑部读到了鲍·拉宾和扎·哈茨列温从基辅用电话发来的一篇特写。他们写道,德国人已经打到城边,但基辅人并不气馁:"克列夏齐克依然十分热闹,每天早晨都有人用水龙带洒水、冲洗和清扫……学校里开学了……所有大街小巷中都堆起了街垒……马戏院售票处窗前排着长长的队……"四天之后,德国兵从克列夏齐克列队走过。

拉宾和哈茨列温早在6月间就上前线去了,他们在8月里回到了莫斯科。哈茨列温病了,《红星报》编辑部催他们一星期后再去基辅。9月初,拉宾从基辅打电话来,他一面开着玩笑,一面说,大概很快就会见面的……

1932年,我结识了许多年轻作家:拉宾、斯拉温、鲍里斯·莱温、加布里洛维奇、哈茨列温。我们谈论过新的形式、特写的作用、浪漫主义以及我国文学的道路等问题。拉宾将他的作品《太平洋日记》送给我一本,我喜欢这本书的清新气息和技巧,我对作者本人也发生了兴趣。从外表上看,他很像一个谦逊的年轻副教授,一个满身书呆子气的人物,而实际上他却旅行过很多地方,心甘情愿地以甲板、帐篷、边防人员的木棚来代替书桌。

拉宾的所有作品都是新风格的探索,他把幻想的东西写成历史纪实,把特写写成短篇小说,努力想消除枯燥的记录和诗歌之间的界限,这都同作者的精神气质有关系。拉宾读历史学家和经济学家的著作,读语言学家和植物学家的著作,而他最喜欢的还是诗歌。

我在本书前面的一部里曾提及伊琳娜通知我说她嫁给了拉宾。当时我在西班牙,拉夫鲁申胡同的作家公寓里有一套住宅分给了我们。在1937年至1938年间,我们一起住了大约半年的光景,随后又共同度过了战前的最后一年。这个时间不算长,但是我觉得,在那个时候,人们可以顷刻之间成为知己。我了解并爱上了鲍里斯·马特维耶维奇。

革命爆发的那一年,拉宾刚十二岁。他的父亲是医生,他带着儿子(母亲到外国去了)走上了国内战争的前线。拉宾在十七岁的时候就出了一本诗集,这是一些既充满激情又有年轻人的狂妄的短诗,从中可以看出作者的年龄,也可以看出时代的矛盾。古代的德国浪漫主义作家和中国的革命、宇宙和构词法都使他入迷,他参加激烈的文学辩论会,幻想去印度。后来他转向散文方面,但诗歌继续吸引着他。他将自己写的诗收入各式各样的书中,冒充是塔吉克古代诗歌、楚科奇咒语、日本短歌和美洲小调的译文。

伊琳娜保存着一份旧材料:"本证件的持有者确系布里同志,穆斯塔法-库利之子,阿扎尔省人,他于1927年5月11日根据苏维埃国家的命令为进行普查而来到这里,并于九天内登记了亚兹古洛姆村社全体居民,如今正返回原单位,兹将本证件发给布里同志、穆斯塔法-库利之子。"布里同志、穆斯塔法之子就是二十二岁的鲍里斯·马特维耶维奇·拉宾,他有时骑着马,有时坐着牛车在帕米尔的村落中游来游去,身上穿着彩色的棉长褂,脚上蹬着阿富汗式的尖头便鞋。他学习塔吉克文,从而忘掉了霍夫曼,他全神贯注在古代波斯的诗歌上。

一年后,拉宾前往楚科奇地区,参加了毛皮贸易站的工作,他同楚科奇族人生活在一起,学习他们的语言,楚科奇族人亲切地称呼他"廷德利利亚卡",意思是"戴眼镜的"。他到过阿拉斯加和千岛群岛,回到莫斯科后写了一本书,本来他可以成为一个正式的首都作家。但是他却寻找一切机会去看看新的地方和新的人。他跟随地质植物学家考察团出发去中亚细亚,又同考古学家的一个团体去克里米亚;他当过"契切林"号轮船上的海员,访问了土耳其和亚历山大港,他两次被派往蒙古。1939年,他同哈茨列温以《红星报》军事记者的身份参加了哈勒欣河战役。

这一连串的旅行和职业的变更可能使人迷惑不解——它很像一个喜欢猎奇的人的履历表。然而拉宾一点也不像追求异国情调的旅行家,他深入到帕米尔或楚科奇地方居民的日常生活中,不拒绝任何工作,很快学会用当地的语言同居民交谈,从他们的性格和习惯中寻找使他感到亲切和可爱的东西。

他掌握语言的能力很强,他身上有一股语言学家的激情。他能读德语和法尔西语①,也能读英语和北方各民族的语言,他还认识几百个汉字。战前,我们天天晚上坐在相邻的房间里听广播。有时我回来晚了,顺便走进他的房间打听伦敦广播了什么新闻,结果他却去听他根本不懂的语言的广播,他对自己能从塞尔维亚语或挪威语的广播中听懂许多字感到十分兴奋。他专心致志于字根的研究,在这方面他仍旧是一个诗人。

虽然他有飘忽不定的生活所特具的种种习惯,他还是十分勤勉的。我亲眼看见他坐在书桌旁边,面前摆着一张白纸,他能这样一连坐上几个小时,以便找到准确的比喻和必要的字眼。他有时同自己的朋友哈茨列温一起写电影剧本或特写。我们开玩笑地称呼哈茨列温叫哈茨,他写过一部出色的作品《德黑兰》,他有丰富的想象力,然而懒惰妨碍了他。他躺在床上,有时说声"不是那样"或"此处应该加上风景描写",拉宾却辛勤地写着。

鲍里斯·马特维耶维奇属于在苏维埃时代成长起来的第一代知识分子。许多曾使我为之惊讶、钦佩或反感的东西,在他看来是十分自然的。1937年来到了,和我年纪相仿的人,如曼德尔施塔姆、帕乌斯托夫斯基、帕斯捷尔纳克、费定、巴别尔,都已四十开外。我们已经写了许多东西,而且主要的是思考了许多东西。突如其来的事件使拉宾和他那一代的作家们措手不及,他们刚刚告别了自己的青年时代,开始思考自己成熟的作品。他们远比我们这年长的一代艰苦得多。

鲍里斯·马特维耶维奇是个勇敢的人。我记得瓦基莫夫将军在责备报社的某些工作人员时说:"我对拉宾和哈茨列温是放心的,他们不会躲在司令部里,我在哈勒欣河畔见过他们……"是的,鲍里斯·马特维耶维奇喜欢危险。然而当朋友们、同志们、熟人们在1937年开始一个个地失踪,他心灵上受了沉重的打击。他是个求知欲强的人,容易和人接近,很勉强地接受了这个新的课题:他学会了不问也不答。过去他说话时声音就不高,到那个时候他说话的声音更低了。有时他同我、同伊琳娜开玩笑,而在他摘下眼镜的当儿,我发现他的眼睛里隐藏着忧伤和困惑。

有一回,这是在1938年初,我走进了他的房间,他正在写什么。不知怎

---

① 即古波斯语。

的我们谈到了文学,谈到如今作家该做些什么。鲍里斯·马特维耶维奇微笑着说:"我正在写戈壁滩……在我写《太平洋日记》和《功勋》时,我选择的主题是写我的生活。如今不同了……我本想写另一个沙漠,但这是不可能的……然而应该工作,否则更困难……"

我现在所谈的那个时期对拉宾是特别沉重的:他对人与人之间相互关系的根本改变感到痛苦。他为人极其忠诚,最使他伤心的是不信任、蔑视友情和某些人不惜任何代价企图使自己得救的行为。

哈茨列温几乎每天晚上都来找拉宾,这是个非常可爱的怪人。他外表上很讨人爱,女人们喜欢他,但他却怕她们,过着单身汉生活。他那温柔的、富于幻想和多疑的天性使我吃惊。他有癫痫症,不知为什么却要瞒着大家,甚至对鲍里斯·马特维耶维奇也不例外。8月里,拉宾曾劝他在莫斯科多住一两个月,但哈茨列温却希望尽快回到前线去。

我在前面谈过我们在彼列杰尔金诺读海明威的长篇小说的那个夜晚,远处高射炮火响个不停。我们有时放下手稿,鲍里斯·马特维耶维奇谈起前线上的种种见闻,谈到了英勇行为和混乱、勇敢和惊慌失措,他亲身经历了战争初期几个星期的撤退。我们不知何故回忆起1937年的情形。拉宾说:"您要知道,现在毕竟要轻松些——看来一切走上了正轨……"我们又接着读了起来。我瞧着他,心里想,我竟没有发现自己对他有一种眷恋之情。我们回到莫斯科后,他说:"战争结束后,大概许多人都会写出真正的作品,就像海明威那样……"

他幻想过的那本书,他没能够写出来。

拉宾和哈茨列温一起随军从基辅撤退到达尔尼查,再到鲍里斯波尔。德国人包围了我们的部队,少数人突围出来了。我们后来从他们那儿打听到了拉宾和哈茨列温的遭遇,一分钟也不能拖延,然而哈茨列温却躺在床上——他那间歇性的癫痫症又发作了。拉宾不愿意抛下自己的朋友,一个记者对他说:"快点!德国人快来了!"鲍里斯·马特维耶维奇回答说:"我有手枪……"这是我听到的关于他的最后消息。

伊琳娜久久地盼望着出现奇迹。战争期间不免要产生一些无稽之谈:有些从前方回来的人说,他们仿佛在某某战线上看见了拉宾。

鲍里斯·马特维耶维奇在动身去基辅前,将自己从前写的诗整整齐齐地抄写了一遍。或许,他在鲍里斯波尔附近也还听到自己那未完成的诗句在回响——他是一个诗人,腼腆,不大流露自己的感情,能体谅人,但对自己很严格。我现在想起拉宾很早以前翻译的10世纪塔吉克诗人鲁达基的两句诗:"……许多沙漠被开拓成百花盛开的花园,也常常可以遇到有过金黄色花园的沙漠……"

  1945年5月9日是一个节日:战争的沙漠结束了。但是,几乎我们每个人的生活中都有一个不会变绿的沙漠——对亲人的怀念……

3

在战争初期的那几个月里,我同战士们谈话时,有时感到自豪,有时感到失望。当然,我们有权引以自豪的是苏联教师用友爱精神教育了少年儿童。但是我们的城市一个接一个地丢失了,而我却不时地听到红军战士们说,敌人的士兵是被资本家和地主驱使来作战的,说除了希特勒的德国外,还存在着另一个德国,说如果将真实情况告诉德国的工人和农民,他们就会扔下武器。许多人真心诚意地相信这种说法,另一些人则乐意听另一种说法——德国人正在迅速向前推进,而人总是要有所指望的。

保卫斯摩棱斯克或布良斯克的人们重复着先是在学校里、后来又在各种会议上听到的以及在报纸上读到的那些话:德国工人阶级是强大的,这是个先进的工业国家,不错,法西斯分子是在鲁尔的工业巨头和社会党叛徒的支持下夺取政权的,但是德国人民反对他们,并且正在继续进行斗争。红军战士们说:"当然,军官是法西斯分子,就是在士兵中间大概也有一些迷失方向的人,但是千百万士兵之所以去打仗,仅仅是因为他们受到枪毙的威胁。"我国军队在最初几个月里对德国军队还没有产生真正的仇恨。

战争的第二天,我被叫到红军总政治部去,他们请我写一张给德国士兵的传单,他们说,法西斯军队是靠谎言和铁的纪律来维持的。当时有许多指挥员还把希望寄托在传单与扩音器上面。

传单真是不少,似乎应该有说服力,但德国人却继续向前推进。

假如战前我住在莫斯科,并且听了一些关于国际形势的报告,或许我也会同意许多人的幻想。但是我记得1932年的柏林和法西斯集会上的工人,在西班牙我同德国飞行员谈过话,在被占领的巴黎住过一个半月。我不相信扩音器和传单。

我在战争初期看见过少数战俘（主要是坦克兵），他们个个都很自信，认为自己被俘只不过是运气不佳，过一两天进攻的部队就会来解救他们。有一个甚至建议团长投降以取得希特勒的宽恕："我保证你们全体士兵的生命安全和在战俘营中受到良好待遇。到圣诞节战争结束时，你们就可以回家了。"在这些战俘里面有工人。不错，在莫斯科城下吃了败仗后，我初次听见那些惊慌失措的战俘喊"希特勒完蛋啦！"但是当1942年夏天德国人向高加索推进时，他们又相信自己是无敌的了。战俘们在受审时一般都很谨慎，他们既怕俄国人，也怕自己的同志。即使有一些真心诚意地咒骂希特勒的士兵，这些人也大部分是来自巴伐利亚偏僻乡村的农民、天主教徒和家长。真正的转变直到斯大林格勒战役之后才开始，而在1944年夏天以前，几万万张传单也只能带来为数少得可怜的投诚者。

在战争初期，我们的战士不仅对敌人没有憎恨，而且由于崇拜表面上的文明，对德国人还有几分尊敬。这也是教育的结果，在20年代和30年代，任何一个苏联小学生都知道，一个民族的文明标志是：铁路网的密度、汽车的数量、先进的工业、普及教育、社会卫生。在所有这些方面，德国都名列前茅。红军战士们发现战俘的行李袋中有书籍和日记本、精致的刮脸刀，衣服口袋里有相片、奇妙的打火机、自来水笔。一群来自奔萨的集体农庄的红军战士拿着一个像支小手枪的德国打火机，不无赞叹而同时又颇为遗憾地对我说："文明啊！"

我记得在前沿阵地上同炮兵们的一次困难的谈话。连长接到了向公路开炮的命令，战士们一动不动，我对此十分恼火。有一个战士对我说："不应该光向公路上开炮，然后又撤退，应该让德国人走近一些，试着向他们解释，现在他们该觉悟了，该起来反抗希特勒了，在这方面我们会帮他们的。"其他的人则同情地点点头。一个年轻的、外貌挺机灵的小伙子说："我们向谁开炮？向工人和农民。他们会以为我们在反对他们，我们不给他们出路……"

当然，在那些日子里，最可怕的还是德国人在军事装备上的优势：红军战士拿着手榴弹同敌人的坦克交锋。但同样使我感到可怕的是宽容、天真和惊慌失措。

我记得那个"奇怪的战争"——为一个德国飞行员举行的隆重葬礼、扩音器的尖叫声……战争是一桩可怕和可憎的事,但它不是我们发动的,而敌人是既强大又残酷。我知道我的责任是说明法西斯士兵的真面目,他们在漂亮的笔记本上,用出色的钢笔写着关于自己的种族如何优越的血腥的、迷信的胡言乱语,记载着一些无耻的和疯狂的行为,这种种举动会使任何一个野蛮人也感到自愧弗如。我应当提醒我们的战士们,企图从德国工人那里取得阶级支持和指望希特勒的士兵会天良发现是徒劳的,要想在给我们的城市和乡村带来毁灭的敌人的进攻部队中寻找"善良的德国人",这不是时候。我写道:"杀死德国人!"

我在那篇写于十分艰苦的1942年夏的名叫《仇恨的理由》的文章中说:"这场战争不像以往的战争。在我国人民面前首次出现了非人的生物,这是一群用先进技术武装起来的既凶恶又卑鄙的野人,一群根据条令行事和援引科学知识、把消灭婴儿当作国家智慧的最新发现的恶魔。我们学会憎恨是不容易的。我们为它付出了无数的城镇、乡村和千百万生命的代价。但是现在我们明白了,我们同法西斯分子在一个地球上是不能共存的……当然,德国人中间有善良的人和凶恶的人,然而问题不在某一个希特勒士兵的精神气质……他们进行屠杀,因为他们相信只有德国血统的人才配在地球上生存……我们对希特勒分子的憎恨是出于对祖国、对人、对人类的爱。这就是我们憎恨的力量所在,这也是憎恨的理由。当我们碰见希特勒分子时,我们看到,一种盲目的仇恨使德意志的心灵变得极为空虚。我们没有这种仇恨。我们憎恨每一个希特勒分子是因为他是仇视人类的力量的代表,是因为他是有信仰的刽子手和有其原则的强盗,我们憎恨他也是为了寡妇们的眼泪,为了孤儿们没有欢乐的童年,为了那满怀忧伤的逃难者的行列,为了被践踏的田野,为了千百万死难者的生命。我们进行战斗不是为了反对人,而是为了反对那些貌似人的机器人。我们的憎恨之所以更强烈,是因为他们的样子像人,是因为他们能够笑,能够抚摸狗或马,是因为他们在日记中也进行自我检查,是因为他们装扮成人,装扮成文明的欧洲人……我们的人民没有复仇的思想。我们教育我国青年也不是要让他们复仇,使他们降低到希特勒分子的报复的水平。红军战士从来也不会杀害德国儿童,烧毁魏玛的歌德纪念馆或马尔堡的图书馆。复仇——这是一报还一报,这是用相同的语言回答。但是我们和法西斯分子没有共同语言……我们为生活的丰富多彩和复杂,为各民族人民的特色感到高兴。一切人都在地球上有位置。洗涤了希特勒执政十年所犯下的种种骇人听闻的罪行的德国人民,也将生活下去。但是慷慨也有一定的限度:如今我不愿对摆脱了希特勒控制后的德意志的未来幸福说什么话和作些什么设想,既然目前几百万德国人还在我国土地上横行霸道,说那种话和有那种思想都是不恰当的,而且也不真诚……"

我每天都要读德国报纸、军事命令、德国士兵的日记和信件,我应当将法西斯分子精神上的空虚描写出来,描写得既准确而又有凭有据。

在战争里,有时人们也想笑笑,我不仅揭露希特勒的士兵,还嘲笑他们。我记得我是最先采用"弗里茨"这个蔑视德国人的诨号的人之一。请看几篇短文章的标题(每天都写):《哲学家弗里茨》《妄自尊大的弗里茨》《虐待狂弗里茨》《什摩伦格斯地方的弗里茨》《神秘主义者弗里茨》《文学家弗里茨》等等,类似的标题数以百计。

我最初发现战士们开始对敌人有了憎恨是在莫斯科城下,当时我国部队在一次反击后夺回了被德国人烧毁的村庄。女人和孩子们正在烧焦了的木头旁边烤火。红军战士们有的在咒骂,有的气得说不出话。有一个同我谈话时说,他一点也不明白——他认为,他们轰炸城市是由于那儿有指挥部、营房、报纸。但是德国人干吗把草房也烧掉呢?那里面住的是女人和孩子啊。而外面是一片严寒……在沃洛科拉姆斯克,我久久地看着法西斯分子搭的一个绞架,战士们也看着它……新的感情就是这样产生的,而它也预先决定了许多事情。

由法西斯德国发动的这场战争和过去的历次战争不同:它不仅毁灭和残害了人的身体,还歪曲了人们的心灵。希特勒分子成功地使千百万德国人轻视另一个民族,使士兵们没有道德上的障碍,把规矩的、诚实的、肯劳动的普通人变成焚烧村庄和以杀害老人和儿童取乐的"纵火者"。从前在任何军队里都可以遇见暴虐之徒或强盗——战争不是道德的学校。但是受希特勒诱惑而参与了大规模暴行的,不仅是党卫军、秘密警察、职业的或业余的刽子手,而是他的整个军队,他用连环保的方式控制着几千万德国人。我记得一个外貌温厚的淡黄头发的德国人,战前他是杜塞尔多夫的一名工长,他的家就在那儿,他将一个俄国婴儿扔进井里,因为他患有失眠症,服了几片鲁米纳之后,孩子的喊声仍不能使他入睡。我拿着一块肥皂,上面印着"纯犹太肥皂"的字样——这是用被枪毙的人的尸体炼制的。何必再提这些呢——已有成千上万册的书写过它们了。

俄罗斯人是心地善良的,要想使他发怒,必须狠狠地欺侮他;他愤怒时是可怕的,但怒气消失得很快。有一次我乘吉普车去前沿阵地——请我在俘房中间找找阿尔萨斯人。司机是白俄罗斯人,在此之前不久,他得知他的家人被德国人杀害了。押来了一群俘房,司机抓起了冲锋枪,我勉强劝住了他。我同俘房们谈了很长时间,在我们返回指挥所的当儿,司机向我要点烟丝抽。当时烟叶短缺,前一天晚上我在师司令部弄到两盒烟丝,给了司机一盒。"你的烟叶哪儿去啦?……"他没有回答我,后来他才承认:"你同你那些法国人谈话时,弗里茨们围住了我。我问他们中间有没有司机。司机有两个,我给了他们一点烟抽。当时他们全都苦苦哀求……两者任择其一——或者将他们全杀死,如果不行,人总得抽点烟哪……"这是1943年的事。一年后,在明斯克附近的特罗斯佳涅茨市,希特勒分子杀死了一些女人和小孩,我在这儿又一次证实了我国人民的同情心。我国战士们狠狠地骂着德国人,他们说,用不着再抓什么俘房了。旁边的一个小树林里还藏着一些德国兵,战士们押来了一个被俘的德国步兵。少校请我担任翻译,当我们的人向俘房问起树林里有多少德国兵时,他回答说,他渴得很,说话十分困难。战士们给他送来一杯水,他皱起了眉头,说杯子太脏,并用手绢擦了擦杯子的边缘。他的态度惹得我发了火:一个人渴极了的时候是不会吹毛求疵的。战士们起先叫喊着说,用不着再问他了,枪毙掉这只野兽,等到怒气一消,过了才半小时,就有一个战士给这个俘房送来一盘汤:"喝吧,猪猡!"

(我自己也是这样:我有很多次看见有些俘房流露出害怕自己会被杀死的神情,便在小纸片上写着,他们是阿尔萨斯人或者他们是"好德国人",并在下面签了名。总之,我憎恨法西斯主义,但却挽救解除了武装的法西斯分子。我想,在类似的情况下,任何人也会采取和我同样的行动。)

戈培尔需要一个稻草人,所以他散布了一个关于渴望消灭德国民族的名叫伊利亚·爱伦堡的犹太人的奇谈。

我收藏着一些从德国报纸上剪下的材料、无线电截听来的情报和传单。

希特勒分子常常写到我,他们说我是个胖子,生着斜眼睛和弯鼻子,嗜血成性,说我在西班牙时盗窃了博物馆收藏的价值一千五百万马克的宝物,并在瑞士出卖,说为我服务的交易所经纪人就是曾经效忠于荷兰女王威廉敏娜的那个人,说我的资本存在巴西的一些银行里,说我每天都要去见斯大林并给他制定了一个消灭欧洲的计划,该计划名叫《Д.Е.托拉斯》,说我想把位于奥得河和莱茵河之间的这片地区变为荒漠,说我号召强奸德国妇女和杀死德国儿童。

希特勒本人也在1945年1月1日的命令中特别提到我:"斯大林宠爱的奴才伊利亚·爱伦堡宣称,德国民族应该消灭掉。"

宣传起到了效果:德国人把我当作魔鬼。1945年初,我来到了东普鲁士的巴滕施泰因,该地是我军在除夕时占领的。苏联的警备司令请我去一所德国医院向他们解释,无论是德国医务人员或伤员都不必害怕。我安慰了主任医生好半天,最后他说:"好吧,可是伊利亚·爱伦堡……"我讨厌再同他谈下去,便回答说:"别害怕,伊利亚·爱伦堡不在这儿,他在莫斯科。"医生才稍微安心了些。

所有这些既可笑,又令人厌恶。我憎恨侵略我国的德国人,不是因为他们住在"奥得河和莱茵河之间",不是因为他们的语言是我最喜爱的一位诗人——海涅使用过的语言,而是因为他们是法西斯分子。我在童年时代就曾同种族和民族的傲慢习气发生过冲突,由于它而遭受到不少痛苦,我相信各民族之间的兄弟友情,而后来突然看见了法西斯主义的诞生。在戈培尔常常引用的幻想小说《Д.Е.托拉斯》里,欧洲的毁灭是由贪婪的美国商人所支持的欧洲法西斯分子的狂妄造成的。当然,我在许多方面都是错误的,我写这本书的时候,法国占领者还留在鲁尔区,对德国可能发生的革命还抱着某些希望。在小说中,德国、波兰和苏联的一部分是被以法西斯分子布兰台沃为首的法国所毁灭的。实际上,法国、波兰和苏联的一部分是被德国法西斯分子毁灭的,布兰台沃原来是希特勒。

我要谈一个与我有关但超出了我个人履历的故事。1944年,"北方"集团军司令为了鼓起由于不停的退却而变得一蹶不振的士气,便在一份命令中写道:"伊利亚·爱伦堡号召亚洲各民族的人喝德国妇女的血。伊利亚·爱伦堡要求亚洲各民族的人强奸德国妇女:'把淡黄色头发的女人拿去吧,这是你们的战利品!'伊利亚·爱伦堡在唤起草原地带人们卑下的本能。退却是可耻的行为,因为德国士兵现在正为保卫自己妻子而战斗。"我知道这个命令后,立刻在《红星报》上写了一篇文章:"有个时候,德国人伪造重要的国家文件,现在他们竟下贱到伪造我的文章的地步。德国将军把一些引文硬加在我的身上,实际上是暴露了作者自己。"

德国将军捏造的这个谣言经历了第三帝国的毁灭,也经历了纽伦堡审判以及其他许多事件。

不久以前,我的《人,岁月,生活》一书的德文译本的出版者,居住在慕尼黑的金德勒寄给我一些有趣的文件和照片。原来有一个名叫尤尔根·托瓦尔德的人,1950年在斯图加特出版了一本叙述战争经过的书,他在书中写道:"伊利亚·爱伦堡在三年的过程中,毫无约束地、公开地、满怀仇恨地对红军士兵说,德国女人将是他们的战利品。"这个尤尔根·托瓦尔德不是别人,而是亨茨·鲍哈尔茨,他在1941年出版了一本颂扬希特勒的书,并将它献给战犯海军上将雷德尔。

1962年,慕尼黑的《南德意志报》发动了一个反对在西德出版我的书的运动。自然,报纸想起了那个号召强奸德国妇女的假传单,它威胁出版者,称我是"世界历史上最大的罪犯"。一些作家,例如埃恩斯特·容格尔,支持法西斯分子的传单,而另一些作家则感到愤怒。金德勒证明说,托瓦尔德是在重复戈培尔的谎言,虽然如此,复仇主义分子迄今仍继续反复地说:"杀人犯和强奸者的回忆录。"

再说一遍——问题不在我身上。但是在第二次世界大战的五千万牺牲者中间却少了一个——法西斯主义。它经历了1945年的5月,病了一阵子,也忧郁了一个时期,但活下来了。

我在战争时期天天都说:我们一定要打到德国去消灭法西斯主义。我担心如果又是那卑鄙、肮脏的政治占了上风的话,一切牺牲了的人们,苏联人民的功勋,波兰、南斯拉夫、法国游击队的英勇行为,伦敦的苦难和骄傲,奥斯维辛的焚尸炉,血的河流——所有这些都将不过是胜利的蓝色焰火、历史的一个插曲。

我在1944年写道:"法国作家乔治·贝纳诺斯,一个积极的天主教徒,愤怒地批驳了某些民主主义者企图替法西斯主义辩解的念头,他在《马赛人报》上写道:'战前,英国、美国、法国的大部分社会舆论都支持、赞扬过法西斯主义,并且为它辩护。我再说一遍,他们不仅容许法西斯主义,而且帮助它发展,希望(我说这是愚蠢的希望)能控制这个鼠疫,利用它来反对自己的对手……慕尼黑协定不只是一件愚蠢的事,而且还是投机勾当的卑鄙结局……遗憾的是,迄今仍有一些人想'贮存'一些病毒,只是把繁殖鼠疫细菌的溶液冲淡一些罢了……我们应该记得:法西斯主义的产生是由于一些人的贪婪和愚钝,是由于另一些人的奸诈和怯懦。如果人类想结束这几年里的这场残酷的噩梦,那它就应该消灭法西斯主义。如果让法西斯主义在某地滋长,那么十年或二十年后,又会出现大规模流血事件……法西斯主义是个可怕的恶性肿瘤,用矿泉水是医不好的,应该割除它。我不相信那些为刽子手哭泣的人的善良心肠,这些伪善者正在为千百万无罪的人制造死亡。"

我瞧着这些旧报纸,心中感到很不自在。而如今所发生的一切正是我曾经恍惚感觉到的。法西斯分子被保存下来了。德国国防军的基干军官也被贮备起来了。有人甚至还想将核武器交给德国军队,支持狂热的复仇主义分子。故去的贝纳诺斯称之为"投机勾当"的事在继续着,只不过摆在绿呢子[①]上的已经不是古典的"火药桶",不是坦克和轰炸机,而是火箭和氢弹了。真的,良心对此是不能容忍的!

我扯到二十年以后的事上去了,应该回过头来谈谈战争第一年的冬天。我们坐上汽车沿着华沙公路向小雅罗斯拉韦茨驶去,这个城市的周围还在进行战斗,我们从一些烧毁的村子旁边经过。到处可以看见被击毙的德国人,有的躺着,有的斜靠在树上。天气非常冷,太阳仿佛是一团凝聚起来的浅红色血块,雪堆映射出淡蓝色的光芒。在严寒中,死人的脸上呈现出一层红晕,好像活人一般。一个与我同路的军官兴高采烈地叫道:"瞧,打死了多少!这些家伙来不了莫斯科啦……"我现在不隐瞒,我当时也是很高兴的。

有人也许会说:这不是一种好的、善良的感情。当然是的,我像其他人一样,这种憎恨不是轻易产生的,这是一种可怕的感情,它会使人的心灵变

---

① 指会议桌。

得冷酷。我在战争年代就知道这个，当时我写道："欧洲幻想过同温层，如今它却得像田鼠一般住在防空洞或土窑里面。由于希特勒及其同谋者的恣意妄为，一个黑暗的时代来临了。我们憎恨德国人，不只是因为他们用卑鄙无耻的手段杀害我国儿童，我们憎恨他们也因为我们一定得杀死他们，因为在我们曾经掌握过的丰富的语言中只剩了一个字'杀！'。我们憎恨德国人，因为他们盗窃了生活。"这段话写在一篇报上的文章中，但我也会把它写进日记或给亲人的信中。年轻人大概不会理解我们所经历的一切。一片黑暗的岁月，充满了仇恨的岁月，遭到盗窃的、残破不堪的生活……

4

虽然雪很深,我们仍迅速前进。在一堆微呈黑色的雪堆中间竖着一个牌子"波克罗夫斯克村",而村子却不见了——它被德国的纵火者烧掉了。也许红军战士们以为,只要加快脚步就可以阻止他们烧毁村庄并救出老百姓。因为在别洛乌索沃,不仅所有的房子均完整无损,而且德国人在逃跑时连自己的行装都抛弃了。在巴拉班诺沃,正好是夜晚,他们仓皇失措地只穿着衬裤从屋子里逃了出去。

疲惫不堪的红军战士用铁锹顽强地挖着冰封的土地,挖出埋在小雅罗斯拉韦茨广场上的德国士兵的尸体。

德国人颇为关切地埋葬了自己的士兵(恐怕这是他们唯一使我羡慕的地方)。后来我看见许多墓地,一行行的木十字架上整整齐齐地写着死者的姓名。可是在战争的头一年里,他们不知何故将自己士兵的尸体埋在俄罗斯城市里的广场上。也许这样方便些,也许是想表示他们来这儿要待很久。这种做法激怒了红军战士。不久以前的宽宏大量如今已所剩无几——人们甚至在同死人作战了。

集体农庄庄员们也气得咬牙切齿,一个老头对我说:"我满以为德国人有学问,不会触动我们什么,谁知这群寄生虫抢去了我的牛,甚至把我厨房里的所有用具也都弄得乌七八糟。他妈的,竟然用它们洗脚……昨天有四个家伙给冻坏了,跑来要求进屋里待一下。女人们听说有德国人来,跑来把他们揍了个半死……"

人人都对胜利感到突然。集体农庄庄员们承认说:"简直没有想到我们的人会回来……"士兵们吸着从被丢弃的司令部里捡来的保加利亚香烟,满怀希望地说:"开春以前我们就可以打垮他们……"

戈卢别夫将军笑着说:"我上过两个军事学院。现在是第三个,这个严肃得多。"他叙说了被围和突围的经过,当时他穿着将军制服,但脚上穿的是树皮鞋,"什么叫包围?应该重新审查一下所有的理论……"他说,波多利斯克的老工人给了他的部队很大帮助:工厂撤退了,但年老的工人留了下来,继续制造迫击炮弹。

一切对我都是新的:歌声、喝进嘴里有点烧痛的胡椒酒、一个叫玛申卡的不知是通信员还是指挥员的妻子的女人、关于过去和未来的长时间的谈话。大家都畅所欲言地谈了起来,口中骂着那些官僚主义者,一个军官生气地说:"我们的检察官拿什么吹牛呢?拿判决书的数量——他超额完成了自己的定额。"另一个若有所思地说:"毁了多少好人啊!……"不过大家也都明白,尽管有过委屈,有过错误,他们不仅保卫着自己的家,也保卫着他们可爱的苏维埃国家,他们还都明白,正是波多利斯克的苏维埃工人们帮助了军队,而且"我们的事业是正义的"这句话不是一个普通的口号,而是千真万确的真理。既不需要宣传员,也不用选票,人民用鲜血表示了自己的意见。

我的心中交织着两种不同的感情:第一个胜利也冲昏了我的头脑,但我又在努力开导自己——德国军队依然十分强大,战争刚刚开始。然而,要作冷静的思考是有困难的:德国人不久前还在夸口,他们要在莫斯科庆祝圣诞节,可现在瞧瞧,我国军队正打得他们向西方逃窜!……俘虏们的样子也使我感到兴奋:他们个个冻得直打哆嗦,头上缠着头巾或破布条,脸上一股恐惧的神情,有时低声埋怨几句,他们倒使我想起一个巡回展览派画家所画的1812年的拿破仑的士兵,自然,鼻尖下还挂着冰溜。

收复梅登以后,人们开始谈到维亚济马甚至斯摩棱斯克了。大家愿意相信这就是转变的开始,我也这样相信(但我的预言错了)……我在冬至这一天写道:"太阳将转向夏天,冬季将更加寒冷,战争将转向胜利……"

是的,还在1月间,我便觉得我们的进攻是不会停止的。1月18日我访问了戈沃罗夫将军,我立刻喜欢上他了。我在本书的这一部里将要三番五次提起同将军们的会面。像作家以及从事其他任何职业的人一样,将军们也是各种各样的——敢于革新的或保守的、聪明的或不聪明的、谦逊的或傲慢的。列·亚·戈沃罗夫将军是一个真正的炮兵,换句话说,是一个有着准确的估计、清醒而明白的头脑的人。他告诉我说,他曾经在彼得堡的造船综合技术学校读书,第一次世界大战爆发了,1917年,他这个年轻的准尉被派往前线。他非常爱列宁格勒,他的身上有一种典型的列宁格勒人的气质——沉着和潜在的热情。他说,在保卫莫斯科的战斗中,炮兵起了主要作用,在他指挥的第五集团军里,他没有把希望寄托在步兵身上——牺牲很大,而人员的补充工作却十分迟缓。他阐述了一套完整的理论:在现代战争中,在自动武器过于饱和的状态下,炮兵不能只限于打击火力点,而应该参加到战役的各个阶段中去。他不仅说得津津有味,而且把我也迷住了。虽然军事这门学问说来是一种艺术,而不是一种精密科学,它毕竟要由技术装备来决定,最先进的概念也会迅速变为陈旧的。(不过话说回来,有的艺术也依赖于技术,譬如电影;我们认为雅典卫城的雕像是最完美的,然而现在看无声电影却会使你发笑。)当然,列昂尼德·亚历山德罗维奇在1942年是不能预见到核武器时代的。我现在谈起这点只是为了表现一个人的面貌:在莫扎伊斯克附近的一座寒冷的木房里,我看见的这个人不像一个威武的将军,而是一个数学家或工程师,一个优秀的俄罗斯知识分子。(后来我在前线,在莫斯科,在列宁格勒都遇见过列昂尼德·亚历山德罗维奇。我还记得1945年5月的一个夜晚——我们谈到美丽的白夜,谈到诗歌,谈到海军司令部大厦顶上的尖塔。)戈沃罗夫尽管很沉着,甚至性格上还有些多疑,但他也像大家一样,对胜利感到鼓舞,他说:"大概再过个把星期,我们就会拿下莫扎伊斯克……"实际上几个钟头后莫扎伊斯克就被拿下了。奥尔洛夫将军没有听从首长的劝告,连夜闯入了城内,戈沃罗夫笑着说:"胜者不受审……"

我又看见了被焚烧的村庄——谢苗诺夫斯克、鲍罗季诺,被炸毁的房屋。士兵们的行动很迅速,城市中央的德国人的坟墓已不在原地了。天气酷寒,零下三十五度,仇恨也加深了。一个年老的妇人用空虚的目光望着士兵,望着雪,望着白茫茫的天空。她的丈夫是个六十二岁的数学教员,他在街上走的时候从衣袋里掏出了手绢,德国人说他企图向俄国人发信号,就把他枪毙了。我在墙上看到了一些关于"使生活正常化"的命令,命令中说,城市居民如有帮助游击队或隐藏犹太人者一律处以绞刑。第二天我来到了鲍罗季诺,德国人逃走时烧毁了博物馆,这时还在燃烧。步兵师在两天里前进了近二十公里。奥尔洛夫将军笑着说:"您很快就可以到我家做客了……"(他是白俄罗斯人。)夜里,一位少校弄来了一些香肠和伏特加,我们大吃了一顿。少校弯起他粗糙的手指算计道:"距离格扎茨克有十六公里。两天以内就可以赶到了……"然而到格扎茨克却是在四百三十天后——摆在前面的是那个可怕的1942年夏天,当时我们不知道这个。

(并非只我一人怀有这种希望。瓦·谢·格罗斯曼当时是《红星报》驻西南方面军的记者,他在给我的信中写道:"人的的确确变了样,变得生气勃勃、勇敢和主动了。道路上扔着成百上千的德国汽车、大炮,参谋部的文件和书信被风吹得遍地皆是,到处可以看见德国人的尸体。当然,这还不是拿破仑军队的溃退,但这种溃退的征兆已经可以感觉到了。这是奇迹,绝妙的奇迹!解放了的村庄的居民对德国人怀着切齿的仇恨。我同成百上千的农民、同许多老头和老太婆交谈过,他们准备牺牲自己和烧毁自己的家,只要这样做能造成德国人的死亡就行。一个巨大的变化出现了——人民仿佛突然觉醒了似的……当然,这不是结束,这是结束的开始。我希望我想的正是这样,有许多理由可以这样设想。"瓦西里·谢苗诺维奇通常在下结论时是非常谨慎的,但他当时也未能预见到即将来临的许多考验。)

亚·谢·谢尔巴科夫嘲笑地对我说:"可您却批评我国报刊,说莫斯科人焦躁不安。多么好的人民啊!"莫斯科的确没有了一个临近前线的城市的面貌。不错,夜晚每隔一百步仍有一个岗哨,通行证必须放在袖筒里,但是铁丝网从街上搬走了,而且行人也渐渐多起来。甚至还举办了一个风景画展,大厅里很冷,人们穿着军大衣和皮袄在欣赏绘画……

人们开始想起自己的职务,以至于自己的习惯。《消息报》的编辑夜里打电话对我说:"您在文章中写道,里宾特洛甫到一些国家的首都游历了一番,他像一个正人君子似的到处受到接待。这句话可以被理解为一个暗示——他不是也到我们这儿来过吗?改一改吧……"一天夜里,我在《真理报》编辑部参加了关于西蒙诺夫的诗《等着我吧》的一次很长的谈话,编辑和另一位负责同志想把"黄色的雨"这几个字改一下,雨没有黄色的,而整篇诗中我所喜欢的正是"黄色的雨"这几个字,我尽一切可能坚持保留它们,我既以泥质土为例,又引用马雅可夫斯基的诗句。黎明时分,编辑决定冒一次险,所以"黄色的雨"原样保留下来了。《红星报》编辑部有一天夜里也忙乱过一阵子:"注意力全放在战争上了,竟然连日子都忘了!明天是奥尔忠尼启则逝世五周年……"

作家俱乐部也异常寒冷,但大家常在那儿喝伏特加,吃腌蘑菇。许多作家身着军服——从前线来到莫斯科只要三四个小时。我记得去那儿的有彼得罗夫、西蒙诺夫、斯韦特洛夫、阿里格尔、格赫特、加布里洛维奇、卡达耶夫、法捷耶夫、利金、苏尔科夫、斯塔夫斯基、斯拉温。有一天,请主席团的委员们吃腌牛肉,随后召开了会议。某些人的发言中已经出现了在五六年后曾经红极一时的那种新风格。利·尼·谢芙琳娜忍不住说:"我的父亲是个俄罗斯化的鞑靼人,母亲是俄罗斯人,我一直感到自己是俄罗斯人,但是当我听见这种话时,我愿意说我是鞑靼人……"我们走出来之后,我拥抱了利季娅·尼古拉耶夫娜。

(生活中有很多偶然的事,多年以来,大约每天你都要同一些志趣不同又不喜欢的人见面,而你所喜欢的人却很少有碰面的机会。我同利·尼·谢芙琳娜只认真地交谈过三四次,我觉得她的可爱之处正是她那罕见的正直。我还记得她年轻时的模样——在莫斯科,在巴黎。小个子,大眼睛,略带讥讽的微笑——她是很有魅力的。

在20年代,谢芙琳娜的作品对苏联文学的形成起过重大作用。它们的真挚吸引了我——利季娅·尼古拉耶夫娜从来不知道在作家的圈子里被称作"骑墙态度"的那种东西。她最害怕虚伪。她受到一些互不相同的人的喜爱,他们是马雅可夫斯基、巴别尔、富尔曼诺夫、叶赛宁、斯韦特洛夫、利金。回顾已往,我深信任何文学流派或文学思潮都不能产生持久的友谊。利季娅·尼古拉耶夫娜是非常谦虚的,她不久便受到了排挤,人们不注意她了,更确切地说,是竭力不去注意她。真实性——这不是一种文学思潮,良心也不是一种艺术手法。谢芙琳娜只比我大两岁,我相信她早期作品的真实性,但在那时它们离我还很遥远。由于利季娅·尼古拉耶夫娜的精神品质,我是始终喜爱她的。

我最后一次见她是在作家协会的存衣室附近,谈话是简短的,可是仍像过去的几次会见一样,我们两个都很高兴。她有病在身,行走困难,但她的精神照旧。她于1954年4月去世,倘若她再活半年,她就能知道她的朋友伊·埃·巴别尔恢复了名誉……在我的记忆里她依然是那样——有时是爱开玩笑的,甚至是非常淘气的,有时是怒气冲冲的,怀着一颗敏锐的良心,我们在回忆上个世纪的文学时往往把它称之为"俄罗斯的良心"。)

一天傍晚,诗人多尔马托夫斯基来看我,他曾陷入敌人的包围圈,目睹德国人的种种暴行,他说:"我觉得我是个死人,或者过去的生活根本没有存在过……"他设法逃了出来。他向我读了几篇关于水的诗,他多么渴望得到一口水,他们不给水喝。他还谈到他是怎样回到自己部队这边来的,人们热情地接待了他,然而随后被带到了司令部并受到长久盘问。应当证明自己的身份,证明被围后的情况。他在我家里一直坐到清晨四点钟。后来我睡着了,突然又被自己的喊声吵醒,我梦见自己受到盘问,但却无法证明我就是我;至于谁盘问我,如今已不记得了。

吉洪诺夫从列宁格勒来了,他瘦得很厉害。他一连几个小时谈着被围期间的种种惨象,谈到了人民的英勇行为,谈到营养不良和所有的狗全被吃掉了,谈到在那没有生火的、冰冷的房子里躺着死去的人——活着的没有力气将他们抬出去埋葬。

我认识了玛加丽塔·阿里格尔,她向我读了一些感伤的诗:烛火、蔚蓝和玫瑰色的卡卢加……她的丈夫在前线牺牲了。她像一只小鸟,她的声音也很清脆,但我感觉到她的身上有一股巨大的内在力量。(从那时以后过去了几乎四分之一个世纪,在我于艰苦的战争年代遇到过的人们当中,有许多人从我的视野中消失了——有的过于贪图虚荣,有的提前衰老并变成了备受众人尊敬的过去时代的化石。而玛加丽塔·约瑟福夫娜却成了我的朋友。我还记得1957年在政府别墅举行的一次宴会,当她受到不公道的辱骂的时候,她的声音犹如一只小鸟在飓风中的鸣声,几乎使人听不见,但她仍坚强地答辩。我的天啊,维护自己的尊严,不让狂风吹灭一盏小小的油灯——这一点不但比一切过誉之词都重要得多,甚至也比卢日尼基的诗歌晚会重要得多!)

2月初,柳芭和伊琳娜从古比雪夫回来了。奥滕贝格签署了关于拉宾和哈茨列温的命令——"失踪"。伊琳娜勇敢地支持着,只是眼睛暴露了她的悲哀——我有时不得不转过头去。

似乎所有的人都应该死于炸弹或炮弹,正常的死亡反而显得不正常了。

12月底,画家利西茨基去世。3月里,我获悉何塞·迪亚斯的死讯。

生活在继续……供应的情况恶化了,人们开始在议论口粮和领物证。1月间,在"莫斯科"旅馆里还可以吃到东西,有一回我和利金一起在那儿吃午饭,他说:"这顿炒肝我们是会记得的。"的确,一个月后一切全变了。我每天在艺术工作者之家领一顿午餐,几乎总是三个人分吃,有时甚至四个人。

外国记者也从古比雪夫回到莫斯科来了。有几个跑来找我,他们是夏皮罗、亨德勒、尚普努瓦、沃思。他们全都渴望得到新消息,千方百计想去前线,有的抱怨,有的发牢骚。我继续给外国报刊写文章——给合众社,给《马赛人报》,给英国和瑞典的报纸。

几乎每天我都要出去讲演,有时是在医院里给伤员,有时是在机场,有时给防空部队和阻塞气球部队。我看见了无数的苦难,也看见了众多的英勇行为。人民似乎一下子长大了,人们在战斗,在劳动,怀着不会白白牺牲的意识死去:芦苇在思考。

也出现了另一些现象。利金自战争开始以来就在前线上,给报纸写了许多文章,可是他的一篇文章(《敌人》)不知把谁得罪了。这篇文章我读过好几遍,始终搞不清其中有什么值得指摘的地方。弗拉基米尔·格尔马诺维奇找过《消息报》的编辑,给谢尔巴科夫写过信,但毫无结果,人们不再发表他的文章了。叶·彼得罗夫的一篇没有一丝过错的文章《虏获的狼狗》也引起了不满。乌曼斯基说:"苦闷啊!德国人在格扎茨克。他们正把军队从法国调到东线来。我接受委托在写一篇关于暴行的照会。可是如今人们却开辟了第二个战场——向叶尼亚·彼得罗夫进攻……"

但是,对于这些书呆子们、保险主义者们、庞巴杜尔①们,只好随他们去吧!我们在战争年代关心的不是这些,我们大家努力不去想他们。每天,我都要收到读者从前线和后方各地写来的几十封信。我现在摘录几封女人的来信,战争期间,关于我国妇女写得不多,其实胜利是她们创造的。这是加里宁州一个女庄员写的信:"我叫谢苗诺娃·叶里扎维塔·伊万诺夫娜。我恨凶恶的敌人,当敌人来到我们科齐岑诺村时,他们首先牵走了我谢苗诺娃的母牛,后来又抢去了我的鹅。我想不给他们,结果挨了几个耳光。一个

---

① 意为昏聩刚愎的大官,源出谢德林的作品。

家伙跺着脚说:'滚蛋!'孩子们看见他们打我,便喊道:'你走开,让敌人去大吃大喝吧!'第二天他们又来了,想拿走我最后一只羊,我哭着不给他们。一个德国兵跺着脚叫道:'滚开,老太婆!'我刚转过身去,他便开了枪,我吓得倒在雪地上。最后一只羊终于给抢走了。他们撤退时,放火烧掉了我的房子和我的所有东西,我只好和三个孩子住在别人家里。我有两个儿子在红军里——克鲁格洛夫·阿列克谢·叶戈雷奇和克鲁格洛夫·格奥尔吉·叶戈雷奇。我的孩子,如果你们活着,狠狠地打敌人吧!我们要尽一切可能帮助你们。"

下面是红军战士杰多夫转寄给我的一个西伯利亚农妇的信:"你好,亲爱的米特罗沙兄弟!我向你致以最衷心的问候,并希望你在战胜最凶恶的敌人的事业中一切顺利。我的第一件事就是要告诉你,菲利亚在同德国法西斯分子的斗争中英勇牺牲了……当他牺牲的通知书来到后,爸爸被叫到警察局去了。他回家后哭得十分伤心。妈妈问:'你哭什么?'他先没有说,但当说到菲利亚已经牺牲了时,妈妈立刻昏过去了。我们大家哭了整整两天,如今我们再也看不见他,也听不见他的声音了。他过去总是安慰我们,信上总是写着:'爸爸,妈妈,别为儿子担心,我的生活很好,我的身体很健康……'米特罗沙,你寄的钱我们收到了。非常非常感谢你!但是,米特罗沙,你要为菲利亚,为自己的兄弟向德国人报仇。愿你成为一个英雄……米特罗沙,我们现在寂寞得很,来信告诉我们你现在在什么地方……我们不久前接到塔尼娅和娜塔莎的信,她们说她们的生活暂时还过得去。娜塔莎是集体农庄的生产队长。现在我来谈谈自己的生活,我们如今的生活差多了,没有粮食,吃的东西什么也没有。集体农庄发给七个人的五天粮食是九公斤。我们家这些粮食只够一天吃,其余的日子只好自己想办法。不过这没有什么,我们都会熬过去的。我们这儿的姑娘们也要应征去前线了。米特罗沙,我真想去前线,去为自己亲爱的兄弟报仇,他是为人民的幸福而牺牲的……"

下面是奥·希特罗娃的信的片断:"常常听人说,如今在打仗,我们很快也完啦,因此也就不值得好好工作。难道这种说法对吗?依我看,恰恰相反。既然在打仗,工作就应做得更好。如果提前死去,就不会看见胜利了……我参加了筑路工作。我们问工程主任,有些什么任务,可他什么也不说,对一切都马马虎虎。干吗要这样呢?要知道用这种态度是做不出成绩来的。我在战争初期也有这种情绪,早晨一听到坏消息后,这一整天也就算完了。然而现在我能克制自己了。每当听到坏消息,我就对自己说,我偏要好好地工作,偏要给红军战士缝衣服,洗裤子,补裤子。我不愿在不该死的年岁死去!如果我们什么地方有奸细,那就让他瞧瞧,我们是挺得住的……"

下面是基辅大学迁到科捷利尼科沃村后,该校西方文学教研室主任一封来信的片断。埃达·哈利夫曼写道:"……撤退的那一天来到了,我们家里的每一个人都备了一只背包,只有我觉得它不合用没有拿。在即将离开的当儿,我又走进了自己的屋子,烧掉了亲人的相片、信件,我走到书橱跟前,拿起自己的著作:法语词汇学,我为它花了整整一年的时间。还有,19世纪法国文学语言史,这是用两年时间写成的,还有,文学语言概论,这是四年的劳动结晶,我瞧了瞧,翻了几页又重新放进书橱中,我空手离开了。我们把基辅留在后面,您知道这意味着什么……我们在路上什么地方遇见同乡们搭乘的一列火车,其中有一节车厢里是西班牙保育院的孩子和工作人员。有几个工作人员在我们系里讲过课,孩子们也来参加过我们的新年晚会。八岁的奥克塔维奥对我三岁的侄女娜塔莎说,我们的飞行员很快就会赶跑法西斯分子,当娜塔莎返回基辅的时候,他也就回毕尔巴鄂了。我们被送到了科捷利尼科沃村。娜塔莎在那里看见了骆驼,不是在动物园里,而是在草原上。发生了许多可怕的事,父亲在这里去世了。从前线上送来了亲人牺牲的消息。我有时觉得,我的心支持不下去了,但还是支持住了。原来,悲伤和痛苦一旦与刻骨的仇恨结合起来,人就会变得坚强,并像我的前方朋友谈笑时说的那样,愿意'经受战争的 X 光的照射'……生活是不容易的——新的环境、新的人要求你要以新的态度去对待。不论看来有多么奇怪,从大学的工作转到村苏维埃秘书这个工作岗位竟然相当复杂。这里的一切都简单得多、坦率得多,而这恰巧正是环境的复杂之处……为了能经得起照射,为了战争结束后能坦然地对待自己的同志们,我要把自己身上的全部潜力发挥出来……"

我读了这一堆在当时曾给我以很大鼓舞的信,如今也激动不已。我也知道,应该经受住"战争的 X 光的照射"……

我住在"莫斯科"旅馆里(我的住宅在空袭时受到了一点破坏),生活就像在天堂里一般,说得更正确些,像1920年在"公爵府"中一样既暖和又明亮。我利用前线上战事转趋沉寂的当儿,在1、2月间写完了《巴黎的陷落》的最后几章。每天我都和住在旅馆里的朋友们会面,他们是彼得罗夫、苏里茨、乌曼斯基。我们有时也谈到未来,彼得罗夫永远是个乐观主义者,他认为到了春天盟国就会开辟第二战场,德国人就会被打败了,胜利以后,我们的情况就会有很大改变。苏里茨生气地说:"人不是那么容易改变的,"接着他放低嗓子补充了一句,"他也没有改变啊……"乌曼斯基说,当德国人同我们打得筋疲力尽时,盟国才会开战,至于对战后的情况,他不是沉默不语便是勉强地说:"最好是等更坏的情况吧……"

1月底的形势已很明显,我们的攻势中断了。1月28日,我和巴甫连科一起来到西部方面军司令部。司令员朱可夫将军向我们叙述了反攻的经过,莫斯科保卫战结束了,也许在某些地区我们还可以往前推进一些,但德国人的战线已经加强了,而在春天以前,看来战争只是防御性质的。后来使我感到突然的是,将军谈起了斯大林的作用,他的话中没有那种常见的老一套——没有"天才的战略家"这种字眼,而且声调中也感觉不到有崇拜的意思,所以他的话给我留下的印象很深。他再三地说:"这个人有铁一般坚强的神经!……"他说,他曾多次告诉斯大林:必须尽快击退敌人,否则德国人有可能冲进莫斯科,他一天用直通电话谈过两次。斯大林的回答总是一个样:应该等一等——三天之后要来个什么师,五天之后要增加一批反坦克炮。(斯大林有个笔记本,其中记录了调到莫斯科地区的部队和武器装备。)只是当朱可夫说德国人正在配置重炮并准备轰击莫斯科时,斯大林才同意采取行动。我返回莫斯科后,把这次谈话全部记录了下来。

我不是军事专家,我也没有足够的材料来评判斯大林的战略才能。就在七八年以前,我国历史学家们都把对德作战的胜利首先归功于他的"天才"。苏联大百科全书在关于伟大卫国战争的那个条目中,复制了那幅表现斯大林俯身在作战地图上的拙劣的彩色图画,在年表中列入了将近六百个重大事件,其中一百个不是军事行动,而是斯大林的演说、颁发给他的各种各样的勋章以及他的祝贺和接见。至于军事行动,照这部百科全书所说,1944年敌人共遭受了"十次斯大林打击"。还附有一张照片:"斯大林同前线交谈时使用的电报机"。电报机我倒想象得到,可是斯大林通过电报机向各司令员说了些什么,我不知道。当然,斯大林在战胜德国方面所起的作用,当他在世时是被过分夸大了。而西部方面军司令员的谈话听来倒合乎情理。我们都知道,斯大林留在莫斯科,11月7日发表了演说,他说敌人是可以阻挡住的。

(我军在莫斯科城下取得的胜利,在国外提高了斯大林的威信。我国士兵虔诚地相信他,我在柏林的废墟中间看见有的地方贴着从报纸上或《星火》杂志上剪下的他的相片。我又想起了特瓦尔多夫斯基的话:"这儿既没有增,也没有减……"

有人说,死要死得恰是时候。谁知道,如果斯大林死于1945年,也许战争会遮盖许多东西;人们或许会长久地怀着这种错觉——许许多多无辜的人的遇害是由亚戈达、叶若夫和贝利亚造成的,而在参加过战争的人们的记忆中,会留下一个身穿军大衣的斯大林的形象——莫斯科保卫战的艰苦日子。普希金曾说,一个高尚的谎言比"许多低级的真理"更值钱。然而也有贬低人的谎言,我常常对自己的命运表示感激:我活到了我们今天并听到了那个冷酷的真理。)

希特勒在1941年12月声称,德军自莫斯科近郊撤退是出于自愿,这样做是为了在更加适当的阵地上过冬,如果说发生了什么阻碍,那也是由于罕见的严寒,他说到了夏天攻势又会恢复的。后面这句话倒是事实,至于所谓自愿"缩短战线"这种话,甚至最天真的德国人也不相信。法西斯德国在莫斯科城下遭到了沉重的打击,主要还不是指战斗力方面,而是指威信。当然,我和许多人一样夸大了我国胜利的规模,而且不久之后我亲眼看见了自己的错误:那个可怕的1942年的夏天来到了,德国人在两三个月内一直推进到伏尔加河和北高加索。然而,莫斯科城下的那场会战不是整个战争的一个插曲,它决定了后来的许多事情。

谁也不会责备德国士兵不够勇敢,德国国防军有着优良的技术装备,指挥人员也有丰富的军事知识和经验。这一切都毫无疑问,但是法西斯军队的弱点却在1941年至1942年的冬天完全暴露出来了:它只适合于进攻,一种认识到自己的优势的思想鼓舞着它,但是只要希特勒的这些士兵一遇到真正的抵抗,他们精神上就会发生动摇。莫斯科会战使德国第一次尝到毁灭的滋味。

5

我刚才考虑了一下这部书,我正在写它的第五部分,换句话说,我快要写完了。读者也许会问,为什么我把自己经历过的岁月写得那么阴暗,而对自己曾与之交往过的人们却用尊敬和爱戴的笔触予以描绘,表现了他们的美德和优点。当然,我也遇见过告密者、自私自利的变节分子、沽名钓誉的家伙,但我没有同他们相好过——不是因为自己特别敏锐,只不过是命运对我大发慈悲罢了。我也有过失望的时刻,纵然我没有同后来变得卑鄙和残忍的那些人相好过,但间或也同他们打打交道,然而当我回顾往昔时,我却不想提起他们,我更愿意谈谈逝去的岁月,谈谈促成心灵堕落的种种环境,我不想裁判,何况我并不相信自己的公正不阿。

虽然如此,我却不得不在回忆录中谈谈同一个曾给人们带来众多灾难的人的短促会见,我不能不写这一章。

1942年3月5日,我坐上汽车顺着沃洛科拉姆斯克公路直奔前线。我初次目睹了伊斯特拉和新耶路撒冷修道院的废墟:德国人焚毁了一切。如今我在新耶路撒冷附近居住了十二年,伊斯特拉已经重建,但是,当我有时从新的楼房、公园、契诃夫的纪念像旁边经过时,那个遥远的寒冷日子里的雪堆和大火后留下的焦土,那一片空寂和死亡,仍历历在目。

我穿过了沃洛科拉姆斯克。弗拉索夫将军的指挥所设在卢季纳山旁的一座小木房里。使我感到惊讶的首先是他那一米九零高的身材,其次是同战士们谈话时的姿态——他那神气活现的谈话有时故意显得粗鲁些而同时又颇为亲热。当时我有一种矛盾的感觉:我欣赏它,同时它又使我厌恶——在他的语气、声调和姿势中,有一种做作出来的东西。晚上,当弗拉索夫同我长谈时,我明白了他的举止的来历:他一连两个小时地谈着苏沃洛夫①,我在自己的笔记本中记道:"谈起苏沃洛夫就像谈起一个曾相处多年的人一般。"

第二天,士兵们对我谈到了将军,夸赞他"朴实""勇敢"。"一个司务长负了伤,他便用自己的毡斗篷包起了他",他还"很会挖苦人"……

那时打的是阵地战,为一个无名高地和一个名叫佩图什卡的村子进行着无休止的战斗。村子早已不存在了,小土岗子三番五次易手。在我同弗拉索夫坐在掩蔽部里谈话的当儿,德国人正在进行猛烈的炮击,他说双方的牺牲都很大。

后来我看见一座遭到炮火摧残的树林,好像死去了一般。雪依然呈现出白色,甚至泛着淡淡的蓝色,但在阳光下显得有点呆滞和萎靡。一小时后,响起了一片轰隆声,我们的部队发动了进攻,坦克清除了洼地上的德国人。

我们走进一座掩蔽部,看样子里面住过德国军官,摆着两张镀镍的床,到处丢着印有希特勒和女明星的外国杂志。一个战士找到一筒荷兰的可可。救护兵抬来了伤员,弗拉索夫说:"可是没能收复佩图什卡……真该死!……不过,这也应该——我们毕竟突破了他们的防线……"

我们乘车走上了归途,汽车在雪地上不住地打滑,天气酷寒。指挥所里一个名叫玛鲁夏的姑娘把房间布置得十分舒适,桌上蒙着台布,点着一盏带绿灯罩的灯,细长的玻璃瓶内盛着伏特加酒,为我准备了被褥。我们一直谈到次日三点钟,说得确切些,是弗拉索夫在谈,在发议论,我记录了他的一部分谈话。他曾在基辅附近被敌人包围,不巧得了感冒,不能走动,战士们用手抬着他突了围。他说,此后有的人对他投以白眼。"但这时斯大林同志打来了电话,问起我的健康状况,于是一切立刻就变了样。"他在谈话中数次提及斯大林。"斯大林同志把一个集团军托付给我。我们是从红色波利亚纳来到这里的——几乎是从莫斯科的郊区马不停蹄地一连走了六十公里。斯大林同志召见了我,向我表示了谢意……"他批评了很多东西,"没有良好的教育。我问一个红军战士,他的营长是谁,他回答说是'红头发',

---

① 苏沃洛夫(1730—1800),俄国名将。

连姓他都不知道,不培养士兵对上级的尊敬。可是瞧瞧苏沃洛夫,他当时就知道把自己摆在什么位置……"他一想起要夸奖什么,便说,"好,有教养。"谈到一个被德国人绞死的姑娘时,他骂道:"我们总要收拾他们的……"这话刚说完不久,他便说,"他们也有可学习的地方。您见到掩蔽部里的铁床吗?是从城里拉来的,这是文明,他们每个士兵都尊敬自己的指挥官,不回答说'红头发'……"他在谈到作战行动时补充道,"我对士兵们说:我不想怜悯你们,我想爱惜你们。这话他们明白……"

夜里,他突然紧张起来:德国人的照明弹照亮了半个天空。"他们正在用飞机运来援兵,明天大概又会将洼地夺回去……"他的议论中常常插进一些我从未听说过的俗语和俏皮话,我记得有这样一句,"每个费多尔卡都有自己的借口。"他还说,首要的是忠诚,他在被围时就想到了它,"我们能坚持下去……忠诚会帮助我们的……"

第二天大清早,弗拉索夫被唤去听电话。他回来时十分激动:"斯大林同志给了我极大的信任……"弗拉索夫接受了新的任命。片刻之间,人们搬出了他的行装,小木房里变得空荡荡的了。穿着棉衣的玛鲁夏在指挥这个工作。弗拉索夫带我登上了他的汽车——他要去前沿向战士们告别。我是在那儿的迫击炮火下同他分手的。他回莫斯科去了,而我被军人们挽留下来:"一起吃午饭吧……"我是夜里返回莫斯科的。高射炮火响个不停,我却在想着弗拉索夫。他在我看来是个有趣的人物,虚荣心很强,但很勇敢,他的关于忠诚的话打动了我。我在一篇关于争夺无名高地的战斗的文章中,对这个集团军作了简短的描写。

卡尔波夫上校告诉我说,弗拉索夫受命率领第二突击集团军去突破列宁格勒的包围圈,我心想,这个选择倒不错……

四个月后,即7月16日,德国人宣布说,俘虏了一名苏联的高级指挥官,他躲在一间木房子里,穿着士兵的衣服,但一看见德国人,便叫喊说他是将军,带到司令部经过讯问后,他确系特种集团军的司令官弗拉索夫将军。

随后一个突围出来的苏联军官告诉我说,弗拉索夫的腿部受了轻伤,他拄着拐杖走在路边上,嘴里骂着什么。

又过了一个月,德国人广播说,弗拉索夫将军将战俘们组成了一个集团军,这支部队将"站在德国一边,为在俄国建立新秩序和国家社会主义制度"而战斗。

有人给我送来一张在前线捡到的传单,我保存着它。其中谈到了我:"犹太狗爱伦堡发火了",传单下面的署名是"弗拉索夫部队"。我读了之后,想起这位披着斗篷的身材魁伟的将军半年前同我告别时曾三次吻了我,我就骂了起来(不错,我不会使用漂亮的词藻,我不是弗拉索夫)。

当然,知人知面不知心,不过我敢于陈述一下自己的推测。弗拉索夫不是布鲁图①,也不是库尔布斯基公爵②,我觉得整个事情要简单得多。弗拉索夫本想完成交付给他的任务,他知道,那时斯大林又会向他祝贺,他又会获得一枚勋章,会高升,他还可以用自己出色的口才——在引用马克思的言论时插进一两句苏沃洛夫式的俏皮话,使别人大吃一惊。结果出乎意料:德国人更强大些,集团军又陷入了包围圈。弗拉索夫为了逃命,换上了士兵的衣服。遇见德国人后他害怕了:一个普通士兵可能就地被处决。他当了俘虏后,便开始考虑自己该怎样办。他十分熟悉政治常识,赞美过斯大林,但是他没有信仰——有的只是虚荣心。他明白,自己的前途完蛋了。如果苏联战胜,对他来说最好的结果也是革职。所以只有一条路:接受德国人的建议为他们卖力,帮助德国取得胜利。那时他将成为在战胜者希特勒的庇护下的支离破碎的俄国的总司令或国防部部长。自然,这话弗拉索夫从未对任何人说过,他在广播里宣布说,他早就厌恶苏维埃制度,他渴望将"俄国从布尔什维克的统治下解放出来",他不是曾经向我说过一句谚语:"每个费多尔卡都有自己的借口。"……

弗拉索夫从战俘中搜罗了几个师。这些人中间一部分是由于受到饥饿的折磨,另一部分是因为害怕自己人。弗拉索夫分子在战斗中不堪一击,德国人主要用他们镇压游击队。战后我来到法国,利穆赞的居民曾对我叙述弗拉索夫分子是多么残酷地迫害老百姓。坏人到处都有,这既不决定于政治制度,也不决定于教育。

1942年7月,当弗拉索夫决定对自己祖国的敌人效忠时,三名机枪手和女救护兵薇拉·斯捷潘诺夫娜·巴金娜守卫着大多尔日克村旁边的一个

---

① 布鲁图(公元前85—前42),古罗马政治家,刺杀恺撒的主谋。
② 库尔布斯基公爵(1528—1583),俄国大贵族,1564年背叛祖国逃往立陶宛。

小岗子。一个营的敌人包围着他们,但他们进行了回击。德国人用大炮轰击,炮弹炸死了两个机枪手,第三个和女救护兵受了重伤。德国人立刻开枪打死了机枪手纳皮夫科夫,随即用手枪威吓满身是血的姑娘——他们希望她请求饶恕。薇拉·巴金娜的确向一个德国军官请求过,但请求的不是饶恕,而是手枪,以便自杀,她当时二十九岁。

就在有人给我送来弗拉索夫分子的传单的那一天,我收到一封信,信中附了一句话:"此信是在斯大林格勒城下牺牲的中士马尔采夫·雅科夫·伊里奇的身上发现的。"马尔采夫写道:"亲爱的伊利亚·格里戈里耶维奇!我恳求你将我这封文理不通的信修改一下,发表在报纸上。司务长雷奇金·伊万·格奥尔吉耶维奇活着。人们本想提请授予他以最高奖赏,但我们所在的那个营全部牺牲了,明天或后天我就要投入战斗,或许也将牺牲。在这最后的时刻,我殷切盼望人民能知道司务长雷奇金的英勇事迹。"中士说,1941年8月间,营被敌人包围了,少数人投降了敌人,其余的都牺牲了,活着的只有三个人,雷奇金率领他们突围出来,击毁了一辆德国坦克,抓了两个德国俘虏。我当时履行了马尔采夫的这个要求。在即将投身战斗的时候,他显然知道死亡在等待着自己,在最后一夜里,他想的不是自己,而是自己的战友。

我现在谈的不是法西斯主义,而是人们。

可以回答这个问题吗,人是什么,他能做什么?他什么都能做,能做一切的一切,能够像弗拉索夫那样堕落到名誉扫地,也能够上升到难以形容的高度。我常常在想,那些在同一块土地上长大、进过同样的学校、说着同样的语言的人竟是多么的不同啊!也正因为如此,我才决定在前面谈谈弗拉索夫。(人们早就忘掉了他,甚至他的那一伙及时逃进美占区的帮凶也忘了他。他们如今已不宣扬国家社会主义了,而是在大肆吹捧"自由世界",他们不便提起自己曾经是弗拉索夫的人。)

鸟会飞,爬虫只会在地上爬,而人不仅是杂食的生物,还真正是能到处生存的生物——他既能翱翔于高空,也能在地面上爬行,这是谁都清楚的,然而不应习惯于此,这不仅每次都使孩子目瞪口呆,也会使仿佛已丧失了惊讶能力的老年人哑口无言。

6

我的面前摆着一张小小的照片:《红星报》编辑部的一个夜晚。我送来了第二天的文章,桌子后面坐着科佩列夫大尉,站在旁边的是莫兰;灯光照射在报纸的版面上。

我从战争一开始直到1945年4月都在《红星报》工作——我一生中的一些岁月同它紧紧地连在一起。长期以来,这个报纸对前线情况的报道比其他报纸要充实和鲜明得多。我记得一个风尘仆仆、疲惫不堪的士兵(这是步行的步兵)再三地说:"不,我要看《红星报》……"我保存着托木斯克一个女人的来信:"我恳求您,让我哪怕是有偶尔阅读《红星报》的机会吧!我知道我对此没有任何权利,但是我有三个儿子在前线,第四个在战争初期就牺牲了……"1941年10月,在古比雪夫有两个美国记者为了一期新的《红星报》而发生了一场殴斗。不用说,在战争年代军报引起人们注意是十分自然的事,但是《红星报》的成就是人创造出来的。

在1941年至1943年间,报纸是由奥滕贝格-瓦基莫夫主编的。他是个天才的报人,虽然就我所知,他自己什么也没有写过。他既不吝惜自己,也不吝惜别人。有一次我同他去布良斯克附近,野战医院里躺着负伤的报纸记者莫兰,我们一起去探望他。奥滕贝格问道:"您怎么负的伤?"莫兰回答说:"迫击炮……"奥滕贝格满意地微笑着说:"真行!"不用说,他不怕炸弹,也不怕机枪(这是个身经百战的人),就是在编辑工作这个岗位上,他也表现得很勇敢。在40年代,报界的行话里有一个术语叫"捉跳蚤":当所有文章经过校改和同意发表后,主编就把各版上的文章再次仔细地读上一遍,从中找出可能使上面某人感到不悦的一个字眼甚至一个逗点。瓦基莫夫将军虽然也"捉跳蚤",却不用放大镜,往往放过了别人准会砍掉的东西。当然,我知道当他说"用好纸抄一份"时,这表示他有怀疑,想把文章送给斯大林审阅,不过这种情况并不常有。有一次奥滕贝格收到阿夫杰延科寄来的一篇战地特写,阿夫杰延科是在战前不久根据斯大林的命令被开除出作家协会的。奥滕贝格把这篇特写送给了斯大林,并附了一封信,他写道,阿夫杰延科"以战斗行动赎回了自己的罪过"。特写登出来了,我的文章大约有两三次也用好纸重抄过。我不能抱怨奥滕贝格,他有时对我发脾气,但文章还是发表了。有一天他把莫兰(这是报社里学识最渊博的人)叫到自己跟前,问他到底有没有埃里尼斯①。看来他是对的——前方的战士不应该知道希腊神话,他也反对采用"爬虫",反对引用丘特切夫的诗句,反对归反对,但他还是发表。科佩列夫不久前告诉我说,他偶尔得知我和柳芭从中央艺术工作者之家只领一份可怜的口粮时,便将此事报告了主编。瓦基莫夫将军起先不相信,后来就大发雷霆,立刻给红军后勤部部长赫鲁廖夫中将写了一份报告,要求按军人的标准发给我口粮。在报社的全体工作人员中,奥滕贝格最喜欢西蒙诺夫:大概,流露在年轻的西蒙诺夫的特写和诗歌中的吉卜林②的语调很中他的心意。

1943年7月末,我从奥廖尔附近回到了莫斯科。瓦基莫夫将军向我打听了前线的情况。他说刚才得到消息,墨索里尼退休了,我发现他的神色有些激动。两小时后,我拿着写好的文章去找他时,办公室已经空了。科佩列夫向我解释说:"去啦……刚才他还打来电话,问这儿的工作是否一切正常……总之,他被撤职了。谢尔巴科夫不喜欢他……"

过了不久,瓦基莫夫上前线去了,他进了莫斯卡连科将军的集团军。我把自己的一本论文集送给他看,他在回信中写道:"您自己大概也没有想到,在剧烈的风暴的日子里,那忠实可靠的友谊之手有着多么巨大的意义!"

两星期之后,我看见编辑部来了一个温和的、十分客气的将军,这是《红星报》的新主编塔连斯基。我同他工作了一年,我们之间从未发生过冲

---

① 希腊神话中的复仇三女神。
② 吉卜林(1865—1936),英国作家。

突。他离开后,我便尝到了苦头,幸好这时距战争结束没有多久了。1962年,我同塔连斯基将军一起出席了布鲁塞尔的裁军问题"圆桌会议",当时我又在想,同这个人一起工作有多么轻松啊!

每当空闲时候,我便同莫兰在一起议论诗歌。我不知道他是怎么参加军报工作的。他爱诗,如今他一面翻译诗,一面自己也写点诗,而当时他常常写社论——瓦基莫夫在办公室内瘸着一条腿踱来踱去,向莫兰解释他应该怎样写。莫兰是个非常谦虚可爱的人。战争结束后,他到《消息报》工作,后来由于他是"世界主义者"而被捕,我直到1955年才又看见他。

在编辑部工作的还有米·罗·加拉克季奥诺夫,这是个受过军事教育的人,不知何故失宠,而且没有军衔。虽然他和我同岁,可是别人对他就像对待小孩子似的,常常呵斥他。可是骤然间情况大变,上面某人想起了加拉克季奥诺夫,一天我发现他穿上了将军制服,人们开始有礼貌地同他谈话,而他仍像过去那样默默地、认真地完成自己的工作。1946年我同他一起去美国,关于他的命运我将在本书的最后一部分叙述。

奥滕贝格善于将一些优秀的作家团结在报纸周围。瓦·格罗斯曼在斯大林格勒度过了最艰苦的几个月,他在那里写了《主要打击方向》和《契诃夫的眼睛》这两篇在我今天看来依然是杰出的特写。我也记得西蒙诺夫关于北方战线的特写。叶·彼得罗夫在战争初期曾经为《消息报》撰稿,但最后写的关于塞瓦斯托波尔的特写是在《红星报》上发表的。在报纸的军事记者中,还有一些其他作家:巴甫连科、苏尔科夫、加布里洛维奇。卡尔波夫上校能够说服阿·尼·托尔斯泰坐下来立刻写一篇文章。至于我个人,我通常总是完成交给我的一般编辑工作——编简讯、翻译外国报纸上的消息,一句话,做自己力所能及的事。

我想回忆一下报纸的军事记者们,他们的工作是艰苦的,往往还不合乎要求:报道都是匆匆写成的,有时甚至是在两次空袭之间,并且常常是在煤油灯下,随后便是"推动"文章,也就是说,恳求电讯人员将它发出去,这也要碰机会,有时报道已经过时了,瓦基莫夫或卡尔波夫便将电报稿往废纸篓一扔了事。

考涅楚克在《前线》这个剧本中描写了一个讨人嫌的记者克里空。(不巧,某方面军报纸的一位记者也姓克里空,他屡次对我说,所有的人都以此取笑他。)当然,像喜剧的主人公那类人在军事记者中间是存在的,但并不多。使我感到惊讶的倒是绝大部分的军事记者都很谦逊。我偶尔保存了谢·博尔津科的一封信,"随信附上一篇特写,请转给《红星报》编辑部,这篇特写叙述的是我们这个近卫师的最近一次战斗。我参加了这次战斗,所以我尽力将我亲眼看到的一切真实地写了下来。我恳求您抽空读一读,如果您还感到满意,请将自己的意见转告主编。我们是在大雪纷飞中战斗的,您别奇怪,今天是3月30日,而我们这里是零下二十度的严寒。"谢·博尔津科成了苏联英雄,他的英雄事迹是家喻户晓的。

然而有谁记得那个一向沉默寡言的列夫·伊什——一个不写稿、只校对别人文章的报社的普通工作人员呢?1941年秋季的一天,他正在校对一篇来自西方战线的通讯,突然大叫了一声,原来文章中提到德国人在叶利尼亚残暴地杀死了他的父亲。伊什坚决要求派他以军事记者的身份去前线。他写了一些文章,也吃过不少苦。1942年,他在从被围困的塞瓦斯托波尔寄来的一篇报道中写道:"……我怀着羡慕的心情望着别人向德国人射击,而他们有机会这样做不是一个月一次,而是每天……"(列夫·伊什出去侦察过许多次。)结局到了,最后的一批塞瓦斯托波尔的保卫者在海岬旁继续战斗着,其中有列夫·伊什,而他就在这次战斗中牺牲了。

我在编辑部里读了东斯科伊上校写的几篇文章。1943年秋,我在斯洛博德卡遇见了东斯科伊上校,面前是仍然被德国人占据的基辅。他的真姓是奥伦德尔。他在文章中对几次军事行动做了出色而冷静的分析,他将许多知识传授给年轻的指挥员们。然而我们这次没有谈战争,我们谈的是生活和艺术。奥伦德尔朗诵了勃洛克和巴格里茨基的诗。接着我们的话题转到忠诚、白色的农舍和别离上。奥伦德尔很像一个满怀浪漫主义热情的年轻人,所以我对他说:"假若我年轻些,而您又年长些,主要的是,假若在另一个时代,我们就可以坐在某个像'洛东达'那样的咖啡馆里,谈的不是前线的道路,不是浮桥,而是像今天这样,谈的是完全不同的东西……"我们像老朋友似的分别了,实际上我们在一起一共才几个小时。1944年,奥伦德尔像士兵一样牺牲在枪弹下。

我在第聂伯河上遇见了格罗斯曼和多尔马托夫斯基,在索日遇见了西蒙诺夫,在莫扎伊斯克是斯塔夫斯基,在白俄罗斯是特瓦尔多夫斯基,在维尔纽斯是巴甫连科。我们没有就文学问题进行争论——我们顾不上这个。

我想起了40年代末的情形……简直难以想象,在战争时期我们像一个连里的战士那样亲密无间。我翻阅了战争年代的一些信件。当然,我明白,给我写信的有我的旧友,如亚·雅·泰罗夫、彼·彼·孔恰洛夫斯基、阿·尼·托尔斯泰、安·安·阿赫马托娃、阿·阿·伊格纳季耶夫。可是也有许多信来自我当时还不认识而战后也很少见面的作家。那时我们有共同的敌人,我们很清楚德国的坦克或德国的冲锋枪手是什么东西。我刚刚又重读了那些年代的一封信,一个年轻诗人自前线给我写道:"……譬如,所有那些描写战士们快活地高唱关于爱人或类似的歌曲投入战斗的诗歌究竟有何价值呢?那些无数的关于'蓝手绢'的作品又有什么用呢?莫非那保卫俄罗斯诗歌不为庸俗所沾染的勇敢和权威的声音还不够响亮吗?难道我们会像战士们带着靴子上的泥土那样带着庸俗去冒险迎接胜利吗?但是既然庸俗是浮在表面上,同它斗争也不困难,然而对那无数空洞的、充满高调、轻率的诗歌又该怎么办呢?即使你费尽九牛二虎之力也不会从中找到一丝独特的思想的影子。如今刊物的篇幅充斥着这种诗。"写信的人接着请我读读他寄来的诗,并且解释说,他为什么要给我写这封信,"为什么正是写给您呢?说句实话,这里没有恭维的意思,因为您的声音即使在最困难的时刻也是同我在一起,因为前线的战士们信任您。除此之外,您的威望和对俄罗斯文学的爱使您的见解具有直率和尖锐的性质——这是批评中的优良品质……"信末的署名是尼·格里巴乔夫。

我承认,在那些年里,甚至充满空洞的高调的诗也很少使我感到不快。(我自己对此很为奇怪。大概战争的声音压倒了一切。)我在翻阅这些幸存下来的笔记本时,读到了军事消息、野战信箱的号码、跟我交谈过的德国战俘的名字。我交了许多既非作家也非记者的新朋友,他们是炮兵、工兵、飞行员。我同许多前方战士有信件来往,我打算在下面谈谈其中的几个人。

帕·伊·巴托夫将军在关于斯大林格勒会战的回忆录中谈到他的部队虏获了由希特勒签署的一份指令——《十二条纪律》,这个法令告诉德国兵应该怎样对待俄国人。帕·伊·巴托夫写道:"第六十五集团军的政治工作人员拿这份《纪律》同战士们进行了座谈。我记得在切博塔耶夫的部队里由团长亲自主持座谈会。一阵愤怒的笑声。通过了决议:'一、我们宣誓要毫不留情地打击法西斯分子并最先进抵伏尔加河。二、将《纪律》寄给爱伦堡同志,请他通过《红星报》把德国人痛骂一顿。'"类似的要求我先后接到过几百条。我写过德国人,写过战争,写过我们的人。

我在1942年写的一篇文章的标题是《全副精力用于一桩事!》。把全副精力用于一桩事上是十分困难的,只有地下活动时期的革命家、地下经堂里的耶稣教徒,也许再就是学者才能够做到这一点。人——这是一种复杂的生物,他既不是鸟,也不是鱼,他生活在各种各样的环境中,过着不同的生活,也以不同的方式生活。然而,看来几乎每个人也有暂时离开自己、离开习惯的思绪与疑虑、离开朋友的圈子、离开自己内心的主题的时候,即使这在一生中只有过一次。从1941年到1945年,即在《红星报》工作的那几年里,我自己就是如此。

7

这是早春的一天,清晨有人敲我的房门,站在我面前的是一个穿着军便服、眼神忧郁的高个子年轻人。常有许多从前线回来的人来找我,他们请求我写一写牺牲的同志,写一写连队的英雄事迹,有的还带着从俘虏身上搜出的小本子,而且总要问为什么目前战场上比较沉寂,谁将发动进攻——是我们,还是德国人。

我对年轻人说:"请坐!"他刚刚坐下,马上又站起来说:"我向您读几首诗。"我准备接受再一次的考验——当时谁不写几行关于坦克、关于法西斯分子的暴行、关于加斯捷洛[①]或游击队的诗句呢。

年轻人提高了嗓门,仿佛他不是在旅馆里一间窄小的屋子里,而是站在炮声隆隆的前沿阵地上。我反复地说:"读下去,读下去……"

后来有人对我说:"你发现了一个诗人。"不,这天早晨,谢苗·古德坚柯向我揭示了许多我依稀感到的东西。他当时只有二十岁,他不知道自己那一双长胳膊该放在哪里,难为情地微笑着。

他当时对我读过的诗中,有一篇如今已是人所共知的了:

面对着死亡
　　　　可能会哭泣,
可他们走向死亡——引吭高歌。
战斗中最可怕的时刻——
　等待进攻的时刻……

---

① 加斯捷洛(1907—1941),苏联飞行员,苏联英雄。

现在轮到我了。
对我独自一人
　　　　　进行狩猎。
你这该死的
　　　　四一年啊——
步兵在冰天雪地里冻僵了。
我觉得我是一块磁铁，
吸来了一颗颗炮弹。
轰隆一声爆炸——
　　　　　中尉声音嘶哑。
死神又一次打身旁溜走……
这是一场短促的战斗。
　　　　后来
狂饮冰镇的伏特加酒，
我还用小刀
从指甲缝里掏出
　　　敌人的血。

　　我目睹了第一次世界大战，经历了西班牙战争；我读过许多描写会战、战壕以及生与死的小说和诗歌，有的充满高昂的激情，有的揭露了战争的残酷，它们的作者是司汤达、托尔斯泰、雨果、吉卜林、丹尼斯·达维多夫①、马雅可夫斯基、左拉、海明威等。1941年，我国的诗人们写了不少优秀诗篇。他们不是从一旁观望战争，他们中许多人每天都受到死亡的威胁，但是没有一个人从指甲缝里掏过敌人的血。刺刀毕竟是刺刀，诗毕竟是诗。也许这甚至使我在战前就认识的诗人们的最成功的诗作也增添了几分文学性。而古德坚柯不需要证明什么，也不需要说服谁，他是以一个普通志愿兵的身份投入战争的，他在敌后作战，受过伤。苏希尼奇—杜米尼奇—柳季诺沃②对他来说，不是某个莫斯科报纸或军报的撰稿人的笔记本中的一行字，而是日

---

① 丹尼斯·达维多夫(1784—1839)，1812年俄国卫国战争中的英雄、诗人、军事学著作家。
② 以上都是俄罗斯联邦的城市。

常生活。(他在第一次见面时便对我说:"我从报上读到,您去访问过罗科索夫斯基,是在马克拉基,我就是在那儿负伤的。当然,是在您来之前……")

那天早晨,他也向我读了《友谊之歌》。"歌"这个字是来自传统的浪漫主义作品,然而诗句却完全不是浪漫主义的。战士知道:在执行这个任务时,两个人中有一个要牺牲——他或者是他的朋友。

我多么想活下去,——
哪怕是绝交,
　　　哪怕不再相好。
好吧,
　　让我去,
让他留在活人中间吧……

我前面说过,古德坚柯向我揭示了许多东西。我们经历的这场战争是残酷而可怕的,同时我们也清楚地知道,必须打败法西斯分子。昔日的诚实的诅咒和新的依然是诚实的赞美对我们已不适用:"砍碎的人肉,堆积如山……"不,起变化的不仅是规模,而且还有认识。"神圣的战争"吗?不仅是那几个词!而我听见了古德坚柯的诗……

那天早晨,我什么也没有问他——我在听诗;我只知道他是基辅人,他有一个母亲,他在文史哲学院学习,1940年听过我的描写巴黎的诗。

(在我看来,古德坚柯从头到脚都是诗人,是个除了诗以外还没有学会思考的年轻人。他当时在自己的笔记本中写道:"昨天伊利亚·爱伦堡来我们这里,他差不多和任何一位诗人一样,远远地离开了深厚的社会根基……"初次见面往往有这种情形:我们互不了解,总是按照自己的心情来描绘交谈者。)

我将古德坚柯的诗读给许多人听,如托尔斯泰、谢芙琳娜、彼得罗夫、格罗斯曼、苏里茨、乌曼斯基、莫兰。我往作家俱乐部和各个编辑部打电话:我想同所有的人分享这个意外的喜悦。

他又来了,我们相互端详了一阵子,我喜欢上了他。

他的诗发表了,随后在作家俱乐部举办了晚会,他从此踏入了文学界。那是战争时期:很快地引起注意,很快地得到承认,也很快地被忘记。

他很勇敢,而且异常淳朴,他在死亡面前没有畏缩,然而在文艺界,他初看起来简直像个十分腼腆的少年。我现在谈谈上面引用过的两句诗的历史,这两句诗是:

你这该死的

四一年啊——

步兵在冰天雪地里冻僵了。

编辑要求改一下,古德坚柯顺从地写道:

天空要求信号弹,

步兵在冰天雪地里冻僵了。

我问他,天空在这里究竟有什么意思,他歉然地微笑了一下说:"我有什么办法?……"(过了十五年,古德坚柯死了,在1957年的版本中又出现了一个同样荒唐的新方案:"艰苦的四一年,步兵们在冰天雪地里冻僵了。"——仿佛那个觉得自己吸来了迫击炮弹的士兵是在进行学究式的思考:这一年是艰苦的。只是到了1961年,当被冰雪封冻的诗解冻以后,才恢复了原文的面目。)

1945年2月,他在从前线寄给我的信中写道:"寄给您五首诗,有的发表过,有的未曾发表。我写得很多,几个笔记本全写满了,但结果如何,只有天晓得。如果有的能发表,当然很好……诗中用墨水标出的句子是发表时的方案。我从写第一行诗起就受过书刊检查的训练。"

古德坚柯在1942年谈到未来时是严肃而满怀信心的。他也像他的全体同团战友以及他的全体同胞那样,相信胜利后生活将会更美好、更纯洁、更公正。

古德坚柯重伤刚刚复原,就在莫斯科被汽车辗死了。他在后方住了很久,在斯大林格勒的《共青团真理报》巡回编辑部工作。他从那儿将自己的关于斯大林格勒的诗寄给了我,又有一首诗像个新发现似的使我为之惊讶:

……一片沉寂

随着第三列军车

终于

来到了这里。

这是

从未有过的沉寂,

它笼罩在炮弹壳

和碎砖上,

它使你心悸,

使你激动得

立刻睡去。

1943年9月,他在给我的信中写道:"我打算去乌克兰,基辅不会让你安静的,我大概不久就去那里,不能再在这里写后方了,我要写一写前线,会有结果吗?"

11月间,古德坚柯来看我,他高兴自己马上就要上前线,不久就可以看见基辅了,同时他的脸上突然掠过一个仿佛是由于一朵孤独的云彩造成的阴影。不知为什么我当时在笔记本中写着:"古德坚柯问,为什么实行男女分校,规定制服,他谈到一个基辅的犹太人受到很多委屈。他在一年内变得老练了。"

古德坚柯跟随军队西进。优秀的诗篇总是在考验的时刻产生的,这还用三番五次地解释吗?古德坚柯在1942年写道:

每个人都以自己的独特方式记得,

苏希尼奇,杜米尼奇,

还有通往毁于战火、渺无人迹的

柳季诺沃的林中道路。

1945年,不仅进行过战斗的城市的名字改变了,人的心情也起了变化。古德坚柯不是倾听心脏的跳动,而是倾听响亮的字眼和韵脚:

占领杰日,

占领克卢日,

占领肯普隆。

……没有希望了。

只有偏僻之乡。

尼贝龙根人在哭泣。

胜利前不久,他在给我的信中写道:"我们地区的战争仍十分激烈。一切照旧。不久以前,我在横渡摩拉瓦河时碰上了一次猛烈的空袭……我在那儿躺了好长时间,真够折磨人的。我真不愿在1945年死去……"

战争结束了,活着的人们复员了。我看见了没穿军装的谢苗,但是他内心里仍然穿着那件褪了色的破旧的军便服。当然,诗的题材变了,他描写了外喀尔巴阡山乌克兰的村庄,描写了集体农庄和和平时期边防军的生活。他知道,这是一个大首都的一些重大事件,但是"每个诗人都有自己的外省",他承认道:

>我也有一个没有改变的、
>没有绘入地图的、
>严酷无情又不加掩饰的
>遥远的省份——
>战争……

我的笔记本中有这样一段记载:"我在奥尔忠尼启则机床厂朗诵……人们在听……我却对自己的诗感到枯燥无味……"

许多小说、电影、诗歌都描写过士兵们回到和平生活后的怀旧心情。古德坚柯没有描写过这种心情,但是他无论描写什么,他的诗中总流露着一个前方战士对过去的怀念。表面上看来一切都很好:他找到了幸福或自己的理想,讲大道理,脸上常常露出微笑,在国内各地旅行,做了许多工作,像是一个模范的乐观主义者。(我记得他年轻时的一句自白:"幸福的永恒伴侣——四十个疑问与忧伤"。)有一回他顺便对我说:"我学会了写诗,可现在写的比以前糟。不过,这是可以理解的……"我没有表示异议,也许,他是在等候反驳,究竟如何,我就不知道了。

他的样子倒挺健康,也显得更成熟了,甚至还有点发胖。他在1946年写道:

>我们不会死于衰老,——
>而会死于旧伤。
>给杯中斟满罗姆酒吧,

　　　　缴获的红色罗姆酒!

　　这倒像一支普通的军队歌曲。1952年,我听说古德坚柯病了,是战时受了震伤的结果,已经做了环锯手术,但医生们不能断定他能否复原。我当时突然想起了盛着红罗姆酒的杯子……

　　古德坚柯一面同死亡斗争,一面又写了三首诗。他又像在1942年写的那些早期诗作里一样,升到了高处。他要死得像他的同团战友们那样,死在亲近而遥远的外省。

　　　　如今我多么想活,
　　　　仿佛刚从战场上下来!

　　他在病倒以前数月曾来看我,我们谈了很久,但是谈话失败了。也许这是因为他的一个诗人朋友在场,也许这是我的过错,不过那个时代对倾心相谈也不十分合适。过了两三天,他又跑来了,这次只待了一刹那,好像是忘了给一本书题词,他站着,面带笑容,直到告别时才说:"许多事都不是当初所想的那样……不过我们还会见面的,那时再谈吧……"此后我再没有看见过他。

　　是的,许多事都不是我们当初在1942年所想的那样,原子弹的时代来临了,谁也不知道明天会怎样。无辜的人遭到逮捕——又是向自己人开炮。古德坚柯死于第一次解冻前不久的一个隆冬的月份——1953年那个寒冷、阴暗的2月。

　　对我来说,他仍然是在苏希尼奇、勒热夫、斯大林格勒开始了生活的那一代诗人,许多和他同岁的人都没有从战场上回来。我如今仍依稀记得在战争前夕朗诵过自己诗歌的两个年轻诗人,他们是库利奇茨基和科甘。后来我还朗诵过他们的诗,他们死得太早,他们的优秀之作都写于战前。然而古德坚柯却不同,他善于在炮火声中发言,为自己和别人说了许多话。他在一首题为《我这一代》的诗中,三番五次地重复着这样两句话:

　　　　我们不需要怜悯,因为我们也不会怜悯别人……

　　古德坚柯在写这两行诗时,他心想那些和他同岁的人会凯旋,并将领略幸福的真正意义。1951年,他在昏暗的门厅里对我说:"许多事都不是当初所想的那样……"

古德坚柯是不幸的。他在我的记忆里依然像在那个遥远的 1942 年的早晨那样年轻。他在那短短的时期里挺起了身子,看见并发了言……

8

1942年3月10日,战斗的法兰西的代表罗歇·加罗给我打来了电话。我得招待他吃顿饭,而这在当时相当困难。经过再三交涉,大都会饭店的经理终于同意提供一个小小的房间。(服务员不好意思地在洗脸池上蒙了一块白布。)这顿饭在当时来说已十分丰盛,还有伏特加酒。加罗是个机灵的法国人,个子不高,但很热情。他说戴高乐在伦敦的处境十分困难:对于英国人他只是个侨民,仅此而已。加罗有一个打算:为什么不在苏联建立几个法国师呢?可以先从空军开始。他对法国的局势十分担忧:"几乎所有的人都恨德国人,但是不管怎么说,人总是想保住自己的金钱和地位,比起其他人来,工人的表现要好得多……"他一直称自己是"雅各宾党人"。

加罗要求我晚上同他谈谈。客人们中间有法国将军柏蒂、记者尚普努瓦、土耳其的领事和莫斯科天主教堂的神父布隆。加罗气愤地说:"你们瞧,英国人和美国人低价购买德国的工厂,还将开始保卫'贫穷的德国'。对他们来说,战争只是一场板球赛……"

我谈了谈自己在前线的见闻,神父布隆对法西斯的暴行甚感愤怒。此后不久,亚·谢·谢尔巴科夫对我说,德国人把一些斯洛伐克部队调到了东线:"您到过斯洛伐克,您给他们写点传单吧……"我立刻想到了布隆:斯洛伐克农民中有很多信教的人,天主教神父的呼吁肯定会对他们起作用。我便去找布隆神父,他当时住在美国大使馆的一个舒适的厢房里(外交人员还留在古比雪夫)。布隆向我作了很多解释,他说神父喜欢忍耐,又说同梵蒂冈是不能闹着玩的。我们谈到了教义,谈到了前线的形势,也谈到了戴高乐。至于传单,布隆倒是写了,但此后他却开始为自己的汽车向我要汽油。

我向分配汽油的部门打听情况,得到的回答是布隆领的汽油已超过他应得的数量。布隆神父在信中说他经常东奔西跑,给要死的人举行圣餐礼;他在我拒绝他的要求后,又开始威胁我,不是用阴间的苦难,而是用一些无聊的胡闹。

4月间,我因《巴黎的陷落》而获得斯大林奖金,加罗将戴高乐的一份贺电转交给我。柏蒂将军寄给我很长一段引火的火绒,整个战争期间我都不用像布隆神父那样为汽油操心了。

柏蒂将军是军事代表团团长,是戴高乐军校时的同学,虔诚的天主教徒。他的诚意、直爽和过人的谦逊立刻博得了我的好感。他目睹苏联人民在怎样战斗,了解了他们,也爱上了他们,他告诉我说,他回到法国后变成了另一个人。战争结束后,他被任命为巴黎的副军事总督,我曾去荣军宫拜访他。然而他在这个岗位上的时间不长,他不掩饰自己对苏联、对昨天的游击队员的感情,可这已经不合时宜了。前不久我在巴黎的时候,秘密军队组织在他的家里放置了爆炸物。他微笑着顺便说:"昨天我挨炸了……"

我在我的笔记本中找到了加罗的几句话:"第二战场被搁置一旁了,慕尼黑精神复活了","英国人战前也在迪耶普度周末,这是逍遥自在的散步,可我们相信了","你们在斯大林格勒作战,而他们却在训练未来的委员,以便有朝一日占领那些赶走了德国人的国家"……

1942年9月28日,苏联政府承认了战斗的法兰西的全国委员会是唯一有权代表法国人民的组织。加罗拥抱了我。他在电台上发表了一篇热情的演说:"现在情况越来越清楚了,欧洲的未来取决于苏联和法国之间的相互信任,法国将会挽回自己的威信和尊严。"在"阿拉格维"饭店,加罗高喊道:"我们一定要绞死德国国防军的所有将军,他们不是军人,而是罪犯!……"

1944年12月,戴高乐来到了莫斯科,陪同前来的有儒恩将军和外交部部长皮杜尔。法苏条约的谈判陷入僵局:戴高乐不愿承认波兰新政府("卢布林委员会")。我被邀请出席了法国使馆的宴会,没有一个女人,坐在戴高乐旁边的是所·阿·洛佐夫斯基和我,戴高乐几乎一直在同我交谈。他的情绪很坏,抱怨莫斯科人太冷淡。后来有人告诉我说,宴会前他被带去参观地下铁道,在所有外国客人的访问日程里都有这一项。地下铁道最不能使戴高乐感兴趣,因为他是个17世纪的人,而在那个时候,既没有法西斯主义,也没有地下铁道,又没有其他新鲜玩意。车厢里挤得满满的,因此特为法国客人把儿童游戏场腾了出来。乘客们吵吵嚷嚷,对此甚感不满。而戴高乐将军忽然想起向他们致意,那些正在发牢骚的人们听说高个子法国人就是戴高乐将军,显得有点惊慌失措。车厢里鸦雀无声,只有一个矮小的老头,想起革命前在学校学的法文字,便用颤抖的声音说了句:"谢谢。"戴高乐生气了,他向我整整抱怨了一小时,说莫斯科人在他看来就像一群苦役犯。对我来说,他是抵抗运动的人,所以我尽力让他相信苏联人是爱法国的。

儒恩将军在我看来是个勇敢的军人。当乌兰诺娃在《吉赛尔》一剧中表演时,他一面打盹,一面说:"我原先以为你们起码没有这种净是幽灵的荒诞的玩意……"第二天他看了红军歌舞团的表演。演员开始跳蹲舞时,他从座位上跳起来,高兴地喊道:"哥萨克终于出现了!"看样子,这是他唯一喜欢的节目。他如今拥护秘密军队组织,我丝毫不觉得奇怪。

皮杜尔喝了伏特加后立刻醉倒了,这是有决定意义的最后一个夜晚,法国人被邀请去克里姆林宫,皮杜尔为了显示一下自己的本事,喝光了一瓶伏特加。斯大林在晚餐席上发现戴高乐只喝矿泉水,便邀请皮杜尔与之对饮,而皮杜尔过了不久就被送回住所去了。后来戴高乐返回大使馆,加罗和莫洛托夫继续就条约中有争议之点进行谈判。加罗告诉我说,他是天亮时回去接皮杜尔的,后者头上缠了块湿毛巾正躺在床上,他对皮杜尔说:"部长先生,穿上裤子吧,我们全都谈妥了,剩下的就是由您在文件上签个字。"

在1942年,一切都显得既简单又明了。当时由基利西创办的法文报纸《马赛人报》在伦敦出版了。他请我给他们写点文章,我照办了。10月间,《马赛人报》的主编在报上用一篇社论回答了我:"俄罗斯在一年多的时间里几乎是单独承担了对德作战的全部重负。爱伦堡读了我们的报纸,无疑在寻找对自己呼吁的答复。今天我们可以回答他……法国工人拒绝在德国工作。我知道,有人会指责我把法国工人的固执的拒绝同斯大林格勒保卫者的英勇精神相提并论。但是,爱伦堡,您要知道,当饥饿的孩子在一旁啼哭时,需要的是经常的决心,在机枪下举行罢工的决心……"

战争孕育了我们称之为"互助精神"的那种东西。在"莫斯科"旅馆我的寓所,在克鲁泡特金滨河街柏蒂将军的寓所,在法国大使馆,都经常有一些很难称之为志同道合者的人在聚会,他们是莫里斯·多列士、加罗、让-里沙尔·布洛克、柏蒂将军、使馆参赞施米特林、尚普努瓦、戈尔斯、卡塔拉,我们友好地交谈着。1944年,我从维尔纽斯带回几瓶布尔冈陈酒,这是坦克兵送给我的,他们有点扫兴地说:"伊利亚的文章很有劲,可他只喜欢喝克瓦斯……"瓶子上印着德文字样:"专供国防军饮用,非卖品。"我将莫斯科的几个法国朋友请来。加罗和多列士在"为胜利"干杯,我们是怀着分外满足的心情喝这些酒的,因为它本来只供给德国军官。

1942年末,在那非常艰苦的日子里,第一批法国飞行员——"诺曼底"航空大队来到了苏联。法国人被安排在伊万诺沃郊区,他们要在这里熟悉一下我国的歼击机。我同尚普努瓦一同前去访问他们,我们还带了礼物——一架留声机和一些唱片。我们去的时候正是圣诞节前夕,这在法国如同我国的新年一样,人人都要庆祝它。由于逢到节日,一个犯纪律的飞行员刚从禁闭室被释放出来。他的故事逗得我们笑了一阵子:在伊万诺沃马戏院里,一个姑娘塞给法国飞行员一张字条,约他会面。"诺曼底"大队距城市十公里,四周到处是雪堆,法国人不习惯这么寒冷的冬天,冻得直打哆嗦,但是这位飞行员拿到字条后,决心要寻找幸福,便前往姑娘指定的地点。他迷了路,陷进了雪堆里,后来被别人救了出来,飞行大队的纠察队长罚他蹲七天禁闭。这个刚获释的小伙子快活地说:"我一定要找到她……"为法国人安排了一顿丰盛的晚餐。大家都有点醉意,不约而同地唱起几支轻佻的歌曲。曲调是伤感的,食堂的一个女服务员低声对我说:"他们在祈祷……他们会被打死的,而且还是在异乡……"

的确,在斯大林格勒会战以前来到的第一批飞行员,幸存者已屈指可数。丘梁少校牺牲了,这是个身材矮小的快活的人,飞行员友好地称呼他"丘丘"。扎哈罗夫将军在利托尔夫大尉——飞行大队的队长牺牲后,曾要求丘梁不要自己去冒险:"您是指挥员,您没有权利……"但丘梁是1943年夏天在奥廖尔附近牺牲的。勒费弗尔这个后来被追赠以苏联英雄称号的出色人物也牺牲了。他的飞机是1944年春在维捷布斯克附近坠毁的。他被烧伤后,送到了莫斯科。我还记得,在索科利尼基的军医院里,一个医生皱着眉头对我说:"伤势十分严重……"我们把他葬在德国公墓(这真是对命运的奇怪戏弄,旁边便是拿破仑远征俄国时牺牲的法国士兵的一座公墓),一个女护士哭了。牺牲的还有利托尔夫大尉,中尉台德斯科、德尔维勒、德·谢因、德尼、儒阿尔、杜兰、弗科以及其他许多人。有两个获得苏联英雄称号的飞行员活下来了:一个是前雷诺工厂工人阿尔贝,一个是贵族——德·拉·普阿波子爵(他的一个祖先是法国革命时期的将军,同朱安党打过仗,后来又在意大利同苏沃洛夫作过战)。"诺曼底"大队成了"诺曼底·涅曼"大队,它的战绩簿上记载着三百架被击落的敌机。曾在我国天空中作战的共有九十五名法国飞行员,其中活下来的有三十六名……

我在奥廖尔近郊随后又在明斯克附近访问过"诺曼底"大队的飞行员,后来在莫斯科、图拉、巴黎也遇见过他们,我只想说一点,他们都是好同志,并未灰心丧气,很快地适应了异乡的生活。我们的飞行员、机械士、翻译人员都喜欢他们。难道我能够忘记那个不愿丢下苏联机械士而单独生还的德·谢因中尉是怎样牺牲的吗?难道我能够忘记苏联士兵是怎样在弗里什加夫海湾援救德·若弗尔中尉的吗?当时不是在各种会议上谈论民族友谊……血更有黏合力。

1944年8月22日,我从前线返回莫斯科后,在编辑部知道了巴黎起义的消息。第二天清晨,加罗给我打来了电话:"巴黎胜利了……"我前往法国大使馆,柏蒂将军、加罗、尚普努瓦、使馆的工作人员和几个年老的女人都在那儿。一架小留声机不断地放着《马赛曲》,我们激动得说不出话来,让-里沙尔·布洛克热泪盈眶。随后我们举杯,为法国,为红军,为游击队,为巴黎解放委员会干杯。我问加罗,这个罗尔上校是个什么人——一则电讯里说他在领导巷战。加罗赞赏地回答说:"大概这不是真名字,我听说他是个工人,共产党员。不管怎么说,他是个英雄!"

戴高乐政府奖给我一枚荣誉团十字勋章,新任大使卡特鲁将军郑重其事地将勋章挂在我的胸前,拥抱了我,并且说,法兰西永远不会忘记那些在艰苦岁月里对它信守不渝的人们。

1946年夏天我来到了巴黎,这里举行了盛大的晚会,普莱耶尔厅挤满了人。(这正是三年后召开第一届保卫和平大会的地方。)坐在主席团里的有爱德华·赫里欧、朗之万、多列士、柏蒂将军,大家在等候部长会议主席皮杜尔,他迟迟未来,场内的群众议论纷纷,晚会是在没有他的情况下开始的。

正当我发言时，皮杜尔在两名"弗立克"（这是法国人对穿制服的警察或便衣警察的称呼）的陪同下走进会场。晚会的主席递给我一张字条，皮杜尔希望马上发言——他急不可待。我离开麦克风向桌子走去，皮杜尔迎着我走了过来。他想向我问好，但身子晃了一下，我及时扶住了他，大厅里的人们大概以为我们在拥抱……他毕竟讲了话，称赞了我……

1950年春天，当皮杜尔再次领导政府时，我要从布鲁塞尔去日内瓦，所以请求法国政府给予过境签证，我被拒绝了。在巴黎机场要换一次飞机，"弗立克"机警地盯着我，唯恐我悄悄溜掉，并一直陪送我上了瑞士的飞机。看来他觉得我的脚步还不够快，所以推了我一下，仿佛我不是荣誉团的军官，而是一个被押往监狱的小偷。

我活到了我们这个时代。大家都知道，过去德国国防军的将军们目前正在法国土地上给年轻人讲授军事科学，而这些年轻人的父亲就是我曾在被德国人占领的巴黎看见过的那些士兵。加罗当时希望绞死希特勒的全体将军，听说他现在变了，我没有见过他。不久前在兰斯附近举行了一次阅兵式——法国士兵同德国士兵并肩行进。

当我是个孩子的时候，人们跳的是卡德里尔舞——那时爵士音乐还没有出现。这种舞有许多花样，跳舞时不时有人在喊："男伴调换女伴！"我这一生里，对流血的卡德里尔舞的种种花样见得够多了。1912年，俄国报纸大书特书地谈论斯拉夫人的团结，谈论反抗土耳其暴政的解放战争。塞尔维亚人、保加利亚人和希腊人打败了土耳其人，签订了和约，然而一个月后，不久前的盟友彼此间又打起来了，以保加利亚为一方和以塞尔维亚及希腊为另一方的两个集团之间爆发了战争。土耳其这时也向保加利亚人展开进攻。我当时年轻，对此颇感惊讶。后来我对一切就习惯了。1915年，参加三国同盟的意大利开始对自己先前的盟国宣战。法国报纸赞赏邓南遮和墨索里尼的热情。四分之一个世纪以来，意大利有一个"拉丁姊妹"的绰号。1940年，"姊妹"侵犯了法国。所有这一切都难以理解，或者说太容易理解了。

为什么关于法德军队联合检阅的一则电讯使我感到难受呢？我本来就知道外交和道德毫不相干。看来是无关紧要的一些细节对一个普通人来说必然会留下印象，我指的是1940年12月拍给里宾特洛甫的那封惹祸的电报。我想起了第一次世界大战期间的兰斯市,那座遭到破坏的教堂和酒窖里的学校;想起了1943年被枪杀的那个兰斯市出生的游击队员的种种传说,所以我感到很不自在。也许这有些天真,但我觉得,死人是有自己的权利的,血不是政治宴会上的葡萄酒,良心并不总能与利益和睦相处,改变道德的基本要求远比改变对外政策的方向困难得多。(检阅只是一道冷盘,在此之后某些政治家便准备了下一道菜:法国与德国军国主义的联盟。我不想猜测,饭后的甜食将是什么。)

当然,我对法国的感情是不会由于某届法国政府的曲线政策而改变的。在我的一首诗中有这样一些句子:

> 你说,我沉默不语,
> 心怀嫉妒和责备。
> 巴黎不是树林,我也不是狼,
> 但生活总不能一笔勾销。
> 我曾在那儿居住
> 那是一个伟大的城市,
> 它不停地喧闹,有时是铅灰色,
> 犹如一座石林,有时是浅蓝色,
> 屹立在岁月的灰烬中……
> 请原谅,我在那个树林中住过,
> 我经历了一切可依然活着,
> 我要把巴黎浓重的暮色
> 带进坟墓。

在另一首诗中有这样一句辛酸的自白:

> 为什么偏偏是我,
> 爱上了陌生的国度?

但这话是出于一时的激动,我过去不能,现在也不能像对待一个陌生国家那样对待法国,我在巴黎住得太久,在那儿学到的东西太多了。我的论断也常常显得偏颇,读者对此是容易理解的。

不久前,奥廖尔的少先队员们写信告诉我说,他们在省里发现了两个法国飞行员的坟墓。我想起了那些有说有笑又爱唱歌的活泼而勇敢的法国人，想起了贝勒维尔或梅尼利蒙丹的行话和那座在1943年夏天驻扎过飞行大队的白桦树林。

　　我知道，健忘是生活的规律，这是死亡的序曲。叫人难过的是另一种情况——由于各种事件的影响，人与人之间的相互关系不由得起了变化。提到这个，我想起了几个我曾经当作朋友的人。看样子好像是你自个儿在走，其实这是错觉：你在走，而一位被"时代"或是"历史"命名的排长在指挥："向左转！向右转！向后转！开步走！"后来只得提出："我和某某人已经断绝往来，我们分道扬镳了……"

9

在漫长的严冬过后,大家都为春天的来临感到欣喜。我们晒着太阳,猜测夏天将是什么样子。我想起了杜米尼奇,这儿在战前有一座制造澡盆的工厂,城市毁于战火,在那一堆堆的废墟中间,有一些澡盆在阳光下闪闪发光——这是杜米尼奇仅仅留下的东西。一个不太年轻的生着一脸灰白胡子的中士,懒洋洋地说了几句颇有哲学意味的话:"卫生!那些坏蛋知道什么卫生?他们只知道破坏……不然我现在就可以洗个澡了!这些坏蛋目前还多得很,我们恐怕还得打上一年仗。听说我们现在有很好的坦克。你写吧,写得尖锐些。人们的心情十分沉重……昨天政治指导员说:'如果那帮流氓再往前蹿,我们就好好整他们一下,让他们连自己老婆也认不出来。'谁知道他又想出了什么名堂来着?人们太可怜了。我们的奥西波夫就是被一个寄生虫打死的。报纸上谈到过他……你对我解释一下,那些坏蛋为什么要杀人?……"

我在苏希尼奇认识了罗科索夫斯基将军,莫斯科战役以后,他的名字特别引人注目,而且他的仪表也很招人喜欢。我觉得,他是我所遇见过的将军中最谦逊的一个,我知道他有一段不轻松的经历。女诗人奥·费·别尔戈利茨曾告诉我说,她被捕后,在她隔壁的牢房中便是罗科索夫斯基。他在苏希尼奇负了伤,一块弹片打伤了他的肝。罗科索夫斯基几乎不能吃东西,坐在汽车里,剧烈的晃动给他带来很大痛苦,这一点很少有人能猜到——康斯坦丁·康斯坦丁诺维奇具有罕见的自我克制能力。自然,我问过他,今后的形势如何。他平静地说,德国人把一切都归咎于俄罗斯的冬天是不对的,倒是冬天救了他们——阻止了我们的攻势。也许他说这话是为了鼓舞别的人,也许他正是这样想的——如果说象棋手不知道对手的意图,至少棋盘上的棋子他总是看得清清楚楚,而指挥官要想判断情况却得根据一些有时还不符合实际情况的侦察材料。

两个月后我听到军人们说:"我们把力量白白地分散了——尤赫诺夫、苏希尼奇……可是却没有准备防御。"在这个问题上我没有自己的意见。数学这门学问要搞明白很不容易,需要有一定的训练,但是如果明白了,那就很清楚,正是如此,不是别的。历史却是另一回事——任何一个事件都可以作不同的解释。在画家的笔下,掌管几何与天文的缪斯乌剌尼亚是个手执圆规的女神,掌管历史的缪斯克利俄是个拿着手稿和笔的女神。在一百年前达利编选的俄罗斯谚语集中,有几页是关于虚构艺术的,那里有这样一句话:"鬼知道扎哈尔怎么会成为委员的①。"

5月18日的战报报道了我们在哈尔科夫方向获得大胜的消息。我正在写论文的当儿,卡尔波夫上校走了进来,他神秘地微笑着说:"关于哈尔科夫方向一个字也别写——有指示……"过了一个星期,德国人宣布说,在哈尔科夫以南,包围了苏军的三个集团军。6月5日,谢尔巴科夫打电话对我说:"给国外写点关于第二战场的文章……"莫洛托夫飞赴伦敦。6月10日,德国人在南线发动大规模攻势。

沉痛的1942年的夏季来到了。战报中出现了新的方面军的名称:沃罗涅日方面军、顿河方面军、斯大林格勒方面军、外高加索方面军。想起来真可怕,杜塞尔多夫的市民居然在皮亚季戈尔斯克的街道上散步,好斗成性的马尔堡的大学生居然在观赏卡尔梅克的沙漠。看来一切都令人难以置信。

我坐在桌旁不停地写着,每天都要给《红星报》写文章,此外还给《真理报》、红军总政治部以及英国和美国的报纸写点什么。我想上前线去,但编辑部不准。

常有军人到报社来谈及撤退的情形,我记得有位上校曾忧郁地说:"从来没见过这种溃退现象……"

这次的撤退比一年前更可怕,当时还可以用敌人的突然袭击来解释。军官、政工人员、红军战士给我写来的信中全都充满了不安和忧虑。我当时并

---

① 这句话没有什么意义,主要是扎哈尔和委员二字,原文都以 ap 结尾。

不是对一切都了解,而且我所知道的也不是都能写出来。虽然如此,我还是在1942年夏天道出了一部分实情——这在三年前或三年后都是不可能发表的。在《真理报》上的一篇文章中就有如下一段话:"记得前几年,有次我在某个机关里被桌子碰破了腿,秘书连忙安慰我说:'所有的人都给它碰过。'我问道:'为什么不搬开?'他回答说:'主任没有指示。要是我搬开它,说不定会有人质问我:"为什么你想出这个主意,这是什么意思?"让它就摆在那儿吧,这样更安宁些……'这只象征性的桌子——因循守旧、推脱责任、漠不关心在我们所有人的身上都留下了伤疤。"《红星报》上的一篇文章中有这样一段话:"谁能说说那些正在前沿过着紧张、激昂、坚定的生活的人们在想些什么?他们在想现在和过去。他们在想,为什么昨天的战役失败了,还想为什么许多东西过去没有教给他们。他们在想未来,想那胜利者将要建造的美好生活……战争,无论对民族或个人都是一场巨大的考验。在战争中许多事情都要重新考虑、重新审查、重新估价……人们将要以新的方式去劳动和生活。我们在战争中得到了主动精神、纪律和内心的自由……"

前线既有许多乱七八糟的事,也有许多使我万分激动的英勇事迹。德国人正在接近斯大林格勒,而红军正在接近胜利,但是当时我们还不知道这一点。那年夏天,支持着我和我的全体同胞的是一股顽强不屈的精神。

莫斯科既是大后方,又是前沿上的一座观察所。德国人依旧待在格扎茨克,但他们不打算在这个地区展开攻势,所以莫斯科不再感到有去年秋天那种剧烈的不安气氛。有位爱开玩笑的人编了几句打油诗:

从前有个老大娘,养了只灰色的小山羊。
童话毕竟是童话,德寇如今就在身旁……

大街上人很多,到处都可见到排队现象,电车上挤满了人。人人满面愁容,闷声不语。大家都知道,德国人抢去了库班的麦子、迈科普的石油,并想切断莫斯科同乌拉尔、西伯利亚的联系。报纸上出现了法国雅各宾党人的古老的警句:"祖国在危险中!"

我保存着那年夏天用过的一个笔记本,笔记既简短又不连贯,只记着事件的日期、某某人说过的片言只语和零星的生活记事。

谢尔文斯基从刻赤回来了,他说:"战士们学会了,将军们却没有。"他谈起了惊慌失措的现象,谈到德国人的暴行——起先是把犹太人,后来把战俘也赶进坟墓。特明从塞瓦斯托波尔带来一些照片——城市在垂死挣扎中的景象:瓦砾堆、列宁纪念像、死难的儿童、一个身穿血迹斑斑的衬衫的水兵。

传来了彼得罗夫遇难的消息,我去访问卡达耶夫,斯塔夫斯基正在他那儿,我们相对无言地坐着。

我问英国大使凯尔,到底何时开辟第二战场。他没有回答我的问题,而是向我打听起斯大林的烟斗是什么样式——他想从伦敦带一只最好的烟斗送给他。我说,斯大林用什么烟斗我不知道,我跟他不常见面,而且这也不重要——现在倒是应该开辟第二战场。凯尔委婉地微笑了一下,他没有说什么。

我坐在房间里,忽然间走廊里响起了叫喊声,我跑出房门一看,是诗人扬卡·库帕拉从上一层的楼梯上摔了下来。

合众社记者夏皮罗愤怒地跑了进来——新闻检查删去他写的一句话:"从沃罗涅日到顿河只有八公里"。

一个女人高价卖土豆——四十五卢布一公斤,她被打死了。一小块糖值十卢布。莫斯科有一个名叫安涅特的法国女人,她的丈夫是苏联建筑师,当时他在外地,而她带一个吃奶的婴儿。有一天她打来电话,激动得上气不接下气地说:"瓦尼亚回来了,带了一瓶黄油……"

7月26日是书市,作家都要在自己的书上题字,一个女人提议说:"为什么您给他的写上了日期,而我的却没有?"谁也没有发笑。

阿·尼·托尔斯泰一面吸着烟斗,一面说:"德国人终归是要给打败的。可战后又是什么样子呢?如今人们不同于……"

7月29日,公布了设立几种新勋章的命令:苏沃洛夫勋章、库图佐夫勋章、亚历山大·涅夫斯基勋章。同一天,向全体战士宣读了斯大林的命令,命令中没有提到勋章,而是谈到没有命令便放弃罗斯托夫和新切尔卡斯克的事,谈到混乱和惊慌失措现象,如此下去是不行的,时间是千钧一发的:"不许后退一步!……"斯大林过去从来没有如此坦白地说过,所以影响十分巨大。《红星报》的一位军事记者对我说:"父亲向儿子们说:'我们破产了,我们现在应该改变一下生活……'"他说"父亲"这个词时既没有讥笑也没有赞美之意,而是一种询问的口气。

然而,德国在继续冲向北高加索。

戈沃罗夫将军来了,他说他见过斯大林。戈沃罗夫坚持将列宁格勒的居民撤退到后方去。

我在编辑部读到一条国外的消息,未来派马里内蒂起程来俄罗斯,他想瞧瞧法西斯分子怎样改造农民。我想起马里内蒂早先写的诗:"我的心是用红糖做的。"

我收到第六二六联队野战警察队的书记弗里德里希·施密特的一本日记。2月25日那天是这样写的:"女共产党员叶卡捷琳娜·斯科罗耶多娃在俄国人进攻布杰诺夫卡的前几天便得悉此情况。她咒骂同我们合作的俄国人,十二时枪毙了她……萨姆索诺夫卡来的萨韦利·彼得罗维奇·斯捷潘年科老头子和他的妻子也是被枪毙的……还打死了戈拉维林的情妇的一个四岁的孩子。十六时前后,押来了四个十八岁的姑娘,她们是从叶伊斯克的冰上来的,皮鞭子使她们变得听话了。这四个都是漂亮的大学生……"我发表了这篇日记,并接到一个司务长从布杰诺夫卡寄来的信,他知道那些被枪毙的人。

我收到一本俄文的《人民日历,农业手册》,这是德国人为占领区编印的。当时我每天都会读到一些关于种种暴行的令人发指的文件,我知道法西斯分子不仅打算消灭我国人民,还在侮辱他们。同希特勒的许多命令比较起来,这个荒唐的日历又有什么了不得呢?但是往往也有这样的情况,一些细节会引起愤怒,我一气之下,抄录了日历上的"纪念日","1月12日——戈林和罗森贝格诞辰纪念日。1月29日——契诃夫诞辰纪念日。2月10日——普希金逝世纪念日。2月23日——霍尔斯特·韦塞尔逝世纪念日。2月24日——希特勒宣布国社党党纲周年纪念日。2月26日——谢甫琴科逝世纪念日。"等等。我一想起这个日历心中便骂道:"好啊!既有戈林!又有契诃夫!……"

8月15日举行了作家会议,主席说,困难时期,大家应该振作起来,不发牢骚也不喝酒。当天,德国人占领了埃利斯塔。

哈萨克人阿斯卡尔·列赫罗夫在从前线给我寄来的信中写道:"生活是什么?这是个很大的问题,因为每个人都想活着,可是死在一生中是不可避免的,所以死就要死得像个英雄……"

德国人打到了莫兹多克,每天我的熟人中总有人接到父亲、儿子、丈夫牺牲的通知。我去过几次前线,修路的是疲惫不堪的女人,在工厂里工作的是儿童,工间休息时,他们又吵又闹。英雄行为和麻木不仁,精神上的成长和残酷的生活,全都混合在一起了。

德国军队刚一发动进攻,大家就开始猜测盟国什么时候开辟第二战场。乌曼斯基对我说:"别指望,不会有第二战场的……"我给《新闻纪事报》《旗帜晚报》《每日先驱报》写了一些言辞激烈的文章,谈到我国人民对于盟国不采取行动有些什么想法。文章是发表了,报社甚至向我表示感谢,但是,依然如故。不错,保守党议员戴维森向情报大臣提出质问时,曾引证过我写的一篇报道,但是英国的大臣们对于不适当的问题却有不予回答的巧妙本领。

我常同外国记者见面,利兰·斯托伊是个乐观主义者,他说:"很快就会在法国或荷兰登陆的。"乐观主义是他的天性。很像叶·彼得罗夫,后者在动身去塞瓦斯托波尔时对我说:"恐怕再过一两个星期就会开辟第二战场了。"辛杜斯和沃思却相反,是怀疑派。关于外国记者,我以后再谈,我还记得几件十分可笑的事,不过那年夏天我们是笑不出来的……即使有时我们笑过,那也不是愉快的笑。譬如,前方的士兵在打开美国的肉罐头时会挖苦地说:"瞧,我们现在来开辟第二战场……"

伦敦和纽约都举行过规模巨大的集会:普通人民要求开辟第二战场。丘吉尔在8月12日来到了莫斯科。我们十分激动:会不会达成协议?夏皮罗跑来说:"哈里曼对结果不满意。"我把此话告诉了乌曼斯基。康斯坦丁·亚历山德罗维奇笑着说:"可谁会满意?难道是贝当吗?"联合公报的内容含糊不清。

丘吉尔刚走,便传来了英军在迪耶普登陆的消息。人们聚集在街上,兴高采烈地议论说:"这下子德国人可受不了啦!……"人们问我,迪耶普在什么地方。我十分怀疑,但晚上在编辑部里人人都说这是大规模军事行动的开端,斯大林已使丘吉尔相信,德国人将不得不立即从我国前线撤走若干师团。奥滕贝格给莫洛托夫打了个电话:是否需要专为迪耶普登陆写一篇社论。

幻想延续不久,迪耶普登陆原来是一次小规模的袭击,也许是英国政府想平息一下社会舆论。莫兰在编辑部里朗诵了波列扎耶夫的诗:

不列颠的勋爵
以自由自豪,
他固执而坚强
像爱国者一样。
他喜爱荣誉——
他爱吃,
吃完后坐在汽船上……

我至今也不知道,普通的英国人如何对待这次去迪耶普的参观,但我国的人却很气愤——他们觉得自己被骗了。许多美好的感情正在战争中消失;我常常忽然发现自己变得冷酷了。但是有一种同自我牺牲精神相联系的崇高感情却正是在战争的岁月里繁荣起来,在报纸上它被称为"战斗救援"。这样的一些故事渐渐不再对我们发生作用:一名狙击手的战斗账单上有五十多名德国人,或者一名步兵用"瓶子"消灭了五辆坦克,——英勇事迹看多了也会使人腻烦。然而无论是我还是我遇到过的人们都始终被这样一点所感动——一个决意拯救同志而把敌人的火力吸引到自己身上的战士的舍己精神和壮烈牺牲。对这一点是不能熟视无睹的,每一次它都像奇迹一样令人万分激动,而且不论有多么艰苦,你都会重新把自己托付给生活。

有一种外交手腕,它只有专家们能够了解。还有一种被称为对外政策的东西,它是人人都能了解的,但是如果它同盘算、战略或策略联系起来,那就得诉诸理智了。也还有另一种东西——良心,侮辱它是危险的。既然我现在是叙述经历,我就不能避而不谈我们在那个该死的夏天的感受。当然,我现在明白了,何以盟国要在1944年夏,而不是在1942年夏开始军事行动。威尔基,后来还有艾登,都曾对我说,他们对于登陆还没有作好充分准备,因而不愿付出"不必要的牺牲"。按照他们的意见,希特勒的军队应该集中在我国战线上。我们遭到了"不必要的牺牲"。类似的盘算是可以理解的——这并不是那么复杂的计算,而往事却难以忘怀——几乎对于我们的每一个人,它都是同个人的痛苦联系在一起的。

995

10

奥滕贝格将军在9月里允许我去勒热夫，从8月份开始，那里进行着激战。关于这些战斗，战争史上说道："勒热夫地区的攻势，威胁着莫德尔上将所指挥的'中央'集团军所据守的德军进攻基地，并牵制了敌人的强大兵力，从而加强了斯大林格勒的防御。"在许多苏联家庭的家史上，勒热夫是同亲人的丧失联系在一起的——那些战斗真是血流成河。我没有得到机会去斯大林格勒，关于伏尔加河之役我也仅仅是从格罗斯曼的特写、涅克拉索夫的长篇小说以及朋友们的叙述获悉的，但是勒热夫我却不会忘记。也许曾经有过一些进攻付出了更多的人的生命，但如此悲惨的景象却似乎还不曾见过——为五六棵折断了的树木，为破碎了的房屋的一堵墙壁以及一座小小的山冈进行长达数周的战斗。

雨下个不停，同《真理报》主编的论断相反，雨水原来是黄色的，甚至有些发红。在秋天，有什么能比特维尔的沼泽以及污浊的天空、五光十色而又颤抖不已的树叶、道路上陷人的深坑更为令人烦恼的呢！汽车的轮子空转不已，人们绝望地叫喊着"一、二、三"，企图把它们推走。有的地方路上铺满了砍下来的树木，于是又脏又旧的"威利斯"车就像受伤的小鸟一样跳动起来。去勒热夫的一路上花了很长的时间。在被德国空军焚毁了的托尔若克、斯塔里察，只见一片黑压压的烧焦了的空房子。在农村里，妇女们挖着马铃薯，并把马铃薯紧紧地抱在怀里，就像抱着含金的矿石。

从一座山丘上可以清楚地看到勒热夫，它已所剩无几，虽然远远看去仿佛是一座普通的生气蓬勃的城市。我军占领了机场，但兵营还在德国人手中；我总共只看到过两所住人的房屋——较高的那一所被士兵们称为"上校",第二所被称为"中校"。城郊小树林的一部分曾经是战场,被炮弹和地雷炸得七零八落的树木像是一些乱七八糟地插在地上的木桩。地面被壕沟切成一块块的,掩蔽部像水泡似的膨胀起来,弹坑遍地。

身着伪装服的乌兹别克人,高高的,漂亮的,像是神秘的梦幻剧的演员,而伪装服上的花彩却像抽象派的绘画。

司令部里都摆着一些画着城市的街区的地图,但有时街道已无影无踪,战斗在很小的一块土地上进行,下面布满铁丝网,填满了弹片、碎玻璃、罐头盒、粪便。我曾数次听见德国歌曲和片言只语——敌人就在旁边的一些同样的战壕里蠕动。大炮震耳欲聋,迫击炮在发狂,后来在寂静中突然听见机关枪打了两三秒钟。

人们不仅同德国人,而且也同死神生活得如此接近,以至于看不到任何更多的东西了,形成了一种生活方式——议论到底什么时候才开始发给一百克食物,研究那个搬到营长的窑洞里去住的瓦利娅为什么得到了一枚奖章。士兵们在油灯怯生生的光线中咒骂、写家信、找虱子(它们被称为"冲锋枪手"),漫无止境地谈论着未来将会如何,战争何时结束。谁也不愿谈到死亡,都情愿回忆或者预测。每当信号弹盘旋上升的时候,总有人平静地骂道:"升上去了,坏蛋!现在就要开始……"两小时后,另一个啐一口唾沫说:"你瞧这个寄生虫!这是他在俯冲……"在司令部里给获奖者分发勋章,编制下落不明者的名单。在卫生营里给伤员输血,截除手足,卫生员埋怨道:"连睡个把钟头都不让……"女通信兵,这些在所有的战争故事里都不可或缺的女英雄,玛鲁夏们、卡佳们、娜塔莎们反复地说:"奥卡,给我要星星。"根据幼稚的秘密工作方法,团、营在电话交谈中都叫做"家具"。司令官对奥莉娅或薇拉叫道:"您是怎么啦,他妈的,打搅我!……"姑娘们回忆着毕业晚会、初恋——我遇到过的姑娘几乎全都是一离开学校就上了前线,她们常常胆怯地瑟缩不已——周围带着贪婪目光的男人太多了。在师报编辑部里一位少校口述道:"准尉库兹米切夫的功勋。根据司令部的任务……"接着他同朋友——负责党员登记的指导员交换新闻:"据说梅赫利斯[1]被撤职了,这将是一出好戏!……"

---

[1] 当时《真理报》的总编辑。

然而隐藏在这一切的后面的却不是漠不关心,不是日常琐事,而是残酷无情。战争已进入第二年,它早已不再是突然的灾难,它成熟了,虽然大家都知道南方正在发生可怕的事件,德国人已经到了伏尔加河,但依然确信战争是长期的,有的人注定要牺牲,也许是在一年以后,也许是在一小时之后,而那些像奇迹似的幸免于难的人们则将看到胜利。每个人都觉得他一定会活下去,同时每个人又迷信地竭力不谈这一点,不仅不谈,也不去想。

有时候一切不知何故都沉寂下来,有时候战斗又十分激烈。加瓦列夫斯基上校成功地把敌人从伏尔加河北岸赶走了。在八个月当中,德国人巩固自己的阵地,出色地安排布雷区。拉舍夫斯基少尉率领一个连提前投入战斗,违犯了命令。在这个连里有各个民族的战士——俄罗斯人、乌兹别克人、鞑靼人、犹太人、巴什基尔人。拉舍夫斯基负了伤,但依然留在作战部队里。鞑靼人易卜拉欣·巴高季诺夫说:"稍稍给了他们一点厉害……"集体农庄庄员舒姆斯基的父母、妻子、姊妹都留在被德国人占领了的村子里。"老人家真可怜,"他一再地说,"我心乱如麻……"他有一张温和的俄罗斯人的脸,轮廓模糊,但可以感觉到他正在经受痛苦的折磨,他轻声说:"打他们!……"

我还记得过去曾是乌拉尔炼钢工人的丹尼尔·阿列克谢耶维奇·普雷特科夫苍白的面孔,他发狂似的战斗。我获悉了他的老母亲在乌拉尔,德国人杀死了他的一个同志。普雷特科夫常在夜里爬到德国人的阵地上去,带着战利品回来,他拿来了自动步枪、狙击枪。他曾对萨莫先科中校说:"首长同志,请给我一支祖国的自动步枪!我曾有过十六支德国的家伙都送人了,我讨厌用它们来射击……"中校说:"你休息一两天吧……"普雷特科夫拒绝了:"那让谁去进攻呢?……"只有他一个人活着。受了震伤以后,他的听觉失灵,他把手表放在耳边:"我聋啦!……没关系,在那里就会听见的!……"("那里"是什么地方,我简直不明白。)他一再地说:"坏蛋!……坏蛋!……"他两眼放光,双唇颤动,感觉得到他的兴奋。

士兵伊利亚·戈列夫曾对我说:"心都会为他们干枯的……"果真,当我现在想着当时我们的感情时,我看到:当时我们对法西斯匪徒是那么憎恨,我们生活在那么强烈的痛苦与忧虑之中,以至于可以把每个人的心拿来同布满裂纹的、灼热的、晒焦了的干旱的土地相比……

别利亚科夫准尉是个已不年轻的沉默寡言的集体农庄庄员,他同我谈过一次,诉说妻子的苦处,三个孩子,她又患病,集体农庄很穷,战前的生活就很苦,现在就更坏了。每逢别人开玩笑、争论、交换军事新闻的当儿,他总是默默地坐着,有时抽起烟来就咳个不停,只有一次,一个女人告诉他,德国人临走时开枪打死了母牛,他忍不住了:"他们丧尽了天良!当兵的也好,小娃娃也好,在他们都是一样,对这种人杀得太少了,可是拿他们怎么办呢?……"他不作声了,把自种的烟倒在一小片报纸(他不爱看报)上,并轻声补充了一句,"过去听人说,他们的铺子很漂亮,卖的东西很多。可您给解释一下:这种人有灵魂吗?……"

大家都嘲笑米沙·萨夫琴科,他写情诗,并把它们献给各种各样的女人,时而是斯韦特兰娜,时而是列诺奇卡。我抄下了曾引我大笑的几行:

前线上既没有玫瑰,也没有飞马①,

但是德国佬却在各处埋下了许多地雷。

在进攻的时刻来到之前

我和你在一起,爱人啊!我将同你飞往柏林!

他很委屈,因为师报不曾刊登他的任何一篇作品,"那里只承认陈词滥调。要是我写近卫军的荣誉,马上就会发表……"就是这个米沙,曾在德国人进攻时打坏了一辆坦克。昌奇巴泽将军授予了他一枚红星勋章,拥抱了他。米沙扬起他那本来就长得很高的细眉:"我怎么啦,要给坦克开路吗?……"他把关于勋章的诗献给了格鲁莎,但未被刊登。

我还想起了矮小的犹太理发师,他好像叫做费格尔,笔记本上记的名字已被磨灭了。和别的理发师不同,他剪发和刮脸时默不作声。谁也不明白,他是怎么去捉"舌头"并背了一个身材高大的德国人回来的;他也不善于说明:"因为闷得慌。我还想起了一桩旁的事情……"我不再追问他想起的是什么事情,他大概有亲人留在占领区里——他是明斯克人。我只问道:"您当时害怕吗?"他耸耸肩膀说:"我爬的时候什么也没有感觉到,但也可能感觉到了,不过忘了,可现在想起来却觉得害怕了……"

---

① 希腊神话中之双翼马。

我曾和美国记者利兰·斯托伊同去拜访波·格·昌奇巴泽将军,后者是个爱冲动的、愉快的格鲁吉亚人。当天夜里,德国人的迫击炮火力很猛,但波尔菲里·格奥尔吉耶维奇却沉着地用华丽的词藻频频祝酒,想把美国人灌倒。利兰·斯托伊是个勇敢的人,他参加过各种战争:在西班牙,在挪威,在利比亚;他虽有酒量,但也受不了啦:"不能再喝了。"这时将军给自己斟了一满杯,而给记者的杯底倒了一点儿,并对我说:"您翻译给他听——我们是这样作战的,而美国人是那样作战的……"斯托伊大笑起来:"这是我第一次因为我们打仗打得不好而感到高兴……"次日夜里,我们在通往司令部的路上看见一所小木房,便在门上敲了很久。最后听到了一个惊恐万状的女人的声音:"谁在那里?""自己人。"女人把我们放了进去,不信任地打量着。"我想会不会是德国魁子……"(她把"德国鬼子"说成是"德国魁子"。)听见我们不是用俄语交谈,她哭了起来:"德国魁子!……"我说明了我的同伴是美国人。女人说:"他们干吗袖手旁观?要咱们的人流血牺牲?……"我把她的话译给斯托伊听,他把脸转了过去:这可不是筵席主持人……婴儿醒了,哭了起来,女人便去哄他睡觉。

我在勒热夫城下意外地遇见了"西班牙女人"埃玛·拉扎列夫娜·沃尔夫,她在做反宣传工作,我们想起了马德里,这一切都已是往事,但我们觉得,永远都将是这样:战地电话、迫击炮、死亡。只是她的儿子长高了一点,她说,他正在勒热夫作战。而可爱的戈列夫,马德里的保卫者已不在人世了。难以想象,他竟死于自己人之手……

"我曾有一个同志,是个出色的指挥员,在芬兰战争中立过功,但他在德国人进攻前的一个月被捕了。"阿·伊·济金将军告诉我说,他是个勇敢的好人。这是一个黑暗的有星星的夜晚,在前线的一个静悄悄的地段。我们坐在岸边的帐篷(阿列克谢·伊万诺维奇开玩笑地说:"伏尔加河上的小屋。")里。他沉思着:"我们要拖到结束,那时候一切就会是另一个样子了……不然的话坏事太多。《真理报》上发表了剧本《前线》。全都正确,只是人们何以这么迟才醒悟过来?有多少无辜者遭到杀害!而马屁精却都被安置在很高的位置上,引起了恐怖。我在前沿上是不害怕的,可那时候却跟所有的人一样很胆怯……您是怎么看的,斯大林知道吗?哪怕只知道十分之一也好?我认为他什么都不知道,人们欺骗他,说准备工作做得很出色……如今他不能不看见……他说得对。但是谁应该执行呢？还是那些人……"

当时许多人都有济金的想法。我愿做一个认真的人，每一次我都害怕现在的评价会影响往事的叙述。让我摘引一封信的几个片断，这封信是前方战士舍斯托帕尔大尉在1942年9月写给我的，被我保存下来了："我的妻子和婴儿丢失了（我说"丢失了"，就像说的是什么东西似的——在占领区，人的丢失比东西还不如）。我可爱的蓝眼睛乌克拉英娜被德国人钉在十字架上……我从来都不曾像现在这样为祖国的命运担忧……你只听见撤往新的战线、敌人迫使我军后退……当我们结束战争的时候，我们要洗洗双手然后坐下来评判，为了拯救国家谁曾做了什么，回忆回忆那些应该回忆的人和那些由于玩忽职守或欺上瞒下而应严加责打的人……报刊可能是竭力用好的事例教育社会，结果我们的社会生活就好像是一帆风顺的了。这种教学论叫我们付出了巨大代价！斯大林在敲警钟。报刊一定立刻就会大叫大嚷，以此制造又一次运动。甚至在'具有历史意义的'运动结束之前就安慰自己和别人。须知他们曾经叫嚷道：'别忘了最英明的（这是必不可少的，尽管毫无必要）斯大林的那些英明的、具有历史意义的话。但我国的边界固若金汤，忠实的哨兵正牢牢地保卫着它。'这简直是自杀！……总之，我们有许多事做得不好，现在我们还在为此受苦。我认为，我们不仅要给德国人嵌入脑筋，而且也要给我们的某些人嵌入脑筋。战争将教会我们许多东西……"

阿列克谢·伊万诺维奇·济金死于1943年，我不知道М.舍斯托帕尔大尉是否活到了今天。而且对于别的许多人我也毫无所知。我在那几年间曾写道：

我们害怕说话，说了也还是要分别！
如果命运使我们萍水相逢，
也许我不能立刻认出
穿旅行服的灰色的路人是谁……
任何一个人都很奇怪：
他热烈发誓，说他热烈地爱，
同时又忘记是在何时又是对谁……

但他不会背叛一点:
一句简单的话,一只灼热的手,
勒热夫的树林与勒热夫的痛苦……

一本小小的、扯破了的笔记簿,许多地方都看不清了,自己写的潦草字迹已难以辨认,但是有别人写的一行清楚的字迹:"转告科科林之妻,他活着并在作战"以及一个莫斯科的电话号码。我不知道科科林的下落,甚至也记不得是在哪里遇到他的,似乎是在军报的编辑部里,但我们作倾心之谈却大概是在勒热夫的树林里……

11

早在1941年秋我就开始为瑞典的《哥德堡贸易日报》撰稿,但一年之后才从我国驻瑞典大使亚·米·柯仑泰①那里获悉,我的某些文章使得通常比较好静的,甚至萎靡不振的北方人动怒了。但首先我想谈谈亚历山德拉·米哈伊洛夫娜。

我初次看见她是1909年在巴黎的一个报告会上,或者如当时所说,在一个介绍性的学术报告会上。当时我觉得她很漂亮,她的衣着不像一般俄国的女侨民那样蓄意突出自己对女人气的藐视;她所谈论的也是那一定会吸引十八九岁的青年的东西——人为之而生的个人幸福,没有普遍的幸福是不可思议的。

但我认识亚历山德拉·米哈伊洛夫娜却是二十年后在奥斯陆,当时她是那里的全权代表②。

虽然她已年近六十,但当她往陡峭的山岩上攀登时,我勉强跟得上她。青春的活力既表现在争论的风格上,也表现在幻想中——那是在1929年,当时无论是争论还是幻想都还很容易。她的平易近人使我吃惊,许多遇见的人都向她问好。我们走进咖啡馆,乐师们认出了她,便开始演奏俄国歌曲以示敬意。政治活动家们以尊敬的口吻谈论她,而诗人和艺术家们则激动地期待着她对展览或书籍发表意见。

亚历山德拉·米哈伊洛夫娜在同我交谈时有时回忆起自己的过去。她

---

① 柯仑泰(1872—1952),苏联女外交家。
② 1941年5月以前苏联的驻外使节均称"全权代表"。

是多蒙托维奇将军之女,她的母亲生于芬兰。亚历山德拉·米哈伊洛夫娜十八岁时嫁给了工程师柯仑泰,但不久便离开了他:家庭幸福不合她的胃口。她醉心于革命思想,经常出国,成了社会民主党党员,遇见了列宁、普列汉诺夫、罗莎·卢森堡、拉法格。1908年沙皇当局曾要查办她,在她身上搜出了一本关于芬兰的小册子、起义的号召书。柯仑泰不得不亡命国外。(芬兰人没有忘记她曾为芬兰的独立进行过斗争,这为1940年3月开始和平谈判时进行私人接触提供了方便。我曾到萨特舍巴登的瑞典演员卡尔·赫尔哈特的别墅去过,他告诉了我芬兰政府代表同柯仑泰夜间在他那里相见的情形。"像这样聪明的女人我没遇见过第二个,"他感叹道,"坚定的信念通常是排斥远大的目光和耐性的,但柯仑泰夫人却很有分寸……")

1914年德国曾因柯仑泰发表反对军国主义的演说而把她关进狱中。后来她到了瑞士,然而中立的、似乎是爱好和平的瑞士政府也逮捕了她,并驱逐她出境。柯仑泰不得不到加拿大去了。

亚历山德拉·米哈伊洛夫娜保存了一篇文章,它在1917年7月曾在瑞典左翼社会民主党人的报纸上发表过,其中谈到,朋友们把到了彼得格勒的柯仑泰同志送进了克伦斯基的监狱。的确,临时政府的委员别洛谢利斯基公爵在边境等待着她,他立刻把她送进了女苦役监狱。十月革命后柯仑泰被任命为社会保险人民委员,她创办托儿所,为孩子们争取牛奶,起草保护母亲的法令。苏联的第一个婚姻法是亚历山德拉·米哈伊洛夫娜起草的,当然,其中既没有"孤独的母亲",也没有"私生子"。从1942年到1946年,柯仑泰曾任苏联驻挪威、墨西哥、瑞典的外交代表。

为什么我会对一个似乎相当出名的政治活动家的履历和生平感到兴趣呢?柯仑泰把六十年的光阴献给了争取社会主义社会胜利的斗争,但是关于她,人们却写得很少,比许多毫不出色的官员都少……

亚历山德拉·米哈伊洛夫娜朴素自然的民主作风赢得了我的好感。无论是同迂腐的瑞典国王还是同矿工交谈,她都是那么轻松自如、谈笑风生。在向我介绍保姆时她说:"这是我的私人秘书。"在大使馆里,所有的人——职员、司机、女工都在一起吃饭。柯仑泰有教育才能,许多曾在她的领导下工作的年轻人都得把自己的精神发展归功于她。

她在1929年曾对我说,需要艺术中的现代形式,年轻的挪威人和墨西哥人的作品吸引了她,她喜欢凡·高。1933年我们谈论了文学问题。亚历山德拉·米哈伊洛夫娜感到奇怪:"他们给我寄来两部新的长篇小说。要这些乖孩子干什么呢?在托尔斯泰、陀思妥耶夫斯基、契诃夫之后……"

1938年5月,当我从莫斯科回到西班牙去经过斯德哥尔摩时,我发现亚历山德拉·米哈伊洛夫娜变得苍老了、忧郁了。她请共和制的西班牙的大使帕伦西亚吃饭,帕伦西亚谈到在战斗中成长起来的新指挥员:"我也认为,还没有失去任何东西……"这时她活跃起来了。后来帕伦西亚走了。亚历山德拉·米哈伊洛夫娜问道:"家里怎么样?"接着急忙补充一句,"您可以不回答——我知道……"我们分手时她说,"祝您有力量,现在双倍地需要力量,这不仅因为您很快就要到巴塞罗那,也因为您不久之前在莫斯科待过……"

我保存了我在战争时期收到的几封亚历山德拉·米哈伊洛夫娜的信,她在信中谈到我的文章,也简略地提到了自己:"我做的工作很多,工作也很伟大。"——她的性格就是这样。

在亚历山德拉·米哈伊洛夫娜的晚年,我常去找她。她已局部瘫痪,但继续工作着。外交部的工作人员常向她请教。她为未来的历史学家写回忆录——想说出她曾不得不看到和经历过的事情。她于八十岁去世。

现在要从伟大的心灵回到渺小的政治上来了。众所周知,瑞典在第二次世界大战中仍是中立的;但是政府却允许希特勒通过瑞典领土运送部队和军事装备。有些瑞典人喜欢这件事,另一些人不得已地容忍了此事,还有一些人感到气愤。

《哥德堡贸易日报》是倾向同盟国的,因而建议我从莫斯科寄文章去。我明白瑞典的处境困难,便尽可能写得委婉些。但我的文章依然触怒了德国人。德国情报局宣布,外交部的代表在记者招待会上预先警告了瑞典人:"哥德堡的报纸上的爱伦堡的文章是同一个中立国不相容的,而且对于瑞典会有不愉快的后果。"

有些瑞典报纸支持里宾特洛甫——《斯德哥尔摩新闻》《哥德堡晨报》《晚报》等。《达格斯波斯坦》说得尤其活灵活现:"爱伦堡打破了精神暴虐狂的全部纪录。没有必要批评这种卑鄙的谎言并证明爱伦堡企图把红军士兵通常的作为记在德国人的账上。"

发行很广的体育报纸《体育报》的主编泰格奈尔先生大发雷霆,仿佛他是在看足球比赛。按照希特勒的形形色色的捧场者的说法,我的文章是同瑞典船只在波罗的海沉没,同俄国人侵占斯德哥尔摩的阴谋以及其他骇人听闻的事件有联系的。

哥德堡的报纸发表的那些文章也在挪威和丹麦的报刊上出现了。这当然激怒了德国人,《法兰克福报》写道,"一切有理智的瑞典人都对给予凶残的莫斯科奸细的殷勤招待提出抗议"。报纸引用了旅行家斯万·赫登的话,此人大谈其"俄国熊的凶残",并赞扬一个报名参加德国师团的瑞典人。

一个身居要职的人物,邮电部门的主管者安德斯·阿尔内也发言了。他发表了《伊利亚·爱伦堡在瑞典》一文,其中写道:"从内部征服瑞典的企图原来是为了把它并入苏联版图。"这是在1942年7月,当时我军正在顿河草原上浴血苦战。

1943年初在瑞典杂志《经济学家》上刊登了下面这段话:"我们曾发表了伊利亚·爱伦堡对希特勒最近一次演说的评论。我们删去了许多地方,以便文章中没有任何能使德国政府首脑感到受辱的东西。文章没有遇到来自书刊检查机关方面的反对意见。不料次日举行了一次内阁会议,决定把载有爱伦堡文章的各期杂志全部没收。我们认为这是真正的过火行为。"

《哥德堡贸易日报》的主编塞格斯泰特教授曾告诉我说,尽管书报检查使他有时不得不在我的文章中作些删削,但他衷心地感谢我并愉快地指出,他收到报纸读者的许多赞许的信;亚·米·柯仑泰曾写信给我:"您也知道,在瑞典,人们是多么重视和喜爱您……"

我在莫斯科有时去拜访挪威大使安沃尔。他是个亲切的、平易近人的人。我和他回忆着挪威的友人。他知道瑞典报纸上的论战并对我说:"别去理会邮政局长。他不过是个局长而已,但普通的瑞典人却经常写信。这是些好人。他们知道挪威的遭遇,他们感到痛苦,有时也感到耻辱……"

战争结束五年后我来到了瑞典。我也到了哥德堡,在《哥德堡贸易日报》(塞格斯泰特教授已经不在那里了)上刊登了一条关于战争时期的撰稿者的非常不客气的简讯。我并不奇怪:在这之前很久我即已懂得,在政治决定一切的地方,记忆是一种累人的偏见。

可是我曾在瑞典遇见了一些在艰苦的岁月里支持过我们的人。我比较亲近地认识了在西班牙遇到过的耶奥里·勃兰金格、梅尔以及别的许多人。我明白了,挪威大使说得对:瑞典原来有许多好人。他们都怀着深情回忆起亚·米·柯仑泰。

结果究竟如何呢？异国的生活犹如黑暗的剧院大厅,只有舞台上才有灯光。但演员在舞台上的出现与消失却完全取决于事件、局势和那名曰历史的导演难以捉摸的性格。当希特勒进逼伏尔加河,当他到了埃及并开辟通往印度的道路时,在瑞典的剧院里出现了一场根据拙劣的剧本排演的拙劣的演出。但这出戏不久就从戏报上取消了:红军士兵引得瑞典人说起话来。大厅里又怎么样呢？在大厅里坐着普通的观众,他们可以鼓掌或吹口哨,但要想插嘴却办不到。而当他们一旦冲上舞台,则不仅布景摇摇欲坠,连剧院也晃动起来了……

12

斯大林格勒战役结束的消息我是在路上听到的:我和《红星报》摄影记者谢·伊·罗斯库托夫同去卡斯托尔纳亚。我情绪昂扬:显然发生了一个转变,先前是不得不相信胜利,尽管一切所表明的恰好相反,但如今却没有怀疑的余地了——胜利是有保证的。

天气寒冷异常,有着漫长的暴风雪和刺脸的风搅雪①的2月开始了。我们到达卡斯托尔纳亚是在一个寒冷而晴朗的晚上。月亮把淡绿色的、死气沉沉的光线倾泻在雪原、被炮弹炸碎或被坦克压扁了的尸体上。我们伫立片刻便走进了小木房。

清晨我在卡斯托尔纳亚周围徘徊良久。从沃罗涅日撤下来的德国师团在这里中了埋伏,于是一个默默无闻的村庄便立刻出了名。翻倒了的载重汽车,埋入雪堆里的微型汽车"奥佩利""雪铁龙""菲亚特"(有一个时期新婚夫妇常开着它们去海滨度蜜月),被撬去了侧面的意大利公共汽车,司令部的纸张,一块块的尸体,行军灶,戴着钢盔的脑袋,香槟酒瓶,公事包,被打断了的手臂,打字机,机关枪,一个长着老长的睫毛的巴黎的驱邪木偶和一个仿佛从雪里长出来的光光的脚后跟。

即使在战争中被杀害者的惨状也令人吃惊——你不禁会想道:他生在哪里,为什么来到这儿,撇下了什么人,在这种感情中有一种人道的东西。但是在卡斯托尔纳亚,甚至都不会想到个别士兵的遭遇。冬天的太阳露面的时间很短,在它的光线中尸体犹如蜡像陈列馆里的蜡像,而布满废铁、被

---

① 不下雪的时候低风吹起地上的雪。

支解了的躯体和黑洞洞的雪原,则是早已消失了的世界的模型。

一名中尉给我喝了一口白兰地,我们坐在一个被人体弄得热烘烘的黑暗的小木房里。大家都争先恐后地说着话。中尉叙述他们怎样一天之内在积雪的草原上走了三十公里。"打败了敌人以后我累得站都站不住了——睡着了……"我记得年轻的季先科大尉。一切都混乱了,他也被德国人包围了。"那时候有什么办法呢?我们曾包围了他们,可我一看——周围是德国鬼子……我甚至都不知道这个念头是怎么来的,大概是因为吓坏了,我抓住对方一个人的手说:'小伙子,你要是投降,好,很好……'他们把手举起来了……"

我记下了这样一段事迹:"科里亚夫采夫准尉掉进冰水里了。连长说:'到屋里去吧——你会受凉的。'但准尉答道:'我根本不觉得冷——仇恨温暖着……'"

士兵奈马克的一只手包扎起来了。战前他在切尔尼戈夫当会计。他很脏,脸也不刮——一头苍白的硬发。他微笑着说:"人们说'犹太人的幸福',可您瞧——我真是走运:三个指头掉了,两个还留着,而那些还很好——我可以继续工作。我老实对您说:我还想走到切尔尼戈夫呢……"

我也记下了同德国间谍、第十三军司令部的军官奥托·金斯凯尔的一次很长的谈话。这是个既不年轻也不愚蠢的人。起初他对我说:"我没有被希特勒的威严所迷惑,但我也不想责怪他——他配得上他所得到的东西。他成功地唤醒了德国人的民族自豪感——这是他的功绩。坏只坏在纳粹党人常常妨碍年长的、有经验的指挥官……当然,铲除共产主义或消灭犹太人已列入了党纲。我对政治不感兴趣,而一个军人是不能可怜敌方的居民的——战争毕竟是战争。但是您要知道,暴力和抢劫能败坏任何军队,甚至德国军队。不过这也不是主要的……"他沉默了,直到一个钟头以后,当他暖和过来,吸了几支香烟,这才坦率起来,"您以为我们的侦察机关不知道你们的后备队吗?施特罗姆将军不仅有你们的师团的番号,还有关于人员和器材的资料。这是老早以前的往事了!……当侦察机关通知,俄国师团到了科捷利尼科沃附近时,这消息没有继续传到集团军司令那里。冯·扎尔穆特将军说过,大本营不喜欢收到类似的情报:禀告元首是危险的——将军的名字将同不愉快的事情联系起来。原来有一条联想的规律……因此情报工作就可以改名了:我们不如说是在捏造情报。施特罗姆将军欺骗冯·扎尔穆特将军,后者又欺骗凯特尔将军,凯特尔则欺骗元首。德国就被拴在这条小链子上拖向深渊……"

我们继续前进,在我军冲入希格雷的数小时后便到了该城。我们到来时已是深夜,敲各家的门敲了很久,谁也不答应。最后终于把我们放进去了。谢尔盖·伊万诺维奇·罗斯库托夫被安置在几个讨人喜欢的老头子那里,我却被带进一个住着一位带着六七岁的儿子的年轻女人的房间。男孩子醒了,任性地要吃糖酱。母亲把他抱到自己的床上,我就睡在小沙发上。我在昏暗的灯光下打量女主人——一张娟秀的俄罗斯人的脸,忧郁而疲倦。我为吓住了她而感到不好意思,我说,现在可怕的事情已经过去,她将得到休息并安下心来。她哭起来了:她已有一年半不知道自己丈夫的任何音讯;他是飞行员,最后的一封信她是在战争开始时收到的;她问我怎样能找到他——军邮号当然变了,而她甚至不知道他是在哪个部队。后来我睡着了,但又被那个重又想起了糖酱的男孩子任性的声音吵醒。我终于看见了他热望着的东西——一听有法国字的罐头。女主人请我吃早饭,解释道:"我们什么东西都很多——德国人扔掉了,我们到晚上去拾来……"我问德国人的行为怎样。她说:"您自己也知道——这还算是人吗?我幸亏没撞见他们。他们都住在漂亮的房子里,可我这里,您也看见了,简直是个狗窝。连一个德国人都没到这里来过……"男孩子打断了她的话:"妈妈,奥托叔叔每天都来,他跟我玩,跟你玩。"女人的脸涨得通红:"别胡说!……"男孩子固执地重复着说:"我没乱说。奥托叔叔答应拿一个巧克力糖做的小房子来……"女人惊恐万状地瞧瞧我。我说:"别怕,我不会说。"——便走了。(我记住了这个场面,在长篇小说《暴风雨》里,克雷洛夫医生在一个小镇上过夜时曾听到一个男孩子说起"奥托叔叔"的事。)

一位上校告诉我,抓住了一个叛徒——"警察"。小房间里坐着一个约莫三十五岁的人。他抬起头来,用一双晦暗的、没有色泽的眼睛瞧瞧我。他有一个很大的喉结。他告诉我,德国人曾在希格雷办了一个"警察训练班"。他在那里学习过。一般来说,他没有做过任何坏事。他只不过代表毕业生给警卫司令鲍林格写了一封致谢信。现在这件事被想起来了。"没有脑筋……我是从来都没有实际办事能力的……"他呜咽起来了,"那时我害怕了,可现在自己人在打……"一分钟后他突然勇敢起来,"不,您说,我做过什么坏事?干吗要拿我出气?听说是'训练班',我就去了。我在十年制学校毕了业,本想继续读书,可是没读成。您可以问别人——我在战前担任过负责工作,没受过一次处分,要考虑环境。我第一个为我们的人回来感到高兴。到底为什么要攻击我?我那时不在莫斯科,要是德国人曾在此发号施令,那也不是我的错……"

小城里只留下一些木房子了:好房子都被德国人在离开之前烧毁了。在城里的公园里我看见了德国人的公墓——长长的一排排的十字架。人们叙述经历:游击队炸毁了桥梁,德国人当时枪毙了五十名人质,春天又在广场上绞死了六个妇女——因为她们同游击队有联系。当她们被带去处死的时候,人们都哭了。其中的一个妇女看到一个涂脂抹粉的女郎就叫道:"给德国人当床垫也不害臊……"在《暴风雨》里我引用了当时在一个被占领的城市里编的一支小调:

> 您仿照德国的洋娃娃梳妆打扮,
> 把自己涂抹得花枝招展,还像陀螺那样旋转,
> 一旦勇士归来——一绺绺的发卷不能帮忙,
> 年轻的小伙子也要鄙薄地走开。

鲁萨诺夫兄弟受尽了折磨……

上校说,我军正迅速向库尔斯克挺进,再过两三天大概就会解放该城。我们沿着指定的路线行驶,在科萨尔扎碰上了猛烈的轰炸,便躺在雪上;当我们站起来时,雪原已布满一个个很大的黑斑。

猛烈的暴风雪开始了。司机咒骂不休,每走百十步就得停一下,我们走下车来,企图猜测前进的方向,——道路消失了。我们行驶了十公里,也可能是十五公里,后来汽车陷住了。天开始黑了——这是下午四时。我们没有食物,都冻僵了。发动机沉寂了。我穿的衣服很糟:一件军用大衣,一双皮靴,一对手套代替了无指手套。黑夜降临了。起初我冷得难受,但后来不知何故却突然觉得暖和,甚至舒适起来了。谢尔盖·伊万诺维奇咒骂着,他说天一亮就要去找住处。但司机和我却不作声。我没有睡,但打起盹来,我觉得非常舒服;总之,我冻坏了。

我一生中曾数次濒临死亡的边缘。最不舒服的是闷死。有一次,考涅楚克、万·利·华西列夫斯卡娅、法捷耶夫和我在暴风雨中飞越阿尔卑斯山。小小的飞机上升到四千米的高度。法捷耶夫仍在读书。我看见考涅楚克的脸就吓坏了——他的脸色发青。我张开嘴,感到没有一丝可呼吸的空气。当女服务员拿来氧气袋的时候我已没有吸气的力量了。这是非常难受的。

但我现在回忆起在科萨尔扎和佐洛图欣之间度过的一夜却不无亲切之感。当时有什么不曾在我的幻觉里出现啊!仿佛我生来还不曾享受过这样的幸福。后来司机告诉我,他也冻坏了,也做了些好梦。但谢尔盖·伊万诺维奇却不愿同命运妥协,他想拯救我们。天刚亮他就说:"我走了。"我答道,这是干傻事;我看了看——他陷进雪堆里了,我便重又回到自己的幻景中去。模模糊糊地记得来了一辆雪橇。我被挖了出来,盖上一件皮袄。谢尔盖·伊万诺维奇在微笑。

少校给了我一杯伏特加,我喝了,但甚至感觉不出这是伏特加。少校摇着头又给我斟了半杯。当然,我喝了这么多,又空着肚子,在一般的情况下我可能就躺在桌子下了;而这时我们吃了点东西,一小时后就同炮兵营的军官们坐在地图前面,讨论起如何去库尔斯克的问题来了。我们的汽车被拖到佐洛图欣,从那里顺着铁路到了库尔斯克。

(1962年夏,在争取裁军代表大会筹备委员会的一次会议上,肯尼亚的主席向和平主义者说明了茅茅不是一个种族,而是一个政党。这次会后,我的邻座尼·伊·巴扎诺夫,一个谦逊而又十分热爱和平的人,突然问我是否还记得炮兵们在佐洛图欣附近是怎么把我暖和过来的。我在这之前也遇见过尼古拉·伊万诺维奇,但未曾料到他就是曾在一个遥远的2月的清晨用伏特加治疗过我的那位少校。)

人们转交给我一个卷宗,上面写道:"伊利亚·爱伦堡在前线。卷中订有三十五页,已编号。始于1943年2月5日,止于1943年2月20日。"卷宗里最初是我和罗斯库托夫少校签署的电报。"已抵黄玉,即去部队","已抵'探照灯'","赴切尔尼亚霍夫斯基庄园"。电报都是寄往"天鹅绒"的——这是莫斯科的代号。"探照灯""锻炼""黄玉""镉黄"都是各部队的司令部。2月6日以后我们没有发出我们还活着的消息,于是惊动了瓦基莫夫将军,他发电报给布良斯克前线,政治部主任皮古尔诺夫将军、切尔尼亚霍夫斯基将军和普霍夫将军、《红星报》记者克拉伊诺夫上校和斯米尔诺夫少校,给他们打直通电话。斯米尔诺夫少校很有理由地答道:"爱伦堡显然滞留在途中了,猛烈的暴风雪已持续了四天,路上不能通行。"但瓦基莫夫将军却要尽快把我找到,他甚至惊动了柳芭,直到收到"已抵库尔斯克第六十军司令部"的电报后,这才放下心来。

在库尔斯克,我坐下来写文章了——从战争开始以来,报上一连三周不见我的名字这还是第一次。

德国人在库尔斯克盘踞了十五个月,我在那里看见了占领时期出版的《库尔斯克消息报》所描写的"新秩序"是什么东西。我仔细观察那些时而发呆,时而醒觉过来并说个不停的人们。在他们当中有英雄,有懦夫,也有已经适应了战地抢劫、投机、射击和酗酒的市侩。从人们的叙述中展现出一幅瞬息万变、不相连贯、而且没有理性的生活的图画。市参议会的会议大厅里挂过希特勒的肖像。一个叫做斯米亚尔科夫斯基的人被任命为市长。我翻阅了他给城防司令马尔赛将军的报告,市长胆小如鼠,四处奔波,竭力证明他忠于元首。

开办了几个企业——一个针织厂,一个制革厂,一个制粉厂。寄卖行大为兴隆,但城市的灵魂却是市场。那里出售糖、从德国人那里偷来的药品、意大利袜子、私酿的白酒。一个扫院人变成了富翁——他报告地窖里藏着两个年老的犹太女人,从而博得了秘密警察的信任,得到一所漂亮住宅,过起快乐的生活来了。一个医生在市场上卖甲基磺胺噻唑,喝醉了就说:"我毕竟不为我留了下来而感到惋惜。当然,德国人是强盗。但是过去难道我能想象,每天晚上都能喝白兰地,还能送袜子给女孩子们吗?……"

我认识了一个姑娘,过去是师范学院的大学生,她痛哭了一场之后向我坦白地说出了一切:"我信任您:我读过您写的关于爱情的长篇小说,不记得名字了,有一个法国女人……我不知道,从我这方面来说这是爱情呢,或者只不过是由于痛苦而产生的迷恋。但他并未纠缠,仅仅吻过手。他的钢琴弹得非常好,还谈到过感情。早先我从来没听见过这样的话。于是我深受感动……可现在——报应……"她贪婪地瞧着我……寻找同情。我默然。许多年以后我看了影片《广岛之恋》:一个年轻的法国女人在占领时期爱上了一名德国士兵,德国人被赶走了,姑娘受到人们的鄙视,头发被剃光了,宛如一只被捕获的小兽。女演员演得很好,我也不禁可怜起影片的女主角来了。我久久地思索着"爱情的古怪"。究竟为什么在我身上找不到对那个年轻的库尔斯克女人的怜恤呢?一切都还太新。恰巧在这之前我曾同女教师科祖布谈过,她曾被送去挖战壕,一个德国军官打她的耳光。我看见过另一个女教师——普里瓦洛娃,德国人杀死了她的儿子。我同唯一幸存的一个犹太人谈过话。他躺在伤寒病室里,见习护士们对德国人说,他死了。但其他的犹太人都被杀害在谢特尼卡的郊区了。吃奶的婴儿被提起来把头往石头上摔。我感到我身上的一切都变得冷酷了。当然,女大学生所钟情的那个德国人可能受到良心的谴责,甚至感到痛苦,有谁知道他呢?但我那时却顾不到什么"爱情的古怪"。

遇到曾向游击队员提供武器的师范学院女生卓娅·叶梅利扬诺娃后,我对她就像对一股活水那样感到高兴;我曾记道:"卓娅——这就是共青团员!"(日后我有时还收到她的来信,我们的谈话没超过一小时,但她在我的记忆中却是一个精神上十分亲近的人。)

我还看到其他一些勇敢的、高尚的人,但我不隐瞒:我感到难过。我知道,居民受尽了苦难——在法国、荷兰、比利时的那些被占领的城市里实施的法西斯制度,同被希特勒匪徒侵占的苏联各州所推行的制度是不能相比的。尽管敌人迫害,人们依然是不可制服的,可能正因为如此,幸福的事物便似乎是令人不能容忍的。我们全都呼吸着痛苦、屈辱、愤怒。你瞧街上有一个时髦女郎。她穿的那件绒线衫是从哪里来的?那个红光满面、留着棕色小胡子的公民卖过什么东西?是蛋粉还是从被绞死者脚上脱下来的皮靴?后来我看到许多解放了的城市,既看见过欢乐的眼泪,也看见过英雄们的坟墓,还看见过苟且偷生者的诏笑。我明白了,占领时期的生活是虚幻的。青年男子几乎没有了——他们在我国军队中作战。倔强的人被杀害,或被送往德国做工。"去掉奶油的牛奶不浓。"奥廖尔有位老太太曾对我说。(她谦逊地避而不谈她曾在自己小房子的地窖里藏过一个负伤的红军战士——这是我后来在市苏维埃听说的。)我之所以特别清楚地记住了库尔斯克,是因为它是我所看到的第一个获得解放的城市。

我在库尔斯克认识了伊·丹·切尔尼亚霍夫斯基将军。他的年轻令我吃惊,当时他才三十六岁;他爱冲动,性情愉快,身材又高,使得他看上去还要年轻些。我第一次同他谈话的时候就觉得他不像别的将军。他说,现在德国人正在抱怨"离奇的处境"——"俄国人从西方打来,因而我们有时竟被迫往东方钻。"伊万·丹尼洛维奇说:"总之,他们把自己的'钳形攻势'理论也忘掉了。我们向他们学到了一点东西……"虽然是一个坦克手,但他却说,"现在坦克似乎是一个新的军事纪元的开端,但其实却是结束。我不知道新发明将从何而来,但我宁肯相信威尔斯的幻想小说,而不大相信戴高乐、古德里安或者我国坦克手的想法。你学呀,学呀,可后来却看到生活把那些颠扑不破的真理全推翻了……"在下一次见面时他谈起了偶然性的作用,"我不知道,拿破仑的伤风在决定性的战役中起了什么作用。关于这个问题人们写了许多……但偶然的因素是很多的,它可以改变条件。这就像个人在历史上的作用一样——当然,起决定性作用的是经济基础,但是在所有这一切条件下,拿破仑既可能倒台,也可能不倒台……"

几个月后,当我在格卢霍夫附近又遇到他时,他谈到斯大林:"这就是你们的辩证法——不是理论,而是活生生的范例。要了解他是不可能的。只有相信。我从来没有想到,不是准确的方法,不是严格的分析,而原来是如此错综复杂的一堆矛盾……"

如果从我所引述的话来判断,切尔尼亚霍夫斯基应该是阴郁的,但他却很快乐,这是大自然赋予自己的宠儿的那种难以忍受的快乐。即使是在库尔斯克他也谈笑风生。他突然跳了起来,开始朗诵:

> 青春引导我们
> 挥戈扬鞭……

他笑着说:"要是研究明白,愚蠢,但一点也不愚蠢,比任何一门历史课都要聪明……据说巴格里茨基喜爱鸟雀。但是您知道,在乌曼有个小老头有一次曾告诉我说,大卫王写赞美诗并向青蛙发誓,为的是青蛙叫得异常动听——也是诗……"

在战争中切尔尼亚霍夫斯基总是一帆风顺的。当然,他精通军事科学,但这对于胜利来说是不够的。他很勇敢,不等候命令,而在困难的时刻则是吉星高照、化险为夷。战争开始时他指挥一个坦克军团,到1944年春则被任命为第三白俄罗斯方面军司令员。他第一个进入德国。1945年2月我到了东普鲁士的巴恩什坦城。切尔尼亚霍夫斯基往陆军司令部打了个电话，叫我去找他："快来吧，到了快散场的时候了……"三天后他被杀害了。

后来我在最高苏维埃、招待会、阅兵式上遇到过别的将军。有的死在自己的床上，有的退休了，有的还在服役。而伊万·丹尼洛维奇在我的记忆中却依然年轻，他常在炮声的伴奏下反复吟咏情诗，或者发表机智而辛酸的见解……

回头来谈1943年3月。一个漫长的休战时期来到了（库尔斯克弧形地带的战斗爆发于四个月后）。报上登满了获奖者的名单、新的肩章和勋章的照片，论述近卫军传统的文章、贺电。在去莫斯科的途中，我曾在叶夫列莫夫附近某地的一个小木房里过了一夜。炕上坐着一个士兵，他脱下皮靴，嘟囔着说："走啊走啊……小腿都走痛了……可昨天我收到了信，上帝保佑！……"我睡着了，因而没有听见那封信里说些什么。不过那时我们有谁不曾写过或收到过这样的信呢？……

13

我和康·亚·乌曼斯基成为挚友是在1942年初。他就住在我所住的"莫斯科"旅馆里,于是我们几乎每天相见(更确切地说,是每夜相见:我从《红星报》归来的时间很迟——在夜里两点,有时是三点。康斯坦丁·亚历山德罗维奇在同一个时间从外交人民委员部回来:斯大林喜欢在夜里工作,负责的工作人员都知道,他会打电话,索取材料,找人查询)。1943年6月,康·亚·乌曼斯基去墨西哥了,此后我没有再看见过他。一年半似乎是一段不长的时间,但那是一个艰苦的时代,虽然食盐是凭票供应,但我也可以说,我和他共同吃完了配给的一普特盐①。

我现在想:为什么我很少叙述我自愿地或不得已地遇到过的那些政治活动家;要知道我是生活在这样的时代,当时政治干预着每一个人的命运,而报上的消息给予我的激动也往往比书籍或图画给予我的要强烈得多。对于生活使我与之相遇的形形色色的人们,我多半都不太了解。许多事情都是由职业预先决定的,只要这个职业不是被迫的,不是偶然的。当然,我有自己的偏爱、自己的嗜好、自己的职业;但是从作家们工作本身的性质来说,他们很少是狭隘的职业家:他们得分析形形色色的人物的精神世界。德律福斯大尉是个目光短浅的专家:他简直不明白,"老百姓"爱米尔·左拉为什么要为他鸣不平。对于米哈伊洛夫斯基②来说,契诃夫是不可理解的,但契诃夫却清楚地理解民粹主义者或自由主义者。

---

① 意为两人相处甚好。
② 米哈伊洛夫斯基(1842—1904),俄国社会学家和政论家,自由主义的民粹派的主要代表人物之一。

我之所以和乌曼斯基亲近起来,是因为他和他那个圈子里的大多数人不同。他很少向我谈起他的过去——那个时代是不大适宜于回忆的。然而我们的道路有时互相交叉,也许我们见过面,但时间磨灭了关于那些仓促的会见的记忆。华盛顿的外交官们未必知道,这位苏联大使馆的参赞,后来是以其年轻和政治上的渊博而使所有的人都感到吃惊的大使,曾在1920年用德文写过一本书,这本书写的既不是凡尔赛条约,也不是外交封锁,而是在革命的最初几年里曾引人注目的那些画家——连图洛夫、马什科夫、孔恰洛夫斯基、萨里扬、罗扎诺娃、马列维奇、夏加尔等人的绘画。康斯坦丁·亚历山德罗维奇当时是十八岁。他的那本名叫《新俄罗斯艺术》的书是由柏林的一家大出版社出版的。他曾醉心于结构主义,而且当我和利西茨基出版《作品》杂志的时候,我大概遇见过这个年轻的热心之士。后来乌曼斯基多年在西欧各国首都任塔斯社记者,我也不可能不碰见他。当我开始在《消息报》工作的时候,他是外交人民委员部的出版部主任,和科利佐夫相好,我不怀疑我遇见过他,——1941年秋在古比雪夫时我曾觉得他很面熟。

当然,我们经常谈到罗斯福、丘吉尔,谈到美国的孤立派,谈到第二战场,但我们也谈到过许许多多别的事情。除了自己的事业以外,康斯坦丁·亚历山德罗维奇喜爱诗歌、音乐、绘画;一切都使他醉心——肖斯塔科维奇的交响乐,拉赫玛尼诺夫的音乐会,格里鲍耶陀夫时代的莫斯科,庞贝的绘画,关于控制论的最初的窃窃私语。我在"莫斯科"旅馆五楼他的房间里遇到过海军上将伊萨科夫、作家叶·彼得罗夫、外交家施泰因、演员米霍埃尔斯、飞行员丘赫诺夫斯基。他同不同的人谈论不同的事——这并非出于礼貌:他想多知道一些事情,想看清生活的一切方面。

据说,博学同记忆力有关,现在西方有一种时髦的竞赛——大家当众向一个人提出意料不到的问题:矮子丕平①是哪一年诞生的,柏拉图写了哪些对话录,什么是矢算和张算,等等。很少的幸运儿获得大量奖品,而失败者则受到嘲笑。那些幸运地回答了所有问题的人都具有非凡的强记能力,但这并不意味着可以把他们称作博学之士。康斯坦丁·亚历山德罗维奇的记忆力是罕见的,但他只记得曾使他感到兴趣的事;他的头脑里装的不是目

---

① 751至768年的法兰克国王。

录,而是正文。他的英语、德语、法语都说得很漂亮,在向墨西哥共和国总统递交国书的时候,他说:"半年以后我就要说西班牙语了。"——他履行了诺言,以无懈可击的西班牙语使墨西哥人大吃一惊。自然,从事外交工作是需要语言知识的。(然而在40年代末,被任命为大使的,往往是些没有掌握他要前去工作的那个国家的语言的人物,显然是认为他和外国人愈少交谈就愈好。)但乌曼斯基之所以要迅速掌握语言,却不仅是因为要埋头于自己的工作,不是的,他是想同巴勃罗·聂鲁达、让-里沙尔·布洛克、安娜·西格斯自由交谈,想阅读保罗·瓦莱里、布莱希特、马查多[①]的原著。

他憎恶官气,但他却不得不经常呼吸官气,说得更确切一些,是被官气窒息。有时他忍不住了,说道:"又是不愉快的事:我建议放弃陈规旧习——于是受到申斥……""人们最怕'新事物'、创造性……"他曾告诉我,他如何试图在美洲改变宣传的特点,但毫无结果。"我们不懂得我们有权借以自豪的是什么,我们隐瞒最优秀的事物,像傻小子那样傲慢,还害怕会有一个外国人突然嗅出了米尔哥罗德市没有洗衣机。"

关于美国人,他说:"能干的孩子们。有时令人深为感动,有时又叫人难以忍受……欧洲被毁掉了,而美国人在胜利后将发号施令。舞曲是由掏钱雇乐师的人选定的……当然,普通的美国人不喜欢希特勒:如果可以买的话,为什么要烧掉呢?这就是他的逻辑。可您却不能用种族主义引起他的愤怒……不要根据罗斯福来判断美国的政策,他比自己的党高出十个头……"

有一次他对我说:"我的'老板'光火了,因为我不喜欢高尔基大街上的房子——应该喜欢……"另一次我们谈起了毕加索(康斯坦丁·亚历山德罗维奇很喜爱他),他说:"有一次我提到他的名字,就被厉声训斥了一顿,说他是个招摇撞骗的,他挖苦资本家,却依靠干不光彩的事情生活……您要是给这样的同志用英语读读莎士比亚的诗,他会说:'胡言乱语、杂乱无章代替了诗歌……'您可记得斯大林对肖斯塔科维奇的歌剧说的话吗?……还有日丹诺夫……而且他们的审美感是所有的人都必须有的……"

我偶然地保存了几封寄自墨西哥的信。乌曼斯基在一封信里谈到墨西

[①] 马查多(1875—1939),西班牙诗人。

哥新任驻莫斯科大使巴索尔斯,并请求道:"您值得为他花些时间,而且别让他在莫斯科的外交官和外国记者团体的气氛中'变酸'。我不怀疑,同他谈谈拉丁美洲问题、欧洲问题和其他问题,将会使您得到真正的快乐,就同我在您的胡利奥·胡列尼托迷人的祖国时从这些谈话中得到的快乐一样。"在另一封信里,他写道:"寄给您一份不久以前在这里举办的毕加索画展的目录。顺便说说,美国海关把从美国运到这里来的他的油画扣留了数月之久,认为它们可能藏着密电码之类的东西。"

我总是觉得,乌曼斯基是在吉星高照之下诞生的。这是一桩极为罕见的事——一个三十七岁的人就被委派担任驻美大使这样一个极其重要的职务。他在美国度过了最痛苦的几年——从 1936 年到 1940 年。也许这救了他。要知道接替他担任出版部主任一职的是叶·亚·格涅金,他是一个聪明而富有学识的人,出过一本政论集,但格涅金入狱了。叶夫根尼·亚历山德罗维奇直到解冻以后才回到莫斯科。而乌曼斯基却幸免于难,他被派往墨西哥去了。他很高兴:新的世界,新的人——他的求知欲极强。在那儿他能发挥一些创造性。(的确,他在墨西哥待了一年半,墨西哥人都异口同声地说他做了许多事,他大受欢迎,国务活动家也常倾听他的意见。)

突然一切都改变了:星儿从天空陨落了。1943 年 6 月,康斯坦丁·亚历山德罗维奇的生活由于一桩悲惨而又极其荒唐的偶然事件而受了挫折。他有一个名叫尼娜的女儿,是个小姑娘,中学生。她本来要和父母亲一同去墨西哥。一个小伙子,她的同学,爱上了她。当他知道尼娜要走了,便在一番激烈的解释以后开枪打死了她并自杀了。乌曼斯基热爱自己的女儿,他的家庭生活完全系于她一人之身。(我知道,他一生有着强烈的感情,1943 年他曾体验过契诃夫在短篇小说《带小狗的女人》里所描写的苦恼。)一场悲剧就这样爆发了。

我永远不会忘记康斯坦丁·亚历山德罗维奇到我家来的那一夜。他勉强能够说话,垂首而坐,双手遮面。

过了几天他到墨西哥去了。他的妻子赖萨·米哈伊洛夫娜几乎是在神志昏迷的状态中走的。

一年后乌曼斯基写信给我:"……我所经历的痛苦使我一蹶不振了。赖·米是个残废,我们现在的情况比我向您辞行的那一天还要糟得多。和平时一样,您是个聪明人,给了我一些正确的忠告,可是我——唉!——没有听从……"方才我把这封信重读了一遍,想回忆起我能给予一个遭到不幸的人一些什么忠告,但是枉然。也许我曾想安慰他、鼓舞他?我记不得了。

1945年1月,一架飞机从墨西哥市的机场起飞。前来为乌曼斯基夫妇送行的人们目睹了惨剧。康斯坦丁·亚历山德罗维奇当时四十二岁。

在墨西哥市为乌曼斯基举行的追悼会上致辞的不仅有政治家或外交家,还有墨西哥最大的作家阿方索·莱耶斯、女演员多洛列斯·德·莉娥;一位墨西哥女诗人出版了《给康斯坦丁·乌曼斯基的颂诗》。看来就连那里的艺术界人士也感觉到了他是自己人……

关于乌曼斯基,或许也应该说他死得正是时候?这话听起来像是对死者的不敬,但那是在1952年,如果是在1962年我就绝不会作如是之想了。从年龄上来说,在被称为"李维诺夫式人物"的那一批杰出的苏联外交家们看来,他是太年轻了,但就思想方面说,却当然属于他们之列。他们之中的一个早在1937年即已死去,而偶然保全了性命的也都已离职,如乌曼斯基最亲密的朋友施泰因,或者被贝利亚打发到更远的地方去了,如鲁比宁。在墨西哥市的招待会上,乌曼斯基得穿上新颁发的制服。我想象不出他穿上这种制服会是什么样子。我更不能想象他在1949年同世界主义进行斗争的时候会是什么样子。不过对他日后的遭遇进行猜测是徒劳的:命运前来干扰,发生了不幸的事件或破坏行为——发动机发生了故障,康斯坦丁·亚历山德罗维奇特别热爱的生活发生了故障。

14

人们说：深夜，深秋。回忆起1943年来，我想说：深的战争。和平已被遗忘，而且尚未在人们的幻觉中出现。在那一年里一切都发生了变化——我们的国土开始从侵略者的铁蹄下解放出来。6月初，库尔斯克弧形地带的德国人试图转入进攻。他们被遏止了，后来被击退了。两周以后我在卡拉切夫附近看见了一个路标："距柏林一千九百五十八公里"。这是在俄罗斯的腹地，德国人还控制着奥廖尔，但有一个乐天派却已经在计算他的营还有多少里路可走了。

读者也许感到奇怪，甚至感到气愤，为什么我对世界史上和我一生中最重要的几年写得这么简短。但我曾预先声明，我无意侵夺编年史家的劳动。我对本书的名称是这样理解的：人和岁月——这就是生活，我的生活，许许多多多生活之一。战争的岁月是漫长的。无论在战前或在战后，我从未遇见过这么多的人。有时在一天之内我曾同几十个素不相识的人谈话，在避弹所或林间草地上聆听可笑的故事、冗长的作战报告、内心的自白。我现在还清楚地记得个别的面孔、话语、农舍、废墟，但不记得是谁对我说过："仇恨咬破了心房。"不记得是在哪里的一个夜间埋葬了一位被杀害的军官，以及当时是谁曾说："上尉将同我们一同进入基辅。"不记得是在哪一个被烧光了的小城市里我曾突然绝望地恳求一个梳着细细的小辫的小姑娘说："你别哭啦，要不我也要哭啦……"被焚毁的村庄、被破坏的城市、树木的碎块、陷在泥潭中的汽车、卫生营、匆匆挖掘的坟墓——所有这一切融为一体：深的战争。

如果我写的是一部长篇小说或中篇小说，那我会有足够的想象来表现个别的人物、给他们举行洗礼、把他们分别安置在布良斯克的林中或杰斯纳河的陡岸上，但我已答应自己在本书中不作任何臆想，即使前后连贯的虚构可能比现实生活的凌乱篇页显得更为逼真。我谈到那些扮演不说话的配角的人们时，常常要比谈到英雄人物时说得详尽一些，而不太显目的情节也要比动人心弦的重大事件在书中占据的位置为多，——毫无办法，我被记忆所缚，而记忆有自己的规律，人是不知道他何以记住了这一件事而忘却了另一件事的。在有的回忆录里，有小说家前来帮助作者，用引人入胜的故事来修补破绽，但也有另一种回忆录——作者阅读许多书籍，力求客观地判明人们在他所描述的岁月里依靠什么生活，提供一幅时代的真实图画。而我现在只说我所记得的。

（我保存了一些战时的札记簿，但上面的记事都是表面的、贫乏的：我到过什么地方，同谁说过话，一连串的人名、村名、敌人师团的番号，个别的语句。）

1943年7月我在奥廖尔附近。这是一个令人惊叹的夏天，时有喧嚣的暴雨。草儿是鲜绿色的，似乎我从未看见过这样多的野花。在密林深处隐藏着我们的坦克，有时我也曾碰见被打坏了的德国坦克——当时的新产品"虎式""斐迪南式"。伊·赫·巴格拉米扬将军的司令部设在德国人修建的一座带有桦木的露台和凉亭的新村里。周围是许多由于和游击队有联系而在上一年的夏天就被烧毁了的村庄，杂草淹没了一切，只有新写的"米哈伊洛夫卡"或"布德尔基"的字样还使人想到这里曾有人居住。小本子上有这样一些村名：利戈沃、库德里亚韦茨、斯塔伊基、博亚诺维奇、佩涅维奇、赫瓦斯托维奇……

秋天，我看见了乌克兰：格卢霍夫、克利什基、恰普列耶夫卡、奥布托夫、科洛普、波诺尔尼查、科洛布科夫卡、肖尔斯、戈洛德尼亚、多布良卡，看见了白俄罗斯的一部分：马尔科维奇、格拉博夫卡、瓦西里耶夫卡、戈尔诺斯塔耶夫卡、捷列霍夫卡、杰列哈，又是乌克兰：克拉西洛夫卡、科捷列茨、奥斯杰尔、列特基、布罗瓦雷、波格丹诺维奇、谢米波尔基，第聂伯河右岸：扎雷、柳杰日……

我为什么要抄下这些地名？在我听来，它们就像诗句一样：其中既包含着过去，也包含着朴实而羞怯的美，它们还同许多人的丰功伟绩有联系，这些人为了把战报上称之为"居民点"的那些古老的、被坐暖了的和空气窒闷的窠巢解放出来而献出了自己的生命。

在奥廖尔附近,营长哈尔琴科邀我去吃午饭。这是一个蓄着极大的唇髭的肤色黝黑的人。他告诉我,他的老母亲怎样藏在斯大林格勒的废墟当中;他狡猾地使着眼色解释面临的战斗:"咱们要给他们来个两面夹攻,咱们现在学会了……"少尉伊翁西扬说:"他是个下流东西,到过高加索,硬要到我那里去做客——可我是一个巴库人。我老实告诉您:我那个时候就看不起他了……"坦克手克拉斯佐夫对我说:"她叫加利娅。这是照片——一点也不特别,可是在我看来却非常出色。说不定她已把我给忘了——我不知道。我是从普斯科夫来的,据说她好像已经离开那里了,可怎么找到她呢?……我对您说,您是作家,这就是说您应该明白。我是什么呢?一个普通人,党员,战前是畜牧工作者。可我现在什么都明白了。多半要被打死,我一开始就参加了战斗,负了两次伤——没死成。总之,这不是主要的……我的脑袋里有这么一种东西,说起来可笑:好像我不是克拉斯佐夫·斯捷潘,而是普希金或叶赛宁……"

这些人怎么样了?年轻的冲锋枪手米佳·布伊洛夫怎么样了?中尉普拉夫尼克可曾从战争中回去?第一个渡过索日河的工兵叶菲莫夫还活着吗?

我在奥廖尔附近遇见了费琼金将军。我不知道伊万·费奥多罗维奇后来的生活怎样。在布罗瓦雷我曾与瓦·谢·格罗斯曼一同在马尔季罗相将军那儿坐了半夜。他的仁慈、人道主义和非常高尚的思想感情使我们惊奇。我们在黑暗中归去,被汽车的前灯照亮了的第聂伯河岸的沙滩宛如雪地。天空悬挂着照明弹。瓦西里·谢苗诺维奇说:"碰到了这样一个人……"在和平时期天天看到某人,但对他毫无所知:各人都有自己的事、自己的家、自己的硬壳。但在战争中一切都混乱了:人们敞开了心扉,遇到一个人而又立刻失去了他。(1963年,马尔季罗相将军写信告诉我,他已退役,住在埃里温。)

现在我有时还意外地收到我在战时遇到过的或通过信的那些年岁已老的前方战士的来信。1948年8月,第四近卫旅第一营的营长比比科夫上校曾根据一群共青团员坦克手的请求,把我作为"名誉红军战士"编入了一个坦克乘员组。我同塔秦部下的坦克手们的友谊,特别是同伊·瓦·奇米尔准尉和亚·缅·巴伦包姆的友谊即由此而来。我在白俄罗斯遇见过塔秦的部属,到军长布尔杰伊内将军那里去过,他给我介绍了许多战士,塔秦的部属也常到我在莫斯科的家里去。我保存了几封信。1942年伊·瓦·奇米尔写道:"我还年轻,生于1918年,老家在光荣而可爱的波尔塔夫辛纳,那里有白色的农舍和绿色的花园。死神曾不止一次地窥视我的愉快的眼睛,但我并不害怕。我有过四个妹妹。我有过爸爸和妈妈。我有过一个心爱的姑娘……"伊万·瓦西里耶维奇一直战斗到结束,受过八次震伤,数次从着了火的坦克里爬出——总之,吃了苦头。战后他结了婚,在中等技术学校学习,现在他是绍利亚市的城市财务部的职员;他的妻子安东宁娜·瓦西里耶夫娜在流行病防治站工作。他们有三个孩子:伊戈尔、维克托和娜塔莎。1956年他写信对我说:"……是啊……谁都不愿再去体验战争的恐怖——我们已经安土重迁,一切都建筑好了,家庭也有了,习惯了和平幸福的生活。伊戈尔已经上一年级了。可世界上却还有黑暗势力。难道我还得去拉T-34式坦克的操纵杆吗?……"

亚·缅·巴伦包姆现在在敖德萨工作。有一次我收到他的一封信,他要求我替一个小伙子,一个遭到不幸的诗人说情。伊·瓦·奇米尔曾写信给我说:"我想,您已知道亚历山大·巴伦包姆阵亡了。他是真正的战士,是个金人。他是于1944年2月或3月在斯摩棱斯克和奥尔沙之间阵亡的。"我给伊万·瓦西里耶维奇回信说,巴伦包姆活着,并寄去了通信处,不久便收到回信:"萨沙是我们全军的宠儿和英雄,是全体人员的宠儿。出现了奇迹:他当时负了重伤,险些儿把灵魂交给上帝,但他活下来了,却没有回到我们的部队里来,于是我们认为他牺牲了……"我难于解释,何以伊万·瓦西里耶维奇和亚历山大·缅杰列维奇的信使我如此高兴;我同他们相见的次数很少,但他们的命运却比许多我不得不经常接触的人们的命运更为使我激动。

我也很喜欢曾在战时和我通信的狙击手加·尼·汉多金的信。加夫里尔·尼基福罗维奇战前在原始森林里打毛皮可供人取用的野兽。现在他在工地上做锯床工。"受了伤的一条腿开始发痛。可是得干活。我养活四口人……在战后的最初几年里我还到原始森林里去猎熊,打黑貂、灰鼠,可现在不行了。我把别人送的猎枪也沉到河里,自己好不容易爬了上来……很想在和平环境里、在家里、在家人中间同您见面。要是您能到我这里来做客的话……"

现在回头来谈 1943 年。这是一个温暖的秋天,有林中的蘑菇、蛛网,有明朗辽阔的天空。似乎一切都会引起和平、观赏的情绪。然而却不得不目击可怕的景象。在白俄罗斯,德国人撤退时认真地焚烧村落、杀害牲畜。路边倒卧着腹部肿胀的死母牛。焦臭弥漫。

波格丹诺维奇村里只剩下一个老头子。他坐在太阳地里。我试图同他攀谈,他不答话。地上摆着一个面包、一块脂油——大概是士兵们放的。老头子坐在那儿死盯着一个地方。

在科捷列茨,一个女人叙述道:"舒拉那会儿几岁?十二岁。她是卢沙最小的一个。卢沙被枪打死了,舒拉请求一个德国人:'叔叔,别杀我!我想活着。你们最好是到德国去。'起初他还留着她,甚至给她腊肠,可后来忍不住了——开枪把她打死了……"希特勒匪徒在小小的科捷列茨枪杀了八百六十人。

在特里波列附近的一条通往奥布霍夫的路上,我看见一条深沟和一块小木板:"1943 年 7 月 1 日,德国刽子手在此虐杀和枪毙了七百人——老人、妇女、带着孩子的母亲。其中有玛丽亚·比雷赫同五个孩子与六十五岁的老母,以及戈尔巴哈·杜尼娅同两个儿子。"

皮里亚京的居民切普连科叙述他是怎样被赶去挖坑的。希特勒匪徒杀害了一千六百个犹太人。切普连科突然听见有人在叫他。轴承厂的驭手鲁德尔曼在尸体中间:他满脸血污,一只眼珠打掉了,他请求道:"打死我!……"一个女人说:"活埋的时候,地面直颤抖。"

我看见过一个当了叛徒的村长。他神态自若。由于他的缘故,一个带着吃奶婴儿的女人被杀害了。他对我说:"人们不应该激动。他们自己说的:'你去当村长吧。'我做了什么坏事呢?只不过把每个人的情况说明了一下。我没用手指头碰过任何人……"

马匹没有了。人们用乳牛耕地。在瓦西里耶夫卡附近有一头乳牛拉着木料。一个女庄员哭诉着:"母牛瞎了眼啦!它不能……它只顾走,可瞧不见。我也受了内伤,看来看去也看不见。难道能这样生活下去吗?"乳牛有一双十分明亮、平静的眼睛,而背上却秃了一大片。

"现在可要轻松些了——咱们占了上风,"一位老人议论道,"圣母节马林果熟了,就好了……"在第聂伯河右岸,一个农妇向士兵们、载重汽车、大炮画着十字:"我站了五个钟头,你们就没断过。有个德国人说,俄国人什么都没有……"

我曾在索日河畔坐了一夜。德国人轰炸桥梁——八次直接命中。工兵们没有停止工作。担架兵把伤员和死者运走。看上去一切都很简单乏味,人们拿着斧子、锯子和锤子工作着。我回忆起在埃布罗河①上架浮桥的士兵:那儿有许多豪迈的情趣、歌声和戏谑。这显然出于民族性格。俄罗斯人十分喜爱戏剧,但在生活中却不能容忍任何戏剧色彩,不相信说得天花乱坠的演说家,对于使人感动的事物感到害羞:甚至把死亡也说成是家常便饭。士兵们谈论着工作,说架桥最好是用木桶,说水是冷的,应该打上木桩,"那时德国人就糊涂了,分不清楚了。"

切尔尼戈夫静悄悄的。地上乱堆着颇像光滑的小石子的栗子,于是我回忆起了我年幼时在基辅玩这种"小石子"的情形。一座被破坏了的房屋,只剩下一块记事牌:此系普希金曾经停留过、谢甫琴科曾经住过的"帝城"旅馆的旧址。我想着古代教堂的美,想着和平。突然开始轰炸。一个小姑娘被炸死了。

瓦西里耶夫卡的六百户人家保全了三十户。农民们藏在树林里。法西斯分子捉住了三十七人并杀害了他们,杀害了年迈的老人波隆斯基和十三岁的亚当·费利莫诺夫。一个被枪杀者的妻子说:"你写吧——咱们活不下去了——灵魂忍受不住啦………'纵火者'烧了一村又一村,他们堆上稻草,毫不吝惜燃料——他们纵火不是出于仇恨,而是认真地执行命令。他们烧毁了捷列霍夫卡。庄员们捉住了一个"纵火者"——他爬到草垛里去了,——用叉子把他刺死了。

人们在一个村长身上找到了一张被枪杀者的名单,名单上写着:"三岁的穆扎列夫斯卡娅·利玛·尼古拉耶夫娜,一岁的达维多夫·维克多·米哈伊洛维奇。"

---

① 西班牙的河流。

叛徒被吊死了。他吊在那里显得很长,胡子被风揪来揪去。一个女人跑到他的跟前,抓住胡子,想扯下来——但突然叫喊起来。至今我还听见这叫喊声……在科留奇科夫有一个神甫拿着十字架去见德国人——请求饶恕这个村子。他和妻子一同被枪杀了。

小本子上还记着这样一个故事:"当然,她是一个陌生的女人,有人说她仿佛是个犹太女人,也有人说她跟游击队员们相好,总之,德国人把她带到广场上来了。可她有个小孩,她想把小孩藏起来。当然,她被枪毙了,而小孩却活着,在地上爬来爬去。我们请求道:'把小孩给我们吧。'但一个年轻的德国人跑了出来,抓住小孩就把头往石头上一摔……"

德国人在离开格卢霍夫和科捷列茨的时候没来得及把它们烧毁,后来他们从空中把它们烧毁了。

看到一个像奇迹般保全下来的乡村,我很高兴。我还记得七十岁的庄员伊利斯特拉托夫怎样修建农舍。他的房屋被烧毁了。我问他,活儿是不是太重了。他微微一笑:"没啥,我能盖好……这不是给我自己盖的。我快死啦。这里有一些士兵的老婆。她们的男人给打死啦,可总得活下去呀……"

沙地泛白。摄影记者克诺林格正在拍摄浮桥。而水中有一个战士高兴得扑哧地笑了:"盼到啦——第聂伯河的水,举世无双……"晚上人们告诉我说,他牺牲了——我们刚刚驶离河岸,敌人便开始轰炸渡口。

我担心这些不连贯的画面并不能告诉读者很多东西。年纪较大的人们走过了战争的道路,他们看见过,现在还记得。而年轻人也从十几部长篇小说里知道了这些事。况且我也无意描述战争的面貌。在1943年,我出席过两三次莫斯科作家的会议,当时需要的是"宏伟的场面":艺术要以规模来压倒一切。过了大约五年便开始兴建多层的大厦,但在战时哪有工夫去搞建设,于是便勒令作家限期完成文学的摩天楼。许多作家都愁眉苦脸,默不作声。

我觉得,在那些年里需要的不是创造文学,而是捍卫它——捍卫语言、人民、土地。我继续从事成效甚微的工作——每天写几篇文章。我的记事簿里注明,10月份我给国外写了八篇文章,给莫斯科各报写了六篇,给前线的报纸写了十七篇。我不能不写,常有战士前来说道:"为什么没有关于奥西波夫的文章?当渡船沉没的时候,是他救出来的。""您写写哈基莫夫吧——说不定亲人会读到的。""伊利亚同志,你写狙击手斯米尔诺夫的事吧,他可以剪下来,给他母亲寄去。"

敌人还很强大。应该表现敌人意气消沉,说明日托米尔附近的反冲锋是一桩偶然事件,任何"老虎"①也拯救不了希特勒。我一天天地不断描写法西斯分子的兽行:不仅战士们需要如此,良心也需要如此。

面前是一张张黄色的、快破烂了的报纸。我现在可以根据它们来再现个别的战斗情节,回忆起我曾到过哪里,但其中没有任何有关我的个人生活的记载:我写的是当时大家依靠什么为生——写人民的苦难、对法西斯分子的憎恨、英勇无畏的气概。

我不记日记,但有时写诗,这些诗都比较短,而且不像我的文章:在诗里我和自己交谈。在1943年夏季以前,我们生活在严酷的环境里,哪有工夫去仔细推敲。就像在西班牙一样,对于我,诗又变成了日记。现在当我把这一首或那一首诗拿来同小本子上的简短记事和文章中的个别句子加以对照时,就回忆起了我当时想的是什么,回忆起了苦恼、绝望和希望。

我回忆起我是怎样从瓦西里耶夫卡乘车去捷列霍夫卡的。烧焦了的木头还在冒烟,一个女人在徘徊;我们叫了她一声,她没回答。后来我们在一个农舍里过夜。我把军用大衣垫在头下,它散发出一股烟味……

> 我会记得这使心脏停止跳动的灼热,
> 这宛如白昼的黑夜,
> 以及灰烬当中的悲惨的阴影,
> 就像记得最后的礼品。
> 焦臭刺鼻,
> 就像永远不能摆脱的灾难,
> 它厮守着我,像村庄的灰烬,
> 像苍白的、病态的阴影,
> 像伤寒病人的呓语般的
> 一堆堆红色和黑色的不幸,
> 像陌生而新奇的寂静中的

---

① 指德国的虎式坦克。

一弯人烟灭绝的月明。

我当时已五十出头,我不禁回忆起第一次世界大战和西班牙来。无论在重现的景象还是在重现的感情中都有一种令人难以忍受的东西。

……我的一生纷扰不宁,人们迅速凋零,
而静静的春天业已降临——
它那幸福的外貌使人害怕,
正如那在战争中使人害怕的寂静。
又是一场战斗。机枪手
重又在一所烧光了的住宅旁卧下。
也许这是我那已被夺去的青春
依然在那里四处奔忙?……

1943年不像1941年——一切都逐渐变得习惯了:被毁掉的城市、被破坏的生活、亲人的牺牲。虽然对于一切,甚至对于战争,都能因为看得多了而习惯了,但心灵却不能容忍全民的苦难。当时我们有谁不曾企望看到另一种景象?

生活中芳草稀少,
多的是鲜血、灰烬和灾难。
我并不抱怨自己的命运,
我但愿看到这样的一天,
普普通通的一天,
那时浓密的树荫除了意味着寂静、酣梦和夏天,
再没有任何别的意义,
尽管它是同样的黑暗。

我曾在本书中写到德国人撤退时怎样锯倒或砍伐果树,1916年我在皮卡尔迪看到过这种情形,1943年在乌克兰又再一次看到:

有过这样一个时刻——精神衰竭了:
我看见了格卢霍夫的花园,
看到被敌人砍倒的苹果树上

尚未成熟的果实，
枝叶颤抖着。一片空虚。
我们伫立片刻然后离去。
伟大的艺术啊，请你原谅，
我们连你也没有保护好啊。

很多年以后，我的书的编辑在读到这八行诗的时候曾劝我把最末一行改一下："为什么要'连'呢？没有保护好艺术，但保护好了别的，这很好呀……"不错，但我们也丧失了很多东西，非常多的东西。为什么我想起了艺术？因为苹果树是需要栽培的，这不是野生的树苗，因为所想的不仅是诺夫哥罗德的废墟，也想到了在前线牺牲的年轻的诗人们，因为对于我来说，艺术是同真正的幸福，是同那个最高尚的世界相联系的，在那个世界上就连忧伤也是光明的。

有谁知道我们是多么憎恨战争啊！然而没有别的出路：法西斯分子带来了野蛮、兽行、暴力崇拜、死亡。人民英勇奋战，但我们深知，人民生来并不是为了炸毁坦克和在炸弹下丧生，我们知道，是敌人把使人恐怖的黑暗强加于我们的。我曾写道（这是在我看到绞架和大胡子的叛徒之后不久）：

告诉我，这里是不是也曾有过生活，
有过沐浴在炽热的绿荫里的房院？
无论是天空、灰烬还是被枪杀者的便帽，
都沉默无言。
只有一个被绞死者无比森严，
恰如一只傲慢的摆锤，
为了测定时间的进程
不倦地摇摆……

在一首大概是同一个女庄员对母牛的哭诉有关的诗里，我最为准确地表达了自己的精神状态：

在坎坷不平的路上，在垃圾和灰烬中间，
一头母牛拉着木材。它瞎了眼。
它的两眼里是我们的全部黑暗。

形式和色彩都已改变。
你要明白——我可惜的不是词句——
词句可以替换,
我可惜的是过去重大的错误。
常有无聊而清醒的日子的光亮,
要同它一同生活,它比黑暗还要黑暗。

我在科捷列茨看到一个小男孩,他在废墟当中玩沙土——想塑造什么东西。他的脸上时而流露出聚精会神的表情,时而浮现出一丝淡淡的、朦胧的微笑。我在他身旁站了很久。人们似乎从来不曾像在战时那样怀着那么贪婪的柔情注视孩子,他们怎么看也看不够。这也许是因为人人都想看到未来,但谁都不敢确信他能活到哪怕是明天。

我在被焚毁的列特基村待了一周。战前那里的人们用芦苇编椅子。芦苇还在喧闹,而人却没有了。我在那里想起了科捷列茨广场上的男孩子:

过去有菩提树、人、圆屋顶。
现在是垃圾、碎玻璃、灰烬。
但是你瞧——一个婴儿从破碎的石板中间
爬了出来,他坐在那里
一只软弱无力的手
紧握着一把潮湿而温暖的沙土。
他要塑造什么?塑造什么样的梦?
而岁月却正在发黑、被烧成了灰。
黄昏降临。我们该走啦。
可悲而又迷人的游戏啊。

回头来谈谈上面所引的一句诗:我觉得我已摆脱了我所说的那种"重大的错误"。这是又一个错误。当然,我当时不能预见到许多事情——无论是广岛、氢弹、索尔仁尼琴在不久以前所描写的许多无比正直的人们的遭遇,还是"穿白衫的凶手"①。然而当科捷列茨的男孩子露出了朦胧的微笑

---

① 指1953年被控企图谋害党和国家领导人的一群苏联医生,但不久斯大林去世,随后便恢复了医生们的名誉。

时,难道他隐约地看见了这些?不,他塑造的不是这个。如今他该有二十二或二十三岁了。他不记得他的家是怎样烧掉的,他没有经历过痛苦的战后岁月。他的生活应该是另一种样子。而奇米尔的儿子,伊戈尔·伊万诺维奇,他现在还不到十五岁呢……把一块石头拉到山上,为的是让它从山顶滚下——这是良心所不容的! 如果有人对我说,这是所有的错误中最天真的错误,我就要回答说,没有这些错误也就没有了活的生活——人可以抛弃一切,只是不能抛弃希望。

15

1943年11月7日,外交人民委员部在斯皮里多诺夫卡的一所私邸内举行了一个豪华的招待会。出席者有政府官员、外交使团、将军、作家、演员、记者——总之是所有那些被作家俱乐部的理发师称之为"要人和大亨"的人物。彼·彼·孔恰洛夫斯基环顾了一下大厅,向我耳语道:"就像爱德华·马奈的一幅油画……"苏联的外交官都穿着新近设计出来的礼服。各国使馆的武官金光闪闪。将军们的胸脯被勋章压得疲惫不堪。加罗发狂地摆动着燕尾服的后襟,几盅香槟下肚,便谈起阿尔及利亚的英国人的阴谋来了:"幸而我一下子看见了莫洛托夫。我们能识别出谁是真正的朋友,谁是虚情假意……"英国大使凯尔忘记了他所固有的矜持,同大家"为胜利"干杯,他喝着伏特加,不久就变得不大像是不列颠的外交官,而像是一个苏联作家了。洛佐夫斯基拥抱柏蒂将军:"我在法国当过工人,我了解贵国。我们将打败他们。""On va battre les Fritz à Minsk et à Biarritz."("德国鬼子将在明斯克和比亚里茨被打败。")将军的眼泪夺眶而出。阿·尼·托尔斯泰身穿燕尾服,像老爷那样无忧无虑地戏弄一个美国外交官:"当然,意大利是个美丽的国家,可是巴黎也值得为它做弥撒……"伊·谢·科兹洛夫斯基坐在地板上,唱着古代的浪漫曲。玛加丽塔·阿利格尔惊恐地瞧瞧浑身镶满了闪闪发光的金银绦带的埃塞俄比亚公使,说道:"伊利亚·格里戈里耶维奇,您可记得四一年?……"美国记者夏皮罗说:"八年来我在莫斯科第一次觉得身体很好。这就是同盟的意义!……"

局势看来是令人鼓舞的。在招待会期间,大炮轰鸣不已。基辅解放了。盟国对自己在意大利的军事行动感到满意。10月底,苏美英三国外长的莫斯科会议闭幕。我们当然不知道部长们谈些什么,但发表的共同声明强调了反希特勒同盟的巩固性。11月6日,斯大林说,在意大利进行的战斗、轰炸德国城市、向苏联提供武器和原料"毕竟是一种类似开辟第二战场的行动"。

但是我知道,盟国在西西里岛和意大利南部的登陆根本不是在1942年所允诺的那种行动。当有人在《红星报》的编辑部里问及是否要查询一下西西里岛的地理情况时,主编气愤地说:"完全不必……"在宣布了第二战场的开辟将再推迟一年之后,李维诺夫和迈斯基分别从华盛顿和伦敦被召回了。我常在编辑部里阅读不拟发表的塔斯社电讯,因而明白,英国人因波兰师团在苏联组成一事而恼火,美国人被希腊游击队的情绪吓住了——友谊是友谊,政治是政治。

报纸报道,在德黑兰会议上关于战争的目的达成了完全一致的协议;在丘吉尔生日那天给他送去了一块插有六十九支蜡烛的大蛋糕——他六十九岁了。(当丘吉尔开始准备在富尔顿发表的后来成为"冷战"起点的演说时,他的寿糕上总共只增加了两支蜡烛。)当然,我们不知道未来的事。但我开始猜测,胜利后的世界将是什么面貌。先前我不能让自己仔细思考:我们的生活只有一个目的——制止敌人。而从第一发礼炮的火星在莫斯科的上空爆发的那个8月里的一天开始,我开始了认真的观察和思考。

伊·米·迈斯基早在夏天就从伦敦回来了。礼物使我感到高兴——刮脸的刀片、一本记事簿、一支自来水笔,但伊万·米哈伊洛维奇的叙述却使我感到不快。他赞扬伦敦的居民在疯狂的轰炸时表现出来的英勇气概,但是他说,盟国认为,似乎他们对于开辟第二战场尚未作好充分准备,他又补充说,他们对希特勒的迅速毁灭不感兴趣——害怕红军。迈斯基告诉我,戴高乐以新的贞德①自诩,但英国人却并不重视他。

年终的时候,曾随诗人费费尔同赴美国的索·米·米霍埃尔斯向作家们叙述自己的印象。据他说,美国人传染上了种族主义,崇拜机器文明,而且距希特勒的思想也不那么遥远了。米霍埃尔斯同迈斯基一样,说盟国绝不为红军的胜利感到高兴。

(我想起了有时到我家来访问的英国记者亚历山大·沃思讲的一个笑

---

① 贞德(约1412—1431),法国百年战争时期领导法国人民抗击英国侵略者的女英雄。

话。沃思生于彼得堡,俄语说得很漂亮,他是个神经质而又睿智的人。我的看家狗布祖,一头苏格兰獚,在战争初期被气浪震伤,因而非常害怕礼炮,认为大炮的轰鸣是同不幸联系在一起的;无线电刚一播送呼号,他就狂吠起来。有一次沃思碰见了这个场面,就说:"现在我看到了,这的确是一只英国狗——害怕苏联的胜利。")

11月间我曾去英国大使馆赴晚宴。凯尔大使的举止文雅非常,他问柳芭:"您当然是普鲁士人啰,"接着又说,"我可是个假绅士。"鲍尔弗参赞当时却正在同我谈政治,维护西班牙战争时期的不干涉政策,为慕尼黑辩护,末了又承认他尊敬萨拉查①。

12月间,美国大使哈里曼邀我前往。当时我还不了解美国的风尚。索然无味的食物、有时变成不拘形迹的简朴、大使的女儿把双足放在给我们摆咖啡的小桌上的举动,都使我感到惊奇。除了我以外,哈里曼还邀请了一位将军,此人从文学谈起,赞扬切斯特顿②,又谈到他自己,说他是爱尔兰人和天主教徒,但后来却盘问起通常被称为"军事秘密"的那些事情来了。我明白,这位文学鉴赏家是一名间谍,于是迅速地打断了他的话:"我不是军人,而是作家,咱们还是回头来谈切斯特顿吧。"

我把在哈里曼那里度过的那个晚上的情形告诉了洛佐夫斯基,他皱起眉头:"当您被请到大使馆去的时候,最好是提问……而美国人那里则根本不值得一去。"

我曾收到美国副总统华莱士的一封信,他告诉我他正在研究我们的语言,想用俄文给我写第一封信,并谈到对苏联人民的好感;他的话以其直爽甚至天真使我感动。

苏联情报局同先前一样要求我为国外撰文,表示我们忠实于我们的盟国,但是开辟第二战场的最后时刻已经到了。我继续为《红星报》《真理报》和前方的报纸写稿。然而工作变得困难了,似乎发生了什么变化。我内心有这种感觉。

夏天,苏联情报局要我向美国的犹太人写一篇呼吁书,谈谈希特勒匪徒

---

① 萨拉查(1889—1970),1932年起葡萄牙的法西斯独裁者。
② 切斯特顿(1874—1936),英国散文作家、侦探小说作家、诗人。

的兽行,谈谈必须尽快粉碎第三帝国。亚·谢·谢尔巴科夫的助手之一孔达科夫认为我的文章不合格,说不必提到犹太人和红军战士的功勋:"这是吹牛。"我给谢尔巴科夫写了一封信。亚历山大·谢尔盖耶维奇在红军总政治部接见了我。谈话是冗长而不愉快的。谢尔巴科夫说,孔达科夫"做得过火了",但我的文章却也有应该删去之处。我表示了不同意见。谢尔巴科夫发火了,并把谈话引向另一个题目——夸奖我的文章,同时又批评道:"战士们想听苏沃洛夫的事,而您却引证海涅……"后来我谈到了利金的遭遇:战争一爆发他就当了战地记者。但不知何故却又被打发到一家军队的报社去,而且不发表他的任何东西。谢尔巴科夫神秘地答道:"他不善于为人民写作。"(后来我获悉,利金写的一篇通讯不知何故激怒了斯大林。)而谢尔巴科夫却微笑着说:"您有很多事情不明白……"我反唇相讥,末了还说:"现在是战争时期,德国人还很强大——这就是说,只要你们不像对待利金那样对待我,那我还要在报上写文章。"我起身告辞。亚历山大·谢尔盖耶维奇突然微笑了一下:"胜利以后您要干什么?"我回答说不知道,尚未考虑这个问题。"可是我知道,"谢尔巴科夫说,"我要一连睡他三天三夜。"我看了看他:他有一张浮肿、苍白、疲倦的脸。

原定要出版我的《书信一百封》一书——从前方战士那里收到的文章和信简,我觉得在这些信里展现了人民的心灵。书已排好,拼了版,但突然被禁了。我问是什么缘故,得不到回答;最后,出版社的一个工作人员说:"现在不是四一年……"

谢尔文斯基写了一些关于俄罗斯的好诗。他表现得很勇敢,在一家前线的报社工作,但有几行诗使斯大林感到不满,于是谢尔文斯基便挨骂了。《真理报》猛烈抨击普拉托诺夫:"油腔滑调代替了朴实。"举行了作家们的会议,谴责了(当然是全体一致地)费定的一本关于高尔基的书,也谴责了谢尔文斯基和左琴科。报上的一篇新的文章补充了一系列"暗害分子",这篇文章是针对给儿童写了一篇名叫《巴尔马列伊》的童话的科·伊·楚科夫斯基的:"科·楚科夫斯基庸俗的矫揉造作令人厌恶。"叶·施瓦茨是一位在我看来具有高度富于诗意的讽刺才能的作家,他写了一个名叫《龙》的剧本;他预测到了未来:骑士兰谢洛特把一座城市从龙的统治下解放出来,但过了一段时候回到该城,却看见居民们在哀悼龙,哀悼那头喷出火来使他们不用炉子也能做煎鸡蛋的"亲爱的龙"。《文学与艺术》写道:"施瓦茨的作品是对人民同希特勒主义所作的英勇斗争的诽谤。"帕乌斯托夫斯基被揭发了:他在一个描写莱蒙托夫生平的电影剧本里胆敢说沙皇尼古拉军队的制服使诗人感到苦恼。所有这一切都像30年代。但德国人却还盘踞在奥尔沙,并炮轰列宁格勒……

克鲁日科夫上校曾在《红星报》工作。我想起了1943年11月11日的夜里——几个国家保安局的工作人员来到编辑部,从上校胸前剪下了勋章的缎带,把他带走了。一小时以后,塔连斯基将军来了,向科佩列夫问起克鲁日科夫可曾读过社论。"克鲁日科夫被捕了……"主编激动得一句话也说不出来。(不久前我遇见了克鲁日科夫,当然,已给他恢复了名誉。)

报纸给予一位赞扬削藩制①的历史学家的演说以赞许的评价。谢·米·爱森斯坦根据斯大林的指示拍摄了一部关于伊凡雷帝的影片。(影片的第二部大大触怒了斯大林,他看后简短地说:"冲洗掉。")

1943年末在马加丹出版了附有一位匿名画家的插图的《巴黎的陷落》。我很喜欢插图,从某些细节可以看出,画家熟悉巴黎。我当然明白何以不标明他的姓氏,但给出版社写了一封热情洋溢的信,希望以此改善插图作者的处境。一年后画家施列贝尔的妻子前来找我,她说他是里加人,真的在巴黎住过,向宣传画大师科连学习过,1935年回到苏联,但于1937年被捕,在矿场上干活,现在在画宣传画。

每一天都有一些新的措施。城市的十年制中学实行男女分校。一位教师证明,应该从小让男孩子学习兵法,让女孩子学习女红。(斯大林死后不久,男女分校制便废除了。)给外交官设计了制服,后来又给法官和铁路员工设计了制服。我的一个朋友诙谐地断言,很快就会给诗人设计一种制服,肩章上缀有一个、两个或三个里拉②——视所授予的称号而定。我们笑了,但笑声是不愉快的。

发表了一首新的颂歌的歌词。我想起了《国际歌》,并沉思起来。

战时的生活方式已逐渐固定下来。人们过着艰苦的生活,要支持下去,

---

① 伊凡雷帝时代实行的中央集权制度。
② 里拉是古希腊的一种拨弦乐器,在俄语中又作诗才、诗兴、诗歌解。

就需要细微而平凡的英雄气概。我忧郁地看着那些拖着沉重的木材修筑道路的妇女。孩子们在工厂劳动,空闲的时刻则像世界上所有的孩子那样游戏。粮食勉强够用,人们感到伤心:"又是不按供给证供应大米……"投机商以每公斤两千卢布,有时三千卢布的价格出售白糖。家家户户都很冷——炉子里生的一点火仅能使烟囱不至于破裂。剧团回到莫斯科后,每场演出经常座无虚席:既想消遣一番,又想来此取暖。在幕间休息的时候人们谈论着战报,谈论着谢尔盖耶夫大尉在前线结识了一位女战友,玛莎不再给丈夫写信,并跟一个瘸腿的音乐家同居了,他们当然也谈到配售店只卖酸果酱,油是根本不会有了。

肖斯塔科维奇在11月里给我寄来一封便函——请我去听他的第八交响乐。听完回来我非常激动:突然响起了古代希腊悲剧中的合唱声。音乐有一个巨大的优点:它能不提任何事情却道出一切。

在1943年第一次出现了在五年后笼罩在我们头上的乌云。但敌人却还盘踞在我们的土地上。人民顽强地战斗着,在他们的丰功伟绩中有这样一种力量,它使人可以正直地、光明磊落地生活,而不必去注意许多事情。我深信,胜利后一切都会立即改观。如今当我回顾已往的时候,我往往不得不承认自己的幼稚、盲目。这要比在过去某时相信有时会与一切相反来得容易。看来一个人总是要把自己的愿望当做现实,而且常常像梦游病患者那样向空的地方迈步,结果是粉身碎骨或醒来时摔断了骨头。

现在我正回忆着在前方和后方进行的谈话、重读信件——似乎当时所有的人都在想,胜利后人们将会尝到真正的和平和幸福,当然我们也知道,国家遭到了破坏,变穷了,将不得不做很多的工作,我们并未梦见金山。但我们相信,胜利将会带来正义,人的尊严将要战胜。当时谁也不曾想到,在战争结束的三年之后美国人会用原子弹威胁我们,贝利亚会重新向自己人开火。尽管有许多事情我们都没有预料到,但我现在却怀着柔情和骄傲回忆着那些年间的理想。

不管战争有多么残酷和可怕,它在我们的回忆中却不是没落,而是上升:我国人民已上升得很高很高,说明这一点的不是对"最英明的统帅"唱的赞歌,不是一俄丈长的描写战争的油画,甚至也不是勋章,而是对没有归来的人们的怀念和永不枯竭的眼泪——这是人民的良心的活水。

16

尤·尼·特尼扬诺夫于1943年12月逝世。我早在20年代就认识了他,当时他是"奥波雅兹"①的鼓舞者之一,同鲍·米·艾兴包姆、维·马·日尔蒙斯基和维·鲍·什克洛夫斯基在一起。他的文学生涯并非肇始于写作,而是肇始于文学研究,但他研究得那么富于灵感而又出人意外,以至于他的《拟古派和革新派》一书至今仍是文学研究中的转捩点,是一本艺术家的作品。

在最初几次见面的时候,尤里·尼古拉耶维奇曾使我感到不好意思:当时我是个自学的作家,脑袋里装着一些可能是在中学里接受的十分糊涂的认识,写了一些具有种种令人不忍卒读的错误的长篇小说,这些错误既有文字上的,也有知识上的(我在《胡利奥·胡列尼托》里把埃特纳火山跟维苏威火山弄混了)。而且我又是血气方刚,正在探索长篇小说的新形式,否定了我一年前捍卫过的东西,因而特尼扬诺夫便使我感到拘束,有时感到害怕,因为这个地道的"彼得堡人"(就这个词的陈旧涵义而言)总是那么彬彬有礼,甚至在激烈地进行反驳时亦是如此。

我还记得一次谈话:特尼扬诺夫说,各种文学流派争奇斗妍的时代已经过去了——革新者也许就是拟古派,同帕斯捷尔纳克最接近的是曼德尔施塔姆。尤里·尼古拉耶维奇一再地说:"词中省略的一扬三抑格音步",这使我大为恼火,因为我当时不明白这是什么意思,又耻于承认。

---

① 即诗歌语言研究会,1914至1923年在莫斯科和彼得堡活动的一些俄罗斯资产阶级语言学家和文学研究家团体的通称。

1936年春,尤里·尼古拉耶维奇来到了巴黎——他有病在身,一种叫做播散性硬化的罕见而又可怕的疾病使他衰弱下去了。我对特尼扬诺夫另眼相看:在我面前的不是一位文学研究者,而是一位作家,他写的那些作品记述了我一生中发生的那些重大事件。在这部回忆录里,我不是一开头就决定写他的,因为我写的不是各种作品,而是各种人,但是后来我决定,对于一个其作品曾帮助我懂得了许多事情的人,是不能默不作声的。

我们对我们同时代人的作品所持的态度,不同于我们对古典作家作品的态度,在我们的心目中,长篇小说的主人公往往同作者的面貌混在一起。在我进行探索、思考和写作的那半个世纪里,我曾觉得,而且至今也这么觉得:同需要留出更多空白的散文相比,诗歌显得更为重要,但在苏维埃时代,却写出了不少有重大意义的长篇和短篇小说。我见到过许多在革命前即已知名的作家——马·高尔基、布宁、阿·列米佐夫、安德烈·别雷、阿·尼·托尔斯泰、叶·扎米亚京,见到过我这一代的人们——费定、帕乌斯托夫斯基、巴别尔、特尼扬诺夫、左琴科、弗谢·伊万诺夫、卡达耶夫、奥列莎、列昂诺夫,见到过那些到20世纪才出生的人——法捷耶夫、肖洛霍夫、卡维林、格罗斯曼。海涅曾写道,每一个人都是一个世界,一座座墓碑矗立在那些已经消亡的世界的遗址上。在他之前很久,英国诗人多德就曾提到过这些世界之间的联系:钟声不仅为死者而鸣,也是为你而鸣。我喜爱一些作品,对另一些不感兴趣,然而我的同时代人所做的一切,都同我的一生有联系。我没有谈到伊·埃·巴别尔——他是我的朋友,我现在常常像怀念自己的老师那样想到他,但是我也曾向其他一些同时代人的作品学习。特尼扬诺夫曾帮助我认清了时代。

这番话可能会使人感到诧异,因为特尼扬诺夫写的长短篇小说都是历史题材,而且他挑选的又是一些黑暗的时代——尼古拉一世时代、保罗时代、彼得的末日。他的历史知识极为丰富,而且从来不曾试图违背真实把当代的什么东西硬写进已往的事件中去。他不仅在生活上老成持重,他在写字台前坐下的时候也善于控制自己,也许由于这个缘故有些人才觉得他的作品有点枯燥乏味。但是从来还不曾有过一个既伟大而又诚实的作家能够很好地描写处于他的精神世界之外的种种事件,描写同他相距很远而又迥然不同的各种人物。

在长篇小说《瓦济尔-穆赫塔尔之死》中,特尼扬诺夫写道:"20年代的人大都不得好死,因为时代早于他们死去了。在30年代,他们正确地预感到人何时会死。他们就像狗那样去挑选一个比较舒服的角落去死。在死亡面前他们已经既不需要爱情,也不需要友谊了。"

尤里·尼古拉耶维奇喜欢开玩笑、谈论一些琐事,他顽强地同病魔斗争,但他是个十分忧郁的人,格里鲍耶陀夫的忧郁对于他也并不是历史的一页。他与巴别尔和皮利尼亚克生于同一年,后二人是在最不舒服的角落里死去的。特尼扬诺夫活得比他们长一点,虽然他是死在自己的床上。

我们当时都深刻地理解《陆军少尉基热》和《蜡人》。就在那个时期,我只知道《丘赫利亚》,写下了倒霉的拉济克·罗伊特什瓦涅茨的奇遇,种种事件驱使他在世上漫游,从一个城市到一个城市,从一个国度到一个国度。有一次,人们让他去饲养家兔——这在当时是一个时髦的职业。给他送来了一对家兔,不料刚把它们从篮子里放出来,一条狗就把它们给咬死了。可怜的拉济克立即写信报告他遭到的又一次不幸,可是别人却回信问他:那一对兔子生了几只小兔。拉济克明白了,对于有些人来说,最重要的是统计学,于是开始计算,倘若没有那头恶毒的狗,他能够有多少只家兔。当数字变得颇为可观的时候,长官们驾到。他一再地说:"我不是写信向你们报告了吗,那一对兔子一下子就被狗给咬死了。"可是来宾却不予理睬:"兔子到底在哪里呀?"陆军少尉基热幸运得多——他是由于司书的笔误而诞生的——司书把"就是那些陆军少尉"(Подпоручики же)误写成"陆军少尉基热"(Подпоручик Киже)了,而且谁也不敢向保罗承认这一点。沙皇下令把陆军少尉基热送往西伯利亚。其实并无其人,但又实有其人,于是卫兵们把他赶往弗拉基米尔卡。保罗赦免了他,命令他娶一名宫中女官为妻。在教堂里不见新郎,但仍给新娘举行了结婚仪式。保罗提升他为将军,有一天还下令传他入宫。人们启奏保罗,说基热将军病了,不数日便死去。给一只空棺举行了隆重的葬礼。

蜡人是彼得大帝的写照,它装上了弹簧,可以移动。人们把它送进陈列馆,弹簧断了,于是可怜的蜡人便同形形色色的"标本"——怪胎一起被泡在酒精里。

特尼扬诺夫精通历史,他比别的许多人都更聪明地看出了当代的若干特点,但是被我们现在称之为"政治事件"的那种东西却并不使他多么激动。他在人民阵线诞生的那个春天来到巴黎。我当时很天真,经常去参加群众大会,相信法西斯主义今后将遭到致命打击。尤里·尼古拉耶维奇也不争辩,只是答道"也许是吧"。他来到一个他曾从各种长篇小说、文件、计划和版画上知之甚详的城市。他想仿效瓦·利·普希金①到帕列-罗雅尔去走走,想找到丘赫尔别凯②作过报告的那个地方,他想起了亚·伊·屠格涅夫③和维亚泽姆斯基,读着各种葡萄酒的招牌,犹如在读他早就熟悉的文章一般:"迈特……克利科……纽伊……"。

他也到过巴黎,在那里可以往地板上扔烟头,可以怀疑乘法表和唾弃一切权威,可他仍是那样老成持重——他怕暴露自己对风俗习惯的无知,小心翼翼地探询在咖啡馆里言谈举止该是怎样。他身上有一种能使所有的人都解除武装的温和与魅力。

尔后他动手写《普希金》了。按照他的说法,此书应该回答许多困难的问题,说明理智、天才、和谐是怎样战胜了强制的纪律和粗野无礼。一天,我问他:"那么在波兰起义之后的那些使密茨凯维奇大为愤懑的诗呢?"他点了点头:"这个……"

我回忆起在1941年那个令人忐忑不安的春天我同他的最后一次会晤,那是在战争爆发前的三周。特尼扬诺夫当时住在普希金诺的作家的创作之家,在阿·尼·托尔斯泰过去的别墅里。花园里水仙花和郁金香盛开。客厅里的家具都是用红木制成,墙上挂着图画。一派宁静气氛。尤里·尼古拉耶维奇温和地微笑着。我们谈的当然是战争。我记得,特尼扬诺夫说:"也许在德国正在进行一场极其丑恶的革命?……"他毕竟是按照上个世纪的逻辑培养出来的:他觉得一个文明大国是不可能糊涂起来的。

《普希金》他没有写成,只完成了开头——诗人的童年和少年时代。尤里·尼古拉耶维奇逝世了,他没能活到五十岁,晚年疾病妨碍他工作。他把自己的普希金的谜底带进了坟墓。

无论是过去还是现在,我经常回忆起关于一个虚构的短命者和那个颐

---

① 瓦·利·普希金(1767—1830),俄国诗人,亚·谢·普希金的伯父。
② 丘赫尔别凯(1797—1846),俄国十二月党诗人,普希金的朋友。
③ 亚·伊·屠格涅夫(1784—1845),俄国社会活动家、历史学家、作家。

养天年的维图希什尼科夫的杰出的短篇小说,那个维图希什尼科夫可惜只会干一件事——敲鼓。我有时感到自己就是这样的一个呆公子,这也得感谢特尼扬诺夫。

我参加了他的葬仪。斯大林格勒大捷以后,许多东西看上去都变了样子。官衔和制服决定了一个人的地位。特尼扬诺夫既不受人欢迎也不合乎时代潮流。报纸甚至没有报道他的去世。棺材放在特维尔大街上一间小屋里,花圈也是用纸花扎的——简单一点,快一点。

我伫立在棺前想道:我们埋葬的是我国20年代最聪明的作家之一……

17

在普通人看来一切都是停滞不变的：在军事行动的剧院里进行着对共同的敌人的战斗，而反希特勒同盟的各国政府的首脑则交换着贺电。实际上一切都比这复杂得多，在幕后进行着斗争。

美国人不喜欢戴高乐，而看中了海军上将达尔朗，当海军上将被杀害以后，又看中了日罗将军。戴高乐却看中了自己。在法国，他的拥护者不愿同游击队员——自由射击手达成协议。在意大利，同盟国支持前阿比西尼亚总督巴多里奥元帅，而游击队员则发誓要绞死所有的法西斯头目。英国人向米哈伊洛维奇将军[1]供应武器，在开罗存在着一个南斯拉夫国王的政府，而共产党人铁托则担任了人民解放军的司令。在开罗还有一个希腊的右派政府，但在希腊本土，左派的民族解放阵线却在同侵略者进行斗争。波兰政府在伦敦找到了栖身之处，苏联同它断绝了外交关系；产生了波兰爱国者的联盟；在波兰的森林里既有右派的部队——地方军，也有左派的部队——人民近卫军。关于这一切，报纸仅仅顺便地，有时还是譬喻性地提一提。

不用说，不会有人告诉我外交家们的秘密，但由于我的工作的性质我也知道一些事情：我常应邀出席招待会，不得不去各国大使馆，几乎每天都有外国记者来找我。我现在无意描述同盟国的相互关系史，我也不知道这种历史。我只想谈谈几次仓促的会见，谈谈一些与其说是意义重大，不如说是饶有风趣的事件。

英国大使凯尔有一次问我为什么不喜欢英国人。我提出了抗议，并开

---

[1] 米哈伊洛维奇（1893—1946），二次世界大战期间为南斯拉夫流亡政府的国防部部长。

玩笑地开始列举我所喜爱的英国的一切——自由大宪章、特纳的风景画、伦敦的公园里的绿茵。此后每逢凯尔向他的同事介绍我的时候总是要说："这位就是只承认英国的烟斗、草地和小猎狗的爱伦堡先生……"凯尔是个很有修养的怀疑主义者,他不让自己说他所想的事情;只有一次在一个沉闷的招待会上,当关于诗歌的谈话结束后,他坦白地说："我爱上了莫斯科的多样性。我们总是喜爱我们所没有的东西,不是吗?……"

1944年10月,丘吉尔和艾登来到了莫斯科。我不知道此行曾对英苏关系发生过什么影响,但它却出人意料地把曾被阿·尼·托尔斯泰称为"制烟斗的能手"的老旋工扬克列维奇从灾难中救了出来。扬克列维奇制造过一些玲珑剔透的烟斗并把它们卖给爱好者。他曾被捕,似乎就是因为非法出售烟斗。阿列克谢·尼古拉耶维奇曾企图为他说情,但没有成功。外交人民委员部决定赠给丘吉尔一件礼品——一只古代的精制的匣子,带有秘密的格子和精巧的锁。小匣子被弄坏了,没人能把它修好。这时候有人想起了扬克列维奇老头子。他真该感谢命运或丘吉尔。而英国首相的光临给"爪哇"工厂的经理带来的却只是麻烦:要他在限期之内制成头等的雪茄烟。丘吉尔在招待会上取了一支雪茄抽了起来:雪茄噼噼地响声大作,并像礼花似的火星四迸。丘吉尔微微一笑。他有一张老叭儿狗的脸,眼神疲倦,甚至睡意蒙眬,但讥讽的微笑却使双目神采奕奕。我被介绍给他了。他勉强地微微一笑:"我特别要向您祝贺……"他向我祝贺什么,我不得而知,但我照样微微一笑并向他祝贺,也不知祝贺什么。

同艾登的简短谈话却有趣得多。艾登一上来就对我说："您好像不大喜欢英国人?……"我断定凯尔已经把关于草地和狗的事情告诉他了,但我还是问艾登何以这样想。他答道："我听说您很喜欢法国。"这话出自一位老练的外交家之口是如此出人意料,使我简直有些张皇失措,过了约莫一分钟我才问道："难道爱法国同不喜欢英国有什么联系吗?"大概在我的声音里流露出了愤慨情绪,艾登急忙微笑了一下:"这是开玩笑。当然,我们都是盟国,而且我个人也很喜欢法国人……"

但是另一些人却更为坦率。例如哈里曼曾说:"同法国打交道可不容易——那里的叛徒比所有的地方都多。"英国记者温特顿坦白地说:"最好没有法国人……"威尔基曾信任地对我说:"法国作为一个伟大的强国的作用永远结束了,恢复它先前的地位不符合我们的利益。"

自然,法国人——加罗大使、施米特林参赞、年轻的戈尔斯、柏蒂将军——常常谈起他们不相信美国人和英国人:他们担心西方的盟国将竭力重新扶植战败了的德国。一天晚上,我们在柏蒂将军那里聚会;那里有多列士、让-里沙尔·布洛克、加罗,加罗开始缅怀往事:在第一次世界大战以后他曾目睹莱茵河地区的占领,当时他是一名军官。他叙述同盟国曾如何赞美秩序、组织,如何钟爱德国女人;谁都不曾怀疑和平是有保障的,但鲁登道夫①却已在慕尼黑号召复仇了。于是加罗奋激地让多列士相信:"现在我们只有一个希望——俄国人不允许旧戏重演!……"

1943年12月,我从哈尔科夫回来,那里审判了因大规模屠杀居民而被揭发出来的德国人。车厢里坐着阿·尼·托尔斯泰。美国记者斯蒂文斯走了进来。大家谈起了未来。突然有人啪地打了一下可怜的斯蒂文斯的脑袋——上铺躺着法国记者尚普努瓦。他受不了关于"软性的和平"最受欢迎的谈话,加以他又喝了半升酒。

(我同尚普努瓦交谊甚厚。早先他是哈瓦斯通讯社的记者,但当贝热里大使——过去的极"左"分子——根据维希政府的指示离开莫斯科后,尚普努瓦便留在我国,为在伦敦出版的法文报刊撰稿。战后他曾打算回祖国去,不料他已舍不得离开莫斯科了。他会像俄国人那样开怀畅饮,像俄国人那样聊天聊到半夜:什么都谈而又什么都没谈,既说了一大堆废话而又谈到了最主要的问题。这是一个既丧失了功名心又失去了处世的机智的人,他会在心旷神怡的时刻开玩笑或骂人,他写诗——写给自己看,不在任何地方发表。)

我觉得,不仅美国人不明白某件事,我所遇到的英国人也是如此——他们的国土没遭到法西斯侵占。我说的不是政治家或外交家——他们都有自己的打算。但是许多军官、记者也都认为那些关于希特勒的兽行的故事言过其实,在他们的概念里,希特勒的军队同威廉的军队被混为一谈了。同那些从被侵占国家逃出来的人谈话之所以容易得多,原因就在这里。

挪威大使安沃尔未必赞美过苏维埃制度,但他了解自己的国家的痛苦,

---

① 鲁登道夫(1865—1937),德国陆军上将。

并看见只有红军才是真正在战斗。他有时邀请我们到他那儿去。他是一个花天酒地之徒,喜爱法国的美酒。我们坐在壁炉旁边,安沃尔想起了挪威、共同的友人,说:"我希望'飞弹'能使英国人醒悟。他们想以绅士风度同希特勒匪徒打交道,似乎这是一场比赛。但今天我又得到了镇压我国大学生的消息。你们是对的——药水无济于事,需要外科……"

在外交官当中我特别喜欢雷纳·布卢姆,他代表一个最小的国家——卢森堡,但他却有一颗宏大的心。1944年在明斯克附近的前线有一个投诚者来到我方。一位上校对我说:"这个德国鬼子说,似乎他既不是德国人也不是法国人,而像是什么卢森堡人……"我被带到这个投诚者那里。这是一个年轻的农村小伙子。他向我要了几张纸:"我想写一封信……"我以为,他是想通知自己的亲人,并且天真地认为他们能收到这封信。但他写道:"卢森堡女大公殿下,我现在通知您,我已尽了我的职责,并投奔到红军方面来了……"当我把这封信转交给雷纳·布卢姆的时候,他的眼泪夺眶而出。他是左翼社会党人,但给女大公的信却使他受了感动。他爱上了我国,学会了用俄语说话,常去听演讲、报告。(有一次我看见他在一群冲进了综合技术学院的大学生之中,——他几乎被挤得透不过气来。)布卢姆的女儿曾在莫斯科大学学习。他是谦逊的、彬彬有礼的,在他身上也像在他的卢森堡那样,保留着一种从上一世纪流传下来的东西。几年前我曾去他家做客。他现在是卢苏友好协会的主席,他常在群众大会上演说。人人都知道他、尊敬他。晚上我们打开一瓶酒就回忆起战争时期来了。

我常去找捷克斯洛伐克大使费林格。同他谈话很容易:他懂得什么是法西斯主义。他的妻子,一个可爱的、十分活泼的法国女人也懂得这一点。

贝奈斯来莫斯科时,我在招待会上遇见了他。他想起了我们很久以前的一次谈话:"我当时已经知道,捷克斯洛伐克在劫难逃……"后来他又补充了一句,"对于我们来说,唯一的生路就是同贵国结成紧密的同盟。捷克人可以抱有各种不同的政治信念,但在有一点上他们却是无可争论地意见一致的——苏联不仅能把我们从德国人手中解放出来,还能让我们不至于生活在对未来的经常恐惧之中。"

常来找我的有几个南斯拉夫人——游击队的一位司令捷尔吉奇、雕塑家奥古斯丁契奇,后者当时正在绘制一座纪念碑的草图,画了很多图样。我既喜欢他的作品——极其丰富的内容同运动的结合,也喜欢他本人——他是艺术家又是战士,他什么都不放弃,有各种各样的计划,但依然是他本人。在银林给南斯拉夫人拨了几幢房屋。我在那里遇到过一些男女游击队员。他们住在莫斯科城郊的别墅里就像是住在波斯尼亚山里那样——可以感觉到那种民主作风、坦率。我同他们在一起觉得很愉快。

外国记者常常抱着打听一点战况的希望前来找我,我有时就把德国人的日记或信件交给他们。他们同样也谈论一些外交方面的复杂步骤。在外国记者当中有的很有名气——斯托伊、沃思、亨杜斯。1942年秋我曾带领利兰·斯托伊同赴勒热夫城下。他了解战争——他到过西班牙、中国,显得英勇而又善于观察,他写了一些出色的特写。1946年我曾去过他那离纽约不远的小平房。"冷战"已经开始了。周围是些漂亮的单独小住宅。玫瑰盛开。人们享受着安宁的生活。但斯托伊却是忧郁的。他说:"您记得勒热夫吗?我在那里觉得心情比较安宁。没有舒适还可以生活,没有希望可就比较困难了……"

当然,外国记者是很为难的:报上的文章比消息多。书报检查机关没有打盹,记者们有自己的对头——出版部主任。在记者招待会结束后,每人都竭力赶在别人前面,并第一个冲向电报局的小窗口。经常打架。有一次一个美国记者在竞争者的汽车的外胎上刺了一刀,使对方来不及赶往电报局。

合众国际社记者夏皮罗对我们的态度很好,但老是诉苦:要他报道轰动性的消息,可又不许他到前线去,他不知该报道什么。这时候发生了一桩使他一蹶不振的事件:斯大林回答了美联社记者凯西蒂提出的问题。夏皮罗异常激动地跑来找我:"我也提过问题……美联社比合众国际社更右……为什么斯大林决定把我毁掉?……"要使他安静下来是办不到的,他连听都不愿听什么凯西蒂不过是运气好——他的问题恰巧是在斯大林决定发表什么意见的那一天提出的。外交部的出版局作为"安慰奖"允许夏皮罗前往斯大林格勒前线。回到莫斯科后,他对我说:"我看到的当然很出色。现在我更清楚地明白了何以你们坚持开辟第二战场。但从合众国际社的观点来看,这是不能同凯西蒂的收获相比的。我至今也不能理解,何以斯大林看中了美联社?……"而凯西蒂则像寿星那样眉飞色舞,把斯大林在答记者问的下面署的签名拿给所有的人看,并竟然巧妙地在"阿拉格维"弄到了四瓶酒:"斯大林正在给我写……"

在美国记者当中也有一些讨厌的人物。我记得曾有一位放肆的人物前来找我,并在桌上放了一磅糖。柳芭走进室内,她不知道我的客人是什么人,问道:"怎么,您卖糖吗?……"我要求这位美国人把他的礼物拿走。几天后我把他的事告诉了托尔斯泰。阿列克谢·尼古拉耶维奇哈哈大笑起来:"他把这磅糖给我送来了,可我这个傻瓜竟慌里慌张地收下了,你明白吗?我决定立刻还礼,可手头什么东西都没有,我送给他一支'水手'牌自来水笔。这个下流坯竟收下了……"我们笑了好久。(当然,我们当时还不知道"美国的援助"这几个字对于整个欧洲将意味着什么……)

糖的事情是可以忘记的,但有些事情则比较严重——反希特勒同盟的参加国之间的争执表现得愈来愈明显了。1944年的夏季开始了。宣布胜利消息的礼炮声对于莫斯科人已变成日常现象。同盟国在诺曼底登陆了。结局临近了。

7月1日我到了由切尔尼亚霍夫斯基将军指挥的白俄罗斯第三方面军。在鲍里索夫附近,在别列津纳河右岸,我看见了由叛徒多里奥组织的"军团"的法国战俘。所有的法国人都知道别列津纳河的名称:在1812年,俄国人几乎包围了拿破仑的大军,只有部分军队依靠艾勃列将军统率的士兵的英勇才得以渡过别列津纳河(我之所以知道艾勃列将军,是因为我在巴黎时常常走过一条以他的名字命名的街道)。但"军团的战士"都陷在右岸了:他们是一伙胆小如鼠,但贪得无厌的雇佣兵,他们被箱子缠住了——舍不得抛弃抢来的家用什物。我受委托去同他们谈谈。有一个要我相信,他堕入了不幸的情网,于是决定殉情,"不管怎么死法都是一样",另一个描述他的贫困、穷苦——"出于一时的软弱就同意了",第三个引证"命运的神秘道路",第四个说:"我完全是个普通的老百姓。我在巴黎开了一个叫做'百合花'的小饭馆,顾客总是夸奖我。在烹调方面我没出过差错。政治却是另一码事了……""军团的战士"同德国战俘住在一起,在德国战俘中原来有许多阿尔萨斯人。后来别人告诉我说,阿尔萨斯人在夜里把"军团的战士"痛打了一顿。

我到"诺曼底"大队的飞行员那里去过。法国人告诉我说,在夺取鲍里索夫的战斗中,飞行员加斯东在别列津纳河上空牺牲了。在三年当中他一直试图离开法国去参加空战,每一次他都被拘捕了,最后他被送进了北非利奥特港的苦役监狱。美国人把他解放出来以后,他决定到苏联去加入"诺曼底"大队同敌人作战。他在别列津纳河附近接受了战斗洗礼,不料却牺牲了……我把"百合花"饭馆老板的事告诉了飞行员们,他们笑了一阵,有一个以鄙夷的口吻说:"您别认为这样的人很多。这是咱们的'弗拉索夫分子'……"我微笑了一下:我坚信法兰西。

是的,我不隐瞒,我相信美好的未来——否则活着就太艰难了。我对自己说:能解决问题的不是外交家,不是政治家,而是各族人民——他们吃够了苦头。这就是说,法西斯主义将永被埋葬。

我在鲍里索夫和明斯克之间的某地遇见了一些外国记者。他们都很幸福,这既因为他们看到了盟军的胜利,也因为他们收集到了有趣的电讯材料。特别高兴的是《泰晤士报》的一个记者——他俘虏了三名士兵。这些陷入了包围圈的德国人正在寻找能接受他们的投降的人,当他们看到一个穿着考究的普通人的时候,便断定他们找不到更好的机会了。十二岁的男孩子阿廖沙·斯韦尔丘克曾押回五十二名俘虏。但这位《泰晤士报》的记者自然感到高兴。

坦白地说:在莫斯科,来自边境的电讯会使我悲伤,但在明斯克附近我却不去想希腊问题将如何解决、美国人是否会承认铁托、艾登关于波兰人会说些什么。我想的是怎样潜入明斯克——德国的师团在四周徘徊。

18

我于7月4日进入明斯克。坦克手们在这前一天冲进了城市,并立即继续向西挺进。在南部各区还在进行射击。我看着一条长长的街道,觉得很高兴:几乎所有的房屋都完整无恙。一刻钟后响起了连续的爆炸声,房屋也就不复存在了。

工兵整天工作——起地雷,他们挽救了市政大厦和若干别的房屋。但是我在市内漫步的时候却处处看到废墟。可我对胜利还是感到那么高兴!两天前我曾去见切尔尼亚霍夫斯基将军。他对我说:"我们现在不是赶走敌人——我们在包围他。"我知道在明斯克东部还有强大的德国部队,因此不容易进入城内——德国人常突然在公路上出现,用迫击炮射击。一位坦克手对我说:"他们陷入了一个结实的大包围圈。"我认为战争已接近结束,便微微一笑。但目睹明斯克的废墟却令人痛苦。这不是诺夫哥罗德,不是基辅,不是列宁格勒——这是一个曾遭到多次焚烧、破坏的城市;城中没有古代的遗迹、美丽的建筑。但是人也常有忘记艺术的时候。我当时所想的不是被破坏、炸倒或焚毁的房屋的美学价值,我想的是人们工作、受苦、建设,到头来却是一堆堆碎砖,一片片烧焦了的废墟。被破坏的住宅,被毁掉了的人类的巢的景象是令人痛苦的,而且总有一些零星物品使人激动——一把坐坏了的圈椅,一堵残存的墙壁上因长久悬挂画片或照片而留下的痕迹,一个被弄坏了的木马。

(七八年以后,在出席世界和平理事会的一次例会的途中,天气不适于飞行,我滞留在明斯克了。彼·乌·布罗夫卡①救了我——他把我接到他

---

① 布罗夫卡(1905—1980),白俄罗斯诗人。

家里,陪我参观了重建起来的城市。当然,房屋都像40年代末在我国所兴建的一切房屋那样豪华而不美观,但我真诚地赞叹了一番:人们在进晚餐、争论、嫉妒;这幢住宅里想必也有孩子,那里还有一个木马正在安静地睡觉。)

在疮痍满目的明斯克城中漫步的时候,我忽然想道:我很走运,譬如说我来明斯克就没迟到!瓦基莫夫将军不给我自由。有一次,那还是在战争之初,我曾和他同赴布良斯克前线,他不知何故断定我能干出逞一时之勇的蠢事,便授意自己的部下对我多加注意。1943年秋,《红星报》派康·西蒙诺夫和我去乌克兰。我到了第聂伯河右岸。副主编卡尔波夫上校给第十三军的军事委员会委员科兹洛夫将军拍了一封电报(不久以前我得到了它的副本):"伊利亚·爱伦堡现在您处,为保证安全,请勿使其远离渡口。"但我却及时来到了明斯克,而且后来我还到我想去的别处去了——我溜走了,编辑部不知道我在何地,而瓦基莫夫将军也不在了,如他还在,他恐怕又会着手寻找。

切尔尼亚霍夫斯基是对的:我军包围了明斯克,约有十万德国人陷入了包围圈。我国部队神速地向巴拉诺维奇、维尔纽斯推进,而撤出莫吉廖夫的德国人却还在幻想冲进明斯克。在这条战线上德国人还未被彻底击溃,许多师团还在负隅顽抗,发动进攻,企图突围。有一次,我在一位少校营长那里安安静静地吃着晚饭,这位营长过去是列宁格勒的工会干部。在别列津纳河上激烈的战斗之后,这个营得到了一段短暂的休息时间,少校一面拿出房获的香槟酒款待我,一面议论道:"您写的那些德国鬼子写得真不错,您大概观察了很久吧。譬如说,您在写长篇小说的时候,您是怎样进行调查的,写谁呢?我常想,作家是从哪里知道一个人的心事的呢?莫非人们把自己的心事告诉了作家?或者是只得凭空去想?……"我还没来得及回答——响起了一阵阵的机枪声:德国人的一个团开火了,企图冲往西方。

我向西去到了拉科夫、伊韦涅茨,回到明斯克后,重又听见枪声:被围的德国人袭击一家面包厂。

当德国人开始扫射道路的时候,我正在莫吉廖夫的公路上。俘虏们肯定地说,树林里有一个营,那里还有一名带着迫击炮的德国将军在徘徊,他常说:"我是德国人,而不是废物……"一名摇晃着手绢从林中走到路上来的德国少校曾对我说:"当然,此刻优势是在你们一方——德国被迫在两条战线上作战。但您必须承认,坦克的突破、包抄——这是德国战略的成就,你们正在效法我们……"我回答说,我不是军人,而作为一个老百姓我承认德国人的优先权:他们开始了战争并对战争作了很久准备,不过为此骄傲却不见得必要。

在维尔纽斯的罗斯公墓(那里是俘虏的集合点),有一名上尉曾说:"我一开始就在东线。四一年我们往前推进,不顾你们还留在后面。现在一切都变了。当你们已逼近维尔诺的时候,我们还在试图守住明斯克。我们在这里把几幢房屋坚守了三天,可你们的一位军官却说,你们已经到了涅曼河畔。现在你们正在前进,就像我们根本不存在似的。"他沉默了半晌又出人意料地补充了一句,"我问自己:我们果真还存在吗?……"在巴洛克式的司智天使和长了青苔的半身像中间,月季花盛开。突然响起了一阵绝望的叫声——飞来一只受了致命伤的乌鸦,缩成一团落在德国军官的足前。他双手捂住面孔,像一尊雕像似的一动不动地坐在那里。

我在立陶宛边境遇见塔秦部下的官兵:他们已疲倦得要命。旅长洛西克上校叙述着夺回明斯克的情况:"我们不是在路上走——而是在森林里、沼地上走,说句笑话——那里只有兔子奔跑。当我们在 3 号冲进明斯克的时候,那里的德国人比我们的人要多,但他们张皇失措了……"

天气炎热异常,久未下雨,令人窒息的尘埃像浓密的乌云一般遮蔽了道路。几百辆砸碎的、弄翻的汽车堆满在路上。准尉别利克维奇说:"我很急,我有一个妹妹留在明斯克,塔尼娅,十七岁……她是在名副其实的前夕——2 号——被杀死的,邻居们都看见了……"他用袖子擦擦脸,汗同尘土混在一起,形成了一个假面具。"你瞧这尘土!……"接着又轻声补充了一句,"我们进了城以后,我得到准许回家看看,我就往家里跑去。可妹妹不在了……"他声音里的痛苦使我一句话也说不出来。对一切——苦闷、灾难、孤独都可以习惯,只有对别人的不幸却不能习惯,在那几年里我曾多次感觉到这一点。

在从奥尔沙到维尔纽斯的一路上我看见了什么?我看见了那么多废墟、被烧毁的村落,听到了那么多令人毛骨悚然的故事!在拉科夫,我曾去拜访大教堂的住持、天主教士加努谢维奇。他老态龙钟,静静地坐在祈祷者和褪了色的照片当中。他曾目睹希特勒匪徒纵火焚烧房屋。一个女人在绝望中把婴儿扔出了窗户,一个"纵火者"跑了过来,像抢一块烧着的木头那样老练地拾起婴儿就投入火中。教士摇着头说:"我不能想象世上竟有如此没有心肝的人。他们把一个老教士从克列巴尼拉了出来,他生着病,不能行走,他们就折磨他。在多里,他们把所有的人都赶进东正教教堂,然后放火去烧。在彼尔沙,他们杀死了两个天主教教士。经书上说:'他从愚昧的众生之中发现深奥的哲理,又把死亡的阴影带到世上,他既增加民族的数目而又消灭民族,他既驱散各族人民而又使他们聚集,他剥夺人民头脑中的智慧并让他们在没有道路的沙漠上游荡。'我是一个老人了,但年轻人在这以后将如何生活呢?……"

我曾在炮兵们那里过夜。我们喝着低劣的匈牙利的罗姆酒。大家都沉浸在对未来的幻想中。突然谢尔盖耶夫大尉说道:"亚布洛奇金的妻子寄来了一封信,她写道,她现在用不着再活下去了——她孤孤单单的一个人,想同帕沙的同志们告别……"大家不作声了,不久都入睡了。我睡不着,爬了起来,悄悄地走到油灯跟前把老教士的话记在小本子上。

次日,在回到明斯克和通过了莫吉廖夫公路以后,我看见了特罗斯佳涅茨。希特勒匪徒曾在那里活埋过犹太人——明斯克的犹太人和从布拉格、维也纳运来的犹太人。无可幸免者被装进窒死人的汽车(这是一种用毒气使人窒息而死的汽车,希特勒匪徒称之为"黑瓦根";汽车经过改善——车身能自动翻倒,把被窒死者的尸体抛出;新的汽车叫做"黑克尼普瓦根")。德国指挥部在德军被击溃之前不久曾下令掘出尸体、浇上汽油焚毁。烧焦了的骨殖处处都能看到。希特勒匪徒在逃跑的时候想把最后一批死人火化,尸体就像木柴那样堆积起来。我看见烧焦了的女人的身体、一个小姑娘、几百具尸首。不远的地方堆着一堆女用手提包、童鞋、文件。我当时对马伊达内克、特雷布林卡、奥斯维辛都毫无所知。我一动也不能动地站在那里,连向导喊我的声音也没听见。这真难以描述——无话可说。

在莫吉廖夫公路上向被围的德国人进行猛攻的我国士兵看见了特罗斯佳涅茨。看来战争在任何地方都不像在这里那么残酷。晚上在公路的周围敌人尸骸狼藉。炎热没有减轻,恶臭扑鼻。

我同步兵师师长奥克斯纳中将谈过话。他被俘的时候穿着士兵的服装,但在一小时后却出示证件并要求把他调到军官的俘虏营去。和其他的俘虏不同,他对我说,鼓舞着德国武装力量的那些思想依然活着,而且迟早总会取胜。我拿特罗斯佳涅茨的暴行去质问他,他答道:"您干吗问我这个?我个人没杀过孩子。我们打了败仗,于是所有的罪过都推在战败者身上。德国军队一向以纪律严明著称,我也曾以荣誉精神教育我的士兵……"——"可您为什么要改装呢?"——"我不愿降低身份——德国的将军是不会投降的。"他心满意足地吸完了一支雪茄,又说,"我们处于一个弱小民族的地位——反对我们的是两个大国:俄国和美国。这是大卫同两个歌利亚的决斗①……"他有一副令人肃然起敬的教授的相貌。后来我在战犯名单上看见了他的名字。

别的将军举止比较谨慎。军团司令黑尔维策将军毕恭毕敬地端详着年轻的切尔尼亚霍夫斯基。伊万·达尼洛维奇带着嘲笑的口吻说:"你们在沃罗涅日打得比较好……"黑尔维策答道:"过去的一切不应由军队承担,而应由希特勒承担,他不听有经验的将军们的话,让一群势利小人把自己包围起来……"黑尔维策在一份呼吁书上签了名,这份呼吁书两周后在苏联报纸上发表了:一部分被俘的德国将军出面反对元首。在此之前不久,德国有一小撮军官曾企图出面反对希特勒;这件事使得被俘的将军们的宣言具有了一些说服力。将军们指责希特勒什么呢?他们根本没有指责他发动了战争、把一个个的国家攫为己有、组织对居民的大规模屠杀、建立无人区和死亡营。不,基干将军们指责他的是另一件事——他不会打仗,使德国的武装力量陷于失败。将军们建议德国的指挥官们赶走希特勒,并在军事行动转移到德国领土上之前实现和平。他们没有谈到特罗斯佳涅茨那一堆堆被窒死的人们……

我面前摆着一份《士兵报》,我正在看一个穿着制服的军人的照片:坦克部队的将军冯·扎乌根,带有橡树叶和金刚钻的铁十字勋章获得者,他年满七十岁了。报纸叙述着寿星的生平。第一次世界大战期间,他在法国和俄国打过仗。1939年他曾出征波兰、驰往巴黎,后来又到了莫斯科城下、奥

---

① 据《圣经》传说,歌利亚是非利士族的巨人,与青年大卫决斗时被杀,大卫后来成为犹太人的王。

廖尔近郊。但在1944年7月,第三十九坦克军团司令冯·扎乌根将军却企图守住鲍里索夫……我对自己毫无办法:我记得。我记得被夷为废墟的鲍里索夫城内那些苏联战俘的尸体——希特勒匪徒在他们放弃该城的两天前把他们全部杀害;我记得像奇迹一般从尸堆底下爬了出来的瓦西里·韦泽洛夫的故事;我记得拉祖瓦耶夫卡,法西斯分子在那里杀死了一万个犹太人——老人,妇女,吃奶的婴儿。我不知道这位寿星是否记得。而且问题也不在他的身上。这一期的《士兵报》还号召德国人收回西里西亚、梅梅尔、但泽、苏台德区。这岂不是意味着旧戏又要重演了吗?……无论理智还是良心都不能容忍这件事。

7月里,白俄罗斯第三方面军向西方推进之速使空军也常常追赶不及。在第一次世界大战时就作过战的老兵格拉戈列夫将军曾说:"您可别忘了步兵。在十二天内走了几乎四百公里。每个步兵现在都有自己的发动机——心,人虽倒下了,但仍在前进。昨天有一名战士对我说:'我们气极了……'他们看见德国人干下了那么多罪恶勾当就迫不及待了——该结束啦……"

许多情况都在变化,但总的情况却还是老样子:在斯摩棱斯克州和立陶宛边境,人们用不同的方式说话,但大家说的都是同一件事。一座座城市的残迹从眼前掠过;在被焚毁的村落里可以看到一家家火炉上黑色的出烟道。似乎在奥尔沙内我曾看到一块写着"自由广场"字样的小木板。似乎是在克拉斯内,但可能仍是在奥尔沙内,工厂老板里哈德·萨多夫斯基曾强迫过路的人从人行道上下来,举起一只手来喊道:"嗨!"①阿列克谢·彼得罗维奇·马利科(我记下了他的名字)叙述德国人怎样烧死了他的小女儿列娜和格拉莎,这是在布鲁萨的乡村里。在斯莫尔贡附近,战士们在田野里找到了一个四五岁的小姑娘,她说,她叫多拉,"德国人往妈妈的嘴里塞沙子,妈妈就叫"。在拉多什科维奇有一个波兰老人谈到两年前德国人烧死了一千二百个犹太人,有一个裁缝在德国人命令他:"跳舞!"的时候啐了一口唾沫,并喊道:"快点杀吧,你也跑不了的!……"我曾乘车驶过一个村庄,村里的房屋都还完整,但空无一人——我不知道居民是被杀死了还是被赶走

---

① 法西斯分子见面时向希特勒致敬的礼节。

了,但也可能是跑到树林里去了。

看上去一切都像一年前格卢霍夫或切尔尼戈夫附近那样,但战争却不同了。7月12日黄昏时分我看见了维尔纽斯的第一批房屋,四面八方都有枪弹飞来,一位我不认识的少校喊道:"卧倒!……"这天我们的坦克手已经跑得很远了——通往考纳斯的路程已走了一半,但在明斯克东部的森林里却还有一群群的德国人在游荡,他们不知道他们同德国军队之间的距离要比苏联的坦克手同德国边境之间的距离遥远得多。

在莫洛杰奇诺附近某地,我曾在帕·阿·罗特米斯特罗夫元帅那里过夜。帕维尔·阿列克谢耶维奇解释道:"在去年夏天,坦克起的是另一种作用,当时是逼使敌人后退,而现在我们正在包围和消灭他们,向前冲击。在我们的时代,没有技术装备是不行的。没有脑袋当然也不成。我们的人都很聪明,不过摇晃得太久了——缺乏主动性。但愿战后我们能生活得更明智些。"我很喜欢这位元帅:年轻、生气勃勃,他不仅分析战斗动作,也分析许多别的事情——我们的盟国的政策、文学,甚至各种不同品种的莱茵葡萄酒。战后我同帕维尔·阿列克谢耶维奇见过两三次面,并深信他不仅在战场上是个勇敢的人,在日常的公民生活中亦是如此(这一点也许更加难能可贵)。

先前我从未到过维尔纽斯。德国人没来得及把它焚毁,这是不寻常的——房舍、巴洛克式的天主教教堂、狭窄而古老的街道。一个老太婆偶尔从地窖里爬出来而又立刻藏了起来。人们在搬运伤员,把俘虏送往罗斯公墓。士兵很少——他们正在把德国人从城郊的小树林中赶出来。昨天德国人还控制着市中心、古老的鲁基什基监狱。即使现在城中也还有许多士兵潜伏着,不时用冲锋枪射击。

克雷洛夫将军坐在一张地图前面,他的两眼由于许多不眠之夜而发红了。他看见我就摇着头说:"您不该乱跑——他们从窗子里开枪。当然,我明白,您觉得有趣,不过毕竟……"

我在指挥所里看见了作家巴甫连科。我早在1926年就同他相识了——当时我路过伊斯坦布尔,他带我参观了圣索非亚教堂。我们很少见面,他是个讲故事的能手,我很爱听他讲那些似真非真的故事,然而就像在人们的关系中常有的那种情况那样,当我们几年不见的时候,我却想不起他来。我们一同在城内漫步。德国人在一个大广场上扔下了几百辆汽车,汽车里真是无所不有——电影拍摄机、法国的甜酒、侦探小说,还有手纸。在奥斯特罗布拉姆斯基门附近有一群妇女跪在地上祷告圣母。我们来到圣安娜教堂。巴甫连科说——拿破仑曾为他不能把这座教堂搬往巴黎而感到遗憾。我们走过了密茨凯维奇的故居。某处卧着两具市民的尸体,我记得一个长着楔形银髯的老人,貌似上一世纪的学者;旁边躺着一根有白色镶头的手杖。巴甫连科仔细地观察着镶头、教堂里的塑像和一台德国收音机,忽然他说:"下雨啦……咱们走吧——我有一瓶法国白兰地……"

后来我独自走着。一名准尉向我走来,要看我的证件,他看了以后便笑了起来:"瞧我碰到了谁啦。我常读您的文章,好像一篇也没漏过。您可知道我对您会有什么请求吗?请您去说说,让报纸每天公布我们距德国的里程,我向别人打听——谁也搞不清楚,有的说是一百公里,有的又说是一百五。要是在莫斯科的报上不能登,那就登在部队的报上吧。我想我们快要胜利啦。我的母亲在比斯克,她来信说她日夜盼望着,她有病,生怕活不到……"

我遇到了一群犹太人的游击队员,他们协助清除了地下室和顶间里的法西斯分子。我同两个女大学生——拉希尔·门德尔松和埃玛·戈尔芬凯尔谈过话。她们叙述了犹太人居住区里发生的事情。德国人几乎每天都要把一群人赶到波纳雷去——在那里杀死他们。活人必须工作,有卫队押解。在犹太人区有一个地下的抵抗组织,它的参加者焚烧仓库、埋地雷、消灭希特勒匪徒。他们曾策划大批逃跑。这个组织的首脑是维尔诺的工人,共产党员维滕贝格。希特勒匪徒刺探到了他的情况,便要求他出面,否则他们就要把犹太人区全部消灭。维滕贝格对同志们说:"没有我你们也能工作。我不愿所有的人为了我全部被害……"他被折磨死了。有五百名囚徒逃了出来,他们在"争取胜利""复仇者""消灭法西斯"这些队伍里战斗。拉希尔和埃玛战前是大学生,喜爱文学。现在她们手中拿的不是书,而是手榴弹。她们愉快地笑着,我保存了一张照片:我同一群游击队员。

次日颁布了解放维尔纽斯的命令,小树林中的德国人开始投降了。我重又漫步街头,同居民交谈:人们的脸色都很可怕——他们在地下室里蹲了五天,常常没有食物,甚至没有水喝;但几乎所有的人都面带笑容——最痛

1059

苦的时候已经过去。街道上再也没有尸体了。士兵们把家用什物从德国人的汽车里搬出来。据说将要配售粮食。

　　我同军人们共进晚餐。后来少校把我带进了一所被抛弃的住宅。根据一切迹象可以看出，德国人没在这儿住过：我在一个玻璃罐里发现了一些黑面包干，在一个大概曾经保存过传家宝的古老的首饰箱里发现了一堆烟蒂。墙上挂着照片——一群女中学生，一位戴着发饰的太太，一个身穿波兰军装的年轻人。桌下扔着一张印有尼斯风景的明信片。书架上摆着波兰和法国的书籍。少校给我留下一支大蜡烛，于是我决定看看法国小说。我读了十二三页之后就把它扔了。主人公不能断然抛开妻子去找他的情妇，这同我有什么相干？我试图入睡，但睡不着。突然我感到难以忍受的苦恼。这部小说里的人物是因缠绵的爱情而痛苦。他们可能曾在尼斯相会。契诃夫的一个短篇小说的主人公在雅尔塔遇见了一位带小狗的夫人。虽然并无幸福，但未被活埋，未被关进窒死人的汽车。他们不像现在这样经常与死神为邻。少校的妻子大概正在很焦急地盼望着他的来信。即使在胜利在望的现在，战争也是那么可怕！但也许正是由于胜利在望才能够沉思、忧伤？……

　　我卷起了少校用来遮挡窗户的地毯。天已亮了，这是一个阴沉的早晨。枪声时有所闻。从对面的房子里跑出来一只猫，尖声地叫了起来。我躺下睡着了。

19

我回到莫斯科后,让-里沙尔·布洛克前来找我。他因许多重大事件而十分激动。我向他叙述了明斯克的包围圈、维尔纽斯的战斗、"诺曼底"的飞行员。他也同样告诉了我一些新闻:"根据无线电截听的消息判断,游击队已开始占领多菲内、利穆赞的城市。"他迷信地压低嗓门补充了一句,"看来我们很快就能回法国去了⋯⋯"

俄罗斯早已进入了让-里沙尔的世界,我说这句话的时候,想到的不仅是很久以来已成为他的道路上的路标的那些列夫·托尔斯泰的作品,我还想起了1905年1月9日一群法国大学生致俄国大使的信,信上有许多签名,而这封信的执笔者正是二十岁的巴黎大学的大学生让-里沙尔·布洛克。他十分热烈地迎接苏维埃共和国的诞生。他于1934年第一次看到我国,当时他被邀请参加苏联作家代表大会;他在我国逗留了半年,后来便在各种各样的集会上叙述自己的印象。当然这只是一个善意的旅行者的叙述,他所看到的只是一个旅行者在任何一个国家里都能看到的那些东西——名胜古迹,示范的、供人观摩的生活。

1941年春,他第二次来到莫斯科,带着妻子,从被占领的法国前来,并在苏联度过了艰苦的战争岁月。他认识了一些人,并对他们依依不舍。他经历了撤退。阿·尼·托尔斯泰曾告诉我,1941年秋,他路过喀山的时候曾找到布洛克,布洛克在一个鞑靼人的家里租了一个房间;这个房间是个地下室。让-里沙尔安慰女主人(她的丈夫在前线)说:"德国人很快就会被打败⋯⋯"阿列克谢·尼古拉耶维奇又笑着补充道,"他不但安慰她,而且也使我快乐起来了。我当时心情极为恶劣——我军失利的战报,粮食没有收割,人们垂头丧气——总之,糟透了,可咱们这位法国人却平静地向我解释,说希特勒注定要灭亡,这就像二二得四一样明显。天气冷得可怕,他这个不幸的人感到不习惯,他喝着没有糖的茶,而且面带笑容……"

布洛克每周都要用无线电向自己的同胞作两三次广播演说:他描述红军的英勇,竭力鼓舞法国人。他在莫斯科有一些朋友,我不能一一列举,只提出利季娅·巴赫、伊格纳季耶夫夫妇、托尔斯泰。布洛克夫妇从来不曾对任何事情发过牢骚。有一次,让-里沙尔病了;医生给他诊断后不禁大吃一惊,打电话给我说:"由于长期营养不足而引起的体力衰竭……"如果他不伤风,我们大概不会知道布洛克夫妇竟过着食不果腹的日子。

被迫离开祖国使让-里沙尔很痛苦。现在我们可以从宇宙中听到人的声音。但在那些年代却只有炸弹的轰鸣和沉默,布洛克不知道法国的情况。他也不知道他的亲人——母亲、孩子们的遭遇。然而谁都不像他那样善于掩饰忧愁和不安:周围的人看到的是一个始终精神饱满、谈笑风生的人。1944年他满六十岁,但看上去却比这年轻,这也许是因为他一直过着紧张的生活。他十分消瘦,中等身材,面部轮廓分明,就像曾在我的房间里悬挂过的那帧孟德斯鸠的旧照。他的两眼含着不倦的笑意,只有一次,那是我们在巴黎最后几次见面中的一次,他破例说了一句笑话:"常有这样的时代,那时一个人必须给自己准备两双眼睛——一双为别人,一双为自己……"

我们谈了两三小时前线的情况。后来他突然说道:"有人向我翻译了一项关于婚姻的新命令①……"看到我那郁郁不乐的神情,他开始安慰我说,"现在是战争时期,不值得去多想这事……"

我知道,有许多事曾使我感到为难、不安。他顺便提到的那项命令,我曾在明斯克附近的某地读到过;周围枪弹横飞,我把报纸塞进了衣袋,而且也像布洛克那样对自己说:不必去想它。战争有自己的规律:一个人只要稍有疑虑,他就失去了战斗力。当然,让-里沙尔提到的那项命令使我伤心,但我当时只靠一件事生活——法西斯主义的毁灭,而其他的一切我觉得都是次要的。

我并不是偶然地提到布洛克在1944年8月脱口而出的一句话:他是一个天生的诗人和思想家,而战争又过于频繁地干预他的生活,于是人们看见

---

① 指当时苏联政府颁布的禁止苏联公民与外国人通婚的命令。

了一名拿着刺刀或笔杆的战士。

他只比我大七岁，但这一点却预先决定了许多事情。我刚刚认识了人生，第一次世界大战便爆发了，同时随着它开始了一个新的时代。但让-里沙尔却已写出了一部优秀的长篇小说《……公司》，已吸入了上一世纪的空气，已经成熟了。他很早即向往社会主义，而且对于他来说这不是同地下工作、奸细和"失败"、监狱联系在一起，而是同饶勒斯高尚的演说、对理智和进步的信仰联系在一起的。我年纪很轻的时候曾去佛罗伦萨，当时我精神上茫然不知所措，总是饥肠辘辘，同时又被一个陌生世界的美所陶醉。让-里沙尔当时也住在佛罗伦萨，但他已是法兰西大学的教授、三个孩子的父亲、一个博学之士和人道主义者；他不像一个钻进富有人家的小偷，而是像一个合法的继承人那样欣赏着15世纪的艺术。

也许正是由于这个缘故，第一次世界大战对于他才成为一场浩劫、一次考验——他必须决定他该怎么办。关于他在那几年里的经历，我是不仅根据他同罗曼·罗兰的通信，而且也根据他的叙述获悉的。在本书的第一部中我曾写道，班长让-里沙尔敢于同一个他不仅敬重而且崇拜的人争论。更正确地说，布洛克常同自己争论——他知道罗兰在瑞士的远方所作的论断是正确的；但他也知道另一点——德国人侵入了法国，不需要犹豫，而需要战斗。他战斗了，负了三次伤——在马恩河上、在香槟省和在凡尔登城下，最后一次伤势沉重，人们长久地担心他会失明。他喝干了这一大杯苦酒。罗曼·罗兰喜爱布洛克，但指责他的行动；他认为年轻的让-里沙尔就像许多人那样正在自己身上培植盲目。但问题不在喜爱盲目，而在于三十年后向布洛克口授"现在不值得去想这个"这句话的那些战争的规律。在第二次世界大战前夜，担任了一家共产党报纸的编辑的布洛克曾写信给罗曼·罗兰谈了巴比塞的长篇小说《炮火》："他写了一部引人入胜但不能长久流传的作品。他满足于出色地展示布景和侧影。但他没有说明，为什么几百万人要留在那里，而这是最主要的。"

20年代，30年代的前半，对于布洛克也像对于他的许多同时代人一样，是一个叫人喘一口气的暂息时期。历史允许能思维的芦苇在一个短暂的时间内不仅可以弯曲，还可以思维。作家们在这个时期里写作。让-里沙尔也在写作——写长篇小说、短篇小说、供舞台演出的剧本、诗。我绝无否认他的长篇小说或剧本的价值之意,但在那些年里,无论优秀的长篇小说、引人入胜的剧本还是精雕细琢的诗都为数不少。不过在有一个文学领域里布洛克却达到了尽善尽美的境界,这就是法国人早就看中了的那个领域——小品文。

别的一些具有较多诗情的天赋而又不大醉心于思想的诗意的民族,似乎认为小品文是一种次要的体裁,不如文学批评或艺术性政论那么重要。但是法国人,从蒙田到萨特,从司汤达到让-里沙尔·布洛克,却认为小品文可以把艺术家特殊的敏感同理智结合起来。在布洛克的全部著作中,我特别珍视的是《一个世纪的命运》一书。这本书于1931年问世,令人惊奇的是,不仅常常谈论艺术,而且也常常谈论政治的小品文,并没有过时。不久以前,在把这些小品文重读了一遍之后,我深信三十年前曾使布洛克苦恼过的那些问题,直到我写本书的今天,依然摆在我的面前。

《一个世纪的命运》的作者在序言中说:"我的话不是对政治家们说的。同我谈话可能会浪费他们的时间。他们清楚地知道这一点。我的话是对和我同类的人们,有手艺的人们说的。我们既然有手艺,便在这种手艺的内部、在它的心里工作。我的手艺是同语言,同对语言的分量、容量、严密性的了解以及如何确切地运用语言的知识有联系的。我认为我们的手艺是最美好的,不管这在许多人看来是多么滑稽可笑……"这本书可能看上去写的是文学问题,但书中谈到长篇小说或诗歌的命运的篇页大概为数最少。布洛克企图预测一个正在跨入一个新时代的人的命运。他不是一个无动于衷的公断人,在这之前很久他便选定了自己的位置,尽管入党的时间很迟,但他当时即已把自己称作共产党人。他在20年代末预见到了行将来临的晦暗:"又是工人卡利班和乐师马尔西——真正的文化的保护者。他们应该是机警的,因为我们看见了第二个中世纪的开端。新的入侵的浪潮正在升起……这些新的野蛮人已在我们这里定居下来。他们操纵着我们的工业、我们的经济,美国也正在慷慨地供应他们的理论、口号、理想。"

在谈到新的世纪,谈到它同过去的革命浪漫主义不同之处的时候,布洛克曾给现代人下了这样一个定义:"社会革命在他看来已不再是救世主的理想,这是他个人的方程式的未知数之一。他开始认为,待在可能获胜者的俘虏营里倒更好一些。"他说,夸大个人作用是1930年的人的特点。他看到了时代的社会问题和对体育运动前所未见的狂热之间的联系。在希特勒上台之前,在许多别的事件发生之前,他曾预先警告:"总之,我们正在骇人听闻地使戴着护身符、但被电灯照亮的穴居野人复活……十八年前我写了短篇小说《得到改善的浴盆的邪说》,这个邪说正在变成宗教……"接着又说,"我们正在走向全能警察的独裁——我指的是道路的警察、身体的警察、灵魂的警察。"他还谈到了精密科学和技术的发展——没有愤懑,但也没有自我陶醉。我之所以回想起这本书来,当然不是为了用几段引文来解释它的内容,——我想把年轻的读者所不知道的让-里沙尔·布洛克的另一面展示出来。

在布洛克的一生中,也像在别的许多人的一生中那样,西班牙标志着宣战。这一次谁也不曾召唤他。而且他在西班牙待的时间也不长——只看到了开头。但布洛克明白,暂息时期结束了:"我也想写女人、爱情,我想以前人不曾用过的手法用文字来表现黄鹂的啼啭和芭蕾舞女演员的心灵。我感到需要在和平的恩赐之中做一个普通的、享有朴素的幸福的人。不料我却听见了炮弹的呼啸、负伤者的哀号,我的同志们正在飞机下面、坦克面前退却,我也尝到了这种退却的苦味……"再没有考虑的余地了。

从这个时候开始,让-里沙尔重又过起了战士的生活。一年后《今晚报》开始在巴黎出版,该报的编辑是布洛克和阿拉贡。让-里沙尔写的不是黄鹂的啼啭,而是"不干涉"、慕尼黑、懦怯、背叛。1939年秋,政府禁止《今晚报》出版。不久布洛克同朗之万和瓦龙一起在审讯共产党议员的法庭上为被告辩护。当德国人兵临巴黎城下的时候,他企图徒步逃回故乡普瓦捷——路途遥远,德国的坦克赶过了他。他开始为地下报刊撰稿。1941年初,他的儿子米歇尔被捕;警察也曾去逮捕让-里沙尔,碰巧他不在家中。他转入了地下状态,并于1941年春来到莫斯科。关于他在苏联的几年我已谈过了。布洛克夫妇于1945年1月回到巴黎。让-里沙尔获悉他的母亲,一位八十六岁的老太太,被希特勒匪徒在奥斯维辛烧死了;女儿弗朗斯被载往汉堡处以死刑。《今晚报》开始出版,于是让-里沙尔又继续撰文。他被选入了国民大会。他几乎每天都在群众大会上演说——反动临近了。他编了一本论文集《莫斯科—巴黎》,校对校样,在1947年3月猝然去世。

对于一个地下工作者、战士、共产党员来说,这样的一生大概是十分平常的。但对于一个作家来说却很特殊,而我已经说过,让-里沙尔首先是一位艺术家。他曾在莫斯科的第一次作家代表大会上提到从事他认为是最美好的职业的人们的使命是什么："作家不仅是已完成的事业的打官腔的颂扬者。如果这样的话,他就会扮演一个有些可笑的角色,而且不久就会获得'成品检查员'这一讽刺性的称号。他会变成社会的寄生虫,古代帝王的宫廷里就有过这样的人物,他们的工作就是歌功颂德……幸而作家们还有另一项任务!"在这篇演说中,布洛克还反对在日丹诺夫的演说里显示出来的那种把伪古典主义的形式奉为典范的倾向："不管社会结构是什么样子,永远会有一批利用现有形式的艺术家和另一批寻求新形式的艺术家。在飞行员中既有勤勉可靠和英勇无畏的驾驶员,他们正在驾驶一批批的飞机,但也有另一些人——试飞员。有的作家为一百万读者写作,有的为十万个读者写作,还有的只为五千个读者写作,这种情况是不可避免的,而且也是必需的。"布洛克本想当一名试飞员,说出前人未曾说过的话,但战争却有自己的规律;他写过许多人已经写过的东西,写过慕尼黑是背叛,写过不能在法西斯分子的压制下生活,写过美国的黄金想代替德国的优质钢。他是一个叛逆,但不得不恪守军纪。他做这件事的时候面带笑容,只有在他孤居独处的时候才把那双模范战士和乐观主义者的眼睛"换成"自己的那双天生的艺术家的眼睛。

我不记得我是什么时候同他认识的,仿佛是在1926年或1927年。当时我们并不经常见面,但谈起话来却长久而坦率。我保存着一本有让-里沙尔的题字的《一个世纪的命运》,我从这本书上看到,他在1932年就把我视为朋友。后来我们的关系变得更加亲密。共同的工作也是使我们接近的因素之一:筹备反法西斯代表大会、保卫西班牙、为反对即将来临的法西斯主义而斗争。1940年初,当我在科坦登街上因病闭门独坐的时候,布洛克夫妇曾去看望我、帮助我。但战时在莫斯科我们却常常见面。我还记得一天清晨,传来了关于巴黎起义的第一个消息。我立刻跑到布洛克夫妇那儿。让-里沙尔激动得一句话也说不出,只是拥抱着我。是什么使我们接近的呢? 就是我们很少谈到的:共同的遭遇。

让-里沙尔曾写道："是否须要说苏联并非天堂,而且在那里可以碰到的不仅只有正人君子……"他不是瞎子。他把《伊利亚·爱伦堡——我们的朋友》一文收进了《莫斯科—巴黎》一书。方才我把这篇文章重读了一遍,发现了我自己已经忘却的一段插曲。1944年,在谈到法西斯分子破坏文物的暴行时我列举了一些被破坏了的艺术古迹,最后还提到了被年轻的法西斯分子剪碎了的一些毕加索的油画。布洛克写道:"八十三位俄国学院派的画家签名抗议这种无耻行为——怎么能把'毕加索的怪物'同民族艺术的瑰宝相提并论!"这当然是一件小事,但它触怒了布洛克。别的许多事情也触怒过他。但是如果他能搞清楚一件事情,那他在另一件事情上就只得完全相信别人的话。他知道毕加索是大画家,但说服他却是不可能的。有一次他在电车上听到有人谈论,说"犹太人情愿去塔什干也不愿上前线"。他平静地回答说,在德雷福斯①受审期间他是一个中学生,曾打过未来的法西斯分子们的耳光。他看见过妄自尊大的官僚和贪污受贿者,他对我讲过几次,说有些前方战士的家庭没有得到帮助。可是他能从哪儿知道图哈切夫斯基不是卖国贼,而是无辜的牺牲者呢?布洛克是一名战士,斯大林统率着军队,战士是不能怀疑指挥官的理智和良心的。他相信了"第五纵队"的说法。他开始写斯大林的传记。他当然知道,战争还在继续……

他在感到忍受不了的时刻如何自慰呢?有时写诗。有时译诗。在第一次世界大战时期,他负伤后便在野战医院里开始译歌德的作品。在第二次世界大战的年代里他翻译《浮士德》的第二部。这说明了许多问题。

善当然是一种与生俱来的天性,而且在具有不同信仰的人们中间,好人和恶人的百分比大概也是相同的;但我认为,在法西斯分子中间,善与其说是一种美德,不如说是一种缺陷、一种变态。一个善良的党卫军分子在奥斯维辛该会有什么感觉呢?损害自己的竞争者的资本家是个恶人,这不会使任何人感到惊奇。但"他是一个恶劣的共产党员"这句话则不仅刺耳,也使良心受到莫大委屈。让-里沙尔则是一个具有罕见的善的人。

即使是决定论的最激烈的反对者也不会断言人能自由地选择时代。让-里沙尔·布洛克曾写道:"现在是军事记者的时代,而非作家的时代,是战士的时代,而非历史学家的时代,是行动的时代,而非考虑行动的时代。"这一段话里不仅包含着布洛克的悲剧,其中也有对我们这一代人所作的说明和辩解。

---

① 德雷福斯是犹太人。

20

瓦西里·谢苗诺维奇·格罗斯曼来到莫斯科作短暂的停留。我们谈到凌晨三时,他叙述前线的情况,我们猜想着胜利后的生活将会怎样。格罗斯曼说:"我现在怀疑许多事情。但不怀疑胜利。也许这是最主要的……"

战争使家庭四分五裂,使战前的朋友天各一方,战争也系上新的纽结。我在战争的最初几个月里就同瓦西里·谢苗诺维奇成了朋友。在这之前我只知道他的作品。我记得,我在巴黎读了《文学报》发表的他初期的短篇小说之一——《四天》。我喜欢这篇小说也许不仅是由于它写得好,也因为在写作手法上我感觉到颇有巴别尔的风格。后来我开始阅读《斯捷潘·科利丘金》,我觉得它是"经典作品",而我却还没能享受到用我所不熟悉的手法写作而又获得了成功的那种喜悦。

战争把文学上的争论推到一边去了。看来我同格罗斯曼是什么都谈到了,但是谈得最少的则是长篇小说的形式或语言。

我在一个旧笔记本里找到这样几行:"1941年11月17日。德国人广播说他们占领了刻赤,开始进攻莫斯科和罗斯托夫。早上在集体农庄里。一个比萨拉比亚的养猪姑娘,穿着灰鼠皮袄。未设防的机场。区中心基涅尔。火车站上有个胖子在啃母鸡,他出示证件——向乌法疏散。'可您干吗坐在这儿?'——'着凉了。'后来又悄悄地说,'他们也要到乌法去的。'格罗斯曼和什卡普斯卡娅来到了古比雪夫。他们是乘雪橇来的。格罗斯曼说:'脑袋里乱成一团了。'"

当时恰巧给我们拨了一幢住宅,格罗斯曼和加布里洛维奇住了进去。开始了没有休止的夜间谈话——白天我们坐下来写作。瓦西里·谢苗诺维奇在古比雪夫住了两周,后来《红星报》的编辑来了命令,他就飞往南线去了。我不久便动身去莫斯科。他谈得很多,既谈到了惊慌失措,也谈到了奋起抵抗——有些部队顽强作战,可搞不到粮食。他还谈到亚斯纳亚波利亚纳。他已开始写中篇小说《人民是不朽的》,当我日后阅读这个作品的时候,我觉得其中有许多篇章都十分熟悉。

我和他不仅在文学手法或对绘画的理解上互不相同(瓦西里·谢苗诺维奇喜欢在我看来是不能接受的东西),而且性格也各异——咱俩是在不同的车间里用不同的材料制成的。年轻的波兰作家费杰茨基有一次说,我是个"最低纲领派":我对人以及对岁月的要求都很少。这也许是对的——当局者迷,旁观者清。当然,应该作一点补充:我在中学时代曾狂热地一再重复易卜生的一个主人公的话:"全或无!"显然,人们是随着岁月的流逝渐渐成为"最低纲领派"的。然而年龄并不是一切,瓦西里·谢苗诺维奇到五十岁依然是个"最高纲领派"。若不预先说明他对人对己的严格要求就不可能理解他的种种遭遇。

格罗斯曼在文学上的老师是列夫·托尔斯泰。瓦西里·谢苗诺维奇细心地、认真地描写主人公,爱用长句子,不怕使用大量的副句(法捷耶夫喜欢这一点,于是他长期热烈地捍卫长篇小说《为了正义的事业》)。格罗斯曼爱用很长的沉思来中断叙述。战后我有一次对他说,他简直是用主人公们的思想、感情和行为来证明一切,作者的退避只会削弱篇章的力量。他生气了:"您所说的那种叫做'退避'的东西对我来说是主要的,这是一种进攻……"我不跟他争论:我认为他是个诚实的大艺术家,他有权按照他的心愿写作。他在战争期间找到了自己的风格,早先写的那些作品只不过是对自己的题材和自己的语言进行的探索罢了。

他是个真正的国际主义者,他常常责备我,说我在描写占领者的兽行时总是说"德国人",而不是说"希特勒匪徒"或"法西斯分子":"不能把鼠疫的流行归咎于民族性格。卡尔·李卜克内西也是德国人……"(只有一次他失去了自制力。那是在被德国人焚毁了列特基村——我们等待着进攻基辅。我同一个俘虏谈话,他是"纵火者"之一。跟我在一起的有格罗斯曼和他认识的一个侨居国外的德国作家。格罗斯曼一直默不作声。我们离开以后,他对我说:"也许您也是对的……"我很惊讶,不知那个俘虏何以使他感

1069

到吃惊,——他的回答同其他千千万万的俘虏是一样的呀。瓦西里·谢苗诺维奇说,问题不在俘虏身上,而在于他所认识的那个德国作家一直在竭力为"纵火者"辩护。)

格罗斯曼极其尊重苏联各族人民的历史、习俗和文学。他怀着虔敬的心情谈论列宁。脱离了地下状态的布尔什维克对他来说都是完美无瑕的英雄。我比他大十五岁,他所钦佩的一些人我在侨居国外时曾见到过。有一次我说:"我不明白,您钦佩那些同志们身上的什么东西?"瓦西里·谢苗诺维奇气呼呼地答道:"您不明白的东西多啦。对你们来说生活是一首长诗,越复杂越好。而生活却是一则寓言。"

据说有些人生来就吉星高照。譬如巴勃罗·聂鲁达就可以称之为这样的幸运儿。可格罗斯曼出生时头上高照的那颗星却是灾星。有人告诉我,仿佛斯大林把他的中篇小说《人民是不朽的》从提名授奖的书单上划去了。我不知道此事的真假,但是斯大林肯定是不喜欢格罗斯曼的,犹如他不喜欢普拉托诺夫一样,——由于瓦西里·谢苗诺维奇的种种癖好,由于他对列宁的爱戴,由于真正的国际主义,并且也由于他不但要描写,还试图解释生活中的各种寓言。

格罗斯曼在飞行结束时到了斯大林格勒。他在那儿写了一系列的特写,我觉得,在我们战争年代的所有特写中,它们是最令人信服也是最卓越的。为什么奥滕贝格将军要命令格罗斯曼前往埃利斯塔,而把西蒙诺夫派往斯大林格勒?把西蒙诺夫派往斯大林格勒,是由于喜欢这个年轻而又有才能的作家,这是可以理解的。可是何以不让格罗斯曼看到结局呢?这一点我至今也不明白。在斯大林格勒的数月和同斯大林格勒有关的一切,像最重要的东西那样铭刻在格罗斯曼的心灵里了。其他许多人也写过这次战役,但只有涅克拉索夫(他当时是一名工兵军官)和格罗斯曼才能够表达出整个壮烈的气氛和斯大林格勒战役参加者的全部伟大精神,斯大林格勒人不是把格罗斯曼看作一名新闻记者,而是把他看作自己的战友。

格罗斯曼的长篇小说《为了正义的事业》的第一部在 1952 年发表,1953 年 2 月,《真理报》上刊出了一位作家的一篇文章,这篇文章不像是对长篇小说的批评,而像是一篇控诉书。我在编辑部里听说,有人向斯大林朗读了长篇小说的一些片断,斯大林动怒了。这不是一部四平八稳的长篇小说,其中有格罗斯曼的一切优点和一切缺点:有一些几乎是被迫出场的人物,有一些冗长的议论,但是也有一些惊心动魄的篇章。我永远不会忘记在渡往伏尔加河右岸之前的那一夜和查看行囊里的小玩意的那个少年军官。只有大作家才能写出这样的场面。

1946年进行了第一次预演:格罗斯曼发表了他在战前就已写好的剧本《倘若相信毕达哥拉斯派》。一位批评家立刻发表了《一个有害的剧本》一文。对格罗斯曼的咒骂是绝不会落空的抽彩。

他的性格有些病态:作为一个非常善良而又忠实的朋友,他会突然微笑着对一个五十岁的女人说:"这一个月来您大为见老了⋯⋯"我知道他的这个特点,因此当他突然指出"您写的东西不知为什么大大退步了"时,我也并不见怪。在斯大林逝世以前的战后岁月里,他常来找我,后来又突然不见了。我不论怎样努力回忆也想不起如何得罪了他,柳芭也想不起来。也许这是不值一提的小事,而且也不必寻找解释。有一次我在作家协会碰到他,试图得到解释,他微笑着答道:"我干吗要来呢?您有您的事,我有我的事。"后来有一次他打电话告诉柳芭,说他有"事"要来找我,他来了,坐了好久,可啥也没谈。凡此种种都不同于一般的朋友关系。显然是战争和战后的痛苦岁月把我们联系在一起了。后来一切都中断了,突然显现出互不相同的两个人,各自有各自的遭遇。

瓦西里·谢苗诺维奇继续工作。他在续写长篇小说的时候碰到了一些我难以叙述的痛心事。他深居简出,于1964年夏去世。他的葬礼是令人痛苦的,生者都是泪痕满面。该来的人全都来了,而格罗斯曼不喜欢的人则一个也没来。我看见了《红星报》的一些军事记者——凡是犹在人世的都来了。我瞧瞧卧在棺中的瓦西里·谢苗诺维奇,痛苦地想道:我何以来看一位死者而不是来看一位生者?我想,许多人都曾被这样一种想法折磨过:人们为什么不支持他,不使他感到快慰呢?回忆起了战争的岁月。他是个坚强的战士,但命运却对他特别无情。还是那句老话:命运看来不喜欢最高纲领派。

21

1943年底，我同瓦·谢·格罗斯曼一起动手编一部我们预先称之为《黑书》的文献集。我们决定搜集日记、私人信件、希特勒匪徒在占领区实行的大规模屠杀犹太人暴行的幸存者或目击者的叙述。我们吸收了弗谢·伊万诺夫、安托科尔斯基、卡维林、谢芙琳娜、佩列茨·马尔基什、阿利格尔等作家参加这一工作。曾在军报和师报工作过的记者给我们寄来了材料，其中有：彼得罗夫斯基大尉（《骑兵近卫军战士》报），索博列夫（《向敌人进军》），斯塔尔采夫（《祖国旗帜》），列瓦达（《苏联军人》），乌兰诺夫斯基（《斯大林的战士》），谢尔盖耶夫大尉（《前进》），《红星报》的记者科尔津金，格赫特曼，军事司法系统的工作人员梅利尼琴科上校，帕夫洛夫上尉，数以百计的前方战士。

我为编辑《黑书》花费了不少时间、精力和心血。有时在我阅读寄给我的日记或倾听目击者的叙述的当儿，我觉得我就置身于犹太人区，今天就采取"行动"，我正被赶往冲沟与壕沟。

我保存了一部分信件、日记、札记。我把它们重又读了一遍，虽然过去了二十年，我可又感受到了恐怖和极度的烦恼。我不明白，我们是如何经历了这些事件，又从哪里得到了能够活下来的力量。我现在说的不是死亡，甚至也不是大规模的屠杀，而是这样一种想法：20世纪中叶的人们，一个文明国家的居民，竟能干出这样的事来。

里加犹太人区的一名囚徒在他的札记中写道，当时已年满七十岁的著名历史学家杜布诺夫跟他住在同一个棚子里。在犹太人区的警卫队长中有一个约翰·齐贝特，此人曾在海德堡大学学习过。杜布诺夫在第一次世界大战以前曾在海德堡讲授过古代东方史。齐贝特获悉在犹太人区里住着他过去的一位老师,便前去看他,而且长久地笑着说:"我年轻的时候竟然蠢到了去听你讲课的地步。你给我们胡扯了一些什么啊!你想让我们软化下来并相信人道主义的胜利。真可笑!……"约翰·齐贝特没有放弃亲自出席屠杀杜布诺夫的场面给他带来的欢乐。最可怕的莫过于此。这就是说,只是让大家普遍识字,只有大学课堂和高度发达的技术,还不足以防止人们变得野蛮。

我希望出版《黑书》,我现在摘录书中的若干篇页并不是要使自己和读者痛苦一番,——应该记得过去发生的事,这是使人们不许历史重演的保证之一。

西部各州的疏散工作是在艰苦的条件下毫无秩序地进行的。身强力壮的男子汉都在远方作战。战争一开始德国人就侵占了白俄罗斯、乌克兰、立陶宛、拉脱维亚——在这些土地上自古以来就住着许多犹太人。在诸如维尔纽斯、里加、明斯克这样一些城市里,希特勒匪徒在两三年内逐渐地屠杀犹太人。年轻人有时还得以逃出犹太人区,他们在游击队里作战。在另一些城市里,例如基辅或哈尔科夫,德国人一来就把所有的犹太人斩尽杀绝。在千千万万的犹太人当中只有几十个能死里逃生,有一些被当地居民藏了起来,另一些越过了前线。在不少的城市和村镇里,没有一个人逃生。在城市解放以后,常常可以看到俄罗斯人或乌克兰人在向上了前线的自己的犹太人同乡叙述他的全家的遭遇。

下面是博尔兹纳镇(切尔尼戈夫州)女教师谢苗诺娃给罗斯诺夫斯基的信:"……1942年6月18日深夜,大家都睡了,他们来到犹太人家中,把一百零四个人全都抓走,运往沙波瓦洛夫卡村,那里有一条反坦克壕。他们在枪毙年迈苍苍的乌尔金老人以前问他:'老头子,想活吗?'他答道:'我但愿能看到这一切怎样收场。'二十二岁的尼娜·克莲豪兹抱着一周岁的小姑娘死去。女教师赖萨·别拉娅(装订工人的女儿)目睹她的十六岁的儿子米沙、姐姐玛尼娅带着几个子女(最小的才几个月)一起被枪杀,她已经什么都不明白,只是为遗失了眼镜而焦急不安……"

索科洛娃从阿尔乔莫夫斯克寄给维皮赫中尉的信:"……您的亲人——母亲、别佳、罗扎和索福奇卡也落到他们当中。逼他们列队快跑,还把他们活活地关起来。还要把索福奇卡的话转告您,她哭着说:'为什么这么久看不到咱们的人呢?您说,他们什么时候来呢。'您的母亲说,她只有一个愿望——在死前看到儿子们……"

苏联英雄克拉夫佐夫少尉给岳父写信谈到留在亚尔图什基诺镇(文尼察州)的他的一家的遭遇:

"……1942年8月20日,德国人同别的一些人一起抓走了我们的老人和我的几个小孩,把他们全都杀了。他们节约子弹,把人们排成四列,然后开枪,把许多人活埋了。对于小孩,在把他们扔进坑里之前,先把他们撕成一块块的,我的极小的纽先卡也是这样给他们杀死的。至于其他的孩子,其中有我的阿杜霞,则被推进坑里活埋了。两座坟墓埋了一千五百个遇害者。我一个亲人也没有了……"

赫梅利尼克市(文尼察州)于1941年7月18日被德国人占领。在这里的几万犹太人当中,逃生者相对来说要多一些——有二百六十人,一部分在游击队里作战。贝克尔也得救了,他给我写信描述了他的经历,其中有这样一段:"……不管我怎样恳求允许我同全家一起走,以便妻子能比较轻松一点地带着孩子们去死,但是除了拿枪托打我之外毫无结果……把我们赶到城外三公里的一座松林里,那里已经挖好了几个坑。亲人全都失散了。四岁的男孩子沙伊姆(他的父亲已不在人世,母亲在这之前就被杀害了)像成人似的在队伍里走着……他们让大家列队站在坑边,逼着他们脱掉衣服,还把孩子们的衣服脱得精光,就这样在刺骨的严寒中站着,然后走进坑里。孩子们嚷道:'妈妈,你干吗脱掉我的衣服?外面可冷啦……'"

一个粉红色的练习簿,这是女大学生萨拉·格列赫的日记。令人吃惊的是她竟能草草地,有时是毫不连贯地逐日把一切都记下来。从最初的一些记事中可以看出,她是在9月17日进邮局去工作的,那是她从哈尔科夫疏散到她的父母居住的马留波尔的一个月之后。9月1日,姐姐法尼娅和拉娅,两个军人的妻子,来到卫戍司令部,要求让她们疏散;她们得到的回答是,"在春天以前预计不会疏散"。10月8日她写道:"邮政局局长梅利尼科夫早上告诉我,我们将在明天疏散,要把文件准备好,可以带家眷,这就是说,动身是有保障的……"当天晚上她接着写道:"中午十二点德国人进了城,城市不战而失……"翻过许多页有这样一段记事:"10月19日。凌晨七时,我们要放弃我们在城里的最后一个栖身之处……""10月20日……我们被赶往为保卫城市而挖的堑壕。在这些堑壕里找到了九千具犹太居民的尸体。命令大家脱下衣服,只穿一件汗衫,赶到堑壕的边上,但是边缘已经没有了——全都填满了尸体,每看到一个白发苍苍的妇女,我都觉得看到了妈妈。有一次我觉得,一个脑髓外露的老人像是我的爸爸,可又无法走近一些。我们开始告别,大家都互相接吻。法尼娅一直不相信这就是末日:'难道我再也看不见太阳啦?'弗拉佳则问道:'咱们要去游泳吗?干吗咱们要脱光衣服?妈妈,咱们回家去吧,在这里不对劲。'法尼娅挽着他的胳膊,他行走困难。巴霞低声说:'弗拉佳,干吗要杀你呢?'法尼娅转过身去答道:'跟他在一起我可以平静地死去,我知道,我不能留下一个孤儿。'我忍不住了,抱头痛哭起来。我觉得法尼娅又转过身来说道:'安静一点,萨拉。'到此一切都猝然中止了。我恢复知觉时已是黄昏,压在我身上的尸体在颤动,那是德国人在开枪,他们在离开的时候想叫受伤的人不能逃跑,这是我从德国人的谈话中懂得的,他们担心有许多人没被打死,他们没有搞错。有许多被活埋了。被母亲们抱在怀里的小孩们啼哭着,德国人从背后向我们开枪,小孩们没有受伤,但掉在地上,被尸体压在下面……我开始从尸体下面往上爬,我站了起来,环首四顾。受伤的人们蠕动着、呻吟着。我开始叫法尼娅。我旁边原来是格鲁津斯基。他两腿负伤,他想站起来,但跌倒了。一个老头子的声音在唱着……这真可怕……"萨拉·格列赫在草原上流浪了一个月,到11月27日获悉,我军在距离大洛格五公里的地方,她走到那里,终于找到了红军队伍。

住在克拉马托尔斯克的二十岁的布霞写的一封信,写信的时间是1943年8月,信的开头是这么几个字:"我的亲人,亲爱的姑姑们!"这封信说明了死里逃生的少数人的经历,这也许比等待死亡更为可怕。(布霞也写道:"我现在在想那个将看到此信的可怜的检查员,让他知道'生命是一件美好的事',就像基洛夫所说的那样,但同时生命又是一钱不值的,知道几分钟以后你将不复存在,可一点儿也不觉得可怕……")她向姑姑们叙述了1942年1月20日的情况:"……零下三十度的严寒。女人们拿着东西在街上走。警察驱赶着她们。后来把人们装上汽车,载往反坦克壕。他们当中有明娜,有格里沙一家、施奈德一家、布赖洛夫斯基兄弟的妻子和孩子们,还有赖森和波林娜,他哪怕在临死的时候也坚持己见——她和他,而不是和库兹涅佐夫一起进了坟墓。够了!我现在只是想知道,你们是不是因为我把明娜留下了而瞧不起我?我不会为自己辩护的。我对妈妈说:'你想怎么就怎么吧,可我要跑。'我怎么能对妈妈这样说呢?显然,在这样的时刻你是没法议论的。她跟我一起走了,好几次又想回去——同别人一起去死,她还谈到了义务。我仿佛现在还记得,她向四面张望——房门都关得紧紧的,谁也不让进去取暖。就让咱们给冻死吧,就让他们把咱们抓住吊死吧,只是别一个人走!……你们自己来审判我吧,要是你们认为我有罪,即便是你们的看法,那你们就别再把我当作'亲爱的侄女'啦。这将是可怕的,可是我要知道,这是个正确的判断,而且我经受得住,就像我已经受过许多事情那样,就像我将来想必要经受更多出乎意料的可怕的事情那样。"

我不止一次问我自己,德国士兵在看到人们屠杀手无寸铁的居民时,或者获悉自己的同志去迫害人民时,不知他们有什么感觉。也许有些人被发生的事情吓坏了,但由于害怕而沉默不语,况且总得活下去——去打仗,说笑话,在休息时饮酒唱歌——最好别去想那些受尽折磨的孩子。但是我曾听说这样一件事:一个德国兵救了一个带着几个孩子的妇女,这事发生在1941年的第聂伯罗彼得罗夫斯克,无可幸免者等待着别人把他们赶到堑壕里去。这时一个士兵走到塔尔塔科夫斯卡娅身边悄悄地说:"我现在就放您走。"他还补充了一句,"谁知道咱们还会碰到什么事呢……"

对于窝藏犹太人的人,德国人不是绞死就是枪毙,可是依然有不少苏联人甘冒生命的危险把犹太人藏在自己家中。从叶夫帕托里亚逃了出来的法什托格写信告诉我:"有些曾被我当成朋友的人胆怯起来,急忙躲开了,而一个我不认识的叫做哈连科的人却把我给救了。"生活中常有这样的事——患难见人心。在幸存者的所有信件、日记和回忆中,都提到曾帮助人死里逃生的那些俄罗斯人、白俄罗斯人、乌克兰人、立陶宛人、拉脱维亚人的名字。第聂伯罗彼得罗夫斯克州有个布拉戈达特诺耶村,村里集体农庄的会计济连科藏过三十二个人——来自顿巴斯的七家犹太人。当然,庄员们都猜到了住在农舍里的是什么人,可是当德国人或"警察"问起的时候,他们都答道:"本地人。"

在经受重大考验的时刻,一切都受到检验:无论是心灵的纯洁、勇气还是爱情。希特勒匪徒到处宣扬,只有犹太族出身的人和犹太父母生的子女才应接受"疏散混合婚礼"(这是他们对大规模屠杀的说法)。我在《黑书》的文献中也找到了几则叙述一个俄罗斯族的妻子或俄罗斯族的丈夫自称是犹太人前去就义的故事。

回头来谈我在回忆往事时老是萦绕在我心头的一个想法:人是无所不能的。有一次,一个魁梧结实的人,海军陆战队的军官谢苗·马祖尔到《红星报》编辑部来找我。他给我讲了一个不寻常的故事。他在基辅战役中负伤,陷入包围之中,于是换装进入基辅市,他的妻子住在市内。家里一个人也没有,他去找妻子的姐姐。后者害怕了,劝他离开城市。他回答说,他要去找自己人,但想看看妻子和小孩。当他走到自己家门口的时候,他的妻子看见他便叫了起来:"抓住犹太佬!……"有几个行人回头一看,但碰巧有一个卡车队从街上通过,马祖尔才得以藏身。他向东走,走到塔甘罗格。一个俄罗斯妇女——克拉夫琴科把他藏了起来。由于负伤未愈,招来了麻烦。马祖尔被送进了医院。俄罗斯医生乌普里亚姆采夫知道马祖尔是犹太人,便给了他一个死人的护照。马祖尔又往东走。克拉夫琴科被德国人抓去了,有人出卖了她。乌普里亚姆采夫救了许多人,1943年夏天德寇把他枪毙了。马祖尔穿越顿河前线,在斯大林格勒城下作战,获得了勋章,再次负伤。他坐在我对面,要求我向他解释,为什么一些陌生人救了他,可妻子却要把他出卖给敌人。我回答说不知道他们夫妻俩是怎么共同生活的。马祖尔说,过得不错,他上前线的时候妻子哭了,他还收到过她的几封信。我重复道:"您了解她。可我打哪儿知道她为什么这么干呢?……"他用拳头把桌子一捶:"您必须知道,因为您是作家嘛!"

现在我谈谈另一对夫妇。这是在斯摩棱斯克州的莫纳斯特尔辛纳镇。伊萨克·罗森贝格,户籍登记处的职员,在离莫纳斯特尔辛纳不远的一次战斗中负了重伤;夜间他爬到自己家里。妻子纳塔利娅·叶梅利亚诺夫娜把丈夫藏在炉子下面的地窖里。他们有两个小孩子,母亲把他们给救了——她对德国人说,这两个孩子不是罗森贝格的,而是第一个丈夫的。她不让孩子们知道他们的爸爸藏在家里,怕他们说漏了嘴。罗森贝格夜里从地窖里出来,直直腰,吃点东西。有一天,四岁的小姑娘在门缝里看到什么人的一对眼睛,吓得叫了起来:"妈妈,谁在那里?"母亲平静地说:"难道你没看见,这是个耗子,咱家耗子可多啦……"罗森贝格在德国报纸的碎片上写日记,记下妻子告诉他的事情和自己的感受。有一页日记专写咳嗽,他伤风了,咳嗽使他窒息,可他一直憋着,他写道:"我从来不曾想到还会有这么一种自由——咳嗽的自由……"纳塔利娅·叶梅利亚诺夫娜得了斑疹伤寒。孩子们被邻居领走了,她很痛苦——丈夫会饿死的。两周后她回到家里,看到丈夫已衰弱不堪,但还活着。

1943年9月,我军到达莫纳斯特尔辛纳。德寇拼命抵抗,他们把镇上的居民赶走,于是纳塔利娅·叶梅利亚诺夫娜同孩子们就跑进树林里去。她看到第一批红军战士便回家去了。家已没有了,灰烬还在冒烟,炉子烧得漆黑。伊萨克·罗森贝格被烟熏死了。他在炉子下面生活了二十六个月,在解放前的两天死去了,纳塔利娅·叶梅利亚诺夫娜坐在火炉旁边,手里拿着一张报纸——日记的片断。

在编《黑书》的时候,我一直感到吃惊——有时是对惨无人道吃惊,有时是对高尚品质吃惊。我瞧瞧废墟,瞧瞧烧焦了的骨殖,瞧瞧德国人储存的童鞋、口红,倾听那些已成为终身残废的人的叙述,阅读临死前写在旧收据、一小片报纸、德国的传单上的信件,于是越来越清楚地懂得了我什么也没弄懂,而且我也不会弄懂,尽管照谢苗·马祖尔的说法,我作为一个作家,应该一切都懂。在索罗钦齐镇住着一个叫做柳博芙·米哈伊洛夫娜·朗格曼的妇科医生,她深受村民爱戴,农妇们把她藏了起来,不让德寇抓她。一个十一岁的女儿跟她在一起。一天,人们来找她,说村长的老婆难产。柳博芙·米哈伊洛夫娜去了,救了产妇和婴儿。村长谢了她,就把她交给了德国人。当她和女儿被拉去枪毙的时候,她说:"别杀孩子……"然后把女儿搂在怀里,"开枪吧!我不愿让她跟你们一起生活……"我不知道是什么更为使我震惊——是医生的行为还是村长的行为……

《黑书》于1944年初编成。我在《旗帜》上发表了一些片断。书终于印出来了。1948年底,随着犹太人反法西斯委员会被查封,此书也被销毁了。

1956年,一位专给那些因莫须有的罪名而被特别会议判刑的无辜者恢复名誉的检察长前来找我,提出了这样一个问题:"请问,《黑书》是个什么东西?有几十份判决书都提到这本书,有一份还提到您的名字。"

我对《黑书》应该是一本什么样的书这个问题作了解释。检察长痛苦地叹了口气,握了握我的手。

1965年初,列宁格勒的杂志《星》发表了十四岁的小姑娘玛莎·罗利卡伊季斯的日记,她曾被监禁在维尔纽斯的犹太人区,后被解往死亡营,像奇迹般地死里逃生了。诗人爱德华达斯·梅热拉伊蒂斯为日记作序,他写道:"为了使这不再重演……"二十年前,瓦西里·谢苗诺维奇·格罗斯曼和这部回忆录的作者,也是这么想的。

22

我企图在本书中叙述我生平所遇到的和知道的人们,其中有的较好,有的较坏。现在我想叙述一个我从未见到过的姑娘。

在我从维尔纽斯回来之后不久,过去住在卡申市的女教师薇·瓦·康斯坦丁诺娃便来"莫斯科"旅馆找我;她说她的女儿伊娜曾是一名游击队员,在3月间牺牲了。薇拉·瓦西里耶夫娜请求我读读伊娜的日记。我把几本中学生的笔记簿放进抽屉里了,直到两个月后才想起它们来——报刊方面的工作太忙了。一开始阅读日记,我就爱不释手了。

日记从1938年开始——伊娜当时十四岁,她记下了自己四年中的生活;这是人生的清晨。我一面阅读,一面情不自禁地忆起了我的中学时代:又像又不像,童年依然是童年,但时代变了。

战后我打算往访康斯坦丁诺夫一家。我到卡申去了一趟。这是加里宁州的一个小城市,那里的工厂很少,有一个集市的大广场、古老的小教堂、一些小木房。康斯坦丁诺夫一家就住在这样的一幢小木房里,亚历山大·帕夫洛维奇和薇拉·瓦西里耶夫娜先前都是教师;除了伊娜之外,他们还有一个小女儿,名叫莲娜。

伊娜自幼酷爱读书,但她也喜欢淘气、游戏("举行婚礼""瓶子和棍子""二轮马车")、跳舞,爱溜冰,照料小猫、小狗,在花园里工作。她并不是优等生,而且常常责备自己,在得到不好的成绩的时候("数学害了我一辈子"),竭力设法补救。她身上没有任何不正常的、过度兴奋的、与众不同的东西。

她有一个儿时的女友叫柳霞,伊娜对她无话不谈,当柳霞的父母把她送到马加丹去以后,伊娜十分难过,因为她再没有人能倾诉自己的秘密了。但她绝不是一个生性孤僻的女孩子,她交了很多朋友,总是留意同伴们的长处。她上八年级的时候被编在 A 班,升入九年级后被调到 Б 班,但她立刻同塔尼娅和莲娜成了朋友。在她常去的保育院里,她很喜爱瓦利亚·安布拉茹纳斯和奥莉娅·鲁马诺娃。"总之在这一年里我被带进了人间。马克西姆和费奥多尔、阿莲卡、塔尼娅·沃尔科娃——他们都是非常非常之好的好人。只可惜柳霞走了。""莉多奇卡·科日娜。她有多么好啊!一个最理想的姑娘。漂亮,聪明,学习好,一个好同学。""我同克拉拉·卡利尼娜做了朋友。"战争开始的时候,伊娜参加了救护队,在医院里工作。"罗斯托夫市人扎斯拉夫斯基,一个年轻人,腿部、肩部和头部负伤。他是一个非常好的人和爱国者。"一群新生入学了:"莫斯科人叶尼亚·尼基福罗夫和列宁格勒人雷姆·梅尼希科夫。非常好的、可爱的小伙子。""萨沙·库利科夫好像要留在我们这里。这可好啦!我觉得他是一个出色的小伙子,聪明,博学。"1941 年 11 月——撤退。伊娜来到一个遥远的城市,进了一所陌生的学校;两个月后她就舍不得同新朋友们——柳达、格尔卡、加利亚、沃夫卡分手了。1942 年 6 月,伊娜成为一名游击队员;她被派往敌人后方。她谈到自己的第一位首长时说:"命运在我的道路上安排了一些多么出色的人啊!他聪明、敏感、机灵!"谈到政委阿布拉莫夫时说:"一个非常有趣的人,那么有学问,而且也很……机灵(这是我的形容词,我把它理解成为一种好意)。"这是她游击队里的那些同志:"格里沙·舍瓦乔夫。高高的,瘦瘦的,一个犹太型的小伙子……非常好的青年。伊戈尔·格林斯基。一个非常好的小伙子……具有惊人的幽默感。聪明,博学……马卡沙·别列兹金。瞧他有多好!……老是快快乐乐的,老是在微笑。他什么事都不拒绝……"后来她写信对妹妹说:"卓娅是我最好的女友。一个出色的姑娘!她死得也很英勇。的确英勇。许多杰出的人物都牺牲了。我把卓娅、旅长阿尔布佐夫、无线电报务员根卡、伊戈尔·格林斯基和格里沙·舍瓦乔夫当作最亲近的人。而他们之中只有伊戈尔还活着。"队里有一个五十多岁的瓦季克·尼科年诺克。姑娘们奇怪地问伊娜:"你同他谈些什么呢?"她回答:"他是那么有趣……"

她很愉快,就像一个小姑娘那样常常扑哧一笑。"费佳·格尔曼的面颊上有两块妙不可言的墨迹。我一看见它们,就憋不住要笑,几乎把眼泪都笑出来了……突然老师叫我了。我甚至都不知道该回答什么。我靠同学们偷偷的提示马马虎虎地作了回答,并得了个'四分'。但是在回答问题的时候我突然被一种放声大笑的欲望所支配,我忍不住了,就在全班同学面前扑哧一声笑了出来。这下可就坏了……""今天在少先队之家举行了一个晚会,纪念某次罢工的三十五周年……起码有一个穿着绸裤的小姑娘在跳舞。后来有一个人在外面砸碎了一块玻璃,于是皮塔诺夫就跳出窗子捉拿暴徒去了。大家都快要笑死啦……"

伊娜读的书很多,又没有计划。她十五岁时记道:"我取了一本席勒的《美学论文》……只可惜书里有些东西我看不懂。须要先读康德、黑格尔和其他哲学家的作品,然后再读这本书。"看来她对哲学不感兴趣。如同许多和她同年的女孩子一样,她很赞赏《马丁·伊登》,为《牛虻》落泪。一些极不相同的作者都曾使她激动——马明-西比利亚克和盖达尔、施皮尔哈根和尤·格尔曼、韦尔比茨卡娅和安德烈·纪德。伊娜喜爱诗歌。十六岁的时候她喜欢纳德松,却否定马雅可夫斯基——她只是根据中学的文选读本去了解他的。后来她理解了并爱上了另一个马雅可夫斯基,并在自己的房间里挂上了他的肖像。她曾写道,海涅的作品是那么好,竟打消了她对德语的成见。她常常反复吟诵勃洛克的诗,她在一份陈旧的《涅瓦》杂志上找到了他早年的诗作。

她在莫斯科的博物馆里看到了古代意大利人的绘画。"现代画家们画的人脸同西红柿没有什么区别,而且这些画的主题也同沙丘一样单调,永远不能把它们称为写生画。这是拙劣的绘画。在现代雕塑中,美被动态和'寓意'所代替了,不能把这种雕塑列为优美的艺术作品。《乔康达》、意大利大师们的壁画再也不会出现了……再也不会有人写出《神曲》和《安娜·卡列宁娜》来了。世界丧失了最美好的东西——美……"

她在十六岁时曾觉得,在这个问题上过错在于人民的审美感。一年后她在这一句话上批道:"不对!"在指摘马雅可夫斯基的地方批道:"错了!"

但对美的热爱却依然保留,伊娜从未把这种热爱当成错误。

少年们常常幻想当一个演员或作家。伊娜却想进法学院学习。后来她做了游击队员就改变了计划,并在1944年请求母亲把证件寄往航空制造学院。我既未看到她成为一名检查员,也未见到她成为一名飞机设计师,然而无论是戏剧学校还是文学研究所都不曾吸引过她,这毕竟是一件好事,虽然她无疑参加过中学里的戏剧演出,在恋爱的时候还偷偷地写过诗。

她常常陷入热恋,而且每一次都认为——"这才是真正的爱情"。十五岁的时候她爱上了一个中学同学:"我得付出巨大的意志力才能不坐在那张能看见他的长凳上……我只能在他从走廊上走过的时候才能欣赏他。但是如果我察觉到他的目光落在我的身上,那我就做一个表示蔑视的鬼脸。为什么呢?难道这果真是于连·索雷尔①无心的策略吗?不可能!要知道他的行动出于高傲,而我爱……"

廖武什卡走了,伊娜思念着他。"妈妈说,我爱的不是他,而是我塑造的一个偶像……我觉得不是这样。因为我看见了他的所有缺点,知道他的一切短处,可还是爱他。我爱他的一切,连缺点也爱。"三个月以后,伊娜恐惧地问自己:"我不明白——难道可以爱上几次而每次都爱得一样热烈?不过区别在于怎样去爱。对于廖沃奇卡我总盼他能待在我的身边,想抓着他的手,吻他。可这一个……不,根本不是这样。对于这一个,我在生活中最渴望的是能和他做朋友,知道他爱我……"按照她的说法,尼古拉对她颇为冷淡。"我跟他跳过舞啦!他突然走到我跟前来,于是我就同他跳起舞来。我一直迷迷糊糊、昏头昏脑、嘟嘟囔囔地说着些什么,说我不会跳,于是一切……我还是竭力表明,我对他完全是漠不关心的,然而看来,结果……"

伊娜尝到了嫉妒的滋味:"他又陪她回家去了!"她生自己的气:"在爱情中应该做一个有自尊心的人,如果他喜欢别人,那我是不愿插身进去的。"但她在这之后不久就明白了,在生活中并不是一切都能听从理智的支配:"这种感情显然比高傲和自尊心更加强烈。可高傲和自尊心是不是能和爱情一同存在呢?不能,永远不能!"

1940年她同两个同班同学,保育院出来的学生马克西姆·皮鲁什科和费佳·格尔曼做了朋友。"他们告诉我,他们的爸爸妈妈是怎么被逮捕的,他们的语气还那么平静,叫人觉得这不是他们的遭遇。马克西姆的爸爸先

---

① 司汤达的长篇小说《红与黑》的主人公。

被捕,后来妈妈又在火车上被捕。他甚至都没和她告别。费佳是妈妈先被捕,爸爸后被捕。现在他俩的妈妈都在卡拉干达,爸爸在什么地方可就不知道了。后来他们也和我们一样,每当要谈谈什么特别的事情,每当有什么强烈的感受,就一同跑到一个任何人都不会妨碍他们的地方,然后把所有的话都说出来。"伊娜在1937年是十三岁,灾难没有落到她父母的头上。女孩子的天地很狭窄,但对于马克西姆和费佳来说,无辜者的被捕却是一种普通现象,是一种日常生活。这件事使最为痛恨不公道的事的伊娜多么震惊,那是很容易理解的。费佳成了她最好的朋友。她常到保育院去。费佳把父母亲和姐姐的照片拿给她看。"昨天他们告诉了我一件最不愉快的事——从人民委员部下来一道命令,叫把保育院里十四岁以上的学生都送进技工学校。这就是说,他们马上就要走啦……"她接下去写道,"昨天在保育院举行了一个纪念宪法节的晚会……每当我走到那里的时候,我都真像过节那么高兴。只有在那里我才真正觉得舒服而愉快……我跳了一会儿舞……但大部分时间却跟费佳一起坐在角落里谈天。他有点忧愁。据他说,因为他想起了三年前的这几天里他的爸爸妈妈被捕的情形。有人叫老师注意我们的'tête-à-tête'①,于是今天妈妈就跟我谈起了这个问题……我想,这仅仅是一种友谊,没有别的。可是这种友谊对于我是很珍贵而不可代替的……""刚才费佳告诉我,他的妈妈在3月19日死了。我的天哪,这该有多么沉痛,又多么难以忍受啊!……"

在伊娜的日记中,内心的要求严格、诚实、坦率使我吃惊。在她还是七年级学生的时候她就憎恶"马屁精"。她是共青团员,经常参加国防航空化学建设后援会的会议。1940年秋,她曾写道:"我在一个不好的、黑暗的、模糊的时期开始使用这本日记簿。我们今天是这样过的,可明天怎样就不知道了……"伊娜对于任何欺骗过于敏感,她在日记里思索着因日益逼近的战争而产生的各种各样的困难,同在卡申市的大小集会上听到的那些言不由衷、过分乐观的演说之间所存在的矛盾:"这是骗人!……可为什么要这样呢?……柳霞不在了,也就找不到一个人能同她谈谈这个问题了……"她十六岁就已善于思考,善于正视真理,并于三年后在为真理而战的时候牺

---

① 法语,意为"两人单独面对面地。"

1084

牲了。

在伊娜的日记中有许多地方很平常,同和她年龄相仿的女孩子们的日记并没有多大区别;也有的地方不那么平常。也许对艺术和诗歌的热爱赋予了她一种特殊的心情? 她十四岁时曾写道:"现在是一个很静谧的、不像是在1月里的温和的黄昏。一切看上去都特别美好,一切都笼罩在一层淡红的奶油色光线里。太阳快落山了。本来应该一切都很轻松、愉快,但实际上却没有这种感觉。相反,出现了一种苦闷感。为什么呢? 仿佛并没有任何重大原因,但是……就是这个'但是'碍事。人们没有它会觉得轻松一些。譬如说,丽莎、纽拉——她们生活在一个真正的、现实的世界上,可我却不能。对我来说最重要的是理想、幻想。如果我不能生活在非常浪漫主义的环境里,例如意大利,或者哪怕是远东,而是生活在一个没有任何重大事件的发霉的小城里,那又有什么办法呢……"半年后,她又思索起自己的性格来了:"我有一个双重的心灵。第一个'我'每逢黄昏出现。这个'我'只靠未来和理想而生。这个心灵是忧郁的、苦闷的,它有时会抛弃我。这时候我就成为一个现代的女孩子。这时候我就对目前大家所注意的问题感兴趣……具有心灵上的这两种矛盾的倾向,我的生活将很艰难。这仿佛是两个互不相同的人……"

伊娜第一次想到死亡问题是在读了列·安德烈耶夫的《七个绞死者的故事》以后:"这是一个多么可怕的作品——使人感觉到死亡的不可避免和逼近! 我曾试着想象自己处在他们的地位,但毫无结果。有时我觉得,我将平静地等待死亡,连想都不去想它,有时又觉得,我将向一个什么人去哀求,毫无用处地东跑西奔。"

卡申市有一个教师自杀了。伊娜大为震惊,尽管她对自杀者几乎一无所知:"多可怕呀! 刚才我知道中等技术学校的教师日加列夫服毒自杀了……难道就没有别的出路了? 这就是说,没有。意识到自己的处境毫无出路,看见不可避免的和逼近的死亡,这多么可怕啊!"

"月亮……雪……寂静,寂静。就像在童话里一样。有一天我将在和这一样的夜里走到森林里去。于是就开始了一个童话……我们为之啼哭、为之欢笑的一切是多么渺小! 我们的生活是多么贫乏和枯燥! 在每一个人的一生中只有一桩真正的重大事件值得拜倒在它的面前,那就是死亡,是那迈向不可知而又不存在的事物的一步。"

1941年5月在伊娜的一生中是一个幸福的时期:"我偶然地同米沙·乌沙可夫并排坐在一起,并偶然地谈起天来。于是……于是我就所谓爱得发狂了!……怎能把这个时刻突然产生的全部感情都表达出来呢?……""有时候他甚至有些古怪,但是我连他这种古怪的样子也爱……""我一直坐在米沙旁边。在宣布了我们是新郎和新娘以后,大家就向我们喊'苦哇'。我们又接了一个吻……""活着是多么好哇,在你的后面是十六年的岁月和九年的学业,明亮的太阳和良好的成绩,深厚的友谊和幸福的爱情,而前面……前面就是生活!"米沙曾向伊娜朗读福法诺夫的一首诗:

> 一切都在溶解,希望和岁月……
> 还有那对美好时光的记忆,
> 像那被大自然唤醒的冰块
> 一去不回还。

但这些哀伤的诗句是否会使十七八岁的情侣感到不安?

1941年6月22日。"昨天一切都还那么安宁,那么平静,而今天……我的天啊!……"

轰炸,同朋友们分别,替莫斯科和祖国担心。"就连空气也变了样。将要发生什么事……上前线去——这是我的理想!消灭法西斯匪徒!"在伊娜的日记里没有宣言。她爱人们,信任他们,这帮助她经受住了考验:"不,同这样的人民在一起我国不会灭亡,不可能灭亡!"

她绝未把战争浪漫主义化,当她所工作的医院里的两名伤员死后,她写道:"他们付出生命是为了什么?其他千千万万年轻而勇敢的人们失去了生命是为了什么?谁能回答这个问题?"

在撤离而又重返卡申市以后,伊娜知道了米沙·乌沙可夫在战斗中负伤并牺牲了。她明白了(或许是使自己相信了),米沙是她最热爱的、真正的和唯一的爱人。她给区军事人民委员部送去了一份申请书,要求派她上前线去,说她已经学完了女救护兵的课程而且"射击也不坏"。很久未见答复。伊娜常去学校,她喜欢年轻人,还常常为米沙低声哭泣,她问自己:"这场该死的战争到底什么时候结束?"她竭力想法娱乐:"我们有时打开留声机跳舞。妈妈把这叫做轻浮,她不能理解我们现在怎么会想到娱乐。但其实我们是想忘掉所有的灾难,哪怕只有一分钟也好……而我们的娱乐又是那么可怜,简直不该受到责备。可是就连这些娱乐不久也要结束了……"

娱乐果然不久就结束了:1942年6月,伊娜被派到敌后去了。她什么都没对父母亲说就走了,在从加里宁寄回家的一封信中她写道:"我知道这样做对你们是很没有礼貌的,但是要知道这样倒比较好。我反正受不了妈妈的眼泪……"

她战斗得很英勇,那些没有牺牲的同志都谈到了这一点;她去侦察敌情,既参加同讨伐队的战斗,也参加"执行任务"——炸毁桥梁,袭击仓库。我不想多谈她的战斗生活:英雄气概在那几年里是许多人的日常生活。我之所以从学校生活的日记中抄下若干片断,是为了指出这种英雄气概的源泉。许多东西都是由对自己的严格要求、坦率、诚实所预先决定的。

一天,伊娜作为一名侦察员被派去搜集关于德国驻军的情报。在她回队的途中,希特勒匪徒把她抓住了。一名军官打姑娘的耳光,然后用雪茄烟烧她的手。伊娜一言不发。在战争开始的半年之前,医生曾替她拔过一次牙:"我哭得连我也不知道这件事什么时候才能结束和怎样结束。好像要是再痛得厉害一点点我就会发疯了。"然而当法西斯分子拷打她的时候她却沉默着:"我想的只有一件事——可别流露出自己的软弱。"

她给母亲写了一些亲切的、朴实的信:"有时候在夜里我突然醒来,因为我好像清清楚楚地看见你就像从前我在家里的时候那样坐在我的床上。于是我就觉得那么愉快、那么温暖。我一醒来——什么人都没有,于是一切都变得空虚了。""现在我老是想起家里的事、去年的事。我是那么舍不得米沙,我去年大概还不像这样舍不得他,因为现在我才真正认识到生命的价值。""您还是几乎把我当成了一个英雄。这是没有根据的。我只不过是一个苏维埃人罢了。"

伊娜的父亲亚历山大·帕夫洛维奇曾被派往敌后。他遇见了伊娜,他告诉我说,当他把她叫做小姑娘的时候,她提出了抗议:"爸爸,我已经不是小姑娘啦,我是第二加里宁游击队的侦察员。"可是当伊娜知道父亲的背囊里装着糖果时,却要求道:"给我一块糖……"

虽然当了游击队员,但她依然是她自己。她在给中学的女友列娜的一封信中谈道:"我疯狂地爱上了一个同志,他也爱我。但后来他牺牲了。我想我会发疯的。你了解我的性格……"

如果我略去了伊娜日记中如下的一段记事,则她的肖像就不完整了。我已说过,她常参加战斗、用冲锋枪射击;她觉得这很容易。她曾在日记中记述枪决一名当了叛徒的队长的情形:"他很顽固。一句话也没说。只是指尖有点发抖。他死得也很平静。是卓伊卡把他枪毙的。她的手一抖也没抖。好样的!可我却有点害怕。我觉得非常不舒服。"

1943年3月4日的夜里,几名游击队员睡在林中一个窑洞里。拂晓之前哨兵把他们叫醒了:"德国人!"伊娜明白,不可能全体脱逃。她向同志们喊了一声:"快跑!"——于是屈膝跪下,举起冲锋枪就射击起来。就在这个白雪皑皑的林中,就在她三年前描写过的星空之下,她牺牲了。她还不到二十岁。

我在读了伊娜的日记之后不久即写下了她的事迹。日记在战后出版了——但稍微作了一些整理:人们不愿让一位女英雄谈到生活的阴暗面,但这只能更鲜明地表现她的忠贞和勇敢。在这一方面,正同在别的许多方面一样,她也是——我重复一遍她的话——"一个苏维埃人":战前她曾对许多事物感到愤懑,但在艰难的时刻却挺身捍卫苏维埃的土地。

我把伊娜的日记交给了艾·尤·特里奥莱,她把它译成了法文。在别的一些国家也出版了译本。

伊娜的母亲在1958年死于车祸。父亲现在还住在那幢小木房里,同莲娜、外孙一起,男孩子已经上学了。不久前我曾见到亚历山大·帕夫洛维奇,不用说,我们又谈到了伊娜。我觉得,我对她的了解之所以比我对某些曾同我在一起生活了多年的人们的了解更深,这不仅因为她善于在日记中吐露自己的心曲,也因为我仅仅在她死后才遇到的这位姑娘或少女在精神上同我十分接近。人们早先是发现大陆、岛屿,不久大概就要开始发现行星,但对于一个作家来说,无论在过去或是在未来的一切时代,最重要的则是发现人的心灵。我之所以把伊娜·康斯坦丁诺娃的故事写进这部记述我的一生的书里,是因为在那个通常被我们称作人性的一切正遭到战争的践踏的艰苦时代,伊娜曾帮助我对许多事物作了再一次的检验。

我觉得,伊娜短促的一生可以帮助人们理解,何以苏联人民能经受住考验并获得了胜利。这是那在还没来得及抽穗之前就被割去了的一代的自白。此外,不管这话听起来有多么奇怪,在叙述伊娜的精神生活的某些方面的同时,我也是在谈我自己。

23

1944年,一位《红星报》的记者曾对我作了这样的描写:"一位极其普通的中年人坐着一辆溅满泥污的'威利斯'牌汽车在靠近前线的地带奔驰,他身穿一件又肥又大的褐色外衣,戴一顶普通的皮帽,叼着一支雪茄烟。他微微有些驼背地在前沿阵地上不慌不忙地走来走去,轻声同人谈话,而且对自己是个普通的老百姓这一点连一秒钟也不曾竭力加以掩饰。"

当我在1月末对塔连斯基将军说我想去东普鲁士的时候,他微笑着答道:"不过您得穿上制服,否则您恐怕难免会被人当成德国鬼子。"我没有军衔,穿上一件没有肩章的崭新的军官大衣也许比穿上那件又肥又大的褐色外衣看上去还要可笑。但是我只是在德国人开始顽固地把我称作"政委先生"的时候才想到这一点。

我军神速向西方推进,把一个个还有被围困的希特勒匪徒在那里负隅顽抗的孤零零的据点留在后面了。巴滕施泰因城内的房舍还在燃烧,旁边是德军阵地。我遇见了昌奇巴泽将军,他微笑着说:"这不是勒热夫……"他说士兵们正在向前冲,他抱怨弹药不足。(德国人在那个"大包围圈"里又顽抗了两个月。)我到埃尔平的时候,那里的巷战犹在继续。敌人时而仓皇败退,时而作绝望的抵抗。学校的楼房里,农民的粮仓里,鞋店里——到处都埋下了地雷。将军对着电话机叫道:"你听着,命令你增援火力——见他的鬼,他还顶嘴……"而一个士兵在谈到他的一个同志时则说,"他说:'德国鬼子精疲力尽了',可是一天还没过去——我就把他拖到卫生营去了,他们看了看便说:'迟啦……'"

人人都明白事情快结束了,但谁都不敢确信自己能活到那一天。2月初的天气发生了剧变——初春降临了,阳光已是暖融融的,被遗弃的花园里的雪花和淡紫色的番红花已经开放。由于战争接近结束,死亡便显得特别荒唐和可怕。

想到我们正在向德国腹地推进,我不禁感到头昏。当希特勒匪徒在伏尔加河上的时候,我曾写了那么多文字谈论这件事,而现在当我在两侧栽着椴树的坚实而平坦的道路上乘车奔驰,看到古老的城堡、市政管理局、挂着德文招牌的商店的时候,一切却又令人难以置信了:难道我们真在德国?有一次我遇到了一群老朋友——塔秦部下的官兵。我们长久地微笑着,毫无意义地重复着说:"没想到我们在这里……"

几乎每一个人都有自己的痛苦:我的两个兄弟牺牲了,家被烧毁,姊妹们被逐往德国,母亲在波尔塔瓦被杀害了,全家在戈麦尔受尽了折磨——这是一种还没有平息下去的活生生的仇恨。我的天啊,要是在我们的面前出现了希特勒或希姆莱、部长们、秘密警察们、刽子手们,我们会怎样对付他们啊!……但是路上却只有一辆辆大车像诉苦似的吱吱嘎嘎地响着,德国的老太婆毫无用处地跑来跑去,失去了母亲的孩子们在啼哭,于是怜悯之情就油然而生。我当然记得,德国人不曾怜悯过我们的同胞,我什么都记得,但是法西斯主义、第三帝国、德意志,这是一回事,而那个头戴一顶插着羽毛的蒂罗尔省可笑的呢帽、挥动着一小块床单在被拆毁了的街道上奔跑的老头子,则是另一回事了。

在拉斯登堡,一名红军战士狂怒地用刺刀去刺一家被捣毁了的商店橱窗里的一个用混凝纸做的姑娘。洋娃娃娇媚地微笑着,而他却不停地刺着。我说:"别这样!德国人在看着……"他答道:"恶棍!他们折磨我的老婆……"——他是白俄罗斯人。

罗森菲尔德少校被任命为这个拉斯登堡的城防司令。希特勒匪徒杀害了他的全家,而他所做的一切却旨在保护这个德国城市的居民。他曾留我在他那里过夜。在一个富有的法西斯分子的房子里,墙上挂着一帧业余拍摄的照片:主人的女儿正把一束鲜花献给希特勒。据当地居民说,元首在赴东普鲁士的时候曾在这幢房子里住过。罗森菲尔德少校为他脱离团队而感到惋惜,但他几乎是昼夜不停地在工作。我曾目睹一个小姑娘被带到城防司令那里——她的父母亲都死掉了。少校温存而忧伤地看着她,他也许是想起了自己的女儿。他大概曾无数次自言自语地谈到"神圣的复仇",而在拉斯登堡他才明白这是一个抽象概念,明白他心灵上的创伤是不会痊愈的。

胜利的欢乐在这里也掺杂着那种当你看到战争的时候不可避免会产生的忧愁——这不是战争画家的画布上的战争,也不是银幕上的战争,而是近在眼前的战争:被炸裂的房屋、褥子里的羽毛、难民、包袱、没挤奶的乳牛,还有谁的一声长长的刺耳的尖叫久久地留在耳中。

有些城市被炮火摧毁了:克雷茨堡仅仅留下一座监狱;我在韦劳的废墟中连一个德国人也没看到:所有的人都跑掉了。另一些城市保全下来,拉斯登堡的居民在清除街道上的家具碎片、被拆毁的大车。埃尔平有六万人口——三分之一的居民留了下来。

东普鲁士向来被认为是德国最反动的一部分。这里的工厂很少,工人也很少;富裕的农民投过兴登堡的票,后来又齐声喊叫"嗨,希特勒"。地主们是不折不扣的死硬派,任何自由主义的宽纵在他们看来都是对世代相传的荣誉的侮辱。城市里住着商人、官吏和律师、医生、公证人,以及难以被列入知识界的那些从事知识分子职业的人们。房屋都是干干净净、设备完善的,具有小市民式的舒适气氛,餐室里都有鹿角,还有一些绣制的格言:"家齐而后国治"或"劳动能使你做甜蜜的梦"。厨房里摆着一个个陶瓷的罐子,上面注明"盐""胡椒""和兰芹""咖啡"。书架上冠冕堂皇地陈列着书籍:作为遗产继承下来的《圣经》、乌兰德①的诗集,有时还有一卷歌德的作品,以及十来本新书——《我的奋斗》《远征波兰》《种族卫生学》《我们的坚固的普鲁士》。在拉斯登堡、列特参、塔皮阿乌这样一些城市里没有市图书馆。我在巴滕施泰因听说博物馆未受损伤,便去打扰城防司令:"请立即设置警卫。"我走进博物馆就觉得颇不痛快:除了动物的标本之外,那里都是清一色的陈列品——一幅巨大的兴登堡的肖像、一张1914年军事行动的地图、战利品——俄国军官的肩章、被破坏的华沙的照片、当地女慈善家们的肖像。

我国士兵们仔细地观察环境。我记得有一个嘲笑着说:"这样的熊窝倒还可以住住。"另一个骂了一句:"下流坯,他们过得不坏,干吗要爬到我

---

① 乌兰德(1787—1862),德国诗人,晚期浪漫主义的代表人物。

们那里去？你瞧，这是咱们的毛巾。"他把漂亮的厨房里的几块绣花的乌克兰毛巾拿给大家看。

有一次在埃尔平，我正在军长格·伊·阿尼西莫夫将军那里吃晚饭，一名中尉跑了进来："请允许我报告！"中尉说，在一个地下室里发现了三四十人，他们拒绝出来，喊叫着说他们是瑞士人，并要求别打扰他们的安宁。误会不久就冰释了——一个穿着被煤染污了的衣服、久未刮脸的人被带到将军面前，他自我介绍说："卡尔·勃兰登贝格，瑞士副领事。"原来在埃尔平住着许多瑞士人，他们是作为制造干酪的专家在此定居的。将军下令让饿坏了的副领事吃饱喝足，然后叫人把全体瑞士公民都从地下室里领出来。使我惊奇的是，中立国的干酪制造家呈验的护照是用俄文写的，并且是由瑞士政府在1944年秋发给的。副领事解释说："在伯尔尼，人们预见到了事态的发展，"接着又微微一笑，补充了一句，"那是在伯尔尼，而不是在埃尔平……"

总主教向我抱怨说，德国人在希特勒上台以后都丧失了信仰（有两个牧师也曾这么说）。而我却认为他们只不过是改变了迷信的对象罢了。教皇的绝对正确已不再使天主教徒感兴趣，但他们却虔信元首的绝对正确。红军进入东普鲁士使居民措手不及：他们不仅信任希特勒，也信任他的那些助手，而长官埃里希·柯赫在1月初还曾写道："俄国人永远不会冲入东普鲁士的腹地——我们在四个月内所挖掘的掩体和战壕总长达二万二千八百七十五公里。"数字安定了人心。我在利布什塔德找到了一份未完成的"雅利安人血统证明书"——1月12日有个名叫席勒的人在决定娶妻以后填写了一份关于自己的祖先的调查表，但他没有来得及呈验关于他的一个祖宗的证件：苏联的坦克在1月26日开进了利布什塔德。

我在1944年常常问我自己：红军进入德国以后会发生什么事呢？要知道希特勒不仅已使个别的狂信者，而且也使他的大部分同胞深信：他们是特等民族，金融寡头同共产党人已联合起来剥夺富于才能并热爱劳动的德国人的生存空间，以及德国负有建立欧洲新秩序的伟大使命。我记得同俘房们所作的一些谈话和一些日记，这些日记令人惊讶之处不仅在于它们的残忍，还在于那种对武力和死亡的迷信、庸俗的尼采学说同死灰复燃的迷信的混合。我预料居民将以绝望的抵抗来迎接红军。我到处看到在我军到来的前夕所写的标语、诅咒、斗争的号召："拉斯登堡永属德国！""埃尔平决不投降！""塔皮阿乌的公民记得兴登堡。消灭俄国人!"我读了一张传单,上面不知何故提到"维尔沃尔福们"的传统;我问一个在敌军中做宣传工作因而精通德语的大尉,什么是"维尔沃尔福",他答道:"这是一个将军的姓,似乎他曾在利比亚作过战……"我决计验证一下,便翻开详解词典,于是读到了这样一段文字:"在古代德国的传说中,维尔沃尔福具有超自然的力量,他披着一张狼皮,住在橡树林中袭击人们,消灭一切有生命的东西。"我在拉斯登堡找到了一本中学生的笔记本,这个男孩子写道:"我发誓要做维尔沃尔福并杀死俄国人!"不料就在这个拉斯登堡,不仅少年或老人,即使那些滞留城中正当服兵役年龄的居民也都像乖孩子那样听话。希特勒党徒都预备了一把短小的匕首,刀身上有一行题词:"一切为了德国"。上级的指示说,这些匕首将帮助德国爱国者同赤色侵略者战斗。我拿了一把这种匕首当作开罐头的刀用。可是我并未听说有被刺死的红军战士。所有这一切不过是戈培尔的谈话和幻想,是最恶毒的法西斯的浪漫主义精神。当然,在居民当中不仅有不怀恶意的老人和儿童,也有豺狼,但是与神话传说中的维尔沃尔福们不同的是,他们情愿暂时披上羊皮并认真地执行苏联城防司令的任何命令。

我到过数十个城市,同各种各样的人谈过话,其中有医生、公证人、教师、农民、小饭馆的老板、裁缝、小铺老板、旋工、啤酒酿造工人、珠宝商、农艺师、牧师,甚至还有一位编制家谱支系表的专家。我曾向一位天主教的主教、马尔堡大学的一位教授、老人们、中学生们寻求答案——我想了解他们对"统治世界的民族"这一思想、征服印度的幻想、希特勒个人、奥斯维辛的焚尸炉采取什么态度。我到处都听到同样的回答:"这跟咱们完全无关……"有一个说,他对政治一向不感兴趣,战争是灾难,只有党卫军分子支持希特勒;另一个要我相信,在1933年举行的最后几次选举中他投的是社会民主党人的票;第三个发誓说,他曾同他的舅子有过联系,他的舅子是共产党员,而且参加了汉诺威的地下组织。在埃尔平附近的霍恩瓦尔德村里,一个德国人举起一个拳头向"政委先生"致敬:"红色战线!"①在他的房子里发现了一本照片册:绞架上吊着几个俄国人,绞架旁的一块木板上写着一行大字:"我想烧毁锯木厂,游击队的助手";几个胸前缀着黄星的犹太妇

---

① 德国红色战线成员见面时的礼节。

女在车厢上等候枪决。这个发现并未使冒充的"红色战线分子"哑口无言,他继续叙述他反对纳粹分子的斗争:"这些照片是一个不知名的突击队员留下的,他大概是来找我的弟弟的,我的弟弟十分天真,他在东线被杀死了,而我则在荷兰、法国、意大利作战——俄国我没去过。您可以相信我:我在精神上是个共产党员……"

当然,在我同他们谈过话的千百个人当中也有一些人倾吐了肺腑之言,但我却不能把他们同另一些人区别开来——所有的人说的都是那一套。我以彬彬有礼的微笑作答。我觉得最真诚的也许是一个从西方返回朴烈伊什-艾伊劳的中年德国人,他说:"斯大林先生胜利了,我要回家了。"

我同他们谈过话的那些人起初回答说,他们对奥斯维辛、"纵火者"、被焚毁的村庄、大规模屠杀犹太人都毫无所知,后来看到没有任何东西直接威胁着他们,便承认回来休假的士兵曾告诉他们许多事情,并谴责希特勒、党卫军、秘密警察。

不久以前仿佛还是固若磐石的第三帝国猝然崩溃了,被庸俗化了的尼采学说和关于德国人的优越性、关于德国的历史使命的谈话,这一切都(暂时地)被埋葬了,钻进缝里去了。我看到的只是拯救自己财产的愿望以及非常认真地执行命令的习惯。所有的人都毕恭毕敬地向别人问好,竭力装出笑容。有一次我的汽车在马祖里湖区陷在泥沼中了,几个德国人从某处跑来,把汽车拉出了泥沼,争先恐后地告诉我哪条路比较好走。埃尔平城内还没停止射击,而一位彬彬有礼、肥头胖脑的市民却已经在表现他的主动性了——他搬来一架可以折叠的小梯子,把一口大钟的时针拨前两小时:"这口钟走得很准,现在是莫斯科时间三点十二分……"

一名队列军官被任命为城防司令,当然,他并不是专门被准备着来担任这种职务的。贴出了一份铅印的布告——那是规章。我们的一位城防司令笑着说:"连我都还没读过上面写的东西,可他们却从第一个字母直到最后一个字母都研究过了——什么可以做,什么不能做。还没有过一个钟头,他们就陆续前来:一个问能不能爬到屋顶上去补窟窿,另一个问他该把一个卧病在床的俄国女工送到什么地方去,第三个毁谤他的邻居……"

我曾在埃尔平看到一个颇不寻常的行列。几千个市民迫不及待地想钻进监狱。我问一个看样子是最爱和平的人:"你们为什么要站在这里挨冻?

请给我指引一下本城的道路,您大概知道,在哪几个区里还在进行射击……"他起初抱怨他失去了自己在行列中的位置,说监狱现在是最安全的所在:俄国人大概会布置警卫,这就可以平安地度过灾难;直到我答应晚上把他送进监狱,他才稍稍安下心来。这是一个电车司机。我没有问他关于希特勒的问题,因为我知道他会回答什么。他说他的房子烧掉了,他好不容易才穿着一件上衣跑了出来。天气很冷。我们经过一家服装店,街上乱堆着大衣、外套、衣服。我叫他给自己拿一件大衣。他吓住了:"您这是怎么啦,政委先生!这是俄国人的战利品呀……"我表示愿给他开一个书面证件,他想了一会儿,问道:"可您有图章吗?政委先生,没有图章这不算证件,空话是谁也不信的。"

我在拉斯登堡的向导是一个名叫瓦夏的男孩子,他是被德国人从格罗德诺赶来的。他说他曾在一个有钱的德国人家里干活,胸前有一个号牌,人人都叱骂他。现在他同我并肩而行,路上遇到的德国人都彬彬有礼地向他问安:"日安,瓦夏先生!"

日后西德的报刊连篇累牍地大谈"俄国人的兽行",竭力把居民们顺从的举止说成是出于自然的恐惧。说实话,我曾担心,当占领者在我国干出了所有的坏事之后,红军战士会开始报复。我曾在几十篇文章中反复地说,我们不应该报复,也不能报复,因为我们是苏维埃人,而不是法西斯分子。我曾多次目睹我国士兵如何皱着眉头默默地从难民们的身边走过。巡逻队保护着居民。当然,也发生过使用暴力和抢劫的事件——任何军队里都有刑事犯、流氓、醉汉;但我军指挥部同不法行为进行斗争。居民的巴结逢迎不是由于俄国士兵的放肆,而是由于居民的张皇失措:幻想崩溃了,纪律废弛了,于是习惯于按照口令迈步的人们就像一群受惊的绵羊那样无所适从。我为胜利和战争接近结束而高兴。但环顾四周却又感到难过,而且也不知道最使我揪心的是什么——是城市的废墟、道路上绒毛形成的暴风雪还是居民们的低声下气、逆来顺受。在这些日子里,我感到连环保把残暴的党卫军分子同拉斯登堡温和的缪勒夫人联系在一起了,这位缪勒夫人没杀害过一个人,而只是得到了一个廉价的女仆——来自奥廖尔的娜斯佳。

看到拉斯登堡或埃尔平的居民的微笑,我既不感到幸灾乐祸,也不感到怜悯,我心中交织着嫌恶和怜惜,而这种感情有时候竟败坏了当我看到从伏尔加河一直打到维斯瓦河河口的我国士兵时所体验到的那种莫大的幸福之感。我常在休息的时候同获得了解放的人们交谈——其中有苏联的姑娘,也有其他被希特勒奴役的国家的公民和士兵。在巴滕施泰因我有幸成为一次罕见的会面的目击者:一名战士(斯摩棱斯克人)在一群被解放出来的苏联妇女中找到了自己的姊姊和她的两个孩子——一个十一岁,一个九岁。这个女人不久以前还挖过埃里希·柯赫吹嘘过的那些战壕。她一句话都说不出,只是哭着:"瓦夏!……瓦申卡!……"大孩子则无比敬佩地仔细观看瓦夏舅舅胸前的两枚奖章。

我什么人没有见过啊!在被解放的人们之中有各个国家、各种职业的人:法国战俘,比利时人,南斯拉夫人,英国人,甚至还有几个美国人,一个雅典的大学生,几个荷兰演员,一位捷克教授,一个澳大利亚的农场主,一群波兰姑娘和神甫,一艘挪威帆船的全体船员。所有的人都喊叫着、打闹着,不知该怎样表达自己的欢乐。

法国人好不容易弄到一些德国的自行车,骑上就向东方驶去——他们想快一点回家。在他们当中永远都能找到一个擅长做饭的人,他们宰一头羊就办起一桌酒宴,邀请我国士兵前去,又是唱歌,又是开玩笑,就连沉着稳健的英国人也会被他们逗得发笑。

所有的人在被俘期间都学会了讲几句德语,一个比利时人向一个捷克人叙述他的经历,而南斯拉夫人和英国人则讨论着现在该怎样处置德国。在这里达成协议要比在雅尔塔会议或波茨坦会议上容易得多:人们互相了解。

在埃尔平的收容战俘的营棚里,我看见一份用十种文字印成的规章。一群法国人曾受命在马祖里湖区砍伐树林并修筑工事。在冯·金戈弗的领地上干活的有法国人、俄国人、波兰人——总共一百五十个农奴。来自第聂伯罗彼得罗夫斯克的铁路员工丘多夫斯基同一个摩洛哥人交上了朋友,并教会了他说几句俄语。在小小的、偏僻的巴滕施泰因,每一个有三个孩子的家庭都得到了一个女工——俄国女人或波兰女人。有一个农场主的老婆曾对我说,她的生活很俭朴,只有一个乌克兰女人和一个意大利人在她那里干活,她为他们付了六十马克给"职业介绍所"。现在这已是人人皆知的事了,而当时却使我震惊:古希腊罗马社会的奴隶制又复活了,但代替欧里庇得斯的是巴尔杜·冯·舍拉赫,而代替卫城的则是奥斯维辛。

一位法国军医曾告诉我,在离他们的集中营不远的地方有另一个囚禁苏联战俘的集中营。伤寒开始流行了。一名希特勒的医生说道:"不必去给他们医治,他们反正都要死的……"每天都要掩埋一批死人。这个法国人说:"我曾目睹他们把还活着的人同尸体一齐掩埋了,我一想起来就不禁毛骨悚然……"

我国士兵在巴滕施泰因的一间厨房里找到一本笔记——这是一本俄国少女的日记。我把笔记本带走了。其中有一些朴实的,因而也是确凿可信的记事:"9月26日。我乘她不在,便收听莫斯科的广播。哈尔科夫是我们的了!后来我就欢喜得哭了一整天。我对自己说:傻瓜,咱们胜利啦,于是就哭啊,哭啊。我想起了彼佳。他现在在哪里,他还活着吗?也许他把我忘了吧?这没有什么关系,只要他活着就成!我知道,我活不到获得自由的那一天。但现在我确切地知道,我们胜利了……11月11日。我的生日,我想起了塔尼娅和尼诺奇卡到我家来的情形。我们喝着茶,吃着甜点心,争论着书上的问题。塔尼娅把她的И大大夸奖了一番。我哪里想得到我将来要端她的尿盆并受人嘲笑呢!……"

我不知道这个少女的姓名,不知道她是否活到了获得自由的那一天以及她后来的遭遇,但我却不能不怀着赞美之情看着那些真正解放了人的灵魂的人们,同时又无比悲伤地想到那些在基辅的包围圈、勒热夫城下、伏尔加河上死去的人们。

我在古什塔德住了一夜,次日清晨准备继续往前走。一位师长劝我多待一会儿,吃顿午饭再走。他说,我必须去看看一座古老的修道院。我让步了。但我并未看到修道院,只看到一片废墟,修道院被炮火摧毁了。地上堆着一大堆书籍——都是一些皮面或羊皮纸面的小书,我在其他城市里看到过这些书,它们是祈祷书、赞美诗集、《圣经》、教会的创始者们的著作。我本想走开,可后来连自己也不知道为什么,竟俯身拾起了一本小书。我愣住了——原来这是1579年在巴黎出版的龙萨的第一本诗集!第二卷、第三卷、第四卷……龙萨的朋友列米·别洛的诗集。一本卢奇安[①]的作品的法

[①] 卢奇安(约120—约190),古希腊讽刺作家。

译本。(后来我把卢奇安的作品送给了雅·扎·苏里茨,而龙萨和别洛的诗集我至今还保存着。)第一页上写了一行字:某某购于某地,书价若干。在16世纪的时候,有一些过于贪恋酒色的修道士被遣送到遥远的修道院、送到天主教世界的边缘上去了。当然,一个喜爱龙萨的诗和卢奇安的讽刺作品的人不会是一个苦行僧。大概是在一个违禁犯戒的修道士在被大家忘掉了的古什塔德死去以后,他的书落到了修道院的图书室里——德国人没去辨别这是些什么书;谁也没有看过一眼,于是这些书就令人惊异地保存下来了。

我在汽车里打开了龙萨的诗集,于是再一次愣住了——我翻到的恰巧正是我在《巴黎的陷落》里引用了它的一些片断的那首长诗——冉涅特向德赛尔朗读了这些片断:

> 连死亡也会承认你的领地,
>
> 大地忍受不了爱情,
>
> 我们将一同看到遗忘之舟
>
> 和极乐世界……

一切都是难以并存的:废墟、坦克、卫生营和龙萨、爱情、极乐世界——不是巴黎的那个①,而是另一个,普希金曾对它作过这样的描写:"而詹尼即使在天上也不会把埃德蒙抛弃……"

两周以后,在返回莫斯科的途中,我在维尔纽斯把瑞士副领事的故事告诉了尤·伊·帕列茨基斯。我们笑了起来,彼此反复地说:"现在很快就要结束了!……"

后来我经过了满目疮痍的明斯克。一条熟悉的道路——化为灰烬的村落,鲍里索夫。一座制革厂,希特勒匪徒在这里杀害了……积雪还慈悲地掩盖着被焚烧一空的坎坷不平的土地、生了锈的铁丝网、空弹壳、尸骨……

我猛然一惊:这就是胜利,但究竟为什么在欢乐中羼杂着悲哀?先前倒不曾有过这种心情。大概是战争接近结束使人思索起来。我记起了龙萨的那几本诗集。1940年在巴黎时我曾写道:

---

① 在俄语中,巴黎著名的林荫道爱丽舍田园大街和"极乐世界"是同一个词。

在那震撼全球的痛苦年代，

在战争的喧嚣里，在大自然的赤贫中，

我不止一次地阅读龙萨的诗句。

这首短诗是这样结尾的：

这一切是多么平凡！多么难以理解！

爱人啊，有时连呼吸也是犯罪……

记忆里浮现了那个春天之后逝去的五年——牺牲，苦闷，希望。看来这样的一个时代已经来临：人们将可以自由呼吸，所有的爱人都将酣然入梦，而不必为人的脆弱的生命担心。也许，另一些东西——欢乐、迎春花、艺术也会变得能被人理解……我不再多想拉斯登堡或埃尔平了——我想着生活。

24

四年前我曾在本书的引言里写道:"某些章节,我认为发表得过早了些,因为它们谈的是尚在人世的人,或是还未成为历史财富的事件。"我在战争年代的经历,有许多被我略去了。现在我来谈谈战争的最后几周。

在柯尼斯堡四郊,在通往柏林的若干要冲,在匈牙利,进行着血肉横飞的战斗。在莫斯科,几乎每天黄昏都可听到礼炮的轰鸣;礼炮共分三级——第一级由三百二十四门大炮发射二十四响排炮,而第三级则由一百二十四门大炮发射十二响排炮。莫斯科人对它们已经习惯了——黄昏时分,天空常常出现三四次五彩缤纷的焰火。"干吗放礼炮?"——一个姑娘在剧院的休息室里问她的女友,女友答道:"没什么了不起——为了一个匈牙利的城市……"但是人们一方面已经习惯了胜利,而另一方面他们对胜利的期待却是极为热烈而痛苦的。他们盼望着亲人从前线的来信,他们的痛苦比前几年更甚。那就像永恒一般的最后时刻终于姗姗来临了。

塔连斯基将军3月间离开了《红星报》。我感到难于同新主编共事。我用这样的想法安慰自己:报纸方面的工作即将结束,不久就可以坐下来写书了。目前我暂时还得继续为《红星报》《真理报》《战争与工人阶级》周刊写文章。

还在1944年秋,我曾收到吉布夫人从英国寄来的一封信。她为宗教感情所支配,向我呼吁:让上帝去惩罚法西斯罪犯,而不要煽起复仇的感情。我把这封信连同我的回信一并在《红星报》上发表了,我写道,复仇的感情同我是格格不入的,红军士兵在占领特兰西瓦尼亚的那些住着许多德国人家庭的城市里没有杀害过手无寸铁的居民,我们要求正义、消灭法西斯主义、真正的和平,因而我们不能让上帝大人去审判希特勒凶手。我指出,当瞎了眼的政治家们把捷克斯洛伐克拱手献给法西斯刽子手的时候,他们被称为"和平的天使",实际上他们却是愚蠢的滑头和狡猾的傻瓜。

我收到了许多被吉布夫人的态度激怒了的前方战士的来信。(原来这位夫人收到的信更多——我后来听说,她住过的那个小城里的邮递员们对于积压的一大堆俄国信件曾大伤脑筋。)当时吉布夫人竟偶然地成为万人瞩目的人物:当然,问题不在于她;坚决消灭法西斯主义的人们同昨天的"慕尼黑分子""有条件的和约"的拥护者们之间的斗争开始了。不是悲天悯人的基督教徒,而是十足寡廉鲜耻的政治家们起来反对雅尔塔会议关于把战犯交付法庭审判、解除德国武装并强迫德国人参加被他们破坏的城市的重建工作的决定。不管这听起来有多么离奇,事实是在1944年末,当德国人还在阿尔萨斯和阿登进行反击的时候,就已经发现有些美国人和英国人在为给"能堵塞通向共产主义的道路"的德国留下哪怕是它的军事力量的一部分而操心了。

1944年在英国出版的一本书的作者布赖斯福特,建议首先帮助德国人重建德国的城市,放弃某些赔款,让捷克斯洛伐克人承担保证苏台德区的德国人享有平等权利的义务,至于奥地利是否应该成为德国的一部分的问题,则由全民投票决定。塔斯社各种各样的电讯使我失去了自制力。在美国兴办了一所极不寻常的学校:德国战俘准备回被占领的德国去当警察;据美国报刊说,这个学校的听课者同意用民主制度代替法西斯制度,但坚决要求美国人拨款重建被同盟国的空军炸毁的德国城市。

从1945年2月开始,希特勒匆忙把师团从西线调往东线。完全可以理解,希特勒匪徒是两害相权取其轻。他们已经确信,盟军在占领德国城市的时候会对昨日的纳粹分子采取宽大的态度。莱茵省的市长往往依旧是希特勒党徒。《每日电讯报》曾指责一个允许意大利和俄国俘虏离开一个德国地主的领地的英国军官说:"这些措施正在摧毁德国的农业。"在同盟国建立的各种经济机构里网罗了一批鲁尔的大工业家、"伊格"托拉斯的代表。一个知名的美国政论家出版了一本书,他在书中第一次宣布了"大西洋共同体"。

我的天哪,我绝不是外交家,也不是政治家——对于我来说,文学永远比复杂的政治游戏更为容易理解，也更为亲近。如果我曾写道，某些西方的政治家想保存法西斯细菌以备日后之用，这仅仅因为我记得西班牙、慕尼黑，我知道对希特勒德国的胜利是用什么样的牺牲换来的。

我继续撰文说明，我们到德国来不是为了复仇，而是为了根除法西斯主义。由于想到曾在东普鲁士的某些城市里发生过的个别使我们大家感到气愤的暴行，我曾在《红星报》上援引了军官库里尔科给我的一封信："……德国人以为我们将在他们的土地上干他们曾在我们的土地上干过的事。这些刽子手不能理解苏联军人的伟大。我们将是严厉的，但又是公正的，我们的人永远、永远不会辱没自己……"我接下去写道："我曾目睹俄国士兵拯救德国孩子，我们并不以此为耻，我们为此骄傲……苏联军人不碰德国妇女……他们到德国来一不为战利品，二不为家用什物，三不为姘妇……"

当时"冷战"还藏在秘密的保温箱里，西方有许多人也说，应该了解付出了最大牺牲的人民的道理。1945年3月，《纽约先驱论坛报》曾写道："爱伦堡近来对战时状态作出了一些结论，这抵得上五十个国会议员、二十个评论员和一打政治专家写的许多废话连篇的著作……这不是脱离实际的战略，而是具体的战术；这是德国人把世界推入其中的那场战争真实而严酷的特征。我们任何人都不要它。1939年签订了互不侵犯条约的俄国人不要它，拿着合起的雨伞来到罗登斯堡的张伯伦先生不要它，波兰人、法国人、英国人、美国人不要它，但德国人却坚决要自行其是，于是现在他们只得自食其果。只有明白这场战争是什么样子的那些人才能在胜利的时候为我们支离破碎的文明保障和平。"

4月11日，《红星报》刊登了我的《够了！》一文，这篇文章同前几篇并无多大区别。在谈到曼海姆市已在电话中向同盟国投降，但勃兰登堡市却还在苦战的时候，我说法西斯分子对于苏军的占领远比对英美联军的占领害怕得多。《够了！》是针对这样一些西方的政界人士而写的，他们在第一次世界大战结束以后就指望保存和发展德国的军国主义。

4月12日，罗斯福逝世。这是一个沉重的损失。现在我们有了时代的远景，于是我们看到，罗斯福属于希望更新世界的气候并同苏联保持友好关系的为数不多的美国国务活动家之列。莫斯科悬旗志哀。人人都在猜测新总统杜鲁门未来的作为。

4月17日我出席了在斯拉夫委员会举行的向铁托元帅致敬的晚宴。格·费·亚历山德罗夫①挨着我坐了下来,问我是否疲倦,对我在报纸方面的工作表示赞许。次日,我打开《真理报》,看见一行大字标题:"爱伦堡同志看得过于简单",文章的署名是格·亚历山德罗夫。(当然,我立刻明白了,亚历山德罗夫撰写此文并非出于自愿,而前一天他之所以未向我谈到这一点,则是因为他感到有点难为情;也许他因此才大事夸奖我的文章。)

格·费·亚历山德罗夫责备我没注意到德国人民的阶级区分,竟说在德国谁也不必投降,全体德国人都对罪恶的战争负有责任,最后还责备我把德国的师团从西方调往东方的原因说成是德国人对红军的恐惧,实际上这是挑拨离间,是希特勒的手腕,是企图在反希特勒联盟的参加者之间播下不信任的种子。

当然,要是我写的是一部时代的历史,我是不会谈起所有这些事情来的,但我现在写的是一本关于自己的一生的书,因而我就不能对那曾使我经历了许多困难时刻的事件保持缄默了。

我又一次犯了天真的毛病,而当时我已五十四岁了:我不能再以年轻、没有经验来为自己开脱;看来这种天真是我天性的一部分。我明白亚历山德罗夫的文章为什么出现:当时需要设法击破德国人的抵抗,这就得答应不惩罚希特勒的命令的普通执行者,还需要提醒盟国,说我们珍视联盟的团结。这两点我都同意——我同所有的人一样,也希望悲剧的最后一幕不要带来多余的牺牲,希望即将来临的战争的结束能成为真正的和平。使我不快的是另一点:为什么要把并不是我的思想硬加在我的头上,为什么为了使德国人放心就非得把我指责一通?现在,当那些天的苦痛早被遗忘,我才看到人们的用心都有自己的逻辑。戈培尔曾把我描绘成一个魔鬼,亚历山德罗夫的文章也可以成为一盘象棋中正确的一着。但我的天真却在于我认为人不是一枚木头做的小卒。

不用说,《红星报》转载了亚历山德罗夫的文章。主编像同一个蹲禁闭的战士似的同我作了一番严厉的谈话。大批信件从前线纷纷寄往编辑部,询问何以不见爱伦堡的文章;国外亦有人议论此事。有人建议我写一篇关

---

① 亚历山德罗夫(1908—1961),苏联哲学家。

于攻取柏林的战斗的文章。我知道，主编会把这篇文章送到中央委员会去给同一个格·费·亚历山德罗夫审阅，于是我宁肯自己来做这件事。我把给格奥尔吉·费奥多罗维奇的信的副本保留起来了："……另一个读者在读了您的文章以后会得出这样一个结论：似乎我号召灭绝德国人民。然而，不用说，我从未作过这种号召，这是法西斯德国的宣传对我的诬蔑。如果不用某种方式把这一误会解释清楚，我是一行也不能写的。正像您将看到的那样，我没有采取反驳的形式来解释这一误会，而只是引用我先前的一篇文章中的文字。我那作家的和无比厌恶种族论的国际主义者的良心在这里受到了损害……"我没有收到回信。

直到5月10日——胜利日的次日——《真理报》才刊登了我的《世界的黎明》一文。我已经明白，我得不到辩解的机会了，于是就在这篇文章中为那些具有记忆力的人们插进了几段不加引号的引文，这些引文都引自我的几篇旧文——谈复仇的感情同我们是格格不入的，当德国人民清除了法西斯主义以后，定能在太阳下找到自己的位置。

遗憾的是，格·亚历山德罗夫的文章并未对德国人发生应有的影响。他们在这篇文章发表之前很久早已军心涣散，然而还有一些有战斗力的师团在负隅顽抗。至于我们的盟国，则其中有一些在第一分钟里就惊慌起来了：俄国人当真无意把德国人拉到自己一边去吗？然而他们很快就放心了——他们明白，一条条血的河流不是一瓶墨水，一篇文章既不能改变苏联人民对希特勒匪徒的态度，也不能改变德国市民对共产主义的恐惧。当然，盟军的官兵对拉文斯布吕克或布痕瓦尔德的景象是如此震惊，致使法西斯的头目不用去考虑是否会得到饶恕，但是鲁尔的工业家、国防军的将军、第三帝国的大官、希特勒的党徒之流的人物并不是一眼就能看得出来的，那些急忙烧毁党证的人都明白，他们在什么地方能找到有势力的庇护者。

格·亚历山德罗夫的文章对我国前方战士产生的影响说不定倒是最为强烈的。我一生中从未收到过这么多的贺信。连街上素不相识的人们也都同我握手（老实说，我对这有些害怕，于是就尽可能少出去抛头露面）。

前方战士给我寄来一些表示安慰的礼物，现在我谈谈其中的一件。这是一支折断了的猎枪，它是列日市的军械匠们在共和历七年献给执政官波拿巴的。枪很漂亮，刻有共和国的组合字、年轻的拿破仑的浅浮雕像，还有用黑银绘在白银上的对英国的海战图。"海洋自由!"这一行题字使人想起了革命的法兰西反封锁的斗争。尽管我很喜欢这支枪,然而更使我高兴的却是那些在普鲁士的路上找到了这支枪并把它寄给我的士兵们的来信。信中对我在艰苦的时代写的文章说了些好话,洋溢着亲切、热爱之情。

苏里茨前来对我说:"您不必难过。这不是跟您作对,这不过是他的脾气。我知道他的作风……"一般来说,他是对的。我的文章有好几个礼拜不能发表,后来一切全被忘怀了,现在只有《士兵报》的复仇主义者们还记得格·亚历山德罗夫的文章。

但可叹的是,在战争的最后几个月里曾使我感到激动的那些问题却并未陈旧。希特勒的党羽们在1945年4月欢迎盟军战士的时候知道他们在干什么,——他们需要一只能在下面隐藏、喘一口气、等候风暴过去的羽翼,以待日后东山再起的时候重又大谈"赤色恐怖""保卫西方""德国的历史使命"。我的桌上有几份近日的报纸——上面有关于德国军队的演习、苏台德区德国人的示威、国防部部长施特劳斯的演说之类的消息。读来令人感到难受。回想起来也使人感到难受。车辁辘话可以不听。但我现在正在新耶路撒冷写作此书,旁边是早已青草丛生的兄弟的坟墓。今天是个晴朗的秋日,神气活现的孩子们正第一次走向重新修复的学校。我不能不想那等待着他们的东西。

25

4月底,苏联情报局的通报报道,乌克兰第一方面军在柏林西郊把爱德华·赫里欧①从德国的囚禁中解放出来了。两天后我接到电话:"赫里欧问您是否在莫斯科,他想看看您。"

赫里欧拥抱了我:"小伙子,这不容易啊!……"谈起他的经历来他激动得突然用"你"来称呼我了。

我是在20年代中期认识他的。我们不常见面——一次在瓦·萨·多夫加列夫斯基的大使馆,一次在下议院,一次在里昂,一次是激进党代表大会期间在马赛,在一起吃过两三次饭。他爱讲,我爱听;我觉得他对我颇有好感,但谈到友谊却未免可笑:我们相差二十岁,这使他可以把我叫做"小伙子",同时我们又生活在不同的世界里——对于总理、国会主席、里昂市长来说,文学是一种休息,而对于我来说,政治与其说是一种癖好或职业,毋宁说是兵役。

他有一副令人一见难忘的容貌:大脑袋、硬头发、凸出的前额、肥厚的两颊——所有这一切都像一个最怕把一块黏土弄平的现代派雕塑家的作品。但一双淡蓝色的眼睛却温柔地闪烁着。战前的漫画家们画的赫里欧都有一个硕大无比的肚子。他生于香槟,但在里昂生活了半个世纪,里昂以精美的馔肴闻名,而他也就嗜好美味,不管是否会影响自己的腰身。我发现他消瘦得十分厉害,上衣穿在身上显得非常宽松。尽管德国人对他比对普通的囚犯要好得多,可他来到莫斯科后还老是想吃。当他被请到苏联对外文化协

---

① 赫里欧(1872—1957),法国激进党领袖,多次任法国总理。

会的时候,他低声问我:"您说他们会给咱们吃点点心吗?……"

他微笑着告诉我他是怎样被红军战士解放的:"你们的一位军官和几名士兵走了进来。我喊道:'法国人!爱德华·赫里欧!'您想象得到,他知道我的名字,握着我的手,笑着用俄国人的腔调反复地说'赫里欧'……"(赫里欧在说自己的姓的时候竭力把重音放在第一个音节上。)他说,他看见人们惊慌失措的情形就明白了:结局很快就要到来——他不是被杀害就会被释放。"我被你们的人释放出来,这倒不坏——因为我的全部政治生涯都同法苏友好的思想联系在一起,您是知道这一点的……我正开始想自己的经历——应该把一切都安排得十分协调……"

他久久地叙述着他在法国毁灭之后的经历。他所说的许多事情我都知道,但我感兴趣的是赫里欧是怎么认识它们的。我看到,我认为他是上一世纪那个一直支持到第一次世界大战的法兰西的最鲜明的代表人物之一,我并未弄错。问题不仅在于年龄,也在于思想、性格、习惯。当然,作为一个政治活动家他是非输不可的——同他那落后的战略、过了时的武器、已不再适用的言辞一起输掉,但使我对他发生兴趣的却正是这些旧时代的残余。

好像是在第二天,他被请到苏联对外文化协会的一间小放映室去看一部战争纪录片。他赞叹地看着在德国的道路上挺进的我国坦克。后来银幕上出现了尸体、奥斯维辛的焚尸炉、准备运往德国去的一捆捆女人的头发。我向他译解说:"六吨女人头发。"——突然我看见赫里欧闭上了眼睛,泪水在他的脸上直流。我们走出放映室的时候,他说:"我先前不知道这个……看来我该死了——我什么也不懂……您知道我为什么热衷于政治吗?由于德雷福斯案件。我本来是个教员,曾幻想从事文学创作。突然来了这么一桩'案件'。一个人被错误地判了罪,仅仅因为他是一个犹太人,于是整个法国分裂了。我当时二十六岁,我喊叫得声嘶力竭。左拉、饶勒斯、安纳托尔·法朗士……拍来许多电报——列夫·托尔斯泰、维尔哈伦[①]、马克·吐温,所有的人都提出抗议……一个无辜者竟被送上了鬼岛!……您说说看,您可明白人类发生了什么事吗?我个人可什么也不明白。'六吨女人头发……'我知道,这是纳粹分子,德国人,可是要知道这是我们的同时代人,

---

① 维尔哈伦(1855—1916),比利时诗人。

邻居。他们有过贝多芬……"

他不爱德国人,说:"他们的狡诈最使我惊奇。甚至比他们的残酷还使我惊奇。我同斯特莱斯曼谈话的时候,他在一刻钟内对我撒了三次谎。他幻想着一件事——在短短的喘息时期之后捞回本钱、恢复'伟大的德意志'的领先地位。"但赫里欧对德国人的厌恶同种族主义或沙文主义无关:他非常喜爱德国古典音乐,帮助过反法西斯的德国流亡者。这事说起来可能使人惊异,甚至耸人听闻——对于一个经常处于20世纪中叶一个大国的政府首脑地位的人,像"履行诺言""拯救荣誉"这样一些十分陈腐的问题竟然还具有头等重要的意义。"必须偿还对美国的债务——因为我们已有言在先。""英国人容许重新武装德国——他们的诺言安在?""我们欺骗了捷克人,这玷污了法国的荣誉。""比利时国王,'骑士王'之子,干了一桩不体面的事:他没征求盟国的意见就投降了。""不能放下武器——我们同英国订了条约。"

在1940年7月的悲惨日子里,赫里欧支持把政府迁往阿尔及尔的方案,在那里可以组织抵抗。同时他又暴露了自己的全部弱点:他要求宣布他的里昂为不设防的城市。赫里欧一方面说贝当比德国人还狡诈,同时却依然吁求他的正义感。召开了一个国民大会:建议议员们放弃自己的地位并埋葬共和政体。第一次会议由赫里欧主持,他在自己的演讲中说:"正在经受巨大不幸的我国人民已在贝当元帅的周围团结起来,贝当元帅的英名博得了全民的景仰……"在向我谈到那个时候的时候,他承认:"这是我一生中最严重的错误之一。当然,我知道贝当憎恨共和政体,但我觉得他理解荣誉,而且也不敢向自由举起手来……"赫里欧没有反对投降。他对把全部政权转交给贝当采取了容忍态度。但他不能接受对那些前往阿尔及尔的议员提出的责难:"他们服从了职责、荣誉……"亲法西斯的议员们气势汹汹地打断了他的话,想到这件事的时候,赫里欧就对我说:"不折不扣的食人生番!……"(当一群显贵的无知之徒在德雷福斯案件期间跑到左拉的窗下起哄的时候,左拉也曾说过这句话。)1941年6月初,赫里欧曾请求贝当维护法国的尊严:行行好吧,德国人会剥夺阿尔萨斯和洛林的议员们把自己称作法兰西国会议员的权利!1942年8月,当德国似乎是不可战胜的时候,当它的军队进逼到伏尔加河、北高加索、埃及国境的时候,赫里欧作过三次演说:他援引海牙会议的决定抗议德国人枪毙人质;他为对法国的犹太人的迫害而愤怒;最后,当两个站在德国一边去俄国作战的叛徒被授予荣誉团勋章以后,他退还了自己的一枚同样的勋章。赫里欧被捕了,1944年秋被转交给希特勒分子,后者把他送到德国去了。

如果把这些互相矛盾的行径看作是一个显要的国务活动家的策略,那就只能令人摊开两手了。不错,赫里欧当然是激进党——它把南方的贫苦农民和大实业家、热爱和平的教师和自称是"青年激进党"的半法西斯分子一股脑儿搞在一起,是个成员极其复杂、组织极为松弛的政党,——的领袖之一,然而一个既勇敢无畏而又张皇失措、既知识渊博而又天真无邪的如此矛盾的人物能多年领导一个伟大的强国的政府,这毕竟是令人惊异的。但是如果想到赫里欧是在上个世纪成长起来的,想到他写过一些关于雷卡米耶夫人①、哲学家亚历山大的斐洛②、年轻的苏维埃共和国的书籍,想到他能在部长会议的两次会议之间的休息时间里同俄国作家谈谈笛卡儿或苏联青年的风尚问题,想到他每周都要在里昂的市政管理局亲自接见一切求见者,耐心倾听他们的申诉,想到他并不以结识了一些帝王和工业大王为荣,却以结识了高尔基和爱因斯坦为荣,那么他生平的许多事情也就会变得可以理解了。

第二次世界大战结束后,右派分子曾指责赫里欧结交"赤色分子",而左派则谈论他的忘恩负义:"他忘掉了苏联士兵释放他的时候他是怎么高兴得手舞足蹈的了。"赫里欧什么也没忘掉,只不过他仍旧是那个老样子——在政治上前后不一,同时对于自己依依不舍的事物又忠实不渝。1954年春我在里昂时曾去拜访过他。在谈论别的问题的时候我们谈到了苏联的艺术。我对他说,我认为法国政府对乌兰诺娃和莫斯科芭蕾舞剧团的其他演员的态度是可耻的:邀请他们前来作巡回演出,而又突然以印度支那事件为借口禁止他们登台。赫里欧侧耳谛听,然后走向书桌,就在这张书桌上给我写了一封信:"我借此机会告诉您我对芭蕾舞事件感到多么遗憾,以及我是如何谴责它的。厄运似乎正在竭力阻挠法俄的接近,这种接近是

---

① 法国19世纪初期著名的沙龙女主人。
② 亚历山大的斐洛(约公元前25—约公元50),犹太和希腊宗教哲学家。

作为一个老民主主义者的我热烈渴望的。我向您保证,大多数法国人在这个问题上是同我一致的。"他给了我一张便条:"您可以发表……"

以后不久,赫里欧的病情恶化了——他不能行动了。1954年8月,国民会议要批准关于"欧洲防务集团",说得简单些——关于法国同意重新武装西德的条约。赫里欧来到了议院的会场上,他不能登上讲台,便坐在圈椅里发言。他激烈地指责了法国的对外政策,说欧洲安全的保证在于法苏亲近,并向议员们提出了这样的警告:"你们可知道,亲爱的同事们,要是你们在战争的道路上寻找和平,那你们是找不到的。"

1956年在里昂举行了爱好和平组织的代表会议,讨论德国军国主义复活的危险。我们在赫里欧的办公室里开会。他的健康逐月恶化,但他还是想向我们致敬。他行走很困难,由别人搀扶着。他说,必须为和平斗争,波恩政府手中的武器是对全欧洲的威胁。他看上去很虚弱、衰老,但双目却仍像先前那样温柔地闪烁着,声音也很年轻、响亮。以后我没再见过他。

1945年在莫斯科时他曾想同苏联政界的一位领袖谈谈。当时同盟国之间的关系已很紧张。法国大使馆的全体人员均已更换。法国的外交官们对赫里欧说:"俄国人曾打听,您打算什么时候动身,——这比暗示更为明显……"看来有人想挑拨赫里欧同他的苏联朋友绝交。

当时他没有烟丝了。我找了很久,终于弄到了几包"金羊毛",便给赫里欧打了个电话,但我听到的回答是他"突然走了"。我旋即把烟丝寄去,不久便收到回信:"我在德黑兰收到了您的烟丝。我估计,它够我抽到我生命的末日了。我很抱歉,我不得不同您不辞而别,未能和您一同度过具有历史意义的胜利日,必须提前结束我在莫斯科的逗留。但我在晚上十点钟得到通知,说我必须在早晨四点钟起飞。"

他活到八十五岁高龄,死于第四共和国寿终正寝的前一年。他的好恶爱憎没有改变。他不喜欢军阀、教权主义者、普鲁士人、沙文主义者、排犹分子,不喜欢狡诈、轻歌舞剧和严格规定的饮食;而喜欢雅各宾党的传统、里昂、笛卡儿、俄国人、贝多芬、辞令、声誉和"波若列"酒。

1954年,有一次我在他那里做客,他突然谈起诗歌,说他年轻的时候怎么遇到了为补助金而四处奔走的年迈苍苍、变成了酒鬼的魏尔兰。"您喜爱维永,"他说,"可您是否知道16世纪里昂的女诗人路易斯·拉拜的诗?"

于是他就念了一段她的一首十四行诗的开头：

> 我活着而又即将死去，
> 我正在燃烧——将烧得干干净净，
> 我冻僵了，而且只能这样——
> 我在极端的苦闷中因幸福而哭泣，
> 生活对于我既轻松而又艰辛。

这几行诗可能是关于赫里欧的故事的最好的结尾。然而为了回到叙述的线索上来，我还要提到：5月2日他曾对我说："不久我就要为得到的胜利而同您、同所有的俄国朋友碰杯了。"但他却在胜利的前夜被装上了飞机。

26

我清楚地记得战争的最后几天。由于亚历山德罗夫的文章,我未能前往柏林。我坐在收音机前收听伦敦、巴黎、布拉柴维尔的广播:等待结局。

战争的开始几乎总很突然,而结束得却很迟缓:结局已很明显,但人们却还在不断牺牲。

在4月间我曾写道:"在德国谁也不必投降……"第三帝国的覆灭同它的生存一样惨无人道。现在既没有基尔的海员,甚至也没有巴敦的马克斯亲王。哪怕是在最后一分钟里起来反对纳粹头目的团队和城市也都一个也找不到。后来有一个爱说俏皮话的德国人说,红色的窗帘到处都完整无恙,但床单却没有了——一块块白布从所有的窗户里爬了出来。盟军现在推进神速:德国的城市一个紧接一个纷纷投降。但在柏林战斗还在进行,不过市内的房屋也一个接着一个地投降。记得霍亨索伦帝国的老战士、被廉价的浪漫主义作品愚弄了的中学生、害怕报复的党卫军队员,还在从窗口和屋顶上向苏联战士射击。而法西斯的头目们则在防空洞里歇斯底里地叫嚷,或者更衣化装,悄悄地溜往西方。

5月1日,德国的无线电广播宣布希特勒像英雄那样在柏林牺牲。一两天后,伦敦广播说,元首同戈培尔一起自杀了。戈林和希姆莱失踪了。海军上将邓尼茨宣布他领导着新政府,但这个政府却难以组成——反对党在德国早已绝迹,但那些昨天还在支持希特勒的人们对瑞士护照的期望却比对部长职位的期望更为殷切。

5月7日晚我收听到布拉柴维尔的广播:邓尼茨和德军司令部的代表在兰斯签署了投降书;代表苏联在文件上签字的是上校……这个消息我听

了三遍,但还是没搞清楚是哪一位上校——广播员说不清楚俄国人的名字(原来这是我知道的苏斯洛帕罗夫上校——他曾任驻法武官)。布拉柴维尔的广播还说,5月8日已被宣布为一个节日。我激动无比,给编辑部打了一个电话,人们对我说,不可轻信谣言,这可能是挑拨——企图单独媾和,无论如何军事行动还在继续。

5月8日,伦敦、巴黎广播了人群的欢呼声、歌声、对游行的描述、丘吉尔的演说。傍晚鸣了两次礼炮——庆祝德累斯顿和捷克斯洛伐克的几个城市的解放。但电话从下午两点却一直没有停过——朋友们和熟人们问道:"您什么也没听到吗?"——或者神秘地叮咛道:"别关收音机……"而莫斯科的无线电广播却叙述着利巴瓦的争夺战、一笔新的贷款顺利签字、旧金山会议。

直到深夜,终于广播了德国在柏林签字投降的消息。似乎是夜里两点。我看看窗外——几乎到处的窗户都是亮的,人们没有睡觉。

人们开始走到楼梯上来,有些人没穿外衣——他们是被邻居唤醒的。大家互相拥抱。有人在大声哭泣。清晨四点钟,高尔基大街上已经有很多人了:他们站在房屋旁边,或者往下走——到红场去。在一连几天的大雨停止以后,天空万里无云,太阳给城市带来了暖意。

我们那么盼望的一天就这样来临了。我走着,而且不再去想我曾是一粒被风扬起的沙土了。这是不平凡的一天,它的欢乐和它的悲伤都很不平凡:很难把它描写出来——什么事都没有发生,但任何一张脸孔、遇见的人的任何一句话、一切的一切都充满了意义。

一位中年妇女拿着一个穿军服的青年的一张照片给所有的人看,说这是她的儿子,他是去年秋天牺牲的,她一面哭,一面笑。姑娘们手挽手地唱着歌。一个女人带着一个男孩子同我并肩走着,男孩子一直不停地说:"这是个少校。乌拉!上尉,二级卫国勋章。乌拉!……"那个女人有一张可爱的、憔悴不堪的脸,突然我想起了,在战争初期曾有一个女人带着儿子坐在受难周林荫道上,儿子在淘气,而她在哭泣。我觉得,这就是她;也许她们根本毫无相似之处,不过是两个面孔合而为一了。一个小姑娘塞给一名海员一小束雪花,他想拥抱她,她扑哧一笑就跑掉了。一个老头子大声说:"死者永垂不朽!"一位扶着两根拐杖的少校把一只手举向帽檐,而老头子就叙述道:"老婆求我:'你说吧。'她受凉了,躺着呢……近卫军准尉别列佐夫斯基。曾得到斯大林同志两次亲自嘉奖……"有人说:"现在就快回来了……"老头子摇着头:"他已英勇牺牲了,4月18日,指挥员写了一封信……老婆求我:'你说呀……'"

我说过,有很多悲痛:所有的人都想念死者。我想着鲍里斯·马特维耶维奇,我觉得,在我们读海明威的长篇小说的那个夜里,他本想说些什么,但我们很匆忙,于是就没能谈下去;我想到我们毗邻而居,但我却很少同他交谈,这就是说,我们的话虽然很多,但都是谈别的事情——没谈主要问题。我想到善良的叶尼亚·彼得罗夫,想起他曾笑着说:"战争结束以后,我要写一部长达七卷的优秀的长篇小说,描写公安部三级政委尤斯季安·因诺肯季耶维奇·普罗卡金-斯图卡尔的英雄气概。"我想起了他曾劝我穿一件暖和的内衣:"您不是纨绔子弟,莫扎伊斯克也不是尼斯……"我想起了《红星报》的同事们,年轻的诗人米哈伊尔·库利奇茨基、帕维尔·科甘、塔秦的部下、切尔尼亚霍夫斯基、《旗帜》的尤里·谢夫鲁克、曾在勒热夫城下向我朗读自己的诗作的驭手米沙。勒热夫不知何故老是矗立在我的眼前,雨,两所房屋——"上校"和"中校",似乎后来卡斯托尔纳亚、维尔纽斯和埃尔平都不曾有过。老是勒热夫、勒热夫……

在我国,每当夜晚人们围桌团聚的时候,似乎找不到一张桌子是没有空位子的。后来特瓦尔多夫斯基写到过这一点:

　　……在雷鸣般的炮声中,我们第一次
　　同所有在战争中牺牲的人们告别,
　　犹如生者与死者诀别。

少年们白天在红场上作乐,他们的欢乐感染了别人。怎能不高兴呢:结束了啊!人们把军人抬起来向上抛。一位军官提出抗议:"干吗要抛我?……"回答他的是一片"乌拉"的喊声。几个军人认出了我,有谁喊了一声:"爱伦堡!"于是我也被抬起来向上抛。被人不停地向上抛是颇不愉快的,主要是不好意思:我说"够啦",但这只能刺激那些战士,于是我被抛得更高了。

"结束了!"——我向柳芭、伊琳娜、萨维奇夫妇、熟人们、生人们反复地这样说。我对战争的痛恨是难以形容的。在人类所有的创举——有时是残酷的和轻率的——之中,最为罪大恶极的就是战争。没有什么理由可为战争辩护,说什么战争是人们的天性或培养勇敢精神的学校之类的任何言论,任何吉卜林和以吉卜林为师的人物,任何"篝火边的男人们的谈话"的浪漫情调,都不能掩盖大规模屠杀的恐怖、被灭绝的家族的遭遇。

晚上广播了斯大林的演说。他说得简短、坚定:声音里感觉不到任何激动,同时也不像1941年7月3日那样把我们称作"兄弟姊妹们",而是称作"男女同胞们"。前所未闻的礼炮轰鸣——千门大炮齐放,玻璃窗为之震动;但我却想着斯大林的演说。他的演说缺乏亲切感,这使我不快,但并不使我惊奇。他是大元帅、胜利者。他何必要动感情呢?倾听他的演说的人们虔敬地叫道:"斯大林万岁!"这也早已不再使我惊奇,有这么一些人,他们有欢乐,也有痛苦,而在他们之上的某处——有一个斯大林,我对这种情况已经习惯了。一年有两次能远远地看到他,他站在陵墓的观礼台上。他希望人类向前进。他引导着人们,决定他们的命运。我自己描写过胜利者的斯大林,我想着那些相信这个人的士兵们、游击队员们或人质们、以"斯大林万岁!"这几个字结束的绝笔信。在回想起5月9日之夜的时候,我本可以把别的一些正确得多的思想说成是自己的——因为我记得戈列夫、施特恩、斯穆什克维奇、帕夫洛夫的遭遇,我知道他们并非叛徒,而是最正直和最纯洁的人,知道对他们、对别的一些红军指挥官、对工程师们、对知识界的镇压使我国人民付出了很高的代价。但是我要坦白地说:在那个晚上我没有想到这一点。在斯大林说出的(说得更确切些:不容反驳地说出的)话里,一切都是令人信服的,而千门大炮齐射的声音听来也犹如"阿门"。

大概所有的人在那一天都感觉到了:这又是一条界线,也许是最重要的一条——有的结束了,有的刚开始。我知道,战后的新生活将是艰苦的——国家百孔千疮而又贫困,年轻有力的、可能还是最优秀的人们在战争中牺牲了;但我也知道我国人民是怎样成长起来的,记得我在避弹所和窑洞里听到过不止一次的那些关于未来的英明而高尚的言论。如果那个晚上有人告诉我说,将来会发生列宁格勒案件、判决一群医生有罪——总之是十年后在第二十次代表大会上被揭发和谴责的一切,我就会把他当成疯子。不,我不是先知。

从4月中旬开始,我有了空闲时间,对未来想了很多。有时候我充满了惊惶之感。虽然在战争的最后几周中有关同盟国之间的纠纷的消息已从我国的报纸上消失,但我明白,真正的一致是不存在的,将来也未必会有。美国人和英国人谈到佛朗哥、萨拉查的时候语气温和得使我惊奇。我担心西方盟国将设法得到这么一种和平,在这种和平的条件下德国军阀能很快站立起来。在我的拍纸簿里记载着法国无线电广播的一段广播节目——同一个投降了美国人的德国将军的谈话。他曾在大本营受到殷勤的款待,在回答记者们的问题时他说:"希特勒打击西方,犯了不可饶恕的错误,我们为此得到了报应。我希望你们的政府将来的行动能明智一些,因为十年以后你们在反对俄国人的战争中将不得不依赖德国。"采访员气愤地补充道,这一类声明只能引起轻蔑的微笑。我听的时候却并未微笑。无线电广播报道说,美国人正在同海军上将邓尼茨谈判,后者终于找到了各部部长并在接近丹麦边境的小城弗伦斯堡定居下来。所有的人都向斯大林祝贺、颂扬红军,但心里依然感到不安。

战后我们将会怎么样呢?我对这一点想得很多。需要新的教育方法——不是呵斥,不是读死书,不是搞运动,而是鼓励,需要在青年中激发善的因素,信任,能烧毁对同志、邻人的遭遇的漠不关心态度的火焰。主要的是——斯大林现在将做什么?伊琳娜在3月份受《红星报》之托去敖德萨——那里正在遣返被红军解放的英国人、法国人、比利时人。当时有一艘载运我国战俘的运输船刚从马赛驶抵敖德萨,战俘中有些人曾从俘虏营中逃跑,有些人曾在法国的游击队中战斗。伊琳娜说,他们受到的接待就像是罪犯,他们被隔离起来,据说要把他们送到集中营去。我曾在几分钟内问我自己:1937年是否会重演?但我又一次上了逻辑的当,我对自己说:在1937年是出于对法西斯德国的恐惧才向自己人开火。现在法西斯主义被粉碎了,红军显示了自己的威力。人民已饱经忧患……过去的事不会重演。我又一次把自己的愿望当成了现实,并把逻辑当成了历史学校的必修课了。

我现在谈到这一点是因为我想明白,何以我在那个不寻常的日子的深夜写了一首题为《胜利》的诗。这首诗不长,我把它完整地写在这里:

诗人曾为他们哀悼,

他们彼此等了很久,

但一旦相见,却互不相识——
只有在天上才不再有痛苦。
但他们不在天堂,而在辽阔的尘世,
在那里你每走一步,都只有痛苦,痛苦,痛苦,
我曾像等待情人那样等待她,
我曾像了解自己那样了解她,
我曾在鲜血、泥泞、悲伤中呼唤她。
时候到了——战争结束啦。
我向家中走去。她迎面走来。
但我们却互不相识啦。

亚·亚·法捷耶夫有一次曾问我,这首诗是什么时候写的。我回答说,在胜利日。他很惊奇,"为什么?"我老实承认道:"我不知道。"即使现在回想起那一天来,我依然不解,我所看到的望眼欲穿的胜利何以恰恰是这个模样。大概诗人的天性感觉比较敏锐,也比较深刻;在这首诗中我不曾企图做一个合乎逻辑的人,我没有安慰自己,而是表达了隐藏在内心深处的疑虑和不安。

我现在力求尽可能精确地再现那个遥远的一天。我把我已写下的文字重读了一遍,于是突然感到不好意思:读者可能认为我当时只是高谈阔论、忐忑不安。但我其实是同所有的人一同欢乐、微笑、祝贺。胜利了!我记起了马德里之夜、巴黎街道上的党卫军队员、基辅。我的天啊,多么幸福啊!无论如何,一个新时代开始了。我国人民显示了自己的威力——虽然没作好准备,遭到了突然袭击,但他们没有投降,在莫斯科城下、在伏尔加河上死守着阵地,面向着侵略者,蜂拥而上。我想起了《基督教科学箴言报》上的一篇文章:"下一个时代也许会被称为'俄罗斯世纪'……"

这一切都是对未来的思虑。而现在我想从另一方面来结束5月9日的故事:这是所有的人特别亲近的一天,这种亲近不仅表现在素不相识的人们在街上接吻,也表现在微笑里、眼睛里、一种在夜间笼罩着城市的同情和温情之雾里。

战争的最后一天……我从来没有感受过同别人之间有像在战争年代那样的联系。有些作家当时写了一些优秀的长篇小说、中篇小说、长诗。而我

在那几年里又留下了什么呢？几千篇如今只有极为认真的历史学家才会把它们读完的彼此雷同的文章，以及几十首短诗罢了。但我最为珍视那几年：我曾同所有的人一起悲痛、沮丧、憎恨、热爱。我对人们有了比在漫长的数十年间更为清楚的了解，我更为深挚地爱上了他们——他们遭遇了那么多的不幸，而又有那么雄厚的精神力量，他们曾那样同亲人分别，而又那样沉着。

这一点我在那天夜里也曾想过，当时焰火已经熄灭，歌声已经沉寂，女人们把头埋在枕头里哭泣，怕惊醒了邻居，——我想着痛苦、勇气、爱情、忠诚。

第 六 部

冯南江 译

1

我以1945年5月作为本书第五部的结尾,我不知道这样做是否正确,因为我将在最后一部里叙述的一切开始于一年之后。

而1945年的事件和感受仍与战争紧密相连。在波茨坦会议上,在于伦敦和莫斯科举行的外交部部长们的会晤中,我国的外交官们同盎格鲁-撒克逊人争论,但结果仍作出了妥协性的决定。热情洋溢的电报和勋章的交换仍在继续。对希特勒分子及其同谋者的审讯正在各地进行,检察官们看到自己最忙碌的时刻来到了。赖伐尔和吉斯林①被审讯和处决了。对贝尔森的刽子手们的审判延续了很久。在比利时、荷兰、意大利、南斯拉夫、波兰和我国,不论哪一天都要刊登控诉书。审判了老态龙钟的贝当,这是可以理解的——他在法兰西的毁灭中起了十分显著的作用。就连挪威作家克努特·汉姆生(我年轻时曾读得入迷的几部出色的长篇小说的作者)也被审讯了,尽管他已八十五岁,并且多半是出于老年的糊涂才赞扬希特勒的。

惊恐万状的佛朗哥还在东奔西跑。日本还在抵抗。我还记得我读了关于原子弹的消息的那一天。即使我们经历过的灾难也不能根本消除一切人类的情感,不料却发生了一桩使我们距离有关良心和精神进步的习以为常的概念无限遥远的事件。而我却依旧相信曾被一个四年级的中学生摘录下来的柯罗连科的话:"人为幸福而生,正像鸟为飞翔而生。"想不出有比广岛更为震耳的对19世纪的反驳了。

已经超过服兵役年龄的人们不知何故立刻感到疲倦万分。当战争还在

---

① 吉斯林(1887—1945),挪威法西斯头子。

进行的时候,他们支持住了,一旦松弛下来——许多人却卧病不起了,血管梗塞、高血压、中风,黑框的悼文不时可见。

7月里,满载复员军人的第一批列车向东驶去。士兵们回到了被炸弹摧毁的城市和烧毁了的乡村。他们想休息,而生活却不允许。我重又看见了我国人民的精神力量——生活艰难,许多人食不果腹,干力不胜任的工作,但依然没有气馁。

在大学和专科学校的教室里,从伏尔加河一直走到易北河的三十多岁的老战士们,同年纪轻轻的后生们并排而坐。其中的一个对我说:"不得不在半夜里死啃书本——忘啦,忘得一干二净!可我是上过学、拿到过文凭的……"我看着他,心里想:当然,困难,比他自己所感到的还要困难——因为他要第二次取得文凭,要度过第二个学生时代……我们十分清楚地记得我们的过去,而又竭力想着未来,推测着,幻想着——既默默自语,也大声说出让别人听见。

有许多各种各样的悲剧,这个说他丧失了技能,另一个埋怨不给他住处。一个年轻的中尉忧郁地一再地说:"原来他也叫别佳,就像是故意……"他回到故乡穆洛姆,看见妻子有个新丈夫,她为了不使他伤心就不写信,而这位新丈夫竟又是一个同名的人!中尉险些儿把他们两个给宰了,后来他们坐下来吃晚饭,把他送到车站。他决定到塔林去——他是在那里复员的,而半路上却来找我"倾吐积愫"了。

一位教授曾向我谈到那些长了小胡子的阴沉的一年级学生:"他们根本不再听话了……"我暗自冷笑了一下:要知道我也不再听话了。我早在1944年就开始构思一部长篇小说,但直到1946年1月才坐下来写作《暴风雨》——我很久都不能站在一旁观看战争。起初连我自己都不明白我出了什么事,后来我仔细观察别人,这才明白要摆脱战争不是那么容易的——我们都中了它的毒。

早先我曾幻想:战争结束后,我要休息休息,在森林里、草原上走走,然后坐下来写长篇小说。原来我是不能待在一个地方不动的。我开始了漫游。

6月底,我到了列宁格勒,从1941年6月以后我就没有去过那里。(我每次来到这个城市,它都使我震惊。在离开莫斯科——我爱莫斯科,我在那里度过了童年和少年时代——以后两眼得到了休息,列宁格勒的街道与大自然联系在一起,天与水都被囊括在城市的景色之内。)到处都可以看到恐怖岁月的遗迹,没有一所房屋不是残缺不全或伤痕斑斑的。有的地方还遗留着一些警告人们不要沿着街道的某侧行走以避免危险的字句。许多房屋都在树林里,干活的主要是妇女。人们开玩笑地谈论着"整容术"。然而使人伤心的不是房屋,而是人。我曾仔细观察人群:列宁格勒原来的居民多么少啊!多数是来自其他城镇和乡村的人们。经历过封锁的人们,一连几个钟头叙述着封锁的惨状,他们所说的都是众所周知的,但每一次都使人喉咙发紧。

7月9日发生了日食。人们站在街上观看。突然天昏地暗,寒风阵阵,群鸟乱飞。一个十岁上下的男孩子不以为然地说:"这算什么,不值一提!当德国人从乌鸦山上开炮的时候……"

旧书店里躺着一堆堆的珍本书——因营养不良而死去的列宁格勒市民的藏书。我拿了一本。售货员说:"恭喜。"可我却连高兴一下也不能。这是一本勃洛克的诗选,上面有写给一个我不知道的女人的题词。我直到现在也不知道,这是偶然留下的墨迹呢,抑或是勃洛克生活的一页;我不知道,战前这本书是在谁的手中——是诗人所熟识的那个年老的女人,是她的子女,或者是一个藏书家。这也许是一种盲目崇拜,但是瞥了一眼勃洛克的笔迹,我却回忆起了很久以前的彼得格勒、死者的阴影、一代人的历史。

我看见一张广告:"役犬和在封锁中幸免于难之犬展览"。在荣耀的座位上坐着被削去一只耳朵的牧羊犬吉那,一行题字说明它曾发现了五千枚地雷。狗儿忧伤地瞧着来客,大概是不明白人们何以要看它,——须知它做的只不过是人们所做的事儿,而且遭受的损失也很轻——只有一只耳朵。经历过封锁的狗仿佛有十五只——都是又小又瘦的非良种狗,牵着它们的女主人也是一些又小又瘦的老太婆,她们曾同自己心爱的狗儿分享一份不够吃的口粮。

(一位作家曾写信给我,说我在本书中写狗写得太多,这是"老爷们的怪癖"。在读他的信时,我不仅想起了卡什坦卡,也想起了列宁格勒的老太婆们。我再说一遍:我的书是对一个人——许多人之中的一个人的生活所作的极富于个人色彩的叙述。人们有同样的权利可以指责我,说我对绘画写得太多,而对音乐则写得少了;我往往想到巴黎而没提芝加哥,说了犹太人而没谈冰岛人。)

我在展览会上想起了两只列宁格勒的狮子狗——乌尔斯和库斯的故事,它们属于高尔基传的作者、"谢拉皮翁兄弟"之一的伊·亚·格鲁兹杰夫。在封锁开始的时候,格鲁兹杰夫的妻子拿来了面包——两天的口粮。穿堂里的电话响了,她忘掉了饥饿的狗儿,后来想了起来,赶紧跑回室内。狮子狗瞧着面包,口涎直滴:看来它们比许多人都更有自制力。伊利亚·亚历山德罗维奇在这之后不久便枪杀了乌尔斯,拿它的肉来喂库斯,库斯虽然保全了性命,但却变得多疑而忧郁了。我无意把我的爱好强加于任何人。可以不喜爱狗儿,但对于某些狗的故事却值得思索一番。

我曾在普希金诺的一所被破坏了的宫殿的四壁看到一些西班牙字句——"蓝色师团"的雇佣兵曾在此寻欢作乐。他们大概以为很快就将通过列宁格勒的街道……我突然发现自己一直在想着战争。安娜·阿赫马托娃曾这样描写皇村花园里的普希金:

　　这里曾躺着他的三角制帽
　　　　和一卷破烂的帕尔尼①的诗集……

在地下找到了普希金的雕像——它被埋藏起来了,三角制帽也在旁边被找到了。和平女神的雕像被推倒在地。因诺肯季·安年斯基描写过它,我也常常反复吟诵这些诗句:

　　啊,请把永恒给我,——我又将献出永恒
　　换取对屈辱和岁月的淡漠。

不,这种交换不能进行,这不仅因为我们并无永恒,而且还因为无论岁月或屈辱都是不可忘怀的。

彼得戈夫②的宫殿被破坏了,人们说:"我们要修好它。"我明白,将会有一个仿制品,一幢新的建筑物。德国人砍伐了三千株古树。

该城的保卫者——列宁格勒近卫军于7月8日入城。我站在基洛夫工

---

① 帕尔尼(1753—1814),法国诗人。

② 彼得宫城的旧称。

厂旁边。老工人们举杯款待战士。妇女们拿来了郊区荒地上的野花。一切都异常朴实而动人。

傍晚,列·亚·戈沃罗夫邀我去别墅。在美妙的白夜里我们在凉台上回忆战时的岁月。后来列昂尼德·亚历山德罗维奇谈起列宁格勒的美,并突然朗诵起来:

它蕴藏着多么大的力量!
这匹马性同烈火一样!
你往何处飞奔,高傲的马啊,
你要把铁蹄落在何方?

沉默了一会儿,他又说:"人民变聪明了,这是无疑的……"

有一次我们同一群作家坐在一起谈天说地。贝利亚被授予了元帅称号。奥·费·别尔戈利茨突然问我:"您是怎么想的:三七年是否会重演,也许现在这不会吧?"我答:"不,我看不会……"奥莉加·费奥多罗夫娜大笑起来:"可您的声音却是没有把握的……"

曾有一位姑娘前来找我,她说:"您大概将要描写战争。我在这里度过了整个封锁时期,当时我在工作,还写日记。请您读读,也许对您有用。用毕请还给我——这对我是个纪念……"夜里,我开始阅读这个小本子。记载都很简短:多少克的面包啦,多少度的严寒啦,瓦西里耶夫死啦,娜佳死啦,姐姐死啦……后来我的注意力被以下的记述吸引住了:"昨天读了一整夜《安娜·卡列宁娜》","通宵看《包法利夫人》……"姑娘来取自己的日记时,我问道:"您怎么竟能在夜里读书呢?没有灯哪。""当然,没有灯。我每天夜里回忆我在战前读过的那些书。这曾帮助我同死亡斗争……"我很少听到给我的影响有比这更为强烈的话,在国外,每当我竭力想说明是什么帮助我们坚持下来的时候,我曾多次引用这一段话。在这段话里不仅有对于艺术的力量的承认——其中也有对我国社会性格的证明。尤里·奥列沙写过一个剧本,女主人公编制了两份统计表:一份拿来登记她称之为革命的"罪行"的事件,另一份登记革命的"善行"。关于第一份统计表,人们近几年来说得不少,只是无论如何也不能把罪行算在革命的账上,罪行是由于违反了革命的原则才成为罪行的。至于"善行",则它们的确是同革命的本质联系在一起的。如果我没有记错,这个剧里的女主人公说道:革命把书籍和地球仪送到了牧人的手里。记日记的姑娘于1918年生于沃洛格达省的一个偏僻的农村,曾在师范学院学习,战争开始时当了卫生员。同苏维埃社会的本质相联系的,不仅是她能在封锁时期可怕的夜里回忆早先读过的那些最优秀的书籍,而且还有她对我的惊讶感到奇怪。对这个问题的认识日后在最艰难的时刻都一直支持着我。

我曾去找丽莎·波隆斯卡娅。她叙述了她撤退时在卡马河上的生活情况。她的儿子在军队里。我们谈论着战争、奥斯维辛、法兰西、未来。我同她在一起感到轻松,仿佛我们曾一同度过了漫长的岁月。突然我想起了动物园旁边那条巴黎的街道、海象夜里的叫声和诗歌课,于是不做声了。同自己的青年时代相见是痛苦的,特别是在心境不宁的当儿,在心软的时候试着取笑自己几句,柔情就同苦恼混在一起了。

我一回到莫斯科就立刻想走。举办过几次马雅可夫斯基晚会的帕·伊·劳特来了(在马雅可夫斯基的一首长诗里提到过他:"安静的犹太人帕维尔·伊里奇·劳特曾对我说……")。帕维尔·伊里奇建议举办晚会,问我想去哪里。我不知何故挑选了雅罗斯拉夫尔和科斯特罗马。轮船在平稳的运河里走了很久。人们谈论着一去不返的人们,比较各个城市里的集市,有的人饮酒、唱歌。我竭力要睡,但睡不着。

我喜欢科斯特罗马——巨大的广场、商场、烟草市场、伊帕季耶夫修道院。我还受到了殷勤的接待。省委书记邀我午餐。(劳特深受感动。)年轻的诗人们聚会朗诵自己的诗作。在博物馆里我看到了收藏的展品。在革命后的最初几年间,有些青年画家的油画从莫斯科送到外省的博物馆去了,这些画使我想起了当时莫斯科的街道——立体主义者、构成主义者、至上主义者。一幅静物画吸引了我的注意。原来这是科罗温[①]的一幅画稿。我感到奇怪,为什么不能把它挂在大厅里呢。经理惊讶得举起两手一拍:"您是怎么啦!这是印象派的影响,背离了现实主义。"

晚会后,一位退休的大尉走到我跟前,自我介绍说:"您的读者。"他微跛地在长长的街道上一步步地走着,"例如这样的事实您就可以描写。譬

[①] 科罗温(1858—1908),俄国画家。

如说,我从头到尾参加了这次战争,开始是在里沃夫,做侦察工作,四次负伤,最后一次是在布达佩斯城下,谁都没说过我是胆小鬼。不料昨天他却把我叫到市苏维埃去。他嚷了起来。我知道他是有过错的,他曾亲口告诉我说没有柏油纸,这就是说,没啥可忙的,但有什么可说的呢:他在你面前既是将军,也是元帅,又是上帝。总之,我成了胆小鬼。请您写明,为什么会这样。不过请您别提我的姓名——他会把我磨成粉的,请您最好连科斯特罗马也别写,只写人世的一桩趣事……"

在伊帕季耶夫修道院里,我久久地站在一个旧炉灶前面,在两株树下的一块瓷砖上写着这样一句话:"一个即将死去,另一个正在诞生。"这年夏天,我写了几首诗,都是写树木的。我回忆青年时代:

> 我忐忑不安而又没有信心地活着,
> 说的是不相干的废话,
> 但我还记得一棵大树,
> 墨色的枝叶衬以蔚蓝色的天空,
> 我还记得我喜爱的一个女人,
> 我不知道是不是力量不够,
> 但我曾迷信而羞涩地
> 抓住一只手但又把它松开。
> 一切都早已消失,
> 连屈辱也没有留下影踪,
> 只有那一棵大树,
> 仍照旧挺立在某处。

我描写勇敢精神:

> 曾有一株青草,像奴隶一样趴在地上,
> 一颗柔和的露珠闪闪发光,
> 一只燕子舍弃了屋顶,
> 飞向温暖的天庭。
> 大树啊,只有你
> 还在坚守自己的岗位——

你是一名受命掩护

自己的高地的士兵……

我谈到自己的生活,谈到我写了什么和想写什么:

……我曾同它们一起生活,我听过它们的故事,

可爱的栗树、橄榄和榆树啊。

那不是风景画,不是背景,也不是装饰,

树上有着命运和忠实。

我将离去——它们会留下来警戒,

我已开始讲话——它们会把话讲完。

我之所以写诗,想必是因为早年的激情还没有平息下来。这些诗曾刊登在《星》和《列宁格勒》两杂志上。但我重又长期同诗歌分手了。

我记不得在雅罗斯拉夫尔举行的晚会的情景了,但我在那儿看见了亚德维加。她像在考特贝尔那样温柔地微笑着。无话可说——我的青春在寻找我……

亚德维加在师范大学工作,女儿丹娘同她住在一起。丹娘有个未婚夫。我觉得,亚德维加的变化很小——声音和眼睛都是先前那个样子。女儿、未婚夫……我突然感到,人生有多么长啊。人们一天天地生活着,没有觉察岁月的流逝。老年的来临想必使所有的人都措手不及。

我们在堤岸上漫步,观看古代的教堂。一个管仓库的女人在抱怨命运:子女和丈夫都杳无音讯,又不给她养老金。大学生们问道:"日本很快就会投降吗?""的里亚斯特将属于谁——属于南斯拉夫还是属于意大利?""您对亚历山德罗夫的文章抱什么态度?""为什么没有一个作家写一部《战争与和平》?"旧货市场上出售糖块和房获的女上衣。可亚德维加却在一旁走着,就像四分之一个世纪以前在莫斯科那样。

回到莫斯科后,我立即到基辅去了。克列夏齐克没有了,但天竺葵却在石制的花瓶里开花,还有警察在指挥交通。我沿着大学街向高处走去——这里曾有一所我在其中诞生的房屋,如今只剩下一堆垃圾。我在第聂伯河畔坐了很久,战争、拉宾的铃声、横渡第聂伯河的情景,汇聚成漫无止境的一天的岁月,这一切重又出现在我的眼前。我想:我很快便将坐下来写书

了——这就是说,战争将在我的房间、头脑和心灵中逗留很久。我去找过狄青纳、巴让、戈洛瓦尼夫斯基、卡甘。我曾在波多拉河上一位军官那里坐了一个晚上,——他在街上叫住了我,说我们曾在明斯克附近相遇,便把我邀往他处,买了半升酒和一些香肠,接着久久地谈起了他的儿子们,说他们怎样长大、学习、参加战争,然而一去不回。"为什么被打死的是他们,而不是我呢?……妻子留在基辅。在娘子谷……"我离开他的时候已经很迟,接着在崎岖不平的街道上徘徊了很久。天已亮了。我沉思了片刻,突然发觉,我正站在一株栗子树旁谈话——不知是在同树谈还是在同自己谈。过了几个钟头我才走开。

在莫斯科曾有一位陌生人前来找我,他说:"请原谅我冒昧前来——您的电话很难打通。我是保加利亚共产党员科拉洛夫。"……我们那儿没有电梯,因而我想到的第一件事就是:他已年近七十,不知是怎么爬上来的?……但瓦西里·彼得罗维奇却微笑着,一支接着一支地抽烟。他说,他请求我去访问保加利亚,写写这个国家。"在西方也有人读您的作品……"我立刻同意了。

几天以后,格·费·亚历山德罗夫打了个电话给我,要我前去找他。他态度十分亲切,夸奖我的文章。"我们支持保加利亚朋友的请求……"我忽然想问,为什么在4月份他不回答我的信,但我立刻明白这是不必要的——他不会向我作任何解释。我只说,我想在访问了保加利亚之后前往南斯拉夫(这也是战争的继续,因为在所有被希特勒匪徒侵占的国家之中,南斯拉夫是最难以制服的)。格奥尔吉·费奥多罗维奇答道:"当然。"他问,近几个月来我在什么地方发表自己的诗作,尽管他对这个问题的了解当然不比我差。"在《真理报》和《消息报》上。"他劝我同《消息报》商定,定期给该报投寄特写:"您是《消息报》的老人啦……"不知为什么,我竟把我的想法说了出来:"当然。但我宁可当一只狗,也不愿做一只猫——我所习惯的不是职位,而是人。同我在《消息报》社共过事的人一个也不剩了……不过这没有关系,《消息报》就《消息报》吧……"亚历山德罗夫对于无须作任何解释感到高兴,紧紧地握了我的手。

在车厢一个双人包间的上铺,躺着一个衣着简陋的姑娘,她把一个极大的袋子枕在头下。当列车员劝她把身子盖上的时候,她嚷道:"决不!"第二天,在她知道我是什么人以后(记不得她是怎么知道的了,仿佛是隔壁包间里的一位军官曾呼唤我的姓氏),便同我攀谈起来。我听到了她的自白。我一下子就注意到了那个袋子里装着衣料。她要去乌克兰的一个小城,那儿住着她的母亲,她要在那里卖掉衣料,购买面粉、牛油。她是纺织学院的大学生,丈夫也是大学生——学语文。"他就会读书。可您知道我们的生活怎样?我不记得什么时候吃过一顿饱饭。我倒没有什么——我很结实,可他正患开放性肺结核,他需要增加营养。您不了解他,他是个不平常的……"年轻的女投机商突然变成了朱丽叶,傻乎乎地谈起自己的爱情来了。车票是她走后门弄到的。她的钱很少——只够雇搬运工人,袋子会在换车时被偷走的。我请她吃夹肉面包,她拒绝了。我把面包、香肠放在上铺上,接着便听见她大嚼起来了。她换车的时候是在夜里,分手时她说:"请别把我想得太坏,您是作家,应该明白……也许不必雇搬运工人?……"(两年后,在纺织学院的一次读者代表会上,一个女学生向我走来:"还记得吗?……"我立刻想起来了。"怎么样——搬运工人雇了吗?"她笑了:"没雇,我自己背到家的。")

隔壁包间里的那位军官带着一个八九岁的小姑娘。"我们是在巴拉诺维奇附近把她拾来的——父母亲被德国人杀害了。我负伤后在卫生营服务。她对我依依不舍。妻子来信说:'把她带来吧。'我的妻子有病,动了四次手术。没有孩子。战前我的收入相当多。我曾在一个坦克旅里作战,负伤后就到卫生营去了——一只手负了伤。不过这没有关系——我会安排好的。我们要活下去。可是没有孩子却很寂寞。要知道我已四十二啦……小姑娘很好。妻子很高兴……"小姑娘有点害羞,没有开口。

我在敖德萨街头徘徊了一阵,这地方令人伤心:一堆堆的废墟,人们都赤着脚,衣衫褴褛。这种不幸同敖德萨很不相称,她就像一个受尽委屈、衣服破烂、泪痕满面的时髦女郎。我被安置在一个虽然豪华但无人照管的房屋里过夜——在占领时期那里曾住过一个罗马尼亚的将军。宽敞的房间里漂亮的镶木地板已被烧焦:大概曾有人试图在地板上生火。在一张宽大而跛脚的卧床上面挂着一个被打碎了的威尼斯的枝形吊灯架。

我躺下后突然感到疲倦得要命。当然,夏季里应该休息,可我却不会休息。我想去看看一些陌生的国家。一系列群众大会、报告会即将开始。我将不得不用电话口述文稿。然后我要坐下来写长篇小说,而且可能重犯考虑不周的错误……

就像1932年在巴黎的科坦登街上那样,我开始责备自己。不过在巴黎时我是对自己的耽于冥想生气,对我待在生活的一旁生气,而现在我却责备自己轻蔑艺术,仓促草率,不愿深思熟虑。但是在新旧责难之间却有一种共同之处。我想起了两个月前写的诗:

> 我忐忑不安而又没有信心地活着,
> 说的是不相干的废话……

这确是真情,我的废话说得太多——而没有说那对于我是最重要的事情。从外表上看我非常阴沉,而内心却十分轻率。也许已到了好好想想的时候了……先前我觉得,老年的来临是轻易而自然的——热情渐渐消失,愿望渐渐减弱。看来就在那个敖德萨之夜,在打碎了的枝形吊灯架下,我第一次明白了,所有这些都是无稽之谈,正在枯竭的不是热情,而是力量。

翌日我飞往布加勒斯特,打算从那儿前往索非亚。飞机还是战时的样子——椅子是铁的。在黑海上空时飞机摆动不已,而我却在写笔记——关于军官和小姑娘,关于敖德萨,关于普希金诺,关于我自己的该死的轻率。飞机突然着陆了。(我又中断了自己的思索和写作!)我看见机场上有一大群人——欢迎同特特勒斯库一起从莫斯科回来的格罗查总理。

大使馆的秘书丹古洛夫和监察委员会的莱维少校走到我面前说,我应该逗留一些时日,看看布加勒斯特、罗马尼亚。说服我并不困难。少校把我领到旅馆去了。天气同盛暑一般酷热,市声喧哗,五光十色,于是我忘掉了深夜的沉思,贪婪地打量起陌生的人们来了。这是十七年前的事了,现在我深知我在敖德萨责骂自己是做对了。有些谚语并非胡扯,的确只有坟墓才能矫正驼背。①

---

① 意为禀性难移。

2

  我的担心是正确的:人物、城市、国家都一闪而过。要想真正了解一个国家,就得在那里住一些时候,结交几个朋友和对头,不仅要了解欢乐,也要了解不幸,甚至还得体验一下闲暇时的无聊。但摆在我面前的却是另一回事——在四个月内访问七个国家:罗马尼亚、保加利亚、南斯拉夫、阿尔巴尼亚、匈牙利、捷克斯洛伐克和德国。人们曾幻想过飞毯,现在地毯都按时刻表飞行,女服务员面带永远不变的那种微笑宣布:"我们将在九千米高空飞行,将给旅客们送上午餐……"但是我继续幻想着古老神话的一个标志——隐身帽。在保加利亚和南斯拉夫,我有时央求人们给我一个假日,或者像小学生那样溜掉,跑到画家的工作室去,在黑暗的小酒馆里同过去的游击队员们共饮李子酒,寻找我所喜爱的作家,然而不是在会上寻找,也不是在作协的会址寻找,而是去可以在那里谈谈心的幽静之处寻找。这是短暂的喘息机会。每天都得作报告或在群众大会上演说,发表谈话,参加官方的仪式,参观过去的或未来的宫殿,同部长们、军人们,甚至教士们共进午餐。我就像十年前那样在旅馆的房间里匆忙地为《消息报》撰稿,然而那时一切对于我都很新鲜,但如今我却常常怀着憎恶之感瞧着打字机的键盘。

  契诃夫在他还是安托沙·契洪杰的时候曾说,医学是他法定的妻子,而文学则是他的情妇。他学了很久医学,取得了执照,开过业。而我呢,在我还不到十六岁的时候就搞政治。后来呢?……后来这样的一个时代来到了:就像对千百万别的人那样,政治也找到了我的头上,而这不像吃醋的妻子的责备,却像母权制时代的女统治者的命令,她需要的不是爱情的自白,而是被杀死的野兽的皮。

这是战后的第一年,在民穷财尽、精疲力竭的欧洲的上空,笼罩着破晓前的云雾。据《圣经》所载,上帝在着手创造世界的时候,第一天把光明与黑暗分开,至于大地和深渊,他却拖到第二天才把它们分开。在1945年,还没有任何人决计劈开无论是国际关系中的还是个别国家内的反希特勒联盟。这大概是因为一部分人在玩扑克,另一些人则沉湎于幻想中了。从一旁看去是一派升平气象。在法国立宪会议的开幕式上,莫里斯·多列士也同戴高乐将军并排坐在政府席上。而在布加勒斯特附近的一所公园里,我曾看见年轻的米哈依国王,在此之前不久,他被授予了一枚苏联的"胜利"勋章。

两年以后,一切又各归各位了。1947年5月,共产党员部长被逐出了法国政府,同年11月,自由主义者特特勒斯库和右翼社会民主党人彼特雷斯库被赶出了罗马尼亚的政府机构。在罗马尼亚、保加利亚、匈牙利,我受到了作家之家的理发师所说的那些"要人和大亨"的接待。他们大多数很快就下台了——有的被囚禁,有的侨居国外,有的得到了一个俸多而清闲的职位,可以缅怀过去的黄金时代了。

我不仅会见了许多部长,也会见了罗马尼亚的地主、保加利亚的烟草出口商、霍尔瓦提的主教。让我简短地叙述一个故事。烟草的出口对于保加利亚具有头等重要的意义。在国家的南部培植一种叫作"杰贝尔"的最名贵的烟草,美国人把它掺进"弗吉尼亚"里。不料美国的烟草公司宣称,他们不能向保加利亚人购买"杰贝尔",因为保加利亚政府未被美国承认。在莫斯科外长会议上通过了一项建议:在保加利亚政府内增设两名代表未参加祖国战线的力量的部长。保加利亚人找到了这两名部长,不过就连他们也不合美国人的口味。"杰贝尔"卖不出去了。

幕后进行着1947年的预演。而舞台上则继续演出田园诗。照片上的贝尔纳斯定是挽着莫洛托夫的手。杜鲁门给斯大林拍发令人感动的电报。在贝尔格莱德的一次招待会上,一位英国将军把铁托元帅的牧羊犬恭维了足足一个钟头。在布加勒斯特,法国大使邀我去吃午饭,他请了许多罗马尼亚人,当然,我们为"永恒的友谊"干杯了。

我到过罗马尼亚的科舍伦尼村,同农民们谈过话,他们不知道他们对土地改革是否应该感到高兴,担心地主康斯坦丁内斯库会把土地夺回,而且还会鞭打侵夺别人财产的人。我曾去拜访一个地主,他待我殷勤,请我喝李子酒。当我谈到土地改革的时候,他彬彬有礼地说:"这事还不大明确……"我企图了解他盼望着什么。他固执地不予回答,却把谈话引向原子弹的可怕力量上去了。

在布达佩斯"布里斯托尔"旅馆附设的餐厅里可以吃到美味的大餐。一餐我就付了一万五千班格,而职员们的平均工资却只有十五万班格。我在那里看到了美国和英国的军官。有几张餐桌旁坐着一些投机商。一个匈牙利人已有了三分醉意,他走到美国人前面举起一杯葡萄酒高声说道:"为我们的第二次解放!……"

战争是难以忘怀的:它使人处处都会想到它。我在布达佩斯欣逢为第一座把佩斯和布达联结起来的桥梁的落成而举行的盛典。但优美的布达及其豪华而轻浮的巴洛克式建筑却像是稀奇古怪地堆积起来的废墟。我想起了沃龙涅什的匈牙利人,但胜利却使人得以用另一种眼光看待许多事物。使人特别痛心的是看到那些已无法重建的城市的废墟:布达、德累斯顿、纽伦堡。明斯克已重建起来了,但诺夫哥罗德的涅列季察救世主教堂里的壁画却不能恢复了。自然,对于无家可归的人来说最重要的是一个住处,但在过了一年或十年之后,他住进了新居,忘掉了饥饿与寒冷,他就要开始怀念美,但美却是任何计划也不能恢复的。我看到过普洛耶什特、索非亚、扎达尔、波德哥里察、费乌梅、尼什、科尔恰、布尔诺的废墟,后来又看到了一些德国城市的废墟。我的天啊,毁掉了的房屋是多么彼此雷同啊!只有聚精会神地去察看才能分辨:这是波德哥里察而非勒热夫,那是索非亚而非明斯克。

到处都有人在哀悼死者,死者的阴影继续生活在生者当中,在利克、黑山、斯洛伐克和保加利亚的杜普尼察,都有死者的阴影在徘徊。在南斯拉夫,一个女人叙述道,她有七个孩子,全都死了。我在布拉格获悉了我记得很清楚的万丘拉①被枪杀的细节,看见了提里济纳的死亡营。战前察尔纳果腊有四十万人,死去了八万五千人。

巴尔干和中欧遭受了浩劫。我曾在笔记簿上记下了可以在各国的商店里找到的东西:"烛台(没有蜡烛),乳酪罐(没有乳酪),纸花,香荚兰的粉末,保险柜,枝形吊灯架,红辣椒,皮鞋带(人们都穿着破鞋,我还遇到过赤

---

① 万丘拉(1891—1942),捷克作家,共产党员。

足的)。"在布达佩斯的街道上出售薄薄的南瓜片。一支香烟要卖二百五十班格。保加利亚没有牛奶。在人们还没有告诉我此事之前,我已从孩子们身上看出了这一点。察尔纳果腊人在挨饿,地方当局说,没有载重汽车——无法运面粉。阿尔巴尼亚士兵在检阅时赤足行进。到处都在无穷无尽地谈论购货券、"黑市"、神话般的物价。宽大的女用手提包成为最时髦的物品,里面可以收藏偶然买到的货物——一块肥皂,几个茄子,菊苣制的咖啡,用作饲料的芜菁。我在德国看见过一些用勋章上的缎带精巧地绲了个边的手提包(在我国叫作网兜子)——有人弄到了一批这种手提包,更主要的是发现了这种手提包的用途。

有些人生活在麻痹状态中,一上街就胆怯地东张西望,如果他们幻想什么的话,那也只是幻想战前的午餐。另一些人被群众大会、游行、唱歌的寒热症弄得发抖。在南斯拉夫城市里的广场上,年轻人直到更深夜半还在跳科洛舞。

在这次旅行刚开始的时候,我乘渡船渡过多瑙河来到了保加利亚的鲁赛城。我被举了起来并久久地被人们的手臂抬着:风气如此。老实说,这不比把你抬起来往上抛来得轻松。同样的情况在保加利亚的每个城市里都一再重演:对于青年们来说,这既是热情的流露,又是一种运动,他们围着广场奔跑十来次,不管怎么请求他们把我放到地上都无济于事。

在即将离开索非亚之前的一个晚上,我被带到剧院去看《歌颂者》,人们在幕间休息的时候宣布我要上台。站在那里的有艺术部部长迪莫·卡扎索夫、形形色色的官方人士、作家、身穿中世纪服装的男女歌手。部长授予我一枚圣亚历山大勋章,勋章应该挂在颈上,左侧还得增钉一枚大星。观众发狂了,而我却像一个初次登台的演员那样,险些儿由于张皇失措而掉进地道口里。在南斯拉夫的斯普利特,成千上万的人一定要同我握手。我想我会受不了的。我到达地拉那的时候是傍晚,经过一路上的坎坷和坑洼之后,走出汽车时已很疲倦——但我立即被推进了剧院的大厅。这天是11月7日,十月革命的周年纪念,剧院座无虚席。台上正在跳舞;一位舞蹈演员用我听不懂的语言说了些什么,大家便开始鼓掌、喊叫,我也鼓起掌来,后来发现,人们原来是在向我鼓掌,我已分辨不清,哪里是演员,哪里是部长,阿尔巴尼亚人具有南方人的气质。我觉得,这好像延续了无限之久。阿尔巴尼亚人在沃赫里德湖上隆重地把我转交给了马其顿人,于是又一个群众大会就立刻开始了。

我是第一次游历巴尔干国家。当然,在两个月内是难以分析五光十色的生活与陌生的习俗的,但我竭力观察各种人、了解彼此互不相同的国家的性格。

罗马尼亚的种种互相矛盾的现象使我惊奇。在布加勒斯特的中心还保存着昔日的漂亮外表,但在距首都二百公里的煤矿区瑞乌却有许多人像野兽一样住在洞穴里。不过即使在布加勒斯特市内也不乏互相对立的现象:迎着一位优雅的太太走来一个身穿土布衣服的赤足农妇,几头犍牛挡住了部长坐的一辆"卡迪拉克"牌轿车的去路。我看见过奢华的公寓和没有烟囱的茅舍。一位以学术和文艺的庇护者自居的财主曾邀我前往,请我吃了一顿精美的大餐,他说,在罗马尼亚,人们很熟悉洛特雷亚蒙、布莱顿、乔伊斯,而在农村里我却看到农民们用画十字代替签名。在七千名医生当中有四千名在首都工作,农民们像在古代那样死去。罗马尼亚常遭旱灾之害,1945年特别严重。农妇们一面啼哭,一面回忆着丈夫或儿子,她们不明白为什么要打仗,说道:"他被赶到俄国,后来就说他被打死了……"

我被那种温厚,有时是轻浮所吸引。在那还有玉米面粥和葡萄酒的地方,人们善于寻开心。我曾偶然碰上一次农村里的婚礼。一个年轻的女人按照习俗假哭一阵便去跳舞。拿来了一株吊着面包的新年松树。人们用绘着五颜六色的花彩的浅底木桶喝李子酒。小提琴手拉了个通宵。我摆脱了上流社会的招待会而得到了休息:人们只知道我是个俄国人,他们看见我无意夺取任何东西,而年老的主人则说:"出乎意料的客人是个吉兆……"

红军解放了许多国家,苏联人民表现了自我牺牲精神,前来帮助昨天的敌人。然而如今被称为"个人崇拜"的那个时期的风气却把许多人弄糊涂了。图多尔·阿尔盖齐是当时罗马尼亚最大的诗人。我读了他的诗的不大高明的法译本后,立刻明白了这是真正的诗歌。我在我的报告会上同他相识了。后来,我们曾经相见并进行了交谈。当时他六十五岁。极为复杂的精神状态并未妨碍他在人与人的关系中保持诚恳和朴实。在法西斯时代,他进过监狱和集中营。但人们却对他饷以白眼:"颓废派""西欧崇拜者""个人主义者"。他尊严地经受了不应受到的屈辱。1956年以后,许多事情发生了变化,就连阿尔盖齐的旧著也都开始再版了。当我数年前到达布加勒斯特的时候,我曾听到:"我们有一个像阿尔盖齐这样的诗人!……"

我认识了米哈伊尔·萨多维亚努,后来我们曾同赴保加利亚,进行长久的交谈,我爱上了他。他有一颗老狮子般的巨大的头,而心地却很善良,这是一个已经难以使其变得冷酷起来的人。他比我年长十岁,从精神上来说是在上个世纪里成熟的。真正的人民性和高度的技巧在他身上罕见地融为一体。他是个家喻户晓的人物,在 40 年代末的艰苦时期,这一点可能帮助了他。不懂艺术的人们,以及不喜欢他的人们在温和的萨多维亚努面前感到胆怯——他们突然想到,他是一位大作家。但萨多维亚努不是一位参加婚礼的将军,而是个艺术家,他连艺术中那些似乎同他格格不入的东西也爱。他很重视同他相距很远的阿尔盖齐,而且不能容忍那些专为报纸而写的响亮的诗;他喜爱真正的绘画,而看到那些似乎是描绘新罗马尼亚生活的巨幅油画则扭转头去。有一次他对我说:"我们是罪有应得——我们同千百万不识字的农民之间的距离太大了。当然,这些农民有很强的审美感,有幻想,有对美好事物的爱——像这样丰富的民间艺术似乎是任何地方都不曾有过的。但是农民一进城,就丧失了作为他的精神财富的审美标准。他喜爱庸俗的小人像、小市民的家具、眼睛带表情的照片、电影的插曲。可您听听那些真正的民歌,不是为演唱团加过工的那些民歌……艺术的第二次繁荣将在二三十年后到来,那时另一些具有另外的标准的人们将成长起来。可我并不是在发牢骚——教人们识字,为工人盖房子,人们开始吃得饱了,这都不错。我的意思是说,艺术的黄金时代也将来到……"萨多维亚努是"加强和平"奖金评奖委员会的成员。他每年都到莫斯科来,尽管在那个时期难以作推心置腹之谈,但我依然同萨多维亚努谈到了对于我们是亲切而珍贵的事情。他卧病很久,1961 年死于八十岁高龄。

我觉得保加利亚是个文明的、有文化的、质朴的和极其民主的国家。保加利亚人的性格含蓄——绝不"披肝沥胆",而是热情内藏。我几乎在每个村庄都看到过图书馆,农民们不仅读报,也读长篇小说,有的甚至读诗。

在索非亚车站上迎接我的是马特·查尔卡[①]的战友彼得洛夫将军,他

[①] 马特·查尔卡(1896—1937),匈牙利作家。本书第四部中有介绍。

就是国防部部长助理费迪南·科佐夫斯基,随他同来的还有一大群在西班牙作过战的保加利亚人。我立刻置身于老朋友们之中了。几天以后,我看到革命斗争的古老传统在保加利亚依然生气勃勃。在法西斯主义时期,游击队员们在战斗中牺牲;早在红军到来之前很久,战争就已经开始了。

我遇到了我在巴黎的作家代表大会上闻名的斯托扬诺夫。我同作家协会主席康斯坦丁诺夫成了朋友。尽管身居要职,他同我谈话却很坦率,他担心艺术中出现简单化和同一化的倾向。他的妹妹是位画家,热爱塞尚,她说,目前占上风的是学院派的画家。阿勃列施可夫和青年画家阿尔舍赫——帕斯金的侄子也都这样说。对伊利亚·贝什科夫①的喜爱使所有的人都接近起来,他对于害怕艺术的人们是有益的,因为他画内容通俗的漫画,他画得好,会喝酒,爱吹笛子,了解民歌、民间习俗和人民的幻想,他不去适应对谈者,而是让对谈者去适应艺术。

在老一代的作家当中,我记得埃林·彼林和他说的一段绝妙的话:"散文应该是严密的,但许多人写的散文却使你读来如在泥泞中行走,如果你没有陷下去,那仅仅因为你读了第一页就会知道最末一页写的是什么,这不是散文,而是报纸……"女诗人伊丽莎白·巴格良娜曾在一次晚会上朗读自己细腻而真诚的诗句。坐在我旁边的是一名被派去监督文艺界的官员,他说:"不错,但是对于我们今天来说也许过于主观。颇像你们的阿赫马托娃……"这是在 1945 年,而不是在 1946 年,因而我未同他争论。我同青年诗人穆拉敦·伊萨耶夫做了朋友。

我曾到波扬纳去看 13 世纪的壁画。艺术史家很久都没有觉察斯拉夫的文艺复兴,认为保加利亚和马其顿的绘画是拜占庭艺术。但波扬纳或沃赫里德的肖像画之不同于拜占庭艺术的抽象、刚健与合理,正如安德烈·鲁布廖夫的作品不同于他的老师费奥番·格列克的作品一样。鲁布廖夫看见过古希腊的花瓶,了解古希腊文学,在南部斯拉夫人的眼前就是古希腊罗马世界的纪念碑。拜占庭不是老师,而是邮差。

(在 40 年代末,当我们根据斯大林的指示提倡"独具一格"的时候,甚至曾想到过尤里·多尔戈鲁基大公②,却没有想到 15 世纪初的伟大画家安

---

① 贝什科夫(1901—1958),保加利亚画家。
② 尤里·多尔戈鲁基(约 1090—1157),基辅大公,莫斯科城的奠基人。

德烈·鲁布廖夫。)

后来我在沃赫里德湖畔,在普里累普和斯科普里的郊区看到了11至13世纪的壁画。这种绘画比在帕多瓦的乔托的壁画要早一二百年。可悲的是斯拉夫的文艺复兴只有黎明时期——土耳其人在14世纪末叶侵占了保加利亚和塞尔维亚。

南斯拉夫在那个秋季里感到了解放的骄傲。人们精神昂扬,兴高采烈,争论不已,他们不能不沉浸在内心的欢乐里,尽管遭受了牺牲、破坏和饥饿,这种欢乐却依然洋溢在人民当中。我看到的是一个独特的国家,或者更确切地说,是一个国家中的几个国家。怎能不爱上达尔马提亚的柔和的美、文艺复兴时代的宫殿、威尼斯的竞争者杜布罗夫尼克、以赭石色和淡黄色的山丘为背景的萨格勒布市玲珑剔透的巴洛克式公寓、清洁而盛装的卢布尔雅那这个克拉科夫和布拉格的亲戚,以及悲惨的黑山呢?现在我回忆我在南斯拉夫那些不通车的道路上旅行的一个月,就像在回忆充满了骄傲、痛苦和美的一个月一样。

在这样的国度里,造型艺术自然应该十分繁荣。我欣赏过卢巴尔达、塔尔塔利亚及其他画家的油画,常去画室参观。有时我觉得我是在我青年时代的巴黎。我在卢布尔雅那看见了版画家们的作品,在具有高度文化水平的斯洛文尼亚,书籍备受人们的关怀。

我早在保加利亚就认识了伊沃·安德里奇,我们不知何故立刻就互相了解了。他为人沉着,每当佐戈维奇同达维丘之间开始了永无休止的争论,他总是沉默不语,或者企图缓和争论的调子,抽着烟,面带微笑。他稳稳地站在地面上,也许还不是站在那个没有一天不发生重大历史事件的地面上,而是站在艺术的地面上;不是站在小桥上,而是站在山上。我和他只相差一岁,我总是怀着钦佩甚至嫉妒的心情想到我的这位同庚,他在最喧嚣的岁月里也是沉默和写作,写作和沉默。我在读了他的几部长篇小说以后,看见了我曾与之交谈过的那个安德里奇。国家关系不和的痛苦岁月来到了。1949年4月,我在巴黎和平代表大会上遇见了安德里奇,我们像朋友一样相见。后来我多年不曾看到他,但他总是利用机会托人转达对我的问候。

南斯拉夫的另一位大作家是克尔莱扎。我看到了一种熟悉的现象:人们尽可能不提到他。在萨格勒布,曾有几位当地的领导者在我耳边低低地说了些什么。如今克尔莱扎备受尊敬,而当时他的处境艰难。

在杜布罗夫尼克,当我站在山上的时候,一位穿着披风的中年人走到我的跟前:"不认识了吗?……"这是我青年时代的朋友,波兰作曲家罗戈夫斯基。在巴黎,后来在布鲁塞尔,我常同他相见。他是个浪漫主义者,而且始终不渝。命运把他带到了杜布罗夫尼克,他以赞美的口吻谈到这个城市,虽然他的生活甚为艰苦。

罗戈夫斯基告诉了我杜布罗夫尼克政府在 12 世纪通过的一项法律:每一个决定结婚的人都得种七十株橄榄树——橄榄树的寿命长达三四百年,——共和国的执政者认为应该为未来工作。后来我不止一次想起这项法律。

黑山是执拗、高傲和刚毅的典范,这使我惊奇。人们运来了不多的土铺在石头上,一块块小得可怜的田亩宛如土箱。黑山人把这个不毛之地保卫了许多世纪。每次出去打仗,他们都要吻吻家门。

在策蒂涅的一个黑暗的小旅店里,我的旅伴在夜间向我朗读彼得·涅戈什①的诗。当时我曾不加润饰地逐字记下了那些使我感动的诗句:

  这个世界甚至对于暴君也是暴君,
  对于高尚的胸怀它加倍地沉重。
  大海同海岸交战,酷暑同严寒搏斗,
  风同风厮打,野兽同野兽战斗,
  民族同民族混战,人同人苦斗……

我在汽车里颠簸着,一面反复吟咏痛苦的字句:战争显然不愿让我安宁。

在布拉迪斯拉发,后来又在布拉格,我遇见了一些老朋友,许多人在解放了的共和国里起着明显的作用。如今尚在人世的只有玛利亚·玛耶罗娃、霍夫迈斯特、拉佐·诺沃麦斯基和病入膏肓的雅罗斯拉夫·塞费尔特了,后者是一位卓越的诗人、忠实的朋友,我不久以前曾收到他的信。而当时我们还无忧无虑地缅怀往事——"旋覆花社"②和"人群",开玩笑,

---

 ① 彼得·涅戈什(1811 或 1813—1851),黑山的统治者和诗人。
 ② 捷克 20 世纪 20 年代革命运动中著名的文学团体。

喝酒……

我既在卡尔洛夫大学,也在嘈杂的群众大会上发表演说。我遇见了从集中营回来的布里安①,他立刻问我:"梅耶霍德怎么啦?"我回答:"不妙……"他谈到希特勒匪徒,谈到他新排的《罗米欧与朱丽叶》——我的头脑乱成了一团:拷打、胜利、莎士比亚、弗谢沃洛德·埃米利耶维奇。我去参观"人民剧院"的展览,看见了菲拉、施帕拉、吉希、弗沙列克的油画。有些人说:"形式主义。"奈兹瓦尔发火了:"这不是形式主义,这是革命!……"加拉斯苦笑着。塞费尔特默然不语。

我在出版社看到了刚刚出版的我的短篇小说集《停战之外》的译本。版本很漂亮,但插图却是那么"形式主义",致使我吃了一惊——感到生疏。人们告诉我说,译文和插图是在占领时期完成的。译者、画家和印刷工人都在书上署了名。

在格拉特举行了一次招待会,我看到了贝奈斯,他微笑着对我说:"您瞧,我们同斯洛伐克人达成了协议。也许这比别的许多事容易……"

我在布拉格看到过一个可怕的展览会。画家贝德里日赫·弗利特曾被希特勒匪徒关进了死亡营——提里济纳。他画了那些在劫难逃的人们。他死去了,但画却保存下来了——它们被埋藏在地下。在可怖的幽灵中间挂着一个四岁孩子的照片,这是被人们掩藏起来了的画家的儿子。

我们到死了十五万人的提里济纳去了,在潮湿的雪片飘舞下伫立良久。战争还在继续……

我迄今尚未说明我去匈牙利和捷克斯洛伐克的原因。我原拟从贝尔格莱德飞往莫斯科,不料从《消息报》来了一份电报:"请赴纽伦堡描述审讯战犯。"我立刻同意了——这一方面是因为想看看审判情况,另一方面也因为不想走上常规,不想在办公桌边坐下来动手写冗长的长篇小说。(我总是难于给书开一个头,一直寻找借口以便拖延下去,而当时在这种感情里还羼杂着另一种因素——我对平静的生活、四堵墙壁和专心致志的思考已感到生疏了。)

贝尔格莱德刮着阵阵寒风。我想到我正在向北走,时值隆冬腊月,但我

---

① 布里安(1904—1959),捷克导演、剧作家和作曲家。

穿的却还是夏装。军人们说,在布达佩斯可以用美金买到一切,而我从报社得到的外汇却不多。然而问题原来相当复杂。当我问商店老板是否有暖和的大衣时,他们讽刺地微笑着,也许他们认为我会取走衣服而不付钱。(我在餐厅里要过一瓶葡萄酒,侍者要我先付款。)但也可能真的没有衣服,因为他们向我兜售法国香水、精致的皮夹子,总之都是布达佩斯人没有它们也活得下去的那些东西。我在一个小铺子里说得渐渐兴奋起来,告诉了他们我是谁,说明我必须去纽伦堡出席审讯。商店老板原来是只白鸦———一个死里逃生的犹太人。他立刻说:"还剩下三个毛皮匠。要是伊利亚·爱伦堡要去纽伦堡,那我们就是死了也得给他找到一件大衣……"我们走遍了所有的作坊,处处都一无所有。小铺老板用匈牙利语对其他几个人说了些什么,大家一面做手势,一面喊叫。最后我问他们说些什么。"很简单,我们说,伊利亚·爱伦堡要去审判吸血鬼。他们杀死了他的全家。您可以在审判时说说这个。虽然死者的名单要念十年才念得完。他说,到处都没有大衣。这就是说,想必有一位部长有两件大衣,可是他一件也不会给您。那个人知道,有个匈牙利人藏了好些羊皮。他喜欢霍尔蒂①。他不喜欢我们,可他爱美金。我们要通宵干活。明天您会穿上一件非常讲究的短皮袄上路的。让他们瞧瞧,我们也会缝衣服。您一定要去说说,好把他们全给吊死。幸亏我的妻子在战争的第一年就死了,我也没有孩子,可他们杀害了我的兄弟跟他全家老小……"

短皮袄做好了。在布拉格,人们给了我一辆去纽伦堡的汽车。又是一条战争之路:废墟、军用汽车、哨兵。我们的车开得很慢——道路被堵塞了,美国部队从捷克西部撤下来了。

而我却在想法西斯主义给不幸的欧洲带来的灾难:它不仅破坏了城市、杀害了千百万人,还毒害了活下来的人们的意识。种族主义和民族主义流毒甚广。我想起了两个老头子———一个匈牙利人和一个罗马尼亚人如何打架,如何互相往对方的脸上吐痰;想起了意大利人在里耶卡如何骂斯洛文尼亚人,在离布达佩斯不远的一个德国村子里,农民们如何发誓要对"该死的匈牙利人"进行报复。在斯科普里,所有的街道都是编号的,就像这是纽

---

① 霍尔蒂(1868—1957),匈牙利法西斯独裁者。

约,但斯科普里却是个小城;街道的旧名最初是塞尔维亚文的,后来是保加利亚文的,而马其顿人则比较喜欢保持中立的数字。在布加勒斯特,在布达佩斯,那些幸免于难的犹太人谈到,他们不得不常常听这样的话:"喂,下流坯,希特勒把你们给漏掉了!……"我在苏台德区的德国人的袖子上看见白色的臂章——屈辱的标志,感到采取以牙还牙的手段对付法西斯主义是多么可怕。这是些不愉快的念头。向导告诉我占领时期的情况:"他们往你的心灵里吐痰……"

天黑了。四周是一堆堆德国城市的废墟。我们问美国人,离纽伦堡还远吗?谁也不知道。司机突然说道:"我们好像离开正路了……"车又往回开。我打起盹来。我梦见我在埃尔平。马上就要开始射击……果然,我被枪声惊醒了。司机骂道:"傻瓜——站在路上开枪……"一个美国兵愉快地说,距纽伦堡还有三英里。

你不能说一堆堆的废墟是个城市。"可我们往哪儿去呢?……"我考虑到:已是夜里,谁也找不到的……我们驶往美国警备司令部去了。我问一位军官,这儿的俄国记者在什么地方。他说不知道,要等少校回来。"可您是俄国人吗?……"他微微一笑,"你们打得真凶。"——于是把一包香烟在手心里一扔,就把它给了我。士兵们来往不绝。我问那位军官,我们是否还得等很久,他照旧微笑着答道:"少校马上就到……"我和一个捷克人抽完了半包烟。最后终于忍不住了,想睡了。我们站了起来。美国人又微微一笑:"少校稍稍迟了一会儿……不过我立刻就会把你们安排好。"他叫来一个在角落里打盹的士兵,"把他们带到旅馆去。不过马上就得回来——少校很快就要来的……"士兵打了个哈欠,对我们说:"走吧!可少校是不会来的,他在旅馆里——正在酒吧间喝威士忌呢。我出席过审讯,戈林很胖,但总的来说没啥意思。有意思的是另一桩事——究竟什么时候才能把我打发回家?……这就是旅馆。照规矩我是不能进去的。我要去等少校……"

3

在纽伦堡的"大饭店"大厅里聚集着外国记者、法院鉴定人、美国军官。酒吧间里供应着鸡尾酒,一位袒胸露臂的女歌手唱着美国的小调(听得出德国口音),人们在跳舞。酒吧间是有了,可屋顶却没有,楼梯也还没有修好。给了我一间在三层楼上的房间,我有时从绳梯上爬上去,有时从木板上走上去。

纽伦堡的旧市区几乎被彻底破坏。堆满垃圾和碎瓦的街道在晚上就像死的一般。我起床很早,看见了一些小学生和挎着小筐子的妇女;一个戴着绿帽的中年男人在卖报纸、城市的平面图和旧明信片;一辆电车驶过;城市还在生活,但却是一种虚幻的、惘然若失的生活。在一座幸存的工厂里制造着印有"纪念国际法庭"字样的烟盒:美国兵酷爱纪念品。

似乎在任何地方都从来不曾有过如此之多来自世界各国的记者,他们大部分住在城外铅笔大王法贝尔的领地上。而我却留在"大饭店"并学会了很快地爬上楼去。所有的人都在法庭附设的食堂里进餐,每人拿一个托盘,我们从十几个美国兵身边走过,他们就像熟练的走钢丝演员那样倒着菜汤、咖啡,扔着马铃薯和一块块面包。

法庭在区法院的大楼里开庭,墙上有一幅壁画——亚当、夏娃、蛇。设置了日光灯、供翻译和电影摄影师使用的小屋,但走廊里的暖气装置却不起作用。下着雪,所有的人都咳嗽、打喷嚏。

我不知何故开始想道:我同纽伦堡有什么联系呢?首先是蜜糖饼干:当我们还住在哈莫夫尼切斯基工厂里的时候,曾有人从纽伦堡给父亲带来了一些布满彩色的糖点和扁桃仁的圆形的、美丽的蜜糖饼干。我年轻的时候到过纽伦堡,当时我囊空如洗,一天只吃一餐,一餐只有两根小灌肠加土豆泥,但这并不妨碍我从早到晚观光名胜古迹。丢勒①以其精确和残忍使我害怕,但我刻板地训练自己——一连几个钟头站在那里观看,甚至读完了他的书。旅行者可以看到古塔"铁姑娘",看守人有条不紊地描述着人们被拷打和处死的情形。在那个时期,我醉心于象征派,并记住了索洛古勃的诗句:

  但我在年轻时抛弃了

  严格的科学之路,

  沿着自由的道路

  我来到了纽伦堡……

  谁知道,在刽子手的艺术里

  有多少苦恼,

  若是双手根本不拿沉重的利剑

  那该有多好……

又过了二十五年。我坐在巴黎的一个小小的电影院里。周围的双双情侣在起劲地接吻。感伤的影片映完后是纪录片。在纽伦堡举行的阅兵式。正方形的队伍在行进,士兵们把脚高高地往上踢,蜘蛛似的卐字在风中打战,元首痉挛地做着手势。我觉得不自在起来,便走出了大厅。而现在我又在纽伦堡了……

是的,我是置身于我在1942年夏所幻想的那个正义事业的光荣结局中了。我贪婪地仔细打量被告,似乎在寻找过去的那场悲剧的谜底。戈林在向一位漂亮的女速记员微笑,赫斯在看书,施特里赫在嚼夹肉面包。而这时人们却正在阅读文件:在拷问室里被杀害了三十万,六十万,六百万……

从戈林的衣着上可以看出他瘦了,但他的模样依旧很胖:他的脸上有一种女人的特征,戴的耳机像是一条头巾。他老是在写,常把字条交给自己的律师。突然他注意地朝我的方向看了一看,同身边的人低语了一阵——所有的人开始朝我看来。我以为是身后发生了什么事,便回头瞧了一眼,但库

---

① 丢勒(1471—1528),文艺复兴时代的德国画家。

1147

克雷尼克塞却像往常那样坐在那里画画。后来有一名卫兵告诉我说,戈林认出了我。原来他们就像我观察他们那样在观察我呢。

唯一出乎意料的事件也许是发生在被希特勒分子称之为"党的良心"的那个人物,即赫斯的身上。在审讯开始的时候,他说他什么都不记得。辩护人咬定被告有健忘症,整个会议都被鉴定医师们的报告占去了。但是赫斯要求发言,他声称他装病是出于策略的考虑。结果很荒唐。但我如今回忆所有的会议却像一场漫长的噩梦。

在放映关于死亡营的影片时,沙赫特转过身去背朝银幕——他不想看;别的人看了,而弗兰克则哭了,并用手帕擦着眼睛。这事听来令人难以置信,但我却亲眼看到了这件事:弗兰克(就是他曾经写道,在他去波兰的时候,那里有三百五十万犹太人,而到1944年却只剩十万了)在银幕上看到他在现实生活中看到过许多次的情形竟哽咽起来了。也许他是哭自己——他懂得什么在等着他?

原告们叙说着令人发指的罪行。侵犯各国的计划都有暗定的名称:并吞奥地利——"奥托计划",侵占捷克斯洛伐克——"绿色计划",侵占南斯拉夫——"玛利塔",消灭波兰——"希姆莱的事业",策划中的对直布罗陀的侵犯——"费利克斯的事业",侵犯苏联——"巴巴洛斯计划"。将近五千万的受害者和二十个渺小的人物——不,这是难以容忍的!

我再回头来描述他们的外貌。瘦削而秃顶的里宾特洛甫说他患失眠症,服了很多安眠药,因而他的记忆力衰退了,不过一般地说他是搞外交的,签署过条约,进行过谈判。他装扮得像是一个仪表优雅的中年市民。凯特尔元帅给人的印象是个粗野的军人,这种人我见过不止一次,他就像武装力量的一名列兵似的回答一切问题:"我执行命令。"而当宣读他自己发布的给苏联战俘打上烙印的命令时,他耸耸肩膀:"这是个令人遗憾的误会。"那个曾在波兰大发兽性而在银幕上看到奥斯维辛又哭了起来的弗兰克很乐意回答问题,他把一切都推在希姆莱身上,说他只搞过"移民":"我只不过是个无足轻重的行政人员罢了。"在宣读他的关于消灭华沙的犹太人区的通报时我瞧着他。他在通报中说,衣服收集完了可以收集废金属,幸存者用来藏身的下水道管子被水淹没了。他惊奇地听着他自己说过的话,眨巴着眼睛。当原告提到他盗劫了莱奥纳多·达·芬奇的一幅画时,他说:"我难以更准确地说明这件东西值多少钱,——我不是内行,而且价格也是随马克的行情变化的。"阿尔弗列特·罗森贝格以内行自居,他收集俄国的珍本书,他是个博学之士,纳粹党的理论家。同时他也执行各种行政任务,掠夺苏联的财富,就连零星物品也不厌弃,例如他曾下令"在开始行动(指大规模屠杀)前三小时或两小时内把犹太人的金牙拔下"。

令人发指的数字突然被日常琐事打断了。一个原告谈到各国被盗劫的艺术作品。戈林收藏了一批古代大师们优秀的绘画。不记得为什么谈起了他不是抢劫,而是购买一套餐具时如何讲价钱的事来。不错,他有一套漂亮的餐具,一般来说他是爱美的;在历数自己的职位时,他没忘记提到他不仅是林业部门的首脑,而且也是狩猎协会的主席。屠杀捷克人的凶手奈拉特解释说:"事件的到来使我措手不及。希特勒把我叫去说道:'您是个现代化的人,也就是沉着的人,您是能对付捷克人的……'"对付犹太人是施特里赫的专长。他像是一个肝火旺盛的年老居民。二十年前,也是在这里,在纽伦堡,他曾被怀疑犯了奸污幼女罪,但是他脱了身——青年时代的不良行为。当人们开始盘问他被害的犹太人数时,他惊讶地说:"我始终是杰奥多尔·赫尔采的热烈拥护者,我认为应该把巴勒斯坦给犹太人……"

我瞧着他们,看到的只有恐怖。杀害千百万人是一回事,这是计划、勤于职守、党纪、狂热,而感觉到过一个月或半年人们会把你——盖尔曼、尤利乌斯、鲁道尔夫、阿尔弗列特杀死,这却是另一回事。有的企图在诉讼程序上进行争论——蹂躏了荷兰的杰斯-英克瓦特受过司法教育,他突然想到了法律原则;有的企图以多愁善感或者哪怕是彬彬有礼、认真周到的供词来博取法官们的欢心;有的把责任推在邻座身上,并把一切推在希特勒身上。当然,希特勒不在纽伦堡,但是如果他没有一时感情冲动而自杀,说不定他也会把一切推在别人身上,让人们相信他既想为德国谋福,也想为全欧洲谋福,但他的思想被歪曲了,许多事情对他隐瞒了,他被欺骗了。

"您是个现代化的人,也就是沉着的人",——希特勒对奈拉特说。这句话可能说明了许多问题。在冗长的审讯期间谈到了煤气室,谈到了占领巴库后该城的德国行政官员应该着手办理的事项,谈到了海军部门对于奥斯维辛供应的女人头发的利用。一切都是完全"现代化"的——侵占各国,消灭列宁格勒的计划,处决法国人质,娘子谷——这是一个企业,也可以说是一个规模巨大的托拉斯。

有一次我同弗谢沃洛德·伊万诺夫在冰冷的走廊上谈话。当时我对他还不大了解——我们很少见面。这是一个主意和想象纷乱如麻并有着一副直率的好心肠的人。他困惑莫解地问我:"这一切该怎么理解?……"我答:"不知道。"法官们倒不难断案:犯罪的事实俱在。但我们这些作家却想理解另一件事:这些人是怎么变成了能够干出人们所谈到的那一切事来的那种人,别人又怎么能够绝对服从地执行他们的命令?我们想搞明白,但做不到。

我想起了在波尔塔瓦经常去法院聆听愚昧而绝望的农民受审的情形,想起了"蓝胡子"兰德利亚和疯子戈尔古洛夫——在那里我们看到的是人的变态,而在这里,在纽伦堡,——一本血账,如此而已。我看了看长凳,蓦地想道:他们原也可以坐在餐厅里庆祝商品推销员里宾特洛甫的银婚或巴伐利亚的官员弗利克的就职纪念日,谁也不会去看他们。这里是陀思妥耶夫斯基气质的终点,又是可怕的机器人世界的起点。

我曾同安德烈·维奥莉斯畅谈了半夜,她是个聪明而高尚的女人。(她是最早描写印度支那殖民者的残暴的人们之中的一个。)维奥莉斯谈到了法兰西的悲哀——它不仅在经济上遭到破坏,精神上也被糟蹋了。我们坐在大厅里——房间里太冷了,爵士音乐喧哗着。而我问道:"人类是怎么搞的呢?要知道早在战争爆发之前很久,希特勒就已显示了他能干出什么事来,可人们却同他谈话,装出一副没有察觉的样子……"维奥莉斯答道:"早在战前我就常常想这个问题……朗之万所知道的要比亚里士多德多得多,但我觉得弗兰克的精神构造同古代最残酷的暴君毫无区别。只是弗兰克拥有更多的有利条件——暴君没有煤气室。"

审讯拖得很长——十个月,记者们很快就开始散去。一切早在审讯之前就已见分晓了。在二十一个被告中有十个得以保全首级,但就连这一点大概也只引起了一小伙人的兴趣。老实说,在我所感到的恐怖里掺杂着苦恼——由不可比拟的罪行和罪犯所引起的苦恼。

我坐在纽伦堡的大厅里时曾不止一次地想道:这有多么可怕!因为全世界都知道:有一个戈林。而他是个什么人呢?一个庸俗的享乐之徒,一个只图升官发财的人,一个可耻的投机商,一个毫不足道的人,而同时又是屠

1150

杀了五千万人的罪魁之一。但我现在想这个问题时也不能理解。我曾在本书中谈到莫迪利亚尼——他不仅是个大画家,而且也是个不同寻常的人。但在他死去之前有谁知道他呢?"洛东达"的一百多个古怪的老主顾。这就是杀害德斯诺斯的凶手。难道他们能够理解他的诗、他的爱情、他的思虑吗?为什么处于全人类注意的中心的竟是一些发了狂的庸人:"希特勒说……""戈林不同意……""里宾特洛甫建议……"爱因斯坦的著作,苏金、万丘拉、马克斯·雅各和圣-保尔·德·鲁的生命,诺夫哥罗德和比萨的壁画,这一切都取决于希特勒的左腿。这不仅是希特勒的同胞的耻辱,也是他的同时代人的耻辱!……

在"大饭店"大厅里,一位美国记者(我忘记了他的姓)曾对我说:"当然,希特勒是个恶棍,不过请您相信我,他是个天才的恶棍。他迫使一个具有高度文化的伟大民族随着自己的笛声跳舞,他把半个欧洲弄得糊里糊涂。这是个带着魔笛的凶恶的捕鼠者,这是个为非作歹的天才……"我当时不能,而且现在也不能同意他的意见。问题甚至并不在于对希特勒的才干的评价如何,问题在于另一方面。帕斯卡①曾说,如果迷住了恺撒和安东尼的克娄巴特拉长着另一个鼻子,世界就会是另一个样子。我也不信这个。我不能想象,千百万人的命运竟会系于一个人的鹰钩鼻子或蛇信子般的舌头上。当然,社会条件起着巨大作用,然而在纽伦堡所谈到的那些事件是否能仅以经济危机和帝国主义列强的竞争来解释呢?我们的同时代人精确地知道射往宇宙的卫星运行的轨道。但我们还不知道人的感情和行为旋转的轨道。

在乘"威利斯"回家的途中——经过几十个被夷为废墟的德国城市,经过柏林的瓦砾场,——我思索着以上所说的一切。先前"良心""善行""博爱"这些字眼曾风行一时。我在童年和少年时代还碰上了这些字眼的黄金时代,甚至还碰上了它们的通货膨胀。后来它们在各地都已失去效用,就像烛台从日常生活中搬进了珍品爱好者的收藏室。这些字眼常常掩盖丧尽天良、惨无人道的恶行,但有时它们毕竟也制止过恶行。普希金曾写道:

我将长久受到人民的喜爱,

---

① 帕斯卡(1623—1662),法国数学家、物理学家和哲学家。

> 因为我曾用诗唤醒善良的情感,
> 我曾在我那残酷的时代赞美自由,
> 并呼吁对堕落者要有仁慈的胸怀。

我想起了马林娜·茨韦塔耶娃的一篇文章——关于丹特斯的故事。起初他毫无悔恨之心：他在决斗中杀死了一个俄国的低级宫廷侍从,这就是全部故事。但被害的诗人的名声与年俱增,于是丹特斯开始为自己辩白。取得胜利的不是丹特斯,也不是沙皇——取得胜利的是普希金,他之所以胜利,不仅因为他是个天才的诗人,也因为他曾唤醒善良的情感,赞美过自由,想以仁慈的胸怀对待堕落者。

淡黄色头发的小学生们穿着破烂的小皮袄在街上走着,生气勃勃地谈论着什么,这是在遭到破坏的奥尔沙。我看看他们,心里才比较平静一些。

4

我在12月底回到莫斯科,同朋友们一起欢度新年。战争不愿把我放过,我写的是它,想的是它,但我明白,到了走上和平生活的常轨的时候了。客人常来访问我们。我同法尔克、孔恰洛夫斯基谈论绘画,同奥布拉兹佐夫夫妇成了朋友,常去他的剧院。《红星报》的战地记者盖赫曼邀我参加婚礼,出席的人很多,大家吃着、喝着、叫着,盖赫曼由于幸福而容光焕发。为孔恰洛夫斯基的七十寿辰举行了盛大的庆祝,彼得·彼得罗维奇同几个年轻的西班牙女人——他的未婚妻的女友翩翩起舞。在2月22日托尔斯泰逝世一周年的时候,柳德米拉·伊利尼奇娜邀我们前往巴尔维哈;四周的一切都使人想起阿列克谢·尼古拉耶维奇,即使是痛苦也是富于生气的、温暖的。

新闻电影制片厂说服了我为两部关于南斯拉夫和保加利亚的文献纪录片写解说词。这占去了很多时间。我常去作报告,介绍巴尔干各国,介绍纽伦堡的审讯,有时在综合技术学院作,有时在工厂里作,有时在部队里作。

一天,我去犹太剧院看《弗列拉赫斯》一剧。这是一出取材于市镇上的民间故事写成的愉快的戏。服装是我的朋友特施勒设计的。米霍埃尔斯和祖斯金演得十分出色。我同大家一起笑着,蓦地我觉得可怕——我想起了《弗列拉赫斯》中的那些被希特勒匪徒杀害的人物如今长眠于斯的壕沟。米霍埃尔斯和祖斯金出来谢幕,频频点头行礼。我怎能想到,不久以后他们之中的一个将被杀害于明斯克偏僻的郊外,另一个将被枪毙?……

有一次犹太诗人苏茨凯维尔前来找我。(我早在战争时期就同他认识了。他先前住在维尔纽斯的犹太人区,后来从那儿逃出来打游击;他曾被运往"大陆"。)他说他去过纽伦堡,当过证人。鲍里斯·波列伏依曾在《真理报》上写道,苏茨凯维尔叙述的维尔纽斯犹太人区(诗人的全家也是在那儿遇害的)的悲剧使法官们大为震惊。

我继续同外国人来往——笔记本上有这样一些摘记:在法国大使卡特鲁处吃早饭,在挪威公使爱德华处吃晚饭,等等。秋天回莫斯科后,我没有立刻就明白一切均已大变。我记得一桩可笑而又可悲的事。哥伦比亚代办到了莫斯科,他是个文学家,想结识苏联的作家、艺术家。他在"民族"旅馆租了一个大厅,那里摆好了晚餐——哥伦比亚人邀请了三十个左右的客人。但应邀的却只有三人——凯林、西班牙作家阿科纳达和我。外交官着急了,一个劲地盯着门瞧。快十点钟的时候,服务员开始收拾餐具。我们的主人的声音因受委屈而发抖了。我们尽力安慰他,为友谊举杯致辞,但空无人坐的长桌却使所有的人都感到压抑。

3月里,发表了丘吉尔在富尔敦的演说,我第一次读到"铁幕"二字。丘吉尔向美国人建议组织反苏的军事保卫联盟。这话听来颇为离奇:报上还在刊登关于纽伦堡审讯的报告,英国和美国的原告在审讯时同苏联的原告一同揭发戈林和凯特尔。我不知道什么使人更加痛苦:是回忆过去还是想到未来。

我交给"苏联作家"出版社两本小书:旅途随笔《欧洲的道路》和诗集《树木》。书的命运同人们的命运一样不可预测。随笔没有引起任何异议,尤其是它们已在《真理报》或《消息报》上发表过了。(此书两年后在图书馆里停止借阅了——其中有一章是写南斯拉夫的。)但诗却使出版社感到为难:"太悲观了……"(甚至在1959年也曾有一位编辑对我收入《树木》这本诗集中的某些诗摇头叹息道:"这个字眼最好是删去,或者至少也得换一个——太阴暗了……")《树木》于1946年7月问世。后来法捷耶夫告诉我,曾有人想在一篇毁灭性的文章中提及此书,但因我在国外才未受打扰。总之,《树木》总算走运。

1月份在作家协会隆重地颁发"英勇的劳动"奖章,受奖者当中也有鲍·列·帕斯捷尔纳克。他告诉我,不久将在综合技术学院举行他的晚会。在列宁格勒,代表获得奖章的作家们致辞的是米·米·左琴科。4月初,在圆柱大厅里举行了一个列宁格勒诗人们的盛大晚会。在会上朗诵自己的诗作的也有安娜·阿赫马托娃。她受到热烈欢迎。两天以后,安娜·安德烈耶夫娜来我家做客,当我提到晚会时她摇头说:"我不喜欢这个……主要的是在我们这里这不招人喜爱……"

我开始安慰她——现在不是三七年……虽然我在此之前不久已满五十五岁,但我还是没能摆脱天真的逻辑。

我在1月初坐下来写《暴风雨》并立刻入了迷。我很久以前即已构思此书,但始终未下定决心写下第一页。但开始写作以后我却没有中断,在4月份以前就写完了长篇小说的三分之一——前两部。我觉得这两部非常成功。这是战争的前夜,我写的是自己的经历和感受。在我描写谢尔盖和马多、描写充满注定失败的爱情的上流社会时,我胸中蕴藏已久的全部浪漫的激情都得到了宣泄。在对两兄弟——正直的教条主义者奥西普和轻浮的法国人列奥——的会见的描述中,也有不少是出自作者的内心体验。我企图谈谈战前那几年里的不公道现象,哪怕是略微提及也好:我叙述了女大学生季娜由于拒绝诬蔑被捕的父亲而被共青团开除。

长篇小说付印时有个别句子被删去了。于是有的地方变得乏味了,有的地方变得难以理解了。我从第一部里举几个例子——我偶然地把原稿保存下来了。作者叙述谢尔盖来到巴黎的情景:"他来自严峻的轧轧响的岁月中的莫斯科……"("轧轧响"一词删去了。)列奥对奥西普说:"您也是为了未来而生活着……"接下去是,"这就像快马追赶电兔。兔子是追不上的,人们开动它是为了让快马跑得更快些。"——这被删去了……在印好的书里关于季娜写道:"可您知道——由于父亲,她有过一些不愉快的事情。围绕着这件事的一切……"接下去的一句话被删去了:"他被捕的时候是在冬天……"这使书中所说的是一些什么样的"不愉快的事情"变得难以理解了。编"正误"表的工作就到此为止吧。

我从清晨写到晚上,夜里也写。4月初,我突然被传往中央委员会去,他们说,我得同加拉克季奥诺夫将军和作家西蒙诺夫同去美国参加报纸编辑的代表会议。我对维·米·莫洛托夫说,我开始了一部长篇小说的写作,其中有部分情节是在法国展开的,因此我希望在美国之行结束后能到巴黎去待些日子。他答道:"我没有不同意见。"

我想在本章中把有关《暴风雨》的事说完,因此我只得打乱叙述的先后顺序。关于美国和法国,我将在后面叙述,而现在我要提到1946年夏天发生的一些同作家们的创作有关的重大事件。

这是8月末在图尔附近的一个法国市镇乌弗莱。我同柳芭一早就到安纳托尔·法朗士住过很久的里亚·巴舍列里去了,带我们前往的是作家的孙子刘辛·普西沙利。法朗士的故居看来同他的长篇小说以及他的外貌都有密切的联系——我想起了那个在塞纳河滨河街上的旧书店里翻寻不已的书迷。塔拿格拉小塑像①看上去不像博物馆的陈列品,它们同日用品融为一体了。我们在作家的餐室里喝着芬芳的乌弗莱葡萄酒。后来我在古老的旅馆的房间里打起盹来。柳芭把我叫醒了:她读了巴黎的报上刊载的一条很小的消息:"据莫斯科广播,开始了一次新的清洗,其牺牲者是作家阿赫马托娃和左琴科。"

到了巴黎,我首先就跑到大使馆去索取苏联报纸。当我们在10月间回到莫斯科后,我获悉了一些细节。在安·亚·日丹诺夫的报告之后,安娜·阿赫马托娃和左琴科被作家协会开除了。

我曾觉得,在苏联人民的胜利之后,30年代不可能重演,但一切都酷似先前:召集作家、电影导演、作曲家开会,揭发"同谋者",在有过错者的名单上每天都要补充几个新名字,遭到指责的有帕斯捷尔纳克和肖斯塔科维奇、爱森斯坦和普多夫金、科津采夫和特劳贝格、波戈廷和谢尔文斯基、基尔萨诺夫和格罗斯曼、艾亨巴乌姆和别尔戈利茨、列·伊·季摩费耶夫和萨多菲耶夫、梅日罗夫和亚·格拉德科夫。

《文化与生活》报开始出版,许多文章看上去就像是控诉书。对左琴科和阿赫马托娃写得特别尖锐。在日丹诺夫的报告和报上的文章里,第一次宣布"同对西方的卑躬屈膝斗争"。

我根据第一次作家代表大会时的印象记住了安·亚·日丹诺夫。斯大林大概认为他是文学艺术方面的专家,早在1934年即委托他在代表大会上讲话。我在1947年重又看见了日丹诺夫——他邀请了包括我在内的五六个文学家前去,我们必须加入《旗帜》杂志的编委会。我断然拒绝,而且直到会议结束始终默然枯坐——日丹诺夫在阐述苏联的文学应该是什么样

---

① 在古希腊的塔拿格拉城遗址掘出的大批两千多年前的具有高度艺术性的焙烧黏土小塑像。

1156

子。1948年初,谢·谢·普罗科菲耶夫和德·德·肖斯塔科维奇谈到,日丹诺夫曾把作曲家们请去,为了想说明什么是不同于有错误的作品的"悦耳的音乐",便在钢琴上弹了点什么。我还记得我在华沙时深夜被电话铃声惊醒的情形。亚·亚·法捷耶夫说:"可怕的消息——日丹诺夫死了!您下来吧……"

我同米·米·左琴科很少见面,不知道为什么我们彼此都不大了解,但我始终认为他是我国最优秀的作家之一。在50年代初,有一天我在普希金林荫道上遇到了他,他很忧郁,看上去像个病人。我们共同的朋友都说,他非常痛苦地经受着一切。我在1947年曾往访安娜·安德烈耶夫娜。她坐在挂着莫迪利亚尼为她画的肖像的小房间里,同往常一样地忧伤而庄严,她正在读贺拉斯的作品。不幸如山崩一般压到她的头上,需要有特殊的精神力量才能保持住自尊心、外表的平静和高傲(就这个字眼的正面涵义而言)。

我之所以叙述1946年夏天发生的事件,为的是让读者了解我写作《暴风雨》时的环境。我在10月间回到长篇小说的写作上来,于是美国的景象、巴黎的会见、令人不安的无线电广播的噼啪声都立刻消失了——我被战争年代的情景包围起来,我同长篇小说里的人物一同生活了。在我看来,《暴风雨》里有许多败笔——这大概是因为我所描写的事件距离当时太近,我未能理解所有的一切的意义。但是长篇小说的某些主人公——马多、她的父亲朗歇、艺术家萨姆巴、学者杜马、克雷洛夫博士、忧郁的浪漫主义者米纳耶夫同他的妈妈——对于我却是珍贵的。我于1947年6月写完了长篇小说。

这本书引起了许多争论。有些读者抱怨:为什么法国人看上去要比苏联人英勇?这也许是由于游击队员的冒险事迹总是被涂上了一层浪漫的色彩,但在我国,同德国人战斗的却不是个别的英雄,而是全体人民。但也许是由于这个或那个读者的评价受到了报上的文章的影响——当时正值反"卑躬屈膝"运动的高潮。让我从一位评论《暴风雨》的批评家的文章中摘出几句:"……我国人民并不像伊利亚·爱伦堡所描绘的那样可怜而又孤立无援……只有自由主义的资产者才不理解并诬蔑苏维埃制度。他们在我国看见的只是阿尔佩耳和拉巴佐夫之流,只是一知半解的弗拉霍夫之流和克雷洛夫之流的地方自治会活动家,这就是说,他们看到的只是对他们有利的……但是爱伦堡同志却不是自由主义的资产者……在长篇小说所描写的苏联人同资本主义的法国人的所有对比之中,总是法国人赢,俄国人输……这就够了!谢尔盖·弗拉霍夫是俄罗斯人吗?他的祖国是苏联吗?……"

对战争的头几个月的描写触怒了这些批评家,尽管他们当然也同所有的苏联人一样知道1941年发生的事情。一位批评家写道:"一切都已被斯大林同志阐明了……"然而,当然,斯大林却没有阐明他何以在战前消灭了军队的全体指挥人员,何以一向非常多疑的他却相信了希特勒的话。

长篇小说刊登在《新世界》上,当时该刊的主编是康·米·西蒙诺夫,他在给我的信中写道:"没有令人担心的事,我觉得一切正常。"我以为,我将受到的指责只不过是来自"卑躬屈膝"的最狂热的揭发者们的几篇文章。

现实出乎我的意料。我在1948年记下了法捷耶夫说的一段故事,他作为斯大林奖金评奖委员会主席,曾向政治局报告被提出的候选人名单。"斯大林问,为什么《暴风雨》被提为二等奖。我解释说,根据委员会的意见,长篇小说里有错误。作为主要人物之一的一个苏联人爱上了一个法国女人,这是不典型的。其次,书中没有真正的英雄人物。斯大林提出了异议:'可我却喜欢这个法国女人。一个好姑娘!其次,这样的事在生活中也是常有的……至于英雄人物,在我看来,天生的英雄是不多见的,普通人也会变成英雄……'"亚历山大·亚历山德罗维奇补充了一句,"您是怎么理解的呢,我没再争辩下去"——他高声笑了起来。

我对斯大林想得愈多,我就看得愈清楚:我什么都不理解。就在那次会上他曾保护薇·潘诺娃的中篇小说《克鲁日里哈》而不同意委员会的意见,他曾挖苦地问法捷耶夫:"您可知道,该如何解决所有的冲突?我可不……"斯大林保卫了谢尔盖喜爱马多的权利,但不久之后就颁布了一条法律,禁止苏联公民同外国人,甚至社会主义国家的公民通婚。这条法律制造了不少悲剧,我还记得,一位复员军官曾常去找我,他是个心灵纯洁的人,常把他所钟情的一个波兰女公民的信拿给我看,女的写道,邻人都挖苦她,她祷告上帝,愿他能获得结婚的许可。我写过信,请求过,但无效。斯大林的言行常常是如此不一,以致我至今还问自己:莫非是我的长篇小说促使他颁布了这条惨无人道的法律?他一面说"这样的事是常有的",一面却在想,并且决定了:这样的事是不该有的……

在1946至1954年间出版的书中,看来能留传下去的将是那些描写战争的书,这不仅因为人们没有内心的分裂,没有必不可少的吹嘘,为保卫苏维埃国土进行了战斗,而且也因为战争时期的主人公有权受苦,有权牺牲。但在描写和平生活时,作者知道,允许你表现的冲突是很有限的:天灾、敌特的活动、迟钝的经济工作者的落后。

《暴风雨》脱稿后,我很久没去想再写一部长篇小说的问题,而只是写文章、搞翻译。那几年对于作家的创作是不轻松的。现在我们这里对于"个人崇拜"对农业、工业、建设的不良影响写得很多,作为一个作家的我只须补充一点:个人崇拜没有促进文学的繁荣。不久以前康·格·帕乌斯托夫斯基曾写到过这个问题。

当时是什么在支持着我?我日后在谈到假想的"南方"的孩子们时曾写到过这个问题:

> 他们怎能想象到,
> 哪怕是在恍恍惚惚的梦中
> 短暂地、偶然地想象到,
> 什么是对春天的思念,
> 什么是在使人绝望的
> 三月的严寒中
> 对笨重冰块的蠢动的
> 焦急的等待。
> 可我们却领教过这样的冬天,
> 深切地体验过这样的严寒,
> 那时就连忧伤都不存在,
> 只有高傲和灾难。
> 在严酷的、冰冷的屈辱中,
> 干燥的暴风雪使人双目失明,
> 但我们不用眼睛也看见了
> 春天的绿眼。

但《暴风雨》对于我却依然是那严酷的、但却是清白的几年的一个微弱的、隐约的回声。

5

我于 4 月 12 日偕加拉克季奥诺夫将军飞离莫斯科,西蒙诺夫被从日本召回,他要在巴黎追上我们。我们飞抵斯摩棱斯克后重又折回——发动机出了故障,直到傍晚我们才到达柏林,不得不过一夜。翌日有人告诉我们,我们将乘美国大使比德尔·史密斯的飞机飞往巴黎——当时"冷战"尚未成为日常生活。

我们在德国上空飞行。从上面看下去,一座座的城市宛如立体派的油画,但炸弹破坏了和谐,马格德堡就像"抽象派"的一幅油画——乱涂一通。米·罗·加拉克季奥诺夫穿着将军服,被炎热和激动弄得透不过气来:"记者们马上就要开始进攻了。这对您很轻松——您习惯了,可我却从来没有同外国人谈过话……"

在奥利机场上欢迎我们的有美国人、我国大使馆的职员、阿拉贡、埃尔扎·尤里耶夫娜。这是一个晴朗的春日,栗树的花朵盛开,我们乘车驶过我十分熟悉的地方:伊塔利工人区、贝尔福的狮子。这就是蒙帕纳斯——在这个角落里逝去了我的青春!我想感慨一番,但没来得及。阿拉贡夫妇邀我去吃晚饭,穆西纳克夫妇也去了。我贪婪地倾听他们叙述有关占领时期、抵抗运动和共同的朋友们的情况。

我们被安置在艾图阿尔广场附近的一所旅馆里。那里站着一些美国军人。一切对于我都是陌生的——无论是那一段市区、喧哗的军官还是美国的食品。我在巴黎各处游荡,找到了我的几个滞留在法国的姐姐。她们告诉我她们怎样躲过了德国人,朋友们怎样帮助她们。十分激动的福京斯基跑来,说他将要去莫斯科,如今他不怕会再度被捕,因为俄国人是胜利者,他们拯救了世界。我在蒙帕纳斯看见了蔡特金、拉里奥诺夫。爱笑的杜霞笑着,尽管她也同所有的人一样经历了许多毫不可笑的事。我们想起了往事,就连战前的岁月也仿佛是古老的历史了。有个人说:"难道这是总共才六年以前的事吗？……"

西蒙诺夫飞来了。我决定请我的旅伴们吃一顿真正的法国式晚餐,便去找若瑟芬娜——战前她曾在舍尔什-米迪街上开过一个餐厅,我在《巴黎的陷落》里描写过这个餐厅。若瑟芬娜很高兴地说:"听说您写过我的事……可我常想,您在俄国过得怎样？……"当我把我的计划告诉了她以后,她举手一拍:"可怜的爱伦堡先生,您不知道我们这里的情况！什么东西都找不到……"但她终究准备了一顿精美的晚餐。加拉克季奥诺夫对酒浸公鸡作出了评价,对于牡蛎却竭力不看,而当若瑟芬娜拿来了各种各样的干酪时,便说:"我去散散步,一刻钟以后回来……"西蒙诺夫什么都吃,并抽起了一支从日本带来的哈瓦那雪茄。

博戈莫洛夫大使举行了一次记者招待会:我得谈谈战争、恢复以及苏联人对法国的态度等问题。出席的人很多,几乎所有的人我都认识:阿拉贡、埃尔扎·特里奥莱、尚松、维尔德拉克、卡苏、斯坦尼斯拉夫·弗尤梅、波朗、雷纳·布列克、马赛尔·加香、爱弥儿·布列。

我们应在17日动身,但我们却被从机场送回:雨下个不停,飞行被取消了。我高兴起来:还可以在巴黎多待一天！将军很激动:会议明天就要开始,我们迟到了。

我去找马尔凯,久久地瞧着那些风景画——这是我百看不厌的:油画上灰色的水,那么多的艺术！

我们在次日起飞。民用航空还处于青年时代,我们着陆两次。在北爱尔兰只见一片葱绿,给我们送来了晚餐,我把围住了米哈伊尔·罗曼诺维奇的当地的记者都轰开了。后来我们飞越重洋。在水上飞原来同在陆地上飞一样简单,于是我打起盹来。在纽芬兰,万物都被白雪遮没。给我们送来了早餐。当地的居民在一旁喝着啤酒,打着哈欠;我瞧了瞧餐厅里的钟——根据当地时间是在午夜。继欧洲的一夜之后第二夜是美洲之夜。

破晓时,我看见一座大城市——波士顿。摩天楼直指飞机而来,我明白了,我们真已飞越了重洋。

1161

在着陆之前给我们分发了一些需要填写的表格。除了常见的问题以外，还有一个关于种族的问题。我代表三人填写调查表（米哈伊尔·罗曼诺维奇认识几十个法国字，而西蒙诺夫也只会喊"温德福"和"艾·拉夫·阿美利卡"①）。我划了一条线来代替关于种族问题的回答。我的反种族主义使我们在护照检查处所在的小房子里白白地待了一个钟头。大使馆的一位职员告诉我们，一名警察给长官打了个电话："赤色分子不愿回答：他们是白人还是有色……"

我们乘火车抵达华盛顿。我疲倦得什么都没有考虑，但是不得不立即赴会。大厅里有三百多人——各报的老板和编辑，每个座位上都有一个木牌写着姓氏和报纸的名称。米·罗·加拉克季奥诺夫代表《真理报》，康·米·西蒙诺夫代表《红星报》，我代表《消息报》。休息时有一位州报的老板问我："您是向贵国政府租的报纸还是领年薪？"

我们发言以后，人们开始向我们提问题。一位编辑说，在30年代他住在莫斯科，当时外国记者进行工作比较容易，除了中亚细亚以外他们到处都可以去，而且对书报的检查也不严格；而现在却对他们的活动加以限制，对书报的检查也很苛刻。我不得不回答，便把一切都归罪于战争，并补充了一句，说我不是书报检查官，而是新闻记者。另一位编辑很气愤：为什么俄国人发签证总要拖很久？将军默然不语，我不得不再次出面设法摆脱困境："我不发签证。我是愿意把签证发给所有的人的——我觉得，记者们走的地方愈多愈好。也许正因为如此才不指派我发签证。"美国人大笑起来，冰块被敲碎了。加拉克季奥诺夫回答了有关裁军的问题。突然有一位叼着大雪茄烟的肥胖的记者（他很像宣传画上的资产者）站起来对将军说："请问，您是否能在贵报上要求斯大林总理辞职，并让哪怕是莫洛托夫或李维诺夫来代替他？"米哈伊尔·罗曼诺维奇回过身来看着我，我看到了他脸上的恐怖："请您回答吧！您习惯了……"我平静地答道："不行，这是不行的。我只得提醒我们的同行，不同的国家有不同的制度和不同的习惯……"美国人喜欢直率的回答，第二天清晨我在报上读到，我身上有一种"无耻和坦率的混合物"。我们在宴会开始前折返旅馆。米哈伊尔·罗曼诺维奇一再地

---

① 英语："妙极了"和"我爱美国"。

说:"多可怕!……"

旅馆是最现代化的。夜里我疲惫已极地走进房间,我想打开窗子却打不开;我揿了各种各样的电钮——吹来阵阵冷气,灯光忽明忽灭,收音机大吵大叫,但窗子却没打开。最后我疲倦不堪地倒下了,早晨醒来后我急忙走向窗前,咒骂自己技术上的落后与束手无策。我没拿定主意是否去唤女仆——她们会想:这些俄国人还是野蛮人呢!大使馆的秘书发现我穿着睡衣站在窗前。"该去开会啦。"我答道:"别忙,请您把窗子打开……"他试了试就平静地把女仆叫来,女仆微笑着解释道:"窗子是打不开的——街上有灰尘,新鲜空气是从管子里进来的。"秘书很喜欢这一点:"他们的技术真高明!……"可我却觉得不舒服起来——连窗子也不能开,大概新的世纪也将是如此……

不久我就明白了,年老的欧洲人在新大陆感觉颇不轻松。西蒙诺夫充分享受着前所未见的舒适,同时也充分享受着他的军事小说的畅销和他的三十岁的青春。关于米·罗·加拉克季奥诺夫的遭遇,我将在后面谈到。至于我,则害怕扮演啰嗦不休的老人的角色,只是到处看看,同好几百人相见,在全国各地走走,夜里则把印象、谈话记录下来。我在一篇文章中写道:"美国在人类的生活中占有一个显著的地位,不了解美国就不能了解我们的世纪。关于它已写了几百首颂歌和几百篇抨击性的文章——要恭维它或嘲笑它都很容易,要了解它却比较困难。在技术的复杂性后面有时隐藏着精神上的单纯,而在这种单纯的后面却隐藏着真正的人类的复杂性。"

我同有些美国人交上了朋友,但我还得老实地说:我愿同欧洲人在一起休息,无论他们是我的老朋友——杜维姆、夏加尔、斯杰法、赫拉西、罗曼·雅科布逊、勒·科尔布泽、德·里亚·帕普,抑或是我初次见到的人们——爱因斯坦、库谢维茨基、肖洛姆·阿什、奥斯卡·朗格。当我在新奥尔良看到了有凉台的古老的欧洲式的房屋时,我幸福地微笑起来了。

我在美国第一次对传统、习以为常的评价和爱好等是否不容争辩发生了怀疑。八年后我到了中国,后来又去过拉丁美洲、印度、日本。我已知道世界有多么丰富多彩,于是较少采用欧洲的米突尺或俄尺了。但美国之行却是首次出击——也可以说是初级小学。我想在本书中比对于我的其他几次旅行更为详尽地谈谈美国之行,其故即在于此。

6

早先,当我在美国的影片中看到疯狂的暴雨时,我觉得那是导演的艺术手法。原来美洲的雨是同欧洲的雨不一样的,一切都很过分——暑热、飓风、泛滥。水果和浆果都很大,但却没有我们所习惯了的滋味和芳香。美国前副总统华莱士从苏联移植去几株"俄国草莓"(学名叫费拉加利亚·莫斯卡塔)——难看、矮小、有绿色斑点,但芳香四溢。他醉心于园艺,于是我们除了政治之外找到了另一种共同的爱好。他把我带到自己的菜园里,我没能立刻认出我的同乡——果实大了两倍,但香味却消失了。

我想起了在纽约的第一夜。旅馆均已客满,领事为我在百老汇附近一条狭窄的街道上租了一间八层楼上的房间。我睡不着——醉汉们在旁边大声喊叫,室内闪动着霓虹灯广告的反光。我在窗前站了半夜,百老汇上空灯火辉煌,摩天楼的顶端高耸入云,爵士音乐震耳欲聋,而下面,宛若在山中的峡谷里,是劳碌不堪的人群。这既美好而又令人难以容忍。

有一次我在第四十二号街上的一家小小的法国餐厅里同勒·科尔布泽共进午餐。他详细地向我打听战争的情况、我国城市的遭遇,并谈起了建筑学,这是个不平常的人物。他当时笑了笑说:"我很快就要满六十岁了,但我盖的房子却还太少——不让我盖。我是个失败的人……"正如任何一个革新者,勒·科尔布泽创作的是精华,但人们要的却是那种精华被稀释了的艺术。如今勒·科尔布泽的思想到处都取得了胜利,那些师法他、模仿他,同时又冷静从事的建筑学家也取得了胜利。但勒·科尔布泽所想的并不是订货人,而是时代的风格。他建造了一些宣言式的建筑——在马赛和里约热内卢,在里昂和波哥大,在纽约和旁遮普,巨大的摩天楼和由矮小的房屋组成的居住区同街道交战,而他却保护树木和人类的神经,为太阳要求自由。如今他已七十五岁高龄,他活到了受人推崇的一天。我在美国初次见到他时曾对他说,纽约的建筑使我既心醉又沮丧。他莞尔一笑:"您永远都是浪漫主义者,甚至在您捍卫构成主义的时候也是。您知道纽约是什么吗?这是个极其危险的仙境。"

对于一个你所不太了解的人或国家有了一个先入之见,然后又用预先制定的呆板公式去解释一切——这是最危险的。我对美国的了解来自美国作家的作品、朋友们的叙述,我在欧洲看到过我们称之为"美国化"的那种现象,因而我对新大陆已有一定的概念。看来一切都是既正确而又不正确——有时是表面的,有时是片面的,因而也就是不正确的。当然,人们都很忙碌,但一经仔细观察,我发现这与其说是生活的内容,不如说是生活的形式。我充分地看见了乱七八糟的现象、官僚主义、人欲横流。

街上是人挤人,记者们坐在我的床上,人们不仅用手,也用脚来比画示意,每当有人请客,我就知道有的客人要坐地板,而姑娘则要脱鞋上床,人们互相咒骂,友好地拍拍肩膀,人们举止随便,有时用我的欧洲的俄尺来衡量,简直是无礼。我听到的故事说的都是人们如何很快就飞黄腾达啦,冤家对头怎么互相践踏啦,昨日的百万富翁变成了穷光蛋,而昨日的流浪汉却正坐在"卡迪拉克"牌轿车里飞驰。所有这一切与其说同特别强烈的贪财欲或天生的粗鲁有关,不如说同社会的年轻有关。

我在一生当中曾不止一次地看到打倒老子的儿子和为儿子的忘恩负义、粗野无礼而勃然动怒的老子;这仿佛是永恒不变的历史。美国的许多优点和缺点都同它的年龄有关。他们是多么年轻啊!——我常对自己这样说,有时出于感动,有时出于气愤。人们从世界各地来到了富庶的、人口稀少的辽阔地区,他们大概都是些不顾死活的首领、精力充沛的失败者、永不发愁的机灵鬼、不可救药的幻想家,是最先冲出失了火的剧院而又最后离开赌窟的那种人。肖洛姆·阿莱赫姆曾写道:"在美国,人们不是在生活,在美国,人们是在逃生。"人民就是由"逃生者"所形成的。来到的有英国人、意大利人、犹太人、爱尔兰人、波兰人、乌克兰人、塞尔维亚人、德国人、斯堪的纳维亚人。所有这一切很快就混为一体。人们随身带来一套换洗的衣服和求生的意志,至于古老的传统,那它们却是任何船只都装不上的。移民们从初步知识开始。一个注定要在未来走向历史的前台的民族就这样诞生了。

在新奥尔良,我曾被引往一家古老的小饭店——美国人把它当作名胜古迹来访问。房子几乎有一百岁了。当天酷热,还夹杂着一股使欧洲人疲惫不堪的炎热的潮气,就连美国人也汗流不止。他们在一个熊熊燃烧着的大壁炉旁喝着冰镇鸡尾酒——壁炉、木柴,这真是一幅前所未见的景象,是远古时代,庞贝城时代的景象!

同年龄有关的还有半游牧的生活方式。在去过美国之后,我觉得欧洲像是一所住惯了的、不通风的房屋。美国人常常交换住宅,有中等收入的人在换房时往往抛弃家具——运费比买新的还贵,而没有欧洲人的那种舍不得家中陈旧的瓶瓶罐罐的心情。人们从此城迁往彼城,从本州迁往他州。

我几乎没看到过小马力的汽车:工人们都买那些早先虽很昂贵,但已行驶了数十万英里的大汽车。没有工作吗?装上一家老小和日用家具就开出去寻找幸福(30年代在我国叫作:找寻"长卢布"①)。一个美国人决定载我出去兜风,吃午饭的时候到了,他在一家餐厅旁边把车停住,揿了揿喇叭。端来了一盘盘的肉、啤酒、咖啡。不得不在车上吃饭,但我们并不是急于去什么地方,只不过顺着一条条非常好的道路在那些彼此雷同的平房旁边转来转去。我看见过围猎般的场面:汽车都向那里驶去,而银幕上却放映着电影。夜间在纽约的大公园里有许多黑色汽车。朋友们告诉我说,对于情侣们来说汽车代替了旅馆的房间,有时警察也进行搜捕。

我常在百货商店里看到有人买了新衣就把旧衣扔掉。载我到南方去的我的朋友基莫尔几乎每天买一件衬衫,他说这比送去洗来得省事。

我并非是从古希腊、意大利或西班牙来到美国,但那种特殊的标准化却依然使我惊讶。城市都彼此雷同。我在底特律和杰克逊看到的是同样的街道,同样的房舍,同样的招牌,同样的领带。一个敏捷的记者的一篇短文同时在五十种报刊上发表,流言蜚语、奇闻逸事、布道演说都一再被重复着。

看来似乎可以自然地得出结论,巴比特先生的典型形象站了起来。但我并不急于得到结论,而是对自己说:一切既是如此,又不是如此。

---

① 意为特别高的工资。

登在报上的关于做礼拜的通告使我发笑——就像拉观众去看马戏似的,一家教堂答应放映一部《圣经》题材的彩色影片,另一家则以出色的餐厅来引诱人们。美国人大概并不觉得这种广告是渎圣之举。在亚拉巴马州,我们曾去拜访一位教授,我们被留下来吃午饭,大家都已入座,教授站起来朗诵了一篇即兴的祷文——请求上帝保卫两个伟大的民族之间的和平,从家里人的脸上可以看出,他们真的在祈祷。我曾出席《纽约时报》的出版者举办的一次午宴,在每一个餐具旁边都放了一张小卡片,我以为那是菜单,原来一面是报纸的广告,另一面是祈祷词,可在那里谁也没做祷告……

在我们到达美国之后不久,西蒙诺夫和我被邀请去赴一个犹太人组织举行的晚宴。领事说,我们一定得去——这个组织已为苏联的儿童保育院募集了二百万元以上的美金。来客众多,都想听听"赤色分子"(这是报纸上对我们的称呼)说些什么。我们在舞台上吃饭,而客人们则坐在台下的小桌旁边。一个以募捐为职业的人(不是犹太教牧师,而是基督教牧师)担任报幕员,他巧妙地榨取美元。人们一般都捐一二百元。有些人开了一千美元的支票,基督教牧师便万分热情地向他们致谢,大厅里响起了掌声。该由我讲话了,但我却被这一切弄得作呕不止。我在讲话中提到,在此聚会的人们欠了苏联人民一大笔债,当他们偿还微不足道的一部分债务时,他们不应为此骄傲,不应为此鼓掌。我还说,在我国,人们献出自己的生命也比这里的人拿出美金来得谦虚。晚宴的一位组织者给我拿来了一些药片——他断定我的意见之所以如此激烈,是因为我有病在身。

当然,辛克莱·刘易斯未作任何杜撰,我在伯明翰也亲耳听见过这样的恭维:"您有百万富翁之相。"当然,对美元的崇拜是非常普遍的。但我在美国也见过不少大公无私的理想主义者。在纳什维尔住着一位朴实的法梅尔律师。他相信"世界政府"的思想。后来这种思想被政治家们利用来达到绝非人道的目的。但法梅尔坚信世界政府将拯救人类免于战祸。他变成了一个鼓动家。他曾带我到一个牧场上去见他的父亲,我们在那里吃午饭,儿子企图使父亲相信新的信仰。我在新奥尔良遇到过一位工程师,他在战前曾设计出一种使棉花的收获工作机械化的机器,曾有人愿出一笔大价钱向他购买这项发明的专利权,但他在同一个经济学家朋友作了一次谈话以后却销毁了自己的发明——他怕机器将夺去千百万农业工人的面包。我看见过在密西西比州发表演说反对压迫黑人的热心的白人,看到过第一次反对原子弹的示威游行。40年代末,美国牧师约翰·达尔曾参加保卫和平运动的工作。他在笔记簿上记下了那些他觉得意义重大的谈话:他想了解对重大事件所作的马克思主义的解释的一切奥妙。一个和平拥护者代表团曾应邀去中国。当然,达尔牧师在那里也记录自己的对话者的那些明哲的和浅显的格言。尽管中国人自己也把我同别的客人所说的一切都仔细地记录下来,但他们却觉得美国人对做笔记的爱好是可疑的,并把此事通知了莫斯科。天真而无比正直的达尔变成了一个稻草人。他明白了这一点就回美国去了,在那儿继续发表保卫和平的演说,尽管这在他来说是同一切不愉快的事件联系在一起的。1965年夏天,赫尔辛基会议上有很多美国和平主义者:牧师、公谊会教徒、全面裁军的拥护者、对越南战争感到气愤的妇女、勇敢和无私的人们。

这一切该如何理解呢?这就是在1946年曾使我绞尽脑汁的问题。巴黎的房子大致都是一般高的——六七层,而在美国的外省城市里却是一些平房,但在市中心则一定有几座摩天楼。在美国,互相矛盾的现象多得令人张皇失措。在两次大战之间,我们称赞过美国文学——海明威、福克纳、斯坦贝克、考德威尔。来到美国以后,我看见他们的周围是一片荒凉。在密西西比州,从事知识分子职业的人连福克纳的名字都不知道,虽然他就住在旁边——牛津城。中等水平的文学作品的缺乏使我感到惊奇:不是海明威就是《文摘》,不是福克纳就是荒谬可笑的《连环画杂志》。我看过福特、怀勒、威尔斯、马穆利安导演的一些优秀影片,但在中等的影院里却放映着平淡无奇的闹剧、激烈的传奇剧、甜腻的糖浆和低级下流的东西。

我很早以前就想看看"狮子俱乐部"成员的集会——这个俱乐部在所有的城市里都设有分部。恰巧在南方的一个距福克纳住过的城市不远的地方,我碰到了"狮子们"的一次午餐。主席用木槌敲敲桌子,于是俱乐部的成员,主要是商人,便齐声咆哮起来:"呜呜呜!"这简直荒唐得使我险些儿忍不住大笑起来。午餐结束了,"狮子们"都回去干自己的事去了,可我却在很长的大街上边走边想:很好,但福克纳是怎么从他们当中产生的呢?……

在纽约,我曾往访约翰·斯坦贝克。早在战前我在巴黎就赞美过他的中篇小说《人与鼠》。他住在纽约市中心的一所平房里——这是很奢华的：好莱坞根据他的长篇小说拍了几部影片；他咒骂这些影片，咒骂许多别的事情，喝着带冰的威士忌。我们坐在一间大画室里（斯坦贝克之妻是画家）。他对我说："要是往狮子的嘴里啐口唾沫，狮子就会变成驯服的……"（我日后不止一次想起这句话——它在对待各种各样狮子的态度上都是正确的。）几年以后，斯坦贝克来到了苏联。在扎戈尔斯克时我同他在一起，他想在那儿看看那些用木头雕制小兽的工匠。早先他们的手艺很好，但因受到喜欢自然主义的影响而开始制作这一类商品。当一位工匠制成了一个同普通的熊一样的小熊以后，斯坦贝克要求卖给他一个未完工的玩具。工匠见怪了："他想叫美国人嘲笑我们……"但斯坦贝克却赞道："这才是艺术！……"并补充了一句，"写长篇小说的时候也应该及时收尾……"

又过了十五年，不久以前我再次看见了斯坦贝克。从那时以后他写了许多东西，经历过不走运的岁月，也享受过荣誉。他坐在我那儿，魁梧而结实，而我一直在想：他同美国的联系有多深啊！一个年轻的国家，那里的人们是不会衰老的——活着，然后倒下。我不知道斯坦贝克在写长篇小说时是否善于及时收尾，我没有向他问起这个问题——看来世上没有一个作者是了解他自己的：作家们都忙于塑造自己的主人公，他们没有工夫去想自己。当然，斯坦贝克变得比较冷静了，我感觉到了一个六十多岁的老人的稳重与宽厚，但他依然像他的国家，依然是名声震耳、倜傥不羁的。

如今我对美国人的了解比以前深刻一些了。但在1946年我却问我自己：斯坦贝克靠什么为生？美国靠什么为生？这不是空泛无聊的问题，不是旅行家的好奇，不是人种志学者的考察——我看到战后世界上的许多事物都发生了变化。一切都取决于这个富裕的、非常文明同时又不大开化的国家将沿着什么样的道路前进。

数以百计的美国人都企图向我证明，美国人是最自由的人，而这是由于个人的主动精神、拓荒者的心理、个性的意义。在听这些谈话时，会觉得在我面前的是一些西班牙的无政府主义者，而杜鲁门则是米盖尔·巴枯宁的门徒。是的，我到过一些城市，那里的私人公司不仅出售电力和煤气，甚至还卖水；我们的汽车在路上曾数次被拦住索取过路税——原来道路属于一个实业家或种植场主；横跨密西西比河的大桥受到一家股份公司的剥削。

1946年政府推行了一次反浪费运动。我看见到处都有这样的广告："别忘了世界上有五亿人在挨饿。海因茨有五十七种调味汁。"我曾问杰克逊市商业局的主席,为什么海因茨商行要借助于人道的词句给自己的调味汁做广告。主席摇着头说："正相反,海因茨商行正竭力帮助政府。官方的宣言没有人相信,而海因茨却有很高的威信……"同时当局也满不在乎地干涉美国人的私生活。在纽约的一家我住了一个礼拜的旅馆里,夜里进行了一次搜捕,逮捕了一对外省的新婚夫妇——他们身边未带结婚证书。有一些州批准结婚毫不拖延,而内华达州却因为人们离婚十分方便而发了财。餐车里的一位侍者拿走了一杯威士忌："我们正通过一个干旱的州……"

我曾拜访发明光电显像管的大科学家兹沃雷金。他住在费城附近一所非常漂亮的房子里。他长谈科学在美国发展得如何之快。我知道,爱因斯坦和费密受惠于美国之处很多。罗曼·雅科布逊通宵向我谈论未来的新科学——控制论。在普林斯顿,我看见过非常出色的教室、实验室、图书馆。

在杰克逊和诺克斯维尔,我好容易才找到一家书店。

我在若干特写里叙述了互相矛盾的印象。当然,其中有许多是偶然的东西,也许还有错误——在短期内是难以了解异国的生活的。但当时我并未由于只受到一篇文章的攻击而被迷惑。在1946年"冷战"迅速地激烈起来,那些煽起冷战的美国人对于我国报纸上刊载的某些文章或小品文感到高兴。参加了反苏运动的《哈泼斯》杂志,发表了我的特写的译文,但在自己的注释里却承认:"重要的不是个别的细节,而是苏联读者将从这些文章中获得的总的印象……难以想象,他们将在这些文章中看到的美国竟是一个粗野的、贪婪的、机械化的和冷酷的怪物,就像过去安德烈·齐格菲之流的欧洲唯灵论者对它的描写那样——爱伦堡先生的文章出现在6至9月的《消息报》上——正值如今业已驰名的'文化清洗'时期,这次清洗使许多作家和电影导演备受折磨……《消息报》在一篇社论中写道:苏维埃社会的优秀人士和它的文化的创造者,向现代西方和美国的'时髦的'活动家,资本主义制度的道德崩溃和腐败的表达者,究竟可以学习些什么? 在读到这一段话时,我们吃惊地想起了爱伦堡先生的第四篇文章中的一个地方:'我们向美国作家、美国建筑师,甚至美国的电影导演(尽管一般的产品惊人的庸俗)都可以学到很多东西。'产生了一种令人不安的感觉,那就是由于这些文章,爱伦堡先生吊在树上了。我们希望他已采取了一些预防措施,并把领带从自己脖子上解下来。"(反苏的记者们希望我被消灭,而且至今还因为我依然活着而不能原谅我。)

但我的特写并非仅仅出于想扑灭"冷战"的火焰而写出来的。我明白,欧洲人正在开始变得像美国人了——这表现在对舒适的迷恋上,在把热情洋溢的生活变得有些简单化上,在对技术和体育运动的崇拜上。我想鼓舞一下自己,想到我曾在纽约、波士顿、新奥尔良遇到过的那些新知识分子阶层的代表人物,我曾这样论证许多美国人正在开始变得像欧洲人:"美国不是一个停滞的世界,它一直处于运动状态。昨日的清教徒正在变成狂饮无度的神经衰弱症患者,变成海明威笔下的人物。浸礼会教徒和美以美会教徒的子女正在阅读嘲笑'美国主义'的《纽约人》。一般来说,任何一个欧洲人都永远不会像美国人自己那么辛辣地挖苦美国,这也是成长的一种保证。我深信,那些咒骂美国的美国人其实是最热烈的爱国者。他们是新的拓荒者,他们也被热病弄得战栗不止,但这不是'黄金'的热病:他们寻找的是精神财富,他们不满足于有高楼大厦,如果他们嘲笑这些高楼大厦,那并不是因为他们情愿住茅草房,而是因为他们想要崇高的思想和崇高的感情。"

也许这一切都是正确的,然而"故事说得快",历史却兜着圈子走。自然科学的进步已成为普遍现象。美国人看到苏联的技术在某些领域里领了先便惊慌失措了,但这与其说是同寻找"崇高的思想和崇高的感情"有关,不如说是同政治家和军人们的考虑有关。

在如今被称作"个人崇拜"时期的那些年里,控制论在我国被称作是招摇撞骗。苏联大百科全书在补编里首次谈到它。我国的控制论专家们气愤地回忆起过去,其中的一位拿艺术来出气,似乎对新科学的讨伐乃是"对巴赫或勃洛克的过时的迷恋"的罪过。其实那些禁止控制论的人也在小心翼翼地注视着艺术。无论过去还是现在,我主要不是同美国而是同"美国主义"在进行争论。我曾入迷地读完了维纳①的书(虽然并非其中的一切全都明白),我听过电子音乐,我乐于相信,写诗的机器写起诗来要快于而且也并不亚于作家协会的许多会员。但巴赫或勃洛克却没有被机器代替,而且

---

① 指控制论的发明者诺贝尔特·维纳。

也不能代替。

也许在不远的未来,星际火箭将为没有结婚证书的情侣提供比现在的"卡迪拉克"或"别克"轿车更大的方便,这是无须作许多幻想就想象得到的。我不愿认为,未来的人们将不再具有那种使莎士比亚、歌德或列夫·托尔斯泰的主人公们的爱情不同于直立猿人的交配的文化激情。

古人描写过带着猫头鹰的智慧女神,而黑格尔说过,猫头鹰在夜幕四垂的时候就要飞起。到了暮年才开始思考许多问题是令人遗憾的。

7

我们的美国之行被看成是一次"回访"——在1945年有三个美国记者到过苏联。"冷战"刚刚开始。美国人同苏联政府正就增加用俄文出版的《美国》杂志的份数、改善在莫斯科的美国记者的工作条件进行谈判,国务卿贝尔纳斯也决定显示一下他的好心。各报均报道:"三名赤色记者应邀前来同美国相识。他们将在我国自由旅行,费用由美国政府负担。"钱被我们拒绝了,但对于允许自由行动则决定加以利用。加拉克季奥诺夫情愿留在纽约,因为那里有许多苏联的工作人员,但在同大使相商之后,却决定到芝加哥去观光几天,而当贝尔纳斯的副手卞顿接见我们时,他又说明他打算了解一下芝加哥的几家大报的工作情况。西蒙诺夫说,他挑选了西海岸——好莱坞。轮到我了:"我想去南方各州。"卞顿企图劝阻我:太远了,空中交通也差,而且并非到处都有好旅馆。我不同意:从莫斯科到华盛顿更远,我可以乘火车,而且我们也不是娇生惯养的。卞顿重申我们可以自由选择。

华盛顿的一位在数十家报纸上刊登文章的评论员(或者像在美国所说的"专栏作家")马尔克维兹·查尔茨曾写道:"三人之中最出色和最具挑衅性的爱伦堡挑选'烟草路'的原因是十分明显的。他厚着脸皮在南方的生活中寻找适合他的口味的故事……"(这位记者在提到"烟草路"时所指的当然不是我酷爱抽烟,而是指考德威尔的书。)

老实说,无论对于考德威尔还是报刊特写的素材我都很少想到,我想了解一个很久以来对于我始终颇为神秘的问题:美国黑人的处境。我年轻时认为,进步不可避免地会把人们从迷信和偏见中解放出来。我知道,美国的南部各州远远落后于北部各州,那里的工业很少,存在着文盲,而这就是偏见之所以能长期存在的原因。直到种族主义不是远在海外,而是在我十分熟悉的德国占了上风,我才明白我是多么幼稚。美国黑人的命运不再是例外的现象了,种族主义渗透到时代的日常生活中了。在决定了去南方各州以后,我所想的不是报上的文章,而只是虽已结束却尚未离开我的战争,我想到我一生中不得不碰到的许多黑暗现象,我寻找谜底,试图了解矛盾的时代。

在到达纽约的最初几天里我就明白了,新大陆堆满了陈腐的偏见的垃圾。

在售报亭里可以看到用各种文字在美国出版的数十种报纸——意大利文的、波兰文的、犹太文的、德文的、西班牙文的、希腊文的、亚美尼亚文的、乌克兰文的、塞尔维亚文的等等。我到过一个意大利人居住的市区,那里的绳子上挂着衣服,小饭店里的人把长长的通心粉缠在叉子上,有个人在唱歌,我觉得我是在热那亚或那不勒斯。在犹太人居住的市区里出售腌黄瓜、哈勒瓦①、伏特加,招牌既有俄文的,也有波兰文的;一个貌似巴别尔笔下的人物的老头子在街上一边喝茶一边议论:"苏兹贝格写道,他爱上帝,如果不是犹太人的上帝,那也是美国人的上帝,不过这个上帝在读《时报》的时候大概过于专心,以至于就连华沙的犹太人区是怎么被烧光的也没注意到……"

城市的名称使人想到人们来自天南海北:纽约、新奥尔良、曼彻斯特、阿姆斯特丹、北京、巴黎、敖德萨、托勒多、法兰克福、广州、剑桥、莫斯科、柏林、罗马、牛津、科尔多巴……在任何一个科学部门都会遇到这样一些名字,它们清楚地说明,如果不是科学家本人,那便是他的祖父,出生于爱尔兰,或者波兰,或者德国,或者俄国。我想明白,何以就在一个混杂着所有的种族、民族和语言的国家里,种族主义和独特的民族等级制竟然也都那么兴盛。

贵族社会有世代相传的等级制度:世袭的贵族瞧不起非世袭贵族,而后者又鄙视小市民;在法兰西最高的是亲王,下面是公爵,接着是侯爵、伯爵、子爵、男爵,最后才是普通贵族,他们的姓氏前面都要加个"德"字。曾认为

---

① 用芝麻、花生、胡桃等做的油质酥糖。

贵族的血管里流的是"蓝血"。但美国既未有过封建制度,也未有过蓝血。然而它却以一种使我莫名其妙的方式形成了自己的血液等级制:最高的是那些出生于英格兰人、苏格兰人、斯堪的纳维亚人、荷兰人家庭的人;稍次的是德国人,下面是法国人,再低一些是斯拉夫人,再低许多的是意大利人,几乎处于底层的是犹太人、中国人、波多黎各人。而最低的就是黑人。有些俱乐部不接受斯拉夫人和意大利人。至于犹太人,曾有一位饶舌的美国人向我清楚地说明了他们的处境:"可以同他们共进午餐,但不可共进晚餐——午餐就是在不带妻子的餐厅里所进行的事务上的会见——可以同犹太人办事,但不可与之结交。"有人曾指给我看了几家不准犹太人入内的旅馆,通常这是在疗养区、海滨或湖畔。

我到纽约后过了几天,朋友们带我去黑人居住的地区哈莱姆;我在那里认识了一些记者、作家、演员、音乐家,我同其中的一些人成了朋友。

纽约的黑人在理论上享有一切权利。但凡是住有白人的住宅是不租给黑人的。他们住在哈莱姆,不管怎么说——这毕竟是黑人区。有一次我深夜从哈莱姆回去。出租汽车司机把我送到该区的边界,说明再往前开对他是不上算的——回去找不到乘客,他叫了一辆白人司机开的出租汽车,于是我就换了车。当然也有些富有的黑人,甚至有的还当了国家的官员(这种人为数很少,他们的官职也不高,不过摆摆样子罢了);但是大多数黑人却干着重活:搬运工、垃圾清扫工、看守、电梯司机、洗器皿的女工、洗衣女工。我曾在哈莱姆看到一个"衬衣医院"——这是一个就地缝补衬衣的作坊的名称,一个顾客半裸着身体坐在那里等着:他总共只有一件衬衣。

如果有一个黑人走进了一家正有美国人在内的餐厅,就会有人客客气气地对他说,所有的餐座都已被订去了。如果他想找一个比较干净点的工作,就会有人亲切地告诉他,空额已有人占去了。我曾想邀请几位黑人朋友前往我处。有人预先警告我说,他们不会被送上楼来——我住在第16层,会有人说电梯坏了。

美国人喜欢黑人的音乐、黑人的歌手和演员。黑人的剧团常在百老汇演出。池座里坐的是白人,他们鼓掌。然而如果演员们想在演出后吃顿晚餐,他们就得找到一家法国的、意大利的或犹太人的餐厅——在美国的餐厅里会有人对他们说,所有的桌子都坐满了……

1175

种族主义甚至传染给了那些吃过它的苦头的人:我遇见过排犹的黑人。有一个被什么人侮辱了的犹太人叫道:"干吗您这样跟我讲话?可我还不是黑人!……"华盛顿的一个黑白混血儿谈到自己的不幸——他的女儿爱上了一个黑人。

我开始作旅行的准备。朋友们说,他们将给我派一个进步的南方人,他能给我出点主意,告诉我该去哪里。丹尼尔·吉莫尔是海军上将的儿子,战前出版过"左"倾的文学杂志《星期五》(在巴黎出版过一份同名的周刊,是让-里沙尔·布洛克和尚松主编的)。他说,他要我乘他的汽车。这是个意外的成功——否则我可能永远也找不到我的新朋友引我前去的那些穷乡僻壤。

国务院通知我,用俄文出版的《美国》杂志的主编将伴我同行。纳尔逊是个俄国移民的儿子,俄语说得很漂亮。他的言谈举止很有分寸,因而我们之间建立了良好的关系。

纳尔逊常同地方当局办交涉,我一再被邀请出席官方的午宴——主人有时是商业局的主席,有时是一家大报的出版者,有时是负责文化事务的官员。吉莫尔认识许多人,常把我带到黑人报纸的编辑部去,带到一些小县城和棉花种植场去。我同数以千计的形形色色的人谈过话——其中有教授和种植场主,有新教的牧师和工会工作者,有艺术家和工人。

我们在亚拉巴马时,吉莫尔说,"专栏作家"山姆·格拉夫顿想描述苏联作家的南方之行,因而要求允许他加入我们这一伙。往后我们已是四个人一起乘坐一辆疲倦的、但很宽绰的"别克"去各处旅行了。

我的旅伴们不知何故很喜欢俄国人用名字和父称来称呼一个人的习惯。于是与我同行的就成了丹尼尔·荷拉柴维奇·吉莫尔、比尔·宾涅吉克托维奇·纳尔逊和山姆·诺艾莫维奇·格拉夫顿了。我们成了朋友,南方人曾不止一次把我们都看成是"赤色分子"了。我们有时在大旅馆里,有时在"莫特尔"①里,有时在市镇居民租给过路人的房间里过夜。南方人原来都很殷勤好客,常邀我们同他们共进午餐或晚餐。我很走运——我就像一个美国的旅行家那样在旅行。

---

① 附有停车场设施的汽车游客旅馆。

在纳什维尔时我曾在私人开办的菲斯克黑人大学里度过一天。有将近七百名青年男女在那里学习,他们准备当医生、教师、律师,但他们知道,将来他们只能治疗、教导、保护"有色人"。在教授当中有大化学家布莱迪。他叙述了他不得不在什么样的条件下工作。在为白人办的大学里有设备十分完善的实验室,但他没有权利进去,就连大学里的图书他也不能利用,每逢他需要查阅的时候,一个白人青年就代替他到图书馆去抄录。但布莱迪教授却常被派去出席国际性的代表大会:对于纳什维尔来说——他是个黑人,对于国外来说——著名的美国学者。

(我读过芝加哥大学教授、著名的动物学家黎里写的一篇献给在战争开始的时候死去的生物学家卓斯特的文章:"在卓斯特的全部科学活动中都铭刻着悲剧的标志——他是个美国的黑人……他在欧洲受到了亲切的接待,因而不难理解,何以他注定要让自己去过自愿的流亡生涯,但令人深为遗憾的是,他的知识和对科学的忘我的忠诚未能在他的祖国得到应用……")

我在纳什维尔的大学生当中看到过一个生着雀斑的淡红褐色皮肤的姑娘,她用俄语同我攀谈起来。原来她的父亲是黑人,而母亲是敖德萨人,她叫丽莲·瓦特菲尔德。从外貌来看无论如何也不能把她当作黑人,但身份证上却赫然写明:"有色人"。

我们参观了田纳西河的拦河坝——由罗斯福实现的一项巨大建筑。发电站改变了南方六个州的经济。我称赞道路、房屋、公园,但我到处都看见"为了有色人"的字样,于是闷闷不乐地想:如果这种稀罕的技术竟能同对人的侮辱联在一起,那就让它见上帝去吧!……

在我们去南方的时候,比尔·宾涅吉克托维奇曾告诉我说,美国的国民教育办得有多么好,用于保健事业的经费有多么庞大。我在密西西比看到了租来一小块土地的黑人或农业工人是怎么生活的。在黑暗的茅舍里蠕动着一大堆家口,拿地板当床。我们遇到过许多文盲——为黑人办的学校不够用,遇到过一辈子没看过医生的人:请一次医生要付出全家三个月的收入。

但是曾用南方的美味款待过我们的一个殷勤的大种植场主却说:"我这里的黑人都过得很好。我甚至还让他们上教堂去呢……"

走进一个不幸的茅舍,山姆·格拉夫顿不禁大吃一惊——先前他从未到过南方。我对他说:"您瞧,连我也有用了——由于我的缘故山姆大叔认识了托姆大叔……"纳尔逊也是第一次看到南方各州而大为沮丧,他再也不提医药卫生或国民教育了。

我想起了巨大的、淡黄色的密西西比河,想起了米切尔的那些被美化了的主人公们住过的古老庄园,想起了我们的萨尔台奇哈①所梦想不到的舒适,也想起了黑暗的、恶臭的茅舍,有讽刺意味的人类的不幸——富裕地区的饥荒、过重的劳动以及所有的人每小时都会遭到的侮辱:"往哪里钻,肮脏的黑人!……"(这句话我是在电车站上听到的——只有白人才有权乘坐的车厢几乎是空的,而车厢的平台上却没有一点地方。)

目睹他人的不幸、穷苦和赤贫是令人难受的——我在家里,在西班牙,在印度,都曾不止一次感觉到这一点。但我生平只有一次置身于别人的屈辱当中。一天在新奥尔良一所漂亮的房子里,我同几位有教养的好人——吉莫尔的熟人坐在一起。一位高高的、浅色头发的客人是个建筑师。我们从都市主义、勒·科尔布泽谈到绘画。口渴折磨着我——天气酷热难当,我提议到附近的酒吧间去继续交谈。谁都不支持我。半小时后我要了一杯水。建筑师站了起来:他该回家了。他走后,女主人向我说明,他的身份证写明他是"有色人",因而不能去酒吧间——城里的人都认识他。我感到羞愧:是我把他置于困难的处境中的。我再不想喝水了,如果坦率地说,我再不想活了。

另有一次我感到了难以忍受的羞耻:一个肤色很浅的黑白女混血儿告诉我,一个搬运工人没想到她是个"有色人",让她坐进了白人的车厢;火车开动了,她没来得及走出。一个白人把列车员叫来,让他把"有色女人"扔出去。姑娘丝毫不像黑白混血儿,列车员是个慈悲心肠的人,他低声对可疑的女人说:"我向他解释,说您是犹太人,所以您才有黑头发……"姑娘笑着补充道:"可我却吓得简直都不能动弹了……"当时我生平第一次为我是犹太人感到羞耻,我想变成黑色的犹太人。

"种族隔离"的拥护者,或者简称为种族主义者,在同我谈话时试图为

---

① 萨尔台奇哈(1730—1810),因残酷拷打农奴而臭名远扬的俄国女地主。

南方的制度找根据:存在着种族之间天然的不平等,要过几个世纪黑人才能进步到白人的水平;目前难以同他们来往,应该教导他们,为他们创造还可以过得去的条件,并给予他们能够胜任的工作。这话我听到过许多次。就连一位曾邀请我们前去用晚餐的法学家也对我说过这话。他的年轻的妻子补充道,不论这是好是歹,反正每个人都对黑人感到肉体上的极端厌恶。(我却感到了对这个年轻漂亮的女人的极端厌恶,但作为客人,我只得默然不语。)我们站了起来,这时女主人说,她要请我们瞧瞧她的头生子——他刚刚满月。一个闪耀着满口白牙的高大而肥胖的黑女人把婴儿抱来了,——她给主人的儿子喂奶……

在工业城市伯明翰,有许多黑人在冶金厂工作。我们访问过其中的一个。他虽然穷,但过得很干净,一个小房间里住着五口人。我们谈到工作、住宅。后来我问,他同白人同事们的关系如何。"工作上的关系不错。""您常到他们当中的什么人家里去吗?""不。""他们到您这儿来吗?""从不来。您是到这个房子里来的第一个白人……"

在新奥尔良,我曾去海员工会。秘书让我看俱乐部,说他们的工会被称为"赤色工会":在他们那里,黑人都参加共同的会议,在别的工会里却为"有色人"组织了特别小组。"这就是黑人的座位。"——秘书说。板凳并不比别的那些坏,但毕竟是为黑人另设的。

我还记得同罗伯逊律师所作的一次坦率的长谈。他是个对种族歧视感到气愤的好人,不遗余力地帮助黑人。他告诉了我一些骇人听闻的判决。一个女人看上了一个叫作威利·梅吉的黑人,他是载重汽车的司机。她常把他硬拉到自己家里。女邻居们对此议论纷纷。一天,丈夫不是按时地回来了。女人嚷了起来:"救命呀,有人强奸我啦!……"包括法官在内的所有的人都明知女人撒谎,但在法庭上谁都没有道破真相。律师企图拯救威利·梅吉,但白费力气——他被判处了死刑。在奥尔贝威尔镇有六个白人强奸了一个黑女人,大家都知道他们有罪,但他们却被宣布无罪。罗伯逊还想起了密西西比州的其他一些诉讼案。我问他,何以种族主义如此顽固。他答道:"向您把这一切和盘托出,我感到很不愉快,但我们这里的人从小就是如此,我们所有的人都被这种下流勾当所毒害。我家有一个黑人女仆。我同妻子对她很好。不久以前她分娩了。请来了医生。我去瞧瞧婴儿,却

1179

产生了这么一个念头——一个活的生命,但毕竟不是白人……我对自己也感到厌恶……"

我明白,问题不仅在于希特勒的一段可怕的历史。当然,在美国既没有奥斯维辛,也没有特雷布林卡。私刑杀害事件日益罕见。在1946年,南部各州存在着很像格罗勃克制定的那种法律(格罗勃克不久以前还在西德占有非常体面的地位)。但南方的农奴主也不是创新家。确实鼓励过天文学和其他科学并被称为明君的西班牙国王阿尔丰沙五世在13世纪公布了一项法律,其中有七条提到要在生活中把基督教徒同犹太人隔离开来,并为犹太人制定了一些清规戒律,它们同20世纪中叶在南方各州为黑人制定的清规戒律非常相似。

我知道,如今许多事已发生了变化。甚至美国的反动分子也都明白非洲已经觉醒,对美国黑人的迫害会排除同新诞生的国家建立良好关系的可能。而且在美国国内也可以看到觉悟的提高。在北方战胜奴隶主和种族主义者整整一百年之后,通过了一个给南方的黑人以选举权的法律,这当然很好。但这事恰好又和洛杉矶大街上的流血,和亚拉巴马州与密西西比州的枪声,和郁积在被压迫者心头的对压迫者的仇恨,以及隐藏在那些自由主义的"解放者"内心的对被解放者的厌恶凑到一起去了。

问题不仅在于消灭可憎的法律,问题在于改变人们的精神世界——任何法律,甚至最进步的法律,也不能从意识中根除古老的偏见。它们有时隐藏起来,伪装起来,寻找新的、比较适合现代生活的论据,突然又把丑恶的真相暴露无遗。

我之所以记述南方之行,并不是为了谴责美国人,本书也不是一部政论集。我现在在思索的是我的见闻和感受,我想找到结论。看来我年轻时认为光明正在驱散黑暗的想法是正确的,不过在那遥远的岁月里我常把教育当作修养,把知识当作良心。结论大概就在人的和谐发展中,这需要许多精神力量、许多理性以及许多时间;然而如果人们不去着手此事,那他们将很不值得地死去——死于杀人的武器对脆弱的"没有思想的芦苇"的优势,而且是不分肤色或鼻型同归于尽。

8

　　我觉得我已丧失了吃惊的可能性：我飞越过重洋，到过各种各样的国家，遇到过知名的，有时是伟大的人物，经历了三次战争、一次革命、三七年、法西斯主义、胜利，不料在1946年5月14日我却体验到了一个第一次看见自然界的奇特现象的少年所感到的惊异——我被带到普林斯顿并出现在阿尔贝特·爱因斯坦面前了。我在他那里总共只待了几小时，但我对这几小时却要比对我一生中的某些重大事件记得更为清楚，——欢乐和灾难都可以忘记，而惊讶却不会忘记，它是刻骨铭心的。

　　当然，我见过爱因斯坦的照片，谁又没见过呢，但他看上去却是另一个模样，这也许是因为照片太旧，也许是因为照相机的镜头毕竟不是眼睛。我见到爱因斯坦的时候他是六十七岁；长长的灰白色头发使他变老了，赋予他一种上个世纪的音乐家或隐士的神态。他没穿上衣，穿着绒线衫，一支自来水笔正对着下巴插在高领子上。他从裤袋里掏出了笔记本。面部的线条清晰，轮廓分明，但两眼却惊人地年轻，时而忧郁，时而聚精会神，突然又充满热情地笑了起来，我可以大胆地说，——像孩子一般笑了起来。在最初的瞬间我觉得他是个年迈的老人，但只要他说起话来、很快地下楼走进花园，只要他的两眼愉快地嘲弄起来——这第一个印象就消失了。他因具有岁月所不能磨灭的青春而显得年轻，他自己曾用一句脱口而出的话形容了这种青春："我活着并感到不解，我总是想明白……"

　　在1921年写成的《胡利奥·胡列尼托》里，我曾叙述我阅读一篇通俗地介绍相对论的文章。在科学的许多领域里我都是非常无知的（幸而我明白这一点）——就像一个"未完的平均数"。通俗的介绍我是领会的，但也

1181

还没能全都懂得,有些东西不如说是猜的。在由纽约赴普林斯顿的途中我很激动:像我这样一个不学无术之辈能同这位伟大的科学家谈些什么呢?……我向带我去普林斯顿的犹太文学家勃莱宁谈到了我的畏惧。他回答说,爱因斯坦是个朴实的人,他邀请我是因为他对俄国和新战争的威胁感兴趣。他没有使我平静下来。但爱因斯坦一开口,畏惧就消失了。当然,我回答了他的问题,谈了些什么,但现在我却觉得,只有他一个人在说,而我侧耳倾听,如果我也张过嘴,那也是出于吃惊。

一切都使我吃惊——无论是他的外表、经历、智慧还是热情,但最使我吃惊的还是我坐着,喝着咖啡,而爱因斯坦却在同我谈话。

(有一次我在世界和平理事会的会议上同约里奥-居里并肩而坐。演说家们一个接一个地重复着人所共知的真理。而约里奥则俯耳向我谈起了物理学家们的命运。〔大概是一句什么话引起了他的这些想法。〕"物理学家很像诗人,他们往往在青年时代有所发现。这像是一种灵感。费密在三十三岁创立了 β 衰变理论。卢瑟福在三十二岁显示了自己的天才,德布罗意和泡利在三十一岁做出了重要发现,狄拉克则在二十六岁。但您可知道当爱因斯坦创立狭义相对论时他是多大年纪?二十六岁!"约里奥的两眼调皮地闪烁起来,突然他皱起了眉头,"应该听听他说些什么……"我把约里奥的话记在即将讨论的一项决议的草案上了。)

当然,我在去普林斯顿的途中所感到的激动是同这个人的伟大有联系的。我想起了朗之万在1934年曾对我说:"爱因斯坦把所有的自然科学都翻了个过儿。在他之前的物理学家们都觉得一切都已被认识,但他却证明了还有另一种认识。现代物理学是从他开始的,而且不限于物理学——新的科学也是从他开始的……"

他粉碎了关于囿处于自己专业范围内的书房里的学者的陈旧观念。我知道,他同罗曼·罗兰交谊甚厚,在1915年发表过反战演说,我知道他为反对法西斯主义进行过斗争,我所见到的这个人帮助我在我们这充满矛盾的时代里明白了许多事情。

(很久以后我读了他的《自传概述》和他的朋友们的回忆,发现我的惊讶是很自然的。他的一生宛如一股汹涌澎湃的山泉。让我从他的身份谈起:他先是德国的臣民,后来是瑞士的公民,最后又成为美国公民。在他作出了自己的天才发现后,他成了"伯尔尼发明专利局的三级审查员"。三年后,当全世界的先进学者都在谈论爱因斯坦的发现时,他在伯尔尼大学讲课,而听课的往往总共只有两个大学生。不久人们开始不仅在学术会议上,而且也在电车上谈论他了。他在苏黎世、布拉格、柏林、莱顿、帕萨迪纳、普林斯顿都讲过课,他在欧洲的许多国家待过;还去过印度、巴勒斯坦、日本。他在一生中有什么人不曾见过,同谁不曾作过倾心之谈!我说的不是科学家——当然,他同其中的许多人有朋友关系,但我现在要列举一些他在文章或谈话中提到过的意外的会见:罗曼·罗兰和伯特兰·罗素勋爵、卡夫卡和查理·卓别林、罗宾德拉纳特·泰戈尔和外交人民委员契切林、哈西德教派的历史学家布贝尔和萧伯纳、比利时国王阿尔贝特和女黑人歌手安德逊、罗斯福和尼赫鲁。他不能忍受招待会、鼓掌、赞扬,很少公开演说,爱拉小提琴,醉心园艺,热衷帆船运动〔甚至还写了《驾驶带帆快艇的若干问题》一文〕,同时也没有一个重大事件是他不愿热情而忘我地对待的。在第一次世界大战期间,当他获悉罗曼·罗兰发表演说反对盲目的民族主义时,便到瑞士去拜访后者,发表了反对世界大战的演说。他勇敢地向十月革命祝贺,痛斥德国军国主义。法西斯主义发现他是个不共戴天的敌人。他不是民族主义者——既不是德国的,也不是犹太的或美国的。在集资兴建巴勒斯坦的犹太人大学时,他说:"我看到过犹太人在德国如何受到嘲笑,我的心里充满了热血。我看到过学校、滑稽杂志和其他一切宣传工具如何被动员起来以扑灭我的犹太人兄弟对自己的信心……"他为捍卫自己的尊严的西班牙做了力所能及的一切。他参加了许多为反对新的世界大战的威胁而进行斗争的组织。他离开了国际联盟的文化部,宣布它姑息强者并鼓励侵略。他曾在美国公开宣称他是社会主义的拥护者和苏联的朋友。关于对黑人的歧视他曾写道:"这是每个美国人良心上的污点。"在第二次世界大战期间,他曾协助征集物资来支援苏联。他谴责了原子武器,把"冷战"革出了教门,坚持普遍裁军,而在去世前一个月还曾起草过一个要由他、伯特兰·罗素和约里奥-居里签名的呼吁书。

他有许多敌人。有些科学家长期企图否定他的发现,他们觉得,这些发现有损他们那依靠一切真理和谎言挣来的不大的声望。德国法西斯分子仇视他:对他们来说他首先是个犹太人。曾经建立过一个叫作"反爱因斯坦"

的组织,有些著名的物理学家、诺贝尔奖金获得者也加入了。这个组织专门陷害爱因斯坦——破坏讲课,印行伪科学的谤书和传单。1922年,"王室的喽啰们"在获悉爱因斯坦抵达巴黎时曾举行敌意的示威。希特勒上台后,爱因斯坦被缺席判处死刑,高价悬赏征求他的首级。1933年,黑暗势力分子要求禁止爱因斯坦进入美国。1945年,议员伦金在众议院建议政府"惩办一个叫作爱因斯坦的煽动者",因为此人胆敢发言反对佛朗哥的政体。五年后,同一个伦金又说:"有一个叫作爱因斯坦的老骗子,自称是科学家,实乃共产主义阵营的参加者……"爱因斯坦曾是著名的反美活动调查委员会注意的对象。)

我在笔记本里找到了爱因斯坦的几句话——那是我从普林斯顿回到纽约后立刻记录下来的。他是这样谈论美国人的:"这是些孩子,他们有时可爱,有时任性。孩子开始玩弄火柴不是一件好事。最好是玩积木……我不认为,一个普通的美国人读书比欧洲人读得少,但他读的是另一种书,而主要的是他用另一种方式去读。我问过一个大学生,他是否读过某一本书,他答道:'好像读过,是的,我不记得了。不过这本书是好多年前出版的,它可能已经过时了……'这种人只对新的东西感兴趣……这里的人善于很快把事情忘掉。在战争时期,一个普通的美国人一听到'斯大林格勒'这个字眼就会有这样的反应——从手上摘下手表赠给红军战士。米霍埃尔斯和费费尔就看到过这种事。如今许多人听到这同一个字眼却会有完全不同的反应:向俄国人炫耀我们有原子弹。当然,这是报纸上进行的运动的结果……在中非洲存在过一个不大的部族——我所以说'存在过',是因为有关这个部族的消息我是在很久以前看到的。这个部族的人给孩子们取名为高山、棕榈、曙光、鹞鹰。一个人死后,他的名字就变成了忌讳,于是只得寻找新词来称呼山岳或鹞鹰。显然,这个部族既无历史,也没有传统或传说,因而它就不能发展——几乎每年都只得一切从头开始。很多美国人就像这个部族的人……我在《纽约人》杂志上读到过一篇关于广岛的令人震惊的报道。我用电话订了一百份杂志分发给了我的学生。其中的一个后来向我致谢,他狂喜地说:'多么不可思议的炸弹!……'当然,也有些不同的人。但所有这一切都使人感到十分沉重……秋天我发表了演说。看来,很快就得重新……"

他在谈话中曾再一次回到炸弹的问题上:"您要知道,最危险的就是指望一切都合乎逻辑。您确信二乘二等于四吗? 我可不……不幸的是罗斯福死了——他是不会允许……"

(稍迟我还获悉了被称为"爱因斯坦的悲剧"的那件事。在第二次世界大战开始前一个月,爱因斯坦的几个物理学家朋友曾告诉他,在德国有人正在设计制造原子弹。希特勒匪徒侵占了捷克斯洛伐克以后拥有了铀。朋友们说服了爱因斯坦写信把此事告诉了罗斯福。1945年4月,当时业已判明希特勒匪徒没有来得及制成原子弹,而当爱因斯坦获悉美国人已拥有这种炸弹以后,便再次致函罗斯福——恳求不要使用这种可怕的武器。罗斯福没收到信就去世了。而新总统杜鲁门则在几个月后下令在广岛和长崎投下了炸弹。)

我知道爱因斯坦对《黑书》的出版感到兴趣。我带来了一些发表过的材料和照片。爱因斯坦仔细地看着,后来抬起两眼,我看见其中含着悲痛,他的嘴唇微微颤抖。他说:"我生平说过不止一次,认识的可能性是无限的,我们应该知道的事物也是无限的。现在我认为卑鄙和残酷也是无限的……"

他问我打算到哪儿去。我回答说,后天要去南方——想看看黑人是怎么生活的。他说:"他们的生活令人可怕。真可耻! 南方各州政府的行为应该按照纽伦堡审讯的起诉书中的若干条款来治罪……"几分钟后,当我们下楼走进花园并在那里受摄影师的折磨时,他告诉我说,很久以前曾有一位维护种族歧视的年轻漂亮的美国女人向他提出了一个在美国很普遍的问题:"要是您的儿子宣布他要娶一个黑女人,您会说些什么?""我回答她说:'我不知道。我也许会想认识一下新娘子。可要是我的儿子说他打算娶您的话,我大概会睡不着觉也吃不下饭了。'"(他的眼里燃起了热烈的火花。)

他仔细地向我探问有关苏联的事。后来说道:"我相信,你们很快就会把经济恢复。我一般是相信俄国的。请告诉我,您常见到斯大林吗?"我回答说,我没同他谈过一次话。"可惜——我很想了解作为一个人的他。一个共产党员曾对我说,我落后了——我夸大个人的作用。当然,我不是马克思主义者,但我知道世界存在于个人的主观评价之外。但个人毕竟起极大的作用……我对列宁的想象要清晰得多——我读过关于他的文章,看到过

1185

会见过他的人们。他是令人尊敬的——不仅是作为一个政治家,而且也作为一个具有崇高道德标准的人……"

我还记下了一句话——我现在想不起他是在谈到什么问题时这么说的了:"《卡拉马佐夫兄弟》给我留下了很深的印象。这是那些粉碎了关于人的内心世界、关于善与恶的界限的机械概念的作品之中的一部……"

他在告辞时说:"目前主要的是避免一场原子的浩劫……您到美国来是件好事,让更多的俄国人前来谈谈吧……人类应该比打开了潘多拉的盒子却再也关不上的厄庇米修斯①聪明些……再见!日后再来……"

十天后我从收音机里听到了一个熟悉的声音:爱因斯坦谈到悬在人类头上的致命危险,——必须同俄国人达成协议,放弃使用原子武器,不要武装,而要裁军——他想合上潘多拉的盒子。

我一面听,一面想起了那所有绿色护窗板的灰色小房子、书籍、手稿、烧穿了的烟斗——一切都像是被抛弃了的,仿佛主人已离开习惯的舒适跨入了无限的世界。我想起了一个在衣领上插着一支自来水笔的老人,他目光炯炯,一绺绺的白发在春风中抖动。

---

① 希腊神话中普罗米修斯的弟弟,潘多拉的丈夫。

9

这是在纽约我认识美国之初。我正在一间光线暗淡的作坊里试裤子,突然一个灯泡的闪光使我为之目眩。摄影师嘟哝着说,他原想拍一张我在街上的照片,而所以拍了试衣时的照片则是开个玩笑,给我留个纪念,当然,这张照片是不会发表的。但我次日就在一份晚报上看见了它,这也是当然的。记者报道说,爱伦堡拒绝采用"闪电"式纽扣,而宁肯使用旧式的纽扣。我没有笑,而是勃然大怒,几天后我见到了主编,问他何以刊登了这么一张戏谑的照片——我又不是电影明星,而是个已过中年的男人。"我们对人有兴趣。"主编向我解释。"可为什么对人的下半身有兴趣呢?……"他惊奇地瞧了瞧,然后哈哈大笑起来:"好啊!您这纯粹是美国式的幽默。您这话明天就会见报……"

起初我对许多美国报纸的性格感到惊讶,后来我习惯了也就不再注意了。使我不安的是另一种东西——一年后被称作"冷战"的那个东西的第一批征候。

我还记得在诺克斯维尔浏览一张地方报纸时我曾突然愣住了:我读到,在第一百一十九首赞美诗里提到一个叫莫索赫的地方,那里住着一些仇视和平的人,以西结先知曾经指出,梅舍赫的人崇祀偶像歌革,而莫索赫和梅舍赫不是别的,就是莫斯科。当然,诺克斯维尔是个不大的外省城市,也可以嘲笑他们的愚蠢和神经质的狂吠。但次日我同一个十分好客的农场主谈话,他也对我说:"真是不幸——刚打完仗可又得再打,但如今不是同德国人打,而是同俄国人打……"他说这话时并没有寻衅之意,甚至也没有不友好之心,而是颇为发愁。类似的议论我听到过不止一次,尽管纽伦堡的审讯

1187

还在继续进行,在战胜希特勒的一周年纪念日,许多人还想到了俄国人曾经是盟友。人们被动人心弦的电报弄糊涂了。突然街头的报贩们大声叫道:"红军坦克开往德黑兰……"谁也记不得辟谣,只记得恐惧。我问那些分析外国政局的人:何以他们认为第三次世界大战是不可避免的?他们没有援引《圣经》,而是说:"俄国人打算侵占波斯……俄国将在最近几个月内进攻土耳其……莫斯科正在觊觎希腊……红军以发动战争相威胁,如果铁托得不到的里雅斯特……"

我们在美国逗留了两个半月,在这个短短的时期里发生了许多变化:报纸日益经常地表现出不友好的态度,我们所会见的人变得比较警惕了。当然,这是"冷战"的最初阶段,还可以指望昨日的盟友会达成协议。我遇到过一些企图保持罗斯福路线的政治活动家——前副总统华莱士,前大使戴维斯,国会议员贝贝尔、柯菲、托马斯。他们和我们一同在群众大会或会见会上讲话。有两万美国人来到了麦迪逊广场,葛罗米柯大使、我们三人和戴维斯都讲了话。我曾在一个宽敞的大厅的昏暗的光线中看到了友好的微笑。

但依然可以明显地看出普通的美国人情绪上的变化。赫斯特系报纸的记者们的想象力曾使我大吃一惊:他们写了一些关于我们的谣言,尽管我们就在旁边。许多报纸断言,我是在伴随着我的一名国家政治保安局的侦探的监视下旅行的,当我介绍纳尔逊说:"红色警察机关的密探,国务院的工作人员纳尔逊先生"时,极为亲切的比尔·宾涅吉克托维奇笑了。我同西蒙诺夫来到波士顿,我们在车上过了一夜,美苏友好协会的一个会员在车站上迎接我们。当地的记者纷纷提出问题,我们一一作答,最后友协会员说道:"让他们去吃早饭,休息一下吧……"一家晚报用大字标题写道:"俄国领事禁止苏联作家同报界代表谈话"。我问主编,为什么他在自己的报上刊登了这么一条荒谬的新闻——波士顿并没有苏联领事呀。他回答说,这是一个误会:说的是"康歇尔"(协会)。但记者却听成是"坎苏尔"(领事)了。也许这是事实,但也许并非如此:我不止一次发现,每当一个问题同政治有了瓜葛,误会就出自人们的见解,荒谬的事也充满了意义。

赫斯特系的报纸把我称作"戴着假面的鼓动家""玩世不恭的同志""来自共产国际的伊利亚"。这听上去几乎是纯理论的。(两年后这些报纸在谈到我时却采用了一些比较鲜明的字眼,我还清楚地记得其中的两个:"克里姆林宫的低能儿"和"雇佣的畸零人"。)

罗斯福的一个朋友曾向我解释美国的新政:"杜鲁门根本没有想到战争。他认为,共产主义正威胁着西欧的某些国家,并且可能取胜,如果苏联在经济上恢复了元气并向前迈进的话。美国的不妥协政策和原子弹试验将迫使俄国把全部人力和物力花费在武装力量的现代化上。'强硬'方针的拥护者正在谈论苏联坦克的威胁,但实际上他们已向苏联的锅子宣战了。"

在这次谈话的两个月后,杜鲁门建议让维护同苏联达成协议的主张的商业部部长华莱士退休。

美国的官方人士对我们都很客气,我们自由地在全国各地旅行、在会议上讲话,只有一些力图超越时代的记者欺负我们。我们看见了第一幕的开端。在加拿大又让我们看了下一幕中的一场。我们原想到墨西哥和古巴去一趟——那里邀请我们前往,但从莫斯科拍来一份电报:建议我们接受加拿大—苏联友好协会的邀请——到多伦多、蒙特利尔去演讲;只得同意。

还在纽约的时候就曾有一位加拿大的外交官前来找我,建议在访问了蒙特利尔之后访问渥太华,在那里我们将是加拿大政府的客人。他像外交官所应当的那样微笑着说,我们在渥太华可以休息:政府的客人必须拒绝发表公开演说。

一越过国境我们就立刻明白了我们将要得到的是什么样的休息。恰巧那几天正在审讯几个被控向苏联泄露了军事秘密的加拿大人。大使馆的职员古坚柯是原告方面的主要证人——他被人用金钱和未来的舒适生活引诱了。他是审讯时的明星,在上衣里面穿着铠甲,报纸赞美他的勇敢。由于所有的国家不分大小都在从事间谍活动,所以对这类案件的审理通常并不大事张扬,报上只说被捕者"为一个强国的利益效劳"。但这一次加拿大政府却掀起了(未必是出于自愿)一个猛烈的反苏运动。报上每天都在描写"赤色的危险"。在渥太华的使馆周围,常有一些公职人员或自愿者聚集在一起大骂莫斯科。这样一来,气氛就不完全适宜于安静地认识这个国家了。

我还记得到达多伦多的第一夜。一家大报的老板请我们去进晚餐,说他想谈谈如何加强文化联系、增进相互了解。当天晚上要举行"战时支援俄国委员会"的晚宴,我不得不去赴宴。我对报纸的老板说,晚宴结束后我将去他那里待上个把钟头。晚宴进行得很正规——既有主席的木槌,也有冠冕堂皇的演说,还有支票和掌声。我已知道晚宴的程序,便尽力扮演指派我担任的角色。报纸的老板住在城外一所坐落在漂亮的花园中的公寓里。一走进餐厅,我立刻感到有些不妙。加拉克季奥诺夫凝然不动地坐着,把嘴唇一瘪,而西蒙诺夫则装作在仔细观看墙上的版画。我的出现看来使谈话中断了。端来了咖啡,我还没来得及端起杯子,主人就转身对米哈伊尔·罗曼诺维奇说:"这样一来,您就应该理解,加拿大人把每个苏联客人都看作侦探是不无理由的……"我站了起来,说我累了,想去睡觉。主人明白他说得过了头,就说他喜欢俄国,对我们的光临感到高兴。我们站了十几分钟便离开了。

记者招待会开始了。友好协会的加拿大人无法使记者们安静下来。我们谈论苏联人民的生活与文化都是白费唇舌。给我们提的问题都是关于间谍活动、克里姆林宫的军事准备、行将爆发的战争。我在第一次记者招待会上说道:"我喜欢你们的国家和人民,但有两件事令我惊奇。为什么你们的记者一开口就是新战争?难道对于我们怎样生活、怎样战斗、怎样重建遭到破坏的城市,你们都没有兴趣?第二个问题是:根据宪法,加拿大是个使用两种语言的国家,但在边境上说法语却没有人懂,在邮局里也是这样,而且在记者们当中——我从脸上的表情看出——也有大多数人不懂我的话。"

我的话对于蒙特利尔和魁北克的法文报刊如同蜜糖。用法语出版的报纸都用大号铅字告诉自己的读者:"爱伦堡认为,在加拿大关于战争谈得太多,说法语的人太少。"这预先决定了法文报纸(其中多数属于极右派)在一定程度上对我们采取了比较善意的态度。

我们在最初几天没有回答一些同审讯有关的问题。有些报纸指责我们胆小。当他们在加拿大军队的报纸举行的晚宴上第十次提出同样的问题时,我认为不能再避而不答了。我保存了一份《祖国报》,上面发表了我的回答:"苏联政府已经宣布它正在考虑此事。我可以告诉你们,作为一个苏联公民的我也在考虑此事。此案有法律上的一面,对此我不拟涉及。其中也有政治上的一面。我看见过第一次世界大战时期的加拿大军队。当时它们处于前线上最危险的战区之中的一个战区里。这是个光荣的岗位。对于加拿大人在第二次世界大战中所据守的岗位——在些耳得河上——也同样可以这么说。我觉得,在已对苏联宣布的一场舌战中,加拿大人重又被置于一个最危险的地位,但它却未必可以称之为光荣的岗位。我不明白,何以加拿大必须充当煽风点火的角色?我认为我们不如达成协议并和睦相处。"

当然,报纸谈起了我对加拿大内部事务的干涉。蒙特利尔当局预先警告我们,群众大会最好停止举行——有人准备捣乱。米·罗·加拉克季奥诺夫由于自己的健康状况而对于所发生的事情感到特别痛苦。群众大会却并未停止举行。我用法语演说,而在这个城市里讲话不用翻译就意味着立刻博得听众的好感。

我想去魁北克访问一天——看看这个古老的法国式的城市,但政府的代表却对我说:"魁北克现在连一间可供您留宿的空房间也没有……"

我们在渥太华的逗留最令人不快。一群中级官员把我们包围起来。我们在我国大使馆度过了一天,在那里略事休息,而且使那些犹如坐在不可侵犯的避难所里的工作人员快活起来。

在最后一天,总理意外地邀请我们前往。我们决定让加拉克季奥诺夫同西蒙诺夫去见他,并说我请求原谅——我很疲劳,身体感到不适:因为我受到的攻击多于他人。总理明白我患的是外交病,便企图推卸罪责。我们坐上飞机以后,我微笑起来:感谢上帝,终于结束了!……飞机在沃尔巴尼着陆。让我们在机场待了很久,后来告诉我们,说气候不宜飞行,已为旅客订了火车票。

我们在沃尔巴尼待了几个小时——没有举行仪式,没有记者,没有朋友。这是美国的一个普通的外省城市。街道上来来往往的年轻人都穿着崭新的西服、系着色彩鲜艳的领带。坐在酒吧间里高凳子上的既有大喊大叫的人,也有沉默寡言的人——他们不互相交谈,而是不时发出刺耳的、轧轧响的声音——有时要"布尔邦-苏打",有时咒骂,有时咧着嘴大喊"耶斯"。在商店的橱窗里,沐浴在蓝色的不祥光线里的塑料制的美女,使人想到夏季衣着的低廉和人人均可享受的十分钟的幸福。我们在酒吧间里坐坐,在街上走走,到火车站去看看又重新走开:等火车。

我之所以想起了在沃尔巴尼的这个晚上,是因为我在那里意外地同酒吧间的一个顾客作了一次谈话。他看上去年近五十,他那红铜色的脸由于汗水而闪闪发光——晚上很热。他在布鲁塞尔住过两年,法语说得很好。

他向我叙述了自己的身世：他的父亲是内布拉斯加州一个小种植场主，他童年时并不穷困，但很可怜。父亲让他自立——送他进了商业学校。后来他开始在一家卫生用品商行工作，想出了一种新的做广告的办法，获得一笔奖金，便抛弃了工作，到旧金山去开了一家小小的灌肠铺，很快就发了大财——因为碰到了一个越狱出来的高明的匈牙利行家。不久他对肉食品感到厌倦，改行经营保险事业。他在比利时得到了一个职位，但他不喜欢欧洲的生活。他回到祖国并在堪萨斯开始出版金融小报。他被认为是个精力充沛的人，步步高升，结了婚。突然爆发了经济危机，他变穷了，便在售货亭里卖热的小灌肠，并想到过自杀，特别是在妻子同警察局长来往密切之后。但是，一般来说，一切都是来了又去，经济危机结束了，他振作起来，找到了一伙股东，在克利夫兰开了一家私人侦查局，醉心于政治活动——参加了竞选运动，虽然并不顺利：他替共和党宣传，但罗斯福又再度当选。他第二次结婚——娶了一个寡妇，附带得到了妻子的前夫养的一个吊儿郎当的儿子，但也得到了一笔储蓄，买了一所不大的制造保险柜的工厂，突然——珍珠港事变爆发，工厂开始为军事部门生产，规模扩大了。这时发生了一桩极不愉快的事——工厂的产品被认为是废品，被竞争者收买的报纸要求诉诸法庭，不得不花了一大笔钱聘请酬金高昂的律师，人人都在大吃大喝，可他却重又沉了底。妻子抽走了储蓄，工厂被卖掉了，他搬到沃尔巴尼经营广告。如今事业发展顺利，他的局里有十一名职员。过继的儿子改邪归正了，他原来颇有才能——发明了一种用于灯光广告的机器，这种机器也可以报道交易所的行情和政治新闻，他获得了为海因茨、"骆驼"牌香烟和三家银行制造广告的独有权。如今人们建议他去担任一家大商行的巴黎分行的主管，而过继的儿子将留在局里……

我问他，这种动荡不宁的生活是否使他疲倦。他轻蔑地冷冷一笑："我不是比利时人，不是法国人，也不是俄国人，我是真正的美国人。5月份我已满五十四岁，对于男人来说这是黄金时代。我的头脑里装满了主意。我还能爬到顶峰呢。"后来他开始发表抽象的议论，"我一点也不反对俄国人。他们打仗打得真棒。也许他们都是精明的生意人。但我曾在《泰晤士报》上看到，你们没有个人的主动性，没有竞争，只有政治家和设计家才能出人头地，而其余的人只是工作、领薪水。这真是前所未闻的单调！要是在大萧条时期(他这样称呼20年代末的经济危机)有人对我说:我们给你一份优厚的薪水,不过有一个条件,那就是你今后再不从一个州搬到另一个州,也再不更换职业,——那我就会自杀。您不懂这一点吗?当然!我在布鲁塞尔看到过人们是怎样过着平静的生活,储蓄金钱以备困难时日之需,因而逐渐退化下去:那里的每一个年轻人都是精神上的阳痿患者……"

西蒙诺夫走过来说,该去火车站了。

普尔门式车厢里很黑暗——所有的人都在帷幔后面睡觉。我走到厕所旁边的一个地方——那里可以抽烟、看书、喝汽水。我在那里记下了萍水相逢的酒友讲的故事。

一周后我们在波士顿坐上了法国的"伊尔德法兰西"号轮船。战前它被认为是一艘豪华的轮船,但后来却用来把美国部队运往欧洲。任何地方的大兵都是大兵,他们使漂亮的大厅和船舱都处于同他们的精神空虚相适应的状态。

波士顿的港口工人罢工了。"黄种人"搬运行李,但行李很多:欧洲人正在回欧洲去。"伊尔德法兰西"上真是什么人都有!儒勒·罗曼(等待着他的有院士——或者像法国人所说的"名垂千古的"院士称号、礼服、长剑)和一个曾在布加勒斯特的监狱里蹲了六年的罗马尼亚女共产党员,一个比利时的香烟厂老板和一位捷克教授。所有的人都是到破产的、饥饿的欧洲去的,他们带着女用皮大衣和储存的咖啡、洗衣机和罐头。白天在甲板上不时传来片断的语句。一个意大利大学生激昂慷慨地叫道,已经到了消灭"万恶的教权派"的时候了。普瓦提埃的一个老年的贵族女人叹息道:"女婿来信说,法国弥漫着革命的气息。他认为皮杜尔虽是个十分正直的人,但却是个懦夫,竟让多列士目前待在马提尼昂宫里。而游击队员也把武器藏了起来……当然,在美国比较平静,可我愿意死在自己的家里……"年轻人争论着萨特的作品、法国是否会实行共产主义,以及是否应该按照过去的面貌恢复被破坏了的城市,或者重新修建。大家都因即将见到亲人、朋友和阔别数载的故乡而十分激动。我不知道那些把侨民们运往美国的轮船是什么样子,但"伊尔德法兰西"却把那些没有在富庶而吃得饱的美国安居落户的人们运走了。

人们很激动,但海洋却很平静。夜间我常坐在上层甲板上——有时记录美国印象,有时钻入黑暗中去欣赏辽阔无垠的大海。我在一个夜里记下了我对这次旅行的一些想法,在札记里我又回到了在沃尔巴尼遇到的那个红铜色脸膛的美国人身上:"在少年时代,当我参加了一个中学生组织以后,我总是根据《顿河言论报》的小册子思考一切问题。那里明确地说,社会主义将首先在那些资本集中、拥有先进工业的国家里取得胜利。结果正好相反:在黑山地区的群山里,人们叫道:'贝尔格莱德—莫斯科!'而在美国,资本主义正在经历的如果不是青春时代,也是'男人的黄金时代',就像沃尔巴尼的那个人所说的。他并不是一个罕见的冒险家,而是一个冒险世界的人。他所珍惜的一切对于他不是正在结束,而是正在开始。应该同美国达成协议——在最近的几个世纪内那里是不会发生革命的。问题是在美国人。他们一般来说都是爱好和平的人,但是已经很狂热了……"

我想到在加拿大所听到的事情,感到可怕:结果一切也没有按照计划进行——战后的岁月正在开始变成战前的岁月。我正打算把一部关于那场业已平息的风暴的长篇小说写完。但我在加拿大曾与之进行争论的人们却已经把不久前的往事抛在九霄云外——对于他们来说,风暴才刚刚开始,风正在旋转尘柱……

海洋犹如一个做噩梦的人那样在辗转反侧,但这对于海洋来说只不过是轻微的波动。当然,小舢板也许会被它抛起,但在"伊尔德法兰西"的酒吧间里却几乎不停地有人在按铃要酒。夜像7月般温暖,天上繁星密布。当时我想什么?不记得了。大概也同所有那些在一周内摆脱了尘世的纷扰,置身于碧波之中和星空之下的人们一样,想的是业已过去的生活、未完成的作品,以及应该做总结了……

我只记得,有一夜加拉克季奥诺夫前来找我。他抱怨他患失眠症,接着说上面很好——有海洋空气,有星星,突然他朗诵起来:"……星儿同星儿交谈……"他走了,我也到下面的船舱里去了。我想写诗,但没有写,却记道:"我们在一生中很少互相交谈,可能比星儿同星儿的交谈要少得多……"

10

只要我一回想起美国之行,我就开始想到米哈伊尔·罗曼诺维奇·加拉克季奥诺夫的命运。在《红星报》社,我几乎每晚都遇到这个谦逊的、守旧知礼的人。我们互相问安,有时也说上三言两语,因而我当然不了解他的为人。在我们赴美游历期间,有时我同他长谈,对他总算有了些了解,但主要的东西却依然很久都未明白。我常责备自己对人不够注意,有时我觉得,这不是我的缺点,而是时代的风气:我们对邻人、同事,甚至朋友的了解太少了,我们谈的只是短短的一天里发生的重大事情,或者几乎是抽象地进行一些争论,而对于真正使我们激动的问题却保持沉默——我们竭力隐藏自己的东西,也同样竭力避免偶然发现被隐藏起来的别人的东西。

美国记者在初次见到加拉克季奥诺夫后称他为"老战士"——灰白的头发、黑框眼镜下疲倦的眼神和肩章上的一颗星把他们骗了。在我们赴美之前,我也以为米哈伊尔·罗曼诺维奇年长于我,但我们访美时他还不到五十岁。将军服使他显得有些枯燥乏味,似乎他整个都被浆硬了一般——无论是两颊、谈话还是思想。可这是不真实的。在他还能平静地谈话时,我同他两人在一起有什么不曾谈到过啊——关于契诃夫的技巧和被俘的我国士兵的可怕遭遇,关于基辅的索洛夫佐夫剧院很早以前的演出和把人机械化的危险性。加拉克季奥诺夫一度曾在语文系学习,后来成为一名准尉,准尉在当时被人们鄙夷地称作"普拉波尔"或"芬德里克"。尽管加拉克季奥诺夫在1918年就自愿参加了红军并几乎终生在军中服役,但我在同他谈话时依然可以感到那种旧知识分子的修养。

在我们旅行之初,我不仅对米哈伊尔·罗曼诺维奇的精神状态毫无所知,而且也不理解他的行动。对于记者们提出的毫不客气的问题,对于一位"专栏作家"开的一个挖苦人的玩笑,对于西蒙诺夫或我甚至都未发觉的任何一桩小事,他都会有那么痛苦的反应,这使我感到惊奇。后来我开始有了一些了解,但很迟才获悉一切。

在我们的美国生活的第一个月里,有一次我走进了加拉克季奥诺夫的房间。他躬身坐在桌旁,我觉得他像是有病。他答道:"一切正常。"——并用被捕获的野兽似的眼睛看了看我。我说,我们该去赴合众国际社的午宴了。他站了起来,梳理着头发,甚至还微笑了一下,但突然轻声说道:"每天会见外国人……这是刑罚!……"

他诚心诚意地履行委派给他的职务:在会议上讲话,看上去和蔼可亲、容易与人接近。虽然"冷战"正在加剧,但记者们对待将军却远比对待作家们恭敬得多。然而米哈伊尔·罗曼诺维奇却焦躁不安。一天有一位大有名气的军事评论员在招待会上对他说:"我听说你们正在编写战史。我们目前也在做这件事,认真地分析我们的失利——在太平洋,在非洲,在意大利。请告诉我,你们的军事史家可以研究失败的战役吗,例如刻赤战役?"加拉克季奥诺夫答道,在战争的第一年间德国人在技术装备上占优势。当时美国人便冷笑着说:"当然,既然红军是由斯大林大元帅指挥的,战略上的错误也就不存在了。"

在纽约,我和西蒙诺夫整天在市内游荡,而米哈伊尔·罗曼诺维奇却不离开自己的房间。倘若没有官方的宴会,他吃饭也要在自己的房间里吃。商务代表处的一位工作人员从图书馆给他带些书来。天气酷热,将军脱了衣服,坐在圈椅里阅读契诃夫、屠格涅夫、列斯科夫的作品。有一次我碰见他正在读契诃夫的作品。"惊人的作家,"他说,"看来我读第十次也会赞美不止。他把人看透了。昨天我们从可恶的晚宴上回来以后我读了《第六号病室》。我几乎背了下来,但当我读到尼基塔把丑角穿的长袍交给医生的场面时,我再也读不下去了……常有一些时髦的作家。我一度迷上了列昂尼德·安德烈耶夫。但当有人给我送来了他的短篇小说,我却读不下去——可笑,陈腐。您来到之前我正在读《套中人》……精练得使我吃惊——连一个字也不能增减。您听听:'大斋的饮食有害处,可是吃荤又不行……'还有这个地方:'你看着人们作假,听着人们说假话,人们却因为你容忍他们的虚伪而骂你傻瓜。你忍受侮辱和委屈,不敢公开说你跟正直和自由的人站在一边,你自己也作假,还微微地笑……'"有人敲门,米哈伊尔·罗曼诺维奇阖上了书。

我的良心上有罪过——虽然我自己没有料到这一点,我曾加速了米哈伊尔·罗曼诺维奇的病情的发展。热得令人难以忍受的纽约的夏天已经开始,而他却穿着军服备受暑热之苦。此外他还很引人注目:只要他一上街,所有的人都盯着他看。我说服他买了一件夏装。他活跃起来了,说他在黄昏时出去散步,谁也没有看他,他甚至还大笑起来:"大概我就像一个普通的中年的实业家……"不料次日我发现他惊恐万状,面前摆着一张报纸,他好容易才说出话来:"您可以读读。这就是您的劝告所引起的后果!……"应该说,"专栏作家"们在我们身上确是很下功夫的:有一个写道,西蒙诺夫请一位女演员吃顿晚饭花了多少美元,另一个叙述我买了一盒贵重的哈瓦那雪茄。这一位"专栏作家"则写道:"花园里的花儿开了,小鸟唱起来了,威严的加拉克季奥诺夫将军也换了自己的羽毛。我们看见,昨天他穿着一件浅灰色的上衣,兴致勃勃地出来,到……我们不谈他到哪儿去了。"米哈伊尔·罗曼诺维奇十分沮丧:"您可明白,这是什么意思?我只不过走到街角上就折回来了。可这里却这么说!……"我依然没有明白,并天真地说,米哈伊尔·罗曼诺维奇的妻子是个聪明的女人,即使报纸到了她的手里,她也会大笑起来的。他叫道:"这跟妻子有什么相干?……我告诉您:那里会说什么?"他指指天花板。我想安慰他:对我和西蒙诺夫写的胡说八道也不少,黄色报纸的作风我们大家都知道。但他并未平静下来:"你们是什么都可以对付的——你们是作家。可我是军人……"突然他忍不住了,"我经历得太多了……"说到这里他很快发现自己失言了,便谈起了另一件事。后来他向我叙述了他的青年时代、萨马拉附近和喀琅施塔得城下的战斗、同伏龙芝的会见,但从未回到那些极不愉快的回忆上来。

如今关于"个人崇拜"的牺牲者人们写得很多,谈得就更多,人们回忆着那些被枪决的和死在劳动营里的人们。米哈伊尔·罗曼诺维奇从未被捕,他只是等待过逮捕。谢苗·古德坚柯在受了重伤后被救了出来,但十年后却死于很久以前的暗伤。米哈伊尔·罗曼诺维奇被"叶若夫暴政"的冲击波所伤。直到不久以前我才知道在"我经历得太多了"这句脱口而出的话后面隐藏着什么。加拉克季奥诺夫的履历表同别的许多人相似。他于1917年入党,当时是二十岁,上了前线,留在军中,步步升级,在军事学院毕了业,在人民委员会国防组工作。风暴加剧了:他的同事们被捕了。师政委加拉克季奥诺夫被控与"暗害分子"有联系。从他的柜子里搜出了"人民公敌"的作品。党的会议一致通过决议把他开除出党。他失去了军衔与工作。他很走运:半年后他恢复了党籍,然后受命在《红星报》工作。在1943年,上头有人想起了有过这么一个谦逊而勤奋的人,于是加拉克季奥诺夫便被授予了少将军衔,加入了《红星报》的编委会,后来又被调往《真理报》,被派往美国。万事如意。只是人受了伤害:他记得他在会上怎样被斥为"懦夫""马屁精""伪君子",怎样在深夜侧耳倾听楼梯上嘈杂的声音。

美国之行加速了结局的到来。米哈伊尔·罗曼诺维奇是生来就最不适宜于去同那些在表面上的客气后面隐藏着敌意的美国记者进行艰苦而复杂的谈话的。在加拿大的几天尤其痛苦。我已叙述了当时的情况。我很惊奇,加拉克季奥诺夫在陌生人面前竟那么泰然自若。人们中伤他,但他记得,不该在火上浇油,因而尊严地、但也像往常那样彬彬有礼而又善意地作答。在轮船上我曾对西蒙诺夫说,米哈伊尔·罗曼诺维奇精神上患病了。

他在巴黎似乎逗留了一周,有说有笑,常去书店。有一次我们同他在卢森堡花园里的魏尔兰纪念碑附近坐了一个钟头。他谈到欧洲的神圣的石头①、赫尔岑、巴黎的工人。我想:会过去的,人活着……

1947年我在《真理报》遇见了米哈伊尔·罗曼诺维奇。他的气色不佳,十分忧郁。我想叫他开心,便回忆起在华盛顿的旅馆里我们怎样闯进了别人的房间——我们不知道虽然号数相同,但有"W"和"E"——"西"与"东"之别,这像是一出轻松喜剧。但他没有笑。1948年4月5日,米哈伊尔·罗曼诺维奇·加拉克季奥诺夫自杀了。

---

① 指欧洲的名胜古迹。

11

我在塞纳河左岸圣日耳曼林荫道附近的一所旅馆住下,我被带到一个有阳台的阁楼上的房间里,从那里可以看到巴黎的景色——砖瓦,烟囱,古老的房屋像绵羊一样挤成模糊的、灰色的一堆。有时我在暮色中欣赏我所熟悉的景色,有时又不予理会。

有人告诉我,丹尼兹已从安纳西(她在那里同儿子住在一起)来到这里,将逗留数日。我们到塞纳河岸的"护航舰"咖啡馆去了,十五年前我们常常在那里见面。她叙述着占领时期的情况。她的两眼同先前一样像梦游症患者的眼睛。我问她,对于《巴黎的陷落》中的女演员让奈特同她相像这一点可曾生过气。她答道:"我听说过这件事。我没读过……"红红绿绿的圆圈在墨色的塞纳河水中跳动。

阿拉贡和埃尔扎·尤里耶夫娜邀请西蒙诺夫和我去"顶间"——这是作家委员会所在地的名称。对占领时期的记忆和战时形成的团结还依然存在。我见到了许多老相识——艾吕雅、维尔德拉克、卡苏、科克托、阿维林、马丹-舒菲埃、波朗、萨特。我所遇到的年轻人都定要谈起萨特——显然,他表达了那些年的不安。巴黎也果真变了:在作家当中很少有人谈论现实主义、超现实主义、人格主义——而是谈论抵抗运动、秘密出版的书籍、紊乱的现象——寻找自己的位置,大概许多人都在重大而矛盾的事件里寻找自己的位置。

我想在这里简略地谈谈阿拉贡。我是在1928年认识他的,当时他是个年轻的、漂亮的超现实主义者。在蒙帕纳斯,人们对他的优秀作品《巴黎的农民》谈得很多,对于各种嘈杂的示威也谈得很多:超现实主义者的狂热劲头颇

1199

像我国的未来派,阿拉贡是最富于战斗性的人们之中的一个。后来他成为现实主义的拥护者、共产党员,创立了各种组织,编刊物、报纸。我经常同他见面,有时还进行非常激烈的争论。1957年阿拉贡曾为《文学报》的一位批评家对我的攻击所激怒(这是在我的一篇关于司汤达的随笔发表之后),并在《法兰西文学》上作了回答。他在文章中顺便写道:"三十年来,我习惯了同伊利亚·爱伦堡进行争论,这一点我已谈到过了。我们在所有的问题上都存在着分歧,除去最根本的问题——和平与社会主义、战争与法西斯主义……"我之所以正是在本章中谈到阿拉贡,也许是因为在1946年"最根本的问题"吸引了所有的人,我甚至同他也很少争论。但一般来说,阿拉贡是对的:有时我难以同他相处,但我们的争论却一次也不曾导致不和。

我不愿再说大家都知道的事了:这是个大诗人和大散文家。他的一部分作品使我感到亲切,另一些则不然,但我现在不想谈这个问题。他是个十分复杂的人,常常改变自己的评价,但当人们试图把他的一个时期同另一个时期对立起来的时候,他理所当然地生气了——他始终都是阿拉贡。他写作时全神贯注,甚至在写古典式的诗歌或在长篇小说中描写主人公的衣着时也是如此。选定了生活的道路以后,他从30年代初就一直捍卫他所说的"最根本的问题",以及出于人道而不能让步的东西,他真诚而狂热地捍卫着它们以免敌人侵犯。在"最根本的问题"中应该加上对法兰西的爱:这种爱是与生俱来和高于一切的——它既促成了他在抵抗运动时期写的诗歌,也促成了长篇小说《受难周》。我觉得,他是雨果的继承者,只是他既无孙子,又无漂亮的胡子,也没有曾使奥林波感到快慰的某些田园诗般的图画,但在华丽、善辩、好斗、鲜明、愤怒、现实的浪漫主义和浪漫的现实主义方面,阿拉贡是同他相近的。当然,阿拉贡有着更多的苦恼——室外是另一个世纪……

我还记得1963年初我去找他时的情景。他仔细地向我打听当时激动着那些同艺术有关的人们的问题。后来我们默然不语了。我瞧着他并看见了"库波尔"酒吧间里的那个年轻的超现实主义者。只是头发白了……他带来了自己的一部新作的手稿,并向我读了一首关于一个摩尔人的悲剧的非常激烈的诗,这个摩尔人谈到自己的信仰,谈到《可兰经》如何使他遭到了许多痛苦。

但在1946年阿拉贡却很愉快——胜利还刚刚降临。

柳芭从莫斯科来了。福京斯基把我们带到蒙帕纳斯去。咖啡馆里坐着些陌生人。后来杜霞来了,她像过去那样笑着,但说的却是可悲的事——在占领时期她如何躲藏,人们如何失踪。维什尼亚克夫妇被送到奥斯维辛去了。画家费德受了折磨。苏金病了,有人想请医生,可他害怕医生会把他出卖给德国人,于是未进行医疗就死去了。

安德烈·尚松邀我们前去,他是普蒂帕勒博物馆馆长。我们在空空荡荡的大厅里走来走去——博物馆已经闭馆,我在华托①的一幅油画前伫立良久,重又想起了艺术的不可理解的力量。华托在二十岁时被认为是个风格画家,用佛来米派艺术家的手法描绘战争的灾难,五年后他找到了自己的风格——你瞧这个丑角,在他的身上包含着艺术家的全部痛苦,以及貌似轻松的时代的一出悲剧,这是个忘记了自己的角色的喜剧演员……

我们去找马尔凯。他像往常那样羞涩地微笑着,默默地出示他的风景画。我们就法国的未来展开了争论,他睁着两眼,也许在看河水,但也许是企图看到未来。

皮埃尔·戈特②寓所的窗户也面向塞纳河。河水是令人百看不厌的,它流动着、变化着,看着它可以谈到一切——诗歌、皮杜尔、一个时代和一分钟。皮埃尔·戈特向我说明,联合政府是不长久的,将要发生内讧,不知谁能获胜——法国破产了,但美国有钱……

埃非尔邀我们前去,他忧郁地逗笑取乐,给我们看他新作的漫画。

朗之万气色不佳,变老了,他那绝妙的眼睛变得更加聪明、更加忧郁。(我不知道他的寿命总共只剩几个月了。)他对我说:"过去的一切是惨无人道的,但最惨无人道的可能还在未来……"

尚塔尔从蒙巴尔来了。我们试图回忆遥远的青年时代,但又突然中断了;我们谈到彭纳尔的油画、伦敦、和平会议(在战前曾是可敬的参议员们开会之处的卢森堡宫里我看见了维辛斯基——当时正为对意大利的和约进行着争论)。尚塔尔问我,苏联的画家怎么作画,可我却谈起了卡斯托尔诺耶。

---

① 华托(1684—1721),法国画家。
② 皮埃尔·戈特(1895—1977),法国政治家。

在滨河街上,仍像半世纪前那样,在舒适的小椅子上坐着一些老态龙钟的旧书商。只是伏尔泰却不见了:德国人着了迷——不是对笑容着迷,而是对青铜着迷了。

我既同那些跟我关系亲密的人们来往,也同那些跟我毫不相干的人们来往。我知道一些不能告诉他们的事,而他们在六年当中也经历过许多在一个钟头甚至一个月里都说不完的事。所有的人都问我,巴黎变样了吗,我回答"没有"——城市还是那个城市,但我如今却感到自己是个想从窗子里瞧瞧别人的生活的陌生人、过路人。我不能像先前那样把那些被我的朋友们看作是亲切而重要的事放在自己的心上了。

"巴黎有了很大的变化,"我对丹尼兹说,但又立刻改正道,"也许是我变了……"

当然,我在法国要比在美国感到轻松得多:法国人懂得战争是什么。(在纽约曾有一位夫人对我说,美国人在战争时期也遭到了损失,例如她费了好大力气才为丈夫弄到一件白衬衫,到处都只有奶油色或天蓝色衬衫。)在法国要弄到鞋穿是很困难的,街道上还响着木屐的踢踏声;在布里塔尼的一个城市里,我曾看见姑娘们在下雨时把鞋脱下藏在雨衣下面。巴黎的摩登女郎上街时不穿袜子,肩上搭着大网兜骑着自行车奔跑。高贵的商店的橱窗里陈列着陶壶,饿坏了的画家们设计的头巾,用纸、黏土、玻璃做的小摆设。在酿造葡萄酒的地区,那里的酒馆老板在战前为了省得走到水龙头跟前,便用葡萄酒冲洗酒杯,如今工人们饭后却喝白开水。富有的巴黎女人和美国军人在上流社会的疗养区拉博尔寻欢作乐,遭到破坏的圣那泽尔市的居民也在那里安身。在饱受炸弹之害的土尔,我看到一排排凄凉的木棚。人们谈论着没有油,没有肉,冬天很快就要到了,但煤却毫无指望。一切都是很清楚、很熟识的。

那些在占领时期发了横财的人已经喘了一口气,他们找到了有势力的保护者,在爱丽舍田园大街喝着开胃酒,在海滨浴场上晒太阳。在翁热,蜜酒厂的老板管特罗先生在引导我参观各种各样的车间时说:"德国人对我们的产品评价很高……"我常听到翁热和图伦尼的那些阔气的葡萄酒酿造师说:"1942年真是妙不可言!……"他们谈到葡萄酒的优点——一年赛过一年。可我却想起了勒热夫、化为灰烬的斯塔里察、饥饿的士兵……一位批评家告诉我,在剧目初次上演的时候德国军官常常称赞科克托、季洛杜、萨拉克鲁的俏皮。在安纳托尔·法朗士的故居,我在墙上看到一行笔触奔放的题字:"士兵克罗茨凯到此一游。"

战争结束后总共才过了一年,但许多人已不再去回想过去了。报纸描述着形形色色的投机勾当,有的与葡萄酒有关,有的与纺织品配给证有关。伊夫·法奇①被任命为粮食部部长。在 7 月 14 日的示威游行时我遇到了他,他说:"我也去过美国。我参加了在比基尼岛上进行的炸弹试验,在那里我获悉了对我的任命。我不能拒绝……比基尼——这是件肮脏的事。我要试着去干点什么。但这里也有很多肮脏的东西,太多了……"法奇向那些靠葡萄酒、肉类、粮食而发了财的大奸商宣战了。他在自己的岗位上总共才坚持了四个月——"黑市"的大王们比他强。

昔日的慕尼黑分子、附敌分子、昨天的游击队员——鱼龙混杂,难于识别。在古老的教堂、学校、市场、监狱的正面墙上引人注目地用颜料、柏油、粉笔写着"是"或"否",——对全民投票的回答。

我面前有一张照片——一次会议的主席团,在这次会上我发表了演说,西蒙诺夫则朗诵诗。坐在长桌后面的有赫里欧、总理皮杜尔、多列士、朗之万、大使博戈莫洛夫。

多列士住在马蒂尼昂宫里,一天他请我们吃晚饭。威风凛凛的看门人扫了我们一眼,在这一眼中表现出了敌意:当然,多列士是副总理,但对于看门人来说他却依然是个可疑的阴谋家。

我在巴黎碰上了一次例行的全民投票。这是两年内第七次请法国人走到投票箱前,许多人对此都已厌倦,因而未投票者的百分比很高。戴高乐建议否决新宪法的文本。

新宪法以微弱的多数被通过:皮埃尔·戈特是对的——我看到了一个分裂成两半的法国。不过这在很早以前——还在 30 年代中期就开始了:工人尚未强大到可以夺取政权,但却足以使统治阶级经常生活在恐慌之中。1938 至 1940 年间的重大事件在很大的程度上是这种不稳定的平衡所引起的。即使在我现在所叙述的那个时期,隐蔽的内战还在继续。

---

① 伊夫·法奇(1899—1953),法国政治家、艺术家和政论家,曾从事和平运动。

我们在罗什福尔-胥尔-卢瓦度过了几周,在那里,药房老板兼诗人让·布耶收留了我们。我看见了重大的政治事件怎样对一个极小的市镇的日常生活发生了影响。有些虔诚的女天主教徒不惜到翁热去购买药品,以免鼓励被公认为"赤化分子"的药房主人。我曾想去咖啡馆,但布耶止住了我:"这家老板曾同德国人'合作'……"父母亲禁止天主教徒的子女同不信教者的子女游玩。替德国人当过市长的那个人依然还是市长,他是个大地主兼葡萄酒商,这是因为多数人投右派的票。而少数派则公开揭发昨日的附逆分子。

我曾多次在附近的丘陵地带徘徊。四周是葡萄园、草地、古老的榆树或杨树、宽阔的卢瓦河心的孤洲、8月的深沉的宁静。这是我多年以来的第一次休息,我竭力什么都不去想。但只要看一看小村庄,在农民们谈天说地的阴暗的小酒馆里坐坐,普遍的不安和那酝酿已久但尚未爆发的风暴的闷热就传染给我了。

在另一个以产葡萄酒著名的小镇乌弗莱,那儿的地洞——即地窖冬暖夏凉。同法国一样,乌弗莱分成了几乎相等的两半。一个殷实的葡萄酒酿造师曾说:"干吗要打破瓦罐?共产党人不是农民,而是外来者……我的财富是三代人的汗水换来的。"另一个葡萄酒酿造师的女儿贝杜阿尔是共产党员、参加立宪会议选举的党的候选人。她的丈夫先前在巴黎工作。我同他的老父亲谈过话,他说:"我的父亲是巴黎公社社员……"贝杜阿尔的十二岁小女儿能够胜过职业的品酒员:她能准确地辨别葡萄酒的年代和产地——是产于丘陵或是产于坟地。

在利木赞我认识了许多马基[①]的参加者。他们带我到森林里去,叙述各种战斗故事——《暴风雨》里的许多人物在我的头脑里诞生了:捷杰、米基、梅德维吉。我听到了一支歌曲:"吹起口哨,吹起口哨,同志……"

我到过奥拉杜尔。希特勒匪徒曾把这个小镇的居民集中在一座教堂里,把孩子们集中在一所学校里,然后放火去烧。在田野上工作的人们幸免于难。在烧焦了的墙壁上还能隐约地看见酒馆的招牌、曼涅的巧克力的广告。在市镇的入口处有一张标语警告说:"安静!"——废墟变成了宝贵的

---

① 法国反对希特勒侵略者的游击队。

纪念品。但旁边却在兴建一个新的奥拉杜尔,它的市长是共产党员。

马赛尔·加香建议我和他同去艾穆蒂埃镇——那里在庆祝老共产党员弗利泽的战斗活动五十周年。加香回忆道:"四十年前我曾在艾穆蒂埃演说,记得有三个人到会。可现在这里至少有两千……"后来我们坐在长凳上吃午饭。加香对我说,如今苏联是胜利者,它将能从容地恢复城市,文化将繁荣起来,美国人永远不敢侵犯——西欧会起来抵抗。后来他问,听说莫斯科的西方绘画陈列馆被封闭了,不知是否属实:"我到那儿去过几次——多么出色的收藏品。特别是我国印象派的……"我知道加香是多么赞赏自己的朋友西涅克的油画,于是避开了他的问题谈起了刚刚开幕的一个画展,展出的都是曾被希特勒匪徒所盗而又回到了法国的图画,其中也有西涅克的一些优秀的风景画。

在多尔多涅可以廉价购得半倒塌的庄园。共产党员画家吕萨购得了其中的一所。他告诉我,农民们曾去找他,一个老头子说:"地主同志,你来得正是时候——我们已决定建立一个党组织……"

我只得到了短暂的休息。《消息报》急需关于美国和法国的随笔。"法国—苏联"友好协会邀请我去法国各地走走。我在里昂、圣太田、里摩日的大会上讲过话。不得不在市政管理局、友好协会分会、新闻工作者协会举办的各种招待会上站着,发表广播讲话,回答成千上万的问题。在里摩日我曾在省政府内的一个供部长们休息的特别讲究的房间里过夜。在里昂,《克洛代梅尔》的作者谢瓦利埃要求我向他说明左琴科有什么可怕之处。雕塑家萨朗德尔请求谈谈我国的纪念像。"诺曼底"的飞行员若弗尔来到了里昂,我曾同他在一起休息,他回忆起明斯克、扎哈罗夫将军、苏联的机械师——一切照常:大无畏精神、坟墓、友谊。

脆弱的反希特勒联盟作为官样文章还依然存在,我常听到人们说它是用鲜血凝成的,是比任何水泥都要巩固的。人总是愿意相信好听的话。但历史却不仅常常忽视逻辑,而且也常常忽视被我们称为良心的那种东西。

我曾数次去卢森堡宫出席和平会议。会议的进行却一点也不和平。不久前的盟国互相指责对方的阴险。澳大利亚人艾凡斯发言特别激烈。他很快就成了记者们眼中的"明星"——人们知道,只要他一开腔,就得大闹一场,每当有人通知:"现在艾凡斯要发言了……"记者们的餐室里就会剩下一杯杯没喝完的咖啡。

我亲自感觉到了什么是"冷战"。当我在赴美途中在巴黎停留时,报纸对我的描写都很亲切,至少也是有礼貌的。这是在初春。但到夏末和秋天,许多报纸便开始骂我了。一家报纸断言,我被收买了——我在莫斯科有一幢十个房间的住宅,在克里米亚有一所别墅,甚至在白俄罗斯还有一个行猎馆。另一家报纸写道,我滥用法兰西素来的殷勤好客,想鼓动法国人反对美国人,我让人相信,似乎美国的黑人失去了自由,在黑非洲大概会给我建立纪念碑,但我最好是离开法国。第三家报纸突然想起了遥远的过去,要求我把那些从持有沙皇公债的法国人那里"偷去的钱"还给他们。里昂的报贩们为了推销当地的晚报,竟胆大包天地嚷道:"莫斯科准备占领法国!"南特有几个少年抢劫了一家高贵的餐厅,一家当地的报纸一口咬定,在罪犯里搜出了几本俄法字典;在一次例行的采访时,人们阴险地问我,我于此时来到南特是否出于巧合。

共产党当时在法国是最强大的政党。不稳定的平衡还保持着:"冷战"正在任何一个法国的城市里进行。皮埃尔·戈特说:"结局如何,尚不得而知……"人总是不愿意自寻烦恼的,我也觉得,反正一切总会上轨道的。那是一个美妙的秋天,10月里玫瑰花盛开。人们喜气洋洋——法国人性情随和,一个好天气、一句笑话、打身边走过的一个漂亮女人,都能使他们眉开眼笑。

我曾去《今日晚报》编辑部找让-里沙尔·布洛克。他提议到隔壁的咖啡馆去喝杯葡萄酒。他陈述自己的希望:社会党人不可能同共产党人断绝关系,而这两个党受到大多数人支持——无论在国会还是在全国都是如此。后来他谈起了莫斯科并突然掏出笔记本来:"请翻译一下。"我读到一句用拉丁字母记下来的俄罗斯俚语:"磨了再磨——总会磨出面粉"[1]。翻译起来并不容易,但我还是译出来了,并开玩笑地补充了一句:"我们有时候把'面粉'说成'痛苦'[2]……"他生气地瞧了我一眼:"开始磨的时候是痛苦的。可是一磨再磨就一定会磨出面粉。"

---

[1] 意思同我国的"只要功夫深,铁杵磨成针"相近。
[2] "面粉"和"痛苦"在俄语中是同一个词,只是重音的位置不同。

12

在苏里杰尔街上阿拉贡夫妇居住的一幢小巧的、我十分熟悉的住宅里，我看到了马蒂斯的一些绝妙的素描。阿拉贡告诉我，1942年他常同马蒂斯相见——在尼斯，画家一直住在那里，而现在他在巴黎——为地毯绘制草图。我从阿拉贡那里获悉，马蒂斯在1941年动了手术——胃被切除了，他只得在床上工作，而当他起床活动数小时的时候，就戴上石膏绷带。

阿拉贡在9月里告诉我，马蒂斯盼我能让他画像。他住的房子几乎正对着我的青春在那里度过的"尼斯"旅馆。在一间普通的卧室的墙壁上挂着一些别着彩色纸片的草图。我看见了我已在许多照片上看到过因而十分熟识的一张脸孔，但当他摘下眼镜，一对明亮的淡蓝色眼睛却使我吃了一惊。

我认识毕加索、莱热、莫迪利亚尼的时候，我还是个年轻小伙子，而且他们也总共只比我大八九岁。在那个时候我就钦佩地看到过马蒂斯的油画，但我在画家七十七岁时才第一次看到他。

他很迟才开始作画。毕加索在十四岁就俨然像一位有经验的大师那样作画了，但马蒂斯则学过法律，在公证所工作过。二十岁时，他在做了阑尾割除手术以后出于无聊才开始临摹绘画。文艺复兴时代的大师马萨丘死于二十七岁，拉斐尔在结束自己著名的"诗篇"时也是这么大年纪。毕加索在二十七岁以前就画出了"天蓝色时期""玫瑰红时期"的油画与《亚维尼翁的姑娘》，并达到了立体主义。但马蒂斯如果在二十七岁死去，他留下来的可能只是一些虽然也不乏才气，但却缺乏独特风格的作品。

我让马蒂斯画了三次像。在第一次画像时他告诉我："我在被抬到手术台上时曾暗自同生活告别。不料发生了奇迹——命运赋予了我第二次生命。附加的……因而您知道,我现在对一切都感到特别强烈的喜悦——对人、树木、颜料……"

床上挂着一些硬纸板做的圆盘,上面有被子弹打穿了的黑色圆圈。马蒂斯解释说,他有时候去靶场,虽然这对他来说很困难:"保持良好的视力和手腕的稳定对于我的职业十分重要。我正在试验……"

如果我没记错的话,他三次共画了大约十五幅素描,送给我两幅,并微微笑着在一个美少年的脸孔下面题了几个字:"写爱伦堡"。我不知道是否应该把这些素描称作是肖像画。他曾说,除了写生,他不能用别的方式写作或绘画。我看见他作画时谛视着我的脸。在所有的素描上都有一种共同的东西:"我把您想象成这种样子……"另一次让我看了一幅素描后,马蒂斯说:"这是——头、眼睛、嘴,加上我对您的了解……"他工作时一直在谈话,更确切地说是一直在发问,他想引我说话:"这对我不但没有影响,反而有帮助。"(他在两幅素描之间的休息时间说了许多事情。)在最后一次的末了,他说现在他知道了我的脸,也知道了我,但立刻改正道:"最好是说:我看到和感到。"当我问他何以迷恋写生时,他微笑了一下:"我一辈子都在学习,而且现在还在学习辨认大自然潦草的字迹……"

我对线条的准确感到惊讶——手腕毫不颤动。(日后我看到了一部关于马蒂斯的文献纪录片,其中用慢镜头表现了画家勾勒线条有多么准确。)我对他说,素描的稳定性使我吃惊。他摇着头:"当然,六十年来我也学到了一点东西。但远非全部……我记得,我读过一本关于葛饰北斋①的书,他活了九十岁,在临死之前不久曾坦白地告诉弟子们,说他还在学习……我什么稳定性也没有。诗人们最喜欢谈灵感。可咱们却说:'今天干得不错。'这同内心状态有关:有时候你感觉到了——也就是看到了,但有时候却并不如此……我一生中撕毁了多少幅素描,多少次涂掉失败了的油画啊!……"

最后一次作画时他谈了很多艺术问题。他唤来了协助他绘制草图的年轻女人杰列克托尔斯卡娅:"请您把大象拿来。"我看见了一个十分富于表情的黑人的雕刻品——雕刻家用木头雕制了一头怒气冲冲的大象。"您喜

---

① 葛饰北斋(1760—1849),日本画家。

欢这个吗?"马蒂斯问。我答道:"很喜欢。""您看,没有什么不合适的地方吧?""没有。""我也这样认为。可是来了一个欧洲的传教士,他开始教导黑人:'为什么大象的门牙朝上?大象会把长鼻子举起,可门牙却是牙齿,它们不会动的。'黑人听从了……"马蒂斯又按了一下电铃:"利吉娅,请您把另一个大象拿来。"他调皮地暗笑着把一个同那些在欧洲的百货商店里出售的商品相似的小雕像拿给我看:"门牙在原来的位置上。但艺术却完蛋了。"

就在这个当儿他开始谈到现代绘画的起源:"阿拉贡认为,一切是从库贝①开始。也许是的。也许更迟一些——从马奈②开始。但也许要早得多。问题不在这儿。您可知道,谁对现代绘画的功劳最大?达盖尔,涅普斯。照相发明后就不再需要写实的绘画了。无论画家如何力求客观,但在摄影机镜头面前他也只能低头服输。要想判断安格尔③是什么样子,我必须看看他的自画像、大卫和其他画家给他画的肖像,他们当中每一个人都同别的人不一致,因而我至今还不知道安格尔的嘴是什么样子。但我从银版照相和普通的照片上认识了雨果。画家的眼和手服从于他的激情。我研究过解剖学,要是我想知道大象的种类,我可以请教照片。但我们画家却知道,门牙是可以向上举起的……"

他抽烟很多,床上放着一包包形形色色的香烟——法国的、埃及的、英国的。"我的流质食物太单调了,到了嘴里压根不沾上颚的边就咽了下去。各种香烟的味道是给我留下的唯一肉体上的享受,我拿起一支,然后又拿另一支。还有眼睛……先前我看到鲜花和漂亮的女人从来没有这么高兴过……"

10月8日我最后一次去找他。他正在为地毯剪制阿拉伯式的图案。剪刀剪出来的线条同木炭或铅笔画出来的一样稳定。为两幅"玻利尼西亚"地毯绘制的草图几乎已经完成。(很久以后我看见了他的一些用彩纸剪贴而成的图画——他不能坐在画架前面,但绘画的构思却总是萦绕在他的心头。他死于八十五岁的高龄,并一直工作到最后。他从个人的不幸中

---

① 库贝(1819—1877),法国画家。
② 马奈(1832—1883),法国画家。
③ 安格尔(1780—1867),法国画家。

创造出一种新的可能性,当你看到那些用纸片贴成的图画时,你就会忘掉他是个缠绵病榻的人,并看到创造的翅膀。)

马蒂斯向我仔细打听莫斯科的情况。"整整三十五年以前——在1911年10月我到过那里,休金请我去的……我待的时间不长。看到过鲁布廖夫。这也许是世界绘画中最出色的……在莫斯科我明白了一点什么,感觉到了一点什么……我不研究政治,但不掩饰我对贵国的好感。在社会组织里大概也像在绘画的结构里一样,理性是必不可少的。奇怪的是,俄国人竟第一个明白了这一点,要知道我在莫斯科的时候曾觉得,俄国人在日常生活中崇拜混乱……"

(马蒂斯始终回避政治,但在"冷战"开始以后,他开始说,西方有些人丧失了理智,必须拯救世界。1947年我为《文学报》写了一篇文章谈保卫和平的斗争。其中有这样的句子:"我们在共产党员或苏联的朋友当中看见了法国最大的科学家——已故的朗之万和约里奥-居里,法国最大的艺术家——毕加索和马蒂斯,及其最大的诗人——阿拉贡和艾吕雅,这不是偶然的。"阿拉贡得到了文章的法译文并把它在《法兰西文学》上发表了。几天后有一期《文学报》到了巴黎,于是反苏报刊欣喜若狂地刊登了一条按语:"编辑部认为,伊·爱伦堡同志对毕加索和马蒂斯的形式主义—颓废主义的创作倾向问题默然回避是不正确的。"朋友们告诉我,马蒂斯在读了这个故事以后哈哈大笑。1948年他曾向弗罗茨瓦夫代表大会致贺,1950年又在斯德哥尔摩宣言上签了名。)

我很少遇到像马蒂斯那样无论在外表上还是在智能上气质上都具有那么鲜明的法国人特色的人。他最喜欢鲜明。当然,从一个拼命同摄影师竞赛的画家的观点来看,他的创作有很多变形的物体,但我却觉得它不仅是现实主义的,而且还沐浴着历来的笛卡儿派思想的光辉。

他曾谈到俄国的收藏家:"休金在1906年开始购买我的作品。当时我在法国还很少为人所知。有名气的是格特鲁德·斯泰因、桑巴,似乎这就是一切……据说有些画家的眼睛是从来不犯错误的。休金就具有这样的眼睛,虽然他不是画家,而是商人。他总是挑最好的。有时我舍不得一幅油画,就说:'这幅还没完成,现在我给您看看别的……'他看来看去,末了却说:'我要那幅没完成的。'莫罗佐夫比他容易对付得多——画家推荐给他的他照单全收。我听说莫斯科现在有一所出色的陈列馆专门陈列新的西方绘画……"

"利吉娅,请把休金的肖像拿来……"我看见了早期的马蒂斯的一幅卓越的油画。他说:"人们多次要买它,可我不卖。我认为,它的位置在莫斯科,在西方绘画陈列馆里。如果您不嫌麻烦,就请您把它带去,作为我的礼物转交给陈列馆。"我知道西方绘画陈列馆已被封闭,马蒂斯的油画都被当作收藏品保存起来。我把它送到哪儿去呢?……我对马蒂斯说,肖像我将在下一次取走——我也许很快就要再来巴黎。事后我责备自己——当时应该拿走并保存在自己家里,那么现在它就可以挂在埃尔米塔日或普希金博物馆里了。但这种想法被法国人称为"楼梯上的机灵",而俄国人则说:"事后聪明。"

马蒂斯在谈话中提到,他在占领时期曾为龙萨的诗集绘过插图。我谈到我在东普鲁士怎样找到了龙萨诗集的初版本,并说在坟墓和废墟当中阅读描写欢乐的诗是多么令人痛心。马蒂斯答道:"我理解您的心情……我认为,诗人很像画家。而绘画是以对生活的热爱、对生活的赞美,而不是别的任何东西为生的。一个画家即便具有天才,但若是与生活不和睦,他就会引起人们对他的争论,引起人们对他过分颂扬,但不能使任何人高兴……"

马蒂斯生于法国北部,但几乎在尼斯生活与工作了四十年,而且也死在那里——他爱上了南方的色彩。他画什么?穿着色泽鲜艳的衣服、戴着花花绿绿的披肩的年轻女人,棕榈、银莲花、小鸟、金鱼、仙人掌、绿色的百叶窗,贝壳、橙子、奇形怪状的南瓜、大海、大罐子、天空、舞蹈——他了解尘世的、肉体的欢乐并善于让别人分享这种欢乐。当我获得了成功并看见愉快的、五光十色的世界的创造者的时候,我的面前就出现了一个老人,可怕的疾病企图把他压倒,但他却继续工作——聪明地工作着,我还可以大胆地说,尽管这个字眼听来会使人心如刀割——愉快地工作着。

对我来说,人生的黄昏当时刚刚开始,同马蒂斯的会见既是一桩快事,也是上了一课。

13

在本书的最后一部里,我将比在前面的几部里更少遵守按时间先后叙事的原则。不必去描写那些重大事件——人人都记得它们。我童年时代的莫斯科的景象,"洛东达","无所谓派"在那里宣布世界的末日的咖啡馆,这都是大多数读者所不知道的,然而未必值得列举"冷战"的所有细节或者描写每一次保卫和平代表大会。而且在写到战后的岁月时,也许已经到了对了解时代和自己作一番尝试的时候了。但要说明我的一切见闻和感受,我却无能为力。当然,在读者的心目中被看成一个高瞻远瞩的人物是颇为光荣的。但我不想撒谎。先前我说过不止一次,我在展望未来时如何屡犯错误,这不会使任何人惊奇:因为我既未冒充先知,也未冒充算命的女人。如今我又不得不承认另一件事:在回顾已往的时候,我发现我所知道的何等之少,而主要的是——在我所知道的事情当中也远非所有的事我都明白。

事件距今愈近,我就愈要经常中断自己的叙述。当我在前面的一部里写到我将愈来愈少地掀开忏悔室的帷幔时,我想着自己的一生——我想预先警告,如果我可以叙述一个中学生的初恋,那我却不会吐露一个成年人的"内心的迷惘"。但在本书的最后一部里,不仅忏悔室的帷幔经常垂下,就连剧院的帷幔亦是如此,在这个剧院的舞台上演出的是我的朋友、同辈和同胞们的悲剧。有一个时期我在任何地方都是年幼者,我在本书的前几部里描写的人们至今尚在人世者已寥若晨星。在战后的岁月里我很少在什么地方不是年长者,而且我遇到的人们几乎全都健在。我也将谈到一些重大事件。作家有自己内心的书刊检查机关,它不仅在谈到人们的时候要拿起剪刀,就是在回忆起某些似乎早已被历史把秘密公开了的重大事件的细节时也要动用剪刀。要知道我现在还没有感到自己是个退休的公民、隐士或者哪怕是心平气和的领养老金者。我一面描述已往,一面捍卫我今天的思想,并试图架起一座通向未来的桥梁。当然,也有一些对我不怀好意的人,但我已不大去想他们了。即使苏联人民的敌人以及合我心意的思想的敌人有所减少,我也不能从另一个星球或另一个世纪去看他们——战斗还在继续。这也迫使我略去某些细节,但是对于最主要的东西我是当然不愿也不能避而不谈的。

最后还有这么一个想法限制着我,那就是迟早总得标个句号——结束全书,因此就试图作出结论。我决定写到我写《解冻》的时候结束本书。这样一来就不能写出"最后的故事"了——我不是皮缅老人①,本书也根本不是一部冷静的编年史。不管我所经历的战后岁月的故事有多么零碎,不管那些场面看上去是多么七拼八凑,日月和思想又是多么破烂不堪,但我相信,读者在这前后不相连贯的叙述里感到的将不是宣传,而是忏悔。

回到莫斯科后,我又回到《暴风雨》的写作上去,并在1947年夏完成了它。我日以继夜地写,急于脱稿,尽管我知道,正是长篇小说的写作才可以使我摆脱痛苦的念头,而且我也不是很快就会再有机会坐下来写书。实际情况正是如此。但是,如果我很久没有下决心开始长篇小说的写作,那么在结束它的时候我就更久地不能摆脱主人公们,我继续在同他们作思想上的交谈——这不仅因为要作者同他已经爱上了的作品中的人物分手总是很痛苦的,而且也因为对战争的回忆使我对周围发生的许多事情采取了容忍的态度。

有时我在晚上收听我国的和巴黎的广播。在我写作《暴风雨》的这个时期内,世界已发生了变化。我的国外之行已像是很久以前的一首田园诗了。法国工人举行大规模的罢工失败了,警察向示威者开了枪。在美国,极端派占了上风。我听到了一些新词:"马歇尔计划""杜鲁门主义""先发制人的战争"。这是令人难以相信而又可怕的:因为共同的胜利日过去了还不到三年,人们还清楚地记得迫击炮火、轰炸、人人都经历过的严峻岁月。我从无线电里听到了一些伪科学的谈话,说什么必须"捍卫西方文化防止

---

① 普希金的剧本《鲍里斯·戈杜诺夫》中的古代编年史家。

苏联的扩张",我一面听一面感到气愤。一位著名的法国作家、戴高乐的拥护者,曾宣称存在着一种"大西洋文化",他发表演说的时间同北大西洋联盟的建立不谋而合。所有这一切同希特勒分子关于"北方种族"创造的文化的优越性的论调是太相像了。

我在报上的文章中回击西方的战争宣传时,有时成功地提到了一些在那几年里常常横遭践踏的十足的初步常识。我在1947年8月写道:"文化不能划分地区,不能像馅饼那样切成几块。把西欧文化同俄国文化分开,把俄国文化同西欧文化分开,不客气地说这是出于无知。我们谈论俄罗斯在欧洲的精神生活中所起过的作用,绝不是为了贬低其他民族。矮子才需要高跷,而喊叫着自己种族的、历来的民族优越性的也往往是那些缺乏自信的人。从最古的时候开始,在各国的思想家和艺术家之间便存在着深刻的联系,这种联系促进了文化的丰富和多样化。我们向别人学习过,我们也教导过别人。是否需要再一次提到,没有古典的俄罗斯长篇小说就不能想象会有现代欧洲的和美国的文学,正如没有上一世纪的法国画家的创作就不能想象会有现代绘画一样。别林斯基在一百年前写道,欧洲各民族'无情地互相借用,丝毫不怕损害自己的民族性。历史说明,这种担心只有对于那些在精神上软弱无力和微不足道的民族才可能是真实的。'"

西方的报纸把我称作"无所顾忌的赌棍"和"俏皮的玩世不恭之徒"(熟悉的字眼),而我的心里纷乱如麻。

康·米·西蒙诺夫(当时我常同他相见)告诉我,斯大林认为反对向西方卑躬屈膝的斗争具有重大的政治意义。运动不断扩大。正像通常看到的那样,有些合理的想法往往自行发展为荒谬绝伦的东西。冯维辛就早已嘲笑过对一切外国东西的顶礼膜拜——这是一个很老的毛病:称赞德国的技术,断言"月亮是德国人做的",同时又大言不惭地一再地说:"俄国人收拾了德国人。"我自幼便看到低声下气同傲慢自大是如此近似,以至于难以辨别二者之间的界线。在听到我们的那些第一次出国的旅行家们的天真的赞扬时,我常常想起米亚特列夫①创造的德·库尔久科娃太太。缺点的总和

---

① 米亚特列夫(1796—1844),俄国诗人,他在幽默的长诗《库尔久科娃太太国外见闻》中巧妙地嘲笑了贵族的生活与醉心洋化。

产生优点的总和。在同一期报上可以找到声称我国的农业跃居世界首位的高傲的断言,以及某一位荷兰的批发商喜欢俄国芭蕾舞的消息。

要想看到反对卑躬屈膝的运动被歪曲到何等地步,只消看看大百科全书,更确切地说是看看1954年以前出版的几卷:关于外国科学家的著作只是一笔带过。对艺术史的处理也不比这好些。后来经济工作人员企图表示积极,于是干酪"卡马别尔"被改名为"小吃"。

有些西方人士开始发出轻浮的、往往是不学无术的粗野的嘲笑。一位大小说家曾在群众大会上讥讽地宣称,俄国人在谈论一个谁也不知道的无线电技师波波夫的什么功绩。(方才看了看拉鲁斯的小百科全书,我看到:"无线电报是在1895年由波波夫〔俄国〕和马可尼〔意大利〕发明的。")皮杜尔在下议院挖苦地说:"有人向我们宣称,有个叫罗蒙诺索夫的作出了伟大的发明。"我在《真理报》上答道:"我厌恶民族主义,我不能容忍那些侮辱另一个民族的文化的人们。在对皮杜尔先生的行径感到气愤的同时,我不仅支持对罗蒙诺索夫的敬仰,也支持对拉瓦锡①的敬仰。不管有个叫皮杜尔的对伟大人物说些什么,他们依然是伟大的。"

从美国回来以后,西蒙诺夫写了中篇小说《祖国的炊烟》,他想在书中把斯摩棱欣纳居民的丰富心灵同脑满肠肥、扬扬自得的美国人作一个对比。在《祖国的炊烟》的讨论会上,康·亚·费定和我谈到了这部作品的优点。然而中篇小说给予斯大林的却是另一种印象。我不知道是什么使他勃然大怒——是西蒙诺夫试图有自己的见解,还是中篇小说的名称,但只有《文化与生活》骂了《祖国的炊烟》,顺便也骂了费定和我。

读了我的一位法国朋友探询我的健康状况的信后,我没有立刻明白是怎么一回事,但后来从我国大使馆收到一堆剪报——反苏报纸幸灾乐祸地报道着"对苏联作家进行新的镇压";有一份报纸甚至问道:"有趣的是,爱伦堡将仅仅被流放到西伯利亚,或是绞索在等待着他?"

刚刚为中篇小说《星》获得了奖金的青年作家埃·亨·卡扎凯维奇成了下一个牺牲品。他写了中篇小说《草原上的两个人》,其中叙述一个第一次上火线的青年在退却的可怕时日如何张皇失措,未完成战斗任务,并被判

---

① 拉瓦锡(1743—1794),法国卓越的化学家。

处枪决。一名哈萨克士兵看守着他。由于退却仍在继续,哈萨克人和被判处死刑的军官不得不一同逃往东方。犯人同押解者变成了朋友。中篇小说出色地描绘了主人公,真实地表现了他们接近的过程。我认为(现在也还认为)《草原上的两个人》是描写战争的优秀作品之一。我曾在会上谈到这一点,我还保存着埃马努伊尔·亨里霍维奇的一封信:"我对您的关心感到兴奋,并为您对我的第二部作品的评价感到骄傲。"卡扎凯维奇刚强地承受着攻击。这是个谦逊的、温和的人,但具有高度的勇气,对于他来说信念要高于成就,他也从来不曾以献殷勤来代替为人民服务。

死亡比历史更少考虑逻辑,它常常向绿色的、尚未成熟的田亩扬起镰刀。卡扎凯维奇从战火中回来了,虽然他当过侦察员,并冒过不止一次的生命危险。他充满了精力,写着一本新书,看上去是个身体很结实的人,但没有活到五十岁就去世了。

1949年人们庆祝斯·彼·施巴乔夫的五十诞辰。我说我想在他的晚会上致贺词。我喜欢诗人的那些朴实而短小的诗,尤其喜欢他本人——他正直、自然、坦率。我在简短的贺词中说,施巴乔夫善于"在词汇膨胀的时代"保护自己的诗歌。这话是在作家的晚会上说的,而且说得很含蓄,但许多人觉得我的话是一种挑战行为——看来在不少人的身上都留下了虚伪而动听的空谈的烙印。后来我同斯捷潘·彼得罗维奇交谈过几次,看来我没有错。他崇高、正直,就像自己的诗,他拥有一颗高尚的心灵。每当我遇到困难,只要骤然想起了施巴乔夫,我就怀着更大的信任思考生活。

在我写《暴风雨》期间,写作拯救了我。但后来又不得不乞灵于陈旧的药方:火车及其夜间刺耳的呼啸、路上的坑洼、偶然的寄宿、小车站上的自白、无穷无尽的谈话、隐没在雾里的人们、万花筒。在一年半的时间里,我哪里不曾去过啊!让我从笔记本上抄下一张地名单:奥尔沙——明斯克——维尔纽斯——考纳斯——克来彼达;绍莱——帕蓝加——利耶帕亚——耶尔加瓦——里加——塔尔土——塔林——纳尔瓦——列宁格勒——诺夫哥罗德——瓦尔戴;加里宁——卡申——卡利亚律;华沙——弗罗茨瓦夫——罗兹;基辅——波加尔——布良斯克;弗拉基米尔——苏兹达尔——伊万诺沃;图拉——奥廖尔——奔萨——别林斯基;列宁格勒——塔林;华沙——弗罗茨瓦夫——基埃尔塞——克拉科夫;基什尼奥夫——贝尔齐——索罗基——法列什蒂——宾捷雷——波尔格勒——基利亚——伊兹马伊尔……

关于这些旅行的回忆犹如从形形色色的影片中剪取拼凑而成的镜头。我去伊万诺沃是为了巩固已被释放但尚未恢复名誉的尼·尼·伊万诺夫的地位,伊万诺夫是前驻法代办,当时是政治知识普及协会的编外工作人员。

在一个村子里举办了一次报告会,我得谈谈美国之行,在最动人的时刻有一头母牛走进了听众聚集的板棚。邀请我去波加尔是为了让我谈谈西方如何制造香烟,举行了一次品烟活动,我带去一支哈瓦那雪茄,但它却遭到严厉批评。我看到许多有趣的、好的和坏的东西——大工厂和不能通行的道路,古老的苏兹达尔的财富,爱沙尼亚画家阿达姆松的作品,诺夫哥罗德的废墟,摩尔达维亚的旧货市场;我现在不打算叙述所有这一切,而只回忆一下奔萨省之行。

当时正在纪念别林斯基的一百周年忌辰,我被列入了作家代表团。团长是法捷耶夫。

在奔萨举行了别林斯基纪念像的揭幕式,法捷耶夫发表了演说。我立刻看中了奔萨,尽管那里没有任何名胜古迹。旧市区里的那些久经风雨剥蚀的房屋看上去颇为凄凉,先前其中住着一户户人家,如今每一个角落都已租出去或转租出去了。我很喜欢那里的人。他们不知何故要比在熙熙攘攘的莫斯科显得更为聚精会神,读得多,想得也多。一个大学生同我一起在城市的公园里走着,背诵着萨尔蒂科夫-谢德林的作品。一位在列宁格勒学习过的年轻妇女引我去看博物馆的藏品,她热情地谈论着科罗温、"红方块王子派"、塞尚,回忆着埃尔米塔日的藏品。在同大学生们会见时开始了关于卡扎凯维奇、涅克拉索夫、潘诺娃的争论,有人朗诵了帕斯捷尔纳克的诗。一个钟表厂的工人到旅馆里来找我,他立刻谈起了艺术:"每当我听到庄严的音乐时,我觉得时间正在分解,但也许正好相反——一千年正在压缩为一小时,音乐结束时,你感到像是活了好几辈子……"

新旧事物的交错到处可见。莱蒙托沃(塔尔罕内)的集体农庄庄员当时的生活还过得去。村里有一所十年制中学。我坐在池塘旁边听见孩子们嚷着一些听不懂的话,我同他们谈谈才知道他们是在用法语骂人。我想同法语教师认识一下,但他听说此事,就到树林里去了。

历史课的女教员薇蕾帕耶娃获悉我爱好陶器,便带我到邻近的雅泽科沃村去,那里的集体农庄庄员一向从事制陶业。我看见了没有烟囱的小木房。不知何故流传着伏罗希洛夫已来别林斯基参加纪念活动的消息,于是我就被当成了他的一名随员。在我前去的那所小木房里聚集着许多人,集体农庄庄员们七嘴八舌地陈述自己的要求——他们运送的瓶瓶罐罐全部都得上税,但在去钱巴尔的路上有一半商品会被打破。我一面听,一面记,后来感到不自在起来:我是在冒充钦差大臣——因为所有的人都说:"你告诉斯大林……"我解释说,我只不过是区区一个作家,我将尽力帮忙,但没有成功的信心。炕上坐着一名复员军人,他咳嗽不已,两眼像是害着热病。他一直沉默不语,这时却说道:"作家……他要给你描写的不是小木房,而是宫殿,不是瓦罐,而是花——瓶……"他久久地重复着说,一面咳嗽和咒骂,"花——瓶!……"我们走了出来。极其热爱文学的女教师惘然若失地说:"怎能想象,这是在1947年!岂有此理!……"但我却想:或许他是对的。

(一年后我同弗·格·利金去奔萨省和唐波夫省时重又看到了互相矛盾的景象。唐波夫的博物馆收藏之丰富令人吃惊〔除了其他的展品之外,那里还保存着陶那德罗①的一个出色的雕塑〕,城里有一个出色的图书馆。但在区中心的基尔萨诺夫却有一个博物馆使我们大笑起来:我们在一个房间里看见了一张坐坏了的沙发、一个圈椅、一只打碎了的花瓶——题字解说道:"奥博连斯卡娅公爵夫人的生活起居";在另一个房间里有一个毫不出色的雕塑,上面有张小标签:"一个不知名的匠人信手制成的半身像"。我们在波伊马时曾去爱好民间创作的女作家阿尼西莫娃家中做客。她带我们去涅维日基诺,那儿还保留着擅长俄罗斯刺绣的女工匠。我们看见了可怜的、东歪西斜的小木房,学校已倒塌了一半,一切看上去都很凄凉。而翌日我们却被邀请到不远的一个以列宁命名的集体农庄去出席一家书店的开幕式。那里有城市里所有的那种房屋、图书馆、托儿所。难以相信涅维日基诺就在近旁……)

在1947年我第一次看到了许多同上一世纪的俄罗斯文学有关的地方。我到过托尔斯泰写作《战争与和平》《安娜·卡列宁娜》的雅斯纳亚·波良纳;但在屋子里却能看到衰老的、聚精会神的、同时正喝着茶在教导几个

---

① 陶那德罗(1386—1466),意大利雕刻家。

"托尔斯泰主义者"的列夫·尼古拉耶维奇,这就是那个托尔斯泰,他曾怀着胜过骄傲的谦虚耕地,并遗言嘱咐埋葬他时不要留名,不要立碑;最使我感动的可能是他的坟墓——他选择了这样一个地方,在那儿他可以同唯一配得上做他伴侣的大自然为邻。我去过斯帕斯科耶,屠格涅夫常在那里绿荫如盖的槭树下写长篇小说,到了晚秋则去巴黎;有一次由于拒绝发给他出国护照,他便盖了一个小厢房,并给维亚尔多写了一封信,说他生活得像个流放犯。我在奥廖尔看见过他的沙发、写着批注的书籍;我参观过列斯科夫的故居。我在荒芜了的费特墓前伫立过片刻。在钱巴尔时我曾到别林斯基的母校去走过一遭。难以解释,何以博物馆里有一幅图画特别令人激动,我也不知道,何以我对在塔尔罕内(或者按照新的说法,在莱蒙托沃村)的那些天记得最为清楚。

我在那里认识了教俄罗斯文学的年轻女教师薇·阿·达莉耶夫斯卡娅。她问我,马雅可夫斯基生前是什么样子,我是否喜欢巴格里茨基的诗,什么地方可以弄到海涅作品的优秀译本。而我则从她那里获悉了有关学校和村里生活的一些情况。这是个喜爱自己的工作和艺术的朴实的姑娘,她说,有时她可以到奔萨去过星期天——那里有戏院啊……距铁路有三十多公里,有时不得不步行回家。薇拉·阿纳托利耶夫娜有一次在冬天遇见了狼群,起初她以为它们是狗,但狼群却跑到村边咬死了集体农庄的绵羊:"噢,我多害怕呀!……"

我们走进了一个墓穴。那里有一口棺材,莱蒙托夫的尸体就是装在这口棺材里从皮亚蒂戈尔斯克运来的。那里很潮湿,一滴滴的水很响地落在棺材上。

博物馆是个大杂烩:既有一些同诗人有关的物品,也有关于农奴制、革命、奔萨省集体农庄庄员们的成就的各式各样的宣传画和图表。我在一个房间里看见了莱蒙托夫的烟斗和《恶魔》的插图,另一个房间里挂着一幅很大的斯大林像。

夜里我写了一首诗。我从未发表过它,而现在我引用它是因为它是我业已许诺的自白的一个片断。

    塔尔罕内并不是一首长诗——
    这是一个巨大而结实的村庄。

疯狂的恶魔在很久以前
把翅膀送进博物馆保藏。
参观者看见一个脆弱的、
玩具般的、业已逝去的世界,
一个被人在痛苦中咬坏了的烟斗
和小歌剧演员的服装。
每个人都荣幸地看到,
这是莱蒙托夫的圈椅。
墙上有许多引文
记述已经发生的变化。
窗下是一个荒芜的花园
和隐藏在丁香丛中的"幸福"。
机器减轻了劳动。
如今村里有一所十年制学校。
庄员们认真地阅读
光荣的祖先的事迹,
每年七月
在他饮弹而亡的那天,
塔尔罕内如同节日一般。
儿童们一早就全都换上新装。
拱门的脸儿红得像大红布一样,
黑麦已交给了国家,
年轻人一齐在古老的
莱蒙托夫花园里跳舞。
这儿既没有踏步声,也没有呼啸声……
久远以前的一枪已早被遗忘,
仅仅在墓穴里有一口
包了锌皮的棺材冷得浑身打战。
马达声沉寂了,司机在忙碌。
一个姑娘老是在小木棚里

喃喃地念着那一行可爱的诗句,

她那无言的两眼含着热情,

眉梢高高地扬起。

夜同从前一样漆黑。

人们在唱歌、喝酒、朗诵诗歌、骂爹骂娘。

但有一颗心儿敲击着锌皮。酒已全部喝光。

"我爱祖国,但这是一种奇怪的爱……"

这里有什么奇怪的呢?祖国只有一个。

当然,我爱祖国不仅是因为它只有一个,而且也因为一个苏格兰移民的后裔写了《塔曼》,我每次重读这个作品都要惊奇得像婴儿那样微张着嘴。因为莱蒙托沃村的女庄员,那些勇敢的、历尽艰辛的和自豪的士兵的妻子们用乳牛耕地,并对着三角形的前方来信偷偷哀哭;我爱祖国,还因为那个塔尔罕内的朴素的大自然,因为所有这些小山丘、小树林、小池塘,因为人民的大胆计划,因为博物馆的图表干巴巴地谈到的"变化",因为那个薇拉姑娘,她曾在黑暗的小木棚里反复念诵着:"有些话的意义不是模糊不清就是毫无价值",她曾去看《哈姆雷特》并碰见了狼群;因为在偏僻的钱巴尔出现了同样地献身于正义和美的维萨里昂[①];因为少年梅耶霍德在奔萨曾渴望去看市集上的演出;因为奔萨省有一些名字很奇怪的村庄——沃契弗拉格[②]、索谢特卡[③]、维尔霍吉姆、舍梅舍伊卡;因为骂人的粗话词藻华丽,而表示亲热又那么羞涩;因为数以千计的其他大大小小的事物,对于它们,也许我已在简短的自白里作了最好的表达:"祖国只有一个。"

---

① 别林斯基的名字。
② 意为"狼谷"。
③ 意为"女邻居"。

14

1947年10月,法捷耶夫对我说,要到波兰去一趟,将派一个作家代表团前往:特瓦尔多夫斯基、狄青纳、布罗夫卡、爱伦堡。法捷耶夫开始教导我,忽然又大笑起来:"您自己也知道的……您在国外过了半辈子啦。"我想:在国外生活是一回事,参加代表团却是另一回事……在车厢里我碰见了帕·格·狄青纳,他当时是乌克兰共和国的教育部部长。我们在如何分配座位的问题上争论了很久——双方都想爬到上铺去睡。我同帕维尔·格里戈里耶维奇不仅生于同一年,而且生于同一天。我说,狄青纳应该睡下铺:他是部长。帕维尔·格里戈里耶维奇不同意。我到走廊上去同特瓦尔多夫斯基谈话去了。狄青纳利用了这个机会,于是我回去后便看见他躺在上铺上了。我们亲切地谈了一会儿,然后把灯灭了。当帕维尔·格里戈里耶维奇说"准会помылка……"的时候,我已经快要睡着了。我虽然生于基辅,但童年和少年时代是在莫斯科度过的;许多乌克兰的字眼我都不懂。后来有人向我解释,"помылка"就是"犯错误",但当时我在睡意蒙眬中却觉得正有人在我们的头上搓肥皂①:这是我第二次作为代表团的成员出国旅行,因而我也有些害怕。

杜维姆在车站上微笑,我立刻平静下来了。波兰人亲切地迎接我们。我看到了另一个波兰,它不是二十年前在健全化时期②我所看到的那一个了。那时不仅是官方人士,就连某些作家在同我谈话的时候也保持着警惕。

---

① 俄罗斯语中的"помылка"意为"带肥皂的脏水"。
② 指1926—1939年波兰毕苏茨基政权时期。

当然,尽管波兰变成了另一个波兰,但同时我也认出了许多东西:人民的性格是不会变的——会变的是生活。1947年我看到了化为灰烬的华沙。我辨认不出街道,但辨认得出人们。我先前认识的人有许多已经不在了:死去的既有家喻户晓的著名人物,也有只为朋友所知的人们。1928年我认识了作家博伊-席林斯基。我们曾争论了整整一个晚上——关于蒙田,关于普鲁斯特。他比我博学得多,说起话来激昂慷慨,有时还很毒辣,但却怀着那种使人无法抗拒的对艺术的热爱。当法西斯的公子哥儿们在里沃夫枪毙他的时候,他是六十七岁。30年代在巴黎时,我常在蒙帕纳斯遇到年轻的建筑师塞尼奥尔。他幻想着盖个什么东西,崇拜勒·科尔布泽,生活穷困,但每当母亲从波兰给他寄来一个包裹(他说"一包"),他便拿红果酒和灌肠来招待我们。1939年夏,他回去同希特勒匪徒战斗,不幸牺牲。我结识了一些年轻的作家、艺术家,结识了数以百计的各行各业的人。一年后我在弗罗茨瓦夫代表大会期间重又看到了波兰,此后的数年间也常去华沙,尽管这总是同代表大会、代表会议、委员会、决议之类有关,但总能抽出时间拜访旧友、结识新交。我更为强烈地爱上了波兰的性格,因而这一章大概更像是一篇抒情的说明,而不像是对一个国家和人们的叙述。

在很长的一个时期里,在俄罗斯人同波兰人之间存在着一道很深的鸿沟——这就是关于入侵、瓜分、起义者的鲜血的回忆。历史教员告诉我们,任何一个波兰人都像小贵族那样妄自尊大,波兰的灭亡是由于每个地主都在议会里叫嚷"我不准"并把禁令载入法律。我青年时代的老师之一陀思妥耶夫斯基在他那些长篇小说里描绘了一些漫画式的波兰人。我不了解波兰,而且在内心的某处还隐藏着成见。我还记得,杜维姆在我们初次相见时谈起了波兰人的性格,他那股热情曾使我感到吃惊。后来我从巴别尔那里听到:"这是个富于诗意的民族……"然而要知道巴别尔是在波兰人进行反对苏维埃俄罗斯的战争期间看到他们的。我思索了很久,直到1928年在波兰待了一个时期之后才若有所悟。

要认识那些对人有重要价值的东西——劳动与斗争的欢乐、爱情、艺术,不能根据学校里的功课,也不能根据书本,而要根据生活经验。但也有这样一些有重要价值的东西,它们要在你缺少或离开它们的时候才开始被你理解。当我在巴黎数日没吃任何东西,而从面包铺里又传来了妙不可言的香气,我才明白了面包是什么东西。在阿拉贡的群山中战斗时我明白了一口水是什么东西。我曾写道,在远离祖国的时候才能认识祖国的意义。波兰人特别敏感的爱国主义是同历史有关的:他们不是经历过就是从自己的父母亲那里听到过民族尊严遭受蹂躏的漫长历史。

我谈到过,杜维姆同我在华沙的废墟当中徘徊时曾反复地说:"你瞧,这有多美!……"也许并不是所有的波兰人都这么说过,但他们都这么想过。华沙的旧市区已重建起来,人们在重建的过程中对任何一个细小的地方都那么热爱,以致使人忘记了这是一座已化为灰烬的城市的复原。问题不仅在于爱好,问题也在于热情。

吸引我去同波兰人接近的是激情——它存在于民族的性格中,它既表现在斯特沃什的古老的雕刻中,也表现在从密茨凯维奇和斯沃瓦茨基到杜维姆和加尔琴斯基的诗歌中,激情存在于民歌和叙述失败了的起义的很长的故事中,它存在于一个曾是巴黎公社社员的老人向我谈到过的东布罗夫斯基的作品中,也存在于我在韦斯卡附近看到过的杨涅克的作品中。只要看看正在秩序井然而又非常美好的克拉科夫街头漫步的一个留着口髭的领退休金老人的眼睛,或者在被人遗忘了的乡村里听到一个梳着白色小辫、笑声犹如啼哭的小姑娘的一声叫喊,就可以一再地看到感情的洋溢和命运的盘根错节。

我读到过许多对巴洛克式的苛刻评价——它那过分夸张的、出人意料的、有时令人莫名其妙的结构似乎是标新立异、追求形式、抛弃真挚、藐视质朴。然而巴洛克式在它于贵族社会崩溃的时代诞生以后,却投合了各族人民的心意。在冈哥拉、马里诺或格吕菲乌斯的诗歌同波兰的陶工们塑造的那些耶稣的泥像之间有一种共同的东西,这些陶工在塑造泥像的时候忘记了头和手的尺寸,但却记得人类的苦难是无限的。"这里埋葬着肖邦的心灵"——外国人觉得奇怪,但是这一点也存在于波兰的性格中。

在1947年,波兰政府赠给我们四个苏联作家一些民间艺术作品。我得到一幅地毯,它是克拉科夫的加尔科夫斯基一家用碎布编结成的。这幅地毯在困难时刻鼓舞着我已有十五年了。我看着那些现在和过去都不曾有过,但却在我的房间里生活、嬉戏、咆哮和打盹的野兽,我看着那些姑娘和古怪的骑士,于是我不仅看见了浓淡色调的奇妙结合,也看见了艺术的力量。

对于我来说,波兰同艺术、同夸张的真实性、同那似乎可以把一幢平平常常的小房子变成宇宙的想象力是分不开的。1947年曾有一段对于诗人或画家来说是困难的时期。但即使在当时我也看到了许多表现出艺术还活着的油画。还需要谈谈此后的十年吗?有些波兰影片走遍了全球。人们开始翻译波兰的散文作品。我还记得我阅读卡吉梅日·勃兰兑斯的旅途随笔时的情形,他叙述了他在西德的一家殷勤而又干净的旅馆里吃早饭时的感受,——我找到了表达模糊的感觉的艺术方法。

灵感在波兰不是特等人物的采邑,它存在于人民之中。只要看看灰黑色的水罐就够了——其中有悲伤的一切细小差别和全部高尚气度。一个从来没进过城的农妇用纸剪出了一些热带的树丛。如果走进用品商店,你不仅会对审美力大吃一惊,而且会对幻想的丰富大吃一惊。吸引我同波兰接近的也许正是这种艺术的丰富性?然而由于这种丰富性同民族性格有关,因而无论对于西班牙的东布罗夫斯基营,还是对于在华沙的工地上搬运石头的女人,我至今均犹未忘怀。

我曾谈到过杜维姆。现在我想谈谈我在华沙常常遇到的他的那些"斯卡曼德尔诗社"①的朋友。斯沃尼姆斯基有点像英国人,他太爱嘲笑人,甚至挖苦人,但在他的讥讽后面却隐藏着波兰的诗歌和波兰的命运的善良与轻率。不同的民族有不同的讽刺——塞万提斯既不像斯威夫特,也不像莫里哀。斯沃尼姆斯基的讽刺不是溶液,而是精汁,对于另一个国家或另一个时代它可能太浓了,如果它也可以稀释,那也不能用水,而得用眼泪。伊瓦什凯维奇骤然看去像是个幸运儿,他为人温和,甚至宽宏大量,但他在精神上却绝不是一帆风顺的。他酷似一个耽于幻想的小贵族,但在他的作品里却有许多当代的动乱。现在我想起了他在30年代写的一个短篇小说,——一个波兰作家赴佛罗伦萨出席一个代表大会(看来无论是作家还是代表大会都一向有之——就像雨水一样)。短篇小说颇像屠格涅夫的《春潮》,但充斥其中的却是我们这个世纪的空气——爱情不同,绝望也不同。

在1947年我还不能忘记二十年前的波兰之行,当时我们生活在不同的世界里,——我竭力使自己特别谦恭有礼,回避那些同当时存在的麻烦有关

---

① 参见本书第三部第三章。

的问题,——总之,我常常让自己的言谈举止像一个外交官。下面我将叙述一桩趣事,这既因为我总是想在抒情的文字中插入一段笑话,也因为这个故事将会说明我当时多么不理解业已发生的变化。

我曾说过,波兰人接待我们极其殷勤。我们接受了带一个波兰作家代表团去莫斯科参加十月革命节活动的委托。我很高兴,因为我们将能像他们接待我们那样接待他们了。与我们同行的有著名的女作家纳乌科夫斯卡(她已六十开外)、剧作家克鲁奇科夫斯基(他当时是文化艺术部的副部长),以及青年诗人达布拉沃尔斯基。我们乘一节设备完善的专车赴布列斯特,但在布列斯特却没有一个人迎接我们。(后来我才知道电报迟到了。)一切看上去都十分危急,"国际旅行服务社"断然拒绝赊售车票给客人,而我们当然是没有卢布的。纳乌科夫斯卡看到苏联的列车便说她累了,想躺一会儿。我回答说,还没有开始放旅客上车。(不幸就在这个时候有一位将军走进了车厢,副官提着他的皮箱。)我给省委书记打了个电话。工作日已经结束,我在家里才把他找来。他听了后表示最深刻的同情,但是说明省委会里一个人也没有——他从哪里弄到钱呢?我开始开导他、恳求他,甚至暗暗地以可能招致"外交麻烦"来威胁他。他答道:"我试试,但不能担保会有结果……"过了一个钟头、两个钟头。纳乌科夫斯卡问,是否已开始放旅客上车。克鲁奇科夫斯基彬彬有礼地默然不语。达布拉沃尔斯基谈论着加尔琴斯基和帕斯捷尔纳克的诗。但我哪有工夫去理会诗,我不时跑来跑去——给省委书记打电话,看看汽车来了没有。省委书记终于来了:"弄到了可以买三个卧铺……"我请求他向客人表示欢迎。纳乌科夫斯卡终于得以躺下。而我们却聚集在一个包厢里开始清点我们所有的卢布。今天——一顿晚饭,明天——早饭、午饭、晚饭各一顿,后天我们要在十一点到达——这就是说,还有一顿早饭。但我们的钱却只够吃今天的一顿晚饭。布罗夫卡说,明天早上在明斯克就可以对付过去,可惜离城市太远了……

我在餐车里试图请求赊账供应我们用餐,我们将在莫斯科车站上把钱付清,但我得到的回答是:这是不可能的——稽查员会在途中上车。我们去吃晚饭,要了半升酒。纳乌科夫斯卡请求给她一小杯红葡萄酒。给她拿来了一瓶。达布拉沃尔斯基又谈起诗来,但突然说道:"我但愿能看到一个能把空瓶变满的诗人……"我跑出去把我们的资本重数了一遍,于是又要了一瓶酒。早上我们说,我们不吃早饭了——只喝点茶。在明斯克,布罗夫卡同大家告辞了,突然我看见彼得·乌斯季诺维奇像赛跑冠军一样飞奔而回:"离中央委员会太远,我跑到家里,可妻子不在,这就是我在桌子的抽斗里找到的全部……"他往我的手里塞了几张钞票。吃午饭是够了。我们决定宣布,晚上我们不吃晚饭,不料晚上在斯摩棱斯克却有一个奇迹等待着我们——作家西蒙诺夫走进了车厢。我立刻把他叫到一旁并请求他对客人说,他是从莫斯科前来迎接代表团的。然后我问他:"您有多少钱?……"他回答:"一无所有。我看到你们很高兴,心想我可以吃顿晚饭、喝瓶葡萄酒了……"在一个单间里发现了西蒙诺夫的一个熟人。我们得救了。

两年后,我同达布拉沃尔斯基做了朋友,我把我在他谈到将空瓶变满时的经历告诉了他。他笑了很久:"这纯粹是一个波兰的故事……"后来克鲁奇科夫斯基也笑了。

当然,当我说现在任何东西都不能把我们同波兰人分开的时候,我是最不愿想到"国际旅行服务社"了。在1928年,波兰人同我们生活在不同的世界里。即便是杜维姆和布罗涅夫斯基,当时也有许多事情不能理解,而我也常常作出轻率的判断。有些传统的成见是很顽固的,直到1958年来到华沙以后,我才感到再不会有任何东西把我们分开。斯沃尼姆斯基、伊瓦什凯维奇——这是些老朋友,但我也认识了一些年轻的作家,在同他们交谈的时候,我没有感觉到国家的界线或辈分的界线。

无论在我开始写这一章时所谈到的1947年秋还是在这以后,我在波兰都没有感到过孤独——这是一纸枯燥无味的证明书,但它说明了许多问题。

15

　　我即将谈到的岁月可能是我一生中最艰难的岁月,因而我把这个工作中断了很久:对于开始写这一章下不了决心。如我能把它略去那该是何等的快事!但生活不是校样,经历过的往事也不能一笔勾销。从那时以来过去了十五年。我不愿触及那些正在愈合的创伤,不拟提到某些人的名字——我对扮演检查官的角色是最不感兴趣的。此外还有许多事情我不知道,我将只限于简短地、干巴巴地叙述我的经历。

　　如今我明白了,我想写的某些重大事件的开端是同所·米·米霍埃尔斯悲惨的死有关的,因而首先我将谈谈所罗门·米哈伊洛维奇。我早在20年代即已同他相识,但对他很不了解;而在战争时期我了解并爱上了他;有一个时期他经常到"莫斯科"旅馆来找我们,时而诉苦,时而逗笑,时而又不知何故缩手缩脚地沉默不语。他是大演员,因而艺术也就当然是他爱好的事业。我还清楚地记得他扮演的李尔王。他变得令人不敢认了——平常他的个子并不显高,脸也不像国王,凸出的前额和鼓出的下唇,倒很像一个好嘲笑人的知识分子。但是在舞台上,高高的和悲哀的李尔王在自己的不幸和愤怒中却是难以形容的优美。各种流派的演员都很景仰米霍埃尔斯的才能。我还记得,无论卡恰洛夫、梅耶霍德还是皮托耶夫都曾那么赞叹地谈到过他。米霍埃尔斯从来不是民族主义者,他喜爱俄语,他的朋友阿·尼·托尔斯泰有时候说:"我不明白,为什么所罗门不愿在俄罗斯剧院演出……"但米霍埃尔斯有个宠儿——犹太剧院。就连那些不懂犹太语的观众也常来观看这个剧院的演出。米霍埃尔斯和朱斯金的演出是如此富于魅力,以致所有的人都常被小镇上的堂吉诃德的奇遇或卖牛奶的台维①的不幸弄得神魂颠倒。

所·米·米霍埃尔斯在战时是犹太人反法西斯委员会的灵魂。当时有谁能想到艺术呢？希特勒匪徒在乌克兰和白俄罗斯的小镇上既屠杀肖洛姆-阿莱赫姆作品中年老的主人公，也屠杀少先队的小姑娘。米霍埃尔斯曾和诗人费费尔一同被派往美国。在1946年，曾有一些美国人告诉我，在一个城市里塌了一个舞台——想挤到苏联客人跟前去的人太多了。米霍埃尔斯和费费尔为苏联的医院和保育院募集了数百万元。

胜利后有数以千计的人来向米霍埃尔斯求助——在他们的心目中他依然是被侮辱者的保护人。

不料米霍埃尔斯被杀害了……

当时我们听说，所罗门·米哈伊洛维奇受斯大林奖金评奖委员会之托，和戈卢博夫-波塔波夫同赴明斯克，——他得给一个被提名获奖的戏提出意见。有人邀请他夜里去做客——他还是同戈卢博夫-波塔波夫一起在郊区的一条街上走着，在那里他们俩不知是被匪徒杀害，还是被一辆载重汽车轧死了。这种说法在1948年春似乎是令人信服的，半年后却有许多人开始对它感到怀疑。当祖斯金被捕的时候，大家都在思索：米霍埃尔斯是怎么死的？……不久以前有一份在立陶宛出版的苏联报纸报道说，米霍埃尔斯是贝利亚的爪牙杀害的。我不拟去猜测，可以泰然自若地逮捕米霍埃尔斯的贝利亚，何以要采用凶杀的伪装。当然，这不是因为他顾忌社会舆论，多半是他想寻点开心。

我参加了在所罗门·米哈伊洛维奇的剧院所在地为他举行的追悼会。变得丑陋了的脸已作了一番修饰。人们相继致辞。我还记得法捷耶夫的发言。街上站着一大群人，许多人哭了。

5月24日举行了一个纪念米霍埃尔斯的晚会。我讲了话，现在不记得讲些什么了。当时十分痛苦。

但我还是没有预见到任何事件。

1948年9月，我应编辑部的请求为《真理报》写了一篇关于"犹太人问题"、巴勒斯坦、排犹运动的文章。下面是几段引文：

---

① 犹太作家肖洛姆-阿莱赫姆的同名剧作的主人公。

"黑暗势力分子很久以来都在捏造谣言,想把犹太人形容成一种与他们周围的人不相同的特殊人物。黑暗势力分子说,犹太人过着一种单独的、孤立的生活,不与他们生活在其中的那些民族同甘苦、共忧乐。黑暗势力分子叫人们相信,似乎犹太人是一些失去了祖国感的人,是永恒的风滚草①。黑暗势力分子发誓说,有一种神秘的联系把不同国家的犹太人联合起来。

"……是的,犹太人是迫不得已才过着这种单独的、与世隔绝的生活的。犹太人区不是犹太的神秘主义者的发明,而是天主教的残忍信徒的发明。在人们的两眼被宗教的迷雾所蒙蔽的时代,犹太人当中曾有过一些狂热的宗教徒,正像在天主教徒、基督教徒、东正教徒和穆斯林当中也曾有过的一样。一旦犹太人区的大门敞开,一旦中世纪黑夜的迷雾开始消散,各国的犹太人就立刻加入了各民族的共同生活。

"是的,有许多犹太人背井离乡,迁居美国。但他们之所以迁居,并不是因为他们不爱自己的乡土,而是因为暴力和凌辱失去了他们这可爱的乡土。是否只有犹太人才有时去别的国家寻找生路呢?意大利人、爱尔兰人、那些曾经处于土耳其人和德国人的压迫下的国家的斯拉夫人、亚美尼亚人、俄罗斯的教派信徒,不也都这样做过吗?……

"……在突尼斯的犹太人和住在芝加哥用美国话交谈与思考的犹太人之间,很少共同之处。如果他们之间的确存在着联系,那么这种联系也毫无神秘之处:这种联系是排犹运动所产生的……前所未见的德国法西斯的兽行,他们所宣布的、并在许多国家付诸实施的对犹太居民的大规模屠杀,种族主义的宣传,最初是侮辱,接着是马伊达内克的焚尸炉——所有这一切在各国的犹太人当中产生了一种深刻的联系之感。这是被侮辱者和被激怒者的团结一致……

"……当然,在犹太人当中也有民族主义者和神秘主义者。他们制定了犹太复国主义的纲领,但是让犹太人住满了巴勒斯坦的却并不是他们。让犹太人住满了巴勒斯坦的是那些仇视人类的思想家,是那些种族主义的信徒,是那些排犹主义者,他们把犹太人从世代居住的地方赶走,并强迫他

---

① 又名风卷球,是角果藜之类的草本植物的总称,果实成熟时,其茎容易折断,被风一吹,就像球似的滚得很远。

们到天涯海角去寻找——不是寻找幸福,而是寻找维护人格的权利……"

我在文章中引用了高尔基、列宁有关排犹主义的意见,也援引了斯大林的话:"排犹主义,作为种族沙文主义的极端形式,乃是人吃人的最危险的残余。"

报纸上的文章不是自白,其中有很多话是不能说的。现在当我即将结束回顾我的一生的这本书时,我想谈谈我是怎样理解那个常被称作"犹太人问题"的事物的。

我小时听到过人们谈论德雷福斯案件、屠杀犹太人的暴行。我知道,列夫·托尔斯泰、契诃夫、高尔基都曾因为有人教唆俄罗斯人去迫害犹太人而无比气愤。数年后,我在一份秘密报纸上读到了列宁的一篇文章。我的父亲曾说,排犹主义是一种遗毒,是宗教狂热症和无知的产物,在这个问题上我同意他的见解。

正如读者所知,我生于基辅,我的本族语是俄语。我既不懂现代犹太语,也不懂古犹太语。无论是在犹太教教堂、东正教教堂或天主教教堂,我都从未做过祷告。有些艺术古迹曾经使我而且至今也还使我神往,这些古迹对于信徒来说是同宗教联系在一起的,但对我来说却同人类的思想感情联系在一起,——《约伯书》《圣歌集》《传道书》、福音书,包括"禁书"《启示录》、沙特尔大教堂、卫城、安德烈·鲁布廖夫画的圣像、贝阿托法师的绘画、埃洛尔村的印度女神、阿旃陀的古代佛教寺院里的壁画。然而所有这一切对于我来说不是僵死的教规,而是活生生的艺术。我的童年和少年是在莫斯科度过的,我的同伴也都是俄罗斯人。我在地下组织里工作时,我们互以绰号相称,对于在我的同志们当中是否有犹太人的问题我是不感兴趣的。后来我不知不觉地来到了巴黎。我遇见了两位出色的诗人——一个是阿波利奈尔,按族系说他是波兰人,另一个是马克斯·雅各,他是犹太人,但是对于我来说,他俩都是法国人。我爱上了意大利人莫迪利亚尼。有一次他告诉我说,他是犹太人,然而对于我来说,他依然是同战前岁月的惊慌不安和意大利文艺复兴时代的艺术联系在一起,而不是同古代的耶和华联系在一起。

我爱西班牙、意大利、法兰西,但我的全部岁月都是同俄罗斯生活分不开的。我从未掩盖过自己的族系。有些时候我很少想到自己的族系,也有

1231

另一些时候只要有可能我就到处反复地说:"我是犹太人。"——我觉得,同那些遭受迫害的人们站在一起,是人道主义的初阶。

我看过卓别林的影片,却没想到他是犹太人,这一点是希特勒匪徒告诉我的。他们编黑名单。作曲家达留斯·米俄、哲学家柏格森,那些我经常遇见但却没去想他们的族系的人——本达、安娜·西格斯,我读过其作品的那些作家,例如卡夫卡——原来都是犹太人。

是否有一种为犹太人所固有的特殊的民族性格呢?排犹主义者和犹太民族主义者的回答是肯定的。很可能,数世纪以来的迫害和欺凌使讽刺变得尖锐了,并激起了对美好的未来的浪漫主义的希望。民族性格在艺术创作中表现得最为鲜明。海涅的诗歌充满浪漫主义的讽刺,但我不知道这是什么缘故——是由于诗人的族系还是由于时代。每逢想到我的同时代人——莫迪利亚尼、卡夫卡、苏金的作品,我所看到的首先是悲痛:它反映了现实生活,回忆同预感或预见结合起来了。数学属于人的理性的这样一些表现,这些表现同水土、语言或传统的联系是最少不过的。但是在30年代初的德国却有过这样一些科学家,他们竟把爱因斯坦发现的相对论视为"犹太人搞的小把戏"而予以否定。

排犹主义在早先是同宗教、同"犹太人曾把耶稣钉在十字架上"而要求报复的思想联系在一起的。僧侣们的权力逐渐削弱。许多人已经明白,耶稣是起来造反的犹太人当中的一个,他曾反对那些同罗马的占领者共过事的正统的神职人员。法国大革命宣布了犹太人的平等权利。各国相继废除存在了若干世纪之久的限制。犹太人开始同他们的祖先所来到的国土上的那些民族过着一样的生活。

在上个世纪之末爆发了德雷福斯案件,它表明通常隐藏在缝隙里的排犹主义还活着。在数年间,千百万人的视线都集中在德雷福斯身上,此人本身是无足轻重的,只不过是个受过纪律训练的勤勉尽职的法国军官而已。当左拉发言维护无辜的被告时,支持他的有列夫·托尔斯泰、维尔哈仑、马克·吐温、饶勒士、安纳托尔·法朗士、梅特林克、安佐尔、克洛德·莫奈、儒勒·勒纳尔、西涅克、佩吉、米尔博、马拉梅、查理·路易·菲力浦。支持原告的又是谁呢?民族主义者的作家——巴勒士、莫拉斯、戴鲁列特。反对德雷福斯的人不仅是排犹主义者,也是进步的大敌、沙文主义者,他们在自己的报纸和传单上称左拉是"意大利分子"。

俄国的犹太人革命前只能在犹太人区里居住。在乌克兰或白俄罗斯的城镇里，他们孤独地生活着，说着意第绪语。革命改变了一切，犹太青年大批拥入俄罗斯的学校和大学，犹太女人嫁给俄罗斯男人，犹太男人娶俄罗斯女人为妻。犹太人与世隔绝的状况不仅在我国，而且也在法国甚至德国消失了。这时候希特勒的"种族理论"前来给排犹主义帮了忙。

当然，关于存在着"劣等种族"的论调并不新奇。在叙述美国南部各州之行时我曾想表明，种族主义在一个文明的国度里有多么强大和顽固。但在20年代，我们曾认为亚拉巴马州或密西西比州过去的奴隶主乃是例外。希特勒在历史舞台上出现了。他和他的信徒们开始证明，存在着高等种族，首先是"雅利安族"或"北方族"，也存在着劣等种族，其中最低劣的就是犹太人。

在国内战争时期，我看到过白匪组织的一次屠杀犹太人的暴行。几个月后有一个喝醉酒的弗兰格尔的军官叫道："打死犹太佬，拯救俄罗斯！"——他想把我从轮船上扔进海里。我觉得这是很自然的：旧时代的幽灵维护着黑暗势力。

20年代末，我在蒙帕纳斯认识了一位来自波兰的犹太作家瓦尔沙夫斯基以及他的朋友们。他们告诉了我一些关于小镇上守旧的犹太人的迷信和机灵的可笑故事。我读了一本哈什教派的传说集，我很喜欢这些富于诗意的传说。我决定写一部长篇讽刺小说。小说的主人公是戈麦尔的裁缝拉齐克·洛特什万涅茨，一个倒霉鬼，命运把他不断地从一个国家抛到另一个国家。我描写了我国新经济政策时期的资本主义分子和穷乡僻壤的书呆子、健全化时代波兰的骑兵大尉、德国的小市民、法国的唯美派、虚伪的英国人。拉吉克在绝望之余决定赴巴勒斯坦，不料被称为"天国"的国土原来同别的国家一样——富人过得好，穷人吃不饱。拉吉克建议组织"重返祖国同盟"，说他不是生于棕榈树下，而是生于他那可爱的戈麦尔。他被犹太的宗教狂热分子杀害了。我的主人公被西方的批评家称作"犹太的帅克"。（我没有把这本书收入我的文集，这并不是因为我认为它太差或者把它否定了，而是因为我现在觉得，在纳粹的兽行之后发表许多讽刺作品似乎为时尚早。）

希特勒的上台曾使我大吃一惊：一个文明的国家倒退到暴行的黑暗中去了。"水晶之夜"（希特勒匪徒这样称呼进行大规模屠杀之夜）对于我来说是可恨的法西斯主义的一种表现。希特勒匪徒不仅焚毁犹太作家的书，也焚毁恩格斯、列宁、高尔基、罗曼·罗兰、左拉、巴比塞、亨利希·曼的书。他们杀害"雅利安"族系的德国共产党员。我在西班牙看到了法西斯主义残暴的本质。

在法西斯匪徒侵犯我国的时期，我是大量兽行的目击者。希特勒匪徒屠杀俄罗斯儿童、烧毁乌克兰和白俄罗斯的村庄。我每天都在报上描写这些罪行。别的人也写。希特勒匪徒在自己的传单里让人们相信，他们只同犹太人作战，应该驳斥这种谎言。

同古老的历史有联系的犹太复国主义者的思想，从来不曾吸引过我。但是以色列国家却存在着。在阿拉伯文化的繁荣时期，犹太人没有遭受过类似宗教裁判所那样的迫害，在安达卢西亚的形形色色的哈里发国家①里生活与工作着像哲学家迈蒙尼德和诗人哈勒维这样的人物。我愿意相信，亲身体验过不公道滋味的以色列的犹太人，将会找到一条同阿拉伯人和解的道路。每个人都知道，生活在欧洲和美洲的各种不同国家里的千百万犹太人，是不能在以色列的领土上找到立足之地的，而且他们也不愿到那里去——他们同他们生活于其中的那些民族有着紧密的联系。亚拉巴马州或密西西比州的黑人根本不想去黑非洲的任何一个主权国家，他们需要平等权利，并正在进行反对种族偏见的斗争。

把我同犹太人联系起来的是希特勒匪徒用来活埋老人和婴儿的壕沟，是过去的鲜血流成的河，是后来从种族主义的种子里萌发出来的凶恶的莠草，是顽固的成见和偏见。我在我的七十岁生日发表广播演说时曾告诉我的读者，只要世界上还存在着一个排犹主义者，我就要不停地说：我是犹太人。促使我说这种话的不是民族主义，而是我对于人的自尊感的理解。我一直认为，排犹主义是旧时代的遗毒，它将会消失，正如一切种族偏见都将消失一样，直到如今我才知道，把古老的偏见从意识中清除出去——这是一桩长期的工作。

---

① 指中世纪阿拉伯人统治西班牙时期建立的伊斯兰教国家。

回头来谈我正在叙述的那个时期。1948年末,犹太反法西斯委员会被停止活动。《艾尼凯》报被停刊。不久那些用意第绪语写作的诗人和散文作家被捕了,他们是:别列茨·马尔基什、克维特科、贝格森、费费尔等等。

1949年1月,报纸宣布"揭发了一个反爱国主义的剧评家集团"。为什么运动是从一个次要的问题——戏剧批评开始的呢?我不知道。可能正巧有一位受了委屈的剧作家向斯大林诉了苦,但也可能这是出于偶然——只要水面上能出现圆圈,不管往池塘的什么地方扔石头还不都是一样。

在掀开新的运动的序幕的第一篇文章里有这样一句话:"古尔维奇对于俄罗斯苏维埃人的民族性格可能具有什么样的概念呢?"两天后我读了另一篇文章,其中"古尔维奇和尤佐夫斯基之流"这几个字用的是小写字母。"世界主义者"的圈子逐渐扩大:有些诗人和电影导演也遭到了批评。两周后开始揭发躲在笔名后面的"忘本的世界主义者"。

我的许多俄罗斯朋友对于所发生的事情都很气愤。我还记得同奥布拉兹佐夫、孔恰洛夫斯基、建筑师鲁德涅夫、法捷耶夫、弗谢沃洛德·伊万诺夫、雕塑家列别杰娃的谈话。是否还需要提醒一下,任何种族主义,包括排犹主义在内,都是既违反俄国知识界的传统,也违反那作为列宁的遗训并用来教育苏联人的崇高的国际主义思想的呢?

对"世界主义者"的迫害并不是一个孤立现象。逮捕了大批的人,其中有的是曾被法西斯俘虏(这当然不是他们本人之过)的,有的是没来得及撤退的,有的是自愿从侨居国回来的,有的是在30年代受过惩罚的,有的是在国外有亲属的。贝利亚所实行的专横可真是无所不包。

至于我,从1949年2月初开始,报刊停止发表我的作品。开始把我的名字从批评家的文章中删去。这些预兆是十分熟识的,于是我每夜都等候着铃声。电话不响了,只有亲近的朋友探询我的健康状况。再有就是进行"检查":熟人们小心翼翼地用自动电话机打来电话——想知道我是否已被抓去,而当我回答一句"是我"的时候,他们就把话筒放下了。

在1938年3月间,我常惊恐不安地倾听电梯的声音:当时我想活下去,同别的许多人一样,我准备好了一个装着两套换洗衣服的小皮箱。在1949年的3月里,我没去想衣服,而且几乎是无所谓地等待着结局的到来。这可能是因为我已不是四十七岁,而是五十八岁——我已疲倦了,老年开始光临

1235

了。但也可能是因为这一切都是旧戏重演,同时在战争之后,在战胜法西斯之后,发生的事情特别使人难以忍受。我们睡得很迟——往往在天快亮的时候:会有人来把你叫醒这种想法是使人极为难堪的。有一次在深夜二时,电铃响了。柳芭前去开门。我一句话也没说,只是看了看她。不料那是西蒙诺夫的司机——是康斯坦丁·米哈伊洛维奇的妻子打发他来的。西蒙诺夫对她说,他想到我这儿来。

3月底,有一位朋友跑来,他兴奋无比地叫道:"原来是假的!……"他叙述道,前一天曾有一位当时相当负责的人物在一个有千余人出席的谈文学问题的报告会上宣称:"我可以报告一个好消息——头号世界主义者、人民公敌伊利亚·爱伦堡被揭发和逮捕了。"

我给斯大林写了一封短信:我写道,我失去为报刊写作的权利已有两个月了,昨天还有一个人宣称,似乎我被捕了。然而我尚未被捕,因此我请求派人查明我的情况。我只希望一点——结束我这种不为人们所知的处境。我把信交给了克里姆林宫的岗哨。

翌日马林科夫给我来了个电话。我还清楚地记得这次谈话。"您给斯大林写了信。他委派我给您打个电话。请您告诉我,这是从哪里传出来的?……""不知道。我本想问问您这件事。""可您早先为什么不通知我们呢?""我曾同波斯佩洛夫同志谈过,我所能做到的也仅止于此了。""奇怪,波斯佩洛夫同志是个那么机灵的人,可他什么也没对我们说过……"(彼·尼·波斯佩洛夫在几年后告诉我,这不是实话,他把一切都转达了,但他的话没发生作用。)

电话机马上又响了起来,各报的编辑部都说,"发生了误会",文章将被刊登,请求再写。

这时候埃夫罗斯和切尔尼亚夫斯基都在我处。患了感冒的格·米·科津采夫躺在沙发上。格里戈里·米哈伊洛维奇把被子裹在身上跳了起来。大家都异常激动地议论纷纷。

事后聪明,人皆有之。我在1949年春是什么都不明白。如今当我多少知道了一些的时候,我觉得斯大林善于把许多事情都掩盖起来。亚·亚·法捷耶夫告诉我,反对"反爱国主义的批评家集团"的运动是按照斯大林的指示开始的。但在一个月或一个半月之后,斯大林却召集编辑人员说道:

"同志们,不容许揭露笔名——这具有排犹主义的气味……"舆论把专横行为归咎于执行者,而斯大林却似乎制止了这种专横。到3月底看来他已断定,问题已经解决了。

由于那些在国外反对我国的敌人幸灾乐祸,我是加倍地痛苦。我看见过为捍卫十月革命的思想,为团结起来反对武装干涉者和白卫军、反对法西斯的入侵、反对残害异族者和种族主义者而一连进行了三十年斗争的人民。对于我所谈到的那些报上的文章,人民是没有罪过的,他们过着艰苦的生活,日以继夜地工作,始终没有离开他们所选定的那条艰辛的道路。

几年以后,一位记者在以色列作了一次耸人听闻的揭露。他肯定地说,他在狱中遇到了诗人费费尔,后者似乎曾对他说,我在镇压犹太作家的事件中是有罪的。某些西方报纸抓住了这一诽谤。他们有一个论据:"他保住了性命?这就是说,他是个叛徒。"

我的精神不振,不能工作。可这时候却告诉我说,得去巴黎参加保卫和平代表大会。我认为保卫和平是件好事,但感到我没有力量。在这种情况下突然跑到国外——这简直是一种刑罚!他们要我写一篇发言稿送去给他们看看。当一张白纸摊在我面前的时候,我开始写下使我激动的问题。在写好的演说词里有这样的句子:"再没有比种族的和民族的傲慢更令人厌恶的了。世界文化有着这样的一些血管,谁要是割断它们就不能逃脱惩罚。无论是过去还是将来,各民族都是互相学习的。我认为,可以既尊重民族的特点,同时又摒弃民族的孤立性。"当时身居要职的格里戈良把我叫去,同我握手,表示谢意。他的桌上放着一份打印在一张漂亮的纸上的我的发言稿,而在我上面所引的那一段话前面的页边上还写着"真棒!"二字。我觉得字迹非常熟悉……

我们在4月中旬飞抵巴黎。莫斯科天气很冷,伏努科夫机场旁边的小树林里还能看到皑皑白雪。柳芭说,在巴黎我将能得到休息,散散心。我答:"当然。"

在巴黎的机场上我看见了埃尔扎·尤里耶夫娜。她说,阿拉贡和她将在晚上前来找我——我们将共进晚餐。我们被带到大使馆,大使在那里说明政治情况。我很想听,但却听不进去。蓦地我明白了,我病了——浑身大汗,准是发烧了。这可是糟透啦!……后来我被带到右岸普莱耶尔大厅

(代表大会的会址)附近的一家旅馆里。我什么也不明白,什么也看不见——热得厉害。突然司机(一个中年的法国人)说道:"真热呀!……"我睁大了眼睛:"这么说,您也觉得热吗?……"他也感到惊奇:"三十度哪,所有的报纸都说,在4月间出现这种天气,已有一百年没遇到过了……"我高兴起来:这么说我没生病。我看见了先前没注意到的现象:人们不穿上衣在咖啡馆的凉台上贪婪地喝着啤酒或柠檬水。但是脑子里却同先前一样模糊。

阿拉贡夫妇把我带进了喧嚣的"梅迪特兰涅"餐厅,那里很拥挤,人们谈论着复活节是怎么过的。常有熟人走到阿拉贡夫妇跟前开开玩笑。而路易和埃尔扎却用俄语问我:"'世界主义者'——这是什么意思?为什么要揭露笔名?"这都是自己人,我认识他们已有四分之一个世纪,但我却不能回答他们。科克托走了过来,引起了一场上流社会的笑话,我竭力微笑。巨大的龙虾转动着大触须。邻人们笑着。热得难以忍受。

在旅馆的房间里我迅速脱去衣服,躺下,闭了灯——渴望入睡,但不久便明白这是办不到的。我辗转反侧,开了灯,不知何故穿上了衣服,坐在圈椅上,并胡思乱想起来——想出一个什么理由才能让他们明天就把我送回莫斯科去呢?我逐一地斟酌所有的方案——生病,说明我不能演说,干脆地说:"我想回家。"我就这样一直坐到天亮。我的面前出现了别列茨·马尔基什,他像我最后一次看到他时那样。我回忆着报刊文章中的句子,毫无表情地反复地说:"回家!"……

我说过,我想在本章中谈谈对于我来说是最艰难的一个时期,但这未必已经做到,而且我也不知道,是否可以谈论这样的事,我只补充一点——在巴黎的一个狭长的房间里度过的第一夜最为可怕,当时我明白了,一个人要为他"忠实于人们、时代、命运"付出什么样的代价。

16

清晨,我正在刮脸,福京斯基跑进房间里来:"我在报上看到你到来的消息,大使馆的人告诉了我你的住址……"福京斯基未向我提出令人不快的问题,而是开始叙述罢工、大家都反对政府、蒙帕纳斯、杜霞、艺术家们。"有许多有趣的展览。你现在有空闲吗?……"我们一直游荡到吃午饭。我时而看看塞纳河,时而看看有着淡绿色护窗板的灰色房屋,时而看看塞尚画的苹果。我觉得一切既很优美而又无比陌生。福京斯基突然不安地问道:"你身体可好?"我回答说,身体还好,但是没睡够。我什么都没想,但什么都不能忘记,我觉得谈话很吃力——回答得牛头不对马嘴。

午饭前我们走进一家咖啡馆。桌上有一张不知是谁留下的报纸。我机械地把它打开,一条简讯映入我的眼帘:"政府的软弱无异于犯罪。昨日由莫斯科飞来一帮人,他们被派来巴黎以'保卫和平代表大会'的招牌鼓动风潮。政府甚至还把签证发给了鼎鼎大名的伊利亚·爱伦堡,此人写过一部诽谤性的'长篇小说'《巴黎的陷落》,此人之所以值得注意,在于他曾因为在那些从共产主义的暴政下解放出来的国家里建立了恐怖网而从斯大林那里得到克里米亚的一座大公的宫殿。将同爱伦堡一起'保卫和平'的有多列士的特派员、机灵的阿拉贡、英国的'科学家'贝尔纳(此人在科学界默默无闻,在政界却大有名气),以及冒充作家的某茨威格,当然,还有已下定决心抛弃物理学家的职业去担任克里姆林宫主要宣传员职务的约里奥-居里和年老的丑角毕加索,此人画了一只马克思主义的鸽子,这只鸽子弄脏了我们这美好的、但可惜是未设防的巴黎的所有墙壁。"我把报纸塞进衣袋,并对福京斯基说:"让我们为敌人干杯。"他不明白,我也没作解释。

1239

在写作本书和回忆艰苦岁月的时候,我常怀着感激之情想到敌人。当然,类似我以上所抄的那些句子的咒骂只能在未来的"极端派"的传单上找到。《费加罗报》,甚至《震旦报》使用的语言比较含蓄,但它们也进行诽谤与恐吓。敌人帮助我克服了许多困难,他们提醒我,不论在某些年月里发生的事件令人多么痛苦,它们都不应该遮没主要的东西。当天也是如此——我不知何故清醒过来,甚至快活起来了。

翌日,保卫和平代表大会开幕了。会议在普莱耶尔大音乐厅里举行——那个地区住的都是有钱人。但是从清晨开始,在大厅的入口处附近就聚集了许多人,其中有大学生、时装女工、工人,也有偶然路过的闲人。他们认出了约里奥-居里、毕加索、伊夫·法奇、阿拉贡,便表示欢迎。他们仔细观看有些波兰女人和斯洛伐克女人鲜艳的民族服装、苏格兰人的短裙。他们猜测着,戴着白得耀眼的僧帽的大胡子主教来自何处——来自希腊还是来自保加利亚?他就是总主教克鲁季茨基·尼古拉。(我数次与他同乘飞机去参加代表大会或世界和平理事会会议,每次都看到他用来装僧帽的一个盛女帽的硬纸盒。)

大厅被两千名左右的代表和来宾挤得满满的。不时响起用听得懂和听不懂的语言发出的喊声。大厅里是喧哗的、南方色彩浓厚的——法国代表团和意大利代表团的人数最多。这似乎是战后的第一次国际性的代表大会,因而年轻人觉得一切都很新奇。演说不时被喊声、笑声、掌声打断。

到1949年,"冷战"不仅已从报端的文章发展到国与国之间签订的条约,而且也发展到日常生活中了。大西洋公约就是在这一年诞生的。德国的分裂采取了国家的形式:在这一年,联邦共和国宣布在波恩成立,半年后又建立了民主共和国。在代表大会的一次会议上宣读了人民军解放南京的消息,中华人民共和国在1949年诞生,同年荷兰又被迫承认印度尼西亚独立。在越南,战斗还在进行。希腊也在打仗,在代表大会开幕前,游击队重又占领了格拉莫斯山,但内战的结局已预先由"杜鲁门主义"所决定。在意大利经常爆发罢工,举行激烈的示威,谁也不知道事件会向什么方向发展。我觉得,就是在法国,斗争也日趋激烈。直到一年以后我才明白,1947至1948年的大规模罢工已是战争的风暴的余波。美国人提供金钱("马歇尔计划")。工厂开始更新业已陈旧的设备。商店里的商品增多了。诚然,物价上涨了,许多法国人的生活也还很艰苦。但大家都明白,国家即将在经济上站立起来。

然而无论《费加罗报》的读者还是《人道报》的读者都害怕去想未来。在一家中等的餐厅里,我听到一场使我想起1939年春的谈话:"我们已决定去布里夫附近度假,我妻子的姑母住在那里。当然,这要以不发生战争为前提……"英国人、意大利人、比利时人向我谈到过同样的心情。代表大会回答了千百万人的不安——人们对战争岁月的记忆太新了,报上的消息太令人不安了。有些人担心,美国人会发动一场先发制人的战争,另一些人认为,俄国的坦克很快就会开到大西洋岸。

支持杜鲁门政策的报纸原想避而不谈代表大会,但却忍不住了。我面前有《巴黎新闻》上的一条简讯:"在记者招待会上,著名的苏联作家伊利亚·爱伦堡回答一位记者提出的'您是否认为美国真的要求和平'这一问题时说:'不可能同时做两件事情——嘴上谈论和平,同时又从衣袋里掏出原子弹。'"美国反动派目光敏锐。前一天晚上,国务院专员马克·戴尔莫特先生宣称:"巴黎保卫和平代表大会的参加者们就像有人命令他们那样地竭力证明,只有苏联要求和平。所有这一切都是莫斯科的巧妙宣传。"法国的《世界报》写道,共产党人"找到了人人都理解的口号"。

代表大会是否真如报纸所断言的那样是共产主义的呢?我看不是。如果仔细看看发起委员会成员、贺词、参加者的名单,就可以看到一系列同共产主义思想距离很远的政治活动家、作家、艺术家的名字。让我列举一些在拉鲁斯小百科全书上可以找到、因而就连法国的小学生也都知道的名字:前墨西哥总统卡德纳斯、比利时女王伊丽莎白、亨利希·曼、马蒂斯、夏加尔、查理·卓别林、剧作家萨拉克鲁。在形形色色支持召开代表大会的组织中,我发现有这样一些组织:日内瓦钟表技师联合会、巴拿马大学、阿根廷艺术家协会、突尼斯小商贩联合会、挪威家庭妇女联合会、叙利亚保护儿童联盟,以及其他一些同共产党很少相同之处的组织。

我在代表大会上听到过那些不仅难以列入共产主义者,而且也难以列入社会主义者的人们的一些发言。在弗罗茨瓦夫代表大会上我第一次遇到美国法学家罗盖。我觉得他是个出色的演说家,但思想混乱,能干,同时又很幼稚——这种人我在美国就遇到过。他在同我谈话时说,人类的生路在于心理分析。他谴责大西洋公约时博得了掌声。他说,美国人不必害怕俄国人,俄国人也不必害怕美国人,世界正在普遍的恐惧的催促下走向战争。他还说,资本主义和社会主义都各有自己的弱点和优点。年轻的意大利人和法国人不赞成地喧嚷起来。但罗盖却博得了掌声,并被选入了代表大会的常设委员会。(在华沙的第二次代表大会上,罗盖抗议对南斯拉夫的攻击,指责朝鲜战争的双方。他的演说常被那些最沉不住气的代表的口哨声打断。他脱离了运动。)

英国法学家穆尔以一种类似"匹克威克俱乐部"式的幽默揭露代表们的一些在他看来是过于好战的演说,奉劝大家说话要慎重些,不要寻找偏袒一方的谴责,而要寻找为双方接受的协议。"冷战"已教会大家使用另一种语言,因而穆尔的演说使许多人勃然大怒,但大家让他把话讲完了,部分听众还向他鼓了掌。

使年轻的共产党员最为气愤的也许是瑞典的和平主义者、宗教组织的领导人谢捷尔格琳女士的演说了。我刚把代表大会的速记记录仔细看了一遍。谢捷尔格琳说:"威胁着我们的是两个巨人——美国的资本主义和俄国的布尔什维主义。"(听众哗然。)她用这样的话结束发言:"我们要试图成为架在把世界分离开来的深渊上的桥梁。人类需要和平与自由。"(热烈的掌声。)

在代表大会上发言的只有两个人是众所周知的职业政治家:意大利社会党人南尼和工党左派分子吉利亚库斯。代表们知道,约里奥-居里、毕加索、聂鲁达、亚马多是共产党人,但对大家来说他们却是大科学家或大艺术家。

(同任何一个运动一样,保卫和平运动也经历了高潮和低潮,它的流动性很大——一些人走了,另一些人来了。在1956年,大多数意大利社会党人脱离了运动。作家法斯特、布隆贝格、韦科尔、马丹-舒菲埃、卡苏、伊塔洛·卡尔维诺在不同的时候出于不同的原因离去。1952年萨特在代表大会上发言。德·阿斯蒂埃、瑞典作家伦德奎斯特、印度国大党代表、日本哲学家安井郁和别的许多人参加了运动。对于保卫和平运动来说,最富于特色的也许是这样一些人的作用,这些人是无论如何也不能称之为职业政治家的——科学家约里奥-居里、贝尔纳以及像伊夫·法奇或德·阿斯蒂埃这样一些属于包括政治在内的各种领域的非常出色的饱学之士。)

一方面,西欧的社会斗争在1949年开始略微趋于沉寂,另一方面,反对备战的斗争则方兴未艾。当然,在巴黎代表大会上有不少知名之士(我只需列举几个作家:阿拉贡、聂鲁达、艾吕雅、亚马多、阿诺尔德·茨威格、法捷耶夫、西格斯、纪廉、安德里奇),但这首先是那些被报纸称为"普通人"的人们的代表大会,尽管他们往往要比许多大名鼎鼎的人都复杂得多。

在会场旁边的休息室里,我认识了在战争时期遭到严重破坏的洛里昂市的女代表。她姓凯莱,她没有在代表大会上发言,但曾告诉我她何以决定为和平斗争:"我的路易是个水手,他死于1942年。他有一个未婚妻。他是个那么愉快的……我的若瑟夫参加了马基。他在离洛里昂不远的地方打游击。不知道为什么派他骑摩托车出去,一个坏蛋把他出卖了,他受到拷打,然后被杀害并烧成了灰,这是他的同志告诉我的。我的瑞贝尔先在科雷兹,后来又像路易那样在洛里昂附近打游击。他负了伤,被截去双足,他死于胜利的前夜——5月7日。我在医院里听说,他临死前呼唤着妈妈。我的阿尔贝特已经娶亲,留下两个女儿。他是在我们家的附近被枪毙的……我在这里认识了许多母亲,我明白她们为什么要到这里来。我们的手臂太短了,因而没能在战争的第一天好好地拥抱一下,而后来就是有手也没有用了——没有可拥抱的人了……"我记下了她的话。

我在代表大会上遇到了我的一些老朋友——意大利作家邦滕佩利,巴勃罗·聂鲁达,战后我没有看到过他们。我认识了那些日后成为我的朋友的人们——约里奥-居里、法奇、若热·亚马多、蒙塔古(我将在以下的章节里谈到他们)。我每天都获得很多印象——有许多对于我也很新鲜。

出席代表大会的还有南斯拉夫人,但是根据斯大林的决定,他们在社会主义国家的报纸上被称为"叛徒"。可爱的安德里奇给我送来一支哈瓦那雪茄,附有一纸便条:"我们现在不能相见,但是您要知道,我依旧是您的朋友。"

在代表大会的第二天,法国人在普莱耶尔大厅的酒吧间里举行了我的记者招待会。与会的有各个国家的形形色色的记者一百五十人。我不得不回答九十二个问题,其中有些颇为阴险。对代表大会很不友好的《世界报》写道:"伊利亚·爱伦堡先生的领带系反了,他还有着一副十分漫不经心的人的外貌,但他在自己的回答里却表明,外表是靠不住的。"《意大利日报》报道说:

"伊利亚·爱伦堡非常泰然自若地回答着大量的问题,并且把什么都摆脱得一干二净。"事实上我却十分激动,可能正由于这个缘故才显得平静。

记者招待会结束后,我同纪廉走进了塞纳河左岸的一家小餐厅。2月里我译了纪廉的十来首短诗。他要求我朗读译作,并微笑着反复地说:

啊,古巴,请告诉我,从哪里
你获得了这蔚蓝的颜色……

我们谈论着诗歌的实质——关于神秘的吸引力和使人反感的字眼,于是我就不再去回忆记者招待会了。

然而记者们却不让我安宁。次日清晨,一位摄影记者也不敲门就闯了进来,并大为扫兴地说:"您已经穿上衣服啦?什么也拍不成了……"晚上我正同意大利作家们在吃晚饭,出版家恩瑙吉前来请我。按照他的请求我选了一家餐厅——就是我曾带加拉克季奥诺夫将军和西蒙诺夫去光顾过的那个"若瑟芬娜"。我们在一个小房间里正谈得起劲,若瑟芬娜的丈夫,一个非常魁梧的男人前来告诉我说:"那里有两位记者,他们想给您照相。"我从门缝里一看就看见了那位清晨不敲门就闯入我的房间里来的人。"我不干。"我答。传来一阵吵闹声——这是老板把固执的记者扔到街上去了。我回到旅馆时已是深夜。电梯带有栅栏。突然灯光一闪,我看见了一个熟识的脸和一架照相机。《周末晚报》上出现了一帧带有如下说明文字的照片:"伊利亚·爱伦堡在巴黎躲在铁幕后面"。我像是一个凶恶的老苦役犯——摄影记者的手艺高超。

如果翻翻代表大会的速记记录并回想起那几年的气候,那就可以把我的发言称作一篇十分爱好和平的发言。我曾说过,发言稿是在莫斯科写的,当时我希望它不被看中,也不要送到代表大会上来。我不仅竭力否认当时流行的这样一种论点:几乎一切发明的优先权均属于俄罗斯人,而且还想起了赫尔岑所说的那些关于欧洲的"神圣的石头"的话。我在演说的末尾说道:"保卫我们共同的房屋,保卫我们的古代文化! 我们不仅向我们志同道合的人们,而且也向一切心地善良的人们发出这一呼吁,不管他们是马克思主义者还是康德的信徒,是天主教徒还是自由思想者。我们到这里来不是为了证明我们的思想正确或我们的社会制度优越。我们宁愿用劳动、创造、进步来证明这一点。我们到这里来是为了向一切憎恨战争的人们伸出手来。"这博得了听众的好感,而我的话也是真诚的:我认为(至今依然认为),只有像这样联合起来才能保卫和平。

次日是星期日,在巴黎南郊的布法罗体育场上有一个规模很大的群众大会。从外地来了"和平队"——火车、汽车,来自意大利的"和平队"里有二十个城市的市长,还有的来自比利时、荷兰。代表团都在代表大会主席团的台前走过。体育场容纳了八十万人,而游行的人数根据报纸判断有四五十万。尤其使我激动的是过去希特勒的集中营里的囚徒们的队伍。他们穿着带有号码的条纹衣走着——他们把这些衣服当做宝贵的遗物保存起来了。

薄暮时分,群众大会刚刚结束,突然雷电交加,大雨倾盆。我在城外一条小巷的屋檐下避雨。旁边站着一个身穿黑呢连衫裙的妇女——进城的农妇都是这样穿着,她的脸是绯红色并带着皱纹,像是冬天的苹果。她对暴雨感到高兴——因为在这个提前到来而又炎热异常的春季,从2月份以来还没下过雨呢:"你看上帝也感觉到了!……"游行的参加者被雨追赶着在小巷里奔跑,女人看着他们说道:"现在他们将会看到,人们不是傻瓜了……"

毕加索叫我去他的画室。

我带了一份报纸,上面有一条题为《丘吉尔和毕加索》的简讯。毕加索请求把它朗读一下。简讯谈到英国艺术科学院院长阿尔弗列德·曼宁格逊举行的一次便宴,出席的有丘吉尔和蒙哥马利元帅。院长在举杯致祝词时抨击现代绘画,特别抨击了毕加索和马蒂斯:"他们不能把一棵树画得它像一棵树。顺便说说,温斯顿·丘吉尔先生赞同我的意见。不久以前他曾在散步时向我提出一个问题:'您听我说,阿尔弗列德,要是咱们现在碰见毕加索,您能帮忙朝他的屁股来上一脚吗?'我答:'那还用说。'"毕加索做了一个害怕的样子:"幸亏我不在伦敦!他们是两个人。说不定元帅也会突然加入……"

艾吕雅默不作声,一直静静地微笑着。我们在很大的画室里四处走走,看看油画,艾吕雅忽然轻声说道:"这是十分需要的。不仅我或者你需要——人人都需要。这就像空气……"

毕加索看了看表:"该去开代表大会啦……"他专心致志地听着冗长的演

说,参加委员会,在会上作报告——总之,他的举止堪称代表大会的模范代表。不过有的时候,当某些演说家为了论证和平比战争优越而开始援引阿里斯托芬、雨果、马克思和斯大林的话时,毕加索的眼里闪烁着调皮的火星。

我被带往法兰西喜剧院附近的一条街上。在一所富丽的公寓里住着刚刚到达巴黎的巴勃罗·聂鲁达。我一见他就愣住了:我从来不曾想到,唇髭,甚至是极大的唇髭,竟能使人的面貌发生这么大的变化。有的人说,聂鲁达像佛,另一些人开玩笑地把他同食蚁兽相比。在任何情况下唇髭对他都是不合适的,他养长了唇髭为的是让别人认不出来。他从智利潜逃到阿根廷,又从那里化名来到巴黎。在当局尚未使他进入法国合法化(正在为此进行谈判)之前,他不能在普莱耶尔大厅里露面。

我们久久地互拍着对方的肩背。后来巴勃罗说他饿了,我们就开始吃午饭。神色庄严的仆役斟上了绝妙的葡萄酒。聂鲁达揭露智利独裁者魏地拉,叙述人们如何帮助他躲避警察的搜捕,他又如何越过了国境。他夸奖布尔戈尔厄的葡萄酒,但补充道,智利有比它更好的葡萄酒。吃罢午饭,他开始入睡。

他在代表大会上出现时已是会议的最后一天,唇髭已经没有了。人们以震耳欲聋的欢呼声欢迎和欢送他。当然,并非所有的人都读过聂鲁达的诗,但是所有的人都知道他是个著名的诗人,他反对过独裁者,曾藏身地下,穿越了安第斯山脉(有的说是步行,有的说是骑马,还有人说是骑驴)。我的上帝,人们是多么需要浪漫主义啊!就连那些显然是冷淡无情的人也需要它。而大厅里却是许多年轻人,他们狂喜得大叫——站在他们前面台上的是一个诗人和英雄,他在朗诵诗,这不是资格审查委员会的报告,甚至也不是专讲联合国章程的演说……

代表大会结束后,我也没有得到机会在巴黎逛逛、休息休息。法国的拥护和平人士要求法捷耶夫去里摩日演说,要求我去第戎演说。我想,一切都会平安过去,并安慰自己说,我会再次看见我喜爱的城市。

一到第戎就有人告诉我:"您的到来是一颗炸弹。晚上大概会发生斗殴——年轻的戴高乐分子打算破坏报告会……"人们给了我一些当地的报纸,于是我读到了一段极其可笑的故事。市政委员会的一位委员,共产党人,建议接受我加入市政管理局。这项建议在市政委员会里引起了激烈的争论。第戎的市长当时是天主教神甫吉尔,他日后表现出是一个勇敢的人、一个和平的热烈拥护者。在法西斯占领时期,天主教神甫的言行堪称模范爱国者,他曾被判处枪决。但在 1949 年,他却像许许多多的人那样被卷入反苏运动,并以很有礼貌的方式表示反对共产党员们的建议。另一些属于右派阵营的顾问重复着《时代周刊》《震旦报》的结论,让大家相信《巴黎的陷落》是一部"卑劣的谤书",保卫和平代表大会是莫斯科为了麻痹法国的警惕性而安排的,苏联军队正在准备向巴黎进军。到夜里十一点多钟举行表决。十八名顾问——"无党派人士"和戴高乐分子——投票反对建议,六名共产党员赞成,五名社会党人弃权。这使我也不禁大笑起来。在就法律、决议,甚至议事日程进行表决时是可以弃权的,但现在的问题是是否接受一个外国作家加入市政管理局,社会党人却照样弃权。我笑了,但第戎的拥护和平人士却说他们顾不得笑。我抽空去观看了第戎圣母院里的怪物雕像。

我走进大厅时,人已多得谁都不能动弹了。突然灯灭了——我至今也不知道,这是第戎的朋友们所说的那种破坏行为呢,还是偶然的事故,但情况严重起来了。给台上拿来了几支蜡烛。大厅里吼成一片。在黑暗中是容易打起来的,那时所有的人就不得不退场了……我决定耍点花招。我在演说一开始就说,尽管我在法国总共还只有几天可待,但依然到第戎来了。我是荣誉军团的军官,但却不给我延长签证。而我在战争时期还得到过戴高乐将军的嘉奖。后排响起了掌声。又拿来了一支蜡烛,一个第戎人低声告诉我:"这是戴高乐分子在鼓掌,我知道他们坐在什么地方……"将军的年轻拥护者们想必是茫然不知所措了。晚会顺利结束。

第戎人决定带我到酿造葡萄酒的地区罗曼奈、乌若、纽伊去。由于第二天晚上我要去巴黎演说,因而至迟要在两点钟以前动身。我们一大早就出发,我在旅馆里只弄到了一杯黑咖啡。我们常在我的旅伴们所认识的葡萄酒酿造师的家中停留,主人招待殷勤,请我们看葡萄园、地窖,请我们喝葡萄酒。我爱喝布尔戈尼厄红酒,但这种酒要在吃饭的时候就着肉食或干酪喝。而我却不得不空着肚子品品,我担心喝醉,但终于喝了:要是不喝就会得罪那些人,他们以自己的佳酿自豪,就像画家以油画自豪一样。

我在纽伊曾被带去会见一位富有的女葡萄园主。起初她不信任地打量着我,甚至指出她对红色葡萄酒的喜爱,甚于对红色思想的喜爱。对于代表大会她毫无所知:"我不读报。报上说的事会把你吓得不知怎么是好。可我得照看葡萄酒……我爱看小说,小说里的英雄就是死也死得那么漂亮、高尚……"她开始拿上酒瓶,幸而还给了面包和干酪,看到我分辨酒的优劣并识别出了佳酿,她高兴起来。我的一位旅伴解释道:我在法国住了很久,写过长篇小说《巴黎的陷落》。女人惊喜地把双手一举一拍:"我看过这部小说!这是一本非常悲伤的书,当可怜的女演员被杀死的时候,我甚至哭了……"她跑去拿了一个蒙着很厚一层灰尘的酒瓶回来,"这是纽伊最好的葡萄酒。偶然保存了一瓶下来……我曾想把它给吉尔神甫送去。但我深信,当我告诉他我款待了一位俄国作家的时候,他是不会见怪的——他对我说过,俄国人打仗打得很出色……"

我一到巴黎就不得不立刻去"互助会"——就在1935年举行过反法西斯作家代表大会的那个大厅里我作了报告。报告会是友好协会举办的。我觉得讲话很轻松,而当我结束的时候,艾吕雅走到我跟前:"你可知道,过两个礼拜,我可能和法奇到希腊去——到我们的人所控制的地区去。这是一桩幸事!……"

次日晚上我在凡尔赛演说,我不知道在那里会受到什么样的接待:凡尔赛是个官吏、军人、食利者的城市。报告会的主持者是"法国—苏联"协会的一位支持者、法兰西国家银行的名誉主席艾米尔·拉贝里。此人已不年轻,具有上一世纪的人所特有的那种内在的热情。在他那非常朴素的寓所里,我看见墙上有一些出色的油画和素描——他喜爱艺术。(十年后他来到莫斯科。我邀他去我家中,他带来了科罗①的一幅素描——一幅凄惨的风景画。我不愿收下这份太名贵的礼物:"为什么您决定把它送给我呢?"他莞尔一笑:"因为我老了,也因为我喜欢您。")我谈到两国人民的友谊、文化的共同性、和平,一切都比我所想的简单。

参加代表大会的常设委员会的有九名苏联代表,包括我在内。我同伊夫·法奇告别时,他对我说:"请向您的朋友们解释一下,应该向反对和平的敌人作斗争,但不要反对和平主义者或这样一些人,他们既不赞同共产党人的观点,也不赞成我的观点,但真诚地要求和平,并准备参加我们的运

---

① 科罗(1796—1875),法国写生画家。

动……"我答道,我完全同意他的意见。

在飞机上我回忆起代表大会的那些日子。我喜欢我所遇到的人们(其中有的日后成了我的密友)。而且事情也很正当,竭力使所有的人相信:第三次世界大战将会消灭文明。

"冷战"渗入了人类的所有毛孔。在华盛顿有一个记性很好的反美活动调查委员会在工作,对于所有胆敢说出"和平"这个字眼的人,它都要以"同情共产主义"为名予以治罪。在离开巴黎的那天,我在《法兰西晚报》上看到一条很短的消息,消息说,警察逮捕了"四名年轻的共产党员,他们在美国大使馆附近喊道:'我们要和平'及其他侮辱性的词句"。

我读了5月1号以后的《真理报》。在一位文学家的文章里有对西方作家的严厉批评。辛克莱·刘易斯被称为"卑劣的小人",海明威被称为"丧尽天良的假道学",福伊希特万格被称为"文学贩子"。这是不公道和不可思议的:在那几年里我们似乎在把人们推向美国的"委员会"的辩护者。我想起了法奇的话。当然,我们没有任何人希望战争:无论是普通的苏联人还是斯大林都是如此。但是照规矩应当咒骂西方,于是就拼命地骂……

当然,当时我不能想到,巴黎代表大会将成为我的生活的新的一卷的开端,我将为各种代表大会、会议、协商付出多于为我的职业所付出的时间。过去和现在,我都乐于担任这个工作。从巴黎代表大会以来过去了十五年。保卫和平运动既碰到过浪漫主义精神,也碰到过官僚政治。既获得过胜利,也遭到过失败,既作出过英明的决定,也犯下过愚蠢的错误,但它却变成了一支真正的力量。

当我现在写下这几行时,全世界正瞩目于刚刚签订的禁止核试验协定。约里奥-居里有一次曾对我说:"靠铀矿发财的实业家对于他死后将会怎样是无所谓的,但是那些想着未来的人,那些为了使21世纪的青年能纯洁、正直、人道地生活而不惜牺牲的人,却不应该杀害或残害曾孙……"我一面和千百万人一同高兴,一面想着保卫和平运动的微薄的、然而高尚的作用。在黑暗的、消沉的岁月里,和平的拥护者曾用人类团结的语言说话。我感到高兴的是,在善心的海洋里也有我的岁月的一滴……而一切都是从巴黎的那个耀眼欲花的、但并不欢乐的1949年春天开始的。

17

在巴黎,我的老友阿道夫·霍夫迈斯特曾邀我去吃午饭,他是个画家,又是作家,但当时却是捷克斯洛伐克大使。我在他那里看见了画家希姆,他几乎在巴黎度过了一生,又意外地当了外交官——文化参赞。我们没谈政治,而是谈艺术,回忆青年时代、布拉格。霍夫迈斯特画过抱着七弦琴的奈兹瓦尔,也画过坐在箱子上的我。他说,有人请我去布拉格谈谈代表大会的情况。当时从巴黎不能直达莫斯科,要在布拉格过夜,于是我同意了。

在布拉格的机场上,一个年轻人对我说:"您的报告安排在明天。外交部部长克列曼蒂斯同志请您今晚去找他。"

我生活在一个命运往往随意摆布人们的时代。我青年时代的许多朋友都已身居要职。坐在捷克外交部部长的办公室里的时候,我想起了认识弗拉多时的情形。

那是1928年1月在布拉迪斯拉发的事。当地的《真理报》的年轻编辑和文学艺术杂志《人群》的鼓舞者弗拉多·克列曼蒂斯曾带我去"逛标竿"。(在布拉迪斯拉发,每个葡萄酒酿造师都有权在一年中的一周里零售自己的葡萄酒。他们在门上挂了"标竿"——一根干树枝。)室内拥挤而嘈杂。不时有乐师、卖环形小面包和熏干酪的商贩进来。我们的桌旁坐着几位年轻的斯洛伐克作家。他们仔细地向我打听有关马雅可夫斯基、构成主义、苏联的工业化等等情况,还问及爱森斯坦、梅耶霍德、塔特林现在在做什么。克列曼蒂斯谈论着马克思主义的胜利,但后来突然唱起一支关于劫富济贫的强盗雅诺舍克的歌子来了。所有的人都齐声和唱起来。克列曼蒂斯笑了笑(我感到这一笑后面既有羞涩,也有骄傲)说:"咱们斯洛伐克人就是这样的……"

外交部部长的寓所里堆满了别人的笨重行李。我们吃了晚饭。克列曼蒂斯问起代表大会的情况,谈到柏林,还谈到现在美国有人想发动战争。他在若干年当中变样了——发胖了,忧郁起来了。我瞧了瞧他,心想:部长准是不好当的……

丽达拿了一瓶酒来。我用嘴唇沾了沾酒杯,突然回忆道:"您的父亲在提索佛次有过一种绝妙的桃子做的甜酒,还有一种被我叫作'芳香露'的露酒……"弗拉多活跃起来、高兴起来了。我们开始回忆遥远的过去,犹如秋天树林中的蛛网的那些美好的琐事。我们不再谈论即将召开的四大国外长会议,回避一切使我们不安的问题。我们回忆着友人、过去的争论、趣事。直到我告辞的时候,弗拉多才忽然说道:"你可记得,三九年我是怎样到科坦登街去找你的吗?当时你生着病。我们谈论政治问题,后来你向我朗读了你的诗《忠诚》。这是正确的,如果说有什么能拯救我们,那只有忠诚……"

我偶然地保存了1930年出版的一卷《文学百科全书》,我在其中找到了答案:"《人群》——在布拉迪斯拉发出版的一种斯洛伐克的文学—社会周刊,它团结了斯洛伐克的革命作家,其中多数是共产党员。刊物是集体编辑的。年轻而有才能的共产党员记者弗拉基米尔·克列曼蒂斯担任主要工作。"百科全书列出了《人群》的部分编辑人员:波尼昌、诺沃麦斯基、伊伦尼茨基、丹尼尔·奥卡利。

我曾在布拉格听说,《人群》是一个类似"旋覆花社"的斯洛伐克版的东西。我早在1923年末就认识了"旋覆花社"的同人,其中有一些大作家——奈兹瓦尔、万丘拉、比博尔、哈拉斯、塞菲尔特;还有一些有才能的画家、导演、建筑师。到20年代末,他们还继续谈论构成主义同共产主义的联系,醉心于工业美学、照片剪辑、形象的结合,喜爱马雅可夫斯基、毕加索、勒·科尔布泽、爱森斯坦、韦尔托夫、阿拉贡。"旋覆花社"的理论家是泰格,他是个愉快的书呆子,一个怀着堂吉诃德的热情的级任教员,他善于给赫列布尼科夫的创造新词或阿波利奈尔的"书法诗"①找到马克思主义的解

---

① 一种完全讲求形式主义的文学游戏,把一首诗用文字堆砌成宝塔、十字架等形式。

释。捷克是个富裕的工业国,共产党员在那里有很大影响。各种各样的风都向布拉格吹去。"旋覆花社"的艺术家们常去巴黎。奈兹瓦尔爱上了布莱顿。而斯洛伐克却像革命前俄罗斯的一个贫穷的省份。《人群》的首脑是弗拉基米尔·克列曼蒂斯,一个乡村教师的儿子,共产党员。他紧紧地盯着莫斯科——对于《人群》的同人来说,《列夫》的任何一个编辑都远比世界上所有的超现实主义者更有权威得多。

1928年1月我在斯洛伐克总共只待了一周。克列曼蒂斯劝我夏天再去,答应带我去国内各地看看。我说:"我尽力争取。"——斯洛伐克人一下子就博得了我的好感,他们富于大公无私的精神,有时还具有那种同宽阔的胸襟有联系的天真。

回到巴黎后,我收到了克列曼蒂斯寄来的一个邮包和一封信。他给我寄来一些斯洛伐克的民间烟斗"扎别卡契卡",并写道:"那只单独包裹的扎别卡契卡我是这样得到的:我曾去找一位老人,他的烟瘾很大。听说我需要他的烟斗,他就把它从嘴里取下给了我。他说,他抽这只烟斗已经抽了三十年,但是愿意割爱,因为他喜爱俄国人(当然,是像我们的父亲那样以古老的方式喜爱着)。这只烟斗对他来说是同一桩回忆有联系的。事情发生在二十七年前。他在油漆屋顶的时候想抽烟了。扎别卡契卡是不能像普通的烟斗那样抽的,否则底下会留着'烟底',即一层没有烧完的湿烟末。可是屋顶上没有火,于是他抽了一斗又是一斗。夜里他突然想起扎别卡契卡里形成了'烟底'。他起来走进院里,以便把'烟底'给工人尤洛送去——尤洛爱嚼烟末。尤洛不在。他走进畜棚。蓦地他听见了咕嘟咕嘟的声音。他奔向井边,看见自己的儿子,一个三岁的男孩子掉了进去,正抓着跳板在挣扎。他把他拉了出来。现在他的儿子是我们村里的医生。这就是故事的始末。当然,这不是文学作品,但我曾答应老人把它同扎别卡契卡一同转交给您。"

我向朋友们宣读过克列曼蒂斯的信,还在一篇随笔中引用过它。扎别卡契卡早就破了,但一个年老的斯洛伐克人因为"喜爱俄国人"而赠送了他所珍贵的烟斗的故事,却迄今还使我激动。使我激动的还有克列曼蒂斯的说明:"当然,是像我们的父亲那样以古老的方式喜爱着。"——《人群》的历史,克列曼蒂斯、诺沃麦斯基和我的许多朋友的遭遇都可以用这个对比来说明。

就在1928年的夏天,我又来到了斯洛伐克。《人群》的同人让我看到了他们的国家,偏僻的小村落奥拉维、塔特雷、普列绍夫、巴尔吉耶夫、科希策,巴洛克式的匈牙利寺院,以及山间牧民的窝棚。克列曼蒂斯是对的——当时"俄国人"这个字眼似乎只有在斯洛伐克才能打开所有的门户。诚然,爱情是各种各样的。在图尔强斯基·马丁坐着一些年老的虔诚的斯拉夫主义者。我在那里的公墓上看到了第一批启蒙者的坟墓,上面有俄文的题词。在"斯洛伐克社"里挂着普希金和莱蒙托夫的照片。我曾在果戈理街上漫步。捷克在哈布斯堡王朝时代加入了奥地利,于是奥地利人就竭力迫使捷克人德意志化,但国内却有忠于祖国语言和以往的丰富文化的知识界。统治斯洛伐克的匈牙利人没有兴办工厂,而是在布拉迪斯拉发和科希策的餐厅里喝着厉害的葡萄酒"阿苏",他们宁要神甫和宪兵而不要小学教师。(在第一次世界大战以前,斯洛伐克的农民多数是文盲。)斯洛伐克爱国者的一切希望都同俄罗斯联系起来了。在图尔强斯基·马丁,人们不仅知道普希金,而且也知道霍米亚科夫①,不仅读托尔斯泰的作品,而且也读斯科别列夫②将军的作品。"斯洛伐克社"的许多活动家曾觉得十月革命是一桩神秘的暂时事件。我还记得,一位白发苍苍的文学家曾向我抱怨道:"从莫斯科寄了些诗来。这样的东西竟会付印,真是怪事!……据说作者自杀了。也许他也有过才能,可他不是用俄文写作的。普希金用别的语言说话。现在我想起作者的名字来了……叶赛宁……"(我不知道,这些"斯拉夫主义者"是否活到了40年代,以及他们的言行如何——是企图借助于希特勒"解放俄罗斯兄弟"还是有所醒悟。也许有的曾帮助过斯洛伐克的起义者?……)

《人群》的同人则以另一种方式爱着俄罗斯——他们爱十月的人民,读马雅可夫斯基、叶赛宁、帕斯捷尔纳克、巴格里茨基的作品;这是一种双重的爱——既爱一个亲近的民族,也爱革命。在《人群》的同人对马雅可夫斯基、"列夫"的理论和现代艺术的迷恋中有一种出于浪漫主义的反抗的成

---

① 霍米亚科夫(1804—1860),俄国社会活动家和作家。
② 斯科别列夫(1843—1882),俄国军队的将领。

分——似乎我在任何地方都不曾像在斯洛伐克的农村里那样看到人们对装饰图案、传统的民族服装竟如此眷恋：农民们不仅在炉灶上，甚至还在坟头的十字架上绘制花彩；而他们的子女却醉心于光秃秃、硬邦邦、干巴巴的构成主义。

（1950年我看见斯洛伐克已大为改观。民族服装从日常生活中迁入了歌舞团的服装部，出现了新的房屋、大型工厂、发电站。青年农民的花花绿绿的"小围裙"、五彩的炉灶、窗玻璃上的小图画，同没有烟囱的小木房和贫穷一起消失了。时代的法则就是如此，看着充满阳光的发格河谷，我不再对过去伤感了。）

在1928年我初次看到斯洛伐克的时候，这是个没有城市的国度。当然，在布拉迪斯拉发住着一些斯洛伐克的作家，那里出版报纸、杂志，但在城市的居民当中，德国人和匈牙利人多于斯洛伐克人。在科希策，只有在农民们常去的市场上我才能听到斯洛伐克语。有市政管理局和哥特式教堂，还有《周报》杂志的认真的订户的德国小城列沃恰或克日马罗克，仿佛是从另一个世界上搬来的。而那些住着斯洛伐克人的城镇——布雷兹诺、兹伏冷、鲁让贝罗克、马丁，却像是一些大村落：只有几幢城市里的房屋——但就是这里也有农舍、菜园、鹅。整个斯洛伐克知识界都是同乡村联系在一起的。在雅谢诺瓦亚我曾被带进一个小木房，斯洛伐克文学的创始者之一库库钦就是在那里诞生的。我还在一个同样的小木房里看见了伊伦尼茨基——他坐在那里写长篇小说。有一次我在冬天来到斯洛伐克，诗人拉佐·诺沃麦斯基带我到他的双亲和祖母所住的谢尼翠村去过圣诞节。《人群》派的青年诗人伊凡·霍瓦特也去了。我们被馈以传统的圣诞节的美味食品。而拉佐和霍瓦特却谈论着马雅可夫斯基、奈兹瓦尔、阿拉贡、帕斯捷尔纳克……

克列曼蒂斯曾带我到他的提索佛次村去，他的双亲用面疙瘩、李子酒、芳香露酒款待我们，殷勤地跑来跑去。《人群》的同人们幻想着工业的美，同时也爱斯洛伐克的农民，他们虽然目不识丁，但精神高尚，未曾通过能使心灵变为畸形的资本主义火炉。《人群》的独特和它的困难也就在这里。克列曼蒂斯能唱关于一个最后一次把羊群赶进山里的老牧民的歌，或者是关于雅诺舍克的歌，能称赞一把旧式的长柄勺的美，但他又不止一次对我说，我保留了"一系列唯心主义的错误"，应该"以马克思主义的观点对待"

某一件事……

我还记得在提索佛次的一个山上的窝棚里进行的一次谈话。弗拉多谈起了自己的遭遇。他当时正在写论诗的文章,爱好艺术,对我来说,他还是个青年作家。我们看着河谷、古老的树木、花园的绿荫中依稀可辨的农舍。克列曼蒂斯说,主要的是斗争,在捷克斯洛伐克尚未抛弃资本主义之前,既不会有公正的生活,也不会有真正的艺术。"我的事业——党……"

1940 至 1941 年间,弗拉多在苏格兰北部蹲过英国的集中营,当时他的时间很多,他便给妻子丽达写信叙述自己的童年和少年时代,叙述自己的父母和故乡提索佛次。如今这些笔记本已经出版,被称作《未完成的编年史》。此书表明,其作者是多么接近艺术的力量,然而对于克列曼蒂斯来说这不过是从要塞里出击——从士兵的步枪和部长的职位之间出击。

对于拉佐·诺沃麦斯基是个诗人这一点,你不必读他的作品,只需同他在一起待上一刻钟,甚至只要看他一眼就猜得出来。但若是用尺子来量他的一生,那就可以看到,他的时间主要是用于政治活动了。从 1925 年到 1939 年,他编辑各种党报。他在德国占领时期加入了准备斯洛伐克起义的地下的捷共中央。胜利后他是中央委员和国民教育部部长。然而诗歌才是他真正爱好的东西。有一次他对我说:"良心在提醒……"良心对于他不是偶然的对话者,而是经常的提示者。建筑师在战时可以参加工兵部队去炸毁桥梁——这是他的职责,可并非他的志向。

克列曼蒂斯和诺沃麦斯基是不同的人,但他们彼此喜爱,他俩的命运也很相似。

1936 年根据《人群》的倡议,在疗养地特伦强斯克-杰普里察举行了斯洛伐克作家的代表大会。我当时在国际反法西斯作家联合会的书记处工作,为了建议斯洛伐克人加入联合会,便去参加了代表大会。那里有各种派别的作家,其中有些人日后追随那些把赌注押在希特勒的胜利上的分立派天主教徒,另一些人参加了抵抗运动,打游击。克列曼蒂斯及其《人群》派的朋友说服了代表大会的全体参加者加入反法西斯联合会。我们来到一个农村,在那里受到款待,人们唱着歌,一个老头子说,俄国人会打败法西斯匪徒,他举起一只拳头。我对弗拉多说:"跟在西班牙完全一样……"

不久西班牙战争爆发了。1937 年我在瓦伦西亚遇见了诺沃麦斯基。

我们谈论战事、不干涉委员会、国际纵队,顷刻之间我想起了弗拉多、农舍、斯洛伐克淡淡的绿荫。拉佐写过这样几行诗:

> 我曾想数数星群:
> 当我们尚未烧尽,
> 可这时——噢塔拉拉!——机关枪响了起来,
> 一颗颗新星向旧星飞去,
> 噢塔雷拉塔塔,
> 哦,主啊,——
> 羊群。

慕尼黑来到了。希特勒匪徒占领了布拉格。世界变黑了。

"奇怪的战争"爆发时,我正卧病在巴黎。很少有人来找我:有的对条约①感到气愤,有的有些害怕密探。在9月间,弗拉多和丽达来了,他们伤心、悲哀。后来克列曼蒂斯又来了,他很沮丧,但竭力鼓舞我:他从来不曾抛弃自己的护身符——忠诚。10月里法国人逮捕了他,并把他送进集中营。在法兰西毁灭的前夜,我看到他穿着士兵的制服,他想同希特勒匪徒战斗,但贝当的法国投降了。

1944年我们在莫斯科重逢。克列曼蒂斯已成为著名的政治活动家。他告诉我说,英国人和美国人害怕苏联的胜利,正在搞阴谋,但他是愉快的,相信他为之献出了自己一生的那个思想会获得胜利。后来我们回忆往事,于是我觉得我不是站在高尔基大街上,而是在提索佛次山的窝棚里,一个老牧人在那里请我吸辛辣的扎别卡契卡。

1948年2月,在作家俱乐部里为庆祝我的文学工作四十年举行了一次晚会。捷克大使伊日·戈列克转交给我"国务秘书克列曼蒂斯"的一封电报:"亲爱的伊利亚,我们正在为你的健康饮提索佛次的芳香露酒。弗拉多和丽达。"

我们最后一次见面的情形我已说过了。后来我回忆起来:弗拉多的眼神很忧郁。也许他只是在一天繁重的工作之后疲倦了,但也许是他知道诽

---

① 指苏德互不侵犯条约。

谤的圈子正在收紧?

一年后我来到世界和平理事会书记处所在的布拉格,从霍夫迈斯特处获悉,丽达、诺沃麦斯基、伊凡·霍瓦特被捕了(后者在这之前是驻布达佩斯的大使)。

丽达在两年后获释。我在布拉格的街上遇到了她,想同她谈谈,但她同我握握手说:"别跟我谈话。"——就跑了。

诺沃麦斯基、伊凡·霍瓦特被释放了。我在布拉格看到过拉佐,他在工作——从事翻译,但他的诗却不能发表。伊凡·霍瓦特出狱后不久便去世了。

在诺沃麦斯基的诗集(这些诗写于狱中和出狱以后)里有一首叫作《智慧》的诗:

与其受火刑,不如屈膝下跪,
不如把真理藏在心灵深处,
犹如藏在木柜里,
只为了事后又可以说,
它毕竟保全在那里……
加利列同志,
莫非这就是智慧?

然而童话中的那个勇敢而愉快的孩子,
却比智者更有智慧,他当时叫道:
"皇帝是裸体的,一丝不挂!"
他叫得那么响亮,真是糟透啦!

几年过去了。世上的许多事发生了变化。1963年春来到了,拉佐·诺沃麦斯基在作家代表大会上受到了热烈欢迎。奥卡利写信给我说:"您大概知道,《人群》的组织者和首脑弗拉多·克列曼蒂斯被诬告从事间谍活动而被判处了死刑。我自己和其他同志是在十年的监禁后一同获释的……在消除了不公道的现象之后,如今人们正在重新估计《人群》对于我国的文学和广义的文化所起的作用……"我面前是一本斯洛伐克的刊物,上面有弗拉多的照片……

我看着照片,回忆起1949年他在阴郁地笑了一笑之后朗读了我的诗:

……踩在你的身上走过去。

忠实于心灵并忠实于命运……

他在被处死的前夜写信对丽达说,他是作为一个正直的共产党员死去的。

在这样一些时代,那时人们可以想到自己的、个人的遭遇和生平的经历。我们当时生活在这样一个时代,即优秀的人们思考着历史的时代。谎言是到处存在并具有无限权威的,但是幸而它不是永恒的。好人会死亡,许多人的生命可能遭到戕害,但真理最终依然会获得胜利。对于弗拉多,也像对于我在本书中谈到过的我的一些苏联朋友一样,那个时代是很痛苦的。但是对于克列曼蒂斯所相信的历史,它却是胜利的时代。

而我现在所想的则是那个遥远的"逛标竿"的晚上,当时年轻的斯洛伐克的作家们唱着关于雅诺舍克的歌。如今有些人已不在人世,另一些则尝尽痛苦,未老先衰了。我还想起了提索佛次山上的窝棚、年轻的弗拉多、他那十分纯洁而明亮的眼睛、关于斗争的谈话;暮色四合,万物都蒙上了一层淡蓝色,而在柔和的、凸起的群山上空,苍白的金星正在发出微弱的光芒。

18

"您在巴黎是怎样度过最后一晚的?"——亚·亚·法捷耶夫问我。我答道,同老朋友在一起。他说:"而我则被一个美国作家所折磨——他要我把一切都向他解释清楚……哎,伊利亚·格里戈里耶维奇!……"他中断了自己的话,"咱们还是喝白兰地吧。"我瞧了他一眼,我看见的不是我通常在各种集会和会议上看到的那双眼睛,而是一双柔和的、忧戚的眼睛。

关于法捷耶夫,人们常说他才气横溢、聪明过人,说他具有钢铁般的意志,深为斯大林所器重。这一切都不错;但是"才气横溢"一词并非履历表上的评语,它是同手稿上数以百计的删改,同内心的苦恼,同精神气质联系在一起的,这种精神气质并非总是同法捷耶夫担任的社会工作(不仅是兢兢业业,而且是津津有味地担任着的社会工作)相适应的。所有的作家,似乎还有保卫和平运动的所有领导人,都熟悉他那双明亮而又冷冰冰的眼睛,熟悉他的学识渊博、记忆力强,善于在文章或报告中赋予斯大林的一句简短的话以深刻的涵义、智慧的光辉、小品文似的可争论性和法律似的不可争论性。我现在想描述的是另一个法捷耶夫——不大为人所知的法捷耶夫。

早在他还是拉普领导人之一的年代我就同他相识了。我们常在莫斯科,尔后又在马德里和巴黎相见。我喜爱《毁灭》,但对他的为人则并不了解,说得更确切些,是并不熟悉,在1940年我同他交谈的时候,他对我而言与其说是一个作家,不如说是一位首长。他在回忆往事的时候不知何故也承认:"我那时认为您是个来自远方的人。在马德里时我曾对我们那些为您辩护的军人说:'也许他也愿意为我们的事业而死,可他却不愿同我们生活在一起,而且也不能……'"

战后我们开始彼此亲近起来。在奔萨纪念别林斯基的时候,我曾同他彻夜长谈。嗣后我们在莫斯科相晤,谈起作品、作家们的遭遇。我开始懂得,法捷耶夫并不是他先前在我心目中的那样。但是我真正了解他则是在我们一起参加保卫和平运动工作的那五六年间,我们在飞机上、车厢里交谈,亚历山大·亚历山德罗维奇常常(有时在奥斯陆,有时在维也纳,有时在布拉格)夜间到我的房间里来谈啊谈啊。正是由于这个缘故,我才在说完巴黎代表大会之后动笔来写他。

我不能说我们已成为朋友,——我们是太不相同了。但也许正因为如此,法捷耶夫有时对我要比对他的许多亲近的朋友更为坦率。很明显,他多少还保留着"来自远方的人"这种看法,因而在同我交谈的时候,他感到比跟他的朋友在一起更加不受拘束。他的朋友可不少(我现在说的不是那些趋炎附势的伪君子,而是说那些真诚地喜爱亚历山大·亚历山德罗维奇的人)。但是我觉得,他跟朋友们并非总是无话不说的。有一次他就承认:"我现在也知道什么是孤独了!……"他对许多人均以"你"相称,人们则叫他萨沙,可我和他却彼此都以名字和父称相称。

法捷耶夫是难以描述的——他是个十分复杂的人,大概有许多东西被我忽略过去了。而且一些事件发生的时间也太近了。我现在不想妄加臆测,而只限于从笔记簿中摘录(有时是凭记忆叙述)他说过的一些话,说明他对某些现象的态度,消除有关"钢铁般的人"的神话,多少为那将在五年或十年以后执笔给一个曾在我国文学史上起过重要作用的人物立传的人提供一点帮助。

法捷耶夫的创作生涯有三十五年之久,身后留下两部已完成的长篇小说、两部未完成的长篇小说、若干短篇小说、一百多篇文章。亚历山大·亚历山德罗维奇曾说:"我写得很多,可写成的很少……"我听到过这样的解释:"作家协会、争取和平的斗争、会议、群众大会、代表大会……这些都不让法捷耶夫写作。"的确,作家团体的领导工作和保卫和平运动占去了亚历山大·亚历山德罗维奇许多时间,不过要知道,他做这些工作并非迫不得已,而是乐于为之,而当他在晚年被解除了一些职务的时候,他感到的并不是轻松,而是懊恼。他在争取和平运动中是不知疲倦的,一切琐事他都要过问。我偶然地保存了他在各种会议期间写的一些便笺。他写得一丝不苟:

有时要求同南尼谈谈;有时则为一个美国人的发言可能要拖一个半小时而感到不安——代表们会起哄的,最好是请他把演说压缩一下;有时则阐述他对扩大运动的看法。

人们还说,法捷耶夫疏于写作,因为他过于贪杯。不过福克纳喝得更多,可却写了几十部长篇小说。看来法捷耶夫存在着一些别的障碍。

我有一次告诉亚历山大·亚历山德罗维奇,在他的作品当中我最喜欢《毁灭》——这是一个二十五岁的青年写的第一部长篇小说。他答道:"当然,《毁灭》是我经历过的事情。当然,认识到自己的责任有时能使写作的水平有所提高,但有时也束缚人的手脚……"

在十二年的时间里,他几乎每年都在写作《最后一个乌兑格人》:拟提纲,进行修改,他认为这部长篇小说没写好。

当法捷耶夫执笔写《青年近卫军》的时候,他已不是二十五岁,而是四十四岁了。克拉斯诺顿的少年们的故事使他异常激动——他重又回到了自己青年时代。尽管他始终认为自己是现实主义者,但在这部长篇小说中却有许多浪漫主义因素。

长篇小说《青年近卫军》的遭遇是同我们现在称之为"个人崇拜"的那种东西联系在一起的。小说脱稿了,出版了,获得了成功,得到了斯大林奖金。亚历山大·亚历山德罗维奇的朋友谢·阿·格拉西莫夫,把小说改编成了影片。这可引起了一场风暴。斯大林没读过《青年近卫军》。影片触怒了他:影片描写的是一些留在被希特勒军队占领的城市里听天由命的少年。共青团组织哪里去了?党的领导哪里去了?有人向斯大林解释,说导演是以长篇小说为依据的。报上出现了严厉批评《青年近卫军》的文章。随后在《真理报》上发表了法捷耶夫的信:他承认批评是公正的,并答应修改小说。我们见面的时候,亚历山大·亚历山德罗维奇说,他没有修改正文,而是增写了几章——写几个老布尔什维克,写党的领导作用。他沉默片刻,又补充道:"当然,即便我成功了,小说将已经不是原来那样……不过,也许我是太崇拜游击习气了……时代是艰难的,斯大林知道的比咱们多……"

我提到《青年近卫军》是因为我想说明浪漫主义者的法捷耶夫对待现实的态度。在构思这部小说的时候,他曾前往克拉斯诺顿,询问了数以百计

1261

的人,力求重现事件的经过和主人公们的外貌,使他伤心的是,他没能找到对某些人物的外貌的精确的描绘,这一点表明,他努力遵循的不是诗人的法则,而是编年史家的法则。司汤达的长篇小说《红与黑》是因报上的一则记述一个追名逐利的青年的犯罪行为的简讯而诞生的,作者不但在描述于连·索雷尔的时候没有拘泥于"事实",甚至把情节也改变了。司汤达从不醉心于描写自己的主人公们的外貌,他说这一点要让读者去想象。左拉肯定地说,他"失去了想象力",他研究他想描写的那些日常生活的细节,或者像现在所说的,"搜集素材"。在写长篇小说《娜娜》的时候,他生平第一次带着笔记本上妓院。法捷耶夫的老师是列夫·托尔斯泰:他在揭示主人公的性格时细致地描写其外貌上的某种细小特点。托尔斯泰能把卡列宁的耳朵描写得那么真实,使得我们可以根据这双耳朵对他要比对我们的朋友了解得还要清楚。法捷耶夫想要知道所有克拉斯诺顿人的面貌特点。

我回忆起我们在飞机上的一次谈话。亚历山大·亚历山德罗维奇说,他"完了",他叙述了未完成的长篇小说《黑色冶金业》的悲惨故事。"五一年马林科夫把我叫去了。'冶金业中有一项将改变一切的发明。一个伟大的发现!倘若您把这写出来,您就给党帮了一个大忙……'同时他还告诉我,怎样揭露了一帮搞破坏勾当的地质学家。我便开始工作,研究问题,在乌拉尔待了很久。我写得很慢。写了二十多个印张。在我的心目中这肯定是一部真正的长篇小说,是我可以对其负责的唯一的一部作品……不料'发明'原来却是招摇撞骗,国家花了好多亿的卢布,那些地质学家是被诬陷的,已给他们恢复了名誉。总之,小说失败了……"我感到诧异:"您说什么,亚历山大·亚历山德罗维奇?我在《星火》上看到过小说的片断,写得很好嘛……只要稍加修改就成了。让他们去发明别的什么玩意去吧。您写的是人,又不是冶金术……"在这之前我看见法捷耶夫生过两次气:通常是拘谨的、冷冰冰的他勃然大怒,满脸通红,尖声喊叫起来。他在飞机上也叫道:"您是根据自己的情况下判断!您描写陷入情网的工程师,至于他在工厂里干些啥则跟您无关。而我的小说是以事实为根据的……"他平静下来以后又悄悄地说,"我就只得把手稿扔了。把自己也给扔了——我已不能动手写新的作品了……"

我叙述这种对真实情况的依赖,当然并不是为了同已故的法捷耶夫争论。他是一位真正的作家,对自己的要求十分严格。但是,《最后一个乌兑格人》和《黑色冶金业》这两部作品的写作时间之所以都很长,则不仅与作家对自己的严格要求有关,而且也同法捷耶夫一生的经历有关,同他的种种矛盾,包括一名过去的游击队员和一名遵守纪律的士兵之间的矛盾有关。有一次亚历山大·亚历山德罗维奇对我说:"有许多作家埋怨我。我能理解他们。但却不便解释……"我答道:"您可以告诉他们,您得罪得最厉害的是作家法捷耶夫……"

法捷耶夫年纪很轻的时候就参加了远东的游击队,尔后又参加镇压喀琅施塔得叛乱。他十七岁入党,二十岁被赤塔的党组织选为代表出席了第十次代表大会。对他来说,托洛茨基或"工人反对派"都不是《简明教程》的篇页,而是活生生的回忆。在某些作家的一生中,政治斗争不过是几个月或几年的激情。对于法捷耶夫而言,政治却是他毕生的事业。

我还记得世界和平理事会的一次小型的"积极分子"会议。会议是在布拉格郊区约里奥-居里居住的一所小房子里举行的。我们讨论着当前该怎么办:斯德哥尔摩宣言的成功冲昏了大家的头脑。我们说,应该征集签名。法捷耶夫提了个建议:要求五大国政府缔结和平公约。他听取了各种发言,然后头头是道地证明,别人所说的一切——对战争的恐惧、经济上的困难、侵犯国家主权、变得野蛮起来,都可以包括在五国公约中。这并不是他的主意,可他说得是那么合情合理,以至于在那个只有十到十五个人的小房间里就像是在人数众多的会议上似的响起了响亮的掌声。约里奥-居里建议把法捷耶夫的发言付印,分发各国委员会。

1956年夏我在巴黎时约里奥-居里曾邀我前去。我们谈了很久,谈二十大,谈当时使我们感到高兴和激动的一切。后来约里奥-居里说:"法捷耶夫……在这件事上也表现出他那不可思议的意志……这对我们是一个十分重大的损失。他有时很激烈,我同他作过几次困难的谈话。但我永远赞赏他的睿智。他总是从政治上考虑问题,这就胜过了我。我,还有贝尔纳,我们总是像学者那样发议论。您在我的心目中始终是个作家。不仅是您……就拿德·阿斯蒂埃来说吧,许多人认为他是个政治家,可他却是个诗人,尽管他仿佛并没有写过诗。可是同法捷耶夫谈话的时候我却常常想:是啊,他的天赋就是搞政治……"

当然，无论过去还是现在，我都不能同意约里奥-居里的最后一句话：我不仅了解法捷耶夫的作品，我也了解这些作品的作者。我明白，不能使亚历山大·亚历山德罗维奇离开艺术。不过约里奥-居里说得对，法捷耶夫的确是从政治上考虑问题的。这一点在日后便决定了在对他的评价上存在的那些曾被另一些受了冤屈的人看作是假仁假义的矛盾。

法捷耶夫虔诚地相信斯大林善于领导国家，知道该干什么，有远见卓识。有时亚历山大·亚历山德罗维奇支持不住了：在奔萨他同我谈起了梅耶霍德的遭遇，嗣后，在斯大林逝世前不久，他想起了亚基尔、施特恩，一再地说："他受骗了……"在40年代末，他对许多事情深恶痛绝，可他又找到了解释："一股浊浪……斯大林正设法加以制止……"信仰中也掺有恐惧。有一次他半开玩笑地说："我怕两个人——我的母亲和斯大林。又怕又爱……"

法捷耶夫有时谈到一部作品："当然，很有才气……不过请您正确地理解我的意思——问题不在单纯的评价上。若是从国家的观点来看，这作品就是有害的了……"

我曾说过，法捷耶夫的老师是列夫·托尔斯泰，这是谁都看得出来的。带有大量副句的很长很长的句子，对于法捷耶夫来说是（或者说"已成为"）很自然的。他不会换一种样子来写。有时他需要用电报报告和平理事会会议情况或同运动的一位领导人谈话的情况。他请求我帮忙。他在桌子旁坐下——他的字写得很清楚："您就口授吧——您会用短的句子把这一切都描写出来……"

但是托尔斯泰的影响却比单纯的写作手法深刻得多。在奔萨时，亚历山大·亚历山德罗维奇曾长久地向我论证，契诃夫值得学习之处无非是他的观察能力："他怎么能教别人呢？他也不愿意教……可托尔斯泰懂得文学的使命，他是个导师。当然，我们现在的评价不同了，但我崇拜那部通常被认为是失败了的长篇小说：托尔斯泰写《复活》为的是让善的因素取胜。可狄更斯呢？难道在他那些优秀的长篇小说里他不是在支持善？当然，若是在这之后不进一步加以发挥，那这就依然只是乏味的说教。一个庸庸碌碌的作家还不及百分之一个托尔斯泰，可是天才却应该为善、为人道主义效力。而在我们的时代，这就是说要让自己服从共产主义建设。"

在这里,在一个作家同作家协会的一个领导人之间存在着一座桥梁,但有时也存在着一道鸿沟。

1929年,法捷耶夫还是拉普的领导人之一,当时他写过一篇文章:《无产阶级文学的康庄大道》。他在此文中捍卫对于他所喜爱的那部长篇小说的看法。他的见解的绝对性并不能使任何人感到惊奇:拉普派当时不但攻击"右派同路人",而且也攻击马雅可夫斯基。《康庄大道》这个名称本身并不奇怪——浪漫主义者、现实主义者、自然主义者、象征主义者,都认为自己的道路是新创的和唯一正确的;这个名称的奇怪之处在于它的遭遇。拉普被解散了,人们撰文论述必须保持文学流派的多样性,同时又警惕地注视着是否所有的作家都在同一条文学道路上行进,羊肠小道无异于死胡同。在这种情况下,公路(或者用法捷耶夫的话来说:康庄大道)就绝不是一条直路,它不仅依赖一些重大的政治事件而蜿蜒曲折,而且也根据斯大林的口味、他的情绪、他对各种不同作者的态度而绕来绕去。在1929年,法捷耶夫以为他是在铺路。我不知道这种幻觉在他身上持续了几年。1949年他在对一个批评家生完气后对我说:"他认为我在吹毛求疵,在执行自己的路线,可我只不过是个调节员罢了……"

当然,这说的是心里话。他不曾铺路,但他也不是调节员。有时他成功地创造了一种学说,突破了那些可以接受的表达方式的框框。例如他一度曾对社会主义现实主义作过这样的解释:不是按照人们的真实模样来表现他们,而是按照人们应有的模样来表现他们。诚然,这接近于浪漫主义远甚于接近上个世纪的现实主义者,但在这种提法里有一种激情,有一种气魄。

在法捷耶夫周围总是有一些能够重复亚历山大·亚历山德罗维奇的想法并在评论作品时把这种想法表达出来的批评家。我记得,法捷耶夫曾在一次作家们的会议上作报告,揭露了一名这种批评家的阴险:"有一个东方的童话,说的是一只蝎子和一只青蛙。蝎子遭到敌人的追捕,央求青蛙把它驮到小河对岸去。'你会螫我的。'青蛙说。'我干吗要害你呢,要是我到不了对岸,我就难保活命。'它说服了青蛙。它俩快到目的地的时候,蝎子螫了它一下。它俩一同沉到河底去了。'你干吗这样?'奄奄一息的青蛙问道:'我不知道,这是我的性格。'蝎子回答。"那位批评家就坐在我旁边,他大声说道,"问题不在性格。蝎子只是不信任青蛙罢了……"

1928年法捷耶夫攻击过马雅可夫斯基的长诗《好!》。1938年他把这首长诗称作"历史性事件"。改变了的与其说是对长诗的评价,不如说是对文学的态度,法捷耶夫的演说里出现了新的调子。法捷耶夫是个勇敢的,但又遵守纪律的士兵,他从未忘记总司令的特权。

我记得在法捷耶夫有一次作完报告以后我同他的相晤,他在报告里揭露了某些作家的"脱离生活",其中包括帕斯捷尔纳克。我们偶然在高尔基大街我居住的那幢房子附近相晤,亚历山大·亚历山德罗维奇说服我进了街角的一家咖啡馆,要了些白兰地,突然说道:"伊利亚·格里戈里耶维奇,您想听听真正的诗歌吗?……"他开始背诵帕斯捷尔纳克的诗句,简直停不下来了,偶尔中断一下背诵也只是为了问一句:"好吗?"

他喜爱诗歌,但更强烈地喜爱自己一生的基本路线,在四分之一个世纪里,他同千百万他的同时代人一样,把对主义的忠诚同斯大林的每一句话联系在一起,不管这句话是否正确,这不是他的过错,而是他的不幸。当然,法捷耶夫知道,巴别尔不是"间谍",左琴科也不是"敌人",斯大林对普拉托诺夫或格罗斯曼的不满是没有根据的,但他也知道另一件事:对于千百万勇敢而忘我的人们来说,斯大林的话就是法律。"在国内战争时期我两次负伤,"法捷耶夫在我们最后一次见面时告诉我,"医生们说,伤势严重。可那时年轻……况且又怎能拿一小块金属来同日后不得不经历的那些事情相提并论呢?……"

有时他拿开玩笑来打断自白。"您可知道,我喜欢什么样的画家吗?雷诺阿①。"看到我的惊奇,他补充了一句,"可是我得向您承认——我是个色盲……"他就以他那令人难以忘怀的笑声笑了起来。

他看上去是严峻的,但我多次看到他的两眼怎样变得柔和起来。他试图帮助遭到不幸的那些作家。1938年初,他给我看了一些曼德尔施塔姆的诗,想把它们拿到一个杂志上去发表。毫无结果。十年后他对我说:"您还记得哈里吗?他猛烈抨击您的《第二天》……他从集中营回来了。写了部有趣的中篇小说,有点像《伊凡·伊里奇之死》。他的处境很艰难……我要试试把他塞进……"下一次见面时他闷闷不乐地说,"哈里的事毫无结果。"

---

① 雷诺阿(1841—1919),接近印象派的法国画家。

他一年比一年变得忧郁起来,两眼日益经常地显得冷冰冰的、视而不见似的。他开始更为频繁地饮酒,酒量也更大了,他主要是同那些跟文艺界相距很远的人一起喝,他想忘忧。

1953年3月,在斯大林逝世后不久,我在《文学报》上读到法捷耶夫的一篇文章,他在文中尖锐地攻击格罗斯曼的长篇小说《为了正义的事业》。我觉得这是难以理解的:亚历山大·亚历山德罗维奇有好几次曾眉飞色舞地向我谈到这部小说,他成功地把这个作品发表了。小说触怒了斯大林,出现了一些尖锐的文章,法捷耶夫继续维护这部作品。格罗斯曼作了某些修改。突然来了这一篇文章……

发表了替几位医生恢复名誉的消息,显然发生了一些变化。法捷耶夫事先未打电话通知我便来找我,坐在我的床上说道:"您别往我身上扔石头……我简直吓了一跳。"我问道:"可为什么要在他死后?……"他答道:"我想,最可怕的事开始了……"这句话他后来曾重复了多次:他要忏悔。一年以后,我遇见了法捷耶夫每当同法国人进行困难的政治性谈话时总要带上的女翻译利·萨·法克托尔。利季娅·萨莫伊洛夫娜告诉我:"亚历山大·亚历山德罗维奇有点不大对头——他好几次来找我,悲痛万分地说他那篇关于格罗斯曼的长篇小说的文章写得不好……"1954年底,法捷耶夫在第二次作家代表大会上谈到了小说《为了正义的事业》和自己的那篇文章,向大家承认了错误:"我为我表现出软弱而懊悔莫及……"

亚历山大·亚历山德罗维奇是个极其坚强的人。他吃得多,喝得多;他能跑十公里;他可以在会议上一坐就是几夜而毫无倦容。直到晚年他的神经才开始出毛病。1952年12月他写信给我:"……唉,我还在生病,看来在医院里还得住两三个礼拜。若是有人从一旁看看您和我,他肯定会说我非常健康,而您有病。其实您倒是个钢骨铁筋的人。不过您要多加保重!因为一切都有赖于神经,而且一切也都是暂时的。您不知何故不习惯于休息,可您得试试……"

我们最后一次见面时法捷耶夫说他病了——"腿痛,不能走路","就像我对您说过的那样,长篇小说失败了","总之,不妙"。我想给他鼓鼓气,便说病总会好的,他比我年轻十岁,还能写几部长篇小说。他摇摇头:"发动机出了故障……"

两个月后我接到电话:"法捷耶夫自杀了……"

在这种情况下总是如此,人们纷纷猜测,寻找自杀的原因,回忆好事和坏事。原因想必是很多的——他在一生中是不宽恕自己的;在严冬还没过去的时候,他顶住了,而当人们露出笑容的时候,他却开始考虑他经历过的事和写过的东西,不知为什么一切都暴露无遗了,就在这当儿发动机开始出故障了。

回顾战后的岁月,我总是看到法捷耶夫的身影。他身材高大,在任何会议上都显得很突出。他也是一个高大的人——无论在毫不留情方面还是在温柔多情方面,无论在信念上还是在遭到的不幸上,他都是如此。

19

我在傍晚接到电话,说是次日清晨我们要飞往罗马,出席巴黎代表大会常设委员会的会议。这是那个时候的风气:迟迟作出决定,迟迟申请签证,我们常常迟到。我曾在本书的前一部里谈到,当小小的飞机在阿尔卑斯山上空遇到暴风雨而飞得太高的时候,我们险些儿被憋死了。我们一大早从布拉格起飞,十时左右在罗马着陆。意大利朋友们在机场上迎接我们。我想喝一杯咖啡,吃一客三明治,可是办不到了,原来有人硬给我们塞了一部什么影片,于是海关把我们留难了整整一个钟头。法捷耶夫说,应该立刻就去开会——会议已经开始了。我没有好好地听德·阿尔布泽所作的关于黑非洲保卫和平斗争的报告——我想吃东西。最后终于宣布了午休,这时大使馆的一位职员说,大使在等我们。

法捷耶夫、华西列夫斯卡娅和考涅楚克坐上了大使馆的汽车,而共产党员议员埃米略·塞伦尼却建议我坐他的汽车。这是个肥胖、黝黑而愉快的人。他懂许多语言——法语、俄语、西班牙语、波兰语、英语、古犹太语、德语、汉语、阿拉伯语,还有一些什么语(我忘记了)。他在法西斯的监狱里蹲了很久,在思考问题的时候习惯于从这个墙角到那个墙角走来走去;有时在一些小型的会议上他也站起来走动——这是他想到了一桩有趣的事。在听长篇发言的时候要是他坐在我的旁边,我是不会烦闷的:他会俯耳讲述有趣的笑话。我请求塞伦尼在酒吧间旁边停一下车——我要在柜台上喝杯咖啡。但塞伦尼说,大使马上就会请我们吃饭,他会款待我一杯又苦又香的维尔木特酒来代替咖啡。

大使在办公室接见我们,午饭的迹象一点儿也看不见。大使冗长而详尽地向华西列夫斯卡娅、法捷耶夫、考涅楚克和我谈到,资本主义不同于社会主义,在罗马的言行举止不能像在莫斯科那样。法捷耶夫闭上两眼,气得脸都红了。我一直看着表——一点半了,过一个钟头就得去开会了,要是不给我们饭吃,我可受不住了……突然考涅楚克打断了大使的话:"您可知道,我们是早上七点起飞的——空着肚子……"

大使馆的食堂有一半是在地下。白菜的气味扑鼻。由于没有空位子了,便请我们到内院去等等。我对考涅楚克说:"我不如到城里去走走。""你发疯啦——你一个里拉也没有啊……"我明白我这样做不恰当,但仍固执己见——站着等太难堪了。

我走到街上的时候,一个高高的年轻人亲切地问我:"您是伊利亚·爱伦堡吗?"他自我介绍道,"维什涅夫斯基,塔斯社记者。"——并夸奖起我的作品来了。我恳求道:"作品让咱们下一次再谈。但是,也许您能借给我几个里拉——够吃一顿午饭就行,我们还没领到钱……"维什涅夫斯基从餐厅打电话给自己的妻子,叫她前来,而我已经吃起通心粉、喝起葡萄酒来了。这是一顿绝妙的午餐,我觉得一切都味美至极——也许是因为喝了维尔木特酒以后我饿得发狂了。何况同餐者又是一个富有风趣的人——维什涅夫斯基了解并喜爱意大利,他谈论着政治局势、新影片、作家们。

不用说,开会我迟到了,我轻声问考涅楚克,发言者是谁。他嫉妒得吼叫起来:"你有一股酒味!……你吃过饭了吧?……"

大厅里可以抽烟。人是难以满足的。我已把我烟袋里的一切都抽光了,但是没有里拉。我开始向形形色色的代表"讨"香烟,装出一副好学好问的样子:在墨西哥、黎巴嫩、瑞典……都有人抽烟,这很有趣……

我已有二十五年没到罗马。当然,无论贝斯塔的庙宇、罗马式的柱廊形大厅,还是巴洛克式的宫殿,都没有改变;改变了的是我——我是第一次有准备地去了解这个城市的伟大,在这个城市里,二十个世纪正在和平共处。

在第二天或第三天,我明白了,发生了变化的不仅是我,罗马的空气也发生了变化。当然,在政治方面意大利同法国没有多大差别,还是那个"马歇尔计划",还是那个大西洋公约,强大的共产党,不断的罢工与同时出现的经济复兴,美国军人和墙上的题字:"和平万岁!"然而巴黎的气氛是忧郁的,意大利人看上去却很愉快。也许这是我从布特尔监狱中被释放出来时所体验过的那种感情的流露?意大利经历了二十五年法西斯主义的压迫。如今任何镇压都不能制服人民,失败也没有引起失望的心情。(写了以上这几行后我不禁想道:也许我作这样的比较是不正确的?我在巴黎住了很久,我有权把这个城市称作是自己的,但在罗马,我只是一个旅行者、客人、参观名胜的游客。当然,我对法国人有更清楚的了解,能看到更多的细枝末节;至于我的心里充满了忧郁,大概是因为我的青年时代是在这个城市里度过的。)

仿佛是在会议的第二天,早在弗罗茨瓦夫就成了我的朋友的画家雷纳托·古图卓,举办了一次晚宴,我们同意大利的作家、艺术家、导演相见了。古图卓是个热情的人,是真正的南方人。时至今日他还在寻找自己:他想把真理同美结合起来,把共产主义同他所喜爱的那种艺术结合起来;他无比热烈地详细打听莫斯科的情况,并虔敬地看着毕加索;他画政治题材的巨幅油画和小幅的静物画(他特别醉心于篮子里的马铃薯)。

每晚他都邀请毕加索和我。我们在各种各样的餐厅里进晚餐,这些餐厅都很好,但也都很贵。钱币的兑换发生了意外的障碍,我们直到离开前一两天才得到钱。由于不好意思,我便虚伪地说:"今天让我付账。"甚至还把手伸进衣袋去掏钞票;我的心直跳:要是有一次他突然没有及时拦阻,那可怎么办?……但是古图卓每次都抓住我的手:"算了吧!你是在这里做客。"同我们一起吃晚饭的人们都很有趣:诗人、画家、导演;但是每次总有这么一个人前来,古图卓在介绍他的时候不提他的职业。我弄不明白:雷纳托是从哪里弄到这么多钱?当时他还不是著名的画家,我还知道,他不得不处处节省。直到我离开之前,他才向我揭穿了这个秘密:每天晚上都是由他一字不提其职业的那个人付账,因为那个人以其能与毕加索同桌而感到荣幸。

有一次我们在过去的犹太人区里的一家餐厅吃晚饭,侍者给我们端来了"犹太式的菜蓟"(它们是用橄榄油炸的,像玫瑰花那样盛开,叶子用牙一嚼就咯吱咯吱地响)。大厅里坐着一个卡拉布里亚的漂亮姑娘。毕加索突然说:"我想给她画个像。"姑娘坐着,毕加索便开始工作。半小时后,他给我们看了一幅具有安格尔风格的绝妙的素描,这幅素描是在菜单的背面画的。姑娘告诉我们,她有个未婚夫,他们很快就要举行婚礼。"那你可以把画像给未婚夫看看,他会喜欢的。"卡洛·勒维说。她害臊了:"我怕——他可爱吃我的醋啦。"所有的人都大笑起来,有人劝姑娘把素描卖掉:"它至少能卖二十万——你就会有一份出色的嫁妆了。"她激动了:"瞧您说的!……当然,咱们的钱少,但是咱俩都在工作。我最好是把它挂在床头上……"

一位富有的附庸风雅的财主举行了一次招待会,邀请出席会议的全体人员参加。在招待会前,他请毕加索、古图卓和我吃了一顿午饭。早晨毕加索到梵蒂冈去过一趟。我们好奇地打听,他是怎样爱上了拉斐尔的。毕加索谦恭地回答:"一位出色的大师。"但后来突然承认,"米开朗基罗有多么高超!……我不明白,西比拉的手他是怎么画成的……"主人住在一所宫殿里,他收集古代烧壁炉用的钳子。代表们——保加利亚人、塞内加尔人、日本人,拿着大酒杯在富丽堂皇的大厅里走来走去:一切都像是往日的假面舞会。

卡洛·勒维是作家兼画家(现在还是参议员)。不知为什么,我们一下子就成了朋友。此人似乎很懒——他走得很慢,常常在熙熙攘攘的街上突然站住,对别人的谈话发生了兴趣。有一次他让我坐在一辆小汽车上。这是在加加林飞入宇宙空间的那一天。我们穿过科隆纳中央广场。卡洛·勒维谈论着无穷的概念,把交通规则给忘掉了。警察要罚他一笔巨款——破坏交通规则是一桩严重事件。我试图介入富于戏剧性的对话:"我国的警察对作家比较宽大。"——我指望卡洛·勒维的名声可以起到作用。警察怀疑地看着我:"'您的国家'是哪里?……""苏联,莫斯科。"警察无比兴奋地抓住我的手:"你们的人飞到月亮上去了!……"他未取罚款就把我们放走了。

卡洛·勒维住在宾乔公园附近一所堆满杂物的大画室里。他最早也得到十点钟才醒。他画了几幅我的肖像,他在画架旁边也像是懒洋洋的——画笔刚刚碰到一点儿画布,犹如猫用爪子洗脸。但是,我的天哪,这位假装懒惰的人画了多少油画,写了多少书和文章啊!1949年我读了他的《耶稣在埃博利住下了》一书,它具有作者的自传性质——年轻的卡洛,一个反法西斯的医生,被流放到南方贫穷而荒凉的卡拉布里亚,那里的人说,"耶稣在埃博利住下了"——就连耶稣也不愿到比这个小镇更远的地方去。卡洛描写贫困的、不识字的农民们的生活,怀着满腔热爱揭示他们的精神世界。这本书有一个特点——一下子就可以感觉到它是出自一位画家的手笔:读者看见了景物、场面、人们。

这个貌似懒惰的幻想家的人做了许多事,他走遍了许多遥远的国度,参加过各种各样的运动,花了很多时间去保卫西西里的封建主们意欲加以消灭的最安分的谋反者达尼洛·多尔奇①。懒惰的外表是由何而来的呢?大概是由于对于卡洛来说,时间是个步行者,它像不知疲倦的但丁在托斯卡那山上那样在徘徊,而不是在汽车竞赛中创造最快的纪录。在他的油画中,我最喜爱的是那些画着乳牛的风景画;也许问题不仅在于颜色,卡洛应该喜爱这些动物——因为它们都是十分聚精会神地在过自己的日子。卡洛·勒维同那些残缺不全的、实在抽象的真理相距很远,而且永远找得到时间来倾听、思考、理解。

在我同他相识之后的次日,他带我去他那里。当时他住在一座古老的宫殿的顶层,下面骚动着晒得暖洋洋的罗马。我告诉卡洛,我得在"阿德里亚诺"剧院的群众大会上演说,可我不知道说什么。卡洛微微一笑:"说什么嘛——您是知道的。可我想给您出个主意:说意大利语。"我笑了:"这同要您用俄语演说差不多一样困难。"他提议把我的讲稿译成意大利语,我照本宣科。我决定冒险一试——有个时期我曾说过几句意大利话,后来忘了,现在我还懂得一半。我们在古罗马街头散步。卡洛说:"这里住着我的一个熟人。他过去是法西斯分子,但是一般来说,他为人还不错,他有打字机,我可以把讲稿打出来。您说法语,我来翻译……"

卡洛·勒维说对了:在第二天晚上我用意大利语开始我的演说时,一切都预先注定了——任何平淡无奇的话我都可以说,但是一个用意大利语演讲的俄国人,这却是前所未闻的,就连反苏的报纸也报道了这一点。

我认识了欧洲最优秀的短篇小说家之一——阿尔贝托·莫拉维亚。很早以前,在1933年,我曾在文章中谈到过他的长篇小说《漠不关心的人们》——这是法西斯时代一个中产阶级家庭的故事:漠不关心,无动于衷,烦闷无聊。莫拉维亚是个从事艰苦创作的作家,而且不是在形式上,而是在

---

① 多尔奇(1924—),意大利作家和社会活动家。

内容上。对他来说最为艰苦的大概是他自己。他生活在契诃夫式的世界里,但是其中没有契诃夫式的宽厚,没有怜悯,他还说,他的老师是薄伽丘。

然而莫拉维亚对于曲折的情节并不很感兴趣,他表现自己的主人公就像表现收藏的一批有趣的昆虫——不是文艺复兴时代鲜艳的蝴蝶,而是变得凶狠了的可恶的蟑螂。他的《罗马故事》有点像那使我为之倾倒的一部影片——《甜蜜的生活》——这也许是因为作者没有串通自己的主人公。我理解费利尼对罗马的那些闲得无聊的富有的无知之徒的态度。而莫拉维亚对待自己的那些不幸的主人公的态度却比较难以理解。1963年初,我曾去毕加索处,在他那里看见了一些表现显贵们的丑恶与无聊的毒辣的素描。两天后,毕加索来到了尼斯,我们吃了午饭,而在五点钟时他忽然想到一家糖果点心店去,女士们常在那里以英国的方式喝茶。他久久地打量着那些年老的遍体绫罗的女人,她们身上缀着许多钻石,而她们的脸虽然经过打扮,却并无装饰,后来他说:"我爱画老年男女——人到老年一切都更为明显突出,年轻人的轮廓是模糊的。你要知道,有一种穷人的老年——我尊敬它,也有一种闲得无聊的懒汉的老年——我嘲笑它……"莫拉维亚常常愁容满面,他机械地答道:"我知道……知道……"但他有时也容光焕发——我觉得这是出自一种被抑制的温情;他的著作也像这样,人类的感情常常突然涌现,犹如黑魆魆的森林中的空地那样令人耀眼欲花。

会议闭幕后,意大利人说,我得到离罗马不远的小城阿尔巴诺去一趟。我把它称作城市只是根据它的外貌,而它的居民多数是葡萄酒酿造师;我在罗马常喝城郊山区酿造的清澈而芬芳的葡萄酒——"弗拉斯卡蒂""阿尔巴诺""詹扎诺"。(有些葡萄酒像人一样经不住迁移,罗马郊区的葡萄酒运到国外,甚至运到意大利北部以后,其醇香和味道就一并消失了。)群众大会在一个类似板棚的乡村剧院里举行。宽阔的大门敞开,部分听众就站在街上。后来人们把我带到市政管理局里,以葡萄酒相待,说了些亲切的话。

很晚我才同大使馆的秘书回罗马去,我们乘的大汽车在狭窄的小巷里显得特别的笨。《团结报》的两位记者乘着一辆小巧的"菲亚特"跟在我们后面。我从早上起就没有吃任何东西,便问苏联同志是否知道近处什么地方有比较便宜的餐厅。秘书慌张起来了:"也许还是回到您的旅馆去吃要好些吧?……我从来没进过罗马的餐厅……""怎么,您来此不久?""快一年了。可我们总是在我们的食堂里吃饭的。"我们停住了,我问意大利记者,那儿有什么地方可以吃晚饭。他们答道,恰巧这条街上有一家小饭馆,他们在那里吃过几次晚饭,老板是自己的同志。

餐厅已经客满,顾客看上去都是工人。一位记者对老板说:"给我们一点吃的。这是俄国同志……"老板端来了一罐葡萄酒、齐墩果、番茄、香肠、醋渍菜蓟,又到厨房去煮通心粉去了。他很想同俄国同志谈谈,但他不能把为其纤细如线的面条调制复杂的调味汁的工作托付给任何别人去做。我们用大碗吃完了面。桌上出现了一只烧羊羔。在这之前一直一言不发的大使馆的司机,突然兴高采烈地说:"瞧他们吃得多好!"说着就咧着嘴微笑起来了。我们把羊羔也消灭了。老板常被顾客招去。最后他到我们桌旁坐下,打开晨报对我说:"我一下子认出了您,但为了怕您不好意思,因此没说。所有的人也都认出了您……"他请求我在报上的照片上题词。当我们想付款的时候,他大为生气:"你们不该瞧不起我!……"他对顾客们说:"为作家,为苏联人民,干杯!酒钱我付。"人们都走上前来碰杯、谈话,有的谈游击队,有的谈圣佐万诺广场上的群众大会,有的谈自己的女儿,所有这一切都是朴实而亲切的。当我们在深夜里走出餐厅时,大使馆的秘书说:"我在三小时内对意大利人的了解,似乎比一年间所了解的还多……"司机依然咧着嘴在微笑,他握握我的手:"瞧他们这些人有多好!……"

两天后,《团结报》的一位编辑带我去弗拉斯卡蒂——距阿尔巴诺不远的一个酿造葡萄酒的小镇:意大利共产党的领导人邀请我与他们共进午餐。我们在一个通常用来举行乡间婚礼的木造的附属建筑物里吃饭。有些意大利同志我早先曾经见过——在莫斯科、巴黎或西班牙,另一些是初次相见。他们以其朴实、喜爱艺术和这样一种谈话而使我惊奇,这种谈话有时会使人忘记在我面前的不是作家,也不是艺术家,而是一个大党的政治局委员。陶里亚蒂说,我们有一位电影工作者不喜欢曾使我非常高兴的影片《偷自行车的人》:"没有结局。"陶里亚蒂笑着说,"但是,如果在表现一座没有栏杆的桥和一个失足落水者之后,再迫使即将灭顶者发表一通演说,大谈设置栏杆的必要,那就谁也不会相信演说者将被淹死,甚至也不会相信他掉在河里了。影片不以劝善惩恶的老生常谈结束,而以人道主义结束,这太好了……"听着陶里亚蒂的话,我想到他以及其他同志同意大利人民及其性格和文化有着多么紧密的联系。我们从桌旁站了起来,走进一个小花园,那里有一群农民和许多带着孩子的妇女在等陶里亚蒂。一位农妇把五个孩子领到他跟前:"瞧瞧我的……"陶里亚蒂同他们谈话就像同我谈话一样自然。此后数年间我曾多次同巴叶塔、阿利卡塔谈话,常常遇到多尼尼,在保卫和平运动中还曾和已故的尼加维莱共事,这是一个十分纯洁而又头脑敏捷的人。这都是些生气勃勃的人,他们不是按照呆板的公式进行思考,也不是根据夹带①说话。

我已叙述了同意大利同志们的会见。现在我想补充一点:即使是那些在思想、性格方面同我有无穷遥远的距离的人们,也是友善地以意大利式的坦率同我谈话。我回忆起佛罗伦萨的市长,虔诚的天主教徒里亚·皮拉在古老的威基欧宫接待我的情形。我一见到他就觉得我们久已相识。他请我去费佐尔,我在那里的一家小饭店里遇到了一家左派天主教报纸的几位编辑。他们仔细打听苏联的生活情况,谈论托斯卡那的农民,争论与其说是口舌之争,不如说是出声的自我探索。

我很走运:在1949年之后我又到意大利去过几次——有时是世界和平理事会主席团会议,有时是欧洲文化协会的大会,有时是应邀去各种各样的城市作报告,有时是"圆桌"会议。诚然,每次旅行都为时不长,而且不得不一连数天坐在烟气弥漫的大厅里,但是我每一次都有所发现,而且愈来愈强烈地感受到意大利的亲切。我又再次来到我觉得十分可爱的佛罗伦萨,还再次来到了威尼斯,在这个城市的小巷里,猫儿知道发动机的哒哒声不会打搅它们,便泰然自若地吃着鱼身上的废物;我甚至还到过环以古代寨墙的神奇的卢卡,——那里的任何一幢房屋都是博物馆,而在博物馆的房子里却住着生气蓬勃、热情洋溢的现代人。

我初次看到意大利是在半个世纪之前。当然,从那时以来已有许多事物发生了变化。北部矗立起了巨大的工厂;盖起了现代化的工人新村;至于都灵的博物馆,无论在照明设备还是图画的张挂方面,在全欧洲似乎还找不到能与之媲美的。生活水平提高了,书籍的印数增加了——工人,甚至农民,也开始读书了,世界变得开阔了,往日的闭塞状态消失了。在对苏联文

---

① 指学生在考试的时候用来舞弊的夹带。

学的了解方面,意大利超过了西方其他国家,翻译的作品很多,并且不是碰到就译,而是有所选择的。在我过去经常碰到犍牛和毛驴的道路上,如今奔驰着一串串小"菲亚特"和摩托车。但在我还是少年时曾使我惊异和倾倒的民族性格,却依然如故。

我认识了一些作家——维多里尼、夸齐莫多、帕韦泽,至于另一些作家,例如普拉托利尼或卡尔维诺,我只是根据他们的作品才认识他们的。我不知道,应该把现代意大利文学摆在什么地位,而我现在所写的这本书,也无须给它贴标签。我要说的只有一点:这种文学是人道的。一位控制论学者曾对我说:"二三十年以后,能思考的机器将会纠正人们所写的作品中的错误。"我认为这完全是可能的,即在不远的未来,机器将不仅能够代替潦草塞责之辈,而且可以代替通俗作家和模仿者。但人仍将不得不去纠正最完善的机器的产品——因为在机器看来是"错误"的东西,却可能是发现、发明、创造的开端。

我感到遗憾的是,直到我一生的晚年我才在米兰的收藏品中看到杰出的画家莫兰迪的油画。这主要是些静物画——用三四种朴素的、并不鲜艳的色调画的瓶子。尽管它们具有充分的哲学深度,但其中并无枯燥乏味之处——它们诉诸感情世界。莫兰迪不仅不曾在巴黎住过,似乎还没有到那里去过一次,因此他的油画在意大利之外就很少为人所知。我从未见到过他,虽然他和我同岁——他孤独地住在波伦亚画着瓶子。1964年夏,我去佛罗伦萨参加"圆桌"会议。我本想:此后再到波伦亚去一趟,看看莫兰迪……可是莫兰迪已不在人间,他在一个月之前故世了。

意大利的影片使全世界的电影事业发生了转变。我认识了一些导演;除了德·西克之外,我认识费利尼、维斯康蒂、朱·桑蒂斯、安东尼奥尼。或许他们都可以成为自己的影片的主人公。据说,新现实主义以描写的真实性、反对戏剧化演技、对话的简短和出人意料而取得了胜利。所有这些都是对的,但是还有一个特性——意大利影片是真诚的;然而现在有些甚至非常正直也非常有才能的艺术家也绝不认为真诚是不可或缺的。

奇怪的是,意大利朋友竟如此迅速地闯入了我的生活!我现在所想的首先是卡洛·勒维和雷纳托·古图卓。须知我认识他们的时候已年近六十,在这种年纪是常常失去朋友而又不愿结识新交的。我们很少见面——

有时是一年中的几天,有时是若干年后见到一天,但我们总是谈论那些对于我们是同样亲切而珍贵的事物。虽然他们住在很远的地方,他们的生活也和我的不同,而且我们又不是同辈——卡洛比我年轻得多,而雷纳托则可以当我的儿子,但我了解他们,他们也了解我,我觉得,我们是在同一个轨道上围绕地球旋转。

在我最后一次意大利之行期间,我曾到过罗马附近的山区小镇罗卡-迪-巴帕。公共汽车爬到山上后便停在一个广场上。再往上去就得步行了。狭窄的街道,晾在绳上的衣服,儿童们。我们爬得很慢,不时俯瞰下方:葡萄园,河谷,远方某处是一片淡灰色的海洋。人们生活在陡峭的街道上,妇女们一面揪着菜豆,一面聊着天。一位天主教神父走过,风吹起了黑色的袈裟。在一所宛若古代要塞的小房子门口挂着一块小木板:意大利共产党的地方委员会。在另一所同样的房屋上画着一个七弦琴:音乐学校。最后我们在一个很小的广场上停下,从那里可以看到宽阔的河谷。我一下子想到了许多事情,既有重要的,也有一些琐事。若是在二十年前,我会向上跑去,但如今心跳得厉害。这一年葡萄丰收。奇怪的是我从来不曾到过这里。为什么我不曾去过墨西哥和暹罗?大象有特殊的眼睛。而这里只有毛驴——像在西班牙。哪怕在这个小镇里住上一周也好!一周——这很多了,特别是当一个人年逾古稀的时候。奇怪——到了死去的时候,可我却没有想到这一点,心里完全是另一种东西。一周——这就是永恒,如果静止是存在的话。在这些片断的念头之外,或者更确切地说,在这些支离破碎的图画之外,我心中还有一种深沉的宁静、幸福之感,这大概是因为我休息过了,虽然法捷耶夫曾要我相信我不会休息。我环首四顾,突然看到一个针盘:再过十五分钟,最末一班公共汽车就要开了,得跑下山去啦。我暗自埋怨:刚刚爬到,却又得请你下去!……这种情况太多了……我迷信地向古老而沉寂的房屋、一头毛驴、门上的招牌反复地说着"再见",而且像意大利人那样说得比较简短:"乔!"

回头来谈1949年11月4日。次日我得赴西西里岛——意大利人建议我们再待一周,我选择了西西里是因为我从未去过那里,而古图卓说:"这意味着你没看见过意大利……"傍晚,我到旅馆去休息一下,发现一纸便笺:"明天我们飞莫斯科——有指示。约里奥将与我们同行,我们必须在节日前到达。祝您愉快地度过最后一晚。亚·法捷耶夫。"我没有走进房间,而是又在市内漫步——我走到纳沃内广场上。寒风阵阵,人比往常要少,而沐浴在古色古香的路灯光下的长形广场,宛如舞客散去后的舞厅。我看着喷泉,它腾空而起又纷纷落下——同昨天一样,同许多世纪以前一样。

在布拉格的"阿尔克隆"旅馆里,清晨 5 时响起了电话铃声。我刚刮完脸。法捷耶夫说,我们乘的是专机,一小时后在列格尼察就可以有茶喝。机场上有一位捷克女人说:"你们不能起飞,这样大的雾,看不见飞机……"亚历山大·亚历山德罗维奇一再地说:"怎能不飞呢——我们今天必须到莫斯科。"

在飞机上我同约里奥并排而坐:他说,他想同我谈谈。他开始道:"同南斯拉夫人来往可不容易——委员会的某些委员有不同意见……"我突然睡着了。而我之所以醒来,则是因为约里奥-居里抓住了我的手臂:"您瞧!……"我从小窗口里看见一丛丛挂着最后的稀疏的叶片的树木——它们不是在下面,而是在我们的上方。飞机来了个急转弯:"咱们回布拉格——有雾……"

在布拉格的机场上,我们走进一家小吃店。旁边有些人喝着啤酒,吃着小灌肠。法捷耶夫给保卫和平委员会打电话,但没有人接——时间太早,还不到九点。我对法捷耶夫说,应该叫早餐了。他勃然大怒:"我们没有克朗。您明白吗?……"约里奥-居里低声对我说:"弄一小杯咖啡怎么样?我觉得有点不舒服……"我立刻给所有的人都叫了咖啡,还叫了面包、奶油、火腿(后者是为法捷耶夫叫的)。亚历山大·亚历山德罗维奇试图提出抗议:"您疯啦!要是我们给捷克人打不通电话呢?……"我挥挥手。约里奥-居里喝了两杯咖啡,吃了一个小面包,蓦然轻松地微笑着问道:"您有时想到死亡的问题吗?……"

捷克人来了。我们在机场坐了很久:雾一直不散。我们终于飞到了莫斯科。

20

"我很少想到死亡,但一旦想到就很顽强,非得到答案不可,"约里奥-居里在布拉格机场上对我说,"对于一个人来说,想到他将会消失,这是令人难以忍受的。这不是生理上的恐惧,而是一种比较严肃的东西——对不知去向和空虚渺茫的厌恶。我觉得,阴曹地府的观念正是由此产生,当科学还在襁褓中的时候,人们用空幻的希望安慰自己。知识要求人要勇敢……死后的生活的不存在,绝不意味着放弃延年益寿的心愿。一代一代之间有一种生理上的联系,这是大自然的安排。但是还有另一种联系——工作、创造、爱情,以及当一个人连同他的名字甚至骨头都全部消失的时候留下来的东西……"

我把这些话记了下来,但八年后约里奥在随笔《科学的人道价值》中却更为清楚得多地表述了自己的想法:"我曾不止一次地得到机会目睹人们突然失去信仰时所流露的可怕的绝望。但是……我想说的是——但是,真见鬼,为什么死后的生活必须在另一个幽冥世界里进行呢?甚至在年轻时想到死亡的时候,我都看见自己的面前摆着这个极为人道的尘世间的问题。难道永恒并不是把我们同我们之前的人和物联系起来的一条活生生的、可以感触得到的链子?如果您允许的话,我愿告诉您一段回忆。在我的少年时代,有一天晚上我坐在那里做功课。突然我一只手碰到了一只锡烛台——一件十分古老的传家宝。我非常激动,不再做功课了。闭上眼睛以后,我看到了一些景象,古老的烛台大概曾是这些景象的目击者……在愉快的命名日人们怎样走进地窖,夜里怎样坐在死者的尸体旁边……我觉得,我感觉到了在数百年间拿过烛台的那些手的暖气,看见了一些面孔……当然——这是幻象,但烛台帮助我看到了我不知道的那些人,看到他们活着,于是我彻底摆脱了对虚无的恐惧。每一个人都会在世上留下不可磨灭的痕迹,无论是栏杆上的一段木头还是一级石梯。我喜爱那由于许多只手的接触而变得光亮了的木头、被人们的脚步磨出了沟槽的石头,喜爱我那古老的锡烛台。它们包含着永恒……"

(我谈到约里奥是从有关死亡的谈话开始的,然而我似乎还不曾遇到过一个比他更富于生气的人。他去世后已过了五年,但我难以想象他已不在了,我常常忽然发现自己有这样的念头:可惜约里奥没来,否则他会说该怎么办的……)

布拉格机场上的谈话还有下文。1955年约里奥曾回到同一个问题上来。在维也纳举行了一次世界和平理事会主席团扩大会议。约里奥在自己的报告中断言,核武器的储存已足以消灭地球上的生命。有些人觉得这种看法过于悲观("一个专家的论断。从政治观点来看这是不正确的……")。我从维也纳来到巴黎要比约里奥迟一两个礼拜:等待签证。约里奥的秘书罗歇·麦耶立刻前来找我:"约里奥说,他将不得不离开主席的职位——他不能放弃一个科学家的信念……"事情很快就顺利解决,约里奥安静下来了,但是当我们见面的时候,他立刻说道:"您要明白——这是良心问题!政治是一种高尚而人道的职能。但是,如果尽管有着合理的看法,有着苏联的建议,有着我们所从事的一切,而惨祸仍将爆发,我可以使您相信——那就不会有人议论已经发生的事情在政治上的荒唐了……当我在斯德哥尔摩接受诺贝尔奖金的时候,大家都是兴高采烈的。我多少破坏了一点普遍的安乐之感……当时我还没有认清原子能的力量,当然也就不能预见到广岛的惨剧,但我在演说结束的时候毕竟提出了警告:要谨慎!被人解放出来的力量是巨大的。我回忆起正在燃烧和毁灭的一些新星,这与其说是科学的假设,不如说是一种想象……人的死亡是可怕的,但他所创造的东西并未消失——我深信,尽管历史的发展是曲折的,尽管有过多次的失败,尽管人们是愚蠢的(这是由于人类还处在幼年时期:它开始思考总共才只有六千年,而且只存在了两百代)——是的,尽管人们是愚蠢的,但依然存在着进步和前进……信教的人认为,有理性的生物只有地球上有。这倒未必……但是,如果违反一切而发生了原子灾难……那时将会怎样?'新的星球'?一片荒凉?一代人把接力棒转交给另一代——我这是重复您的话。但那时我们将把六千年间所创造出来的东西转交给谁呢?真空……您曾亲口对我说,我是个乐天派。但我要再说一遍:要谨慎!……幻想是最危险的。一个刚刚娶了亲、找到一所新住宅的人,难以想象他还没来得及布置家具,一切就已化为灰烬……过错不在科学,而在人类不平衡的发展。有这样一些人,他们虽然拥有很大的权力,可惜却既没有道德的障碍,也没有起码的知识:他们认为,原子能的解放是一种照例的发明,是一种类似蒸汽机或内燃机的东西……"

不能把约里奥-居里(这是书籍和报纸对他的称呼)、约里奥(这是了解他的人对他的称呼)、弗列特(这是他的朋友对他的称呼)的生平同那些由于新物理学的诞生而摆在我们面前的那些问题分割开来。我在我一生的晚年看见了人类新纪元的清晨。当然,爱因斯坦的发现早在20年代初就曾使我大吃一惊,尽管我对这些发现还很不理解。广岛的灾难以其规模之大使我震惊,但我对事件的认识并不清楚。原子弹之所以使我愤怒,是因为它比普通炸弹的威力要大一千倍或一万倍。美国的政权不是属于普林斯顿大学的那位教授(他被认为是一个天才的怪杰,留着很长的卷发,并怀有上个世纪的博爱精神),而是完全属于一位仪表优雅的现代人,一个偶然登上了总统宝座的标准的政治家。

我曾虔敬地聆听爱因斯坦讲话,但我同他在一起总共只待了几个钟头。而我同约里奥在八年当中却经常相见,我爱上了他——爱上了他的智慧、艺术家的敏感、直觉(诚然是女性的)、勇气、纯洁。我不仅喜爱他,我也感激他——他帮助我懂得了直到那时对我来说依然颇为神秘的东西。他的言论,还有他的遭遇,使我得以看到新时代的面貌。约里奥的朋友贝尔纳在他的棺木前说:"约里奥的悲剧是高尚之悲剧……"晚上贝尔纳又补充道,"也是科学之悲剧……"

有时人们在谈到一个作家时说,他酷似自己的作品。约里奥-居里可能也酷似自己的著作,但我不知道是否真是如此——要想判断这个问题,我对现代物理学还太无知了。然而对于我来说,从举止、谈吐、喜好——总之,从精神构造方面来看,约里奥同我早在童年时代即已形成的那个关于科学家的概念却丝毫也不相符:他根本不是一个狭隘的专家、苦行僧、心不在焉的书呆子。不过有关天生的科学家、作家、工程师、音乐家的一切议论,都是牵强附会和不负责任的。约里奥有一次曾对我说:"我自己也觉得奇怪,为什么我当了科学家?我在小学时代曾幻想当一名职业的足球队员,人们都认为我前途无量。结果却是另一回事……大概是有什么东西吸引我去研究科学。我曾踌躇过——化学还是物理?显然,就是在这里也没有简单的偶然性。我至今也不知道,当时我是否有足够的毅力和耐性去研究化学……人们在我的年纪不仅早就赋予了自己的工作以个人的特点,而且他们的特点的形成也是取决于他们所从事的事业。而我直到如今却还在为我是个科学家感到奇怪。请您相信,同阿尔库斯特的渔夫们在一起,我感到要比在科学会议上更为自然……"

完全可能,约里奥不是天生的科学家,但他成了科学家,并把自己的才能、自己的创造的主动性、自己的力量投入了科学。他体验过发现的幸福,那时,用他的话来说,他就想跳舞、喊叫、拍手;他也体验过报应的滋味。谈到这一点时,我所想的不是同他的浩然正气有联系的许多不公道的事情,不过这些事情我还是应该提及。约里奥制成了原子反应堆"卓埃",这是法兰西的骄傲。一年后,法国政府的首脑把约里奥从原子能最高委员的职位上撤了下来:政治家们不能饶恕一个大科学家成为共产党员。(让我叙述一桩与其说是可悲,不如说是可笑的事情。当瑞典国王在1935年授予约里奥-居里诺贝尔奖金以后,所有的斯德哥尔摩报纸都描写了年轻的法国科学家,瑞典的同事们也赞扬了他。1950年3月,约里奥又到斯德哥尔摩来出席常设委员会的一次会议。报纸保持沉默。翌日我看见约里奥提着一口皮箱——原来人们要他把房间让出来:不愿在旅馆里接待一个"赤色分子"。)在谈到报应的时候,我所想的不是行政的迫害——这些迫害不是同人工放射现象的发现有关,而是同约里奥的政治作用有关。使他痛苦的是另一件事——他曾多次反复地说:"普通人开始憎恨科学了。"他懂得自己的责任,无论在公开的报告还是私人的谈话中,他都曾谈到,原子能可以给人们带来极大的幸福——把他们从被迫的劳动中解放出来——但它也可以毁灭人类。在实验室里他感到自己是主人。然而除了科学的发现之外,还存在如何利用这些发现的问题,不是科学家,而是政治家决定利用爱因斯坦、卢瑟福、约里奥-居里、尼耳斯·玻尔、费密、哈恩的最伟大的发现来制造大规模屠杀的武器。"对科学的信任动摇了,"约里奥在我们最后几次会见中有一次曾对我说,"普通人看到的只是灾祸——锶,放射病,尸骸遍野的景象……"

人们可能会责备我夸大了个人的作用,但我现在所写的不是历史著作,而是一部回忆录,因而我愿意坦白地说,对我来说,保卫和平运动同约里奥的个人品质、同他对于自己作为一个核物理学家的责任的认识、同他善于团结具有各种不同思想的人们的才能是分不开的。他常说:"这不是敌人,这是对手。"——他只把那些想发动战争的人当作敌人,至于那些认为这一运动是亲共的因而不愿加入,但试图以自己的方式捍卫和平的人,则被他称之为对手。

50年代初的气候是严酷的:朝鲜战争正在进行,互相仇视达于顶点。然而我还记得,即使在那几年里,约里奥也时而企图保护谈论双方的责任的意大利女天主教徒皮亚娇,时而企图保护反对攻击西方政策的丹麦妇女阿彼尔,时而企图保护美国牧师达尔,——约里奥曾说:"同他们也应该进行争论,但不是在这里,在保卫和平的运动里……"

当然,如果世上不曾有过约里奥此人,我们的运动也一样会发生的,但我觉得,它会比较狭隘,也比较枯燥。一切都是政治——战争固然是,反对战争的斗争也是,但是以政治为职业的人即使在这个运动中也不能摆脱自己的习惯、辞典、公式(正是由于这个原因,约里奥特别重视毫无职业政治家习气的伊夫·法奇的参加运动)。

保卫和平运动占用了约里奥许多时间。有一次他向我承认:"我也有过片刻之间的怀疑……接近我的人们说:'你不能这样继续下去……'的确,为什么我非得使荷兰的和平拥护者同印度尼西亚的和平拥护者和好呢?为什么人们常来找我谈论书记处的内部纠纷呢?为什么要我去安慰洪都拉斯的代表——在下次代表大会上没有把他的发言安排在夜里,而是安排在白天……所有这些工作别的人也可以做。我想有从事科学工作的时间。但同时我也明白,不能划一条界线:什么事该由我做,什么事该由别人去做。况且大家都习惯于前来找我,他们会说:'这就是说,运动现在已退居次要地位。'那些责备我的人是有道理的——我的位置是在实验室里,而不是在委员会里,人们常在那里通宵争论是说'要求'还是说'建议'。那里有政治家在管事——洛朗、塞伦尼、南尼……但我希望我们的运动能扩大,只有那时我们才能影响西方的政策。这就是说,我应该坐在委员会里……"

50年代的政治问题至今依然是很现实的,同约里奥-居里共过事的人还活着,因而我不得不对许多事情保持沉默。常有巨大的困难、失眠之夜、政治纠纷,有时还有私人的不和,约里奥并非总能使人们言归于好、使他们振作起来。有一次他对我说:"某某曾责备我过于乐观……只要想想历史就可以成为乐天派。但是往往有些共产党员同志也对我的乐观表示惊奇,这大概是同性格有关——不仅是哲学,——还有生理学……"其实我知道,约里奥有时也曾一连数周十分难过,但他不仅善于鼓舞别人,也善于鼓舞自己。

他的外表不像一个书生,而是很像一名运动员,他爱滑雪,曾是个钓鱼迷。在安托尼他家里的墙上,赫然悬挂着他捕到的巨大的狗鱼头标本。1950年3月18日,约里奥年满五十,这是在一次常设委员会会议期间。瑞典朋友想起了这个日期,便在群众大会上送给他一份礼物。我们坐在旁边。约里奥一下子就猜到了:"绞竿!……"他的脸上浮现出婴儿般的喜悦和好奇。他不愿当众把纸包打开,便弯下腰去撕掉一小块纸,接着心醉地向我低语:"这是一种特别的竹子!……"

1951年夏,约里奥在莫斯科郊外休息。有一次他到新耶路撒冷来找我。他的情绪很好,开着玩笑,午饭前他坦白地说,他在苏联碰到了一个敌人——一种无处不放的小草:菜汤里、马铃薯里、肉里都有。(原来他的敌人是莳萝。)饭后他问,我们可有茶炊。茶炊搬出来了:这是两三年前土拉的一家工厂送给我的。我们一次也没有用过它。木片点着以后,不是还没有把煤点燃就烧光了,就是一下子就灭了。约里奥拿着吹火筒拼命地吹。我们终于制服了茶炊。约里奥赞美着古老的白柳,久久地察看着椋鸟巢,临走时说:"你看,我们甚至没谈到过主席团、秘书处、罗加!……这是真正的和平的一天!……"

但一周后我们就动身去赫尔辛基出席主席团的一次会议。给约里奥提供了一节瞭望车,伊雷娜·约里奥-居里和他同行。在列宁格勒,约里奥请求我带他去埃尔米塔日博物馆。"我曾听说,那里有一部分图画是十五年前我在莫斯科的西方绘画陈列馆里看见过的……"那时候印象派(马蒂斯和毕加索就更不用说了)的作品被认为是不能给陈列馆的观众观看的,因而最珍贵的收藏品都被保存在储藏室里;图画都挂在托架上。约里奥赞叹不已,他特别喜欢西斯莱、莫奈、皮萨罗的风景画。临走时他说:"我仿佛在乡村里度过了整整一个夏天——成了另一个人……"他弯着腰轻声对我补充了一句,"剥夺苏联人民享受这种欢乐的机会是不好的……"紧接着又补充了一句,"这不会很久的,我深信。"

1955年约里奥患了重病,被送进圣安东医院。(三年后他在这个医院里去世了。)这是一所十分陈旧而阴暗的楼房。约里奥住在一个单独的小房间里。他说,医生们对诊断没有把握,但他监督着自己,作记录,同主治医生交上了朋友。当然,接着他谈起了局势的和缓——现在正是进行扩大运动的尝试的时候……突然他拿起一幅反贴在墙上的油画,不好意思地说:"我在这里注定了无事可做,就画起画来了。请不要评判得太严格,我可从来也没学过,是从初步训练开始的……"油画上是他从窗户里看到的景色:一个院子,几株树木,一堵墙壁。我看了看第二幅、第三幅……约里奥问:"很糟糕吧?……"我回答他说,他的风景画有光线感、直率感,甚至还有天真感,尽管轮廓很坚定。他说:"五十四岁的娃娃游戏……"

1956年春,伊雷娜·约里奥-居里死于白血病。这对约里奥来说是个沉重的打击:他们一同生活与工作了三十年——1926年,在玛丽·居里所领导的镭锭研究所工作的一个年轻的实验员,娶了她的女儿、该研究所的助教为妻。他们虽然很不相像,但生活得很和睦。伊雷娜为人含蓄、沉默,于是通常爱说话的约里奥在她的面前也常常沉默起来。我还记得我们在瞭望车里度过的一夜。伊雷娜不久就到车厢里去了,而约里奥却留在那里。他开始谈到孤独、自己的"贱民的天性",还谈到一个人有时候很想摆脱自己的生活:"我们都是些在轨道上空转的汽车……"1956年约里奥来到了维也纳。我们在车站上迎接他。晚上他对我说:"伊雷娜死于我们所说的那种职业病。现在我们变得谨慎些了,但在30年代……"他沉默片刻又补充道,"这一切都不容易……"一年后我去安托尼找他。他让我看了花园、一堵布满了蔓生蔷薇的令人惊叹的墙壁、最后的郁金香。"伊雷娜把郁金香的颜色选配得很好。去年春天它们开花了,而她却已经不在了……"几分钟后他说,"我太性急——总是及早把什么事情做完。我不是神经过敏,但是不能过于轻率……"

更早一些时候——在1956年——他曾同我谈起了斯大林:"我们有许多知识分子在第二十次代表大会以后动摇了。但我觉得我们的事业前进了。我从来不曾像别的一些人那样大失所望——他们谈起斯大林就像谈论一个半神半人一样。我还记得,当时我曾对某某说:'要小心!我们不应该相信有什么是绝对正确的,让天主教徒去这样想吧。我在苏联看到过许多缺点——他们是最早开始的,并不奇怪……'"1958年春,他在邀请我去安托尼时曾说:"在孩子们面前请您谈谈你们正在做的那些好事。可现在让我们谈谈往事……您一切都明白吗?我想过很多,但最后还是不明白……"

他成为共产党员是在一个十分可怕的时候——1942年,并至死忠于选定的道路。他的选择不仅表现出参加抵抗运动的共产党员们的激情和英勇、苏联人民反对法西斯主义的斗争,而且也表现出一个科学家的逻辑和思索。约里奥在回忆起法捷耶夫时曾说:"有一次我们争吵起来——您还记得——这是在维也纳——当我断言战争会消灭我们地球上的生命的时候,他劝我放弃我说的话,他一再地说:'我们像了解一个忠实的朋友那样了解您。'我回答他说,在友谊中忠实是好的,但在政治中,也像在科学中一样,不仅需要忠实,而且还需要思考……"

约里奥有一张法国人的脸,——具有精细的、仔细描绘出来的轮廓,他的性格中也有许多民族特点——有时他在愉快中带着淡淡的哀愁,他说话很多,但很少失言,在发表议论的时候总是确切而有条理。

我曾在安托尼目睹他陪孙子们玩——艾伦的子女——背诵雨果的诗《当爷爷的艺术》。家中有许多漂亮东西,饭后有上等葡萄酒,书房里有朋友们的照片,一切都是开朗、明亮而欢乐的。当时我不知道,这是我最后一次看见约里奥。

我和30年代在约里奥的实验室里工作过的德·弗·斯科别利岑一同飞去参加葬礼,我们所了解的是两个不同的人,但所爱的却是一个。

在约里奥的子女同政府的代表进行了长久谈判之后,葬礼分成两步进行。回到莫斯科后,我写道:"灵柩设在古老的巴黎大学内的17世纪的钟楼前,在雨果的纪念碑和巴士德的纪念碑之间……戴着缀有马尾的古代头盔的共和国近卫军的士兵,像雕像似的站在那里。部长们和大使们、科学院的院士们和参议员们站在那里。巴黎大学学术委员会的委员们,身披银鼠皮镶边的红色托加,也站在那里……后来部长们驱车走了,近卫军士兵也走了。在巴黎郊区斯俄的公墓附近,聚集着约里奥的朋友和同志、和平拥护者、听过他的课的大学生、工人、家庭主妇、实验员、职员、普通的法国人。这是雷雨交加的一天,人们在倾盆大雨下不停地走着,许多人都哭了;在豪华而沉重的花圈旁边,摆着从法国的花园和庭前花圃里采来的朴素的花朵……"

晚上,前来参加葬礼的世界和平理事会主席团的几位成员聚会了,应该讨论今后该怎么办。我记得有贝尔纳、卡桑诺瓦、斯帕诺、伊莎贝丽·布吕姆。我们说不出话来——哀痛之情犹新。我的面前站着活生生的弗列特,我不能想象,他从此不在了。即使在五年后的现在,我也看见他还活着,接着一切又都混乱了:他死了……他曾说,每一个人都在地球上留下痕迹,但对他的怀念却难以称之为痕迹——这不如说是创伤,创伤和路标。

21

保卫和平运动组织过一些人数众多的代表大会和群众大会。在罗马，曾有二十万人手持火炬在街道上游行。我们受到过波兰总统贝鲁特的隆重接待，而在德里，尼赫鲁曾向我们谈到印度是自古以来就爱好和平的。我们给甘地的坟墓和秘密警察枪毙意大利爱国者的地洞献过花圈。在华沙代表大会上，我们看见了巴拉圭大学生阿隆索的血衣，他由于保卫和平而受尽了警察的折磨。一位巴西代表飞到维也纳后死于血管梗塞症：受不了长期的飞行。在一次代表大会上我们听见了纳齐姆·希克梅特的诗，在另一次代表大会上罗伯逊曾引吭高歌，在第三次代表大会上一位年老的印度说书人说唱了一首赞美兄弟般团结的长诗。我们听取过老练的议会演说家皮埃尔·戈特和南尼的演说、萨特的富于文采的随笔、佛教僧侣的祈祷。有时候我们的集会是非常激烈的。1956年12月，主席团在赫尔辛基从早晨九时开始工作，直到翌日早晨八时我们才达成协议——在闷热的、烟雾弥漫的大厅里接连争论了二十三小时。五年后我们讨论召开争取裁军的代表大会问题，这使中国代表们暴跳如雷，于是习惯于一年一次彬彬有礼的讨论的瑞典合作社工作人员专用的大厅，竟变成了战场。

在回顾已往的时候，我始终怀着特别激动的心情回忆起1950年3月的斯德哥尔摩会议。从表面看来并无任何值得注意之处。与会的有一百五十人。我们在餐厅的地下大厅里开会（我们开玩笑说："在地下经堂里"）。瑞典报纸不提会议的事，斯德哥尔摩的居民对我们也不感兴趣。而且会上的讲话我也记不得了。然而斯德哥尔摩宣言在我们的运动的历史上却占有一个特殊的地位。我们明白，我们是在向千百万人呼吁，我们的号召的成败关

1289

系重大,因而当约里奥-居里读完宣言的全文以后(这似乎是我们曾经通过的所有宣言中最短的一个),我们都十分激动。我们首先在宣言上签了名。

在斯德哥尔摩会议前数月,苏联政府宣布它被迫生产原子武器。西方报刊断言,苏联在核武装上永远不会赶上美国。人们谈起第三次世界大战就像在谈论明天的事一样。一家法国报纸举办了一次调查:"如果俄国人侵占了巴黎,您将做什么?"西方报刊把斯德哥尔摩宣言称作"特洛伊木马"。记者们问我:我们谴责原子弹是否是因为它有碍于莫斯科的侵略计划?吓破了胆的居民们仿佛看到苏联坦克已经开进爱丽舍田园大街或皮卡吉里了。当美国电台广播一出描绘想象中的进攻的短小喜剧时,人们惊慌失措了。一个美国人告诉我们,旧金山有一个小姑娘,当她的哥哥添枝加叶地向她描述原子弹消灭"赤色分子"的景象时,她问:"咱们不能到一个没有天空的地方去吗?……"成人却有另一种议论:许多人觉得原子弹是护符、救星。

我在20年代即已认识的丹麦记者、上一世纪的激进分子基尔凯比告诉我说,他曾怀疑是否应该在斯德哥尔摩宣言上签名:他憎恨战争,但认为禁止原子武器只对一方有利:"我问过我的妻子:你可觉得这个宣言偏袒一方?她答道:'也许是的。不过原子弹正斜眼看着我们的孩子们。'她签了名……"千百万男女大概都是怀着同样的感情在宣言上签名的。

奇迹发生了:我们在一家斯德哥尔摩餐厅的地下大厅里通过的呼吁书飞遍了全球。半年后,我在华沙看见了一些法国妇女、意大利妇女、阿根廷妇女、希腊妇女,她们走遍了许多人家,敲过所有的门。我还记得一位意大利的印刷女工,名叫费尔明娜,她征集了一万八千个签名,她叙述她是怎样说服女天主教徒、修女和那些怕共产党就像怕魔鬼似的妇女的。巴西的妇女们带来了一些盛着小纸片的匣子——不识字的农民们都画十字。黑非洲的代表们给大家看了一些用砍痕代替签名的木棍。

许多年以后,一个美国的军事评论员承认,当朝鲜战争期间提出了是否使用原子弹的问题时,斯德哥尔摩宣言上的五亿人的签名使杜鲁门不得不思考思考。当然,在1950年春我们并不能预见到这一点,但我们从"地下经堂"里散去时却十分激动。

我们通过了3月19日的宣言。晚上,左翼社会民主党人,参议员布朗丁请我去吃晚饭。一切都是瑞典式的——殷勤中带有几分隆重。主人举杯祝酒,桌上的细蜡烛颤动不已。南尼谈论着梵蒂冈、大西洋公约。布朗丁的朋友雅尔马尔·迈尔同某人争论着"斯堪的纳维亚联盟"问题。对于这样的晚会我似乎早就可以习惯了,但我依然感到拘束。

我的座位被安排在年轻的丽兹洛塔·迈尔女士的旁边。我们用法语交谈。突然她用俄语说道:"我在莫斯科学习过……"原来她生在德国,希特勒上台后,她的父母亲跑到巴黎,又从那里迁往莫斯科,小姑娘被送进了十年制学校。后来他们来到斯德哥尔摩,丽兹洛塔在那里遇见了迈尔。我立刻感到轻松起来:在莫斯科学习过——这就是说,不是外人……

我对布朗丁在西班牙时的情形模模糊糊地记得一些。在30年代,对他的描述很多——在季米特洛夫一案中他揭发过戈林,组织过对西班牙共和主义者的援助。柯仑泰曾告诉我,在战争期间他曾发表演说反对自己的党内同志,因为他们企图以让步来防止希特勒的侵犯。虽然二十五年前我曾游历了瑞典的许多地方,但我对瑞典人很不了解,更确切地说,我对他们只有一种有点抽象的概念,这种概念大概还是斯特林堡的作品留给我的。我觉得,几乎任何一个瑞典人都反对不义,写作关于死亡的诗,害怕日常琐事。后来我同布朗丁做了朋友,我们一同参与了"圆桌"会议的组织工作。传奇性的维琴人①竟是一个孤独的老人。但是有一点我毕竟是正确的——他真的写过关于死亡的诗。1965年夏天他死了,于是人们顿时又回想起了30年代。

夜里还像严冬那么寒冷。我在阒无人迹的街道上徘徊良久。在斯德哥尔摩,海鸥代替了鸽子。它们本来应该在大海上飞,但却像鸽子一样情愿住在人们的附近,在海上也是围着海船盘旋,而在斯德哥尔摩市内,它们就在沿岸的街道上飞来飞去,忙个不停,也叫个不停。路灯发出明亮而寒冷的光芒。在灯火辉煌的橱窗里,毫无生气地陈列着餐具、吸尘器、衬衣、橙子。一个老人牵着一条肥胖的达克斯狗在散步。两名水手摇摇晃晃地走着,还喊叫着什么。双双情侣紧靠着贴有广告的柱子,在波罗的海的劲风下接吻。一条条又长又空的街道。有些窗户里有灯光——人们正在那里幻想、争吵、

---

① 古代斯堪的纳维亚的半商半贼的航海者。

啼哭、跳舞……天快亮的时候我在旅馆的一个小房间里记道："一切在于人。"我不记得，何以正是在当时我写下了适用于生活中的任何一天的这句话。

瑞典当局原来是宽宏大量而又殷勤好客的。我不得不常去斯德哥尔摩，这个城市已成为我的生活的一部分了。在斯德哥尔摩（或其他瑞典城市）举行过各种代表大会、代表会议、世界和平理事会会议、主席团会议。我在哥德堡、诺尔彻平的群众大会上讲过话。瑞典作家们邀请我去过他们的俱乐部。我给乌普萨拉和隆达的大学生作过报告；我认识了一些部长、科学家——古斯塔夫松和密达尔，遇见过诗人和记者。瑞典总是令外国人惊奇。这个国家是天之骄子，世界大战两次饶过了它。它从欧洲的一个安宁闲逸的农业边区变成了一个具有先进工业和超现代化舒适的国家。它的新式建筑犹如20年代初我国的构成主义者的理想建筑。这里的大窗户、圈椅、快艇、厨房——一切都是合理的。尽管如此，不仅在瑞典作家的作品中，而且也在任何一个喝了一瓶烧酒的瑞典人的议论中，却存在那么多的矛盾和精神崩溃的迹象，即使魔鬼也得甘拜下风。看来舒适既能使人心醉，同时也能使人贫乏，使人憔悴，使人暴跳如雷。

我同诗人、小说家、随笔作家阿图尔·伦德奎斯特经常相见。我们是1950年在和平大会上相识的。他是一个斯卡尼亚的雇农的儿子，他的面貌很柔和、清秀。但在发表见解时他却是不可调和的，在精神上他也不是山毛榉的亲戚，而是岩岛群的亲戚。他几乎永远在旅行，走遍了半个世界，无论在他的作品里还是在他的一生中都看不到一丝安适的影子。他从很年轻的时候开始就为反对模仿者和社会上的保守习气而斗争，谈论（现在还在谈论）未来的胜利——这是一个乐观主义者，但又非常忧郁。当我从收音机里听到，在艾加迪尔发生可怕的地震时伦德奎斯特竟在那里出现的时候，我并不惊奇。在我看来，大地永远在他脚下震动，但他的腿是既长又结实的。

当授予伦德奎斯特以列宁和平奖金时，我和科学院院士德·弗·斯科别利岑同在斯德哥尔摩。这同"冷战"爆发的紧张时日不谋而合，在这一周之前，瑞典的科学院院士们决定把诺贝尔奖金授予帕斯捷尔纳克。给伦德奎斯特授奖的仪式就在颁发诺贝尔奖金的那个大厅里举行。一个穿燕尾服的人走到台上沮丧地宣布："不能配乐队了——四重奏乐队因事变而解散了……"（原来那个著名的四重奏乐队的一名队员由于事变而拒绝演奏。）在盛大的晚宴上（当然，点了蜡烛），伦德奎斯特站起来说："一般来说，作家总是倒霉的。"站了一会儿，他又坐下了。

"该死的诗人"、阴沉的酒鬼和自杀者在瑞典都很多，这究竟是什么缘故呢？我不知道，也不想拿一些离奇的假设来把这个问题搪塞过去。有一点是确实的："一切在于人。"而对人来说，只有精心烹调的鲱鱼，只有塑料制的天堂，看来是不够的。

在50年代的中期，当世上的许多事物都解冻的时候，丽兹洛塔告诉了我她学生时代的情形。这是叶若夫飞扬跋扈的时代。常有一个惊慌失措的男孩子或一个啼哭不已的小姑娘到学校里来。丽兹洛塔以儿童的感情爱上了一位教师。他失踪了。她看到的是处在十分艰苦的岁月里的莫斯科，尽管如此，也许正因为如此，在她的心里留下了对苏维埃人、对俄语、对莫斯科的爱。

现在我想打断对斯德哥尔摩的叙述来讲一段故事。我应该说说这个故事，虽然它可能显得过于像是一篇小说，而不像是真实的。故事的主人公叫安德烈，当时我们叫他安德烈，我不提他的姓氏——因为宣扬出去可能使他不高兴。在革命前夕，一个俄国侨民、文学家，在巴黎认识了一个俄罗斯族的年轻女诗人。安德烈诞生了。不久他的父亲回到俄国去了，而女诗人又嫁给了一个日后出了名的雕塑家。继父爱上了男孩子，宠着他。一天，安德烈看了影片《战舰波将金号》。他知道他的父亲在莫斯科，便决定他应该去苏维埃俄罗斯。男孩子的名字被写入了苏联画家什捷连别尔格的护照，于是他来到了莫斯科——找到了父亲和年轻的继母。他没有看见浪漫主义的东西。后娘常打发他去排队。不久他就同她争吵起来，并离家去当流浪儿了。我还记得他的母亲怎样流着眼泪给我看了安德烈的信，这封信是他深夜在他躲避严寒的药房里写的。

警察在搜捕时捉住了安德烈，把他送回家去。他在学校里学习时暗中唆使两个同学逃往巴黎。他们有自行车。安德烈偷了一把左轮手枪。夜里在土耳其边境发生了对射，边防军人拘捕了逃亡者。安德烈的母亲去找罗曼·罗兰，又从他那里去卡普利找高尔基。当时的空气还相当和缓，于是安德烈被送往波尔舍沃的模范少年营去了。1934年他从波尔舍沃来到莫斯

1293

科,向我打听母亲和继父的消息。我同他谈了一个钟头,明白了他的命运将是艰辛的。1937 年他的父亲被捕。安德烈去法国使馆要求把他送往巴黎。他没有任何文件可以证明他诞生在法国。他于当天被捕并送进了集中营。监禁期满被释放以后,他又到莫斯科去找法国大使馆。他又被送进了集中营。

似乎是在 1953 年,他给我写了一封信,而我则把他的情况写信告诉了检察长。结果安德烈被释放了。我看到的已不是一个少年,而是一个头发斑白的人了,他忘记了法语,也没学会流利地运用俄语,他没有职业,时而住在一位教授家里,时而又住在一位工程师家里——他们都是他在集中营里的同伴。后来允许他到法国去了。

在巴黎时他曾前来找我。他穿得挺好,并告诉我说,起初那些从大使馆获悉了他的特殊遭遇的记者们使他厌烦,他拒绝回答他们的问题。他获得了工作,收入还不错。他同母亲住在一起。沉默了一会儿,他轻声说道:"但是住在这里没有意思。我还想回苏联去。现在这已不是一个傻小子的愚蠢的幻想,而是一个四十多岁的人的清醒的结论。我在那里认识了一些真正的人……"当我向丽兹洛塔叙述了安德烈的经历以后,她说:"我了解他……"

现在回头来谈那个同保卫和平运动和我一生中的许多经历都有联系的城市。这是个北方的城市——那里的夏天也很冷,12 月间的白天很短。虽然我在巴黎生活了多年,但我是个北方人。我知道,人类关系的冰块是多么难以融化。在北方,人们对室内植物的喜爱要比在巴黎强烈得多。在人们沉默寡言并安于孤独的地方,也特别珍视人类的温暖。

"一切在于人"……到 1950 年我已年近六十。当然,那时我比现在要结实得多,——我可以一连工作十个小时,不停地走十公里,但我的心里却常常感到不安,我想,我不是在生活,而是在苟延残喘,并把精神上的萎靡归因于年龄。我不能不写,但写作在当时是不容易的。我现在说的不是所有的作家,而只是说自己。我在作家的劳动中依赖耸人听闻的事件、报纸、令人伤心的信件,这些信件叙述的是我爱莫能助的别人的痛苦。在 1950 年我开始写作《九级浪》,我写得很多,但缺乏内心的火花。保卫和平运动这一纯洁而富于生气的事业和一些好人拯救了我。斯德哥尔摩宣言的成就可能也应该首先归功于人们。千百万人都知道约里奥-居里或伊夫·法奇。但是默默无闻的意大利妇女费尔明娜大概也怀有一颗伟大的心灵,既然她能够说服数以千计的陌生人。

是的,我的许多经历都是同斯德哥尔摩联系在一起的。正是在这个城市里的一个昏暗的冬日,我第一次想到了我目前即将写完的这本书。我不知道,我这本书写得是否成功,作者是难于评判自己的创作的,但这的确是我的书,我是出于内心的必需来写它的,是真诚地来写它的,既没有昔日那种曾不止一次挽救过我的恼恨,也没有按定量配给的一份蜜糖。我还记得我是怎样想起写作本书的:我突然觉得可怕,因为我行将就木,却不能谈谈我所认识和喜爱的人们。岁月和生活是后来想到的——不谈自己,只谈别人,原来是办不到的。而当我决定坐下来写这本书时,我并未想到自己的希望和错误:我的面前出现了一长串的人,他们虽已离去,但却是亲切、温暖、栩栩如生的。

我常在迷信的恐惧中问我自己:精力和时间是否够用?在笔记本上那些关于委员会会议和决议草案的记号当中,我发现了丘特切夫的诗句,诗中说,人在老年气血日衰,但情感不减。

1963年1月我去拜访了毕加索。帕布洛突然想起要开导我。"你现在已经不是在任何情况下都必须维护真理的那种年纪了。你想想巴勒斯坦的那个年轻人吧,他为此而被人用钉子刺穿了双手……"我微微一笑——帕布洛比我大十岁,但他却比任何一个年轻人都有着更多的热情,甚至更多的狂热,他也专门做维护真理的事情……

当然,如今我清楚地知道了什么是老年:发动机磨损了,常常发生故障。我感觉到老年的来临,但几乎不去想它。问题不在年龄:一个人在他未死之前很久,精神上要不止一次地死而复生——就像一堆篝火燃尽以后,灰烬底下有一块木头还在勉强地阴燃,但是有人吹一口气又使它燃了起来。一切在于人……

22

我在1950年初写了一份申请书:为了写长篇小说《九级浪》,我必须去法国详细了解战后年代的若干重大事件。我的申请被批准了,这是一个成功;但不久我却获悉,法国人不给签证。外交部代表通知报界:"不给爱伦堡先生签证并非因为他是共产党员,而是因为有着一切根据可以认为,他本人对法国是不友好的。"

在法国报纸上看到这条消息后我曾勃然大怒,但后来又觉得好笑。我曾由于过于热爱法国挨过多少骂啊!恰巧在这之前不久,我读了一位批评家的一篇长文,他证明,在长篇小说《暴风雨》里我甚至企图给"不择手段的资产者朗歇"罩以圣洁的光圈……可现在请看,皮杜尔把我当成了法国的敌人!

1950年是"冷战"时刻都有转化为热战之危险的一年。夏天在朝鲜响起了炮声。诚然,斯大林开始在研究语言学问题,但居民们却在抢购食盐和肥皂。一位老人向我解释:"没有盐可活不下去。要是不得不死的话,也得穿件干净衬衫死去……"春夏两季我到过瑞典、比利时、瑞士、德国、英国——到处我都看见狂乱、憎恨、恐惧。对于当时的重大事件人们记忆犹新,我现在想谈谈一些不很重要的琐事,只不过为了重现40年代末到50年代初的独特的气候。

难于解释,何以我变成了反苏记者心爱的靶子。也许是他们夸大了我的作用,但也许是我的熟悉西方生活激怒了他们,到底因为什么,我不知道,但他们经常写我,而且写得很恶毒。在斯德哥尔摩,一位法国代表给了我一张叫作《红与黑》的小报,其中报道了我不久前被选入最高苏维埃,每月将得到一万卢布,并将迁往"莫斯科景色宜人的郊区的房屋里,那是高官显贵们居住的所谓'禁地'"。接着有一个法国记者向我打听"失踪者":"一年前还被官方的批评家捧到天上的塔马拉·莫德辽娃失踪了。她失去了一切,甚至失去了大学里的教职,只因为引用了列昂·布吕姆①的一句话。阿纳托利·索夫罗诺夫失踪了,在他胆敢揭发升官思想之后,便遭到了克里姆林宫闪电般的猛击。苏联最大的小说家米哈伊尔·肖洛霍夫失踪了,他躲到伏尔加河上的小村落里去了……"

当时法国左派作家组织的首脑是马丹-舒菲埃。他给他在抵抗运动时期认识的皮杜尔总理写了一封信,坚决要求发给我签证。皮杜尔没有回信。马丹-舒菲埃发表了一封公开信:《别了,皮杜尔!》。但是任何信件对皮杜尔都不再发生作用了,无论是非公开的还是公开的。

我决定去比利时和瑞士碰碰运气——有些法国朋友可以到那里去。比利时人发给了为期两周的签证,这在当时来说已是极端宽容的了。"比利时—苏联"友好协会在布鲁塞尔、安特卫普、列日举办了我的报告会。到处都是人山人海,听众都十分狂热:当时所有的人都失去了平静——无论是敌人还是朋友。

我在布鲁塞尔受到了伊丽莎白王后的邀请,她是第一次世界大战期间有过很多报道的阿尔贝特国王的遗孀。王后使我大吃一惊。当然,这是我与之谈过话的第一个王后,但是,即便她没有爵位,我也一样会感到惊讶:她已七十四岁,但走起路来却像年轻姑娘那么快,她自己开汽车,从事雕塑,学习俄语。她同我谈了谈《暴风雨》,她读过此书的俄文本,还把自己的作品指给我看,叙述她同罗曼·罗兰的几次会见,问我是否在斯大林身边待了很久,奥博林和奥伊斯特拉赫可好。关于音乐家我还可以说上几句,但关于斯大林我却避而不答:很难向比利时王后解释清楚,何以一个苏联作家见到她竟比见到斯大林要简单得多。我谈起了斯德哥尔摩宣言。她说,她觉得宣言写得很漂亮。我们发现了共同的爱好——园艺,我说我很喜爱晚香玉,在布鲁塞尔寻找过球茎,但没有找到。两三个月以后,我在莫斯科从苏联对外文化协会收到一个纸包,并附有一封信:"随函附上的球茎是伊丽莎白王后托苏联驻比利时大使馆转交给您的。"在谈话结束时,王后说,她将出席我

---

① 列昂·布吕姆(1872—1950),法国社会党领袖。

的报告会:"我要坐在王后的包厢里,通常我都坐在池座里,但是报纸想对您的报告会保持沉默,如果我坐在王后的包厢里,它们就不得不写了……"

王后果真坐在王后的包厢里了,报上也就出现了关于我的报告会的报道。

在安特卫普的"鲁宾斯大厅"附近警察云集。尽管有失业现象,码头工人依然举行罢工,除了经济要求之外,他们还拒绝给载有武器的美国船只卸货。一艘美国船曾不得不在夜里驶进小港泽耶-布留盖卸下武器。当局为了挫伤罢工者的锐气,逮捕了罢工委员会成员,其中包括当了国会议员的码头工人弗朗斯·范登布兰敦。但是罢工依然继续,而范登布兰敦为抗议警方的非法行为,又宣布了绝食。工人们在五一节前往监狱要求释放"我们的弗朗斯"。我的报告会正是在范登布兰敦获释的那一天举行的。我们在咖啡馆里为他的健康、为和平干杯。工人聚集在周围。范登布兰敦是个颀长而消瘦的佛来米人,他说:"你们可以相信,他们不会运武器到我们的港口来了!……"接着范登布兰敦和他的同志们到"鲁宾斯大厅"去听我的报告。我谈到鲁布廖夫、毕加索、文化的一致性、斯德哥尔摩宣言。

回想起 1950 年春,我认为当时谁也不知道一切将怎样结束。"也许战争明天就会开始"——这在任何城市的任何一个十字路口都可以听到。战后的五年是风波不息、光怪陆离、矛盾重重的。德意志联邦共和国是个一周岁的娃娃,北大西洋公约组织还在摇篮中手脚乱动。许多人觉得,事件的进程是可以改变的。年轻的法国五金工人雷蒙·阿加斯来到了布鲁塞尔:他想告诉我里亚·洛舍尔城的悲剧。里亚·洛舍尔的码头工人拒卸载有运往西贡的军事装备的船只。当局企图把工人赶走,另雇"黄种人"。这时工人们便向港口拥去。阿加斯被逮捕并交法庭审判。开庭之日有一面红旗出人意料地在法庭大楼的上空飘扬起来。阿加斯叫道:"我们不为战争工作!不会成功!……"他在"巴拉斯"旅馆的沙龙里向我叙述事件的经过时,坐在圈椅里打盹的太太们都吓跑了。

两周后,马塞人在日内瓦告诉我,"艾姆皮尔·马沙尔"号轮船不得不在地中海里跑来跑去——没有一个港口愿给它卸货。一位同志从尼斯前来找我。那里要卸安装导弹的设备。军火武器都用金合欢的枝叶羞羞答答地遮盖起来,但是有一个人发现了着上保护色的设备,汽笛哀号起来,工人们向港口拥去了。

我的天,这里有多么浓厚的浪漫主义色彩!莱蒙达·狄艳在狱中过了生日——她满二十一岁了。她收到了数以万计的贺电。她做了什么呢?卧在铁轨上,使一列军用列车迟开了一两小时。但她的名字却被千百万人反复称颂,各地青年男女都为她的行为所鼓舞。

战后的西方生活方式当时尚未形成。伦敦的市中心堆着黑压压的瓦砾。在从德国的上空飞过时,我看到一些被炸毁的城市的残骸。英国还在使用粮票。欧洲过着贫穷、不安、慌张的生活。在法国和意大利,工人的战斗早在1947年即已失败,但大家都觉得战斗仍在继续。

和若干垄断组织一同决定美国的政策的五角大楼,助长了普遍的恐惧。我深信斯大林不希望战争,但他的名字不仅使资产阶级,而且也使农民、知识分子,甚至西欧的许多工人害怕。法国报纸曾写道,苏联坦克数日之内即可到达敦刻尔克和布勒斯特。西蒙娜·德·波伏瓦①在自己的回忆录里叙述,作家们在见面时常问:"当苏联军队逼近巴黎的时候,您打算怎么办——是逃走还是留在被占领的法国?"加缪曾对萨特说:"您非走不可——他们不但会杀死您,还会败坏您的名誉……"共产党员的悲剧在于他们的孤立,这种孤立来自邻人的疑惧,来自对入侵的恐惧,来自关于"第五纵队"的流言。无论是佛来米的农民还是许多社会党的工会,都没有支持安特卫普的码头工人。

在列日,我的报告会是在音乐学院里举行的。瓦龙人②是富于热情的人,报告结束后他们缠住我不放——我得在自己的和别人的书上、在从笔记本上撕下的纸上、在"比利时—苏联"友好协会的会员证上、在各种各样的卡片上签字。突然,一个无比高大的签名爱好者推开众人向我冲来,递给我一张纸片。我险些就在上面签了名,但此人大声叫道:"出示您的证件!"原来他塞给我的是警察证:他决定查明这个煽动者究系何人,以防不测。

但是一般来说,比利时当局还是颇知分寸的。诚然,当布鲁塞尔大学校长请求司法部部长把我的签证延长一天,以便我能给大学生讲一次俄罗斯

---

① 波伏瓦(1908—1986),法国女作家。
② 比利时两个主要民族之一。

文学时,部长拒绝了。然而这是时代的风尚。

比利时生活得比毗邻的法国要好:商店里不仅有较多的商品,也有较多的购买者。比利时人解释说:"一切都在于美国……""原子能中心"的经理柯赞斯教授告诉我,研究和平利用原子能问题的比利时科学家没有铀。他建议我到郊外的刚果博物馆去一趟。我在那里看到一块黑色的矿物,下面写道:"铀。加丹加省辛柯罗布韦产"。这多少可以说明美国人何以爱上了小小的比利时。

如今当我回忆起博物馆和"加丹加"的小牌子时,我想的是另一件事:十年后发生的悲剧、卢蒙巴的遭遇。陈列品力图使博物馆的观众相信刚果的富饶及其土著精神上的缺陷:高尚的传教士、文明的殖民者和丑陋而野蛮的黑人。铀矿、黄金、铜、锡、象牙、橡胶……十年以后,在这些宝藏中还可以加上人血流成的河。

我结识了社会党参议员亨利·罗伦。他对我说了许多关于苏联的政策的刺耳的话,但后来突然说道,他发现斯德哥尔摩宣言是明智的。当然,我当时不能想象到罗伦将成为"圆桌"会议的倡议者之一,我将在他家中友好地同他谈论文学问题,在布鲁塞尔的一次由他主持的群众大会上,尤尔·莫克将继我之后发言说:"我的朋友爱伦堡曾建议……"我曾说过,政治常常干预人们之间的关系——使友好的联系中断,也常有相反的情况——昨日的仇人开始友善地微笑。我曾想:某人发生了很大变化,但此人却认为爱伦堡变了,大概我们都有变化,而时代的变化却最大。

比利时充斥着互相矛盾的现象,这使我感到惊奇。布鲁塞尔市中心的灯光比巴黎明亮得多,霓虹灯广告就像百老汇似的令人头昏目眩。但只要走到一旁去——在温暖的晚上,头戴包发帽的老太太们在古老的房屋前聊天。人们在报上阅读关于原子战争的可怕预言,接着就去工作,平静地聊天、喝啤酒。在法兰德斯的一些古城里,长舌妇们借助于挂在窗上的小镜子窥视街上发生的事情,自己却不露形迹。在笔会里接待我的作家们,起初不安地谈论着日益临近的战争,询问阿赫马托娃和左琴科的命运是否正在等待他们,但后来就开始争论有关萨特、卡夫卡、马雅可夫斯基的问题了。

我去奥斯坦德看望画家佩尔梅克。岸边有许多毁坏了的建筑物。经过里亚·巴尼的时候,我想起了写《胡列尼托》时的情景。那座旅馆在哪里呢?……只剩下一块烧焦了的墙壁。

在布鲁塞尔我去拜访了埃伦斯①。他说,周围是一片混乱和盲目,令人难于辨认。我说了一句使他觉得奇怪的话:"最困难的是我们自相矛盾……"

的确,不仅在比利时的生活中,就是在思考比利时的矛盾的人的头脑中,都有许多矛盾。在布鲁塞尔,我曾坐下来阅读金融家们的文章,其中谈到"上加丹加"②的红利、美国托拉斯"A—B集团"③向英国人和比利时人购买了一百六十万张股票:轰动一时的新闻依然使我激动。但是一走进恩卓尔死后的展览会,我却沉湎在另一个我所爱好的境界里了——铀、范-捷兰德和艾奇逊全都消失了。我看着描绘沙漠的风景画、戴粉红色假面具的人们的游行、一个在魏尔兰和马拉梅时代长眠了的孤单的马车夫。看来我几乎终生都同时生活在不同的世界里,两个人在并存,但这种并存有时候远非是和平的;在那一年我特别尖锐地感觉到了这一点。

我早在莫斯科即已申请瑞士的签证。在布鲁塞尔我被召往瑞士的大使馆:可以给我签证,但我必须在下述申明上签字:"我,在本申明之末签名者,伊利亚·爱伦堡,答应在我逗留瑞士期间绝不从事任何政治活动,特别是不作报告,不参加公开的或私人的集会,也不举行记者招待会。"

我把申明书的文字改动了一下,在"集会"一词前面加了个"政治"。一位外交官说,他要打电话去伯尔尼请示。我等了整整一小时。结果外交官沮丧地通知我,我不仅不能参加政治集会,也不能参加文化的、宗教的或文学的集会。他补充道,我可以做礼拜和去电影院。

我到瑞士的时候,瑞士作家代表会议正在圣加伦进行。我收到了邀请,但当局提醒我,我已答应不参加集会……我甚至都不想去听捷克斯洛伐克的音乐会了。

中立的瑞士被卷入了"冷战"的旋涡。在苏黎世,给了我一份交易所通讯社"阿菲达"的通令:"……俄国目前也拥有原子弹这一事实,将导致美国武装力量更为迅速的发展。因此,在交易所里可以看到所谓'战争的产儿'的活跃气象,那就是在第二次世界大战时期由于军事订货而逐步上升的那

---

① 埃伦斯(1881—1972),比利时作家。
② 指"上加丹加股份公司"。
③ 即美英集团。

些企业的股票。我们现在附上'洛克希德飞机公司'的简介,它的股票的利息超过一般的股票,高达六七厘……"

我还了解到了一位教员的思想,他在锡昂中学的高年级学生做法译德练习时口授道:"……让俄国人来吧,他们会看到我们的勇敢精神的。我们要为我们被绞死的朋友、为我们被抢走的妻子向这些狗熊报仇。这些强盗想把我们的祖国从我们这里夺走,他们已经召集了士兵并开到我们的阿尔卑斯山前来了……"

当然,我也遇到过一些对股票不感兴趣并憎恶仇恨的瑞士人:在日内瓦——指挥官安塞尔梅,在巴塞尔——神学家巴特,在卢塞恩——画家艾尔尼。现在我想谈谈杰出的古希腊语学家安德烈·邦纳。我是在巴黎代表大会上认识他的。现在他邀请我到洛桑去找他。我们谈论着迈锡尼①、苏联诗歌、和平。后来我读了他的著作,它们帮助我明白了古希腊文化中的许多问题。此后我也见到过邦纳——我曾再次去洛桑找他,在各种和平代表大会上同他交谈。我之所以在这一章里谈到他,是因为他的晚年同"冷战"有密切联系。他比我大三岁,属于西方最后的人道主义者之列。虽然他从未搞过政治,但却是保卫和平运动的第一批参加者之一。1952年,在他去出席世界和平理事会的会议时,在苏黎世被拘留,人们荒谬绝伦地告了他一状,说他泄露国家机密。一年半后他受到审讯,并被判处十五天监禁,缓期执行。判决充分说明了公诉的荒谬无稽——但伯尔尼的法官们却依然不敢宣判他无罪:害怕瑞士警察局会因此受到指责。

像邦纳这样大公无私、非常正直又非常纯洁的人是很少见的。他喜欢古希腊的诗歌、它的古迹、它的艺术的生命力,喜爱听过他的课的大学生,爱好和平。他在法庭上说:"你们现在应该经得住判决。这是你们的良心问题。我的良心是纯洁的……这里有人谈到我的人道主义,但是人道主义对我来说并非书斋里的学者所研究的科学,而是另一种东西——决定生活的法则。我还想说,有人企图证明,在我的身上,人道主义者有与另一半同时存在的嫌疑——这另一半就是被滥称为'共产党员'的那种人,——这是不正确的。其实古希腊学对于我是一种长期吞没整个身心的学派。人们企图

---

① 希腊古城。

把《安提戈涅》的翻译者同和平拥护者分割开来,而实际上这是同一个人。不,法官先生们,我并不像这里的人们对我的描绘那样是个具有双重人格的人……你们不要认为,文学作品只不过是让人们阅读的,它是为了让人们在生活中体现它才产生的。如果它不能教导生活的艺术,它就仅仅是一种玩具,我也永远不会把自己的一生献给它的……"

这是一个可怕的时代,人们视书籍犹如炸弹,和平而中立的瑞士竟能审判作为自己的骄傲的安德烈·邦纳,并企图污辱他。但他在审讯后却温和地微笑着,并满怀希望地看着孩子们:"他们将会轻松一些……"

我在瑞士逗留了十天;常有朋友来自巴黎、格勒诺布尔、马赛、里昂、尼斯;我听着、记着,黄昏时分则坐在咖啡馆的阳台上,我觉得湖水时而像是暂时平静下来的海洋,时而又像专为可敬的英国女人或来自俄克拉何马州的旅行者建造的人工蓄水池。看着湖水,我第一千次想到生活是一出十分奇怪的戏——一出像是闹剧的悲剧,一个演员在啼哭,另一个却不知道因为什么在笑,要想领会舞台上发生的情节,大概必须是一个十分聪明或十分彻底的傻瓜。但一个普通人却只有工作、读报、看着湖水(如果有湖可看的话),并不想去看透过于复杂的作者的构思。

丹尼兹前来待了几个钟头。我们久久地互相打量对方——也许是又想明白我们发生了什么事。后来我突然说道:"那是在另一种生活里……"她答道"是的",并隐约地嫣然一笑——像从前一样。

签证到期了。我到了柏林。"冷战"在那里是日常生活。在东柏林,三一节①举行了一次"青年的会见"。穿着蓝衬衫或女短衫的青年男女列队行进,他们唱着歌、听演说家发表演说。这一切都是在废墟当中进行的。波茨坦广场的一方属于民主共和国,在另一方却站着美国兵。穿蓝衬衫的小伙子们用力投掷着一束束的传单,下面印着毕加索画的鸽子。对方以橙子回敬,一个穿方格衬衫的大学生叫道:"你们没有橙子……"

边界上不断有人来往——上工、探亲、购物。我到西柏林去过几次。在我曾和莫果利·纳吉、马雅可夫斯基、瓦特·梅林、杜维姆常去光顾的"洛马尼谢斯咖啡馆"对面,有一个交易所——人们在此用"东部"马克兑换"西

---

① 每年夏季在耶稣复活节之后第五十天的节日。

部"马克。在木棚里或在遭到破坏的房屋的业经修缮的下层,也有数以百计的兑换商在进行同样的交易。当时的行情很离奇——七个"东部马克"才能换一个"西部马克"。刮一次脸在城市的两个部分都收一个马克。西部的节约的市民常到东部去刮脸——每刮一次可以省六个马克。西部的主妇到东部去买蔬菜,东部的主妇把咖啡、橙子、香蕉装在小篮子里带回家去。在波茨坦大街上的商店里,英国的衣料推销得很快;橱窗里赫然写着:"本店接收东部马克";而俭省的沙洛坦堡的市民则把哔叽拿到亚历山大广场上的裁缝铺去——一套西服的手工费可以便宜三分之二。在库福尔斯坦大街上,人们跳着桑巴舞,喝着莱茵葡萄酒,瞪着眼睛看着半裸体的、尖声怪叫的歌女。而东柏林的戏剧爱好者则去看布莱希特的话剧。西柏林有许多失业者,但美国人舍得花钱——在他们面前的不是一座城市,而是资本主义天堂的展览,他们给失业者发补助金——每月一百马克,于是失业者便对住在东柏林的亲友说:"我们啥也不干却得到七百个你们的马克。"

东部有许多书店。柱子上惹人注目地贴着政治宣传画或海报——席勒的《强盗》,"我们是否需要艺术"的学术辩论。西柏林充斥着花花绿绿的广告;小商店里陈列着奢侈品。库福尔斯坦大街充满了餐厅、咖啡馆、夜总会。招牌令人想起遥远的过去:"马帕大饭店""凯宾斯基餐厅"。我第一次在阿申格尔那里吃小灌肠时只有十岁。一切都烟消云散了:威廉的帝国、魏玛共和国、第三帝国——可阿申格尔的小灌肠却又在我的面前出现了。诚然,地址已经换了——这是设在一所半倒塌的房子里的小饭馆,但市民们却很满意:那种古老的、空气闷热的、十分熟悉的生活恢复了。

两个柏林的扩音机从早到晚在互相揭发。这同其他许多现象一样都酷似前线。西柏林的报刊叫人相信,似乎"赤色分子"举行"青年的会见"旨在占领整个城市。美国人、英国人、法国人搬出了大炮、坦克。但是既没有炮弹,也没有子弹,只有许多传单和不多的橙子。

战争有自己的规律,它总是偷窃人的精神世界,使他的见解简单化,把自己人变成神圣的,而把敌人变成宣传画上的怪物。在这个方面"冷战"同一切战争相似。如果莫斯科或纽约是后方,那么柏林人就是生活在前沿。而一个作家却难于只是写几句简短的口号、画几幅圣像画或漫画。

我在东柏林遇到了布莱希特、安娜·西格斯、阿诺德·茨威格。西柏林的报纸攻击他们,把他们称作"卖身投靠莫斯科者""官迷""变色龙"。这是愚蠢的——因为任何一个东柏林居民都可以穿过波茨坦广场来到西方所说的"自由世界",而用"西部马克"进行收买也比用"东部马克"容易得多。安娜·西格斯从墨西哥来到民主共和国,布莱希特来自美国,茨威格来自巴勒斯坦。但是就是在东柏林也有一些批评家时而攻击布莱希特,时而攻击茨威格,时而攻击西格斯。我还记得同这样一个人所作的一次长久争论,他是那些不但同艺术无缘、可能还敌视艺术的人们之一。同我对话的人要我相信,在西格斯的长篇小说《死者青春常在》里可以感觉到对希特勒分子的同情,其中甚至还有排犹的语调;茨威格是个"一半犹太复国主义者一半复仇主义者",他一只眼睛看着以色列,另一只眼睛看着西方;至于布莱希特,则是个"不可救药的形式主义者",他顽固地反对用现实主义手法描写现实,他的剧本里有"矫揉造作的幻想"。我反驳说,谁也不曾把茨威格从巴勒斯坦拉到柏林来,安娜·西格斯不可能是排犹分子——她是犹太人,她的母亲被希特勒匪徒杀害于奥斯维辛,至于矫揉造作的幻想过多的问题,在柏林最好是不去谈它——这个城市超过了无论布莱希特、爱伦·坡还是戈雅的幻想。当然,我是徒然地激昂慷慨了一番:有些人只会说,却不会听。

我很早就了解布莱希特,同他谈话可不容易,他往往像是心不在焉,这种印象是一种错觉——其实他听着,常常看出很多问题,有时还微笑。然而他永远被包围在他生活于其中的那个世界的气氛里——这个世界不是巴黎或柏林,而是某一个国度,我曾私自称之为"布莱希吉亚"。他的幻想就像他的哲学或诗歌一样不是文学手法,而是天性,他不是一个普通的诗人,而是个不可救药的诗人。他总是穿一件短上衣,不系领带,吸很辣的黑雪茄,为人谦逊,说话很轻,尽管如此,许多人都同我一样,每逢有他在场的时候就感到不安。我想,这是出于一个沉默寡言、仿佛漫不经心的人的过于紧张的内心生活。

我想起了在安娜·西格斯家中的最后一次会见。这是在 1955 年秋,在布莱希特去世前数月。安娜问道:"在巴别尔之后还有哪个作家恢复了名誉?……"我给她带来了一张古老的民间木版画:鲍瓦王子[①]要同死神决

---

① 俄国 18—19 世纪风行一时的通俗故事中的主人公。

斗。布莱希特请我把说明翻译出来,接着就全神贯注地看了起来,我感到了我所熟悉的不安。

一位西德的作者在一本论述布莱希特的书中说,似乎诗人"耍滑头",作决定时很会"计算"。但布莱希特的滑头是婴儿的滑头,他的所有"计算"也都是诗人的失算。

我于6月初回莫斯科,叙述此行见闻、柏林景象。萨维奇问我:"你的看法如何,会发生战争吗?……"我答:"绝不会。"我又当了一次蹩脚的预言家:两周后战争就在朝鲜爆发了,它在很长一段时间里都有变成世界大战的危险。

23

我们住在新耶路撒冷附近的别墅里。夏天雨水很多,我几乎整天撰写报纸特写,晚上听收音机。我正想坐下来写长篇小说,不料电话来了:得去伦敦参加和平代表会议,同我的预料相反,英国人发给了签证。

在机场上迎接我的有英国的和平拥护者和我国大使馆的一位秘书,后者带我去旅馆。房间很豪华,有澡盆,我想,我可以好好地睡一个够了。在《新闻晚报》的第一页上我看见了一篇题为《为什么把伊利亚放了进来?》的文章。我曾认为,与其说英国人不拘形迹,不如说有些迂腐,于是这条简讯就使我不知所措了。夜里我常被一些喊声惊醒;在蒙眬中我模糊地想道:何以英国人要深夜在街上喊叫呢?先前不曾有过这种现象……清晨我从旅馆的经理口中获悉了喧嚷不能制止的原因:一个叫作莫斯里的法西斯组织的参加者带来了一个轻便的讲台,开始咒骂我:我在朝鲜发动了战争,到英国来进行破坏活动,等等。既然自由大宪章保证言论自由,警察就得保护演说家。旅馆经理说,许多房客都啧有烦言,他只得请我迁往另一家旅馆。

我在大使馆里听说,夏天的伦敦一般是难于找到房间的,何况目前正在开一个代表大会,还在举行一场大足球赛。我在会上坐了半天并发完了言(即让那些深信不疑的人相信了和平比战争好),便前往指定的地址。这是一个肮脏的三等旅馆,我被带入一个很小的顶间。我洗了洗脸,甚至还没有清醒过来就有人前来找我——工党议员正在威斯敏斯特宫里等我。

朝鲜战争使所有的人都十分激动——人们害怕它会发展为第三次世界大战。英国报纸断言,军事行动是北朝鲜开始的。虽然距朝鲜很远,而且工党党员们也和我一样对于6月25日在三八线上发生的事情知道得很少,但

1307

他们认为共产党人是罪魁祸首。诚然,工党党员们的意见是不一致的,有些议员说,即令战争是北朝鲜军队发动的,李承晚也依然既不值得尊敬,也不值得支持。但是这样的人不多(我还记得两个——艾·休斯和戴维斯)。多数人则对"莫斯科的朝鲜喽啰"感到愤怒。这一些与其说像是交谈,不如说像是审讯,而且一直继续到晚上九点。

在伦敦,人们晚饭吃得较早,议员们在会见之前便吃了东西。艾·休斯把我带进议院的餐厅,请我喝啤酒。我们出来的时候,所有的餐厅都已关门。我给大使馆打了个电话,说我和一位满怀盛情地同意当我的翻译的英共党员已经饿得受不住了。我们到了大使馆,被飨以罗马的油浸熏西鲱鱼和"恰特卡"螃蟹,这是一顿真正的盛宴。报应接踵而至。当我在午夜一时乘出租汽车回到旅馆时,人们对我说,房间是出于错误才租给我的。洗脸用具已被擅自放进了赫然摆在看门人旁边的箱子里。我动怒了,但看门人却想睡觉,一句话也不回答。只得回大使馆去,那里的人都已睡了。值班的说,我可以躺在来访者等候接见时通常所坐的一张沙发上,但上面既无床单,又无枕头。

早上艾弗·蒙塔古前来找我,把我载往会场,但突然又出人意料地宣称,说我们该走了:我的记者招待会已定下了。我答道,我不能穿着一件揉皱了的衬衫出现在记者们面前,只得到大使馆去一趟。伦敦是个很大的城市,于是蒙塔古答道:"这不成。还是买一件衬衫吧。""可是我到哪里去穿它呢?""厕所。"当我们驶抵会场时,发现一百五十名记者已在等我了。蒙塔古显示出自己是一名能干的统帅:同两个和平拥护者一起封锁了通往厕所的道路,使我能够换衣服。

应该承认,记者招待会结束后我不得不再换一次衬衫:大厅里挤满了记者,而且他们是如此善于挑衅,竟使我汗流浃背。我明白,对于为数不多的那些确实对我的回答感到兴趣的人们应该保持平静,但要保持这种表面的平静却很费力气。我出席过数以百计的记者招待会,但没有见到过任何类似的情形。我的回答经常被人打断。一名记者曾跑向前来叫道:"别拐弯抹角,直截了当地回答——'是'或者'否'?"

在特拉法加广场上举行了一次群众大会。人山人海。合众国际社报道有一万人出席,塔斯社报道的数字是"两万",大约是一万五。我环视了一下广场,看了看海军上将纳尔逊的纪念碑,不禁腼腆起来,但很快就镇静下来并发表了演说。此后不久便下起大雨来了,人群开始稀少。群众大会结束时,我抽起烟来,我的衣袋里有一盒苏联火柴,上面有工厂的商标——镰刀和锤子。一位不相识的记者要求把盒子送给他。翌日,有关我的演说的报道附上了一帧照片:"伊利亚打算用来火葬英国的火柴。"我在另一份报上看到:"伊利亚·爱伦堡想写一部新的长篇小说:《伦敦的陷落》。"

蒙塔古在不会有人前来打扰我的一家旅馆里找到了一个房间,这是一件大事。总之,蒙塔古曾多次拯救了我。我是1948年在弗劳兹拉夫代表大会上认识他的。此后的十五年间,我在保卫和平的各种会议上都曾看到过他,他不发表演说,但不遗余力地工作。他的外表不像一个体面的绅士,而像我年轻时常去的那个"洛东达"的一位顾客,他穿了许多五颜六色的绒线衫和坎肩,开会时常渐渐地把它们一件件脱去。他的生平更加奇特。他是在一个富有的家庭里长大的。他的父亲是勋爵,自由主义者。艾弗年轻时向往十月革命,去过莫斯科,后来成为共产党员。有一次我曾同他在伦敦东部的工人区漫步。行人认出了他,有的还同他攀谈起来——他不止一次支持过这个区的共产党候选人。年轻时他研究过动物学,并以各种野兽充实了伦敦的动物园。他曾把一头小熊装在苏联轮船上从列宁格勒运往伦敦。熊在第三天便躺到蒙塔古的舱里一觉睡到伦敦。全体船员坦白地说,小熊使得人人讨厌,它在船上走来走去,到处拉屎,水手们决定把它灌醉——把自己的伏特加给它喝了。后来,艾弗·蒙塔古搞起电影来了,他在墨西哥帮助过爱森斯坦。至今他还在研究电影和电视问题。他还有一桩不可不提的爱好——乒乓球,他是这项运动的热心者们的世界联合会主席。艾弗喜爱艺术,他十分轻信,同时又很固执。总之,这是个我始终觉得易于了解的人,虽然他发表议论时条理不清,法语又说得那么特别,使得法国话有时竟像是英国话。1950年,当共产党员在英国的处境十分困难的时候,蒙塔古常平静地同政敌交谈:他的不同凡响显然使许多人束手无策。

一位未曾出席记者招待会、但当时具有反苏情绪的著名的英国作家,曾把我同"大狼狗"相比,并劝我早点回莫斯科去。我不提这位作家的姓名——后来我认识了他,六七年后他改变了自己对和平拥护者的态度,同时也改变了对我的态度。

一位工党党员在英国议会上发表的演说则更坏。(我也不提他的名字,后来我没有见到过他,不知道他现在想些什么,我把我现在想谈的这件事归之于"冷战"的气候。)《新政治家》周刊的编辑们邀请我去吃午餐,我在那里认识了他。我们谈了很久——三小时,蒙塔古把法语译为英语。谈话的题目不用说是和平与战争。我谈到了法国《世界报》上的一篇有趣的文章,并说,无论是法国人民还是英国人民,想必都不愿打仗,普通人的心情同政治家们的演说大不相同,而且也同报上所写的大不相同。后来这位议员在下议院发表了一次演说。他说,不久前他曾和我同进早餐。一个保守党人打断了他的话:一个英国议员怎能同伊利亚·爱伦堡共坐一桌?工党议员答道,他想了解敌人。后来他宣称,似乎我曾对他说,英国人也像法国人一样,无论在精神上还是肉体上都不能作战。他把我同里宾特洛甫相比,后者曾向希特勒证明,英国人不会作任何抵抗。读了这段报道以后,我给《泰晤士报》写了封信。蒙塔古也写了一信。但是任何这种反驳都很难使人发生兴趣,事情已经做了:爱伦堡——这是里宾特洛甫,是头大狼狗,是个正在策划"赤色分子"对大不列颠的侵犯的人物。

在这半年之前,一家右派的法国报纸曾写道:"如再次让伊利亚·爱伦堡前来我国,那是愚蠢的。我们对这个骗子是太了解了。在赤色的俄国,他所扮演的角色同弗里德里希·吉堡在纳粹的德国扮演过的角色一模一样,后者在表白对法兰西的爱情的同时,却担任着武装力量的军需官。《暴风雨》的作者正在为斯大林的军队开路。爱伦堡在法国会是国家政治保安局的又一名间谍。而且是一名什么样的间谍!他熟知巴黎的热带丛林,常出入于社会各界,这是唯美派和假绅士的宠儿,他会成为间谍活动的无穷的链条上主要的一环。"

我接到了英国和平理事会的邀请——这个组织联合了一打和平主义的运动、同盟、团体:有战栗教徒①,有托尔斯泰主义者,还有兵役制度的反对者。在同我谈话的人们当中我看见了吉利亚库斯,此人在十年后成了我的朋友。我立刻感到可疑,甚至心怀戒备——当时就是这样的时代。我们讨论了为制止朝鲜战争而共同行动的可能性。我的敌意逐渐得到缓和,谈话

---

① 教友会会员的绰号(教友会是英美等国基督教的一派)。

开始融洽起来。英国保卫和平委员会的女秘书把事情搞坏了。她走到我跟前低声问道:"您大概累了吧?我可以叫人给您一杯茶……"同我交谈的人们情绪发生了变化,他们不知道我们谈的是一杯茶,便窃窃私语起来,狼狗变成了一只头戴老太太的包发帽的恶狼……

星期六下午五六点钟,正当所有的英国人(富有的和贫穷的、右派的和左派的)都在喝茶的时候,我走到我国使馆大楼跟前,看到一幅奇怪的景象:一群年轻人,几个电影摄影师和警察。原来在此五分钟前,莫斯里的年轻拥护者们开始往大使馆的窗户里扔石头;当时警察尚未赶到,但摄影师却预先得到了通知,把人民反对继续在朝鲜进行侵略的"赤党"的抗议示威拍了下来。查鲁宾大使把石头拿给我看。房间已打扫干净,玻璃碎片也都收拾起来。大使当着我的面给业已在别墅里休息的外交部部长贝文打了个电话,要求紧急接见。后来大使开始口授抗议照会。所有这一切我都是第一次看到,查鲁宾发现我被此事吸引住了,便建议我暂时留下,等他回来。在同贝文交谈以后,他说,部长犹豫不决,当然,他也谴责了流氓,答应采取措施等等……

我去过剑桥,蒙塔古带我去见一位大物理学家——狄拉克。我们受到殷勤的接待。我谈起了斯德哥尔摩宣言。狄拉克说,他认为原子弹是罪恶的,但他不过问政治。他的儿子来了,这是个正在专科大学里学习的少年,他请求我在《巴黎的陷落》上题字。狄拉克说:"这就是新的一代,他在我这里是个赤色分子……"我回答说,对于《每日邮报》来说,狄拉克本人也是"赤色分子"——因为他不喜欢"冷战",并以尊敬的口吻谈论约里奥-居里。狄拉克大笑起来。(约里奥-居里有一次告诉我,狄拉克还不到三十岁就在量子力学上有了重要发现。)在两三小时内我忘却了"冷战",倾听着一个有趣而独特的人的谈话。午饭后,狄拉克谨慎地问我,他的朋友卡皮察[①]出了什么事,报上说,似乎他被捕了。正巧在我动身之前有人告诉我说,卡皮察(他曾在什么问题上触怒了斯大林)还在继续工作,于是我回答狄拉克说,卡皮察是自由的,他有个实验室。我感觉到,狄拉克和他的妻子愿意相信我,但却有些迟疑。狄拉克夫人问道,我是否可以给卡皮察的妻子带去几卷

---

① 卡皮察(1894—1984),苏联物理学家。

毛线——她爱打毛衣。四只眼睛逼视着我。我答道,乐于转交礼物。我们立即全都轻松下来。时代如此,人们的关系当时也是如此……

我在伦敦第一次同贝尔纳作了倾心之谈。他去过弗罗茨瓦夫,也去过巴黎,但在那里我只是在会上见到他,而在伦敦他却邀我去他家里。日后我们经常相见,有时还作长谈,于是我爱上了他。他看上去酷似一个典型的科学家——老是忘事,老是丢东西,不驯服的头发直竖在头上。实际上他什么都记得,有许多事情使他激动。在战争时期,丘吉尔曾不止一次向他求教,甚至还有人专门为他定做了一顶军帽——他的头太大了。有一次他告诉我他是怎样突然想到了他的一个发现。这是在 30 年代,英国科学工作者代表团来到了莫斯科。他们从中央机场出来。起飞因气候而延迟了,下着雨。没有乘客大厅。贝尔纳站在屋檐下,就在这里他突然想到了水的结构原理。他把这件事告诉了一同旅行的物理学家福勒。他们在飞机上又把此事告诉了同行的朋友。那些人听了便对贝尔纳说:"飞机一到您就立刻把这写下来……"

贝尔纳过去和现在都为保卫和平运动花费了许多时间和精力。

现在我从贝尔纳教授在 1954 年 9 月(正如写信人所指出——在清晨四时)写的一封信中摘引一段:"我被安置在一个过于豪华的旅馆里。给了我一套毫不吝惜地以出色的传统风味装饰起来的寓所,挂有一些用真正的油彩绘成的图画,我知道,它们可以比这差一些。为了帮助我入睡,在我的房间的窗户对面闪耀着一盏非常明亮的路灯,窗下是一个停车场,司机们时而开动发动机,时而高谈阔论;如果我懂俄语,他们的谈话可能会吸引住我。为我可以在莫斯科度过的不多几天制定了一个计划:乘地下电车环行一周,逛高尔基大街,星期日去参观农业展览会上的建筑……我来莫斯科这是第八次,在这个城市里我认识十多个聪明而有趣的人,然而正当世界上有这么多有趣的事情的时候,却并不给我以同他们谈话的可能,而是把我变成一头神圣的乳牛……"

他是个很富有生气的人:一切都使他感到有趣。在我上面所引的那封信里,他想起了维永的一句诗:"我渴死在溪水上"。有一次他向我谈到 17 世纪初杰出的英国诗人约翰·多恩,海明威曾把这位诗人的诗拿来作为长篇小说《丧钟为谁而鸣》的题词。另一次我们谈论了毕加索。

有一次他到新耶路撒冷来找我,我们出去散步,贝尔纳在一所小屋旁看到一堆石头,便仔细打量起来,并放了几块在衣袋里。柳芭说:"可这是别人运来的呀——大概是想拿来铺路的……"贝尔纳把石头扔了,后来又再次仔细观察它们,接着像有罪似的左顾右盼着把三四块石头塞入衣袋。我们回去后,他开始把石头砸碎,给我看了一块有海中贝壳痕迹的石头,并说要把它带回伦敦。

我带他去沃洛科拉姆斯克的郊区,在那里的湖畔保留了一座16世纪的漂亮寺院。虽然大门上写有这所建筑物系由国家保护的字样,但是却没有一个人保护它。在监禁过瓦西里·舒伊斯基①的塔上,我们看见一头猪,在有着残缺不全的壁画的寺院内晾着衣服。这是个寒冷的秋天,汽车的轮子空转起来,我们不得不在黏性的泥泞里徒步走了一公里地,鞋子常常陷了进去,贝尔纳像鹳一样蜷起一条腿把鞋拔出来。后来他说,这是绝妙的一天。

我竭力想摆脱令人非常难受的"冷战"气候,时而同贝尔纳谈话,时而在泰晤士河岸的街道上徘徊,领略巨大而富于生气的城市的忧郁之美,时而在绘画陈列馆里欣赏在法国印象派诞生的半世纪前即开始了现代绘画的特纳创作的风景画。

我在晚报上看到一篇文章:《伊利亚·爱伦堡究竟何时回去?》。这是在我起飞那天。

我从飞机的小窗口往外看——我们低低地在伦敦上空飞行:积木般的房屋、红点般的公共汽车、运动场、公园、小汽车——一座巨大城市的模型。我想起了群众大会上的人们、谈话时常常竖起本来就竖得很直的头发的贝尔纳的微笑,还想起了在窗下喊叫的人、记者、窗玻璃的碎片……

这一章写得太长,内容也太芜杂,但我是想叙述"冷战"的离奇古怪,于是想起了一些人来,他们的人道主义、泰然自若和对于包围着他们的意见与情绪的抵抗,当时曾使我感到惊奇。十年后,在威斯敏斯特宫的一个房间里举行了"圆桌"会议;不仅是工党党员,就连保守党党员也都亲切地同苏联代表攀谈起来。还有其他许多本章所描写的事情,现在连我自己也觉得像是遥远的往事,虽然从那时以来过了还不到十五年……当然,从我们这方面

---

① 瓦西里·舒伊斯基(1552—1612),俄国大贵族,1606—1610年的沙皇。

来说，在对待这个或那个人的态度上有过许多不必要的、过于生硬的、有欠公道的地方。但是，如果某些西方人士也能想想自己的责任，那就好了。我把我的一部中篇小说称作《解冻》，我开始写它是在1953年末。西方报纸很喜欢这个书名，它们深为感动地一再提到它，但在1950年它们却尽其所能地来加强极为酷烈的严寒，这也是不可忘却的。

24

我已叙述了在1950年席卷全球的那种狂怒。现在我想检查一下我自己的责任。当然,我当时所发表的见解既不能是心平气和的,也不能是沉着克制的,我不是在"冷战之外"袖手旁观,而是生活在其中。当我仔细阅读专门描绘未来的一场反苏战争的一期《柯里尔》杂志时,我能有什么感觉呢?在描述了破坏苏联城市的情景以后,《柯里尔》描绘了被美国人占领的莫斯科的安宁闲逸景象:工厂将被卖给或租给外国企业家,红军剧院将改名为新大陆剧院,剧院里将上演流行的美国喜剧《懒汉和女人》,一家最大的莫斯科报纸将开始在第一版上发表女电影明星詹尼·詹姆斯的回忆录《我在沙捞越的恋爱史》。我作了尖锐的回答,而且只能这样。

这是在1949年,当时我还不理解席卷西方知识界的恐慌情绪,因而有时往往有失公允。我读了英国哲学家伯特兰·罗素的一本书,他在书中对成立"世界政府"表示支持。我迄今依然觉得这个主意是不能接受的:它会导致资本主义对全世界的统治,但是不能把罗素说成是统治阶级的辩护者。

现在我对这样一篇文章也感到懊悔,我在文章里保护福克纳,却攻击了萨特,称他为"尖锐有力的、重理性的、贵族式的"作家。在此之前我读了他的剧本《肮脏的手》——一篇才华横溢的抨击性文章,但我觉得它是反对共产党的。何以我把萨特称为"贵族式的"?当时我对他很不了解,两次相见——一次在战前,一次在1946年——都具有偶然性。在法国,以及在西方的其他各国,所有的人都一再提到萨特的名字,不仅是大学生,就连没有职业、没有成年的女士们也都在谈论他,她们在形形色色的客厅里和招待会上叽叽喳喳:"啊,萨特!……"在认识了萨特之后,我看到了一个聪明而谦逊的人,他为自己的名声感到苦恼,把这种名声称作"小傻瓜"——他清楚地知道,有许多怀着景仰或愤怒谈论他的人连他的一部作品也不曾读过。

在我们的时代,政治不是专家们的采邑,而是一种人人都应遵守的东西——很少有谁能回避它。萨特的政治路线会使人觉得是难以解释的——其中有那么多活结。在1948年他曾以"第三种力量"的代表者自居,认为他是处于无产阶级和资产阶级、苏联和美国之间的某处。然而"无主的土地"是不存在的,于是《肮脏的手》变成了美国和资产阶级的武器。

萨特在维也纳是一颗明星:让他在第一次会议上讲话,当他结束演讲时,全体起立并长时间鼓掌。

从1952年到1956年,萨特捍卫苏联,驳斥法国报纸的攻击,他曾数次前来我国,发表了热情洋溢的谈话,参加了赫尔辛基的世界大会。

匈牙利事件以后,他公开宣布同自己的朋友——苏联作家绝交,但一年后却又和睦地同我谈话,而且与其说是进行攻击,不如说是为自己辩护。

所有这一切都会使人感到为难,尤其是回想起1952年12月的情形,当时萨特断然抛弃了虚伪的中立而把脸转向苏联。为了说明这个问题,我想谈谈萨特的某些特点——在同他和西蒙娜·德·波伏瓦成为朋友之后,我明白了许多事情。

就感情和才能而言,萨特是个作家,但他的创作和对生活的理解却往往依赖于他的活动的另一方面——哲学。在维也纳代表大会上萨特曾说:"当代的思想和政治把我们引向一场屠杀,因为它们是抽象的。世界被劈为两半,一半害怕另一半。每一个人在行动的时候都不知道邻人的意图和愿望,人们进行推测,不相信'别人'说的话,而是从自己的推测——对手将如此这般行动——出发去解释'别人'的话并采取态度。那时可能采取的就只有一种态度,这就是那句说了一千年的蠢话:'想要和平,准备战争。'而这是抽象获得的胜利。人们正在变成抽象的。每一个人都是这个'别人',亦即那个使人担心的想象的敌人。在我国很难遇到一个人——大都是称谓和头衔……"

在萨特身上,与力图了解正在发生的事情的愿望同时存在的,还有许多敏锐的灵感。他很少观察,他想着、探索着结论,后来又热情洋溢地去领会他看到或听到的。有一次我有幸当了翻译:我引他去见一位熟识的农学家,这是个有才能的人,但喜欢自吹自擂地蒙混人。我预先警告萨特:"这是我们的达达兰①……"现在我引一段对话。农学家问:"我很想从他们那里知道,一头法国乳牛能挤多少牛奶?""我不敢回答——我不是专家。""这我们明白,他们正在写书。但是,譬如说,一天是否可挤五十升?""这种乳牛似乎是供展览会上展览的。""但我却可以让他们看看那些生来从未看过展览会的人们,这些人的乳牛一天能挤五十升牛奶。"虽然我已事先警告过萨特,但他还是相信了。农学家后来曾对我说:"这个法国人不坏,那么老实!……"在巴黎我把莫斯科近郊的达达兰的赞许告诉了萨特和西蒙娜。西蒙娜笑了:"一般来说,他是对的——萨特确是天真……"而萨特则不好意思地微笑着。

十五年前我曾责备萨特偏重理性,这种偏重理性并不是同缺乏感情有联系,正好相反,他那敏锐的良心使他酷似上一世纪后半的俄罗斯作家,但是,作为一个哲学家,他有时用一般的范畴进行思考,于是他一方面憎恶抽象,一方面却又变得抽象起来。至于他的政治态度的转变出人意料,那是他的性格使然:那种在别人身上可以称之为内心的独白、怀疑、沉默的日子或岁月的东西,在萨特身上却伴随以在各种场合同记者谈话时发表的宣言和声明——简言之,伴随以行动。当我明白了这一点时,我就对我在1949年写的文章感到懊悔了。

我已叙述过的几次西方之行,帮助我更好地理解了"冷战"的气候,我看到了增加敌人的数目是多么容易,我的文章的语气就变得缓和些了。"世界上没有不能通过协商解决的问题,"我在《真理报》上写道,"无论过去还是现在,我们从来不想以武器的力量证明我们的主张正确……我们珍惜任何文明——'东方的'和'西方的'、'北方的'和'南方的'——的价值。我们不仅愿意给我们的朋友,也愿意给那些并不喜欢我们的人提供和平,——人人都将在太阳下找到位置,至于谁是谁非——未来会加以评判。"在1950年11月第二次保卫和平代表大会上,我曾说道:"我拥护和平——我不仅拥护同罗伯逊和法斯特的美国和平共处,而且也拥护同杜鲁门先生和艾奇逊先生的美国和平共处……地球只有一个,但是它很宽敞,

---

① 法国作家都德的作品《达拉斯贡城的达达兰》的主人公。

足够容纳各种不同的社会制度的拥护者。他们可以达成协议:不得因为讨厌某人的思想而砸坏他的大门,也不得因为邻居的想法不同、说话不同、生活不同而往他的窗户里扔石头……我们应该关心的不仅是禁止战争宣传,还要为和平共处创造必需的道德条件。应该制止轻蔑和敌视其他民族的现象在成长着的一代中继续发展,要同民族和种族自大狂的一切表现进行斗争。在互相隔绝、制造人为的壁垒、对其他民族的文化和生活进行盲目攻击的情况下,人类的文化是不可能发展的……必须改变世界的气氛,打消互不信任的心理。"

如今这种议论已是初步常识,但在1950年我国的报纸却把那些有关壁垒对文化有害、必须打消互不信任心理的话从我的演说中删去了。我只得在各种代表会议、读者会见会上一再地重复这些话。(数年后,情况发生了变化。《文学报》上发表了一个从美国回来的前保皇党人写的一篇文章。他在愤怒〔这种愤怒从心理上说是可以理解的〕中写道,不存在任何美国文化。我给报纸寄去一函,我说,美国有着自己的、而且是出色的文化,伟大的科学家,杰出的作家。编辑部虽也指出它不同意我的意见,但它毕竟把信发表了。但这是在1955年,而不是在1950年……)

在我现在所叙述的那个时期,我游历了国外的许多地方。1950年访问伦敦之后,我到过布拉格、哥本哈根、奥斯陆、斯德哥尔摩;后来去出席华沙代表大会;1951年——在柏林召开的世界理事会会议,在哥本哈根和赫尔辛基召开的主席团会议,又是斯堪的纳维亚、维也纳的大会。委员会和小组会,那些依然还未变成历史的问题——军备竞赛、联邦军的诞生、在经济与文化交流中日益增多的障碍,通宵的会议,在各地举行的群众大会——在哥本哈根是在公园里举行的,春光明媚,一群群穿着古老的民族服装的丹麦妇女;在赫尔辛基是在车站广场上举行的;在维也纳是在国会大厦附近举行的——所有这一切宛如一条五颜六色而又千篇一律的绦带在回忆里通过。世界和平理事会书记处设在布拉格,每次代表大会召开之前我都不得不在那里停留数周。

我企图把形形色色的政治活动家和文化活动家吸引到运动中来,有时获得了成功,但更为常见的是人们以委婉的拒绝来答复我。我在哥本哈根认识了自由党的女议员艾琳·阿佩耳。她对世界大战的策划感到愤慨,但我国的许多事物都不合她的心意,她的不满有的不正确,但有的是正确的。我同她作了一次长谈,并说服她去华沙参加了代表大会。(在这之后进行了选举,她未被再度选入议会。)艾琳·阿佩耳在华沙发言时说,有些建议她是赞同的,另一些却不赞同,她请求"东方各国的代表考虑自己的错误,就像我现在思索自己的错误这样"。两年后她在维也纳的代表大会上发言,她说,我使她"认识了许多事情",但对我的演说中的许多地方她却不能同意:"伊利亚·爱伦堡,请您谈谈这个问题:您是否确信,对于我们的恐惧,您和您的同志们哪怕连一小部分责任也没有呢?……"

在挪威,一群左派社会党人曾约我在城外相见。我没有钱雇出租汽车,便乘大使馆的汽车前往。司机不认识市郊的道路。我走下车来问路,但无论法语还是德语都没有一个人懂。我迟到了两小时。但是谈话进行得却还顺利。(我之所以谈到这次会见,是因为它的参加者在几年前脱离了执政党并组织了一个新党。)

我不得不面红耳赤的情况也是常有的。在斯德哥尔摩,瑞典和平委员会秘书参斯特列姆,一本关于毕加索卓越的作品的作者,引我去见一位名医——我得说服他在斯德哥尔摩宣言上签名。一位穿得很漂亮的侍女把我们带进了患者候诊的客厅。我不知何故突然想起问问参斯特列姆,教授是否知道我打算同他谈些什么。参斯特列姆答道,他只是提到我的姓氏,教授大概把我当作患者而约定了一小时的会见。我赶快向出口跑去。侍女想叫住我:"再有两个人就轮到您了……"我羞惭地跑了。

有人请我拿一份文件去给著名的丹麦微生物学家马德逊看。当时他已八十二岁高龄。他亲切地接待我,请我喝核列斯酒,然后开始阅读从朝鲜文译成中文,又从中文译成俄文,再从俄文译成英文的报告。读了第一页后,他就把手稿交给我:"把这收起来吧,年轻人,别给任何人看了——这会使一个一年级大学生发笑的……"他说,他同情我们的建立和平的意愿,他的态度很温和。可我却如坐针毡,直到夜里想起"年轻人"这句话时,我才微笑起来——我当时已年逾六十,早就没有任何人这样称呼我了。

世界和平理事会的总书记是让·拉斐德①——一个善于调解争执的好

---

① 拉斐德(1910—),法国政治活动家和作家。

心肠的人。拉斐德看上去为人恬静,甚至有些懒惰,但实际上却是个工作勤勉而出色的人。他的助手有中国诗人萧三、美国牧师达尔、巴西人波尔萨里、意大利社会党人菲诺亚尔特亚和古利亚耶夫。在熟悉了工作情况以后,古利亚耶夫显得是个很有分寸而又聪明的人;他保留了在30年代初走进生活的一代的一些优点,既未官僚化,也没有被吓死,虽然他的处境困难。古利亚耶夫去世的时候,大家都明白了他在运动中所起的作用。

书记处设在伏尔塔瓦河岸的一所大房子里。我每次到了那里,就给我一个房间,让我坐下来批阅文件,这是一种需要细致和耐心的工作。当时布拉格看上去有些忧郁。有时拉斐德邀我去他家里,请我吃著名的晚餐:他生在多尔多涅,那里的人对于馅饼、山羊干酪和红葡萄酒是内行。他年轻时是糖果点心商,他的妻子若尔热特可以同最高明的厨师较量较量。我们既不谈争取和平的斗争,也不谈文学,而是吃着、喝着、逗笑取乐。

星期日我有时到多布里什去——若热·亚马多同妻子杰丽娅和小儿子住在那儿的作家之家里。若热是个生气勃勃、容易冲动的人,我们所想象的南方人就是这种模样,但在杰丽娅身上,温柔贤淑却同真正的勇气和睦相处。我同他们成了朋友。若热既蹲过监狱,又曾两次流亡国外,他容易适应生活中的困难。在多布里什,他整天写作,晚上则同捷克作家德尔达玩牌。消瘦的、活泼的、黑发的亚马多会被人当作敖德萨或马赛的骗子,而肥胖的、愉快的、有时有些狡猾的德尔达则酷似帅克。玩牌时他们常用捷克语和葡萄牙语骂道:"赌棍!""骗子!""偷马贼!"……

亚马多是共产党员,在二十年间一直从事日常的政治工作。他还参加了我们的运动。他没有丝毫虚荣心。在维也纳代表大会上他成功地带来了几个属于不同派别的巴西人,但他却不想发言:"让他们说吧……"

他很早就开始写作,他的第一部长篇小说问世的时候,作者才二十二岁。他对他成长的那个地区——巴西北部的生活了如指掌,这是可可和饥饿之乡。我喜爱他的长篇小说——其中有着严峻的真理同诗意的结合;这不是文学手法,而是亚马多的本质——对人们的爱、体贴、人道。我永远不会忘记他在早年写的一部长篇小说中所描写的饥饿的农民的结局,以及养活全家的热列米亚斯的驴子之死。这头驴知道,沙漠上的青草有毒,便吃树皮和带刺的仙人掌,但后来它忍不住了——吃了有毒的草并悲鸣着死去了。

外国人对亚马多的了解要比他的本国人更为清楚。1954年,在酷热难当的累西菲的机场上,有一个跑江湖的摄影师在走来走去地寻找知名的旅行者。某人劝他给我照相。他告诉我说:"我给若热·亚马多照过三次相,但是只有一次一家报纸从我这里拿去了照片……"长篇小说《加布里艾拉》问世后,亚马多声名大震。福楼拜在谈到包法利夫人时曾说:"爱玛——这就是我。"有些人觉得奇怪——这位独身的怀疑论者及其讽刺同那个轻佻而多情的外省女人太不相似了。但加布里艾拉却的确是亚马多,所有了解作者的人都感觉到了那个善良的、具有自由思想的、顺从而同时却又叛逆的女人同作者之间的血缘关系。

我青年时代的朋友如今已所余无几——有的被杀害了,有的死在自己的床上。亚马多本来可以当我的儿子,但却成了我的密友,我知道,在世界的另一端有一个不会怀疑、不会忘却的人,这就很不少了。

我想起了在多布里什庆祝若热和杰丽娅的女儿诞生的那一天,她同毕加索的女儿一样,叫作帕洛玛(小鸽子)。有人从古巴给尼古拉·纪廉寄来一瓶白罗木酒。巴勃罗·聂鲁达带了一瓶酒来举办鸡尾酒会。纪廉像小孩子一样很感委屈:因为他想用古巴的名产款待大家。一般来说,纪廉的身上有很多稚气。他喜爱掌声、奖章;荣誉对于他来说就是一株挂着闪闪发光的星星和爆竹的新年松树。他有过长期的流亡生活,经常怀念古巴。有一次我们在巴黎的圣米瑟林荫道上走着。尼古拉抱怨自己的孤独。突然有两个姑娘站住了,定睛瞧着我们,其中的一个请求纪廉在他的一本诗集上题字。他立刻高兴起来,我们分手时他说:"原来在巴黎也有我的女读者!……"

他的诗非常富于音乐性。它们是同古巴的黑人和黑白混血儿唱的歌有联系的。他把它们朗诵得十分出色;他能用一根手指在粗大而雪白的牙齿上敲出旋律。他很早就开始了革命斗争,虽然他个人的命运并未迫使他这样做——他是参议员的儿子,有才华的诗人,他的第一本诗集曾受到要求严格的乌纳穆诺的称赞。内战时期纪廉在西班牙,后来尝到了巴蒂斯塔的牢狱的滋味。他写了一首关于他热爱的祖国的短诗:

飞来一只无精打采的鸟儿,
唱着一支凄凉的歌儿。
啊,古巴,我了解你!

你的棕榈在鲜血中成长,

眼泪汇成了淡蓝色的海水。

"冷战"处于紧张时刻,这一点有时赋予我们的工作以浪漫色彩。第二次代表大会应在设菲尔德举行,但是在预定的会期之前的两个月,我们从英国得到了不利的消息:十分明显,政府要破坏我们的意图。我们请求波兰人准备会址,订好了飞机座位。使我难忘的一夜来到了:约里奥-居里和一群代表从巴黎前往伦敦,他们先乘火车,又乘轮船横渡英吉利海峡。夜里布拉格接到伦敦来的电话:"不让约里奥入境……"拂晓时我们开始用电话找他。港口很多——约里奥究竟在哪里呢:在加来,在布伦,还是在勒阿弗尔?……布伦小姐(这是人们对女电话员的称呼)非常热心,她说要竭力找到约里奥-居里,不久她就通知,约里奥在敦刻尔克。敦刻尔克小姐原来也很殷勤,她把我们同约里奥联系上了——他正在港口附近的一家小咖啡店里吃早饭。法奇和他谈了话,后来我也谈了一些。这是一次独特的会议——用电话开的。一小时后我们给了报界一个通知:代表大会改在华沙举行。

世界和平理事会会议在那几年里经常召开。每逢约里奥、法奇、南尼、多尼尼、法捷耶夫发言,大厅里总是挤得满满的。也开过一些枯燥无味的会。人人都想发言,只得通宵开会,天快亮时,主席在同瞌睡作斗争,但演说家却激昂慷慨地对着空空荡荡的大厅叫道:"我们不能放松我们的警惕!……"

许多人都曾为参加保卫和平运动付出了巨大代价:天主教神甫布列和加泽罗失去了神职,有些教授失去了教职,而伊莎贝丽·布吕姆则失去了议会里的席位:比利时社会党人把她开除出党了。她为争取和平的斗争贡献了自己的全部力量。在年轻人里也很少有人能像她那样:飞到墨西哥待上几天,接着立刻去印度尼西亚,在代表大会上坐一个礼拜,从一个委员会跑到另一个委员会,规劝或安慰什么人,担任任何一桩平凡的工作,两周后又前往日本。她的父亲是个牧师,她的儿子是共产党员,而她则依然是个女游击队员。

我早就知道皮埃尔·戈特,我们在人民战线年代相识于巴黎,常在莫斯科相见,曾同去土拉访问"诺曼底"的飞行员,然而直到我现在所叙述的那个时期我才对他有了清楚的了解。他是个法学家,知名的政治活动家,在议会里待了数十年,当过几次部长,从他的思想体系来说,对于我他是另一个领域的人——就像鸟儿对于鱼儿或鱼儿对于鸟儿。但是同他在一起我觉得很轻松,这大概因为他从来既未当过猎人,也没当过渔夫,他爱好艺术,除了政治观点以外,他还知道,甚至志同道合者也并非彼此相似的。我们常常通宵起草宣言或建议的文本(事后很少有人想起这些文本,但是我们往往对一个形容词也要争论几个小时,似乎人类的命运就取决于一个字)。在典型的决议中常常可以碰到"注意到"这句话。皮埃尔·戈特善于注意到这个或那个人的特点,这一特点在政治活动家当中是并不多见的。他是个出色的演说家,但在他的演说中却从来没有我们称之为辞令的那种东西——他的话准确、层次分明,竭力说服同他进行争论的人。他有许多年都是激进社会党(世界上最复杂的一个党,它把具有各种不同观点的人都联合在一起)的领袖之一,同时我在西方又很少见到过如此守纪律的政治家。他争论了一番之后,看到没能说服别人,便坐下来起草表达多数人的观点的决议,而且在表达同他有争论的人们的意见时,可能比他们自己表达起来具有更大的说服力。

德·阿斯蒂埃有一个很长的名字:艾曼努埃尔·德·阿斯蒂埃·德·里亚·维热利。他本人要比自己的名字还长——走进任何一个大厅,我一下子就看见他了。他有一副年老的法国贵族的外貌,同时又像典型的堂吉诃德。他是个标准的半瓶醋——无论在政治上或文学上都是如此。他写了几本好书——一半是回忆,一半是思索;他的作品受人喜爱,但是作家们在赞扬他的同时并未忘却德·阿斯蒂埃是个半瓶醋。至于政治家们那就不用说了:议会或政治报纸编辑部里的堂吉诃德——这不仅只是个半瓶醋,而且还是个看管不住的危险的糊涂虫。在第一个时期的保卫和平运动中,可以看到各种派别的人物,热情同关于人生意义的议论交织在一起,组织工作也同独立的外交手腕难解难分,德·阿斯蒂埃之所以能在这个时期的运动中占有自己的地位,可能就出于上述原因。我在德·阿斯蒂埃的办公室里看见过他的祖先的肖像;他们全都由于命运的戏弄而当了各种不同政体的内政部长。艾曼努埃尔没有避免遗传病——他被任命为自由法国第一届内阁的内政部长。当时德国人还在法国,于是德·阿斯蒂埃只能管一个科西嘉岛。他未必是个好部长，但若干年后他却显示出自己是个优秀的和平拥护者。在执行局或主席团的每次会议上，在世界理事会的每次会议上，他都要对我说，他对毫无意义的辩论和通宵的会议感到厌倦了，我们都是教条主义者，而他却没有忘记想到，今后无论在布拉格还是维也纳，我们当中将没有任何人会再看到他了。他不知为什么要对我说这话，就像是我把他请来而且不放他走似的；他走到旅馆楼上自己的房间里，读一两页蒙田的作品，或者摆上两副牌阵，然后心平气和地回到会场，坐下来起草例行决议的草案。他同有些女人一样器量很小，但是既忠于自己的思想，也忠于朋友。他的性格有些别扭，但我珍视他的友谊——不管怎么说，堂吉诃德精神在我们的时代毕竟是罕见的奇货。

现在我还不能像谈论往事那样谈论保卫和平运动：它还在继续，而我也正如先前一样参与其中。我之所以谈到它最为蓬勃的那些年代，是因为原子战争的威胁在当时最为明显。当然，朝鲜距离伦敦和纽约都很远，但是在朝鲜进行的军事行动却使全世界不安。这个不幸的国家被化为灰烬了。被凝固汽油点着的城市和乡村在燃烧。起初北方的军队几乎占有了整个朝鲜。美国出面干涉，它的士兵开到了中国边境。这时中国的师团投入了战斗。美国的许多政治活动家和军人都坚决主张使用原子武器。有些参议员还要求往莫斯科扔原子弹。任何一个法国人或意大利人都知道，苏联已拥有核武器，他的房舍、他的家庭，也可能被化为灰烬。争取和平的斗争变成了所有人的事。

当然，保卫和平运动得到过成功，也遭到过失败。在斯德哥尔摩宣言上签名的人真是三教九流，无所不有——托马斯·曼和几内亚目不识丁的居民、巴西的部长和穆斯林国家的教师、亨利·马蒂斯和战栗教徒。我们被获得的成就所鼓舞，曾建议五大强国——美国、苏联、中国、英国和法国在宣言上签字——让它们彼此之间签订和平条约。但是这对于普通人只是抽象的公式——大家都记得希特勒签订过多少不侵犯条约。而研究国际形势的人们则觉得和平条约是乌托邦——在1951年是难以想象杜鲁门和毛泽东会在一张圆桌旁坐下来的。此外签名也只能搞一次——这不是每年都能搞的；无论在长篇小说的写作上还是在社会活动中，都最好不要当模仿者。恰恰相反，停止在朝鲜的军事行动的要求得到了各地的响应。

为什么我要花费(现在仍在花费)这么多的时间去做一桩既非志趣主使、又非职业要求的工作呢？谁也不曾逼我去干这事，谁也不曾劝我把它一直干下去。我是自己要当蘑菇①，但要我回答这是什么原因却很困难。每当朋友们问我会不会发生战争，我总回答"不会"，这种回答与其说出自对局势的清醒估计，不如说出自愿望。但是当我在各个城市的街道上走过时，我常常感到惊慌不安。一天在维也纳，我觉得战争正伴我同行，像我一样窥伺着灯火辉煌的窗户。有时我诅咒令人窒息的房间，人们在其中没完没了地争论着第七段的第三句话；同时我又找不到人诉苦，不得不自己战胜自己。争论是在蘑菇和柳条筐之间进行的，很明显，胜利的将是柳条筐。

　　回顾已往，我对此并不惋惜：我们做了一些事，也做成了一些事。三四十年以后，一位目前还在学校读书的历史学家，也许会把自己的著作中的一章献给保卫和平运动，但也许只写寥寥数行。这不是我能够判断的——我在这个问题上是有偏心的，因此也是盲目的。

---

① 俄国有句谚语："既然名为蘑菇，就请跳入筐中。"此处意为本人心甘情愿。因下文提到蘑菇同柳条筐之间的争论，故这里只得直译，以免下文费解。

25

我们热闹地庆祝了画家彼·彼·孔恰洛夫斯基的七十五岁生日。彼得·彼得罗维奇唱着西班牙歌、跳着舞，所有这一切都同"七十五"这个数字不大相符。当时我刚满六十，却常常想到老年已至。当然，大自然有自己的规律，精力日渐衰竭，身体日益苍老；但我曾不止一次遇到年轻的老头子，也认识一些愉快的、鲁莽的、没有失去自己幼年时代的勇敢的老人。孔恰洛夫斯基就是如此，他教会我心平气和地阅读年轻读者的来信，在这些信里我常发现这样的字句："在您的暮年……"

我是在20年代认识孔恰洛夫斯基的，但真正了解他并爱上他却是在很久以后。在战争时期和战后的年代，我们常常相见。彼得·彼得罗维奇在地上站得很稳，这使我同他接近起来。我发现，坚韧不拔的精神是狂热之徒或真正的乐天派所固有的。时代的气氛充满了狂热，但精神上的欢乐却嫌不足。

彼得·彼得罗维奇是个具有壮士般体魄的人，他的一切都是粗大的——举动、感情、油画上的笔触。我曾谈到过他精神上的欢乐，这些话可能会把人弄糊涂——他既不是殷勤逗趣的人，也不是在我们这里长期被视为公民道德的典范的那种招贴画式朝气蓬勃的人。我常常听人说起，他作画时是不想太阳如何明亮或者他心爱的丁香如何开放的。但这并不真实：孔恰洛夫斯基是个乐于深思的人，他不仅工作，他还聪明地开玩笑；他生平并不是只尝到过蜂蜜，他也饱餐过冰窖窿里的滋味。当然，使他伤心并不困难——他具有艺术家的敏感，但是使他倒下却没能办到，虽然曾经有过一些人想这样做。

我常同他谈论巴黎。彼得·彼得罗维奇在那里住了很多年,就是在那里他第一次发现了作为画家的自己。他在十八九岁时去巴黎学画。朱廉学院有些类似莫斯科的克莱曼中学——年轻的艺术家之所以挑选它,是因为那里没有那种使得国立艺术学校的全体学生都苦恼不堪的机械训练;但是那里的教授却像各地一样都是昙花一现的学院派的名流。回忆起朱廉学院,孔恰洛夫斯基笑道:"您知道有谁在那里学习过?在我之前有博纳尔、维雅尔、马蒂斯。格列兹同我坐在一起,他还是个孩子。后来莱热、德朗在那里学习。马蒂斯告诉我,他的老师(仿佛是布盖罗)当时是个名人,他曾对一个学生说:'这比我看到过的一切都坏。您永远学不会绘画。您不如去选择另一个职业。'洛朗斯教过我,他的画在卢森堡挂过——都是巨幅的战争画,如在我国他会三次获得斯大林奖金。有一次他夸奖了我。我惊慌起来,明白了我在制造废品。不过日后在彼得堡学校时,我甚至对洛朗斯感到惋惜……"

我不曾感觉到孔恰洛夫斯基比我年长许多,有时甚至还羡慕他的年轻。有一次他告诉我第一次看见现代绘画时的情形:"这是克洛德·莫奈的令人神往的《干草垛》。莫斯科有一个法国技术展览,那里不知为什么展出了一百多幅图画,其中就有莫奈的作品。我发呆了。现在我告诉您这是什么时候的事……1891年……"这时我不禁暗笑:这正是我诞生的那年。而他直到暮年却始终年轻。当他年近八十的时候,他不仅从早到晚不停地作画,而且还同孙儿们打闹。

孔恰洛夫斯基长期未能找到自己的风格。他看到过自己的岳父苏里科夫、自己年轻时的艺术监护人谢罗夫、科罗温的油画,对他们深为敬佩,但是认为时代变了,眼光也变了,他寻找自己的道路,或者像他爱说的那样,寻找自己的"方法"。他看见了凡·高的作品,竟如此心醉,因而前往阿耳瞻仰了一番,并为能够在凡·高常去的铺子里买了些颜料而感到幸福。在悲痛而狂乱的凡·高同愉快、健康、结实的孔恰洛夫斯基之间,似乎不可能有任何共同之处,但是直到自己一生的终了,他始终都爱重复凡·高的话:"我经常从大自然吸取养料。有时我夸大、改变所有的素材,但从不杜撰一幅图画。正好相反,我是在大自然中寻找已经存在着的、虽然还有待发现的图画。"

塞尚的绘画对他来说是最后的也是最重要的发现。孔恰洛夫斯基是那么震惊,以至于坐下来去做一件无论在这之前还是在这之后都从来不做的工作:把爱米尔·贝尔纳写的一本记述塞尚对绘画的意见的书从法文翻译过来。

当孔恰洛夫斯基的作品在"红方块王子派"的第一次展览会上引起了一部分人的赞许和另一部分人的嘲笑时,他已三十四岁。

我翻阅了1951年出版的一卷苏联大百科全书,找到了几行有关"红方块王子派"的文字:"帝国主义时代资产阶级艺术极端堕落的典型表现。'红方块王子派'反对思想性和现实主义,斩断同过去的艺术的崇高传统之间的联系(协会的带有挑衅性的、招摇过市的名称即由此而来),同时又以需要'新'形式为名来掩饰自己的反动立场。但是他们那种世界主义的'创新'却化为对保·塞尚和亨·马蒂斯的模仿。"

我想起了"红方块王子派"时代的孔恰洛夫斯基的油画——静物写生、纳拉河上的桥梁、画家雅库洛夫的肖像。这同"帝国主义时代"有什么相干?(顺便可以补充一点:法国帝国主义者从未从马蒂斯的绘画中吸取过灵感,而马蒂斯也是憎恶法国帝国主义的。)参加"红方块王子派"的画家孔恰洛夫斯基、连图洛夫、马什科夫、罗日杰斯特文斯基、库普林、法尔克,在革命后没有逃往国外,他们热爱人民,并为人民工作。俄国的官方人士对"红方块王子派"的最初几次展览采取挖苦、起哄的态度,而阿·瓦·卢那察尔斯基和年轻的马雅可夫斯基却对它们表示赞许。当然,"红方块王子"这个名称是非常无聊的,但在当时荒谬的名称风行一时。("野兽派"听起来也是不很令人信服的,但它不仅并未妨碍马蒂斯、马尔凯、迪菲、弗列兹成为大师,也未妨碍他们联合起来革新了一个时代的绘画。)

我曾谈到我在革命后不久回到莫斯科,在一个展览会上看到"红方块王子派"的油画时有多么高兴。在巴黎时我仅根据《俄国晨报》或《俄罗斯言论》的文章了解新的俄罗斯绘画,以为"红方块王子派"是模仿法国人。我立刻发现这是胡说。

当然,孔恰洛夫斯基也像"红方块王子派"的所有成员一样,向塞尚学习了许多东西,但是,一个20世纪的画家又怎能对这位大师在绘画上的发现漠不关心呢?毕加索惊人地表现出了西班牙民族的天才,然而如果在他之前没有塞尚,他也未必做得到这一点。安德烈·鲁布廖夫首先在绘画中表现出抒情色彩、光线感和俄罗斯性格的深度,而鲁布廖夫却向拜占庭人费奥凡·格列克学习过。孔恰洛夫斯基、连图洛夫、马什科夫不仅曾向塞尚学习,而且还向俄罗斯民间艺术的大师们学习过。我还清楚地记得我们革命前的城市里挂的招牌:一个理发师在顾客的脸上搽肥皂,一个土耳其人在吸烟斗,几块西瓜周围是一串串的葡萄。孔恰洛夫斯基曾回忆道,1912年的静物画《面包》是在他看到一个绘有几大块糖的招牌后画成的。他还说过,当他在西班牙之行结束后开始画斗牛的场面时,他想到过古老的三一节的玩具。

孔恰洛夫斯基景仰塞尚,喜爱法国绘画,但他的创作却是俄国式的。他的油画在巴黎展出时,有些批评家说"粗糙""自然主义":他们不懂他们面前是另一种性格、另一种天赋、另一些习俗的表现。

彼得·彼得罗维奇不止一次钦佩地向我谈到法国大师们的现实主义;这也许会使人惊奇——须知那些在数十年间"严厉批评"过他的人之所以批评他,就是为了现实主义。孔恰洛夫斯基把绘画分为两种:一种是接近大自然的、现实的;另一种是幻想的,其中没有同大自然的有机联系,往往"照相只起辅助作用"。他在回忆1912年爱好者们前来购买他的静物画《面包》时说:"我开玩笑地用一根线把一块真正的面包吊起来,后面衬以背景的颜色,大家看了很久,在我没有碰它也没有让它在线上摆动的时候,谁都不曾发现有个面包是真的。这就是接近真实的证明。"还得补充一点,即对于热衷于空想的现实主义的人们来说,"红方块王子派"时代的这幅静物画(当然,吊起来的面包没有了)依然是"反现实主义"的体现。

人们都说,孔恰洛夫斯基一生非常走运,这话又对又不对。他非常结实、健康、愉快,他到过世界上的许多地方,做过许多工作——画了一千七百幅油画;他对什么都感兴趣,能说流利的法语、意大利语、西班牙语,为了阅读莎士比亚的原著,他还学了英语;他在布格雷有一幢房子、一个种有丁香的花园和宾客——他非常好客;他和妻子奥莉加·瓦西里耶夫娜非常和睦,热爱儿孙;他常去打猎,阅读笛卡儿的著作,同阿·托尔斯泰、谢·普罗科菲耶夫、毕加索、梅耶霍德等大艺术家交谊甚厚;他死于八十岁的高龄,几乎直到临终都还保持旺盛的精力;他爱祖国,看到它如何逐渐成长并在精神上强壮起来。如此说来,彼得·彼得罗维奇的一生就似乎是幸福得令人难以置信了。这一切固然也可以说是幸福,但这种幸福的空想成分毕竟多于现实成分。

对于孔恰洛夫斯基来说,生活首先就是艺术。他常谈到这一点。他在1925年去巴黎卖掉若干作品以后,买了七十公斤颜料:他不能想象哪怕只有一天可以没有调色板和画笔。晚上不能画油画,他就写生。油画、画家的道路之所以是他一生中最重要的东西,其故即在于此。

可以说,孔恰洛夫斯基在这个方面也是走运的——只要想起连图洛夫、法尔克、塔特林、德烈温、乌达利佐娃的苦恼就足以说明这个问题。孔恰洛夫斯基当了院士,定期举办他的个人画展。但我又要说:这一切既是如此,又并非如此。

环境对于画家或作家当然是有影响的,要想不为夸奖和指摘、奖章和严厉批评所左右,就得具有狂热的顽强精神。我根据自己的体验知道,有时你会不知不觉地就在这件事上让步了,在那件事上退却了。有过一些时期,当时彼得·彼得罗维奇坦白承认:"我还在工作,但先前那种充分的愉快却没有了……"

他对绘画有非常深刻的理解。虽说毕加索距离他非常之远,但彼得·彼得罗维奇却说:"毕加索高出于所有的人"——并开明地向别人解释,何以毕加索是我们这个世纪伟大的现实主义者。

下面这一段话摘自孔恰洛夫斯基的笔记本:"普希金在1825年3月14日给兄弟列夫·谢尔盖耶维奇的信中写道:'你们那里的人简直胡说八道。他们说,在诗歌当中诗不是主要的,那什么是主要的呢?散文吗?应该及早用压力、鞭子、棍棒和《我独自坐在大伙中间》的歌声把这消灭……'我们这里的人也是胡说八道!他们说,在绘画当中绘画不是主要的!那什么是主要的呢?因此我还不止一次听到这样的话:我的主要缺点是绘画和醉心于绘画,尽管这里所指的是朝气以及同这朝气相联系的特点。这岂不是胡说八道吗?绘画当中主要的就是绘画,因为只有这样,观念、思想、情节才能影响观众。画家只有通过绘画才能把自己的思想感情传达给观众。艺术的天性就是如此。"

灵感常把孔恰洛夫斯基从同他格格不入的"空想的类似"(这是他的

话)中解放出来。无论在梅耶霍德的肖像画、某些家庭肖像画、许多静物画还是彼得·彼得罗维奇在1946年画的那个非常年轻的《地板打蜡工人》中,都可以看到这点。他留下了许多出色的油画,但在想到这位大画家的命运时,我依然经常回忆起他所揭露的那些"胡说八道之徒"。

彼得·彼得罗维奇的脾气非常好,他很少抱怨,甚至同那些妨碍他工作的人,他也保持着如果不能说是良好的,至少也是正常的关系。奥莉加·瓦西里耶夫娜对丈夫的对头们却坦率得多,她说:"我是西伯利亚人,该用凿子的时候我却用斧头……"

我还记得一次盛大的纪念展览。彼得·彼得罗维奇同往常一样愉快地站在那里,同来宾握手,面带微笑。他把我引到一边,谈起了当时美术家协会的一位领导人:"他本来在国外,后来飞奔而来,把最好的作品——《地板打蜡工人》《水牛》以及早期的'西班牙'油画全都撤了下来。可现在他要讲话——致贺词……"彼得·彼得罗维奇在说这话的时候依然面带微笑,但我懂得,微笑对于他来说有时并不容易。

1949年我在坦波夫时,博物馆的一位女职员告诉了我孔恰洛夫斯基的一幅静物画的故事,这幅画挂在省里的一家大工厂的食堂里。经理决定,"没有思想性的"丁香配不上先进生产者。送来了一幅描绘工厂生活的大油画。不料工人们却提出了抗议:"把我们的丁香给我们留下!"……

回到莫斯科后,我把此事告诉了彼得·彼得罗维奇,我看见了他眼中的泪花。他轻声说:"这就是奖赏……"

可以画个句号了——历史将作出结论。

26

1951年我年满六十。就在那个人们用来批评、庆贺和殡葬作家的文学宫的大厅里,举行了一次纪念晚会。回忆是十分丰富的。

在晚会上,亚·亚·法捷耶夫担任主席,康·亚·费定作了报告。各出版社、杂志、报刊、剧院的代表宣读彼此雷同的贺词:"热心的政论家""锋利的笔触""争取和平的不倦的斗士""作品已成为苏联文学最宝贵的一部分"……青年们表演了合唱。酷热难当,耸立在我面前的人造皮纸夹发出臭气。后来宣读了世界和平理事会、杜维姆、奈兹瓦尔、聂鲁达、亚马多的贺电。在简短的讲话中,除了当时在任何一个隆重的纪念会上都必不可少的那些表示感谢的话以外,我还谈到了使我激动的问题:"正如每一个作家那样,我经历过迷惘、怀疑、沉默的时刻。支持了我的是俄罗斯文学,是我们伟大而具有深刻的人道主义精神的前辈。可以写得比他们差,——任何配售店都不分配才能——可以写得比他们差,但不能在思想、感觉、苦恼、欢乐方面比他们差……我想起了别林斯基关于诗人的一段很好的话:'他有权维护高尚的人类天性,他也同样有权追究使人变得畸形的那些虚伪而不合理的社会生活的原则。'为了人的尊严而同别林斯基所说的那些虚伪的原则进行斗争——这就是作家的职责,这就是他的使命。他不是选择事件的记录,不是从事改编,不是编制存在的事物的清单,他是发掘人类心灵的宝藏……我同我的许多同时代人一样,没有立刻看到人类文化的继承性和多样性。我们在阅读历史的各章时往往未把这些章节联系起来,有时地理学也妨碍我们很好地了解历史。然而接力赛跑却在继续进行,普罗米修斯的火也不断地从一个人的手中递到另一个人的手中……人是会老的,精力日益不济,感情也不大容易激动了。但对于作家来说却没有老年:他的全副精神都寄托在隐秘的激情和未完成的作品上,在已经不是人们而是死亡使他离开——这一次是永远离开——稿纸的那一分钟之前,他始终年轻。我谈这个问题是因为我想写作。"

作家协会书记处决定出版我的作品的五卷集以纪念我的生日。我为这个版本饱尝了痛苦:几乎在先前出版过许多次的那些作品的每一页上人们都要寻找违禁之处。我偶然地保存了我在1953年1月寄给最高法院的一封寻求保护的信件的副本。除了文字上的各种改动之外,人们还要求我给中篇小说《第二天》和《一气干到底》的某些主人公更姓换名:"这两部作品均系描写同其他民族一起修建工厂和改造北方的俄罗斯民族的,但书中非主要民族的人物姓氏过多。"接着开列了一份名单,其中有中篇小说《第二天》里的二百七十六个姓氏之中的十七个,《一气干到底》里的一百七十四个姓氏之中的九个。我想:可卷头上的那个姓氏又该怎么办呢?

我们用得到的稿酬在郊外的"科学,艺术,文学"合作社里买了一些木料。当地不像莫斯科郊区:我的小房子位于一座带有陡坡的小山上,小伊斯特拉河在下面流过。这是一条小溪,但在4月里化雪的时候,它却大为泛滥,如果想象力丰富的话,简直可以称之为尼罗河,尤其是因为我们的车站叫作新耶路撒冷。兹维尼戈罗茨克县一度被莫斯科人戏称为"莫斯科的瑞士"。这个小镇是因17世纪根据尼康①的命令修建的新耶路撒冷修道院而得名的。德国人临走时炸毁了钟楼,并严重地破坏了大教堂,彩色的瓷砖(佛罗伦萨同波斯的合璧)直到1950年还堆在地上。契诃夫在沃斯克烈先斯克镇(即今伊斯特拉)住过,在地方自治会医院里工作过,写过短篇小说,并在修道院的古树下休息过。我种了些丁香、茉莉、月季。冬天从伊斯特拉的市苏维埃来了电话:"您的别墅烧掉了。"

得到以下各卷的稿费后,我们开始营造新房——砖砌的地基完好无恙。莫斯科的窄小住宅人多而嘈杂,从1952年开始,我们大部分时间都是在新耶路撒冷度过的。我在提米里亚捷夫卡从季莫费耶夫教授的林中别墅里弄到的小菩提树已经绿荫遮地了。这本书我是在窗畔写的,冬天四周一片雪

---

① 尼康(1605—1681),1652—1666年的莫斯科总主教。

白,而在 8 月里,短暂的北方之夏的鲜花则盛开如火。

我在纪念晚会上说我想写作,这是真心话。我想叙述我的见闻和感受,叙述自己的痛苦、疑虑、希望。40 年代末和 50 年代初,无论对于我国文艺界还是全体苏联人民都似乎是一个最艰苦的时期。人们继续在顽强不屈地工作、重建千疮百孔的城市、盖工厂、挖运河。意志薄弱或灰心失望的人民永远也不可能取得战后所取得的成就。人们生活得很苦。萨拉托夫人觉得莫斯科或列宁格勒无异于天堂,但在恩格斯城人们却艳羡地谈论着萨拉托夫的商店。不过在我现在谈到当时的艰苦时,我所想的不只是,而且主要也不是物质上的缺乏。从伏尔加河走到施普累河的人们,在精神上是不能容忍官员的迟钝、想入非非的巨大数字、说了不止一遍的"让我们不要再……"的。对于一个旁观者来说,主动精神、创造性的思想和人与人的关系似乎均已冰封,但是在这冰层之下却流动着深厚的感情、未吐露的话语、良心和思想的活水。这条河流也是我想叙说的。可我却坐下来写作这么一部长篇小说,它描述的是一个美国参议员、报纸通讯社"特兰索克"的阴谋、杜马教授的老年、愚蠢的裁缝马科恩如何唱道:

她对他说:
你干吗接吻?
你不是他,我也不是她,
特鲁图图和特拉塔塔。

我曾提到,在 1917 至 1918 年间我写过一些歪诗,当时我还不到三十岁。但《九级浪》却出于一个六十岁的老人之手。当然,我本也可以举出我的一些同志来为自己辩解,说他们在那几年里也写了一些不大好的作品,但一个作家首先要对自己负责。为什么我现在要为写出了《九级浪》而感到遗憾呢?这不是因为某些历史事件写得不真实——我是根据我当时所拥有的材料进行判断的,这都是一些细节,而且问题也不在这些细节。批评家们从 20 年代就开始指摘我的长篇小说充满政论色彩。他们没能说服我:我在探索长篇小说的新形式——我不能把一个人的遭遇同寿命短暂的报纸赖以为生的重大事件分割开来。我从未号召别人仿效我的榜样:作家也同所有的人一样,是各不相同的。我属于这么一类作者,他们同我们有时在心里称之为"耸人听闻的事件",而十年后有时竟会成为历史上的一章的那种东西是紧密相连的。《胡利奥·胡列尼托》《第二天》《巴黎的陷落》《暴风雨》都是那些在当时可以称之为轰动一时的重大事件所产生的。作者不是自己作品的审判官——他往往要在写成的东西上增添他想写的东西,我上面提到的那些作品可能写得不好,但它们都是内心的必须的产物。可我为什么要在1950年坐下来写《九级浪》呢?我也可以回答:不是为了钱,但这只能是个借口。在战争时期我没想到过写一部关于战争的长篇小说:我知道这是不可能的。在1950年,"冷战"十分激烈,只得赞美它或诅咒它,煽风点火或试图把火扑灭,但谁也不能理解所发生的事情的意义,不能窥察敌人的心灵。我所写的文章可以是成功的或失败的、正确的或错误的,但我不能否定它们。至于写长篇小说,而且又是部头很大的,那却是一件蠢事。我模模糊糊地感觉到这一点,但我却被另一件事所诱惑——表现我国人民。我以这样一种希望安慰自己:我将能说出一些真情。

我还记得,有一次我同萨维奇坐在一起,他读了已完成的章节,我们时而喜形于色、时而愁眉不展地讨论着作者应该如何处理苏联的英雄人物。如果教师索莫夫受到了诽谤与迫害,那他的女同事将会从区委书记那里了解到真实情况。如果奥西普在基辅碰到了残酷的现实,那么火线上的朋友们就应该立刻在精神上把他拯救出来。如果瓦丽娅最后终于明白她没有才能,剧院里上演的也都是一些枯燥无味、死气沉沉的戏,如果她已陷于绝望,那就会有一个不知名的观众及时向她致以由衷的谢意。如果厂长是个官僚主义者,他不愿把一个年轻的工程师设计的脱谷机投入生产,那么莫斯科就会称赞革新者。如果发生天灾,人们很快就能战胜它,如果有了什么苦恼,多情的妻子或富于远见的朋友就会把它驱散。我的长篇小说的情节发生在十个国家,但拨给苏联人的篇幅却不足四分之一,而专门描写他们的那几章也都加了不少的糖。从《暴风雨》转入《九级浪》的主人公米纳耶夫想写一部关于战争的真实的长篇小说。书中引用了一些写在这本构思中的作品里的简短字句,例如:"'我们的爱情十分单纯,'薇拉说,'如果被杀害——没有什么,但如果我们还能活着——那就得想出点什么来。'"其他还有一些关于工作、同志关系和生活的字句。然而米纳耶夫是不可能在1951年写出这本构思中的作品来的。而我则写了一部拙劣的长篇小说。

我在1951年春遇见了文学研究所的大学生。我向他们谈到了我对创作的天性的理解。(《文学报》发表了略微经过整理的谈话记录。)我想起了列夫·托尔斯泰对初学写作的作者列昂尼德·安德烈耶夫的劝告:如果作家想到一部作品,但觉得可以不把它写出来的话,那他也就不该去写它。这段话是对《九级浪》的严厉判决:我本来是可以不写它的。

亚·亚·法捷耶夫在1953年1月从医院给我寄来一封关于《九级浪》的长信,他也批评了几句,但是却说,总的来说长篇小说是"强有力的、富有人道主义精神的,其中沸腾着人民的力量,人的洪流汹涌澎湃"。与此同时,阿拉贡也把《九级浪》同《巴黎的陷落》和《暴风雨》相提并论。但我依然不相信这些好评——我已清楚地知道,我犯了作家最大的错误之中的一种。方才我把此书拿到手中翻了一翻,不禁想哼出美国裁缝的那支小调。

你不是他,我也不是她,
特鲁图图和特拉塔塔。

不久以前我浏览了1951至1952年间出版的《文学报》的合订本。社论里总是一再地说"创作的空前繁荣"。众多获奖者的照片琳琅满目。但是不能预见下一次的灾难将落在谁的头上。在整整一个月当中,人们一直在咒骂乌克兰作家:考涅楚克和华西列夫斯卡娅由于为一出歌剧写了歌词而犯了过失,索休拉发表了一首为某人所不喜欢的诗,人们回忆起雷利斯基在1945年发表过"有害的诗",并重又提到了佩尔沃迈斯基——原来他既是"世界主义者",同时又是"资产阶级民族主义者"。另一个月则专门攻击批评家古尔维奇,因为他写了一篇关于长篇小说《远离莫斯科的地方》的文章。亚·亚·法捷耶夫和阿·亚·苏尔科夫供认,经他们的推荐发表了一篇被《真理报》称为"反爱国主义观点的再次出现"的文章。《新世界》的主编"完全承认自己的过错"。有些文章酷似法院审理报告,只是现在难以理解什么是犯罪要素。

《文学报》刊载了一些悼亡之作:维什涅夫斯基、普拉托诺夫、巴甫连科逝世了。接踵而至的是雨果、果戈理的纪念。

出色的果戈理纪念像起初从街心花园迁往顿河修道院,后来又迁往他去世的那所房屋的院内。果戈理忧郁地坐着,但作家却应当始终朝气勃勃。

当然,即使在那歉收的几年里读者也曾感到过喜悦:格罗斯曼写了一部关于战争的长篇小说,其中有一些优秀的章节。薇拉·潘诺娃发表了新作《一年四季》的片断,我第一次在文学作品中看到了战后的少年。我读了奥维奇金的《区里的日常生活》、年轻的格拉宁的中篇小说。我想必遗漏了许多作品——难以想起这本或那本书是什么时候拿到手里的了。

当时马丁诺夫常来找我。他很少谈话,在生活中还常常视而不见,我甚至还要说他口齿不清。有时他对人漫不经心。有一次我把巴勃罗·聂鲁达介绍给他。智利诗人就像大自然现象那样使马丁诺夫感到惊讶,暴雨、干旱、化雪和风是永远都会使他惊异的。他写了一首关于聂鲁达的诗,把他写得就像报刊文章所描写的那样——一名壮士,神奇的行吟诗人。但聂鲁达却了解马丁诺夫:"一个真正的诗人——在他眼前的是第二个世界——艺术世界……"1946年以后,马丁诺夫的作品不能发表了。但他继续写诗,常从衣袋里掏出揉皱了的纸片向我朗读,每一次我都对他那诗人的力量感到惊奇:气象学变成了长篇史诗。而他却逍遥自在地喝着茶,牛头不对马嘴地回答别人的问题。那几年是他的创作的黄金时代。1955年马丁诺夫年满五十。年轻的诗人们争取在文学家之家为他举行了一次晚会,并朗读了他的诗作。与会的老作家似乎只有我一个。后来由莫斯科各工厂的文学小组代表、铁路员工致辞。他们都说,手抄的马丁诺夫的诗句帮助他们懂得了现代诗歌。诗人的命运发生了变化:数月后出版了他的作品。

年轻人——维诺库罗夫、梅日洛夫、乌林也曾向我朗读诗作。我在《接班人》上写了一篇关于维诺库罗夫的文章——当时他还是个年轻小伙子,但在他那朴实的诗作里却有一些优秀的、巧妙的诗句。

文学研究所的学生曼德尔常来找我,他在经历了许多苦恼之后变成了诗人科尔扎温。他的头脑很不清楚,有时简直荒唐可笑,他常和教师发生争论,为朋友和自己写诗。手抄的诗作落到了并非诗作应该落到的地方。曼德尔被叫去了。他攻击了一个劝他此后再不要写那些不伦不类的诗的正派人。不久他终于被捕,但他再次走了好运:他被送到一个遥远的西伯利亚村落流放三年。曼德尔的父亲是个装订工人,母亲是个医生,他们不时给儿子寄点钱去。诗人在那里读书、思考、写作。我看见他时他早已成人,他告诉我,没等到人们把他送往卡拉干达,他就决定前往该城,进了矿业技术学校,他继续写诗,但不愿迎合编辑部的口味。他给我读了一首长诗的引言——他写道,轻松愉快的时代从来不曾有过,一切取决于人。不久以前我从他那里收到了第一本诗集。

在莫斯科举行了一次青年作家会议,指派我参加一个讲习班。我读了十来部手稿——中篇和长篇小说。几乎所有的作品里都有一些成功的篇页,但却使人有一种拘束之感。在同年轻的散文作家们谈话时,我看到他们了解生活、懂得人;有一个承认:"我自己也知道写得不好……可那有什么办法——趴在桌子上写长篇小说可真不容易……"

年轻的一代吸引了我。我领导了两年季米里亚泽夫科学院的文学小组。小组的成员几乎全都写诗。我没有打算把他们培养成诗人,这在我看来也是不可能的。但是可以教会他们如何欣赏诗作、提高美学修养,于是我就竭力这样去做。我对于同二十来岁的人谈话颇感兴趣,他们差不多都是集体农庄庄员或区农艺师的子女。有一次,一个年轻的大学生出来送我。他突然问道:"为什么杂志上不发表情诗?我们正在读莱蒙托夫、勃洛克、叶赛宁、帕斯捷尔纳克的诗。可现在有谁这样写呢?……"谈话结束时他说,"我就要在学院毕业了,也许我还能学会写诗,但也可能学不会,可我永远都要读诗。五年以后,情诗大概也会开始发表了……"一年后,沃洛佳·柯克里亚耶夫在池塘里淹死了。

1950年,诗人鲍里斯·斯卢茨基前来找我。我是在战争前夕认识他的,但此后未再相见。在我开始写《暴风雨》的时候,有人给我带来一部很厚的手稿——一名参加过战争的军官的札记。在手稿里的那些表达得既很简洁而往往又很巧妙的饶有风趣的见闻中,我发现一首叙述苏联战俘的遭遇的诗《科隆谷》。我断定这是民间创作,便把它收进了长篇小说。不料作者原来是斯卢茨基。他向我朗读了一首描写被水雷炸沉的运输舰上的马匹的诗:

马儿嘶叫着沉往海底,
在沉到海底之前全都嘶叫不已。

这就是一切。可我还是可怜它们——
这些没看见陆地的枣红马儿。

我立刻感到,他的诗同我是那么接近。后来我试图对他的诗作些分析,曾谈到人民性,引证过涅克拉索夫的话。为了这篇文章我挨了一顿臭骂。也许是我也没能表达出我想表达的东西。斯卢茨基一向是既不写自己对女人的爱情,也不写大自然的——给他灵感的诗神是前线的女通信员,她用乳牛耕地,在建筑工地上搬运砖石。在斯大林死后不久,他向我朗读道:

> 讲排场的时代结束了,
> 造面包的时代来到了,
> 冲击天空的人们
> 也可以抽支烟休息一下了。

先前我从来不曾想到,我可以像同我的同龄人那样同一个比我小三十岁的人谈话,不料这却是可能的。我在"抽支烟休息一下"之前就同斯卢茨基成了朋友,这大概也有助于我把他当作自己的同辈。

别人的诗作帮助了我——诗还活着(有时是像很久以前那样活在口头上)。然而我谈到过的那条看不见的河流在生活中的水位却高得多。

1950年初,我被里加的一个区选为民族院的代表。在选举前的大会上,人们都说拉脱维亚语,姑娘们给我献花——仿佛是用布做的白水芋,献花时还屈膝请安。选民们很少找我:他们住在共和国的首都,因而有什么要求或冤屈总是去找当地的代表。一年后,我被恩格斯城及其附近的几个区选入俄罗斯苏维埃联邦社会主义共和国的最高苏维埃。此时我才明白,代表的职务并不清闲。

在战前,恩格斯城是伏尔加河流域德国人的自治共和国首都。在城里和乡下居住的几乎全都是新住户。人们还没有适应新的环境:乌克兰人在冬天冻得要死,俄罗斯人咒骂旱风。我已经说过,在那几年里,除了工业中心和某些栽培技术作物的地区之外,全国都是勒紧腰带生活。萨拉托夫得到供应的情况比恩格斯城好得多,但是乘火车前往却很不容易:在冬天,有一条道路穿过伏尔加河,在夏天,河上有小汽船行驶,而在春秋两季,恩格斯城的居民就只有愁容满面地瞧着萨拉托夫的灯火。地方当局请求我设法改善恩格斯城的供应状况。我试了一下,但毫无结果。可是我却弄到了几辆救护车,一位部长接见了我,这也许是出于好奇——好歹总是作家,他谈论着文学,而我却

1339

拿定了主意：弄不到汽车就不走。恩格斯城是个很长的城市,有的地方没有人行道,街道上的照明设备很差。我帮忙弄到了公共汽车。所有这一切都需要经过"苦难的历程",也就是说要经过各种不同的部门,需要冗长的谈话和耐心。我还帮了图书馆的忙,馆中原来有许多罕见的德文书,而俄文书却很少。我搞了个书籍交换,此事也不简单:需要各种各样的中心点头同意,需要一些人签字,但要闯进去见到这些人物却又并非易事。

幸福的人是既不找医生也不找代表的。在星期日报名求我接见的不幸者往往数以百计——一个证明,他和全家再也不能在八平方米的住宅里生活下去了；另一个抱怨说,他的父亲受到了不公正的判决；第三个所做的工作不是他的专长。我向检察长争取到了对一个案件进行重新审查(我的其他几十个请求却被束之高阁)；为一个残废军人弄到了一条假腿；在斯德哥尔摩为一个女人买了一种药品,用她的话来说,这种药拯救了她的小儿子；弄到了书籍、种子。这一切虽都是"区区小事",但我却暂时感到轻松一些,而且还觉得自己是同成千上万的人的日常生活联系在一起了。

我在市执行委员会里接见群众时,来访者都低声说话,常常请求不要说出欺负他们的人的姓名:"您一走,他们就会拿我出气……"几年以后,生活发生了变化。我当了陶格夫匹尔斯(俄文是德文斯克)市的代表,这个城市在战争时期遭到破坏,城里住着各种民族的居民,成千上万的妇女渴望安排她们劳动,修建了一所有着过于豪华的楼梯的师范学院,但却不能给教授们提供寓所。那里的选民们来找我时都激烈地提出抗议,不让市苏维埃的工作人员走进我的房间,大声地述说着一切。但这是在1955年,而我现在叙述的却是1952年……

我在扎沃尔日耶的草原上旅行时,村里的居民纷纷向我提出请求和要求。在一个集体农庄,人们说,给他们挖了些自流井,钱拿走了,水却不见；另一个集体农庄的人抱怨道——他们弄不到建筑材料,学校只好设在一个有人住的农舍里；第三个集体农庄的青年生气地说:"恩格斯城答应派个剧团来,不料只来了三个演员,演了一出戏的几个片断,而这出戏也很枯燥——女队长知道该怎么播种,可主席不肯让步。这个我们自己也懂。我们希望来个真正的剧团。"有一个人补充道:"让他们把《哈姆雷特》带来。我在萨拉托夫看过,这是那么好的辩证法,叫我想了整整一个月……"

在一个集体农庄,人们留我吃晚饭,端来了煎鸡蛋、家酿的啤酒。女主席说:"请您帮助我们解决,我们跟她争了好几个晚上……""她"原来就是会计,她说,"依我看来,谢尔盖没有把马多带到莫斯科,他这是对的。我是从格扎次克附近到这里来的。看来这算不了什么——虽然是在自己的国家,说话也听得懂,可就是不能让自己平静下来,夜里想起小木房——被德国人烧了,就像傻瓜似的号啕大哭起来……要是把一个法国女人带来——她连找个人谈谈都找不到,会愁死的……"女主席是个威风凛凛、精力充沛的女人,她不同意,"人应该有理想。有时你做了一个好梦醒来会觉得生气:为什么不能老在梦里呢,在梦里就是下地干活也轻快些……"

人们的思想在发展。在草原上的一所农村小学里,小孩子们读道:

而他,不安地在寻求风暴……①

他们怀着理想走入生活。现在他们快二十岁了,每当看见我们的有所思索、有所要求、有时也吵吵闹闹的青年,我都会想起那个朗诵莱蒙托夫的诗的淡褐色头发的一年级学生。他的背上大概发痒——长出了一对翅膀。七年级女生常去萨拉托夫,参观博物馆,思考车尔尼雪夫斯基的遭遇。有一个告诉我说:"我在萨拉托夫认识了一个小姑娘,她让我抄了一首叶赛宁的诗。小马驹真可怜……"

有一次在恩格斯城,一个五十岁上下的人前来找我,他在接待室里坐了整整一个星期天,终于轮到他了。我请他坐下,可他却站着嚷道:"请您想想看——像恩格斯这样的城市,总共只有十五部!……"我因接待了几百个来访者而昏迷起来,便问"什么",我猜可能是一家医院或营业站出了什么事吧?最后他作了解释。国家文学出版社为纪念雨果而征求预订他的文集。这位伟大的法国作家的特点并不是文字简练,他活了很久,也写了很多东西。在恩格斯城有谁会需要他的文集呢?何况房间里也摆不下。但来访者却很生气:"人们从晚上就开始排队,可是请看,全城只给十五部!……"我高兴起来,因为我至少马上就可以满足一个选民的请求——作为纪念委员会委员,我有权预订,将来把书给他寄去……他摇着头:"我不需要,我是

---

① 莱蒙托夫的诗句。

第三个登记的。我是为了全城来对您说的。真叫人难过:恩格斯是个大城——可突然来个十五部!……"

另一次来了个青年工人,他的脸还像孩子似的微微有些发肿,他很腼腆,不大连贯地叙述道:他被派去修理残废者之家,那里有个年老的女人曾当着他的面说,人们给她登记了一副专门的眼镜,可有人却对她说:"没关系,没有眼镜也能对付。"她当了四十二年教师:"您想,作家同志,她给多少人打开了眼睛,可现在连看书都不能看。我认为,这是绝对不公道的。"他的手里拿着一本书,我问他读的是什么,他更加不好意思了:"我知道,等您接见要等很久……"原来是一本代数教科书。

不,女教师并没有白白地工作了四十二年,无论教师、图书馆管理员、博物馆工作人员、演员、讲师还是作家,都没有白白地劳动。人民在思考、学习、成长。小小的外省城市、木棚、白雪覆盖的乡村、东倒西歪的小房子——所有这一切都似乎是不幸的、昏睡的,而生活却在沸腾,纵然《文学报》美化这种生活,同时又使之减色,但实际上人们的生活却比这要坏,但是却更坚强,精神上要比戏剧中的那些获得了所有三个等级的奖章的主人公们更为丰富多彩。

我曾醉心于园艺、种菜。我种了两棵七叶树——一棵死了,另一棵长大了,如今每逢春天,它就像在基辅或巴黎那样鲜花满枝。我经常播种,这是一桩好差事:一部作品能否写好是难以预料的,可你在这里种下微小的种子,在木箱上盖一块玻璃——两周后就会出现绿点,接着就得疏苗移植,这是个需要细致耐心的工作,它可以使人平静下来,这当儿不能去想那些时常发生的不愉快事情,要十分留心,保护幼苗使其不受病、虫之害,那它们就一定会开出花来。

有的读者会觉得奇怪:何以我在叙述了恩格斯城的人们之后却突然掉转笔头写起一个上了年纪的植物爱好者的怪癖来了?这不是偶然的。国外的许多人以及我们的一些青年还不明白,人民的生活是延续的,是不会中断的。人民经历了许多不好的事情,但他们没有睡觉,而是在感受、在建设。莫斯科城郊的花园在冬天像死的一样,但在树干或仅仅是在树根里却进行着准备春天开花的看不见的过程。所有这一切在日后是很容易理解的,但在1951年我却常常濒于绝望。

27

颁发"加强和平"斯大林奖金的委员会于 1950 年组成,参加者有阿拉贡、郭沫若、安德森-尼克索、凯勒曼、贝尔纳、邓波夫斯基、萨多维亚努、聂鲁达、法捷耶夫和我;委员会的主席是德·弗·斯科别利岑。

在第一年的获奖者之中,除了约里奥-居里之外,还有孙逸仙的遗孀宋庆龄女士。1951 年 9 月,我和巴勃罗·聂鲁达同去中国授予她奖金。与我们同行的有巴勃罗的妻子杰丽娅和柳芭。我们乘火车赴伊尔库茨克——巴勃罗想看看西伯利亚,哪怕是从车窗里看看也好。我们在伊尔库茨克停了下来,会见了那里的作家。聂鲁达想看看贝加尔湖——他说,早在青年时代他就有此心愿。我们到了一个鱼类研究站,给我们看了一些奇怪的深水鱼。聂鲁达要求给他几条尝尝。幸而煎熟以后难以辨别鱼的种类,于是聂鲁达就津津有味地吃了起来,当然,他吃的并不是那些在鱼缸里游来游去的奇怪的鱼。

现在我想违反我选定的规则来描写巴勃罗·聂鲁达以及我的一些同他有关的奇遇。除了毕加索之外,在我曾用本书的单独一章分别描述的那些人当中,如今已没有一个犹在人世:我怕得罪人或者引起不愉快的事件。但巴勃罗·聂鲁达已变成一个神奇的人物,有几十本浪漫主义的作品描写了他。我现在想谈谈另一个巴勃罗,这不是我在历史舞台上看到过的那一个,而是在一些普通的房间里看到的那一个:在马德里、巴黎、布拉格、莫斯科、北京、维也纳、圣地亚哥、伊斯拉-涅格拉。

本书的最后一部可能显得过于悲伤:正如古话所说,老年不是欢乐,加以未必有谁会把 1945 年到 1953 年的这一段时间称为愉快的时代。我对聂鲁达的怪癖将要比对他的出色的诗歌谈得更多一些,——回忆起同巴勃罗度过的那些时日我就不禁想微笑,读者可能也会同我一起微笑。

我是1936年在马德里认识聂鲁达的。那个时期通常被称作是诗人的生活与创作的转折点。我觉得,"转折点"是罕见之物。聂鲁达当时是三十二岁,他的性格业已形成,他很久以前就开始写诗,在最初的几本诗集之中有一本叫作《二十首关于爱情的诗和一首关于绝望的诗》,他在这本诗集里不仅找到了自己的风格,而且也表现出了高度的技巧。他当时写道:

> 云儿犹如离别时的白手帕,
> 远走他乡的风儿挥动着它,
> 在我们默默无言的爱情之上,
> 猛烈地跳动着风儿的心脏。

三十年后,聂鲁达也写过风、爱情和离别。在1936年,聂鲁达的诗扩大了。他当时是智利驻马德里的领事,朋友们——加西亚·洛尔卡①、阿尔维蒂②、埃尔南德斯常去找他。法西斯的炸弹突然开始了对城市的袭击。

> 儿童的鲜血就像儿童的鲜血那样,
> 在街道上流淌。

他当时写了诗集《心中的西班牙》,我把它译成了俄文。我们做了朋友,但不久就一别十载。

战争时期聂鲁达是驻墨西哥领事。我读了他献给斯大林格勒的诗。后来我收到一本在墨西哥出版的我的战时论文集,前面有聂鲁达写的序言:巴勃罗诅咒唯美派而赞美苏联。那时聂鲁达成了共产党员。回到智利以后,他写诗、在集会上讲演;圣地亚哥和瓦尔帕莱索的那些不懂诗歌的工人都认识他。

行将举行总统选举。共产党员支持候选人冈萨雷斯·魏地拉,他发誓要实行土地改革并保护工人的权利。聂鲁达劝选民投魏地拉的票。新总统不久便忘记了自己的诺言。聂鲁达的一段大概是所有读者都知道的故事便

---

① 加西亚·洛尔卡(1899—1936),西班牙诗人和反法西斯剧作家。
② 阿尔维蒂(1902—1999),西班牙诗人。

由此开始:他被指控犯了叛国罪,此后,在1948年初,他又在上议院的会议上被公开指控为背叛共和国总统。诗人不得不藏了起来。他继续写作——写《全民的歌》一书。我已叙述了他在巴黎代表大会上出现时的情形。

聂鲁达喜爱惠特曼,这不仅是因为他向后者学到了许多东西,而且也由于内心的近似——他们是同一个大陆上的诗人。对于像和平这样普遍的主题,聂鲁达有与欧洲诗人不同的写法:

给即将来临的黄昏以和平,

给渡口和葡萄酒以和平,

给那像一支古老的歌曲一般

寻找着我并且溶化在

我的血液中的话语以和平,

给面包醒来的

黎明时的城市以和平,

给我兄弟的衬衫以和平。

从那时以来,聂鲁达写了几十本书,走遍了几十个国家,获得了真正的名声,但他却没有变。每当我在离别数年之后见到他时,我们总是立刻就谈起了今天。

有人说,聂鲁达的外貌很像一尊佛像,这尊佛像是古代的印加人用石头雕成的;我同意这种说法。(但是印加人的神都是怒目圆睁的,而巴勃罗却是温和慈祥的。)尽管他一生中碰到过不少惊心动魄的事件,但他喜欢(过去也一直喜欢)逍遥自在、谈谈琐事或想想严肃的问题。他给人的印象是个清心寡欲甚至懒懒散散的佛,但他写作之多却使人大为惊奇。他的许多诗作都是嘹亮震耳的,但他谈起话来却低低的,他的声音不像是一个宣传家,而像是一个受了委屈的婴儿。他的朋友,智利议员巴尔塔萨·卡斯特罗对巴勃罗有出色的描述。他告诉我,在他们相识之初,聂鲁达曾打电话通知他,一桩有争论的事情得到了圆满解决。仿佛是从远方传来的一个充满悲痛的声音:"巴尔塔萨,胜利!……"

聂鲁达是个入迷的收藏家,他收集各种各样的东西,但主要的是用来装饰帆船船头的巨大的木头雕像,以及海里的小贝壳。在太平洋岸伊斯拉-

涅格拉城他的家里,有古代的指南针、沙漏计时器、航海地图。中国诗人艾青访问该城时,曾问巴勃罗是以水手还是以船长自居。巴勃罗答道:"我是船长,但我的船沉了。"这是诗人的杜撰:我不仅从未看见过聂鲁达的船沉没,也从未看到过它失去控制。在中国的一个博物馆里,巴勃罗看见了一个他所没有的小贝壳。他一再地提到这个贝壳,致使殷勤的主人把稀罕的陈列品赠给了他。巴勃罗曾以充满深刻歉意的声音向我谈了一两个钟头他所得到的小贝壳的价值,但是他的脸上却浮着幸福的微笑。他在中国的玩具店里买了些硬纸板做的老虎。老虎都凶狠无比,同时又不能不带着微笑去看它们。(我们当时还不知道,十年后中国人会把美国帝国主义称作"纸老虎"。)

聂鲁达是个非常容易同人接近的人。在布拉格,无论我什么时候去找他,他的房间里总是有人坐着或站着:智利的共产党员、捷克的诗人、操各种语言的记者。在圣地亚哥,我和柳芭住在巴勃罗的家里,我们觉得就像是住在广场上。有一次我想在白天换换衣服,但是不得不放弃这个打算:聂鲁达诗歌的女崇拜者一直不停地向房间里窥探。每天都有十五至二十人在他那里吃午饭。有一次他轻声问我:"你可知道坐在你左边最末一个座位上的那个人是谁?……"

根据聂鲁达的请求,我于1954年夏前往智利:我得授予他和平奖金。能够看到拉丁美洲,我觉得很高兴。当时我国同智利没有外交关系,但我和柳芭都得到了签证。我想,此行将会是轻松愉快的。智利人在那个夏天庆祝了聂鲁达的五十岁生日。"冷战"也趋于缓和。在此两个月前,我在巴黎把奖金授予了皮埃尔·戈特,一切都很隆重,各党的代表都到了。

我忘记了距智利路途遥远——我们从斯德哥尔摩起飞,飞了四十八小时;这是在8月里,那里正是冬天。在智利,"冷战"还在进行。在圣地亚哥机场上,警察好奇地、然而颇有礼貌地把我们的护照翻来覆去地看了一阵,海关职员检查了被打开的皮箱,当我们已经走进巴勃罗、杰丽娅和前来参加纪念的若热·亚马多等待我们的大厅时,突然出现了特别警察局(不知为什么被叫作"国际警察局")的几名如临大敌的官员。他们开始怒气冲冲地把我的东西从皮箱里扔出去,我的皮包被掏空了;我试图护住一张应该授予聂鲁达的奖状,但是一名肌肉发达如拳术家的警察紧紧握住我的双手,险些儿使我忍不住叫了起来。幸而金奖章未被发现——它放在柳芭的手提包里;要是它落入警察局长之手,那他是绝不会送还的:这是个手脚不干净的人物,不久他就因为羊羔皮舞弊案而被捕。

国会主席巴尔塔萨·卡斯特罗来到了飞机场,但在"国际警察局"面前连他也无能为力。聂鲁达把我们接到自己家中,生起平时不大生的壁炉,开始叙述我们在智利将会看到一些什么奇异的东西。

翌日所有的报纸都登满了我的照片。警方宣布,我企图带来录有给智利及其他拉丁美洲国家共产党的秘密指示的唱片、译成了密码的基层组织的代号和五百万比索。对于最后一项,司法部立刻予以否认,因为他们害怕将不得不归还警察未能没收到的那笔钱(这笔钱我本来就没有)。无论是录有秘密指示还是录有民歌的唱片也都并不存在。一张写了几种植物(我希望从它们的故乡弄些种子)的拉丁文名称的便条和我在飞机上用来消遣的法文字谜,被宣布为译成了密码的文件。

想象不到的事开始了。一天夜里,有人向聂鲁达的家里扔了几个爆炸筒,火灾很快即被扑灭。另一天夜里,我们被喊声惊醒。"这里连觉都不让人睡。"柳芭说,说完立刻又睡着了。早上我们才知道,一辆装着扩音器的汽车开到房子跟前,把这条街上的人全都吵醒了。聂鲁达的园丁规劝道:"你们怎么不害臊呢,把人们都吵醒了……"一个说西班牙语的叫嚣者答道:"我们过五分钟结束了就走。"我在报上看到,有几个专程从纽约飞来的俄国人劝我"选择自由",和他们一同飞往美国,因为"赤色分子"不会原谅我的《解冻》,他们还向柳芭呼吁:"救救伊利亚和你自己!"又说柳芭曾想从二层楼上跳下来,但被"两名彪形大汉——肃反工作者"拦住了。报纸刊载了所有这一切,尽管圣地亚哥是个不大的城市,而聂鲁达的房子也是众所周知的只有一层。

城墙上写满了这样的字句:"爱伦堡,回家去!""要智利,不要俄国。"报纸宣称,我在莫斯科绞死了许多无辜者。"一名老练的女肃反工作者和爱伦堡同来,她的绰号是'柳芭'。"给读者的印象最深的大概是这样一个消息:俄国人把聂鲁达叫作"叶皮达"——记者们是这样念那个也是用俄文印在奖状上的姓氏的。

我在一周内成了圣地亚哥最出名的人物。朋友们劝我到教堂之类的地方回避一下——法西斯分子想害我。可我依然常常进城（聂鲁达的家在郊区），有时同巴勃罗一起，有时同他的一位朋友一起。我曾和巴勃罗同去工人区。司机保卫着我，一小时后他恳求起来："要是我们再往前走，我就要患心力衰竭症了……"工人们认出了我便扑过来拥抱我，而司机每次都提心吊胆——不会是法西斯分子吧？……

看来所有的人都张皇失措了。只有巴勃罗保持充分的镇静，他照样写诗，午饭后睡觉，说有趣的故事。他说，当然，他未曾料到会发生这么些事故，不过这一点也不奇怪——美国佬在那里就像在自己家里一样发号施令，这不久就会结束，那时我可以再来，他要带我去看看瓦尔帕莱索、智利的南部，我就会明白，再没有比这个国家更美的了。

我用电话同我国驻阿根廷大使联系，请他把我的处境转告莫斯科。两三天后，合众国际社报道，莫斯科的报纸正在描述"智利当局的横行霸道"。智利政府明白，它做得过火了。此外，我还和聂鲁达去拜访了阿根廷大使，在智利同苏联的外交关系断绝以后，委托他保护苏联公民的利益。我们是第一批前去打扰大使的苏联公民。他坦率地说，他要向布宜诺斯艾利斯请示，还说他是聂鲁达的诗歌的崇拜者，而对我则是既感兴趣，又怀有戒心。后来他通知巴勃罗，他去晋见了年迈苍苍的智利总统，总统对于我想购买几种秋海棠的种子感兴趣，并说这可以成为两国之间贸易关系的开端。

一天，有两位客人来到聂鲁达家中。巴勃罗不在家，而那些一直住在聂鲁达那里的朋友们则把他们当作陌生的崇拜者。这时来客说道，他们想同我谈谈，并出示警察的证件。原来他们是给我送奖状来的。硬纸封面已令人不忍卒睹——报纸描写道，它曾经受了各种各样的化学分析。巴勃罗回来后，我把奖状给他看了。他微微一笑，并忧郁地说："我对你说过，我们会胜利的……"

需要组织授奖仪式。这可不容易——法西斯分子威胁说，他们要采取措施。我们召集了一次军事会议——与会的有共产党员、巴尔塔萨·卡斯特罗、智利作家，当然，还有若热·亚马多。我们在一家大旅馆里租了个大厅，但是怎么维护秩序呢？我们决定，让大学生把市中心占领一个晚上。但是共产党员们想了一想，断定这还不够，于是在大学生之外又增加了几千名工人。

一切都平安地过去了。大厅挤得满满的。致辞的既有作家,也有各党派的政治活动家。一位年老的作家忘记了人们庆贺的是聂鲁达而不是我,竟慢吞吞地用俄语数了起来:"一……二……三……四……"他想以此表达他对俄国人的敬意。我看见若热为了忍住笑而痉挛不已,而巴勃罗却一本正经地听着。后来他发表了有鼓舞力的演说。一位著名的演员朗诵了契诃夫写的独白《论烟草的危害》。

在我们离开的前夜,我为获奖者举行了一次晚宴。在应邀前来的宾客中有两位部长——司法部部长和情报部部长,前者在五天之前曾宣称,我将受到智利法院的审判,后者则每天供应报界荒诞不经的故事。酒肴丰盛,司法部部长心花怒放地举杯致辞——请我不要把智利政府同警察局混为一谈。

(阿根廷大使给了我们签证,我们在布宜诺斯艾利斯过了几天,我们的老朋友拉斐尔·阿尔维蒂和玛丽亚-特雷莎·莱昂当时住在那里。阿根廷作家邀请了我们。我们站着谈话:人们向我们解释不能坐下的原因——如果坐下,招待会就会被视为集会,而集会是被严格禁止的。在最后一天,我们外出散步回来,大使馆的一位秘书同我们在一起。阿根廷朋友们带我们看了美丽的市郊,于是我们耽误了一些时候,而我曾答应向大使馆的工作人员谈谈我在智利所经历的那一段绘声绘影的故事。突然响起一阵轰隆声,我们从汽车里跳了出来:大使馆对面是一条陡街,两个业已逃逸的人从那里把一辆小型卡车向我们的汽车推了下来。大使馆的汽车被砸坏了,而我们之所以安然无恙,仅仅是因为动作迅速,我们的确不是走出来,而是跳出来的。)

这一切都是1954年的事,但是,如果撇开某些绘声绘影的细节,那么这就是一幅我在前几章里谈到过的"冷战"的画面。从那时以来过去了十年,无论在世界上还是在聂鲁达的故乡,都发生了许多变化。不久以前苏联作家访问了智利,玛·约·阿莉格尔①叙述了他们在那里曾受到多么殷勤的接待。

巴勃罗·聂鲁达在不久以前年满六十岁。他有一首诗叫作《我请求宁

---

① 玛·约·阿莉格尔(1915—),苏联女诗人。

静》,他在诗中请求:

> 现在请给我安宁。
> 现在没有我也行……

但在一周或一月之后他重又投入了生活的海洋。他解释他何以能够忍受某些失望的苦恼:当船只沉没的时候,他重又拿起斧头——因为他是造船者:

> 那些船只是我的宗教。
> 除了生活之外,我别无出路。

我在本书中对于作家和艺术家们的悲惨遭遇写了那么多,因而应该谈谈一个幸运的大诗人,哪怕只是简短而戏谑地谈谈也好。当然,聂鲁达也经历过绝望和沮丧的时刻、爱情的痛苦和其他许多不可或缺的事物,但他从未脱离生活,生活也从未脱离过他。他反对世界上的强者,做了共产党员,找到了朋友,因而也找到了敌人,但是咒骂他的都是敌人,他从来不知道,忍受来自自己人的奇耻大辱是什么滋味。他写他所想望的东西以及如何想望。当我翻译他的一部作品的一章时,我碰到了一个我不理解的形象。我问:"巴勃罗,为什么印第安人是浅蓝色的呢?……"他向我解释了很久,说他有一次在湖畔的暮色中看到一些印第安人,觉得他们仿佛是浅蓝色的。"但在诗里这是没有的……"他答道:"你是对的……但是让他们依然是浅蓝色的吧。"当然,对的是他。

人们会说:此人过去和现在都很走运。这不说明任何问题。聂鲁达从未选择过轻松的道路,但在艰苦的道路上,当人们在他的周围颓废、啼哭、诅咒自己的命运时,他看到的不是卑贱,而是高尚,不是牛蒡,而是玫瑰——他生就这样的眼睛和心灵。

不料他发起愁来了,现在他写的不是人民的斗争,不是安第斯山脉或火山,他让自己抱怨道:

> 我被母鸡们弄得十分疲劳:我们不知道它们在想什么,
> 它们不理睬我们,用冷漠的眼色瞧着……
> 但愿一周间哪怕疲倦一两次也好,

因为一天天总是一个模样,

像桌上的菜盘那么单调……

这不是一个老头子的唠叨,而是一个婴儿的淘气。聂鲁达在诗的末尾写道,将有一群青年前来,他们将发现曙光,或者重新给吻举行洗礼。如果他也曾走运,那就是在他出世的那一分钟——问题不在于顺利的环境,不在于乐观主义哲学,不在于利己主义,而在于这个人的不可思议的天性。

28

我们在中国逗留了一个多月,除了北京以外,还去过上海和杭州,到过农村,看过长城和明陵。

对我来说一切都很新奇:我第一次看到亚洲。诚然,殷勤的主人有时过于照顾我们了——他们说,那时还不安宁,到处都有翻译跟我同行。(只有一次在杭州,我用巧计骗过了他们,才得以独自在城里走走。)各种各样的招待会、宴会、会议、群众大会占去了许多时间。印象却依然很丰富。然而我不曾下过决心去写任何关于中国的东西。要想了解一个革命刚刚胜利、新旧事物互相交错的具有极为古老的文化的国家,我看到的是太少了;但要想了解我一无所知的事物,我所看到的却已经足够了,也正是这些阻止了我作出肤浅的判断。

我在这部回忆录里叙述的不是形形色色的国家,而是自己的一生。中国之行对于我是一所学校:我直到老年才开始摆脱欧洲教育的局限。如今我不怕杂乱无章地、想必还是幼稚地叙述自己的印象了——谁也不会把这些印象当作是企图给中国作画。

在我去中国之前去过的北美,后来在拉丁美洲,在印度,在日本,当然,以及在中国,都有许多东西使我惊奇。旅行者所注意的首先是他不理解的东西,我也经常如此。

第一天就有几位中国作家前来找我。他们把我叫作"爱伦堡",我很久都没能猜到,这个令人纳闷的字眼指的是"爱连布尔格"①。在中国话里几

---

① "爱伦堡"是比较简略的音译,更确切的译法应为"爱连布尔格"。

乎所有的字都由一个音节构成,人名是两个或三个字。外国人的名字可以用褒词或贬词来表现——这取决于对这个人的态度。"爱伦堡"说明了好感,意思是"爱的堡垒"。法捷耶夫在中国话里被称作法捷夫,亚历山大·亚历山德罗维奇曾自豪地告诉我,它的意思是"严格的法律"。欧洲语言中的某些音,例如"P",在华语中是没有的。他们多次向我谈到著名的法国作家巴尔博,对于我不知道他而感到惊奇,直到最后我才猜到,他们说的是巴比塞。

中国的文字是一门复杂的学问:要想借助于一本简明字典阅读报纸或书籍,需要认识几千个象形字。郭沫若认识一万字,他能写出所有的字来,但要读完这"所有的字"却远非所有的人所能做到。我们在上海时曾被带往一家大印刷厂。墙上有成千上万装着象形字的匣子,排字工人敏捷地在小梯子上爬上爬下,拣取所需要的象形字。一张纸印好之后,把旧字熔化,浇铸新字——把新字分别放入匣子是非常困难的。排字工人都是很有学识的人,他们比一个中等水平的读者认识的象形字要多,而认识了象形字,也就理解了概念。我感到奇怪,何以中国人不能像越南人那样改用拼音文字,或像日本人那样部分改用拼音文字。他们向我解释说,那样一来广东的居民就不能阅读北京的报纸或杂志了。茶在北方读作"茶",在南方读作"泰",象形字其实是同一个。在世界和平理事会的会议上,我好几次看见越南、中国和朝鲜的中年人交换字条——他们不能交谈,但是懂得象形字。

抵华后的次日,我们被请往保卫和平委员会,在那里给我看了一些授奖典礼各个议程的图纸设计。"有一点我们不很清楚,"中国朋友们说,"您将怎样把奖章授予宋庆龄女士——是用双手还是用一只手?"我回答说,这是没有意义的——我可以用一只手,也可以用两只手。"这具有十分重大的意义——您得像在莫斯科举行授奖式那样行事。"虽然德·弗·斯科别利岑曾数次当我的面授奖,但我却想不起来他拿奖状和奖章是用一只手还是用两只手。讨论延续了很久。中国人对待任何一种仪式都比欧洲人认真得多,而且存在着大量不容忽视的礼节。

两周后我们出席了庆祝人民共和国成立两周年的招待会。我们奉命排成队并且对我们说明:"你们要走到毛泽东同志跟前向他祝贺节日。"柳芭是这列队的排头。走进大厅,她便向坐着政府成员的主席团走去。中国人及时地阻止了她——应该走一个半圆形。

1353

第一次宴会上我就愣住了——在三小时左右的时间里给我们端来了各种各样的菜,不下三十种;上菜的顺序使欧洲人感到莫名其妙——端上甜菜以后,我松了一口气,断定宴会即将结束,但接着又拿来了鱼,最后还端来肉汤和干饭。中国的食品非常讲究,很难弄清你吃的是什么。有一次女作家丁玲招待我们。有一道菜我特别喜欢,便问我们吃的是什么。女主人不知道,便把厨师唤来,厨师做了一个小小的报告,可是翻译既不懂母鸡解剖学,也不知道那些农作物的俄文名称,于是这道菜对我来说依然是一个谜。

一位作家对我说,前些日子他不能跟我见面,因为他的妻子病重,三天前去世了。说这话的时候他面带笑容。我浑身都起了鸡皮疙瘩,事后我想起萧三曾告诉我说:"我们那里谈到悲哀的事情就要微笑——这就是说,听的人不必伤心了。"

在中国我第一次考虑举止行为的陈规惯例。为什么亚洲的习俗会使欧洲人惊奇呢?难道我们的陈规惯例还少吗?欧洲人在见面打招呼时伸出一只手,于是中国人、日本人或印度人就只得握握陌生人的手。如果一位来客塞给巴黎人或莫斯科人一只赤脚,则未必会使人高兴。维也纳的居民说"我吻你的手"时并未考虑这句话的涵义,而华沙的居民在别人把一位女士介绍给他时也机械地吻她的手。英国人在被自己的竞争者的卑鄙勾当所激怒的时候,写信给他说:"亲爱的先生,您是个骗子。"不写"亲爱的先生"他这封信就无法开头。基督教徒在走进教堂、天主教堂或新教教堂时要摘下帽子,而犹太人走进犹太教堂时却要把头蒙上。在天主教国家,妇女头上不蒙东西就不能跨入庙堂。欧洲的孝服是黑色的,中国的孝服则是白色的。当中国人第一次看见一个欧洲人或美国人挽着女人同行,有时甚至还要吻她,便觉得这是太不知羞耻了。在日本不脱鞋是不能进屋的,餐厅里的地板上坐着一些穿着欧洲服装和短袜的男人。北京旅馆里的家具是欧洲式的,但房间的入口却是传统的中国式——一道屏风不让你长驱直入。这是同鬼走直路的传说有联系的,但根据我们的观念鬼是很滑头的,它根本不必回避任何屏障。如果客人来到一个欧洲人家中并赞美墙上的图画、花瓶或别的小摆设,主人便很满意。如果欧洲人开始赞美中国人家中的小玩物,主人就会把这个东西送给他——礼貌要求如此。母亲曾教导我说,做客时不可在盘子里剩下任何东西。在中国,宴会结束前送上来的一碗干饭根本没有任何人去碰碰,应该表示你已经饱了。世界是五光十色的,不必去为这种或那种习俗绞尽脑汁,既然有不同的庙堂,也就有不同的规矩。

1951年在中国有许多苏联专家——工程师、农艺师、医师;他们忘我地工作,态度谦虚。中国人当时珍视苏联给予他们的援助,把俄国人当作期望的客人予以接待。然而习俗上的不同即使在当时也有时影响到友谊。苏联工程师开始为一个新建的工厂安装设备,车床是根据比中国人高一些的俄国人的身材设计的。工程师们说,这事不难解决——他们要在车床前搭一个木台。中国人微笑起来,但后来宣称,车床将由他们自己安装。他们做了一桩非常吃力的工作——把机器埋进地里。显然,在木台上工作对于他们是一桩可耻的事。在回忆起这件事情的时候,我常想:有多少争执与不和是从偶然的事情中产生的,是由于那些具有相同的感受、体验和想法的人们习惯了用不同的方式表达感情、习惯了一连串不同的形式而产生的。

授奖仪式结束后,北京的京剧演员表演了几个节目。我第一次听到中国的音乐,它使我惊讶,演员的表演手法和剧目的内容也使人惊奇。我同中国的部长们并排而坐,他们欣赏着演技、领略着舞台上表现的故事。后来我数次去北京和上海的剧院看戏,开始懂得了中国戏的魅力。它常常是同现实主义对立的——同象形字一样复杂,充满了程式化的概念,但是没有程式化的艺术是不可思议的:我们自幼就知道的东西不会使我们惊奇。聪明的、不说废话的鲍里斯·戈杜诺夫在舞台上总是不停地唱;罗密欧和朱丽叶在临死时跳舞;小铃铛是"瓦尔戴的礼物",而失眠则是"命运女神的絮语"——对于这些我们都觉得很自然。我曾谈到,扮演俄狄浦斯王时令人感动地悲呼的法国悲剧演员穆内-絮利一度曾引我大笑,——当时我只知道那种一切都是"真的"的戏剧。而梅耶霍德的演出也曾使有些莫斯科人发笑:《森林》一剧的一个演员的绿色假发对于他们是一种不习惯的象征。我看见穆内-絮利的时候才十八岁,而我第一次看见梅兰芳时已六十岁。这位著名的演员扮演一个怀春的少女,他的儿子扮演女仆:所有的演员都是男子。在上海的一出歌剧里演出的却只有女人,她们扮演统帅和长着大胡子的官员。中国戏的程式之所以使我惊奇,是因为我不了解它们。后来有人向我解释,如果演员在头上颤动双手——这表示他感到害怕;统帅背上的小旗表明他统率多少军队;如果他做一个喝茶的样子,表示他开始同对手谈判；红脸表示正派人物，而白脸则表示他不正直等等。每一个中国人，甚至是文盲，都认识戏剧的象形字。

费德林帮了我很多忙——他当时是我国使馆的参赞。他懂汉语，懂得旧的和新的文学，他的讲述常常打开了我的眼界。

中国的诗人们告诉我，诗不能听，必须读，象形字能产生形象。纪尧姆·阿波利奈尔一度写过"书法诗"：一首诗就是一个酒杯、一个十字架、一座宝塔；他只有很贫乏的材料——一张拉丁字母表，而他却力求做到中国诗人们所说的事情。

在一次宴会上有人赠给我一首诗。我把那些写得很漂亮的象形字欣赏了很久。我以为作者是位诗人，不料他却是人民银行的经理。他解释道，他是个已过中年的人，而在旧时代所有的人都得掌握作诗的技巧。他的诗就内容而言是传统的程式化的，但我觉得它的外观却比20世纪的一位最大的诗人的"书法诗"所具有的表达力要强得多。显然，技巧是同时代有联系的。丘特切夫对于我来说是个伟大的诗人，但他用法文写的那些诗却是任何一个法国大学生都写得出来的。

我在北京看到了老画家齐白石的作品，当时他已八十高龄。他用传统的手法作画，他是个有才能的画家——我觉得他画的马或松鼠是令人神往的。有些中国人耸耸肩膀，认为不可理解：何必去重复许多世纪以前已经做过的事情呢？……的确，齐白石没有把任何新的东西带入绘画，马或松鼠没有变化。但11世纪天才的风景画家郭熙却并非模仿者，而是革新者。至今我依然要对慈善的大师齐白石加以保护。当某些中国人开始绘制巨幅油画时，这些画家看来并不是革新者，也不是模仿者，而是不高明的录事。（我在印度看到了现代绘画，这种绘画没有模仿法国的大师，并保留着民族特点，它以一种不同于阿旃陀的古代壁画的方式表现世界。类似的东西将来大概也会在中国出现。）

在古老的中国艺术里，令人惊异的不是画家的想象力、奇思异想或粗鲁，而是罕见的耐心和完美无疵的技巧。这是出于民族性格。我在公园里欣赏过"相思树"或"友谊树"——两株或五株树木长成了一株：要想使树木的生长听从人的意志，既需要植物学家的知识，也需要巨大的耐性。我在中国没有找到在欧洲被我们称之为民间艺术的东西。北京有数百条供手艺人居住、工作和出售自己产品的街道,——篮筐街、刷子街、药罐街、假髯街、玩具街——制作纸老虎、风筝、小鸟等等的街道。中国人所习惯的一切日用品的特点是具有匀称之美和对材料的了解,而欧洲日用品的仿制品在我看来则是很难看的。

我看到中国时人民共和国只有两岁。上海还有人力车,时髦女郎穿着巴黎的连衫裙在游逛,老头子还没有抛弃传统的长袍。而在北京,男男女女全都穿着同样的蓝色服装——短上衣,裤子。许多人用白布带遮住口鼻——这是那些想避免吸入从戈壁沙漠上刮来的微细沙土的日本人带来的风气。到处都有人兜售博物馆的古董、糖果、丝绸、人参。

人民的守纪律精神使我吃惊。年轻的中国人都购置了自来水笔。每当我去参加会议或群众大会时,所有的人都坐在那里专心地听着、记着。我不得不作了好几次演说,有时我开玩笑(我怕听众疲劳),他们就把笑话也记下来。中国人的报告会各地都很长——四五个钟头。(对于欧洲人来说,戏剧演出也过长,有时一出戏要演两个晚上——把故事的始末源源本本地交代清楚。)

在学校旁的花园里,在农村里的树下,在木棚子里,我都看见过一些二三十人的小型集会,会上也是边听边记。翻译对我解释说:"这是批评和自我批评。"这种集会的内容则未必是传统的:人们讨论的是一个大学生隐瞒了自己的社会出身,一个未婚的女工有了孕,一个钳工到车间去得迟了,但形式却是中国式的——一个人作着冗长的检讨,其余的人边听边记。

在景色如画的杭州市郊,我看到了12世纪的名将岳飞的陵墓。他打退了女真族的袭击,后来被召回京都杭州处了死刑。在他的墓旁跪着一个出卖了这位英雄的铜人和他的妻子。学校的参观团仔细观看着名胜古迹。一个少年向叛徒的脸上啐了一口,他的同学们立刻群起效仿。带我们去看统帅之墓的那个中国人不很熟悉古代历史,他不知道他所说的女真是什么人,但他赞许小学生们的举动,并补充道:"他在八百一十年前背叛了……"我有机会碰到的中国人都很注意日期、周年,而在论证什么事情的时候则说"第五点""第六点""第七点"……

在中国,佛教以及其他宗教只有很有限的作用。我走进佛塔,那里有肥胖的镀金佛像在闪闪发光,但在四周跑来跑去兜售一种小纸片的却根本不是肥胖的和尚。信徒们喝着茶,有的在睡觉。简单的儒家道德占据了宗教的地位:为人要正直,要尊敬长官并敬重祖先。但是乡间没有公墓,于是拥有类似郊区的小花园那样一小块田地的农民,就必须在那里为祖先的坟墓腾出一块地方。

在离北京不远的一个农村里,有人告诉我说,有个无地的农民不知该把父亲埋在何处。他跪着恳求地主允许把父亲埋在地主的地上。地主提出条件:不幸的人要为这个坟墓干多少个月的活。

人民共和国做的第一件事就是进行土地改革——消灭封建主义。当然,在地主当中有些人很富有,但是我去过几个地主的家,同它们相比,一个中等水平的丹麦农民的家也应该称之为皇宫了。

平分地主土地消灭了不平——这是第一步。北京有一个青年对我说:"我们很快就要在共产主义社会的建设上赶过老大哥了。"(中国人当时把苏联人称作"老大哥"。)但我在农村里却还看见古代的犁。农民的房子十分矮小:一个很低的炕上睡着全家。食物很贫乏——稀饭,有时是白薯或菜叶。农村里的妇女还是低声下气的。我看见过赤足的农民,看见过头上长疮的孩子。五年后,我在印度明白了一切都是相对的——消瘦的农民,饿死的乳牛,加尔各答的街道上有着无家可归的人、奄奄一息的人、麻风病人。这些可怕的景象在中国是没有的,但是大多数中国人的生活水平在1951年比欧洲最贫穷的地区要低得多。数年后去过中国的朋友们说,已经发生了很多变化:建立了数以千计的学校、医院、产院、托儿所。我看到了新中国的清晨:给所有的人种牛痘,教儿童和成年人识字,拆除上海的贫民窟。许多亚洲国家当时就像看待一个显灵的先知那样看着中国。1956年我在德里的时候有一个中国代表团到了那里,难以描述印度人是多么兴奋地迎接了它。

印度和中国的历史道路是不同的,同时它们又具有许多相同之处。纪元前300年印度的城市就安装了下水道。纪元前3世纪中国人建造了万里长城防御游牧民族的入侵。中国人在纪元前两千年就开始制造丝绸;在纪元前5世纪挖掘了灌溉渠,后来又开始造纸。指南针、地震仪、瓷器、活字印刷术(比古滕贝格[①]早四百年)的发明权是属于中国人的。他们发明了火药

---

① 古滕贝格(约1400—1468),德国发明家,欧洲活字印刷术创始人。

以及欧洲人很迟才从阿拉伯人那里知道的其他许多东西。印度统治者阿育王①在公元前3世纪确定了和平的原则,根据这些原则他决定永不发动战争。当我们在保卫和平运动中捍卫同样的原则时,许多人攻击我们。封建的内讧、入侵、不得已而进行的战争使亚洲的两个伟大国家民穷财尽之时,正是西欧各国掌握了火药、弄到了大炮和战舰之日。印度开始遭到分割,英国人得到了最大最好的一份。中国还继续作为一个国家存在着,但经常向它提出最后通牒,往它的领土上派遣远征军,把奴役性的条约强加给它。印度于1950年获得了独立,同时仍旧是大不列颠联邦的成员。中国在这一年之前成为人民共和国。美国人在台湾岛制造了"第二个中国"。

每个中国人都记得过去的屈辱。只要回忆起"鸦片战争"也就够了,当时英国人被中国禁止鸦片入口所触怒,用武力取得了延长对中国人进行毒害之权,这是在宪章运动和工联发展的时代,狄更斯、萨克雷、特纳的时代。我在中国,后来在印度,都想过这一点。亚洲的民族有自己的一些旧账要同欺负者清算,这些旧账是不容易偿还的。

回头来谈1951年。经过短暂的观察,我明白了,生活的形式同我所习惯的生活形式之间的差异,要比内容上的差异大得多。聂鲁达和我曾到公墓去——把鲜花放在鲁迅的墓上。在那里我们遇到了一位熟识的中国女人,人们发现了一个被蒋介石分子杀害的烈士的坟墓,她以为可以找到丈夫的遗骨。她迫于礼貌而强作欢容,但忍耐不住而失声痛哭了。人们向我叙述了一个不幸的爱情故事。诗人艾青曾向我谈到诗人如何难做,他的话使我想起了我的传记的某些篇页。我遇见了我的长篇小说的读者们。一切都比一个寻找异国情调的旅行家所感觉的要简单一些,同时又复杂一些。

我爱上了印度,那里有许多这样的人,在同他们交谈的时候,我忘却了这是"奇迹之国"的孩子。

一年后我在日本看到,我在20年代初所想望的那种建筑竟是日本式的。

本书的这一章可以被看成是插入自传中的一篇文章,但我现在所叙述的是过去曾使我激动而现在仍使我激动的事。我的一生是在两个时代的交

---

① 阿育王,公元前273—公元前232年印度孔雀王朝的统治者。

界处度过的。十月革命、自然科学中的革命、亚洲和非洲人民的觉醒,正在开始一个新的纪元。许多事物我都是在暮年才明白的。现在常常谈到人们行将掌握宇宙,但我直到人生之途的终点才开始掌握我们的地球。

我在古典中学里学过拉丁文,我知道诸侯的纷争、古希腊男女众神的恶作剧。后来我乱七八糟地读了许多书,逛博物馆,懂得了埃拉多斯①的伟大,看透了中世纪的艺术,赞美过文艺复兴。但是关于亚洲各国,我是在青年时代根据欧洲人的书以及某些古代艺术作品作出判断的。我弄到的书往往是偶然得来的:布拉瓦茨卡娅叙述神秘的印度,吉卜林描写热带丛林和勇敢的白人,佛教史(书是沃洛申给我的)的作者赞美涅槃。后来我看到了18世纪的大师葛饰北斋和北川歌麿②,但对于生活在15世纪的雪舟的肖像画却一无所知。关于现代的日本,我是根据皮利尼亚克的一本书,根据一个平庸的法国作家写的一部在当时颇为流行的讽刺小说,还根据摆在古董商人的橱窗里的小摆设——茶壶、扇子、假面而作出判断的。我读了罗曼·罗兰写的一本关于甘地及其信徒的书、泰戈尔的诗、两三本叙述英国人的兽行、等级、饥馑、瑜伽理论③的书。当我1917年在莫斯科室内剧院看到《沙恭达罗》的演出时,我曾赞叹不已——我对迦梨陀娑④一无所知,因而觉得这个写成于十五个世纪之前的剧本像是一出现代剧。在20年代,杂志和报纸有许多关于革命中国的描写。我知道在广东发生的事件,读了马尔罗的长篇小说《人类的命运》、一本关于孔子的法文书。我现在之所以叙述自己的无知,是因为对亚洲的无知乃是欧洲人的通病,这种无知使得有学识的印度人或中国人有点瞧不起西方的知识分子。

两个世界的共处在过去绝不是和平的,它们之间隔着一堵墙。

吉卜林曾写道,东方和西方永远不会相见。他生于孟买,青年时代是在亚洲度过的。他是个优秀的诗人,但对于印度却视而不见:他的眼睛蒙上了一条布带,认为西方比东方优越。

---

① 即希腊。
② 北川歌麿(1753—1806),日本画家。
③ 瑜伽是印度一种神秘的宗教哲学,相信能用默坐思维和刻苦修行的方法得到所谓"超自然"的力量。
④ 《沙恭达罗》的作者。

我觉得吉卜林的格言不仅不正确,而且是危险的——他在各地都得到了反应。如今另一些人开始谈论东方比西方优越了。但东方和西方在过去见过面,现在也常见面,我希望它们将来也能见面。看到18世纪的日本画家以后,我明白了法国的印象派大师们向他们学到了什么。法国的百科全书派研究过旧中国的哲学家。英国的语文学家在19世纪中叶从很古老的印度文法中吸取过许多东西。现代中国戏剧在巴黎留下了深刻的印象,并丰富了法国导演们的技巧。

东方和西方有着共同的发源地,不管那些时而分、时而合的支流有多么多种多样,河水依然向前流去。

以文化的共同性、以人们和各民族的团结一致为基础的思想,可能成为包罗万象的思想,而种族主义或民族主义(不论它来自什么人都是一样)及其优先地位和优越性的论点,却不可避免地引起敌视、使各民族隔离、降低文化水平,结果成为普遍的灾难。关于这个问题,我在写作本书的那几年间经常想到,现在从收音机里收听中国的一些教条主义者的教训时也还在想。新时代的黎明未必将如田园诗一般可爱,但我不信那些确信自己的血统、自己的宗教比别人的优越,或确信自己对某种学说的解释绝对正确的人们,竟敢从制造口头上的分裂(把自己的那些要打问号的真理同别人的那些同样要打问号的谬误分裂开来)进而动用武器——这种武器不仅能消灭一切谬误,也能消灭一切真理。

29

　　1949年,我在我的一篇文章的末尾写道:"我在想到这个世纪的命运时,记起了土耳其诗人纳齐姆·希克梅特的一首诗《二十世纪》。

　　——不,我的世纪并不使我害怕,
　我的可怜的,
　　　　　我的伟大的世纪,
　不,
　　我不是一名逃兵。
　我不为我这么早
　就来到这个世界而懊恼,
　对于我的世纪
　　　　　我既不害羞
　　　　　也不害怕,
　我是它的儿子,
　　　　　我为此感到骄傲!

　　这首诗是一个共产党人写的,是他在二十年的狱中生活之后写的,他知道他被判处了二十八年徒刑,他还患着心脏病……当你念这首诗的时候,你就觉得有什么东西涌到了喉头,你很想握住那只遥远的手,说:'他们永远不会战胜生命,只要我们有这么多纯洁、正直而勇敢的朋友!……'"

　　纳齐姆·希克梅特当时还蹲在土耳其狱中。两年后我握住了他的手。一个秋夜,他邀柳芭和我前去。他住在《真理报》对面的一所住宅里,那是把他当作客人拨给他的。我们几乎还互不了解,但纳齐姆却好像立刻就谈起了使他激动的问题。(他经常谈论他的想法,这触怒过一些人,但末了却又使他们无言以对了。有一次,一位同志对我说:"可这是纳齐姆·希克梅特说的,而从他那里是什么也得不到的……")在我们一起度过的那第一个晚上,纳齐姆坦白地说,他对许多事物都不理解。他从一个小雕像谈起:"您知道,我不能看它。这很丑恶,不折不扣的小市民趣味!可是毫无办法——房子是公家的,我在此是做客……"他说,给他提供了一辆汽车,"早上我一出门,司机就问:'上哪儿去,首长?'我答:'我是什么首长?我是个诗人,我是共产党员,蹲过土耳其的监狱……'他说:'就算不是首长——是主人。'……'马雅可夫斯基是天才',可我看了杂志上的诗——哪有什么马雅可夫斯基?……人家把我带进剧院。似乎既没有梅耶霍德,也没有泰罗夫或瓦赫坦戈夫……"

这是一出古老的悲剧——一个人离开人世数十年,一旦归来,对许多东西都不能理解了。在一些古老的法国歌曲里,叙述一个士兵或水手在长期的战争之后回来,认不出自己的妻子了,而妻子也把他当作陌生人。人心也可以像杨梅果那样使之冰冻起来,这只是时间问题……纳齐姆于1937年被捕,但不是在莫斯科,而是在土耳其。他不知道他所崇拜的梅耶霍德已经去世,不知道人们已不唱"也不靠神仙皇帝"①,而代之以"斯大林培养我们成长",不知道他在博物馆里曾赞叹不已的那些绘画都藏了起来,他有许多事情都不知道。

他在狱中写过一首诗,把斯大林写得像一位年长的同志。他在1951年说道:"我十分尊敬斯大林同志,但我不能读那些把他比作太阳的诗,这不仅是坏诗,也是坏的感情……"而在1962年,纳齐姆·希克梅特却写道:

  他是用石头、青铜、石膏和纸制成,
  小的只有两厘米,大的高达几米,
  在所有的广场上我们都在他的皮靴底下,
  在那用石头、青铜、石膏和纸制成的皮靴下……

---

① 《国际歌》中的一句。

他到处受到热烈欢呼——大诗人,蹲了十三年监狱的英雄。他发表谈话、回答问题,并以其坦率和真诚赢得青年们的钦佩。有时候天真帮助他变得明智了。他第一次来莫斯科是在1921年——当时他不到二十岁,而苏维埃共和国只有四岁。那是塔特林的《第三国际纪念碑》、未来派和形象派争吵不休、梅耶霍德的《宽宏大量的戴绿帽子者》的时代,是饥饿和街上狂欢的时代。纳齐姆在我国住了八年,在东方劳动者共产主义大学学习,写作诗歌和剧本,获得了信仰,明白了道理,经受了锻炼。这是个非常纯正的人。他在自己的诗人自传中说:"一些人熟悉各种草木,另一些人熟悉各种鱼类,而我却熟悉各种离别。有的人背熟了星宿的名称,而我背熟了离别的名称。"(奥西普·曼德尔施塔姆也说过同样的话:"我研究过离别的学问……")纳齐姆的一生是动荡而艰苦的,但是,他一方面知道所有各种离别,知道离别的所有名称,别一方面却从未尝到过脱节的苦味:他一直到死都保留着青年时代的思想、趣味与爱好。

当然,他已变为成年人("衰老"一词对他不适用),明白了许多事情,并在去世前一年写道:"我忘记了如何信仰,我正在学习如何理解……"但在学习如何理解的时候,他深信他先前所信仰的东西是正确的。还在斯大林在世的时候,有一天晚上,我们坐在巴黎的一家旅馆里。纳齐姆说:"当我在罗马尼亚问起梅耶霍德是否活着的时候,一位同志告诉我,他好像死了,而我所问的另一位同志却说,梅耶霍德住在南方,好像是在克里米亚或索契附近,那里的气候比较好……我永不放弃共产主义——这对于我是真理。可是为什么要欺骗同志?"

在1956年,也可能是在1957年,纳齐姆告诉我,在"个人崇拜"时期,在斯大林死前不久,一个年老的土耳其共产党员被捕了,他是个兽医,快七十岁了,死在集中营里,而现在已被恢复名誉。纳齐姆说:"我常想到N的遭遇……我很走运——当然,我坐过牢,但那是敌人让我坐的,我知道我是在地狱里。别人却不幸得多……"

纳齐姆有一次曾和马雅可夫斯基同台朗诵,他为此感到骄傲:"当然,这是在综合技术学校里。我很害怕,可马雅可夫斯基却对我说:'老弟,你别怕,你用土耳其语朗诵,谁也听不懂,可大家都会鼓掌……'"他常回忆起展览会、戏剧,而且始终感到惊奇。"在沃罗夫斯基街上,"他说,"我曾同两个年轻的诗人谈话。我对他们说,艾吕雅是个杰出的诗人,可他们却微笑着。我问他们,对于巴勃罗·聂鲁达的诗有什么想法,在我看来,这是很大的成就。他们又微笑起来。后来有一个说,他们反对奴颜婢膝。我勃然大怒,说道:'艾吕雅是共产党员,聂鲁达是共产党员。'这对他们来说是无所谓的。在我看来,他们根本不是共产党员。"

纳齐姆·希克梅特的祖父是个巴夏①、省长。孙子在青年时代当了共产党员,并作为共产党员死去。在第二十次代表大会以后,当有些人困惑莫解,甚至发生怀疑的时候,他说:"在我看来,所有的人心上都搬走了一块石头……"在访问巴黎回来以后,他说:"有些人可真奇怪。当人们的舌头不能动弹的时候,他们有信仰,而当有人说出真情的时候,他们却动摇了。共产主义——这是激情,这是生命,但是对于这种人来说却是短暂的爱好或习以为常的差事。"

关于纳齐姆是个坚定的共产党员和大诗人这一点,大家都知道,但是见到过他的人们还知道,他是个非常善良的好人。有一次我告诉他,艾吕雅在获悉奥拉多尔②的惨剧后,在最初的一分钟里曾感到怀疑:希特勒匪徒是否真的曾把孩子们集中到学校里把他们烧死。纳齐姆说:"我理解他。在我们土耳其有许多野蛮人,常常发生可怕的械斗,有人说,他们连孩子也杀,可我总觉得——这也许是杜撰,也就是被夸大了……"

我在罗马曾仔细阅读过他的两卷作品:一卷由古图索绘插图,另一卷由纳齐姆的朋友、目前住在巴黎的土耳其画家阿比丁绘插图。我说,我看到过阿比丁,于是纳齐姆眉开眼笑了:他不想谈论自己的诗,而想谈论朋友。他在各国有许多朋友:巴勃罗·聂鲁达、阿拉贡、奈兹瓦尔、布罗涅夫斯基③、卡尔洛·莱维、亚马多——不胜枚举。有一次他对我谈到艾吕雅:"真怪,每当我阅读他的某些诗的时候,我总觉得,这正是我曾要写的,我正是要这样写的……"

不知道为什么,大家都认为马雅可夫斯基是纳齐姆·希克梅特的老师,

---

① 旧土耳其高级军事及行政长官的称号。
② 指法国上维也纳省的居民点奥拉多尔絮格兰镇。1944 年 6 月 10 日,希特勒匪徒在此进行了惨无人道的大屠杀。
③ 布罗涅夫斯基(1897—1962),著名的波兰诗人。

而纳齐姆自己却不止一次地说,马雅可夫斯基对于他是英勇和人类功勋的榜样,但在诗歌方面他走的却是另一条路。他抛弃了韵脚,他说,诗歌与音乐不同,它虽同音乐沾亲带故,但它所渴求的主要是音,而不是声。由于想发展民歌,他转而致力于创造自己的形式,追求朴实和鲜明。我听到过他用土耳其语朗读,朗读法文和俄文的译作。当然,要评价一个诗人,这是不够的,但我依然觉得,就像纳齐姆自己曾经感到的那样,同他最为相近的是艾吕雅。

他对20年代的艺术的喜爱是同他的天性、同他的审美观有联系的。在诗歌中他摆脱了一切文学派别,但是在剧作中却有一种陈腐的东西——一种业已消失的戏剧的手法。他很喜爱绘画,他说,绘画是一种最难理解的艺术,"塞尚的苹果的香甜"是不容易看出来的:这必须有高深的绘画修养。20年代的叛逆者在50年代准备坚决地保卫任何一个有抛弃学院派手法之意的苏联画家。

我们在罗马见过面,我出席了他朗诵自己诗作的一次晚会。在罗马他对我谈了很久,说不能要求艺术通俗易解;他的诗作有时每一个人都能理解,有时则只有那些研究诗歌的人才懂,而当有人把两种诗歌分出高低优劣的时候,他就提出抗议。"不能委托制造玫瑰油工厂的厂长照料所有的玫瑰。因为每年都要培育新的品种,问题不仅在于油,玫瑰还有色、香。有些人——唯美派希望人们把玫瑰置于小麦或玉米之上,但对于另一些人来说,玫瑰只不过是巨额预算中的一项微不足道的数字……"他突然在一家花店的窗前站住了,"请看,这里的玫瑰花有多好啊!……"

我知道,囚犯是多么容易陷入绝望。而纳齐姆·希克梅特却满怀希望地在石牢中蹲了十三年。他在狱中写了《人类的全景》——土耳其人民的史诗。纳齐姆曾两次宣布绝食——尽管身陷囹圄,仍继续为人的尊严而斗争。

他的外表与其说像是土耳其人,不如说像是北方人,——很高的身材,开朗的性格,蓝色的眼睛。他在任何地方都感到自由自在——在莫斯科和在罗马,在华沙和在巴黎。但他怀念土耳其。他用土耳其布料来罩沙发,他曾带我去"巴库"餐厅:"这里的食物有点像我国的。"每逢在世界和平理事会会议上遇到一个土耳其人,他总是依依不舍。有一次他对我说:"有人寄来了译成冰岛文的我的诗。真怪！……可在土耳其却不发表我的作品。就是发表了,我为之写作的那些人也照样不能读——他们不识字……"在诗歌《遗嘱》中他写道:

> 倘若我客死异乡,同志们,
> 请到安纳托利亚的乡村公墓把我埋葬,
> 靠着被哈桑-贝依杀害的雇农奥斯曼……
> 但愿能长出一株悬铃木,
> 即使没有石碑和题字我也心甘……

在 1952 年,我们大家都曾焦急地问道:"纳齐姆怎么样了？……"后来他自己写道:"怀着一颗破碎的心灵,我仰卧了四个月,等待死亡。"他患了严重的血管梗塞症。他脱险了,但此后却经常同死神为邻。他常在我的别墅里谈笑风生——他是个出色的说故事的能手,——突然他的脸上布满大颗汗珠。他在诗里常常回到死的念头:

> 在莫斯科的柏油路上,
> 春天迈开她那纤细的绿腿
>   在雨中行走,
> 拥挤在她周围的是轮胎、马达、皮革、布匹
>   和石头。
>
> 今天早晨
> 我的心电图不佳。
> 人们期待着的她将突然来临,
>   她将独自来临,
> 没有带来已经逝去的东西。
> 柴可夫斯基的音乐会在雨中进行。
> 你将没有我的陪伴,沿着楼梯
>   步步向上……

> 一方面——要写作诗歌
> 一首比一首开朗,

> 另一方面——要同站在你身边的
> 死神对话。

在庆祝他的六十岁生日的时候,举行了两个晚会,一个是在文学宫为作家们举行的,另一个是在综合技术学校为读者们举行的,后者由我主持。大厅里拥挤不堪,有的站着,有的坐在过道里的地板上,所有的眼睛里都流露出对纳齐姆的热爱。我轻声问他:"累了吧?"他抱歉地答道:"有一点……可我很幸福……"

他热爱生活、斗争、儿童、诗歌、小鸟。他在去世前不久曾写道:

> 让我们把地球送给儿童,哪怕只送给一天,
> 当作一个彩色的小球送给他们去玩。

他继续欢乐、喜爱,他飞往遥远的坦噶尼喀,从那儿写了些诗体的信简——关于黑非洲、星星、斗争、自己的爱情。

他在1962年给自己的爱人写了一首诗:

> 我已把死的念头从自己身上摘下,
> 又给自己戴上了
> 林荫道上六月的树叶……

他在整整一年之后死于初夏的一个清晨。他醒来后到前厅去拿报纸,但却一去不返——坐下来就去世了。

他仁慈而优美地躺在棺木里。一个老太婆哽咽着对一个小姑娘说:"心力衰竭死的。"——我年轻的时候人们就是这样称呼血管梗塞症的。而我们站在棺木旁边,仿佛所有的人都将由于这样一个短暂可怕的念头而心力衰竭:再也看不到纳齐姆了!

30

1952年对我来说是从葬仪开始的。在旧年的最后一天,马·马·李维诺夫逝世。

我在各种城市里和各种不同的情况下都遇到过马克西姆·马克西莫维奇。在莫斯科时我常去找他,当时他是人民委员,住在斯皮利多诺夫卡一座豪华住宅的厢房里;我在巴黎遇到过他;我同他在日内瓦吃过晚饭,当时他在那里的国际联盟的会议上发言;我在他失宠被黜的时候看到过他;在他出使华盛顿的前夜,我曾在他那里度过一个晚上;在战后的年代里,我同他谈过几次话。我不能说对他十分了解——他是个比较沉默的人。他坐着,听着,有时微微笑笑——时而带有轻微的讽刺,时而又很温和,间或简单地回答一句,但在他的身上却没有任何郁郁不乐的沉默寡言者的特点,他爱笑。世上有一些忧郁的乐观主义者,而李维诺夫则是个愉快的人,但他往往(特别是在晚年)抱有非常忧郁的思想。

我记住了马克西姆·马克西莫维奇的一些话,看出了他的某些特点,下面我就要简略地谈谈这些特点。他是个大人物,这只要知道这样一个事实就可以作出判断:在斯大林时代,任何主动精神都会引起猜疑,但是却存在着"李维诺夫学派的外交家"这一概念。

对于这个"学派"的外交家,我几乎全都了解——有的较好,有的较差。他们在一个艰苦的时代里进行工作,当时西方列强还在打算消灭年轻的苏维埃共和国:威胁、警察对大使馆的袭击、伪造文件,这都是家常便饭。我看到过我国的外交家在必要的时候曾如何劝说敌人,如何巧妙地制造敌人之间的不和或调停动摇的和平拥护者之间的纠纷,把生意人和科学家、大工业家和有声望的作家吸引到我们这方面来。这项工作是普通的苏联人还不知道的,而外交家们也绝非天之骄子。有些在专横开始之前就故世了:克拉辛、多夫加列夫斯基、科别茨基、季维利科夫斯基。另一些很走运——柯仑泰、苏里茨、施泰因死在自己的床上。沃罗夫斯基和沃伊科夫被反苏的恐怖分子杀害。迈斯基、鲁比宁、格涅金虽然受尽了痛苦,但毕竟活着回来了。许多人牺牲了。安东诺夫-奥夫谢延科、克列斯京斯基、罗森贝格、盖吉斯、马尔琴科、阿伦斯、吉尔什菲尔德、阿罗谢夫、契林诺夫成了无耻诽谤和不法行为的牺牲者(我所列举的仅仅是其中的部分人)。

当我如今思考我的朋友和熟人的命运时,我看不出任何逻辑。为什么斯大林不曾触动我行我素的帕斯捷尔纳克,却除掉了极其认真地执行交办的一切工作的柯尔卓夫?为什么杀害了瓦维洛夫却饶恕了彼·列·卡皮察?为什么在几乎杀了李维诺夫的所有助手之后却没有枪毙执拗的马克西姆·马克西莫维奇?所有这一切对于我依然是不解之谜。李维诺夫本人也等待过另一种结局。从1937年直到最后一次生病,他经常把左轮手枪放在床边的小桌上——如果深夜听到铃响,他就不再等待以后的事了……

马克西姆·马克西莫维奇有一副十分爱好和平的外貌:他是个肥胖、温厚、十分关心家庭的人。他的空闲时间也排满了无害的娱乐——在国外,每逢有两三小时的闲暇,他就到电影院去看看描写人世间离合悲欢之情的感伤影片。他爱享受饮食之乐,看着他吃东西是很愉快的事——他是那么心醉地把嫩葱放进酸奶油里蘸着,那么津津有味地咀嚼着。他爱仔细查阅大本的地图集——他想必到过许多遥远的陌生国度。他爱生活。然而这个温厚的人却善于争论,西方的外交家一看见他就不免有些提心吊胆。他在国际联盟里发表的某些演说传遍了世界。约里奥曾告诉我,李维诺夫在一次演讲中说,不能同强盗就他们可以在城市的哪一个区里恣意抢劫的问题进行谈判,这个演说帮助他不仅懂得了慕尼黑事件之前的几年间西方政策的不道德,而且也帮助他懂得了这种政策的愚蠢。而李维诺夫关于"和平不可分割"的言论,即使在马克西姆·马克西莫维奇死后,我也常在各种代表大会和代表会议上听到。

李维诺夫曾虔敬地谈到列宁:"这样的人不曾有过,将来也不会有。"列宁在1919年外国加紧干涉苏联这一十分艰苦的时期把马克西姆·马克西莫维奇派往斯德哥尔摩,并对他说,要设法在西方找到明智之士,要注意到胜利者阵营内的意见分歧、战败者的愤怒、工人运动、可能的承租者的胃口、科学家和作家的声望。李维诺夫很了解西方,他侨居国外多年,娶了一个英国女人。他谈到列宁时说:"这个人不仅了解俄罗斯农民的要求,而且也了解劳合-乔治①或威尔逊的心理……"

李维诺夫比斯大林大三岁。马克西姆·马克西莫维奇对斯大林的评价很有分寸,珍视他的智慧,只有一次在谈到对外政策时叹道:"他不了解西方……如果我们的对手只是一些沙赫②或族长,那他倒能胜过他们……"

李维诺夫的性格远非是温和的。雅·扎·苏里茨曾告诉我他所目睹的一个场面。苏里茨在1936年被召回莫斯科。李维诺夫在一次会议上阐述了自己的观点,斯大林同意他的看法,便走向前去,把一只手放在李维诺夫肩上,说:"您瞧,我们是可以达成协议的。"马克西姆·马克西莫维奇把斯大林的手从自己肩上推开:"这是短期的……"

我在一本旧笔记簿里找到李维诺夫的一段话:"提图斯③以暴虐著名。在他夺取政权以后,罗马人觉得他宽宏大量,阿谀奉迎之徒称他为'人类之花'。就在这一年,维苏威火山毁灭了庞贝和赫库兰尼姆。十分可能,火神执行了新皇帝的圣旨:庞贝有许多权贵,而赫库兰尼姆则以拥有许多哲学家和艺术家著称。"读了这段笔记,我回忆起一桩往事:在走出当时是文学博物馆所在的那幢房子的时候,我看见了李维诺夫,便走上前去伴他同行。这是一个春日。马克西姆·马克西莫维奇谈到杜鲁门的才智平庸,并回忆起罗斯福。我问他认为谁是最大的政治家,他答道:"当然是斯大林。"后来他不知何故谈起了一个英国人写的古罗马史,并微笑着说了上面那几句话,当晚我就把它记了下来。

在一次会议上,当李维诺夫遭到痛骂并被开除出中央委员会的时候,他愤懑地问斯大林:"怎么,您认为我是人民公敌吗?"斯大林在走出大厅时从嘴里取下烟斗,答道:"我们没有这么认为。"

李维诺夫没有被捕,但斯大林停止了他的职务,想用疲劳战术来消灭

---

① 劳合-乔治(1863—1945),英国自由党的首领。
② 波斯文,意为国王。
③ 提图斯(39—81),罗马弗拉维王朝的皇帝。

他。然而这在当时并未奏效。在希特勒对苏联发动进攻以后,斯大林召见了李维诺夫,友好地向他伸出手去,并建议他去华盛顿。早在1933年,马克西姆·马克西莫维奇就会见过美国的新总统罗斯福,安排好了恢复外交关系的问题。我在美国的时候,罗斯福的政界朋友曾告诉我说,总统尊敬李维诺夫,常请他前去商量这个或那个问题。

在1943年斯大林格勒大捷之后,李维诺夫被召回了莫斯科。他还算是外交部副部长,但做的却是无足轻重的工作。在1947年他成了领退休金者——并非出自他本人的愿望。但斯大林却下令保留他的住宅和其他生活福利。马克西姆·马克西莫维奇当时已年逾古稀,他本来可以仔细看看地图集、回忆回忆往事,但他工作了一辈子,不知道在无事可做的情况下该怎么生活,而他却渴望生活,他明白,如果他将注定无所事事,马达就会灭火。他给斯大林写信,感激对他的关怀,并请求给他工作。日丹诺夫把马克西姆·马克西莫维奇叫了去:"您给斯大林同志写了信。我们想让您主持艺术事务委员会。"马克西姆·马克西莫维奇生气了:"我对这一行可一窍不通。而且我也不认为对艺术可以发号施令……"日丹诺夫勃然大怒:"那您究竟打算做什么工作?""纯事务工作。"任何工作也没有给他。他开始编纂同义语字典,每天早晨去列宁图书馆,但依然为无所事事而苦恼。在克里姆林宫的食堂里,他几乎每天都要碰到苏里茨,他们互相倾吐积愫。

在去世前的几天里,他白天也闭上眼睛躺着,妻子轻声问他:是在打盹还是在思索。他回答说:"我在看世界地图。"——人们所说的"外交"对于他乃是一种创造,他想望着如何防止战争、使各民族和各大陆互相接近,地图对于他正如颜料管之对于画家。领养老金者身不由己地死去了,就像一个充满了创作计划,但却没有调色板、没有画笔和光线的画家那样死去了。

在外交部的一个房间里举行了追悼会。一个人拿着讲稿宣读了演说。马克西姆·马克西莫维奇穿的不是讲究的制服,而是普通的西装。他的面容似乎安详得有点神秘,甚至是无忧无虑的。苏里茨的女儿利利娅走到我身边:"爸爸今天去世了……"

雅科夫·扎哈罗维奇在两天后被运进同一个大厅。在场的有部里的若干人员,某人宣读了讲稿。德国公墓上又是外交部官员的制服,又是照本宣科的演说和用纸花扎成的花圈。

我是1922年在柏林的苏联艺术展览会上认识苏里茨的。苏里茨注意地看着,有时生气,有时赞赏。他邀我去奥斯陆找他,说那里有优秀的画家。他热爱艺术,收集绘画和素描;他有形形色色的作品——罗丹和列维坦①、马蒂斯和科罗温、马尔卡和伯努瓦②。他乐意让别人看他的藏画,曾向我叫嚷,说我不懂"艺术世界"的意义,轻视列维坦,不想承认格拉巴里③。

我对苏里茨的过去了解很少。有一次在谈到希特勒匪徒时他说:"你想,我曾在海得堡大学学习过!要是当时有人对我说,我是不会相信的……我们现在常常抽象地谈论。但也许语言能改变意义。'变野了'。可在那些年代这对我意味着什么呢?政治错误。或者是《萨宁》④的成就,狂饮,'收购猫来剥皮者'。而在柏林我看见过大学生拽着一个老人的胡子,他满面血污,而他们却唱歌作乐……"

他仿佛是第一个苏联大使:1919年,当新的艾米尔阿孟乌拉汗⑤派自己的代表带着给列宁的信去莫斯科后,列宁就把他派往喀布尔去了。这是在苏维埃外交诞生之前,雅科夫·扎哈罗维奇为了起草国书曾去翻查档案。弗拉基米尔·伊里奇说,应该用另一种方式去写,并亲自执笔,文中提到承认阿富汗的完全独立和主权。苏里茨在喀布尔待了不久就被任命为驻挪威大使,于是拉斯科尔尼科夫便到阿富汗去了。

历史对于外交家的评论也像对于统帅们一样,是根据他们的输赢来进行的。每一个外交家,甚至最有才能的外交家也都常有自己的奥斯特利茨⑥和自己的滑铁卢——许多问题都取决于形势。当苏里茨被派往安卡拉的时候,新土耳其正满怀希望地瞧着莫斯科。雅科夫·扎哈罗维奇很能干。凡夫俗子认为,老练的外交家都善于沉默,但是也得善于说话,使好事变得更好,对于坏事,如果不能防止,至少也得加以阻挠并使之减轻。苏里茨赢得了凯末尔的信任,巩固了两国之间的友谊。雅科夫·扎哈罗维奇曾赞叹

---

① 列维坦(1861—1900),俄国杰出的写生画家。
② 伯努瓦(1870—1960),俄国画家、艺术史家与艺术评论家。
③ 格拉巴里(1871—1960),俄国写生画家和艺术史家。
④ 俄国作家阿志巴绥夫的小说。
⑤ 阿孟乌拉汗(1892—1960),1919—1929年的阿富汗国王。
⑥ 原捷克斯洛伐克的斯拉夫科夫城的旧称。1805年12月2日,拿破仑在此战败库图佐夫指挥的俄奥联军。

地谈到凯末尔:"大智大慧!达拉第同他相比,简直是一个不学无术、土头土脑的政治家……"

苏里茨在希特勒的柏林能做什么呢?只能进行观察并报告莫斯科。美国大使杜德,罗斯福的朋友,不止一次地在自己的日记里提到他同苏里茨的友好谈话,而杜德的女儿玛尔塔也曾告诉我,雅科夫·扎哈罗维奇是她的父亲所信任的唯一的一个在柏林的外交家。

1937年夏,在从西班牙来到巴黎以后,我在大使馆里看见了苏里茨。他仔细打听,在威斯基之后有无发生转变的希望;他说:"这里的一切都在向极其恶劣的方面发展……"后来他坦白地说,在离开柏林之后他正享受着"巴黎的空气"。在工作之暇他参观展览会,去旧书铺翻寻,结交艺术家。(艺术家始终吸引着他。我在莫斯科他的家里遇到过阿·尼·托尔斯泰、伊·艾·格拉巴里、亚·亚·泰罗夫、科宁、杜罗夫和别的许多人。)

法国的局势不佳:梭坦代替了布鲁姆,此人是个浅薄的政治谋士,他觉得在国会的餐室里为内阁的多数派弄到几票就是艺术的高峰。人民阵线濒于解体。被罢工吓坏了的资产者开始怀着敬意、有时也怀着希望瞩目于希特勒。法兰西正向毁灭的深渊滚去。苏里茨企图使结局迟一些到来,便同赫里欧谈话,会见憎恨第三帝国的法国民族主义者凯里利斯、记者布莱,但是事件有自己的逻辑。战争开始了,不敢向敌人开火的胆怯的法国统治者要求苏里茨离开巴黎。

我在本书的前一部里曾谈到,在古比雪夫"大饭店"的房间里,苏里茨曾希望我赞美罗丹的一幅素描。他留我住了一夜,而在他给我看素描之前,曾一连三个钟头激动得气喘吁吁地谈论我们的失利:"当然,同德国签订的条约是必需的。有罪的是法国人、英国人,当然,还有贝克①。但是斯大林是怎样利用这两年的呢?说来可怕——他相信里宾特洛甫的签字。他怀疑自己最亲密的朋友居心不良,却相信希特勒!……"苏里茨觉得他是在轻声低语,其实他却在大叫大嚷,直到把素描从皮包里取出来才平静下来。

战后曾打算把他派往日本,医生们提出了抗议——他受不了那里的气候。当时又找到了一个气候并不比日本好的国家——巴西。他在那里待了

---

① 贝克(1894—1944),曾任波兰副总理和外交部部长。

不久——巴西在华盛顿的压力下同苏联断绝了关系。

苏里茨回到了莫斯科。他欣赏油画、读书、思考。有一次他严厉地对我说:"您比我小十岁,但这并不妨碍您去思考许多问题……"

他的面目清秀,留着楔形的胡子和很长的唇髭(激动的时候他爱把唇髭放在嘴里嚼),还有两条毛茸茸的眉毛。他晚年患高血压,有时不能自制——想到什么就说什么。他常突然来访,心不在焉地喝着茶,默然不语,可后来却发作了——他可以不停地一连说上两个钟头,他的心里有什么东西在沸腾。几乎每次都是从这句话开头:"昨天我同马克西姆·马克西莫维奇谈到……"接着便是一篇充满怒气的独白。有时雅科夫·扎哈罗维奇把斯大林的行为解释为"病态的人格分裂"。作为一个老革命家、国际主义者、典型的知识分子,他既不能接受"卑躬屈膝"和"世界主义"的说法,也不能接受40年代末的其他许多事件。我不拟转述他说的那些关于斯大林的故事——它们会被看作是一种揭露,表面上会扩大、而其实却缩小本书的性质。苏里茨对于许多问题都用斯大林的性格、理论同实际在他本人身上的分离来解释,也许他是对的,但我现在想表达一个年老、有病、精神纯洁的人的苦恼,他为他始终信仰的那种思想的胜利工作了一辈子,并且看见了他所不能接受的东西。有一次他低声说道:"糟糕的甚至并不在于他不知道人民的生活情况,而是在于他根本就不想知道这一点——人民对于他只不过是一种概念罢了……"

他走了,但一两个月以后却又来了——不能再沉默下去——并开始说道:"昨天我同马克西姆·马克西莫维奇回忆起罗佐夫斯基……"

只有一种办法能使雅科夫·扎哈罗维奇平静下来——把他领入挂有马蒂斯的素描、法尔克的风景画、夏加尔的油画的房间。他的脸色起了变化,隐约地浮现出一丝笑容。我没有再同他争论——这不是因为怕使他激动,不,他以其对艺术的热爱而使我无法反驳。有一次,他看着马蒂斯的一幅素描轻声地说:"生活——这也是一条线……"在雅科夫·扎哈罗维奇下葬的时候,我想起了这句话。人的生命线是多么纤细啊!……他的藏画还在,儿孙们不难辨认出它们来,也许还会去瞧瞧那些旧书。但谁能在历史这个巨大的线团里找到一根已被扯断的细线,找到一个业已从舞台上消失的演员的事业和热情呢?

31

在1952年2月底，人们纪念雨果（Гюго）。保罗·艾吕雅和维克多·雨果的孙子，画家让·尤果（Юго）被邀请到莫斯科。（这里不得不向读者解释一下，何以伟大的诗人没有给子女留下字母"Г"这份遗产——这同俄国的拼音有关。在上一世纪，以无声的辅音字母"h"开头的法国人名都增加了一个"Г"——雨果，雕塑家乌东〔Гудон〕，城市——哈佛〔Гавр〕；后来就写得比较正确了——诗人埃雷迪亚〔Эредиа〕，作曲家奥涅格〔Оннегер〕、赫里欧〔Эррио〕。）

让·尤果是个非常出色的画家。他给艾吕雅的《巴黎还在呼吸》一书画了插图，这些插图都是非常清晰的城市风景，画得十分精巧，同时又很朴质。尤果带来了祖父的一些珍本书作为赠给我国图书馆的礼物，他在各种集会上发言时都说，能在苏联的首都度过意义重大的时日，这使他感到幸福。

虽然请柬寄迟了，让·尤果依然及时到达，并出席了作为庆祝活动的序幕的世界文学研究所的科学讨论会。而艾吕雅却不在。我出席了会议，听了报告，回到家里，看见了艾吕雅。柳芭说，飞机场来了电话："飞来一个法国人，姓艾吕雅。谁都没有见过他。他不会说俄语，但说出了爱伦堡同志的姓……"柳芭请他们让他坐上出租汽车，司机准会把他送到我们的寓所。艾吕雅比我早十分钟到家。他说，人们想把他送到法国大使馆去，这时他提出抗议，人们在他说的所有的话里只听懂了"爱伦堡"。妻子在两天后才到——请柬寄到时，她不在巴黎。我生气了：为什么谁也不曾把他到来的消息通知我呢？他笑了："干吗要通知呢？我这样不也到了……"

艾吕雅十分谦逊。在1946年,一位抵抗运动的参加者告诉我,有一天,一个高身材的人去找他,说了暗语,并交给他一包传单。那天很冷,他请来客到小炉子旁边坐坐。"我突然发现,我曾在战前的一本杂志上看到过这个面孔。我胆怯地问道:'您是诗人吧?''是的。'这是艾吕雅。我忍不住了:'您不该白白地冒险……别人也能送来。'他感到奇怪:'为什么要"别人"呢?我们所有的人都在冒险。同志们都疲倦了,他们奔跑了一天……'1949年夏天——在抵抗运动结束之前的几个月里,伊夫·法奇常同艾吕雅前往希腊的游击区。战斗激烈,人们所保卫的已不是格拉莫斯山,而是人的尊严。法奇曾告诉我,有时进山得走几个钟头,艾吕雅不曾有过一句怨言,不曾要求休息一下,每当我对他说:'咱们坐个把钟头再说。'他总是不同意:'我们要同战士们一起走——干吗要耽误他们的时间?……'有一次他从两个姑娘那里夺过一个沉重的口袋,自己拖着它,不肯还给她们。我记下了法奇的一句话:'他似乎从来也没想到他是个大诗人。也许正因为如此别人就不能忘记这一点。'"

他在圆柱大厅里发表了演说,后来又在汽车厂的俱乐部里演说。他向我承认:"在众目睽睽之下走上台去是最困难不过的事……"雨果的纪念活动尚未结束,果戈理的纪念活动就开始了。艾吕雅在大剧院和别的什么地方发表了演说。后来庆祝费定的生日,艾吕雅向他祝贺。后来他在文学家之家谈论现代法国诗歌。后来他受到大学生们的邀请。后来举行了记者招待会。多米尼卡①曾对我说:"保罗演讲的时候十分激动……"我请求把计划压缩一下,但是已经形成了这种风气:如果是纪念会——二十五篇演说,如果是大型宴会——五十次举杯祝贺,国家大,人又多……

一天早晨,艾吕雅心绪不佳地前来找我,说让·尤果碰到了一桩不愉快的事:他站在索非亚滨河街上离英国大使馆不远的地方用水彩画克里姆林宫的风景。一个民警走来夺走了画册。"尤果从未搞过政治,但他对您颇有好感。他是法国纪念委员会主席,因而才和我同到莫斯科来。真遗憾!……也许他们会把画册还给他?……"

我给格里戈良打了个电话,他回答说,法国人画的不仅是克里姆林宫,

---

① 艾吕雅之妻。

他还画了国防部的大楼:"这是绝不能容许的……"过了两三个钟头,从旅馆里给我拿来了一本有着尤果的插图的艾吕雅的作品,画家在第一页上画了一幅克里姆林宫的水彩画,我看见了国防部大楼的"不能容许"的顶部。尤果写道,在临走之前把此书送给柳芭和我以纪念我们的相见。水彩画就像尤果的其他作品一样——柔和而天真:墙壁、圆屋顶、白雪。所有这一切都可以从英国大使馆的窗口拍摄下来,当然,还会拍得准确得多!我怒不可遏,又给格里戈良打了一个电话,说了所想的一切。晚上,格里戈良通知我,已决定把画册还给尤果:"可对您有一个请求——请您尽力安慰安慰他。"我不得已地去找尤果,犹豫了很久,最后开始说道:"发生了一场误会……"尤果把我带进浴室,在那里说道:"您可以确信,我在法国对这件事一个字也不会说……"他在巴黎同记者谈话时说,他对此行十分满意,他受到了非常殷切的接待,他还看见了苏联人是多么喜爱雨果。1954 年秋,他来信告诉我,他正在为法国杂志《保卫和平》发表的《解冻》画插图。插图富于抒情色彩:小树林、林中空地、双双情侣……尤果与其说是理解了,不如说是感到了:我们有许多风气发生了变化。

　　回头来谈艾吕雅。我想表现出我在四十年前第一次看到、但很久以后才了解并爱上的一个大诗人的形象。我还模糊地记得那个年轻的超现实主义者,高高的,瘦瘦的,有一张讨人喜欢的脸,有一副非常悦耳的嗓子。他曾咒骂一个在当时非常受人尊敬的作家:"这不是人,这是一只黄鼠狼,它要母鸡们相信,它能使它们摆脱鸡的烦恼……"他气愤的时候脸涨得通红。在那些年里我对他很不了解,直到不久以前读了他青年时代的书信以后,才明白我们有着许多共同的爱好与怀疑,虽然他比我小五岁。他年轻的时候患了肺炎,被送到瑞士的疗养所。他在那里遇见了俄国姑娘加利娅,并爱上了她。战争开始了。加利娅去莫斯科了。保罗在野战医院服务,中了瓦斯之毒。他常给加利娅写信,1916 年,她来到巴黎,不久他们便结了婚。他在加利娅的帮助下翻译了勃洛克的《江湖艺人》。他在寄自前线的一封信里请求母亲把他第一本诗集寄给加利娅的一个熟人——"著名的俄国女诗人马林娜·茨韦塔耶娃"。

　　在柏林,我和柳芭在画家格奥尔格·格罗斯家里迎接 1930 年。来宾当中有艾吕雅。当时在超现实主义者当中正进行着热烈的争论——阿拉贡对不对。艾吕雅依然同不妥协派在一起,但就天性而言他却是温和的,他谈笑风生,尽管在那些年里他的生活十分艰苦。

四年后,我写了一篇关于杂志《为革命服务的超现实主义》的文章。文章写得肤浅,但很尖锐。超现实主义者常常举行关于性、性格以及一个小玻璃球或一小块丝绒可能有的行为的讨论会,这激怒了我。而法西斯分子则正在莱茵河对岸烧书杀人。当艾吕雅到反法西斯作家代表大会上来宣读勃勒东写的讲稿时,他没同我打招呼。

1937年夏,我正在圣日耳曼林荫道上的一家书店前面仔细地看着新书。有一个人站在旁边,我一看——是艾吕雅。我们彼此都觉得很窘。他首先开口:"您好!……可毕加索告诉我,您在西班牙……"我回答说,一周前我在阿拉贡前线。他问,现在那里的情况怎样。我大概是不太乐意告诉他,因为他突然把谈话打断了:"我得朝另一个方向……"每想起这次失败的会见,我都觉得我常常是又聋又瞎。

在战争时期,我在一本伦敦出版的法文杂志上读了几首诗,它们的人道和优美使我非常激动。署名——让·杜·奥——显然是笔名。闪过一个念头:也许是艾吕雅?……在这之后不久,一位"诺曼底"的飞行员向我朗读了这几首诗,还有别的一些诗:"这是保罗·艾吕雅的作品……"

1946年夏,我们在巴黎相见并互相拥抱。我从我们共同的朋友们那里获悉,艾吕雅的私生活在30年代初发生了变化:他娶了努施。毕加索给我看过她的照片,她好像很漂亮。艾吕雅的诗变得不那么阴沉了。后来我看见了努施,原来她不仅漂亮,而且迷人、温存、娇柔,同时也很勇敢。我们在一家黑暗的咖啡馆里坐了一个晚上。保罗和努施叙述着占领时期的情况。我们有说有笑。天啊,当时我们觉得未来是多么光明啊!……

柳芭从莫斯科来了。艾吕雅邀我们前去。我们寻找他住的房子足足找了一个钟头。他在我的小本本上写了个住址,不料却没有这个号头。我们在很长的德·梁·沙培尔街上来回地走。我们之所以终于找到了那所阴沉、黑暗的房子,只是因为我们所问的一位行人猜到了:"你们说的大概是旧地址——街道的一部分已经改名,你们到马克斯-多尔马街上去找找看吧。"我骂艾吕雅:为什么他写的不是那条街?努施笑了:"保罗反对新的街名。他说,我们过去和现在一直住在德·梁·沙培尔街上。你们明白——

这可是整整一个世界。人们甚至这样说：'来自德·梁·沙培尔大街的人'……"

两年后我同艾吕雅在弗罗茨瓦夫相见，每天夜里交谈。后来我们曾在华沙的废墟上徘徊。有时毕加索同我们在一起，有时只有我们两个谈话。他变了——他的遭遇表现出来了：1946年末，正当他去瑞士办事的那几天，努施猝然去世。朋友们告诉我，这个损失对他有多么沉重，而他也曾在弗罗茨瓦夫的一个夜里对我说："那时我已是一条腿站在坟墓里……"

后来是巴黎代表大会，又是很长的谈话。1952年2、3月间，我在莫斯科最后一次看到他。如果把同他一起度过的时刻全部加在一起，那是很少的，但是心灵看来有自己的精密表。我失去的不仅是一位大诗人，而且是一个平凡而又特殊、温和而又英勇的密友，一个曾被认为不容易理解而又成了千百万读者的知己的爱情诗人。

难道成年的、严肃的人们永远不会停止把诗人创作的一个时期同另一个时期对立起来，把一个人劈成几块，把他的一生连同探索、损失、希望及其必然的悲剧变成一场滑稽的考试，让主考人在他面前唠叨："这错了……现在对了……又错了……您明白了，这很好……看来我们会给您毕业证书的……"这是多么倒霉又是多么狭隘！在1925年艾吕雅是三十岁，而在1945年是五十岁。问题不仅在于两鬓已经发白，双手也开始发抖了，但是，难道一个透过眼前的浓雾看到了远方的人，能够懂得和感到那在人生之路的终点对于他将不会是初步常识，而将成为自己的经验、眼泪、汗水和损失的东西吗？难道只有诗人才经常变化，而生活本身却是不变的吗？超现实主义的漫长岁月对于艾吕雅并不是什么应该以其日后的成就而予以原谅的错误，而是他的一生、他的诗歌的一段岁月，而且没有这段岁月他大概也就写不出日后的作品来了。

他年轻的时候在前线上写了一首诗，诗的开头是：

蔚蓝的天空离开了我，我点起了火……

他在抵抗运动时期和临死前都写过同样的东西：黑夜与火。他始终描写爱情。站在年轻的前方战士面前的是加利娅，站在成熟的诗人面前的是努施，在晚年则是多米尼卡；然而艾吕雅的诗并不是爱情上的重大事件的编年史,也不是对彼特拉克的劳拉①或别的女人的颂扬——这是些描写爱情的诗,任何一个有情人都可以把它们当作自己的感情的表现。诗人的天才——这不仅是一种特殊的语言力量,这还是感情的一种特殊的深度和强度,它能使"自我表现"成为对同时代人的表现,有时还会成为对曾孙的表现。

有一次在弗罗茨瓦夫,艾吕雅给我讲了《自由》这首诗的故事。这首诗是由一连串四行诗组成,每首四行诗的末句都是"我写着你的名字":

在我支离破碎的掩蔽所里,
在我倒塌了的灯塔里,
在我苦闷的墙壁上,
我写着你的名字……

艾吕雅说,这些诗写的是努施,他在诗的结尾写道:

我生来是为了认识你,
为了叫你的名字。

他有一种惊人的特性:这位仿佛是孤僻的,甚至是"与世隔绝"的诗人不仅理解所有的人,他还代替所有的人去感受。"突然我明白了,"他叙述道,"我应该用一个名字来作结束,于是就在'叫你的名字'这句话之后写上了'自由'。"这是在1942年,当时所有的人都有一个情人。

艾吕雅的诗总被认为是晦涩的,人们谈到他就像谈到一个"为少数人写作的诗人"。但是飞行员们曾把艾吕雅的诗投掷到被占领的法国的城市里——原来诗歌要比传单更有说服力,尽管艾吕雅并未放弃任何东西,也没有迁就任何东西——战时的诗作同战前或战后的诗作一样"晦涩"。这再一次证明,"通俗易解"的概念是相对的,对于千百万读者来说,一个真正的诗人的诗作,往往要比一个文学批评家的冷静教导容易理解得多。

艾吕雅的诗的复杂在于它的简练,晦涩在于朴实。他的诗几乎是不能翻译的——它们对文字的形状、声音以及同它有关的联想的依赖性太大。(奈兹瓦尔、阿尔维蒂、杜维姆、纳齐姆·希克梅特、聂鲁达都读过他的诗的

---

① 意大利杰出的诗人彼特拉克(1304—1374)写了一些歌颂自己的爱人劳拉的作品。

原文,他们对这个人的爱是同他的诗歌的鲜明性、现实性相联系的。)难以说明艾吕雅的诗的力量在什么地方。——诗歌的外在特征一概没有:无论是韵脚、格律、罕见的修饰语、华丽的形象,都一概没有。他在《加布里埃尔·贝里》一诗中说:

> 有些词有助于生活,
> 这就是普通的词:
> "温暖"和"信任",
> "爱情""正义"和"自由",
> "婴儿"和"善良",
> 还有一些水果和花卉的名称,
> "英勇"和"发现",
> "兄弟"和"同志",
> 还有一些国家和村庄的名称,
> 一些朋友和女人的名字……

他的诗犹如树荫或朝露一般朦胧而轻盈,但是却像古老的悬铃木或石头的雕像那样保留在记忆里、伫立在人生的道路旁。

艾吕雅很爱绘画。除了毕加索以外,给他的作品画过插图的还有许多互不相似的画家——马克斯·恩斯特和瓦莲京娜·尤果、莱热和萨尔瓦多·达里、夏加尔和基里科。他所喜爱的画家有许多与我志趣不同,但我明白,他在他们的作品中看见了诗的图解,看见了他的一个看得见的梦境的世界。然而他在自己的诗中并未企图用词句塑造形象或表现色彩——他相信词句的魔力,而且不回避这种魔力另去追求造型或词藻。

艾吕雅对毕加索的喜爱甚于对一切的人和物。他们的友谊延续了四分之一个世纪,任何东西都不能使之中断或者哪怕是使之冷却。在毕加索的《格尔尼卡》这幅画的下面有艾吕雅的诗。保罗把自己描写伟大画家的诗收集起来,并把这本诗集叫作《帕勃洛·毕加索》。从外表上看他们像是来自相反的两极——一个像鬼,一个像婴儿,不过这是属于那些对艺术的力量一窍不通的主考官或分类学家的评价。鬼可以是善良的,甚至是天真无邪的,而婴儿也进过地狱并知道许多事情。同外表相反,同年龄和职业的规律相反,他们是情同手足的两个伟人,每当毕加索回忆道:"这是保罗对我说的",他的脸就变得那么温柔,使人的心都不禁发紧了。

他是一个那么忠厚而谦逊的人,因而似乎不曾有过私敌。他于1942年加入了法国共产党,始终忠实于它。他去世的时候还处在一个极端残酷的时代,令人吃惊的是——他的诗歌的力量、人道和宽大使政敌也无法反驳。诚然,政府曾企图禁止殡葬游行,但这只是"冷战"的机械行动,不是活人的举动,而是电子机的举动。从艾昌雅去世以来过去了许多时间,但他的影响却在继续增长,关于他,已经没有任何人还有争论了——他的诗歌既超越了他的一生,也超越了重大的事件。

我依然没有说出他的诗歌中最惊人的东西。那就是善心。有些大诗人尽管多愁善感,也善于深刻而确切地叙述痛苦或欢乐,但是缺少善心。这种特性在一般的人,特别是诗人身上已不是那么常见的了。艾昌雅在别人的不幸旁边是不会感到幸福的,而且这不是出于思考,而是出于人的天性。当他谈论自己的个人幸福时,他是在谈所有的人的幸福:

> 手挽着手,我们两个一同走。
> 我们觉得,到处都像在家中——
> 在温存的树下,在漆黑的天空下,
> 在所有的屋顶下,在所有的壁炉旁,
> 在空旷的街道上,在明亮的阳光下,
> 在人群不安的目光里,
> 在英明的和疯狂的人们当中,
> 在孩子们和成人们当中。
> 爱情中没有丝毫秘密,
> 我们在这里,大家都看见我们,
> 情侣们觉得,
> 他们是我们的客人。

这写于他去世之前不久。他同多米尼卡一同走着,也许是在多尔多涅的山丘上,或者是在莫斯科的普希金广场上。他想给所有的人赠送礼物。他斗争过,冒过不止一次的生命危险——不是因为他要这样做,而是因为他

1383

别无他法。

在离开莫斯科前不久的一个晚上,保罗坐在我们家里。他的双手比平时颤抖得厉害些,但他开着玩笑,后来又默然不语了。柳芭在同多米尼卡谈话。突然他对我说:"我想到了一个年轻工人。您可记得——他在晚会结束后闯进了后台的房间?……他说:'我也想写诗,但我怕不会成功。脑子里老是塞满了词句,在嗡嗡作响,可是却怕写……'想的总比做的好,这真令人苦恼。不仅在诗歌里如此——在生活中也是这样……"

我把这段话记了下来。分手的时候,我们以为12月能在维也纳相见。看到结实的、可爱的、体贴的多米尼卡在他身边,我很高兴。八个月后,我在一个寒冷多雾的清晨听到:"法国诗人保罗·艾吕雅于昨日去世……"后来多米尼卡告诉我,当天早晨他读了报纸:在美国受到不公正判决的罗森堡夫妇要求重新审理此案,但被拒绝。保罗说:"但愿他们能够获救!……"一刻钟后他把多米尼卡叫去:心脏停止了跳动。他大概已满五十七岁。现在,当我写这些事情的时候,我觉得就像是昨天的事情一样。当人们已经通过了山口,正在暮色中沿着黑暗陡峭的小道向山下走去的时候,没有什么能比联系着他们的东西更为有力的了。

32

每当我回顾已往，我总觉得1952年很长，同时也毫无生气，这大概同我当时的生活情况有关。《九级浪》在杂志上连载，批评家在赞扬它，但我感到此书并不成功，因而再没有写别的什么。同争取和平的斗争与苏维埃代表的工作有关的各次旅行之间的休息时间，足以用来思考自己的创作道路。秋季里的一天，我在笔记本上记道："看来，把作家的工作撇开是最为明智的。三个月后我将年满六十二岁，这已不是可以作毫无把握的等待的那种年龄了。至于保卫和平运动——即便在这里我也可以做些事情。"

10月间召开了第十九次党代表大会。斯大林在会议结束前发表了一篇简短而鲜明的演说。马林科夫在自己的报告里提到了文学问题，他对于我国没有果戈理和谢德林表示惋惜，还说一个作家的思想观点取决于他的主人公是否典型。一位列宁格勒作家对我说："对于房屋管理员，即便在人们想起果戈理和谢德林之前也是可以嘲笑的。可要是再往上走一级——人们就会说：'不典型。'有趣的是人们将通过什么途径创作'典型性'——也许是通过统计学。"

我浏览了《文学报》的合订本，一切看上去都像田园诗一般。报纸指出，《新世界》发表了格罗斯曼的长篇小说《为了正义的事业》，但是批评家们对它保持沉默。他们赞扬法捷耶夫的《青年近卫军》的新版本，对柯切托夫的长篇小说《茹尔宾一家》表示称赞。报纸对于"引起了语言学的革命的斯大林的天才著作"未得到充分的注意而感到伤心。人们揭露"伪科学"的控制论。作家们受到温和的、几乎是慈父般的咒骂。庆祝作家的诞辰：帕乌斯托夫斯基和费定满六十岁，纳齐姆·希克梅特和卡维林满五十岁。举行

1385

晚会,送上奖状,热烈拥抱,不用说,还有预祝"获得新的创作成就"。维诺库罗夫的作品问世,受到有限的赞扬。在一本很厚的杂志上发表了马丁诺夫的一首诗,编辑部为此被骂了一顿。在没有生气的、彼此雷同的诗歌正面是形形色色陌生的年轻人的名字,方才我发现其中有一首诗的署名是叶·叶夫图申科。每当你翻阅尚未变黄的纸页时,你总会觉得编辑部似乎不知道该用什么来填满它们。纪念拉季舍夫的活动结束了,又纪念左拉逝世五十周年,后来又庆祝马明-西比利亚克诞生一百周年。

4月间在莫斯科召开了国际经济会议。我认识了年老的英国和平主义者博伊德-奥尔勋爵,他是个具有高深修养和纯洁思想的人。他希望两个世界合作,谈到甘地和爱因斯坦时表示钦佩。

与会者除了经济学家之外,还有一些大企业家和许许多多希望苏联订货的中小企业家。我想起一桩可笑的事。会议秘书处给我来了一个电话。"法文缩写字——阿普特是什么意思?"我绞尽脑汁也想不出来。后来有人给我寄了一封来信:阿普特原来是普罗旺斯的一个城市,这封信是赭石厂的老板绍文写的。据绍文说,战前法国的赭石厂老板每年要售给俄国八千吨赭石,于是他就抱着恢复赭石出口额的希望前来出席经济会议。绍文原来是个生气勃勃、讨人喜欢的南方人、法国的保卫和平运动的参加者和不可救药的幻想家。他在克鲁泡特金大街上的保卫和平委员会里受到了接待。他赞美苏联人,但是一看到住宅正面被风雨剥蚀的墙壁就一再地说:"赭石对你们是十分必要的!……"他带了些阿普特的工业样品到莫斯科来——蘸上糖皮的水果和薰衣草制的香水。水果很可口,薰衣草异香扑鼻,但是,无论是这些商品还是赭石都没有使对外贸易部动心。一个比利时人由于卖掉了一批衫裤相连的女用衬衣而欢天喜地,而绍文却空着两手回去,但他的心里却充满了对我国人民的热爱,他给我来信要求苏联演员去参加阿普特的狂欢节——总之,依然是个天真的幻想家。

生活迈着自己的步伐前进。人民劳动着。修建了新的工厂。教师们在教孩子读书识字,这些孩子如今已成青年,他们正在工作或学习,正在思索、争论。少年们阅读托尔斯泰、契诃夫、高尔基的作品。在数以千计的剧院的舞台上,每晚都有哈姆雷特在谈论海船和虚伪,契诃夫的主人公们在发愁,而不朽的赫列斯达柯夫①则不歇气地在撒谎。博物馆里总是观众成堆。在同陌生人谈话时,我看到所谓"中等水平的人"的觉悟已大为提高。

秋天,在布拉格对一群著名的共产党员进行审讯。在《文学报》上他们被称为"清泉旁边的癞蛤蟆",他们"妄想把捷克斯洛伐克变成华尔街的世界主义的世袭领地,让美国垄断组织、资产阶级民族主义者、犹太复国主义者伙同形形色色陷入罪恶泥坑的败类去统治"。(1963年春,捷克斯洛伐克共和国最高法院撤销了判决,并恢复了犯人们的名誉。)当然,我并未预见到后事,但布拉格审讯却促使我重新警惕起来。

朝鲜停战谈判早在1951年春便已开始。在长期的争论之后,双方达成了六十点协议。在一个问题上争论仍在继续——如何遣返战俘。在联合国大会上,维辛斯基和艾奇逊发表一篇篇冗长的演说,大家都明白,用武力不可能解决冲突,但是战斗还在继续,而且是在这样一个地区里进行的:根据得到赞同的六十点之中的一点,这个地区应该成为中立区。

在印度支那也有战斗。"冷战"没有平息。有些美国参议员把朝鲜战争称作"第三次世界大战的开端",他们说,这场战争将持续很久,并定将以"彻底消灭共产主义"告终。在法国,内阁经常更换,工潮此起彼伏,共产党人和工会工作者遭到逮捕。在希腊,镇压仍在继续。我曾久久地凝视着被判处死刑的贝劳扬尼斯②的照片,他拿着一枝石竹,面带微笑。

这一年似乎是沉寂而令人窒息的。此后数年间的许多重大事件正在渐渐成熟,但是就连头号的乐天派也宁肯保持沉默。

我忙于各国人民代表大会③的筹备工作,两次前往斯堪的纳维亚各国,去过柏林,还在维也纳逗留了数周。

约里奥-居里和运动的其他领导人都希望各国人民代表大会能比保卫和平代表大会更为广泛,具有更大的代表性。在致意大利的自由主义者尼蒂的信里,约里奥提出保证:代表大会的参加者可以自由地阐述自己的观点。然而疑虑依然妨碍了许多犹豫不决的人来到维也纳。但是,如果回想起1952年底的局势,那就可以说代表大会是成功的。在会上发言的有前首

---

① 果戈理的喜剧《钦差大臣》的主人公。
② 贝劳扬尼斯(1916—1952),希腊共产党中央委员。
③ 即世界人民和平大会。

相维尔特、意大利天主教党议员特拉诺瓦、意大利共和党议员尼蒂、巴西的瓦加斯①的拥护者和阿根廷的庇隆的拥护者、印度国大党的成员、伊朗国会多数党的代表、英国的一些工联主义者、摩洛哥的民族主义者、布尔吉巴的朋友们、作家萨特、"世界政府"支持者的组织派来的观察员和各种派别的和平主义者。

与巴黎代表大会和华沙代表大会不同,人们在听取那些批评苏联政策的演说者讲话时都很平静,许多人甚至还报以掌声;这些演说有一部分谈到维辛斯基过于好战的调子、拒绝探求互相让步的可能、布拉格审讯的潜台词。我记得艾琳·阿佩耳、意大利女天主教徒皮亚娇和瑞典作家勃洛姆贝格的发言。

当然,也像在华沙那样,在欢迎有些演说者的时候往往全体起立,在闭幕会议上人们唱着歌、挥舞手绢,直到早晨3点钟才让代表大会闭幕。但是同华沙代表大会相比,气氛毕竟更为严肃认真,也更为爱好和平。约里奥致了开幕词,他仿佛是给演说者们定下了调子。人们第一次谈到了很多有关和平共处、加强文化联系的问题。法捷耶夫病了,领导苏联代表团的是经常面带微笑的考涅楚克。

在致世界人民书中没有尖锐的指责,它要求立即停止军事行动、承认各国人民有权独立,提出必须进行普遍裁军——总之,就像七八年后联合国大会一致通过的某些决议。

代表大会结束后,在一个能容纳两千人的大厅里举行了一次晚宴。演说很少,而虽然淡薄、但后劲很大的奥地利酒却很多。大家兴高采烈。接近黎明时有人宣读了(更确切地说是喊出了)刚从莫斯科收到的一份新近获得"加强和平"奖金者的名单:"伊夫·法奇、克其鲁②、保罗·罗伯逊……"我鼓着掌,突然听到:"伊利亚·爱伦堡。"我与其说是高兴,不如说是惊慌失措。我们从来不曾把奖金授予我们本国人。而且为什么要给我,而不给法捷耶夫或考涅楚克呢?……人们走向前来,碰杯,拥抱。塞伦尼附耳对我说:"他给了您奖金,这是件好事。正是现在……"我问他的话是什么意思,

---

① 瓦加斯(1883—1954),巴西政客,两次担任总统。
② 克其鲁(1885—1963),印度社会活动家。

但他没有回答。

两天后我们乘火车赴莫斯科。一节车厢拨给了宋庆龄和中国代表们,苏联代表团和我们的客人——克其鲁、亚马多、文幼章、萨拉梅亚都坐在另外两节车厢里。当时火车走得很慢。我们早晨起程,直到傍晚才到布达佩斯。我们没有钱,而一路上人们除了鲜花以外也没有给我们任何东西。坐在隔壁单间里的考涅楚克,有时说他打算吃掉坐在旁边的人,有时幻想着在布达佩斯(列车在那里要停两小时)将会有人让我们饱餐一顿。在车站的月台上我们看见了拉科西和其他重要同志,我们被带往政府大厅。考涅楚克低声说:"马上就会端来红焖牛肉……"不料给我们送来的却是黑咖啡和饼干。考涅楚克犹豫片刻,后来说:"我们一整天什么也没吃……"匈牙利人忙了起来,车站上没有餐厅,半小时后送来了很香但也很小的小灌肠。次日清晨,我们在苏联边境上吃了点东西,在那里站了四五个钟头。两天后我到了莫斯科。途中我曾数次企图猜透塞伦尼的话的含意——也许他知道什么?……但是我想得愈多,我明白的却愈少,只得神经质地不断打着哈欠。

五天后我们同伊琳娜、利金夫妇、萨维奇夫妇一同迎接新年。我看到了一些朋友,问他们有什么新闻。他们说了一些微不足道的事情。我心里感到不安,我自己也不知道是什么原因。

1月13日,报纸在中午才送到。我勉强地打开了《真理报》。"争取石油工业的新发展"。"法国对外贸易的衰落"。突然我在最末一页上看到:"一伙从事暗害活动的医生被捕"。塔斯社报道,一伙对于日丹诺夫和谢尔巴科夫之死负有罪责的医生被捕了。他们招供,他们准备杀害华西列夫斯基、戈沃罗夫、科涅夫等元帅。报上说,多数被捕者都是"国际犹太资产阶级民族主义组织'联合'①"的间谍,他们通过施梅利奥维奇医生和"犹太资产阶级民族主义者米霍埃尔斯"领取指示。被捕者的名单上开列的都是著名的医生——三个俄罗斯人,六个犹太人。

我试图探明发生了什么事情。有些人说,两个月前就开始逮捕医生了;另一些人却反而说,举行了一次会诊,请来了一些给斯大林治过病的医生,后来就把他们逮捕了。大家都一再地说,医院形同地狱,许多患者把医生看作

---

① "犹太联合救济委员会"的简称。

是阴险的凶手,拒绝服药。一位农学家,就是那个同萨特谈过话的人,正在雅尔达休假。他提前回来,告诉我说,他的妻子吓坏了:"咱们今天就离开疗养院——我们会在这里给毒死的……"一位女医生说:"昨天不得不吞了一整天的药丸,药粉,一共服了治十种病的十种药——患者怕我是个'阴谋家'……"在季申斯基市场上,一个醉醺醺的人狂叫道:"犹太人想毒死斯大林!……"

我曾说过,我国人民在精神上成长起来了,但是即便能思维的芦苇有时也会停止思维;若是一只猫儿抢了先,哪怕你是个哲学家也依然会觉得不痛快。我现在决不想把我所说的那种恐惧强加给所有的人。最后一次霍乱骚动①发生在1893年。反犹暴行也随着国内战争的结束而消失了。但是如果钻入许多十分明智的人们的心灵深处,却能找到一种模糊的怀疑和疑惧。当然,这种人是不会去倾听市场上卖牛奶的女人的谈话的。但是侦查机关却报道了杀人的医生的情况。人们想起了1938年的审讯,当时查明,医生们杀害了高尔基。如今他们又变得更为狡猾——作出错误的诊断并通过治疗促使患者死亡。我常常发觉人们在崇拜医药的同时又害怕医生——害怕给他们治病的医生:他可能出差错、照顾不周……如果他被敌人收买,他可以杀人而又逍遥法外。格里戈良邀我前去,谈起授奖问题——仪式已定于1月27日举行:"您最好能提到犯罪的医生们……"我勃然大怒,说我并未申请过奖金,打算现在就予以拒绝,但我不会谈医生的事。跟我谈话的人开始安慰我:"这并不是指示,我只不过是想提醒您……"

1月21日,在弗·伊·列宁逝世的周年纪念日,报上在他的照片下面发表了"为了在揭发杀人的医生一案中给予政府的帮助"而授予一个女医生以列宁奖章的命令。

在给我颁发奖金的仪式上致贺词的有吉洪诺夫、苏尔科夫、阿拉贡、安娜·西格斯、哥伦比亚作家萨拉梅亚。后来轮到我发言了。我的讲话很短。我说:"一个苏维埃人,不论他是哪一个民族,首先他是一个热爱祖国的人,是一个真正的国际主义者,是种族歧视或民族歧视的敌人,是一个致力于促进友好团结的人,是一个勇敢的和平保卫者。"这些话是在一些重大事件的影响下说出来的,而且我重又回到了使我苦恼的问题:"在克里姆林宫富丽

---

① 俄国在霍乱流行的年代中人民群众反对沙皇政府的自发行动。

堂皇的白色大厅内所举行的这个庆典上,我想回忆起那些正在遭受迫害、折磨、陷害的和平拥护者,我想谈到狱中之夜、审问、法庭——谈到许许多多的人的英勇气概……"斯维尔德洛夫大厅里鸦雀无声。柳芭后来说,当我谈到监狱的时候,坐在她旁边的人都呆了。第二天早晨,我在报上看到我的演说被修正了——在关于迫害的那句话里加上了"反动势力":他们害怕读者会正确地理解我说的话,并把这些话用在贝利亚手下的牺牲者身上。

发表了一篇文章,描述那个揭发了"穿白衫的凶手"的女医生收到一些多么热情洋溢的信件。许多信里都提到:"俄罗斯女人""俄罗斯心灵"。

但是我在让-里沙尔·布洛克主编过很久的法国报纸《今晚报》上却读到了一些最激烈的解释。这些文章出自著名的记者皮埃尔·埃尔维的手笔,他当时是共产党员。我明白,一个法国的共产党员可以相信苏联的侦查机关,并保卫它们使之不受政敌的攻击。但是埃尔维却超过了一切事物和一切人:他的文章犹如第二帝国时代伪造的文件《锡安众贤笔录》;他证明,"联合"和被捕的医生们的阴谋并非局部现象,而是一个预谋已久的阴谋的结果。甚至在那些日子里这些文章也使我惊奇。而我现在之所以谈到它们,是因为两年之后,当法制在我国得到恢复时,埃尔维同共产党断绝了关系,他出了一本小书,甚至写上动人的题词给我寄了一本。在书中,除了别的问题以外,埃尔维对"医生案件"感到气愤,但没有提到他本人的贡献。

《真理报》上发表了一篇激烈的文章,评论格罗斯曼的长篇小说。其他报纸也立即对长篇小说展开猛烈抨击。

事件继续发展。2月份对我来说十分艰苦,我认为现在叙述我的经历为时尚早。在千百万读者的心目中,我是一个可以到斯大林那里去对他说我在某一个问题上不同意他的意见的作家。其实我同我的读者们一样是"齿轮"和"螺丝钉"。我曾试图提出抗议。决定问题的不是我的信,而是命运。

那是很冷的一天。为了给自己找点事做并驱散那些忧郁的思想(哪怕只驱散几个钟头也好),我坐下来翻译维永的作品。守卫伊万·伊万诺维奇突然走来:"无线电广播说,斯大林病了,瘫痪,情况严重……"

我还记得我是怎样去莫斯科的。大雪纷飞。孩子们陷在雪堆里。我想思索:我们大家今后将会怎样?但我不能思想。我经受了想必是我的许多同胞当时都经历过的情况:发呆了。

33

"晚上九时五十分……"

医疗鉴定谈到白血球、虚脱、纤毛颤动失调。而我们却早已忘记斯大林是个人。他变成了一个万能而神秘的上帝。而现在上帝因患脑溢血而死去了。这似乎是不可思议的事。

我住的房子位于高尔基街和普希金街之间的一条小巷里。要想走到这两条街之中的任何一条街上，都需要警官的允许、长久的解释和证件。巨型载重汽车阻塞了道路，如果军官允许，我就爬上载重汽车，再从上面跳下来，但在走了五十步以后我又会受到阻拦，于是一切又重新开始。

作家们的追悼大会在沃罗夫斯基街的电影演员剧院举行。所有的人都是神情沮丧、惘然若失的，说的话也不相连贯，似乎这不是一些老练的文学家，而是第一次在集会上发言的数学家或挖土工人。演说者很多。我也说了话，不记得说的是什么了，大概也是别人所说的那些。

翌日，我们被带到圆柱大厅。我同作家们一起站在仪仗队里。斯大林的尸体已施加了防腐剂，他庄严地躺着——医生们所说的那些东西已无影无踪，而只有鲜花和星形勋章。人们从一旁走过，许多人在哭泣，女人们举起孩子，哀乐声和痛哭声混成一片。

我在街道上也看见有人哭泣。有时传来叫嚷声：人们急欲去圆柱大厅。大家谈论着喇叭广场上挤死人的情况。从列宁格勒调来了警察部队。我想，历史上恐怕还不曾有过这样的葬仪。

我并不惋惜这位上帝，他在七十三岁时患中风而死，似乎他并不是上帝，而是个普通的凡人；但是我感到可怕：如今将会怎样？……我担心情况

1392

会更坏。我在本书中对于能思维的芦苇谈得很多。现在我看到,要保持思想的鲜明性是很困难的。个人崇拜并未把我变成信徒,但它影响了我的看法:我把国家的未来同二十年来每天都被称作"天才领袖的智慧"的那种东西联系起来了。

我从未同斯大林谈过话(除了我已写到过的在战争前夜那次电话中的谈话)。我在隆重的会议、招待会或最高苏维埃的会议上从远处看到过他。有一次我出现在他的身边,那是在毛泽东到莫斯科后举行的一次招待会上。当时使我惊奇的是,入口处的检查非常严格,仿佛这儿不是大都会饭店,而是克里姆林宫。走进大厅,我看见来的人很多,就不再往前挤了。大厅里热闹地嗡嗡直响。突然鸦雀无声。回头一看,我看见了斯大林。他不像照片上那样,而是个身材不高的老人,有一张仿佛布满了被岁月刺伤的疤痕的脸,低低的额头,一双富于生气而锐利的眼睛。他好奇地仔细察看着大厅,他大约已有四分之一个世纪没有到这里来了。后来开始欢呼,斯大林被引向中国人所在的左方。一切都发生得如此之快,使我来不及好好地把他仔细看看。

我不喜欢斯大林,但长期相信他,我也怕他。在同朋友们谈论他的时候,我也像大家一样称他为"老板"。古代的犹太人也是不直呼上帝的名字的。他们未必喜欢耶和华:他不仅是万能的,他也是残忍而不公正的,他把一切灾难都降在虔诚的约伯的头上——杀死了他的妻子儿女,使他本人传染上麻风病,而所有这一切只是为了显示一个活活地溃烂下去并被众人遗弃的无辜之人将如何在瓦砾堆上颂扬耶和华的英明。上帝同撒旦打赌,上帝赢了。约伯输了。

在本书的第四部里,我曾答应读者回头来谈谈斯大林,我试图作出总结并找到我们犯错误的原因。这个诺言就像我一生中的许多行为一样是轻率的。我曾不止一次地坐下来写这一章,不断地删改,撕毁已写成的稿纸,最后终于明白,我不能履行诺言:当然,现在我知道的事情远比我在1953年3月所知道的要多得多,但我看到,要想作出总结和结论,我知道的还太少,而且对于我所知道的事情我往往也并不理解。我不能勾勒斯大林的肖像——我个人对他并不了解;看来他是个复杂的人,而那些见到过他的人的叙述也互相矛盾。我不该答应越出回忆的范围去搞历史或哲学。现在我将仅限于同读者谈谈自己在1953年3月的思想和感情,如果我也说出了一些想法,那它们将是同一个对于人的思想和良心的遭遇最为感到不安的作家的创作特征有联系的。

对斯大林的顶礼膜拜不是突然发生的,它不是人民感情的迸发。斯大林是长期地和有计划地在制造这种顶礼膜拜:根据他的指示编纂了一部神话传说史①,斯大林在这部历史中扮演了一个不符合真实情况的角色;画家们绘制描写革命前夜、十月革命、苏维埃共和国最初几年的巨幅油画,而在每一幅这样的图画里斯大林都是在列宁旁边;报纸上对于作为列宁生前最亲密的助手的其他布尔什维克进行诽谤。承认斯大林是"天才的"和"最英明的"这件事发生在大规模镇压之前。我曾谈到1953年斯大林在斯达汉诺夫工作者会议上出现时响起的掌声和歇斯底里的叫喊如何使我不安。当时我曾长久地设法说服自己:我不理解人民的感情,我是个知识分子,何况又脱离了俄罗斯的生活。后来我对欢呼声和做弥撒似的修饰语都习惯了,不再注意它们了。

圣彼得对于天主教徒来说是教会的基石,是打开天堂之门的人,对于我来说,他是富于诗意的传说中的英雄,他曾三次宣布同自己的老师脱离关系,而后来以殉难补偿了自己的过错。但是,当我在罗马大教堂里看见青铜的雕像时,我忘记了一切传说:我看着彼得的一只脚——青铜已被人们的亲吻磨损了。信仰也同恐惧和其他许多感情一样有传染性。尽管我受到过19世纪自由思想的熏陶,并写了《胡利奥·胡列尼托》,在其中嘲笑一切教条,但我并未完全避免膜拜斯大林这种流行病的传染。别人的信仰不曾使我的心灵激动,但它有时压制着我,不让我认真思考已经发生的事。1957年,我在回忆往事时曾写道:

  信仰是眼镜,也是障眼物。
  信仰能推动大山。
  我是人,不是山。
  信仰不是我的姊妹。
  我看见过灰色的石头,

---

① 指《联共(布)党史简明教程》。

> 它被嘴唇的颤动磨损。
> 信仰能唤醒死者。
> 我是人,不是尸首。
> 我看见过人们如何失明,
> 看见过人们如何在灰烬中生活,
> 看见过大地的颤抖,
> 看见过灰烬中的天空。
> 我不相信信仰。

我在安达卢西亚的支队里待过,人们在那里进行殊死的战斗,他们把自己的部队称作"斯大林营"。在战争年代,我多次听到"保卫祖国,保卫斯大林!"的喊声。意大利和法兰西的抵抗运动的英雄们在被判处死刑前写的书信,有多少封是以"斯大林万岁!"结尾的。在斯大林七十岁时,一个法国女人把她那被秘密警察折磨死了的女儿的一顶小帽子寄给了他。诗人们(对于他们的真诚是难以表示怀疑的)——艾吕雅、让-里沙尔·布洛克、埃尔南德斯、奈兹瓦尔颂扬斯大林。他变成了旗帜、绝对正确的圣徒、神灵。

斗争在进行,"超然于战斗之上"的地方是没有的。对于我们的敌人来说,斯大林也不再是一个人了,希特勒或戈培尔、福莱斯特[①]或麦卡锡,在谈到他的时候都像跳大神似的歇斯底里般狂吠不已。

在30年代,我看到了什么是法西斯主义。西班牙人民的抵抗运动遭到了挫折:法西斯独裁者帮助佛朗哥,西方的民主国家伪善地宣布"不干涉",只有很少的苏联军人站在共和主义者方面进行战斗。慕尼黑是建立反苏同盟的尝试:张伯伦和达拉第希望希特勒转向东方。当"奇怪的战争"开始时,法国的统治者与其说是在同德国国防军作战,不如说是在同本国的共产党人作战。在法兰西毁灭前的几个月内,它的统帅们忙于筹组要去芬兰同红军作战的远征军团。在希特勒侵犯苏联之后,美国和英国的某些政治家之所以感到高兴,不仅是因为"赤色分子"将会削弱德国国防军,而且也因为希特勒最后将消灭"赤色分子"。第二次世界大战尚未结束,人们就谈起第三次世界大战来了。热衷于资本主义的人、冒充十字军骑士的实业家、双

---

① 福莱斯特(1892—1949),1947—1949年任美国国防部部长,因精神错乱而跳楼自杀。

手老是发痒的军人,不论他们是否愿意,都促进了对斯大林的崇拜的加强。

我没有一下子就看出"最英明的人"的作用。如果至今我对情况还不够了解,那么在1937年我所知道的则只是个别的暴行。同别的许多人一样,我曾试图在自己的面前为斯大林辩护,我把大规模镇压归咎于党内斗争、叶若夫的暴虐狂、虚伪的报道、风气。

斯大林是个具有巨大的智慧和更巨大的阴险的人。他曾多次以一个想制止专横行为的捍卫公道者的面目出来发言。我还记得他所说的"胜利冲昏头脑"和"儿子不能替父亲负责"。在"叶若夫作风"的猖獗以后,他曾公开表示难过:在一个城市里开除了几个正直的共产党员,在另一个城市里甚至还逮捕了一个无辜的人。十年后,在反对"世界主义者"运动的高潮中,他谴责了揭发笔名的做法。他总是提醒大家必须爱护人。马·谢·萨良曾告诉我说,斯大林在接见一个亚美尼亚代表团时曾问起诗人恰连涅茨的情况,说是不要去打扰他,不料几个月后恰连涅茨却被逮捕和杀害了。

看来斯大林是善于迷惑同他谈话的人的。巴比塞曾写道:"可以说,列宁的思想和言论在任何人身上都不像在斯大林身上那样被体现出来。"罗曼·罗兰在会见斯大林之后说:"他非常仁慈!……"福伊希特万格认为自己是个怀疑主义者,是个老于世故受不了骗的人。当斯大林对福伊希特万格说,他对于到处都显眼地悬挂着他的肖像感到多么不愉快时,他大概在暗自窃笑。而老于世故者却相信了……

苏里茨,后来是李维诺夫和迈斯基,都曾对我说,同希特勒签订条约是必须的:斯大林成功地粉碎了仍在妄想消灭苏联的西方各国结成同盟的计划。但是斯大林没有利用两年的暂息时机来加强国防——无论是军人还是外交官都向我谈到过这一点。我曾写道,会在自己最亲密的同事当中看见潜伏的"人民公敌"的非常多疑的斯大林,不知为什么却相信了里宾特洛甫的签字。希特勒分子给我们来了个突然袭击。斯大林起初惊慌失措了——他不敢自己说出敌人的入侵,而把此事委托给莫洛托夫;后来看到尽管苏联士兵充满了英雄气概,法西斯分子依然迅速向莫斯科推进,斯大林只得向人民求助,我们被提升为上帝的"兄弟姊妹"了。但他很快便鼓足勇气,以自己的平静使霍普金斯大吃一惊,他留在空空的莫斯科城内,而在1942年艰苦的夏天则竭力谦虚地退居幕后——报上很少见到他的名字。当德国人在伏尔加河被击溃以后,崇拜立刻就恢复了。取得胜利的是人民,他们作战、盖工厂、挖运河、修路,虽然食不果腹,但未丧失信心。但报上写的却是"英明统帅"的胜利。

战后的岁月是艰苦的,并且我不是住在巴黎,而是住在莫斯科。我知道了许多事情。在1953年3月,我明白了,就其天性而言,就他所选择的方法而言,斯大林就像意大利文艺复兴时代出色的政治家。我记得在巴黎围绕在列宁身边的那些布尔什维克,其中也许只有卢那察尔斯基和柯仑泰侥幸地能够在自己的床上寿终正寝。在死者当中有我的一些密友,任何人在任何时候都不能使我相信弗谢沃洛德·埃米利耶维奇、谢苗·鲍里索维奇、尼古拉·伊万诺维奇或伊萨克·埃马努伊洛维奇是叛徒。谢·米·爱森斯坦曾谈到他同斯大林的一次会见,后者在谈到必须在人民面前推崇伊凡雷帝时曾补充了一句:"彼得鲁哈没有砍完……"我现在不是在写伊凡雷帝或彼得大帝的历史,我只不过想对读者们说明何以我不喜欢斯大林。

我生平从来不曾认为沉默是一种美德,同时在本书中谈到自己和我的朋友们时,我曾坦白地说,我们要保持沉默有时是多么困难。

1937年底从西班牙来到莫斯科后,我看见了在家庭里和思想界所发生的事情。我企图安慰自己:斯大林对许多事都不知道。的确,我不认为斯大林知道年纪轻轻的娜塔莎·斯托利亚罗娃,或画家舒哈耶夫的妻子,或谢苗·良德列斯——如果他阅读所有牺牲者的名单,那他就不能做任何别的事情了。但是就在当时我也明白,消灭老布尔什维克或者我在西班牙遇到过的那些红军的高级指挥员的命令,只可能来自斯大林。半年后在回到巴塞罗那时,我不能对任何人叙述我在莫斯科的见闻。

为什么我没有在巴黎写下《我不能沉默》?须知《最后新闻》或《黎明报》是乐意刊登这样的文章的,哪怕我在其中甚至还谈到自己对共产主义未来的信念。列夫·托尔斯泰不相信革命能消灭恶,但他也不想捍卫沙皇的俄罗斯——正好相反,他想在全世界面前揭发它的暴行。我对苏联采取的是另一种态度。我知道,我国人民正在贫困和不幸中继续沿着十月革命的艰苦道路前进。沉默对于我不是膜拜,而是可诅咒的东西,在一本记述业已经历过的生活的书中我不能避而不谈这个问题。

法国抵抗运动的一位参加者在1946年曾告诉我,他在其中作战的那支游击队是由一个残酷而又不公正的人指挥的,此人枪毙过同志,烧过农民的房屋,怀疑所有的人叛变或胆怯。"我过去不能向任何人谈这件事,"他说,"这会意味着给整个抵抗运动以打击,贝当分子会抓住这件事……"

是的,我知道许多罪行,但要制止它们我却无能为力。况且在这种情况下又有什么可说的呢:就连那些势力大得多、对情况的了解也清楚得多的人也没能制止罪行。1956年6月30日公布了苏联共产党中央委员会的决议《关于克服个人崇拜及其后果》,其中有这样的字句:"……中央委员会的列宁主义核心在斯大林逝世后就立即着手同个人崇拜及其严重后果作坚决的斗争。也许要问:为什么这些人不公开地反对斯大林,不解除他的领导职务呢?在当时已经形成的情况下,这样做是不可能的。"文件接着说,"斯大林对许多违法事件是负有责任的",但他的威望是如此之高,以至于"在这种情况下,对他的任何反对都会为人民所不理解,这里问题完全不在于个人勇气不够"。

斯大林大概至死都认为自己是共产党员,是列宁的学生和继承者,他不仅这么说,而且也这么想:他正引导人民奔赴崇高的目的,为此就得不择任何手段。我不是偶然地想起了意大利文艺复兴时代。马基雅弗利①曾写道,为了建立一个强大的国家,任何手段都是好的——毒药、告密、暗杀;他建议统治者要同时具备狮子的勇敢和狐狸的狡猾,要像人那样英明,也要像野兽那样凶恶。对于美第奇家族②或博尔贾家族③来说这种劝告大概是有益的,但是对于共产党员来说却是不能接受的。

我觉得,关于目的是否能为手段开脱罪责的古老争论是抽象的。目的不是路标,而是一种十分实在的东西,这是现实生活,不是明天的图画,而是今天的行动;目的不仅预先决定政治策略,而且也预先决定道德。干着分明不公道的事情,就不可能树立公道;把人民变成"齿轮和螺丝钉",而把自己变成神话中的神灵,就不可能为平等而斗争。手段总是会影响目的,不是提高它就是使它变形。我觉得,在第二十次和第二十二次代表大会以后这已成为人人都清楚的问题,也许只有某些外国的教条主义者是例外,他们在谈

---

① 马基雅弗利(1469—1527),意大利政治家和历史学家。
② 1434—1737年统治佛罗伦萨的意大利家族,是15世纪欧洲最大的银行家。
③ 15—16世纪在意大利历史中起过重要作用的贵族家庭。

到自己的袈裟的干净时竟亵渎地把斯大林的名字同列宁的名字并列。

正如千百万我的同胞一样,在读了第二十次代表大会的材料以后,我感到从我的心上搬去了一块石头。虽然斯大林的那些做法在他死后立刻就被抛弃,我国人民以及全人类依然应该知道痛苦的真相——理智和良心都要求这样。我们知道了过去的错误。在这个过去之中有着苏联人民的许多功绩和胜利,但是在谈到它们时更正确的说法也许不是"由于斯大林",而是"虽说斯大林"——他过多地把自己的治国之才和罕见的毅力用在同他经常引用的那些思想相矛盾的事情上了,他伤害了任何一个正直的人的良心。

回头来谈3月间的那些天。夜里在列宁墓上添上了斯大林的名字。马林科夫、贝利亚和莫洛托夫在葬仪上讲了话。讲的话彼此雷同,但马林科夫提到"以同国内外敌人作不调和的和坚决的斗争精神"保持警惕,而其名字使人人害怕的贝利亚则答应苏联公民要"保护斯大林宪法给他们规定的权利"。

次日,莫斯科恢复了日常生活。我看见扫院人辛勤地打扫高尔基大街,人们去上班,在院子里卸下箱子,孩子们在淘气。一切都很熟悉,于是我对自己说:同一周前一样……这一点也是令人难以置信的:斯大林死了,而生活仍在继续。

白天我走到红场上。它堆满了花圈:人们站在那里,想读完绸带上的题字,然后默然走开。

我和法捷耶夫驱车同去"苏维埃"旅馆——前来参加葬礼的世界和平理事会的朋友们住在那里。法奇的眼神忧伤,但他立刻就开始鼓舞我们道:"一切都会平安无事地过去。"——他的性格就是这样:他必得安慰别人。南尼拥抱了我,又不安地问道:"今后究竟会怎么样呢?这真可怕!……"他的眼里有泪水。我自己也不知道往后将会怎样,但法奇的榜样看来具有传染性,于是我答道:"一周后我们将在维也纳相见。不要绝望——一切都会平安无事地过去……"

我在高尔基大街上走着。天气很冷:这是个冬天的晚上。突然我站住了——一个简单的想法钻进了脑海:我不知道未来将会坏些还是好些,但它将是另一个样子……

34

维也纳代表大会选出了一个委员会,这个委员会要向五大国转达关于开始就缔结和平公约问题进行谈判的建议。参加委员会的有约里奥－居里、法奇、南尼、伊莎贝丽·布吕姆、日本参议员羽仁五郎、巴西将军布克斯曼、吉洪诺夫等等;我也被吸收进去了。委员会会议定于3月16日召开。

我们开了两天会,决定把文本送给世界各国政府,并通过了告公众书。我们在一个供举行各种庆典而出租的公园的陈列馆里工作。在休息期间,朋友们常沿着一条小路把我带到较远一些地方问道:"你们那里的情况怎样?……"大家都为没有斯大林今后将会怎样感到不安。冰冷的寒风不时从阿尔卑斯山上吹来,但是有的地方雪花和淡紫色的番红花却已经开放。过了十天,我才思考了许多问题,并且明白了今后不会比过去更坏,也许还会变得好一些。我是在最高苏维埃的一次会议的前夕离开莫斯科的,但在大使馆里人们给了我马林科夫的一篇简短的演说,我把它译给朋友们听;演说里没有任何新奇的东西,但是我鼓舞了大家,而且生平第一次充当了一个高明的预言家。

飞机定于3月20日从布拉格起飞,我同法奇夫妇必须在19日到达布拉格。大使对我说,他将派一辆汽车送我们到边境,还将派警卫人员乘另一辆汽车护送:"要给法奇颁发斯大林奖金,我们不能不加保卫……"人们告诉我,一辆捷克汽车将在边境上等候我们。我们一大早便动身,法奇看到载有军人的汽车,感到奇怪。"毫无办法——如今您是斯大林奖金的获奖者……"他笑了:"可我不是尼加拉瓜或洪都拉斯的独裁者呀……"

军用汽车在前面飞驰。我辨认不出我十分熟悉的景色,不免感到不安。

我让司机把车停下——我们显然走错了路。司机揿着喇叭,但军用汽车没有停下来。司机安慰我说:"咱们总会到达……"当然,我们是到达了,但是到达的不是有一辆捷克汽车在等候我们的那个边境站。苏联同志们说,他们急于去维也纳,说完便乘车走了。而我们却留在大声叹着气的捷克边防军人的小屋子里。他们说,他们有一辆汽车,不过今天举行哥特瓦尔德的葬仪,首长坐着车去布拉格了。我恳求他们搞一辆车来。边防军人给某处打了电话,又继续叹气。

一两个小时以后,一瘸一拐地开来了一辆老态龙钟的小马力汽车,它费了九牛二虎之力才把我们送到色斯基-布台约威斯城。我们换了三次汽车,最后终于到达了布拉格。在所有的城市和乡村里,都有由士兵和当地居民组成的仪仗队站在燃着了的火旁。在布拉格,我们通过了南部的几个市区,后来便徒步行走。我们被带进了民族博物馆。出殡游行仍在继续。瓦茨拉夫广场上挤满了人。一切都同在莫斯科一样——石椁,花圈,穿着制服的布尔加宁,周恩来,排炮。人们默然伫立,既不拥挤不堪,也无啼哭啜泣。

六天后在克里姆林宫把奖金授予了伊夫·法奇。仪式业已固定,出席者的演说也同我听过不止一次的那些演说相似。我在十分简短的贺词里谈到了法奇的伟大心灵。他拥抱了我,并低声地说:"为了普罗旺斯向您致谢……"(他在普罗旺斯诞生、学习并度过青年时代,他在那里有所名叫"勒·图列特"的小房子。)

翌日,伊夫和他的妻子法奇耶特来到了新耶路撒冷我们的家中。他们已经熟识我们的家,但却是第一次在冬季看到它。法奇赞美着雪、浅蓝色的罗汉松和带醋的饺子。他愉快、幸福。看到柳芭的颜料和画笔,他要了一块画布,卷起袖子便画起肖像画来。次日他们要飞往第比利斯。我向他谈到古代建筑、皮罗斯马纳什维利的图画、格鲁吉亚的葡萄酒。他高兴地说:"我们可以休息一下了——这一年过得可不轻松……"

这是在星期五,到了星期一早晨,我接到了莫斯科来的电话:"我们在派汽车——法奇遭到了不幸……"我走进格里戈良的办公室,看见了法捷耶夫。通常他坐着的时候总是挺直了身子,而现在却弯着腰。格里戈良说:"写悼文吧。"电话铃响了,他拿起听筒:"还活着吗?……好……明白了……"他又转过身来对我们说:"写悼文吧。"我生气了:"写一个活人

1401

吗？……"法捷耶夫把我领到隔壁的房间去,告诉我说,法奇被带到哥里,举行了一个有不少人举杯祝贺的盛大晚宴,而当汽车驶返第比利斯的时候,它钻进了停在路上的一辆载重汽车里。法奇坐在司机身旁,他的颅骨被撞碎了。其他的人安然无恙,只是碎片使法奇的妻子的脸受了点轻伤。"应该写,伊利亚·格里戈里耶维奇。我了解您,但是毫无办法……"我没有回答:想着法奇。亚历山大·亚历山德罗维奇也缄默了。一两个小时以后,有人走进房间,轻声说道:"死了……"

我还记得中央机场上那个可怕的清晨。气候很冷。天刚拂晓。在灰暗而不稳定的光线中我看见了棺材、花圈、法奇的眼睛。洛朗·加桑诺瓦①、斯科别利岑、吉洪诺夫讲了话。轮到我的时候我吃力地说了几句:眼泪梗塞了我的咽喉。

法奇才五十二岁,但是问题不在这里。而且也不在于我们的运动少了他不知何故就立刻变得枯燥乏味了。

朋友的死亡在任何时候都是令人难以忍受的。问题甚至也不在这里。我们的友谊是短暂的。我是1936年初春在格勒诺布尔认识他的。穆尔的矿工们对我说:"法奇要在报上写文章……"大学生们一再地说:"画家法奇……作家法奇……"带我去穆尔的那位同志建议道:"您一定要同法奇谈谈,像他那样的人是很少的……"谈话没有成功,他一直在点燃熄灭了的烟斗,问这问那,而我却很着急,火车很快就要开了。我们再次相逢于1946年夏。他愤慨地谈论着贿赂、贫困、投机——当时他被任命为粮食部部长,他气愤地说:"人们死在游击队里,死在秘密警察手下,而这是为了建立一个黑市的共和国,并让古安来当总统!"……我明白,他是个勇敢的人,但谈话是简短的。两年后,我在弗罗茨瓦夫代表大会上看见了他。我很喜欢他的发言:他说的话与众不同。我们谈了一谈,彼此同意对方的意见,然后就分手了——各自回到自己生活的密林中去了。直到1950年夏天在布拉格筹备代表大会时,我们才在一起度过了几天,同去逛博物馆,回忆形形色色的作品,互相倾诉了许多肺腑之言,有时还谈到了一些不可对任何人说的秘密,——总之,我们成了朋友。不料法奇却在1953年春毫无意义地死去了。

---

① 洛朗·加桑诺瓦(1906—1972),法国和平运动活动家。

但是问题也不在这里。

问题在于,在我遇到过不少天才的和无能的、出色的和平庸的人们的世界上,我觉得法奇是卓尔不群的。吉卜林曾谈到一只独来独往的猫。我认识不少的人,他们正是渴望着成为这样的独立不羁、与众不同的猫。而法奇却正好相反,他想做个同大家一样的人。早在战前他写过一本关于乔托的书,他在书中说,这位14世纪的伟大的写生画家认为自己并非天才,而是个普通的画师,同时却又表达了所有自己的同时代人的思想感情。法奇曾说,他的家是任何一个国家里的一条街,在任何一个城市、任何一个乡村里。他有许多朋友。尽管如此,他还是一只真正独来独往的举世无双的猫。在1950年,当时人们在各地都被编成了队——排、团、军,专业化变成了规律——一个工人一年年地重复着同一个姿势,科学家除了自己狭窄的领域之外一无所知,任何一句话都被一部分人奉为经典,而被另一些人视为邪说,甚至头号的怪杰也唯恐自己的言论不够时髦,——但伊夫·法奇却没有参加任何党派,有时他批评自己的朋友而维护自己的敌人,同数以百计的处境各异、互相敌对的人们交友,把全副精神都用在大家的需要和期望上,同时又保持着自己的面貌,做他认为该做的事,醉心于使他醉心的东西。严肃的人在听到他的名字时都耸耸肩膀,但在看到了他、同他待上几个钟头之后,却会出乎自己意料地说:"这才是个人物!"……

他有什么不曾干过!还在上小学的时候他就迷上了绘画。他有过二十种职业。在摩洛哥一家商行里当职员时,他举办过自己的油画展览。他受到过审讯:当萨柯与万泽蒂被处决的时候他组织了一次游行示威。他写过反对殖民主义的文章。法奇耶特曾告诉我,他给一个柏柏尔人①画了一幅肖像,后者想酬谢画家,便用枪打下了一只老鹰,掏出还是热气腾腾的心来,逼着伊夫和法奇耶特把它生吃下去。他回到法国,为巴比塞的刊物撰稿,后来前往格勒诺布尔,成为省报的编辑,写作短篇小说,赞赏李维诺夫的发言,后来迁居里昂,关怀西班牙儿童,在社会党的代表大会上发言(当时他还是社会党人),要求进行反法西斯主义的斗争,并继续从事绘画。

德国人侵占法国后,他是组织抵抗运动的发起人之一。意大利人侦缉

---

① 非洲北部的民族。

"恐怖分子波纳瓦图尔"——法奇剃去了唇髭和蓬松的眉毛,并更姓换名。法奇耶特被捕了,他千方百计地营救她,同时又在维尔柯山区组织游击队,往那里输送人员和武器。秘密警察搜捕他。他同共产党人和戴高乐分子、皮埃尔·维戎和奥蒙、皮杜尔和罗尔都共过事。民族阵线诞生了,于是代替了波纳瓦图尔的格利古阿尔便从南部地区前往巴黎,回到里昂。四四年初春,德勃雷把一纸命令转交给法奇,他被任命为罗讷-阿尔卑斯地区的共和国委员。他留在自己的岗位上,里昂解放以后,共和国委员发布的第一号告公民书的署名是:"伊夫·法奇(格列古阿尔)"。

法奇曾向我叙述戴高乐将军飞抵解放了的里昂时的情形:"我对他说,他将同抵抗运动的参加者共进晚餐。他打断了我的话:'地方当局在哪里?'我答道:'在狱中。'看来他对此感到不快……"沉默半晌,他补充道,"而我却不喜欢他的声调……"

一年后,法奇要求解除他的委员职务:战争结束了,而行政官员的工作是不合他的口味的。皮杜尔派他去比基尼——代表法国出席第一次原子弹试验。法奇去了,但很气愤。一封电报从巴黎拍到美国——建议法奇当粮食部部长。破了产的法兰西过着半饥半饱的生活。法奇向黑市宣战。他出席了国民大会的会议,于是议员们听到了一件不可思议的事:粮食部部长伊夫·法奇指责副总理古安庇护大投机商。法奇在自己的岗位上待得不久。他写了《贪污的粮食》一书。古安告了前任部长一状。与此同时,巴黎的一家剧院上演了法奇的一个剧本。他继续画风景画,组织"自由捍卫者"协会——保卫和平运动的雏形。他和艾吕雅同赴希腊。写作短篇小说。在保卫和平的集会上发言。在《贪污的血》一书中揭露了印度支那战争的组织者。和克洛德·鲁亚同赴朝鲜。早在 1936 年他就在格勒诺布尔认识了约里奥,彼此相知甚深。法奇成了世界和平理事会的灵魂。

像这样的履历表,或者也可以说像这样的劳动手册,是不常看到的。但是问题也许不在这里,而且也不在于法奇的特点——惊人的大公无私:无论对于职位、金钱还是荣誉他都是漠不关心的。问题在于另一方面:那只独来独往的猫对于它什么值得去干和什么不值得去干有着自己的看法。法奇与我一生中见到过的许多人不同,他不知道什么是苦难的等级。在抵抗运动时期,他常冒着生命的危险去拯救路上的一个陌生人、被遗弃在炸毁了的乡村里的一个年老的农妇、犹太儿童,而当人们对他说,应该谨慎一些,他担负着重要任务,他却答道:"可对于我来说这就是重要的……"解放后他救了许多维希政府的小官员的命,尽管他知道这会引起某些同志对自己的反感;他说:"政府包庇著名的恶棍,想拿无足轻重的小人物的命运来捞回本钱。"在谈到这个问题时他说:"人们拉来一个姑娘,说她跟德国兵睡过觉,于是剃光了她的头,还想脱光她的衣服。我及时赶到……后来人们开导我:'当然,您是对的,可这是小事一桩,而您却是共和国的委员……'他们看待一切都根据职位。要是我忽然想到要支持贝当——这倒像是符合我的地位……"

我曾给法奇同法捷耶夫进行的一次紧张的谈话担任翻译:伊夫激怒了——和平理事会的书记达尔在主席团的会议上遭到公开侮辱。(我曾谈到,这位美国牧师有间谍嫌疑,流言来自中国,传到了斯大林耳中。)法奇说:"我要脱离运动。如果你们有事实,请把它们告诉我。但是不能在谈论保卫人道主义的同时去侮辱一个什么也不明白的人……"事后我对法奇说:"您不该攻击法捷耶夫……"他不让我说完:"您以为我不明白这一点吗?我支持斯大林的和平建议——我同意这些建议。我反对评论你们的对内政策的反苏文章——我不知道你们正在干什么,但我了解文章的作者——这是一帮堕落文人。但是达尔的问题却是另一回事——我了解他,在我还没听说他有什么罪过之前,我要保护他……"

不错,我没遇到过第二个这样的猫。

他还有一个永远使我钦佩的特点。我们在布拉格常常一同消磨晚上的时间,有一次他向我谈起了拉斯帕。我的青年时代是在拉斯帕林荫道上度过的,但是我对于他是个什么人却知道得不很确切,——赫尔岑曾提到他是1848年的一位革命家,还有人告诉我,拉斯帕是科学家、化学家。法奇热爱普罗旺斯,知道许多普罗旺斯人的故事。他开始向我叙述诞生在卡尔平特拉斯镇上的拉斯帕的故事。他被判处死刑的时候才十八岁——那是个白色恐怖时期。他藏了起来。他像科学家那样工作着——但没有实验室,没有仪器;他比克洛德·贝尔纳早四十年发现了糖在有机体中的作用,在巴士德之前很久就发现了微生物的功用,但是谁也不想听他的发现:他被公认为是个怪人。1830年他在街垒上为自由战斗。新皇帝请他出来当官。拉斯帕拒绝了。当时皇帝便下令逮捕他。他在狱中撰写化学著作。1848年5月,他引导工人冲进了正在举行立宪会议的大厅。工人们要求劳动权。拉斯帕被判处六年监禁。他在狱中撰写生物学著作。获得自由以后,他不得不侨居比利时。他在普法战争前夜回到法国,里昂的纺织工人把他选入了国会。1874年他已八十一岁,又因颂扬巴黎公社而被判处两年监禁。他于八十五岁去世。法奇向我谈论他时不胜钦佩,他大概是感觉到了自己同这位永恒的叛逆、空想的社会主义者、其发现已无影无踪的科学家在精神上十分相近。他一再地说:"这是普罗旺斯的精神馈赠!……"

不久以后(当时法奇已经去世),我在温和的自由主义者和拉斯帕的对头拉马丁①的作品里找到了这样几句关于他的话:"他把自己的希望之狂热传染给民众,却不把仇恨掺入其中……"我现在之所以要回忆法奇所说的拉斯帕的故事,其故即在于此。狂热同法奇是格格不入的,但在有一点上却可以称他为狂热之徒——那就是希望。不论现实多么令人痛苦,法奇永远希望真理将会战胜,并以自己的希望感染别人。

1934年2月6日,巴黎的法西斯分子上了街。2月9日,法奇在格勒诺布尔建立了警惕委员会——他的两个朋友和他一起。三个人……委员会号召格勒诺布尔居民举行示威。2月11日,三万名格勒诺布尔人出来保卫共和国。1948年,法奇邀集前抵抗运动的参加者聚会,以便建立一个保卫自由与和平的组织。与会者寥寥无几。法奇说,他们无钱办报,甚至印传单都不行,每人都得在一切可能的地方进行口头宣传,法奇对自己的话寄予了那么大的希望,以至于不久以后这一小伙人就变成了一支强大的力量——法国的和平拥护者。

据说迷信、恐惧、怀疑、仇恨都有传染性,这是真的,但希望也可以成为有传染性的。在那些年间,我不止一次意气沮丧、悲观失望、失去信心,而法奇总是以自己的希望感染我。我曾说过,我在维也纳鼓舞过别人。帮助了我的也许不仅是我的思考和雪花,而且还有法奇的影响、他的言谈和微笑。他过于忠厚、过于纯洁、精神过于愉快,所以难免会使卑鄙和邪恶获胜。

即便在政治性的发言中他也不用报纸的语言,而用人的语言说话。这

---

① 拉马丁(1790—1869),法国诗人、历史学家和政治活动家。

赢得了普通人的欢心,却往往触怒职业政治家。我还记得,1951年夏我们在布拉格讨论应该如何起草一个支持各国人民代表大会的简短的呼吁书。人们提出了一些在世界的所有报纸上看到过数千次的句子。法奇从嘴里取下烟斗,出乎大家意料之外地说道:"应该用一句最普通的话开头:'不能再像这样继续下去了……'"有些人表示反对:"我们是在对成人说话,而不是对孩子……"在长久的争论之后,通过了法奇的文本,于是张贴在各城市的墙头的呼吁书便经常使行人止步,促使他们思考。

令人惊奇的是,形形色色的人物,甚至包括政敌在内,都喜欢他:阿普特附近的乡镇居民(赭石厂老板绍文没有法奇的帮助是不会成为和平拥护者的),邮差,葡萄酒酿造师,教师,工人,小铺老板,过去、现在和未来的部长,艺术家,穷乡僻壤的狄摩西尼①和新的拉斯帕,法捷耶夫和天主教神甫布利耶,艾吕雅和马赛的冒险家——法奇拥有开启所有心灵的钥匙。

他把自己的妻子叫作法奇耶特,这不是没有原因的。他们结婚的时候法奇耶特还是个小姑娘。他以自己的精力感染了她,使她养成了他那种胸襟广阔的性格,传染给她以希望。当占领者使法奇耶特身陷囹圄时,伊夫写信给她:"我深信我们是坚强的,因为即使在离别的时候我们也互相依靠……决不可绝望,任何东西都还没有失去。以后那留下来的东西,那将永远留下来的东西,——这是我们的骄傲:我们知道,我们两个都高于恐惧……"

不能说他喜爱艺术,正如不能说人们喜爱空气。我在布拉格曾和他同去博物馆,当时在储藏室里(更确切地说是在一个地下室里)乱堆着法国印象派画家、塞尚、博纳尔、毕加索的一些油画,同时还有19世纪捷克画家普尔基涅的许多图画。我们在地下室里盘桓了几个钟头。当我们回到旅馆时,法奇开始谈论绘画。他喜欢印象派的风景画,同时又说:"塞尚使人注意到形式的意义……"突然他换了一副声调说:"真可惜!……我深信,如果把博纳尔的花园或普尔基涅的家庭肖像画拿给工人们看,他们是不会把它们送回地下室去的,我绝对相信。您听我说,伊利亚,您会看到,所有这些油画很快就会回到它们自己的地方……"在莫斯科时,他也曾在一幅描绘

---

① 古希腊著名的演说家。

斯大林站在田野上的巨幅图画前面对我说:"我可以打赌,过一两年这就会被撤去——无论是对于斯大林、对于俄罗斯的田野还是对于艺术,这都是不愉快的……"

法奇死后,我收到了从巴黎寄来的一包种子,信封上写道:"受伊夫·法奇先生之托"。我迟至4月间才把它们种下,在初秋的寒冷来到之前,红色的沟酸浆、淡蓝色的甘薯、像凝干的血那样发黑的金莲花,全都开放了。它们支持了一周,在一个严寒的黎明之后变黑了。我在写《解冻》的开头几页时常去看看它们。我看见了法奇的微笑,听到了他的话:"一切都会平安无事地过去……"

现在我也正在同他谈话。对于老年人来说,只有一些慰藉是不够的,而且一个年逾七十的人的希望也已经不再寄托在自己的幸运上,而是像法奇的希望那样,——有一次他对我说:"无论是在我们生前或者死后——一般来说,这倒不太重要……"

我曾想:法奇留下了什么?无论对于绘画还是文学,他从未付出过足够的时间;他的画不会挂在博物馆里,他的作品不会再版,历史学家提到他时也将一笔带过:在严肃的著作里是没有那些独往独来的猫儿的地位的。再过十年或二十年,和他一同工作过和战斗过的人们都将死去。但是,一个人的延续似乎在另一方面——不在于名字,而在于他所造成的那些变化。法奇在千百万人当中引起了一点什么。他们会忘记他的名字,但他们接受了他的教导,用另一种方式同自己的孩子谈话,在促进思想、良心、人道的发展方面,法奇所做的事可能要比大政治活动家、大科学家、著名的艺术家们所做的还多。

所有这一切都是议论。最好是用一句朴实的个人的赞语来结束法奇的故事:他帮助我摆脱了许多令人不快的事,帮助我希望、爱、生活。

35

4月4日清晨,我被电话铃声叫醒。萨维奇激动得上气不接下气地说:"拿《真理报》——有医生们的消息……"我不知道我把登在第二页上的那条简短的消息反复读了多少次。谈到的那十五个医生,我一个也不认识,但我明白,发生了一件不寻常的事。消息中说,医生们受到了非法的控告,他们毫无罪过,他们的供词是"用苏维埃法律所不允许并极严厉地禁止的侦讯方法"获得的。这刊登在《真理报》上,用无线电广播出去,这是直率地、响亮地向全世界说的。

在关于医生们的消息下面登了一篇关于果园的文章。一小时后,我在这篇文章的下面看见了一条短小的简讯:那个不久以前由于协助揭发了"穿白衫的凶手"而被奖以列宁勋章的女医生,她的勋章被收回了。

就在前一天,我们曾邀请来自基辅的戈洛瓦尼夫斯基到别墅里来,并答应去旅馆拜访他。原来他没有看报。我开始讲给他听,我似乎把消息都背下来了。他既不相信我,也不相信柳芭。我们看见了贴在墙上的报纸。戈洛瓦尼夫斯基要求道:"我们停一下!我要亲自看看……"他读了很久。其他行人也在读。我从汽车里出来。一个年纪不轻的人大声说:"原来如此。"——并微笑了一下。

两天后,也是在《真理报》上发表了一篇社论,其中说,对医生案件的侦讯是由现已被捕的柳明领导的。《真理报》还谈到了先前就曾使我不安的事:"柳明之流的卑鄙的冒险家企图假手于他们所捏造的案情,在已被无产阶级的国际主义思想熔炼成为一个道德和政治上的统一整体的苏维埃社会煽起和社会主义思想背道而驰的民族仇恨。为了遂行他们的挑拨的目的,

1409

他们不惜无耻地诬陷苏联人民。例如,精密的检查确定:诚实的社会活动家、苏联人民演员米霍埃尔斯就是这么被诬陷的。"报纸写道,"只有那些丧失了苏维埃人的品格和人类尊严的人,才会干出这种非法逮捕苏联公民的勾当……"我的第一个想法是:奇怪——贝利亚竟会露出马脚!……我明白,历史正开始解开那团善恶难分的乱线,问题不仅仅在于柳明一个人。斯大林死了才一个月,但世界上有些事情就已经起了变化。

我要再一次对本书的年轻读者说,不能把我国历史的四分之一个世纪抹去。在斯大林时代,我国人民把落后的俄罗斯变成了一个强大的现代化国家,建设了马格尼特卡和库兹涅茨克,挖了运河,铺了道路,粉碎了战胜全欧洲的希特勒军队,他们学习,阅读,精神上成长起来,建立了那么多的功勋,因而有权成为20世纪的英雄。所有这一切是在那个时代生活与工作过的任何一个苏联人都记得的。但是不论我们对我们的成就感到多么高兴,不论我们怎样赞扬人民的精神力量和天赋,不论我们当时怎样珍视斯大林的智慧和意志,我们都不能同自己的良心和睦相处,要想不去思索许多事情也是做不到的。我们知道,与报纸所报道的那些伟大事业同时,也在进行一些不公道的坏事——人们窃窃私语地,而且仅仅同亲密的朋友谈论它们。在说"我们"的时候,我指的是那些同我有交情的人——作家、艺术家、某些老布尔什维克、某些军人——也许有一百多个,也许有两百多个;但我认为,许许多多苏联人都体验过同样的感情。几乎每一个人都有过被捕或失踪的朋友或同志、同事或邻居,并由于他的过失而难以得到信任。人们不是沉默就是窃窃私语,突然他们开口了——既不害怕地左顾右盼,也不像看待危险的敌人似的看着电话,而是简单地、像一个人那样地、怀着我国人民的性格中永远存在的那种善良和耿直说起话来。这似乎是一个奇迹,在那个4月里,我不止一次地回忆起列宁,回忆起他的高尚和纯洁的心灵。

我要打断我的沉思:我突然发现,在我国的那些未被南方的温暖宠坏的地方,4月是那样美妙迷人,我真想把这种发现写在纸上。有的地方还可看到灰色的雪堆,但是你瞧——好日子开始了:在漫长的几个月的沉默之后,在孤独的亲戚——寒冷消逝之后,在经受了严冬的考验之后,一株株的草儿、未来的蒲公英的娇嫩的星形芽儿正在穿透地面,柳树开花了,从各地飞来的鸟儿唧唧地叫个不停;喧闹、不安而又欢乐。我现在之所以有这种感觉,也许是因为秋天和随后到来的冬天对于老年人来说是很难受的,它们太像自己本身的衰萎,太像任何一个过了六十岁的人所熟悉的一切了。而春天——这是青春的世界,而且对于一个老人来说,看着那些正在把小水洼里的一层在夜里结上的薄冰打碎的孩子,听着他们那像小鸟啁啾似的杂乱而可爱的叫喊,在傍晚看见一对仿佛为自己的幸福感到害羞并挽着手儿的胆小的情侣,还有什么能比这一切更为甜蜜的呢?但晚上的天气还冷,手指还得挨冻。所有这一切正是发生在4月初,在气候开始转变的那些天里,当时在街道的一侧是寒冷而空虚,冰柱还在原地未动,而在另一侧则是阳光、喧哗、春天。我的家在一个山丘的北坡上,在4月初我们那儿还是一座座的雪山,但雪终究还是屈服了、下陷了,我把它分散、抛开,我的整个身心都感觉到生活正在获胜。即使你在片刻之间想到你的一切已经过去,只留下屈指可数的几个春天,喜悦依然会占上风,你不禁想笑,想干蠢事、幻想未来——不是幻想自己的蝇头微利,而是幻想世界的未来。我现在对莫斯科近郊的4月就是怀着这样的心情。

而我现在所叙述的那个4月却很特别。它给老人以温暖,像个男孩子那样恶作剧,洒着最初的雨点啼哭,太阳重新露面时又像是破涕为笑。当我在秋天决定写一本短小的中篇小说并立刻在一张纸上写下了书名《解冻》的时候,我大概曾想到这个4月。这个词想必曾使许多人发生误解,有些批评家曾谈到或写到,说我喜欢发霉、潮湿。在乌沙科夫的详解字典里这样说:"解冻——冬季或在引起冰雪融化的春季到来时的温暖天气。"我想到的不是冬季里的解冻天气,而是最初的4月间的解冻,此后往往既有轻度的严寒,也有连阴天和晴朗的太阳——这是那定将来到的春天的开始。

5月2日,我同考涅楚克赴斯德哥尔摩出席世界和平理事会主席团的会议。我的衣袋里装着一份载有我的《希望》一文的5月1日的《真理报》,我在其中写道:"这个春天的希望不仅同板门店谈判的恢复有联系……苏联政府明确地说,它准备同其他国家的政府合作以保障普遍和平……大家都明白,独白的时期已经过去,对话的时代正在到来。"主席团会议召开于理事会会议的一个半月之前。大家都精神振奋地谈论着未来:不久以前还被认为是乌托邦的谈判思想,如今却在世界各国的国务活动家的演说里被一再提到。

我还记得,丽兹洛塔曾对我说,我变年轻了;这大概是由于生活中有许多东西开始发生变化了;春天给了一个曾被认为是不可救药的怀疑派的人以温暖。我们谈了很多问题,我还对丽兹洛塔说,许多民族都有的那句俗话"一燕不成春"是颇不聪明的。当然,如果燕子飞来得太早,那它是会挨冻受饿甚至死去的,但它毕竟不会在秋天或冬天飞来,而是在姗姗来迟的春天之初。燕子不能制造季节,但它们是在秋天离开我们,而在春天回来。

世界和平理事会会议于6月中旬在布达佩斯召开。我们满怀希望,但在柏林发生的事件和罗森堡夫妇的被处以死刑却提醒我们,历史不是在平坦的公路上奔驰,而是在曲折的小径上迂回。我现在不想写德国问题:我不愿从回忆掉转笔头来叙述迄今依然是举世瞩目的事件。我想起罗森堡夫妇的死刑。大家都觉得这不仅是一桩可耻的行为,而且是一桩荒谬的政治事件。在此两个月前,艾森豪威尔发表了一篇演说,他在其中说道,原子战争可能是一场普遍的浩劫,美国要求和平。这篇演说在《真理报》上发表了,旁边还登了苏联的答复。麦卡锡歇斯底里的偏执的时代似乎已经结束。朱利叶斯·罗森堡和伊斯尔·罗森堡的案件延续了很久。他们住在监狱里,等待着死亡,互相写信,在信中谈到他们年幼的孩子。这些信被发表了,方才我找到了从那通常是称赞美国的《费加罗报》上剪下来的一个材料:"只有那些怀着伟大而纯洁的心灵的人才能说出这样的话。"红衣主教和法国总统,托马斯·曼和马丁·杜·加尔,赫里欧和莫里亚克——他们全都请求艾森豪威尔不要处决罗森堡夫妇。一个荒谬的政治决定、对极端派的让步、对坚持同苏联进行谈判的欧洲盟国的愤恨,断送了两个无辜者的生命。约里奥曾对我说:"这是可怕的,但不要沮丧。实力政治的拥护者们会把案件拖延下去,会干出更多的坏事,但现在已很清楚,谈判的思想已深入到社会的所有阶层,甚至深入到南部各州……"

(约里奥说对了:一个月后,朝鲜战争结束了,第二年又同奥地利签订了国家条约,结束在印度支那的军事行动的条约也签字了。)

在新耶路撒冷,我又回头去写早在春天即已动笔的《谈作家的工作》一文。我在其中回答了一个读者,列宁格勒一位青年工程师的来信,他在信中写道:"……我们的苏维埃社会难道可以和沙皇俄罗斯相比吗?然而古典作家却写得比较好。当然,有些作品读起来很有意思,但是也有许多作品读了会使人产生一个问题:这是为什么写的?好像什么都有了,就是还有点欠缺,作品不能打动人心,人物表现得不真实……"

我的文章是分析艺术创作的精神的一个尝试(日后我曾在关于司汤达和契诃夫的随笔里谈到同样的一些问题)。我想说明妨碍我国文学发展的那些深刻原因,我在本书中曾不止一次提到这些原因,现在不拟再来重复了。我只摘引其中的一小段来说明我在1953年夏天的一些想法:"……为什么我们要出版那么多把我们的同时代人表现得精神贫乏的长篇、中篇和短篇小说呢?我认为,有些(可惜为数相当多)批评家、书评家、编辑应该负一部分责任,他们直到现在还把人物形象的简单化当作对他的提高,而把主题的深刻化和广阔化当作对它的贬低。多年以来,我们的杂志几乎不刊登描写爱情的诗歌……有人会对我说,改造国家的英勇精神不容许其他题材。但是马雅可夫斯基的长诗《关于这个》也不是在平凡的时代写下的……我还可以继续提出许多问题。为什么短篇小说中难得提到爱情的或家庭的冲突、疾病、亲人的死亡,甚至恶劣的天气?(情节通常不是发生在'晴朗的夏日',就是在'芬芳的5月之夜',再不就是在'清新凉爽的秋天早晨'。)有些批评家的看法还是很天真,仿佛我们那种严肃的乐观主义、对我国人民的功勋的叙述,是同描写单相思或亲人的死亡不相容的。"

我几乎一直坐在别墅里。有一次我们在7月初赴莫斯科。伊琳娜一来就立刻问道:"你们已经知道啦?……"她说,她在街上看到许多军队,昨天她在看纪录片时获悉贝利亚被捕了。一周后我在报上读到了这个消息。消息是耸人听闻的,但是老实说,它并未使我惊奇。还在4月间,当公安机关的非法行为第一次被揭发时,我曾问我自己:难道一切都只限于一个柳明?贝利亚继续出入于政府之门,拥有巨大权力。我没看到有人对他的罪过哪怕只有一刹那的怀疑,大家都很高兴。千百万公民依然相信斯大林未曾参与那些暴行,但对贝利亚却是人人痛恨,把他说成一个被权力腐蚀了的残酷卑鄙的小人。

一群作家被请往中央委员会,一位书记向我们说明了逮捕贝利亚的原因。这是第一次向我们这些非党作家透露没有发表的消息,——我觉得这也是一个吉兆。同我们谈话的那位同志说:"遗憾的是,斯大林同志在他的晚年处于贝利亚的强烈影响之下。"事后想到这些话,我回忆起1937年。是否会有人说,叶若夫当时影响过斯大林?每个人都很清楚,像这种无足轻重的人物是不能在斯大林面前就国务方针出谋划策的。我又重读了《真理报》的那篇评论贝利亚被捕的社论:"由于厌恶任何个人崇拜,——马克思写道,——在国际存在的期间,我从来不让公布那许多来自各国的、承认我的功绩而使我讨厌的信件,——我除了偶尔对它们加以斥责外,从来不作答复。恩格斯和我最初参加共产主义者秘密团体时的条件就是:章程中一切促成盲目崇拜权威人物的东西都应该删去。"显然,"个人崇拜"或"盲目崇拜权威人物"与贝利亚无关,而与斯大林有关。当然,我不能预见到第二十次代表大会,但我懂得,不仅是一个罪犯、刽子手被除掉了,斯大林时代的办法、风气和专横也开始被抛弃了。

我看到,人们的关系起了变化,人们开始自由地互相交谈了。"使工作日正常化"是一种没有直接的政治色彩的措施,但它却使千百万人恢复了人的生活。我们全都知道,斯大林起床很迟,睡得也很迟,爱在夜里工作。每个人都可以有自己的习惯和自己的怪脾气。但斯大林不是凡人,而是上帝,因此他的任何癖好都影响到许多人的日常生活。部长们不敢在午夜两三点钟以前下班:斯大林会拨自动电话机的转盘。部长们拖住了局长,局长们拖住了秘书,秘书们拖住了女打字员。许多丈夫只能在星期日看到自己的妻子:她在中午十二点上班,在深夜两点回来。他在家的时候,妻子不是在工作就是在睡觉。"白天"和"黑夜"的概念消失了,这种情况在夏末终于结束了。

9月里举行了中央委员会全体会议。在斯大林生前,我们所听的和所读的总是那一套:一切都好像进行得非常顺利,一切问题都得到解决或接近于得到解决。我曾在恩格斯城看到一个贫穷的市场,那里出售从莫斯科运来的一些哪怕有中等收入的职员也不敢问津的食品;但人们却谈论着和描写着普遍的幸福生活。在全体会议上对农业政策进行了尖锐批评,谈到畜牧业的严重情况,说是苏联现在的乳牛比沙皇俄罗斯时代的1916年还少。我在这之前也知道国内牛奶不足,但对于能在报上读到这个消息却感到新奇。人们称之为"摆样子"的那种事受到了打击,这使许多人感到高兴。

我坐下来写《解冻》——我想表现巨大的历史事件对一个小城市里的人们的生活发生了什么影响,想表达我的解冻感、我的希望。关于《解冻》,

人们写了很多。那是个过渡时代,有些人难以抛弃不久前的过去,无论是提到医生事件还是谨慎地援引30年代,特别是中篇小说的名称,都使他们大为生气。《解冻》在报刊上老是挨骂,在1954年底举行的第二次作家代表大会上它还成了不应该那样表现现实的典型。《文学报》引用了痛骂中篇小说的读者们的信件。但我却收到了成千上万为《解冻》辩护的来信。

方才我把此书重读了一遍。(我现在说的是1953年底脱稿的第一部。1955年我又犯了一个错误——写了平淡无味的、主要是艺术上不必要的第二部,现在我已把它从文集中淘汰了。)我觉得,我在中篇小说里表达了那个难忘的一年的精神气候。情节和人物都像抒情题材的插图那样不同寻常地来到。有些人物是我喜爱的:中年的工程师索科洛夫斯基、僻远地区的官僚主义者茹拉甫辽夫、正直的画家萨布罗夫和玩世不恭的弗洛佳。提到1953年的重大事件的地方不多。茹拉甫辽夫在向自己的妻子谈到薇拉·舍列尔时说:"我对她毫无成见,大家都说她是好医生。但是,过分信任也是不行的,这是无可争辩的。"过了一些时候,当恢复医生们名誉的消息发表时,茹拉甫辽夫打着哈欠对妻子说:"原来他们什么过错也没有,所以你的舍列尔白难过一场……"工程师柯罗捷耶夫责备自己的骑墙态度:"我常想:'在书里说起来很好,在生活中可不是这么一回事。'……可我却不想撒谎。为什么会这样呢?……萨夫琴柯完善得多,他既没有经历过30年代,也没有经历过战争,他要求得更多——这是他的权利。我们好像正在接近从前只是模糊地幻想过的东西……"中篇小说里有许多关于艺术的谈话。我在萨布罗夫身上注入了罗·拉·法尔克对绘画的热爱、忘我的一生甚至某些想法。我在把手稿送到杂志上发表之前曾把这一章读给罗伯特·拉斐洛维奇听,他对它表示赞许。我不知道《解冻》写得是否成功,但它是我怀着对主人公们的热爱、怀着想说明其中的一些人何以表现不好的愿望写成的。玩世不恭的弗洛佳对艺术很敏感:看到萨布罗夫的作品,他明白了,他为了换取金钱和称赞而牺牲了什么。他觉得冷,他能够得救的保证可能就在于此。而两个已不年轻的、受过许多委屈的、孤独的、冻坏了的人却在互相寻找对方,索科洛夫斯基看着窗外初春的日子,笑道:"真可笑,薇拉马上就要回来,可是我还没有想想该对她说些什么。我什么也不对她说。或者是对她说:'薇拉,你看,到解冻的时候了……'"我对写出了这本小书感到满意,尽管也曾为它经历过不少痛苦的时刻。

五年前,当我动笔写我的回忆录时,我立刻决定,我要把它写到我坐下来写《解冻》的那一天。写到这一章时,我确信我做对了:我觉得,谈到产生《解冻》的那几个月,谈到这部中篇小说的遭遇,要比谈到已往各种比这悲惨得多的事件更为困难。1953年不仅是我的生活,而且也是我国人民生活新的一章的第一页。此后的数年虽然富于重大事件,但它们是如此之近,甚至还是大家目前所注意的焦点,因而就不能写入业已逝去的一生的故事中了。(关于其中的某些事件,还有一些如今依然健在或在1953年以后故世的人们,我还是写了。)

我写本书写了五年。在这五年当中,我有过许多欢乐,也有过沉痛的岁月。连我自己也觉得奇怪,我尝到的幸福和痛苦竟比青年时代所尝到的更为强烈,但是精力日衰,即便温情并不见少,但在已经硬化的血管里流动着的毕竟是老年人的血了。我本来可以在这里写下"完"字,但我想再一次回顾已往,试着去认识一个生活在不平凡时代的平凡人漫长的一生,即使不作总结,也得作出一些局部的结论,并把我的怀疑和我的希望告诉读者。

36

　　一年前,一位在档案馆工作过的同志寄给我沙皇暗探局的一份文件的副本:《通过侦探途径获得的一封无署名信件的摘录,此信系1908年11月17日寄自莫斯科,收信人是基辅的谢尔盖·尼古拉耶维奇·舍斯塔科夫》。"……我已从波尔塔瓦经斯摩棱斯克抵莫斯科。此间表面上很糟:不得不为过夜问题四处奔走,尽管熟人甚多,但欲觅一宿处却甚为困难。至于莫斯科的一般情况(包括我们的熟人们在内)给人的印象,则不论情况有多么可悲,在一个从南方回来的人看来却依然是可喜的。很难说现在的情况是否比春天的时候要好,但无论如何并不更坏。许多人深信,党的危机正趋于结束。在前几天召开的省的代表会议上,肯定了工作已有一定程度的活跃,特别是在伊万诺沃-沃兹涅先斯克、索尔莫沃和莫斯科地区。正如您从报上获悉的,莫斯科区委会在前几天被捕。至于策略观点,那我首先要告诉您的是在省代会上经过某些修改而被通过的莫斯科委员会的决议。它的基本论点如下:国际阶级矛盾普遍复杂化,俄国资本主义一定程度的活跃的结束,资产阶级虎头蛇尾的社会改革,政府推行的土地'改革'的卑鄙无耻,经济斗争不可能顺利进行——出路是闹政治风潮,革命高潮的到来已不可避免,这个高潮将更为无产阶级化也更为国际化。作为实际任务,党提出必须同西方无产阶级建立更密切的联系,必须建立坚强的地下组织,希望工作能具有更严格的社会主义性质,还必须以更为严格的方式去影响党团。后者的表现颇有进步:接受了关于服从中央委员会的决议,议员别洛乌索夫甚至还宣读了列宁所写的一篇关于土地问题的演说。此外,它还正式声明它不赞成偏激的布尔什维克。后者得到了普列汉诺夫、马尔托夫和达恩的支持,他们三个宣称,秘密工作如今不仅无益,而且有害。《社会民主党人之声》编辑部,即以科斯特罗夫为首的高加索的孟什维克不同意他们的意见。这就是党的工作的全部情况。莫斯科没有《社会民主党人之声》第八、九两期,但我收到了第三十期的《无产者》……"

在阅读的时候我没有立刻明白写信人是谁——也许是个老布尔什维克,我早年的一位同志? 直到看了通讯处才恍然大悟。信末有一行批语:"根据警察局的意见,此信作者系被监视的伊利亚·格里戈里耶维奇·爱伦堡。"警察局没弄错——这是我给瓦里亚·奈马克的信的副本。现在我重读此信时感到惊奇的主要不是内容,而是语言。正如你有时好不容易才能从一张旧照片上认出自己来一样。

无论是瓦里亚·奈马克、国家杜马里的社会民主党议员们,还是曾以他那些关于艺术的功利主义本质的箴言吓住了我的某某,都早已不在人世了。一生已经度过,现在我只能补充一句:有一条把少年的信同老作家的书联系在一起的线。我现在既不懊悔我十五岁就开始在布尔什维克的秘密组织里工作,也不懊悔在三年后狂热地爱上了诗歌,不再去参加集会,虽然还上了几个月的社会科学学校,但不久连这也抛弃了,从早到晚阅读新老诗人的作品、看油画、倾听有关立体主义和"科学诗"的争论。

然而即使在那些年里我也不能忘记我在十五岁时认为是平凡而唯一的真理的那种东西,怀着激动的心情倾听来自俄国的人们的叙述,在5月份去参观巴黎公社社员墙,憎恨金钱世界的浮华和虚伪。本书的读者知道,我毕生所做的事,只不过是企图为自己把正义同美联系起来,把新的社会制度同艺术联系起来。存在过两个爱伦堡,他们很少和平共处,往往是一个在侮辱甚至践踏另一个,这不是口是心非,而是一个经常犯错误但却痛恨背叛的思想的人的艰辛遭遇。

批评家们很少力图去了解一个作家,他们有别的任务——他们偶尔(主要是在纪念日)也赞扬一个作者,但更经常的是辱骂他。西方的记者们过去和现在一直指责我怀有偏见、政治上偏袒一方、屈服于狭隘的意识形态的真理,有时还屈服于行政命令。有些苏联记者则正好相反,他们过去和现在都一再断言,说我害了过分主观、同时又过分客观的毛病,不善于识别新的意识和陈腐感情的垃圾,塑造一些不典型的人物,捍卫形式主义。

现在我不想为我所写的作品辩护,我在本书中已对其中的一部分作了相当严厉的批评;但我现在所谈的不是我在文学上的缺点,而是逝去的一生。《人,岁月,生活》不是长篇小说,因而我不能改造情节或改变主人公的性格。一方面我回避了我一生中的某些重大事件,然而另一方面对于自己的错误和轻率我却直言不讳。为了替自己辩解,我要补充一点:我的许多同时代人都经历过内心的迷惘和矛盾。看来这与时代有关。

我是在19世纪的传统、思想和道德标准的熏陶下长大的。如今连我自己也觉得有许多东西已是古老的历史,而在1909年,当我在笔记本上写满了歪诗的时候,托尔斯泰、柯罗连科、法朗士、斯特林堡、马克·吐温、杰克·伦敦、布鲁阿、勃兰兑斯、辛格、饶勒斯、克鲁泡特金、倍倍尔、拉法格、贝蒂、维尔哈仑、罗丹、德加、密奇尼科夫、郭霍……都还健在。我现在既不否定那个指责"偏激分子"并嘲笑醉心于诗歌的娜佳·李沃娃的留平头的少年,也不否定那个在发现勃洛克、丘特切夫、波德莱尔的存在之后便对那些关于艺术的微不足道的效能的谈话感到气愤的年轻小伙子;现在我对他们两个都很了解。

醉心革命斗争、在布尔什维克的秘密组织里工作,这对我来说并不是偶然的,它们预先决定了我一生中的许多事情,一方面它们妨碍了我获得中等教育——在应该上中学的时候我却天天出入于秘密接头处、集会、工人宿舍或茶馆,后来还坐了牢房,——可是另一方面它们又教会了我许多东西。当然,1905年的重大事件,老同志们,首先是我的朋友、第一中学的一个学生,书籍,都帮助了我恰恰是以这种方式开始生活;但这种选择首先表明了我的性格特点。

在1917年,我不知道我十年前是为什么而斗争:在侨居国外期间我已脱离了俄国的生活,并体验到了对于那些我觉得正在被人践踏的各种真实的和臆造的珍品的迷恋。两年后我明白了自己的错误。有些朋友叫我去巴黎,但我却到莫斯科去了。我自己使自己对这种思想依依不舍:起初我觉得它是果戈理所写的那辆能飞的三套马车,可后来又觉得它是国家的大型马车、坦克车、卫星,——我在1957年写道:

……在萧索的深秋,从俄罗斯的森林里,

在各州的寒冷和忧愁当中,

它被痛不欲生的人们的希望

射入空虚的太空……

我不知道,人们是否会猜到、是否会明白……

它在我的头上吵闹了四十年,

我的希望、我的担忧的卫星,

不可思议的、遥远而亲爱的卫星啊。

我通过中篇小说《第二天》的一个主人公之口(确切地说是通过他的日记)说出了我的许多怀疑。沃洛加·萨风诺夫上吊了——我这是企图吊死我自己。我逼着自己对许多事情保持沉默:那是卐字旗、西班牙战争、殊死斗争的年代。如今被称作"个人崇拜"的那个时代把被迫的沉默同自愿的沉默混在一起了。

在专横的年代里,我也可能像我的许多朋友一样被捕。我不知道,巴别尔是怀着一些什么想法死去的,他是这样一些人之中的一个,他们的沉默不仅是同谨慎有关,而且也同忠实有关。我也可能像泰罗夫、苏里茨、杜维姆那样在战后的年代,在二十次代表大会以前死去。他们也受到过这样一些暴行的折磨,这些暴行似乎是为了捍卫他们所赞同并感觉到自己有责任促其实现的那些思想而采取的。我很幸运,因为我活到了这样一天:把我请到作家协会去并让我阅读赫鲁晓夫关于个人崇拜的报告。

改变政治、经济要比改变人的思想容易。我常常看到这样一些人,他们不能摆脱过去的岁月留在他们心中的精神上的拘谨、恐惧、决疑法①,但是,既不知道"暴风雨般的掌声,继而转为欢呼声",也不知道我们如何在深夜倾听楼梯上的嘈杂声的一代正在成长。人们从宗教到具有科学思想的过渡延续了很久,然而那些在40年代初诞生的少年却在一天之内就从盲目地信仰被引导到批判地思考。只有再次感谢这样的人们,他们在自己身上找到了足够的力量,并且懂得,揭露专横行为就意味着巩固十月革命的思想。而对我来说,听取那些刚刚迈入生活的大门的我国青年发表一些有时虽不够老练、但却是真诚而奋激的意见,则是无上的快乐。

随着年岁的增长,我逐渐明白了,无论是我对艺术的喜爱还是我对社会

---

① 中世纪烦琐哲学和神学中用一般教条来解释个别事例的方法。

主义思想的忠诚,都同一个东西有关——文化的命运。当我开始生活的时候,文化只是少数人的创造和财产。如今在我国,文化已在不同的程度上以不同的形式普及到几乎是所有的人身上了。四十年来,人们阅读着、思考着,他们在精神上成长起来了。在《新世界》刊载我的回忆录的这几年当中,我收到了大量来信。我的同辈回忆自己的过去,叙述他们的担忧和希望,而年轻人则提出一些曾被错误地称为"极可恶的"问题。这些信教育和鼓舞了我。

我在本书中常常谈到自己的错误。别人也犯过错误,社会也犯过错误,他们的名单很长,不仅我们的敌人,就是我的同胞也常常回忆这张名单。

在战后的年代里我曾多次前往西方。同战前相比,生活水平提高了,一种新的、工业的样式在建筑和用具中取得了胜利,生活变得舒适而不安静了。但是安静的消失却不仅是由于机械化的发展,而且也由于对明天没有信心。我曾目睹第四共和国的崩溃和不列颠帝国的没落。只有在美国还能听到对资本主义的赞扬,而西欧的政治家们则正在谈论计划经济、局部的国有化、提高所得税,企图使人相信,即使站在原地,他们也是同时代一同前进的。

我想,我的许多错误,无论是物质的还是精神的,都同清晨不是中午有关,也同法国的俗话"老年有许多事情干不了,青年有许多事情不知道"有关。坐上非常优良而又十分现代化的"别克"牌汽车在过去的道路上奔驰是很容易的。而要走向未来却很困难,常常得寻找道路,而且找不到一个人去问问该怎么走更好。

世界已经大变。当我开始自觉的生活时,人们责备顽固分子或反动分子缺乏逻辑——笛卡儿主义尚未寿终正寝。半个世纪的历史和每个人的经验表明,陈旧的逻辑破产了;完美无疵的假说被事实推翻了;生活不是按照笛卡儿的规律发展,而是往往与之相反。借助于辩证法是不难说明已发生的事情的。但我现在所想的是另一件事:如果在一个人面前出现了一桩无论是他所喜爱的作者还是各种会议或讨论都不曾预见到的事情,那他在自己的个人生活中该如何行事?

当我还是个孩子的时候,人们在俄国的、德国的或意大利的学校里教导孩子们说,凶杀、偷窃、侮辱父母、嫉妒别人的幸福,这都是不应该的;小学生

1421

都背得出十条戒律。在法国的小学里，当教会同国家分离以后，出现了一种新东西——"道德"：十条戒律借助于拉封丹的寓言而被更新了，刑法典的条文也装点了一些雨果作品的引文。盖房子不是从屋顶开始，将来后代子孙会把20世纪中叶说成一个拥有伟大的科学、社会和技术发现的时代，而不会说成一个人的和谐发展的时代：如今教育在各处都超过了修养，物理学把艺术甩在自己后面，而人们在即将掌握原子发动机的同时却没有被装上真正的道德的制动器。良心绝非宗教的概念，契诃夫虽非信徒，却具有（19世纪俄罗斯文学的其他代表人物亦是如此）敏锐的良心。有时我觉得必须恢复良心的概念，但我现在不仅已越出了本章的范围，也越出了我的整个作品的范围了。

我记得有一个讲演者，他在1932年曾想使人相信，似乎爱因斯坦的发现乃是企图使唯心论甚至神秘论复活。这门新的科学遇到了许多意外的障碍：分娩总是艰难的。三十年来，科学家们的成就是如此明显，致使任何一个有中等水平的人的思想都发生了变化。如今看来，19世纪的科学似乎是一幢狭窄而舒适的住宅。文艺复兴时代后期的人在懂得了地球并非宇宙的中心以后，大概也曾有过（虽然是在较小的程度上）类似的感受。无穷的概念已以新的方式出现在我们面前。过去似乎是绝对现实的东西，正在变成抽象概念，而昨天的抽象概念却正在变成现实。

当物理学的发展及其在制造核武器上的作用被政治家、军人以及普通人所意识到的时候，大家都开始考虑在我们的地球上消灭生命的可能性。有两条出路——贮存核武器或者同意普遍裁军。现在我还继续在参加和平拥护者的各种协商或会议、"圆桌"会议。怀疑派有时拿过去的事来提醒我——他们提到海牙会议、第二次世界大战前在阿姆斯特丹举行的代表大会，说我太天真了。天真的也许是怀疑派。在过去，裁军不是幻想家们的乌托邦，就是强盗们的假仁假义。当一只老虎对另一只老虎说，应该拔去獠牙并剪短脚爪的时候，它们是想以此来使千百万羊群放心。现在老虎们懂得了，原子战争不是战略计划，不是谁有更多的石油、钢铁甚至铀矿的问题，而是顷刻之间玉石俱焚。裁军已成为所有的人的现实要求，如果说关于如何把它付诸实现的争论还在继续的话，那只不过因为国际政治中的习俗要比自然科学中的习俗顽强得多。问题在于一点：物理学家们的警告是否能胜过外交家们的墨守成规,各国政府是否会认识到必须在一个荒唐的意外事件引起一场浩劫之前及早从谈论转入行动。

生活是充满矛盾的。有这样一些人,他们说的是共同征服宇宙和飞往月球,但同时却在准备(幸而是在口头上)炸毁一颗可怜的、先进的行星,因为他们不能就一个城市的某几个区的规章制度问题同别人达成协议。几千年来用武器解决争论的习惯如今正在促使各国掌握核武器。在我的青年时代,人们写道,不能在一桶炸药旁边生活,而现在我们却生活在许多危险得多的大桶旁边。知识胜过了意识。

在20世纪后半叶,艺术在到处都不得不受到排挤。表面上看来它普及了:长篇小说的印数几乎在各地都有增长,博物馆和展览会的观众人数增加了,电影的地位稳固了,电视诞生了。然而艺术的作用在许多人的私生活中却缩小了。这可能是由于艺术的语言已被科学和社会生活中的急剧转变所超过了。但这些转变可能也造成了人们对艺术的某种程度的冷淡——人们失去了精神上的平静,赞美人造卫星,害怕核炸弹,以创造发明自娱,在体育竞赛场上发狂,并幻想着出现能把半成品变为卢库尔①的餐桌的机器。

有些杰出的发明,例如电视,每天都在提供艺术的代用品。人们不大上剧院了,坐在电视机前还可以代替打开书本。银屏上闪现出刚果的战斗和奥林匹克运动会、女王的婚礼和总统的葬仪、着短裙的芭蕾舞演员和受过特别训练的猫儿、哈姆雷特和拳斗家、音乐会和上流社会的丑闻。所有这一切都在使人眼花缭乱、叮叮当当、轰轰隆隆、喵喵呜呜,诗歌同广告混在一起,音乐同天气预报难解难分。人们一面看,一面吃着东西、讲人坏话、斗着口角,理解力渐渐迟钝了。

我记得,在我童年时代大家是多么虔敬地谈论托尔斯泰,把他看作一位先知。当左拉由于保护德雷福斯而被判罪时,全世界都骚动了。在第一次世界大战期间,那些继续进行思考的人们倾听着罗曼·罗兰的声音。在巴黎的剧院里,人们为了斯特拉文斯基的音乐或毕加索的布景而大打出手。现在只有足球赛的性急的球迷有时才会打架。

四五年前,由于我的过错而在《共青团真理报》上掀起了一场辩论:在

---

① 卢库尔(公元前约117—前约56),罗马统帅,曾任执政官,以豪富、奢侈和宴饮闻名。

1423

"原子时代",艺术是否注定要死亡。我国的一位控制论学者嘲笑那些还在赞美艺术的年轻人,说他们就会叹息:"啊,勃洛克!啊,巴赫!"我读了数千封寄给我和报纸的信件。几乎所有的青年男女都对艺术将会凋亡的想法感到吃惊。但是控制论学者却找到了一百多个拥护者,他们把自然科学的伟大同音乐或诗歌对立起来;他们的结论是技术至上的思想同屠格涅夫笔下的巴扎洛夫①的功利主义的混合物。

如果这些人的预言是正确的,那么征服宇宙的事业将会由那些虽然具有必要的知识,但却丧失了感情修养的残缺不全的人们去进行,他们大概会同21世纪能思维的机器没有多大差别。火的发现,即取火方法的发现是在石器时代的初期。若干万年以后,埃斯库罗斯写了《被缚的普罗米修斯》。这出悲剧依然活着,现在它正鼓舞着千百万人,加强着人的自尊感。就连苍蝇也有性欲的本能,但是欲使性欲成为爱情,则需要数千年的艺术——从古代的克里特②人和迦梨陀婆到歌德、司汤达、托尔斯泰,以至于到阿波利奈尔、勃洛克、马雅可夫斯基、海明威、艾吕雅、帕斯捷尔纳克。

我认为,新的思想、新的感情要求艺术运用新的语言。习惯了乔托的绘画、留特贝夫的诗歌的人们觉得维永、拉伯雷或乌切洛是艺术的堕落,而在四百年后对于受了古典主义和浪漫主义的熏陶的第二帝国的法国人来说,莫奈、德加、波德莱尔、福楼拜则都是糟蹋美感的野蛮人。

在有各国的文学家参加的列宁格勒作家讨论会上,有人说,继承托尔斯泰、狄更斯和司汤达要比继承普鲁斯特、卡夫卡或乔伊斯更好。我不认为,我们的时代只让艺术家作独一无二的选择——他情愿做什么人的模仿者。

对于我在一部回忆录里为艺术提供了这么多的篇幅,读者是不会感到惊奇的:这不仅同我的职业有关,而且同我的人生观有关——我确信,只用一条腿行走是不能前进的,没有人的精神美,任何社会变革、任何科学发现都不会给人们带来真正的幸福。有人引经据典,说无论是艺术的内容还是艺术的形式都是由社会决定的,这话尽管无比正确,但我觉得却过于形式主义。当然,莱奥纳多·达·芬奇或米开朗基罗要比他们的同时代人有着更

---

① 《父与子》的主人公。
② 指古希腊的克里特岛。

为渊博的知识、更为敏锐和深刻的感情,但是他们也不得不顾及当时庇护文艺的财主、红衣主教、亲王,甚至雇用的凶手,这也是当然的。但是,无论是受到赞扬还是受到迫害,他们都是哲学家、发明家,他们修筑过通往未来的道路。他们的作品迄今还令我们无比激动,而对于15世纪末至16世纪初的那些意大利城市的历史,我们虽也觉得是惊心动魄、血腥扑鼻的,但也觉得它的轰隆声早已消逝,而且也没有多少吸引力。司汤达不是比自己的同时代人——"带雨伞的仁君"的臣民更为敏锐和深刻吗?在他生前,有数千人读了《红与黑》,其中可能只有一二百人看出了这本书的意义。这才真的不是模仿者呢!他从自己的时代里成长起来,但又超过了时代。他的长篇小说引起过许多人的反感,有时甚至还触怒了模糊地感觉到司汤达的力量的巴尔扎克和歌德。难道普希金的诗作、《当代英雄》《死魂灵》只不过是对尼古拉一世的俄国的天才反映,只不过是当时的先进贵族的思想感情的精华吗?

我曾觉得维纳关于控制论的著作是引人入胜的,但我没有给艺术唱起安魂曲来。正好相反,我明白了,在我们的时代一切都在很快地变化着。文学或绘画大概也会变。最坏的是开始像老头子那样喃喃抱怨,指责时代和青年,说他们既不会像他们的祖父那样幻想,也不会像祖父那样感到痛苦。我有许多过错,唯独在这一点上并无过错。

我在写到对于我应该是最后一部的那一部的第一章时中断了对自己一生的叙述,那一部是太难写了——这就是今天,从我写完《解冻》的1954年初到现在,过去了十年。我继续在世界各地奔波,阅读新作者的作品,同朋友们相见,爱,苦恼,希望。

我的生活似乎比青年时代更为丰富,有时也更为紧张了。看来我既不了解某些感情的深度,也不了解寂静的声音,又不了解晚秋的最后几个艳阳天的全部价值。

1963年初,我同毕加索在一起度过了两天。我看着他新画的一组油画《对萨宾女人的抢劫》。在构图上他受到大卫的一幅画的启发。按照古代的传说,罗马人为寻找妻子而抢走了萨宾女人①,而当萨宾男人进攻罗马

---

① 萨宾人是古代意大利民族之一。

时,有了孩子的妇女们制止了一场屠杀。但毕加索创造的不是令人感动的和解,而是默示录的战争幻象、新的《格尔尼卡》,而且油画上的每一寸画面都画得栩栩如生。我如痴如呆地站在工作室里,直到夜里才想道:真奇怪——须知他已八十开外了!……

我看到过许多对我来说都很新奇的国家——印度、日本、智利、阿根廷,世界对我来说变得更为辽阔了:在青年时代,我只知道欧洲,也听人说起过美国——只知一个半洲而不知五大洲。我认识了一些我觉得很为出色的人。我要提一提我在德里同贾瓦哈拉尔·尼赫鲁的一次谈话,在我看来,他在政治方面一如阿姆里塔·谢尔-吉尔①的油画在绘画方面那样——是印度民族的深奥同西方先进思想的有机合成物。

我第一次去亚美尼亚就爱上了它,它那淡红色的干燥使我想起了卡斯提利亚,我喜欢那些热爱自己的土地同时又不是眼界狭小的乡下佬,而是真正的世界公民的人们。萨里扬画着我的肖像、回忆着往事、猛烈地咒骂那些对艺术漠不关心的人,我看到的不是一个年老的大师,而是一个第一次赞美赭石和钴的小伙子。1965年马尔季罗斯·谢尔盖耶维奇年满八十五岁。展览会上展出了各博物馆收藏的他往日的油画——康斯坦丁诺波尔的狗、埃及的棕榈树、波斯姑娘。拍了一部献给萨里扬的影片。解说词是我写的。我讲述了人们如何妨碍画家作画,讲述了1948年他如何把自己一幅幅最优秀的油画从墙上拿下来撕毁。

艺术继续给我以乐趣,大大增加我的见识。电影的发明是技术的功劳,但当我看了费利尼和阿伦·雷奈最近摄制的几部影片后,我明白了,电影正在开始寻找自己的语言,它不仅能够表达天才演员卓别林的演技、可以看见的事物的真实性、重大事件的进程,而且能够以不同于戏剧、书籍或油画的方式说明人的精神世界的郁闷和黑暗。

塞林格②的那部描写一个少年的中篇小说以其刻画的精确使我感到高兴,我国的年轻人——卡扎科夫、阿克肖诺夫等写的许多别的作品和故事也使我高兴。在读了索尔仁尼琴的那个短短的、骤然看来是具有传统色彩的

---

① 谢尔-吉尔(1912—1941),印度画家。
② 当代美国作家,代表作《麦田里的守望者》描写一个"垮掉的一代"的少年。

短篇小说以后,我感到自己的内心更为充实了:作者虽与契诃夫不同,但却以契诃夫式的深刻把一个度过了艰苦的一生的卓越的俄罗斯妇女带进了我的世界。

近几年来与世长辞的有法尔克、奈兹瓦尔、约里奥、里维拉、孔恰洛夫斯基、帕斯捷尔纳克、莱热、扎博洛茨基、海明威、纳齐姆·希克梅特。我感到,我的生活之林已多么稀疏,我温情而迷信地看着犹在人世的友人们,而晚上则从少年们的影子得到快慰。

我认识了康·格·帕乌斯托夫斯基——先前我很少见到他,我知道他是个大师,而我看见的则是个高尚、善良而勇敢的人,我们在老年成了朋友。这样一种想法是对我的一种支持:康斯坦丁·格奥尔吉耶维奇还活着,明天他想必还要说点什么,他和我同庚,经历过本书所记述的许多事件,他不但是个高超的大师,也是一个爱激动的人,1963年春他曾来找我,在艰苦的时日支持过我。

我爱上了维克多·涅克拉索夫,他是一个勇敢而聪明的作家,看来年龄并不是一堵墙:老年也有自己的门和窗。

我既不曾忘记如何去爱,也不曾忘记如何希望,今后大概也不会忘记。当然,衰老捆住了人的手足——精力日渐枯竭。然而如今我不仅有更多的经验,而且也有更多的内心自由。

我能写成此书并非易事。不论我讲多少科学的发展或争取和平的斗争,我依然知道我是在广场上吐露衷曲。这样一种想法帮助了我:在叙述已经去世的朋友和自己的时候(有时还插入一个亲爱的名字),我是在同忘却、空虚、乌有作斗争,约里奥说得好,这些东西是人的天性所厌恶的。

在开始写这本书时我就知道会受批评:有些人会觉得,我避而不谈的事情太多了,另一些人会说,我说得太多了。在1963年秋写成的第二卷[①]的前言里我重复道:"我的《人,岁月,生活》一书引起了许多争论和批评性的意见。由于这个缘故,我想再一次强调指出,我的书叙述的是我的一生、一个人的探索、错误和发现。当然,它是极其主观的,而且我也永远不会妄想去写一部时代史……"

---

① 指新版的《爱伦堡文集》第二卷。

无论是过去还是将来,人们所批评的主要不是我的书,而是我的一生。但我不能重新开始生活。我没有打算去教训任何人,没有以表率自诩。为了充当一个发表议论的老人的角色,我经常谈到自己的轻率,承认自己的错误。同时我自己也很乐意听听能够回答迄今仍在使我苦恼的许多问题的明哲之士的意见。我想叙述逝去的一生、我遇到过的人们:这会帮助有些读者思考一些问题、理解一些事情。

现在我有很多心愿,怕的是力不从心。我要以如下的自白结束本书:我憎恶漠不关心、窗上的帷幔、使人隔绝的残忍和残酷。当我写到已不在人世的朋友们时,我有时曾放下工作,走到窗前,像出席集会的人们那样站着,想向已故者致敬。我既未看树叶,也未看雪堆,我看见了一张我觉得是和悦可亲的脸。本书的许多篇页都是在爱的主使下写出来的。我爱生活,对于已往的生活与经历,我既不后悔也不惋惜,我感到难过的只是我有许多事没有做完,有许多东西没有写完,我没有受完苦,也没有付出更多的爱。但是大自然的规律就是这样:观众已经匆匆向存衣室奔去,而主角却还在舞台上叫喊:"明天我……"而明天将会有什么呢?另一出戏和另一些主角。

译　后　记

1960年，苏联《新世界》杂志开始连载爱伦堡的长篇回忆录《人，岁月，生活》。不久，这部作品便在苏联国内外引起强烈反响和激烈争论。当时中宣部的领导十分关注这一情况，要求人民文学出版社尽快将这部世人瞩目的作品译出，以内部发行的方式出版，供有关方面参考。我们当时都在该社外国文学编辑室工作，翻译此书的任务便落在了我们头上。

在苏联的众多作家中，爱伦堡可以说是博古通今的一位大师。50年代初他来华访问，演说时谈古论今、广征博引，常使我方的翻译一时不知所措。《人，岁月，生活》共六部，前四部于"文革"前出版。"文革"开始后，出版工作陷于全面瘫痪，第五部虽已排好，但已不可能出版，第六部的译稿则干脆失踪了。

十一届三中全会后，出版社决定重版爱伦堡的这部回忆录。幸亏第五部尚保留了一份校样，第六部的译稿又被《世界文学》的高莽同志在该编辑部的一个故纸堆中发掘出来，这才使这部作品的中译本得以第一次完整地在我国出版，虽然仍是"内部发行"。

尽管是内部发行，但它在国内读书界的影响却不胫而走，深受不少文化界人士的欢迎。到了80年代，正当人民文学出版社考虑公开发行此书的时候，我们发现苏联已出版了九卷本的《爱伦堡文集》，该文集最后两卷收入的《人，岁月，生活》，与当初在《新世界》上连载时有不小出入。于是我们决定根据文集对全部译稿进行一次校订。

后来校订工作虽已结束，但由于国内图书市场风云变幻，此书一直未再出版。迄今虽说："三十八年过去"，无非是"弹指一挥间"，但对于我们来说,却是一生的大部分岁月,待到此书公开问世,我们早已过上了离休老人的生活了。

本书文内注释,均为译者所加。

我们为翻译和校订此书,虽经多年苦心经营,但书中仍难免有错讹和疏漏,敬请读者不吝批评赐教!

冯南江
1999 年 4 月 5 日

人，
岁月，
生活